पुत्रेष्टि विधान
(भाग-दो)

पुत्रेष्टि विधान

(भाग-दो)

मृदुला त्रिवेदी
टी.पी. त्रिवेदी

मोतीलाल बनारसीदास
दिल्ली • मुम्बई • चेन्नई • कोलकाता • बंगलौर
वाराणसी • पुणे • पटना

प्रथम संस्करण : दिल्ली, २०११

ISBN : ९७८-८१-२०८-३५२३-८ (सजिल्द)
ISBN : ९७८-८१-२०८-३५२४-५ (अजिल्द)

मोतीलाल बनारसीदास

४१ यू.ए. बंगलो रोड, जवाहर नगर, दिल्ली ११० ००७
२३६ नाइंथ लेन III ब्लाक, जयनगर, बंगलौर ५६० ०११
सनाज प्लाजा, १३०२ बाजीराव रोड, पुणे ४११ ००२
८ महालक्ष्मी चैम्बर, वार्डेन रोड, मुम्बई ४०० ०२६
१२० रायपेट्टा हाई रोड, मैलापुर, चेन्नई ६०० ००४
८ केमेक स्ट्रीट, कोलकाता ७०० ०१७
अशोक राजपथ, पटना ८०० ००४
चौक, वाराणसी २२१ ००१

नरेन्द्रप्रकाश जैन, मोतीलाल बनारसीदास, बंगलो रोड, दिल्ली ११० ००७
द्वारा प्रकाशित तथा जैनेन्द्रप्रकाश जैन, श्री जैनेन्द्र प्रेस,
ए-४५, नारायणा, फेज़-१, नई दिल्ली ११० ०२८ द्वारा मुद्रित

हार्दिक सम्मान सहित सादर समर्पित

(नवम्बर 9, 1924 अगस्त 8, 1986)

हमारी पूजनीय माताश्री स्वर्गीय चन्द्रकान्ति त्रिवेदी

की स्नेह स्मृति में, जिन्होंने हमें जीवन्त जिज्ञासा तथा अभिलाषा के अस्तित्व के अनुपम अनुराग और आत्मीयता से आनन्दित, आह्लादित और अभिसिंचित किया।

पुरोवाक्

एकेनापि सुवृक्षेण पुष्पितेन सुगन्धिना।
वासितं वै वनं सर्वं सुपुत्रेण कुलं यथा।।

(अज्ञात)

जैसे सुगन्ध से युक्त सुन्दर पुष्पों से व फलों से सुशोभित एक ही सुन्दर वृक्ष सम्पूर्ण उपवन के वातावरण को सुगन्धमय बना देता है, वैसे ही एक सुपुत्र से सम्पूर्ण कुल सुशोभित हो जाता है; न कि बहुसंख्य कुपुत्रों से।

संतति अर्थात् सृष्टि के सृजन का शाश्वत सत्य, जिसके अभाव में, वंश परम्परा की निरन्तरता खण्डित हो जाती है, परिवार की अपूर्णता के साथ-साथ, व्यक्ति, स्वयं को भी अपूर्ण स्वीकारने लगता है। सन्तान की आकांक्षा, एक सामान्य उत्कण्ठा है जो मनुष्यों में ही नहीं, जीव-जन्तुओं और पशु-पक्षियों में भी विद्यमान होती है। सन्तान, स्वयं का ही संशोधित, रुपांतरित अथवा परिवर्तित स्वरूप है, जिसे प्राप्त करने और देखने की उत्सुकता अत्यन्त स्वाभाविक है। प्रभु या विधाता का संतति रूपी वरदान अद्भुत है, जिसकी उत्पत्ति हेतु कोई भी विशेष प्रयास, शोध, अनुसंधान अथवा परिश्रम की अनिवार्यता नहीं है। नर-नारी का सामान्य सम्बन्ध ही संतान की संरचना का सहज सेतु है जबकि अन्य सभी कार्यों के संपादन हेतु, अपार धन, परिश्रम, शक्ति और किसी न किसी प्रकार की साधना की आवश्यकता होती है। विधाता का सृष्टि का सृजन तो एक सामान्य विधान है परन्तु विधान के समस्त अनुसंधान का सम्मिलित प्रयास भी, एक शिशु, एक जीव की उत्पत्ति की कल्पना तक नहीं कर सकता। विज्ञान रोबोट तो बना सकता है परन्तु उसे जीवन नहीं प्रदान कर सकता। विधाता की उपस्थिति को अस्वीकार करने वालों के पास इस अद्भुत रहस्य का कोई भी सूत्र अब तक उपलब्ध नहीं है। विधाता ने तो समस्त ब्रह्माण्ड, सहस्त्रों सौरमण्डलों, अन्यान्य नक्षत्रों, ग्रहों के साथ जीवन की संरचना की है। मनुष्य को अपनी तुलना विधाता से करने से पूर्व, समस्त ब्रह्माण्ड की संरचना और संरक्षण का ध्यान अवश्य कर लेना चाहिए, ताकि वास्तविकता से वह कदापि और किंचित् भी पृथक् न हो, उसका विधाता के अस्तित्व के प्रति किसी भी प्रकार का भटकाव न हो।

सर्वशक्तिमान, सर्वव्यापी विधाता, मानव के पाप और पुण्य के आधार पर ही, उसे संतति सुख अथवा संतति शोक प्रदान करता है। इस यथार्थ को सर्वदा स्मरण रखना चाहिए। पूर्व जन्म में किये हुए पाप और अपराध ही, मनुष्य को संततिविहीनता अथवा संतति वियोग से अभिशप्त करते हैं। अनेक उपाय और उद्यम करने पर भी जब सन्तान जन्म के अभाव और निराशा का अन्त न हो, तो यह समझना चाहिए कि पूर्व के किसी शाप के कारण ही सन्तान जन्म हेतु सभी प्रयास बार-बार असफल होते जा रहे हैं।

पुत्रेष्टि विधान, उन समस्त सबल, सशक्त, सारस्वत, शाश्वत संकल्पों का साकार स्वरूप है, जो सन्तान सम्बन्धी प्रमाणिक सामग्री से सन्निहित संरचनाओं के अभाव के कारण, हमारे मन मस्तिष्क के पटल पर अंकित और अंकुरित हुए। 'सन्तान सुख : सर्वांग चिन्तन' के प्रकाशन के उपरान्त भारतवर्ष के विभिन्न नगरों से तथा विश्व के कतिपय देशों से अनेक जिज्ञासुओं ने पत्र और दूरभाष के माध्यम से सन्तान सम्बन्धी आकुलता, व्याकुलता के सम्बन्ध में हमसे सम्पर्क किया और आश्चर्यजनित रूप से लाभान्वित हुए। सहस्रों दम्पतियों के यहाँ संततिहीनता का संत्रास संतति सुख के मधुमास में रूपांतरित हो उठा।

वस्तुतः सभी शास्त्रीय ग्रंथों में सन्तान सम्बन्धी सभी सूत्रों और श्लोकों को एक स्थान पर संकलित करना एक दुःसाध्य और श्रमयुक्त साधना थी जिसे सम्पन्न करने के उपरान्त उन्हें सन्तान सम्बन्धी विभिन्न पक्षों के आधार पर पृथक्-पृथक् अध्यायों में विभाजित किया गया है और इन सूत्रों की सत्यता की संसिद्धि, व्यावहारिक जन्मांगों के आधार पर प्रमाणित की गई है और यही **पुत्रेष्टि विधान** की विशिष्टता है कि लगभग 350 व्यावहारिक जन्मांगों के उदाहरणों द्वारा विभिन्न शास्त्रों से चयनित सूत्रों और शोध के परिणाम को उद्धृत करके पाठकों के विश्वास को स्वर्णिम स्तम्भ प्रदान किया है। यही मंगलाशा है कि हमारे ऋषि-मनीषियों कृत शास्त्रगर्भित ज्योतिषीय सूत्रों की सत्यता का आभास करके हमारे प्रबुद्ध जिज्ञासुओं एवं पाठकगणों की आस्था, श्रद्धा और निष्ठा को कदाचित किंचित भी विचलित न होने हेतु अखण्डित विश्वास का प्रबल आधार स्तम्भ निर्मित हो।

विभिन्न ज्योतिष शास्त्रों में ग्रहस्थितियों के सन्दर्भ में पर्याप्त मतभेद है। वस्तुतः जिसे हम मतभेद कहते हैं अथवा कहते हैं कि हमारे ऋषि एक मत नहीं हैं, वह हमारे संकुचित ज्ञान का परिणाम है। सभी ऋषि महर्षि अपनी-अपनी जगह सही हैं। हम उनके मन्तव्य को समझ नहीं पाते हैं। ऋषियों ने जिन सूत्रों को श्लोकबद्ध किया है, वह सम्बन्धित सूत्र को श्लोक की सीमाओं में, पूर्णतः समायोजित करना प्रायः संभव नहीं होता। हमारे ऋषि समझते थे कि भविष्य विज्ञान

के इन सूत्रों की सीमाओं को समझते हुए, पाठकगण तथा ज्योतिर्विद, सहजता के साथ ही संदर्भित श्लोक की अनकही स्थितियों को भी समझ लेंगे। इन श्लोकों में कुछ कहा गया है और शेष, श्लोकों की लघु सीमा के कारण, पाठकों के समझने के लिए छोड़ दिया गया है। पृथक्-पृथक् ऋषियों का, ज्योतिष के संदर्भित सूत्रों को अभिव्यक्त करने का प्रकार भिन्न है। यही श्लोकबद्ध सूत्रों में सन्निहित शब्दार्थ, पाठकों के मध्य, ऋषियों के एक मत न होने की शंका उत्पन्न करता है।

उदाहरण के लिए सूर्य पुरुष ग्रह है और पंचम भाव में स्थित होने पर कभी पुत्रियों के जन्म का कारण होता है, तो कभी पुत्रों का, तो कभी पुत्र और पुत्री दोनों का जन्म होता है। इसी प्रकार से पंचम भावगत चन्द्रमा के लिए शास्त्रों में उद्धृत है कि पुत्रियों के जन्म का कारण होता है परन्तु किस राशि में पुत्री और किसमें पुत्र और किन राशियों में पुत्र और पुत्री दोनों होते हैं, यही शोध का विषय है।

समस्त विश्व इन्हीं नौ ग्रहों की परिधि में आविष्ठित है। इनकी भूमिका किस स्थिति में क्या होगी, यह समझ पाना अध्ययन, अनुभव और अनुसंधान का विषय है।

पुत्रेष्टि विधान को हमने नौ अध्यायों में विभाजित, व्याख्यायित और समायोजित किया है जिनका संक्षिप्त उल्लेख अग्रांकित है :

1. शिशु के स्वरूप तथा आकार से सम्बन्धित जिज्ञासा प्रत्येक दम्पति के हृदय में उपजना पर्याप्त स्वाभाविक है। लग्न तथा ग्रहों के अंशों के आधार पर निर्मित नवांश चक्र के अध्ययन से शिशु के शारीरिक आकार और स्वरूप का अनुमान होता है। चन्द्रमा का नवांशाधिपति शिशु के वर्ण को सुनिश्चित कर देता है। इसी प्रकार से अन्य ग्रह स्थिति, नवांशस्थ ग्रह तथा योग शिशु के वर्ण, कद आदि सुनिश्चित करने में प्रचुर सहयोग प्रदान करता है। इन सभी ग्रह योगों की शास्त्रोक्ति व्याख्या **संतति स्वरूप** नामक अध्याय में की गई है। इस अध्याय में कतिपय शास्त्रोक्त सूत्रों तथा सन्तान सम्बन्धी प्रारम्भिक ज्ञान का उल्लेख किया गया है। सन्तान भाव के अध्ययन हेतु ग्रहों की प्रकृति और प्रभाव, सम्बन्धित भावों के अध्ययन का सही आधार तथा ग्रहों की युति और योग के प्रतिफल सम्बन्धी सरल सूत्रों पर केन्द्रित है, यह अध्याय।

संतान का निर्माण तो नारी के गर्भ में, भ्रूण के विकास के पश्चात् प्रसव प्रक्रिया पूर्ण होने पर ही होता है। परन्तु शिशु के गर्भस्थ होने की वास्तविक स्थिति से कदाचित्, सामान्य स्थिति में पति और पत्नी प्रायः अनभिज्ञ होते हैं, इससे कोई विशेष अन्तर भी नहीं पड़ता है। जब संतान की रचनात्मकता सहज रूप से न होकर किसी रहस्य पर केन्द्रित होती है और वह रहस्य जिस पल उद्घाटित होता है, उसी

पल पति और पत्नी दोनों का ही जीवन प्रकम्पित और व्यथित हो उठता है। नारी को देवी कहने की परम्परा अनादिकाल से चली आ रही है। नारी के सतीत्व की तुलना प्रायः सीता, सावित्री, अनुसुइया और गान्धारी जैसी महान नारियों से की जाती है, जिनका रोम-रोम अपने पति के प्रति पूर्णतः समर्पित था। आज भी विश्व में कितनी ही ऐसी पति-परायणा, पवित्र नारियाँ विद्यमान हैं, जिनके निर्माण पर रचयिता को गर्व होगा। कदाचित् आधुनिकता और समाज की कुत्सित मानसिकता ने कतिपय युवतियों को पथभ्रष्ट भी किया है जो अपने पति के अतिरिक्त, बिना उसकी अनुमति और सहमति के गुप्त रूप से किसी अन्य व्यक्ति के साथ साहचर्य से गर्भधारण करती हैं और परिजात शिशु के जन्म का आधार बनती हैं। नारी की इस प्रवृत्ति की निन्दा करने से पूर्व सहज ही उसके रचयिता से यह प्रश्न किया जाना चाहिए कि उसका जन्म ऐसे समय में क्यों किया जब उसके जन्मांग में विद्यमान ग्रहों ने उसे परिजात शिशु को जन्म देने हेतु विवश किया।

ज्योतिष शास्त्र में रहस्यमय संतान, वैध और अवैध संतान के अनेक प्रकार की संतानों से सम्बन्धित ग्रहयोगों का विस्तृत उल्लेख उपलब्ध है जिसके आधार पर अग्रांकित प्रकार की सन्तान जन्म के सम्बन्ध में समुचित संज्ञान प्राप्त किया जा सकता है। 1. मूक शिशु, 2. दन्तयुक्त, बधिर, कूबड़युक्त एवं पंगु संतति, 3. नेत्रहीन योग, 4. औरस पुत्र, 5. जारज शिशु, 6. गूढ़ संतान, 7. सहोढ़ज पुत्र, 8. क्रीत पुत्र, 9. क्षेत्रज संतान, 10. पुनर्भवा संतान, 11. कृत्रिम संतान आदि।

संतान की उत्पत्ति का आधार कोई भी क्यों न हो, ज्योतिष सूत्रों के आधार पर शिशु अथवा उसके मातापिता के जन्मांग का विश्लेषण करके संतान के वैध अथवा अवैध होने, औरस संतान अथवा जारज संतान से सम्बन्धित स्थितियों का अध्ययन संभव है, जिसकी सतर्क व्याख्या और संबंधित सूत्रों का संकलन और समायोजन **संतति स्वरूप** नामक अध्याय में उद्धृत है परन्तु व्यावहारिक अध्ययन और अनुभव के अभाव में इन सूत्रों के प्रतिफल का उल्लेख किसी के भी समक्ष करना उपयुक्त नहीं है क्योंकि अध्ययन की त्रुटि मिथ्या कथन के जन्म का सूत्रपात करती है, जिसके फलस्वरूप सुखमय दाम्पत्य जीवन भ्रांतियों और भययुक्त संशयों से आक्रांत हो उठता है और प्रबल प्रमाण के बिना ही दाम्पत्य सुख में विघटनकारी स्थितियाँ जन्म लेने लगती हैं।

2. **संतति सुख हेतु प्रयत्न एवं प्रतीक्षा** नामक अध्याय में अनेक दुर्लभ सिद्धान्त सूत्र समायोजित किये गये हैं जो अध्ययन और अभ्यास द्वारा संतति सुख के अनुगमन का आधार स्तम्भ है। संतान का जन्म, नारी के लिए, एक कष्टसाध्य

प्रक्रिया तो है ही परन्तु कई बार प्रसव अत्यधिक कष्टप्रद सिद्ध होता है। आजकल सामान्य प्रसव की स्थिति तो उत्तरोत्तर घटती जा रही है और शल्य क्रिया द्वारा प्रसव सामान्य होता जा रहा है। शल्य क्रिया द्वारा प्रसव को कष्टसाध्य प्रसव कहना त्रुटिपूर्ण है क्योंकि अनेक युवतियाँ सामान्य प्रसव की अपेक्षा शल्य क्रिया द्वारा प्रसव को प्राथमिकता प्रदान करती हैं। शल्य क्रिया में होने वाली पीड़ा, सामान्य प्रसव के कारण होने वाली दीर्घ कालीन प्रसव पीड़ा से अपेक्षाकृत कहीं कम होती है। कुछ युवतियाँ तो शल्य क्रिया द्वारा प्रसव को इसलिए भी प्राथमिकता प्रदान करती हैं कि दैहिक अनुपात, शारीरिक गठन, सौष्ठव और सौन्दर्य में किसी प्रकार की अल्पता या न्यूनता प्रारूपित न हो, इसलिए शल्य क्रिया द्वारा होने वाले प्रसव को कष्टसाध्य नहीं स्वीकारा जाना चाहिए। कष्ट साध्य प्रसव तब होता है जब अनेक प्रकार से गंभीर प्रयास करने पर भी संतान का जन्म संभव न हो पा रहा हो। माता अथवा संतान में से एक के जीवन के समक्ष प्रश्नचिह्न लग जाये, कभी-कभी तो प्रसव का संकट उस स्थिति में भी गंभीर हो उठता है जब युवती को समय पर चिकित्सालय न पहुँचाया जा सके, या समय पर चिकित्सक निवास पर न पहुँच पाये और चिकित्सालय में ले जाने की कोई पूर्व व्यवस्था न हो। प्रायः कष्ट साध्य प्रसव सामान्य स्थिति में ही होता है, जब दीर्घ काल से प्रसव वेदना से पीड़ित होने पर भी संतति जन्म न हो पा रहा हो और माता उस प्रसव की असह्य पीड़ा के कारण नितांत व्यथित हो उठे, उसी को कष्ट साध्य प्रसव कहना उपयुक्त है। ऐसी अनेक अनपेक्षित स्थितियाँ प्रसव के समय प्रायः उठ खड़ी होती हैं, जब शिशु के जन्म और उसकी माता के जीवन के समक्ष प्रश्नचिह्न लग जाता है और वह कष्ट साध्य प्रसव देखने वाले के हृदय को भी प्रकम्पित कर देता है। ऐसी कष्ट साध्य प्रसव की स्थितियों से सम्बन्धित ग्रहयोगों की व्याख्या, विभिन्न ज्योतिषशास्त्र से सम्बन्धित ग्रन्थों में उपलब्ध है। कष्ट साध्य प्रसव से सम्बन्धित इन ग्रहयोगों और संदर्भित सूत्रों को इस अध्याय में प्रस्तुत किया जा रहा है।

3. **पंचम भावस्थ ग्रह एवं विभिन्न राशियाँ** शीर्षांकित अध्याय के अन्तर्गत, पंचम भाव से सम्बन्धित विभिन्न ग्रह स्थितियों के विषय में शास्त्रों का मत और हमारे निष्कर्ष का विश्लेषण है। पंचम भाव में विभिन्न ग्रहों का प्रतिफल, पंचमेश की विभिन्न भावों में संस्थिति का परिणाम, पृथक्-पृथक् भावाधिपति के पंचम भावगत होने का फल, पंचम भाव पर ग्रह की दृष्टि का परिणाम और सभी ग्रह स्थितियों का पंचम भाव सम्बन्धी संयुक्त प्रतिफल के संदर्भ में शास्त्रों का अभिमत, उनमें भिन्नता और एकरूपता तथा हमारे अनुभव के निकष पर व्यावहारिक जन्मांगों के अध्ययन और अनुसंधान द्वारा उपलब्ध शुद्ध परिणाम की व्याख्या की गई है। पंचम भाव और

तत्संबंधी ग्रह स्थितियों, योग, दृष्टि आदि के आरम्भिक ज्ञान के अभाव अथवा अल्पता में पुत्रेष्टि विधान के जटिल सूत्रों के परिणाम और परिमाण में अन्तर का अनुमान करना संभव नहीं है। शक्तिशाली और गहरी नींव पर ही एक बहुमंजिला विशाल भवन का निर्माण संभव है। इसी सत्य को ध्यान में रखकर पुत्रेष्टि विधान के तृतीय अध्याय में उन ग्रह स्थितियों और ग्रहयोगों की व्याख्या शास्त्रगर्भित सूत्रों के आधार पर की गई है जिन्हें पुत्रेष्टि विधान की आधारशिला अथवा नींव कहना न्यायसंगत है।

पंचम भाव, संतान, बौद्धिक कौशल, मानसिक संरचना, गुण-अवगुण, योग्यता, विद्वता, स्मरण शक्ति, बौद्धिक प्रखरता, गर्भपात, गर्भाशय, उदर, चिंतन, व्यथा, करुणा, वेदना, उल्लास, हर्ष, उमंग आदि की अनुभूति से सम्बन्धित है। पंचम भाव में विभिन्न राशियों की स्थिति के अनुसार फल प्राप्त होता है तथा इन राशियों पर विभिन्न ग्रहों की स्थिति, युति, दृष्टि तथा विनिमय परिवर्तन होने से, पंचम भावस्थ राशि के फलाफल में परिवर्तन या संशोधन होना स्वाभाविक है। यह संज्ञान भी अति आवश्यक है कि पंचम भाव में मेष राशि होगी, तो व्यक्ति के आचरण में संतान सुख अथवा बौद्धिक संरचना का प्रकार क्या और कैसा होगा, क्योंकि जब तक पंचम भावस्थ राशि के फलाफल से पाठकगण परिचित नहीं होंगे, तब तक अन्य ग्रहों के प्रभाव से होने वाले संशोधन, परिमार्जन, परिवर्तन का भी विश्लेषण भला कैसे हो सकेगा। **पंचम भावस्थ ग्रह एवं विभिन्न राशियाँ** नामक अध्याय में पंचम भावस्थ द्वादश राशियों के फलाफल का उल्लेख शास्त्रानुसार करने की चेष्टा की गई है। विभिन्न शास्त्रीय ग्रन्थों में पंचम भावस्थ राशि के प्रतिफल से सम्बन्धित श्लोक तथा उनका प्रतिफल इस अध्याय में उद्धृत है। विश्वास है संतान सुख से सम्बन्धित विश्लेषण करते समय पाठकों के लिए यह अध्याय अति उपयोगी तथा पथ-प्रदर्शक सिद्ध होगा।

भिन्न-भिन्न भावों के स्वामी पंचम भाव में स्थित हों, तो पंचम भाव द्वारा प्रदर्शित प्रतिफल को अनेक अवसरों पर पूरी तरह रूपांतरित कर देते हैं। यदि पंचम भाव में अष्टम भावाधिपति स्थित हो, तो संतान की मृत्यु अथवा संतानहीनता परिलक्षित होती है परन्तु दशमेश के पंचम भावगत होने से जातक को उत्तम संतति प्राप्त होती है। यदि पंचमेश भी दशमस्थ हो, तो जातक की संतान उसकी उत्तराधिकारी बनती है तथा जातक शीर्षस्थ अधिकारी, मंत्री अथवा प्रधानमंत्री तक का पद प्राप्त कर सकता है। यदि द्वितीयेश पंचम भाव में स्थित हो तथा पापाक्रांत न हो, तो अनर्जित धन प्राप्त होता है। यदि इसके साथ-साथ लाभेश भी पंचम भाव में स्थित हो, तो अनर्जित धन की संभावना की पुष्टि होती है। इस अध्याय में हमने भिन्न-भिन्न भावों

के स्वामियों के पंचम भाव में स्थित होने के प्रतिफल की शास्त्रसंगत व्याख्या की है जिसे ग्रहस्थिति युति, दृष्टि, ग्रहों के अधिपति, नक्षत्र तथा नवांश आदि के अतिरिक्त उनके बलाबल पर विचार करने के पश्चात् ही अंतिम निष्कर्ष पर पहुँचना चाहिए।

पंचम भाव का अध्ययन तथा विश्लेषण करते समय अनेक तथ्यों पर विचार करना अपेक्षित होता है, जिसमें पंचम भावगत ग्रह पंचमेश की भिन्न-भिन्न भाव में संस्थिति के अतिरिक्त पंचम भाव, पंचमेश और पंचम भावस्थ ग्रहों पर शुभ अथवा अशुभ ग्रहों की स्थिति भी विचारणीय होती है। ज्ञातव्य है कि पंचम भाव पर जिस ग्रह की दृष्टि हो, उस ग्रह के स्वामित्व, उसके बलाबल, उसकी प्रकृति आदि पर भी विचार करना चाहिए। पंचम भाव में यदि कोई ग्रह स्थित है तो उसके साथ दृष्टि निक्षेप करने वाले ग्रह के परस्पर सम्बन्ध का विचार भी अपेक्षित है। पंचम भाव पर मंगल अथवा शनि की दृष्टि अशुभ स्वीकारी जाती है परन्तु यदि मंगल अथवा शनि योगकारक हों, तो वही दृष्टि कुछ संदर्भों में शुभ समझी जानी चाहिए।

तुला और वृष लग्न के लिए मंगल मारकेश होता है। यदि तुला लग्न के जन्मांग में मंगल एकादश भावस्थ हो तथा पंचम भाव पर मंगल की दृष्टि हो, तो संतान सम्बन्धी सभी विषयों के लिए अत्यन्त हानिकर होता है। इसी प्रकार से भिन्न-भिन्न लग्नों के लिए एक ही ग्रह की पंचम भाव पर दृष्टि पृथक्-पृथक् प्रतिफल प्रदान करती है। ऋषियों ने इस संदर्भ में जो सूत्र प्रतिपादित किए हैं, उन्हें दिशा-निर्देश तथा संकेत की ही भाँति समझ कर उनमें आवश्यक संशोधन तथा परिमार्जन करने के उपरान्त ही किसी निष्कर्ष पर पहुँचना चाहिए। पंचम भावगत राशि, पंचम भावस्थ ग्रह, पंचमेश की विभिन्न भावों में स्थिति, पंचमेश की अन्य ग्रहों से युति, पंचम भाव तथा पंचमेश पर विभिन्न ग्रहों की दृष्टि अथवा युति, पंचमेश का अन्य ग्रहों के साथ विनिमय परिवर्तन योग, पंचमेश द्वारा अधिष्ठित नवांश का अधिपति, पंचमेश जिस नक्षत्र में स्थित हो, उसका आधिपत्य; कौन-कौन ग्रह पंचमेश द्वारा शासित नक्षत्र तथा नवांश में स्थित हैं आदि तथ्यों पर विचार करने के उपरान्त ही संतान सम्बन्धी निष्कर्ष पर पहुँचना उपयुक्त होता है। इस अध्याय में पंचम भाव पर विभिन्न ग्रहों की दृष्टि के कारण प्राप्त होने वाले फलाफल का भी उल्लेख किया गया है। इस फलाफल के साथ पंचम भाव से सम्बन्धित अन्य बिन्दुओं पर भी विचार करने के पश्चात् ही संयुक्त रूप से शुभ तथा अशुभ फलाफल प्राप्त होता है। सभी बिन्दुओं का विश्लेषण करके उसके मिश्रित फल का सही-सही निष्कर्ष प्राप्त कर लेना ही ज्योतिर्विद के बौद्धिक कौशल, अध्ययन तथा अनुसंधान पर निर्भर करता है, इसलिए इस अध्याय के अंतरंग अध्ययन, अभ्यास, अनुभव और अनुसंधान पर प्रबुद्ध पाठकों को विशेष ध्यान देना चाहिए।

पंचमाधिपति का महत्त्व कई दृष्टि से सर्वाधिक महत्त्वपूर्ण है। पंचम भाव नवम भाव से नवमस्थ होता है इसलिए संतान विचार के साथ-साथ भाग्य का विचार भी पंचम भाव से किया जाता है। शास्त्रों में स्वीकारा गया है कि इस जन्म में मिलने वाली संतान, हमारे पूर्वजन्म के पुण्य अथवा पापकर्मों का ही प्रतिफल होती है। इसी कारण पंचम भाव को पूर्व पुण्य भाव भी कहते हैं। इस भाव के गंभीर अध्ययन से पूर्वजन्म कृत पुण्य अथवा पाप का संज्ञान सुगमता से परिलक्षित होता है। पंचम भाव का स्वामी जिस भाव में स्थित हो, उसके अनुसार पंचम भाव के फलाफल में संवर्द्धन, संयोजन तथा परिवर्तन होता है। ज्योतिष विद्या से सम्बन्धित सिद्धियाँ जिन ऋषि-मनीषियों ने प्राप्त कर ली थीं, उन्होंने सम्बन्धित शास्त्रों में पंचमेश की विभिन्न भावों में स्थिति के अनुसार फलाफल का उल्लेख अपनी कृतियों में अत्यन्त सारगर्भित सूत्रों के माध्यम से किया है।

ज्ञातव्य है कि पंचम भावगत ग्रह, पंचमेश की विभिन्न भावों, राशियों, नक्षत्रों तथा नवांशगत स्थिति और उन पर अन्यान्य ग्रहों की दृष्टि अथवा युति ही कन्या अथवा पुत्र के जन्म का निर्णय करने में सहायक सिद्ध होती है। जन्मांग में कब पुत्री के जन्म का योग है और कब पुत्र के जन्म का, इसका निर्णय पति और पत्नी दोनों के जन्मांग के आधार पर ही किया जाना चाहिए। यदि पत्नी के जन्मांग में पुत्री का जन्म परिलक्षित हो रहा है, तथा पति के जन्मांग में पुत्र का, तो ग्रहस्थिति के बलाबल का निर्णय करना चाहिए और यह अनुमान करना, अनुभवी दैवज्ञ हेतु कोई कठिन कार्य नहीं है। यदि पत्नी के जन्मांग में पुत्री का अपेक्षाकृत प्रबल योग है, तो पुत्री का ही जन्म होता है।

4. पंचम भाव का अध्ययन तथा आंकलन उतना कठिन नहीं है, जितना दुष्कर है समय की सत्ता का ज्ञान अर्थात् घटना का समय। घटना कब घटेगी? पंचम भाव का फल कब साकार रूप में परिवर्तित होगा? कब संतान होगी तथा कब पुत्र अथवा पुत्री होगी? इसका संज्ञान अनेक तथ्यों के साथ ज्योतिर्विद के अनुभव और अध्ययन पर आधारित है। प्रायः पंचमेश की दशा, अंतर्दशा में ही पंचम भाव से सम्बन्धित फल शुभ हो अथवा अशुभ, कहने का विधान है परन्तु यह प्रायः मिथ्या ही सिद्ध होता है। पंचमेश, पंचम भावस्थ ग्रह, आत्मकारक ग्रह, पंचम भाव द्वारा अधिष्ठित नवांश का अधिपति, पंचमेश के नक्षत्र का स्वामी अथवा जो ग्रह पंचमेश के नक्षत्र अथवा नवांश में स्थित हों, उसकी दशा, अंतर्दशा, प्रत्यंतर दशा में पंचम भाव का फल प्राप्त होता है। इसके अतिरिक्त पंचम भाव से पंचमस्थ अर्थात् नवम भाव तथा नवम से पंचम भाव अर्थात् लग्न की दशाभुक्ति में भी पंचम भाव से सम्बन्धित फलाफल घटित होता है। वस्तुतः इन दशाओं में पंचम भाव से

सम्बन्धित जो फल प्राप्त होगा, उसका आकलन करना, अनुमान लगाना, उसका विश्लेषण और संस्लेषण करना एक दुःसाध्य प्रक्रिया है।

पंचम भाव सम्बन्धित सिद्धान्त सूत्रों के आधार पर ज्ञात होता है कि संतान दीर्घजीवी होगी या अल्पजीवी अथवा जीवित ही नहीं रहेगी, पुत्र भाग्यवान होगा या पुत्र के कारण माता-पिता के भाग्य में वृद्धि होगी। ऐसे ही अनेक संतान संख्या सम्बन्धी प्रमुख सूत्र भी इस कृति में सम्मिलित किये गये हैं, जिनका व्यापक अध्ययन अपने अनुभव और व्यावहारिक जन्मांगों के विश्लेषण के आधार पर **संतति और समय की सत्ता** नामक चतुर्थ अध्याय में विवेचित किया गया है जिससे पाठकगण संतान जन्म के समय का शुद्ध फल प्राप्त कर सकने में अवश्य सफलता प्राप्त करेंगे।

5. **संतान जन्म समय विचार** नामक पंचम अध्याय के अन्तर्गत संतान संख्या पर विचार किया गया है जो इस युग में उतना महत्त्वपूर्ण नहीं है जितना अब से 100-50 वर्ष पूर्व था। संतान उत्पत्ति पर प्रतिबन्ध लगाना भी उपयुक्त प्रतीत होता है। जिस गति से संतान संख्या में वृद्धि होती जा रही थी उसे अवरुद्ध करने के उपरान्त भी भारतवर्ष की जनसंख्या पिछले 50 वर्षों में 40 करोड़ से बढ़कर 100 करोड़ हो गई। पहले एक दम्पत्ति मिलकर कम से कम 8-10 संतानों को तो अवश्य जन्म देते थे। हम ऐसे दम्पत्तियों को भी जानते हैं जो दो दर्जन से अधिक संतानों के माता-पिता हैं। अब तो 2, 3 या अधिक से अधिक 4 संतानों के जन्म की ही प्रथा है। पहली संतान विवाह के 1-2 वर्ष के भीतर और दूसरी संतान लगभग 4 वर्ष के पश्चात्। आजकल संतान जन्म का समय नहीं पूछा जाता बल्कि दम्पति स्वयं संतान जन्म की इच्छा होने पर संतान के गर्भस्थ होने हेतु निर्णय करते हैं। अनेक गर्भ-निरोधक सामग्री के सुगमता से उपलब्ध होने के कारण संतान जन्म को नियन्त्रित करना, अपनी इच्छा के अनुरूप हो गया है। कुछ ऐसे भी देश हैं जहाँ आज भी संतान जन्म पर कोई प्रतिबन्ध नहीं है। प्रायः विपन्न दम्पतियों के आधी दर्जन संतानें आज भी देखी जा सकती हैं। अनेक उद्योगपति संतान संख्या को नियन्त्रित करना उपयुक्त नहीं समझते हैं क्योंकि वह समर्थ और सक्षम हैं। मुस्लिम देशों में भी प्रायः अनेक संतानों के जन्म की प्रशंसा की जाती है। अतः संतान जन्म के समय पर विचार करना एक आवश्यक प्रक्रिया है। इस सन्दर्भ में विभिन्न शास्त्रों में अनेक सिद्धान्त अंकित है जिनका अध्ययन और अभ्यास संतान जन्म का समय निर्धारण करने में सहायक सिद्ध होता है। इन शास्त्रविहित गहन सूत्रों का अध्ययन संतान जन्म समय विचार नामक अध्याय में सन्निहित है जिनकी सत्यता, व्यावहारिक जन्मांगों के विश्लेषण से परिलक्षित की गई है।

शिशु के जन्मांग के आधार पर उसके सगे सम्बन्धियों का संज्ञान भी प्राप्त किया जा सकता है। माता और पिता पर विचार करना तो एक स्वाभाविक तथा सर्वमान्य प्रक्रिया है। चतुर्थ भाव तथा चन्द्रमा से माता का विचार किया जाता है जबकि नवम भाव और सूर्य से पिता का विचार किया जाता है। माता-पिता के अतिरिक्त भाई-बहनों का विचार करने हेतु तृतीय और एकादश भाव तथा मंगल द्वारा संस्थित राशि, नक्षत्र एवं भाव पर विचार करना चाहिए। जन्मांग में विद्यमान ग्रह स्थितियों द्वारा शिशु के चाचा, ताऊ, मौसी आदि सम्बन्धियों के विषय में भी अनुमान लगाया जा सकता है। पिता समृद्ध होंगे अथवा पिता के बड़े भाई? चाचा विपन्नता के कारण कष्टपूर्ण जीवन व्यतीत करेंगे या फिर मौसी समृद्धिशाली होंगी तथा उन सबके साथ शिशु के सम्बन्ध कटु होंगे अथवा मधुर? **संतान जन्म समय विचार** अध्याय के अन्तर्गत इन सब स्थितियों पर विचार किया गया है।

युगल संतति रामायणकाल से ही होती रहीं हैं। भगवान् रामचन्द्रजी के पुत्र लव-कुश भी युगल संतान के ही रूप में ही जन्मे थे। जलधि पुत्र नल-नील भी जिन्हें यह वरदान प्राप्त था, कि वे जिस पत्थर को स्पर्श कर देंगें वह जल में डूबेगा नहीं, युगल संतानें थीं। अतः युगल संतान होने की परम्परा पर्याप्त प्राचीन है। यह कहना मिथ्या नहीं होगा कि युगल संतान की परम्परा उतनी ही प्राचीन है जितने प्राचीन ग्रह हैं, यह पृथ्वी है और इस पृथ्वी पर निवास करने वाले प्राणी हैं। ग्रह स्थितियाँ ही व्यवस्थित करती हैं युगल संतानों का और कई बार अनेक संतानों का एक साथ जन्म। इस अध्याय में हम उन ग्रह स्थितियों और ग्रह योगों की व्याख्या करेंगे जिनके निर्मित होने से जातक या जातिका के एक साथ एक से अधिक संतान होने का फलादेश किया जा सकता है। ऋषि-मनीषियों ने जब ज्योतिषशास्त्र की संरचना की तो उन्होंने युगल संतान के जन्म की ग्रह स्थिति की उपेक्षा नहीं की। ज्योतिष के अनेक महत्वपूर्ण ग्रन्थों में युगल संतति के विषय में जिन सूत्रों का उल्लेख किया गया है उनमें से प्रमुख और सत्य सिद्ध होने वाले सूत्रों का उल्लेख इस अध्याय के अन्तर्गत किया गया है।

अधिक कन्याओं का जन्म भी प्रायः चिन्ता का कारण होता है। अनेक परिवारों में सात या आठ कन्याओं का आगमन, पुत्र की प्रतीक्षा में हो जाता है परन्तु यह अनुभूत सत्य है कि प्रत्येक कन्या, अपना पृथक् भाग्य लेकर आती है जिसे प्रायः उसके माता-पिता अपने ऊपर, अतिरिक्त भार समझने की भूल करते हैं। दम्पति के जन्मांगों का संयुक्त अध्ययन, पुत्रों, पुत्रियों अथवा दोनों के जन्मों का स्पष्ट अनुमान करा सकता है। पंचम भावगत केतु प्रायः कन्याओं के जन्म को ही परिलक्षित करता है। पंचमस्थ सूर्य पुत्रियाँ प्रदान करता है तथा जलीय राशिगत पंचम भावस्थ शनि,

पुत्रों के जन्म का कारण होता है। चन्द्रमा स्त्रीकारक ग्रह है परन्तु स्त्री राशिगत चन्द्रमा, यदि पंचम भाव में स्थित हो, तो पुत्रों के जन्म का कारण बनता है। आवश्यकता है अनुभव और अनुसंधान की, अध्ययन द्वारा प्राप्त सूत्रों के जन्मांगों पर परीक्षण की और इस प्रकार के सूत्रों के निहितार्थ को भलीभाँति जानने की। इस अध्याय में 'कन्या संतति का प्रादुर्भाव' शीर्षक के अन्तर्गत हमने कन्या संतति के जन्म से संदर्भित सभी सूत्रों का उल्लेख किया है तथा चेष्टा की है कि जिन जन्मांगों में उन सूत्रों में व्याख्यायित ग्रहस्थिति, विद्यमान हो, उनका विश्लेषण करके, पुत्र अथवा पुत्री के जन्म सम्बन्धित गणना हो सके।

इस अध्याय में 'संतान का त्याग' उपशीर्षक के अन्तर्गत ऐसे शिशुओं के जन्मांगों का उल्लेख किया गया है जिन्हें अपने माता, पिता अथवा दोनों का सानिध्य उपलब्ध नहीं हो पाता।

माता अपनी संतान का त्याग प्रायः एक ही स्थिति में करती है कि जब संतान अनैतिक हो, अथवा अवैध हो। संतान का त्याग करते समय माता की व्याकुलता का आकलन कर पाना संभव नहीं है। एक स्थिति और भी है जब एक माता दूसरा विवाह करने के लिए या विवाह करने के उपरान्त अपनी पूर्व संतान का त्याग कर देती है। माता से त्यक्त बालकों के जन्मांग में कुछ विशेष ग्रहयोगों का उल्लेख हमारे ऋषि-महर्षियों ने ज्योतिष सम्बन्धी ग्रन्थों में किया है। यदि इस प्रकार की ग्रह स्थितियाँ जन्मांग में विद्यमान हों, तो यह जान लेना चाहिए कि उसकी माता उसे सम्बन्धित दशा, अन्तर्दशा के अन्तर्गत किसी न किसी कारण से त्याग देगी।

कतिपय महत्त्वपूर्ण शाप संबंधित ग्रहयोगों का विवरण हमने अपनी अन्य कृति **पुत्रेष्टि अनुष्ठान** में विस्तृत स्वरूप में व्याख्यायित किया है। अतः **पुत्रेष्टि विधान** में पुनरावृत्ति दोष से रक्षा हेतु संततिहीनता के शाप आदि की व्याख्या करना उपयुक्त नहीं प्रतीत होता।

6. **संततिहीनता का संत्रास** नामक षष्ठ अध्याय में, ऐसे सभी ग्रहयोगों का उल्लेख किया गया है, जिनके जन्मांग में विद्यमान होने से वंश का विस्तार अवरुद्ध हो जाता है। वंशज की अभिलाषा से अतृप्त दाम्पत्य सुख संतप्त हो उठता है। संततिहीनता, पूर्वजन्म के किसी न किसी अभिशाप का ही परिणाम होती है। वास्तविकता से अनभिज्ञ पति और पत्नी, संतति सुख हेतु तब तक विभिन्न प्रकार के उपचार, परिहार तथा चिकित्सा करते हैं। कतिपय दम्पत्ति, परिहार के परिणाम स्वरूप संतति सुख के उल्लास और उत्साह से अभिषिक्त हो उठते हैं, तो कितने ही दम्पत्तियों की सभी आशाएँ, अभिलाषाएँ, पत्रपात में रूपांतरित हो उठती हैं।

आवश्यकता है, उन ग्रहयोगों द्वारा निर्मित अभिशाप के सम्यक् संज्ञान की, जिसके परिणामस्वरूप, संतति सुख से वंचित रहना ही नियति बन जाती है। इस अध्याय में, अनेक संतानविहीन पति और पत्नी के जन्मांगों का, संततिहीनता से सम्बन्धित ग्रहयोगों की व्याख्या और विश्लेषण किया है और इन सभी अवांछित ग्रहयोगों के विषय में पृथक् पृथक् शास्त्रों में उल्लेख है। हमारे ऋषि मुनियों को दिव्य दृष्टि प्राप्त थी, जिसके आधार पर उन्होंने ज्योतिष शास्त्र में संदर्भित सूत्रों और ग्रहयोगों की संरचना की। सूत्रों और ग्रहयोगों को श्लोकबद्ध करके, महर्षि पाराशर, वाराहमिहिर वैद्यनाथ, जीवनाथ, मंत्रेश्वर, कल्याण वर्मा आदि ने ज्योतिष शास्त्र के महान ग्रंथों की संरचना की, जिनकी सत्यता, सम्यकता स्वतः ही सिद्ध है। संतान जन्म से सम्बन्धित अवरोधकारक ग्रहयोगों का सटीक अध्ययन है। संतति सुख का द्वार प्रशस्त करने हेतु उपयुक्त और अनुकूल परिहार के प्रावधान का सूत्रपात करता है।

सम्प्रति संततिहीनता के कारण अनेक दम्पतियों का करुण क्रंदन कदाचित् विषाद, अवसाद को जन्म देता है, जिसे प्रसाद रूप में परिणत, रूपांतरित करने के सुगम सूत्र का संज्ञान कतिपय गंभीर ज्योतिर्विद, मंत्र मर्मज्ञ, अनुष्ठान साधक उपलब्ध करा सकने में समर्थ और सक्षम हैं। हमने अपनी अन्य कृति पुत्रेष्टि अनुष्ठान में अनेक ऐसी साधनाओं, प्रार्थनाओं, स्तोत्रों, सूक्तों, अनुष्ठानों और मंत्रों के अतिरिक्त कतिपय सांकेतिक साधनाओं का भी उल्लेख किया है जिसके अनुकरण, अनुपालन से सहस्रों निःसंतान दम्पत्ति का अवसाद, प्रसाद रूप में परिवर्तित हो गया।

7. संतान प्राप्ति हेतु, सभी प्रयास विफल हो जाने पर ही, दत्तक संतान का विचार उत्पन्न होता है। दत्तक संतान द्वारा वंश परम्परा की निरन्तरता असंदिग्ध हो जाती है। संतान गोद लेने के लिए उत्तरदायी ग्रह हैं शनि और बुध तथा उनका पंचम भाव, पंचमेश अथवा बृहस्पति से सम्बन्ध। हमारे ऋषि-महर्षियों ने दत्तक संतान से संदर्भित ग्रह योगों की व्याख्या, अपने शास्त्रों में की है जिन्हें उदाहरण सहित **संततिहीनता का विकल्प दत्तक संतान** नामक अध्याय में उद्धृत किया गया है।

यह महत्व की बात है कि दत्तक संतान और अवैध संतान से संबंधित ग्रहयोगों में अंतर अवश्य भलीभाँति समझ लेना चाहिए, ताकि फलकथन में कदाचित किंचित् भी त्रुटि न हो। इस अध्याय में हमने यही समझाने का प्रयास किया है कि वह कौन सी ग्रह स्थितियाँ हैं, जिनके जन्मांग में विद्यमान होने पर, जातक निःसन्तान होने के कारण, दत्तक पुत्र अथवा दत्तक पुत्री द्वारा अपने वंश और परिवार को पूर्णता प्रदान करता है।

8. ईश्वरीय सत्ता का सर्वाधिक सशक्त साक्ष्य नारी है जिसमें प्रजनन की अद्भुत योग्यता विद्यमान है। नारी के इसी गुण के कारण, ईश्वर ने प्रकृति को गति

प्रदान करने के उद्देश्य से, उसे इस धरती पर सर्वश्रेष्ठ बनाकर, विश्व के विस्तार का आधार प्रदान किया है। नारी में गर्भधारण करने की योग्यता है इसीलिए नारी वरीयता क्रम में पुरुष से आगे है। नारी के अभाव में विश्व की कल्पना ही संभव नहीं है। नारी जब गर्भधारण करने में असफल सिद्ध होती है तो हीन भावना से आक्रांत हो उठती है। विशिष्ट ग्रहों की स्थितियाँ ही ऐसी परिस्थितियों को जन्म देती हैं जिसे हमने इस कृति के **ऋतुकाल एवं गर्भकाल** नामक अष्टम अध्याय में रेखांकित किया है।

विज्ञान की आधुनिक प्रगति ने मानव को ब्रह्माण्ड की यात्रा करा दी। चन्द्रमा और मंगल ग्रह पर आवासीय योजनाओं के प्रारूप के निर्माण में व्यस्त वैज्ञानिक, क्या पुष्प की एक पंखुड़ी का भी निर्माण कर सकने में सक्षम हैं? पल भर में विश्व का विनाश कर देने में समर्थ मानव, क्या किसी जीव की उत्पत्ति कर सकता है? मानव चाहे कितने भी आविष्कार क्यों न कर ले, परन्तु प्राकृतिक मिट्टी का निर्माण तक करना उसके अधिकार में नहीं है। इसलिए ईश्वर की सत्ता और क्षमता सर्वथा अतुलनीय और अनिर्वचनीय है। ईश्वर ने नारी का निर्माण करके इस धरती को इतना सुन्दर और रमणीय बनाया है कि नारी के अभाव में, इस धरती की जीवन शक्ति के आधार का ही अन्त हो जाता है। अतः विश्व की आत्मा नारी के अस्तित्व में ही सन्निहित है। इसीलिए कहा भी गया है "यत्र नार्यः पूज्यन्ते, रमन्ते तत्र देवताः।" हमें कदापि यह विस्मृत नहीं करना चाहिए कि नारी रमण की वस्तु न होकर समस्त सृष्टि के सृजन का श्रोत है। नारी का सच्चा सम्मान ही पुरुष की शक्ति का आकर्षण है।

हमें सदा स्मरण रखना चाहिए कि नारी इस सृष्टि के सृजन परम्परा की प्रगति और प्रसार हेतु जीवनपर्यन्त अनेक दैहिक और मानसिक कष्ट सहन करने हेतु विवश होती है। अभी उसका बचपन संभल भी नहीं पाता, कि उसे प्रत्येक मास ऋतुकाल की पीड़ा सहन करनी पड़ती है। सहसा, उसे ज्ञात होता है कि वह तो यौवन के द्वार की चन्दन सी महकती चौखट पर पाँव रख चुकी है जिससे पीछे जाना, अब कदापि संभव नहीं है। ऋतुकाल का यह क्रम जीवनपर्यन्त प्रशस्त होता रहता है और यही नारी को ममता के प्रसाद से अलंकृत करता है। ऋतुकाल के प्रारम्भ होने का समय, लगभग उतना ही महत्त्वपूर्ण है जितना कि कन्या के जन्म का समय। वह पल,जब प्रथम बार कोई कन्या रजस्वला होती है, उस समय जन्मांग का निर्माण करके कन्या के विवाह का समय, वैवाहिक सुख, सन्तान आदि के विषय में अध्ययन किया जाना चाहिए। ऋतुकाल का समय, चन्द्रमा की गति तथा नक्षत्रों के उदय पर निर्भर करता है। ऋतुकाल से संबंधित अनेक सूक्ष्म तथ्यों एवं श्लोकबद्ध सूत्रों की व्याख्या ऋतुकाल एवं गर्भकाल नामक अध्याय में की गई है।

आधुनिक युग में जब विज्ञान चांद-तारों पर भवन निर्माण की योजना को साकार करने हेतु प्रयत्नशील है, जब चिकित्साशास्त्र क्लोन का निर्माण करने में भी सफल हो चुका है और जब अन्तरिक्ष तक की दूरी मिनटों में तय की जा सकती है तब भी संतान के गर्भ के समय का संज्ञान होने के उपरान्त भी प्रसव का मास, दिन, वार तथा तिथि का ज्ञान कर पाने का कोई वैज्ञानिक गणना सूत्र हमें उपलब्ध नहीं है। महर्षि भृगु कितने दूरदर्शी और विद्वान थे इस सत्य से ही समझा जा सकता है कि उन्होंने सहस्रों वर्ष पूर्व गर्भकाल के आधार पर प्रसव काल का मास, दिन, वार, तिथि एवं नक्षत्र आदि की गणना का सुगम सूत्र हमें सुलभ करा दिया, जिसका उल्लेख इस अध्याय में सूत्रों की संसिद्धि के रूप में व्यावहारिक जन्मांगों के अध्ययन और विश्लेषण के साथ प्रस्तुत किया गया है। यहां तक कि प्रसव किस नक्षत्र में और किस लग्न में होगा, इसकी भी घोषणा संतान के गर्भस्थ होने के साथ ही साथ की जा सकती है। भावी संतान के जन्मांग का निर्माण भी गर्भकाल के आधार पर संभव है। आधुनिक वैज्ञानिकों के लिए यह किसी चमत्कार एवं चुनौती से कम नहीं है।

भावी संतान पूर्व पुण्य का फल है या किसी अवांछित कृत्य का प्रतिरूप है। यह संज्ञान भी अत्यन्त सुगमता के साथ उपलब्ध हो पाता है। गर्भकाल के समय जो लग्न प्रशस्त हो रहा था, उससे पंचम या नवम लग्न में यदि संतति का जन्म हो, तो पुण्य फल का प्रतिफल समझना चाहिए। ऐसे ही अनेक दुर्लभ ज्योतिषीय तथ्यों का अध्ययन **पुत्रेष्टि विधान** में करने की सबल चेष्टा की गई है।

शिशु के प्रसव की पीड़ा तो जननी ही अनुभव कर सकती है। कदाचित् प्रसव पीड़ा से भी कहीं अधिक वेदना पूर्णस्थिति तब उत्पन्न होती है जब शिशु का जन्म समय से पूर्व होने की स्थिति उत्पन्न हो। इससे भी अधिक दारुण और भयभीत कर देने वाली त्रासदी उस समय उत्पन्न होती है जब जननी को ज्ञात होता है कि उसके गर्भस्थ शिशु की ग्रीवा में नाल लिपट गई है और शिशु का श्वास लेना भी दुश्कर होता जा रहा है। जिस शिशु को वह नौ महीने से भी अधिक गर्भ में रखती है, उसकी हर श्वास के साथ वह भी जीती मरती है। श्वास की गति मध्यम होने लगे तो जननी का संशय ग्रस्त होना स्वाभाविक ही है। यूं तो गर्भ में हर शिशु एक लम्बी नाल में लिपटा होता है, जिसके माध्यम से शिशु को भोजन पहुँचता है। यदि यही नाल शिशु के गले में लिपट जाये तो उसके प्राणों के लिए संकट उत्पन्न हो जाता है। ऐसे में चिकित्सक के पास शल्यक्रिया के माध्यम से प्रसव कराने के लिए विवश होना पड़ता है। शिशु के जन्मांग से यह जाना जा सकता है कि क्या इसके जन्म के समय गले में नाल लिपटी हुई थी। शनि, मंगल और राहु का लग्न अथवा लग्नेश पर प्रभाव होने से यह दारुण स्थिति उत्पन्न होती है। शल्यक्रिया के अभाव में शिशु के जन्म के

समय जो लग्न उदित होता है उस समय के आधार पर निर्मित होने वाले जन्मांग में मंगल या शनि स्थित हो और राहु से दृष्ट हों या राहु और शनि मंगल के प्रभाव से आक्रान्त हो या मंगल और राहु शनि द्वारा प्रभावित हो अथवा इन ग्रहों की लग्न के संदर्भ में परस्पर दृष्टि अथवा युति हो तो नाल वेष्टित प्रसव की स्थिति उत्पन्न होती है। ऐसी ही अनेक अन्य ग्रह स्थितियों का उल्लेख इस कृति में किया गया है, जिनका संज्ञान नालवेष्टित शिशु सम्बन्धी भविष्य कथन करने हेतु अपेक्षित है। इस अध्याय के अंतरंग अध्ययन के उपरान्त गर्भस्थ शिशु के नालवेष्टित होने का आकलन सुगमता से किया जा सकना संभव है।

इस अध्याय में उन ग्रह स्थितियों का भी विस्तृत विवेचन किया गया है जिनके विद्यमान होने से नारी को मातृत्व के प्रसाद से अभिपूरित होने का वरदान प्राप्त है। नारी और पुरुष में श्रेष्ठतर कृति नारी को ही स्वीकारा गया है। नारी का श्रेष्ठतम गुण है गर्भ धारण करके संतति जन्म प्रदान करना। यह सामान्य और सरल प्रक्रिया है परन्तु कतिपय दुर्भाग्य से आक्रान्त दम्पति के लिए संतान का गर्भस्थ होना, आकाश को धरातल पर लाने के समतुल्य कठोर साधना से कम नहीं है। यह सत्य अब से नहीं बल्कि अनादिकाल से शाश्वत है।

यहाँ पर हम ज्योतिष शास्त्रों से उद्धृत उन ग्रहयोगों का उल्लेख करना आपेक्षित समझते हैं, जिनके जन्मांग में विद्यमान होने से नारी संतान गर्भस्थ करने की क्षमता से वंचित होती है। ऐसी नारी जिसके जन्मांग में पंचम, नवम भाव, उनके अधिपति तथा संतान कारक बृहस्पति पापाक्रान्त हों अथवा बन्ध्या राशिगत हों अथवा अल्पसुत राशि में संस्थित हों, नपुंसक ग्रह से पंचमभाव प्रभावित होने के साथ-साथ त्रिक भावों के अधिपति से संयुक्त अथवा दृष्ट हो, तो संततिहीनता के दुर्दमनीय दारुण वेदनाकारक अभिशाप से सम्पूर्ण जीवन का हर्षोल्लास अभिशप्त हो उठता है। ऐसे ही कतिपय ग्रहयोगों का उल्लेख इस अध्याय में किया जा रहा है।

9. संतान के निधन के कारण उत्पन्न होने वाली दारुण व्यथा का आकलन, शब्दों की अभिव्यक्ति की सीमा के अन्तर्गत आबद्ध करना असंभव है। असमय, अकस्मात संतति की मृत्यु की वेदना, अनेक अवसरों पर, हमने अत्यन्त निकट से अनुभव की है। हमारे अनुज की असाधारण रूपवती, विदुषी और प्रतिभा सम्पन्न कन्या, अभी सोलह वर्ष की ही थी कि अचानक माचिस की एक तीली ने, उसके जीवन को सहसा, अपने आगोश में, इस तरह से लपेट लिया, जैसे किसी हृदयहीन व्यक्ति ने, जीवित कन्या की चिता को भयावह अग्नि के आधीन कर दिया हो। अपने सामने संतान की मृत्यु,चाहे किसी भी कारण से हो, परन्तु उसका वास्तविक कारण, हमारे पूर्व जन्म कृत संचित पाप और अपराध ही होते हैं, जो इस जन्म में संतति

के काल के ग्रास के रूप में, प्रतिफलित होते हैं। ऐसे अनेक ग्रहयोग हैं, जिनकी जन्मांग में उपस्थिति संतान वियोग के रूप में जातक या जातिका को दण्डित, पीड़ित और जीवनपर्यन्त व्यथित करती रहती है। शास्त्रगर्भित ऐसे अन्यान्य ग्रहयोगों की व्याख्या और व्यावहारिक जन्मांगों में ऐसे अवांछित ग्रहयोगों की संरचना तथा उनके अशुभ परिणाम का विवेचन **पुत्रेष्टि विधान** नामक इस कृति में सम्मिलित किया गया है। इन शास्त्रीय सूत्रों के उपयोग से पूर्व अनुभव द्वारा संयोजित संचित संज्ञान अपेक्षित है। विषय की गंभीरता को ध्यान में रखते हुए, हमने इस अध्याय में अधिकांश संतति वियोग सम्बन्धी ग्रहयोगों का विवेचन और जन्मांगों पर उनके प्रतिफलन के प्रारूप प्रस्तुत करने का परिश्रमसाध्य प्रयास किया है, जो हमारे अनुभव, अध्ययन और अनुसंधान पर आधारित है।

शिशु के जन्म की अनुभूति जितना हर्षित और उल्लसित करती है, उसकी मृत्यु व्यक्ति को उससे कहीं अधिक असहनीय दुःख प्रदान करती है। कई अवसरों पर तो बालक की मृत्यु के पश्चात्, उसके मातापिता अपनी सुध-बुध ही खो बैठते हैं। शिशु की मृत्यु की कल्पना मात्र भी दुर्दमनीय दारुण दुखों की अवर्णनीय असहनीय असीम वेदना के घोर अन्धकार में रूपान्तरित हो उठती है। व्यक्ति का समस्त उल्लास और उत्साह हिमाच्छादित बर्फ की शीतल परतों के मध्य जमकर रह जाता है। उस समय शिशु के मातापिता का विश्वास अधिकतर ईश्वर की सत्ता के समक्ष भी प्रश्नचिह्न लगा देता है। विचलित और उदास मन इतनी व्याकुलता के कारण निरन्तर प्रवाहित होने वाली अश्रुधारा में प्रवाहित होकर, चेतना विहीन हो जाता है। वह कौन से ग्रहयोग हैं जिनके जन्मांग में विद्यमान होने के कारण शिशु, अल्पकाल में ही चल बसता है, या फिर किसी व्याधि से ग्रस्त होने के कारण उसकी हृदयगति अवरुद्ध हो जाती है। आकाश से झाकते हुए सूर्य और चन्द्रमा तथा अन्यान्य तारे पृथ्वी पर आये दिन मृत्यु को प्राप्त करते हुए बालकों को देखकर भले ही रुदन न करें परन्तु जन्मांगों में सूर्य और चन्द्रमा की स्थिति के अतिरिक्त अनेक सम्बन्धित ग्रहों की स्थिति भयाक्रान्त करने वाली होती है। इन ग्रह स्थितियों को देखकर, समझकर हमें ईश्वर की सत्ता का प्रमाण प्राप्त होता है। जो इस आंस्था की पुष्टि करता है कि हम ईश्वरीय सत्ता के अन्तर्गत एक कठपुतली मात्र हैं। हमारी प्रत्येक श्वास का आधिपत्य तो जगदीश्वर के हाथ में है। उसी जगदीश्वर ने हमारी सांसों को समझने और उसकी अवधि के अनुमान हेतु ज्योतिष विज्ञान की संरचना की है। इसके साथ ही कतिपय ऋषि-महर्षि को सिद्धि और दिव्यदृष्टि प्रदान की, जो ग्रहों की अनुकूलता और प्रतिकूलता का सटीक अनुमान करके जनकल्याण के उद्देश्य से ज्योतिष शास्त्र की संरचना करें। ब्रह्माजी और माता सरस्वती की प्रेरणा

से महर्षि पराशर ने वृहद् पाराशर होराशास्त्र, आचार्य वाराहमिहीर ने वृहद्जातकम्, दैवज्ञ वैद्यनाथ ने जातक पारिजात, श्रीमत्कल्याण वर्मा ने सारावली, श्रीमन्मिश्रबलभद्र ने होरा रत्नम्, श्री वैंकटेश शर्मा ने सर्वार्थ चिन्तामणि, आचार्य मीनराज ने वृद्धयवनजातकम्, श्री जीवनाथ ने भावकुतूहलम्, कवि कालिदास ने उत्तराकालामृत, पूर्वकालामृत, आचार्य मुकुन्द दैवज्ञ ने जातक भूषणम्, श्री ढुण्ढिराज दैवज्ञ ने जातक भरणम्, श्रीमहादेव पाठक ने जातक तत्त्वम्, श्री गणेश कवि ने जातकालंकार, सत्याचार्य ने सत्य जातकम्, श्रीनृसिंह दैवज्ञ ने जातक सारदीप, पं. महीधर शर्मा ने शम्भु होरा प्रकाश, श्री मुकुन्द दैवज्ञ ने ज्योतिष तत्त्वम्, श्री रामानुजाचार्य ने भावार्थ रत्नाकर, खानखाना ने खेट कौतुकम्, श्री मंत्रेश्वर ने फलदीपिका, महाराजा रणवीर सिंह ने श्री रणवीर ज्योतिर्महानिबंध, पं. मुकुंद वल्लभ दैवज्ञ ने फलित मार्तण्ड, श्री भास्कराचार्य ने भावदीपिका, पडुमनाई चोमात्रि ने जातक देशमार्ग तथा अन्यान्य ऋषियों ने विभिन्न ज्योतिषशास्त्रों का निर्माण किया। आधुनिक ज्योतिष विज्ञान के अध्येताओं ने उपरोक्त महर्षियों द्वारा रचित सूत्रों के अध्ययन के उपरान्त उनका व्यावहारिक अनुसरण विभिन्न जन्मांगों के परिप्रेक्ष्य में किया और कतिपय क्लिष्ट सूत्रों को अपने अध्ययन, अनुभव और अनुसंधान के आधार पर सहज और सरल प्रारूप प्रदान किया, जिसकी हमने **बालारिष्ट योग** नामक अध्याय में विस्तृत व्याख्या की है।

उल्लेखनीय है कि बालारिष्ट पर केन्द्रित इस अध्याय में अनेक जटिल सूत्र समायोजित किये गये हैं। बालारिष्ट का विषय भी वेदना और करुणा से भरा हुआ है। करुणा के करुण क्रन्दन को प्रदर्शित करने वाले सूत्र, सुधा के स्थान पर विष की वेदना ही प्रदान करते हैं, इसीलिए बालारिष्ट योग नामक अध्याय को (1) मध्य बालारिष्ट योग (2) किशोरावस्था में बालारिष्ट योग तथा (3) प्रबल बालारिष्ट योग होने पर भी शिशु के प्राणों की रक्षा, शीर्षक के अन्तर्गत विभाजित किया गया है।

पुत्रेष्टि विधान जैसे विशाल शोध प्रबन्ध की संपूर्णता हमारे स्वप्न का साकार स्वरूप है। इस कृति की संरचना में संतान के संदर्भ में पिछले चालीस वर्षों की शोध का सारांश सन्निहित है। पूर्व पाँच वर्षों से निरन्तर हम पुत्रेष्टि विधान तथा पुत्रेष्टि अनुष्ठान के समृद्ध, सघन, सुरुचिपूर्ण सामग्री से संपुष्ट संरचना के निर्माण हेतु परिश्रमसाध्य लेखन करते रहे हैं। लेखन प्रक्रिया में हमें सर्वाधिक सहयोग प्राप्त हुआ है अपनी स्नेहाषिक्त, स्नेह संपदा तथा स्नेहिल तनया दीक्षा तथा प्रतिभाशाली, आत्मीय तनय विशाल का, जिन्होंने समय-समय पर हमें अपेक्षित सामग्री उपलब्ध कराई। हम आभारी हैं अपनी कुलवधू सुश्री शिल्पी तथा कुलगौरव श्री राहुल बाजपेई के सम्मानयुक्त सानिध्य के। हमारे पौत्र युग तथा पौत्री युति, तनया तनय अंश तथा नवांश के प्रति भी हम आभार व्यक्त करते हैं जिन्होंने लेखन के दुरुह तथा तनावपूर्ण

पलों को अपनी आमोदिनी-प्रमोदिनी से सरल-तरल तथा सहज बनाये रखा।

पुत्रेष्टि विधान का लेखन हमारे अनन्य सहयोगियों के सहयोग के बिना सम्पन्न होना संभव नहीं था। श्री राजेश त्यागी ने पुत्रेष्टि विधान का समस्त टंकण सम्बन्धी कार्य करके इसे वर्तमान स्वरूप दिया, तो श्री सदाशिव तिवारी ने पुत्रेष्टि विधान की वर्तमान नयनाभिराम, आकर्षक तथा प्रभावशाली सी.आर.सी. (कैमरा रेडी कॉपी) का निर्माण तथा प्रूफ रीडिंग से सम्बन्धित कार्य सम्पन्न किया। पुत्रेष्टि विधान में उपयोग किए जाने वाले जन्मांगों का चयन तथा उनकी शुद्धता से सम्बन्धित कार्य सम्पन्न किया है श्री रोहित मिश्रा तथा श्री गोपाल प्रकाश ने।

पुत्रेष्टि विधान का शब्दार्थ धन्य हुआ है सौरभ सुधा से संयुक्त अप्रतिम सौन्दर्य एवं अतुलनीय रूप लावण्य की साम्राज्ञी, सिन्धुसुता, सुधाकर सहोदरा, विष्णुप्रिया, त्रिपुरसुन्दरी-चंचला की अनन्त अनिर्वचनीय अशेष अनुकम्पा, अनुराग आशीष एवं अभिज्ञान से। हम तो संतान सुख पर आधारित पुत्रेष्टि विधान नामक शोध प्रबन्ध के सारथी मात्र हैं, परन्तु ज्ञानगंगा के मधुर पीयूष का प्रवाह तो आदिशक्ति, महाशक्ति, त्रिभुवन मोहिनी के परम पुनीत पावन पदरज के स्पर्श मात्र से ही अभिसिंचित एवं अभिगुंजित हुआ है,जो हमारे चिन्तन का प्रेरणा स्रोत है और हमारे अस्तित्व का आधारभूत सत्य भी। सूर्योदय से चन्द्रोदय तक, कठोर परिश्रम के प्रतिपादन के उपरान्त, जब हमारा थका हुआ तन, मस्तिष्क द्वारा प्रेषित सन्देश को स्वीकार करने की सहमति, अनुमति नहीं प्रदान करता, तब त्रिपुर सुन्दरी की भक्ति भावनाओं के भव्य भवन का त्रिभुवन मोहन सौन्दर्य एवं मनभावन मुस्कान का चिन्तन, हमारे हृदय के प्रभाव में, प्रमाद तथा तन्द्रा को त्याग कर उल्लास, उत्साह, उमंग, ऊर्जा का अभिनव अभिसिंचन करता है और यही हमारी श्रद्धा, आस्था और निष्ठा के अंतरिक्ष में सर्वाधिक ज्योतित प्रकाश पुंज के रूप में जीवनपर्यन्त जीवन्त रहेगी तथा ज्योतिष विज्ञान के विभिन्न आयामों के अध्ययन, अनुभव, अनुसंधान के अनुशीलन की आधारशिला तथा प्रेरणा के रूप में जन्म-जन्म में हर जन्म में हमारा दिग्दर्शन करती रहेगी। यही हमारी सदाशा और मंगलकामना है।

भारतीय संस्कृति से सम्बन्धित साहित्य के प्रख्यात प्रतिष्ठित एवं प्रशंसित प्रकाशक **मोतीलाल बनारसीदास** द्वारा अब तक हमारी बारह महत्त्वपूर्ण लोकप्रिय एवं प्रामाणिक कृतियों का प्रकाशन हुआ है। इस यशस्वी संस्था का नाम ही प्रामाणिकता को प्रारूपित करता है और श्री प्रेम शर्मा कृत इन्द्रधनुषी रंगों के नयनाभिराम साजसज्जा के साथ, प्रबुद्ध पाठकों तक, इस शोध संरचना को पहुँचाने का गुरुतर दायित्व, इस बार भी सम्माननीय **श्री नरेन्द्र प्रकाश जैन** ने स्वीकार किया

है, अतः हम उनके प्रति भावबद्ध आभार एवं कृतज्ञता अर्पित करके हर्ष का अनुभव करते हैं।

पुत्रेष्टि विधान में संतति सुख से सम्बन्धित सर्वाधिक उपयोगी पक्ष की ज्ञानगंगा को जनसामान्य एवं आतुर पाठकों, पाठिकाओं तक अनुकूल गति प्रवाहित करने की चेष्टा, पूर्ण मनोयोग और अथक परिश्रम के साथ की गयी है। जिन युवतियों अथवा युवकों को संतति सुख के सन्दर्भों में समुचित संज्ञान की आवश्यकता है, उन्हें यह ग्रन्थ उनकी समस्याओं का सम्यक् समाधान तथा समुचित मार्गदर्शन करके उनकी निश्छल आत्मीयता प्राप्त करेगा और यही हमें लेखकीय सन्तोष एवं सुख के पथ पर प्रशस्त करते हुए भविष्य में अन्य समृद्ध तथा सघन शोध प्रबन्ध की संरचना के साथ-साथ सुरुचिपूर्ण विषयों पर अन्य संपुष्ट कृतियों के सतर्क लेखन हेतु प्रेरित और प्रोत्साहित करेगा।

हमें अपने प्रबुद्ध पाठकों की प्रतिक्रिया की अभिव्यक्ति की आतुर हृदय से प्रतीक्षा है।

'मृदुल वाटिका', 24, महानगर विस्तार,
ई-40, कारपोरेशन क्वाटर्स के सामने,
पीली कालोनी, लखनऊ - 226006
दूरभाष : 0522-2326625

मृदुला त्रिवेदी
टी.पी. त्रिवेदी

दिनांकः 28 जनवरी 2011, शुक्रवार
माघ कृष्ण पक्ष, दशमी तिथि अनुराधा नक्षत्र

वरमेको गुणी पुत्रो निर्गुणैश्च शतैरपि।
एकश्चन्द्रस्तमो हन्ति न च ताराः सहस्रशः।।

सैकड़ों गुणहीन पुत्रों की अपेक्षा एक गुणवान पुत्र भी श्रेष्ठ है, क्योंकि चन्द्रमा ही अन्धकार का नाश करता है, हजारों तारे नहीं।

अनुक्रमणिका

अध्याय–5

संतान जन्म समय विचार

संतान संख्या का विचार वर्तमान समय में उतना महत्त्वपूर्ण नहीं है जितना अब से 100 वर्ष पूर्व था। संतान उत्पत्ति पर प्रतिबन्ध लगाना भी उपयुक्त प्रतीत होता है। जिस गति से संतान संख्या में वृद्धि होती जा रही थी, उसे अवरुद्ध करने के उपरान्त भी भारतवर्ष की जनसंख्या पिछले 50 वर्षों में 40 करोड़ से बढ़कर 100 करोड़ हो गई। पहले एक दम्पति मिलकर कम से कम 8-10 संतानों को तो अवश्य जन्म देते थे। हम ऐसे दम्पत्तियों को भी जानते हैं जो दो दर्जन से अधिक संतानों के माता-पिता हैं। अब तो 2, 3 या अधिक से अधिक 4 संतानों के जन्म की ही प्रथा है। पहली संतान विवाह के 1-2 वर्ष के भीतर और दूसरी संतान लगभग 4 वर्ष के पश्चात्। प्रायः सभी दम्पत्तियों के साथ संतान जन्म की कुछ ऐसी ही संरचना प्रकृति ही हो जाती है। आजकल संतान जन्म का समय नहीं पूछा जाता बल्कि दम्पति स्वयं संतान जन्म की इच्छा होने पर संतान के गर्भस्थ होने हेतु निर्णय करते हैं। अनेक गर्भ-निरोधक सामग्रियों के सुगमता से उपलब्ध होने के कारण संतान जन्म को नियन्त्रित करना अब अपनी इच्छा के अनुरूप हो गया है। कुछ ऐसे भी देश हैं जहां आज भी संतान जन्म पर कोई प्रतिबन्ध नहीं है। प्रायः विपन्न दम्पतियों के आधी दर्जन संतानें आज भी देखी जा सकती हैं। अनेक उद्योगपति संतान संख्या को नियन्त्रित करना उपयुक्त नहीं समझते हैं क्योंकि वे समर्थ और सक्षम हैं। मुस्लिम देशों में भी प्रायः अनेक संतानों के जन्म की प्रशंसा की जाती है। अतः संतान जन्म के समय पर विचार करना एक आवश्यक प्रक्रिया है। इस सन्दर्भ में विभिन्न शास्त्रों के अनेक मंत्र आगे दिये जा रहे हैं जिनका अध्ययन और अभ्यास संतान जन्म का समय निर्धारण करने में सहायक सिद्ध होता है।

5.1 शास्त्रीय सूत्र

सन्तानाप्त्या मुख्यमार्गं प्रवक्ष्ये दुश्चिक्यायाङ्गास्तधीभाग्यभानि।
सन्तानाख्यानीरितानि ग्रहज्ञैस्तेष्वप्यङ्गायात्मजानङ्गभानि।।

मुख्यानि स्युर्जन्मलग्नाज्जनीन्दोश्चेदम्पत्योगोंचरेणामरेज्यः।
आयात्यार्किश्चैषु गर्भस्य योगः स्त्रीणां वाच्यः प्राक्तनाचार्य्यवर्य्यैः।।

(ज्योतिषतत्त्वम्/अध्याय-19/17-18)

तृतीय, एकादश, लग्न, सप्तम, पंचम और नवम ये छह सन्तान संजकस्थान हैं। उनमें भी लग्न, एकादश, पंचम और सप्तम ये चार स्थान सन्तान के मुख्य हैं। स्त्री तथा पुरुष इन दोनों के जन्मलग्न और जन्मराशि से उक्त सन्तान स्थानों में जब गोचर से बृहस्पति और शनि विद्यमान हो तब स्त्रियों का गर्भयोग कहना चाहिए।

आदित्यजे जन्मनि गर्भसञ्ज्ञके
तिष्ठेत्तदाऽऽयात्यपि तत्र वाक्पतिः।
गर्भाप्तिरुक्तेनजनिर्जनौ तना
आयाति लाभे यदि गोचरेण सः।।

सन्तानदः स्याज्जनने पतङ्गजो
यद्भे सवीर्य्यो मनुजस्य वर्त्तते।
तद्भे यदाऽऽयाति तथाऽमरार्च्चितो-
ऽप्यायाति तत्रात्मजलब्धिरीरिता।।

(ज्योतिषतत्त्वम्/अध्याय-19/19-20)

जन्मसमय में जब 'शनि' गर्भोत्पादक (1/3/5/7/9/11) स्थान में हो तो उस स्थान में जब गोचर से बृहस्पति आये तब गर्भ की प्राप्ति होती है। यदि जन्मसमय में 'शनि' लग्न में हो और वह गोचर से जब लाभस्थान में आये तब सन्तान की प्राप्ति होती है। जन्मसमय में बलवान शनि जिस राशि में हो उसी में पुनः जब गोचर से शनि तथा बृहस्पति आये तब पुत्र की प्राप्ति होती है।

सन्तानायगृहत्रिकोणभवनेष्विज्यस्तनूजप्रदो
मान्दिश्चेदजपूर्वषड् गृहगतो जूकादिषट्के स चेत्।
सन्तत्यै गुरुरात्मजामरगुरोरशत्रिकोणे भवेत्
संयुक्ते यमकण्टकेन गुलिके पुंस्त्रीभिदास्यांशतः।।

(जातकादेशमार्ग/अध्याय-16/11)

संतान जन्म के विषय में अनेक मतभेद हैं जिसके कारण भ्रांति उत्पन्न होती

है। यहां पर संतति जन्मकाल से सम्बद्ध समुपयुक्त संज्ञान से संदर्भित शास्त्रीय सूत्रों का गम्भीरता से अवलोकन करें -

1. जिस राशि में सन्तानजीव हो उसमें या उससे त्रिकोण में गोचर से बृहस्पति हो और मान्दि मेष से कन्या तक इन छह राशियों में से किसी में हो तो संतति जन्म होता है (परन्तु इस सूक्त पर निर्भर रहने से भ्रांत फल प्राप्त होने की संभावना है।)
2. मान्दि तुला से मीन तक - इन छह राशियों में से किसी में हो (1) सन्तानजीव जिस नवांश में हो उस नवांशराशि में या उससे त्रिकोण में बृहस्पति हो।
3. यमकण्टक स्पष्ट और गुलिक स्पष्ट को जोड़िए। योगफल यदि पुरुषनवांश में स्थित हो तो पुत्र प्राप्त होगा, यदि स्त्रीनवांश में स्थित हो तो कन्या प्राप्ति होती है।

ओजे युग्मेऽथवा राशावोजांशः पुत्रसूतिकृत्।
युग्मांशः कुरुते नारीमंशस्यात्र प्रधानता।।

(जातकादेशमार्ग/अध्याय-16/12)

किसी भी राशि में चाहे पुरुषराशि हो अथवा स्त्रीराशि, नवांश का ही महत्त्व है। पुरुषनवांश हो तो पुत्र; और स्त्रीनवांश हो तो कन्या की प्राप्ति होती है।

सन्तानजीवं यमकण्टकं च सन्तानमान्दिं सहयोजयेत् त्रीन्।
कुन्देन हन्यात्पुनरत्र यातताारांशयोः पुत्रजनिस्त्रिकोणे।।

(जातकादेशमार्ग/अध्याय-16/13)

सन्तान जीवस्पष्ट, यमकण्टक स्पष्ट तथा सन्तान मान्दिस्पष्ट, इन तीनों को जोड़ना चाहिए। (मान्दि स्पष्ट को पांच से गुणा करने से सन्तान मान्दि निकलता है)। योगफल में यदि राशियां बारह से अधिक आये तो राशियों में से बारह कम करना चाहिए। जो शेष बचे वह किस नवांश में और किस नक्षत्र में पड़ता है यह निकालना चाहिए। इस नवांशराशि में या इससे त्रिकोण में अथवा इस नक्षत्र में या इस नक्षत्र से त्रिकोण में जब चन्द्रमा गोचरवश हो तब सन्तान की प्राप्ति होती है। यह सूत्र अनुभूत है।

लग्नाधीशः सुतपधिषणौ तद्द्वयाप्तांशभेशौ
जायाधीशस्तनयभवनप्रेक्षकास्तद्गताश्च ।

ये चैतेषां भवति हि दशा यत्र चान्तर्दशा वा
तस्मिन् काले तनयजननं निर्दिशेन्मानवानाम्।।

(जातकादेशमार्ग/अध्याय-16/23)

निम्नलिखित की दशा, अन्तर्दशा में सन्तानप्राप्ति होती है :

1. लग्नेश 2. पंचमेश 3. बृहस्पति 4. बृहस्पति जिस ग्रह के नवांश में हो उस नवांश का स्वामी 5. पंचमेश जिस नवांश में हो उस नवांश का स्वामी 6. सप्तमेश 7. जो ग्रह पंचम में हो 8. जो ग्रह पंचम को दृष्टिनिक्षेप करता हो।

पुत्रेशाश्रितभे तदंशकगृहे मान्द्याश्रितर्क्षे तदीयांशर्क्षे
च तथा त्रिकोणभवनेष्वेषां च बह्वक्षके।
राशौ स्वाष्टकवर्गके च विचरन् जीवो भवेत्पुत्रदः
पुत्रेशोऽत्र विचिन्त्यतां हिमकराल्लग्नाच्च जीवादपि।।

(जातकादेशमार्ग/अध्याय-16/24)

निम्नलिखित राशियों के स्वामियों के अष्टकवर्ग में देखे कि किस राशि में सबसे अधिक शुभ बिन्दु हैं। इस सबसे अधिक बिन्दुवाली राशि में जब बृहस्पति गोचरवश विचरण करता है तब पुत्रजन्म होता है।

नीचे जहां-जहां पंचम या पंचमेश शब्द आया है, वहां लग्न से पंचम पंचमेश, तथा चन्द्रमा से पंचम और पंचमेश एवं बृहस्पति से पंचम और पंचमेश समझना चाहिए। अर्थात् केवल लग्न से ही नहीं अपितु चन्द्रलग्न या बृहस्पति से भी।

ऊपर कुछ राशिस्वामियों के अष्टकवर्ग का उल्लेख हुआ है। किन-किन राशियों के स्वामी? इसका निर्देश इस प्रकार है :

1. पंचमेश जिस राशि में हो।
2. पंचमेश जिस नवांशराशि में हो।
3. जिस राशि में मान्दि हो।
4. मान्दि जिस नवांशराशि में हो।
5. उपर्युक्त 1, 2, 3, 4, से जो राशियां त्रिकोण में हों।

जीवापत्यविलग्नजन्मपतयः पुत्रेश्वरारूढभे
पुत्रे वाऽथ तयोस्त्रिकोणभवने वा संचरेयुर्यदा।

योगो वा वनिताविलग्नतनयेशानां त्रयाणां यदा
सन्तत्या जननं तदा खलु नृणामित्येव शास्त्रोदितम्।।

(जातकादेशमार्ग/अध्याय-16/25)

बृहस्पति के गोचरवश पुत्र के जन्म का समय निकालने की कतिपय अन्य विधि इस प्रकार है-

1. जब, लग्नेश, पंचमेश और बृहस्पति उस राशि में या उस राशि से त्रिकोण में स्थित हो, जिसमें जन्म के समय बृहस्पति हो।
2. जब गोचरवश किसी राशि में पंचमेश, सप्तमेश और लग्नेश एक साथ भम्रण कर रहे हों।

लाभे सुते वा शुक्रेन्दुसुते भौमोऽथवा क्रमात्।
शुक्रेन्दू पश्यतः पुत्रं वर्षेऽस्मिन् सन्ततिस्तदा।।

(मानसागरी/अध्याय..../16)

शुक्र, बुध या मंगल जिस जातक के जन्मकालिक एकादश या पंचमभाव में दिखाई दे तो गति के वश जब कभी शुक्र और चन्द्रमा की दृष्टि पंचमभाव पर पड़ेगी उसी वर्ष में इसे पुत्ररत्न की प्राप्ति होगी।

संतत्यभावतत्संपत्तत्संख्यासमयादयः ।
निरूप्यन्तेऽधुना जन्मकालीनविहगादिभिः।।

(जातकादेशमार्ग/अध्याय-15/11)

जन्मांग की ग्रह स्थिति के आधार पर संतान संख्या, संतान का जन्म समय, संतान का अभाव आदि के विषय में इस प्रकार से गणना की जाये कि सही परिणाम प्राप्त हो, इससे सम्बन्धित कतिपय सूत्र अग्रांकित हैं -

वध्वाः खेटनिरीक्षितेऽनुपचये चन्द्रे भवेयुः सुताः
शीतांशोरितरस्थितस्य बलवत्खेटेक्षणे सद्युतौ।
कृच्छ्रात्संततिरन्यथा नुरुभयोरन्यत्रगे शीतगौ
प्रोक्तात्खेटनिरीक्षणेन रहिते नूनं न पुत्रोद्भवः।।

(जातकादेशमार्ग/अध्याय-15/12)

1. स्त्री के जन्मांग में जब गोचरवश अनुपचय स्थान में चन्द्रमा हो और उसको

कोई ग्रह दृष्टिनिक्षेप करता हो तो पुत्र की प्राप्ति होती है।

2. स्त्री के जन्मांग में यदि गोचरवश चन्द्रमा अनुपचयस्थान में न हो और वह (चन्द्रमा) शुभग्रह से युत हो और शुभग्रह दृष्टिनिक्षेप करते हों तो कठिनता से संतान की प्राप्ति होती है।

3. यदि उपर्युक्त 1 या 2 में कही हुई स्थिति न हो तो जातक के सन्तान नहीं होती है। उपर्युक्त योग गर्भाधान के संदर्भ में प्रस्तुत किया गया है। उपरोक्त ग्रह स्थिति होने पर ही स्त्री गर्भस्थ होती है।

पुंसां बीजबलाभावात् क्षेत्रदौर्बल्यतः स्त्रियः।
पुत्राभावो गुणेऽपि स्याच्चिन्त्यते तद्द्वयं ततः।।

(जातकादेशमार्ग/अध्याय-15/13)

जातक के जन्मांग में बीज के बलवान न होने से तथा स्त्री के जन्मांग में क्षेत्र की दुर्बलता से सन्तान नहीं होती है। इसलिए इस विषय पर विचार अवश्य करना चाहिए।

गर्भाधानसमर्थता तरणिना रेतः सितेनोच्यतां
तौ चेत्पुंभवनांशगौ च बलिनौ पुंसां भवेत्सन्ततिः।
स्त्रीणां रक्तगुणोऽसृजाऽथ शशिना गर्भस्य सन्धारणा-
शक्तिस्तौ यदि युग्मगौ च बलिनौ तद्वन्न च व्यत्यये।।

(जातकादेशमार्ग/अध्याय-15/14)

1. सर्वप्रथम पुरुष के जन्मांग पर विचार करना उपयुक्त है। गर्भाधान की सामर्थ्य का विचार सूर्य से करना; वीर्य का विचार शुक्र से। यदि यह दोनों बलवान हों और पुरुषराशि, पुरुषनवांश में हों तो पुरुष को संतति सुख प्राप्त होता है।

2. गर्भाधान के विषय में स्त्री के जन्मांग पर भी विचार करना आवश्यक है। रज का विचार मंगल से करना चाहिए और गर्भधारण की क्षमता चन्द्रमा से देखना चाहिए। यदि यह दोनों युग्मराशि, युग्मनवांश में हों और बली हों तो सन्तान सुख प्राप्त होता है।

यदि पुरुष के जन्मांग में सूर्य और शुक्र बलहीन हों तथा युग्मराशि युग्मनवांश में हों तो वीर्य की अक्षमता के कारण सन्तानोत्पत्ति में अवरोध उत्पन्न होता है। इसी प्रकार यदि स्त्री के जन्मांग में चन्द्रमा और मंगल बलहीन हों और ओज राशि, ओज

नवांश में हों तो रज के दोष से सन्तान जन्म में प्रतिबन्ध योग निर्मित होता है। फलदीपिका अध्याय 12 श्लोक 14 के अनुसार स्त्री के जन्मांग में चन्द्रमा, मंगल और बृहस्पति के ग्रह स्पष्ट जोड़कर और पुरुष के जन्मांग में सूर्य, बृहस्पति तथा शुक्र के ग्रह स्पष्ट जोड़कर सन्तानोत्पत्ति क्षमता का निर्णय किया जाना चाहिए।

जीवाधिष्ठिततारयातघटिका बाणाहृता राशयो
लभ्यन्ते लवलिप्तिकाश्च विधिवन्नीत्वोभयत्र न्यसेत्।
नीत्वैवं रविशुक्रभाद्द्वितयमप्येकेन संयोजयेद्
बीजं तत्क्षितिजेन्दुभाक्रहृतयुतं क्षेत्रस्फुटं स्यात्परम्।।

ओजराशिषु पुंभागे स्थित्या सद्योगदर्शनात्।
बीजस्य बलवत्वं स्याद्दौर्बल्यं च तदन्यथा।।

युग्मराशिषु युग्मांशे स्थित्या सद्योगदर्शनात्।
क्षेत्रस्य बलवत्वं स्याद्दौर्बल्यं च तदन्यथा।।

इष्टासद्ग्रहवर्गसंस्थितिरपि क्षेत्रस्य बीजस्य वा।
नेष्टा वर्गगतासतां च फणिनां बाधास्ति राह्वन्वये।
मान्देः प्रेतकृतोऽर्कजस्य दुरिता क्षोणीभुवो भैरव-
श्चामुण्डिप्रभृतिश्च विघ्नकृदपत्यस्यारिबाधा तथा।।

बीजं क्षेत्रं विचिन्त्यैवमन्यथाऽन्यैर्विचिन्त्यते।
लिख्यते तत्प्रकारोऽपि संवादार्थं विचिन्त्यताम्।।

(जातकादेशमार्ग/अध्याय-15/15-19)

1. पति के जन्मांग में सूर्य स्पष्ट, शुक्र स्पष्ट तथा बृहस्पति स्पष्ट को जोड़ने पर यदि बारह से अधिक हो तो बारह घटाना चाहिए। जो शेष बचे उसे 'क' समझना चाहिए। इसे बीज कहते हैं।

2. पत्नी के जन्मांग में बृहस्पति स्पष्ट, चन्द्र स्पष्ट तथा मंगल स्पष्ट को जोड़ने पर यदि योगफल में बारह से अधिक राशियां आये तो राशियों में से बारह घटाना चाहिए। जो शेष बचे उसे 'ख' समझना चाहिए। इसे क्षेत्रफल कहते हैं।

यदि 'क' ओज राशि, ओजनवांश में हो और शुभ ग्रह से युत, दृष्ट हो तो बीज

बलवान है। यदि इससे विपरीत हो तो क्षीण है। यदि 'ख' युग्मराशि युग्मनवांश में हो और शुभग्रह से युत, दृष्ट हो तो बलवान है। यदि इससे विपरीत हो तो बलहीन है। 'क' या 'ख' का पापग्रह के वर्ग में होना अनिष्ट है। यदि 'क' या 'ख' शुभवर्ग में भी हों और राहु के साथ हों तो सर्प दोष या सर्प शाप से सन्तानोत्पत्ति में बाधा होती है। यदि 'क' या 'ख' मान्दि के साथ हों तो भूतप्रेतजनित बाधा समझनी चाहिए; यदि मंगल के साथ हों तो भैरव की उपासना करनी चाहिए। यदि शनि के साथ हों तो चामुण्डादेवी की उपासना करनी चाहिए। किस ग्रह से सम्बन्धित अवरोध है उसकी उपासना और परिहार करना चाहिए।

बीज तथा क्षेत्र की गणना के अन्य विधान भी यहां प्रस्तुत किये जा रहे हैं-

पुंसां बीजं सूर्यशुक्रार्ययोगः स्त्रीणां क्षेत्रं चन्द्रभौमेड्ययोगः।
बीजक्षेत्रे भूबलघ्नैः क्रमात्तैः खेटैः सर्वैः सारनिघ्नैश्च कार्ये ।।

बीजस्य तस्य बलमोजगृहांशयोः स्यात्
क्षेत्रस्य युग्मभवनांशकयोश्च तद्वत्।
रन्ध्रेशषण्डरहितैः शुभलग्ननाथै-
र्विद्यात्रिकोणमदगैः शुभमन्यथान्यैः।।

(जातकादेशमार्ग/अध्याय-15/20-21)

उपर्युक्त श्लोकों में बीज और क्षेत्र - 'क' और 'ख' निकालने का एक तरीका बताया है। अन्य विद्वानों के मत इस प्रकार हैं।

प्रथम मत :

1. पुरुष के जन्मांग में सूर्य स्पष्ट को चार से गुणा कीजिए। शुक्र स्पष्ट को तीन से गुणा कीजिए। बृहस्पति स्पष्ट को तीन से गुणा कीजिए। तीनों का गुणनफल जोड़ने से जो योगफल आये वह बीज होगा।
2. स्त्री के जन्मांग में चन्द्रस्पष्ट को चार से गुणा कीजिए; मंगल स्पष्ट को तीन से गुणा कीजिए; बृहस्पति स्पष्ट को तीन से गुणा कीजिए। तीनों गुणनफलों को जोड़ने से जो योगफल आये वह क्षेत्र होगा।

द्वितीय मत :

ऊपर श्लोक 15-19 की व्याख्या में जो 'क' बताया है उसे 27 से गुणा

कीजिए। गुणनफल बीज होगा। इसी प्रकार श्लोक 15-19 की व्याख्या में जो 'ख' निकाला उसे 27 से गुणा कीजिए। यह 'ख' होगा।

अब बीज और क्षेत्र के क्रमशः ओज राशि, ओजनवांश यथा युग्मराशि युग्मनवांश में रहने से जो फल बताया है वह ऊपर लिखा जा चुका है, इसलिए उसकी पुनरावृत्ति नहीं की जा रही है। यह विशेष लिखते हैं कि यदि लग्नेश तथा शुभग्रह चतुर्थ, पंचम, सप्तम या नवम में हों और अष्टमेश, बुध तथा शनि के साथ न हों तो शुभ है। यदि इससे विपरीत हो तो उलटा फल होगा अर्थात् अच्छा नहीं। एक टीकाकार के मत से लग्नेश तथा शुभग्रह, बीज या क्षेत्र से विद्यास्थान (दक्षिणभारत में चतुर्थ से विद्या का विचार किया जाता है) या त्रिकोण या सप्तम स्थान में हों तो अच्छा है।

संतानरविचन्द्राभ्यां तिथिमानीय चानया।
चिन्तनीयो हि संतानस्तत्प्रकारोऽथ कथ्यते।।

याताभ्यो विघटीभ्य आप्तमिह यत्पञ्चाशता भादिकं
मेषात्त्यक्तमदो हयार्द्धसहितं पञ्चाहतं तद्द्वयम्।
सन्तानार्कविधू क्रमेण भवतो यद्वेष्टकालोद्भवौ
सूर्येन्दु शरसंगुणौ पुनरतश्चन्द्राद्विशोध्यो रविः।।

पञ्चघ्नो जन्मकालेन्दुः सन्तानेन्दुरुदाहृतः।
लग्नस्फुटं तु पञ्चघ्नं सन्तानार्कश्च कैश्चन।।

(जातकादेशमार्ग/अध्याय-15/22-24)

1. (1) जन्मकाल किस समय पर हुआ है यह जानिए। प्रायः जन्मांग में सूर्योदयादिष्टम् दिया हुआ रहता है। इस समय के पल बना लीजिए। साठ से भाग दीजिए। यह भजनफल राशियां होंगी। यदि राशियां बारह से अधिक हों तो 12, या 24 या 36 राशियां घटा लीजिए ताकि राशियां बारह से कम रह जाये। इनको बारह राशियों में से घटा ले। जो शेष रहे उसे पांच से गुणा करे। यह सन्तानरवि होगा।

पहले जो भजनफल आया है उसमें आठ राशियां 15 अंश जोड़िए। यदि योगफल बारह राशि से अधिक आये तो बारह कम करें। यदि योगफल चौबीस राशि से अधिक हो तो चौबीस कम करे। तात्पर्य यह है कि योगफल को बारह राशि से कम ले आना चाहिए। इसको पांच से गुणा करें। यह सन्तान-चन्द्र होगा।

(2) एक अन्य प्रकार सन्तान-सूर्य, सन्तान-चन्द्र निकालने का बताते हैं। जन्म के समय (या प्रश्नलग्न या आरूढ़लग्न के समय) स्पष्ट सूर्य को 5 से गुणा करने से सन्तान-सूर्य, तथा चन्द्र-स्पष्ट को पांच से गुणा करने से सन्तान-चन्द्र होता है।

2. सन्तान-चन्द्र से सन्तान-सूर्य घटाने से तिथि ज्ञात हो जाती है। सूर्य और चन्द्र के आपेक्षिक अन्तर से ही तिथि होती है।

3. एक अन्य मत यह है कि जन्म के समय जो चन्द्रस्पष्ट हो उसको पांच से गुणा करने से सन्तानचन्द्र होता है और लग्नस्पष्ट को पांच से गुणा करने से सन्तान-सूर्य स्पष्ट होता है।

5.2 पुत्र–प्राप्ति विधान

विलग्नकामात्मजनायकानां योगात्समानीय दशां महाख्याम्।
सुतस्थतद्वीक्षकतत्पतीनां दशापहारेषु सुतोद्भवः स्यात्।।

(फलदीपिका/अध्याय-12/27)

पुत्र प्राप्ति कब होगी यह समय ज्ञात करने के लिए गणना की एक अन्य विधि अग्रांकित है। नीचे लिखे तीनों को जोड़िये-

1. लग्नेश की राशि, अंश, कला, विकला।
2. सप्तमेश की राशि, अंश, कला, विकला।
3. पंचमेश की राशि, अंश, कला, विकला।

इनको जोड़ने से जो राशि, अंश, कला, विकला आये वह किस नक्षत्र के अन्तर्गत पड़ती है इसकी गणना कीजिए। इस नक्षत्र के स्वामी को जब महादशा हो और निम्नलिखित में से किसी की अन्तर्दशा हो तो पुत्रोत्पत्ति होती है।

क. पंचमभाव में जो ग्रह हो।

ख. जो ग्रह पंचम भाव को दृष्टिनिक्षेप करे।

ग. पंचमेश।

सुतपतिगुर्वोरथवा तद्युक्तराश्यंशकाधिपानां वा।
बलसहितस्य दशायामपहारे वा सुतप्राप्तिः।।

(फलदीपिका/अध्याय-12/28)

गणना का एक अन्य प्रकार यहां प्रस्तुत किया जा रहा है। इस पर विचार करें कि कौन बलवान है -

1. पंचमेश
2. पंचमेश जिस राशि में है उसका स्वामी,
3. पंचमेश जिस नवांश में है उसका स्वामी,
4. बृहस्पति,
5. बृहस्पति जिस राशि में है उसका स्वामी,
6. बृहस्पति जिस नवांश में है उसका स्वामी,

उपर्युक्त में जो बलवान हो उसकी दशा-अन्तर्दशा में पुत्रोत्पत्ति होती है।

जीवे तु जीवात्मजनाथभांशकत्रिकोणगे पुत्रजनिर्भवेन्नृणाम् ।
अथान्यशास्त्रेण च जन्मकालतो निरूपयेत्सन्ततिलक्षणं बुधः॥

(फलदीपिका/अध्याय-12/29)

पुत्रोत्पत्ति का समय जानने के लिए एक अन्य विधि निम्नलिखित है।

यह देखिए की बृहस्पति से पंचम भाव कौन सा है। बृहस्पति से पंचम जो राशि हो उसका स्वामी किस राशि और नवांश में है? उस राशि या नवांश से जब त्रिकोण में गोचरवश बृहस्पति आये तब पुत्र प्राप्त होगा। यह पुत्र प्राप्ति हेतु गोचर विचार से सम्बन्धित सूत्र है। कुछ अन्य शास्त्रों का कथन है कि जन्मकालीन ग्रहों से सन्तान लक्षण बताना चाहिए।

जन्मनक्षत्रनाथस्य प्रत्यर्याक्षाधिपस्य च।
स्फुटयोगं गते जीवे त्रिकोणे वा सुतोद्भवः।।

(फलदीपिका/अध्याय-12/30)

यह विचार करें कि चन्द्रमा किस नक्षत्र में है। इस नक्षत्र का स्वामी और इस नक्षत्र से पंचम नक्षत्र का स्वामी जो ग्रह हो उनकी राशि अंश, कला, विकला जोड़ लीजिये। जो योग आये उस राशि, अंश, कला, विकला पर या उससे नवम, पंचम गोचरवश बृहस्पति आये तब पुत्रोत्पत्ति होगी।

सुतलग्नेशदारेशलग्नेशानां दशा यदा।
पुत्रलाभस्तदा प्रोक्तोयवनेश्वरसम्मते।।

(द्वादशभावसिंधु/अध्याय-सुतभाव/श्लोक 63)

पंचमेश सप्तमेश और लग्नेश इन तीनों में जो ग्रह अधिक बलवान हो उसकी दशा में प्राणी को पुत्र का लाभ होता है, यह यवनाचार्य का कथन है।

लग्नपुत्रकलत्रेशयोगे यदि दशा भवेत्।
सुतयुक्तेक्षिकेशानां पुत्रसिद्धिस्तदा भवेत्।।

(द्वादशभावसिंधु/अध्याय-सुतभाव/श्लोक 64)

जन्मलग्न, पुत्रभाव, सप्तमभाव के स्वामियों में जो सर्वाधिक बली हो उसकी दशा में पुत्रलाभ कहना चाहिए। पंचमभाव में युक्त और पंचमभाव को जो ग्रह दृष्टिनिक्षेप करते हों और जो ग्रह पंचमभाव का स्वामी हो उस दशा में पुत्र का लाभ कहना चाहिए।

सुतपतिगुर्वोरथवा तद्युतराश्यंशपानां वा।
बलसहितस्य दशायाः परिपाके भवेत्सुताप्तिः।।

(द्वादशभावसिंधु/अध्याय-सुतभाव/श्लोक 65)

पंचम के स्वामी और बृहस्पति अथवा पंचमभाव में स्थित हो तो जो ग्रह और पंचभावस्थित राशि, नवांश के स्वामी इनमें जो सबसे बलवान ग्रह हो जिसकी दशान्तर्दशाकाल में पुत्रों की प्राप्ति कहना चाहिए।

धीशेज्ययोस् तद्युत-भाशपानां बलान्वितस्याम्बर-गस्य दाये।
किं धीस्थ-तद्वीक्षक-तत्पतीनां दाये च भुक्तौ तनयाप्तिमाहुः।।

पुत्र प्रदं पञ्चममिज्य चन्द्रविलग्न भानां नवमं च तस्मात्।
तन्नाथ दाये च हृतौ सुताप्तिं वदेद् बुधौ धीमदप स्फुटैक्ये।।

यद् भं तु तद्दाय हृतौ तदन्वितदर्शि ग्रहाणां च दशासु भुक्तिषु।
किं पुत्र भावाधिप कारकेक्षकयुक्ताः शुभाः स्युर् बलशालिनो यदि।।

तद्दाय काले किमु भुक्त्यनेहसि पुत्रस्य लाभं सुत संपदस् तथा।
धारा पति प्रीतिमुशन्ति तद्विदो लग्नात्मज द्यून-भ-नाथ-संगमे।।

पुत्रेश पुत्र स्थित दर्शि खौकसां दशा भवेनून्दन - लाभदायका।
वागीश पुत्रेश-भ-भाग-कोण-ग आर्येथ पुत्रेड् यम-कण्टकांश-भे।।

(प्रसवचिन्तामणि/अध्याय-5)

अनेक ग्रह-स्थितियां ऐसी हैं जिनकी दशा और अन्तर्दशा में पुल्लिंग शिशु का ही जन्म होगा :

1. पंचमेश और बृहस्पति और उन दोनों से युक्त ग्रहों की राशि और नवांशराशि के स्वामियों में जो अधिक बलवान हो उसकी दशा और अन्तर्दशा।
2. पंचम में स्थित ग्रह और पंचम को दृष्टिनिक्षेप करनेवाले ग्रह और उन दोनों की राशियों के स्वामियों में जो अधिक बलवान हो उसकी दशा और अन्तर्दशा।
3. बृहस्पति, चन्द्र और लग्न में से जो अधिक बलवान हो उससे पंचम और नवम स्थान।
4. बृहस्पति, चन्द्र और लग्न और उनके स्वामियों में जो अधिक बलवान हो उसकी दशा और अन्तर्दशा।
5. पंचमेश और सप्तमेश के स्पष्ट राशि आदि के योग से जो राशि हो उसके स्वामी की दशा और अन्तर्दशा।
6. पंचमेश और सप्तमेश के स्पष्ट राशि आदि के योग से जो राशि हो उसमें विद्यमान और उसको देखने वाले ग्रह की दशा और अन्तर्दशा।
7. बलवान पंचमेश, पंचमभावकारक, पंचमदर्शी और पंचमस्थ, चारों शुभग्रहों की दशा और अन्तर्दशा।
8. लग्न, पंचम और सप्तम स्थानों के स्वामियों का जब गोचर से एकराशि में योग हो।
9. पंचमेश, पंचमस्थित और पंचमदर्शी ग्रहों की दशा।
10. बृहस्पति और पंचमेश जिस राशि या नवांशराशि में हों उसमें जब गोचर से बृहस्पति आए।
11. बृहस्पति और पंचमेश जिस राशि या नवांश राशि में हों उससे पंचमराशि में या नवमराशि में जब गोचर से बृहस्पति आए।
12. पंचमेश की और यम कण्टक की नवांश राशि में जब गोचर से बृहस्पति आए।

धीशेज्ययोस्तद्युतभांशपानां बलान्वितस्याम्बरगस्य दाये।
किं धीस्थतद्वीक्षकतत्पतीनां दाये च भुक्तौ तनयाप्तिमाहुः।।

(ज्योतिषतत्त्वम्/अध्याय-19/5)

पंचमेश तथा बृहस्पति और इन दोनों से युक्त ग्रहों की राशि तथा नवांशराशि

के स्वामियों के मध्य में जो अधिक बली हो उसकी दशा तथा अन्तर्दशा में पुत्रप्राप्ति होती है। अथवा पंचम में स्थित ग्रह तथा पंचम को दृष्टिनिक्षेप करनेवाला ग्रह और उनकी राशि के स्वामी उन सब में जो अधिक बली हो उसकी दशा तथा अन्तर्दशा में पुत्रप्राप्ति होती है।

पुत्रप्रदं पञ्चममिज्यचन्द्रविलग्नभानां नवमं च तस्मात्।
तन्नाथदाये च हृतौ सुताप्तिं वदेद्बुधो धीमदपस्फुटैक्ये।।

यद्भं तु तद्दायहृतौ तदन्वितदर्शिग्रहाणां च दशासु भुक्तिषु।
किं पुत्रभावाधिपकारकेक्षकयुक्ताः शुभाः स्युर्बलशालिनो यदि।।

तद्दायकाले किमु भुक्त्यनेहसि पुत्रस्य लाभं सुतसम्पदस्तथा।
धरापतिप्रीतिमुशन्ति तद्विदो लग्नात्मजद्यूनभनाथसङ्गमे।।

पुत्रेशपुत्रस्थितदर्शिखौकसां दशा भवेन्नन्दनलाभदायका।
वागीशपुत्रेशभभागकोणग आर्य्येऽथ पुत्रेड्यमकण्टकांशभे।।

याते सुरेज्येऽथ सुतेशगं गृहमायाति वा नन्दनभं विलग्नपः।
पुत्राप्तिरङ्गास्तसुतेशसङ्गमो भवेद्यदा गोचरतो घनेऽनुजे।।

कोणाप्तिकामेऽथ गुरौ सुताङ्गपतिस्फुटैक्ये भलवात्मभाग्ये।
किं स्वर्क्षतुङ्गे तनुपः सहैव धीशेन योगं यदि चारगत्या।।

वदन्ति पुत्राप्तिमथो जनुर्भनाथस्य च प्रत्यरिभाधिपस्य।
स्पष्टैक्य इन्द्रेज्य इते त्रिकोण किं गोचरेणामरनाथपूज्ये।।

धीनाथतत्कारकदर्शियुक्तस्फुटैक्यराश्यंशगतेऽङ्गजाप्तिः।
यद्वत्सरे भौमभयोर्मिथो दृग् गर्भस्ततब्दे गणकैः प्रदिष्टः।।

(ज्योतिषतत्त्वम्/अध्याय-19/श्लोक 6-13)

बृहस्पति, चन्द्र और लग्न इन तीनों में जो अधिक बली हो उससे जो पंचम वा नवम स्थान है वह पुत्रप्रद होता है। अथवा उनके स्वामी की दशा में वा अन्तर्दशा में पुत्र की प्राप्ति होती है। अथवा पंचमेश और सप्तमेश के स्पष्ट राश्यादि के योग करने से जो राशि हो उसकी दशा में वा अन्तर्दशा में पुत्र की प्राप्ति होती है। अथवा उस योग में जो ग्रह हो वा उस पर जो ग्रह दृष्टिनिक्षेप करता हो उसकी दशा में वा

अन्तर्दशा में पुत्र प्राप्ति होती है। अथवा पंचमेश, पंचमकारक, पंचमदर्शी तथा पंचमस्थ ये चारों शुभग्रह हो तथा बलवान हों तो उनकी दशा में व अन्तर्दशा में पुत्र लाभ कहना चाहिए। अथवा लग्न, पंचम और सप्तम इन तीनों स्थानों के स्वामियों का जब गोचर से एक राशि में योग हो उस समय पुत्र प्राप्ति होती है। अथवा पंचमेश, पंचमस्थित तथा पंचमदर्शी ग्रहों की दशा पुत्र प्रदान करने वाली होती है। जन्मसमय में बृहस्पति और पंचमेश ये दोनों जिस राशि में वा जिस नवांशराशि में अथवा उनसे पंचमराशि में वा नवमराशि में जब गोचर से बृहस्पति विद्यमान हो तब पुत्रप्राप्ति होती है। अथवा पंचमेश की तथा यमकण्टक की नवांशराशि में वा राशि में जब गोचर से बृहस्पति आये तब पुत्रप्राप्ति होती है। अथवा पंचमेश की अधिष्ठितराशि में वा पंचमस्थान में स्थित राशि में जब गोचर से लग्नेश आये तब पुत्र प्राप्ति होती है।

जन्मलग्न की राशि वा उससे तृतीय पंचम नवमलाभ वा सप्तमस्थान में जो राशि हो उसमें जब गोचर से लग्नेश, सप्तमेश तथा पंचमेश इन तीनों का सम्बन्ध हो तब पुत्रप्राप्ति होती है। पंचमेश और लग्नेश के राश्यादि स्पष्ट के योग करने से जो राशि और अंश हो उन में वा उनसे पंचम वा नवमराशि में जब गोचर से बृहस्पति आये तब पुत्र प्राप्ति होती है। अथवा जब गोचर से लग्नेश स्वराशि में वा स्वोच्चराशि में आये और उस समय पंचमेश के साथ योग करे तो पुत्रप्राप्ति होती है। अथवा जन्मनक्षत्र के स्वामी का अर्थात् जन्मनक्षत्र में जिस ग्रह की दशा हो उसका और प्रत्यरितारा के स्वामी का अर्थात् जन्मनक्षत्र से जो पंचमनक्षत्र हो उसमें जिसकी दशा आये उसका जो राश्यादि स्पष्ट हो उन दोनों का योग करे तब जो राशि हो उससे पंचम वा नवमराशि में जब गोचर से बृहस्पति आये तब पुत्रप्राप्ति होती है। पंचमेश, पंचमकारक, पंचमदर्शी और पंचमगत इन सब ग्रहों के राश्यादि स्पष्ट का योग करने से जो राशि हो उसमें जब गोचर से बृहस्पति आये तब पुत्र प्राप्ति होती है। जिस वर्ष में शुक्र और मंगल की परस्पर दृष्टि हो उस वर्ष में गर्भस्थिति होती हैं।

यद्भे सुरेज्यस्तत ओजहायने चेत्सम्भवे सत्यथ गोचरे गुरौ।
यद्भावतस्त्रयस्तभवत्रिकोणभे गर्भस्य योगो गदितस्तदब्दके।।

(ज्योतिषतत्त्वम्/अध्याय-19/श्लोक 14)

जन्मसमय में जिस राशि में बृहस्पति हो उससे विषम वर्षों के सम्भव होने पर 'गर्भयोग' होता है। अथवा विवाह कालानन्तर जिस वर्ष सम्बन्धी भावस्थ राशि से तृतीय, सप्तम, एकादश, पंचम और नवमराशि में जब गोचर से बृहस्पति विद्यमान हो तो 'गर्भस्थिति' होती है अन्य वर्ष में नहीं होती है।

मूर्त्तीश्वरो मतिगतः किमु मारगो वा
मत्यस्तपावुदयगौ महिला सगर्भा।
कोणे त्रिकोण उदयाज्जनुषो धियीज्ये
चारेण गर्भ उदितो यदि तत्समायाम्।।

(ज्योतिषतत्त्वम्/अध्याय-19/श्लोक 15)

पंचम वा सप्तमगत राशि में लग्नेश एवं लग्नगत राशि में पंचमेश तथा सप्तमेश हो तो स्त्री गर्भवती होती है। जन्मलग्न से पंचम वा नवमस्थान में जो राशि हो उसमें जब गोचर से शनि आये और जन्मलग्न से पंचमस्थान में जो राशि हो उसमें जब गोचर से बृहस्पति आये तब उस वर्ष में गर्भस्थिति कही गयी है।

आचार्य्यलग्नात्मजपस्फुटैक्य आदित्यतष्टे परिशेषराशौ।
तस्मात्रिकोणर्क्षगतेऽमरेड्ये सन्तानलब्धिं निगदन्ति धीराः।।

(ज्योतिषतत्त्वम्/अध्याय-19/श्लोक 16)

बृहस्पति, लग्नेश और पंचमेश इन तीनों के राश्यादि स्पष्ट के योग को बारह से तष्ट करे तब जो राशि शेष रहे उसमें वा उससे पंचम वा नवमराशि में जब गोचर से बृहस्पति विद्यमान हो तब सन्तान की प्राप्ति होती है।

5.3 ग्रह स्थितियां तथा शिशु के सम्बन्धी

शिशु के जन्मांग के आधार पर उसके सगे सम्बन्धियों का संज्ञान भी प्राप्त किया जा सकता हैं। माता और पिता पर विचार करना तो एक स्वाभाविक तथा सर्वमान्य प्रक्रिया है। चतुर्थ भाव तथा चन्द्रमा से माता का विचार किया जाता है जबकि नवम भाव और सूर्य से पिता का विचार किया जाता है। माता-पिता के अतिरिक्त भाई-बहनों का विचार करने हेतु तृतीय और एकादश भाव तथा मंगल द्वारा संस्थित राशि, नक्षत्र एवं भाव पर विचार करना चाहिए। जन्मांग में विद्यमान ग्रह स्थितियों द्वारा शिशु के चाचा, ताऊ, मौसी आदि सम्बन्धियों के विषय में भी अनुमान लगाया जा सकता है। पिता समृद्ध होंगे अथवा पिता के बड़े भाई? चाचा विपन्नता के कारण कष्टपूर्ण जीवन व्यतीत करेंगे या फिर मौसी समृद्धिशाली होंगी तथा उन सबके साथ शिशु के सम्बन्ध कटु होंगे अथवा मधुर, इन सब स्थितियों पर विचार करने हेतु अग्रांकित सूत्रों का गंभीरतापूर्वक अध्ययन और अनुकरण करना उपयुक्त है।

ज्ञातव्य है कि इन सूत्रों का उपयोग करने हेतु पर्याप्त अध्ययन और अनुभव अपेक्षित है। जिन व्यक्तियों के सम्बन्धियों के विषय में सम्यक् संज्ञान उपलब्ध हो, उनके जन्मांगों में संदर्भित सम्बन्धियों के विषय में अनुमान करके अपने भविष्यकथन के कौशल की पुष्टि करने के उपरान्त ही इन सूत्रों का व्यावहारिक रूप से उपयोग करना चाहिए। देश, काल, परिस्थिति तथा पात्र को ध्यान में रखते हुए ही इस प्रकार के किसी भविष्य कथन में रुचि लेने हेतु प्रयास करना चाहिए।

क्रमाद् दिनेम्बा-पितरौ सितारुणौ
मृगांक-मन्दौ निशि तद्विलोमतः।
मातुः स्वसा तात-सहोदरश् च
समौज-भ-स्थौ कथितौ तयोः शुभौ।।

शस्तः पितुः पितृव्यस्य खगोंगाद् विषमर्क्षगः।
समर्क्षगोम्बा-भगिन्याम्बयोस् तेष्वन्यथा परे।।

(प्रसवचिन्तामणि/अध्याय-10)

गर्भाधान-कालीन और प्रसव-कालीन ग्रह-स्थितियों के इस संदर्भ में यह उल्लेखनीय है कि जिस शिशु का गर्भाधान या प्रसव दिन के समय हुआ हो उसकी माता शुक्र और पिता सूर्य होता है, और जिसका गर्भाधान या प्रसव रात्रि में हुआ हो उसकी माता चन्द्र और पिता शनि होता है; जिसका गर्भाधान या प्रसव दिन में हुआ हो उसकी मौसी चन्द्र और चाचा या ताऊ शनि होता है, और जिस शिशु का गर्भाधान या प्रसव रात्रि में हुआ हो उसकी मौसी शुक्र और चाचा या ताऊ सूर्य होता है। इस सम्बन्ध में विभिन्न ग्रह-स्थितियां अग्रलिखित हैंः-

1. दिन में विषम राशि में स्थित सूर्य पिता को शुभफल प्रदान करता है।
2. रात्रि में विषम राशि में स्थित सूर्य चाचा या ताऊ को शुभफल प्रदान करता हैं।
3. दिन में समराशि में स्थित शुक्र माता को शुभफल प्रदान करता है।
4. रात्रि में सम राशि में स्थित शुक्र मौसी को शुभफल प्रदान करता है।
5. रात्रि में विषम राशि में स्थित शनि पिता को शुभफल प्रदान करता है।
6. दिन में विषम राशि में स्थित शनि चाचा या ताऊ को शुभफल प्रदान करता है।
7. रात्रि में समराशि में स्थित चन्द्रमा माता को शुभफल प्रदान करता है।

8. दिन में समराशि में स्थित चन्द्रमा मौसी को शुभफल देता है। यदि ये ग्रह निर्दिष्ट राशि से विपरीत राशि में हों तो अशुभ फल प्रदान करते हैं।

दिवार्कशुक्रौ पितृमातृसंज्ञितौ शनैश्चरेन्दू निशि तद्विपर्ययात्।
पितृव्यमातृष्वसृसंज्ञितौ तु तावथौजयुग्मर्क्षगतौ तयोः शुभौ।।

(जातक पारिजात, अध्याय-3, श्लोक-15)

संभोग के समय दिन में सूर्य पिता और शुक्र माता होती है। रात्रि में शनि पिता और चन्द्रमा माता होती है। इसके विपरीत अर्थात् दिन में शनि चाचा और चन्द्रमा मौसी होते हैं। रात्रि में सूर्य चाचा और शुक्र मौसी होते हैं। दिन के समय सूर्य विषम राशि में हों तो पिता को शुभ और रात्रि में उस प्रकार हों तो चाचा को शुभ होता है। उसी प्रकार दिन में शुक्र समराशि में हों तो माता को शुभ और रात्रि में हों तो मौसी को शुभ होता है। इसीप्रकार शनि और चन्द्रमा के विषय में जानना चाहिए। अर्थात् शनि विषमराशि में और चन्द्रमा समराशि में हो तो वे क्रमशः चाचा और मौसी के लिए शुभ होते हैं।

क्रमाद्दिनेऽम्बापितरौ सितारुणौ मृगाङ्गमन्दौ निशि तद्विलोमतः।
मातुः स्वसा तातसहोदरश्च तौ समौजभस्तौ कथितौ तयोः शुभौ।।

(ज्योस्त., प्र. 19, श्लोक-31)

दिन के निषिक्त व दिन के जन्मवाले का क्रम से 'शुक्र' माता तथा 'सूर्य' पिता होता है एवं रात्रि के निषिक्त व रात्रि के जन्मवाले का 'चन्द्रमा' माता और 'शनि' पिता होता है। उक्त माता-पिता ग्रहों के विपरीत क्रम से मातृस्वसृ (मौसी) और तात सहोदर (ताऊ चाचा) होते हैं। अर्थात् दिन के निषिक्त वा दिन के जन्मवाले का 'चन्द्रमा' मातृस्वसृ और 'शनि' पितृव्य संज्ञक होते है एवं रात्रि के निषिक्त वा रात्रि के जन्मवाले का 'शुक्र' मातृष्वसृ और 'सूर्य' पितृव्य संज्ञक होता है। दिन में विषमराशिगत सूर्य पिता को शुभफल प्रदान करने वाला एवं रात्रि में विषमराशिगत सूर्य पितृव्य को शुभफल प्रदान करने वाला होता है। दिन में समराशिगत शुक्र माता को शुभफल प्रदान करने वाला एवं रात्रि में समराशिगत शुक्र मातृष्वसा को शुभफल प्रदान करने वाला होता है। रात्रि में विषमराशिगत शनि पिता को शुभफल प्रदान करने वाला और दिन में विषमराशिगत शनि पितृव्य को शुभफल प्रदान करने वाला होता है। रात्रि में समराशिगत चन्द्रमा माता को शुभफल प्रदान करने वाला और दिन में समराशिगत चन्द्रमा मातृष्वसा को शुभफल प्रदान करने वाला होता है। यदि उक्त

ग्रह उक्त राशि से विपरीत राशि में हो तो पिता प्रभृतियों के लिए कष्टकारक होते हैं।

दिवसे मातापितरौ शुक्ररवी शशिशनी निशायां च।
मातृभगिनीपितृव्यौ विपर्ययात्कीर्तितौ यवनः।।
दिवसे निषिक्तस्य जातस्य चेति शेषः एवं निशायामित्यत्रापि।

(सारावली, अध्याय 8, श्लोक 27)

दिन में गर्भाधान हो तों शुक्र माता और सूर्य पिता तथा रात्रि में चन्द्र माता और शनि पिता होता है। इसके विपरीत अर्थात् दिन में चन्द्र मौसी, शनि चाचा तथा रात्रि में शुक्र मौसी और सूर्य पितृव्य (चाचा) ग्रह होता है।

लग्नाद्विषमर्क्षगतः पितुः पितृव्यस्य खेचरः शस्तः।
मातृभगिनीजनन्योः समगृहगोऽन्ये तथा भेषु।।
अन्यथोक्तवैपरीत्येषु मातृपित्रादिषु अन्यः विपरीतफलःअशस्त इत्यर्थः।

पितृ और पितृव्य ग्रह यदि लग्न से विषम राशि में हो तो क्रम से पिता और पितृव्य का सुखकारक होता है एवं मातृ और मातृश्वसृ ग्रह यदि समराशि में हो तो माता और मौसी का सुखकारक होता है।

प्रयच्छतश्च प्रथमं हि पूर्णं फलं द्युतम्योः पितृमातृखेटौ।
मध्ये च मध्यं चरमेऽतितुच्छं शुभाशुभं वा परिकल्पनीयम्।।

(संकेत निधि, अध्याय 2)

यदि जन्म दिन या रात्रि के आरंभ समय का हो तो मातृ-पितृसंज्ञक ग्रह पूर्ण फल देता है। यदि दिन के या रात्रि के मध्य भाग में हो तो मध्यम और दिन या रात के अंत समय में जन्म हो तो बहुत कम फल मिलता है। यह नियम मातृ-पितृसंज्ञक ग्रहों के अच्छे बुरे दोनों को समान लग सकता है।

ताताम्बे रविभार्गवौ दिवि निशि प्राभाकरीन्दू स्मृतौ।
तव्द्यस्तेन पितृव्यमातृभगिनीसंज्ञा तदा तत्क्रमात्।।

(फलदीपिका, अध्याय 2, श्लोक 25)

दिन में गर्भधारण के समय सूर्य पितृ और शुक्र मातृसंज्ञक होते हैं अर्थात् पिता का प्रतिनिधित्व सूर्य की ओर से और माता का प्रतिनिधित्व शुक्र की ओर से होता

है। रात्रि में गर्भ धारण के समय शनि पितृसंज्ञक और चन्द्रमा मातृसंज्ञक होते हैं। सूर्य चाचा का और शुक्र मौसी का संज्ञक होता है।

ओजेऽर्के द्युनिशोर्जातो भव्यः पितृपितृव्ययोः।
निशाह्योस्तयोश्चार्कौ समर्क्षे वाशुभस्तथा।।

द्युनिशोः समभे शुक्रे मातुर्मातृष्वसुः शुभः।
विषमर्क्षे च जातः स्यादशुभः क्रमतस्तयोः।।

रात्रावोजे विधौ मातुर्दिवा मातृष्वसुः खलः।
चन्द्रेऽथ समभै जातो भव्यो ज्ञेयस्तयो स्तथा।।

(त्रिफला/अध्याय 1/श्लोक 11-13)

यदि दिन में निषेक या जन्म हो तो पिता संज्ञक सूर्य, मातृ-संज्ञक शुक्र, चाचा का संज्ञक शनि, मौसी का संज्ञक चन्द्रमा होता है। यदि रात्रि में जन्म हो तो पिता-संज्ञक शनि, मातृ-संज्ञक चन्द्रमा, चाचा का संज्ञक सूर्य, मौसी का संज्ञक शुक्र होता है। यदि दिन में जन्म हो, सूर्य विषमराशि में हो तो पिता को शुभ है; यदि रात्रि में जन्म हो, सूर्य विषमराशि में हो तो चाचा को शुभ है। दिन में जन्म हो, सूर्य समराशि में हो तो पिता को नेष्ट है। रात्रि में जन्म हो, सूर्य समराशि में हो तो चाचा को नेष्ट है।

दिन में जन्म हो, शनि विषमराशि में हो तो चाचा को शुभ है। रात्रि में जन्म हो, शनि विषमराशि में हो तो पिता को शुभ है। रात्रि में जन्म हो, शनि समराशि में हो, तो पिता को नेष्ट है। दिन में जन्म हो, शनि समराशि में हो, तो चाचा को नेष्ट है।

दिन में जन्म होने पर-

1. शुक्र विषमराशि में हो तो माता को नेष्ट।
2. शुक्र समराशि में हो तो माता को शुभ।
3. चन्द्रमा विषमराशि में हो तो मौसी को नेष्ट।
4. चन्द्रमा समराशि में हो तो मौसी को शुभ।

रात्रि में जन्म होने पर-

1. चन्द्रमा विषमराशि में हो तो माता को नेष्ट।
2. चन्द्रमा समराशि में हो तो माता को शुभ।

3. शुक्र विषमराशि में हो तो मौसी को नेष्ट।
4. शुक्र समराशि में हो तो मौसी को शुभ।

5.4 युगल संतान सम्बन्धित संज्ञान

युगल संतति रामायणकाल से ही होती रही हैं। भगवान् रामचन्द्रजी के पुत्र लव-कुश भी युगल संतान के ही रूप में ही जन्मे थे। जलधि पुत्र नल-नील, जिन्हें यह वरदान प्राप्त था, कि वह जिस पत्थर को स्पर्श कर देंगे वह जल में डूबेगा नहीं, भी युगल संतानें थीं। अतः युगल संतान होने की परम्परा पर्याप्त प्राचीन है। यह कहना मिथ्या नहीं होगा कि युगल संतान की परम्परा उतनी ही प्राचीन है जितने प्राचीन ग्रह हैं, यह पृथ्वी है और इस पृथ्वी पर निवास करने वाले प्राणी हैं। ग्रह स्थितियां ही व्यवस्थित करती हैं युगल संतानों का और कई बार अनेक संतानों का एक साथ जन्म। इस अध्याय में हम उन ग्रह स्थितियों और ग्रह योगों की व्याख्या करेंगे जिनके निर्मित होने से जातक या जातिका के एक साथ एक से अधिक संतान होने का फलादेश किया जा सकता है। ऋषि-मनीषियों ने जब ज्योतिषशास्त्र की संरचना की तो उन्होंने युगल संतान के जन्म की ग्रह स्थिति की उपेक्षा नहीं की। ज्योतिष के अनेक महत्वपूर्ण ग्रन्थों में युगल संतति के विषय में जिन सूत्रों का उल्लेख किया गया है उनमें से प्रमुख अग्रांकित हैं -

द्व्यंगे देह-गते-सुते स-शुभ-दे योगो द्व्यपत्याभिधः,
सोर्जेषूदय-विन्-महीज-गुरुषु द्व्यंगे किमोजे समे।
धिष्ण्येन्द्वोः पुरुष-स्त्रियौ शश-भृति द्व्यंगोदये ज्ञे स्व-भे,
लाभे हेलि-भुवीह युग्ममुदितं दृष्टे बुधेन स्वयम्।।

चन्द्रेंगे गृहवत्सितांशु - गृहतस् तद्वनूनिषेके
तनूदुश्चक्रेश-युतौ किमुच्च - भवनें - गेंशेनुजर्क्षे तथा।
विद्-दृष्टौ रवि-वाक्-पती तिमि-वधू-भागोपगौ किं यमांश्
चांशे चान्द्रि-निरीक्षिताः सित-कुज-ग्लावस् तु पुं-योषितौ।।

(प्रसवचिन्तामणि/अध्याय-4)

कभी-कभी, एक ही साथ, एक से अधिक गर्भाधान होते हैं। इसीलिए कई स्त्रियां कभी-कभी, एक ही साथ, दो, तीन, या उससे भी अधिक शिशुओं को जन्म देती हैं। इसका कारण है गर्भाधान के समय की ग्रह-स्थिति। निम्नलिखित

ग्रह-स्थितियां हो तो उससे एक नहीं, बल्कि दो गर्भाधान होंगे -

1. लग्न में द्विस्वभाव राशि हो और पंचम में शुभग्रह हो;
2. बलवान लग्न, बुध, मंगल और बृहस्पति, ये चारों द्वि-स्वभाव राशि या विषमराशि में हों और शुक्र और चन्द्र समराशि में हों;
3. द्वि-स्वभाव राशि के लग्न में चन्द्र हो, बुध अपनी राशि में हो और लाभ में शनि हो;
4. लग्न में चन्द्र स्वयं बुध से दृष्ट हो और उसके अनुरूप राशि तथा लग्न हो;
5. लग्नेश और तृतीयेश का योग हो अर्थात् उच्चराशि में स्थित लग्नेश तृतीय भाव में हो;
6. सूर्य और बृहस्पति बुध से दृष्ट होकर मीन तथा कन्या के नवांश में हों;
7. शुक्र, मंगल और चन्द्र बुध से दृष्ट होकर मिथुन और धनु के नवांश में स्थित हों।

उदाहरण सं.-5.1 **जन्मांग सं.-150**

जन्म दिनांक : 23.03.1951 जन्म समय : 16:00:00 घंटे

जन्म स्थान : बरेली अक्षांश 28:20:00 रेखांश 79:24:00

चित्रपक्षीय अयनांश : 23:10:35 साम्पातिक काल : 3:48:01 घंटे

ग्रह	अंश	राशि	नक्षत्र	पद	षड्बल
लग्न	7:51:48	सिंह	मघा	3	—
सूर्य	8:48:36	मीन	उ.भा.	2	1.28
चंद्र	8:37:26	कन्या	उ.फा.	4	1.23
मंगल(अ)	23:18:56	मीन	रेवती	2	1.07
बुध (अ)	20:32:32	मीन	रेवती	2	0.55
गुरु (अ)	29:59:16	कुंभ	पू.भा.	3	1.02
शुक्र	9:16:28	मेष	अश्विनी	3	1.35
शनि(व)	5:34:57	कन्या	उ.फा.	3	1.06
राहु (व/अ)	25:46:55	कुंभ	पू.भा.	2	—
केतु (व)	25:46:55	सिंह	पू.फा.	4	—

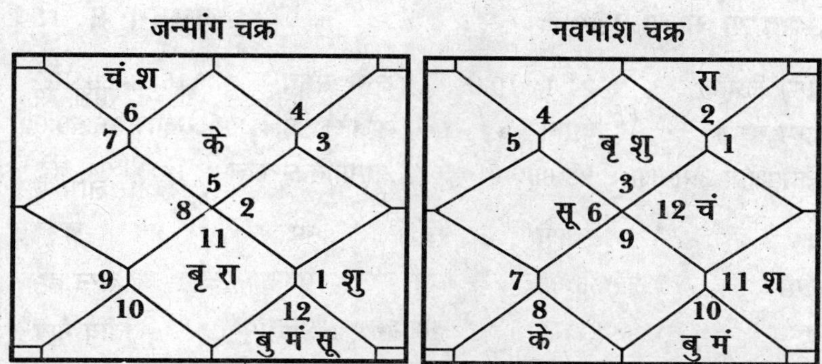

जन्म के समय सूर्य की भोग्य विंशोत्तरी महादशा - 0 व. 7 मा. 13 दि.

जातिका का विवाह 11.06.1971 को हुआ। पंचमेश बृहस्पति सप्तमभाव में राहु से संयुक्त है और द्विस्वभाव लग्न मिथुन में स्थित है उल्लेखनीय है कि पंचमेश बृहस्पति मिथुन नवांशगत है इसलिए तीन संतानों का जन्म हुआ। बृहस्पति सप्तमभाव में राहु से युक्त है इसलिए जुड़वा पुत्रों में एक की हानि हुई। बृहस्पति और शुक्र द्विस्वभाव नवमांश मिथुन में है लग्नेश सूर्य द्विस्वभाव नवांश कन्या में है जबकि चन्द्रमा जो कन्या राशिगत है वह द्विस्वभाव नवांश मीन प्राप्त कर रहा है अतः नवांश चक्र में मंगल के अतिरिक्त सभी संवेदनशील ग्रह द्विस्वभाव नवांशगत हैं तथा जन्मांग में शनि, चन्द्रमा, बुध, सूर्य और नवमेश मंगल द्विस्वभाव नवांश कन्या और मीन में स्थित है इसलिए जुड़वा पुत्रों का जन्म 20.07.1975 को हुआ। जातिका की प्रथम संतान पुत्री है, जिसका जन्म 30.07.1972 को हुआ।

इस जन्मांग में भी शनि व मंगल दोनों द्विस्वभाव राशिगत होकर परस्पर दृष्टिनिक्षेप कर रहे हैं। तृतीयेश शुक्र नवमभाव में मंगल की राशि मेष में स्थित है तथा द्विस्वभाव नवांश मिथुन में पंचमेश बृहस्पति से संयुक्त है। प्रायः तृतीयेश एवं शुक्र ग्रह की भूमिका भी जुड़वा संतानों के जन्म का कारण बनती है। ऐसा सम्भवतः इसलिए होता है कि शुक्र वृष और तुला राशि का स्वामी होता है। वृष राशि की संख्या 2 होती है और तुला राशि तराजू को प्रदर्शित करता है जिसमें दो पलड़े होते हैं और तराजू का काम दोनों पलड़ों को संतुलित करके उनके माप की गणना करना होता है। इसलिए अनेक सूत्रों में जुड़वां संतानों के जन्म में शुक्र की भूमिका का उल्लेख मिलता है।

उदाहरण सं.-5.2

जन्मांग सं.-151

जन्म दिनांक : 24.11.1945 जन्म समय : 10:15:00 घंटे

जन्म स्थान : करनाल अक्षांश 29:41:00 रेखांश 76:59:00

चित्रपक्षीय अयनांश : 23:05:46 साम्पातिक काल : 14:04:04 घंटे

ग्रह	अंश	राशि	नक्षत्र	पद	षड्बल
लग्न	22:55:06	धनु	पू.षा.	3	—
सूर्य	8:27:16	वृश्चिक	अनुराधा	2	1.05
चंद्र	10:02:13	कर्क	पुष्य	3	0.97
मंगल	9:23:03	कर्क	पुष्य	2	0.94
बुध	29:13:52	वृश्चिक	ज्येष्ठा	4	1.04
गुरु	25:51:22	कन्या	चित्रा	1	1.15
शुक्र	21:48:18	तुला	विशाखा	1	1.14
शनि(व)	1:31:00	कर्क	पुनर्वसु	4	1.02
राहु	7:06:25	मिथुन	आर्द्रा	1	—
केतु	7:06:25	धनु	मूल	3	—

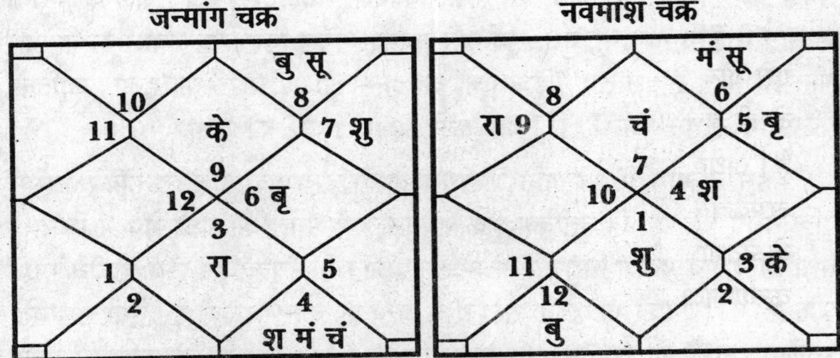

जन्म के समय शनि की भोग्य विंशोत्तरी महादशा - 9 व. 5 मा. 11 दि.

जातक के जन्मांग का निरीक्षण करके सुगमता से जुड़वां पुत्र होने का आभास नहीं होता परन्तु नवमांश चक्र देखकर स्पष्ट रूप से जुड़वां संतान का योग दृष्टिगत होता है। पंचमेश मंगल और नवमेश सूर्य दोनों ही कन्या नवमांश में स्थित हैं इसलिए

जातक के दो जुड़वा पुत्र हुए। संतानकारक बृहस्पति कन्याराशि में है परन्तु सिंह नवांश में है अर्थात् सूर्य के नवांश में है। सूर्य नवमेश होकर पंचमेश मंगल से वृश्चिक राशि में द्वादश भावगत है तथा बृहस्पति का विस्थापक ग्रह बुध नीचनवांशगत होकर कन्या राशिस्थ मंगल और सूर्य के साथ दृष्टि सम्बन्ध स्थापित कर रहा है जो जुड़वा संतानों का जन्म स्पष्टरूप से परिलक्षित कर रहा है। पंचमेश मंगल अष्टम भाव में अष्टमेश चन्द्रमा और तृतीयेश शनि से संयुक्त है मंगल के साथ चंद्रमा और शनि की युति यदि जलीय राशि में हो तो भी जुड़वां संतान का जन्म होता है।

5.5 एक साथ दो और तीन संतति का योग

युग्मे चन्द्रसितावथौजभवने स्युर्ज्ञारिजीवोदया
लग्नेन्दू नृनिरीक्षितौ च समगौ युग्मेषु वा प्राणिनः।
कुर्युस्ते मिथुनं ग्रहोदयगता यद्यंशकान्पश्यति
स्वांशे ज्ञे त्रितयं ज्ञगांशकवशाद्युग्मन्त्वमिश्रैः समम्।।

(जातकपारिजात/अध्याय-3/श्लोक 24)

समराशि में चन्द्रमा और शुक्र होकर विषम राशि में बुध, मंगल, बृहस्पति और लग्न हो तो गर्भ में यमल अर्थात् जुड़वां संतति होती हैं।

बुध, मंगल, बृहस्पति और लग्न समराशि में होकर उसी प्रकार बलवान हों तो ऐसे योग यमल यानी जुड़वां संतति है उन ग्रहों पर और लग्न पर यदि स्वनवमांश के ही बुध की दृष्टि हो तो अर्भक त्रय यानी तीन संतति का योग गर्भ में बनता है। अथवा, यदि वे सब ग्रह और लग्न द्विस्वभाव राशि के नवमांश में हो तो भी अर्भकत्रय का योग गर्भ में बनता है। इनमें से दो अर्भक पुरुष या स्त्री का होना बुध के नवमांश पर से निश्चित करना होगा। बुध, मिथुन नवमांश में हो तो पुरुष और कन्या नवमांश में हो तो स्त्री संतति गर्भ में है।

(यदि सभी ग्रह और लग्न विषम या सम द्विस्वभाव राशि के नवमांश में हों तो अर्भकत्रय (तीन संतान) गर्भ में द्विस्वभाव राशि के नवमांश के अनुसार स्त्री या पुरुष होगी यानी यदि ये सब ग्रह मिथुन या धनु नवमांश में हो तो तीनों अर्भक पुरुष और कन्या या मीन नवमांश में हो तो तीनों स्त्री संतान गर्भ में है ऐसा जानना चाहिए।)

उदाहरण सं.-5.3 **जन्मांग सं.-152**

जन्म दिनांक	: 26.12.1971	जन्म समय	: 11:23:00 घंटे
जन्म स्थान	: फतेहपुर	अक्षांश 27:10:00	रेखांश 87:12:00
चित्रपक्षीय अयनांश	: 23:28:09	साम्पातिक काल	: 17:58:07 घंटे

ग्रह	अंश	राशि	नक्षत्र	पद	षड्बल
लग्न	5:52:18	मीन	उ.भा.	1	—
सूर्य	10:19:43	धनु	मूल	4	1.84
चंद्र	25:50:56	मीन	रेवती	3	1.1
मंगल	6:12:16	मीन	उ.भा.	1	1.14
बुध	19:20:04	वृश्चिक	ज्येष्ठा	1	0.98
गुरु	27:35:49	वृश्चिक	ज्येष्ठा	4	0.91
शुक्र	10:12:33	मकर	श्रवण	1	1.17
शनि(व)	7:17:09	वृष	कृत्तिका	4	0.84
राहु (व)	12:17:18	मकर	श्रवण	1	—
केतु (व)	12:17:18	कर्क	पुष्य	3	—

जन्मांग चक्र **नवमांश चक्र**

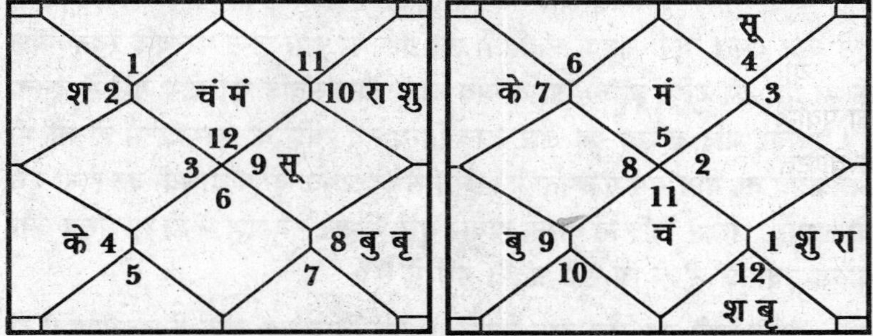

जन्म के समय बुध की भोग्य विंशोत्तरी महादशा - 5 व. 3 मा. 15 दि.

जातक एक सुन्दर राजनीतिज्ञ है। राजनीति के अतिरिक्त अनेक स्कूल, कालेज का अधिपति होने के कारण जातक फतेहपुर जिले में अत्यधिक प्रशंसित, प्रतिष्ठित और समृद्धशाली है। जातक का विवाह 21.11.1996 को हुआ

था। 19.04.2000 को जातक के दो यमल पुत्र हुए। तत्पश्चात् 10.10.2002 को एक पुत्री का भी जन्म हुआ।

जातक के जन्मांग में स्पष्ट रूप से जुड़वां संतान के जन्म की स्थिति का निर्माण हो रहा है। द्विस्वभाव लग्न मीन में जातक का जन्म हुआ है, जिसमें पंचमेश चन्द्रमा और नवमेश मंगल दोनों संयुक्त रूप से स्थित है। यह योग जातक को धनवान तो बनाता ही है, साथ ही साथ जुड़वां संतान के जन्म का कारण भी बनता है। ये दोनों ग्रह वृष नवमांश कुम्भ और सिंहराशिगत हैं। इसलिए जुड़वां पुत्री का नहीं बल्कि जुड़वां पुत्र का जन्म प्रदर्शित कर रहे हैं। इसके अतिरिक्त लग्नेश बृहस्पति बुध से नवमभाव में संयुक्त है और नवमेश मंगल तथा पंचमेश चंद्रमा को पूर्णदृष्टि से देख रहा है। अतः नवमेश मंगल और लग्नेश बृहस्पति के मध्य विनिमय परिवर्तन योग की संरचना हो रही है, जिसमें पंचमेश चंद्रमा की भी महत्वपूर्ण भूमिका पूरी तरह समायोजित है इसीकारण जुड़वा पुत्रों का जन्म हुआ। पंचमभाव पर शुक्र और शनि की दृष्टि के कारण अगली संतान पुत्री हुई। उल्लेखनीय है कि शनि द्विस्वभाव राशि मीन में लग्नेश बृहस्पति से युक्त है और एक पुत्री का जन्म भी प्रदर्शित कर रहा है।

सूर्यश्चतुष्पदस्थः शेषा द्विशरीरसंस्थिता बलिनः।
कोशैर्वेष्टितदेहौ यमलौ खलु संप्रजायेते।।

(सारावली/अध्याय-10/श्लोक 44)

यदि जन्म समय में सूर्य चतुष्पद (मेष, वृष, सिंह, धनु का परार्द्ध और मकर का पूर्वार्द्ध) राशि में हो तथा बली अन्य सब ग्रह द्विस्वभाव राशि में हों तो एक नाल से वेष्टित दो शिशुओं का जन्म होगा।

निषेके भ्रातृलग्नेशयोगे यमलसंभवः।
लग्नेशे भ्रातृपक्षस्थे स्वोच्चे वा यमलोद्भवः।।

(जातक पारिजात, अध्याय-3/श्लोक 32)

गर्भाधान के समय तृतीयस्थान का स्वामी और लग्न का स्वामी इनका युतियोग हो तो यमल गर्भ रहेगा। उसी प्रकार लग्न का स्वामी तृतीयस्थान के स्वामी के वर्ग में हो (अथवा तृतीयस्थान में जो राशि हो उस राशि का नवमांशाधिपति केन्द्र में हो) अथवा अपनी उच्चराशि में हो तो यमल जन्म होता है।

चतुष्पदेऽर्के शेषेषु सबलेषु द्वयङ्गगेषु यमलजन्म।।

(जातकतत्त्वम्/अध्याय-2)

चतुष्पद राशि (मेष, वृष, सिंह, धनु का उत्तरार्द्ध, मकर का पूर्वार्द्ध) में सूर्य हो, शेष ग्रह बली होकर द्विस्वभाव राशि में हों तो जुड़वां शिशुओं का जन्म होता है।

चतुरंघ्रिभगे रवौ परैर्द्वितनुस्थैर्बलिभिः शिशुद्वयम्।
शुभदृग्रहितैश्च सन्धिगैः खल-खेटैः शशिनाऽन्वितैर्जडः।।

(फलितमार्तण्ड/श्लोक 10)

सूर्य चतुष्पद राशियों पर हो, और शेष चन्द्रादि ग्रह बली होकर द्विस्वभाव राशि पर स्थित हों तो एक जीवन में जुड़वां सन्तान का जन्म होता है। यदि पापग्रह शुभग्रहों की दृष्टि से रहित होकर भाव-सन्धि तथा सम-राशि में स्थित हों तथा चन्द्रमा से भी युक्त हों तो शिशु जड़ (ज्ञान-विचार-रहित) होता है।

उदाहरण सं.-5.4 **जन्मांग सं.-153**

जन्म दिनांक : 28.02.1963 जन्म समय : 12:46:00 घंटे
जन्म स्थान : लखनऊ अक्षांश 26:50:00 रेखांश 80:54:00
चित्रपक्षीय अयनांश : 23:20:18 साम्पातिक काल : 23:09:11 घंटे

ग्रह	अंश	राशि	नक्षत्र	पद	षड्बल
लग्न	6:37:55	मिथुन	मृगशिरा	4	–
सूर्य	15:38:35	कुंभ	शतभिषा	3	1.61
चंद्र	13:44:06	मेष	भरणी	1	1.07
मंगल (व)	13:43:12	कर्क	पुष्य	4	1.18
बुध	23:06:23	मकर	श्रवण	4	0.78
गुरु	28:15:23	कुंभ	पू.भा.	3	1.04
शुक्र	1:50:08	मकर	उ.षा.	2	1.06
शनि	23:24:50	मकर	धनिष्ठा	1	1.25
राहु (व)	5:28:57	कर्क	पुष्य	1	–
केतु (व)	5:28:57	मकर	उ.षा.	3	–

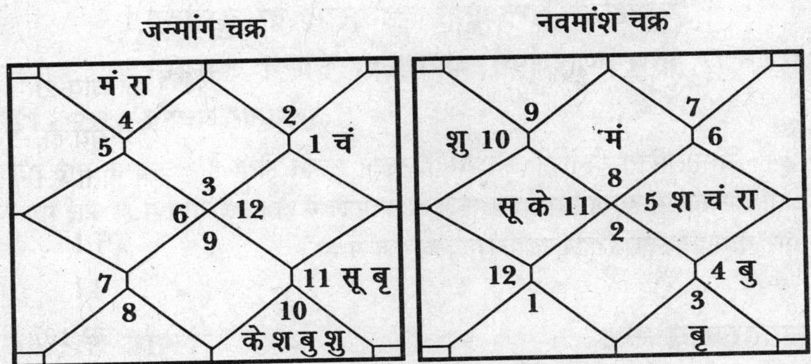

जन्म के समय शुक्र की भोग्य विंशोत्तरी महादशा - 19 व. 4 मा. 23 दि.

जातिका का जन्म मिथुन राशि में हुआ है। पंचमेश शुक्र अष्टमस्थान में लग्नेश बुध, अष्टमेश शनि के साथ राहु और केतु की धुरी पर स्थित है और मंगल द्वारा ये सभी ग्रह दृष्ट हैं। पंचमभाव पर मंगल और शनि व चंद्रमा की संयुक्त दृष्टि है। अतः पंचमभाव तथा पंचमाधिपति शुक्र दोनों ही प्रथम स्तर के पापग्रहों से आक्रांत हैं और किसी भी शुभग्रह से दृष्ट अथवा युक्त नहीं हैं। नवांश चक्र में पंचमेश शुक्र मकर नवांशस्थ है तथा बुध द्वारा दृष्ट है। नवमेश शनि चन्द्रमा से संयुक्त है और संतानकारक बृहस्पति मंगल से दृष्ट है अतः पंचमेश शुक्र, पंचमभाव से पंचमेश नवमाधिपति शनि तथा संतानकारक बृहस्पति तीनों ही पापाक्रान्त हैं। पंचमभाव तथा पंचमेश शुक्र पर मंगल एवं शनि का अशुभ प्रभाव है जिसके फलस्वरूप जातिका के दो पुत्रियां है जिनमें से एक पुत्री मानसिक एवं शारीरिक रूप से विकलांग है और दूसरी पुत्री में असंतुलित हार्मोन्स के कारण दैहिक संरचना असामान्य है।

द्व्यङ्गस्थिते बुधे लग्ने दृष्टे वा दशमेऽपि वा।
यमलं कुरुते योगं पुंस्त्रियो राशिसंश्रयात्।।

(होरासार/अध्याय-4/श्लोक 11)

द्विस्वभाव राशि का लग्न हो और लग्न में बुध हो या ऐसे लग्न को बुध दृष्टिनिक्षेप करे या जब बुध दशमस्थान में हो तो जुड़वा संतति होगी। इसमें पुत्र या कन्या संतति का निश्चय उनकी राशि और नवमांश पर से होगा।

युग्मर्क्षगौ चन्द्रशुक्रौ द्व्यंशस्थौ वा बुधोदये।
विषमेष्वारजीवौ वा यमलः स्यान्न संशयः।।

(होरासार/अध्याय-4/श्लोक 12)

निम्नलिखित योगों में अवश्य ही जुड़वां संतति होती है - चन्द्रमा और शुक्र दोनों समराशि में हो या द्विस्वभाव राशि के नवमांश में हो। बुध लग्न में हो और मंगल और बृहस्पति विषमराशि या विषम नवमांश में हो।

उदाहरण सं.-5.5 **जन्मांग सं.-154**

जन्म दिनांक : 04.11.1967 जन्म समय : 06:10:00 घंटे
जन्म स्थान : जयपुर अक्षांश 26:53:00 रेखांश 75:50:00
चित्रपक्षीय अयनांश : 23:24:18 साम्पातिक काल : 8:33:39 घंटे

ग्रह	अंश	राशि	नक्षत्र	पद	षड्बल
लग्न	10:36:48	तुला	स्वाति	2	—
सूर्य	17:29:58	तुला	स्वाति	4	1.32
चंद्र	12:43:05	वृश्चिक	अनुराधा	3	1.48
मंगल	15:26:01	धनु	पू.षा.	1	1.34
बुध (व/अ)	12:09:14	तुला	स्वाति	2	1.18
गुरु	8:56:16	सिंह	मघा	3	1.12
शुक्र	1:01:15	कन्या	उ.फा.	2	1.14
शनि(व)	13:19:04	मीन	उ.भा.	3	1
राहु (व)	4:36:57	मेष	अश्विनी	2	—
केतु (व/अ)	4:36:57	तुला	चित्रा	4	—

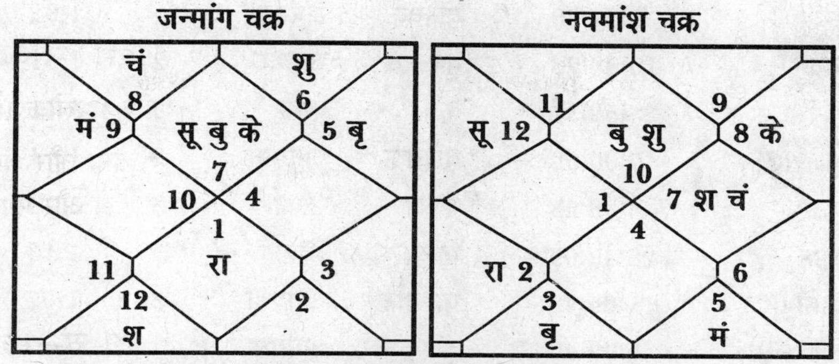

जन्म के समय शनि की भोग्य विंशोत्तरी महादशा - 5 व. 7 मा. 15 दि.

जातिका का विवाह 19.01.1987 को सम्पन्न हुआ। यह जातिका अपनी प्रखर बुद्धि, श्रेष्ठ चरित्र एवं प्रभावशाली व्यक्तित्व के लिए सदा ही प्रशंसित रही है। विवाह के पश्चात् 16.12.1988 को प्रथम पुत्र का जन्म हुआ। तत्पश्चात् 30.08.1994 को जुड़वा पुत्र हुए। एक पुत्री की चाह थी परन्तु वह अपूर्ण रही। तीन पुत्रों के पश्चात् जातिका एक पुत्री को गोद लेने के लिए व्याकुल है। पंचमेश शनि षष्ठ भाव में द्विस्वभाव राशि मीन में स्थित है व लग्नेश शुक्र, जो द्विस्वभाव राशि कन्या में द्वादश भावगत है, के साथ विनिमय दृष्टि सम्बन्ध स्थापित कर रहा है। शुक्र और शनि क्रमशः द्वादश और षष्ठभाव में स्थित है जो जुड़वा संतानों का योग निर्मित कर रहे हैं। यहाँ भी मंगल व शनि के मध्य दृष्टि सम्बन्ध स्थापित हो रहा है। संतानकारक बृहस्पति, जो पंचमभाव पर दृष्टि निक्षेप कर रहा है, भी मिथुन नवंमाश में स्थित है। नवमेश बुध लग्न में नीचराशिगत सूर्य से संयुक्त है और चंद्रमा व शुक्र के मध्य स्थित है इसके अतिरिक्त नवमभाव को मंगल पूर्ण दृष्टि से देख रहा है और पंचमेश शनि द्वारा मंगल स्वयं दृष्ट है और पंचमेश शनि द्विस्वभाव राशि व उच्च नवांशस्थ होकर चंद्रमा से संयुक्त है, जो जुड़वां पुत्रों का द्योतक है।

उदाहरण सं.-5.6 जन्मांग सं.-155

जन्म दिनांक : 19.11.1956 जन्म समय : 07:18:00 घंटे
जन्म स्थान : दिल्ली अक्षांश 28:39:00 रेखांश 77:13:00
चित्रपक्षीय अयनांश : 23:15:30 साम्पातिक काल : 10:49:08 घंटे

ग्रह	अंश	राशि	नक्षत्र	पद	षड्बल
लग्न	9:12:35	वृश्चिक	अनुराधा	2	—

सूर्य	3:27:28	वृश्चिक	अनुराधा	1	1.32
चंद्र	13:48:28	वृष	रोहिणी	2	1.51
मंगल	28:52:31	कुंभ	पू.भा.	3	1.11
बुध (C)	7:00:30	वृश्चिक	अनुराधा	2	1.21
गुरु	3:38:55	कन्या	उ.फा.	3	1.14
शुक्र	28:49:09	कन्या	चित्रा	2	1.13
शनि (C)	11:04:43	वृश्चिक	अनुराधा	3	1.07
राहु (D)	5:49:40	वृश्चिक	अनुराधा	1	—
केतु	5:49:40	वृष	कृत्तिका	3	—

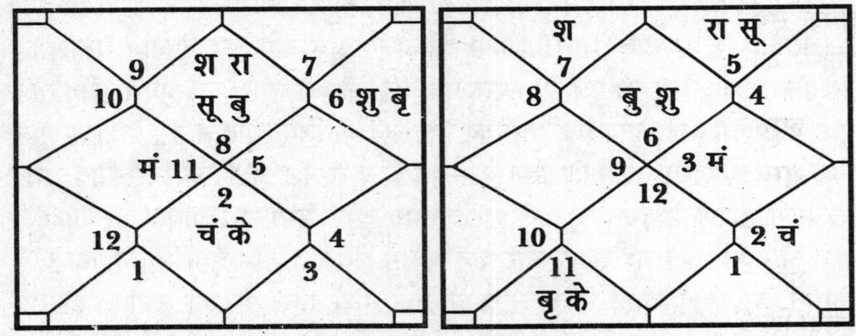

जन्म के समय चंद्रमा की भोग्य विंशोत्तरी महादशा - 7 व. 1 मा. 22 दि.

जातक दिल्ली विश्वविद्यालय में अध्यक्ष पद पर कार्यरत रहा है। 1983 और 1993 में होने वाले आम चुनाव में जातक ने विधायक का चुनाव लड़ा और कुछ ही वोट से दोनों बार पराजित भी हुआ। जातक ने लगभग सम्पूर्ण विश्व का भ्रमण किया है तथा विश्वभ्रमण करने में उसकी गहरी अभिरुचि भी थी। सम्प्रति वह एल0पी0जी0 गैस टैंकर से सम्बन्धित व्यवसाय उच्चस्तर पर करके अपार धन और प्रतिष्ठा अर्जित कर सकने में सफल और समर्थ है। यहां पर हम जातक के संतान सम्बन्धी पक्ष पर ही विचार कर रहे हैं इसलिए विस्तार में न जाकर संतान पक्ष पर ही केन्द्रित रहेंगे।

जातक का विवाह 20.04.1983 को हुआ। जातक के प्रथम पुत्री का जन्म 20.07.1986, द्वितीय पुत्री का जन्म 30.09.1992 को हुआ तथा 29.09.1994

को दो जुड़वा पुत्रियों का जन्म हुआ। अब देखना यह है कि जुड़वा पुत्रियों के जन्म का ज्योतिषीय कारण क्या है?

जातक के जन्मांग में पंचमेश बृहस्पति तथा सप्तमेश शुक्र दोनों ही लाभभाव में संयुक्त रूप से द्विस्वभाव राशि कन्या में संस्थित होकर पंचमभाव पर दृष्टिनिक्षेप कर रहे हैं। लग्नेश मंगल और चतुर्थेश शनि के मध्य विनिमय परिवर्तन की संरचना हो रही है। शुक्र और बुध कन्या नवांश में संस्थित हैं जबकि लग्नेश मंगल मिथुन नवांशगत है और नवांशगत शुक्र और बुध को पूर्ण दृष्टि से देख रहा है। अतः तीनों शुभग्रह बृहस्पति, शुक्र और बुध कन्या नवमांश से प्रभावित हैं जो द्विस्वभाव राशि है। पंचमेश बृहस्पति कन्या राशि में संस्थित होकर पंचमभाव को ही पूर्णदृष्टि से देख रहा है तथा नवमेश चन्द्रमा वृष राशिगत होकर सप्तमभावगत है, वर्गोत्तम नवमांश प्राप्त कर रहां है और पंचमेश बृहस्पति, तृतीयेश, चतुर्थेश शनि, लाभेश बुध और दशमेश सूर्य द्वारा दृष्ट है जो अनेक पुत्रियों के जन्म के साथ-साथ जुड़वा पुत्रियों के जन्म का भी स्पष्ट संकेत कर रहा है।

स्फुटयोगस्थितवर्गत्रितयं यदि षण्डविहगसम्बन्धि।
यमलप्रभवो भविता तस्य विनाशश्च बलवशाद्वाच्यः।।

(जातकदेशमार्ग/अध्याय-16/श्लोक 8)

यदि तीन वर्गों का किसी नपुंसक ग्रह से सम्बन्ध हो तो जातक के यमल (जुड़वा शिशु) हों। यदि यह नपुंसक ग्रह बली हो तो बच्चे जीवित रहेंगे। यदि निर्बल हो तो नष्ट हो जायेंगे।

उदाहरण सं.-5.7 **जन्मांग सं.-156**

जन्म दिनांक : 30.06.1943 जन्म समय : 22:08:00 घंटे
जन्म स्थान : लखनऊ अक्षांश 26:50:00 रेखांश 80:54:00
चित्रपक्षीय अयनांश : 23:03:52 साम्पातिक काल : 15:32:56 घंटे

ग्रह	अंश	राशि	नक्षत्र	पद	षड्बल
लग्न	18:39:20	मकर	श्रवण	3	—
सूर्य	14:54:02	मिथुन	आर्द्रा	3	1.52
चंद्र	23:59:26	वृष	मृगशिरा	1	1.67
मंगल	1:49:10	मेष	अश्विनी	1	1.91

बुध	26:33:44	वृष	मृगशिरा	1	1.17
गुरु	6:52:51	कर्क	पुष्य	2	1.07
शुक्र	0:17:25	सिंह	मघा	1	0.71
शनि	25:53:26	वृष	मृगशिरा	1	1.08
राहु (व)	23:21:58	कर्क	अश्लेषा	3	—
केतु (व)	23:21:58	मकर	धनिष्ठा	1	—

जन्मांग चक्र **नवमाँश चक्र**

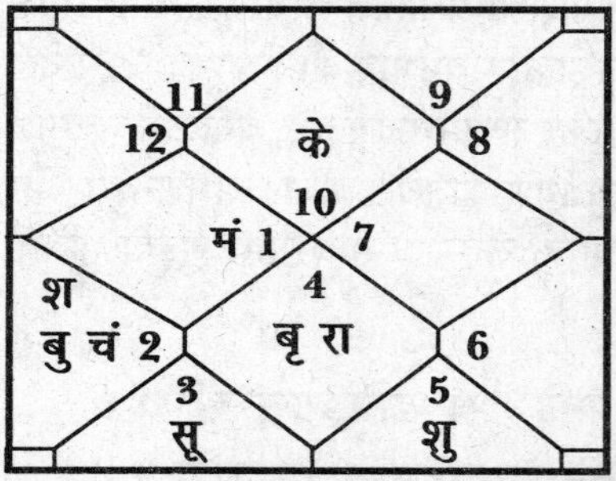

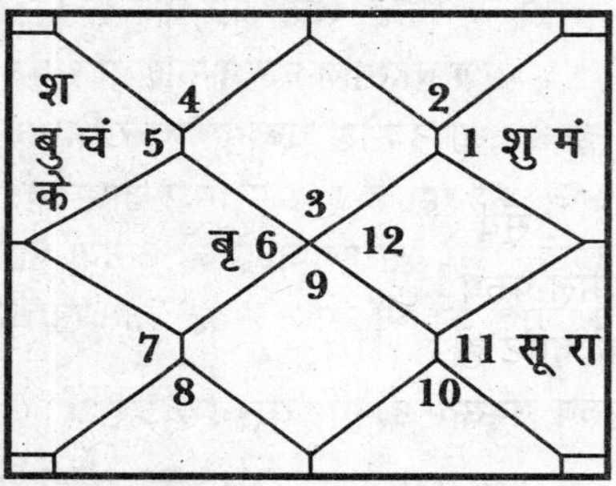

जन्म के समय मंगल की भोग्य विंशोत्तरी महादशा - 6 व. 7 मा. 26 दि.

जातक का विवाह 11.06.1971 को सम्पन्न हुआ। विवाह पश्चात् प्रथम पुत्री का जन्म 30.07.1972 को हुआ। इसके उपरान्त 20.07.1975 को जुड़वा पुत्रों का जन्म हुआ जिसमें से एक पुत्र की हानि हुई। पंचमभाव में शनि, बुध, चंद्रमा वृष राशि में संस्थित हैं जो स्वयं में ही जुड़वा संतानों का योग है। पंचमेश शुक्र अष्टम भावगत है। नवमांश कुण्डली में भी चंद्रमा, बुध और शनि सिंह नवांशगत हैं। बुध, चंद्रमा और शनि की युति पंचमभाव में जुड़वा संतानों का जन्म देने वाली होती है। उल्लेखनीय है कि यहाँ शनि लग्नेश है और बुध नवमेश और ये दोनों ग्रह पंचमभाव में चंद्रमा से संयुक्त हैं। चंद्रमा और शुक्र की, या शुक्र की राशि में चंद्रमा या चंद्रमा की राशि में शुक्र और बृहस्पति जुड़वा संतान के जन्म में सहायक सिद्ध होते हैं। यहाँ पर बृहस्पति सप्तमभाव में चंद्रमा की राशि कर्क में स्थित है और द्विस्वभाव नवांश कन्या में स्थान प्राप्त कर रहा है। इन ग्रह स्थितियों के कारण जातक के जुड़वा संतान हुई जिनमें से पंचमेश शुक्र के अष्टमस्थ तथा शत्रु राशिगत होने के कारण जुड़वा संतान में से एक की मृत्यु हो गयी।

उपरोक्त श्लोक के अनुसार लग्न और चंद्रमा समराशि में हैं। लग्न पर पुरुष

ग्रह बृहस्पति की दृष्टि है और नवांश कुण्डली में चंद्रमा पर पुरुष ग्रह सूर्य की दृष्टि है इसलिए जुड़वा संतानें पुत्र हुईं।

5.6 यमल पुरुष–स्त्री–संतति का ज्ञान

द्विस्वभावगतावर्कगुरू बुधनिरीक्षितौ।
पुंयुग्मं कुरुतस्तद्वत् शशिशुक्रमहीसुताः।।

कुर्वन्ति स्त्रीयुगं तत्र बलाबलविशेषतः।
स्त्रीनपुंसकरश्चान्द्रिः पुंनपुंसकरोऽर्कजः।।

(जातक पारिजात/अध्याय-3/श्लोक 29-30)

सूर्य और बृहस्पति ये द्विस्वभाव राशि में होकर उन पर बुध की दृष्टि हो तो यमल पुरुष होंगे। चन्द्रमा, शुक्र और मंगल ये द्विस्वभाव राशि में होकर उन पर बुध की दृष्टि हो तो यमल स्त्री होंगी। स्त्री नपुंसक संतति का जन्म देने वाला बुध तथा पुरुष नपुंसक संतति का जन्म देने वाला शनि ग्रह है।

युग्मे सितेन्दू अंगेन्दू पुंग्रहेक्ष्यौ तु युग्मदौ।
ज्ञांगारेज्यसिताः पुंस्त्रीभस्थाः स्युः मिथुनप्रदाः।।

(त्रिफला/अध्याय-1/श्लोक 18)

इसमें चार योग बताये गये हैं जिसमें युग्म होते हैं।

1. यदि चन्द्रमा और शुक्र समराशि में हों और उनको पुरुष ग्रह दृष्टिनिक्षेप करता हो।
2. यदि लग्न और चन्द्रमा समराशि में हों और उनको पुरुष ग्रह दृष्टिनिक्षेप करता हो।
3. यदि लग्न मंगल, बुध, बृहस्पति और शुक्र पुरुष राशि में हों तो दो पुत्र प्राप्त होते हैं।
4. यदि लग्न, मंगल, बुध, बृहस्पति, शुक्र स्त्रीराशि में हो तो दो कन्याओं की प्राप्ति होती है।

धनुर् यमांशेमर - पूज्य - हेली-
दृष्टौ बुधेन द्वि-सुत-प्रदौ स्तः।

स्त्रयन्त्यांश-गाः काव्य-कु-सूनु-चन्द्राश्
चान्द्रीक्षिताश् चेद् द्वि-सुता-प्रदा स्युः।।
जैवातृके समे गृहे कल्पाश्रिते विलोकिते।
खेटेन शौर्यशालिना गर्भे सुता-सुतौ मतौ।।

(प्रसवचिन्तामणि/अध्याय-4)

यदि बृहस्पति और सूर्य धनुष् के नवांश में और मिथुनांशक में हों और बुध से दृष्ट भी हों, तो दो पुल्लिग भ्रूणों का, या फिर यदि शुक्र, मंगल और चन्द्र कन्यांश और मीनांश में स्थित हों और बुध से दृष्ट भी हों तो दो स्त्रीलिंग भ्रूणों का गर्भाधान होगा.। गर्भाधान लग्न में चन्द्र समराशि में हो और बलवान ग्रह से दृष्ट भी हो तो एक स्त्रीलिंग और एक पुल्लिग भ्रूणों का अवतरण होगा।

उदाहरण सं.-5.8 **जन्मांग सं.-157**

जन्म दिनांक : 05.12.1962 जन्म समय : 14:00:00 घंटे
जन्म स्थान : मेरठ अक्षांश 29:00:00 रेखांश 77:42:00
चित्रपक्षीय अयनांश : 23:20:05 साम्पातिक काल : 18:35:28 घंटे

ग्रह	अंश	राशि	नक्षत्र	पद	षड्बल
लग्न	19:19:43	मीन	रेवती	1	—
सूर्य	19:23:24	वृश्चिक	ज्येष्ठा	1	1.14
चंद्र	27:54:18	कुंभ	पू.भा.	3	0.97
मंगल	28:53:09	कर्क	अश्लेषा	4	0.82
बुध (अ)	24:54:39	वृश्चिक	ज्येष्ठा	3	1.07
गुरु	11:42:42	कुंभ	शतभिषा	2	1.01
शुक्र	18:57:06	तुला	स्वाति	4	1.22
शनि	13:59:07	मकर	श्रवण	2	1.48
राहु (व)	7:33:17	कर्क	पुष्य	2	—
केतु (व)	7:33:17	मकर	उ.षा.	4	—

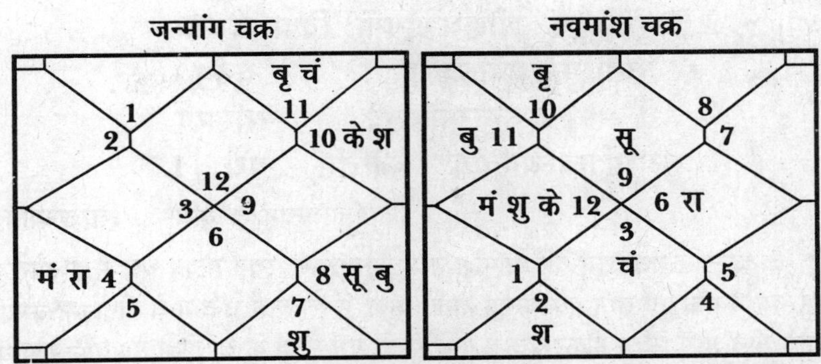

जन्म के समय गुरु की भोग्य विंशोत्तरी महादशा - 6 व. 6 मा. 5 दि.

भारतीय रेलवे में प्रमुख अधिकारी के पद पर नियुक्त इस जातक ने आई.ए.एस. की प्रतियोगिता में शीर्ष स्थान प्राप्त किया था। जातक का विवाह लखनऊ के एक अधीक्षण अभियंता की पुत्री के साथ 19.01.1987 को हुआ था। जातक के प्रथम पुत्र का जन्म 16.12.1988 को हुआ। 30.08.1994 को जातक के जुड़वा पुत्रों का जन्म हुआ। इस जन्मांग में पंचमेश चंद्रमा मिथुन नवांशगत है अर्थात् द्विस्वभाव नवांश में है और नवमेश मंगल भी मीन नवांश में संस्थित है तथा चंद्रमा की राशि कर्कगत है। इस जन्मांग में भी शनि और मंगल एक दूसरे पर दृष्टिनिक्षेप कर रहे हैं तथा संयुक्त दृष्टि से तृतीयेश शुक्र को भी देख रहे हैं। इसलिए तृतीय भाव का सम्बन्ध जुड़वा संतान से भी होता है। अतः तृतीय भाव का स्वामी यदि पापग्रहों के प्रभाव में हो तथा यदि शुक्र और चंद्रमा तृतीय भाव में संस्थित होकर मंगल एवं बृहस्पति द्वारा दृष्ट हो तो जुड़वा संताने होती हैं।

इस जन्मांग में तृतीयेश शुक्र अष्टमभाव में शनि व मंगल द्वारा दृष्ट है और शुक्र स्वयं भी पंचमेश मंगल के साथ द्विस्वभाव राशि मीन में संस्थित है। यह योग जुड़वा पुत्रों का योग निर्मित कर रहा है।

उपरोक्त सूत्र के अनुसार सूर्य धनु नवांश में स्थित है एवं नवांश कुण्डली में सूर्य पंचमेश चंद्रमा से दृष्ट है। पंचमेश चंद्रमा मिथुन नवांशगत है इसलिए तीन पुत्र हुए जिनमें से दो संताने जुड़वा हुई। इस योग में सूर्य और बृहस्पति धनु नवांश में नहीं है परन्तु नवांश लग्न ही धनु है जो बृहस्पति द्वारा शासित है और जहां सूर्य स्थित है, इसलिए उपरोक्त संदर्भित श्लोक का सम्बन्ध इस जन्मांग में निर्मित हो रहा है। अतः जुड़वां पुत्रों का जन्म हुआ।

पुंस्त्रीयुगं स्त्रीझषभागगा विदा दृष्टाः
सितासृग्विधवोऽबला युगम्।
ते चेन्नृयुग्माश्वलवे नरस्त्रियौ
गर्भाशयस्थाविति कीर्त्तितं बुधैः।।

(ज्योतिषतत्त्वम्/अध्याय-..../श्लोक 73)

बृहस्पति तथा सूर्य यदि मीनांश तथा कन्यांश में स्थित होकर बुध से दृष्ट हों तो गर्भ में एक पुत्र तथा एक कन्या होगी। शुक्र, मंगल तथा चन्द्रमा ये तीनों कन्यांग तथा मीनांश में स्थित होकर बुध से दृष्ट हों तो गर्भ में दो कन्या होती हैं। यदि शुक्र, मंगल तथा चन्द्रमा ये तीनों मिथुन नवांश तथा धनुर्नवांश में स्थित होकर बुध से दृष्ट हों तो गर्भ में एक पुत्र और एक कन्या प्राप्ति कहनी चाहिए।

गुर्वर्कयोश्चापनृयुग्मभांशे ज्ञदृष्टयोः पुंयुगुलं तदा स्यात्।
तद्वच्च कन्याझषगैः सितारकलाधरैः स्त्रीयुगलं सवीर्यैः।।

(शम्भुहोराप्रकाश/अध्याय-4/श्लोक 26)

24 बृहस्पति सूर्य 9/3 राशि अंशकों में बुध से दृष्ट हों तो दो पुत्र होंगे। ऐसे ही कन्या 6 मीन 12 राशि के अंशक में शुक्र, मंगल, चन्द्रमा हों तथा बलवान हो तो दो कन्या की प्राप्ति होगी।

द्वयंगांशे तौ तु ज्ञेक्षेण स्वपक्षे युगहेतवे।
लग्नर्ते विषमे मन्दे नुर्जन्म समभे स्त्रियः।।15।।

इसमें दो योग बताये गए हैं-

1. यदि मिथुन या धनु नवांश में सूर्य और बृहस्पति हों और बुध से दृष्ट हो तो दो पुत्र प्राप्त होते हैं।
2. यदि कन्या तथा मीन नवांश में शुक्र, चन्द्र, मंगल हों और बुध से दृष्ट हों तो दो कन्याओं की प्राप्ति होती है।
3. यदि लग्न को छोड़कर विषमस्थान में अर्थात् तृतीय, पंचम, सप्तम, नवम या एकादश में शनि हो तो पुत्र, अन्य स्थान में कन्या की प्राप्ति होती है।

द्व्यंगांश-स्थान् खे-चरांश् चोदयं ज्ञः
पश्येद् युग्मांश-स्थितः पूरुषौ द्वौ।

एका कन्या तांस् तथा स्त्रयंश-गो वित्
पश्येदेको नन्दनः कन्यके द्वे।।

खगोदयान् द्वन्द्व-भगान् हयांश-गान्
पश्येद् बुधो द्वन्द्व-लवाश्रितस् तदा।
गर्भे त्रि-पुत्रा वनितांश-गो बुधो
विलोकयेदित्थसि-कन्यकांश-गान्।।

ग्रहोद्गमान् गर्भ-गतास् त्रि-कन्यकाः
यमेंग इन्दौ द्विषि विद्-भयोः स्मरे।
मृतौ रवौ सदूरहिते त्रि-पूरुषाः
कन्याः कुजे चेत्थमिनेन षण्डकाः।।

(प्रसवचिन्तामणि/अध्याय-4)

स्त्री के गर्भ में तीन भ्रूणों का भी अवतरण हो सकता है। उनमें से दो पुंलिंग, और एक स्त्रीलिंग होंगे यदि गर्भाधान-कालीन लग्न की द्वि-स्वभाव (3/6/9/12) राशि में स्थित सभी ग्रह और लग्न मिथुनांशस्थ बुध के द्वारा दृष्ट हों। उनमें से एक पुंलिंग और दो स्त्रीलिंग भी हो सकते हैं यदि गर्भाधान के समय द्वि-स्वभाव (3/6/9/12) राशि में स्थित सभी ग्रह और लग्न कन्यांशस्थ बुध द्वारा दृष्ट हों।

उदाहरण सं.-5.9 **जन्मांग सं.-158**

जन्म दिनांक : 06.02.1942 जन्म समय : 22:30:00 घंटे
जन्म स्थान : मिर्जापुर अक्षांश 25:09:00 रेखांश 82:34:00
चित्रपक्षीय अयनांश : 23:02:50 साम्पातिक काल : 7:35:03 घंटे

ग्रह	अंश	राशि	नक्षत्र	पद	षड्बल
लग्न	28:23:08	कन्या	चित्रा	2	—
सूर्य	24:14:23	मकर	धनिष्ठा	1	1.04
चंद्र	29:29:26	कन्या	चित्रा	2	1.22
मंगल	20:32:15	मेष	भरणी	3	1.56
बुध (व/अ)	1:06:33	कुंभ	धनिष्ठा	3	1.16

गुरु	18:20:28	वृष	रोहिणी	3	1.26
शुक्र (व/अ)	17:47:17	मकर	श्रवण	3	1.51
शनि	28:46:53	मेष	कृत्तिका	1	1.16
राहु	20:34:00	सिंह	पू.फा.	3	—
केतु	20:34:00	कुंभ	पू.भा.	1	—

जन्मांग चक्र

रा
7 5
8 चं 4
6
9 3
12
सू शु 10 2 बृ
11 1
बु के श मं

नवमांश चक्र

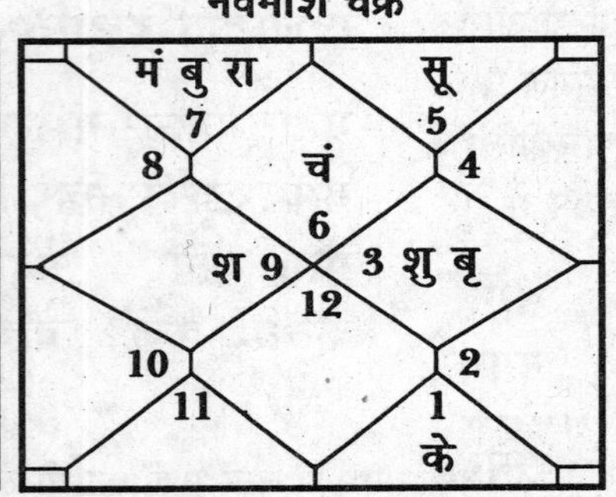

जन्म के समय मंगल की भोग्य विंशोत्तरी महादशा - 3 व. 9 मा. 6 दि.

जातक का विवाह 01.05.1969 को हुआ। जातक का जन्म कन्या लग्न में हुआ है जिसमें चंद्रमा संस्थित है। पंचमेश शनि द्विस्वभाव नवांश धनुगत है। नवमेश शुक्र व नवमस्थ एवं संतानकारक बृहस्पति संयुक्त रूप से मिथुन नवांश में संस्थित हैं और पंचमेश शनि द्वारा दृष्ट है। जातक के जुड़वां संतानें न होकर तीन संतानें एक साथ हुईं और तीनों ही संतान पुत्र हैं। पंचमेश शनि अष्टमभाव में नीच राशिगत है और अन्तिम नवांश धनु में स्थान प्राप्त कर रहा है व पंचम भाव तथा नवमेश शुक्र पर दृष्टिनिक्षेप कर रहा है। यहां भी शनि और मंगल संयुक्त रूप से अष्टम भावगत हैं तथा बृहस्पति शुक्र की राशि वृष में नवम भावगत होकर लग्नस्थ चंद्रमा और पंचमस्थ शुक्र पर दृष्टिनिक्षेप कर रहा है। अतः पंचमभाव पर पंचमेश शनि तथा बृहस्पति दोनों संयुक्त रूप से दृष्टिनिक्षेप कर रहे हैं और सभी सम्बन्धित ग्रह अर्थात् पंचमेश शनि, नवमेश शुक्र तथा लग्न नवमस्थ बृहस्पति द्विस्वभाव नवमांश में स्थित हैं। चंद्रमा भी द्विस्वभाव लग्न कन्या में स्थित है और वर्गोत्तम नवांश प्राप्त कर रहा है। अतः तीन संतानों के एक साथ जन्म का योग निर्मित कर रहा है। उल्लेखनीय है कि उपरोक्त श्लोक के अनुसार पंचमेश शनि, लग्नेश बुध नपुंसक ग्रह हैं और नवमेश शुक्र तथा नवमस्थ बृहस्पति दोनों ही नपुंसक नवांश मिथुन में संस्थित हैं

तथा चंद्रमा भी नपुंसक राशि एवं वर्गोत्तम नवांश प्राप्त कर रहा है। लग्नेश बुध भी नपुंसक ग्रह है।

गर्भाधान के समय मिथुनस्थ ग्रह और लग्न धनुष् के नवांश में स्थित हों और मिथुनांशगत बुध द्वारा दृष्ट हों तो तीनों भ्रूण पुंलिंग होंगे, किन्तु मीनांश और कन्यांश में स्थित ग्रह और लग्न कन्यांशस्थ बुध द्वारा दृष्ट हों तो तीनों भ्रूण स्त्रीलिंग होंगे। इसी प्रकार, लग्न में शनि, षष्ठ में चन्द्र, सप्तम में बुध और शुक्र तथा अष्टम में सूर्य हो और वह किसी शुभग्रह से दृष्ट न हो तो तीनों भ्रूण पुंलिंग होंगे, किन्तु लग्न में मंगल, षष्ठ में चन्द्र, सप्तम में बुध और शुक्र तथा अष्टम में सूर्य हों तो तीनों भ्रूण स्त्रीलिंग होंगे, जबकि लग्न में सूर्य, षष्ठ में चन्द्र, सप्तम में बुध और शुक्र तथा अष्टम में सूर्य हों तो तीनों भ्रूण नपुंसकलिंग होंगे।

लग्ने समराशिगते चन्द्रे च निरीक्षिते बलयुतेन।
गगनसदा वक्तव्यं मिथुनं गर्भस्थितं नियतम्।।

समराशौ शशिसितयोगं विषमे गुरुवक्रारसौम्यलग्नेषु।
द्विशरीरे वा बलिषु प्रवदेत् स्त्रीपुरुषमत्रैव।।

द्विशरीरांशकयुक्तान् ग्रहान्विलग्नं च पश्यतीन्दुसुते।
कन्यांशे द्वे कन्ये पुरुषश्च निषिच्यते गर्भे।।

मिथुने धनुरंशगतान् ग्रहान् विलग्नं च पश्यतीन्दुसुतः।
मिथुनांशस्थश्च यदा पुरुषत्रितयं सदा गर्भे।।

कन्यामीनांशस्थान् विहगानुदयं च युवतिभागतः।
पश्यति शशिरगुतनयः कन्यात्रितयं तदा गर्भे।।

(सारावली/अध्याय-8/श्लोक 21-26)

लग्न और चन्द्रमा समराशि में हों उस पर बली ग्रह की दृष्टि हो तो गर्भ में मिथुन (यमल) समझना चाहिए। चन्द्रमा शुक्र समराशि में हो और बृहस्पति, शुक्र, बुध लग्न ये विषमराशि बली या द्विस्वाभाव में हो तो भी यमल स्त्रीपुरुष समझना चाहिए। द्विस्वभाव राशिगत ग्रह या लग्न को यदि कन्या राशिगत बुध दृष्टिनिक्षेप करता हो तो गर्भ में दो पुत्र और 1 कन्या समझना चाहिए। यदि मिथुन या धनुगत ग्रह या लग्न को मिथुनस्थ बुध दृष्टिनिक्षेप करे तो गर्भ में तीनों पुरुष भ्रूण ही समझना

चाहिए। यदि कन्या या मीनस्थ ग्रह या लग्न को कन्यागत बुध दृष्टिनिक्षेप करता हो तो गर्भ में तीनों कन्याएं होती हैं।

धनुर्धरस्यान्त्यगते विलग्ने ग्रहैस्तदंशोपगतैर्बलिष्ठैः।
ज्ञेनार्किणा वीर्ययुतेन दृष्टे सन्ति प्रभूता अपि कोशसंस्थाः।।

(जातक पारिजात, अध्याय-3/श्लोक 25)

धनुराशि का लग्न हो और आखिरी धनु नवमांश में हो और ग्रह धनु नवमांश में बलवान हो और लग्न पर बलवान बुध और शनि की दृष्टि हो तो अनेक संतान के गर्भस्थ होने का योग होता है।

तनौ तरङ्गमान्त्यगे बलाधिकैस्तदंशगैः।
ग्रहैर्ज्ञमन्दवीक्षिते तदामितास्तु कोशगाः।।
द्विशरीरांशसंयुक्तान् ग्रहान् लग्नं च पश्यति।
कन्यांशकगतश्चान्द्रिर्गर्भस्थं त्रितयं वदेत्।।

(जातक पारिजात/अध्याय-3/श्लोक 26)

सभी ग्रह और लग्न द्विस्वभाव राशि के नवमांश में होकर उन पर कन्या राशि के नवमांश के बुध की दृष्टि हो तो अर्भकत्रय-तीन शिशुओं का गर्भ होता है।

युग्मांशकस्तु कन्यैका द्वौ पुमांसौ च गर्भजाः।
युग्मांशगान्विते लग्ने गर्भस्थाः पुरुषास्त्रयः।।

(जातक पारिजात/अध्याय-3/श्लोक 27)

सभी ग्रह और लग्न द्विस्वभाव राशि के नवमांश में होकर मिथुनराशि के नवमांश के बुध की उन पर दृष्टि हो तो उन पर तीन शिशुओं में से गर्भ में दो पुत्र और एक कन्या होगी। और सभी ग्रह और लग्न मिथुन राशि के नवमांश में होकर उन पर मिथुनराशि के नवमांश के बुध की दृष्टि हो तो उस गर्भ में तीनों ही पुत्र होंगे।

कन्या युग्मांशकोपेतांस्तथा युग्मांशगो बुधः।
कन्यानवांशकः सौम्यस्तिस्रो गर्भगताङ्गनाः।।

(जातक पारिजात/अध्याय-3/श्लोक 28)

सभी ग्रह और लग्न मिथुन या कन्या नवमांश में होकर मिथुन राशि के नवमांश में बुध हो और उस बुध की उन पर दृष्टि हो अथवा बुध कन्या राशि के नवमांश

में होकर सभी ग्रह और लग्न मिथुन या कन्या राशि के नवमांश में होकर उन पर बुध की दृष्टि हो तो गर्भ में तीनों कन्याएं होंगी।

वांगेंन्दू ओजगौ स्त्रीभस्थारेक्ष्यौ वा समौजगौ।
इन्दुजौ कुजदृष्टौ वा नरांशेंग सितेन्दवः।।

(त्रिफला/अध्याय-1/श्लोक 17)

इसमें तीन योग बताये हैं। इन तीनों में उत्पन्न बालक क्लीव (नपुंसक) होता है।

1. लग्न या चन्द्रमा विषमराशि में हो और सबको समराशि स्थित मंगल दृष्टिनिक्षेप करता हो।
2. चन्द्रमा समराशि में हो, और बुध विषम राशि में हो और इनको मंगल दृष्टिनिक्षेप करता हो।
3. लग्न, चन्द्रमा और शुक्र तीनों पुरुष नवांश में हों।

रविजीवौ युग्मधनुर्नवांशस्थौ बुधेक्षितौ।
पुंयुग्मं मीनकन्यांशस्थितौ पुंस्त्रीयुगं बदेत्।।
भौमेन्दुशुक्रा मीनस्त्रीनवांशस्था बुधेक्षिताः।
स्त्रीयुगं चापयुग्मांशे गर्भे पुंस्त्रीयुगं भवेत्।।

(शुक्रजातक)

सूर्य एवं बृहस्पति के धनु नवांशगत होकर बुध द्वारा दृष्ट होने से अथवा बुध के मीन राशिगत होने से जुड़वां पुत्रियाँ होती हैं। मंगल, चन्द्रमा, शुक्र को मीन राशिगत बुध देखता हो एवं द्विस्वभाव नवांश में ग्रह हों तो जुड़वां पुत्रियों का जन्म होता है।

एवं विधे भूतनयेऽबलामता नपुंसकास्तिग्ममरीचिमालिना।
ज्ञालोकितौ हेलिगुरू नृयुग्घयांशस्थौ पुमांसौ प्रमदाझषांशगौ।।

(ज्योतिषतत्त्वम्/अध्याय-...../श्लोक 72)

इस प्रकार लग्न में मंगल हो और शेष ग्रह उक्तस्थान में हों तो गर्भ में तीन कन्याएँ होती हैं। एवं लग्न में सूर्य हो और शेष ग्रह उक्तस्थान में हों तो गर्भ में तीन नपुंसक कहने चाहिए। बृहस्पति तथा सूर्य यदि धनुर्नवांश में तथा मिथुन नवांश में स्थित होकर बुध से दृष्ट हों तो गर्भ में दो पुत्र होते हैं।

ज्ञः पश्यन् मिथुनांशस्थो द्वयंगांशस्थान् ग्रहोदयान्।
गर्भे सुतैका पुत्रौ द्वौ वास्त्रयंशस्थः सुतः सुते।।

(त्रिफला/अध्याय-1/श्लोक 19)

1. यदि ग्रह मंगल, बृहस्पति आदि और लग्न द्विस्वभाव नवांश में हों और उनको मिथुन नवांश में स्थित बुध दृष्टिनिक्षेप करता हो तो दो पुत्र और एक कन्या की प्राप्ति होती है।
2. यदि ग्रह मंगल, बृहस्पति आदि और लग्न द्विस्वभाव नवांश में हो और उनको कन्या नवांश स्थित बुध दृष्टिनिक्षेप करता हो तो दो कन्या और एक पुत्र की प्राप्ति होती है।

नृयुग्मांशो वा नृयुग्मास्त्रांशगांश्च सुतत्रयम्।
स्त्रयंशस्थो मीनकन्यांश गतांस्ताश्चांगनात्रयम्।।

(त्रिफला/अध्याय-1/श्लोक 20)

इसमें दो योग बताये गये हैं :

1. यदि ऊपर जिन ग्रहयोगों का उल्लेख है, वे और लग्न मिथुन या धनु नवांश में हों और उनकों मिथुन नवांश स्थित ग्रह बुध दृष्टिनिक्षेप करता हो, तो तीन पुत्रों की प्राप्ति होती है।
2. यदि ऊपर जो ग्रह बताये गए हैं, वे और लग्न कन्या या मीन नवांश में हों और उनको कन्या नवांश का बुध दृष्टिनिक्षेप करता हो, तो तीन कन्याओं की प्राप्ति होती है।

यदोदये चापधरोन्तिमांशके
दृष्टे सवीर्येण बुधेन सौरिणा।
तदंश-संस्थैः स-बलैर् विहंगमैः
कोशं गताः स्युर् बहु-जन्तवः स्त्रियः।।

(प्रसवचिन्तामणि/अध्याय-4)

गर्भाधान-कालीन लग्न में धनु राशि तथा धनु का नवांश बलवान बुध और शनि से दृष्ट हों और बलवान ग्रह धनुराशि के नवांश में हों तो तीन या तीन से भी अधिक भ्रूणों का गर्भाधान होगा।

धनुर्विलग्नेऽन्त्यलवे प्रदृष्टे सौम्येन सौरेण च वीर्ययुक्तैः।
धन्वांशकस्थैरखिलैश्च खेटैर्गर्भो भवेत्त्र्यूर्द्धकजंतुकश्च।।

(शम्भुहोराप्रकाश/अध्याय-4/श्लोक 28)

लग्न में धनु का अन्त्यनवांशक हो बुध, शनि उसे दृष्टिनिक्षेप करें, अन्य सम्पूर्ण ग्रह बलवान हों तथा सभी धननवांशक में हों तो गर्भ से तीन से अधिक संतान उत्पन्न होंगी।

चापस्याऽत्येंगगे वांशे बलिज्ञार्कीक्षितें ग्रहैः।
चान्यैः ग्रहैस्तु कोशस्थाः पञ्च सप्त दशांगजाः।।

(त्रिफला/अध्याय-1/श्लोक 21)

पूर्व श्लोक में तीन जुड़वां शिशुओं के उत्पन्न होने का योग बताया गया है। अब तीन से अधिक शिशुओं के उत्पन्न होने का योग प्रस्तुत है।

यदि धनु राशि और धनुनवांश, लग्न में हो अर्थात् लग्न धनु हो और लग्न के अंश 26-40 से 30 तक हों, मंगल बृहस्पति धनु नवांश में हों और बली बुध तथा बली शनि लग्न को पूर्ण दृष्टि से दृष्टिनिक्षेप करें तो तीन से अधिक जुड़वॉ शिशुओं की प्राप्ति होती है।

तीन संतानों का एक साथ जन्म अत्यन्त विलक्षण तो है ही, परन्तु दुर्लभ भी है। कदाचित् हमारे सम्पर्क में ऐसे कम व्यक्ति ही आये हैं जिनके तीन संताने एक साथ हुई हों। ऐसे व्यक्ति जिनके तीन जुड़वां संतानें हैं, उनके जन्मांग हमें उपलब्ध नहीं हो पाये हैं, इसलिए तीन या अधिक संतान के जन्म से सम्बन्धित जन्मांगों का विश्लेषण हम यहां नहीं कर पा रहे हैं। उपरोक्त सभी श्लोक शास्त्रोक्त हैं, अतः इन ग्रह स्थितियों के किसी जन्मांग में विद्यमान होने पर तीन या अधिक संतान के जन्म की सशक्त संभावना होती है। यदि सम्बन्धित ग्रह पापाक्रान्त हों, अष्टमस्थ हों या अष्टमेश से संयुक्त हों तो तीन संतानों में से ग्रह स्थिति के अनुसार दो या एक ही संतान जीवित रहती है।

5.7 कन्या संतति का प्रादुर्भाव

पुत्रों अथवा कन्याओं का जन्म, पुरुषों पर आश्रित होता है। यह सत्य, जीव विज्ञान और चिकित्सा विज्ञान द्वारा प्रमाणित है परन्तु इसका श्रेय और सम्मान प्रायः युवतियों को ही प्रदान करने की परम्परा चलती आयी है। पूर्वकाल में, कन्याओं का

जन्म, अत्यन्त आह्लाद और आनन्द का सूत्रपात करता था। एक कन्या से विवाह हेतु, प्रायः स्वयंवर का आयोजन किया जाता था। स्वयंवर में कन्या, अपनी बुद्धि और रुचि के अनुरूप वर का चुनाव करती थी। उस काल में कन्याओं के जन्म की महत्ता, पुत्रों के जन्म की अपेक्षा कहीं अधिक थी। समय की सत्ता ने सम्प्रति, संतति सुख में पुत्र जन्म को प्राथमिकता प्रदान कर दी। इसका परिणाम यह हुआ कि उत्तरोत्तर पुरुषों की संख्या में वृद्धि होती गई और कन्याओं के जन्म में न्यूनता, स्पष्ट रूप से दृष्टिगत होने लगी। यहाँ हम उन ग्रहयोगों को रेखांकित कर रहे हैं, जिनके जन्मांग में विद्यमान होने से कन्याओं के जन्म का प्रादुर्भाव होता है। शुक्र और चन्द्रमा स्त्री राशियाँ हैं और यदि इन ग्रहों का सम्बन्ध पंचम भाव या लग्न से हो, तो अधिकांश कन्या संतति जन्म लेती है। सम राशियाँ जैसे वृष, कर्क, कन्या आदि पंचम भावगत हों और उनके स्वामी भी स्वनवांश में स्थित हों अथवा पंचमेश स्त्री ग्रहों के नक्षत्र में संस्थित हो, तो भी कन्याओं का जन्म समझना चाहिए। कुछ विशिष्ट ग्रहयोग ऐसे भी हैं जिनके जन्मांग में विद्यमान होने से अधिकतर कन्याएँ ही जन्म लेती हैं। उनका उल्लेख अन्यान्य व्यावहारिक जन्मांगों के द्वारा यहाँ स्पष्ट करने की चेष्टा की जा रही है। कन्या जन्म हेतु सभी योग किसी एक जन्मांग में विद्यमान नहीं होते हैं बल्कि पृथक्-पृथक् जन्मांगों में कन्या संतति के जन्म हेतु भिन्न-भिन्न ग्रहयोगों का निर्माण होता है।

अनादिकाल से पुत्र जन्म की आकांक्षा समस्त व्यक्तियों के हृदय में पर्याप्त प्रबल होती है, परन्तु पुत्र-जन्म का आधार, पूर्व पुण्य को बताया गया है। अनेक ऐसे ग्रहयोग हैं, जिनके जन्मांग में विद्यमान होने से पुत्ररत्न की प्राप्ति नहीं होती चाहे व्यक्ति पुत्रप्राप्ति हेतु अनेक विवाह क्यों न कर ले। पंचमभाव में मंगल की स्थिति अत्यन्त अशुभ स्वीकारी गयी है। प्रायः तुला लग्न के जातक अथवा जातिका के जन्मांग में पंचमभावगत मंगल प्रथम संतान की मृत्यु का कारण बनता है। पंचमभावगत मंगल अधिकांश कन्याओं को ही जन्म देता है। केतु के भी पंचमभावगत होने से पुत्र नहीं प्राप्त होता, चाहे कितना भी प्रयास किया जाये। अनेक ऋषि-महर्षियों ने पुत्रहीनता के सम्बन्ध में अनेक ग्रहयोगों की व्याख्या संदर्भित शास्त्रों में की है, जो अग्रांकित है।

पंचम भावस्थ सूर्य, पुत्रियाँ प्रदान करता है, यह लगभग सभी शास्त्रों में लिखा है परन्तु अनेक व्यावहारिक जन्मांगों में, इसके विपरीत स्थिति भी परिलक्षित होती है। चन्द्रमा के पंचम भावगत होने से पुत्रियों का जन्म समझना चाहिए, परन्तु सर्वदा नहीं होता। आश्चर्य तो तब होता है, जब पंचमस्थ चन्द्रमा, स्त्री राशिगत हो अर्थात्

वृषभ, कर्क अथवा कन्या आदि राशियों में स्थित हो। हमारा इस विषय में यह तर्क है कि पंचम भावगत सूर्य, यदि पुत्री प्रदान कर सकता है, तो पंचमस्थ चन्द्रमा पुत्र जन्म का कारण, क्यों नही बन सकता?

पुत्र अथवा पुत्री के जन्म का निर्णय करने में अनेक प्रकार से ग्रहों का विश्लेषण करना अपेक्षित होता है।

सूत्र 1 - सर्वप्रथम पंचम भाव की स्थिति पर विचार करना चाहिए। पंचमेश, पंचमाधिपति, पंचम भाव पर ग्रहों की दृष्टि, पंचमेश से संयुक्त ग्रहों की प्रकृति, पंचमस्थ तथा पंचमेश की नवांश स्थिति, नक्षत्र स्थिति, षड़बल, राशि आदि पर भी साथ ही साथ विचार करना चाहिए। यदि पंचम भाव पूर्णतः संतुलित तथा सुव्यवस्थित हो, पंचमेश केन्द्रगत अथवा केन्द्र के स्वामी पंचम भाव में स्थित हों अथवा योगकारक ग्रह पंचम भाव में स्थित हो और पापाक्रांत न हो, तो पुत्र जन्म का बाहुल्य होता है। इसी प्रकार से यदि पंचमेश त्रिक भावगत हो अथवा त्रिक भावाधिपति पंचमस्थ ग्रह अथवा पंचमाधिपति पापाक्रांत हो, स्त्री ग्रह अथवा स्त्री राशि के प्रभाव में हो, तो भी कन्याओं का जन्म समझना चाहिए।

सूत्र 2 - पंचम से पंचम नवम भाव होता है। अतः नवम भाव पर भी सम्यक् रूप से विचार करना अपेक्षित है। नवमेश, नवमस्थ ग्रह तथा नवम भाव आदि पर दृष्टि निक्षेप करने वाले ग्रहों की प्रकृति, सम्बन्धित राशियों का स्त्री अथवा पुरुष होना, पंचमेश अथवा पंचमस्थ ग्रहों का षड़बल, उनका योगकारक होना, उनकी नवांशस्थ स्थिति, सम्बन्धित ग्रहों के नक्षत्राधिपति आदि पर भी उसी प्रकार से विचार करना चाहिए, जैसाकि पंचम भाव के सम्बन्ध में कहा गया है। अनुभव ने प्रमाणित किया है कि युवतियों के जन्मांग में पंचम भाव तथा नवम भाव को समान रूप से देखना चाहिए, परन्तु नवम भाव पर अधिक ध्यान देना चाहिए। पुरुषों के जन्मांग में पंचम भाव पर अधिक ध्यान देना अपेक्षित है। वस्तुतः पुत्र अथवा पुत्री का निर्धारण तो युवक द्वारा ही सुनिश्चित होता है इसलिए यह विचार अवश्य करना चाहिए कि सम्बन्धित युवक के जन्मांग में पुरुष और स्त्री ग्रहों की क्या भूमिका है?

सूत्र 3 - बृहस्पति संतानकारक होता है इसलिए बृहस्पति की स्थिति नवांश, नक्षत्र, राशि तथा षड़बल आदि पर भी पूर्णरूप से विचार करना चाहिए। यदि बृहस्पति संतान भाव का अधिपति हो, जैसाकि वृश्चिक और सिंह लग्न के लिए होता है, तो बृहस्पति की स्थिति अधिक महत्त्वपूर्ण हो जाती है। स्त्री राशिगत बृहस्पति के पंचमस्थ होने से प्रायः पुत्री का ही जन्म होता है। "जातक देशमार्ग" में स्पष्ट लिखा है कि पंचम भावस्थ बृहस्पति के उच्च राशिगत होने से कन्याओं का

जन्म तथा शनि के कर्क राशिगत होने से पुत्रों का जन्म होता है। यह अनुभूत है।

सूत्र 4 - लग्न और लग्नेश पर भी विचार करना चाहिए। यदि लग्न स्त्री राशि हो तथा स्त्री नवांशगत हो और लग्नाधिपति का सम्बन्ध पंचम भाव से हो, तो कन्याओं का जन्म होता है। इसी प्रकार से यदि जन्म लग्न पुरुष राशि हो, जैसे मेष, सिंह, धनु, कुंभ आदि हो, तथा पंचम भाव से किसी प्रकार का सम्बन्ध निर्मित हो रहा हो, तो पुत्रों की अधिकता होगी।

सूत्र 5 - लग्नेश की नवांश राशि, नवमेश ग्रह के नक्षत्र के स्वामी की प्रकृति, लग्नस्थ ग्रह तथा उसकी नवांशस्थ स्थिति तथा लग्नेश के बलाबल पर भी विचार करना चाहिए।

सूत्र 6 - आत्मकारक ग्रह तथा सर्वाधिक बली ग्रह और उसकी जन्मांग नवांश और नक्षत्र की स्थिति भी विचारणीय है। इन सभी तथ्यों पर सम्यक् रूप से एक साथ विचार करके यह निर्णय करना चाहिए कि पुरुष ग्रहों का बलाबल अधिक है अथवा स्त्री ग्रहों का, उसी के अनुरूप पुत्र अथवा पुत्री का भविष्यकथन करना चाहिए।

सूत्र 7 - यदि पंचम भाव में स्त्री राशि हो, परन्तु पुरुष ग्रह शुभ स्थिति में हो, तो पुत्रों का जन्म होता है। उदाहरण के लिए लग्नेश मंगल पंचम भाव में मीन राशिगत हो और पंचमेश बृहस्पति से युक्त हो, तो पंचम भाव में स्त्री राशि मीन होने के उपरान्त भी पुत्र जनम ही समझना चाहिए।

सूत्र 8 - यदि पंचम भाव में मीन राशि हो और नवमेश चन्द्रमा और लग्नेश मंगल नीच राशिगत हों तथा पंचमेश बृहस्पति नवम भाव में अथवा लग्न में स्थित हो, अथवा एकादश भावगत होकर पंचम भाव के साथ दृष्टि सम्बन्ध स्थापित कर रहा हो, तो भी पुत्र तथा पुत्रियाँ, दोनों का जन्म होता है। जबकि सभी संदर्भित ग्रह स्त्री राशियों में हैं।

सूत्र 9 - सूर्य पुरुष ग्रह है परन्तु अधिकतर कन्याओं के जन्म का कारण होता है। ऐसा स्वीकारा जाता है कि पंचम भावगत सूर्य कन्याएँ प्रदान करता है तथा यह सत्य भी है। यह आवश्यक नहीं है कि सूर्य पुरुष अथवा स्त्री राशि में ही हो, बल्कि किसी भी राशि में पंचमस्थ सूर्य कन्याएँ प्रदान करता है। सूर्य पंचम भाव में पुत्रियाँ देता है तथा इसके विपरीत स्थिति तभी उत्पन्न होती है जब पंचमेश पुरुष ग्रह हो, जन्मांग में अत्यधिक सुव्यवस्थित हो तथा बली हो।

सूत्र 10 - चन्द्रमा स्त्रीकारक ग्रह है तथा प्रायः पंचम भाव में चन्द्रमा की

स्थिति देखकर कन्याओं के जन्म का ही योग होता है। विशेषकर यदि पंचमस्थ चन्द्रमा स्त्री राशि कर्क, कन्या अथवा वृष आदि में स्थित हो, परन्तु यह सत्य घटित नहीं होता है। हमने अनेक जन्मांगों में देखा है कि पंचमस्थ चन्द्रमा यदि स्त्री राशियों में हो, तो भी पुत्रों का जन्म सुनिश्चित करता है। कन्या राशि अथवा कर्क राशि स्त्री राशियाँ हैं। चन्द्रमा स्त्री ग्रह है। ऐसा प्रतीत होता है कि दो स्त्रीकारक स्थितियाँ पुत्र प्रदान करती हैं। जिस प्रकार से ऋण को ऋण से गुणा करने पर धन होता है उसी प्रकार से पंचम भाव में स्त्री ग्रह तथा स्त्री राशि पुत्री के स्थान पर पुत्र प्रदान करती है। पुरुष जन्म की घोषणा करने से पूर्व अनेक अन्य तथ्य भी विचारणीय होते हैं। जैसाकि ऊपर लिखा गया है। इन्हीं तथ्यों पर विचार करने के बाद ही पंचमस्थ चन्द्रमा पुत्र प्रदान करेगा अथवा पुत्री, यह देखना चाहिए।

सूत्र 11 - पंचम भाव में केतु की स्थिति अत्यन्त अशुभ होती है। इसके होने से संतान सुख बाधित होता है। अधिक पुत्रियों का जन्म होता है अथवा संतान सुख प्राप्त नहीं होता।

सूत्र 12 - पंचम भावस्थ केतु सतान वियोग का भी कारण होता है परन्तु पंचमाधिपति पर विचार किए बिना किसी निर्णय पर नहीं पहुँचना चाहिए। अन्य तथ्यों पर भी विचार करना उपयुक्त है।

सूत्र 13 - पंचम भावगत मंगल सदा ही अशुभ होता है। तुला और वृष लग्न के लिए मंगल मारकेश होता है इसलिए इन दोनों लग्नों के लिए पंचम भावगत मंगल संतान की क्षति करता है अथवा संतान की ओर से अत्यधिक चिंता और व्यथा होती है। संतान शोक की संभावना भी होती है। अनेक अवसरों पर देखा गया है कि योगकारक मंगल भी पंचम भाव में धनु राशिगत होने पर भी अनेक पुत्रियों के जन्म का कारण होता है। संतान के कारण कोई न कोई चिंता बन्नी रहती है और यदि मारकेश होकर मंगल यहाँ हो, तो यह चिंता और अधिक बलवती हो उठती है।

सूत्र 14 - पंचम भावगत राहु को भी अशुभ ही स्वीकारा जाना चाहिए। ऐसी स्थिति में संतान के कारण हृदय आह्लादित नहीं होता। कई बार संतान के कारण अपमानजनक स्थिति उत्पन्न होती है अथवा कोई महत्त्वपूर्ण अशुभ स्थिति के कारण पुत्र अथवा पुत्री से क्षोभ होता है। मकर राशिगत पंचमस्थ राहु देखकर हमने उनके पुत्र के लिए कुछ ऐसा ही भविष्यकथन किया कि आपका पुत्र आपके अपमान तथा क्षोभ का कारण होगा, तो उस पुत्र की माता आक्रोश से आगबबूला हो उठीं। हाईस्कूल की परीक्षा उत्तीर्ण करते-करते सम्बन्धित जातिका के पुत्र ने किसी की हत्या कर दी और उसके बाद अनेक घटनाओं, अपराधों में उनका पुत्र बन्दी हुआ। जब उन्हें हमारा

भविष्य कथन स्मरण हो आया। राहु की पंचम भावस्थ स्थिति पुत्र अथवा पुत्री दोनों ही प्रदान कर सकती है परन्तु अन्य तथ्यों पर विचार करने के उपरान्त ही किसी निर्णय पर पहुँचना चाहिए।

सूत्र 15 - पंचम भावस्थ शनि प्रायः अग्नि तत्त्व की राशि में प्रायः पुत्रियाँ तथा जल तत्त्व की राशि में पुत्र प्रदान करता है। इसी प्रकार से पंचम भावस्थ बृहस्पति जल तत्त्व की राशियों में पुत्री तथा अग्नि तत्त्व की राशियों में पुत्र प्रदान करता है।

सूत्र 16 - मकर राशिगत बृहस्पति पंचम भाव में अशुभ फल प्रदान करता है जबकि कन्या राशिगत शनि पंचम भाव में अनेक पुत्रियों के जन्म का कारण होता है। पंचम भाव पर शनि की दृष्टि पुत्रियों को ही जन्म देती है। विशेष रूप से यदि शनि एकादश भावस्थ हो।

सूत्र 17 - पंचम भावगत बुध कन्याओं के जन्म का कारण होता है परन्तु यदि बुध और शनि का अधिक अथवा सम्पूर्ण प्रभाव पंचम भाव पर हो तथा बृहस्पति भी बुध अथवा शनि की राशि में स्थित हो, तो नपुंसक संतान उत्पन्न होती है।

सूत्र 18 - शुक्र स्त्रीकारक ग्रह है तथा पंचम भावगत होने पर स्त्री राशि में स्थित होने तथा स्त्री नवांश प्राप्त करने से पुत्रियों का ही जन्म होता है। यदि चन्द्रमा और शुक्र दोनों ही स्त्री राशि तथा स्त्री नवांश में हों, तो पुत्रियों की अधिकता होती है।

सूत्र 19 - शुक्र और सूर्य संयुक्त रूप से पंचम भाव को प्रभावित कर रहे हों, तो भी कन्या संतति समझनी चाहिए।

सूत्र 20 - पंचम भाव पर शुक्र और शनि का अथवा शनि और सूर्य का संयुक्त प्रभाव भी कन्या संतति का कारण होता है।

उपरोक्त सभी सूत्रों को दिशा-निर्देश के रूप में ग्रहण करना चाहिए, परन्तु इसे सूत्र रूप में नहीं स्वीकारा जाना चाहिए। पुत्र अथवा पुत्री के जन्म का निर्णय करने से पूर्व अनेक तथ्यों पर विचार करना तथा सभी सम्बन्धित ग्रह स्थितियों का विश्लेषण करना अनिवार्य होता है।

प्रथम संतान पर विचार करने हेतु लग्न से पंचम भाव, द्वितीय संतान के लिए लग्न से सप्तम भाव, तृतीय संतान के लिए लग्न से नवम भाव तथा इसी तरह से अन्य संतानों के लिए क्रमशः एकादश भाव, लग्न, तृतीय भाव, पंचम भाव आदि पर विचार करना उचित होता है। इस विषय को प्रदर्शित करने के लिए कि प्रथम संतान

पुत्र होगी, तो दूसरी संतान क्या होगी तथा तीसरी अथवा चौथी संतान क्या होगी, इस तथ्य का विश्लेषण करने का आधार पूर्व अध्यायों में समझाने की चेष्टा की गई है। यद्यपि यह एक दुःसाध्य प्रक्रिया है तथा इसमें त्रुटि होने की संभावना को भी अस्वीकार नहीं किया जा सकता है। हमने अनुभव किया है कि यदि प्रथम संतान के लिए लग्न से पंचम भाव पर विचार करें, तो दूसरी संतान हेतु तीसरे भाव की राशि को लग्न मानकर जन्म चक्र का निर्माण कर लें तथा उसके आधार पर ही पंचम भाव का विश्लेषण करें, तो भ्रूण के लिंग का सही ज्ञान हो जायेगा। इसी तरह तीसरी संतान हेतु पंचम भाव की राशि को लग्न मानकर जन्म चक्र बना लेना चाहिए तथा उन्हीं-उन्हीं राशियों में ग्रह रखने चाहिए, जैसाकि जन्मांग में है। इस प्रकार से पंचम भाव को लग्न मानकर बनाये हुए लग्न चक्र के अनुसार, जो पंचम स्थान हो, उसका विश्लेषण करके संतान के लिंग का सही ज्ञान हो जाता है।

पुत्र और पुत्री के संदर्भ में यहाँ प्रत्येक प्रकार के उदाहरण, व्यावहारिक जन्मांग के आधार पर दिये जा रहे हैं। यदि इन उदाहरणों का गंभीरतापूर्वक अध्ययन किया जाए, तो पुत्र अथवा पुत्री के जन्म से सम्बन्धित भविष्यकथन कहने में कदापि त्रुटि नहीं होगी।

पंचमभावगत सूर्य

सूर्य पुरुष ग्रह है, परन्तु पंचमभावगत होने पर कन्या संतति ही प्रदान करता है। यहां तक की पंचमस्थ सूर्य यदि स्वराशि सिंह में हो तो भी कन्या संतति ही होती है। स्त्री राशियों में सूर्य की स्थिति कन्याओं के जन्म का कारण हीती ही है। ज्ञातव्य है कि यदि पुरुष राशियों अथवा स्त्री राशियों में सूर्य पंचमभावगत हो परन्तु अन्य ग्रहों की युति, दृष्टि अथवा नवांश या आत्मकारक ग्रह पुत्र जन्म का संकेत करता हो तो ग्रह स्थितियों और पंचमभाव का तुलनात्मक अध्ययन करने के पश्चात् ही पुत्र अथवा पुत्री के जन्म की घोषणा करनी चाहिए।

उदाहरण सं.-5.10 **जन्मांग सं.-159**

जन्म दिनांक : 14.11.1889 जन्म समय : 23:30:00 घंटे

जन्म स्थान : इलाहाबाद अक्षांश 25:27:00 रेखांश 81:50:00

चित्रपक्षीय अयनांश : 22:18:50 साम्पातिक काल : 3:06:07 घंटे

ग्रह	अंश	राशि	नक्षत्र	पद	षड्बल
लग्न	28:52:14	कर्क	अश्लेषा	4	—

सूर्य	0:16:59	वृश्चिक	विशाखा	4	0.79
चंद्र	18:06:12	कर्क	अश्लेषा	1	1.17
मंगल	9:59:28	कन्या	उ.फा.	4	1.1
बुध (अ)	17:10:03	तुला	स्वाति	4	1.08
गुरु	13:10:39	धनु	पू.षा.	1	1.05
शुक्र	7:22:40	तुला	स्वाति	1	1.51
शनि	10:47:43	सिंह	मघा	4	1.1
राहु	11:27:12	मिथुन	आर्द्रा	2	—
केतु	11:27:12	धनु	मूल	4	—

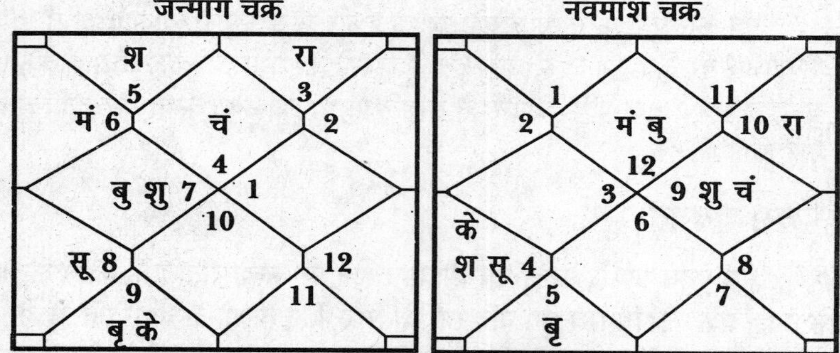

जन्म के समय बुध की भोग्य विंशोत्तरी महादशा - 15 व. 2 मा. 0 दि.

भारत के प्रथम प्रधानमंत्री पं० जवाहर लाल नेहरु का जन्म कर्क लग्न तथा मीन नवांश में हुआ था। द्वितीयेश सूर्य पंचमभाव में वृश्चिक राशिगत है तथा पंचमेश मंगल तृतीयभाव में कन्या राशिगत है। सूर्य कर्क नवांश प्राप्त कर रहा है जबकि मंगल मीन नवांशस्थ है। अतः पुत्री का ही योग है। पंचम भाव शुभकर्तरियोगग्रस्त है और यहां सूर्य उभयचरी योग की संरचना कर रहा है। यह सर्वविदित है कि पं० जवाहरलाल नेहरु की एक ही पुत्री थी जो उनसे भी अधिक समय तक भारतवर्ष की प्रधानमंत्री रहीं। श्रीमती इंदिरा गांधी को भला कौन भुला सकता है। वृश्चिक राशि का प्रथम नवांश कर्क होता है तथा पंचमस्थ सूर्य वृश्चिक राशिगत होकर प्रथम नवांश कर्क में स्थित है। इसलिए एक पुत्री का ही जन्म हुआ। पंचमेश मंगल कन्या राशि और मीन नवांश में स्थित है। लग्नेश चंद्रमा भी लग्न में कर्क राशिगत है। इसलिए

पुत्री के जन्म का ही प्रबलयोग दृष्टिगत हो रहा है क्योंकि चंद्रमा आत्मकारक ग्रह है। ज्ञातव्य है कि पंचमभाव में अल्पसुत राशि वृश्चिक में सूर्य संस्थित है। इसलिए पं० जवाहर लाल नेहरु के यहा एक ही पुत्री का जन्म हुआ।

उदाहरण सं.-5.11 **जन्मांग सं.-160**

जन्म दिनांक : 10.03.1959 जन्म समय : 20:30:00 घंटे

जन्म स्थान : लखनऊ अक्षांश 26:50:00 रेखांश 80:54:00

चित्रपक्षीय अयनांश : 23:17:18 साम्पातिक काल : 7:33:45 घंटे

ग्रह	अंश	राशि	नक्षत्र	पद	षड्बल
लग्न	27:35:13	कन्या	चित्रा	2	—
सूर्य	26:00:24	कुंभ	पू.भा.	2	1.33
चंद्र	9:18:38	मीन	उ.भा.	2	1.46
मंगल	20:05:50	वृष	रोहिणी	4	1.55
बुध	14:03:34	मीन	उ.भा.	4	0.85
गुरु	8:35:40	वृश्चिक	अनुराधा	2	0.71
शुक्र	24:09:06	मीन	रेवती	3	1.22
शनि	12:40:10	धनु	मूल	4	1.43
राहु (व)	19:44:46	कन्या	हस्त	3	—
केतु (व)	19:44:46	मीन	रेवती	1	—

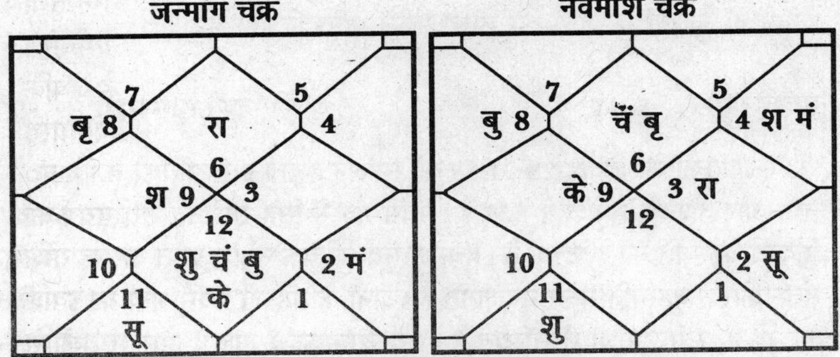

जन्म के समय शनि की भोग्य विंशोत्तरी महादशा - 10 व. 5 मा. 23 दि.

जातिका का विवाह 08-02-1985 को सम्पन्न हुआ। विवाह के पश्चात् प्रथम पुत्री का जन्म 19-01-1986 तथा दूसरी पुत्री का जन्म 14-12-1986 को हुआ। जातिका का जन्म कन्या लग्न में हुआ है जो वर्गोत्तम है। द्वादशेश सूर्य पंचम भाव में शनि की राशि मकर में स्थित है जबकि पंचमेश शनि धनुराशि और कर्क नवांशगत है। सूर्य वृष नवांश में, मंगल और शनि कर्क नवांश में, चंद्रमा और बृहस्पति कन्या नवांश में तथा बुध वृश्चिक नवांश में और केतु मकर नवांश में स्थित है अर्थात् शुक्र के अतिरिक्त सभी ग्रह तथा लग्न स्त्री नवांशों में स्थित हैं। इसी प्रकार से जन्मांग में भी शनि के अतिरिक्त सभी ग्रह स्त्रीराशिगत हैं। नवमेश शुक्र उच्चराशिगत होकर सप्तमभावस्थ है, शनि की राशि कुम्भ में स्थित है और शनि धनु नवांशगत है इसलिए दो पुत्रियों के साथ-साथ एक पुत्र का भी जन्म हुआ है। इस जन्मांग में भी बृहस्पति व मंगल क्रमशः तृतीय व नवम भाव होकर विनिमय दृष्टि सम्बन्ध स्थापित कर रहे हैं और दो पुत्रियों तथा एक पुत्र का संकेत कर रहे हैं। यहां प्रश्न यह उठता है कि दो पुत्रियों तथा एक पुत्र का योग कैसे है? पुत्रियों का प्रबलयोग है तथा आत्मकारक ग्रह मंगल वृषराशि और कर्क नवांश में होने के कारण दो पुत्रियों का योग निर्मित कर रहा है। परन्तु पंचमेश शनि धनु राशिगत है और कर्क नवांश प्राप्त कर रहा है। पंचमेश शनि के धनु राशिगत होने के कारण एक पुत्र का भी योग है। धनुराशि तीन का गुणक है और कर्कराशि दो का गुणक है। इसलिए इस जन्मांग में तीन संतानों का योग है जिनमें से दो पुत्रियों तथा एक पुत्र का योग है। संतानकारक बृहस्पति वृश्चिक राशि में वर्गोत्तम नवांश प्राप्त कर रहा है और शनि के नक्षत्र अनुराधा में स्थित है तथा पंचमस्थ सूर्य भी शनि की राशि मकर में स्थित है इसलिए शनि की स्थिति पर गंभीरता पूर्वक विचार अवश्य किया जाना चाहिए। शनि धनुराशि और कर्क नवांश में है अतः तीन संतानों का योग है जिनमें दो पुत्रियों के जन्म का स्पष्ट संकेत प्राप्त हो रहा है।

उदाहरण सं.-5.12 देखें जन्मांग सं.-69

जातिका का विवाह 23-01-88 को सम्पन्न हुआ। इस जातिका का जन्म मेष लग्न और वृश्चिक नवांश में हुआ है। पंचमभाव में सिंह राशिगत सूर्य पर एकादश भावस्थ बृहस्पति की दृष्टि भी है। पंचमेश सूर्य वृश्चिक नवांश प्राप्त कर रहा है और संतानकारक बृहस्पति मकर नवांशगत है। दोनों के ग्रह जो पंचम भाव को प्रभावित कर रहे हैं, स्त्री नवांशों में संस्थित हैं। सूर्य आत्मकारक ग्रह है और सूर्य के नक्षत्र उत्तराफाल्गुनी में स्थित है इसलिए पुत्रियों के जन्म का ही योग है। सूर्य और

बृहस्पति क्रमशः आठ और दस संख्या के नवांश में हैं और ये दोनों राशियां दो की गुणक हैं, इसलिए दो पुत्रियों का योग है। जातिका के विवाह के शीघ्र पश्चात् ही दो पुत्रियों का जन्म हुआ, पुत्र सुख की अभिलाषा अतृप्त ही रह गई।

उदाहरण सं.-5.13 जन्मांग सं.-161

जन्म दिनांक	: 22.01.1945	जन्म समय	: 00:00:00 घंटे
जन्म स्थान	: लखनऊ	अक्षांश 26:50:00	रेखांश 80:54:00
चित्रपक्षीय अयनांश	: 23:05:07	साम्पातिक काल	: 6:56:28 घंटे

ग्रह	अंश	राशि	नक्षत्र	पद	षड्बल
लग्न	19:30:54	कन्या	हस्त	3	—
सूर्य	8:15:15	मकर	उ.षा.	4	1.12
चंद्र	17:50:51	मेष	भरणी	2	1.05
मंगल	18:51:31	धनु	पू.षा.	2	1.1
बुध	15:59:10	धनु	पू.षा.	1	1.29
गुरु (व)	4:15:54	कन्या	उ.फा.	3	1.13
शुक्र	24:41:31	कुंभ	पू.भा.	2	1.35
शनि(व)	12:22:37	मिथुन	आर्द्रा	2	1.23
राहु	25:12:50	मिथुन	पुनर्वसु	2	—
केतु (अ)	25:12:50	धनु	पू.षा.	4	—

जन्मांग चक्र नवमांश चक्र

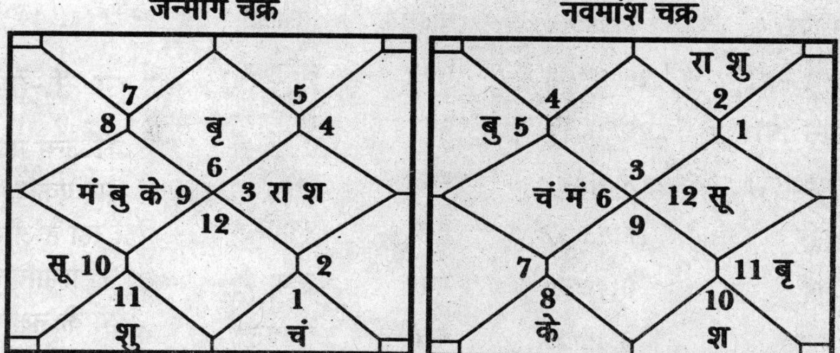

जन्म के समय शुक्र की भोग्य विंशोत्तरी महादशा - 13 व. 2 मा. 22 दि.

जातिका का विवाह 20 वर्ष की अवस्था में 1965 में हुआ। जातिका का जन्म कन्या लग्न और मिथुन नवांश में हुआ है। द्वादशेश सूर्य पंचमभावगत है और पंचमेश शनि मिथुन राशिगत होकर दशमभाव में राहु से संयुक्त है और मंगल तथा बुध से दृष्ट है। पंचमभावस्थ सूर्य पुत्रियां ही प्रदान करता है। प्रथम संतान तो पुत्री अवश्य होती है। यहां पर सूर्य स्वनक्षत्रगत है और मीन नवांशस्थ है। पंचमेश शनि भी मकर नवांश में संस्थित है जबकि मिथुन राशि में दशमस्थ है। इसी कारण जातिका के तीन पुत्रियां हैं। उल्लेखनीय है कि शुक्र आत्मकारक ग्रह है और इस जन्मांग में सर्वाधिक बली भी है। शुक्र द्वितीयेश व नवमेश होकर शनि की राशि कुम्भ में षष्ठभावस्थ है और वृष राशि का नवांश प्राप्त कर रहा है। अतः पंचमेश शनि, नवमेश शुक्र दोनों ही स्त्री नवांशगत हैं। अतः तीन पुत्रियों का ही योग है।

उदाहरण सं.-5.14 जन्मांग सं.-162

जन्म दिनांक : 31.01.1954 जन्म समय : 22:11:19 घंटे
जन्म स्थान : बिजनौर अक्षांश 29:22:00 रेखांश 78:09:00
चित्रपक्षीय अयनांश : 23:13:13 साम्पातिक काल : 6:35:22 घंटे

ग्रह	अंश	राशि	नक्षत्र	पद	षड्बल
लग्न	14:31:18	कन्या	हस्त	2	—
सूर्य	18:03:55	मकर	श्रवण	3	1.19
चंद्र	10:11:42	धनु	मूल	4	1.59
मंगल	1:38:45	वृश्चिक	विशाखा	4	1.44
बुध (अ)	29:52:03	मकर	धनिष्ठा	2	0.89
गुरु (व)	28:21:11	वृष	मृगशिरा	1	0.81
शुक्र (पू)	18:28:11	मकर	श्रवण	3	1.02
शनि	15:53:37	तुला	स्वाति	3	1.54
राहु	0:45:20	मकर	उ.षा.	2	—
केतु	0:45:20	कर्क	पुनर्वसु	4	—

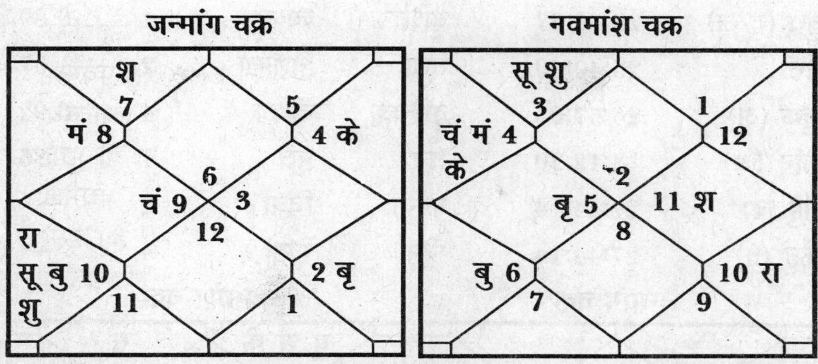

जन्म के समय केतु की भोग्य विंशोत्तरी महादशा - 1 व. 7 मा. 23 दि.

पंचमभावगत सूर्य प्रायः कन्याओं के जन्म का ही संकेत करता है। इस जन्मांग में सूर्य पंचमभाव में मकरराशिगत है तथा लग्नेश बुध नवमेश शुक्र और राहु से युक्त है। यहां पर सूर्य मिथुन नवांशगत होकर शुक्र से संयुक्त है, जो तीन पुत्रियों का जन्म परिलक्षित कर रहा है। पंचमेश शनि द्वितीयभाव में तुला राशिगत है और स्वनवांशस्थ है। जबकि नवम भावस्थ बृहस्पति वृष राशि और सिंह नवांश में संस्थित है। इस जन्मांग में बुध आत्मकारक ग्रह है और लग्नेश भी है। बुध अस्त है और स्वनवांशस्थ कन्या में संस्थित है। कन्या राशि तीन की गुणक तथा स्त्री राशि है। इसलिए तीन कन्याओं का जन्म हुआ। नवमेश शुक्र का मकर राशिगत होकर पंचमस्थ होना तथा नवमभाव में बृहस्पति का वृष राशिगत होना भी कन्यासंतति का ही योग निर्मित कर रहा है।

उदाहरण सं.-5.15 जन्मांग सं.-163

जन्म दिनांक : 06.12.1958 जन्म समय : 22:00:00 घंटे

जन्म स्थान : लखनऊ अक्षांश 26:50:00 रेखांश 80:54:00

चित्रपक्षीय अयनांश : 23:17:05 साम्पातिक काल : 2:53:24 घंटे

ग्रह	अंश	राशि	नक्षत्र	पद	षड्बल
लग्न	25:31:43	कर्क	अश्लेषा	3	—
सूर्य	20:46:11	वृश्चिक	ज्येष्ठा	2	0.84
चंद्र	25:10:30	कन्या	चित्रा	1	1.35
मंगल(व)	24:33:26	मेष	भरणी	4	1.57

बुध (व/अ)	28:46:27	वृश्चिक	ज्येष्ठा	4	0.89
गुरु	25:40:40	तुला	विशाखा	2	1.07
शुक्र (अ)	26:57:05	वृश्चिक	ज्येष्ठा	4	0.92
शनि (अ)	3:12:30	धनु	मूल	1	1.36
राहु (व)	27:44:14	कन्या	चित्रा	2	—
केतु (व)	27:44:14	मीन	रेवती	4	—

जन्मांग चक्र

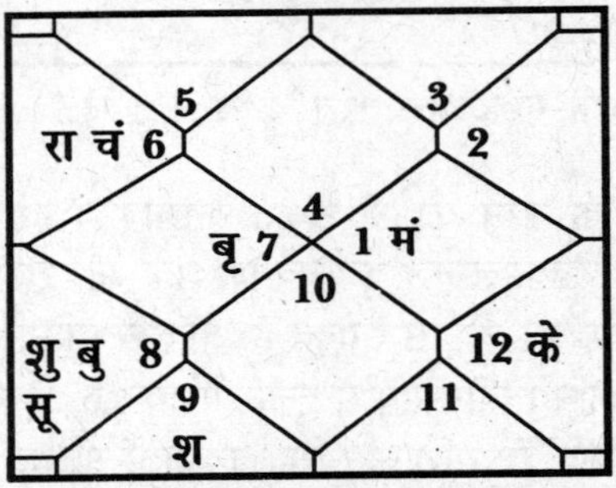

5
रा चं 6
3
2
4
बृ 7
1 मं
10
शु बु 8
सू
9
श
12 के
11

नवमांश चक्र

बु शु के
12
श 1
सू
10
9
11
बृ 2
8 मं
5
चं
3
4
7
6
रा

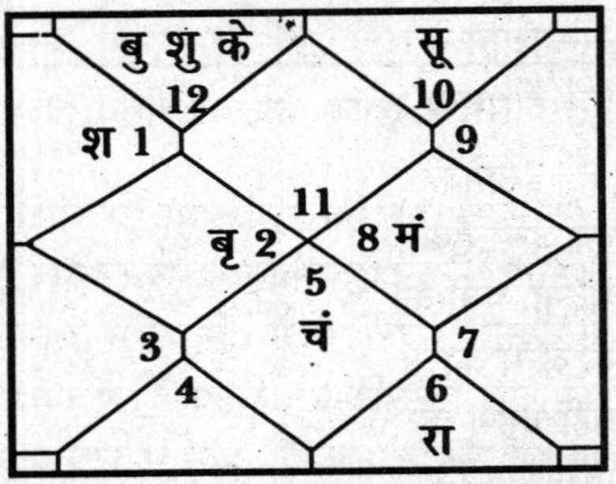

जन्म के समय मंगल की भोग्य विंशोत्तरी महादशा - 6 व. 0 मा. 12 दि.

जातिका ने दो पुत्रियों को जन्म दिया है। अनेक प्रयास करने पर भी पुत्र नहीं प्राप्त हुआ। यहां पंचमभाव में वृश्चिक राशि में सूर्य, बुध और शुक्र संस्थित है। तीनों ग्रह पंचमभाव में पुत्री ही प्रदान करते हैं। उल्लेखनीय है कि यहां पर सूर्य बुध के नक्षत्र ज्येष्ठा में, वक्री बुध भी ज्येष्ठा में तथा शुक्र भी ज्येष्ठानक्षत्र में स्थित है। इसलिए पुत्री संतति का ही योग है। पंचमस्थ सूर्य मकर नवांश में तथा शुक्र व बुध मीन नवांश में संस्थित हैं जबकि पंचमेश मंगल मेष राशि और वृश्चिक नवांश में है। उल्लेखनीय है कि यहां पर मंगल शुक्र के नक्षत्र भरणी में स्थित है और ये सभी ग्रह स्थितियाँ कन्याओं का ही जन्म परिलक्षित कर रही हैं। इस जन्मांग में बुध आत्मकारक ग्रह है जो द्वादशेश और तृतीयेश होकर पंचमभाव में वृश्चिक राशि, मीन नवांश और ज्येष्ठा नक्षत्र में स्थित है और पुत्रियों के ही जन्म का योग निर्मित कर रहा है।

पंचमभावगत चंद्रमा

चंद्रमा पुत्रीप्रदाता ग्रह है, यही सामान्य धारणा है। यदि पंचमभावगत चंद्रमा, स्त्री राशिगत हो तो पुत्रियां ही जन्म लेती हैं, यह धारणा तर्कसंगत भी है परन्तु यह

सत्य नहीं है। पंचमभावगत सूर्य पुत्रियां देता है तो पंचमभावगत चन्द्रमा को पुत्र क्यों नहीं देना चाहिए। कई वर्ष पूर्व एक कर्क लग्न के जातक के जन्मांग में चंद्रमा की पंचमभावस्थ स्थिति देखकर हमने कन्या संतति होने का अनुमान लगाया था, परन्तु एक भी पुत्री न थी और दो पुत्र थे। वृश्चिक राशि में पंचमभावगत चन्द्रमा ने पुत्रों को ही जन्म दिया है। हमनें पंचमेश मंगल की स्थिति का विश्लेषण करके, अपनी त्रुटि का संशोधन कर लिया। पुनः एक जन्मांग में पंचमभाव में कन्या राशिगत चंद्रमा की संस्थिति ने हमें भ्रमित कर दिया। यहां चंद्रमा हस्त नक्षत्रगत है और वृषभ नवाशस्थ है। अतः कन्याओं का जन्म ही परिलक्षित होता है। अनुभव और अनुसंधान ने सिद्ध किया है कि ऐसा नहीं होता है। जातक के दो सुन्दर और स्वस्थ पुत्र हैं। एक भी पुत्री का जन्म नहीं हुआ है।

अनेक जन्मांगों में पंचमभावगत चंद्रमा के सिंह राशिगत होने पर भी कन्या का जन्म हुआ है। ऐसा अनुभव में बार-बार आया है कि पंचमभाव में स्त्री राशिगत चंद्रमा, पुत्रों को जन्म देता है और पंचमभाव में पुरुष राशिगत चंद्रमा प्रायः कन्याओं के जन्म का सूत्रपात करता है। ज्ञातव्य है कि इसे निर्णायक सूत्र के रूप में कदापि नहीं ग्रहण करना चाहिए। पंचमेश, नवमेश, बृहस्पति और आत्माकारक ग्रह पर भी विचार करने के पश्चात् ही पुत्र अथवा पुत्री के जन्म का निर्णय करना चाहिए।

सुतेशे चन्द्रसंयुक्ते तद्द्रेष्काणगतेऽपिवा।
तदा हि कन्यकोत्पत्तिः प्रवदेद् दैवचिन्तकः।।

(बृहत्पाराशरहोराशास्त्र/अध्याय-17/श्लोक 12)

यदि पंचमेश चन्द्रमा के साथ हो अथवा पंचमेश कर्क राशि के द्रेष्काण में हो तो दैवज्ञ को कन्याओं का जन्म कहना चाहिए।

उदाहरण सं.-5.16 जन्मांग सं.-164

जन्म दिनांक : 18.05.1964 जन्म समय : 03:09:00 घंटे
जन्म स्थान : लखनऊ अक्षांश 26:50:00 रेखांश 80:54:00
चित्रपक्षीय अयनांश : 23:21:15 साम्पातिक काल : 18:45:03 घंटे

ग्रह	अंश	राशि	नक्षत्र	पद	षड्बल
लग्न	22:16:04	मीन	रेवती	2	—
सूर्य	3:37:49	वृष	कृत्तिका	3	1.82

चंद्र	25:46:11	कर्क	अश्लेषा	3	1.15
मंगल	14:20:27	मेष	भरणी	1	1.66
बुध	10:08:37	मेष	अश्विनी	4	1.01
गुरु	15:07:56	मेष	भरणी	1	1.14
शुक्र	11:06:52	मिथुन	आर्द्रा	2	1.42
शनि	11:02:00	कुंभ	शतभिषा	2	1.26
राहु	9:08:31	मिथुन	आर्द्रा	1	—
केतु	9:08:31	धनु	मूल	3	—

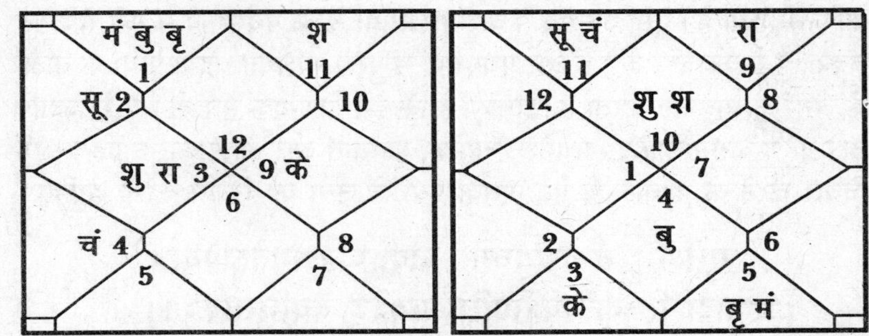

जन्म के समय बुध की भोग्य विंशोत्तरी महादशा - 5 व. 4 मा. 22 दि.

जातक का विवाह 21.04.1992 को सम्पन्न हुआ। विवाह के पश्चात् तीन पुत्रियों का जन्म हुआ और कोई भी पुत्र नहीं जन्मा। जातक का जन्म मीन लग्न में हुआ है तथा पंचमेश चन्द्रमा पंचम भावगत है। यहाँ चन्द्रमा अश्लेषा नक्षत्र में स्थित है। पंचम भाव पर नवमेश मंगल की भी दृष्टि है तथा नवम भाव पर मंगल और शनि दोनों ग्रहों की दृष्टि है। यहाँ पंचमेश चन्द्रमा शनि का नवांश प्राप्त कर रहा है। प्रायः पंचमेश यदि बुध अथवा शनि के नक्षत्र में हो और स्वराशिगत हो, तो पुत्रियों का ही जन्म होता है। यहाँ पर चन्द्रमा पंचम भाव में स्वराशि कर्क में स्थित है तथा बुध के नक्षत्र और शनि के नवांश में है इसलिए पुत्रियों के जन्म का ही योग है।

उदाहरण सं.-5.17 **जन्मांग सं.-164**

जन्म दिनांक : 17.07.1972 जन्म समय : 02:25:00 घंटे

जन्म स्थान : जम्मू अक्षांश 32:42:00 रेखांश 74:52:00

चित्रपक्षीय अयनांश : 23:28:40 साम्पातिक काल : 21:33:36 घंटे

ग्रह	अंश	राशि	नक्षत्र	पद	षड्बल
लग्न	16:33:37	वृष	रोहिणी	2	—
सूर्य	0:54:35	कर्क	पुनर्वसु	4	1.57
चंद्र	14:45:25	कन्या	हस्त	2	1.16
मंगल	18:02:34	कर्क	अश्लेषा	1	1.54
बुध	26:18:48	कर्क	अश्लेषा	3	0.96
गुरु (व)	7:18:08	धनु	मूल	3	0.9
शुक्र	25:48:50	वृष	मृगशिरा	1	1.38
शनि	22:14:11	वृष	रोहिणी	4	0.99
राहु	2:34:58	मकर	उ.षा.	2	—
केतु (पू)	2:34:58	कर्क	पुनर्वसु	4	—

जन्मांग चक्र

भाव	राशि	ग्रह
1	2	शु श
2	1	
3	12	
4	11	
5	10	रा
6	9	बृ
7	8	
8	7	
9	6	चं
10	5	
11	4	बु मं सू के
12	3	

नवमांश चक्र

भाव	राशि	ग्रह
1	2	चं
2	1	
3	12	
4	11	बु
5	10	रा
6	9	मं
7	8	
8	7	
9	6	
10	5	शु
11	4	सू श के
12	3	बृ

जन्म के समय चंद्र की भोग्य विंशोत्तरी महादशा - 6 व. 5 मा. 5 दि.

जातक का विवाह 05-03-1994 को सम्पन्न हुआ और विवाहोपरान्त दो पुत्रों का जन्म हुआ। जातक का जन्म वृषभ लग्न और वृषभ नवांश में हुआ है। पंचमभाव में चंद्रमा स्थित है जो चंद्रमा के ही नक्षत्र हस्त में स्थित है। चंद्रमा शुक्र का नवांश वृषभ प्राप्त कर रहा है। ये सभी स्थितियां पुत्री के जन्म का संकेत कर रही है।

पंचमेश बुध जो आत्माकारक भी है, कर्क राशिगत है और स्वनक्षत्र अश्लेषा में स्थित है। यह भी कन्याओं के जन्म की ही पुष्टि कर रहा है क्योंकि पंचमेश बुध और तृतीयेश चंद्रमा के मध्य विनिमय परिवर्तन योग की संरचना हो रही है। परन्तु सत्य तो इसके विपरीत है। जातक, दो पुत्रों का पिता है तथा जातक पुत्री सुख से वंचित है।

उदाहरण सं.-5.18 जन्मांग सं.-166

जन्म दिनांक : 09.01.1957 जन्म समय : 04:46:00 घंटे
जन्म स्थान : कानपुर अक्षांश 26:27:00 रेखांश 80:19:00
चित्रपक्षीय अयनांश : 23:15:39 साम्पातिक काल : 11:50:11 घंटे

ग्रह	अंश	राशि	नक्षत्र	पद	षड्बल
लग्न	23:23:03	वृश्चिक	ज्येष्ठा	3	—
सूर्य	25:10:57	धनु	पू.षा.	4	1.04
चंद्र	21:27:04	मीन	रेवती	2	1.08
मंगल	25:01:20	मीन	रेवती	3	1.78
बुध (व/अ)	29:02:54	धनु	उ.षा.	1	1.1
गुरु	8:27:06	कन्या	उ.फा.	4	1.04
शुक्र	1:53:31	धनु	मूल	1	0.84
शनि	16:52:26	ज्येष्ठा	ज्येष्ठा	1	1.2
राहु	4:24:02	अनुराधा	अनुराधा	1	—
केतु	4:24:02	कृत्तिका	कृत्तिका	3	—

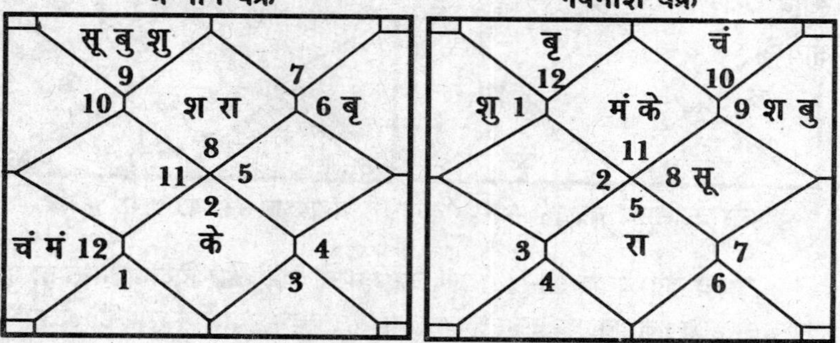

जन्म के समय बुध की भोग्य विंशोत्तरी महादशा - 10 व. 10 मा. 24 दि.

कानपुर के प्रसिद्ध लोहे के इस व्यवसायी का जन्म वृश्चिक लग्न में हुआ है। लग्नेश मंगल पंचमभाव में मीन राशि में चंद्रमा से संयुक्त है और बृहस्पति से दृष्ट है। यहां पर चंद्रमा भाग्येश है और बृहस्पति पंचमेश होकर कन्या राशि में एकादश भावस्थ है तथा पंचमस्थ ग्रह मंगल व चंद्रमा के साथ विनिमय दृष्टि सम्बन्ध स्थापित कर रहा है। यह संतान जन्म हेतु अति शुभयोग है जिसके परिणाम स्वरूप जातक के एक पुत्र और एक पुत्री का जन्म हुआ। उल्लेखनीय है कि यदि पंचमभाव पूर्णतः संतुलित और सबल हो, तो पुत्र और पुत्री दोनों का ही जन्म होता है क्योंकि जिस परिवार में पुत्र हों और पुत्री न हो वहां भी प्रायः शुष्कता दृष्टिगत होती है। जबकि कन्याओं का ही जन्म होने पर वंशज की अभिलाषा अतृप्त रह जाती है। यह प्राचीनकाल से ही होता चला आया है। जिस जन्मांग में पंचमभाव पर पुरुष और स्त्रीग्रहों का संयुक्त प्रभाव हो और सभी सम्बन्धित ग्रह अर्थात् लग्नेश, पंचमेश, नवमेश, संतानकारक बृहस्पति, सर्वाधिक बली ग्रह आत्मकारक ग्रह जन्मांग में सुव्यवस्थित हों, शुभ ग्रहों के प्रभाव में हो, त्रिकभाव में न हो, तो पुत्र और पुत्री दोनों का ही जन्म होता है। इस जन्मांग में सर्वाधिक बली ग्रह लग्नेश मंगल है, जो पंचमभाव में मीन राशिगत है और कुंभ नवांश प्राप्त कर रहा है। मंगल की इस स्थिति के कारण पुत्र का जन्म हुआ। पंचमभाव में नवमेश चंद्रमा के होने से पुत्री का जन्म हुआ। जिस जन्मांग में पंचमभाव, इस जन्मांग के समान पूर्णतः संतुलित व सुव्यवस्थित हो, वहां पुत्र और पुत्री दोनों का जन्म समझना चाहिए।

उदाहरण सं.-5.19 **जन्मांग सं.-167**

जन्म दिनांक : 13.12.1964 जन्म समय : 06:16:00 घंटे
जन्म स्थान : इलाहाबाद अक्षांश 25:27:00 रेखांश 81:50:00
चित्रपक्षीय अयनांश : 23:21:45 साम्पातिक काल : 11:40:18 घंटे

ग्रह	अंश	राशि	नक्षत्र	पद	षड्बल
लग्न	21:34:35	वृश्चिक	ज्येष्ठा	2	—
सूर्य	27:41:18	वृश्चिक	ज्येष्ठा	4	1.26
चंद्र	6:56:02	मीन	उ.भा.	2	1.22
मंगल	23:57:59	सिंह	पू.फा.	4	1.75
बुध (व)	10:13:55	धनु	मूल	4	1.04
गुरु (व)	24:05:57	मेष	भरणी	4	1.05

शुक्र	28:51:17	तुला	विशाखा	3	1.1
शनि	6:24:52	कुंभ	धनिष्ठा	4	1.45
राहु (व)	29:39:16	वृष	मृगशिरा	2	—
केतु (व/पू)	29:39:16	वृश्चिक	ज्येष्ठा	4	—

जन्मांग चक्र

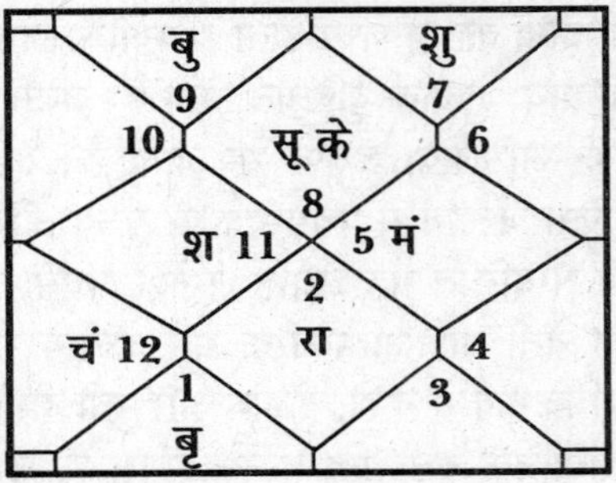

बु 9, शु 7, 10, सू के 8, 6, श 11, 5 मं, 2 रा, चं 12, 4, 1 बृ, 3

नवमांश चक्र

11, 9, के सू 12, 10, 8 मं बृ श, 1, 7, 4 बु, 2, 6 चं रा, 3 शु, 5

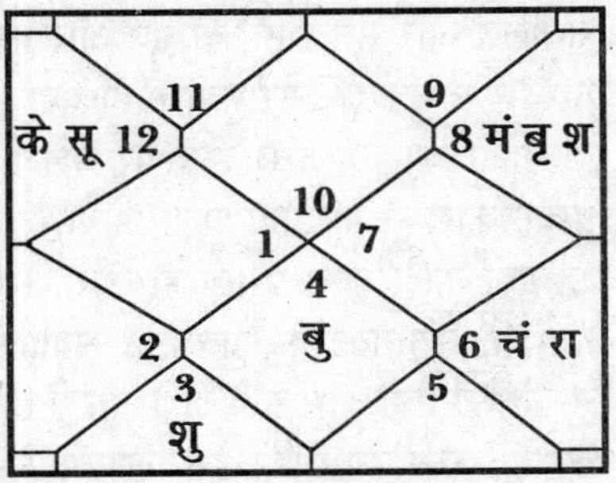

जन्म के समय शनि की भोग्य विंशोत्तरी महादशा - 13 व. 10 मा. 13 दि.

एक प्रसिद्ध और सफल प्रशासनिक अधिकारी की इस पत्नी का जन्म वृश्चिक लग्न में हुआ है तथा नवमेश चंद्रमा पंचमभाव में मीन राशिगत है और कन्या का नवांश प्राप्त कर रहा है। पंचमेश बृहस्पति मेष राशि में षष्ठ्भाव में स्थित है और वृश्चिक राशि का नवांश प्राप्त कर रहा है। अतः कन्याओं के जन्म की अधिक संभावना परिलक्षित होती है। प्रथम संतान पुत्री का जन्म हुआ क्योंकि लग्न से पंचमभाव में चंद्रमा मीन राशिगत है। दूसरी संतान के लिए मकर राशि को लग्न मानकर अध्ययन करना चाहिए जिसके अनुसार पंचमभाव में राहु स्थित है और पंचमेश शुक्र तुला राशिगत है और मिथुन नवांश प्राप्त कर रहा है। यहां पर शुक्र बृहस्पति के नक्षत्र विशाखा में स्थित है। यह तीनों योग पुत्र का संकेत कर रहे हैं। तीसरी संतान का विचार मीन राशि को लग्न मानकर करना चाहिए। यहां पंचमेश चंद्रमा लग्नगत है और कन्या नवांश प्राप्त कर रहा है इसलिए तीसरी संतान पुत्री है। इस तरह से जातिका के दो पुत्रियों और एक पुत्र का योग है। प्रथम संतान पंचमभाव से, दूसरी संतान सप्तमभाव और तीसरी संतान का विचार नवमभाव से करना चाहिए। इसमें त्रुटि न हो, इसलिए पहली संतान का विचार करने के लिए लग्न से पंचमभाव, द्वितीय संतान के लिए तृतीय भाव को लग्न मानकर देखना चाहिए और पंचमभाव का अध्ययन करना चाहिए। इसी तरह से तृतीय संतान हेतु

पंचमभाव को लग्न मानकर वहां से पंचमस्थ राशिग्रह, भावेश और उनके नवांश, नक्षत्र, बलाबल, आत्मकारक ग्रह आदि का विश्लेषण करके पुत्र अथवा पुत्री का विचार करना चाहिए।

सिंह राशिस्थ पंचमभावगत चंद्रमा

चन्द्रे सुतभं याते रविगेहे दारिका बहुत्वं स्यात्।।
कन्यायां हिमरश्मौ तथैव वाच्यं तु हिवुकेवा।।

(द्वादशभावसिंधु/अध्याय-सुतभाव/श्लोक 37)

जिस जातक के जन्मकाल में पंचमभाव में चन्द्रमा सिंह राशिगत उपस्थित हो तो वह जातक बहुत कन्या संतति वाला होता है और कन्या राशिगत चन्द्रमा चतुर्थ अथवा पंचमभाव में स्थित हो तो वह जातक कन्या संतति वाला होता है।

उदाहरण सं.-5.20 **जन्मांग सं.-168**

जन्म दिनांक : 25.07.1952 जन्म समय : 00:00:00 घंटे
जन्म स्थान : पटना अक्षांश 25:37:00 रेखांश 85:12:00
चित्रपक्षीय अयनांश : 23:11:51 साम्पातिक काल : 20:20:28 घंटे

ग्रह	अंश	राशि	नक्षत्र	पद	षड्बल
लग्न	22:35:15	मेष	भरणी	3	–
सूर्य	8:34:06	कर्क	पुष्य	2	1.41
चंद्र	8:48:22	सिंह	मघा	3	1.28
मंगल	18:56:57	तुला	स्वाति	4	1.36
बुध	2:54:39	सिंह	मघा	1	1.38
गुरु	24:22:44	मेष	भरणी	4	1.09
शुक्र (अ)	16:48:42	कर्क	अश्लेषा	1	1.28
शनि	16:34:26	कन्या	हस्त	2	1.54
राहु	28:21:26	मकर	धनिष्ठा	2	–
केतु	28:21:26	कर्क	अश्लेषा	4	–

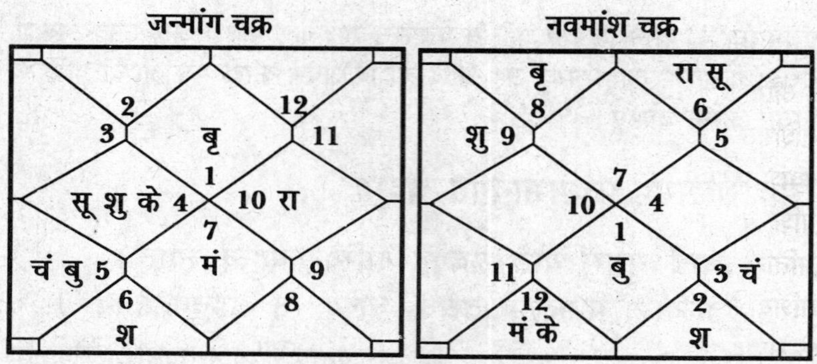

जन्म के समय केतु की भोग्य विंशोत्तरी महादशा - 2 व. 4 मा. 15 दि.

जातिका का विवाह 03.02.1972 को सम्पन्न हुआ। विवाह के उपरान्त प्रथम पुत्री का जन्म 05.11.1974 को, दूसरी पुत्री का जन्म 02.10.1975 को तथा तीसरी पुत्री का जन्म 30.07.1980 को हुआ। इस जन्मांग में पंचमेश सूर्य चतुर्थ भाव में कर्क राशिगत है तथा चतुर्थेश चन्द्रमा पंचम भाव में सिंह राशिगत है और तृतीयेश व षष्ठेश बुध से संयुक्त है। यहाँ पंचमेश सूर्य कन्या राशि का नवांश प्राप्त कर रहा है तथा शनि के नक्षत्र पुष्य में स्थित है जबकि चन्द्रमा पंचम भाव में सिंह राशिगत है और बुध के नवांश मिथुन में स्थित है। इस कारण तीन पुत्रियों का जन्म हुआ। पंचम भाव, चन्द्रमा और बुध पर नवमेश बृहस्पति की दृष्टि पड़ रही है इसलिए जातक के तीन पुत्रियाँ हुईं तथा अनेक प्रयास के पश्चात् भी पुत्र का जन्म नहीं हुआ।

उदाहरण सं.-5.21 देखें जन्मांग सं.-73

जातिका एक प्रसिद्ध उद्योगपति की पत्नी है जिसका विवाह 28.02.1975 को हुआ तथा प्रथम पुत्री का जन्म 17.03.1986 को, दूसरी पुत्री का जन्म 13.05.1992 को और तीसरी पुत्री का जन्म 30.09.1994 को हुआ।

इस जन्मांग में चतुर्थेश चन्द्रमा पंचम भावगत है तथा एकादशस्थ वक्री बृहस्पति द्वारा दृष्ट है। पंचमेश सूर्य नीच राशिगत है तथा लग्नेश और अष्टमेश मंगल तथा दशमेश और एकादशेश शनि द्वारा दृष्ट है। अर्थात् संतान भावाधिपति सूर्य पर मंगल और शनि दोनों की दृष्टि है तथा सूर्य शुभकर्तरी योगग्रस्त भी है।

इस जन्मांग में बुध आत्मकारक ग्रह है तथा चन्द्रमा के नक्षत्र हस्त में स्थित है और पर्याप्त बली भी है। उसे 1.07 षड़बल प्राप्त हैं। यदि आत्मकारक ग्रह स्त्री राशिगत हो और प्रबल हो, तो पुत्रियों का ही जन्म होता है। यहाँ पर बुध मिथुन नवांश प्राप्त कर रहा है इसलिए तीन पुत्रियों का जन्म हुआ, परन्तु मिथुन राशि पुरुष राशि है और बृहस्पति भी पुरुष राशि कुंभगत तथा धनु नवांशस्थ है। इसके अतिरिक्त पंचमेश सूर्य भी धनु नवांश में स्थित है। धनु और कुंभ दोनों ही पुरुष राशियाँ हैं इसलिए एक पुत्र के जन्म की संभावना अवश्य थी जो संदर्भित अनुष्ठान के संपादन के पश्चात् बलवती हुई और अंततः योग्य पुत्र का जन्म 02.02.1996 को हुआ।

उदाहरण सं.-5.22 जन्मांग सं.-169

जन्म दिनांक : 06.10.1980 जन्म समय : 19:46:12 घंटे
जन्म स्थान : दिल्ली अक्षांश 28:39:00 रेखांश 77:13:00
चित्रपक्षीय अयनांश : 23:35:05 साम्पातिक काल : 20:26:39 घंटे

ग्रह	अंश	राशि	नक्षत्र	पद	षड्बल
लग्न	25:26:19	मेष	भरणी	4	—
सूर्य	19:53:24	कन्या	हस्त	3	1.17
चंद्र	22:23:49	सिंह	पू.फा.	3	1.62
मंगल	2:23:52	वृश्चिक	विशाखा	4	1.37
बुध	14:32:01	तुला	स्वाति	3	1.24
गुरु	2:09:08	कन्या	उ.फा.	2	0.87
शुक्र	8:17:28	सिंह	मघा	3	1.05
शनि(अ)	8:17:17	कन्या	उ.फा.	4	1.14
राहु (व)	25:15:49	कर्क	अश्लेषा	3	—
केतु (व)	25:15:49	मकर	धनिष्ठा	1	—

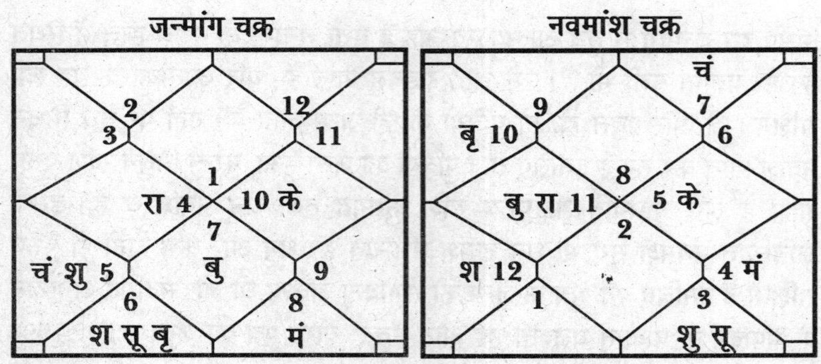

जन्म के समय शुक्र की भोग्य विंशोत्तरी महादशा - 6 व. 4 मा. 26 दि.

जातक का जन्म मेष लग्न और वृश्चिक नवांश में हुआ है। पंचमभाव में सिंह राशिगत चंद्रमा और शुक्र स्थित हैं व पंचमेश सूर्य कन्या राशिगत होकर शनि और बृहस्पति से संयुक्त है। यहां चंद्रमा आत्मकारक ग्रह है और पंचमभाव में चतुर्थेशा होकर सिंह राशिगत और तुला नवांशगत है। इसलिए जातक के सात पुत्रियों का जन्म हुआ। उल्लेखनीय है कि यहां आत्मकारक चंद्रमा शुक्र के नक्षत्र पूर्वाफाल्गुनी में और शुक्र के नवांश तुला में है। ज्ञातव्य है कि पंचमभाव में सिंह राशिगत चंद्रमा होने से अनेक पुत्रियों का जन्म होता है। पुत्र अथवा पुत्री संतति के संज्ञान हेतु आत्मकारक ग्रह पर भी विचार करना अधिक शुद्ध परिणाम प्रदान करने में सहयोग करता है।

चन्द्र-शुक्र एवं स्त्री राशि, नवांश, नक्षत्र आदि

चन्द्रशुक्रौ युतौ वाऽपि पञ्चमे दशमेऽपि वा।
स्वर्क्षे वा स्वांशके वाऽपि स्त्रीयोगाः शास्त्रलक्षिताः।।

राहूदये चन्द्रदृष्टे विपरीतेऽथवा यदि।
चन्द्रहोरागते शुक्रे केन्द्रस्थे वा तथैव च।।

(होरासार, अध्याय-4/श्लोक 9-10)

निम्नलिखित योग शास्त्रों में कन्या संतति के बारे में कहा गया है- 1. चन्द्रमा और शुक्र की युति पंचम या दशमस्थान में हो। 2. या वे दो ग्रह अपनी स्वराशि में हों। 3. या वे अपने स्वनवमांश में हो। 4. राहु लग्न में हो और उसे चन्द्रमा

दृष्टिनिक्षेप करता हो। 5. चन्द्रमा लग्न में हो और उसे राहु देखता हो। 6. शुक्र चन्द्र के होरा में हो। 7. शुक्र केन्द्र में हो।

स्त्रीराशौ स्त्रीग्रहे प्राप्ते स्त्रीभावे पुत्रनायके।
दारिकां प्रथमं विद्यात्षण्ढांशे षण्ढमादिशेत्।।

(सर्वार्थचिन्तामणि/अध्याय-5/श्लोक 55)

पंचमभाव का अधिपति स्त्रीग्रह के साथ स्त्रीराशि और स्त्रीनवांश में हो तो जातक को प्रथम सन्तान कन्या होगी। यदि वह ग्रह नपुंसक राश्यंश आदि में स्थित हो तो प्रथम सन्तान नपुंसक उत्पन्न होगी।

सितशशिवर्गे धीस्थे ताभ्यां दृष्टेऽथवापि संयुक्ते।।
प्रायेण कन्यका जाता समराशिगणेऽपि-
एकादशे यदा क्रूरः पंचमे शुक्रशीतगू।।
प्रथमं कन्यकाजाता माता तस्य सकष्टका।।

(द्वादशभावसिंधु/अध्याय-सुतभाव/श्लोक 40)

जिस जातक के जन्मकाल में पंचमभाव में वृष अथवा कर्क राशि हो, वह शुक्र, चन्द्रमा के युक्त हो अथवा दृष्ट हो तो उस प्राणी के प्रायः कन्या उत्पन्न होती हैं।

जिस जातक के जन्मकाल में एकादशभाव में जो पापग्रह स्थित हों और पंचमभाव में चन्द्रमा और शुक्र स्थित हों तो उसके पहले तो कन्या उत्पन्न होगी और बाद में उसकी माता को कष्ट प्राप्त होता है।

उदाहरण सं.-5.23 **देखें जन्मांग सं.-117**

जातक का विवाह 20.04.1987 को सम्पन्न हुआ। प्रथम पुत्री का जन्म 07.12.1987 को तथा दूसरी पुत्री का जन्म 01.08.1992 को हुआ। जातक की जन्म लग्न मकर है तथा पंचम भाव में योगकारक शुक्र स्वराशिगत है। यहाँ पर शुक्र सूर्य के नक्षत्र कृत्तिका में स्थित है तथा शनि का नवांश प्राप्त कर रहा है। शुक्र पर शनि की दृष्टि भी है। शनि और बुध यूँ तो नपुंसक ग्रह हैं परन्तु यदि नपुंसक संतति हेतु अन्य योग जन्मांग में विद्यमान न हों, तो शनि और बुध का पंचम भाव पर प्रभाव कन्या संतति ही प्रदान करता है।

इस जन्मांग में भी पंचम भावस्थ स्वराशिगत शुक्र शनि द्वारा दृष्ट है तथा नवम भाव में संतानकारक बृहस्पति कन्या राशि में स्थित है और पंचम भाव तथा पंचमस्थ

शुक्र पर दृष्टि निक्षेप कर रहा है। अर्थात् पंचमस्थ शुक्र शनि और बृहस्पति द्वारा दृष्टगत है।

उल्लेखनीय है कि यहाँ बृहस्पति कन्या राशि में वर्गोत्तम नवांशगत भी है जिसके कारण दो पुत्रियों का जन्म हुआ।

उदाहरण सं.-5.24 जन्मांग सं.-170

जन्म दिनांक : 18.09.1955 जन्म समय : 06:00:00 घंटे

जन्म स्थान : नैनीताल अक्षांश 29:23:00 रेखांश 79:27:00

चित्रपक्षीय अयनांश : 23:14:35 साम्पातिक काल : 5:32:25 घंटे

ग्रह	अंश	राशि	नक्षत्र	पद	षड्बल
लग्न	0:43:11	कन्या	उ.फा.	2	–
सूर्य	1:05:11	कन्या	उ.फा.	2	1.7
चंद्र	22:31:40	कन्या	हस्त	4	1.32
मंगल(अ)	20:30:18	सिंह	पू.फा.	3	1.22
बुध	27:30:32	कन्या	चित्रा	2	1.4
गुरु	27:24:13	कर्क	अश्लेषा	4	1.19
शुक्र (अ)	5:36:22	कन्या	उ.फा.	3	0.92
शनि	24:04:14	तुला	विशाखा	2	1.35
राहु (व)	28:11:02	वृश्चिक	ज्येष्ठा	4	–
केतु (व)	28:11:02	वृष	मृगशिरा	2	–

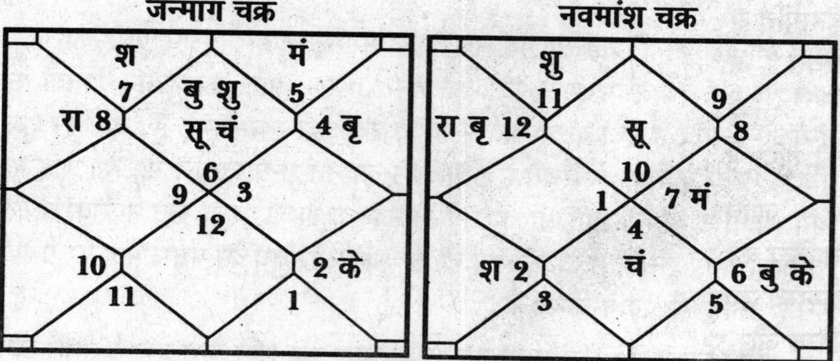

जन्म के समय चंद्र की भोग्य विंशोत्तरी महादशा - 0 व. 7 मा. 7 दि.

जातिका का विवाह 07.05.1975 को सम्पन्न हुआ। विवाह के उपरान्त प्रथम पुत्री का जन्म 16.08.1977 को, दूसरी पुत्री का जन्म 17.09.1978 को तथा तीसरी पुत्री का जन्म 15.05.1983 को हुआ।

जातिका का जन्म कन्या लग्न में हुआ है तथा लग्न में नीच राशिगत शुक्र के साथ सूर्य, चन्द्रमा और बुध संयुक्त हैं और पंचम भाव पर बृहस्पति की दृष्टि है जबकि बृहस्पति पर शनि दृष्टि निक्षेप कर रहा है।

उल्लेखनीय है कि यहाँ शनि पंचमाधिपति होकर अपनी उच्च राशि तुला में द्वितीय भावगत है तथा बृहस्पति को देख रहा है और पंचम भाव बृहस्पति और शनि द्वारा प्रभावित है। यहाँ बृहस्पति उच्च राशिगत है तथा नवम भाव में केतु वृष राशि में स्थित है। नवमेश शुक्र भी लग्न में कन्या नवांश में स्थित है। अतः पंर्चमेश, नवमेश और संतानकारक बृहस्पति कन्या संतति का जन्म ही प्रदर्शित कर रहे हैं।

उदाहरण सं.-5.25 **देखें जन्मांग सं.-149**

जातिका का विवाह 25.02.1978 को सम्पन्न हुआ। विवाहोपरान्त प्रथम पुत्री का जन्म 29.03.1979 को, दूसरी पुत्री का जन्म 09.01.1981 को तथा तीसरी पुत्री का जन्म 30.03.1984 को हुआ। पुत्र प्राप्ति की कामना साकार स्वरूप में परिणत नहीं हो सकी।

जातिका का जन्म कन्या लग्न तथा वृष नवांश में में हुआ है। पंचमेश शनि तृतीय भावस्थ होकर वृश्चिक राशिगत है तथा शनि के ही नक्षत्र अनुराधा में स्थान प्राप्त कर रहा है। उल्लेखनीय है कि पंचमेश का तृतीय भावगत होना अथवा तृतीयेश का पंचम भावगत होना सन्तान सम्बन्धी समस्यायें उत्पन्न करता है। पंचमेश शनि की दृष्टि भी पंचम भाव पर है। लग्न में लग्नेश बुध उच्च राशिगत है। संतानकारक बृहस्पति सूर्य से संयुक्त होने के कारण अस्त है तथा शुक्र के नक्षत्र पूर्वाफाल्गुनि में स्थित है और तृतीयेश मंगल के साथ विनिमय दृष्टि सम्बन्ध स्थापित कर रहा है।

उल्लेखनीय है कि संतानकारक बृहस्पति पर शनि और मंगल ऐसे पापग्रहों की दृष्टि है इसलिए पुत्रियों का ही जन्म स्पष्ट रूप से दृष्टिगत हो रहा है।

जातिका जयपुर के एक बहुप्रशंसित एवं विशाल शिक्षा संस्थान में हिन्दी साहित्य की प्राध्यापिका है तथा शिक्षा के क्षेत्र में उसकी असाधारण उपलब्धियाँ हैं। लग्नस्थ उच्च राशिगत बुध के कारण जातिका अत्यधिक विनम्र, प्रतिभावान, विदुषी, योग्य और प्रखर बुद्धि वाली है। जातिका को कन्याओं का पूर्ण सुख है परन्तु पुत्र सुख से वंचित है।

उदाहरण सं.-5.26 **जन्मांग सं.-171**

जन्म दिनांक : 11.06.1959 जन्म समय : 00:52:00 घंटे

जन्म स्थान : बरेली अक्षांश 28:20:00 रेखांश 79:24:00

चित्रपक्षीय अयनांश : 23:17:28 साम्पातिक काल : 17:53:11 घंटे

ग्रह	अंश	राशि	नक्षत्र	पद	षड्बल
लग्न	4:17:15	मीन	उ.भा.	1	—
सूर्य	25:52:08	वृष	मृगशिरा	1	1.58
चंद्र	14:34:12	कर्क	पुष्य	4	1.18
मंगल	12:31:05	कर्क	पुष्य	3	1.08
बुध (अ)	5:04:38	मिथुन	मृगशिरा	4	1.14
गुरु (व)	1:04:32	वृश्चिक	विशाखा	4	0.69
शुक्र	10:43:50	कर्क	पुष्य	3	1.21
शनि(व)	11:35:10	धनु	मूल	4	1.66
राहु (व)	17:03:01	कन्या	हस्त	3	—
केतु (व)	17:03:01	मीन	रेवती	1	—

जन्मांग चक्र

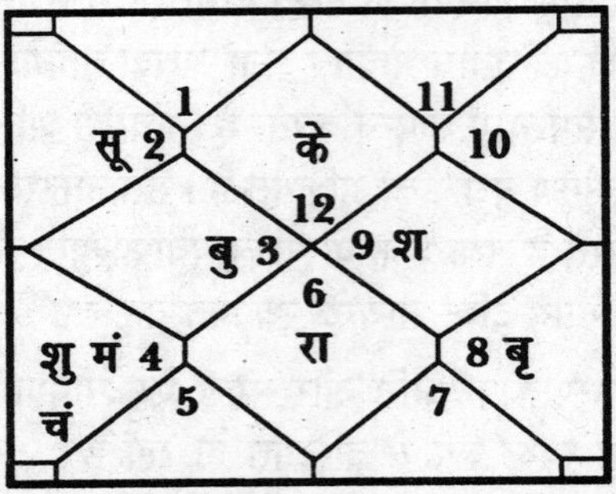

12 के
11
10
9 श
8 बृ
7
6 रा
5
4 शु मं चं
3 बु
2 सू
1

नवमांश चक्र

5 सू
4 श बृ
3 रा
2
1
12
11
10
9 के
8 चं बु
7 शु मं
6

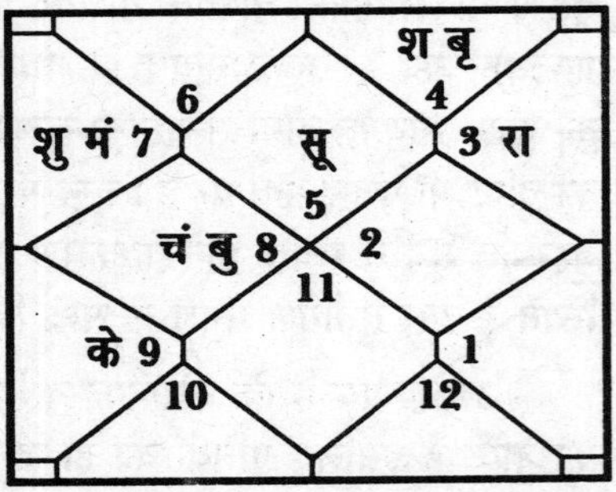

जन्म के समय शनि की भोग्य विंशोत्तरी महादशा - 2 वं. 11 मा. 25 दि.

जातिका के तीन पुत्रिया हैं। जातिका का जन्म मीन लग्न में हुआ है तथा लग्नेश बृहस्पति नवमभाव में वृश्चिक राशि में स्वनक्षत्र विशाखा एवं कर्क नवांश में स्थित है। पंचमभाव में नीचराशिगत मंगल तथा कर्क राशिगत चंद्रमा और शुक्र स्थित

हैं। पंचमेश चंद्रमा स्वराशि तथा नीच नवांश वृश्चिक में स्थित है। पंचमभाव में कर्क राशि में चंद्रमा, शुक्र और मंगल की स्थिति स्पष्ट रूप से कन्याओं के जन्म का ही संकेत कर रही है।

उदाहरण सं.-5.27 जन्मांग सं.-172

जन्म दिनांक	: 18.05.1950	जन्म समय	: 20:00:00 घंटे
जन्म स्थान	: पटना	अक्षांश 25:37:00	रेखांश 85:12:00
चित्रपक्षीय अयनांश	: 23:09:47	साम्पातिक काल	: 11:53:37 घंटे

ग्रह	अंश	राशि	नक्षत्र	पद	षड्बल
लग्न	24:37:36	वृश्चिक	ज्येष्ठा	3	—
सूर्य	3:54:36	वृश्चिक	कृत्तिका	3	1.54
चंद्र	21:04:05	वृष	रोहिणी	4	1.64
मंगल	0:09:17	कन्या	उ.फा.	2	1.17
बुध (व/अ)	27:59:49	मेष	कृत्तिका	1	0.92
गुरु	11:54:16	कुंभ	शतभिषा	2	1.19
शुक्र	20:59:13	मीन	रेवती	2	1.06
शनि	19:25:32	सिंह	पू.फा.	2	1.21
राहु (व)	13:04:56	मीन	उ.भा.	3	—
केतु (व)	13:04:56	कन्या	हस्त	1	—

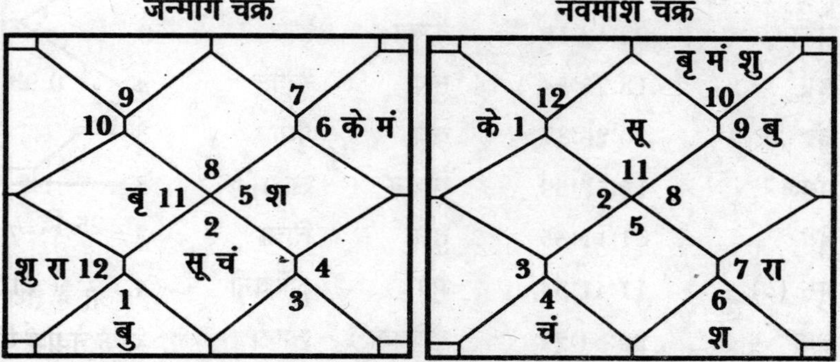

जन्म के समय चन्द्र की भोग्य विंशोत्तरी महादशा - 1 व. 8 मा. 11 दि.

मुख्य सचिव की अनिंद्य सर्वांग सुन्दरी पत्नी अपनी प्रतिभा, योग्यता, विद्वता, विनम्रता, सौम्यता तथा शालीनता हेतु प्रशंसित होती रहती है। विवाह के उपरांत इनकी तीन पुत्रियां हैं। तीनों पुत्रियां असाधारण रूपवती होने के कारण बहुचर्चित हैं। जातिका का जन्म वृश्चिक लग्न और कुंभ नवांश में हुआ है। पंचमभाव में उच्चराशिगत शुक्र संस्थित है तथा लग्नेश मंगल, जो एकादशस्थ है, के साथ विनिमय दृष्टि सम्बन्ध स्थापित कर रहा है। नवमेश चंद्रमा सप्तम भाव में अपनी उच्चराशि वृष में दशमेश सूर्य से संयुक्त है। दशमेश और नवमेश की सप्तमभाव में युति स्पष्ट रूप से परिलक्षित करती है कि जातिका का जीवनसाथी उच्च पद पर प्रतिष्ठित कोई प्रशासनिक अधिकारी होगा। पंचमेश बृहस्पति चतुर्थभाव में कुंभराशि में स्थित है और चतुर्थेश शनि द्वारा दृष्ट भी है। यहाँ पर बृहस्पति शनि का नवांश मकर प्राप्त कर रहा है व मंगल और शुक्र से संयुक्त है। नवमेश चंद्रमा, तृतीयेश-चतुर्थेश शनि, लग्नेश मंगल, सप्तमेश शुक्र, पंचमेश बृहस्पति सभी स्त्री नवांशों में संस्थित हैं। अतः कन्या संतति के जन्म का ही योग है। पंचमभाव में उच्चराशिगत शुक्र के साथ नवमेश चंद्रमा का स्त्री राशि वृष में तथा लग्नेश मंगल का स्त्री राशि कन्या में स्थित होना कन्याओं के जन्म का स्पष्ट संकेत करता है।

उदाहरण सं.-5.28 जन्मांग सं.-173

जन्म दिनांक : 04.11.1928 जन्म समय : 04:29:00 घंटे

जन्म स्थान : बरेली अक्षांश 28:20:00 रेखांश 79:24:00

चित्रपक्षीय अयनांश : 22:51:31 साम्पातिक काल : 7:08:24 घंटे

ग्रह	अंश	राशि	नक्षत्र	पद	षड्बल
लग्न	22:13:15	कन्या	हस्त	4	—
सूर्य	18:25:34	तुला	स्वाति	4	0.93
चंद्र	10:26:37	कर्क	पुष्य	3	1.1
मंगल	15:57:59	मिथुन	आर्द्रा	3	1.7
बुध	1:11:35	तुला	चित्रा	3	1.17
गुरु (व)	11:41:34	मेष	अश्विनी	4	1.21
शुक्र	20:54:22	वृश्चिक	ज्येष्ठा	2	0.94
शनि	24:11:41	वृश्चिक	ज्येष्ठा	3	1.26

राहु	7:46:41	वृष	कृत्तिका	4	—
केतु	7:46:41	वृश्चिक	अनुराधा	2	—

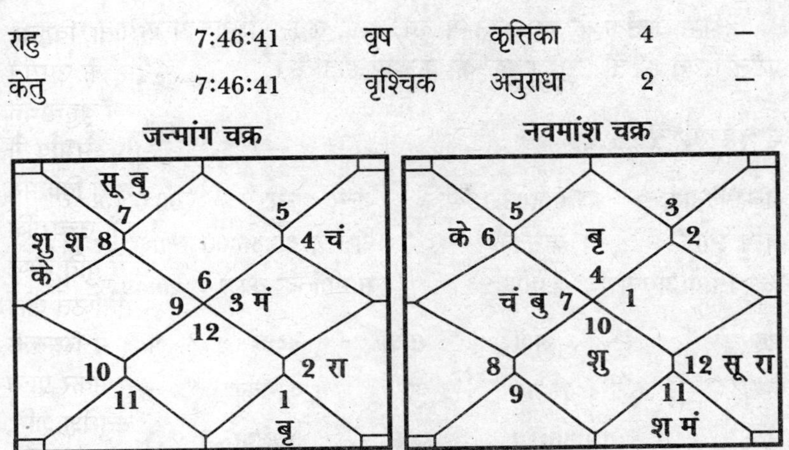

जन्म के समय शनि की भोग्य विंशोत्तरी महादशा - 8 व. 10 मा. 12 दि.

जातक पुलिस विभाग से सेवानिवृत्त हो चुका है। जातक के दो विवाह हुए। विवाहोपरांत 5 पुत्रियों और एक पुत्र का जन्म हुआ। जातक का जन्म कन्या लग्न और कर्क नवांश में हुआ है। पंचमेश शनि वृश्चिक राशि में तृतीय भावगत है और नवमेश शुक्र एवं केतु से संयुक्त है। लाभभाव में चंद्रमा कर्क राशिगत है जो पुष्य नक्षत्र में स्थित है। पंचमभाव पर चंद्रमा, मंगल और शनि की संयुक्त दृष्टि है। शनि आत्मकारक ग्रह है और ज्येष्ठा नक्षत्र में स्थित है। सभी संदर्भित ग्रह स्त्री राशियों में संस्थित हैं। संतानकारक बृहस्पति मेष राशि में वक्री होकर केतु के नक्षत्र अश्विनी में स्थित है और उच्च नवांशगत है, यह भी कन्याओं के जन्म का ही योग निर्मित कर रहा है। लग्नेश बुध तुला राशि में वर्गोत्तम नवांशगत है। तुला राशि का अधिपति शुक्र है परन्तु यह पुरुष राशि है। जातक के सात संताने हुईं जिनमें पांच पुत्रियां और एक पुत्र जीवित हैं तथा एक संतान की अल्पकाल में ही मृत्यु हो गई। उल्लेखनीय है कि यहां बुध मंगल के नक्षत्र चित्रा में स्थित है। संतानकारक बृहस्पति जो बुध के साथ समसप्तक योग निर्मित कर रहा है, मंगल के राशि मेष में, अश्विनी नक्षत्र में, अष्टम भावगत है। पंचमभाव पर स्त्री राशिस्थ चंद्रमा और शनि की दृष्टि के अतिरिक्त अष्टमेश मंगल की भी दृष्टि है। इसलिए कम से कम एक पुरुष संतति की क्षति का भी योग दृष्टिगत हो रहा है।

पंचमभावगत शुक्र एवं मंगल शुक्रेन्दुभस्थे च सुताप्रजानाम्।।

(द्वादशभावसिंधु/अध्याय-सुतभाव)

जिस जातक के जन्मकाल में वृष, तुला, कर्क राशिगत पंचमभाव में शुक्र, मंगल स्थित हों तो उस जातक की कन्याएं होती हैं।

उदाहरण सं.-5.29 **जन्मांग सं.-174**

जन्म दिनांक : 06.08.1946 जन्म समय : 00:00:00 घंटे
जन्म स्थान : बाराबंकी अक्षांश 26:56:00 रेखांश 81:11:00
चित्रपक्षीय अयनांश : 23:06:24 साम्पातिक काल : 20:49:33 घंटे

ग्रह	अंश	राशि	नक्षत्र	पद	षड्बल
लग्न	1:41:56	वृष	कृत्तिका	2	—
सूर्य	19:36:10	कर्क	अश्लेषा	1	1.48
चंद्र	29:26:29	तुला	विशाखा	3	1.24
मंगल	4:31:56	कन्या	उ.फा.	3	1.23
बुध (व/अ)	14:19:42	कर्क	पुष्य	4	0.98
गुरु	28:04:37	कन्या	चित्रा	2	0.74
शुक्र	2:55:54	कन्या	उ.फा.	2	1.34
शनि(अ)	7:17:48	कर्क	पुष्य	2	0.83
राहु	26:16:24	वृष	मृगशिरा	1	—
केतु	26:16:24	वृश्चिक	ज्येष्ठा	3	—

जन्मांग चक्र

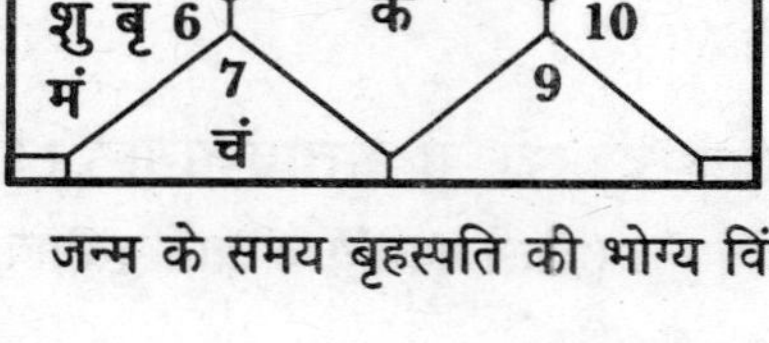

3
1
सू बु 4
रा
12
श
2
5
11
8
शु बृ 6
के
10
मं
7
9
चं

नवमांश चक्र

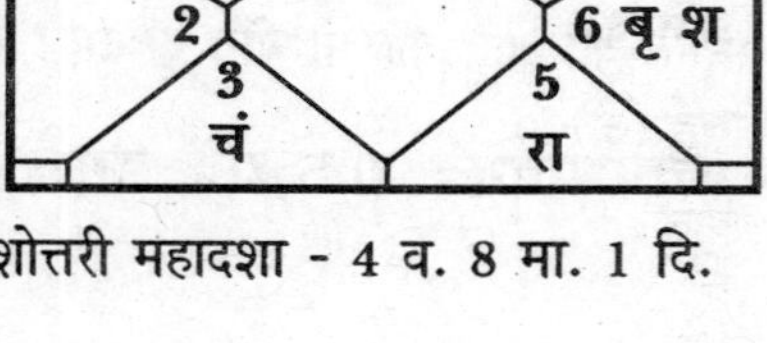

मं के
श
11
9
12
शु
8 बु
10
1
7
4
2
6 बृ श
3
5
चं
रा

जन्म के समय बृहस्पति की भोग्य विंशोत्तरी महादशा - 4 व. 8 मा. 1 दि.

जातक का विवाह 1970 में सम्पन्न हुआ। विवाहोपरान्त जातक के यहाँ चार पुत्रियों का जन्म हुआ। पुत्र की आकांक्षा अतृप्त ही रह गयी। जातक का जन्म वृष लग्न में हुआ है तथा पंचमभाव में शुक्र, मंगल और बृहस्पति कन्या राशिगत हैं। शुक्र लग्नेश है। मंगल द्वादशेश तथा सप्तमेश है और बृहस्पति अष्टमेश है। उल्लेखनीय है कि शुक्र मकर नवांश में, मंगल कुम्भ नवांश और बृहस्पति कन्या नवांश में स्थित है अर्थात् सभी पंचमस्थ ग्रह, मंगल के अतिरिक्त स्त्री नवांशगत हैं। उल्लेखनीय है कि इस जन्मांग में चंद्रमा के अतिरिक्त सभी ग्रह स्त्री राशियों में संस्थित हैं और सभी सम्बन्धित ग्रह स्त्री नवांशगत हैं। चंद्रमा आत्मकारक ग्रह है जो षष्ठ भाव में शुक्र की राशि में और बुध के नवांश में स्थित है। चन्द्रमा की यह स्थिति भी कन्याओं का जन्म परिलक्षित करती है। पंचमेश बुध कर्क राशि और वृश्चिक नवांश में स्थित है। वृश्चिक राशि भी चार की गुणक है इसलिए चार पुत्रियों का जन्म हुआ।

उदाहरण सं.-5.30 जन्मांग सं.-175

जन्म दिनांक : 10.02.1953 जन्म समय : 12:54:00 घंटे
जन्म स्थान : मुरादाबाद अक्षांश 28:50:00 रेखांश 78:45:00
चित्रपक्षीय अयनांश : 23:12:21 साम्पातिक काल : 21:59:18 घंटे

ग्रह	अंश	राशि	नक्षत्र	पद	षड्बल
लग्न	21:08:56	वृष	रोहिणी	4	–
सूर्य	28:03:59	मकर	धनिष्ठा	2	1.54
चंद्र	6:42:21	धनु	मूल	3	0.97
मंगल	8:30:28	मीन	उ.भा.	2	1.24
बुध (अ)	3:42:45	कुंभ	धनिष्ठा	4	0.83
गुरु	19:54:29	मेष	भरणी	2	1.17
शुक्र	14:36:18	मीन	उ.भा.	4	1.14
शनि(व)	4:04:08	तुला	चित्रा	4	1.38
राहु (अ)	19:08:01	मकर	श्रवण	3	–
केतु	19:08:01	कर्क	अश्लेषा	1	–

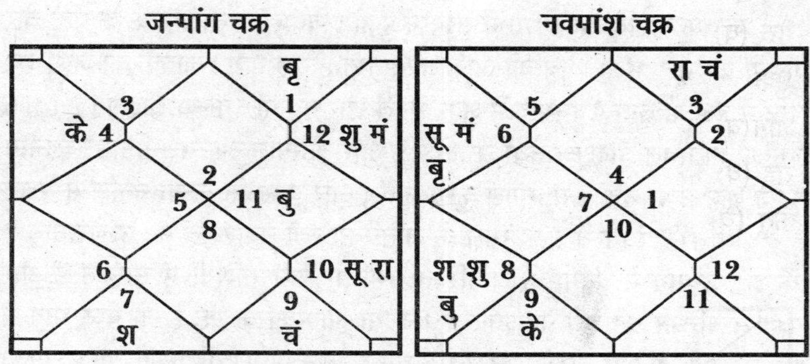

जन्म के समय केतु की भोग्य विंशोत्तरी महादशा - 3 व. 5 मा. 22 दि.

जातिका का विवाह 24-02-1976 को हुआ। जातिका का जन्म वृष लग्न में हुआ है। पंचमभाव में कन्या राशि का स्वामी बुध कुम्भ राशि में दशमभावगत है और वृश्चिक नवांश प्राप्त कर रहा है। पंचमभाव पर शुक्र और मंगल की दृष्टि है और दोनों ही ग्रह मीन राशि एवं वृश्चिक नवांशगत हैं। सूर्य, मंगल और बृहस्पति कन्या नवांशस्थ हैं जबकि नवमेश शनि अपनी उच्चराशि तुला में शुक्र की राशि और मंगल के नवांश वृश्चिक में स्थित है। यहां पर शनि मंगल के नक्षत्र चित्रा में, मंगल के नवांश वृश्चिक में स्थित है और मंगल द्वारा दृष्ट भी है। सभी सम्बन्धित ग्रह स्त्री राशियों और स्त्री नवांश और उन नक्षत्रों में स्थित हैं जिनके अधिपति स्त्रीग्रह हैं। अतः जातिका ने दो पुत्रियों को जन्म दिया।

उदाहरण सं.-5.31 जन्मांग सं.-176

जन्म दिनांक	: 11.06.1959	जन्म समय	: 00:58:00 घंटे
जन्म स्थान	: बरेली	अक्षांश 28:20:00	रेखांश 79:24:00
चित्रपक्षीय अयनांश	: 23:17:28	साम्पातिक काल	: 17:59:12 घंटे

ग्रह	अंश	राशि	नक्षत्र	पद	षड्बल
लग्न	6:25:36	मीन	उ.भा.	1	—
सूर्य	25:52:22	वृष	मृगशिरा	1	1.58
चंद्र	14:37:21	कर्क	पुष्य	4	1.18
मंगल	12:31:14	कर्क	पुष्य	3	1.08
बुध (अ)	5:05:09	मिथुन	मृगशिरा	4	1.14

गुरु (व)	1:04:30	वृश्चिक	विशाखा	4	0.69
शुक्र	10:44:05	कर्क	पुष्य	3	1.21
शनि(व)	11:35:09	धनु	मूल	4	1.66
राहु (व)	17:03:00	कन्या	हस्त	3	—
केतु (व)	17:03:00	मीन	रेवती	1	—

जन्मांग चक्र

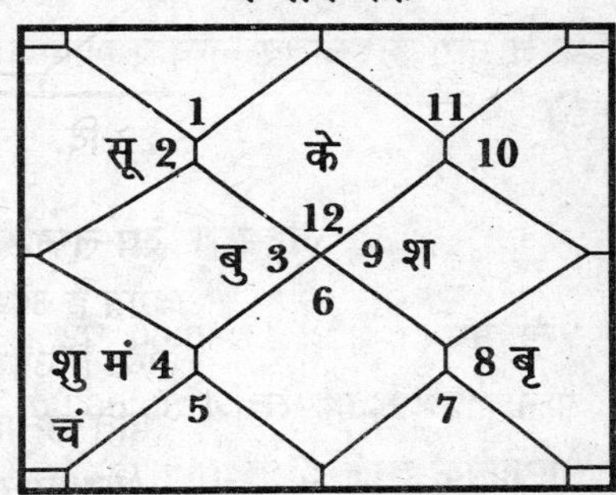

नवमांश चक्र

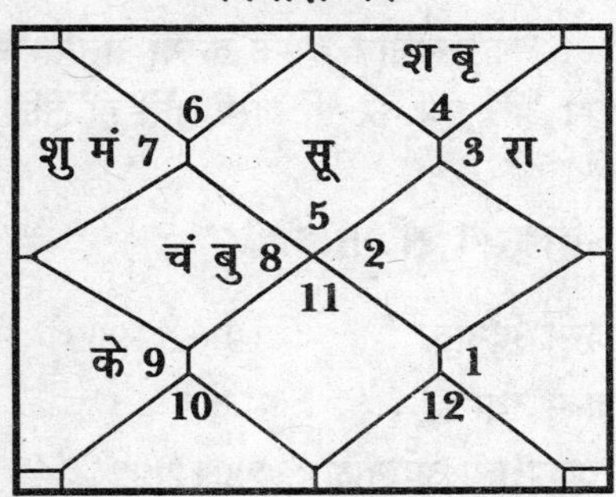

जन्म के समय शनि की भोग्य विंशोत्तरी महादशा - 2 व. 10 मा. 29 दि.

जातिका के तीन पुत्रियाँ हैं जिसे इस जन्मांग में स्पष्ट रूप से समझा जा सकता है। जातिका का जन्म मीन लग्न के 6 अंश 25 कला पर हुआ है। पंचम भाव में अष्टमेश शुक्र, पंचमेश चन्द्रमा से संयुक्त है तथा साथ में नवमेश मंगल भी है। अर्थात् पंचम भाव में शुक्र, चन्द्रमा और मंगल कर्क राशिगत हैं। यहाँ शुक्र तृतीयेश और अष्टमेश होकर, वृश्चिक राशिगत बृहस्पति द्वारा दृष्ट भी है जो पुत्रियों के ही जन्म का शक्तिशाली योग निर्मित कर रहा है।

उल्लेखनीय है कि नवांश कुण्डली में भी संतानकारक बृहस्पति कर्क नवांशगत है तथा बुध और चन्द्रमा वृश्चिक नवांश में स्थित हैं जो स्त्री नवांश है। नवांश कुण्डली में चन्द्रमा और बुध पर बृहस्पति की दृष्टि है। इस जन्मांग में सूर्य आत्मकारक ग्रह है जो स्त्री राशि वृष में स्थित है तथा मंगल के नक्षत्र मृगशिरा में है। यदि आत्मकारक ग्रह पर स्त्री ग्रह का प्रभाव हो अथवा संदर्भित ग्रह स्त्री राशि में हो, तो पुत्रियों का ही जन्म होता है। यहाँ पर बृहस्पति स्त्री राशिगत होकर सूर्य पर दृष्टिनिक्षेप कर रहा है तथा सूर्य का विस्थापक ग्रह शुक्र भी स्त्री राशि कर्कगत है। अतः कन्याओं के जन्म का ही योग है।

उल्लेखनीय है कि यहाँ पंचम भावस्थ चन्द्रमा शुक्र और मंगल तीनों ही ग्रह पुष्य नक्षत्र में स्थित हैं जिनका अधिपति शनि धनु नवांशस्थ है, जो तीन का गुणक है और वक्री है तथा शनि स्त्री नवांश कर्कगत है। अतः इस जन्मांग में 4 अथवा 3 संतानों का योग निर्मित हो रहा है। जातिका ने चार संतानों को जन्म दिया, जिनमें से तीन पुत्रियाँ पूर्णरूपेण स्वस्थ हैं परन्तु एक पुत्र का जन्म होते ही निधन हो गया। द्वितीयेश मंगल की पंचम भाव में नीच राशिस्थ स्थिति एक संतान की क्षति भी प्रदर्शित कर रही है।

उल्लेखनीय है कि कन्या संतति का प्रबल योग है इसलिए कन्याएं जीवित रहीं और पुत्र की भी जन्म होते ही क्षति हुई।

उदाहरण सं.-5.32 **जन्मांग सं.-177**

जन्म दिनांक	: 19.02.1953	जन्म समय	: 11:30:00 घंटे
जन्म स्थान	: हरदोई	अक्षांश 27:23:00	रेखांश 80:06:00
चित्रपक्षीय अयनांश	: 23:12:22	साम्पातिक काल	: 21:15:57 घंटे

ग्रह	अंश	राशि	नक्षत्र	पद	षड्बल
लग्न	9:06:25	वृष	कृत्तिका	4	—
सूर्य	7:06:01	कुंभ	शतभिषा	1	1.79
चंद्र	18:31:57	मेष	भरणी	2	1.05
मंगल	15:15:19	मीन	उ.भा.	4	1.22
बुध (अ)	19:59:23	कुंभ	शतभिषा	4	1.24
गुरु	21:01:39	मेष	भरणी	3	1.36
शुक्र	22:30:46	मीन	रेवती	2	1.23
शनि(व)	3:55:01	तुला	चित्रा	4	1.08
राहु (व)	19:00:20	मकर	श्रवण	3	—
केतु (व)	19:00:20	कर्क	अश्लेषा	1	—

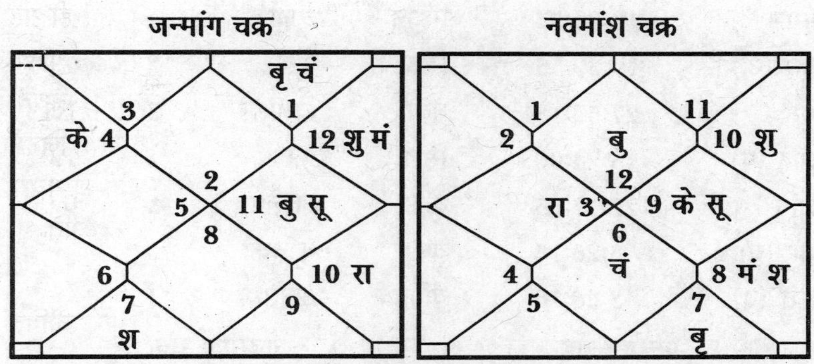

जन्म के समय शुक्र की भोग्य विंशोत्तरी महादशा - 12 व. 2 मा. 12 दि.

जातिका के दो पुत्रियां थीं, परन्तु एक पुत्र की तीव्र अभिलाषा ने पुत्र प्राप्ति हेतु मंत्र जप करने हेतु जातिका को विवश किया। कुछ ही समय पश्चात् जातिका गर्भवती हुई और पुत्र का जन्म हुआ। जातिका का जन्म वृष लग्न में हुआ है। पंचमभाव पर शुक्र व मंगल की दृष्टि है जो पुत्रियों के जन्म का संकेत कर रही है। शुक्र आत्माकारक ग्रह है और अपनी उच्चराशि मीन में लग्नेश होकर स्थित है। शुक्र स्त्री नवांश कन्यागत है जबकि मंगल स्त्री नवांश वृश्चिक में संस्थित है। पंचमभाव पर शुक्र व मंगल का संयुक्त प्रभाव पुत्रियों की अधिकता का कारण है। संतानकारक बृहस्पति मेष राशि में और पंचमेश बुध कुंभ राशि में स्थित है। इसी कारण मंत्र जप और अनुष्ठान करने से पुत्र रत्न की प्राप्ति हुई।

शुक्र–सूर्य संबंध एवं पंचमभाव

उदाहरण सं.-5.33 जन्मांग सं.-178

जन्म दिनांक : 02.09.1947 जन्म समय : 10:48:00 घंटे

जन्म स्थान : मेरठ अक्षांश 29:00:00 रेखांश 77:42:00

चित्रपक्षीय अयनांश : 23:07:20 साम्पातिक काल : 9:10:53 घंटे

ग्रह	अंश	राशि	नक्षत्र	पद	षड्बल
लग्न	18:19:44	तुला	स्वाति	4	–
सूर्य	15:46:34	सिंह	पू.फा.	1	1.93
चंद्र	3:19:53	मीन	पू.भा.	4	1.3

मंगल	19:20:54	मिथुन	आर्द्रा	4	1.2
बुध (अ)	19:39:55	सिंह	पू.फा.	2	0.95
गुरु	27:52:13	तुला	विशाखा	3	1.13
शुक्र (पू)	15:24:00	सिंह	पू.फा.	1	1.01
शनि	22:47:05	कर्क	अश्लेषा	2	0.96
राहु (व)	3:26:16	वृष	कृत्तिका	3	—
केतु (व)	3:26:16	वृश्चिक	अनुराधा	1	—

जन्मांग चक्र नवमांश चक्र

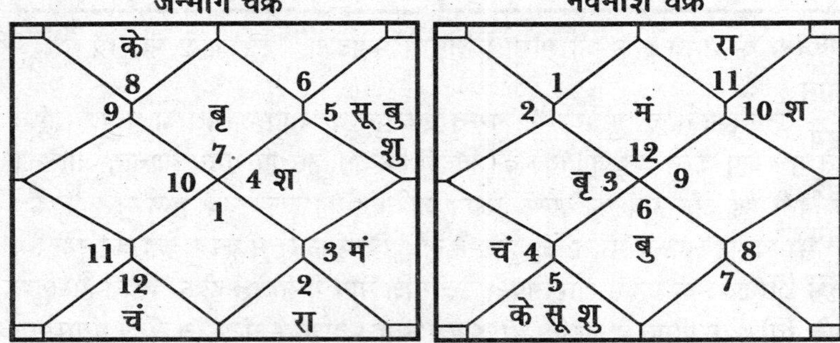

जन्म के समय गुरु की भोग्य विंशोत्तरी महादशा - 0 व. 0 मा. 0 दि.

जातक मुख्य अभियन्ता के पद से सेवानिवृत्त हुआ है तथा उसके तीन पुत्रियाँ हैं। पंचमेश शनि कर्क राशिगत होकर दशम भावस्थ है तथा बुध के नक्षत्र अश्लेषा में स्थित है। पंचम भाव पर सूर्य, शुक्र और बुध, जो एकादश भाव में संयुक्त हैं, को पूर्ण दृष्टि से देख रहे हैं। पंचम भाव पर बृहस्पति की भी दृष्टि पड़ रही है।

इस जन्मांग में आत्मकारक ग्रह बृहस्पति है जिसे 1.13 षड़बल प्राप्त हैं। बृहस्पति स्वनक्षत्र विशाखा में लग्न में स्थित है तथा मिथुन नवांश प्राप्त कर रहा है इसलिए तीन पुत्रियाँ हैं। पंचम भाव पर सूर्य, शुक्र, बृहस्पति और बुध का संयुक्त प्रभाव है तथा पंचमेश शनि स्त्री राशि कर्कगत है और पंचम भाव को प्रभावित कर रहा है। बृहस्पति चन्द्रमा का विस्थापक ग्रह है अर्थात् चन्द्रमा बृहस्पति की राशि मीन में स्थित है और पंचमेश शनि का विस्थापक ग्रह है। चन्द्रमा स्वयं बृहस्पति के नक्षत्र पूर्वाभाद्रपद में स्थित है। यहाँ पर बृहस्पति तृतीयेश और षष्ठेश होकर स्त्री ग्रह शुक्र शासित राशि में स्थित है इसलिए कन्याओं के जन्म का ही योग निर्मित हो रहा है। पंचमेश शनि का विस्थापक ग्रह चन्द्रमा और शनि स्वयं स्त्री राशियों कर्क

और मकर में स्थित है इसलिए पुत्रियों का ही जन्म होने का योग है। नवमेश बुध, जो अस्त है, वह शुक्र के नक्षत्र पूर्वाफाल्गुनि में स्थित होकर कन्या नवांश प्राप्त कर रहा है। यह भी कन्याओं के जन्म का ही संकेत कर रहा है।

उदाहरण सं.-5.34 जन्मांग सं.-179

जन्म दिनांक : 05.09.1951 जन्म समय : 02:40:00 घंटे
जन्म स्थान : बरेली अक्षांश 28:20:00 रेखांश 79:24:00
चित्रपक्षीय अयनांश : 23:11:01 साम्पातिक काल : 1:20:18 घंटे

ग्रह	अंश	राशि	नक्षत्र	पद	षड्बल
लग्न	6:13:35	कन्या	पुष्य	1	–
सूर्य	18:19:59	सिंह	पू.फा.	2	1.26
चंद्र	28:35:55	कन्या	चित्रा	2	1.42
मंगल	17:58:04	कर्क	अश्लेषा	1	1.7
बुध (व/अ)	10:10:58	सिंह	मघा	4	1.04
गुरु (व)	19:24:04	मीन	रेवती	1	1.06
शुक्र (व/पू)	16:20:55	सिंह	पू.फा.	1	1.06
शनि	9:17:59	कन्या	उ.फा.	4	1.09
राहु (व)	16:46:08	कुंभ	शतभिषा	4	–
केतु (व/पू)	16:46:08	सिंह	पू.फा.	2	–

जन्मांग चक्र

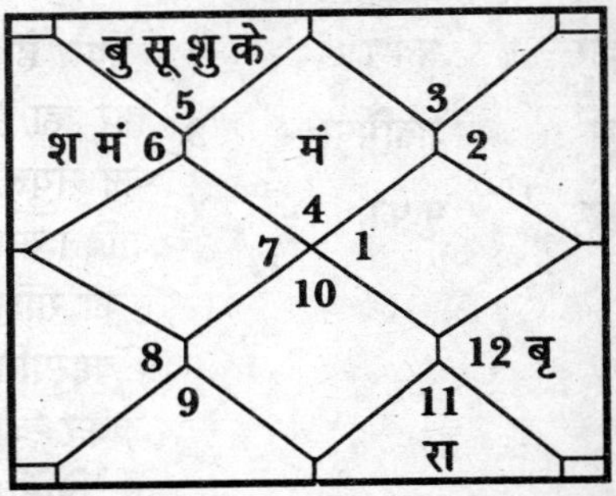

बु सू शु के 5
3
श मं 6
मं 4
2
7
1
10
8
12 बृ
9
11 रा

नवमांश चक्र

सू चं के 6
बु 4
7
शु 5
3
8
2
11
मं बृ 9
1
10
12 रा श

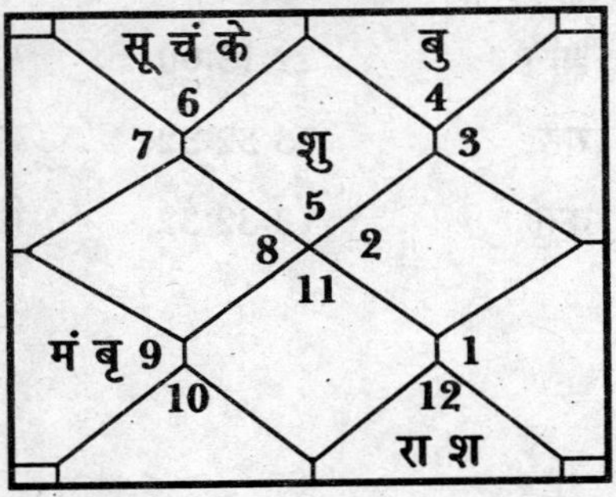

जन्म के समय मंगल की भोग्य विंशोत्तरी महादशा - 4 व. 2 मा. 25 दि.

जातक के तीन पुत्रियॉ हैं। जातक की जन्म लग्न कर्क तथा नवमांश लग्न सिंह है। पंचमेश मंगल कर्कराशि में लग्नगत है और अश्लेषा नक्षत्र में स्थित है। संतानकारक बृहस्पति नवमभाव होकर वृश्चिक राशिस्थ है। लग्नेश चंद्रमा कन्या राशि और कन्या नवांशगत है जो पुत्रियों के जन्म का संकेत कर रहे हैं। उल्लेखनीय है कि इस जन्मांग में चंद्रमा आत्मकारक ग्रह है, जो कन्या राशि व कन्या नवांशगत है जो तीन का गुणक है। इसलिए जातक तीन पुत्रियों का पिता है।

उदाहरण सं.-5.35 — जन्मांग सं.-180

जन्म दिनांक : 18.04.1933 — जन्म समय : 00:04:00 घंटे

जन्म स्थान : बिजनौर — अक्षांश 29:22:00 रेखांश 78:09:00

चित्रपक्षीय अयनांश : 22:55:37 — साम्पातिक काल : 13:28:20 घंटे

ग्रह	अंश	राशि	नक्षत्र	पद	षड्बल
लग्न	14:30:43	धनु	पू.षा.	1	—
सूर्य	4:21:24	मेष	अश्विनी	2	1.39
चंद्र	11:55:02	मकर	श्रवण	1	1.38
मंगल	8:07:34	सिंह	मघा	3	1.18
बुध	7:11:00	मीन	उ.भा.	2	0.91
गुरु (व)	21:08:29	सिंह	पू.फा.	3	0.94
शुक्र (पू)	3:20:22	मेष	अश्विनी	2	1.16
शनि	22:13:00	मकर	श्रवण	4	1.19
राहु	13:32:32	कुंभ	शतभिषा	3	—
केतु	13:32:32	सिंह	पू.फा.	1	—

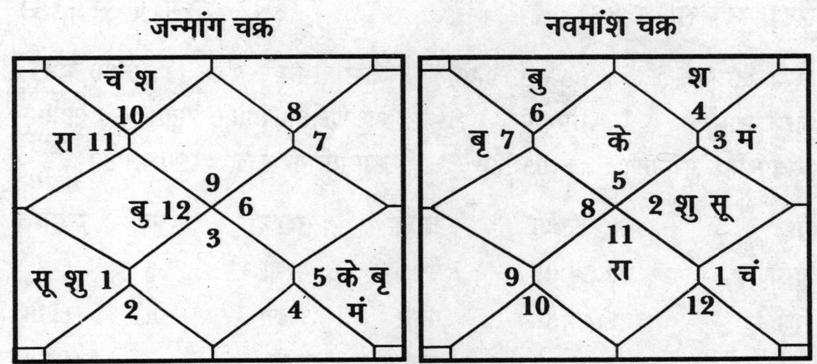

जन्म के समय चन्द्र की भोग्य विंशोत्तरी महादशा - 8 व. 6 मा. 22 दि.

यह जन्मांग उत्तर प्रदेश राज्य विद्युत परिषद के चेयरमैन का है, जिनके चार पुत्रियां हैं। जातक का जन्म धनु लग्न में हुआ है। पंचमभाव में नवमेश सूर्य उच्चराशिगत है और पंचमेश मंगल नवमभाव में सिंह राशिगत है। उल्लेखनीय है कि नवमेश और पंचमेश दोनों ही पुरुष ग्रह हैं और पुरुष राशियों में स्थित हैं। फिर भी चार पुत्रियां हुई हैं और पुत्र एक भी नहीं है। ज्योतिष विज्ञान की इसी जटिलता और दुरुहता को समझे बिना भविष्य कथन करना मिथ्या परिणाम प्रदान करने वाला सिद्ध होता है। ज्योतिष का सिद्धांत है कि पंचमस्थ सूर्य कन्या संतति प्रदान करता है उसे स्मरण रखना चाहिए। यहां सूर्य केतु के नक्षत्र अश्विनी में और शुक्र के नवांश वृष में स्थित है। पंचमेश मंगल भी सूर्य की राशि सिंह और केतु के नक्षत्र मघा में स्थित है और लग्नेश बृहस्पति तथा केतु से संयुक्त है, जो पुत्रियों के ही जन्म का संकेत कर रहा है। यद्यपि यह योग जातक के अत्यन्त भाग्यवान होने की पुष्टि करता है परन्तु पुत्र संतान नहीं प्रदान करता है। जातक की पत्नी के जन्मांग में भी पुत्रियों का ही योग है। आत्मकारक ग्रह शनि मकर राशि में अष्टमेश चन्द्रमा से संयुक्त होकर कर्क नवांशस्थ है इसलिए चार पुत्रियाँ हुईं। आत्मकारक ग्रह पर विचार आपेक्षित है। यहां पर शनि चंद्रमा के नक्षत्र श्रवण में और चंद्रमा की राशि कर्क में स्थान प्राप्त कर रहा है और इस तरह से चार पुत्रियों के जन्म का ही संकेत हो रहा है।

उदाहरण सं.-5.36 जन्मांग सं.-181

जन्म दिनांक	: 05.02.1946	जन्म समय	: 11:16:00 घंटे
जन्म स्थान	: गोरखपुर	अक्षांश 26:45:00	रेखांश 83:23:00
चित्रपक्षीय अयनांश	: 23:05:59	साम्पातिक काल	: 20:18:39 घंटे

ग्रह	अंश	राशि	नक्षत्र	पद	षड्बल
लग्न	22:39:02	मेष	भरणी	3	—
सूर्य	22:43:55	मकर	श्रवण	4	1.53
चंद्र	1:08:56	मीन	पू.भा.	4	1.24
मंगल (व)	22:48:08	मिथुन	पुनर्वसु	1	1.38
बुध (अ)	18:26:07	मकर	श्रवण	3	0.92
गुरु	4:12:30	तुला	चित्रा	4	0.94
शुक्र (पू)	23:36:33	मकर	धनिष्ठा	1	0.93
शनि (व)	26:27:49	मिथुन	पुनर्वसु	2	0.89
राहु (व)	5:43:21	मिथुन	मृगशिरा	4	—
केतु (व)	5:43:21	धनु	मूल	2	—

जन्मांग चक्र

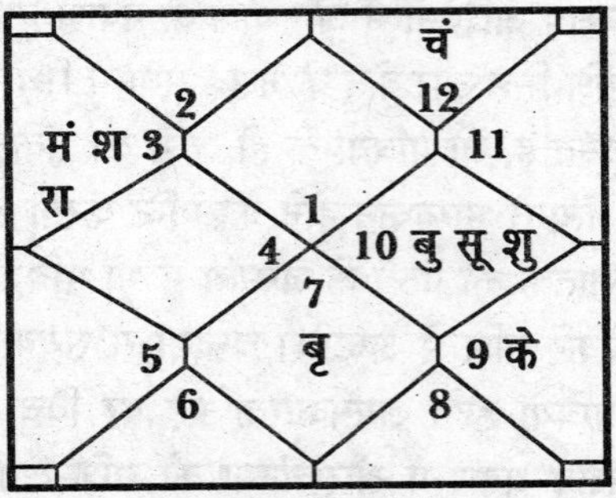

1; 2; 3 मं श रा; 4; 5; 6; 7 बृ; 8; 9 के; 10 बु सू शु; 11; 12 चं

नवमांश चक्र

7; 8 बृ रा; 9; 10; 11; 12; 1 मं; 2 के श; 3 बु; 4 चं सू; 5 शु; 6

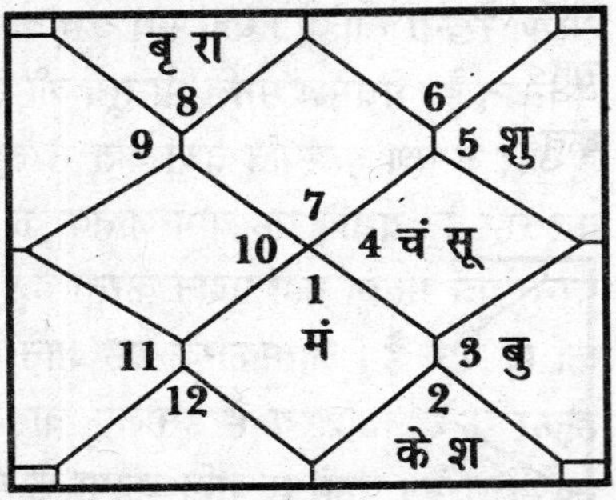

जन्म के समय गुरु की भोग्य विंशोत्तरी महादशा - 2 व. 7 मा. 13 दि.

जातक मुख्य सचिव के पद से सेवानिवृत्त हो चुका है। जातक की तीन असाधारण गुणवती और रूपवती पुत्रियां हैं। जातक का जन्म मेष लग्न में हुआ है। पंचमेश सूर्य मकर राशि में दशमस्थ है और चंद्रमा से संयुक्त है। सूर्य व चंद्रमा दोनों

ही कर्क नवांशगत हैं। पंचमभाव पर शनि की दृष्टि है और शनि पर बृहस्पति की दृष्टि है। नवमेश व संतानकारक बृहस्पति वृश्चिक नवांश, शुक्र की राशि तुला में स्थित है, जो कन्याओं के जन्म का ही योग प्रदर्शित कर रहा है। आत्मकारक ग्रह शनि मिथुन राशि और वृष नवांशगत है जो तीन कन्याओं के जन्म के योग की संसिद्धि कर रहा है।

उदाहरण सं.-5.37 जन्मांग सं.-182

जन्म दिनांक : 08.03.1906 जन्म समय : 09:23:00 घंटे

जन्म स्थान : बरेली अक्षांश 28:20:00 रेखांश 79:24:00

चित्रपक्षीय अयनांश : 22:32:38 साम्पातिक काल : 20:10:24 घंटे

ग्रह	अंश	राशि	नक्षत्र	पद	षड्बल
लग्न	21:26:14	मेष	भरणी	3	—
सूर्य	24:08:04	कुंभ	पू.भा.	2	1.42
चंद्र	19:22:59	कर्क	अश्लेषा	1	1.17
मंगल	0:38:38	मेष	अश्विनी	1	1.65
बुध (अ)	7:35:11	मीन	उ.भा.	2	1.11
गुरु	7:12:57	वृष	कृत्तिका	4	1.44
शुक्र (अ)	29:28:12	कुंभ	पू.भा.	3	1.32
शनि (अ)	14:14:59	कुंभ	शतभिषा	3	1.12
राहु	28:12:53	कर्क	अश्लेषा	4	—
केतु	28:12:53	मकर	धनिष्ठा	2	—

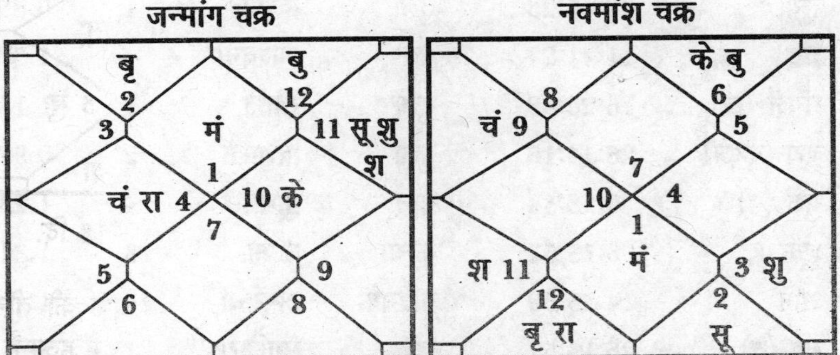

जन्म के समय बुध की भोग्य विंशोत्तरी महादशा - 13 व. 6 मा. 13 दि.

सन् 1906 में जन्मे इस प्राध्यापक के दो विवाह हुए और दोनों विवाह से तीन पुत्रियों और एक पुत्र का जन्म हुआ। परन्तु पुत्र की मृत्यु कुछ ही दिनों में हो गयी। जातक का जन्म मेष लग्न और तुला नवांश में हुआ है। पंचमेश सूर्य लाभभावगत होकर शुक्र व शनि से संयुक्त है और ये तीनों ग्रह पंचमभाव पर दृष्टिनिक्षेप कर रहे हैं। नवमेश व संतान कारक बृहस्पति वृष राशि तथा मीन नवांशगत है, जो कन्याओं का जन्म प्रदर्शित कर रहा है। पंचमेश सूर्य शुक्र के नवांश में स्थित है जबकि आत्मकारक ग्रह शुक्र है और शुक्र स्त्री ग्रह है तथा मिथुन नवांशगत है। इसलिए जातक की तीन पुत्रियां जीवित रहीं। शनि व सूर्य की लाभभाव में युति और शनि की मंगल पर दृष्टि के कारण एक पुत्र की क्षति हुई। पंचमेश सूर्य बृहस्पति के नक्षत्र पूर्वाभाद्रपद में स्थित है और बृहस्पति शुक्र की राशि वृष में तथा स्वनवांश मीन में स्थित है जो कन्याओं के जन्म का प्रबल योग निर्मित कर रहा है।

पंचमभावस्थ शुक्र एवं चन्द्रमा

उदाहरण सं.-5.38 **जन्मांग सं.-183**

जन्म दिनांक : 08.11.1927 जन्म समय : 18:16:00 घंटे

जन्म स्थान : हिसार अक्षांश 29:10:00 रेखांश 75:45:00

चित्रपक्षीय अयनांश : 22:50:39 साम्पातिक काल : 20:55:51 घंटे

ग्रह	अंश	राशि	नक्षत्र	पद	षड्बल
लग्न	4:53:29	वृष	कृत्तिका	3	—
सूर्य	22:16:23	तुला	विशाखा	1	0.85
चंद्र	11:41:27	मेष	अश्विनी	4	1.38
मंगल (अ)	16:20:48	तुला	स्वाति	3	1.13
बुध (व/अ)	26:14:16	तुला	विशाखा	2	0.97
गुरु (व)	0:58:54	मीन	पू.भा.	4	1.23
शुक्र	6:13:52	कन्या	उ.फा.	3	1.31
शनि	14:25:59	वृश्चिक	अनुराधा	4	1.29
राहु (व)	26:13:57	वृष	मृगशिरा	1	—
केतु (व)	26:13:57	वृश्चिक	ज्येष्ठा	3	—

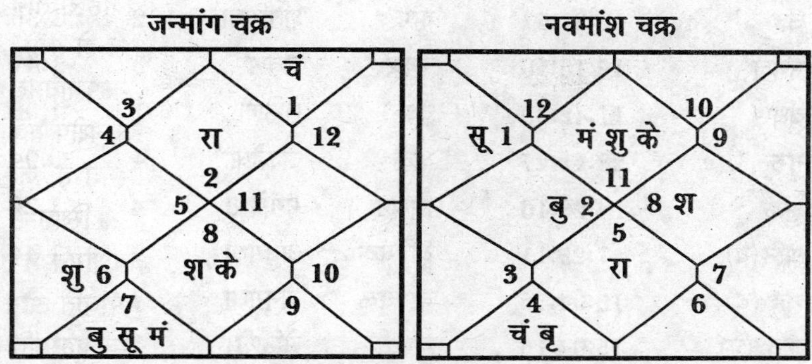

जन्म के समय केतु की भोग्य विंशोत्तरी महादशा - 0 व. 10 मा. 10 दि.

पंचम भावस्थ शुक्र यदि स्त्री राशिगत हो, तो कन्याओं के जन्म का ही संकेत करता है। जातक एक प्रसिद्ध व्यवसायी है तथा इसका जन्म वृष लग्न में हुआ है। लग्नेश शुक्र पंचम भाव में अपनी नीचराशि कन्या में स्थित है, जिसके फलस्वरूप जातक के 6 पुत्रियाँ हुईं। पंचमस्थ शुक्र के साथ बृहस्पति एकादश भावगत होकर विनिमय दृष्टि संबंध योग भी निर्मित कर रहा है। इसके अतिरिक्त पंचमेश बुध और षष्ठेश शुक्र के मध्य विनिमय परिवर्तन योग की भी संरचना हुई है अतः जातक के 6 पुत्रियाँ हुईं।

इस जन्मांग में बुध आत्मकारक ग्रह है जो पंचमेश होकर शुक्र की राशि तुला में तथा शुक्र के नवांश वृषभ में स्थित हैं। शुक्र स्वयं स्त्री ग्रह है तथा पंचम भावस्थ है इसलिए कन्याओं के जन्म का ही संकेत प्राप्त हो रहा है। बृहस्पति वक्री होकर मीन राशिगत है तथा स्वनक्षत्र पूर्वाभाद्रपद में स्थित है। उल्लेखनीय है कि बृहस्पति संतानकारक ग्रह है तथा पचम भाव तथा पंचमस्थ ग्रहों पर दृष्टि निक्षेप कर रहा है इसलिए अनेक कन्याओं के जन्म का योग है।

उदाहरण सं.-5.39 — जन्मांग सं.-184

जन्म दिनांक : 05.05.1956 — जन्म समय : 02:08:00 घंटे

जन्म स्थान : आजमगढ़ — अक्षांश 26:03:00 रेखांश 83:10:00

चित्रपक्षीय अयनांश : 23:15:05 — साम्पातिक काल : 17:01:27 घंटे

ग्रह	अंश	राशि	नक्षत्र	पद	षड्बल
लग्न	16:43:14	कुंभ	शतभिषा	4	—
सूर्य	21:04:50	मेष	भरणी	3	1.79

चंद्र	10:31:57	कुंभ	शतभिषा	2	1.36
मंगल	19:16:50	मकर	श्रवण	3	1.47
बुध	11:42:39	वृष	रोहिणी	1	1.03
गुरु	28:41:27	कर्क	अश्लेषा	4	0.94
शुक्र	4:28:16	मिथुन	मृगशिरा	4	1.22
शनि(व)	7:25:11	वृश्चिक	अनुराधा	2	1.44
राहु (व)	15:04:16	वृश्चिक	अनुराधा	4	—
केतु (व)	15:04:16	वृष	रोहिणी	2	—

जन्मांग चक्र

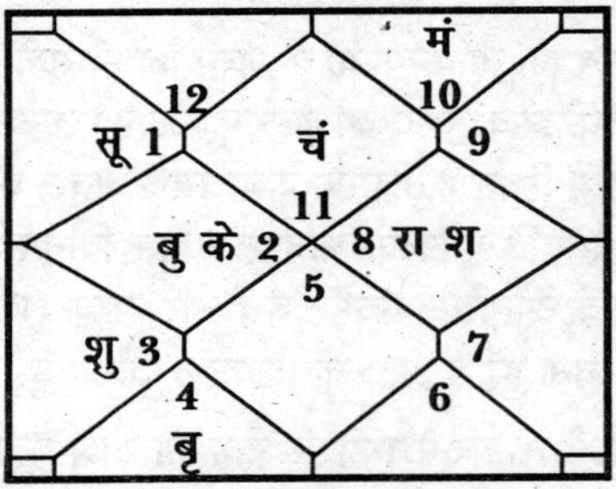

मं
12 10
सू 1 चं 9
11
बु के 2 8 रा श
5
शु 3 7
4 6
बृ

नवमांश चक्र

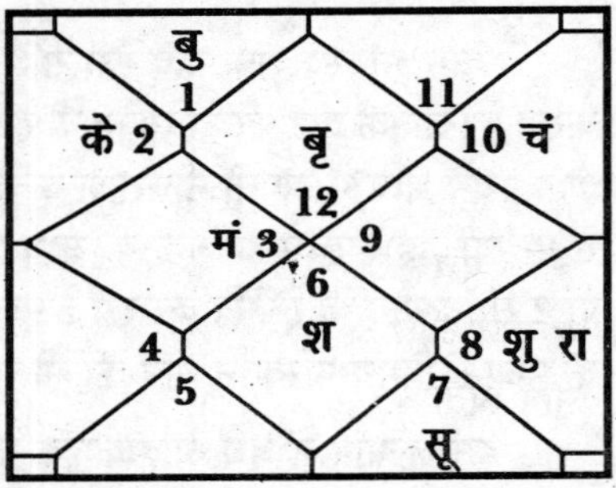

बु
1 11
के 2 बृ 10 चं
12
मं 3 9
6
4 श 8 शु रा
5 7
सू

जन्म के समय राहु की भोग्य विंशोत्तरी महादशा - 12 व. 9 मा. 11 दि.

जातक के जीवन को यदि एक पंक्ति में परिभाषित करना हो, तो इतना ही कहना उपयुक्त है कि वह सतह से उठकर शिखर तक पहुँचा और इसके लिए उसने असाधारण परिश्रम किया।

जातक का जन्म कुंभ लग्न में हुआ है। उसका विवाह 04.03.1984 को सम्पन्न हुआ। विवाहोपरान्त प्रथम पुत्री का जन्म 07.11.1985 को, दूसरी पुत्री का जन्म 12.06.1987 को तथा तीसरी पुत्री का जन्म 07.03.1998 को हुआ। जातक के कोई भी पुत्र नहीं है। योगकारक शुक्र पंचम भाव में मिथुन राशिगत है तथा पंचमेश बुध वृष राशि में केतु से संयुक्त है तथा शनि से दृष्ट है। इस जन्मांग में संतानकारक बृहस्पति भी कर्क राशि और मीन नवांश में स्थित है जबकि पंचमस्थ शुक्र, जो नवमेश भी है, वृश्चिक नवांशस्थ है। अर्थात् शुक्र मंगल के नवांश में तथा मंगल के नक्षत्र मृगशिरा में स्थित है जबकि मंगल स्वयं अपनी उच्चराशि मकर में

द्वादश भावगत है और मिथुन राशि का नवांश प्राप्त कर रहा है जिससे तीन पुत्रियों के जन्म का स्पष्ट संकेत प्राप्त हो रहा है। जातक की तीनों पुत्रियाँ अत्यन्त रूपवती, विदुषी, सुशिक्षित तथा प्रतिष्ठित हैं। एक पुत्री चलचित्र जगत में अभिनेत्री है। जातक धनवान व्यवसायी के रूप में उत्तर प्रदेश के कैंसर चिकित्सा पर केन्द्रित एक विशाल चिकित्सालय का अधिपति है।

पुत्र में बाधा परन्तु कन्याओं के जन्म का कारक पंचमभावगत मंगल

अग्रांकित श्लोक का अवलोकन करें-

पञ्चमस्थाः शुभाः सर्वे पुत्रसन्तानकारकाः।
क्रूराः सन्ततिमृत्युं च कुपुत्रं च धरासुतः।।

(मानसागरी/श्लोक 1)

पंचमभाव में स्थित सभी शुभग्रह सन्तान कारक होते हैं। यदि पापग्रह हों तो सन्तान जीवित नहीं रहती है, यदि मंगल पंचम में आ जाये तो उस जातक को पुत्र नहीं होता है।

बालस्य जन्मकाले तु पञ्चमो धरणीसुतः।
अपुत्रश्च भवेद्बालो नारी चैव विशेषतः।।

(मानसागरी/श्लोक 2)

जिसके पंचमभाव में मंगल हो वह जातक पुत्रहीन होता है, यदि कन्या की कुण्डली हो तो निश्चय ही उसे अपुत्रा (जिसके कभी पुत्र न हो) कहना चाहिए।

अपुत्रं कुरुते भानुः पुत्रमेकं निशाकरः।
सशोकं पुत्रहीनं च पञ्चमो धरणीसुतः।।

(मानसागरी/श्लोक 3)

यदि किसी के पुत्रभाव पंचमस्थान में सूर्य हो तो वह जातक पुत्रहीन होता है, चन्द्रमा विशेषकर क्षीण बली हो तो सिर्फ एक पुत्र होता है, किन्तु यदि मंगल स्थित हो तो जानना चाहिए कि यह जातक अवश्य पुत्रहीन होकर अनेक प्रकार के शोक से सदैव पीड़ित रहेगा, इसमें भी सन्देह नहीं है।

उदाहरण सं.-5.40 देखें जन्मांग सं.-87

सिंह लग्न में जन्मी इस जातिका का विवाह 22 वर्ष की अवस्था में 1978 में सम्पन्न हुआ। पंचम भावगत धनुराशिस्थ मंगल पर पंचमेश बृहस्पति की दृष्टि होने के उपरान्त भी, जातिका के चार पुत्रियाँ हुईं। पंचमभाव में योगकारक मंगल स्थित है और पंचमेश तथा संतान कारक बृहस्पति पंचमभाव पर दृष्टिनिक्षेप कर रहा है, इसलिए पुत्र-जन्म की प्रबल आकांक्षा जातिका और उसके पति के मन में व्याप्त थी, परन्तु पुत्र-जन्म संभव न हो सका। पुत्र के लिए अनेक प्रयास किये गये और चौथी बार भी पुत्री का ही जन्म हुआ।

उदाहरण सं.-5.41 जन्मांग सं.-185

जन्म दिनांक	: 23.10.1955	जन्म समय	: 20:30:00 घंटे
जन्म स्थान	: मैनपुरी	अक्षांश 27:14:00	रेखांश 79:01:00
चित्रपक्षीय अयनांश	: 23:14:39	साम्पातिक काल	: 22:21:04 घंटे

ग्रह	अंश	राशि	नक्षत्र	पद	षड्बल
लग्न	25:36:06	वृष	मृगशिरा	1	—
सूर्य	6:11:09	तुला	चित्रा	4	1.37
चंद्र	2:28:19	मकर	उ.षा.	2	1.29
मंगल	13:15:47	कन्या	हस्त	1	1.05
बुध	19:58:45	कन्या	हस्त	3	1.09
गुरु	3:43:46	सिंह	मघा	2	1.26
शुक्र	19:58:19	तुला	स्वाति	4	0.97
शनि	27:42:04	तुला	विशाखा	3	1.32
राहु (स)	25:18:02	वृश्चिक	ज्येष्ठा	3	—
केतु (स)	25:18:02	वृष	मृगशिरा	1	—

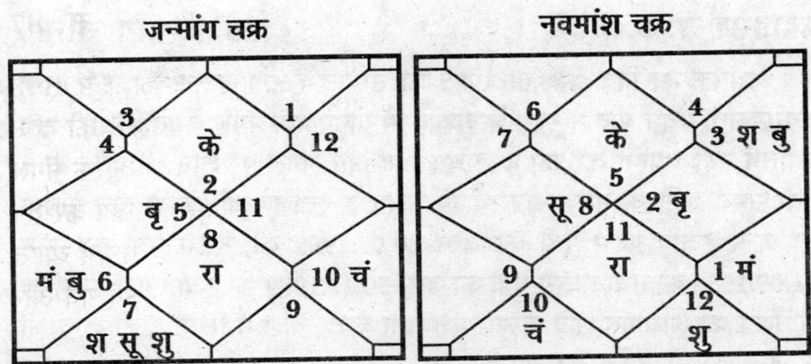

जन्म के समय सूर्य की भोग्य विंशोत्तरी महादशा - 3 व. 4 मा. 19 दि.

उत्तर भारत के एक बहुप्रशंसित और प्रतिष्ठित चिकित्सालय में स्त्री रोग विशेषज्ञ की विभागाध्यक्ष इस रूपवती चिकित्सका का प्रेम विवाह 17-05-1981 को एक रूपवान चिकित्सक के साथ सम्पन्न हुआ। विवाह के पश्चात् जातिका के प्रथम पुत्री का जन्म 20-02-1984 को और दूसरी पुत्री का जन्म 12-09-1987 को हुआ। जातिका के पति की सहसा हृदयगति अवरुद्ध हो जाने के कारण 04-11-1996 को मृत्यु हो गई।

स्त्रियों के जन्मांग में पंचम भावस्थ मंगल कन्याओं के जन्म का ही कारण होता है और वैवाहिक जीवन में किसी भी प्रकार की समस्या भी उत्पन्न करता है। इस पर हमनें अनेक शोध केन्द्रित लेख लिखें हैं तथा हमारी विवाह सम्बन्धी अनेक कृतियों में इस विषय को बारबार रेखांकित किया गया है कि स्त्रियों के जन्मांग में पंचम भावगत मंगल वैवाहिक विषमताओं को जन्म देता है।

उदाहरण सं.-5.42 देखें जन्मांग सं.-90

पंचम भावस्थ मंगल से अधिकांशतः पुत्रियों का ही जन्म होता है परन्तु तुला लग्न के लिए मंगल द्वितीयेश और सप्तमेश होने के कारण मारकेश होता है और यदि ऐसा मंगल पंचम भावगत हो तो प्रथम पुत्र की मृत्यु होती है। यदि कन्या का जन्म हो तो उसका स्वास्थ्य संकट ग्रस्त रहता है।

इनका विवाह 16 वर्ष की अवस्था में हुआ। प्रथम पुत्र का जन्म 18 वर्ष की अवस्था में हुआ जो 2 वर्ष की आयु में होने पर लीवर संबंधी विकार हो जाने पर चल बसा।

उदाहरण सं.-5.43 **देखें जन्मांग सं.-80**

जातक का विवाह 20.06.1982 को सम्पन्न हुआ। जातक की जन्म लग्न कर्क है तथा पंचम भाव में स्वराशि वृश्चिक में योगकारक मंगल स्थित है और मंगल वर्गोत्तम नवांश प्राप्त कर रहा है। पंचम भाव और मंगल पर शनि की दृष्टि भी है तथा मंगल शनि के नक्षत्र अनुराधा में स्थित है इसलिए जातक के तीन पुत्रियों का जन्म हुआ। प्रथम पुत्री का जन्म 30.07.1983 को, दूसरी पुत्री का जन्म 31.07.1986 को तथा तीसरी पुत्री का जन्म 30.11.1989 को हुआ। यहाँ पर मंगल के नक्षत्र का अधिपति शनि कन्या राशि तथा कर्क नवांश में स्थित है जो कन्याओं के जन्म का ही संकेत कर रहा है।

पंचम भावगत बृहस्पति

मन्दे कर्कणि पुत्रांगे बहुसुत . . . .
जीवे तु कन्या प्रजः . . . .। (सं0सु0, पृ.सं.-147)

पंचम भावस्थ शनि के कर्क राशि में स्थित होने से अनेक पुत्रों का जन्म होता है तथा पंचम भावस्थ बृहस्पति के कर्क राशिगत होने से अनेक पुत्रियों का जन्म होता है।

गर्ग- **समृद्धो बहुपुत्रश्च दाता भोक्ता गुणान्वितः।**
धनी मानी च सततं सुतस्थे देवतागुरौ।
जीवे मकटे याते पंचमभे आत्मजमृति विद्यात्।
मीनस्थितिऽपि चैवं नवमे शुभसंस्थितेऽल्पजीवी च।
(सं0सु0, पृ.सं.-129)

जीवे शुभा मतिः। इन्दोर्वेश्मनि जीवे पुत्रस्थे
दारिकाबहुत्रं स्यात्।
ताताम्बिकासोदरमातुलाश्च मातामहाः पितृपिता च सूनुः।
सूर्यादिखैटैः खलु पंचमस्थैर्नश्यन्ति नूनं मुनयो वदन्ति।

पंचम स्थान में गुरु हो, तो समृद्ध, बहुत पुत्रों से युक्त, दानी, भोक्ता, गुणवान, धनवान और मानी होता है। यह गुरु मकर या मीन में हो, तो पुत्रों की मृत्यु होती है। यही नवम शुभ ग्रह हो, तो पुत्र अल्पायु होते हैं। बुद्धि शुभ होती है। यह कर्क

राशि में हो, तो कन्याएँ अधिक होती हैं। पंचम में रवि हो, तो पिता, चन्द्र हो, तो माता, मंगल हो, तो भाई, बुध हो, तो मामा, गुरु हो, तो नाना, शुक्र हो, तो दादा और शनि हो, तो पुत्र को मारक होता है। **सुतपंचमकदो गुरुः** - पंचम में गुरु अकेला हो, तो पाँच पुत्र होते हैं।

यह अनुभूत है कि पंचम भावस्थ बृहस्पति यदि जलीय राशियों कर्क, वृश्चिक अथवा मीन में हो, तो अधिकतर पुत्रियाँ ही होती हैं। यदि शनि जलीय राशिगत होकर पंचम भावस्थ हो, तो अधिकतर पुत्रों का जन्म होता है। इस सन्दर्भ में हमने अपनी अन्य कृति 'सन्तान सुखःसर्वांग चिन्तन' के 'पुत्र चिन्ता प्रकरण : विविध आयाम' नामक अध्याय में 'संतानकारक बृहस्पति की पंचम में स्थिति' शीर्षक के अन्तर्गत पंचम भावस्थ बृहस्पति की स्थिति का उल्लेख सभी लग्नों और राशियों के लिए किया है। जिज्ञासु पाठकगण इस अध्याय में उल्लिखित शोध से अवश्य लाभांवित होंगे।

उदाहरण सं.-5.44 जन्मांग सं.-186

जन्म दिनांक : 01.06.1952 जन्म समय : 20:05:00 घंटे

जन्म स्थान : फर्रुखाबाद अक्षांश 27:23:00 रेखांश 79:35:00

चित्रपक्षीय अयनांश : 23:11:41 साम्पातिक काल : 12:33:24 घंटे

ग्रह	अंश	राशि	नक्षत्र	पद	षड्बल
लग्न	2:35:33	धनू	मूल	1	—
सूर्य	17:49:33	वृष	रोहिणी	3	1.72
चंद्र	25:36:27	सिंह	पू.फा.	4	1.25
मंगल(व)	8:27:32	तुला	स्वाति	1	1.42
बुध (अ)	8:48:10	वृष	कृत्तिका	4	0.68
गुरु	14:36:24	मेष	भरणी	1	1.07
शुक्र (अ)	11:28:20	वृष	रोहिणी	1	0.98
शनि(व)	15:03:53	कन्या	हस्त	2	1.17
राहु (व)	1:28:34	कुंभ	धनिष्ठा	3	—
केतु (व)	1:28:34	सिंह	मघा	1	—

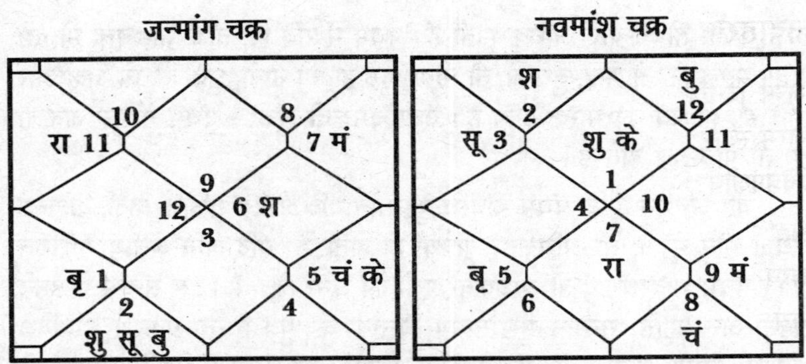

जन्म के समय शुक्र की भोग्य विंशोत्तरी महादशा - 1 व. 7 मा. 1 दि.

जातक का विवाह 09.02.1980 को सम्पन्न हुआ। लग्नेश बृहस्पति पंचम भावगत है। इसे देखकर सभी ज्योतिर्विदों ने पुत्र होने का भविष्य कथन किया। यहाँ पर बृहस्पति सूर्य के नवांश सिंह में स्थित है। सूर्य और बृहस्पति दोनों ही पुरुष ग्रह हैं, इसलिए पुत्र की संभावना अधिक प्रबल दृष्टिगत हुई, परन्तु जातक के एक पुत्र भी नहीं हुआ, बल्कि एक के बाद एक करके चार कन्याओं का जन्म हुआ।

उल्लेखनीय है कि यदि बृहस्पति शुक्र के नक्षत्र में स्थित हो तथा पंचमेश शुक्र की राशि में हो, तो कन्याओं का ही जन्म होता है। यहाँ पर बृहस्पति मेष राशि तथा भरणी नक्षत्र में स्थित है तथा पंचमेश मंगल, जो शुक्र की राशि तुला में स्थित होकर वक्री है तथा पंचम भाव पर दृष्टि निक्षेप कर रहा है, इस कारण कन्याओं के जन्म का ही योग है।

हमने अपने अनेक लेखों में यह स्पष्ट करने की चेष्टा की है कि पंचम भावगत बृहस्पति पर मंगल की दृष्टि अथवा मंगल की युति अशुभ होती है। यहाँ पर लग्नेश मंगल पंचम भाव में मंगल की राशि मेष में स्थित है तथा पंचमेश और द्वादशेश मंगल द्वारा दृष्ट भी है। मंगल और बृहस्पति के मध्य विनिमय दृष्टि सम्बन्ध पुत्र जन्म हेतु शुभ नहीं है। विशेषकर पंचमेश मंगल के वक्री होकर बृहस्पति पर दृष्टि निक्षेप करने के कारण।

उदाहरण सं.-5.45 **जन्मांग सं.-187**

जन्म दिनांक : 14.11.1954 जन्म समय : 15:37:00 घंटे
जन्म स्थान : लखनऊ अक्षांश 26:50:00 रेखांश 80:54:00
चित्रपक्षीय अयनांश : 23:13:51 साम्पातिक काल : 19:02:29 घंटे

ग्रह	अंश	राशि	नक्षत्र	पद	षड्बल
लग्न	28:18:29	मीन	रेवती	4	—
सूर्य	28:16:18	तुला	विशाखा	3	1.13
चंद्र	21:11:55	मिथुन	पुनर्वसु	1	1.05
मंगल	22:48:25	मकर	श्रवण	4	1.09
बुध	9:06:11	तुला	स्वाति	1	1.02
गुरु	6:42:00	कर्क	पुष्य	2	1.26
शुक्र (व/पू)	29:42:26	तुला	विशाखा	3	1.22
शनि(अ)	19:58:33	तुला	स्वाति	4	1.58
राहु (स)	13:07:13	धनु	मूल	4	—
केतु (स)	13:07:13	मिथुन	आर्द्रा	2	—

जन्मांग चक्र

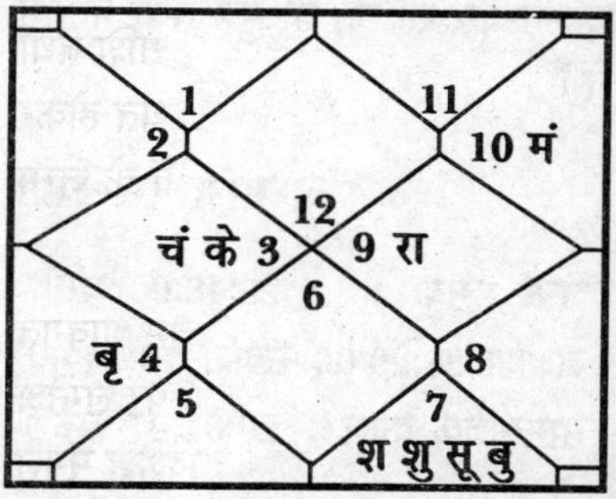

1
11
2
10 मं
12
चं के 3
9 रा
6
बृ 4
8
5
7
श शु सू बु

नवमांश चक्र

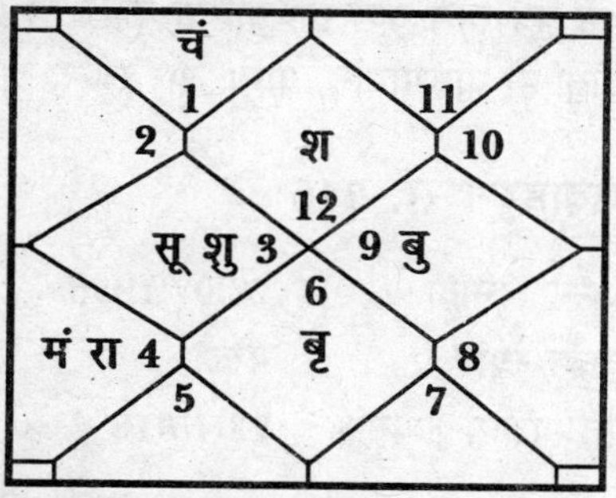

चं
1
11
2
श
10
12
सू शु 3
9 बु
6
मं रा 4
बृ
8
5
7

जन्म के समय गुरु की भोग्य विंशोत्तरी महादशा - 14 व. 6 मा. 22 दि.

जातिका का विवाह 18.02.1980 को सम्पन्न हुआ। विवाहोपरांत प्रथम पुत्री का जन्म 09.12.1980 को तथा दूसरी पुत्री का जन्म 16.03.1982 को हुआ। जातिका का जन्म मीन लग्न में हुआ है तथा पंचम भाव में उच्च राशिगत बृहस्पति स्थित है जो उच्च राशिगत मंगल द्वारा विनिमय दृष्टि सम्बन्ध भी स्थापित कर रहा है।

उल्लेखनीय है कि पंचम भावस्थ बृहस्पति यदि कर्क, वृश्चिक अथवा मीन राशिगत हो, तो अधिकतर पुत्रियाँ ही होती हैं। कम से कम प्रथम पुत्री तो अवश्य होती है। ''जातक देशमार्ग'' में इस संदर्भ में स्पष्ट उल्लेख है कि कर्क राशिगत पंचमस्थ बृहस्पति पुत्रियाँ तथा कर्क राशिगत पंचमस्थ शनि पुत्रों को जन्म देता है। यहाँ पंचमेश चन्द्रमा मिथुन राशिगत है तथा राहु और केतु की धुरी पर स्थित है। नवमेश मंगल भी स्त्री राशि मकर में स्थित है तथा चन्द्रमा के नक्षत्र श्रवण में है। जबकि पंचमस्थ बृहस्पति शनि के नक्षत्र पुष्य में स्थित है। नवांश लग्न भी मीन है तथा पंचमस्थ बृहस्पति कन्या नवांशगत है। नवांश लग्न में शनि और बृहस्पति तथा नवमेश मंगल सभी स्त्री नवांशों में स्थित हैं। आत्मकारक ग्रह शुक्र है जो स्त्री ग्रह है तथा वह बुध का नवांश प्राप्त कर रहा है और पूर्णतः अस्त होकर वक्री है तथा बृहस्पति के नक्षत्र विशाखा में स्थित है और शुक्र, शनि, सूर्य तथा बुध से संयुक्त होने के कारण पापाक्रांत है। अष्टम भावस्थ है तथा तीन संतानों का जन्म प्रदर्शित कर रहा है।

उल्लेखनीय है दो पुत्रियों के पश्चात् जातिका ने एक पुत्र को जन्म दिया, जिसकी क्षति हुई। जब पुत्रियों के जन्म का ही प्रबल संकेत प्राप्त हो रहा हो, तो पुत्र जन्म होने पर उसके जीवित रहने की संभावना स्वतः ही संदिग्ध रह जाती है। इसी प्रकार से यदि पुत्र संतानों का योग जन्मांग में प्रबल रूप से विद्यमान हो, तो पुत्रियाँ जीवित नहीं रहतीं। यदि पंचम भाव, पंचमेश और बृहस्पति बली हो तथा कुछ ग्रह पुत्र तथा कुछ ग्रह पुत्रियों का जन्म प्रदर्शित कर रहे हों, तो पुत्र तथा पुत्रियाँ दोनों ही प्रतिभावान, योग्य और स्वस्थ होती हैं।

उदाहरण सं.-546 जन्मांग सं.-188

जन्म दिनांक : 28.07.1956 जन्म समय : 23:48:00 घंटे

जन्म स्थान : बरेली अक्षांश 28:20:00 रेखांश 79:24:00

चित्रपक्षीय अयनांश : 23:15:18 साम्पातिक काल : 20:01:07 घंटे

ग्रह	अंश	राशि	नक्षत्र	पद	षड्बल
लग्न	17:51:32	मेष	भरणी	2	—
सूर्य	12:21:16	कर्क	पुष्य	3	1.26
चंद्र	17:52:37	मीन	रेवती	1	1.02
मंगल	29:16:33	कुंभ	पू.भा.	3	1.27

बुध (अ)	22:02:10	कर्क	अश्लेषा	2	0.89
गुरु	10:47:35	सिंह	मघा	4	1.16
शुक्र	3:03:20	मिथुन	मृगशिरा	3	1.54
शनि(व)	2:54:51	वृश्चिक	विशाखा	4	1.45
राहु (व)	12:56:10	वृश्चिक	अनुराधा	3	—
केतु (व)	12:56:10	वृष	रोहिणी	1	—

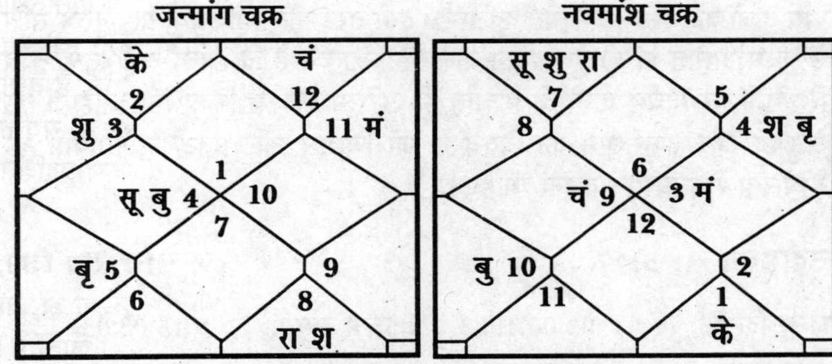

जन्म के समय बुध की भोग्य विंशोत्तरी महादशा - 15 व. 5 मा. 14 दि.

जातक का विवाह 08-02-1985 को सम्पन्न हुआ। विवाहोपरान्त प्रथम पुत्री का जन्म 19-01-1986 तथा दूसरी पुत्री का जन्म 14-12-1986 को हुआ। जातक का जन्म मेष लग्न और कन्या नवांश में हुआ है। पंचमभावस्थ बृहस्पति के सिंह राशिगत होने से अधिकतर पुत्रियों का ही जन्म समझना चाहिए। इस जन्मांग में पंचमभाव में सिंह राशिगत बृहस्पति के साथ एकादशभावस्थ मंगल का विनिमय दृष्टि सम्बन्ध स्थापित हो रहा है, जो पुत्रियों का ही जन्म परिलक्षित कर रहा है। उल्लेखनीय है कि बृहस्पति कर्क नवांशगत है और पंचमेश सूर्य, शुक्र के नवांश तुला में स्थित होकर शुक्र से संयुक्त है। पंचमभाव पर मंगल की दृष्टि है। उल्लेखनीय है कि शनि व मंगल दोनों ही पंचमभाव व पंचमभावस्थ बृहस्पति पर दृष्टिनिक्षेप कर रहे हैं। नवांश कुण्डली में भी पंचमभाव पर शनि, मंगल एवं बृहस्पति की दृष्टि है। यहाँ मंगल बृहस्पति के नक्षत्र पूर्वाभाद्रपद के तीसरे चरण में स्थित है और आत्मकारक ग्रह भी है तथा मिथुन नवांश में संस्थित है। इसलिए जातक के तीन संतान हुई। प्रथम दो पुत्रिया तथा कई वर्ष पश्चात् एक पुत्र का जन्म हुआ।

5.9 पंचमभावगत शनि

पंचमभावगत शनि प्रायः जलीय राशिगत होने पर पुत्र तथा अग्नि तत्व की राशि में पुत्रियाँ प्रदान करता है। यदि पंचमभावस्थ शनि पर मंगल का प्रभाव, संतति हेतु शुभ नहीं होता है परन्तु अधिकतर पुत्रों का जन्म होता है। शनि नपुंसक ग्रह है और कन्या राशि वन्ध्या राशि और अल्पसुत राशि है। अतः जिस प्रकार से ऋण का ऋण से गुणा करने पर धन हो जाता है। उसी प्रकार से ऋण को ऋण से गुणा करने पर धन हो जाता है। कन्या प्रदान करने वाला ग्रह यदि स्त्री राशिगत हो तो प्रायः पुत्रों का जन्म सुनिश्चित करता है। इसी तरह यदि स्त्रीकारक ग्रह, पुरुष राशि में पंचमभावगत हो तो पुत्र प्रदान करता है। ज्ञातव्य है कि अन्य सभी सम्बन्धित स्थितियों पर विचार करने के पश्चात् ही अन्तिम निष्कर्ष निकालना चाहिए। यह अनुभव और अनुसंधान का विषय है, जो जिज्ञासु और प्रबुद्ध ज्योतिषियों को गम्भीरता से अध्ययन करना चाहिए।

उदाहरण सं.-5.47 जन्मांग सं.-189

जन्म दिनांक : 03.06.1933 जन्म समय : 15:02:03 घंटे
जन्म स्थान : लखनऊ अक्षांश 26:50:00 रेखांश 80:54:00
चित्रपक्षीय अयनांश : 22:55:44 साम्पातिक काल : 7:41:12 घंटे

ग्रह	अंश	राशि	नक्षत्र	पद	षड्बल
लग्न	29:35:27	कन्या	चित्रा	2	–
सूर्य	19:24:32	वृष	रोहिणी	3	1.62
चंद्र	12:55:00	कन्या	हस्त	1	0.99
मंगल	20:47:07	सिंह	पू.फा.	3	1.49
बुध (अ)	26:17:21	वृष	मृगशिरा	1	0.81
गुरु	21:12:36	सिंह	पू.फा.	3	1.17
शुक्र	0:45:42	मिथुन	मृगशिरा	3	1.34
शनि(व)	23:24:25	मकर	धनिष्ठा	1	1.44
राहु (व)	9:31:37	कुंभ	शतभिषा	1	–
केतु (व)	9:31:37	सिंह	मघा	3	–

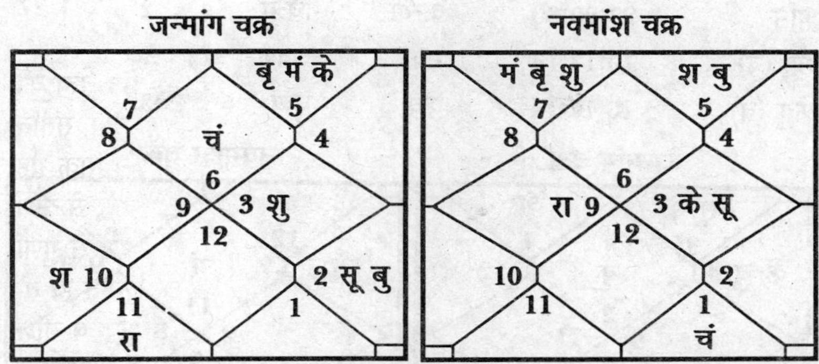

जन्म के समय चन्द्र की भोग्य विंशोत्तरी महादशा - 7 व. 9 मा. 22 दि.

इस जातिका ने छह पुत्रियों को जन्म दिया। इस जातिका का जन्म कन्या लग्न एवं कन्या नवांश में हुआ है। पंचमेश शनि, पंचमभाव में स्वराशि मकर में, मंगल के नक्षत्र धनिष्ठा में तथा सूर्य के नवांश सिंह में स्थित है। शनि, अग्नितत्व की राशि अथवा नवांशगत होने पर पुत्रियों के जन्म का कारण होता है। यहां बुध आत्मकारक ग्रह है और लग्नेश भी है तथा शुक्र शासित स्त्रीराशि वृषभ में स्थित है। इसलिए कन्याओं के जन्म का ही योग की संरचना हो रही है।

उदाहरण सं.-5.48 जन्मांग सं.-190

जन्म दिनांक : 25.06.1953 जन्म समय : 03:01:51 घंटे
जन्म स्थान : सीतापुर अक्षांश 27:33:00 रेखांश 80:40:00
चित्रपक्षीय अयनांश : 23:12:40 साम्पातिक काल : 21:05:27 घंटे

ग्रह	अंश	राशि	नक्षत्र	पद	षड्बल
लग्न	6:19:54	वृष	कृत्तिका	3	—
सूर्य	9:49:46	मिथुन	आर्द्रा	1	1.67
चंद्र	11:33:03	वृश्चिक	अनुराधा	3	1.29
मंगल (अ)	13:56:24	मिथुन	आर्द्रा	3	1.3
बुध	5:07:43	कर्क	पुष्य	1	1.29
गुरु	17:32:04	वृष	रोहिणी	3	1.38
शुक्र	24:09:40	मेष	भरणी	4	1.26

शनि	27:20:30	कन्या	चित्रा	2	1.27
राहु (व)	10:17:14	मकर	श्रवण	1	—
केतु (व)	10:17:14	कर्क	पुष्य	3	—

जन्मांग चक्र नवमांश चक्र

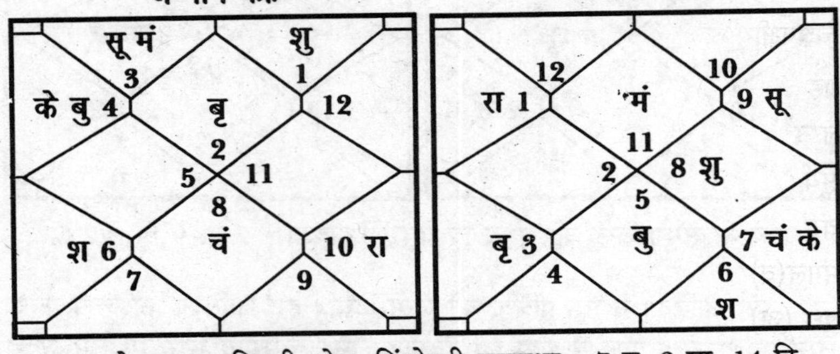

जन्म के समय शनि की भोग्य विंशोत्तरी महादशा - 7 व. 3 मा. 14 दि.

जातक का विवाह 08-02-1981 को सम्पन्न हुआ। प्रथम संतति की हानि हुई। उसके पश्चात् दो कन्याओं का जन्म 07-07-1982 तथा 21-01-1984 को हुआ। एक पुत्र की लालसा थी, वह भी 29-08-1989 को पूरी हो गई। जातक का जन्म वृष लग्न एवं कुंभ नवांश में हुआ है। पंचमभाव में कन्या राशिगत शनि स्थित है और पंचमेश बुध कर्क राशिगत है। संतानकारक बृहस्पति लग्न में वृष राशि में स्थित है तथा मिथुन का नवांश प्राप्त कर रहा है। पंचमस्थ शनि कन्या राशि में वर्गोत्तम है और पंचमेश बुध पुष्य नक्षत्र और सिंह नवांश में है। यहाँ पंचमेश शनि मंगल के नक्षत्र चित्रा में स्थित है और मंगल मिथुन राशिस्थ है। इस तरह से तीन संतानों का योग स्पष्ट दृष्टिगत हो रहा है जिनमें कन्याओं के जन्म का अधिक योग है। इसीलिए जातक के यहां दो पुत्रियों और एक पुत्र का जन्म हुआ। यहां शनि आत्मकारक है और बली भी है तथा कन्या राशि में पंचमभावगत होने से पुत्रियों का ही जन्म परिलक्षित होता है। उल्लेखनीय है कि पंचमभावगत शनि यदि स्त्री राशिगत हो तो भी कम से कम एक पुत्र अवश्य प्रदान करता है। कभी-कभी दो पुत्र और एक पुत्री का जन्म होता है और कभी दो पुत्रियों और एक पुत्र का जन्म होता है और यह तथ्य पंचमेश, आत्मकारक तथा संतानकारक बृहस्पति की राशि, नवांश, नक्षत्र आधिपत्य और बलाबल पर निर्भर करता है। अतः पंचम भावस्थ ग्रहों के आधार पर ही पुत्र अथवा पुत्री का निर्णय करना त्रुटिपूर्ण परिणाम प्रदान करने वाला सिद्ध हो सकता है।

उदाहरण सं.-5.49 जन्मांग सं.-191

जन्म दिनांक : 25.12.1960 जन्म समय : 23:05:00 घंटे

जन्म स्थान : मऊ अक्षांश 25:57:00 रेखांश 83:33:00

चित्रपक्षीय अयनांश : 23:18:37 साम्पातिक काल : 5:26:07 घंटे

ग्रह	अंश	राशि	नक्षत्र	पद	षड्बल
लग्न	29:04:11	सिंह	उ.फा.	1	—
सूर्य	10:38:38	धनु	मूल	4	0.94
चंद्र	18:20:53	मीन	रेवती	1	1.13
मंगल(व)	17:17:54	मिथुन	आर्द्रा	4	1.39
बुध (अ)	4:13:23	धनु	मूल	2	0.92
गुरु (अ)	19:19:37	धनु	पू.षा.	2	0.78
शुक्र	24:45:10	मकर	धनिष्ठा	1	1.26
शनि(अ)	25:32:28	धनु	पू.षा.	4	1.16
राहु (व)	15:15:53	सिंह	पू.फा.	1	—
केतु (व)	15:15:53	कुंभ	शतभिषा	3	—

जन्मांग चक्र

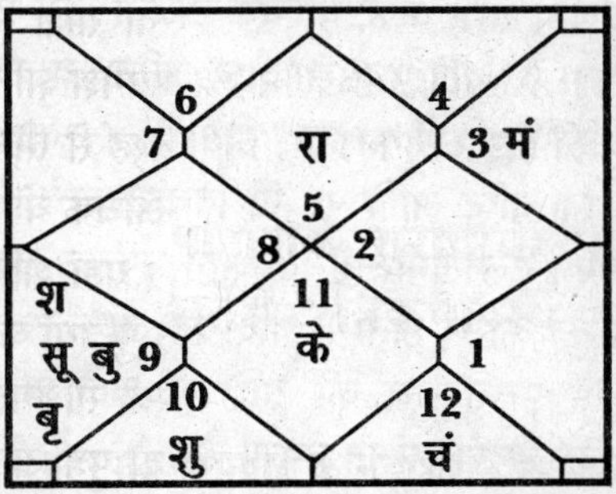

6 4
7 रा 3 मं
5
8 2
11
श
सू बु 9 के 1
10 12
बृ शु चं

नवमांश चक्र

श
10 8
के 11 चं 7
9
मं 12 6 बृ
3
1 5 शु रा
2 4
बु सू

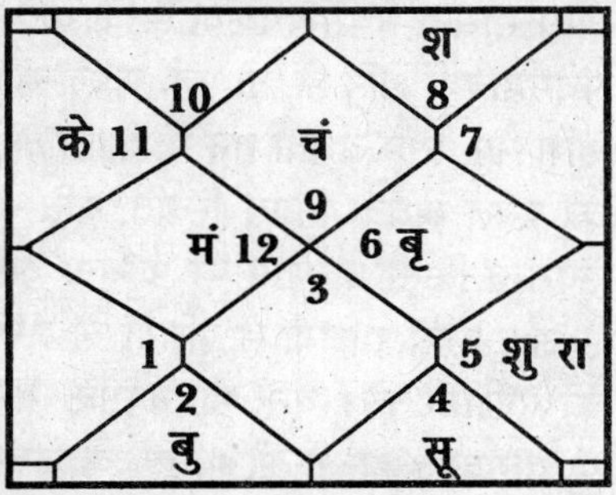

जन्म के समय बुध की भोग्य विंशोत्तरी महादशा - 14 व. 10 मा. 8 दि.

जातिका का प्रथम विवाह 07.03.1996 को हुआ। जातिका का पति अप्रवासी भारतीय था। विवाह के 25 दिन पश्चात् ही जातिका का पति विदेश चला गया और फिर कभी वापस नहीं आया। जातिका विज्ञान में पीएच.डी. कर रही थी। विवाह में विश्वासघात होने के कारण वह पीएच.डी. छोड़ने के लिए विवश हो गयी। जातिका

का दूसरा विवाह 14.01.1998 को हुआ। विवाहोपरांत प्रथम पुत्री का जन्म 05.12.2000 तथा दूसरी पुत्री का जन्म 15.12.2002 को हुआ। उल्लेखनीय है कि पंचमभावस्थ शनि यदि जलीय राशियों में स्थित होता है, तो पुत्रों का तथा अग्नि तत्व की राशियों में पुत्री का जन्म प्रदान करता है।

जातिका का जन्म सिंह लग्न में हुआ है तथा पंचमभाव में षष्ठेश एवं सप्तमेश शनि धनुराशिगत है। शनि आत्मकारक ग्रह है तथा शुक्र के नक्षत्र पूर्वाषाढ़ में स्थित है। उल्लेखनीय है कि शनि वृश्चिक नवांश में स्थित है। अतः कन्याओं के जन्म का ही योग स्पष्ट रूप से दृष्टिगत हो रहा है। 03.09.2009 से 04.04.2010 तक चंद्रमा में मंगल की अन्तर्दशा रहेगी और इसी समय गोचर का बृहस्पति कुम्भ राशि में भ्रमण करेगा तथा जन्मकालीन बृहस्पति और गोचर का बृहस्पति दोनों ही लग्न पर दृष्टिनिक्षेप करेंगें। मंगल योगकारक ग्रह है और पुरुष राशि मिथुन में एकादश भावस्थ है परन्तु मीन नवांशस्थ है। चंद्रमा से मंगल चतुर्थ भावगत है और नवमेश है। अतः इस समयान्तर में पुत्र जन्म हेतु प्रयास एवं संदर्भित अनुष्ठान संपादित करने पर पुत्र जन्म की संभावना है।

पंचम भावगत शनि

जातकदेशमार्ग के पूर्व उल्लिखित श्लोक के अनुसार पंचमभावगत शनि यदि कर्क राशिगत हो तो पुत्र होते हैं जबकि बृहस्पति होने से पुत्रियां होती हैं। हमारी शोध साधना ने सिद्ध किया है कि यदि जलीय राशि कर्क, वृश्चिक अथवा मीन में पंचमभाव में शनि हो, तो पुत्रों का जन्म होता है। यदि पंचमस्थ शनि अग्नितत्व की राशि मेष, सिंह अथवा धनु में हो, तो अधिकतर पुत्रियों का जन्म होता है। अन्यग्रह की प्रबल अथवा निर्बल स्थिति, युति अथवा दृष्टि आदि पर भी विचार करने के उपरान्त किसी परिणाम पर पहुंचना चाहिए। उल्लेखनीय है कि शनि नपुंसक ग्रह है और पुरुष राशियों में पुत्रियों के जन्म का कारण होता है यदि वह अग्नि तत्व की राशियां हो। बुध भी नपुंसक ग्रह है परन्तु बुध की राशि में शनि यदि पंचमभावगत हो तो भी पुत्रियों के जन्म को ही परिलक्षित करता है।

उदाहरण सं.-5.50 **जन्मांग सं.-192**

जन्म दिनांक	: 03.03.1971	जन्म समय	: 03:00:00 घंटे
जन्म स्थान	: देवरिया	अक्षांश 26:31:00	रेखांश 83:48:00
चित्रपक्षीय अयनांश	: 23:27:26	साम्पातिक काल	: 13:45:15 घंटे

ग्रह	अंश	राशि	नक्षत्र	पद	षड्बल
लग्न	19:37:04	धनु	पू.षा.	2	—
सूर्य	18:11:52	कुंभ	शतभिषा	4	0.98
चंद्र	3:23:07	वृष	कृत्तिका	3	1.21
मंगल	0:43:48	धनु	मूल	1	1.89
बुध (अ)	14:47:12	कुंभ	शतभिषा	3	0.91
गुरु	12:20:42	वृश्चिक	अनुराधा	3	1.12
शुक्र	5:08:39	मकर	उ.षा.	3	1.08
शनि	24:01:04	मेष	भरणी	4	1
राहु (व)	29:59:48	मकर	धनिष्ठा	2	—
केतु (व)	29:59:48	कर्क	अश्लेषा	4	—

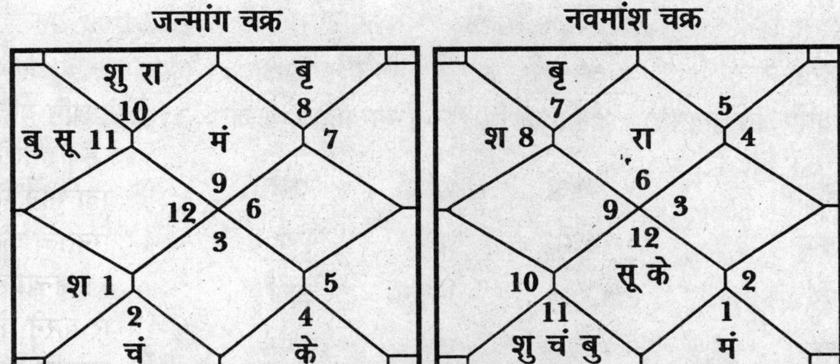

जन्म के समय सूर्य की भोग्य विंशोत्तरी महादशा - 2 व. 11 मा. 21 दि.

अपनी प्रतिभा और सौन्दर्य के लिए प्रशंसित इस युवती का विवाह 26-01-1992 को हुआ। जातिका का पति, एक प्रतिष्ठित चिकित्सक होने के साथ-साथ, एक विशाल चिकित्सालय का अधिपति भी है। जातिका और उसके पति की सक्रिय राजनीति के क्षेत्र में, असाधारण उपलब्धियां हैं और ये दोनों राजनीतिज्ञ परिवार से सम्बद्ध भी हैं। जातिका की प्रथम पुत्री का जन्म 13-11-1993 को हुआ, दूसरी पुत्री का जन्म 11-09-1995 को हुआ तथा तीसरी संतान के रूप में, एक पुत्र का जन्म 29-03-2000 को हुआ।

जातिका का जन्म धनुलग्न और कन्या नवांश में हुआ है तथा द्वितीयेश तथा तृतीयेश शनि, पंचमभाव में मेष राशिगत है, जो अग्नि तत्व की राशि है। यह पुत्रियों के जन्म की बाहुलता प्रदर्शित कर रहा है। पंचमेश मंगल, धनु लग्नगत है तथा वर्गोत्तम नवांश प्राप्त कर रहा है। इसलिए एक पुत्र का जन्म अवश्य होने का प्रबलयोग भी है।

मेष राशिगत पंचमस्थ शनि, वृश्चिक नवांशस्थ है जो स्त्री राशि है। शनि भरणी नक्षत्रगत है जो स्त्रीग्रह शुक्र द्वारा शासित है। शुक्र भी स्त्रीराशि मकर में स्थित है और शनि द्वारा दृष्ट है। अतः दो कन्याओं और एक पुत्र का योग निर्मित हो रहा है। पंचमस्थ मेष राशिगत शनि, वस्तुतः वृश्चिक नवांशगत है जो 2 का गुणक है अतः दो पुत्रियों का योग है। पंचमेश मंगल, धनु लग्न और मेष नवांश में स्थित होने के कारण एक पुत्र का योग निर्मित कर रहा है।

उदाहरण सं.-5.51 जन्मांग सं.-193

जन्म दिनांक : 24.06.1943 जन्म समय : 09:01:00 घंटे
जन्म स्थान : अल्मोड़ा अक्षांश 29:36:00 रेखांश 79:40:00
चित्रपक्षीय अयनांश : 23:03:51 साम्पातिक काल : 1:55:11 घंटे

ग्रह	अंश	राशि	नक्षत्र	पद	षड्बल
लग्न	14:15:10	कर्क	पुष्य	4	—
सूर्य	8:39:23	मिथुन	आर्द्रा	1	1.94
चंद्र	29:15:38	कुंभ	पू.भा.	3	1.01
मंगल	27:10:04	मीन	रेवती	4	1.28
बुध	16:51:17	वृष	रोहिणी	3	1.3
गुरु	5:29:51	कर्क	पुष्य	1	1.44
शुक्र	24:00:20	कर्क	अश्लेषा	3	1.24
शनि(अ)	25:03:43	वृष	मृगशिरा	1	0.79
राहु	23:42:22	कर्क	अश्लेषा	3	—
केतु	23:42:22	मकर	धनिष्ठा	1	—

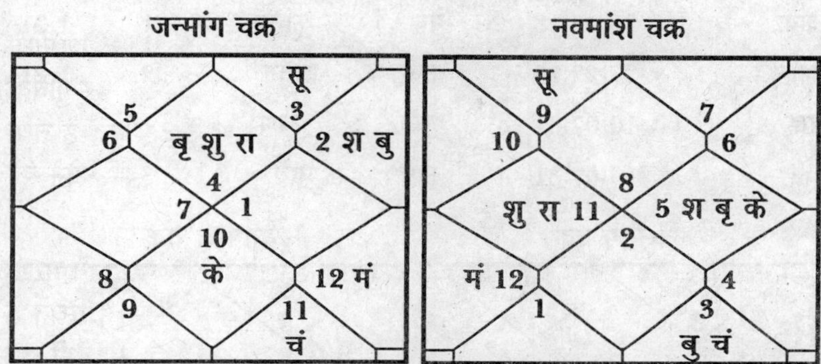

जन्म के समय बृहस्पति की भोग्य विंशोत्तरी महादशा - 4 व. 10 मा. 19 दि.

जातक का विवाह 07.05.1975 को सम्पन्न हुआ। विवाह के उपरान्त प्रथम पुत्री का जन्म 16.08.1977 को, दूसरी पुत्री का जन्म 17.09.1978 को तथा तीसरी पुत्री का जन्म 15.05.1983 को हुआ।

जातक का जन्म कर्क लग्न में हुआ है तथा लग्न में उच्च राशिगत बृहस्पति और शुक्र स्थित हैं। पंचमेश मंगल मीन राशिगत है तथा नवम भावस्थ होकर नवमेश बृहस्पति द्वारा दृष्ट है। यह कन्या संतति का स्पष्ट संकेत प्रदान कर रहा है। पंचम भाव पर शनि और बुध की दृष्टि भी कन्या संतति का जन्म ही प्रदर्शित करती है।

उदाहरण सं.-5.52 — जन्मांग सं.-194

जन्म दिनांक : 30.06.1953 — जन्म समय : 03:17:00 घंटे

जन्म स्थान : देहरादून — अक्षांश 30:19:00 रेखांश 78:03:00

चित्रपक्षीय अयनांश : 23:12:41 — साम्पातिक काल : 21:29:53 घंटे

ग्रह	अंश	राशि	नक्षत्र	पद	षड्बल
लग्न	14:25:44	वृष	रोहिणी	2	—
सूर्य	14:36:21	मिथुन	आर्द्रा	3	1.4
चंद्र	21:00:55	मकर	श्रवण	4	1.39
मंगल (पू)	17:15:15	मिथुन	आर्द्रा	4	1.4
बुध	9:59:28	कर्क	पुष्य	2	1.02
गुरु	18:39:08	वृष	रोहिणी	3	1.37

शुक्र	29:06:13	मेष	कृत्तिका	1	1.31
शनि	27:22:19	कन्या	चित्रा	2	1.21
राहु	10:07:31	मकर	श्रवण	1	—
केतु	10:07:31	कर्क	पुष्य	3	—

जन्मांग चक्र

राशि	ग्रह
2	बृ
3	सू मं
1	शु
4	के बु
12	
5	
11	
8	
6	श
10	चं रा
7	
9	

नवमांश चक्र

राशि	ग्रह
2	
3	बृ
1	रा
4	चं
12	मं
5	
11	सू
8	
6	बु श
10	
7	के
9	शु

जन्म के समय चन्द्र की भोग्य विंशोत्तरी महादशा - 1 व. 8 मा. 26 दि.

जातक का जन्म वर्गोत्तम वृषभ लग्न में हुआ है और योगकारक शनि पंचमभाव में कन्या राशिगत है तथा द्वितीय भावस्थ मंगल से दृष्ट भी है। पंचमेश बुध, तृतीय भावगत होकर कर्क राशिस्थ है जो कन्याओं के जन्म का संकेत प्रदान कर रहा है। इस जातक का प्रथम विवाह 20-02-1975 में हुआ तथा उससे एक पुत्र एवं एक पुत्री हुई। जातक की पत्नी की मृत्यु सहसा जल जाने के कारण 17-04-1982 को हो गई। जातक ने दूसरा विवाह 13-07-1982 को किया। जातक के प्रथम विवाह से एक पुत्र और एक कन्या का जन्म हुआ जबकि दूसरे विवाह से एक पुत्र हुआ। प्रथम पुत्र का जन्म 05-10-1976, पुत्री का जन्म 30-10-1977 तथा द्वितीय विवाह से एक पुत्र का जन्म 26-12-1984 को हुआ।

इस जन्मांग में योगकारक शनि पंचमभाव में कन्या राशि में वर्गोत्तम है। नवांश चक्र में शनि के साथ पंचमेश बुध भी कन्या राशिगत है। पंचमेश बुध कर्क राशि में तृतीय भावस्थ है यह भी कन्या संतति का संकेत करता है। यहाँ पर बुध, शनि के नक्षत्र पुष्य में स्थित है। नवमभावगत मकर राशिस्थ चंद्रमा जो कर्क नवांश प्राप्त कर रहा है, जातक की पुत्री संतानों का योग निर्मित कर रहा है। आत्मकारक

ग्रह शुक्र मेष राशिगत होकर कृत्तिका नक्षत्र में स्थित है और बृहस्पति का नवांश प्राप्त कर रहा है। यहां पर आत्मकारक ग्रह पुरुष राशि, पुरुष नवांश एवं पुरुष नक्षत्र में है। इसलिए दो पुत्र हुए। कन्या संतति के अनेक प्रबल योग हैं परन्तु जातक के दो पुत्र और एक कन्या हुई। बृहस्पति संतानकारक है और वृष राशि तथा मिथुन नवांशगत है। योगकारक शनि कन्या राशि और कन्या नवांश में स्थित है जबकि पंचमेश बुध भी कर्क राशि और कन्या नवांश में स्थित है। इससे यह परिलक्षित होता है कि जातक के छह संतानें हों जिनमें से चार पुत्र और दो पुत्रियां हों। भविष्यकथन करते समय देशकाल और परिस्थिति का ध्यान रखना चाहिए। सम्प्रति दो या तीन संतानें ही पर्याप्त होती हैं। इस उदाहरण में इनके गुणक चार और छह हैं, इसलिए सामान्य बुद्धि से भी यह अनुमान लगा लेना चाहिए कि दो पुत्र और एक पुत्री का योग है।

उदाहरण सं.-5.53 **जन्मांग सं.-195**

जन्म दिनांक	: 10.08.1937	जन्म समय	: 14:14:00 घंटे
जन्म स्थान	: मुजफ्फरनगर	अक्षांश 29:28:00	रेखांश 77:42:00
चित्रपक्षीय अयनांश	: 22:59:25	साम्पातिक काल	: 11:08:26 घंटे

ग्रह	अंश	राशि	नक्षत्र	पद	षड्बल
लग्न	13:13:53	वृश्चिक	अनुराधा	3	—
सूर्य	24:17:59	कर्क	अश्लेषा	3	1.94
चंद्र	12:13:06	कन्या	हस्त	1	1
मंगल	7:39:01	वृश्चिक	अनुराधा	2	1.34
बुध	20:24:22	सिंह	पू.फा.	3	1.11
गुरु (व)	26:19:25	धनु	पू.षा.	4	1.03
शुक्र	13:13:01	मिथुन	आर्द्रा	2	1.19
शनि(व)	11:39:41	मीन	उ.भा.	3	1.07
राहु (व)	19:47:47	वृश्चिक	ज्येष्ठा	1	—
केतु (व)	19:47:47	वृष	रोहिणी	3	—

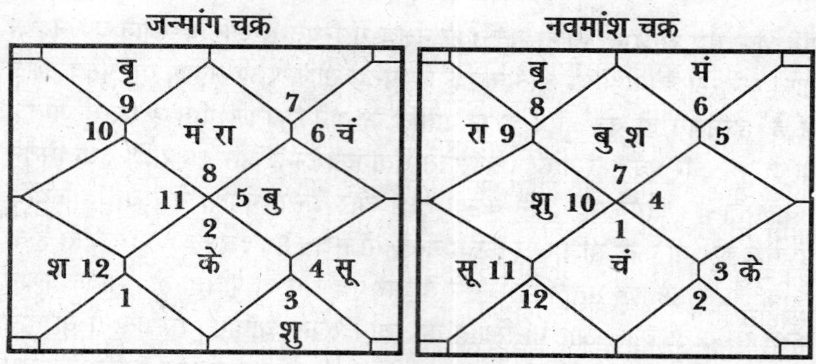

जन्म के समय चन्द्र की भोग्य विंशोत्तरी महादशा - 8 व. 4 मा. 1 दि.

जातक मुख्य अभियंता के पद से सेवानिवृत्त होने के पश्चात् भी अपनी लोकप्रियता, कर्मठता और योग्यता व प्रतिभा के कारण एक्सटेंशन प्राप्त करता रहा। जातक के एक पुत्री और एक पुत्र है। पंचमभाव में शनि मीनराशिगत है परन्तु वक्री है। प्रायः वक्री ग्रह का प्रभाव मार्गी ग्रह के विपरीत दृष्टिगत होता है। यहाँ पर शनि स्वनक्षत्रगत है तथा शुक्र का नवांश प्राप्त कर रहा है। पंचमेश बृहस्पति धनुराशि और वृश्चिक नवांशस्थ है। वक्री बृहस्पति शुक्र के नक्षत्र पूर्वाषाढ़ में स्थित है। पंचमभाव तथा पंचमस्थ शनि पर चंद्रमा की भी दृष्टि है। इसलिए प्रथम संतान पुत्री हुई। यही शनि तुला नवांशगत है और पर्याप्त बली है, स्वनक्षत्रगत भी है। इसलिए दूसरी संतान के रूप में पुत्र का जन्म हुआ। शनि तृतीयेश होकर पंचमभावगत है परन्तु भाग्येश चंद्रमा द्वारा दृष्ट है जो कन्या नवांश प्राप्त कर रहा है। तृतीयेश के पंचमभावगत होने से संतान की ओर से जातक को चिंता बनी रहती है।

5.9 पंचमभावगत केतु

उच्चे वा यदि वा नीचे पञ्चमः शिखिखेचरः।
हाहाकारं च कुरुते पुत्रशोकेन पीडितः।।

(मानसागरी/श्लोक 4)

यदि किसी जातक के जन्मकालिक केतु उच्च या नीच होकर पंचम भाव में स्थित हो तो उसको कभी पुत्र नहीं हो सकता है, जीवन-भर पुत्र न होने के शोक से पीड़ित रहेगा।

यत्र चैकादशे राहुः पञ्चमे च शिखी स्थितः।
सुताननं न दृश्येत यदीन्द्रोऽपि च सेव्यते।।

(मानसागरी/श्लोक 17)

यदि एकादशभाव में राहु और पंचम में केतु विद्यमान हों तो जातक को पुत्र कभी न प्राप्त हो। उसके लिए साक्षात् इन्द्र ही क्यों न पूजा करें परन्तु निज पुत्र का मुख देखना इस जन्म में उसके लिए संभव नहीं होता है अर्थात् जातक सदा पुत्रहीन ही रहता है।

ऋतुरेतोऽप्यदृष्टं स्याद् यदि चैको न पश्यति।
अप्रसूतो भवेन्नापि बहुस्त्रीपरिणेतृकः।।

(मानसागरी/श्लोक 5)

यदि पंचमस्थ केतु के ऊपर किसी ग्रह की दृष्टि न रहे तो पुत्र की उत्पत्ति कौन कहे उस जातक की स्त्री को मासिकधर्म भी बन्द हो जाता है, बाद में विवश होकर जातक पुत्र की कामना से दूसरी, तीसरी एवं चौथी स्त्री से भी विवाह कर ले परन्तु किसी से पुत्र की प्राप्ति नहीं होती है, और वह सदा सन्तानहीन रहता है। उस जातक के कन्याएं भी नहीं होती हैं।

उदाहरण सं.-5.54 **जन्मांग सं.-196**

जन्म दिनांक : 06.09.1942 जन्म समय : 11:34:19 घंटे
जन्म स्थान : आगरा अक्षांश 27:09:00 रेखांश 78:00:00
चित्रपक्षीय अयनांश : 23:03:16 साम्पातिक काल : 9:14:58 घंटे

ग्रह	अंश	राशि	नक्षत्र	पद	षड्बल
लग्न	19:50:36	तुला	स्वाति	4	—
सूर्य	19:55:16	सिंह	पू.फा.	2	2
चंद्र	28:48:52	मिथुन	पुनर्वसु	3	0.97
मंगल (अ)	29:42:58	सिंह	उ.फा.	1	1.12
बुध	14:54:36	कन्या	हस्त	2	1.02
गुरु	25:39:13	मिथुन	पुनर्वसु	2	1.25
शुक्र	1:31:24	सिंह	मघा	1	0.66

शनि	19:08:28	वृष	रोहिणी	3	1.2
राहु (अ)	11:16:38	सिंह	मघा	4	—
केतु	11:16:38	कुंभ	शतभिषा	2	—

जन्मांग चक्र

बु 6, शु 5 मं सू रा, 8, 9, 7, 10, 4, 1, के 11, 12, 3 चं बृ, 2 श

नवमांश चक्र

शु 1, 11, बृ बु 2, 10 के, 12, चं श 3, 9 मं, 6 सू, रा 4, 8, 5, 7

जन्म के समय गुरु की भोग्य विंशोत्तरी महादशा - 5 व. 5 मा. 2 दि.

जातिका का विवाह 23-05-1964 को सम्पन्न हुआ। जातिका का जन्म तुला लग्न में हुआ है और पंचमभाव में केतु स्थित है जिसे शुक्र मंगल और सूर्य एकादश भाव से तथा शनि अष्टम भाव से देख रहे हैं। जातिका के एक-एक करके 5 पुत्रियों का जन्म हुआ। पुत्र की आकांक्षा में पुत्रियां होती चली गयीं। इस जन्मांग में पंचम भाव पर दोनों शुभग्रह शुक्र और बृहस्पति की दृष्टि है इसलिए एक पुत्र की संभावना को अस्वीकार नहीं किया जा सकता है। पुत्र जन्म हेतु अनेक अनुष्ठान संपन्न कराये गये, प्रदोष का व्रत रखा, मंत्र-जप किये तो अन्त में एक पुत्र का भी जन्म हुआ।

उदाहरण सं.-5.55 — जन्मांग सं.-197

जन्म दिनांक : 02.11.1941 — जन्म समय : 07:25:48 घंटे

जन्म स्थान : मेरठ — अक्षांश 29:00:00 रेखांश 77:42:00

चित्रपक्षीय अयनांश : 23:02:36 — साम्पातिक काल : 9:50:25 घंटे

ग्रह	अंश	राशि	नक्षत्र	पद	षड्बल
लग्न	26:48:54	तुला	विशाखा	3	—
सूर्य	16:12:52	तुला	स्वाति	3	1.32
चंद्र	24:16:08	मीन	रेवती	3	1.19

मंगल(व)	18:29:12	मीन	रेवती	1	1.12
बुध (व)	4:11:43	तुला	चित्रा	4	1.23
गुरु (व)	27:32:25	वृष	मृगशिरा	2	1.11
शुक्र	2:10:51	धनु	मूल	1	0.98
शनि(व)	3:16:14	वृष	कृत्तिका	2	0.8
राहु (व)	28:48:58	सिंह	उ.फा.	1	—
केतु (व)	28:48:58	कुंभ	पू.भा.	3	—

जन्मांग चक्र

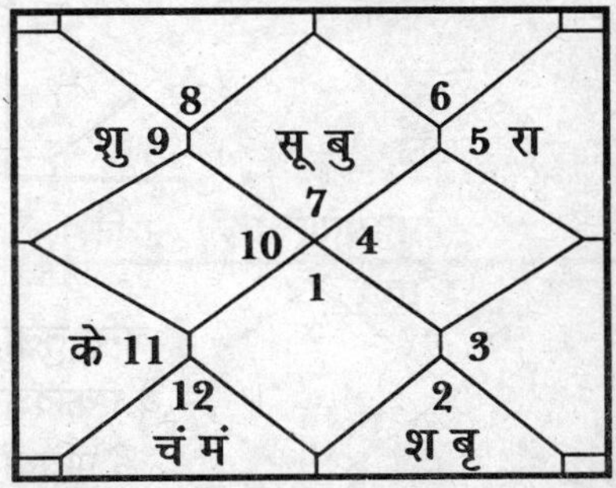

8
शु 9
सू बु
6
5 रा
7
10
4
1
के 11
3
12
चं मं
2
श बृ

नवमांश चक्र

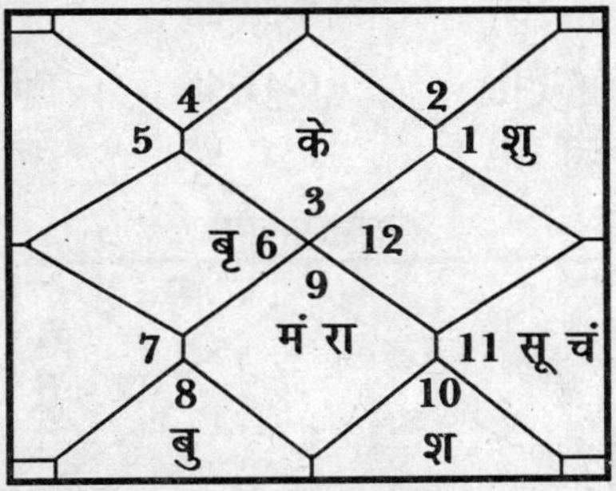

4
5
के
2
1 शु
3
बृ 6
12
9
मं रा
7
11 सू चं
8
बु
10
श

जन्म के समय बुध की भोग्य विंशोत्तरी महादशा - 7 व. 3 मा. 20 दि.

जातक का विवाह 15.02.1965 को सम्पन्न हुआ। विवाह के उपरान्त प्रथम पुत्री का जन्म 18.07.1966 को, दूसरी पुत्री का जन्म 05.08.1970 को तथा तीसरी पुत्री का जन्म 02.12.1979 को हुआ।

जातक का जन्म तुला लग्न में हुआ है तथा पंचम भाव में केतु स्थित है और पंचमेश शनि अष्टम भाव में वृष राशिगत है तथा पंचम भाव पर दृष्टि निक्षेप भी कर रहा है। संतानकारक बृहस्पति भी अष्टम भाव में वृष राशि में शनि से संयुक्त है। पंचम भावगत केतु अधिकांश पुत्रियों को ही जन्म देता है इसलिए जातक के तीन पुत्रियाँ हुईं।

उदाहरण सं.-5.56 जन्मांग सं.-198

जन्म दिनांक	: 06.04.1969	जन्म समय	: 09:31:00 घंटे
जन्म स्थान	: लखनऊ	अक्षांश 26:50:00	रेखांश 80:54:00
चित्रपक्षीय अयनांश	: 23:25:38	साम्पातिक काल	: 22:21:41 घंटे

ग्रह	अंश	राशि	नक्षत्र	पद	षड्बल
लग्न	25:21:13	वृष	मृगशिरा	1	—
सूर्य	22:45:04	मीन	रेवती	2	1.52
चंद्र	7:11:41	वृश्चिक	अनुराधा	2	1.35
मंगल	20:47:25	वृश्चिक	ज्येष्ठा	2	0.91
बुध (पू)	19:46:16	मीन	रेवती	1	0.84
गुरु (व)	5:48:10	कन्या	उ.फा.	3	1.18
शुक्र (व/अ)	26:43:25	मीन	रेवती	4	1.32
शनि(अ)	3:33:23	मेष	अश्विनी	2	0.59
राहु (व)	6:41:46	मीन	उ.भा.	2	—
केतु (व)	6:41:46	कन्या	उ.फा.	4	—

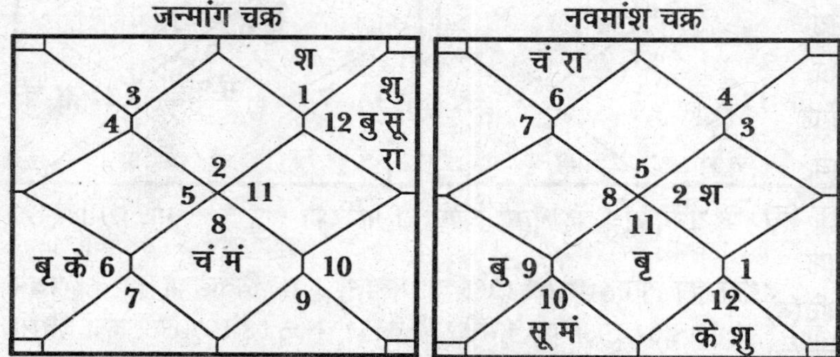

जन्म के समय शनि की भोग्य विंशोत्तरी महादशा - 13 व. 5 मा. 29 दि.

जातिका का विवाह 13.12.1992 को सम्पन्न हुआ तथा उनके दो पुत्रियाँ हैं। जातिका की जन्म लग्न वृष है तथा पंचम भाव में बृहस्पति और केतु कन्या राशि में स्थित हैं। इसके अतिरिक्त पंचम भाव पर शुक्र, शनि, बुध और सूर्य की दृष्टि है। ये सभी ग्रह कन्या संतति प्रदान करने वाले हैं। यहाँ पर लग्नेश शुक्र उच्च नवांश तथा उच्च राशि मीन में वर्गोत्तम हैं। जहाँ शुक्र अधिक बली होता है वहाँ कन्या संतति की प्रवृति होती है। इसी प्रकार से चन्द्रमा भी स्त्रीकारक ग्रह है तथा उसके अधिक बली होने पर कन्या संतति का योग निर्मित होता है। बृहस्पति संतानकारक है। यदि बृहस्पति जलीय राशियों में स्थित हो, अर्थात् कर्क, वृश्चिक अथवा मीन राशिगत हो और बली हो, पंचमस्थ हो अथवा पंचमाधिपति हो, तो अधिकतर

कन्याओं का ही जन्म समझना चाहिए। कन्या राशि में बृहस्पति पंचमस्थ होने पर पुत्रियाँ ही प्रदान करता है। इस जन्मांग में भी पंचम भावगत बृहस्पति कन्या राशिगत है तथा उच्च राशिगत शुक्र द्वारा विनिमय दृष्टि सम्बन्ध स्थापित कर रहा है इसलिए पुत्रियों का ही जन्म हुआ है।

उदाहरण सं.-5.57 जन्मांग सं.-199

जन्म दिनांक : 29.04.1960 जन्म समय : 20:10:00 घंटे
जन्म स्थान : मथुरा अक्षांश 27:28:00 रेखांश 77:41:00
चित्रपक्षीय अयनांश : 23:18:06 साम्पातिक काल : 10:20:57 घंटे

ग्रह	अंश	राशि	नक्षत्र	पद	षड्बल
लग्न	3:38:10	वृश्चिक	अनुराधा	1	—
सूर्य	15:58:17	मेष	भरणी	1	1.73
चंद्र	27:24:59	वृष	मृगशिरा	2	1.53
मंगल	27:45:10	कुंभ	पू.भा.	3	1.32
बुध	27:27:47	मीन	रेवती	4	0.83
गुरु (व)	10:10:29	धनु	मूल	4	1.03
शुक्र	1:30:41	मेष	अश्विनी	1	1.32
शनि(व)	25:07:27	धनु	पू.षा.	4	1.11
राहु (व)	0:19:05	कन्या	उ.फा.	2	—
केतु (व)	0:19:05	मीन	पू.भा.	4	—

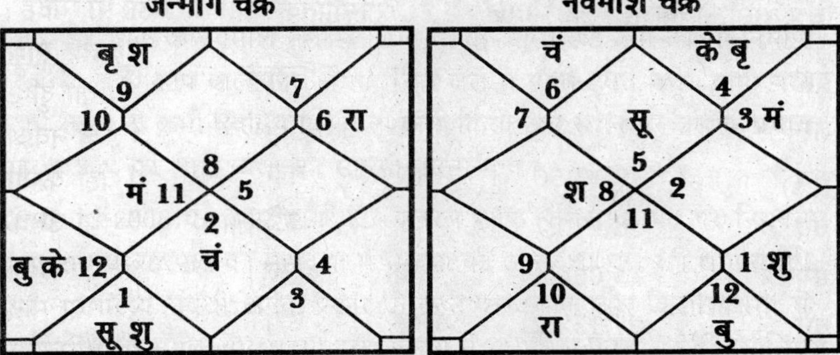

जन्म के समय मंगल की भोग्य विंशोत्तरी महादशा - 4 व. 10 मा. 8 दि.

जातक उ0प्र0 आवास विकास में अधिशासी अभियंता हैं। जातक की योग्यता विश्वसनीयता, कार्यकुशलता, उदारता, प्रतिभा तथा गुणवत्ता बहुप्रशंसित है। जातक का विवाह 27-04-1983 को हुआ। विवाहोपरांत प्रथम पुत्री का जन्म 13-11-1984 तथा दूसरी पुत्री का जन्म 06-07-1987 को हुआ। पंचमभावगत केतु अधिकतर पुत्रियों के ही जन्म का कारण बनता है। यदि शुक्र अथवा चन्द्रमा पंचमभाव में केतु से समराशि में संयुक्त हों, तो मात्र पुत्रियों का ही जन्म होता है। इस जातक का जन्म वृश्चिक लग्न में हुआ है तथा पंचमभाव में शुक्र और केतु मीन राशिगत हैं। अतः पुत्रियों का ही जन्म हुआ है। नवमेश चंद्रमा भी वृष राशिगत है जो स्त्रीराशि व स्त्रीग्रह है। इस जन्मांग में मंगल आत्माकारक ग्रह है और पर्याप्त बली है क्योंकि उसे 1.32 षड़बल प्राप्त हैं। मंगल लग्नेश होकर कुम्भराशिगत है तथा मिथुन राशि का नवांश प्राप्त कर रहा है। मंगल बृहस्पति के नक्षत्र पूर्वाभाद्रपद में स्थित है और बृहस्पति स्वनवांशगत होकर तृतीय भावस्थ है तथा वक्री है। बृहस्पति के नक्षत्र मूल का स्वामी केतु पंचमभावस्थ है इसलिए जातक के स्वभाव में मंगल और बृहस्पति के सभी गुण विद्यमान हैं परन्तु बृहस्पति के नक्षत्र के स्वामी केतु शुक्र से संयुक्त होकर पंचमभावस्थ होने से पुत्रियों का ही जन्म हुआ है। नवमेश चंद्रमा वृष राशिगत है। संतानकारक बृहस्पति अपने उच्चनवांश कर्क में स्थित है, पंचमस्थ केतु भी कर्क नवांशस्थ है तथा नवमेश चंद्रमा कन्या नवांश में संस्थित है और ये सभी नवांश राशियाँ दो की गुणक हैं। इसलिए दो पुत्रियों का ही योग है।

उदाहरण सं.-5.58 — जन्मांग सं.-200

जन्म दिनांक : 30.08.1961 — जन्म समय : 09:45:00 घंटे

जन्म स्थान : लखनऊ — अक्षांश 26:50:00 रेखांश 80:54:00

चित्रपक्षीय अयनांश : 23:19:08 — साम्पातिक काल : 7:50:01 घंटे

ग्रह	अंश	राशि	नक्षत्र	पद	षड्बल
लग्न	1:14:23	तुला	चित्रा	3	—
सूर्य	13:13:56	सिंह	मघा	4	1.49
चंद्र	8:47:27	मेष	अश्विनी	3	0.97
मंगल	15:05:43	कन्या	हस्त	2	0.81
बुध	27:15:22	सिंह	उ.फा.	1	1.21
गुरु (व)	4:57:09	मकर	उ.षा.	3	1.25

शुक्र	7:21:56	कर्क	पुष्य	2	1.36
शनि(व)	0:34:07	मकर	उ.षा.	2	1.35
राहु (व/अ)	3:56:23	सिंह	मघा	2	—
केतु (व)	3:56:23	कुंभ	धनिष्ठा	4	—

जन्मांग चक्र

राशि	ग्रह
7	
8	
9	
10	बृ श
11	के
12	
1	चं
2	
3	
4	शु
5	सू बु रा
6	मं

नवमांश चक्र

राशि	ग्रह
7	
8	के
9	बु
10	श
11	बृ
12	
1	
2	रा मं
3	चं
4	सू
5	
6	शु

जन्म के समय केतु की भोग्य विंशोत्तरी महादशा - 2 व. 4 मा. 18 दि.

जातक एक बहुप्रतिष्ठित तथा बहुप्रशंसित विनम्र उद्योगपति है जिसने प्लास्टिक उद्योग में असाधारण सफलता प्राप्त की है। जातक के शालीन व्यवहार और सौम्य विचारों के कारण आयकर, आबकारी कर आदि विभाग्रों के छापे उनके यहाँ मंगल की महादशा में अनेक बार पड़े, जिसके कारण उन्हें कुल मिलाकर तीन करोड़ रूपये से भी अधिक क्षति हुई।

जातक का विवाह 28.02.1975 को हुआ तथा प्रथम पुत्री का जन्म 17.03.1986 को, दूसरी पुत्री का जन्म 13.05.1992 को और तीसरी पुत्री का जन्म 30.09.1994 को हुआ। वैश्य परिवार में पुत्र जन्म की अभिलाषा तथा आकांक्षा सर्वोपरि होती है। इतने विशाल उद्योग को नियंत्रित तथा संचालित करने हेतु भी पुत्र जन्म की अनिवार्यता असंदिग्ध है। पुत्र की आकांक्षा की संपूर्ति के प्रयास में तीन पुत्रियों का जन्म हुआ। पुत्र जन्म की चिंता बलवती हो उठी। तब जातक ने पुत्र जन्म हेतु उपयुक्त अनुष्ठान का प्रतिपादन किया, जिसके फलस्वरूप 02.02.1996 को एक मेधावी तथा प्रतिभावान पुत्र जन्मा।

जातक का जन्म तुला लग्न के 1 अंश 14 कला पर हुआ है। अतः लग्न वर्गोत्तम है। पंचम भावगत केतु कुंभ राशिगत है जो पुत्रियों का जन्म ही परिलक्षित करता है। सम्बन्धित शास्त्रों तथा श्लोकों में इस तथ्य की पुष्टि की गई है कि पंचम

भावगत केतु होने पर पुत्र जन्म का अभाव होता है।

उल्लेखनीय है कि पंचमेश शनि स्त्री राशि मकर में संतानकारक बृहस्पति से संयुक्त है। शनि वक्री होकर सूर्य के नक्षत्र उत्तराषाढ़ में स्थित है तथा बृहस्पति भी वक्री होकर उत्तराषाढ़ नक्षत्र में ही स्थित है। लग्नेश शुक्र स्त्री राशि कर्क में तथा कन्या नवांश में स्थित है। शुक्र पुष्य नक्षत्रगत होकर पंचमेश शनि तथा संतानकारक बृहस्पति द्वारा दृष्ट भी है जो पुत्रियों के जन्म हो ही परिलक्षित कर रहा है। पंचम भाव पर बुध और सूर्य की दृष्टि भी है जो एकादश भावगत है। सूर्य और बुध का भी पंचम भाव पर प्रभाव पुत्री जन्म का संकेत करता है। यँहाँ उल्लेखनीय है कि नवमेश बुध, जो पुरुष राशि सिंह में स्थित है तथा पुरुष नवांश धनुगत है और सूर्य के नक्षत्र उत्तराफाल्गुनि में स्थित है इसलिए प्रयास करने के फलस्वरूप अंततः एक पुत्र का जन्म संभव हो सका।

यहाँ यह कहना उपयुक्त है कि यदि पुत्र जन्म का किंचित भी संकेत जन्मांग में विद्यमान न हो, तो किसी भी अनुष्ठान से पुत्र जन्म संभव नहीं हो सकता है। पुत्र जन्म से सम्बन्धित ग्रह स्थिति जन्मांग में विद्यमान हो, परन्तु सम्बन्धित ग्रह अथवा ग्रहयोग अत्यधिक निर्बल अथवा पापाक्रांत हों, जिसके कारण पुत्र जन्म में अवरोध उत्पन्न हो रहा हो, तो अनुष्ठान, मंत्र जप, स्तोत्र पाठ, व्रत आदि द्वारा पुत्र सुख प्राप्त होने की संभावना अवश्य होती है।

उदाहरण सं.-5.59 **जन्मांग सं.-201**

जन्म दिनांक : 27.06.1942 जन्म समय : 15:00:00 घंटे
जन्म स्थान : मुरादाबाद अक्षांश 28:50:00 रेखांश 78:45:00
चित्रपक्षीय अयनांश : 23:03:06 साम्पातिक काल : 9:04:27 घंटे

ग्रह	अंश	राशि	नक्षत्र	पद	षड्बल
लग्न	17:04:35	तुला	स्वाति	4	—
सूर्य	12:02:34	मिथुन	आर्द्रा	2	1.65
चंद्र	26:06:37	वृश्चिक	ज्येष्ठा	3	1.1
मंगल	15:08:08	कर्क	पुष्य	4	1.46
बुध	24:15:36	वृष	मृगशिरा	1	0.85
गुरु (D)	10:48:40	मिथुन	आर्द्रा	2	1.16

शुक्र	6:19:20	वृष	कृत्तिका	3	1.32
शनि	13:14:14	वृष	रोहिणी	1	1.16
राहु (व)	13:07:18	सिंह	मघा	4	—
केतु (व)	13:07:18	कुंभ	शतभिषा	2	—

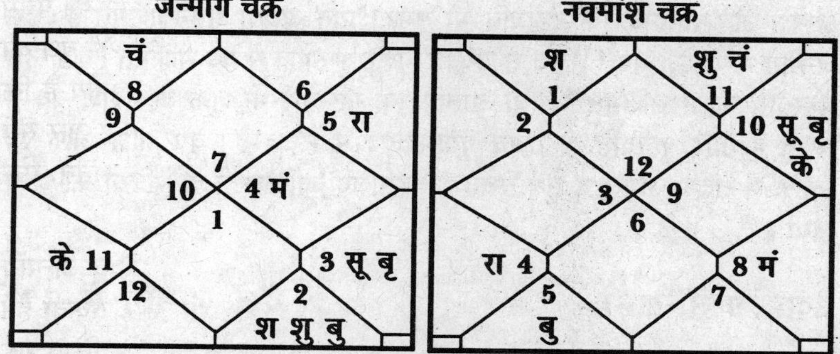

जन्म के समय बुध की भोग्य विंशोत्तरी महादशा - 4 व. 11 मा. 15 दि.

उ0प्र0 राज्य विद्युत परिषद के बहुचर्चित अध्यक्ष की पत्नी के इस जन्मांग में स्पष्ट रूप से परिलक्षित होता है कि पंचमभावगत केतु स्थित है। जो मकर नवांशगत है। पंचमेश शनि अष्टमभाव में वृष राशिगत है जो स्त्रीराशि है। यहाँ चन्द्रमा आत्माकारक ग्रह है जो ज्येष्ठा नक्षत्र और वृश्चिक राशिगत है। चंद्रमा और मंगल के मध्य विनिमय परिवर्तन योग की संरचना हो रही है और दोनों ही ग्रह स्त्री राशि में संस्थित हैं। नवांश कुण्डली में ॰ी संतानकारक बृहस्पति, सूर्य मंगल, केतु और राहु स्त्री राशियों में संस्थित हैं। इसलिए पुत्र प्राप्ति के सभी प्रयास विफल रहे और चार पुत्रियों का जन्म हुआ। चंद्रमा एवं मंगल के मध्य विनिमय परिवर्तन योग, उनका स्त्री राशियों में स्थित होना, एक दूसरे से नवम-पंचम् होना तथा चार की गुणक राशियों में संस्थित होना चार पुत्रियों की पुष्टि करता है। आत्मकारक ग्रह पर भी विचार करना चाहिए। यहाँ पर आत्माकारक ग्रह मंगल है जो पर्याप्त बली भी है और वह कर्क राशिगत है एवं वृश्चिक नवांशगत है। इससे भी चार कन्याओं के जन्म की पुष्टि होती है। आधुनिक युग में संतान संख्या पर विचार करने हेतु पर्याप्त अनुभव और अनुसंधान की अनिवार्यता है।

उदाहरण सं.-5.60 देखें जन्मांग सं.-79

जातिका स्टेट बैंक ऑफ इंडिया क्षेत्रीय निदेशक के पद पर कार्यरत है। भौतिकी में परास्नातक करने के उपरान्त प्रथम प्रयास में ही प्रोबेशन ऑफिसर के पद पर नियुक्त होने वाली इस जातिका का अन्तर्जातीय प्रेम विवाह 08-02-1981 को हुआ। पंचमभावस्थ केतु पुत्रियां ही प्रदान करता है, विशेष रूप से यदि पंचमेश लग्नेश और संतानकारक बृहस्पति भी समराशिगत अथवा समनवांशगत है। इस जन्मांग में पंचमेश मंगल चंद्रमा से संयुक्त होकर षष्ठभाव में वृष राशिगत है। लग्नेश बृहस्पति कन्या राशिगत है तथा आत्मकारक ग्रह सूर्य भी शुक्र के नवांश वृष में स्थित है और बृहस्पति के नक्षत्र पूर्वाभाद्रपद में स्थित है। वृष राशि और वृष नवांश में चंद्रमा, मंगल व सूर्य स्थित हैं। इसलिए जातिका ने दो पुत्रियों को जन्म दिया।

उदाहरण सं.-5.61 देखें जन्मांग सं.-177

पंचमभाव में अग्नितत्त्व की राशि में शनि हो, तो पुत्रियों की अधिकता होती है, यदि पंचमभावस्थ केतु हो, तो भी पुत्रियां होती हैं या संतान नहीं होती है। यह जन्मांग एक़ ऐसे कर्मठ सहायक का है, जो प्रातःकाल सात बजे कार्यालय में उपस्थित हो जाता था और सायंकाल सात बजे तक कार्यालय में अवश्य कार्यरत रहता था। एक दिन कार्यालय में उसे ज्ञात हुआ कि उसकी बड़ी पुत्री ने पंखे से लटक कर आत्महत्या कर ली। जातक उसी समय अपने निवास पर गया, पुत्री का अंतिम संस्कार किया और अगले दिन 9 बजे प्रातःकाल पुनः कार्यालय में उपस्थित हो गया। कुछ वर्ष पश्चात् जातक की दूसरी पुत्री का पेट में पीड़ा होने के कारण निधन हो गया, वह विवाहित थी। यह दुख भरा समाचार सुनकर जातक अपने निवास पर गया। निवास पर ही पुत्री की मृत्यु हुई थी। उसका अंतिम संस्कार करके, जातक अगले दिन नित्य की भांति कार्यालय में उपस्थित हो गया। जातक के तीन पुत्रियां और दो पुत्र थे। जातक का जन्म धनु लग्न में हुआ है तथा पंचमभाव में शनि व केतु मेष राशिगत हैं और दोनों ही ग्रह केतु के नक्षत्र अश्विनी में स्थित हैं। केतु वृष राशि का नवांश प्राप्त कर रहा है और शनि मिथुन राशि का नवांश प्राप्त कर रहा है। पंचमभाव पर पंचमेश मंगल की दृष्टि है शनि व मंगल के मध्य पंचमभाव के संदर्भ विनिमय दृष्टि सम्बन्ध योग ही नहीं बल्कि विनिमय परिवर्तन योग भी निर्मित हो रहा है जिसके कारण जातक की दो पुत्रियों की अकाल मृत्यु हुई। आत्मकारक ग्रह मकर राशिगत है और कर्क नवांश प्राप्त कर रहा है, इसलिए पुत्रियां

अधिक हुईं। यहां चंद्रमा स्वनक्षत्र श्रवण में स्थित है, यह भी पुत्रियों के ही जन्म का संकेत कर रहा है। संतानकारक बृहस्पति मीन राशि व तुला नवांशगत है। इसलिए भी जातक के अनेक पुत्रियां हुईं। शनि एवं बृहस्पति वक्री हैं, जिनके कारण संतानयोग अधिक पापाक्रान्त हो गया है। तीन पुत्रियां और दो पुत्रों में दो पुत्रियों की अकाल मृत्यु हुई और दो पुत्रियों की जन्म होते ही मृत्यु हो गई थी। बृहस्पति का तुला नवांश में होना सात संतानों का संकेत करता है। जबकि मंगल और शनि तथा केतु का पंचमभाव पर अशुभ प्रभाव के कारण चार संतानों की असमय मृत्यु हुई और तीन संतानें ही जीवित रहीं। ज्ञातव्य है कि पंचमस्थ शनि मिथुन नवांशगत है और नवमेश बुध कन्या राशि और मीन नवांश में है, जो तीन के गुणक हैं।

उदाहरण सं.-5.62 **जन्मांग सं.-202**

जन्म दिनांक : 22.12.1960 जन्म समय : 02:30:00 घंटे
जन्म स्थान : गोरखपुर अक्षांश 26:45:00 रेखांश 83:23:00
चित्रपक्षीय अयनांश : 23:18:36 साम्पातिक काल : 8:35:14 घंटे

ग्रह	अंश	राशि	नक्षत्र	पद	षड्बल
लग्न	11:05:14	तुला	स्वाति	2	—
सूर्य	6:42:47	धनु	मूल	3	1.09
चंद्र	24:43:52	मकर	धनिष्ठा	1	1.42
मंगल (व)	18:47:47	मिथुन	आर्द्रा	4	1.52
बुध (अ)	28:13:08	वृश्चिक	ज्येष्ठा	4	0.94
गुरु	18:26:14	धनु	पू.षा.	2	0.78
शुक्र	20:15:42	मकर	श्रवण	4	1.21
शनि	25:05:49	धनु	पू.षा.	4	1.08
राहु (व)	15:19:12	सिंह	पू.फा.	1	—
केतु (व)	15:19:12	कुंभ	शतभिषा	3	—

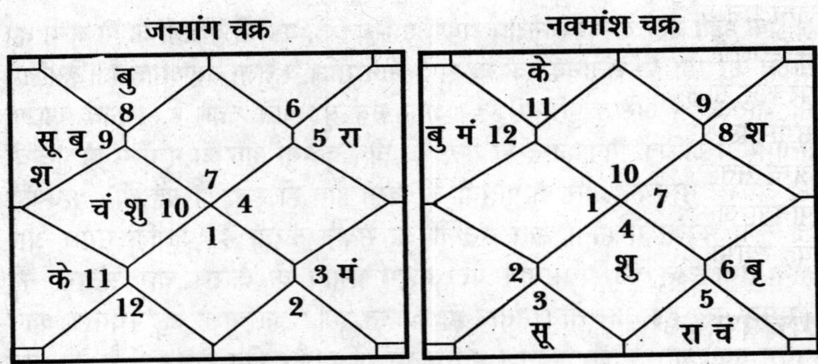

जन्म के समय मंगल की भोग्य विंशोत्तरी महादशा - 6 व. 3 मा. 5 दि.

यह एक ऐसे प्रशासनिक अधिकारी का जन्मांग है जिन्होंने अपनी प्रतिभा और योग्यता के कारण सदा महत्त्वपूर्ण पदों पर नियुक्ति प्राप्त होने का स्वर्णिम अवसर प्राप्त किया। अत्यन्त साधारण और विपन्न परिवार से सम्बद्ध होने के उपरांत भी इन्होंने प्रशासनिक सेवा में शीर्षस्थ स्थान प्राप्त किया। एक सुन्दर युवती के साथ इनका विवाह धूमधाम से सम्पन्न हुआ। विवाहोपरान्त प्रथम कन्या का जन्म 02-06-1990 को, द्वितीय संतान पुत्र का जन्म 23-04-1992 को तथा तृतीय संतान पुत्री का जन्म 16-07-1993 को हुआ।

इनका जन्म तुला लग्न और मकर नवांश में हुआ है। पंचमभावगत केतु कुंभ राशि और शतभिषा नक्षत्रगत है। जो पुत्रियों के ही जन्म का संकेत कर रहा है। केतु बृहस्पति का नवांश मीन प्राप्त कर रहा है। पंचमेश शनि तृतीय भावगत है और शुक्र के नक्षत्र पूर्वाषाढ़ में स्थित है तथा वृश्चिक नवांश प्राप्त कर रहा है, जो कन्याओं का जन्म प्रदर्शित कर रहा है। चंद्रमा और शुक्र भी संयुक्त रूप से मकर राशिगत हैं। नवमेश बुध वृश्चिक राशिगत होकर मीन नवांशस्थ है। पंचमभाव पर पंचमेश शनि की दृष्टि है और संतानकारक बृहस्पति कन्या नवांशगत है। आत्मकारक ग्रह बुध है जो स्त्री राशि और स्त्री नवांश वृश्चिक में संस्थित है और बुध का विस्थापक ग्रह मंगल मिथुन राशि और मीन नवांश में स्थान प्राप्त कर रहा है। मीन राशि तीन की गुणक है। और मंगल मिथुन राशिगत है। इसलिए इनके तीन संतानें हैं। इस जन्मांग में प्रचुर धनयोग विद्यमान है। जातक की गणना शहर के धनीमानी और अत्यन्त प्रतिष्ठित अधिकारियों में की जाती है। उल्लेखनीय है कि दूसरी संतान के विषय में विचार करना हो तो तीसरे भाव को लग्न मानकर जन्मांग का निर्माण करें और वहां से पंचमभाव का अध्ययन करना चाहिए। इस तरह से अध्ययन करने पर

लग्न धनु होती है और पंचमेश मंगल मिथुन राशि में स्थित है। मंगल आर्द्रा नक्षत्र में स्थित है और आर्द्रा नक्षत्र का स्वामी राहु नवम भाव में सिंह राशिगत है। मंगल पर धनु राशिगत बृहस्पति, नवमेश सूर्य और एकादशेश शुक्र की दृष्टि है और यह सभी ग्रह पुरुष राशियों में संस्थित हैं। अतः दूसरी संतान पुत्र हुई। इसीप्रकार से अन्य संतानों पर भी विचार करना चाहिए। यहां पर तीन संतानों का योग है इनमें पुत्रियां अधिक हैं। पहली संतान पुत्री हुई, दूसरी बार पुत्र का जन्म हुआ इसलिए यह स्वाभाविक था कि तीसरी पुत्री होती।

पंचमभावगत मंगल एवं केतु

यदि पंचम भाव में मंगल और केतु दोनों ही स्थित हों तो जातक या जातिका जीवन पर्यन्त सन्तानहीन ही रहते हैं।

उदाहरण सं.-5.63 **जन्मांग सं.-203**

जन्म दिनांक : 25.01.1967 जन्म समय : 15:20:00 घंटे

जन्म स्थान : अमृतसर अक्षांश 31:35:00 रेखांश 74:56:00

चित्रपक्षीय अयनांश : 23:23:39 साम्पातिक काल : 23:04:49 घंटे

ग्रह	अंश	राशि	नक्षत्र	पद	षड्बल
लग्न	8:21:18	मिथुन	आर्द्रा	1	—
सूर्य	11:20:19	मकर	श्रवण	1	1.02
चंद्र	29:44:09	मिथुन	पुनर्वसु	3	1.09
मंगल	0:59:46	तुला	चित्रा	3	1.11
बुध (अ)	16:19:20	मकर	श्रवण	2	1.03
गुरु (व)	5:22:04	कर्क	पुष्य	1	1.37
शुक्र	29:53:25	मकर	धनिष्ठा	2	1.17
शनि	2:30:40	मीन	पू.भा.	4	1.12
राहु (व)	18:59:36	मेष	भरणी	2	—
केतु (व)	18:59:36	तुला	स्वाति	4	—

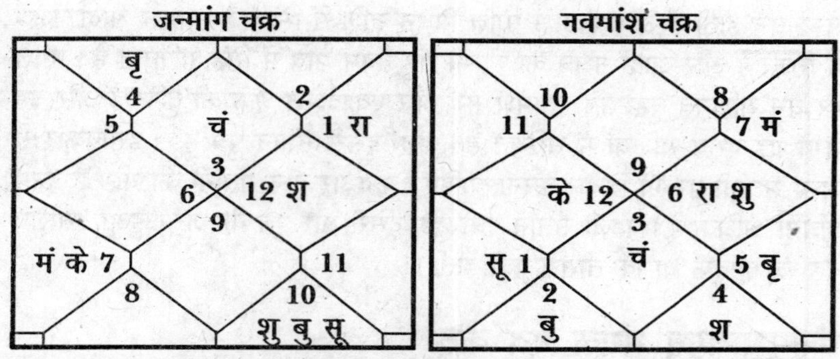

जन्म के समय गुरु की भोग्य विंशोत्तरी महादशा - 4 व. 3 मा. 24 दि.

जातिका का जन्म मिथुन लग्न में हुआ है तथा पंचमभाव में मंगल और केतु स्थित हैं जिन पर किसी भी शुभग्रह का प्रभाव नहीं है। जातिका का विवाह 27-05-1998 को सम्पन्न हुआ, परन्तु विवाह के 11 वर्ष पश्चात् भी जातिका एक बार भी गर्भवती नहीं हुई।

उदाहरण सं.-5.64 जन्मांग सं.-204

जन्म दिनांक : 03.03.1967 जन्म समय : 12:16:00 घंटे

जन्म स्थान : देवरिया अक्षांश 26:31:00 रेखांश 83:48:00

चित्रपक्षीय अयनांश : 23:23:44 साम्पातिक काल : 23:02:39 घंटे

ग्रह	अंश	राशि	नक्षत्र	पद	षड्बल
लग्न	4:54:31	मिथुन	मृगशिरा	4	–
सूर्य	18:36:00	कुंभ	शतभिषा	4	1.49
चंद्र	17:20:11	वृश्चिक	ज्येष्ठा	1	0.87
मंगल	9:37:11	तुला	स्वाति	1	1.14
बुध (व/पू)	20:41:19	कुंभ	पू.भा.	1	1.03
गुरु (व)	1:33:35	कर्क	पुनर्वसु	4	1.23
शुक्र	15:39:18	मीन	उ.भा.	4	1.45
शनि	6:31:48	मीन	उ.भा.	1	0.95
राहु	15:14:13	मेष	भरणी	1	–
केतु	15:14:13	तुला	स्वाति	3	–

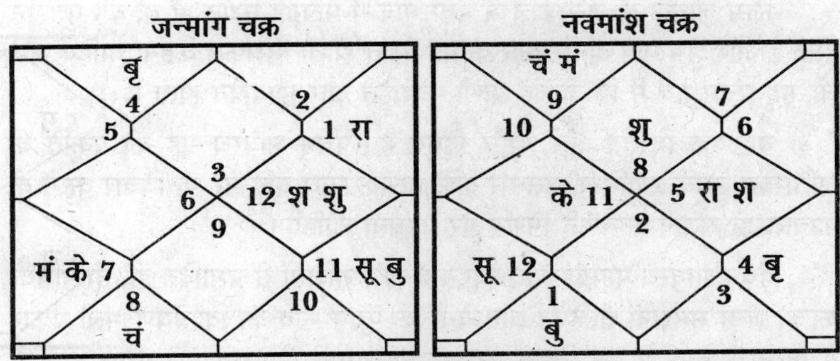

जन्म के समय बुध की भोग्य विंशोत्तरी महादशा - 10 व. 1 मा. 22 दि.

जातक का विवाह 15.12.1991 को सम्पन्न हुआ तथा विवाह के पश्चात् तीन पुत्रियों का जन्म हुआ। जातक का जन्म मिथुन लग्न में हुआ है। पंचम भाव मे मंगल और केतु स्थित हैं। प्रायः मंगल और केतु पंचम भाव में पुत्री संतति को ही जन्म देते हैं। यहाँ पर पंचमेश शुक्र नवमेश शनि के साथ स्त्री राशि मीन में दशम भावगत है तथा संतानकारक बृहस्पति भी कर्क राशि में स्थित होकर पंचमेश शुक्र तथा नवमेश शनि पर दृष्टि निक्षेप कर रहा है। पंचमेश शुक्र मंगल के नवांश वृश्चिक में स्थित है तथा संतानकारक बृहस्पति वर्गोत्तम नवांश प्राप्त कर रहा है इसलिए स्त्री ग्रहों तथा राशियों का बाहुल्य संतान को प्रभावित कर रहा है जिसके फलस्वरूप तीन पुत्रियों का जन्म हुआ है।

पंचमभावगत पापग्रह

पापः पञ्चमराशौ जातं जातं शिशु विनाशयति।
सप्तमराशौ पापा द्वे भार्ये बादरायणेनोक्तम्।।

(मानसागरी/श्लोक 6)

जिसके लग्न से पंचमस्थान पर पापग्रह स्थित हो तो यह जानना चाहिए कि जातक को पुत्र तो होगा पर अल्पायु होगा, एवं सप्तमभाव में पापग्रह के रहने से उसके दो स्त्रियाँ होंगी।

पापयुते विपरीतं मिश्रैर्मिश्रं बलाधिकाद्वाच्यम्।
राहौ पंचमभवने विसुतः पुण्येन परिहीनः।।

(द्वादशभावसिंधु/अध्याय-सुतभाव/श्लोक 49)

जिस जातक के जन्मकाल में पंचमभाव में पापग्रह स्थित हों तो वह पुत्रहीन होता है औरं शुभ पाप दोनों प्रकार के ग्रह स्थित हों तो मिश्रफल कहना चाहिए और जो राहु पंचमभाव में हो तो वह प्राणी पुत्ररहित और पुण्यहीन होता है।

यह एक विस्तृत और गंभीर विषय है। पंचम भावस्थ ग्रह की प्रकृति के अतिरिक्त उसके स्वामित्व, उस पर दृष्टि, उसके साथ युति पर भी विचार करने के पश्चात् ही संतान सम्बन्धी निर्णय पर पहुंचना चाहिए।

पंचम भावस्थ पापग्रह यदि स्त्री ग्रहों तथा राशियों से प्रभावित हों, तो पुत्रियों का ही जन्म समझना चाहिए। ज्ञातव्य है कि पंचम भाव का विश्लेषण भली प्रकार से करने के बाद ही इस निर्णय पर पहुँचना उपयुक्त है। कई बार पंचम भाव के पापाक्रांत होने से संतान हानि अथवा संततिहीनता अथवा गर्भपात अथवा शिशु वियोग के भी ग्रहयोग विद्यमान होते हैं। इन विषयों का गंभीरता के साथ अध्ययन करना चाहिए। यदि ऐसा कोई योग जन्मांग में विद्यमान न हो तथा पंचम भाव पापग्रहों से युक्त हो, तो कन्या संतति होती है।

उदाहरण सं.-5.65 **जन्मांग सं.-205**

जन्म दिनांक : 15.11.1961 जन्म समय : 17:00:00 घंटे
जन्म स्थान : सीतापुर अक्षांश 27:33:00 रेखांश 80:40:00
चित्रपक्षीय अयनांश : 23:19:16 साम्पातिक काल : 20:29:55 घंटे

ग्रह	अंश	राशि	नक्षत्र	पद	षड्बल
लग्न	26:08:13	मेष	भरणी	4	—
सूर्य	29:32:52	तुला	विशाखा	3	1.04
चंद्र	29:09:08	मकर	धनिष्ठा	2	1.1
मंगल (अ)	7:48:15	वृश्चिक	अनुराधा	2	1.05
बुध	12:49:32	तुला	स्वाति	2	1.11
गुरु	8:14:34	मकर	उ.षा.	4	1.11
शुक्र	11:59:39	तुला	स्वाति	2	1.19
शनि	1:48:37	मकर	उ.षा.	2	1.58
राहु (व)	29:12:04	कर्क	अश्लेषा	4	—
केतु (व)	29:12:04	मकर	धनिष्ठा	2	—

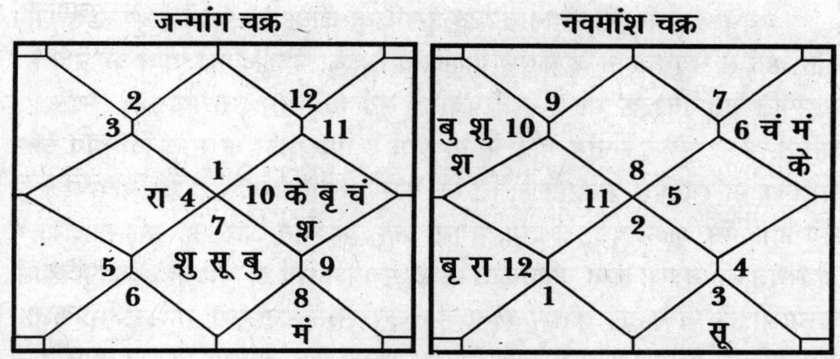

जन्म के समय मंगल की भोग्य विंशोत्तरी महादशा - 3 व. 11 मां. 10 दि.

जातिका का विवाह 11.05.1984 को सम्पन्न हुआ। विवाहोपरान्त जातिका के 4 पुत्रियाँ हुईं। पुत्र सुख के सभी प्रयास विफल रहे। यौवन में यह जातिका अपने रक्ताभ सौन्दर्य तथा सुन्दर रूप के लिए अत्यन्त प्रसिद्ध और प्रशंसित थी। रूप की अधिकता भी प्रायः विपत्तियों का स्त्रोत बन जाती है। इस जातिका के रूप के आकर्षण का प्रतिफल प्रकंपित कर देने वाला था। कुछ आत्मीय और निकटस्थ सम्बन्धियों की कामाग्नि ने उसके सौन्दर्य को अभिशप्त कर दिया तथा विवाह से पूर्व ही दो बार गर्भपात कराना पड़ा, जिसके कारण जातिका के सौन्दर्य को ग्रहण लग गया।

अंततः जातिका का विवाह 11.05.1984 को 23 वर्ष की अवस्था में सम्पन्न हुआ। जातिका के चार भाई हैं इसलिए एक पुत्र की प्रबल अभिलाषा थी परन्तु यह अनुभूत है कि प्रायः रूपवती स्त्रियों के अधिकतर कन्याओं का ही जन्म होता है तथा यदि पति भी रूपवान हो, तो कन्याओं के जन्म की संभावना और भी अधिक प्रबल हो उठती है। पुत्र की लालसा में जातिका के चार पुत्रियाँ हो गईं।

इस जन्मांग में पंचमेश सूर्य सप्तम भाव में नीच राशिगत है तथा शुक्र और बुध से संयुक्त है। लग्नेश मंगल अष्टम भाव में शनि के नक्षत्र अनुराधा में स्त्री राशि वृश्चिक में स्थित है तथा अस्त भी है। नवमेश बृहस्पति नीच राशिगत होकर दशम भाव में दशमेश शनि, चतुर्थेश चन्द्रमा और केतु से संयुक्त है। सूर्य आत्मकारक ग्रह है तथा उसे 1.04 षड़बल प्राप्त हैं तथा सूर्य बृहस्पति के नक्षत्र विशाखा में और बुध के नवांश मिथुन में स्थित है। यहाँ पंचमेश सूर्य मारकेश शुक्र की राशि में स्थित होकर शुक्र से ही संयुक्त है तथा कन्याओं के जन्म का ही संकेत कर रहा है।

नवम भाव से भी संतान का विचार किया जाता है। नवमेश बृहस्पति शनि और केतु से संयुक्त होने के कारण पापाक्रांत है तथा मीन नवांश प्राप्त कर रहा है। बृहस्पति संतानकारक भी है तथा पंचमेश सूर्य के नक्षत्र उत्तराषाढ़ में स्थित है। चलित होकर मंगल सप्तम भाव में आ गया है तथा शनि के साथ विनिमय दृष्टि सम्बन्ध भी स्थापित कर रहा है, जिसके कारण सभी सम्बन्धित ग्रह पापाक्रांत हो गये हैं। शनि, शुक्र, बुध, चन्द्रमा, मंगल, केतु, बृहस्पति और राहु स्त्री राशियों में ही स्थित हैं। नवांश लग्न वृश्चिक है। मात्र पंचमेश सूर्य ही बुध के नवांश में है जो कन्याओं के जन्म का कारण होता है। जब सभी ग्रह स्त्री राशियों में अर्थात् सम राशियों में अथवा सम नवांश में हों अथवा शुक्र, चन्द्रमा, बुध और शनि से प्रभावित हों, उनकी राशियों में हों अथवा उनसे संयुक्त हो, तो कन्या संतति ही होती है।

उदाहरण सं.-5.66 **जन्मांग सं.-206**

जन्म दिनांक : 03.03.1972 जन्म समय : 19:15:00 घंटे

जन्म स्थान : लखनऊ अक्षांश 26:50:00 रेखांश 80:54:00

चित्रपक्षीय अयनांश : 23:28:20 साम्पातिक काल : 5:54:18 घंटे

ग्रह	अंश	राशि	नक्षत्र	पद	षड्बल
लग्न	5:15:21	कन्या	उ.फा.	3	–
सूर्य	19:37:08	कुंभ	शतभिषा	4	1.15
चंद्र	27:57:17	कन्या	चित्रा	2	1.44
मंगल	21:02:03	मेष	भरणी	3	1.53
बुध (अ)	2:45:01	मीन	पू.भा.	4	0.85
गुरु	10:50:10	धनु	मूल	4	1.12
शुक्र	2:27:40	मेष	अश्विनी	1	1.18
शनि	7:03:43	वृष	कृत्तिका	4	0.8
राहु (व)	11:06:11	मकर	श्रवण	1	–
केतु (व)	11:06:11	कर्क	पुष्य	3	–

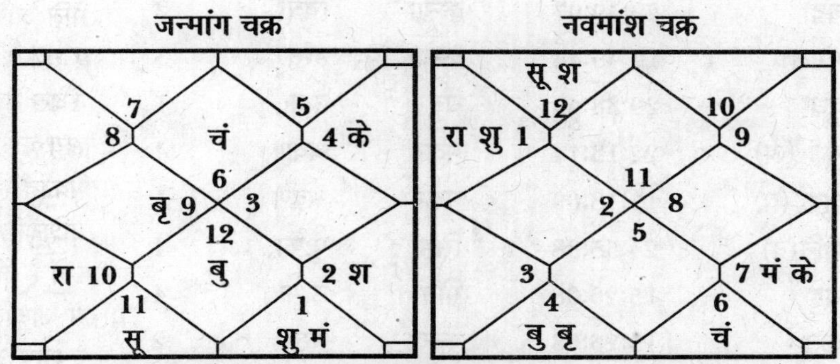

जन्म के समय मंगल की भोग्य विंशोत्तरी महादशा - 4 व. 6 मा.2 6 दि.

जातक का विवाह 09.03.1996 को सम्पन्न हुआ। प्रथम पुत्री का जन्म 08.02.1997 को तथा दूसरी पुत्री का जन्म 10.02.1999 को हुआ।

जातक का जन्म कन्या लग्न में हुआ है तथा पंचम भाव में राहु स्थित है और पंचमेश शनि वृष नवांशगत है। पंचमेश शनि मीन नवांश प्राप्त कर रहा है। संतानकारक बृहस्पति स्वराशि धनु में स्थित है परन्तु अपने उच्च नवांश में स्थित है। पंचमेश शनि के वृष नवांशगत होने के कारण दो संतानों का जन्म हुआ। इस जन्मांग में बृहस्पति, शनि और लग्नेश बुध सभी स्त्री नवांशों में स्थित हैं। लग्न में कन्या राशिगत चन्द्रमा भी वर्गोत्तम नवांश प्राप्त कर रहा है जो पुत्रियों का ही योग निर्मित कर रहा है।

उल्लेखनीय है कि चन्द्रमा आत्मकारक ग्रह है तथा पर्याप्त प्रबल भी है। चन्द्रमा को 1.44 षड्बल प्राप्त हैं तथा यदि आत्मकारक ग्रह चन्द्रमा अथवा शुक्र हों और प्रबल हों, तो पुत्रियों के जन्म की ही सशक्त संभावना होती है।

उदाहरण सं.-5.67 जन्मांग सं.-207

जन्म दिनांक	: 08.02.1950	जन्म समय	: 01:30:00 घंटे
जन्म स्थान	: रतलाम	अक्षांश 23:18:00	रेखांश 75:06:00
चित्रपक्षीय अयनांश	: 23:09:34	साम्पातिक काल	: 10:09:52 घंटे

ग्रह	अंश	राशि	नक्षत्र	पद	षड्बल
लग्न	2:57:30	वृश्चिक	विशाखा	4	—
सूर्य	25:19:43	मकर	धनिष्ठा	1	0.92

चंद्र	29:49:07	कन्या	चित्रा	2	1.37
मंगल	17:45:44	कन्या	हस्त	3	1.47
बुध	29:38:45	धनु	उ.षा.	1	1.09
गुरु (अ)	22:13:14	मकर	श्रवण	4	0.72
शुक्र (व)	13:18:00	मकर	श्रवण	1	1.26
शनि(व)	24:55:38	सिंह	पू.फा.	4	1.29
राहु	15:26:08	मीन	उ.भा.	4	—
केतु	15:26:08	कन्या	हस्त	2	—

जन्मांग चक्र

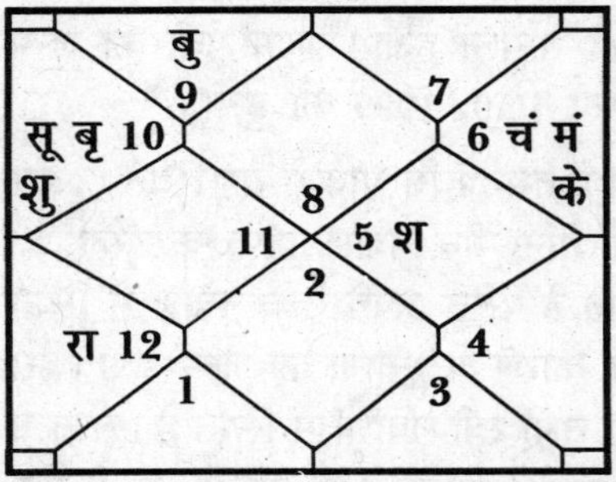

बु 9 | 7 | सू बृ 10 शु | 6 चं मं के | 8 | 11 | 5 श | 2 | रा 12 | 4 | 1 | 3

नवमांश चक्र

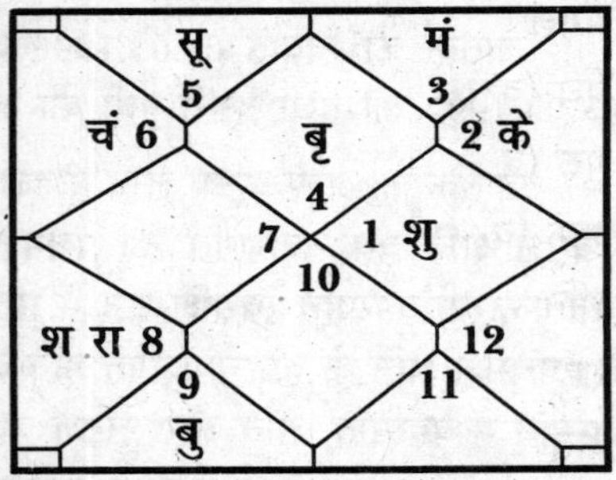

सू 5 | मं 3 | चं 6 | 2 के | बृ 4 | 7 | 1 शु | 10 | श रा 8 | 12 | 9 बु | 11

जन्म के समय मंगल की भोग्य विंशोत्तरी महादशा - 3 व. 7 मा. 4 दि.

जातिका ने तीन पुत्रियों को जन्म दिया है। इस जातिका जन्म वृश्चिक लग्न में हुआ है तथा पंचम भावगत राहु मीन राशिगत है जिसपर मंगल और चन्द्रमा की संयुक्त दृष्टि भी है। संतानकारक बृहस्पति मकर राशिगत होकर अस्त है तथा चन्द्रमा के नक्षत्र श्रवण में स्थित है।

उल्लेखनीय है कि यहाँ पंचमेश बृहस्पति तृतीय भाव में स्त्री राशि मकर में स्त्री ग्रह चन्द्रमा के नक्षत्र श्रवण में स्थित है तथा चन्द्रमा के नवांश कर्क में स्थान प्राप्त कर रहा है, जो कन्याओं का जन्म ही परिलक्षित कर रहा है। उल्लेखनीय है कि लग्नेश मंगल मिथुन नवांश में स्थित है, इसलिए तीन पुत्रियों का जन्म हुआ। शुक्र और चन्द्रमा दोनों वृष नवांशगत हैं तथा शनि द्वारा दृष्ट हैं। शनि भी वृश्चिक नवांशगत है। अतः कन्याओं के ही जन्म से सम्बन्धित योग की संरचना हुई है।

उदाहरण सं.-5.68 जन्मांग सं.-208

जन्म दिनांक	: 29.06.1948	जन्म समय	: 19:28:00 घंटे
जन्म स्थान	: मुरादाबाद	अक्षांश 28:50:00 रेखांश 78:45:00	
चित्रपक्षीय अयनांश	: 23:08:04	साम्पातिक काल	: 13:43:14 घंटे

ग्रह	अंश	राशि	नक्षत्र	पद	षड्बल
लग्न	18:11:41	धनु	पू.षा.	2	—
सूर्य	14:33:48	मिथुन	आर्द्रा	3	1.61
चंद्र	13:54:02	मीन	उ.भा.	4	1.39
मंगल	26:57:39	सिंह	उ.फा.	1	1.62
बुध (व/अ)	6:29:53	मिथुन	मृगशिरा	4	1.1
गुरु (व)	29:08:54	वृश्चिक	ज्येष्ठा	4	0.96
शुक्र (व/अ)	6:43:14	मिथुन	आर्द्रा	1	1.31
शनि	26:55:39	कर्क	अश्लेषा	4	0.99
राहु	19:22:13	मेष	भरणी	2	—
केतु	19:22:13	तुला	स्वाति	4	—

जन्मांग चक्र नवमांश चक्र

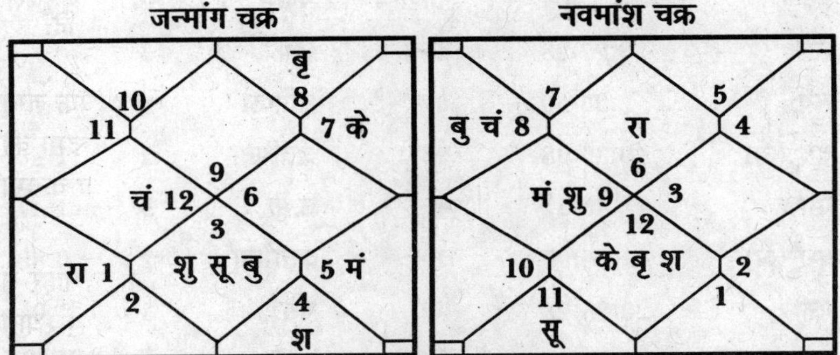

जन्म के समय शनि की भोग्य विंशोत्तरी महादशा - 3 व. 11 मा. 9 दि.

जातक का विवाह 22.11.1973 को सम्पन्न हुआ। विवाह के उपरान्त तीन पुत्रियों का जन्म हुआ। अनेक प्रबल प्रयास करने के उपरान्त भी जातक पुत्र सुख से वंचित ही रहा।

जातक का जन्म धनु लग्न में हुआ है तथा पंचम भाव में राहु मेष राशिगत है और पंचम भाव शनि द्वारा दृष्ट है। संतानकारक बृहस्पति, जो लग्नेश भी है, वृश्चिक राशि में, जो स्त्री राशि है, वक्री होकर स्थित है। बृहस्पति मीन नवांश, जो एक स्त्री राशि है, में स्थित है।

उल्लेखनीय है कि बृहस्पति आत्मकारक ग्रह है तथा बुध के नक्षत्र ज्येष्ठा में स्थित है। वृश्चिक राशि तथा मीन नवांशगत है इसलिए पुत्रियों का ही योग निर्मित हो रहा है। पंचमस्थ राहु भरणी नक्षत्र में स्थित है, जिसका अधिपति शुक्र है तथा राहु स्वयं कन्या नवांशगत है। अतः कन्याओं के जन्म का ही प्रादुर्भाव है। राहु का संस्थित नक्षत्र भरणी का अधिपति शुक्र मिथुन राशिगत है, इसलिए जातक के तीन पुत्रियाँ हैं। बृहस्पति, शुक्र और मंगल क्रमशः मीन और धनु नवांशगत हैं जो तीन के गुणक हैं इसलिए तीन संतानों के ही योग की संरचना हो रही है।

उदाहरण सं.-5.69 जन्मांग सं.-209

जन्म दिनांक : 14.02.1953 जन्म समय : 20:28:00 घंटे
जन्म स्थान : चित्रकूट अक्षांश 25:13:00 रेखांश 80:48:00
चित्रपक्षीय अयनांश : 23:12:22 साम्पातिक काल : 5:58:31 घंटे

ग्रह	अंश	राशि	नक्षत्र	पद	षड्बल
लग्न	6:27:28	कन्या	उ.फा.	3	–
सूर्य	2:25:50	कुंभ	धनिष्ठा	3	1.13
चंद्र (अ)	10:35:28	कुंभ	शतभिषा	2	1.46
मंगल	11:46:12	मीन	उ.भा.	3	1.47
बुध (अ)	11:36:08	कुंभ	शतभिषा	2	0.88
गुरु	20:25:23	मेष	भरणी	3	1.05
शुक्र	18:32:10	मीन	रेवती	1	1.17
शनि(व)	4:00:46	तुला	चित्रा	4	1.34
राहु (व/अ)	19:08:48	मकर	श्रवण	3	–
केतु (व)	19:08:48	कर्क	अश्लेषा	1	–

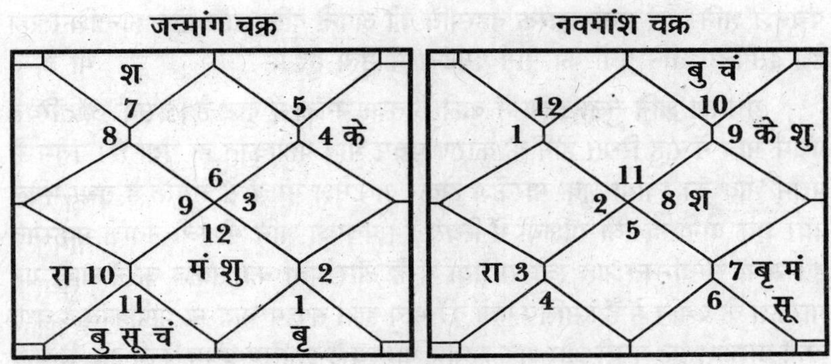

जन्म के समय राहु की भोग्य विंशोत्तरी महादशा - 12 व. 8 मा. 12 दि.

जातक का विवाह अत्यन्त धूमधाम से सम्पन्न हुआ था। विवाह के पश्चात् तीन पुत्र हुए। एक मार्ग दुर्घटना में 22-10-1995 को जातक की पत्नी और तीनों पुत्रों का अत्यन्त दर्दनाक निधन हो गया। इस संदर्भ में वह कौन सा ग्रहयोग है जिसने 42 वर्ष की अवस्था में जातक को अपनी पत्नी और तीन पुत्रों की मर्मात्मक पीड़ा सहन करने पर विवश कर दिया।

जातक का दूसरा विवाह 14-01-1998 को हुआ था। दूसरे विवाह से प्रथम पुत्री का जन्म 5-12-2000 तथा द्वितीय पुत्री का जन्म 14-12-2002 को हुआ। संतानभाव का स्वामी शनि द्वितीयभाव में उच्चराशिगत है तथा अष्टमेश और तृतीयेश मंगल द्वारा दृष्ट है, जबकि संतानकारक बृहस्पति पर वक्री शनि की दृष्टि है औंर सप्तमेश बृहस्पति अष्टमेश मंगल के साथ विनिमय परिवर्तन योग की स्थापना कर रहा है। पंचमेश शनि मंगल का नवांश प्राप्त कर रहा है, जबकि मंगल बृहस्पति और सूर्य तुला नवांशगत हैं, इसलिए जातक के तीनों पुत्रों की मृत्यु मार्ग दुर्घटना में हुई।

उल्लेखनीय है कि संतानकारक बृहस्पति अष्टम भाव और मेष राशि में मारकेश शुक्र के नक्षत्र भरणी में, मारकेश शुक्र की राशि तुला में स्थित है और संतानभाव के स्वामी शनि के साथ विनिमय दृष्टिसम्बन्ध स्थापित कर रहा है। यहाँ पर शनि पंचमाधिपति होकर तुला राशि में वक्री होकर द्वितीयभावस्थ है। वक्री शनि उच्चराशि में नीचराशिगत शनि का फल देता है और यहाँ पर तो शनि मंगल के नक्षत्र चित्रा में स्थित है, जिसका स्वामी मंगल मारकेश होकर शनि को देख रहा है। अतः पंचमभाव के स्वामी पर तीनों मारकेश ग्रहों का अत्यन्त अशुभ प्रभाव है। पंचमभावस्थ राहु भी मकर राशि और धनिष्ठा नक्षत्रगत है, जिसका स्वामी मंगल मारकेश होकर

पंचमेश शनि और संतानकारक बृहस्पति को अपनी दृष्टि द्वारा पापाक्रान्त कर रहा है। इसीलिए तीन पुत्रों की मार्ग दुर्घटना में मृत्यु हुई।

पंचमेश शनि तुला राशि में वक्री है तथा मंगल से दृष्ट है। इसके अतिरिक्त पंचम भाव में राहु स्थित होने के कारण पंचम भाव पापाक्रांत हो गया है। पंचम से पंचम भाव का स्वामी शुक्र मारकेश होकर अष्टमेश मंगल से संयुक्त है तथा मंगल और शुक्र दोनों ही स्त्री राशियों में स्थित हैं। पंचमेश शनि भी स्त्री नवांश मकरगत है। सभी सम्बन्धित ग्रह स्त्री राशियों में हैं और पुत्रों का संकेत करने वाले ग्रह मारकेश के प्रभाव में हैं इसलिए पुत्रों की मृत्यु हुई। सप्तम भाव भी पापाक्रांत है तथा दोनों मारकेश ग्रह मंगल और शुक्र सप्तम भावस्थ हैं इसलिए प्रथम पत्नी की भी मृत्यु हुई, परन्तु अन्य सम्बन्धित ग्रह स्त्री राशि, स्त्री नवांश में तो हैं ही, साथ ही साथ पंचम भाव पापाक्रांत भी है इसलिए जातक के दूसरे विवाह से दो पुत्रियाँ हुईं, जिसका उल्लेख ऊपर किया गया है।

पंचम भावगत बुध

उदाहरण सं.-5.70 जन्मांग सं.-210

जन्म दिनांक : 31.03.1967 जन्म समय : 19:46:00 घंटे

जन्म स्थान : बस्ती अक्षांश 26:48:00 रेखांश 82:44:00

चित्रपक्षीय अयनांश : 23:23:47 साम्पातिक काल : 8:20:00 घंटे

ग्रह	अंश	राशि	नक्षत्र	पद	षड्बल
लग्न	7:39:39	तुला	स्वाति	1	—
सूर्य	16:46:35	मीन	रेवती	1	1.62
चंद्र	1:02:06	धनु	मूल	1	1.18
मंगल(व)	6:30:33	तुला	चित्रा	4	1.32
बुध	18:59:18	कुंभ	शतभिषा	4	1.03
गुरु	1:11:39	कर्क	पुनर्वसु	4	1.16
शुक्र	20:06:47	मेष	भरणी	3	1.43
शनि(अ)	10:01:50	मीन	उ.भा.	3	1.06
राहु	13:41:30	मेष	भरणी	1	—
केतु	13:41:30	तुला	स्वाति	3	—

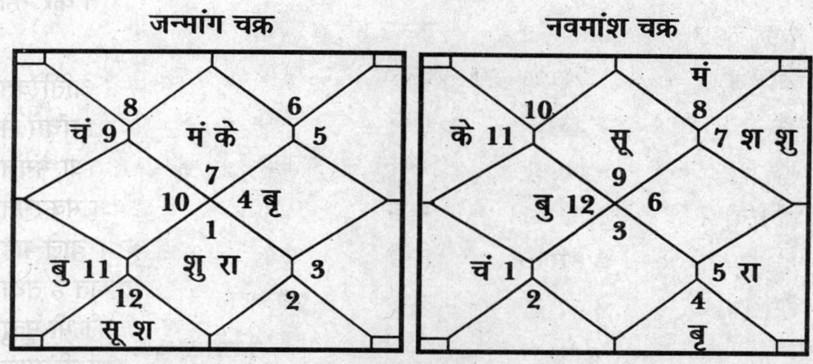

जन्म के समय केतु की भोग्य विंशोत्तरी महादशा - 6 व. 5 मा. 14 दि.

जातक एक प्रसिद्ध राजनीतिज्ञ और प्रतिष्ठित चिकित्सक है। अनेक व्यवसायों में सघनता के साथ संलिप्त यह जातक एक विशाल चिकित्सालय का अधिपति भी है। जातक का विवाह 26-01-1992 को हुआ। विवाह के पश्चात् दो पुत्रियों का जन्म हुआ। जातक का जन्म लग्न तुला है तथा भाग्येश बुध पंचमभाव में कुंभ राशिगत है तथा मीन राशि का नवांश प्राप्त कर रहा है। पंचमेश शनि षष्ठभाव में मीन राशिस्थ है और षष्ठेश बृहस्पति द्वारा दृष्ट भी है। इस जन्मांग में संतानकारक बृहस्पति अपनी उच्चराशि कर्क में वर्गोत्तम नवांश प्राप्त कर रहा है और स्वनक्षत्र पुनर्वसु में संस्थित है। पंचमस्थ बुध नपुंसक ग्रह शनि की राशि कुंभ में और स्त्री नवांश मीन में होने के कारण मात्र पुत्रियों का जन्म हुआ। कर्क राशि में वर्गोत्तम नवांशगत संतानकारक बृहस्पति भी कन्या संतति का ही संकेत कर रहा है। इसलिए जातक के कन्या संतान ही हैं।

उदाहरण सं.-5.71 जन्मांग सं.-211

जन्म दिनांक	: 06.08.1961	जन्म समय	: 16:00:00 घंटे
जन्म स्थान	: जहानाबाद	अक्षांश 26:06:00	रेखांश 80:21:00
चित्रपक्षीय अयनांश	: 23:19:05	साम्पातिक काल	: 12:50:18 घंटे

ग्रह	अंश	राशि	नक्षत्र	पद	षड्बल
लग्न	6:57:52	धनु	मूल	3	—
सूर्य	20:23:26	कर्क	अश्लेषा	2	1.54
चंद्र	25:12:19	वृष	मृगशिरा	1	1.27

मंगल	0:00:52	कन्या	उ.फा.	2	1.16
बुध (अ)	11:27:35	कर्क	पुष्य	3	0.95
गुरु (व)	7:23:26	मकर	उ.षा.	4	0.94
शुक्र	9:50:48	मिथुन	आर्द्रा	1	1.28
शनि(व)	1:55:47	मकर	उ.षा.	2	1.41
राहु (व/अ)	3:57:19	सिंह	मघा	2	–
केतु (व)	3:57:19	कुंभ	धनिष्ठा	4	–

जन्मांग चक्र

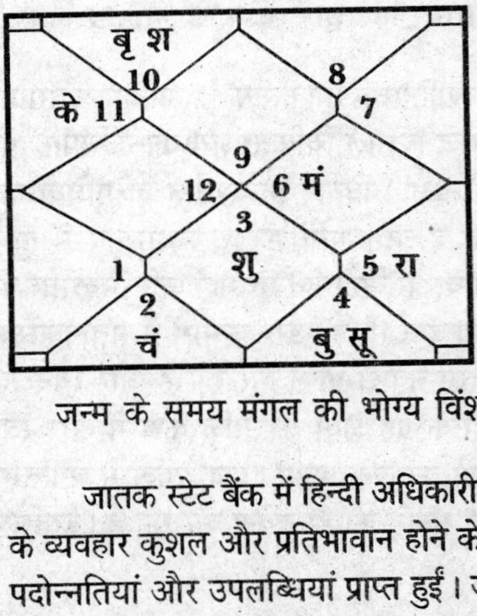

बृ श 10
के 11
8
7
9
12
6 मं
3
शु
1
5 रा
2
चं
4
बु सू

नवमांश चक्र

रा
4
2
चं 5
1
3
12 बृ
6
9
शु
बु 7
11
8
10
के
श मं सू

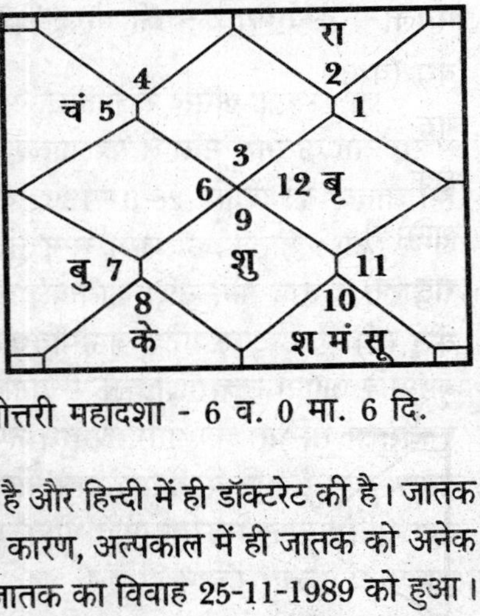

जन्म के समय मंगल की भोग्य विंशोत्तरी महादशा - 6 व. 0 मा. 6 दि.

जातक स्टेट बैंक में हिन्दी अधिकारी है और हिन्दी में ही डॉक्टरेट की है। जातक के व्यवहार कुशल और प्रतिभावान होने के कारण, अल्पकाल में ही जातक को अनेक पदोन्नतियां और उपलब्धियां प्राप्त हुईं। जातक का विवाह 25-11-1989 को हुआ। विवाहोपरांत प्रथम पुत्री का जन्म 24-11-1990 तथा दूसरी पुत्री का जन्म 4-6-1996 को हुआ। पंचमेश मंगल दशमभाव में कन्या राशिगत है और मकर नवांश प्राप्त कर रहा है। पंचमभाव पर पंचमेश मंगल की दृष्टि भी है। नवमेश सूर्य कर्क राशिगत है और शनि के नवांश मकर में स्थित है। संतानकारक बृहस्पति वक्री होकर मकर राशि में स्थित है तथा शनि से संयुक्त है। आत्मकारक चंद्रमा वृष राशि और मंगल के नक्षत्र मृगशिरा में स्थित है। अतः सभी संकेत कन्याओं के जन्म के हैं। पंचमेश मंगल नवमेश सूर्य, संतानकारक बृहस्पति और आत्मकारक चंद्रमा सभी स्त्री राशियों में संस्थित है। आत्मकारक चंद्रमा वृष राशि में स्थित है इसलिए दो कन्याओं का जन्म हुआ। उल्लेखनीय है कि लग्नेश, पंचमेश नवमेश, संतानकारक बृहस्पति तथा आत्मकारक चंद्रमा के स्त्री राशिगत होने से कन्या संतति के जन्म का ही प्रादुर्भाव होता है।

उदाहरण सं.-5.72 **जन्मांग सं.-212**

जन्म दिनांक : 21.10.1935 जन्म समय : 14:35:00 घंटे

जन्म स्थान : दिल्ली अक्षांश 28:39:00 रेखांश 77:13:00

चित्रपक्षीय अयनांश : 22:57:53 साम्पातिक काल : 16:09:24 घंटे

ग्रह	अंश	राशि	नक्षत्र	पद	षड्बल
लग्न	29:05:35	मकर	धनिष्ठा	2	—
सूर्य	4:04:20	तुला	चित्रा	4	1.41
चंद्र	27:48:47	कर्क	अश्लेषा	4	1.31
मंगल	1:35:31	धनु	मूल	1	1.37
बुध (व/अ)	27:20:22	कन्या	चित्रा	2	1.05
गुरु	3:01:29	वृश्चिक	विशाखा	4	1.07
शुक्र	21:27:07	सिंह	पू.फा.	3	1.03
शनि(व)	10:48:24	कुंभ	शतभिषा	2	1.55
राहु (व)	23:30:31	धनु	पू.षा.	4	—
केतु (व)	23:30:31	मिथुन	पुनर्वसु	2	—

जन्मांग चक्र

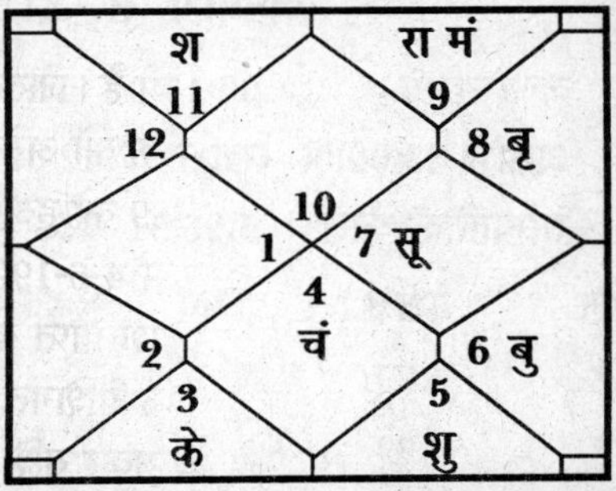

श 11
12
रा मं 9
8 बृ
10
1
7 सू
4 चं
2
3 के
5 शु
6 बु

नवमांश चक्र

शु 7
5
रा सू 8
बु 6
4 बृ
9
3
12 चं
श 10
11
2 के
1 मं

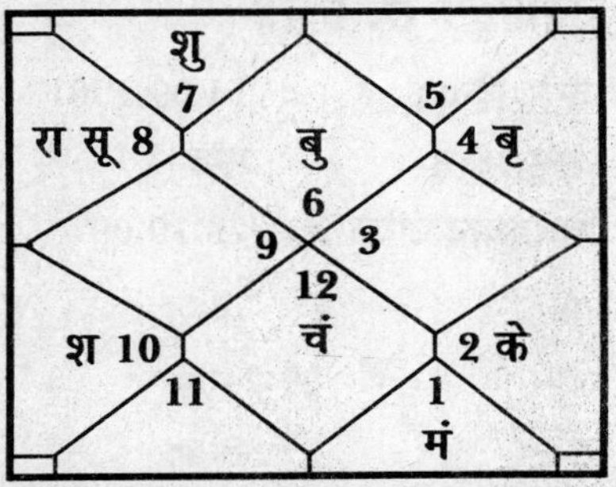

जन्म के समय बुध की भोग्य विंशोत्तरी महादशा - 2 व. 9 मा. 13 दि.

पंचमेश के त्रिक भावगत होने अर्थात् षष्ठ, अष्टम अथवा द्वादश भावगत होने से पुत्रियों के जन्म की संभावना अपेक्षाकृत अधिक होती है। यदि पंचमेश की राशि, नवांश, नक्षत्र आदि पर विचार न भी किया जाए, तो भी पंचमेश के शुभ स्थिति में बलवान होने पर, केन्द्रगत होने पर, शुभ दृष्ट होने पर पुत्र का जन्म समझना

चाहिए। इसके विपरीत पंचम भाव अथवा भावाधिपति के पापाक्रांत होने पर पंचमेश के त्रिक भावस्थ होने पर अथवा स्त्री ग्रहों अथवा राशियों के प्रभाव में होने पर पुत्रियों का जन्म समझना चाहिए। ज्ञातव्य है कि यह स्थूल विधि है परन्तु शुद्ध परिणाम हेतु अन्य ग्रहों की स्थिति, राशि चक्र तथा नवांश चक्र में देखी जानी चाहिए। पंचमेश और संतानकारक बृहस्पति के अतिरिक्त नवम भाव, नवमेश और आत्मकारक ग्रह पर भी विचार करना चाहिए।

जातक का जन्म मकर लग्न तथा कन्या नवांश में हुआ है। पंचमेश शुक्र अष्टम भाव में सिंह राशिगत है तथा तुला नवांशस्थ है। नवम भाव में कन्या राशिगत बुध स्थित है तथा पंचम भाव पर संतानकारक बृहस्पति की दृष्टि है जो वृश्चिक नवांश में स्थित है। अतः पंचमेश शुक्र, जो अष्टम भाव में सूर्य की राशि सिंह में शुक्र के नक्षत्र पूर्वाफाल्गुनि में तथा शुक्र के नवांश तुला में स्थित है, वह पुत्रियों के जन्म का ही संकेत कर रहा है।

इस जन्मांग में चन्द्रमा आत्मकारक ग्रह है तथा कर्क राशि में स्थित है। चन्द्रमा मीन नवांश प्राप्त कर रहा है। यह भी कन्याओं के जन्म का संकेत कर रहा है। अतः पंचमेश शुक्र, नवमेश बुध तथा आत्मकारक चन्द्रमा के अतिरिक्त मकर लग्न का कर्क नवांश में स्थित होना भी कन्याओं के जन्म की प्रबलता परिलक्षित कर रहा है। जातक के तीन पुत्रियाँ हैं।

उदाहरण सं.-5.73 जन्मांग सं.-213

जन्म दिनांक : 14.09.1961 जन्म समय : 06:15:00 घंटे

जन्म स्थान : मेरठ अक्षांश 29:00:00 रेखांश 77:42:00

चित्रपक्षीय अयनांश : 23:19:09 साम्पातिक काल : 5:26:51 घंटे

ग्रह	अंश	राशि	नक्षत्र	पद	षड्बल
लग्न	29:24:08	सिंह	उ.फा.	1	—
सूर्य	27:38:58	सिंह	उ.फा.	1	1.56
चंद्र	11:33:16	तुला	स्वाति	2	1.13
मंगल	24:47:29	कन्या	चित्रा	1	1.04
बुध	20:11:20	कन्या	हस्त	4	1.28
गुरु (व)	4:08:55	मकर	उ.षा.	3	1.05
शुक्र	25:03:37	कर्क	अश्लेषा	3	1.06

शनि(व)	0:04:18	मकर	उ.षा.	2	1.26
राहु (व)	3:45:17	सिंह	मघा	2	—
केतु (व)	3:45:17	कुंभ	धनिष्ठा	4	—

जन्मांग चक्र

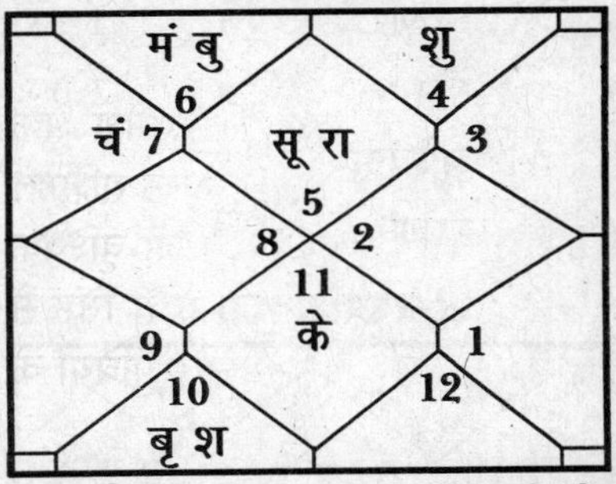

मं बु 6 | शु 4 | चं 7 | सू रा 5 | 3 | 8 | 2 | 11 के | 9 | 1 | 10 बृ श | 12

नवमांश चक्र

चं श 10 | के 8 | शु बृ 11 | सू 9 | 7 | 12 | 6 | 3 | 1 | 5 मं | 2 रा | 4 बु

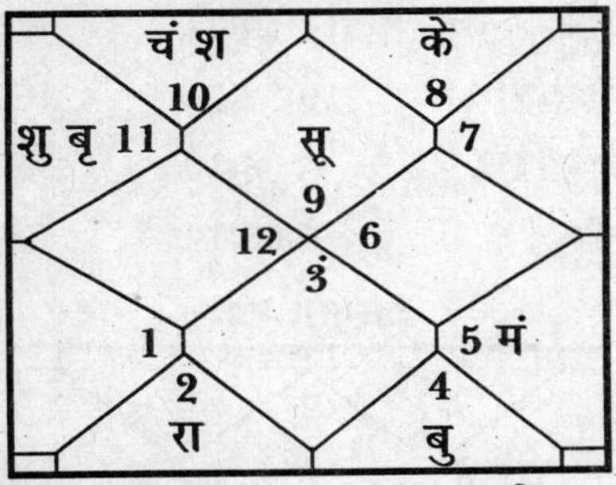

जन्म के समय राहु की भोग्य विंशोत्तरी महादशा - 11 व. 4 मा. 24 दि.

जातक का विवाह 14.10.1984 को हुआ तथा विवाहोपरान्त 01.12.1987 को प्रथम पुत्री तथा 23.10.1997 को दूसरी पुत्री का जन्म हुआ।

जातक का जन्म लग्न सिंह है तथा पंचमेश बृहस्पति षष्ठ भाव में नीच राशि मकर में षष्ठेश शनि से संयुक्त है। यहाँ पर बृहस्पति कर्क राशिगत शुक्र से दृष्ट है। बृहस्पति और शुक्र के मध्य विनिमय परिवर्तन योग का निर्माण हो रहा है। यहाँ पर पंचमेश के षष्ठ भाव में स्त्री राशिगत होने तथा स्त्री ग्रह शुक्र से दृष्ट होने से कन्याओं के जन्म का संकेत प्राप्त होता है। नवमेश मंगल कन्या राशि में द्वितीय भाव में द्वितीयेश बुध से संयुक्त है। यह भी कन्याओं के जन्म का संकेत कर रहा है। अतः जातक के यहाँ दो पुत्रियों का जन्म हुआ।

उदाहरण सं.-5.74 जन्मांग सं.-214

जन्म दिनांक : 10.02.1949 जन्म समय : 17:15:00 घंटे

जन्म स्थान : प्रतापगढ़ अक्षांश 25:52:00 रेखांश 82:02:00

चित्रपक्षीय अयनांश : 23:08:39 साम्पातिक काल : 2:34:01 घंटे

ग्रह	अंश	राशि	नक्षत्र	पद	षड्बल
लग्न	21:10:24	कर्क	अश्लेषा	2	—
सूर्य	28:17:06	मकर	धनिष्ठा	2	1.16

चंद्र	18:40:01	मिथुन	आर्द्रा	4	0.99
मंगल(अ)	5:51:19	कुंभ	धनिष्ठा	4	1.13
बुध (व)	12:41:43	मकर	श्रवण	1	1.01
गुरु	26:23:13	धनु	पू.षा.	4	1.03
शुक्र	11:59:31	मकर	श्रवण	1	1.38
शनि(व)	10:32:55	सिंह	मघा	4	1.09
राहु (व)	5:08:10	मेष	अश्विनी	2	—
केतु (व)	5:08:10	तुला	चित्रा	4	—

जन्मांग चक्र

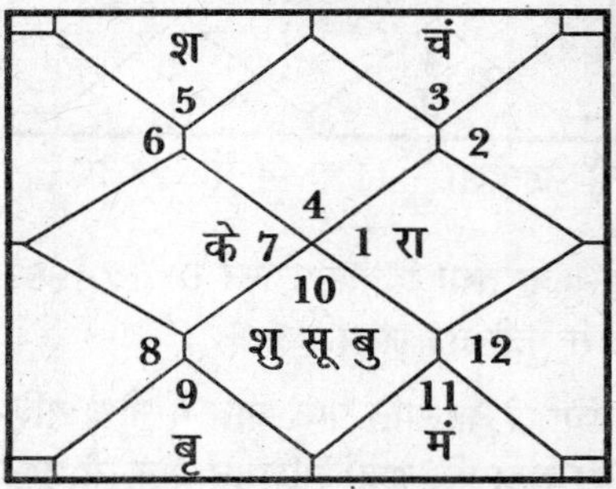

श 5, चं 3, 6, 2, 4, के 7, 1 रा, 10, 8, शु सू बु, 12, 9 बृ, 11 मं

नवमांश चक्र

11, 9, चं 12, 8 मं बृ के, 10, बु शु 1, 7, 4 श, रा 2, 6 सू, 3, 5

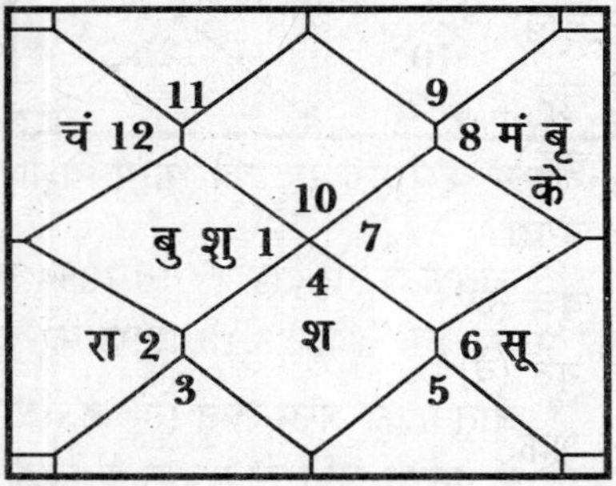

जन्म के समय राहु की भोग्य विंशोत्तरी महादशा - 1 व. 9 मा. 18 दि.

जातक का जन्म लग्न कर्क तथा नवांश लग्न मकर है। पंचमेश मंगल अष्टम भाव में कुंभ राशिगत है तथा स्वनक्षत्र धनिष्ठा में स्थित है और मंगल स्वनवांश वृश्चिक में स्थित है। द्वितीय भाव में शनि सिंह राशिगत है जो अष्टमस्थ मंगल के साथ विनिमय दृष्टि सम्बन्ध स्थापित कर रहा है। पंचमेश मंगल का अष्टम भाव मे इस प्रकार से स्थित होना कन्या संतति के जन्म के ही योग की संरचना कर रहा है।

उल्लेखनीय है कि नवमेश और संतानकारक बृहस्पति षष्ठ भाव में धनु राशिगत है। शुक्र के नवांश पूर्वाषाढ़ में स्थित है तथा स्त्री नवांश वृश्चिक में स्थान प्राप्त कर रहा है। आत्मकारक ग्रह सूर्य, जो स्त्री राशि मकर में स्थित है, वह कन्या नवांशगत है। लग्नेश चन्द्रमा भी मीन नवांश में स्थित है। चन्द्रमा और सूर्य नवांश चक्र में विनिमय दृष्टि सम्बन्ध स्थापित कर रहे हैं। यहाँ पर आत्मकारक ग्रह सूर्य शनि की राशि मकर में बुध के नवांश कन्या में तथा मंगल के नक्षत्र धनिष्ठा में

सप्तम भाव में स्थित हैं। चन्द्रमा और सूर्य दोनों 6 और 12 संख्या का नवांश प्राप्त कर रहे है। दोनों ही 3 के गुणक हैं इसलिए जातक के 3, 6, 9 अथवा 12 संतानें होनी चाहिए। जातक के 6 पुत्रियाँ हैं।

उदाहरण सं.-5.75

जन्मांग सं.-215

जन्म दिनांक : 28.01.1967 जन्म समय : 21:20:00 घंटे
जन्म स्थान : मेरठ अक्षांश 29:00:00 रेखांश 77:42:00
चित्रपक्षीय अयनांश : 23:23:39 साम्पातिक काल : 5:29:41 घंटे

ग्रह	अंश	राशि	नक्षत्र	पद	षड्बल
लग्न	29:56:59	सिंह	उ.फा.	1	—
सूर्य	14:38:26	मकर	श्रवण	2	0.7
चंद्र	17:11:24	सिंह	पू.फा.	2	1.32
मंगल	2:09:19	तुला	चित्रा	3	0.99
बुध (अ)	21:58:50	मकर	श्रवण	4	0.83
गुरु (व)	4:56:22	कर्क	पुष्य	1	1.23
शुक्र	3:56:58	कुंभ	धनिष्ठा	4	1.18
शनि	2:49:08	मीन	पू.भा.	4	1.37
राहु (व)	18:20:56	मेष	भरणी	2	—
केतु (व)	18:20:56	तुला	स्वाति	4	—

जन्मांग चक्र

नवमांश चक्र

जन्म के समय शुक्र की भोग्य विंशोत्तरी महादशा - 14 व. 2 मा. 17 दि.

वरिष्ठ प्रशासनिक अधिकारी की पत्नी विवाह से पूर्व अपने अविश्वसनीय अद्‌भुत ललाम सौन्दर्य, रक्ताभ वर्ण, निर्मल और सुडौल तन तथा अंग-प्रत्यंग हेतु बहुचर्चित थी। जातिका ने भारतवर्ष से लेकर विदेशों तक शिक्षा ग्रहण की तथा शिक्षा के क्षेत्र में अनेक कीर्तिमान स्थापित किए। 5 फुट 8 इंज लम्बे कद की, इस सर्वांग सुन्दरी हेतु दर्जनों प्रशासनिक अधिकारियों, अभियन्ताओं तथा चिकित्सकों से विवाह प्रस्ताव आये।

जातिका के पिता मुख्य अभियन्ता थे। उनकी आकांक्षा थी कि वह अपनी रूपवती पुत्री का विवाह ऐसे युवक के साथ करें, जो भारतीय प्रशासनिक सेवारत हो तथा साथ ही साथ उतना ही रूपवान भी हो। उन्होंने अपनी पुत्री तथा वर के विवाह हेतु उनके जन्मांगों के मिलान की आवश्यकता को किंचित भी महत्त्व न दिया तथा उसका विवाह 07.05.1990 को एक रूपवान प्रशासनिक अधिकारी के साथ सम्पन्न कर दिया। जातिका का वैवाहिक जीवन अनेक विषमताओं से आक्रांत है। जातिका के प्रथम पुत्री का जन्म 19.11.1991 को तथा दूसरी पुत्री का जन्म 22.12.1997 को हुआ।

जातिका का जन्म सिंह लग्न में हुआ है तथा लग्न में ही चन्द्रमा स्थित है। पंचमेश बृहस्पति द्वादश भाव में कर्क राशिगत है, जो कन्या संतति का स्पष्ट संकेत कर रहा है। यहाँ पर बृहस्पति वक्री होकर पुष्य नक्षत्रगत है, जिसका स्वामी शनि मीन राशिस्थ है तथा कर्क नवांशस्थ है। आत्मकारक ग्रह मंगल शुक्र की राशि तुला में, तृतीय भाव में, स्वनक्षत्र चित्रा में, वर्गोत्तम नवांश प्राप्त कर रहा है। यहाँ पर मंगल भी स्त्री ग्रह शुक्र की राशि तथा नवांश में स्थित है और वह योगकारक भी है, इसलिए जातिका में अद्‌भुत पराक्रम तो है ही, साथ ही साथ पंचमेश बृहस्पति द्वारा परिलक्षित कन्या संतति जन्म की संपुष्टि भी कर रहा है। लग्नेश सूर्य मकर राशि में षष्ठ भावगत है तथा वृष नवांश प्राप्त कर रहा है तथा चन्द्रमा के नक्षत्र श्रवण में स्थित है इसलिए दो कन्याओं के जन्म की पुष्टि हो रही है। नवांश कुण्डली में भी पंचमेश बृहस्पति का विस्थापक ग्रह चन्द्रमा, जो लग्नस्थ है, वह कन्या नवांश प्राप्त कर रहा है जो कन्या संतति के जन्म का योग निर्मित कर रहा है।

उदाहरण सं.-5.76 देखें जन्मांग सं.-177

जातक अधीक्षण अभियन्ता के पद पर कार्यरत है। जातक के दो अतिसुन्दर पुत्रियां हैं और दोनों ही विवाहित हैं। दो पुत्रियों के जन्म के पश्चात् एक पुत्र की आकांक्षा होने पर जातक की पत्नी ने संपूर्ण तन्मयता के साथ पुत्र प्राप्त हेतु मंत्र

जप किया। फलतः एक पुत्र का भी जन्म हुआ। इस तरह से जातक ने दो पुत्रियों और एक पुत्र के पिता बनने का गौरव प्राप्त किया। जातक का जन्म धनु लग्न में हुआ है। पंचमेश मंगल द्वादशभाव में वृश्चिक राशिगत है और नवमभाव में शुक्र और बुध सिंह राशि में संस्थित हैं और बृहस्पति द्वारा दृष्ट हैं। उल्लेखनीय है कि बुध और संतानकारक बृहस्पति वृश्चिक नवांशगत हैं। बुध आत्मकारक ग्रह है और सिंह राशिगत होकर वृश्चिक नवांश प्राप्त कर रहा है। इसके अतिरिक्त बुध वक्री होकर अस्त है और शुक्र के नक्षत्र पू0फां0 में संस्थित है, जो कन्याओं के जन्म का संकेत कर रहा है। बृहस्पति, शुक्र और बुध पुरुष राशियों में स्थित हैं जिनमें से शुक्र और बुध नवम भावगत हैं। दोनों ही ग्रह वक्री हैं और शुक्र के नक्षत्र पू0फा0 में स्थित हैं। इसलिए भी अधिक पुत्रियों के जन्म का संकेत प्राप्त हो रहा है। बृहस्पति पुरुष राशि कुम्भ व पुरुष नवांश धनु में स्थित है, इसलिए एक पुत्र का भी योग है।

उदाहरण सं.-5.77 जन्मांग सं.-217

जन्म दिनांक : 06.10.1930 जन्म समय : 19:46:00 घंटे
जन्म स्थान : दिल्ली अक्षांश 28:39:00 रेखांश 77:13:00
चित्रपक्षीय अयनांश : 22:53:16 साम्पातिक काल : 20:22:56 घंटे

ग्रह	अंश	राशि	नक्षत्र	पद	षड्बल
लग्न	25:02:06	मेष	भरणी	4	—
सूर्य	19:42:43	कन्या	हस्त	3	1.01
चंद्र	6:17:48	मीन	उ.भा.	1	1.41
मंगल	0:00:20	कर्क	पुनर्वसु	4	0.95
बुध	1:49:59	कन्या	उ.फा.	2	1.11
गुरु	25:56:54	मिथुन	पुनर्वसु	2	1.22
शुक्र	3:21:54	वृश्चिक	अनुराधा	1	1.02
शनि	12:56:44	धनु	मूल	4	1.02
राहु (व)	0:51:08	मेष	अश्विनी	1	—
केतु (व/अ)	0:51:08	तुला	चित्रा	3	—

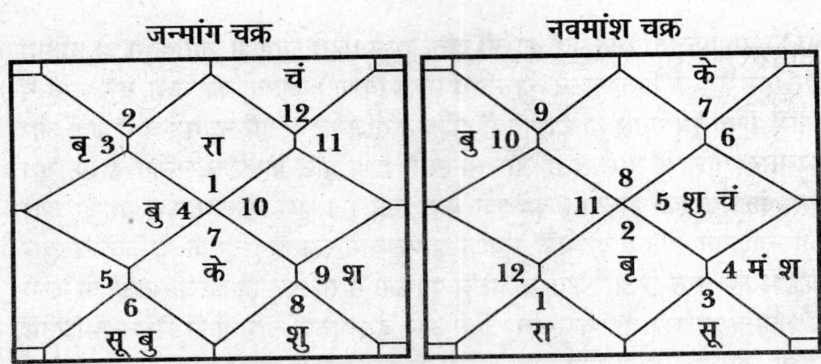

जन्म के समय शनि की भोग्य विंशोत्तरी महादशा - 14 व. 9 मा. 9 दि.

जातक का जन्म मेष लग्न और वृश्चिक नवांश में हुआ है। पंचमेश सूर्य षष्ठ भाव में कन्या राशि षष्ठेश बुध से संयुक्त है। नवमेश बृहस्पति तृतीयभाव में मिथुन राशिगत है और शनि नवमभाव में धनुराशिस्थ है। बृहस्पति व शनि के मध्य विनिमय दृष्टि सम्बन्ध स्थापित हो रहा है, जबकि शनि, षष्ठभावगत पंचमेश सूर्य पर दृष्टिनिक्षेप कर रहा है। सूर्य व चंद्रमा भी एक दूसरे से समसप्तक हैं तथा चंद्रमा उत्तराभाद्रपद नक्षत्रगत है और सिंह राशि का नवांश प्राप्त कर रहा है। पंचमेश सूर्य चंद्रमा के नक्षत्र हस्त में स्थित है और मिथुन नवांशस्थ है। नवमस्थ शनि तथा लग्नेश मंगल दोनों की कर्क नवांश प्राप्त कर रहे हैं। जातक के चार पुत्रियाँ हैं। बृहस्पति आत्मकारक ग्रह है, जो स्वनक्षत्र पुनर्वसु में स्थित होकर वृष नवांशगत है। यह भी कन्याओं का जन्म प्रदर्शित कर रहा है। यहां पर बृहस्पति यदि दो कन्याओं के जन्म का संकेत कर रहा है, तो सूर्य छः कन्याओं का और नवमस्थ शनि चार कन्याओं का। इस जन्मांग में सर्वाधिक प्रबलग्रह चंद्रमा है और यह पांच कन्याओं का संकेत कर रहा है। यह निर्णय करना एक दुःसाध्य प्रक्रिया है कि पंचमेश, नवमेश, संतानकारक पंचमभावस्थ या नवमभावस्थ ग्रह में से किस ग्रह की स्थिति के अनुसार पुत्रियों की संख्या का संज्ञान प्राप्त होगा। ज्ञातव्य है कि लग्नेश मंगल वर्गोत्तम नवांशगत है और नवमस्थ शनि भी कर्क नवांशस्थ है। अतः लग्नेश मंगल व दशमेश शनि दोनों ही चार संतानों का योग संयुक्त रूप से परिलक्षित कर रहे हैं और ये चारों संतानें कन्या होंगी, यह भी स्पष्ट है। यहां यह उल्लेख करना भी उपयुक्त होगा कि चंद्रमा यहां सर्वाधिक बली है और सिंह राशि का नवांश प्राप्त कर रहा है। चंद्रमा स्त्रीकारक है और स्त्री राशि मीन में संस्थित है। जातक के यहां एक पुत्र का भी जन्म हुआ था परन्तु वह जीवित नहीं रहा। मंगल व शनि संयुक्त रूप से चार कन्या संतति ही प्रदर्शित कर रहे हैं।

उदाहरण सं.-5.78 **जन्मांग सं.-217**

जन्म दिनांक : 25.06.1931 जन्म समय : 07:04:00 घंटे

जन्म स्थान : इलाहाबाद अक्षांश 25:27:00 रेखांश 81:50:00

चित्रपक्षीय अयनांश : 22:53:57 साम्पातिक काल : 1:10:17 घंटे

ग्रह	अंश	राशि	नक्षत्र	पद	षड्बल
लग्न	3:09:54	कर्क	पुनर्वसु	4	—
सूर्य	9:38:52	मिथुन	आर्द्रा	1	1.55
चंद्र	6:30:24	तुला	चित्रा	4	1.1
मंगल	14:59:07	सिंह	पू.फा.	1	1.36
बुध (अ)	3:49:32	मिथुन	मृगशिरा	4	1.14
गुरु	2:13:58	कर्क	पुनर्वसु	4	1.5
शुक्र	19:21:12	वृष	रोहिणी	3	1.37
शनि(व)	28:22:32	धनु	उ.षा.	1	1.14
राहु (व)	17:57:10	मीन	रेवती	1	—
केतु (व)	17:57:10	कन्या	हस्त	3	—

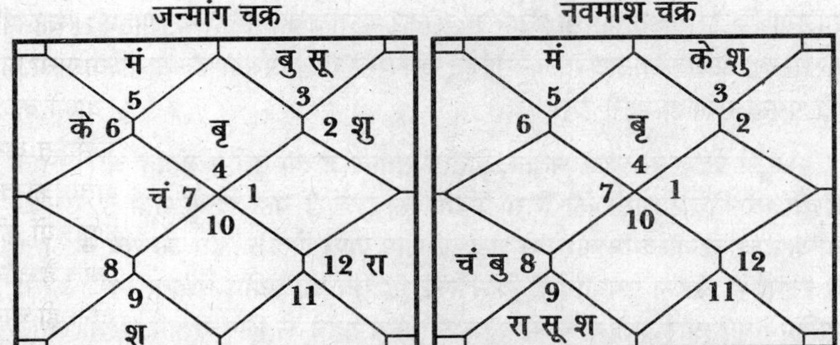

जन्म के समय मंगल की भोग्य विंशोत्तरी महादशा - 0 व. 1 मा. 0 दि.

जातक का विवाह 17-02-1991 को हुआ तथा विवाहोपरांत दो पुत्रियों का जन्म हुआ। जातक का जन्म सिंह लग्न और मेष नवांश में हुआ है। पंचमेश बृहस्पति मकर राशिगत होकर षष्ठभाव में चंद्रमा व शनि से संयुक्त है, जो पुत्रियों

के जन्म की ओर स्पष्ट संकेत कर रहा है। यहाँ आत्मकारक ग्रह मंगल है जो शुक्र की राशि तुला में स्थित है और मीन नवांश प्राप्त कर रहा है। मंगल और शनि के मध्य विनिमय दृष्टि सम्बन्ध स्थापित हो रहा है। मंगल नवमेश है और बृहस्पति पंचमेश है। उल्लेखनीय है कि शनि और मंगल द्वारा बृहस्पति पापाक्रान्त है व नीच राशिगत भी है। इसलिए कन्याओं के जन्म का ही योग का संकेत प्राप्त हो रहा है। यहॉ यह लिखना उपयुक्त है कि यदि पंचमेश त्रिकभावगत हो और पापाक्रान्त हो, अस्त हो तो पुत्रियों का जन्म ही परिलक्षित होता है। सर्वप्रथम पंचमभाव, पंचमेश, नवमभाव, नवमेश, लग्न, लग्नेश, संतानकारक बृहस्पति तथा आत्मकारक ग्रह का सम्यक रूप से विश्लेषण करना चाहिए। यदि पंचमभाव पूर्णतः बली हो, और सम्बन्धित ग्रह त्रिक भावगत हों, तथा स्त्री राशियों में न भी हों तो भी पुत्रियों के जन्म की सम्भावना में वृद्धि होती है।

कन्या जन्म से सम्बन्धित अनेक ग्रहयोगों की व्याख्या शास्त्र सन्दर्भित सूत्रों तथा व्यावहारिक जन्मांगों के आधार पर करने की चेष्टा यहाँ की गई है। एक सूत्र भी ऐसा नहीं है जिसका उपयोग यथावत किया जा सके। उदाहरण के लिए पंचमभावगत चंद्रमा कभी पुत्रों के जन्म का कारण बनता है, तो कभी पुत्रियों के जन्म की संसिद्धि होती है। इसलिए पंचमभावगत ग्रह के आधार पर पुत्र अथवा पुत्री के जन्म का भविष्य कथन करने से पूर्व, अन्य ग्रह स्थितियों पर विचार कर लेना चाहिए। ज्ञातव्य है कि 2, 5, 6 तथा 8 अल्पसुत राशियां हैं। 3, 5 तथा 6 वन्ध्या राशियां हैं। इस तथ्य को भी ध्यान में रखकर भविष्य कथन करना चाहिए। संतान संख्या की अधिकता अथवा न्यूनता हेतु अल्पसुत राशि अथवा वन्ध्याराशिगत ग्रहों की प्रमुख भूमिका होती है।

इसी प्रकार से प्रथम संतान, द्वितीय संतान अथवा तृतीय संतान और संतान संख्या पर विचार करने की जिस प्रविधि का उल्लेख यहां किया गया है, उसका व्यावहारिक क्रियान्वयन करने से शुद्ध परिणाम प्राप्त होते हैं। इस अध्याय के अन्त में इतना ही कहना उपयुक्त है कि किसी भी सूत्र का प्रयोग यथावत नहीं करना चाहिए। पुत्र और पुत्री के जन्म का ज्ञान प्राप्त करने के लिए संतान संख्या आदि जानने के लिए पति और पत्नी दोनों के जन्मांगों का संकुलित अध्ययन आवश्यक है। यदि पुरुष के जन्मांग में कन्या के जन्म का योग हैं और पत्नी के जन्मांग में पुत्र के जन्म का योग है तो दोनों ग्रहयोगों की तुलना करनी चाहिए कि किस जन्मांग में प्रबल योग है। यदि पत्नी के जन्मांग में पुत्र सुख का योग प्रबल है तो पुत्र का ही जन्म समझना चाहिए और यदि पुरुष के जन्मांग में कन्या के जन्म का योग

अपेक्षाकृत अधिक प्रबल है तो कन्या का ही जन्म होता है। इन सभी विषयों पर विचार करने से पूर्व जन्मांगों का सम्यक् विश्लेषण, पंचमेश और पंचमस्थ ग्रहों के साथ-साथ नवमेश और नवमस्थ ग्रह तथा लग्नेश और लग्नस्थ ग्रहों पर भी गंभीरता के साथ विचार करना चाहिए। संतानकारक बृहस्पति, आत्मकारक ग्रह की भी महत्वपूर्ण भूमिका होती है। यदि बृहस्पति अत्यधिक प्रबल है तो बृहस्पति से पंचमभाव का भी विचार करना चाहिए, ताकि पुत्र अथवा पुत्री के जन्म का सभी प्रतिफल प्राप्त किया जा सके तथा संतान संबंधी भविष्य कथन में किसी प्रकार की त्रुटि की संभावना न रहे।

5.10 संतान का त्याग

माता अपनी संतान का त्याग प्रायः एक ही स्थिति में करती है कि जब संतान अनैतिक हो, अथवा अवैध हो। संतान का त्याग करते समय माता की व्याकुलता का आकलन कर पाना संभव नहीं है। एक स्थिति और भी है जब माता दूसरा विवाह करने के लिए या विवाह करने के उपरान्त, अपनी पूर्व संतान का त्याग कर देती है। माता से त्यक्त बालकों के जन्मांग में कुछ विशेष ग्रहयोगों का उल्लेख हमारे ऋषि-महर्षियों ने ज्योतिष सम्बन्धी ग्रन्थों में किया है। यदि इस प्रकार की ग्रह स्थितियां जन्मांग में विद्यमान हों, तो यह जान लेना चाहिए कि संतान की माता उसे सम्बन्धित दशा, अन्तर्दशा के अन्तर्गत किसी न किसी कारण से त्याग कर देगी।

यदि मंगल व शनि त्रिकोणगत हों तथा चंद्रमा सप्तमभावस्थ हो तो माता अपने शिशु का त्याग कर देती है। इसी प्रकार से अनेक ग्रहयोगों का उल्लेख यहाँ प्रस्तुत है। जो जातकपारिजात, सारावली, स्कन्दहोरा, शम्भुहोराप्रकाश, त्रिफला जातक सारदीप आदि में उल्लिखित हैं। इनमें से कुछ योगों के उदाहरण प्रस्तुत करना भी उपयुक्त है।

आरार्कजयोस्त्रिकोणगे चन्द्रेऽस्ते च विसृज्यतेऽम्बया।
दृष्टेऽमरराजमन्त्रिणा दीर्घायुः सुखभाक् च सत्कृतः।।

(जातक पारिजात, अध्याय-3/श्लोक 67)

शनि और मंगल से त्रिकोण नवम और पंचम स्थान में अथवा सप्तमस्थान में चन्द्रमा हो तो माता उस शिशु का त्याग कर देती है और उस चन्द्रमा के ऊपर बृहस्पति की दृष्टि हो तो वह बालक दीर्घायु, सुखी और पुण्यवान होता है।

कुजसौरयोस्त्रिकोणे चन्द्रेऽस्तगते वियुज्यते मात्रा।
दृष्टे सुरेन्द्रगुरुणा सुखान्वितो दीर्घजीवी च।।

(सारावली)

मंगल और शनि त्रिकोण (5/9) में और चन्द्रमा सप्तमभाव में हो तो जातक को माता परित्याग कर देती है। यदि बृहस्पति की दृष्टि हो तो त्यक्त होकर भी सुखी और चिरंजीवी होता है।

पापेक्षिते तुहिनगावुदये कुजेऽस्ते-
त्यक्तो विनश्यति कुजार्कजयोस्तथाऽऽये।
सौम्येऽपि पश्यति तथाविधहस्तमेति-
सौम्येतरेषु परहस्तगतोऽप्यनायुः।।

(जातक पारिजात/अध्याय-2/श्लोक 68)

1. चन्द्रमा लग्न में होकर उस पर पापग्रह की दृष्टि हो और मंगल सप्तमस्थान में हो तो माता के त्याग कर देने के कारण से उस शिशु की मृत्यु होती है।
2. मंगल शनि एकादशभाव में हों तो भी इसी प्रकार का योग बनता है।
3. उस चन्द्रमा पर यदि किसी शुभग्रह की दृष्टि हो तो उस शुभग्रह के धर्म के अनुसार दर्शाये हुए पुरुष के द्वारा उस शिशु का पालन-पोषण होता है।
4. उक्त योग में यदि कोई दूसरे पापग्रह की दृष्टि लग्न पर हो तो माता के त्याग देने पर दुष्ट व्यक्तियों के संरक्षण में उस शिशु की मृत्यु हो जाती है।
5. ऐसे बालक का पालन-पोषण अन्य लोगों के द्वारा होने पर भी वह शिशु अल्पायु होता है।

म्रियते पापैर्दृष्टे शशिनि विलग्ने कुजेऽस्तगे त्यक्तः।
लग्नात् स्वलाभगतयोर्वसुधासुतमन्दयोरेवम्।।

पश्यति सौम्यो बलवान यादृग्गृह्णाति तादृशो जातम्।
शुभपापग्रहदृष्टे परैर्गृहीतोऽथवा म्रियते।।

(स्कन्दहोरा/श्लोक 38-39)

लग्न में चन्द्रमा और सप्तम में मंगल यदि पापग्रह से दृष्ट हो, अथवा लग्न से 10, 11 भाव में मंगल, शनि हो तो त्यक्त शिशु की मृत्यु होती है। इन दोनों योगों

में बलवान शुभग्रह की दृष्टि हो तो जिस प्रकार के पितृ-मातृ संज्ञादि शुभग्रह हों उस प्रकार के सम्बन्धी पुरुष या स्त्री के सम्पर्क में वह शिशु जाता है। यदि शुभ और पाप दोनों की दृष्टि हो तो पर के हाथ जाने पर वह मर जाता है।

पापदृष्टे चंद्रगेऽस्ते भौमे मातृत्यक्तो विनश्यति।।19।।
पापदृष्टेऽङ्गे चन्द्रे मंदारौ लाभे मातृत्यक्तो विनश्यति।।20।।

पापग्रह से देखा हुआ चन्द्रमा लग्न में हो और साथ में मंगल हो तो माता के छोड़ देने से उसकी मृत्यु हो जाती है। पापग्रह से देखा हुआ चन्द्रमा लग्न में हो, शनि-मंगल दोनों एकादशस्थान में स्थित हों तो माता के त्याग देने के कारण उसकी मृत्यु हो जाती है।

एकांशस्थितयोर्वा यमारयोस्त्यज्यतेऽथवा मात्रा।
लग्नात् सप्तमभवने भौमे शनिवीक्षिते नियतम्।।

यादृक्पश्यति सौम्यस्तत्तुल्यगुणं सुतः समाधत्ते।
पितृजननीसादृश्यं रवेः शशाङ्कस्य बलयोगात्।।

(सारावली/अध्याय-9/श्लोक 40-41)

शनि और मंगल एक अंश हो तो माता से त्यक्त होता है। अथवा लग्न में सप्तम में मंगल हो, उसे शनि दृष्टिनिक्षेप करता हो तो निश्चय माता से त्यक्त होता है। जिस शुभग्रह की दृष्टि हो उस शुभग्रह के गुण त्यक्त जातक में होते हैं; सूर्य बलवान हो तो पिता के सदृश तथा चन्द्रमा बलवान हो तो माता के सदृश स्वभाव होता है।

मन्दाराभ्यामस्तगे वा त्रिकोणे शुभ्रांशौ चेत्त्यज्यतेऽसौ जनन्या।
दीर्घायुः स्याज्जीवदृष्टे सुखाढ्यः पापैर्दृष्टे संयुते वाप्यनायुः।।

(शम्भुहोराप्रकाश/अध्याय-5/श्लोक 47)

चंद्रमा शनि मंगल से सप्तम वा त्रिकोण 5/9 भाव में हो तो वह शिशु माता द्वारा त्याग दिया जाता है। उस पर बृहस्पति की दृष्टि हो तो त्यागा हुआ शिशु दीर्घायु एवं सुखयुक्त होता है। यदि पापग्रहों से युक्त व दृष्ट हो तो त्यक्त शिशु की मृत्यु हो जाती है।

पापैर्दृष्टे शशिनि तनुगे सप्तमस्थे महीजे
त्यक्तो नश्येद्रविजकुजयोर्लग्नलाभास्तगे वा।
सौम्यैर्दृष्टे शशिनि यदि वा तत्समानस्य हस्ते
याति क्रूरैर्जननसमयेऽप्यन्यहस्ते गतायुः।।

(शम्भुहोराप्रकाश/अध्याय-5/श्लोक 48)

पापदृष्ट चन्द्रमा लग्न में, मंगल सप्तम में हो अथवा शनि और मंगल से 1/11/7 भावों में से किसी में हो तो शिशु त्यक्त होकर जीवित नहीं रहता है। यदि चन्द्रमा पर शुभग्रह की दृष्टि हो तो जिस ग्रह की दृष्टि है उसके समान जातकवाले मनुष्य के संरक्षण में शिशु जाता है, यदि पापदृष्टि हो तो अन्य के संरक्षण में भी जाकर उसकी मृत्यु हो जाती है।

एकस्थाक्र्यारयोः काणेऽस्तेर्के चाब्जेत्यज्यतेंबया।
जीवेक्ष्येऽन्यकरस्थोऽपि जीवेन्नार्कारवीक्षिते।।

(त्रिफला/अध्याय-2/श्लोक 20)

इसमें दो योग बताये गये हैं-

1. यदि मंगल और शनि दोनों एक स्थान में हों और उस स्थान से चन्द्रमा पंचम, सप्तम या नवम स्थान में हो तो शिशु को माता छोड़ देती है अर्थात् माता ऐसे शिशु का परित्याग कर देती है।
2. यदि उपर्युक्त योग एक में चन्द्रमा को बृहस्पति दृष्टिनिक्षेप करता हो तो शिशु दीर्घायु और सुखी होता है किन्तु यदि सूर्य और मंगल चन्द्रमा को दृष्टिनिक्षेप करें तो शिशु जीवित नहीं रहता है।

यदि बलवान बृहस्पति चन्द्रमा को दृष्टिनिक्षेप करे तो जातक दीर्घायु होता है। मध्यबली बृहस्पति चन्द्रमा को दृष्टिनिक्षेप करे तो राजत्व लक्षणयुक्त होता है। बलहीन भी बृहस्पति चन्द्रमा को दृष्टिनिक्षेप करे तो भाग्योदयकारक है।

लग्नेब्जेऽर्केण मन्देन वा दृष्टेऽस्ते कुजे मृतिः।
योगेऽस्तायगयो राक्र्यारयोस्त्यक्तो विनश्यति।।

(त्रिफला/अध्याय-2/श्लोक 21)

इसमें दो योग बताये गए हैं-

1. सूर्य और शनि लग्न में स्थित होकर चन्द्रमा को दृष्टिनिक्षेप करें और लग्न

से सप्तम मंगल हो तो शिशु अपनी माता से त्यक्त होता है और फिर स्वयं मृत्यु को प्राप्त होता है।

2. यदि लग्नगत चन्द्रमा पापग्रह से वीक्षित हो और मंगल तथा शनि एकादश में हों तो भी वही फल होगा जो योग एक के ऊपर दिया है।

यद्वर्णेश शुभेक्ष्येऽजे जीवेत् तद्वर्णहस्तगः।
वेष्टेन चार्किणा दृष्टे नश्येत् तत्करतः स च।।

(त्रिफला/अध्याय-2/श्लोक 22)

इसमें तीन योग बताये गए हैं-

1. ऊपर, जहां पापदृष्ट चन्द्रमा होने के कारण शिशु अपनी माता के द्वारा परित्याग किया जाये, योग बताये गए हैं, उनमें यदि शुभग्रह-बुध, बृहस्पति या शुक्र चन्द्रमा को दृष्टिनिक्षेप करें, यदि बुध दृष्टिनिक्षेप करे तो वैश्य के साथ (किसी-किसी के मत से शूद्र के हाथ) बृहस्पति या शुक्र दृष्टिनिक्षेप करें तो ब्राह्मण के साथ शिशु (परित्यक्त शिशु) रहता है और जीवित रहता है।

2. यदि चन्द्रमा को सूर्य या मंगल दृष्टिनिक्षेप करे तो क्षत्रिय के सम्पर्क में शिशु रहे या शनि दृष्टिनिक्षेप करे तो शूद्र या पंचमवर्ण शूद्र से नीची जातियों के साथ शिशु रहे। किन्तु इस योग 2 में क्रूर ग्रह-दृष्ट चन्द्रमा होने के कारण शिशु जीवित नहीं रहता है।

सारावली में कहा गया है-

म्रियते च पापदृष्टे शशिनि विलग्ने कुजेऽस्तगे त्यक्तः।
लग्नाच्च लाभगतयोर्वसुधासुतमन्दयोरेवम्।।

पश्यति सौम्यो जातं यादृग्गृह्णाति तादृशो जातम्।
शुभपापग्रहदृष्टे परै र्भृतितोऽपि स म्रियते।।

सर्वेष्वेतेषु यदा योगेषु शशी सुरेड्यसन्दृष्टः।
भवति तदा दीर्घायु र्हस्तगतः सर्ववर्णेषु।।

अर्थात् चन्द्रमा पाप-दृष्ट लग्न में हो तथा सप्तम में मंगल हो तो शिशु का अपनी माता द्वारा परित्याग कर दिया जाता है। यदि लग्न से एकादश में मंगल-शनि हों तब भी ऐसा ही होता है। जैसा शुभग्रह चन्द्रमा को दृष्टिनिक्षेप करे, उसी शुभग्रह

के वर्ण, कुल, व्यवसाय वाले व्यक्ति के हाथ अनुसार शिशु अन्य व्यक्ति के सम्पर्क में जाता है। यदि शुभ और पाप-दोनों प्रकार के ग्रह चन्द्रमा को दृष्टिनिक्षेप करें तो अन्य व्यक्ति के सम्पर्क में पहुंचकर भी कुछ समय बाद जातक की मृत्यु हो जाती है। किन्तु यदि इन योगों में बृहस्पति चन्द्रमा को दृष्टिनिक्षेप करे तो जातक दीर्घायु होता है।

3. यदि चन्द्रमा लग्नगत हो और उसे शुभग्रह तथा शनि दोनों दृष्टिनिक्षेप करें तो अन्य व्यक्ति के सम्पर्क में जाने से शिशु की मृत्यु हो जाती है।

एकांशकस्थौ यमभूमिजौचेत् मात्रा परित्यज्यत एवजातः।
सोमःस्मरे वक्रयमत्रिकोणे त्यक्तोऽम्बया जीवति जीवदृष्ट।।

प्रियते पापैर्दृष्टे शशिनि विलग्ने कुजेऽस्तगोत्यक्तः।
लग्नास्त लाभगतयो वसुधासुतन्दयोरेवम्।।

(जा.सा. (2)/अध्याय-28/श्लोक 41-42)

शनि व मंगल एक ही नवांश में हों तो माता द्वारा शिशु का परित्याग कर दिया जाता है।सप्तम में चन्द्रमा, त्रिकोण में मंगल, शनि हो तो भी माता द्वारा त्याग दिया जाता है। यदि बृहस्पति की दृष्टि चन्द्रमा पर हो तो त्याग के बाद भी शिशु जीवित रहता है।

लग्नगत शनि को पापग्रह दृष्टिनिक्षेप करे, सप्तम में मंगल हो तो भी त्यक्त होता है। 1/7/11 में मंगल शनि हों तो भी माता द्वारा त्याग दिया जाता है।

उपरोक्त सूत्रों के आधार पर कुछ व्यावहारिक जन्मांग, उदाहरण के रूप में यहां प्रस्तुत किये जा रहे हैं। इन ग्रहयोगों का अध्ययन और विश्लेषण करने के पश्चात् अग्रांकित जन्मांगों में यह स्पष्ट रूप से दृष्टिगत होता है कि इस बालक का त्याग इसके माता और पिता कर देंगे। माता के जन्मांग से भी संतान के त्याग करने का संज्ञान सुगमता से ही प्राप्त हो जाता है और इसी तरह पिता जब अपनी संतान की उपेक्षा करके या संतान की उत्पत्ति के प्रति संदेह करके उसका त्याग कर देता है तो भी उसके जन्मांग में ग्रहस्थिति, इस सत्य को सम्यक् रूप से परिलक्षित करती है।

उदाहरण सं.-5.79 देखें जन्मांग सं.-89

रक्ताभ रूप और यौवन की लावण्यता से युक्त इस कश्मीरी युवती ने अपनी प्रतिभा, योग्यता, विद्वता के आधार पर आई.ई.टी. कालेज, लखनऊ से इलेक्ट्रॉनिक्स में इंजीनिरिंग की शिक्षा ग्रहण करने के पश्चात् 27-04-1992 को मात्र

21 वर्ष की अवस्था में एक अन्य प्रतिष्ठित कश्मीरी परिवार के धनाढ्य युवक से विवाह कर लिया, जिसके परिणामस्वरूप 01-07-1993 को पुत्र का जन्म हुआ। जातिका प्रसवपीड़ा से कराह रही थी और बार-बार अपने पति के आने हेतु आग्रह कर रही थी, परन्तु पति प्रसव के समय या प्रसव के पश्चात् इस बालक को देखने के लिए तब नहीं, और कभी भी नहीं आया। अन्ततः जातिका को पति के साथ सम्बन्ध-विच्छेद की अप्रत्याशित कड़वाहट को कण्ठ के नीचे ढकेलने के लिए विवश होना पड़ा।

जातिका के जन्मांग में दोनों त्रिकोणों में मंगल व शनि स्थित हैं परन्तु संतानकारक बृहस्पति वक्री होकर पंचमेश शनि पर दृष्टिनिक्षेप कर रहा है। सूर्य एवं शनि की नवमभाव में युति पिता द्वारा त्यक्त संतान का भी योग निर्मित कर रही है। चन्द्रमा शत्रुराशि मिथुन में स्थित है और नीच नवांशगत है तथा नवांश कुण्डली में शनि द्वारा दृष्ट है। जातिका के पिता ने अपनी पुत्री का दूसरा विवाह दिसम्बर 1999 में एक प्रतिभाशाली युवक के साथ सम्पन्न किया जो अमेरिका में साफ्टवेयर इंजीनियर है। इस रूपवती युवती ने अपने पुत्र का त्याग कर दिया था क्योंकि पति के साथ सम्बन्ध विच्छेद के उपरांत, वह नहीं चाहती थी कि कोई उसे विवाहिता समझे। इसी भ्रम में कि वह अविवाहित है, उसके ऊपर आकर्षित और मोहित होने वाले युवक ने उससे विवाह कर लिया। माता के अपनी संतान को त्याग देने का योग इस जन्मांग में विद्यमान है।

उदाहरण सं.-5.80 जन्मांग सं.-218

जन्म दिनांक : 28.06.1953 जन्म समय : 15:20:00 घंटे

जन्म स्थान : बरेली अक्षांश 28:20:00 रेखांश 79:24:00

चित्रपक्षीय अयनांश : 23:12:40 साम्पातिक काल : 9:32:23 घंटे

ग्रह	अंश	राशि	नक्षत्र	पद	षड्बल
लग्न	23:02:22	तुला	विशाखा	1	—
सूर्य	13:10:41	मिथुन	आर्द्रा	2	1.75
चंद्र	29:40:29	धनु	उ.षा.	1	1.23
मंगल(अ)	16:15:53	मिथुन	आर्द्रा	3	1.02
बुध	8:40:54	कर्क	पुष्य	2	1.11

गुरु	18:19:12	वृष	रोहिणी	3	1.25
शुक्र	27:36:37	मेष	कृत्तिका	1	1.53
शनि	27:21:31	कन्या	चित्रा	2	1.18
राहु (व)	10:06:54	मकर	श्रवण	1	—
केतु (व)	10:06:54	कर्क	पुष्य	3	—

जन्मांग चक्र

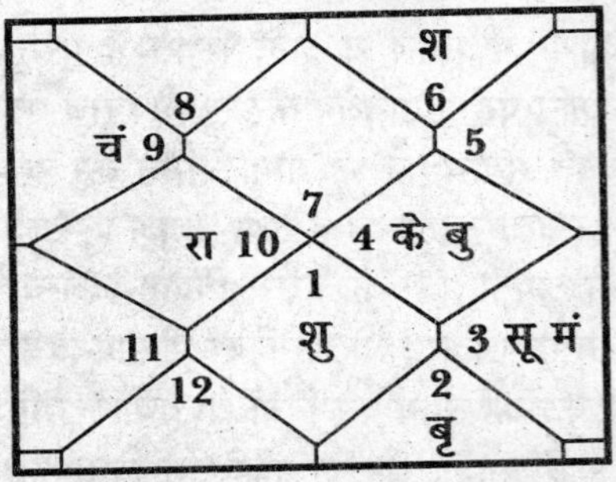

श 6 5 8 चं 9 7 रा 10 4 के बु 1 शु 11 12 3 सू मं 2 बृ

नवमांश चक्र

2 बृ 3 रा 12 11 मं 1 4 10 सू 7 के 5 9 चं शु 6 8 बु श

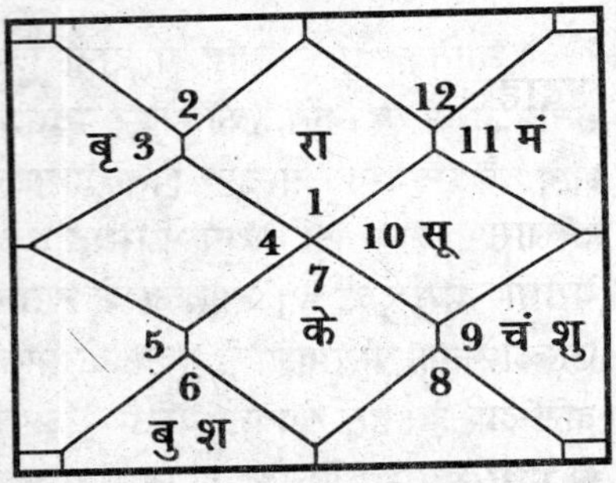

जन्म के समय सूर्य की भोग्य विंशोत्तरी महादशा - 4 व. 7 मा. 23 दि.

इस जातिका का विवाह 28-02-1971 को 18 वर्ष की अवस्था में सम्पन्न हुआ तथा 09-08-1973 को जातिका मातृत्व से अलंकृत हुई। जातिका के पति की आयु भी बहुत कम थी। पति-पत्नी दोनों ही अवयस्क थे। इसलिए दोनों में होने वाली कलह, मारपीट और अत्याचार जब शिखर पर पहुंच गया तो जातिका ने एक्स-पार्टी की सहायता से शीघ्र ही अपने पति के साथ सम्बन्ध विच्छेद कर लिया। जातिका सम्बन्ध विच्छेद के समय भी 21 वर्ष की ही थी। उससे प्रभावित होकर एक अन्य युवक ने उसके साथ दूसरा विवाह कर लिया। परन्तु उस स्थिति में जातिका को अपने पुत्र का त्याग करने हेतु विवश होना पड़ा।

इस जन्मांग में शनि, मंगल और चन्द्रमा एक-दूसरे से केन्द्रगत हैं। मंगल एवं शनि के मध्य परस्पर दृष्टि सम्बन्ध है। उल्लेखनीय है कि शनि संतानभाव का स्वामी होकर द्वादश भाव में स्थित है और द्वितीयेश व सप्तमेश मंगल द्वारा दृष्ट है। शनि व मंगल दोनों ही बुध की राशि कन्या और मिथुन में स्थित हैं। संतानकारक बृहस्पति भी मिथुन नवांश में स्थित है तथा जन्मचक्र में लग्न से अष्टमस्थ और चन्द्रमा से षष्ठगत होकर शत्रु राशि वृष में स्थित है। चन्द्रमा से सप्तमभाव में सूर्य

व मंगल स्थित हैं और दोनों ही ग्रह शनि द्वारा दृष्ट हैं और यह योग लग्न से त्रिकोण में निर्मित हो रहा है। इन्हीं ग्रह स्थितियों के कारण जातिका अपने पुत्र का त्याग करने हेतु विवश हुई। इस ग्रहयोग पर बृहस्पति की दृष्टि है, इसलिए जातिका के त्यक्त पुत्र ने भले ही अपना प्रारम्भिक जीवन फुटपाथ तथा रेलवे स्टेशन पर व्यतीत करते हुए, युवावस्था में पदार्पण किया हो परन्तु सम्प्रति लाखों रुपये प्रतिमाह अर्जित करने के कारण अपने माता-पिता से कहीं अधिक समृद्ध है। इस त्यक्त पुत्र ने स्वयं ही प्रेम विवाह किया जिसमें उसके माता-पिता में से कोई भी सम्मिलित नहीं था।

उदाहरण सं.-5.81 **देखें जन्मांग सं.-82**

इस बालक के जन्म के पश्चात् इसका लालन-पालन अत्यन्त उत्साह और उल्लासपूर्वक किया गया। चांदी की थाली, सोने के गिलास और कटोरी में इसे खाना परोसा जाता और इसके साथ इसकी किंचित् भी उपेक्षा होती तो जातक के पिता उसकी माता के साथ आक्रोशपूर्ण व्यवहार करते। इसी लालनपालन, प्यार-दुलार और दास-दासियों के सुख ने जातक की पढ़ने में अरुचि उत्पन्न कर दी। किसी तरह से हाईस्कूल उत्तीर्ण किया और उसके बाद पढ़ाई को पूर्ण विराम लग गया। जातक के पिता का सहसा 22-10-1969 को निधन हो गया। जातक के पिता किसी राजा के समान थे। उनके प्रभाव और प्रभुता की चर्चा अनेक नगरों तक प्रसारित, विस्तारित थी। समूचे परिवार का अस्तित्व विचलित हो उठा और इसी आपाधापी में जातक ने अपना विवाह एक बंगाली बालिका के साथ गुप्तरूप से 1970 के प्रारम्भ में ही कर लिया। ऐसे विवाह को गन्धर्व विवाह कहते हैं। जैसे ही उस कन्या के माता-पिता को यह ज्ञात हुआ, उन्होंने अपनी पुत्री को अंधेरी कोठरी में बन्द कर दिया। जब जातक को यह समाचार मिला तो वह यह सहन नहीं कर पाया और उसने नींद की 50 गोलियां खाकर आत्महत्या करने का प्रयास किया। जातक के प्राणों की तो रक्षा कर ली गयी परन्तु उसकी पत्नी को कहीं दूर देश भेज दिया गया। समय बीतता गया। उसी वर्ष माघ मेले में जब जातक की माता कल्पवास कर रही थी, एक अनिंद्य सुन्दरी कन्या को देखकर, जातक का मन मचल उठा। उस कन्या के साथ ही जातक का विवाह 28-02-1971 को सम्पन्न हुआ। विवाह के शीघ्र पश्चात् जातक के पुत्र का जन्म 09-08-1973 को हुआ। कम अवस्था के पति-पत्नी के मध्य कलह, आलोचना, प्रताड़ना, आरोप-प्रत्यारोप अत्याचार, दुराचार, मारपीट तथा तीक्ष्ण और असहनीय वाक्‌युद्ध की स्थितियां निरंतर गहरी होती गयीं, जिसके परिणामस्वरूप पार्थक्य की स्थिति न चाहने के उपरान्त भी 1974 में उत्पन्न हो गयी

और सम्बन्ध विच्छेद हो गया। ऐसी स्थिति में जातक अपने पुत्र से दूर होने के लिए भी विवश था। वह पुत्र जो दोनों के प्रेम का प्रमाण था, विपन्न अवस्था में गलियों और झोपड़ी में पलने लगा। उसकी मां ने भी दूसरा विवाह कर लिया और पुत्र को अपने से पृथक् कर लिया। वह पुत्र कभी फुटपाथ पर भूखा ही सो जाता तो कभी रेलवे प्लेटफार्म पर लोगों को चाय पिलाता तो कभी दूसरों का बोझ उठाने के लिए भी विवश हो जाता। उस बालक के पिता अर्थात् इस जातक को सब कुछ ज्ञात था परन्तु सम्बन्ध विच्छेद होने के कारण वह अपने पुत्र से न मिल पाने के लिए विवश था। 10 वर्ष पश्चात् जातक ने 24-10-1982 को अनाथालय की एक कन्या के साथ विवाह कर लिया। फलतः 24-05-1983 को दूसरी संतान के रूप में एक पुत्री का जन्म हुआ। 14-12-1984 को तीसरी संतान भी एक पुत्री हुई और 04-09-1989 को चौथी संतान के रूप में भी एक पुत्री ने जन्म लिया।

जातक का जन्म कुम्भ लग्न में हुआ है। अष्टमेश बुध सप्तमभाव में शुक्र, केतु से युक्त है तथा सप्तमेश सूर्य षष्ठ भावगत होकर नीचनवांशगत है। तृतीयेश और दशमेश मंगल पंचमभाव में शत्रुराशि मिथुन में स्थित है और अष्टमेश शनि से दृष्ट है अर्थात् पंचमभाव में मंगल और अष्टमभाव में शनि स्थित होकर विनिमय दृष्टिसम्बन्ध स्थापित कर रहे हैं। पंचमभाव के दोनों ओर चंद्रमा और सूर्य स्थित हैं व पंचमेश बुध, राहु-केतु की धुरी पर स्थित है। इसलिए प्रथम संतान को जातक से पृथक कर दिया गया जिसे स्मरण करके वह आज भी व्याकुल हो उठता है। संतानकारक बृहस्पति, लग्नेश शनि तथा पंचमभावगत मंगल एक-दूसरे से केन्द्रगत हैं। एक प्रकार से जातक के तीन विवाह हुए और चार संताने हुईं जिसमें प्रथम संतान जातक से पृथक् हो गयी। शनि मंगल का परस्पर दृष्टि सम्बन्ध या शनि मंगल का त्रिकोणगत होना, पापाक्रान्त होना आदि ग्रहयोगों में संतान के पार्थक्य योग की संरचना होती है।

उदाहरण सं.-5.82 जन्मांग सं.-219

जन्म दिनांक : 09.08.1973 जन्म समय : 20:00:00 घंटे

जन्म स्थान : इलाहाबाद अक्षांश 25:27:00 रेखांश 81:50:00

चित्रपक्षीय अयनांश : 23:29:36 साम्पातिक काल : 17:09:05 घंटे

ग्रह	अंश	राशि	नक्षत्र	पद	षड्बल
लग्न	19:09:48	कुंभ	शतभिषा	4	–
सूर्य	23:21:16	कर्क	अश्लेषा	3	1.32

चंद्र	3:32:56	धनु	मूल	2	1.11
मंगल	5:09:49	मेष	अश्विनी	2	1.21
बुध	4:21:40	कर्क	पुष्य	1	0.79
गुरु (व)	12:25:07	मकर	श्रवण	1	1.17
शुक्र	25:11:49	सिंह	पू.फा.	4	1.13
शनि	7:19:47	मिथुन	आर्द्रा	1	1.09
राहु	13:42:52	धनु	पू.षा.	1	—
केतु	13:42:52	मिथुन	आर्द्रा	3	—

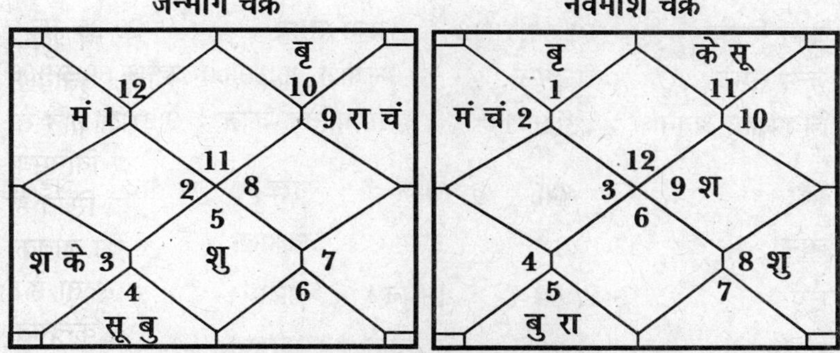

जन्म के समय केतु की भोग्य विंशोत्तरी महादशा - 5 व. 1 मा. 19 दि.

इस युवक के जन्म के समय ही उसके मातापिता में कलह का प्रारम्भ हो गया। इसकी माता अपने रूप और यौवन के अहंकार और अभिमान के कारण पति के क्रूर आचरण को सहन न कर पायी। आये दिन उसे निर्दयता के साथ प्रताड़ित और दण्डित होना स्वीकार नहीं था। जातक की माता के अप्रतिम रूप पर अनेक व्यक्ति आसक्त थे और उसकी प्रशंसा करते नहीं थकते थे। इसका परिणाम वही हुआ जो प्रायः पति के अत्याचारों के कारण होता है। जातक की माता ने दूसरा विवाह कर लिया और शिशु अवस्था में ही इस पुत्र का त्याग कर दिया।

इस जन्मांग में लग्नेश शनि पंचमंभाव में केतु से संयुक्त है और एकादशस्थ चन्द्रमा, राहु से दृष्ट है। सम्बन्ध विच्छेद हो जाने के कारण इस बालक के पिता ने दूसरा विवाह कर लिया। इस तरह इस जातक का त्याग माता ने ही नहीं बल्कि

पिता ने भी कर दिया। पिता का कारक ग्रह सूर्य अपने शत्रु शनि और शुक्र के मध्य स्थित है तथा मंगल द्वारा दृष्ट भी है। माता और पिता के भाव का स्वामी शुक्र शत्रु राशि सिंह में स्थित है और लग्नेश व द्वादशेश शनि द्वारा दृष्ट है, साथ ही शुक्र मंगल का नवांश प्राप्त कर रहा है। नवांश कुण्डली में चन्द्रमा व मंगल द्वारा शुक्र दृष्ट है। इस जन्मांग में शनि, मंगल और चन्द्रमा तीनों ही पिछले भाव में चलित हो गये हैं तथा चन्द्रमा से मंगल त्रिकोणगत है और शनि सप्तमस्थ है। इन ग्रहयोगों के कारण ही इस बालक का एक वर्ष की अवस्था होने पर ही माता और पिता से पृथक होने का कष्ट सहन करना पड़ा।

उदाहरण सं.-5.83 जन्मांग सं.-220

जन्म दिनांक : 01.07.1993 जन्म समय : 15:20:25 घंटे
जन्म स्थान : लखनऊ अक्षांश 26:50:00 रेखांश 80:54:00
चित्रपक्षीय अयनांश : 23:46:14 साम्पातिक काल : 9:51:51 घंटे

ग्रह	अंश	राशि	नक्षत्र	पद	षड्बल
लग्न	27:10:12	तुला	विशाखा	3	—
सूर्य	15:47:59	मिथुन	आर्द्रा	3	1.54
चंद्र	13:49:27	वृश्चिक	अनुराधा	4	1.18
मंगल	10:55:37	सिंह	मघा	4	1.21
बुध	4:29:04	कर्क	पुष्य	1	1.22
गुरु	12:19:15	कन्या	हस्त	1	1.24
शुक्र	1:18:05	वृष	कृत्तिका	2	1.73
शनि(व)	6:11:41	कुंभ	धनिष्ठा	4	1.37
राहु	18:20:00	वृश्चिक	ज्येष्ठा	1	—
केतु	18:20:00	वृष	रोहिणी	3	—

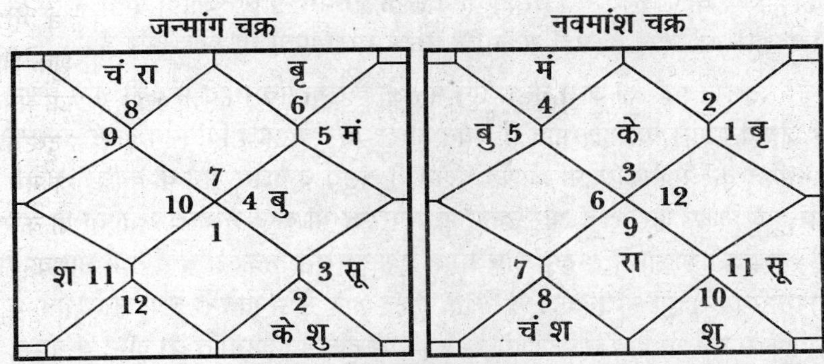

जन्म के समय शनि की भोग्य विंशोत्तरी महादशा - 4 व. 0 मा. 18 दि.

01-07-1993 को जन्मे इस बालक का मुंह भी इसके पिता ने कभी नहीं देखना चाहा और तीन वर्ष का होने पर इसकी माता ने भी दूसरा विवाह करने हेतु इसका त्याग कर दिया। यह बालक अपने नाना और नानी के साथ रहने के लिए विवश हो गया। उन्हीं को अपना माता-पिता समझने लगा। जातक की माता ने दिसम्बर 1999 में दूसरा विवाह कर लिया। इसके नाना और नानी, बालक के साथ इतना घुलमिल गये कि वह यह भूल गये कि यह उनका पुत्र नहीं है। इस बालक की माता के दूसरे विवाह के कई वर्ष पश्चात् उसके नाना-नानी बालक को उसकी माता से मिलाने अमेरिका गये। वहां उनकी पुत्री और दामाद ने उनका बहुत सत्कार किया परन्तु इस बालक को लौटकर उनके साथ नहीं आने दिया। बालक के नाना-नानी ने अनेक प्रकार से अनुनय विनय की कि इस बालक को उनके पास ही रहने दो, क्योंकि तुम तो इस बालक का बाल्यकाल में ही त्याग कर चुकी हो और यह तो हमें ही अपना माता और पिता जानता है। बालक की माता जैसे पत्थर की हो गयी और उसने माता-पिता के समस्त अनुरोध निर्दयतापूर्वक ठुकरा दिये और उनसे अविलम्ब वापस जाने के लिए कहा। इतना ही नहीं, भारतवर्ष लौटने के बाद जब नाना और नानी ने इस बालक से फोन पर बात करने हेतु अनुरोध किया तो भी उनका निरादर हुआ। एक वर्ष बीत गया, बालक के नाना व नानी उसके विरह में सूख गये और तब उन्होंने अमेरिका जाने का निर्णय किया। बालक की माता ने पुनः उनका भीषण निरादर किया। बालक से बातचीत करना तो दूर उसे देखने भी नहीं दिया। विलाप करते हुए नाना-नानी भारत लौट आये। यह दुःख बालक की नानी सहन न कर पाई और अमेरिका से लौटते ही हृदय में अपने नाती से मिलने

की भीषण चाहत लिए चल बसीं। यह बालक लगभग नौ वर्ष अपनी माता से त्यक्त रहा और यह जान ही नहीं सका कि उसके माता-पिता तो कोई और हैं।

इस बालक का जन्म तुला लग्न में हुआ है तथा पंचमभाव में वक्री शनि स्थित है जबकि मंगल एकादश भाव में स्थित होकर शनि के साथ विनिमय दृष्टि सम्बन्ध स्थापित कर रहा है। दोनों ही ग्रह चंद्रमा से चतुर्थ व दशम होने के कारण, चंद्रमा पर दृष्टिनिक्षेप कर रहे हैं और उनके मध्य परस्पर भी दृष्टि सम्बन्ध स्थापित हो रहा है। नवांश कुण्डली में चन्द्रमा और मंगल एक दूसरे से त्रिकोणगत हैं तथा माता का कारक ग्रह चंद्रमा नीचनवांश में स्थित होकर शनि से संयुक्त है तथा सूर्य शनि के नवांश में संस्थित है व नीचराशिगत मंगल द्वारा दृष्ट है। बृहस्पति की दृष्टि से मंगल, चंद्रमा, शनि और सूर्य सभी वंचित हैं। बृहस्पति और चंद्रमा एक दूसरे तृतीय एकादश हैं, बृहस्पति व शनि एक दूसरे से षडाष्टक हैं, बृहस्पति और सूर्य एक दूसरे से चतुर्थ दशम हैं। इस तरह इस बालक का बचपना इस तरह बीता कि वह अपने मातापिता को जान ही नहीं पाया। उसका त्याग पिता ने तो जन्म से पूर्व ही कर दिया था, माता ने भी तीन वर्ष की आयु में उसका त्याग कर दिया था।

•

अध्याय–6

संततिहीनता का संत्रास

संतान न होने से दाम्पत्य सुख क्षीण हो उठता है, परन्तु संतान का जन्म होने के उपरान्त यदि उसकी मृत्यु हो जाये, तो दाम्पत्य जीवन सहसा प्रलाप और विलाप से आक्रांत हो उठता है। सभी सुख-सुविधाएँ, हर्ष और उल्लास तिरोहित हो जाते हैं तथा जीवन का मधुमास संताप और संत्रास में रूपान्तरित हो उठता है। संतान सुख, संतति जन्म और संतति वियोग का कारण पूर्व जन्म के पापकृत्य या अभिशाप ही होते हैं, जिनका विस्तृत उल्लेख हमने अन्य कृति 'पुत्रेष्टि अनुष्ठान' में किया है और इन शापों से मुक्ति हेतु परिहार का मार्ग भी, सम्बन्धित अभिशाप के साथ प्रस्तुत किया है।

इस अध्याय में हमने ऐसे अनेक दम्पतियों के जन्मांगों का विश्लेषण, विवेचन और सम्बन्धित ग्रहस्थितियों की व्याख्या की है जिनमें से कुछ संतान की असामयिक मृत्यु उस समय हुई, जब संदर्भित संतान किशोरावस्था पार करके किसी दुर्लभ प्रतियोगिता में सफलता प्राप्त करने के पश्चात् चिकित्सक, अभियन्ता, प्रशासक अथवा प्रबन्धक के पद पर प्रतिष्ठित होने ही जा रही थी कि किसी वाहन से कुचल जाने के कारण अथवा हृदयाघात या किसी क्रूर प्रहार के कारण अथवा फिर मार्ग दुर्घटना में उसकी मृत्यु हो गई। संतान की मृत्यु उसके माता-पिता के लिए संताप की सर्वाधिक असहनीय स्थिति होती है।

जब शिशु का जन्म होता है तो उसके माता-पिता हर्ष और उल्लास के अनुपम, अलौकिक, अंतरंग आह्लाद और आनन्द से अभिपूरित हो उठते हैं। उनका मन और तन खिलखिला पड़ता है तथा नेत्रों से प्रसन्नता के कारण अश्रु प्रवाहित होने लगते हैं तथा उस समय उन्हें प्रतीत होता है कि वे विश्व के सर्वाधिक भाग्यशाली दम्पति हैं। सबसे ऊपर का सुख दाम्पत्य जीवन की पूर्णता के रूप में संतति जन्म के कारण ही उपलब्ध होता है। जब अचानक उसी संतान के वियोग का दुर्दमनीय दारुण व्यथा का विषैला दंश उन्हें डस लेता है तो मृत्यु से भी भयानक पीड़ा उन्हें तिल-तिल करके आघातित करती है। जिस शिशु को वह दम्पति दिन भर अपने कन्धों पर बैठाकर

अथवा गोद में लेकर घूमते रहते हैं तथा उसके प्यार में उन्मत्त हो जाते हैं, उन्हें उसी शिशु के शव का भार उठाना समूची पृथ्वी के भार से भी कहीं अधिक प्रतीत होता है। उस समय पाप और पुण्य को विस्मृत करके शिशु के माता-पिता बस यही विचार करते हैं कि उन्होंने तो ऐसा कोई भी अपराध अथवा पाप नहीं किया था, जिसका उन्हें इतना भयावह और असहनीय दारुण दुःख प्राप्त हुआ है।

संतति वियोग से सम्बन्धित अनेक जन्मांगों का विश्लेषण तथा व्याख्या करने के उपरान्त यह भलीभाँति समझ लेना चाहिए कि किसी प्रकार के पूर्वजन्म दुष्कृत्य के कारण संतति वियोग की पीड़ा उन्हें सहन करनी पड़ी है। अतः वर्तमान जन्म में ईश्वर पुण्य और धर्म में संपूर्ण विश्वास और आस्था करते हुए ज्योतिष विज्ञान के मार्ग को समझने का प्रयास करना चाहिए तथा कदाचित पाप और पुण्य में अन्तर समझ लेना चाहिए।

विभिन्न ज्योतिषशास्त्रों में संतति वियोग के अनेक ग्रहयोगों का उल्लेख है जिनका सावधानीपूर्वक संकलन करके यहाँ प्रस्तुत किया गया है।

पुत्रस्थानं गते राहौ तदीशे पापसंयुते।
नीचराशिगतो जीवो द्वात्रिंशे पुत्रमृत्युदः।।

जीवात्पंचमगे पापे लग्नात्पंचमगेऽपि च।
षट्त्रिंशे च त्रयस्त्रिंशे चत्वारिंशे सुतक्षयः।।

लग्ने मान्दिसमायुक्ते लग्नेशे नीचराशिगे।
षट्पंचाशत्तमेऽब्दे च पुत्रशोकसमाकुलः।।

(बृहत्पाराशरहोराशास्त्र/अध्याय-17/20-22)

यदि पंचमस्थान में राहु, पंचमेश के साथ पापग्रह तथा बृहस्पति मकर राशि में हो तो बत्तीसवें वर्ष में पुत्रशोक होता है। बृहस्पति व लग्न से पंचमस्थान में एक साथ पापग्रह हों तो 33, 36 व 40वें वर्ष में कभी यथासम्भव पुत्रनाश होता है। लग्न में गुलिक हो तथा लग्नेश नीच राशि में हो तब 56वें वर्ष में पुत्रशोक होता है। इन योगों में पंचमेश व शुभ ग्रहों की दृष्टि या योग पंचम पर रहने से बचाव होता है।

पापैर्व्ययारिमृतिपैर्विबलैः सुतस्थै-
स्तद्दोषहेतुकमुशन्ति हि पुत्रशोकम्।

लग्नत्रिकोणपतिभिः सबलैस्तु पापै-
र्जीवेक्षितैस्तदनुरूपगुणाः सुताः स्युः।।

(जातक देशमार्ग/अध्याय-15/3)

यदि षष्ठ, अष्टम या द्वादशभाव के स्वामी पापग्रह हों, निर्बल हों और पंचमभाव में स्थित हों तो जातक को पुत्रशोक होता है।

नीचे वा रिपुभेऽथवा स्फुटयुतित्र्यंशाधिपश्चेत्पुनः।
तुल्यः स्याल्लवपञ्चके स्फुटयुतेस्तत्रापि चेत्संस्थितिः।
नूनं पञ्चकतुल्यसंख्यतनयस्तर्हिं व्रजेत्पञ्चतां
गोसिंहालिवधूगते स्फुटयुतेरंशे तु नो सन्ततिः।।

(जातक देशमार्ग/अध्याय 16/7)

1. सन्तानयोग जिस द्रेष्काण में पड़े, उस द्रेष्काण का स्वामी यदि नीच या शत्रु राशि में हो और जिन पांच अंश के विभाग में सन्तानयोग हो और उसमें उपर्युक्त ग्रह बैठा हो तो उतनी ही सन्तान मृत्यु को प्राप्त होती हैं। उपर्युक्त योग पूर्णतः सही नहीं है क्योंकि कितने ही जातकों को दस-दस ग्यारह-ग्यारह सन्तान हुई हैं और नष्ट हो गई हैं।
2. यदि सन्तान योग वृष, सिंह, कन्या या वृश्चिक नवांश में पड़े तो सन्तान नहीं होती।

अपत्यभावे यदि तुङ्गगेहे निजालये पापयुतेक्षितश्चेत्।
निद्रागतोऽपत्यविनाशकारी शुभेक्षितश्चैकसुतस्य हन्ता।।

(भावकुतूहलम्/अध्याय-6/22)

यदि शयनावस्था का कोई ग्रह पंचमभाव में अपनी राशि अथवा अपनी उच्च राशि का होकर स्थित हो तो वह पुत्रहन्ता होता है अर्थात् जातक सन्तानहीन होता है। किन्तु यदि उक्त ग्रह शुभग्रहों से युत-दृष्ट हो तो जातक को केवल एक ही पुत्र की हानि होती है, अन्य की नहीं।

पापमध्ये तु यद्भावे तदीशेऽपि तथा स्थिते।
कारके पापसंयुक्ते पुत्रनाशं वदेत्तदा।।

(सर्वार्थचिन्तामणि/अध्याय-5/14)

जिस जन्मांग का पुत्रभाव तथा पुत्रेश पापग्रहों के मध्य हो, पुत्रकारक पापग्रहों से युक्त हो तो पुत्र का नाश होता है।

भाग्यपुत्रकलत्रेशसंयुक्तनवभागपाः ।
पापांशगाः पापयुताः पुत्रनाशं वदेत्तदा।।

(सर्वार्थचिन्तामणि/अध्याय-5/15)

नवमेश, पंचमेश तथा सप्तमेशों के नवांशेश यदि पापग्रहों से युक्त या पापराशि के नवांशों में हों तो पुत्रनाश होता है।

क्रूरांशे पुत्रभावेशे नीचमूढसमन्विते।
पापदृष्टेऽथ वा दुःस्थे पुत्रनाशं वदेत्तदा।।

(सर्वार्थचिन्तामणि/अध्याय-5/16)

यदि पंचमेश क्रूर नवांशों में से किसी में नीचराशि, अस्तगत, पापयुत, पापदृष्ट हो अथवा 6-8-12 भावों में हो तो पुत्र की हानि होती है।

व्ययेशसंयुक्तांशेशत्रयंशनाथसमन्विते ।
दृष्टे पुत्रेश्वरे तेन पुत्रार्तिं कथयन्ति हि।।

(सर्वार्थचिन्तामणि/अध्याय-5/17)

व्ययेश का नवांशेश जिस ग्रह के द्रेष्काण में हो तथा पंचमेश उससे युत व दृष्ट हो तो पुत्र की हानि होती है।

पुत्रस्थानाधिपे दुःस्थे क्रूरषष्ट्यंशसंयुते।
क्रूरग्रहेण वा दृष्टे पुत्रानाशं वदेत्तदा।।

(सर्वार्थचिन्तामणि/अध्याय-5/18)

यदि पुत्रेश (पंचमेश) दुःस्थान (6-8-12) में हो तथा क्रूर षष्ट्यंश से युक्त हो या फिर क्रूर ग्रह से दृष्ट हो तब ऐसे योग में पुत्रनाश होता है।

पुत्रेऽथवा पुत्रप उग्रमध्ये तत्कारकेऽघैः कलिते सुतस्य।
नाशोऽस्तमत्यङ्कप युगू लवेशाः साधा असौम्यांशगतास्तथैव।।

(जातकभूषणम्/अध्याय-2/15)

पंचमभाव या पंचमेश पापग्रहों के मध्य में हों। अथवा सन्तान कारक बृहस्पति पापग्रहों से युक्त हो। इन योगों में पुत्र का नाश होता है।

सप्तमेश, नवमेश एवं पंचमेश की नवांश राशियों के स्वामी यदि पापयुक्त होकर पापग्रह के नवांश में गए हों तो भी पुत्र का नाश होता है।

भौमे पञ्चमगे पुत्रा जायन्ते स्वल्पजीविनः।
स्वगृहे यदि तेष्वेको म्रियतेऽन्ये चिरायुषः।।

(जातकदेशमार्ग/अध्याय-15/4)

यदि पंचम में मंगल हो तो सन्तति स्वल्पजीवी होती है। यदि मेष या वृश्चिक का मंगल पंचम में हो तो एक सन्तान स्वल्पायु होती है, अन्य दीर्घायु होती हैं। कल्याण वर्मा ने सारावली अध्याय 34 श्लोक 41 में लिखा है कि-

भौमः पंचमभवने जातं जातं विनाशयति पुत्रम्।
दृष्टे गुरुणा प्रथमं सितेन न च सर्वसंदृष्टः।।

(जातकदेशमार्ग/अध्याय-15)

यदि पंचम में मंगल हो तो एक के बाद दूसरे पुत्र को जो जन्म लें- मंगल नष्ट करता है। यदि मंगल पर बृहस्पति या शुक्र की दृष्टि हो तो केवल प्रथम पुत्र को नष्ट करता है। यदि पंचम पर सब शुभग्रहों की दृष्टि हो तो किसी सन्तान को नष्ट नहीं करता।

नीचारिमूढोपगते सुतेशे रिःफारिरन्ध्राधिपसंयुते वा।
सुतस्य नाशः कथितोऽत्र तज्ज्ञैः शुभैरदृष्टे सुतभे सुतेशे।।

(फलदीपिका/अध्याय-12/9)

यदि पंचमभाव का स्वामी नीचराशि में हो, शत्रुराशि में हो, या अस्त हो, या षष्ठेश, व्ययेश अथवा अष्टमेश के साथ हो तो सन्तान नष्ट होती है। किन्तु यदि पंचमेश और पंचमभाव को शुभग्रह दृष्टिनिक्षेप करें तो सन्तान नष्ट नहीं होगी।

भौमेन राहुणा वापि युक्तः स्यात्पंचमेश्वरः।
राहुभौमान्तरस्थोवा पुत्रनाशकरोभवेत्।।

(द्वादशभावसिंधु/अध्याय-सुतभाव/24)

जिस जातक के जन्मकाल में पंचमभाव का स्वामी मंगल से युक्त हो एकोयोगः। अथवा पंचमेश राहु के युक्त हो। अथवा पंचमेश राहु और मंगल के बीच में स्थित हो तो उस जातक के पुत्रों का नाश होता है।

पापः पंचमसंस्थः पुत्रविनाशं करोति बलहीनः।।

(द्वादशभावसिंधु/अध्याय-सुतभाव)

जिस जातक के जन्मकाल में पापग्रह पंचमभाव में बलहीन स्थित हों तो उस जातक के पुत्रों का नाश होता है।

सुतभावस्थितोराहुः पुत्रेशे पापसंयुते।।
नक्रराशिस्थितोजीवः द्वात्रिंशे शिशुनाशदः।।

(द्वादशभावसिंधु/अध्याय-सुतभाव/199)

जिस जातक के जन्मकाल में पंचमभाव में राहु स्थित हो और पंचमभाव का स्वामी पापग्रह के सहित स्थित हो और मकर राशि में बृहस्पति स्थित हो तो उस जातक का बत्तीस वर्ष की आयु में पुत्र मृत्यु को प्राप्त होता है।

पंचमे पापसंयुक्ते जीवात्पुत्रे असद्ग्रहः।।
षट्त्रिंशे चाग्नित्रिंशे वा चत्वारिंशे सुतोमृतिः।।

(द्वादशभावसिंधु/अध्याय-सुतभाव/200)

जिस जातक के जन्मकाल में पंचमभाव में पापग्रह स्थित हों और बृहस्पति से पंचमभाव में पापग्रह स्थित हों और उक्तभाव शुभग्रहों के अदृष्ट हो तो उस जातक की छत्तीस या तैंतीस या चालीस वर्ष की आयु में पुत्र मृत्यु को प्राप्त होते हैं।

पंचमस्थोयदा भौमः सूर्यपुत्रेण वीक्षिते।।
अष्टाविंशे नवत्रिंशे खपचे सुतनाशदः।।

(द्वादशभावसिंधु/अध्याय-सुतभाव/201)

जिस जातक के जन्मकाल में पंचमभाव में मंगल स्थित हो और शनि के दृष्ट हो अथवा पंचमभाव में शनि उपस्थित हो और मंगल दृष्टिनिक्षेप करता हो तो उस जातक के अट्ठाईस या उन्तालीस या पचास वर्षों के ऊपर के पुत्रों का नाश होता है।

धर्मजाया विलग्नेशाः सहितौपुत्रवित्तपौः।
पापर्क्षगाः पापयुक्ताः पुत्रहीनोभवेन्नरः।।

(द्वादशभावसिंधु/अध्याय-सुतभाव/172)

जिस जातक के जन्मकाल में नवम, सप्तम और लग्नभावों के स्वामी पंचम

और द्वितीय भावनाथों के सहित पापग्रहों की राशियों में पापग्रहों से युक्त हों तो वह जातक पुत्रहीन होता है।

सुतलग्नेशजां येशधर्मस्थानाधिपोऽथवा।
सर्वेषु बलहीनोवै पुत्रहीनोभवेन्नरः।।

(द्वादशभावसिंधु/अध्याय-सुतभाव/173)

पंचम, लग्न, सप्तम, नवम, इन भावों के स्वामी बलहीन हों तो भी पुत्रहीन कहना चाहिए।

रन्ध्रेशे सुतभावस्थे पुत्रेशे बलवर्जिते।
पापग्रहसमायुक्ते पुत्रहीनोभवेन्नरः।।

(द्वादशभावसिंधु/अध्याय-सुतभाव/174)

अष्टमभाव का स्वामी पंचमभाव में स्थित हो और पंचमभावनाथ बल के हीन हो और पापग्रहों के सहित हो तो वह जातक पुत्रहीन होता है।

लग्नपुत्रेश्वरौ त्रिक्स्थौ पुत्रकारकनीचगे।
क्लीवग्रहसुतस्थोवा पुत्रहीनोभवेन्नरः।।

(द्वादशभावसिंधु/अध्याय-सुतभाव/175)

जन्मलग्न पंचमभाव के स्वामी 6/8/12 स्थित हों और पुत्रकारक ग्रह नीचराशि में स्थित हो और पंचमभाव नपुंसक ग्रह स्थित हों तो वह जातक पुत्रहीन होता है।

पापांशके सुराचार्यः पुत्रस्थे मृतिराशिपे।
सुतेशे त्रिकभावस्थे पुत्रहीनोभवेन्नरः।।

(द्वादशभावसिंधु/अध्याय-सुतभाव/176)

बृहस्पति पापग्रहों के नवांशा में स्थित हो और अष्टमेश पंचम स्थित हो और पंचमेश 6/8/12 स्थित हो तो वह जातक पुत्रहीन होता है।

कन्यालिवृषसिंहाः पंचमगा यस्यसूतिसमये स्युः।
तस्याऽल्पसुतत्वं स्याद्ग्रहरहिते पुत्रशोकभाग्भवति।।

(द्वादशभावसिंधु/अध्याय-सुतभाव/44)

जिस जातक के पंचमभाव में कन्या, वृश्चिक, वृष, सिंह राशिगत पंचमभाव

में स्थित हों तो उस जातक के अल्प सन्तान होती है और जो पंचमभाव में 6/2/8/5 राशि ग्रह रहित हों तो उस जातक को पुत्रों का शोक होता है।

जीवस्थितस्य राशेः पंचमभे पापसंयुक्ते।
पुत्रविनाशं विन्द्यात्सौम्यक्षेत्रं तु शुभदं स्यात्।।

(द्वादशभावसिंधु/अध्याय-सुतभाव/45)

जिस जातक के जन्मकाल में जिस राशि में बृहस्पति स्थित हो तो वहां से पंचम भाव पापग्रहों से युक्त हो तो उस जातक के पुत्रों का नाश होता है और जो बृहस्पति से पंचमभाव में शुभग्रह की राशि में स्थित हों तो वह जातक पुत्रवान होता है।

सौम्ये स्वक्षेत्रगते पंचमे पुत्रशोकभाग्भवति।
सिंहस्थितेऽपिचैवं नवमे वा तृतीयभार्य्यायाम्।।

(द्वादशभावसिंधु/अध्याय-सुतभाव/41)

जिस जातक के पंचमभाव में बुध, कन्या अथवा मिथुन राशिवर्ती स्थित हो तो उस प्राणी को पुत्रशोक होता है और सिंह राशिगत बुध पंचम में स्थित हों तो पुत्रशोक कहना चाहिए और जो नवमभाव में बुध स्थित हो तो उस जातक की तृतीय भार्या से पुत्रलाभ होता है।

जीवे मकरं याते पंचमभे आत्मजं मृतं विन्द्यात्।
मीनस्थितेऽपि चैवं नवमे शुभसंस्थितेऽल्पजीवी च।।

(द्वादशभावसिंधु/अध्याय-सुतभाव/42)

जिस जातक के जन्मकाल में बृहस्पति, मकर राशिगत पंचम स्थित हो तो उस जातक के पुत्र मृत्यु को प्राप्त होते हैं और मीन राशिवर्ती बृहस्पति स्थित हो तो उक्त फल कहना चाहिए और जो नवमभाव में शुभग्रह स्थित हों तो वह जातक अल्पजीवी सन्तान वाला होता है।

सन्तानाधिपतेः पञ्चषष्ठरिःफस्थिते खले।
पुत्राभावो भवेत्तस्य यदि जातो न जीवति।।

(जातकभरणम्/अध्याय-पंचमभाव/13)

पंचमेश से 5, 6, 10 में यदि केवल पापग्रह हो तो उसको सन्तान नहीं होती, यदि हो भी तो जीवित नहीं रहती है।

सुताभिधाने भवने यदि स्यात्खलस्य राशिः खलखेटयुक्तः।
सौम्यग्रहालोकनवर्जितश्च सन्तानहीनो मनुजस्तदानीम्।।

(जातकभरणम्/अध्याय-पंचमभाव/8)

सन्तान भाव पर पापग्रह की राशि और उसमें केवल पापग्रह का योग हो तथा शुभग्रहों की दृष्टि नहीं हो तो जातक सन्तानहीन होता है।

कविः कलत्रे दशमे मृगाङ्कः पातालयाताश्च खला भवन्ति।
प्रसूतिकाले यदि मानवं ते सन्तानहीनं जनयन्ति नूनम्।।

(जातकभरणम्/अध्याय-पंचमभाव/9)

जन्मसमय में यदि सप्तमभाव में शुक्र, दशम में चन्द्रमा और चतुर्थभाव में पापग्रह हों तो वह जातक सन्तानहीन होता है।

उदाहरण सं.-6.1 जन्मांग सं.-221

जन्म दिनांक : 11.03.1962 जन्म समय : 03:30:00 घंटे
जन्म स्थान : फैजाबाद अक्षांश 26:46:00 रेखांश 82:08:00
चित्रपक्षीय अयनांश : 23:19:32 साम्पातिक काल : 14:40:55 घंटे

ग्रह	अंश	राशि	नक्षत्र	पद	षड्बल
लग्न	3:50:36	मकर	उ.षा.	3	—
सूर्य	26:31:46	कुंभ	पू.भा.	2	1.2
चंद्र	28:17:16	मेष	कृत्तिका	1	1.3
मंगल	5:33:47	कुंभ	धनिष्ठा	4	1.57
बुध	0:33:12	कुंभ	धनिष्ठा	3	0.97
गुरु	3:18:43	कुंभ	धनिष्ठा	3	0.97
शुक्र	6:51:23	मीन	उ.भा.	2	1.26
शनि	14:11:39	मकर	श्रवण	2	1.7
राहु (व)	24:12:22	कर्क	अश्लेषा	3	—
केतु (व)	24:12:22	मकर	धनिष्ठा	1	—

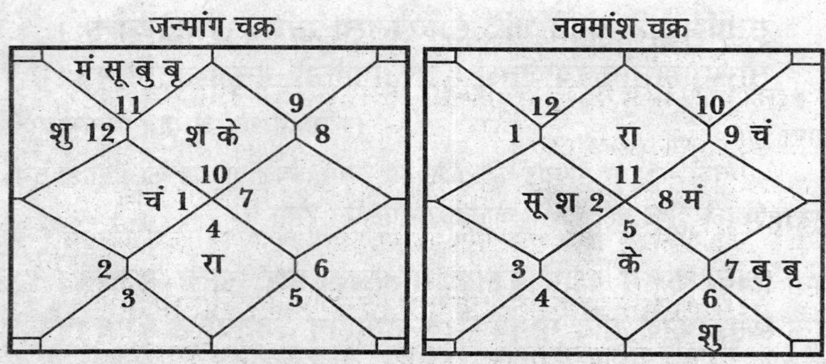

जन्म के समय सूर्य की भोग्य विंशोत्तरी महादशा - 5 व. 3 मा. 7 दि.

जातक लखनऊ में रजिस्ट्रार के पद पर कार्यरत है। जातक के पुत्र (अर्पित) का जन्म 22.01.1991 को हुआ और दूसरी संतान के रूप में एक पुत्री (पूर्विका) का जन्म हुआ। जातक की दोनों संतानें सुंदर स्वस्थ और मेधावी थीं। सिटी मांटेसरी स्कूल की 11वीं कक्षा में सर्वाधिक अंक प्राप्त करने वाला अर्पित 22.07.2007 को जब अपनी मोटरसाइकिल से घर वापस आ रहा था, तभी एक स्कूल बस ने पीछे से तीव्र ठोकर मार दी और घटनास्थल पर ही अर्पित की मृत्यु हो गयी। जातक और उसकी पत्नी अपने युवा पुत्र की इस प्रकार सहसा मृत्यु देखकर लगभग विक्षिप्त हो गए। पुत्र शोक और वियोग में उनके दुर्दमनीय दारुण दुखों की व्यथा उस समय और भी असहनीय हो उठी, जब उन्हें ज्ञात हुआ कि उनकी पुत्री पूर्विका को कैंसर के क्रूर हाथों ने शिकार बना लिया है। जातक की मानसिक स्थिति का अनुमान सुगमता से लगाया जा सकता है।

जातक के जन्मांग में पंचमेश शुक्र उच्चराशिगत होकर तृतीय भाव में स्थित है और शनि द्वारा दृष्ट है, यही शुक्र नीचनवांशस्थ भी है। पंचमभाव पर मंगल की दृष्टि है तथा नवमेश बुध भी मंगल से संयुक्त है। संतानकारक बृहस्पति भी पापाक्रान्त है तथा मंगल से संलग्न है। बृहस्पति और बुध दोनों ही पंचमेश शुक्र का नवमांश प्राप्त कर रहे हैं। उल्लेखनीय है कि पंचमभाव में अल्पसुत राशि वृषभ है और क्रूर मंगल की दृष्टि के कारण ही संतति वियोग और शोक के कारण असह्य वेदना से आक्रान्त हो उठा यह जातक।

नवमांश कुंडली में पंचम भावस्थ राशि वृषभ में शनि और सूर्य स्थित हैं तथा मंगल के साथ समसप्तक योग भी निर्मित कर रहे हैं। सभी ग्रह राहु और केतु के मध्य स्थित हैं, अतः अनन्त नामक कालसर्प योग भी निर्मित हो रहा

है। इन्हीं ज्योतिषीय कारणों से जातक को संतति सुख और संतति क्षति दोनों ही प्राप्त हुए।

उदाहरण सं.-6.2 जन्मांग सं.-222

जन्म दिनांक : 21.02.1928 जन्म समय : 18:39:00 घंटे

जन्म स्थान : बरेली अक्षांश 28:20:00 रेखांश 79:24:00

चित्रपक्षीय अयनांश : 22:50:57 साम्पातिक काल : 4:27:29 घंटे

ग्रह	अंश	राशि	नक्षत्र	पद	षड्बल
लग्न	16:47:15	सिंह	पू.फा.	2	—
सूर्य	8:49:24	कुंभ	शतभिषा	1	1.56
चंद्र (पू)	10:43:28	कुंभ	शतभिषा	2	1.61
मंगल	2:04:22	मकर	उ.षा.	2	1.25
बुध (व/अ)	15:03:04	कुंभ	शतभिषा	3	1.05
गुरु	13:06:21	मीन	उ.भा.	3	1.02
शुक्र	5:46:06	मकर	उ.षा.	3	0.97
शनि	25:12:03	वृश्चिक	ज्येष्ठा	3	1.5
राहु (व/अ)	22:36:43	वृष	रोहिणी	4	—
केतु (व)	22:36:43	वृश्चिक	ज्येष्ठा	2	—

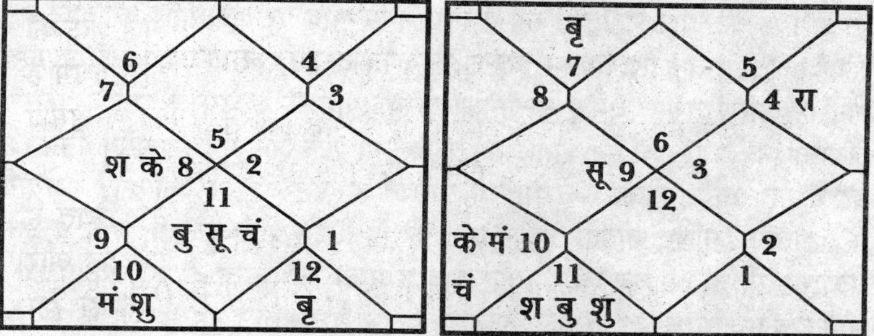

जन्म के समय राहु की भोग्य विंशोत्तरी महादशा - 12 व. 6 मा. 7 दि.

जातक मुख्य अभियन्ता के पद पर कार्यरत था। इस जातक के साथ सन्तान के पक्ष से अनेक विसंगतियां हुईं। जातक का निर्णय था कि उसके एक ही पुत्र रहना चाहिए, इसलिए जब जातक का प्रथम पुत्र जो 25-07-1956 को हुआ उसकी मृत्यु 17-05-1959 को हुई, तो उसके बाद दूसरे पुत्र जन्म पर विचार किया। जब दूसरे पुत्र, जो 28-02-1960 को हुआ, की मृत्यु 03-04-1962 को हुई तब उसे एक और तीव्र आघात लगा तब उसने तीसरे पुत्र के बारे में विचार किया। तीसरा पुत्र भी 24-12-1963 को जन्मा और 21-08-1974 को 11 वर्ष की अवस्था में एक अत्यन्त दर्दनाक और असह्य वेदना की पीड़ा सहता हुआ इस संसार से चला गया। जातक की मानसिक स्थिति इतनी बिगड़ गयी कि वह हर समय गुमसुम बैठा रहता था। किसी से भी कुछ न बोलता, बस सोचता रहता था कि विधाता ने उसे किस पाप का दण्ड दिया है। कार्यालय आना-जाना भी कम हो गया था। समय बीतता चला गया, परन्तु स्थितियों में कोई परिवर्तन नहीं आया। एक दिन जातक को ऐसा प्रतीत हुआ कि उसका सबसे छोटा बेटा जिसकी हाल में ही मृत्यु हुई थी, उसके सामने खड़ा है और कह रहा है कि पापा! यह आपने क्या स्थिति बना ली है, मैं ही आपका पहला बेटा हूं, दूसरा भी मैं ही हूं और तीसरी बार भी मैंने ही आपके यहां जन्म लिया। मैं आपके घर तीन बार जन्मा और तीन बार मरा, हमारा इतना ही साथ था। आप एक ऋण से उऋण हो चुके हैं इसलिए प्रसन्न रहिए, भगवान् के विधान को बदला नहीं जा सकता। आप खुश नहीं रहेंगे तो आपका बेटा कितना दुखी होता रहेगा। इस घटना के बाद जातक प्रसन्न रहने लगा। अब जातक की ईश्वर के विधान में अटूट श्रद्धा है।

जातक की जन्म कुण्डली में पंचमेश बृहस्पति अष्टम भावस्थ है तथा पंचम भाव से 12वें शनि तथा केतु संस्थित हैं। पंचम से द्वितीय भाव में मंगल तथा शुक्र विराजमान हैं। जिसके कारण प्रबल पापकर्तरियोग बन रहा हैं पंचमभाव पर किसी भी शुभग्रह की दृष्टि नहीं पड़ रही है तथा नवम भाव पर क्रूर मंगल की दृष्टि पड़ रही है। अतः सन्तान का दीर्घ सुख परिलक्षित नहीं होता है। पंचमभाव पापकर्तरियोगग्रस्त होने के कारण तथा पंचमेश सन्तानकारक बृहस्पति के अष्टमस्थ होने के कारण अत्यन्त निर्बल हो गया है। जातक की कुण्डली में शुक्र और मंगल कार्मिक नियंत्रक ग्रह हैं, जो संयुक्त होकर षष्ठ भाव में संस्थित है। इस युति से बड़ा कोई राजयोग नहीं होता। इसलिए जातक ने हाईस्कूल की ही शिक्षा प्राप्त की थी, तभी से एक साधारण सी नौकरी कर ली थी और बाद में मुख्य अभियन्ता के पद तक पहुंचा। जातक की कार्य क्षमता विलक्षण प्रतिभा से पूर्ण है, इसलिए वह सम्पूर्ण विभाग में सम्मानित एवं प्रशंसित था।

संतान सुख अथवा संतति शोक हेतु नवम भाव पर भी विचार करना अपेक्षित है। यहाँ नवमेश मंगल षष्ठ भाव में अपनी उच्चराशि में संस्थित है तथा षष्ठेश और सप्तमेश शनि से दृष्ट है। मंगल नवमेश होकर नवम भाव तथा लग्न पर दृष्टि निक्षेप भी कर रहा है, इसलिए जातक के संतान तो हुई परन्तु उपरोक्त कारणों से संतति सुख से वंचित रहा। लग्न पर शनि, मंगल, बुध, सूर्य एवं चन्द्रमा की दृष्टि है, इसलिए जातक जीवनपर्यन्त संघर्षरत रहा। बृहस्पति पंचमेश होकर उत्तराभाद्रपद नक्षत्र में स्थित है और शत्रु नवमांश तुला में संस्थित है।

नवमांश कुण्डली में भी पंचमभाव पापकर्तरियोग ग्रस्त है तथा अष्टमेश एवं तृतीयेश मंगल, एकादशेश चंद्रमा केतु से संयुक्त होकर पंचम भावगत है। शनि ज्येष्ठा नक्षत्र में तथा वृश्चिक राशि में स्थित होने के कारण और साथ ही साथ मारकेश होने के कारण अति अशुभ है। मंगल भी सूर्य के नक्षत्र उत्तराषाढ़ में स्थित है, शनि की मंगल पर दृष्टि, नवम भाव के स्वामित्व को अशुभता प्रदान कर रही है। इस प्रकार से पंचमभाव, नवमभाव और लग्न के साथ संतानकारक बृहस्पति भी पापाक्रान्त है। संतानकारक बृहस्पति मारकेश शनि के नक्षत्र उत्तराभाद्रपद में स्थित है, और अष्टम भावगत है व मंगल से दृष्ट है, इसलिए बार-बार संतान शोक के दारुण दुख से जातक व्यथित होने हेतु विवश हुआ। इस जातक पर दुखों का पहाड़ टूट पड़ा, परन्तु ईश्वर के प्रति उसकी आस्था में किंचित् भी कमी न आयी। संप्रति 82 वर्ष की अवस्था में भी जातक का सारा समय पूजा पाठ, साधना आराधना, भजन कीर्तन, मंदिर दर्शन तथा विभिन्न धामों की यात्राओं में ही व्यतीत होता है। जातक का कहना है कि एक कक्षा उत्तीर्ण करने के पश्चात् अगली कक्षा की शिक्षा अपेक्षाकृत कठिन होगी और उससे अगली सीढ़ी और भी कठिन होगी, उसके बाद की परीक्षा उत्तरोत्तर कठिन होती जायेगी। ईश्वर इसलिए उनकी आस्था की बार-बार परीक्षा लेता रहता है और अगली परीक्षा पिछली से कहीं अधिक क्लिष्ट होती है। जातक का अखण्डित विश्वास है कि ईश्वर अपनी संतानों का सदा हित करता है। भले ही उनकी संतान उसकी वास्तविकता और गहराई को न समझ पाये।

उदाहरण सं.-6.3 देखें जन्मांग सं.-140

लोक निर्माण विभाग में अभियन्ता के पद पर कार्यरत एवं सब-आर्डिनेट एसोसिएशन के अध्यक्ष पद पर प्रतिष्ठित इस जातक का जन्म मिथुन लग्न में हुआ था। लग्नेश बुध तृतीयेश सूर्य के साथ लग्नगत है तथा सप्तम भाव में बृहस्पति स्वराशि धनु में संस्थित है इसलिए इस जन्मांग में भद्रिका महापुरुष राजयोग तथा

हंस महापुरुष राजयोग की संरचना हो रही है। लाभभाव में लाभेश मंगल के साथ पंचमेश शुक्र भी स्थित है और बृहस्पति से दृष्ट है इसलिए जातक धनवान और समृद्धिशाली ही नहीं था बल्कि समाज तथा परिवार में प्रशंसित, प्रसिद्ध और पूज्यनीय भी था। इनके दो विवाह हुए। प्रथम पत्नी से दो बालक हुए, जिनकी शीघ्र ही मृत्यु हो गयी। इनका दूसरा विवाह 1941 में सम्पन्न हुआ तथा 1942 में प्रथम संतान का जन्म हुआ। यह पुत्र अद्भुत था। असाधारण, प्रखर बुद्धि थी उसकी और 3 वर्ष की आयु में ही वह इतना कुछ समझ लेता था या उसने इतना कुछ सीख लिया था जो प्रायः बालक 7 या 8 वर्ष की आयु में सीख पाते हैं। जातक भी इस पुत्र की विलक्षण बुद्धि देखकर अति प्रसन्न थे परन्तु काल को जातक की प्रसन्नता रुचिकर नहीं प्रतीत हुई। 3 वर्ष की अवस्था में काल कवलित यकृत संबंधी व्याधि ने नन्हें शिशु को अपना ग्रास बना लिया। इसके पश्चात् कई अन्य संताने अवश्य हुई परन्तु जातक का भावुक मन इस विकराल विपदा को, जीवन के अन्तिम दिनों तक विस्मृत नहीं कर सका।

इस जन्मांग में पंचमेश शुक्र षष्ठेश मंगल से युक्त है यद्यपि शुक्र स्वनक्षत्र भरणी में स्थित है, तथापि मंगल जो केतु के नक्षत्र अश्विनी में स्थित है से संलग्न होने के कारण पापाक्रान्त है। शुक्र मंगल से युक्त होने के साथ राहु और शनि के मध्य स्थित है अर्थात् पापकर्त्तरी योग ग्रस्त है। इसी योग के कारण दो विवाह हुए और प्रारम्भिक तीन पुत्रों की मृत्यु हुई।

नवम भाव और बृहस्पति से भी संतान का विचार करना अपेक्षित होता है। नवमेश शनि, द्वादश भाव में, वृष राशि में संस्थित है तथा सूर्य और मंगल जैसे पापग्रहों के मध्य स्थित होने के कारण पापकर्त्तरी योग ग्रस्त है। शनि की दृष्टि द्वितीयभाव तथा द्वितीयेश चंद्रमा पर पड़ रही है तथा नवम भाव भी शनि द्वारा दृष्ट है इसलिए पंचमेश और नवमेश दोनों ही पापाक्रान्त हैं। उल्लेखनीय है कि बृहस्पति की दृष्टि लग्न और लग्नेश पर होने के साथ - साथ पंचमेश शुक्र तथा षष्ठेश मंगल पर भी है।

यहां पर बृहस्पति वक्री होकर शुक्र के नक्षत्र पूर्वाषाढ़ में स्थित है और शुक्र के नवमांश तुला में स्थान प्राप्त कर रहा है। बृहस्पति और शुक्र परस्पर शत्रु हैं इसीलिए जातक के दाम्पत्यजीवन को सामान्य स्तर का कहना उपयुक्त होगा। संतानकारक बृहस्पति भी शुक्र द्वारा प्रभावित है, शत्रु नवमांश में संस्थित है इसलिए स्वराशिगत बृहस्पति को भी शुभ कहना उपयुक्त नहीं है। अतः संतानकारक बृहस्पति, पंचमेश शुक्र तथा नवमेश शनि सभी पापाक्रान्त हैं और द्वितीय भाव भी

शनि और मंगल द्वारा दृष्ट है। इस जन्मांग में सर्वाधिक निर्बल ग्रह पंचमेश शुक्र है, जिसे 0.96 षड्बल प्राप्त है। शुक्र ही आत्मकारक है और अपने नीच नवमांश कन्या में संस्थित है। लग्नेश बुध भी नीच नवमांशगत है, इसलिए कुल मिलाकर जातक के बारह संतानें हुई। पंचमेश शुक्र कन्या राशि में है इसलिए 6 पुत्र जीवित रहे। नवमेश शनि मिथुन नवमांश में संस्थित है और पापकर्त्तरी योग ग्रस्त है तथा अस्त है इसलिए तीन पुत्रियां हुईं जिनमें एक की मृत्यु हो गयी। एक की मृत्यु इसलिए हुई क्योंकि शनि मिथुन नवमांश में मंगल से संयुक्त है।

नवमांश चक्र में मंगल की दृष्टि शुक्र पर है और शनि की दृष्टि बुध पर है तथा शनि और मंगल दोनों मिथुन नवमांश में, नवमांश लग्न से पंचमभाव में स्थित हैं इसलिए प्रारम्भिक तीन संतानों की भी मृत्यु हुई। अतः उल्लेखनीय है कि मंगल षष्ठेश है और शनि अष्टमेश है। दोनों क्रूर ग्रहों मंगल और शनि का नवमांश चक्र में पंचम भाव में संस्थित होना संतति सुख हेतु अशुभ है इसीलिए जातक के कुल बारह संतानें हुई जिनमें प्रारम्भ की तीन संतानों की शैशवावस्था में मृत्यु हो गयी और एक पुत्री की मृत्यु बाद में हुई। चार संतानों की मृत्यु के पश्चात् छह पुत्र और 2 पुत्रियां जीवित हैं। संतान संख्या का विचार करने के लिए धर्मपत्नी के जन्मांग का विश्लेषण भी आवश्यक है।

लग्नेश बुध मीन नवमांश में है अतः कुल बारह संतानों का योग था। पंचमेश शुक्र स्वनक्षत्र भरणी में स्थित होकर नीच नवमांश प्राप्त कर रहा है अर्थात् कन्या में स्थित है, इसलिए छह जीवित पुत्र हैं। नवमेश शनि वृष राशि और नवम भाव पर दृष्टिनिक्षेप कर रहा है इसलिए 2 जीवित पुत्रियों का योग है। नवमांश चक्र में पंचमभाव में शनि और मंगल जो क्रमशः षष्ठेश और अष्टमेश हैं, के कारण चार संतानों की मृत्यु हुई। मंगल की स्थिति के कारण प्रारम्भिक तीन संतानों की मृत्यु हुई और शनि की स्थिति के कारण बाद में एक पुत्री का भी निधन हुआ। इस प्रकार से जन्मांग का विश्लेषण गहन अध्ययन के साथ करने से संतान की संख्या तथा असमय संतानों की मृत्यु की संख्या का संज्ञान भी उपलब्ध हो जाता है। पुत्र और पुत्रियों की संख्या भी इस प्रकार ज्ञात करना चाहिए जिसका विस्तृत उल्लेख हम अन्यत्र कर चुके हैं।

उदाहरण सं.-6.4 देखें जन्मांग सं.-90

सोलह वर्ष की अवस्था में ही, जातिका का विवाह एक धनवान, रूपवान, कुलवान, सुप्रतिष्ठित, बहुप्रशंसित प्रतापी अभियन्ता के साथ 1941 में सम्पन्न

हुआ। शीघ्र ही एक विलक्षण पुत्र का जन्म हुआ। तीन वर्ष की अवस्था में ही उस बालक को जो देखता, चकित रह जाता। अपार सुन्दर और स्वस्थ होने के साथ साथ बौद्धिक प्रतिभा का भी अद्भुत समन्वय था उस बालक में। तीन वर्ष की अवस्था में ही वह बालक चल बसा। जातिका का रक्त उसकी धमनियों में जम सा गया। सन्तान की मृत्यु से बड़ा शोक, किसी माता के लिए, भला और क्या होता है। पूर्णिमा की रात भी उसे अंधेरी लगती, खुशी का कोई भी पल उसे हर्षित नहीं करता था। अपने प्रथम पुत्र के सहसा निधन के पश्चात् जीवनपर्यन्त, जातिका ठीक से एक रात भी सो नहीं सकी। जातिका ने बाद में छह पुत्र और दो कन्याओं को जन्म दिया। प्रथम पुत्र और बाद में एक पुत्री की मृत्यु हुई। कुल मिलाकर जातिका के सात पुत्र और तीन कन्यायें हुईं, जिनमें प्रथम पुत्र और एक पुत्री की मृत्यु हो गयी।

जातिका का जन्म तुला लग्न में हुआ है पंचमेश शनि, लग्न में उच्चराशिगत है तथा शश महापुरुष राजयोग की स्थापना कर रहा है। सूर्य को नीचभंग राजयोग प्राप्त है, साथ ही उभयचरी योग की भी संरचना हो रही है। लग्नेश शुक्र नीच राशिगत होकर द्वादश भावगत है। और नवमेश बुध वृश्चिक राशि में बृहस्पति से संयुक्त है, नवमेश और बृहस्पति से भी संतान का विचार किया जाता है। इस जन्मांग में द्वितीयेश और सप्तमेश मंगल पंचमभावगत है, साथ ही वर्गोत्तम नवमांश भी प्राप्त कर रहा है। तुला लग्न के लिए मंगल मारकेश होता है और पंचमभाव में स्थित होने के कारण प्रथम संतान की मृत्यु होती है। इस तथ्य को सूत्र रूप में ग्रहण करना चाहिए। इसीकारण जातिका की प्रथम संतान की मृत्यु हुई। यदि पंचमस्थ मंगल पर अन्य शुभग्रहों का प्रभाव हो तो भी प्रथम संतान का स्वास्थ्य व्यथा का कारण होता है।

उदाहरण सं.-6.5 जन्मांग सं.-223

जन्म दिनांक : 17.10.1950 जन्म समय : 19:54:00 घंटे

जन्म स्थान : कानपुर अक्षांश 26:27:00 रेखांश 80:19:00

चित्रपक्षीय अयनांश : 23:10:10 साम्पातिक काल : 21:27:21 घंटे

ग्रह	अंश	राशि	नक्षत्र	पद	षड्बल
लग्न	11:41:29	वृष	रोहिणी	1	—
सूर्य	0:28:38	तुला	चित्रा	3	1.14
चंद्र	23:01:33	धनु	पू.षा.	3	1.31
मंगल	22:17:55	वृश्चिक	ज्येष्ठा	2	1.38

बुध (अ)	20:04:34	कन्या	हस्त	4	0.9
गुरु (व)	4:29:38	कुंभ	धनिष्ठा	4	1.26
शुक्र (व)	23:30:55	कन्या	चित्रा	1	0.9
शनि	3:21:00	कन्या	उ.फा.	3	1.17
राहु (व)	4:57:53	मीन	उ.भा.	1	—
केतु (व)	4:57:53	कन्या	उ.फा.	3	—

जन्मांग चक्र **नवमांश चक्र**

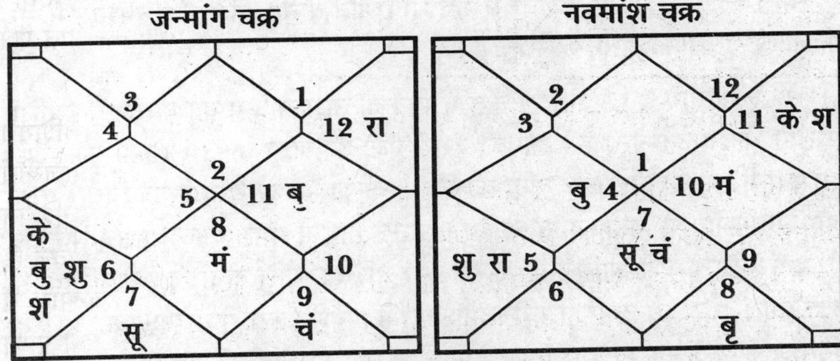

जन्म के समय शुक्र की भोग्य विंशोत्तरी महादशा - 5 व. 5 मा. 16 दि.

यह जन्मांग डायरेक्टर जनरल ऑफ पुलिस का है, इन्हें जन्म की तारीख और जन्म का अनुमानित समय ही ज्ञात था, अतः जीवन की घटनाओं के आधार पर जन्मांग का संशोधन किया गया। आप पुलिस विभाग के शीर्षस्थ अधिकारी और अपनी ईमानदारी कर्म निष्ठा, परिश्रम, उद्यम, साहस, निर्भीकता तथा बहादुरी के लिए प्रसिद्ध हैं। आपके जन्म के पश्चात ही आपके पिता का उस समय निधन हो गया, जब आपकी आयु दो वर्ष की थी उस समय आपके ऊपर शुक्र की महादशा चल रही थी, शुक्र नीच राशिगत है और पिता का कारक ग्रह सूर्य तुला राशि में संस्थित है, जहां वह नीचस्थ है। आप अपने पिता की दूसरी पत्नी से जन्मे थे और जब दो वर्ष की आयु में ही आपके पिता का निधन हो गया तो आपके सौतेले भाइयों ने पिता की तरह आपको पाला-पोसा. और उत्तम शिक्षा प्रदान की। आपके जन्म के पश्चात् एक छोटे भाई का जन्म हुआ जिसकी एक ही साल में मृत्यु हो गयी।

उल्लेखनीय है कि तृतीयेश चन्द्रमा अष्टमभाव में धनु राशि में स्थित है तथा द्वादशेश मंगल ज्येष्ठा नक्षत्र में वृश्चिक राशि में स्थित है तथा शनि द्वारा दृष्ट है इसलिए सौतेले भाइयों का योग होने के साथ-साथ छोटे भाई की हानि होने का योग

है। वृष लग्न में सप्तम भावगत वृश्चिक राशि में मंगल की स्थिति दाम्पत्य जीवन के लिए अशुभ होती है। विशेष रूप से यदि मंगल ज्येष्ठा नक्षत्रगत हो या नीच नवमांश में स्थित हो, परन्तु यहां पर मंगल ज्येष्ठा नक्षत्रगत होकर उच्च नवमांश में स्थित है, व लग्नेश शुक्र से, जन्मांग में द्वादशेश है। नवमांश कुण्डली में षडाष्टक योग है इसलिए आपका विवाह एक रूपवती स्त्री के साथ 27-02-1977 को हुआ, उस समय मंगल की महादशा चल रही थी। आपकी प्रथम पुत्री 17-07-1978 को हुई जो जन्म से विकलांग थी। इस पुत्री की मृत्यु 14-08-2001 को हुई, इस समय बृहस्पति में शनि की अन्तर्दशा चल रही थी। शनि कन्या राशि में पंचमभाव में सूर्य के नक्षत्र उत्तराफाल्गुनी में स्थित है।

उल्लेखनीय है कि शनि व केतु में मात्र दो अंश से कम का अन्तर है इसलिए सन्तान भाव पापाक्रान्त है। आपकी दूसरी पुत्री का जन्म 09-10-1989 को हुआ। दूसरी पुत्री स्वस्थ तथा प्रखर बुद्धि की विदुषी कन्या है। दूसरी पुत्री का विचार पंचम और सप्तमभाव से किया जाना चाहिए। सप्तम भाव में मंगल ज्येष्ठा नक्षत्र में स्थित है जो पंचमेश बुध से शासित है। कन्या और वृश्चिक राशि दोनों ही स्त्री राशियां हैं, तथा मंगल और बुध दोनों ही स्त्रीनवमांशगत हैं। विशेष रूप से पंचमेश बुध के कर्क नवमांश और कन्या राशि में स्थित होने के कारण मात्र पुत्रियों का ही जन्म हुआ।

सप्तमभाव में मंगल ज्येष्ठा नक्षत्रगत है जो वैवाहिक सुख में अवरोध उत्पन्न करता है। आपका दाम्पत्य जीवन सुखमय नहीं रहा। धर्मपत्नी से जिस आत्मीयता की अपेक्षा रहती है, वह भी पूर्ण नहीं हुई। मंगल के सप्तमभावगत होने से पत्नी के स्वभाव में आक्रोश, अधीरता, असंयम, संदेह, संशय और स्वाधिकार की चाहत के साथ-साथ उग्रता, व्यग्रता का आचरण सन्निहित है। बृहस्पति की महादशा का प्रारम्भ 1997 में हुआ। बृहस्पति अष्टमेश और एकादशेश होकर दशम भावगत है तथा वक्री है और मंगल के नक्षत्र धनिष्ठा और मंगल के नवमांश वृश्चिक में स्थित है, इस कारण बृहस्पति की महादशा का प्रारम्भ होते ही आपकी पत्नी ने आपके निवास का त्याग करके पृथक किराये के घर में रहना उपयुक्त समझा। आपके लाख समझाने, अनुनय-विनय करने पर भी वह न मानी और 1997 से अब तक वह डायरेक्टर जनरल के सरकारी विशाल तथा समस्त सुविधाओं से युक्त भवन का त्याग करके, एक छोटे से किराये के घर में रह रही हैं। आप पुलिस विभाग में शीर्षस्थ अधिकारी हैं। दशम, द्वितीय और एकादश भाव से पुलिस विभाग की नौकरी का विचार किया जाता है। इन भावों में या इनके अधिपतियों पर सूर्य, मंगल और बृहस्पति का प्रभाव हो तो जातक पुलिस या सेना की नौकरी करता है। उल्लेखनीय

है कि दशमस्थ बृहस्पति, मंगल के नक्षत्र धनिष्ठा में तथा मंगल में नवमांश वृश्चिक में स्थित है जो पुलिस विभाग की नौकरी प्रदर्शित कर रहा है। इसके अतिरिक्त इस जन्मांग में सर्वाधिक बली ग्रह मंगल है जिसे 1.38 षड़बल प्राप्त है। मंगल दशमस्थ बृहस्पति के साथ-साथ लग्न और द्वितीय भाव पर भी दृष्टिनिक्षेप कर रहा है, जो पुलिस की नौकरी का द्योतक है। बृहस्पति एकादशेश होकर दशमस्थ है और मंगल से पूर्णतया प्रभावित है, इसलिए पुलिस की नौकरी का प्रबल योग है।

नवमांश लग्न मेष है जिसमें मंगल अपनी उच्चराशि में दशमभावगत है। यह भी पुलिस की नौकरी प्रदर्शित कर रहा है। दशमांश लग्न वृषभ है जिसके अनुसार मंगल दशमभाव में शनि के दशमांश में स्थित है तथा द्वितीयेश और पंचमेश बुध मंगल के दशमांश में है और मंगल स्वयं दशमांश चक्र में दशम भाव होकर कर्मांश में स्थित है अर्थात् जन्मांग में, कर्मभाव में कुंभराशि है तथा दशमांश में भी मंगल कुंभराशि में ही स्थित है, यह भी पुलिस की नौकरी का परिचायक है। आप ने इकॉनामिक्स से एम.ए. प्रथम श्रेणी में किया तथा सदा ही प्रथम श्रेणी हाईस्कूल, इण्टरमीडिएट, बी.ए. और एम.ए. उत्तीर्ण किया। 27-03-1972 से 13-07-1974 तक रिजर्व बैंक ऑफ इंडिया में क्लर्क की नौकरी की। इस समय आप पर चन्द्रमा की महादशा में सूर्य की अन्तर्दशा चल रही थी। चन्द्रमा अष्टम भाव में स्थित है और सूर्य षष्ठभाव में नीचराशिगत है तथा चन्द्रमा से सूर्य भाग्येश होकर एकादशस्थ है, इसलिए 21 वर्ष की अवस्था में आप ने रिजर्व बैंक की नौकरी से अपना जीवनयापन प्रारम्भ किया। दशमस्थ बृहस्पति भी बैंक की नौकरी द्वारा जीवनयापन का योग निर्मित कर रहा है। आप की माता का स्वर्गवास 22-08-1990 को हो गया जबकि पिता की मृत्यु 2 वर्ष की अवस्था में ही हो गयी थी।

आप के ज़न्मांग में अष्टमभाव में चन्द्रमा धनुराशिगत होकर शुक्र के नक्षत्र पूर्वाषाढ़ तथा शुक्र के नवमांश तुला में स्थित है, यह बालारिष्ट योग का भी निर्माण कर रहा है, अतः आप बाल्यकाल में पांच बार जल में डूबते-डूबते बचे। कभी नदी में नहाते समय तो कभी स्विमिंग पूल में तो कभी किसी और स्थान पर जल के प्रभाव के कारण आप को भारी व्यथा का सामना करना पड़ा।

01-12-2008 को आप डायरेक्टर जनरल ऑफ पुलिस के पद पर नियुक्त हुए। इस समय बृहस्पति की महादशा में चन्द्रमा की अन्तर्दशा चल रही थी। यद्यपि चन्द्रमा ने स्वास्थ्य संबंधी अनेक प्रकार के कष्ट बाल्यकाल और किशोरावस्था में प्रदान किये परन्तु मंगल और चंद्रमा इस जन्मांग में सर्वाधिक प्रबल ग्रह हैं, इसीलिए चन्द्रमा की अन्तर्दशा में पदोन्नति हुई। बृहस्पति से देखने पर, चन्द्रमा षष्ठेश होकर

अष्टमस्थ है और बृहस्पति की ही राशि धनु में स्थित है, इसलिए पदोन्नति का योग बृहस्पति की महादशा में चन्द्रमा की अन्तर्दशा के मध्य निर्मित हुआ है। बृहस्पति और मंगल एक दूसरे से चतुर्थदशम हैं अतः मंगल की अन्तर्दशा में श्रेष्ठ विभाग में डी.जी. के पद पर नियुक्त होने का योग है। उस समय गोचर का बृहस्पति और शनि भी अपेक्षाकृत अनुकूल स्थिति में होंगे। उपरोक्त विश्लेषण के आधार पर इस जन्मांग में जन्म समय का संशोधन किया गया है। जन्म का शुद्ध समय 19 बजकर 54 मिनट है।

इस जन्मांग में संतति वियोग का योग है, इसलिए इस जन्मांग को, संतति वियोग के अध्याय में सम्मिलित किया गया है। उल्लेखनीय है कि लग्नेश शुक्र पंचमभाव अल्पसुत राशि कन्या में नीचराशिगत है और केतु से संयुक्त होने के साथ-साथ अस्त है। केतु और शुक्र में मांत्र 1 अंश 37 कला का अन्तर है। दोनों ही ग्रह सूर्य के नक्षत्र उत्तराफाल्गुनी के तृतीय पद में स्थित हैं। पंचमेश बुध के साथ-साथ लग्नेश और षष्ठेश शुक्र पंचमभाव में राहु-केतु की धुरी पर स्थित है। पंचमेश बुध शत्रुनवमांश कर्क में स्थित होकर मंगल द्वारा दृष्ट है। संतानकारक बृहस्पति पर भी मंगल का अत्यधिक प्रभाव है। बृहस्पति मंगल से दृष्ट होकर मंगल के नक्षत्र धनिष्ठा में तथा मंगल के नवमांश वृश्चिक में स्थित है, जबकि मंगल इस जन्मांग में मारकेश है। इन्हीं कारणों से बड़ी पुत्री जिसका जन्म 17-07-1978 को मंगल की महादशा में हुआ, वह विकलांग हुई और बृहस्पति में शनि की अन्तर्दशा में उस बालिका का निधन हो गया। यहाँ पर ध्यान देने योग्य तथ्य यह है कि मंगल शनि और केतु ऐसे क्रूर ग्रह शनि के नवमांश में स्थित हैं और शनि पंचमेश बुध से अष्टमस्थ है। इस प्रकार से यह जन्मांग एक वरिष्ठ पुलिस अधिकारी का है, जिसके जीवन में दाम्पत्यसुख के अभाव के साथ-साथ संततिवियोग भी सहन करने के लिए विवश होना पड़ा है।

उदाहरण सं.-6.6 जन्मांग सं.-224

जन्म दिनांक : 17.01.1954 जन्म समय : 16:14:40 घंटे
जन्म स्थान : Kamal अक्षांश 29:41:00 रेखांश 76:59:00
चित्रपक्षीय अयनांश : 23:13:11 साम्पातिक काल : 23:37:52 घंटे

ग्रह	अंश	राशि	नक्षत्र	पद	षड्बल
लग्न	14:41:37	मिथुन	आर्द्रा	3	—
सूर्य	3:34:51	मकर	उ.षा.	3	1.2

चंद्र	13:20:35	मिथुन	आर्द्रा	3	0.95
मंगल	23:25:16	तुला	विशाखा	2	0.87
बुध (पू)	5:18:39	मकर	उ.षा.	3	0.76
गुरु (व)	24:09:12	वृष	मृगशिरा	1	1.1
शुक्र (अ)	0:34:07	मकर	उ.षा.	2	1.31
शनि	15:18:57	तुला	स्वाति	3	1.59
राहु (पू)	0:47:14	मकर	उ.षा.	2	—
केतु	0:47:14	कर्क	पुनर्वसु	4	—

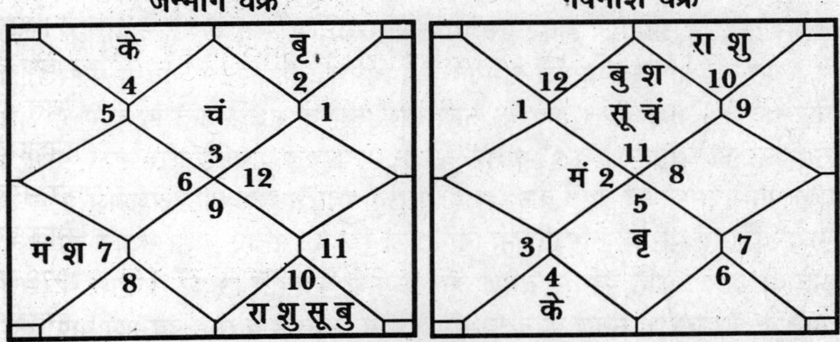

जन्म के समय राहु की भोग्य विंशोत्तरी महादशा - 8 व. 11 मा. 25 दि.

यह जन्मांग, ऐसे जातक का है जिसके पंचमभाव में शनि और मंगल देखकर अनेक ज्योतिषियों ने भविष्यवाणी की थी कि यह बालक हाईस्कूल की परीक्षा भी नहीं उत्तीर्ण कर पायेगा। परन्तु यह नितान्त त्रुटिपूर्ण कथन था। जातक प्रथम प्रयास में ही आई.ए.एस. की प्रतियोगिता में सफल हो गया और आई.ए.एस. में उसकी उल्लेखनीय नियुक्ति हुई।

जातक का विवाह 04-07-1981 को धूमधाम से सम्पन्न हुआ। प्रथम संतान का जन्म 23-01-1985 को हुआ परन्तु प्रसव वेदना काल में ही शिशु की मृत्यु हो गयी। जातक और उसकी पत्नी संतति वियोग के दारुण दुख के कारण अत्यधिक व्यथित हुए जो स्वाभाविक है। जब शिशु गर्भ में होता है तो प्रत्येक दिन उसके माता-पिता उसके रूप, वर्ण, गुण, प्रतिभा आदि की कल्पना करके इतना हर्षित और आनन्दित होते हैं। इस सत्य से कोई भी अनभिज्ञ नहीं है। जातक एक गम्भीर अध्येता और अधिकारी होने के साथ-साथ असीम वात्सल्य की गंगोत्री में अवगाहन

करने वाला पिता भी है। उसने अपने आंसुओं को नियन्त्रित किया और भगवती की कृपा से डेढ़ वर्ष पश्चात् ही 07-08-1986 को प्रथम पुत्र का जन्म हुआ। 14-03-1988 को दूसरा पुत्र जन्मा। जातक के जन्मांग में पंचमभाव में मंगल और शनि स्थित हैं और पंचमेश शुक्र अष्टम भावगत है और राहु केतु की धुरी पर स्थित है। पंचमेश शुक्र पर षष्ठेश मंगल की दृष्टि है और शुक्र अपने शत्रु सूर्य से संयुक्त भी है। पंचमेश शुक्र और अष्टमेश शनि के मध्य विनिमय परिवर्तन योग का भी निर्माण हो रहा है, संतानकारक बृहस्पति द्वादशभाव में, अल्पसुत राशि वृषभ में स्थित है और मंगल से दृष्ट है इसलिए संतति संबंधी विषयों के लिए उत्साहवर्धक स्थिति दृष्टिगत नहीं हो रही है।

उल्लेखनीय है कि मंगल पंचमभावगत है परन्तु षष्ठभाव में चलित हो गया है जबकि शनि अष्टमेश होकर पंचमभाव में उच्चराशि तुला में राहु के नक्षत्र स्वाती में स्थित है। शनि स्वनवमांश कुंभगत है। पंचमेश शुक्र अष्टम भाव में मकर राशि में स्थित है। शुक्र अस्त होने के साथ-साथ सूर्य के नक्षत्र उत्तराषाढ़ में है और राहु-केतु की धुरी पर स्थित है। शुक्र को 1.31 षड्बल प्राप्त है और मकर राशि में वर्गोत्तम नवमांश भी प्राप्त कर रहा है। परन्तु पंचमेश शुक्र और अष्टमेश शनि के मध्य विनिमय परिवर्तन स्थिति भी निर्मित हो रही है इसलिए प्रथम संतान का जन्म होते ही उसकी क्षति हुई। सप्तमेश और दशमेश बृहस्पति द्वादश भावगत है परन्तु वक्री है और षष्ठेश मंगल के नक्षत्र मृगशिरा में स्थित है व सिंह नवमांश प्राप्त कर रहा है। वृष राशि और सिंह नवमांश दोनों ही अल्पसुत राशियां हैं। वृष राशिगत बृहस्पति के कारण दो सुंदर और स्वस्थ पुत्रों का जन्म हुआ। उल्लेखनीय है कि बृहस्पति दशमेश भी है और सूर्य के नवमांश में है इसलिए जातक एक कुशल और प्रतिष्ठित प्रशासनिक अधिकारी है। द्वितीयेश चंद्रमा भी शनि का नवमांश प्राप्त कर रहा है और लग्न में मिथुन राशि में संस्थित है जो रेवेन्यू सर्विसेज द्वारा जीवनयापन एवं पद प्रतिष्ठा का संकेत कर रहा है। बृहस्पति आत्मकारक होकर अष्टमभाव पर दृष्टिनिक्षेप कर रहा है। इसलिए अष्टम भावस्थ ग्रहों राहु, शुक्र, सूर्य और बुध के अशुभ प्रभाव में अल्पता आ गयी है और शुभ प्रभाव में वृद्धि हुई है। लग्नेश और चतुर्थेश बुध, सप्तमेश और दशमेश बृहस्पति के साथ त्रिकोणात्मक संबंध स्थापित कर रहा है और दोनों ही ग्रह त्रिक भाव में स्थित हैं। अष्टम भाव से रहस्य पूर्ण विद्या का भी विचार किया जाना चाहिए। यहॉ पर बुध और बृहस्पति का त्रिकोणात्मक संबंध और त्रिकभावों में इन ग्रहों की स्थिति यह स्पष्ट कर रही है कि जातक की गहरी अभिरुचि तथा गहन संज्ञान ज्योतिषशास्त्र के अध्ययन, मनन और चिंतन, भविष्य कथन, लेखन और प्रकाशन में है।

बाल्यकाल से ही जातक को ज्योतिष विज्ञान के अध्ययन के प्रति गहरी अभिरुचि थी। कालांतर में जातक ज्योतिष शास्त्र का असाधारण विद्वान बना और उन्होंने ज्योतिष के क्षेत्र में विश्वव्यापी क्रांति का अभियान प्रारम्भ किया। उन्होंने ज्योतिषशास्त्र की प्राचीन प्रतिष्ठित परम्परा के साथ श्रीकृष्ण मूर्ति पद्धति का प्रखर समन्वय करके सनातन श्रीज्योतिष विज्ञान का सूत्रपात किया। भविष्य कथन में जहां तक अयनांश का प्रश्न है उसे भी संशोधित करने हेतु दिन-रात परिश्रम करके सनातन श्री अयनांश को जन्म दिया ताकि अधिक से अधिक सटीक भविष्य कथन किया जा सके। अपनी शोध पर केन्द्रित अद्‌भुत भविष्यवाणियों के सत्य होने के कारण उन्हें कम आयु में ही विश्वव्यापी ख्याति प्राप्त हुई। उनके सत्य भविष्य कथन की सूची तो इतनी विस्तृत है कि उसका उल्लेख करने हेतु एक पृथक् पुस्तक का निर्माण अपेक्षित है। पाकिस्तान के प्रधानमंत्री नवाज शरीफ का किसी सेना के शासक द्वारा तख्ता पलट और सेनापति का प्रधानमंत्री बनना, नेपाल के राजाओं की हत्या, 2004 के आम चुनाव में अटल बिहारी और सोनिया गांधी में से कोई भी प्रधानमंत्री नहीं बनेगा और कोई नया व्यक्ति ही देश की बागडोर संभालेगा, माधवराव सिंधिया की विमान दुर्घटना, अमेरिका में ट्विन टावर और आतंकवाद के कारण जान-माल की भीषण हानि आदि-आदि सैकड़ों सत्य भविष्यवाणियां करके अपना स्थान देश के सर्वाधिक सटीक भविष्य कथन करनेवालों में प्रतिष्ठित किया। जातक ने ज्योतिष विज्ञान के लिए अपना पूरा जीवन समर्पित कर दिया है और देश के विभिन्न नगरों में अनेक ज्योतिष सम्मेलन करके जनता का सही मार्ग प्रदर्शन किया है। जातक ने ज्योतिष विज्ञान पर सैकड़ों शोधपरख लेख लिखे हैं और उसके साथ-साथ उनकी अनेक कृतियां भी प्रकाशित हुई हैं। पिछले 11 वर्षों से वह ज्योतिष शास्त्र पर केन्द्रित एक यशस्वी पत्रिका का भी संचालन, संपादन तथा प्रकाशन कर रहे हैं, और एक ऋषि या संत सदृश जीवनयापन करने वाले आयकर आयुक्त विनम्रता, शालीनता, सौम्यता, ज्ञान, विज्ञान और ज्योतिष के क्षेत्र में असाधारण प्रतिभा के हीरक हस्ताक्षर हैं।

यहां उल्लेखनीय है कि पंचमभाव में षष्ठेश और अष्टमेश मंगल और शनि दोनों ही स्थित हैं तथा पंचमेश शुक्र और अष्टमेश शनि के मध्य विनिमय परिवर्तन योग की संरचना हो रही है, फिर भी जातक के दो सुंदर, स्वस्थ, सुशिक्षित, संस्कारित, योग्य और आज्ञाकारी पुत्र हैं। इस अशुभयोग के कारण प्रथम संतान की हानि अवश्य हुई है। इस उदाहरण से यह स्पष्ट होता है कि यदि मंगल और शनि संयुक्त हों तो उनके अशुभ प्रभाव में न्यूनता स्पष्टरूप से दृष्टिगत होती है जबकि मंगल और शनि का परस्पर दृष्टि सम्बन्ध कहीं अधिक हानि का परिणाम प्रदान करता है।

उदाहरण सं.-6.7 **जन्मांग सं.-225**

जन्म दिनांक : 16.02.1935 जन्म समय : 15:10:00 घंटे

जन्म स्थान : लाहौर अक्षांश 31:32:00 रेखांश 74:22:00

चित्रपक्षीय अयनांश : 22:57:19 साम्पातिक काल : 0:19:16 घंटे

ग्रह	अंश	राशि	नक्षत्र	पद	षड्बल
लग्न	24:54:40	मिथुन	पुनर्वसु	2	–
सूर्य	3:50:31	कुंभ	धनिष्ठा	4	1.15
चंद्र	11:30:52	कर्क	पुष्य	3	1.2
मंगल	0:56:29	तुला	चित्रा	3	0.94
बुध (व/पू)	5:40:47	कुंभ	धनिष्ठा	4	0.71
गुरु	29:36:43	तुला	विशाखा	3	0.96
शुक्र	25:07:04	कुंभ	पू.भा.	2	1.22
शनि(अ)	7:15:51	कुंभ	शतभिषा	1	1.62
राहु (व)	8:03:33	मकर	उ.षा.	4	–
केतु (व)	8:03:33	कर्क	पुष्य	2	–

जन्मांग चक्र

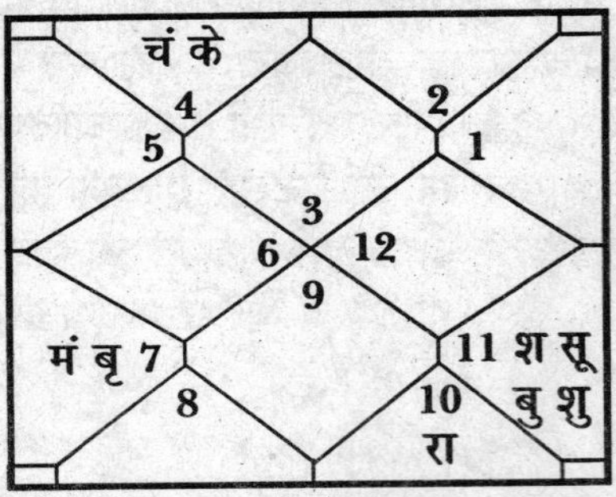

चं के 4
5
2
1
3
6
12
9
मं बृ 7
8
11 श सू
10 बु शु
रा

नवमांश चक्र

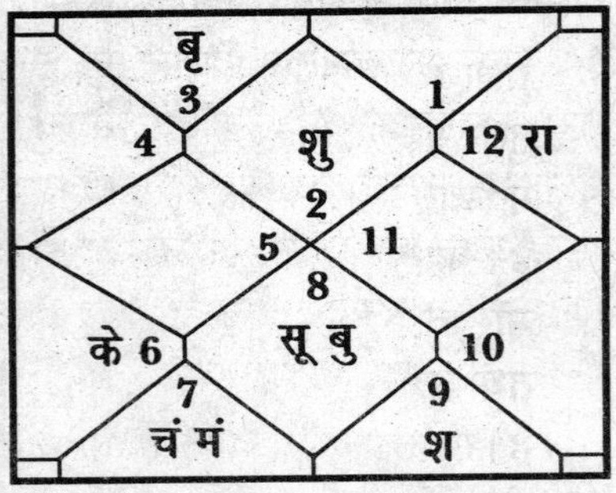

बृ 3
4
शु 2
1
12 रा
5
11
8
के 6
सू बु
10
7 चं मं
9 श

जन्म के समय शनि की भोग्य विंशोत्तरी महादशा - 7 व. 4 मा. 3 दि.

इन वयोवृद्ध की आंखों में आज भी अपने इकलौते पुत्र विपिन का मुस्कराता हुआ चेहरा, स्पष्ट रूप से प्रतिबिम्बित परिलक्षित होता रहता है। समादृत, सम्मानित, संस्कृति संस्कार और सम्यता के साकार आकार आनन्दजी का विवाह 28-08-1960 को अतिविशिष्ट की उपस्थिति में धूमधाम से सम्पन्न हुआ। 28-08-2010 को

उनके विवाह की स्वर्ण जयन्ती का भव्य उत्सव समारोह सम्पन्न हुआ। विवाह के दसवें मास में प्रथम संतान पुत्र का जन्म हुआ। सभी प्रसन्न थे। पुत्र का नाम विपिन प्रतिष्ठित किया गया। इसके पश्चात् वर्तिका 01-05-1964 को जन्मी और सात वर्ष पश्चात् वैशाली का जन्म 13-12-1971 को हुआ। आनन्दजी के परिवार की दिव्यता और भव्यता, उनकी संतानों की अद्भुत विद्वता और प्रतिभा के कारण, निरन्तर वृद्धि होती जा रही थी। पुत्र विपिन, अमेरिका में एक मल्टीनेशनल कम्पनी में उच्चपद पर कार्यरत था और अपने उत्तरदायित्वों का निर्वाह बड़ी कुशलता और योग्यता के साथ कर रहा था। 02-09-1984 को विपिन का विवाह रीता के साथ सम्पन्न हुआ। पौत्र जन्म की अभिलाषा भी 09-08-1985 को पूर्ण हो गयी। दोनों पुत्रियों का भी विवाह योग्य वरों के साथ सम्पन्न हो गया। आनन्दजी और उनकी पत्नी से सुखी कोई और नहीं था। तभी अचानक 23-04-1991 को महाकाल के क्रूर और कराल हाथों ने आनन्दजी के सुन्दर, स्वस्थ और आज्ञाकारी पुत्र विपिन को एक मार्ग दुर्घटना में अपना ग्रास बना लिया। रीता की मांग उजड़ गई। वरुण के पिता, सदा के लिए उसे छोड़कर चले गये। ऐसा ही हुआ कि जैसे सूरज सदा के लिए डूब गया और सारे संसार में घोर अंधकार व्याप्त हो गया। सांसें अवरुद्ध हो गईं। कभी न समाप्त होने वाले आसुंओं की धारा उमड़ पड़ी, सभी की आंखों में। आज भी इस वृद्ध जातक की आंखों में अपने पुत्र की छवि और स्मृतियां स्पष्ट रूप से उसके आंसुओं के साथ बहती हुई देखी जा सकती हैं।

जातक का जन्म मिथुन लग्न में हुआ है। एकादशेश और षष्ठेश मंगल तुला राशि में पंचमभाव में बृहस्पति से संयुक्त है। यहां पर मंगल 0 अंश 56 कला पर तुला राशि में चित्रा नक्षत्र में स्थित है और बृहस्पति स्वनक्षत्र विशाखा में तुलाराशि में स्थित है। बृहस्पति मारकेश होकर षष्ठेश मंगल से युक्त है और संतानकारक भी है। यहां पर बृहस्पति पापाक्रान्त है, शत्रुराशिगत है और बुध के नवांश मिथुन में संस्थित है, इसलिए जातक के तीन संतानें हुई। यहाँ बृहस्पति आत्मकारक भी है तथा नवमभाव एवं नवम भावस्थ सूर्य, शनि, शुक्र और बुध पर दृष्टिनिक्षेप कर रहा है। उल्लेखनीय है कि नवमभाव पंचम से पंचम होने के कारण संतान सुख से संबंधित होता है जिसमें शनि व सूर्य की युति पर्याप्त अनिष्टकारी है। पंचमभाव में मंगल एवं बृहस्पति की युति या पंचमभाव के सन्दर्भ में मंगल तथा बृहस्पति का विनिमय दृष्टि सम्बन्ध शुभ नहीं स्वीकारा जाना चाहिए। यह उसी प्रकार है जैसे मंगल को मनमानी करने की स्वतंत्रता प्राप्त हो गयी हो और बृहस्पति उसकी सुरक्षा कर रहा हो। हमने मंगल व बृहस्पति के परस्पर दृष्टि सम्बन्ध तथा युति को लेकर अनेक शोधपरक लेख लिखे हैं। इसीप्रकार से सूर्य तथा शनि की युति अथवा दृष्टिसम्बन्ध को लेकर

भी अनेक शोध किये हैं। दोनों ही योग अशुभ हैं। जिन भावों में इन ग्रहयोगों की संरचना होती है, उन भावों से सम्बद्ध फल पापाक्रान्त हो उठते हैं। जातक ने मंगल की पंचमभावस्थ स्थिति के कारण अपना युवा पुत्र खो दिया, यदि मंगल त्रिकभावाधिपति होकर पंचमभावस्थ हो, तो अशुभता में अत्यधिक वृद्धि होती है।

उदाहरण सं.-6.8 जन्मांग सं.-226

जन्म दिनांक : 21.11.1954 जन्म समय : 08:49:00 घंटे

जन्म स्थान : इलाहाबाद अक्षांश 25:27:00 रेखांश 81:50:00

चित्रपक्षीय अयनांश : 23:13:52 साम्पातिक काल : 12:44:42 घंटे

ग्रह	अंश	राशि	नक्षत्र	पद	षड्बल
लग्न	6:05:44	धनु	मूल	2	—
सूर्य	5:02:42	वृश्चिक	अनुराधा	1	1.46
चंद्र	17:26:41	कन्या	हस्त	3	1.24
मंगल	27:28:23	मकर	धनिष्ठा	2	1.14
बुध	17:08:37	तुला	स्वाति	4	1.3
गुरु (व)	6:41:07	कर्क	पुष्य	2	1.16
शुक्र (व)	25:45:02	तुला	विशाखा	2	1.24
शनि(अ)	20:46:20	तुला	विशाखा	1	1.13
राहु (व)	13:02:39	धनु	मूल	4	—
केतु (व)	13:02:39	मिथुन	आर्द्रा	2	—

जन्मांग चक्र

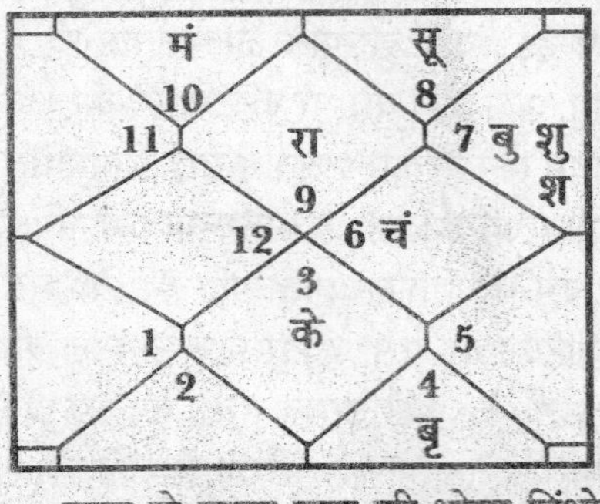

मं 10, सू 8, 11, रा 9, 7 बु शु श, 12, 6 चं, 3 के, 1, 5, 2, 4 बृ

नवमांश चक्र

चं 3, श 1, रा 4, शु 2, 12 बु, सू 5, 11, 8, मं बृ 6, 10 के, 7, 9

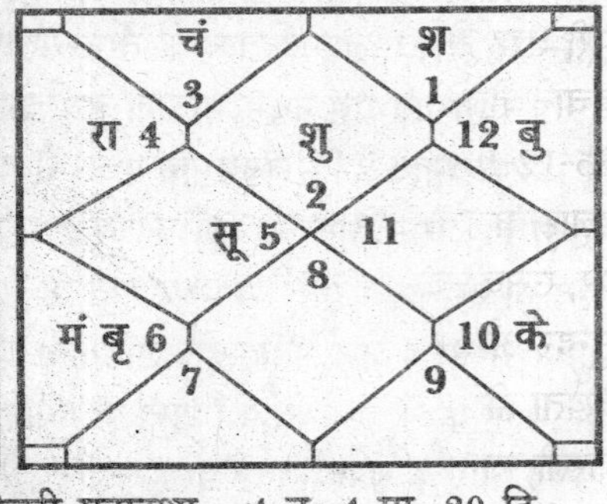

जन्म के समय चन्द्र की भोग्य विंशोत्तरी महादशा - 4 व. 4 मा. 30 दि.

संतान के सम्बन्ध में, इस दुर्भाग्यशाली जातक का विवाह 21-11-1980 को मथुरा में बिहारी जी के प्राशीष के उपरान्त सम्पन्न हुआ। विवाह के लगभग 5 वर्ष पश्चात् 25-11-1985 को प्रथम संतान के रूप में, एक विलक्षण पुत्री का जन्म हुआ। जैसे-जैसे यह बालिका बड़ी होने लगी, इसका अद्‌भुत सौन्दर्य निखरने लगा। जातक ने बालिका के सौन्दर्य और प्रतिभा के अनुरूप ही, उसका नाम 'चारु' रखा। 14-08-1988 को पुत्र का जन्म हुआ जिसके हृदय में छिद्र था। सभी प्रकार की चिकित्सा के उपरान्त भी, उस बालक को बचाया नहीं जा सका। तीन मास से भी कम आयु में 29-10-1988 को इस बालक ने अपने पूर्व जन्म के अवशेष कृत्यों का फल भोगने के पश्चात् सदा के लिए मुक्ति प्राप्त की। 24-04-1990 बृहस्पति की महादशा के मध्य बुध की अन्तर्दशा में 'रिचा' 25-04-1990 को जन्मी, डेढ़ वर्ष से भी कम समय में एक पुत्र जिसका नाम 'ऋषि' रखा गया, का जन्म 16-09-1991 को हुआ। 20-12-1999 को चारु और रिचा घर पर अकेले थे। सायंकाल होने में लगभग दो घण्टे का समय शेष था। जातक कार्यस्थल पर व्यस्त था। माता और पुत्र कहीं गये हुए थे। रिचा, घर के बाहर बैठी हुई थी और चारु उसे बार-बार घर के अन्दर आने हेतु आग्रह कर रही थी। रिचा भी अड़ गई और घर के भीतर न आने की जैसे उसने कसम खा ली हो। चारु क्रोधित हो उठी और रिचा से बोली तुरन्त भीतर आ जाओ, नहीं तो मैं अपने को जला लूंगी। रिचा ने इसे कोरी धमकी ही समझा। चारु बार-बार कहती रही कि तुम अन्दर नहीं आओगी तो मैं अपने आप को जला लूंगी। रिचा को डराने के लिए चारु ने माचिस की तीली जला ली और उसी समय एक चिनगारी, उसके कुर्ते पर गिर पड़ी, जिसका आभास उसे तब हुआ, जब वह जलने लगी। अपने को जलता देखकर, चारु घर के भीतर गई तो घर की सारी बाल्टियां खाली पड़ी थीं। चारु घर के बाहर निकलकर भागने लगी। आग ने तेजी पकड़ ली। आस-पड़ोस के लोगों ने कम्बल में उसे लपेटा परन्तु तब तक चारु पूरी तरह से जल चुकी थी। पड़ोसियों ने ही चारु को अस्पताल पहुंचाया। चारु को बचाने हेतु, सभी संभव प्रयास किये गये परन्तु उसे बचाया नही जा सका और 25-12-1999 को चारु चल बसी। चौदह वर्ष की चारु अपने सौन्दर्य के लिए इलाहाबाद और नैनी में विख्यात थी। पांच फुट सात इंच की इस पूर्णतः निरोग कन्या पर, उसकी बौद्धिक प्रतिभा और गुणवत्ता के कारण उसके माता-पिता को गर्व था। सुन्दर और सुडौल अंग-प्रत्यंग से अभिषिक्त चारु का चांद सा रूप, जो देखता वह देखता ही रह जाता। वह अपनी कक्षा में सदा प्रथम आती, घर का भी ढेर सारा काम करती, जातक पिता के भी अनेक काम निबटाती, फिर अपनी पढ़ाई देर रात तक करती। चारु अपने भाई बहनों की भी पूरी देखभाल करती। उन्हें तैयार करके स्कूल

भेजती, उनके लिए टिफिन तैयार करती और फिर स्वयं तैयार होकर स्कूल जाती। चारु की अकाल मृत्यु के कारण, जातक विक्षिप्त सा हो गया। उसके जीवन की सबसे सुन्दर पूंजी ईश्वर ने, उससे छीन ली थी। चारु की अकाल मृत्यु और इस प्रकार अग्नि में जलकर ध्वस्त हो जाने का समाचार जिसने सुना, वही रो पड़ा। नैनी में रहने वाली चारु के अभाव में नैनी प्राणहीन हो गया और इसका आभास सभी को हुआ।

इस जातक का जन्म धनु लग्न में हुआ। जिसमें पंचमेश मंगल, द्वितीयभाव में, अपनी उच्चराशि में संस्थित होकर पंचम और नवम भाव पर दृष्टिनिक्षेप कर रहा है। पंचम भाव पर शनि की दृष्टि है। लग्नेश और संतानकारक बृहस्पति अपनी उच्चराशि कर्क में अष्टमभाव में स्थित है और मंगल तथा शनि से दृष्ट है। इस प्रकार से पंचमभाव, नवमभाव, सन्तानकारक बृहस्पति तथा नवमेश सूर्य सभी पापाक्रान्त हैं और अशुभग्रहों के प्रभाव में है। इसीकारण जातक को संततिवियोग सहन करने हेतु विवश होना पड़ा।

इस जन्मांग में बृहस्पति, शनि और मंगल, उच्चराशिगत हैं जबकि लाभेश शुक्र, स्वराशि तुला में स्थित है। आत्मकारक ग्रह मंगल जो पंचमेश और द्वादशेश है, शत्रु नवांश कन्यागत है और नीचस्थ बुध से दृष्ट है और यह अशुभयोग नवांशचक्र में पंचमभाव में ही निर्मित हो रहा है। इसलिए हम बार-बार अपने लेखों और कृतियों में यह लिखते रहे हैं कि उच्चस्थ ग्रहों से न तो अधिक उत्साहित होना चाहिए और नीचस्थ ग्रहों से अधिक हतोत्साहित भी नहीं होना चाहिए।

उदाहरण सं.-6.9 जन्मांग सं.-227

जन्म दिनांक : 13.08.1955 जन्म समय : 02:05:00 घंटे
जन्म स्थान : लखनऊ अक्षांश 26:50:00 रेखांश 80:54:00
चित्रपक्षीय अयनांश : 23:14:31 साम्पातिक काल : 23:20:39 घंटे

ग्रह	अंश	राशि	नक्षत्र	पद	षड्बल
लग्न	9:20:43	मिथुन	आर्द्रा	1	—
सूर्य	26:06:13	कर्क	अश्लेषा	3	1.41
चंद्र	19:13:12	वृष	रोहिणी	3	1.25
मंगल(पू)	27:29:03	कर्क	अश्लेषा	4	1.11
बुध (अ)	3:32:38	सिंह	मघा	2	1.05
गुरु (अ)	19:44:04	कर्क	अश्लेषा	1	1.11
शुक्र (अ)	20:46:03	कर्क	अश्लेषा	2	1.22

शनि	21:44:43	तुला	विशाखा	1	1.54
राहु	1:49:11	धनु	मूल	1	—
केतु	1:49:11	मिथुन	मृगशिरा	3	—

जन्मांग चक्र

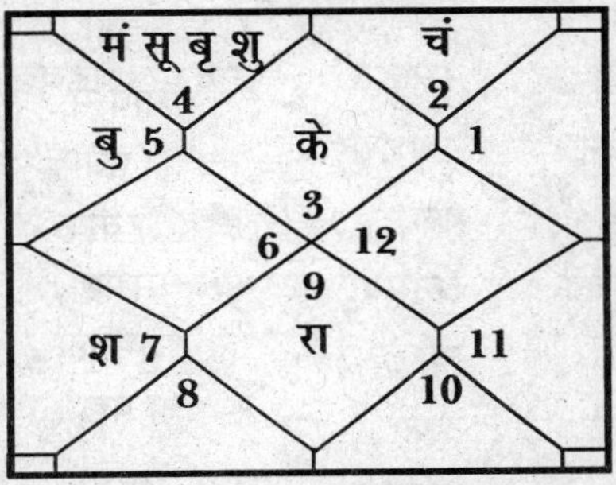

मं सू बृ शु 4
चं 2
बु 5
के 3
1
6
12
9
श 7
रा
11
8
10

नवमांश चक्र

शु 10
8
सू 11
बृ 9
7 के
मं 12
6
3 चं
श रा 1
5
2 बु
4

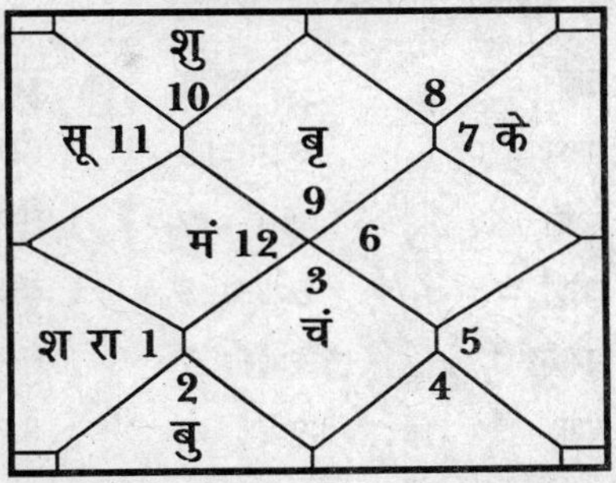

जन्म के समय चन्द्र की भोग्य विंशोत्तरी महादशा - 3 व. 1 मा. 0 दि.

मिथुन लग्न में जन्मी इस जातिका का विवाह 20-02-1977 को हुआ तथा 30-12-1978 को एक पुत्री का जन्म हुआ। जातिका की मेधावी पुत्री अभी 14 वर्ष की भी नहीं हुई थी कि 12-11-1992 को वह अकाल मृत्यु का ग्रास बन गई। जब जातिका की पुत्री स्कूल से दोपहर में घर लौटी तो माता-पिता घर में नहीं थे। उसने खाना परोसा और जैसे ही खाना शुरू किया उसके विंडपाइप में चावल फंस गया। जातिका की पुत्री की सांस अवरुद्ध हो गयी। वह छटपटायी, तड़पी परन्तु अगली सांस नहीं आयी। बाद में दरवाजा तोड़ा गया तो जातिका ने अपनी पुत्री को मृत पाया। जातिका की मानसिक स्थिति का आभास सुगमता से लगाया जा सकता है। आज भी उस घर में कहीं-कहीं जातिका की पुत्री की हंसी और कहकहों की आवाजें सुनाई देती हैं तो कहीं-कहीं जातिका के रुदन का स्वर हृदय को चीर देता है।

अष्टमेश शनि नवमभाव में उच्चराशिगत है और षष्ठेश मंगल द्वारा दृष्ट है। अतः पंचमभाव शनि व मंगल द्वारा पापाक्रान्त है। संतानकारक बृहस्पति भी अस्त है। नवांश कुण्डली में शनि नीचनवांशस्थ है व पंचमभाव में राहु से युक्त है। उल्लेखनीय है कि शनि नवमेश है, मंगल से दृष्ट होने के कारण पापाक्रान्त है व पंचमभाव में नीचनवांशस्थ है जबकि पंचमेश शुक्र शत्रुराशि कर्क में षष्ठेश मंगल से युक्त है। इसीलिए प्रथम संतान के रूप में पुत्री का जन्म हुआ जो 14 वर्ष की आयु प्राप्त करने से पूर्व सद्गति को प्राप्त हुई।

उदाहरण सं.-6.10 जन्मांग सं.-228

जन्म दिनांक : 21.08.1950 जन्म समय : 01:05:00 घंटे
जन्म स्थान : पटना अक्षांश 25:37:00 रेखांश 85:12:00
चित्रपक्षीय अयनांश : 23:10:04 साम्पातिक काल : 23:10:03 घंटे

ग्रह	अंश	राशि	नक्षत्र	पद	षड्बल
लग्न	6:23:18	मिथुन	मृगशिरा	4	—
सूर्य	4:01:47	सिंह	मघा	2	1.72
चंद्र	6:13:28	वृश्चिक	अनुराधा	1	1.18
मंगल	13:01:57	तुला	स्वाति	2	1.25
बुध	1:21:33	कन्या	उ.फा.	2	1.2
गुरु (व)	10:02:10	कुंभ	शतभिषा	2	0.97
शुक्र	11:58:29	कर्क	पुष्य	3	1.26
शनि	26:16:55	सिंह	पू.फा.	4	1.12
राहु (स)	5:37:51	मीन	उ.भा.	1	—
केतु (स)	5:37:51	कन्या	उ.फा.	3	—

जन्मांग चक्र

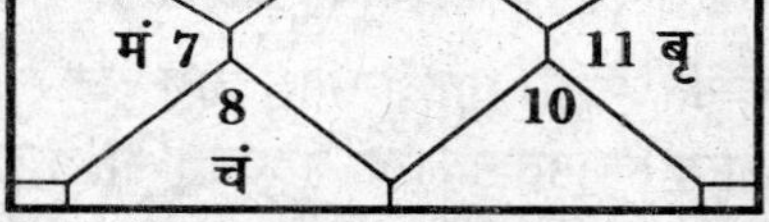

शु
4
2
श सू 5
1
3
बु के 6
12 रा
9
मं 7
11 बृ
8
10
चं

नवमांश चक्र

शु
9
7
मं बु 10
श
6
बृ
8
के 11
5 रा चं
2
12
सू
4
1
3

जन्म के समय शनि की भोग्य विंशोत्तरी महादशा - 14 व. 10 मा. 17 दि.

जातक उ.प्र. खादी उद्योग का एक वरिष्ठ अधिकारी है, जिसका विवाह 20-02-1977 को सम्पन्न हुआ। विवाह के शीघ्र पश्चात् 30-12-1978 को एक पुत्री का जन्म हुआ, जिसे काल के क्रूर हाथों ने 14 वर्ष की कम आयु में

12-11-1992 को जातक से छीन लिया। वह पिता की लाडली थी, माता की दुलारी थी और पूरे मोहल्ले की प्राण थी। जैसे ही पिता को अपनी पुत्री के असमय निधन का समाचार प्राप्त हुआ, उनकी चेतना शून्य हो गयी। और ऐसा प्रतीत हुआ जैसे वह रसातल में चले गये हों। माता-पिता के लिए असमय संतति वियोग से बढ़कर कोई अन्य क्लेश नहीं होता है। जातक अपनी पुत्री की मृत्यु के 17 वर्ष पश्चात् भी उसे स्मरण करके रो पड़ता है।

इस जन्मांग में जातक के पंचमभाव में षष्ठेश व एकादशेश मंगल स्थित है। जिसे अष्टमेश व नवमेश शनि पूर्ण दृष्टि से देख रहा है। पंचमभाव पर षष्ठेश व अष्टमेश मंगल तथा शनि के संयुक्त प्रभाव के कारण ही उसके प्रथम संतान पुत्री की अकाल मृत्यु उस समय हुई जब जातक की पुत्री के भोजन करते समय श्वास नली में चावल फंस जाने के कारण उसकी श्वास सदा के लिए अवरुद्ध हो गयी। संतानकारक बृहस्पति भी पंचमभाव पर दृष्टिनिक्षेप कर रहा है। अतः 26-06-1983 को एक पुत्र का भी जन्म हुआ जो संप्रति स्वस्थ है।

उदाहरण सं.-6.11 जन्मांग सं.-229

जन्म दिनांक : 03.10.1967 जन्म समय : 07:12:00 घंटे

जन्म स्थान : लखनऊ अक्षांश 26:50:00 रेखांश 80:54:00

चित्रपक्षीय अयनांश : 23:24:14 साम्पातिक काल : 7:49:56 घंटे

ग्रह	अंश	राशि	नक्षत्र	पद	षड्बल
लग्न	1:02:31	तुला	चित्रा	3	—
सूर्य	15:45:38	कन्या	हस्त	2	1.4
चंद्र (अ)	4:47:22	कन्या	उ.फा.	3	1.1
मंगल	22:12:53	वृश्चिक	ज्येष्ठा	2	1.29
बुध	10:17:55	तुला	स्वाति	2	1.22
गुरु	3:42:01	सिंह	मघा	2	1.18
शुक्र	7:08:32	सिंह	मघा	3	1.08
शनि(व)	15:35:58	मीन	उ.भा.	4	0.92
राहु (व)	4:35:19	मेष	अश्विनी	2	—
केतु (व)	4:35:19	तुला	चित्रा	4	—

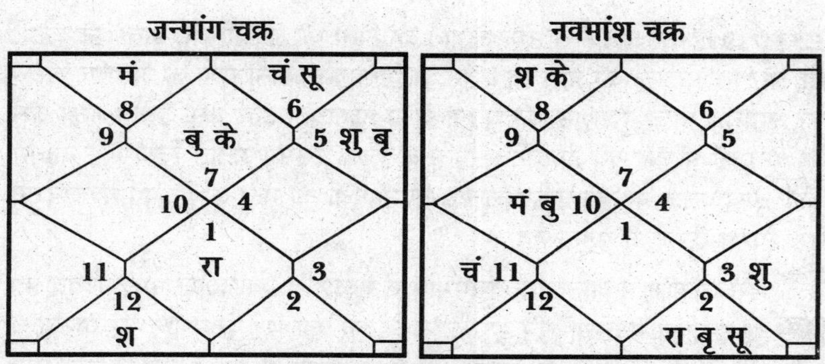

जन्म के समय सूर्य की भोग्य विंशोत्तरी महादशा - 2 व. 4 मा. 4 दि.

जातक आटोमोबाइल से संबद्ध एक प्रसिद्ध व्यवसायी है, जिसका विवाह 30-11-1991 को हुआ। जातक की पहली संतान एक पुत्री थी जिसकी मृत्यु तीव्र ज्वर और निमोनिया के कारण 29-07-1993 को हो गयी।

जातक का जन्म तुला लग्न में हुआ है। योगकारक शनि षष्ठ भावगत होकर वक्री है और अपने प्रबल शत्रु सूर्य विनिमय दृष्टिसंबंध स्थापित कर रहा है। पंचमभाव और नवम भाव पर मंगल की दृष्टि है। लग्नेश शुक्र संतानकारक बृहस्पति अल्पसुत राशि सिंह में स्थित हैं और पंचम भाव पर दृष्टिनिक्षेप कर रहे हैं। पंचमेश शनि अल्पसुत नवमांश वृश्चिक में स्थित होकर केतु से संयुक्त है तथा नवमांश कुंडली में राहु, बृहस्पति और सूर्य से विनिमय दृष्टि सम्बन्ध स्थापित कर रहा है। इन्हीं अशुभ योगों के कारण जातक की प्रथम संतान की मृत्यु एक वर्ष की अवस्था में हो गयीं। दोनों शुभ ग्रहों शुक्र और बृहस्पति की दृष्टि पंचम भाव पर है इसलिए 09-08-1994 को एक विलक्षण पुत्र और 21-04-1007 को एक प्रतिभावान पुत्री का जन्म हुआ।

उदाहरण सं.-6.12 जन्मांग सं.-230

जन्म दिनांक : 25.06.1941 जन्म समय : 09:33:27 घंटे

जन्म स्थान : इटारसी अक्षांश 22:39:00 रेखांश 77:48:00

चित्रपक्षीय अयनांश : 23:27:42 साम्पातिक काल : 3:25:14 घंटे

ग्रह	अंश	राशि	नक्षत्र	पद	षड्बल
लग्न	1:12:50	सिंह	मघा	1	—
सूर्य	9:30:32	मिथुन	आर्द्रा	1	1.81

चंद्र	6:59:03	कर्क	पुष्य	2	1.27
मंगल	26:54:29	मकर	धनिष्ठा	2	1.01
बुध (अ)	14:07:16	मिथुन	आर्द्रा	3	1.26
गुरु (व)	4:26:00	वृश्चिक	अनुराधा	1	1.06
शुक्र	22:12:15	वृष	रोहिणी	4	1.32
शनि	7:18:29	वृष	कृत्तिका	4	1.1
राहु (व)	21:36:37	मकर	श्रवण	4	—
केतु (व)	21:36:37	कर्क	अश्लेषा	2	—

जन्मांग चक्र

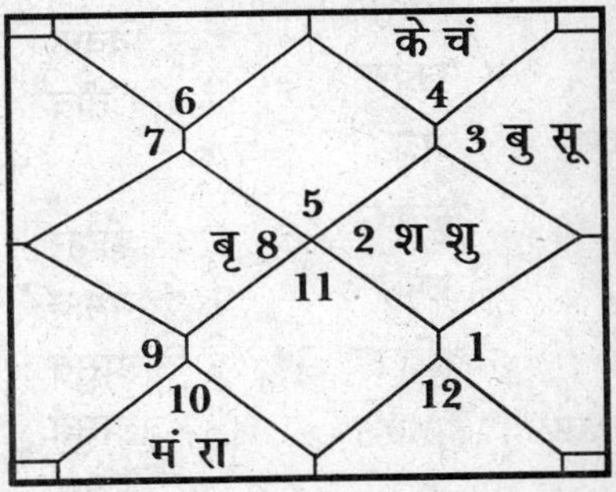

के चं 4
6
7
3 बु सू
5
बृ 8
2 श शु
11
9
1
10
12
मं रा

नवमांश चक्र

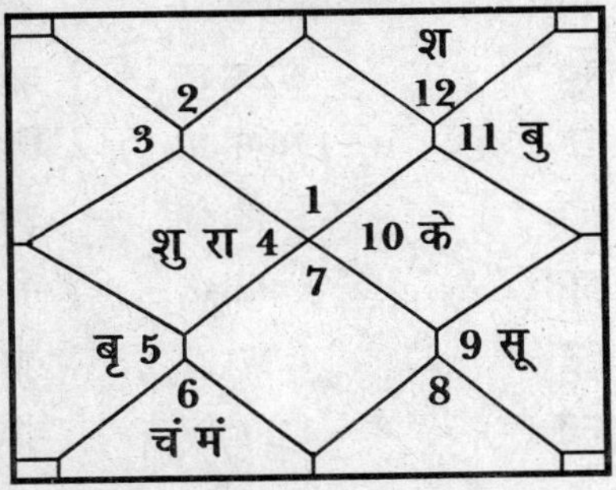

श
2
12
3
11 बु
1
शु रा 4
10 के
7
बृ 5
9 सू
6
8
चं मं

जन्म के समय शनि की भोग्य विंशोत्तरी महादशा - 13 व. 9 मा. 17 दि.

सिंह लग्न में जन्मी इस रूपवती युवती का विवाह 30-11-1991 को एक आकर्षक और प्रभावशाली उद्योगपति के साथ धूमधाम से सम्पन्न हुआ। इस जन्मांग में पंचमेश बृहस्पति वक्री होकर वृश्चिक राशि में स्थित है और षष्ठेश शनि द्वारा दृष्ट है। वृश्चिक राशि अल्पसुत राशि होती है। यहां पर बृहस्पति अल्पसुत नवमांश सिंह में स्थित है और नवमेश मंगल से नवमांश कुंडली में द्वादशस्थ तथा शनि से षडाष्टक योग का निर्माण कर रहा है। नवम भाव पर मंगल की दृष्टि भी अशुभ है। मंगल नवमेश होकर उच्चराशिगत है और राहु केतु की धुरी पर स्थित है। चलित चक्र में शनि और मंगल के मध्य परस्पर दृष्टि संबंध है और यही कारण है कि विवाह के एक वर्ष बाद जन्मी कन्या का निधन तीव्र ज्वर और निमोनिया से 29-07-1993 को हुआ। उसके पश्चात् एक पुत्र 09-08-1994 को फिर एक पुत्री 21-04-1997 को जन्मी, और भगवती की कृपा से दोनों संतानें प्रत्येक दृष्टि से विलक्षण हैं। जातिका को प्रथम संतान का शोक सहन करना पड़ा जिसके लिए उसके ग्रह उत्तरदायी हैं।

उदाहरण सं.-6.13 (जसबीर सिंह) जन्मांग सं.-231

जन्म दिनांक	: 24.06.1966	जन्म समय	: 06:20:00 घंटे
जन्म स्थान	: लखनऊ	अक्षांश 26:50:00	रेखांश 80:54:00
चित्रपक्षीय अयनांश	: 23:23:06	साम्पातिक काल	: 0:20:32 घंटे

ग्रह	अंश	राशि	नक्षत्र	पद	षड्बल
लग्न	22:29:51	मिथुन	पुनर्वसु	1	–
सूर्य	8:41:34	मिथुन	आर्द्रा	1	1.77
चंद्र	18:26:43	सिंह	पू.फा.	2	1.15
मंगल (अ)	24:55:51	वृष	मृगशिरा	1	1.12
बुध	3:13:46	कर्क	पुनर्वसु	4	1.29
गुरु (अ)	17:06:00	मिथुन	आर्द्रा	4	1.34
शुक्र	3:43:42	वृष	कृत्तिका	3	1.36
शनि	6:02:46	मीन	उ.भा.	1	1.22
राहु (व)	1:17:17	वृष	कृत्तिका	2	–
केतु (व)	1:17:17	वृश्चिक	विशाखा	4	–

जन्मांग चक्र

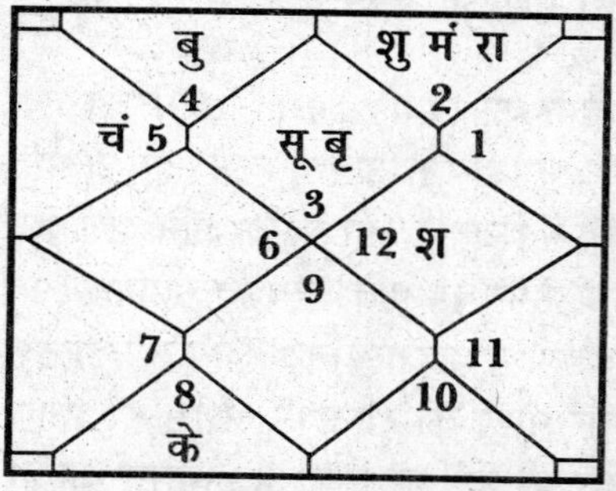

नवमांश चक्र

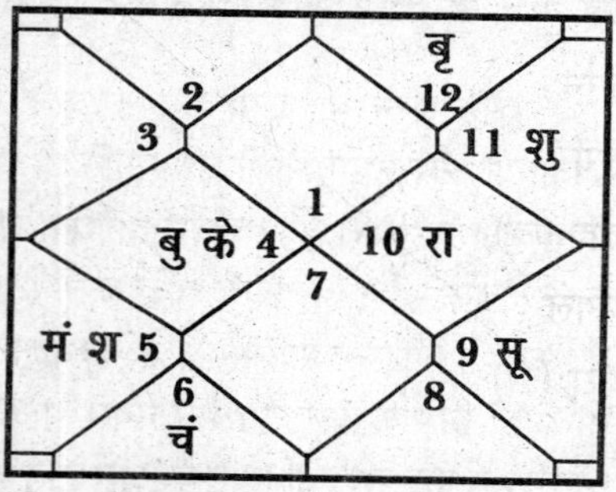

जन्म के समय शुक्र की भोग्य विंशोत्तरी महादशा - 12 व. 3 मा. 29 दि.

जातक का जन्म मिथुन लग्न में हुआ है। पंचमेश शुक्र स्वराशिगत होकर द्वादश भाव में षष्ठेश मंगल और राहु से युक्त होकर अष्टमेश शनि से दृष्ट है। बृहस्पति लग्न में शत्रुराशिगत है और स्वनवमांशगत है। यहां से बृहस्पति दोनों

त्रिकोण भावों को देख रहा है। सप्तमेश बृहस्पति की दृष्टि सप्तम भाव पर भी है जिसके फलस्वरूप जातक का विवाह 23-08-1990 को एक रूपवती युवती के साथ सम्पन्न हुआ। विवाह के लगभग 11 महीने पश्चात् 28-07-1991 को एक पुत्री का जन्म हुआ, उसके 9 वर्ष पश्चात् 20-10-2000 को पुत्र का जन्म हुआ। रक्त न बनने के कारण जातक की पुत्री थेलीसेमिया नामक रोग से ग्रस्त हो गयी। सभी प्रकार की चिकित्सा प्रभावहीन सिद्ध हुई जिसके परिणाम स्वरूप 30-01-2004 को मात्र साढ़े तेरह वर्ष की अवस्था में जातक की पुत्री का निधन हो गया, और जातक संतति वियोग की असह्य वेदना से कराह उठा, उसके जीवन में जैसे अंधकार छा गया हो।

नवमांश चक्र में पंचमभाव में शनि और मंगल सिंह राशि में स्थित हैं और पंचमेश शुक्र से समसप्तक योग और विनिमय दृष्टि सम्बन्ध स्थापित कर रहे हैं जिसके कारण संतति क्षति की पीड़ा से जातक का हृदय लहूलुहान हुआ।

उदाहरण सं.-6.13 जन्मांग सं.-232

जन्म दिनांक : 14.02.1953 जन्म समय : 20:28:00 घंटे

जन्म स्थान : चित्रकूट अक्षांश 25:13:00 रेखांश 80:48:00

चित्रपक्षीय अयनांश : 23:12:22 साम्पातिक काल : 5:58:31 घंटे

ग्रह	अंश	राशि	नक्षत्र	पद	षड्बल
लग्न	6:27:28	कन्या	उ.फा.	3	—
सूर्य	2:25:50	कुंभ	धनिष्ठा	3	1.13
चंद्र (अ)	10:35:28	कुंभ	शतभिषा	2	1.46
मंगल	11:46:12	मीन	उ.भा.	3	1.47
बुध (अ)	11:36:08	कुंभ	शतभिषा	2	0.88
गुरु	20:25:23.	मेष	भरणी	3	1.05
शुक्र	18:32:10	मीन	रेवती	1	1.17
शनि(व)	4:00:46	तुला	चित्रा	4	1.34
राहु (व/अ)	19:08:48	मकर	श्रवण	3	—
केतु (व)	19:08:48	कर्क	अश्लेषा	1	—

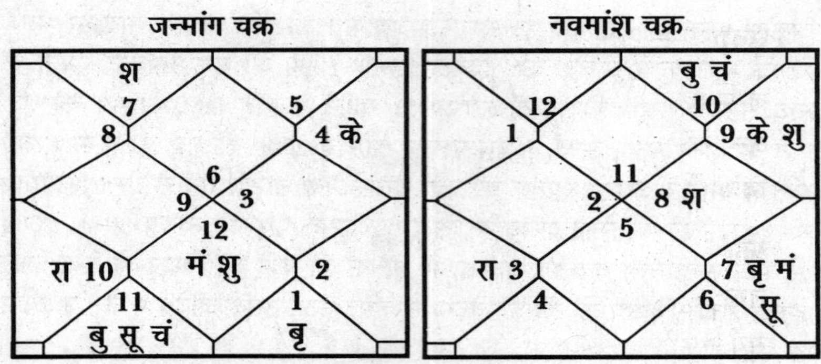

जन्म के समय राहु की भोग्य विंशोत्तरी महादशा - 12 व. 8 मा. 12 दि.

एक दुर्घटना में 22-10-1995 को जातक की प्रथम पत्नी और तीन संतानों की दर्दनाक मृत्यु हो गयी। सहसा उसका जीवन गहरे अंधकार और कभी न समाप्त होने वाले आंसुओं में डूब गया। जातक ने ऐसा कुछ नहीं किया था, जो उसे इतना घोर दण्ड मिला। दो वर्ष तक स्वयं को अंधेरे में बंद रखा। अब जातक बिल्कुल अकेला रह गया था। सारा जीवन अस्त-व्यस्त हो गया, अब उसके जीवन में न तो कोई हर्ष था और न ही अवसाद। थीं तो बस अपनी तीनों संतानों और पत्नी की यादें। अनेक संबंधियों और सहयोगियों ने जातक के इस अवसादयुक्त जीवन को पुनः सक्रिय करने हेतु 14-01-1998 को उसका दूसरा विवाह करा दिया। कालांतर में दूसरे विवाह से जातक के दो पुत्रियां हुईं। जातक का जन्म कन्या लग्न में हुआ है और लग्नेश बुध षष्ठ भाव में सूर्य और चंद्रमा से संयुक्त है। पंचमेश शनि अपनी उच्चराशि तुला में, वक्री होकर, स्थित है तथा संतानकारक बृहस्पति को देख रहा है। पंचमेश शनि पर अष्टमेश मंगल के साथ के साथ मारकेश बृहस्पति की भी दृष्टि है। नवमेश शुक्र भी अष्टमेश मंगल से युक्त है और लग्न को मंगल और शुक्र दोनों ही पूर्ण दृष्टि से देख रहे हैं। यहां शुक्र और मंगल दोनों ही मारकेश होकर सप्तम भावगत हैं और इसी कारण पत्नी का भी असमय निधन हुआ है। शुक्र मंगल की सप्तम भाव में युति और सप्तमेश बृहस्पति का अष्टम भावगत होना, सप्तमेश और अष्टमेश के मध्य विनिमय परिवर्तन योग के कारण ही जातक की प्रथम पत्नी की मृत्यु हुई और दूसरा विवाह भी हुआ। मंगल और शुक्र की सप्तम भाव में युति अशुभ ही होती है। मंगल और बृहस्पति के मध्य विनिमय परिवर्तन योग भी संतान के लिए अनिष्टकारी होता है। उपरोक्त ग्रह स्थितियों के कारण जातक को तीन संतानों और पत्नी के दुर्घटनाग्रस्त हो जाने से असमय मृत्यु हो जाने का दुख सहन करने के लिए विवश होना पड़ा।

उदाहरण सं.-6.14 जन्मांग सं.-233

जन्म दिनांक : 05.09.1947 जन्म समय : 02:20:00 घंटे

जन्म स्थान : इलाहाबाद अक्षांश 25:27:00 रेखांश 81:50:00

चित्रपक्षीय अयनांश : 23:07:20 साम्पातिक काल : 1:09:51 घंटे

ग्रह	अंश	राशि	नक्षत्र	पद	षड्बल
लग्न	2:51:03	कर्क	पुनर्वसु	4	—
सूर्य	18:20:23	सिंह	पू.फा.	2	1.33
चंद्र	7:13:47	मेष	अश्विनी	3	1.04
मंगल	21:00:49	मिथुन	पुनर्वसु	1	1.48
बुध (अ)	24:34:08	सिंह	पू.फा.	4	0.88
गुरु	28:13:10	तुला	विशाखा	3	1.03
शुक्र (D)	18:41:06	सिंह	पू.फा.	2	0.98
शनि	23:06:20	कर्क	अश्लेषा	2	1.3
राहु (व)	3:10:00	वृष	कृत्तिका	2	—
केतु (व)	3:10:00	वृश्चिक	विशाखा	4	—

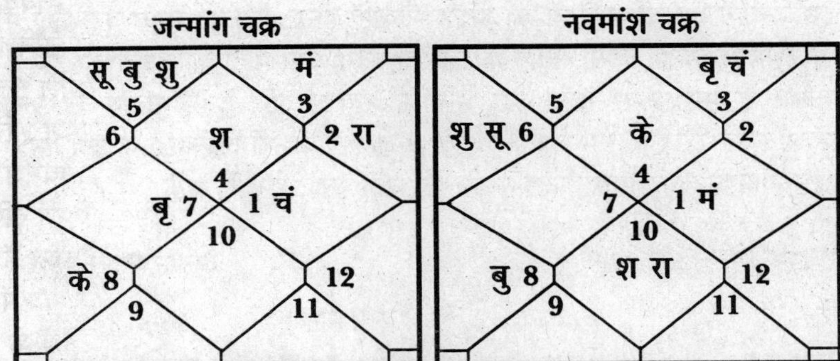

जन्म के समय केतु की भोग्य विंशोत्तरी महादशा - 3 व. 2 मा. 13 दि.

पंचमेश यदि द्वादश भावगत हो या द्वादशेश पंचमस्थ हो तो प्रायः एक सन्तान की हानि होती है। यदि अन्य योग प्रबल हों, पंचमभाव पर शुभग्रहों की दृष्टि हो तो संतान समस्या ग्रस्त होती है। इस जातिका का विवाह 06-05-1968 को हुआ।

प्रथम पुत्र का जन्म 12-08-1971 को और बाद में एक पुत्री का जन्म 14-05-1973 को हुआ। 17 वर्ष की अवस्था में पुत्री का निधन 30-09-1990 को हो गया। युवा पुत्री के निधन ने जातिका के हृदय में अथाह वेदना और नेत्रों में आंसुओं की झड़ी लगा दी।

जातिका का जन्म कर्क लग्न में हुआ है। पंचमेश मंगल द्वादश भाव में मिथुन राशिगत है तथा बृहस्पति से दृष्ट है। यहां पर मंगल शत्रुराशिगत होकर स्वनवमांश मेष में स्थित है। पंचमस्थ केतु वृश्चिक राशिगत है और मंगल का विस्थापक ग्रह भी है। अतः पंचमभाव पर केतु और मंगल दोनों का अशुभ प्रभाव है। लग्नेश चंद्रमा से पंचमभाव में सूर्य, शुक्र और बुध स्थित हैं जबकि संतानकारक बृहस्पति से नवमभाव में मंगल स्थित है। इस तरह पंचमभाव लग्न से एवं चंद्रमा से पापाक्रान्त है। इस जन्मांग में मंगल और शुक्र कर्म नियंत्रक ग्रह हैं। अतः केतु के विस्थापक ग्रह पंचमेश मंगल का द्वादश भावगत होना ही युवा पुत्री की मृत्यु का कारण बना। मंगल के ऊपर बृहस्पति की दृष्टि के कारण दो संताने हुईं परन्तु सप्तम भाव पर मंगल और शनि दोनों की दृष्टि होने के कारण दूसरी संतान की मृत्यु हो गयी। उल्लेखनीय है कि प्रथम संतान एवं सभी संतानों के विचार के लिए सर्वप्रथम पंचमभाव और बृहस्पति का विश्लेषण करना चाहिए। दूसरी संतान हेतु सप्तमभाव पर भी विचार करना चाहिए और तीसरी संतान हेतु नवम पर। परन्तु पंचम और नवमभाव पर गहन विचार करने के पश्चात् ही किसी निष्कर्ष पर पहुंचना चाहिए। इस जन्मांग में पंचमेश मंगल का द्वादश भावगत होना; केतु का मंगल की राशि में पंचमभावस्थ होना, किसी संतान की ओर से वेदना और पीड़ा का संकेत कर रहा है जबकि सप्तमभाव पर मंगल और शनि की संयुक्त दृष्टि दूसरी संतान की मृत्यु प्रदर्शित कर रही है। ऐसी स्थिति में पति के जन्मांग का भी विश्लेषण अवश्य किया जाना चाहिए ताकि वास्तविक स्थिति का सही सही ज्ञान हो सके।

उदाहरण सं.-6.15 जन्मांग सं.-234

जन्म दिनांक : 25.07.1953 जन्म समय : 00:31:01 घंटे

जन्म स्थान : गोण्डा अक्षांश 27:08:00 रेखांश 81:58:00

चित्रपक्षीय अयनांश : 23:12:45 साम्पातिक काल : 20:37:40 घंटे

ग्रह	अंश	राशि	नक्षत्र	पद	षड्बल
लग्न	28:18:04	मेष	कृत्तिका	1	–
सूर्य	8:20:39	कर्क	पुष्य	2	1.11

चंद्र	15:23:36	धनु	पू.षा.	1	1.01
मंगल(अ)	3:32:15	कर्क	पुष्य	1	1.39
बुध (व/पू)	9:20:49	कर्क	पुष्य	2	1.04
गुरु	23:53:06	वृष	मृगशिरा	1	1.13
शुक्र	25:22:16	वृष	मृगशिरा	1	1.57
शनि	28:07:29	कन्या	चित्रा	2	1.17
राहु	10:05:43	मकर	श्रवण	1	—
केतु (पू)	10:05:43	कर्क	पुष्य	3	—

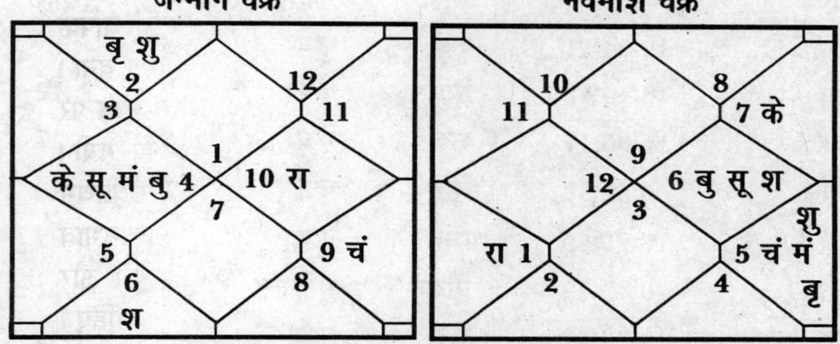

जन्म के समय शुक्र की भोग्य विंशोत्तरी महादशा - 16 व. 10 मा. 27 दि.

जातक का विवाह 12-05-1979 को हुआ तथा प्रथम पुत्र 31-10-1980 को जन्मा। दूसरे पुत्र का जन्म 03-03-1982 को हुआ। 03-09-1990 को पुत्र की मृत्यु हो गयी। इस जन्मांग में पंचमभाव मंगल और शनि द्वारा पापकर्त्तरीयोगग्रस्त है। पंचमेश सूर्य चतुर्थभावगत होकर मंगल और केतु से संयुक्त है अतः पापाक्रान्त है। मंगल लग्नेश और अष्टमेश है और नीचराशिगत है तथा पंचमेश सूर्य से संयुक्त होने के कारण संतान की असमय मृत्यु अर्थात् संततिवियोग का योग निर्मित कर रहा है।

इस जन्मांग में शनि आत्मकारक ग्रह है जो दशमेश और एकादशेश होकर षष्ठ भावस्थ है जबकि मंगल अष्टमेश होकर कर्कराशि में अस्त है और शनि के ही नक्षत्र पुष्य में स्थित है। संतानकारक बृहस्पति अल्पसुत राशि वृषभ में अष्टमेश मंगल के नक्षत्र मृगशिरा में स्थित है तथा चन्द्रमा के साथ षडाष्टक योग निर्मित कर रहा है। उल्लेखनीय है कि बृहस्पति नवमेश भी और अल्पसुत नवमांश सिंह में संस्थित है। पंचमेश सूर्य भी अल्पसुत नवमांश कन्या में स्थान प्राप्त कर रहा है इसलिए दो संतानें हुईं, एक की

मृत्यु हो गयी इसका विशेष कारण, पंचमभाव का पापकर्त्तरीयोगग्रस्त होना, नवमेश और संतानकारक बृहस्पति का अष्टमेश मंगल के नक्षत्र मृगशिरा में स्थित होना है। अनेक जन्मांगों में पंचम भाव यदि शनि और मंगल के मध्य स्थित या मंगल और शनि के मध्य स्थित हो तो संतति वियोग की स्थिति स्पष्ट रूप से दृष्टिगत होती है।

उदाहरण सं.-6.16 जन्मांग सं.-235

जन्म दिनांक : 05.09.1953 जन्म समय : 03:15:10 घंटे

जन्म स्थान : कानपुर अक्षांश 26:27:00 रेखांश 80:19:00

चित्रपक्षीय अयनांश : 23:12:51 साम्पातिक काल : 1:51:14 घंटे

ग्रह	अंश	राशि	नक्षत्र	पद	षड्बल
लग्न	12:04:21	कर्क	पुष्य	3	—
सूर्य	18:49:15	सिंह	पू.फा.	2	1.42
चंद्र	11:06:17	कर्क	पुष्य	3	1.27
मंगल	0:32:33	सिंह	मघा	1	1.43
बुध (पू)	16:26:59	सिंह	पू.फा.	1	1.02
गुरु	0:43:29	मिथुन	मृगशिरा	3	1.11
शुक्र	13:40:47	कर्क	पुष्य	4	1.41
शनि	1:21:19	तुला	चित्रा	3	1.63
राहु	9:35:59	मकर	उ.षा.	4	—
केतु	9:35:59	कर्क	पुष्य	2	—

जन्मांग चक्र

सू मं बु 5
बृ 3
6
चं शु के 4
2
श 7
1
10 रा
8
12
9
11

नवमांश चक्र

शु 8
के सू 6
9
चं बृ श 7
5 बु
10
4
1 मं
11
3
12 रा
2

जन्म के समय शनि की भोग्य विंशोत्तरी महादशा - 7 व. 11 मा. 3 दि.

जातक का विवाह 27-01-1977 को हुआ। विवाह के पश्चात् शीघ्र ही एक पुत्र 1978 में और दूसरा पुत्र 1979 में हुआ। दोनों ही पुत्रों की मृत्यु क्रमशः 1980 और 1985 में हुई। उसके पश्चात् 1983 में जुड़वा पुत्रियां भी हुईं।

इस जन्मांग में पंचमेश मंगल पंचमभाव पर दृष्टिनिक्षेप कर रहा है तथा बुध और सूर्य से संयुक्त होकर द्वितीय भावगत है। यहां पर मंगल केतु के नक्षत्र मघा में स्थित है, तथा बुध अस्त है। मंगल की दृष्टि अष्टम और नवमभाव पर भी है। नवमेश बृहस्पति मिथुन राशि में द्वादश भावगत है, और शत्रु नवमांश तुला में स्थित है। बृहस्पति संतानकारक होता है, परन्तु पंचमेश मंगल के नक्षत्र मृगशिरा में तथा बन्ध्या राशि मिथुन में स्थित होने के कारण संतान सुख में अवरोध उत्पन्न कर रहा है। नवमांश कुंडली में शनि और मंगल क्रमशः तुला और मेष राशिगत होने के कारण, विनिमय दृष्टिसम्बन्ध स्थापित कर रहे हैं, जिसके कारण प्रारंभ में संतानों की क्षति हुई। उल्लेखनीय है कि संतानकारक और नवमेश बृहस्पति शत्रु नवमांश तुला में स्थित होकर शनि और चंद्रमा से संयुक्त है और मंगल से दृष्ट है। नवमांश चक्र में शनि पंचमेश है और मंगल मारकेश है। दोनों ही ग्रहों शनि और मंगल द्वारा संतानकारक ग्रह बृहस्पति पापाक्रान्त है, इसीलिए संतति वियोग सहन करना पड़ा। उल्लेखनीय है कि यहां पंचमेश और बृहस्पति पापाक्रान्त हैं, वहीं लग्नगत् चन्द्रमा बुध और बृहस्पति के मध्य स्थित होने के कारण शुभकर्त्तरी योग की भी संरचना हो रही है, तथा शनि पर बृहस्पति की दृष्टि तथा शनि और बृहस्पति के एक दूसरे से नवम पंचम होने के कारण बाद में होनेवाली संतानों का सुख जातक को उपलब्ध हुआ है। सूर्य कुटुम्ब स्थान का स्वामी होकर अत्यधिक बली है और आत्मकारक भी है तथा कुटुम्ब स्थान में ही योगकारक मंगल से संयुक्त है, इसलिए वंशवृद्धि का योग निर्मित कर रहा है।

बृहस्पति, मंगल और शुक्र यदि संयुक्त रूप से पंचम भावगत हों, तो संतति शोक की स्थिति उत्पन्न होती है। प्रतिकूल दशा-अंतर्दशा भुक्ति के अन्तर्गत संतान की मृत्यु अथवा भीषण दुर्घटना की विपदा से नहीं बचा जा सकता है। इसी प्रकार बृहस्पति मंगल और शुक्र की युति सप्तम भाव में हो, तो वैवाहिक जीवन में विघटनकारी स्थिति उत्पन्न होती है।

उदाहरण सं.-6.17 **जन्मांग सं.-236**

जन्म दिनांक	: 27.09.1946	जन्म समय	: 00:30:00 घंटे
जन्म स्थान	: सीतापुर	अक्षांश 27:33:00	रेखांश 80:40:00
चित्रपक्षीय अयनांश	: 23:06:30	साम्पातिक काल	: 0:42:35 घंटे

ग्रह	अंश	राशि	नक्षत्र	पद	षड्बल
लग्न	27:52:52	मिथुन	पुनर्वसु	3	—
सूर्य	9:58:05	कन्या	उ.फा.	4	1.09
चंद्र	26:51:55	कन्या	चित्रा	2	1.39
मंगल	8:18:37	तुला	स्वाति	1	1.17
बुध (अ)	19:16:51	कन्या	हस्त	3	1.28
गुरु	7:10:12	तुला	स्वाति	1	1.07
शुक्र	24:37:47	तुला	विशाखा	2	1.22
शनि	13:09:06	कर्क	पुष्य	3	1.08
राहु (व)	21:11:25	वृष	रोहिणी	4	—
केतु (व)	21:11:25	वृश्चिक	ज्येष्ठा	2	—

जन्मांग चक्र

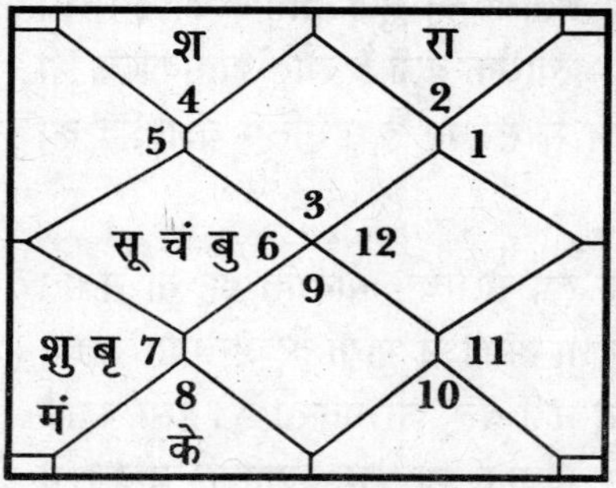

नवमांश चक्र

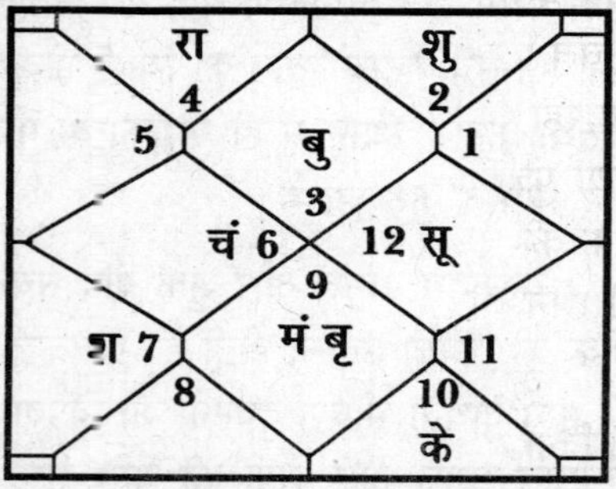

जन्म के समय मंगल की भोग्य विंशोत्तरी महादशा - 5 व. 1 मा. 22 दि.

जातक अत्यन्त संभ्रान्त, गंभीर और अनेक कार्यों में निपुण व्यक्ति है। जातक ने जिस कार्यालय में, जितने दिन तक कार्य किया, वहाँ के सभी अधिकारी, सहयोगी

तथा सहकर्मी उसके वशीभूत हो जाते थे। सर्वाधिक महत्त्वपूर्ण कार्य ही उसे संपादन हेतु दिये जाते, जिनका निर्वाह वह पूरे परिश्रम के साथ बिना किसी लोभ-लालच के शीघ्र ही कर डालता। जातक अभियन्ता के पद से सेवानिवृत्त होने के पश्चात् अनेक अन्य कार्यों को सम्पन्न करने हेतु निरन्तर परिश्रमरत रहता है। यहाँ तक कि उसे अपने स्वास्थ्य तथा बढ़ती हुई आयु की भी अधिक चिन्ता नहीं होती।

जातक का जन्म मिथुन लग्न में हुआ है तथा पंचम भाव में एकादशेश और षष्ठेश मंगल, सप्तमेश और दशमेश बृहस्पति तथा द्वादशेश और पंचमेश शुक्र संयुक्त हैं तथा साथ ही साथ पापकर्तरी योगग्रस्त भी हैं। इस योग की प्रशंसा नहीं की जा सकती है। पंचम भाव में मंगल की स्थिति की निन्दा सभी ने की हैं। यहाँ पर मंगल शुक्र की राशि तुला में तथा राहु के नक्षत्र स्वाति में स्थित है। मंगल और शनि संयुक्त रूप से अष्टम भाव तथा लाभ भाव पर दृष्टि निक्षेप भी कर रहे हैं।

जातक का विवाह 24.02.1967 को हुआ और 05.07.1969 को प्रथम पुत्र का जन्म हुआ। बड़े उत्साह के साथ पुत्र जन्म की खुशियाँ मनाई गईं। जातक का यह पुत्र भी अद्भुत था। बहुत ही विद्वान, योग्य तथा महत्त्वाकांक्षी था। 24 वर्ष की अवस्था में पुत्र ने पी.एम.टी./सी.पी.एम.टी. आदि सभी प्रतियोगिताओं में सफलता प्राप्त की और उसका चयन लखनऊ के के.जी.एम.सी. में प्रवेश प्राप्त करने हेतु हो गया। अभी परिवारजन पूरी तरह से इतनी सारी खुशियाँ एक साथ बटोर भी नहीं पाये थे कि 22.02.1994 को जातक के इस मेधावी पुत्र को एक ट्रक ने उस समय कुचल दिया, जब वह अपने किसी मित्र को अपनी उपलब्धियों की सूचना देने हेतु जा रहा था। अंततः जातक के इस यशस्वी पुत्र की मृत्यु 02.03.1994 को हो गई तथा पुत्र की मृत्यु के सन्नाटे ने जैसे रक्तवाहिनियों में प्रवाहित होते हुए लहू को बर्फ की तरह जमा दिया। काल के कराल ग्रास ने इस जातक के जीने की इच्छा ही छीन ली।

कुछ वर्ष पश्चात् जातक की पत्नी ने पुत्री को जन्म दिया तथा वह भी कुछ ही दिनों में चल बसी। जातक को ज्योतिष विज्ञान तथा भाग्य पर विश्वास होने लगा तथा उसने संतति शोक से सम्बन्धित कतिपय अनुष्ठान आचार्यों द्वारा सम्पन्न कराये, जिसके फलस्वरूप 04.03.1976 को एक पुत्री का तथा 26.08.1977 को एक पुत्र का जन्म हुआ।

जातक का जीवन अत्यन्त संघर्षमय रहा, क्योंकि लग्न शनि और राहु के मध्य स्थित होने के कारण पापकर्तरी योगग्रस्त है। पंचम भाव तथा पंचमेश भी पापकर्तरी

योगग्रस्त है तथा नवम भाव, जिससे भी संतान का विचार किया जाता है, उससे द्वादश भाव अर्थात् अष्टम भाव पर मंगल और शनि ऐसे क्रूर ग्रहों की दृष्टि है। मंगल और बृहस्पति की पंचम भाव में युति सर्वाधिक अनिष्टकारी है। यहाँ बृहस्पति और मंगल दोनों ही स्वाति नक्षत्र के प्रथम पद में स्थित हैं तथा दोनों ग्रहों अर्थात् मंगल और बृहस्पति में मात्र एक अंश का अन्तर है। दोनों संयुक्त रूप से धनु नवांशगत हैं इसलिए संतति शोक से जातक को ग्रस्त होना पड़ा तथा अभी भी संतान सुख में अनेक अन्य प्रकार के अवरोध यदा-कदा उत्पन्न होते रहते हैं।

पंचमाधिपति यदि अष्टम भावगत होकर पापकर्तरी योगग्रस्त हो और पंचम भाव पर पापग्रहों की दृष्टि हो, तो संतति शोक होता है।

उदाहरण सं.-6.18 जन्मांग सं.-237

जन्म दिनांक : 09.12.1954 जन्म समय : 14:45:00 घंटे

जन्म स्थान : रामपुर अक्षांश 28:48:00 रेखांश 79:03:00

चित्रपक्षीय अयनांश : 23:13:55 साम्पातिक काल : 19:41:31 घंटे

ग्रह	अंश	राशि	नक्षत्र	पद	षड्बल
लग्न	11:51:07	मेष	अश्विनी	4	—
सूर्य	23:32:05	वृश्चिक	ज्येष्ठा	3	1.17
चंद्र	14:18:55	वृष	रोहिणी	2	1.22
मंगल	10:22:22	कुंभ	शतभिषा	2	1.02
बुध (अ)	14:39:26	वृश्चिक	अनुराधा	4	0.8
गुरु (व)	5:53:45	कर्क	पुष्य	1	1.7
शुक्र	21:40:18	तुला	विशाखा	1	1.41
शनि	22:50:59	तुला	विशाखा	1	1.44
राहु (व)	12:23:14	धनु	मूल	4	—
केतु (व)	12:23:14	मिथुन	आर्द्रा	2	—

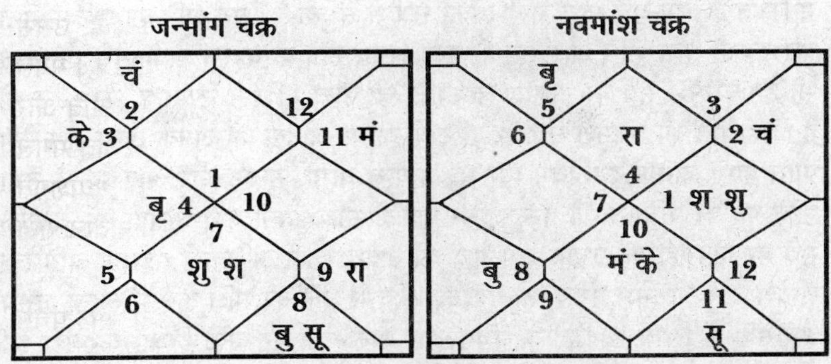

जन्म के समय चन्द्र की भोग्य विंशोत्तरी महादशा - 6 व. 9 मा. 4 दि.

यह जन्मांग दिल्ली विश्वविद्यालय के भूगर्भ विज्ञान के विभागाध्यक्ष का है, जो अपनी प्रतिभा, योग्यता और विद्वता के लिए विश्व के अनेक देशों में प्रसिद्धि प्राप्त कर चुका है। 25 वर्ष की आयु में जातक का अंतर्जातीय विवाह हुआ और विवाह के 3-4 वर्ष के भीतर ही दो श्रेष्ठ एवं सुन्दर पुत्र हुए। जातक का दूसरा पुत्र पढ़ने में असाधारण था। एक बार उस बालक को 100 में 99 अंक प्राप्त हुए, तो उसने अध्यापक से पूछा कि मेरा एक अंक किस कारण काटा गया है। अध्यापक ने यह बताना आवश्यक नहीं समझा। तब वह बालक प्राध्यापक के पास पहुँचा और उनसे यही अनुरोध किया कि मुझे जब तक यह बताया नहीं जाएगा कि मेरा एक अंक किस कारण काटा गया है, तब तक मैं अपनी त्रुटि को कैसे सुधार पाऊँगा? प्राध्यापक ने बालक की कापी मंगाई और देखा कि कहीं भी एक अंक काटे जाने की कोई संभावना नहीं बन पा रही थी। अंततः उसे 100 में से 100 अंक दिये गये।

ऐसे अद्भुत बालक को ब्लड कैंसर हो गया और वह 11 वर्ष की अवस्था में अपने माता-पिता को रोता-बिलखता छोड़कर चल बसा। जिस समय बालक के प्राण काल के हाथ में थे और कुछ ही पल का जीवन शेष था, तब भी वह अपनी माँ से यही कह रहा था कि तुम रोना मत माँ, मत रोना और इतना कहते-कहते बालक ने अपनी आँखें सदा के लिए बन्द कर लीं। ऐसे मेधावी पुत्र के पिता हैं यंह जातक, जो संतति शोक से आज भी ग्रस्त हैं।

जातक का जन्म मेष लग्न में हुआ है। पंचमेश सूर्य अष्टम भाव में तृतीयेश और षष्ठेश बुध से वृश्चिक राशि में संयुक्त है। यहाँ पर सूर्य बुध के नक्षत्र ज्येष्ठा

में स्थित है तथा बुध स्वयं अस्त होकर सूर्य से संयुक्त है। सूर्य शनि का नवांश प्राप्त कर रहा है तथा शनि और राहु के मध्य स्थित होने के कारण पापकर्तरी योगग्रस्त भी है। पंचमेश सूर्य पर नवमेश बृहस्पति, जो उच्च राशि में स्थित है, की दृष्टि भी है। बृहस्पति की पंचमेश सूर्य पर दृष्टि के कारण जातक को अनेक अन्य शुभ फल प्राप्त हुए। जातक का प्रथम पुत्र भी अत्यन्त योग्य, सुन्दर और आकर्षक है तथा उच्च पद पर प्रतिष्ठित है परन्तु दूसरे पुत्र के साथ इतनी बड़ी त्रासदी हुई, क्योंकि सूर्य पर पापग्रहों का प्रभाव शुभ ग्रहों की अपेक्षा कहीं अधिक है। इसके अतिरिक्त लग्नेश और अष्टमेश मंगल, जो एकादश भाव में शनि की राशि कुंभ में राहु के नक्षत्र शतभिषा में स्थित है, द्वितीय, पंचम और षष्ठ भाव पर दृष्टि निक्षेप कर रहा है। संतानकारक बृहस्पति उच्च होकर वक्री है तथा शनि के नक्षत्र पुष्य में स्थित है। उच्च ग्रह यदि वक्री हो, तो नीचस्थ ग्रह के समान फल प्रदान करता है। अतः बृहस्पति की शुभता, उसके वक्री होने के कारण, अशुभता में रूपांतरित हो गई है।

इस तरह से संतति शोक से सम्बन्धित उपरोक्त सूत्र इस जन्मांग में प्रभावी हो रहा है तथा इसी कारण संतति शोक की स्थिति उत्पन्न हुई। यदि पंचम भाव पर अनेक पापग्रहों की दृष्टि के साथ-साथ अर्थात् मंगल, शनि, सूर्य आदि की दृष्टि पड़ रही हो और पंचमेश त्रिक भाव में स्थित हो, तो संतति शोक की स्थिति उत्पन्न होती है।

उदाहरण सं.-6.19 जन्मांग सं.-238

जन्म दिनांक : 30.12.1929 जन्म समय : 10:40:00 घंटे
जन्म स्थान : अलीगढ़ अक्षांश 27:54:00 रेखांश 78:04:00
चित्रपक्षीय अयनांश : 22:52:35 साम्पातिक काल : 16:54:55 घंटे

ग्रह	अंश	राशि	नक्षत्र	पद	षड्बल
लग्न	14:25:49	कुंभ	शतभिषा	3	—
सूर्य	15:09:40	धनु	पू.षा.	1	1.57
चंद्र (अ)	6:44:08	धनु	मूल	3	1.07
मंगल(अ)	7:41:57	धनु	मूल	3	1.35
बुध	2:42:50	मकर	उ.षा.	2	0.88
गुरु (व)	15:10:59	वृष	रोहिणी	2	1.13
शुक्र (अ)	5:56:24	धनु	मूल	2	0.77

शनि(अ)	10:37:31	धनु	मूल	4	1.05
राहु (व)	17:41:18	मेष	भरणी	2	—
केतु (व)	17:41:18	तुला	स्वाति	4	—

जन्मांग चक्र

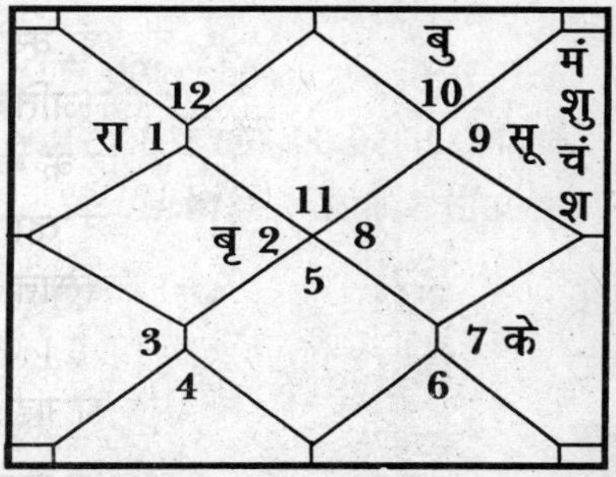

11, बृ 2, 12, रा 1, 3, 4, 5, 6, 7 के, 8, 9 सू मं शु चं श, 10 बु

नवमांश चक्र

11, बृ शु 2, 12 के, 1, चं मं 3, 4 श, 5 सू, 6 रा, 7, 8, 9, 10 बु

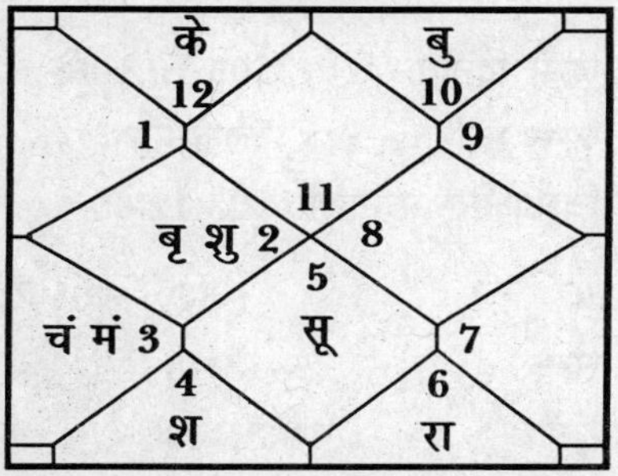

जन्म के समय केतु की भोग्य विंशोत्तरी महादशा - 3 व. 5 मा. 17 दि.

इस पी0डब्लू0डी0 के मुख्य अभियन्ता का विवाह एक जिलाधीश की अत्यन्त रूपवती कन्या के साथ 25 वर्ष की आयु में सम्पन्न हुआ तथा शीघ्र ही एक पुत्र का जन्म हुआ। उसके पश्चात् पुनः एक पुत्री और दो वर्ष पश्चात् एक पुत्र का भी जन्म हुआ। जातक की सभी संतानें योग्य और कुशल हैं परन्तु प्रथम संतान की मृत्यु लगभग 20 वर्ष की अवस्था में यकृत से सम्बन्धित व्याधि के कारण हो गई। किसी चिकित्सक को भी यह अनुमान कदापि न हो सका था कि उसकी मृत्यु की किंचित भी संभावना थी।

जातक का जन्म वर्गोत्तम कुंभ लग्न में हुआ है। पंचमेश और अष्टमेश बुध द्वादश भाव में मकर राशि में स्थित है तथा वक्री बृहस्पति द्वारा दृष्ट है। पंचम भाव पर शनि, मंगल, सप्तमेश सूर्य, षष्ठेश चन्द्रमा तथा योगकारक शुक्र की दृष्टि है। नवम भाव में केतु स्थित है तथा नवमेश शुक्र लाभ भाव में अस्त है। वस्तुतः चन्द्रमा, मंगल, शुक्र और शनि यह चारों ग्रह अस्त हैं तथा इनकी पंचम भाव पर दृष्टि के कारण प्रथम संतान की अकाल मृत्यु हुई।

अतः यदि पंचम भाव पर दृष्टि निक्षेप करने वाले सभी ग्रह अस्त अथवा पापाक्रांत हों अथवा स्वभाव से क्रूर ग्रहों की दृष्टि पंचम भाव पर पड़ रही हो, तो संतति शोक होता है।

यदि मंगल और बृहस्पति के मध्य विनिमय परिवर्तन हो रहा हो तथा साथ

ही पंचम भाव में कोई पापग्रह हो, तो संतति शोक की स्थिति का निर्माण होता है। यदि संतानकारक बृहस्पति से पंचमेश त्रिक भावगत हो, तो भी किसी एक संतान से सम्बन्धित शोक होता है।

उदाहरण सं.-6.20 जन्मांग सं.-239

जन्म दिनांक : 05.10.1952 जन्म समय : 06:30:00 घंटे

जन्म स्थान : लखनऊ अक्षांश 26:50:00 रेखांश 80:54:00

चित्रपक्षीय अयनांश : 23:12:00 साम्पातिक काल : 7:18:12 घंटे

ग्रह	अंश	राशि	नक्षत्र	पद	षड्बल
लग्न	24:13:48	कन्या	चित्रा	1	–
सूर्य	18:31:48	कन्या	हस्त	3	1.52
चंद्र	9:06:21	मेष	अश्विनी	3	0.93
मंगल	1:45:34	धनु	मूल	1	1.13
बुध (अ)	26:19:19	कन्या	चित्रा	1	1.27
गुरु (व)	26:44:16	मेष	कृत्तिका	1	1.16
शुक्र	15:46:11	तुला	स्वाति	3	1.26
शनि(अ)	23:59:04	कन्या	चित्रा	1	1.03
राहु (व)	27:07:36	मकर	धनिष्ठा	2	–
केतु (व)	27:07:36	कर्क	अश्लेषा	4	–

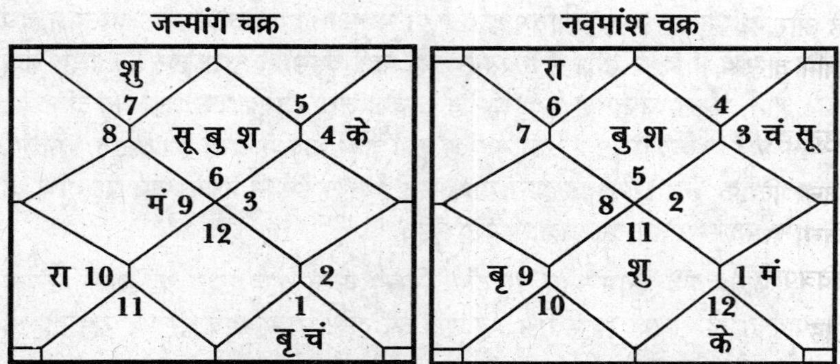

जन्म के समय केतु की भोग्य विंशोत्तरी महादशा - 2 व. 2 मा. 19 दि.

इस डायरेक्टर जनरल ऑफ पुलिस की पत्नी का जन्म कन्या लग्न में हुआ है। लग्नेश बुध उच्च राशिगत होकर लग्नगत है तथा पंचमेश शनि से संयुक्त है परन्तु बुध अस्त है। पंचम भाव में मकर राशिगत राहु स्थित है तथा संतानकारक बृहस्पति अष्टम भाव में मंगल की राशि में स्थित होकर द्वितीयेश शुक्र द्वारा दृष्ट है। चन्द्रमा और शुक्र भी परस्पर एक दूसरे पर दृष्टि निक्षेप कर रहे हैं। इस जन्मांग में पंचम भाव पर राहु के अतिरिक्त किसी भी अशुभ ग्रह का प्रभाव नहीं है परन्तु संतानकारक बृहस्पति से षष्ठ भाव पापाक्रांत है और पंचम भाव से द्वादश भाव में मंगल की स्थिति भी आपत्तिजनक है। उल्लेखनीय है कि मंगल और बृहस्पति के मध्य विनिमय परिवर्तन योग का निर्माण हो रहा है तथा दोनों ग्रह एकदूसरे से नवम-पंचम हैं जिसके कारण जातिका की प्रथम पुत्री, जो 17.07.1978 को जन्मी, विकलांग थी। 23 वर्ष की अवस्था में 14.08.2001 को इस विकलांग बालिका की असमय मृत्यु का शोक भी जातिका को सहन करना पड़ा। इससे उसका मन और मस्तिष्क भी किंचित असंतुलित हो उठा।

जातिका का विवाह 27.02.1977 को एक आई.पी.एस. अधिकारी के साथ धूमधाम से सम्पन्न हुआ था। जातिका की दूसरी पुत्री का जन्म 09.10.1979 को हुआ था, जो सभी दृष्टिकोण से अत्यन्त प्रखर और योग्य है।

उल्लेखनीय है कि इस जन्मांग में बुध और शनि दोनों ही अस्त हैं। पंचमेश शनि मंगल के नक्षत्र चित्रा में स्थित है जबकि बुध भी अस्त होकर चित्रा नक्षत्रगत है। उल्लेखनीय है कि बुध और शनि दोनों ही चित्रा नक्षत्र के प्रथम पद में स्थित हैं। बृहस्पति वक्री है तथा पंचमेश शनि सूर्य का नवांश प्राप्त कर रहा है। इसी कारण जातिका को संतति शोक सहन करना पड़ा, परन्तु संतानकारक बृहस्पति स्वनवांशगत है और नवमेश शुक्र भी स्वराशिगत होकर पंचमेश शनि के नवांश में स्थित है तथा शनि द्वारा दृष्ट है इसलिए दूसरी संतान सभी दृष्टिकोण से स्वस्थ, प्रखर और योग्य है।

उदाहरण सं.-6.21 जन्मांग सं.-240

जन्म दिनांक : 17.05.1957 जन्म समय : 08:22:00 घंटे
जन्म स्थान : सूरतगढ़ अक्षांश 29:19:00 रेखांश 73:54:00
चित्रपक्षीय अयनांश : 23:15:54 साम्पातिक काल : 23:25:46 घंटे

ग्रह	अंश	राशि	नक्षत्र	पद	षड्बल
लग्न	11:45:25	मिथुन	आर्द्रा	2	—
सूर्य	2:40:19	वृष	कृत्तिका	2	1.34

चंद्र	11:17:48	धनु	मूल	4	1.31
मंगल	14:33:44	मिथुन	आर्द्रा	3	1.24
बुध (व)	16:51:52	मेष	भरणी	2	1.21
गुरु (व)	28:34:42	सिंह	उ.फा.	1	1.26
शुक्र (अ)	11:13:48	वृष	रोहिणी	1	1.49
शनि(व)	18:53:41	वृश्चिक	ज्येष्ठा	1	1.28
राहु (व)	26:21:44	तुला	विशाखा	2	—
केतु (व/अ)	26:21:44	मेष	भरणी	4	—

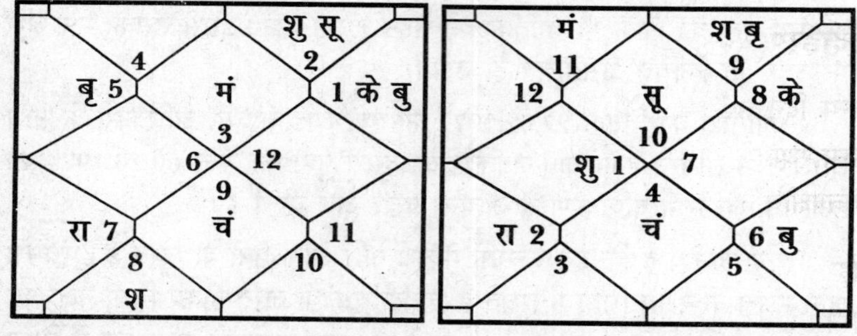

जन्म के समय केतु की भोग्य विंशोत्तरी महादशा - 1 व. 0 मा. 25 दि.

जातक का जन्म धनु लग्न तथा मिथुन नवांश में हुआ है तथा पंचम भाव में तुला राशिगत राहु पर लग्नेश बुध की दृष्टि है परन्तु पंचमेश शुक्र द्वादश भाव में सूर्य से संयुक्त है तथा अष्टमेश शनि से दृष्ट है। संतानकारक बृहस्पति भी अल्पसुत राशि सिंह में स्थित है, वक्री है तथा शनि द्वारा दृष्ट है। अष्टम भाव पर शनि और मंगल दोनों ग्रहों की दृष्टि है। बृहस्पति आत्मकारक ग्रह है तथा चलित कुण्डली में षष्ठेश मंगल द्वारा दृष्ट भी है। इस कारण चलित चक्र में पंचम भाव पापकर्तरी योगग्रस्त है। राहु भी चलित होकर षष्ठ भाव में आ गया है। चन्द्रमा भी पर्याप्त बली है तथा पुत्रकारक भी है, जो द्वितीयेश होकर सप्तम भाव में स्थित है, षष्ठेश मंगल द्वारा दृष्ट है, मूल नक्षत्र में स्थित है तथा स्वनवांशस्थ है और चन्द्रमा से पंचम भाव में मंगल की राशि में बुध स्थित है। चन्द्रमा स्वनवांशस्थ है। इस तरह से पंचम भाव तथा संतानकारक और आत्मकारक ग्रह बृहस्पति भी पापाक्रांत है तथा पंचम भाव

पापकर्तरी योगग्रस्त है। जातक के एक पुत्र तथा दूसरी पुत्री दोनों ही एक महीने के होते-होते जातक को सदा के लिए छोडकर चले गये। जबकि जातक की पत्नी का निधन तो दूसरी संतान अर्थात् पुत्री के जन्म के समय ही हो गया।

सम्प्रति, जातक संततिरहित है। संतति वियोग तथा पत्नी की मृत्यु ने जातक को शेष जीवन अविवाहित रहने का निर्णय लेने हेतु विवश कर दिया।

उल्लेखनीय है कि सप्तम भाव में मारकेश चन्द्रमा स्थित है जो मूल नक्षत्रगत है तथा षष्ठेश मंगल द्वारा दृष्ट है जबकि सप्तमेश बृहस्पति वक्री है और अष्टमेश शनि द्वारा दृष्ट है। अतः सप्तम भाव, सप्तमस्थ ग्रह चन्द्रमा तथा सप्तमेश बृहस्पति के पापाक्रांत होने के कारण दूसरी बार प्रसव के समय ही जातक की पत्नी का निधन हो गया।

उदाहरण सं.-6.22 **जन्मांग सं.-241**

जन्म दिनांक : 06.10.1940 जन्म समय : 04:00:00 घंटे
जन्म स्थान : देवबन्द अक्षांश 29:41:00 रेखांश 77:40:00
चित्रपक्षीय अयनांश : 23:01:49 साम्पातिक काल : 4:38:26 घंटे

ग्रह	अंश	राशि	नक्षत्र	पद	षड्बल
लग्न	19:11:29	सिंह	पू.फा.	2	–
सूर्य	19:29:33	कन्या	हस्त	3	1.25
चंद्र	20:21:31	वृश्चिक	ज्येष्ठा	2	1.46
मंगल (अ)	7:11:17	कन्या	उ.फा.	4	1.31
बुध	10:23:20	तुला	स्वाति	2	0.91
गुरु (व)	21:02:58	मेष	भरणी	3	1.06
शुक्र	5:54:31	सिंह	मघा	2	1.2
शनि(व)	20:25:50	मेष	भरणी	3	1.2
राहु (व/पू)	18:05:23	कन्या	हस्त	3	–
केतु (व)	18:05:23	मीन	रेवती	1	–

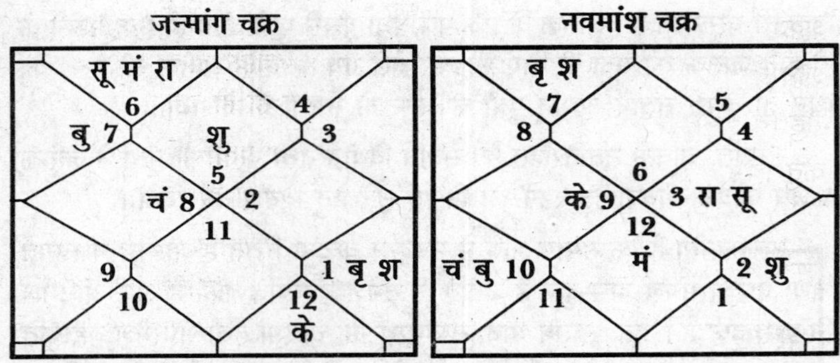

जन्म के समय बुध की भोग्य विंशोत्तरी महादशा - 12 व. 3 मा. 15 दि.

जातक का जन्म सिंह लग्न में हुआ है तथा पंचमेश बृहस्पति नवम भाव में नीच राशिगत शनि से युक्त है और मंगल से दृष्ट है। इस तरह से पंचमेश बृहस्पति मंगल और शनि के संयुक्त प्रभाव में है। नवांश चक्र में संतानकारक बृहस्पति और शनि संयुक्त रूप से तुला राशिगत हैं तथा मंगल से दृष्ट है। जातक का विवाह 1967 में हुआ था। विवाह के पश्चात् पुत्र जन्म हुआ, जो 20 वर्ष की अवस्था में 08-09-1987 को इस असार संसार को सदा के लिए त्याग करके चला गया तथा जातक के जीवन के ऋतुराज को स्थायी रूप से ऋतुपात में परिवर्तित कर दिया।

उदाहरण सं.-6.23 जन्मांग सं.-242

जन्म दिनांक : 15.11.1945 जन्म समय : 01:30:00 घंटे
जन्म स्थान : इलाहाबाद अक्षांश 25:27:00 रेखांश 81:50:00
चित्रपक्षीय अयनांश : 23:05:45 साम्पातिक काल : 5:01:33 घंटे

ग्रह	अंश	राशि	नक्षत्र	पद	षड्बल
लग्न	23:43:24	सिंह	पू.फा.	4	–
सूर्य	29:00:18	तुला	विशाखा	3	0.96
चंद्र	22:22:07	कुंभ	पू.भा.	1	1.24
मंगल	7:38:15	कर्क	पुष्य	2	1.1
बुध	21:01:50	वृश्चिक	ज्येष्ठा	2	1.13
गुरु	24:04:21	कन्या	चित्रा	1	1

शुक्र	10:04:39	तुला	स्वाति	2	1.25
शनि(व)	1:44:31	कर्क	पुनर्वसु	4	0.91
राहु (व)	7:35:53	मिथुन	आर्द्रा	1	–
केतु (व)	7:35:53	धनु	मूल	3	–

जन्मांग चक्र

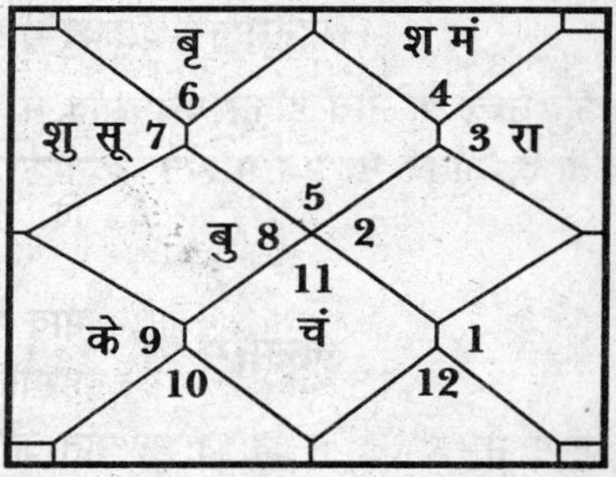

बृ 6, श मं 4, शु सू 7, 3 रा, 5, बु 8, 2, 11 चं, के 9, 1, 10, 12

नवमांश चक्र

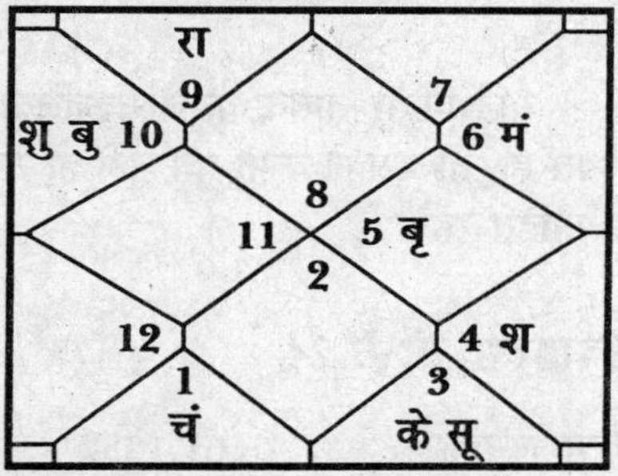

रा 9, 7, शु बु 10, 6 मं, 8, 11, 5 बृ, 2, 12, 4 श, 1 चं, 3 के सू

जन्म के समय गुरु की भोग्य विंशोत्तरी महादशा - 13 व. 1 मा. 27 दि.

जातक का विवाह 26.11.1970 को हुआ। इस जन्मांग में पंचम भाव में केतु स्थित है तथा पंचमेश बृहस्पति द्वितीय भाव में अल्पसुत राशि कन्या में स्थित है तथा अल्पसुत नवांश सिंह प्राप्त कर रहा है। शनि और मंगल द्वादश भावगत हैं। दोनों ग्रह चलित होकर एकादश भाव में आ गये हैं। यहाँ से मंगल बृहस्पति को भी देख रहा है तथा शनि लग्न, पंचम भाव और अष्टम भाव पर दृष्टि निक्षेप कर रहा है। जातक की दूसरी पुत्री का जन्म 24.02.1974 को हुआ, जिसका 11 वर्ष की अवस्था में 01.06.1985 को सहसा निधन हो गया। दूसरी पुत्री मानसिक रूप से विकलांग थी।

यहाँ लग्नेश सूर्य, जो आत्मकारक ग्रह भी है वह नीच राशिगत है तथा विशाखा नक्षत्र में स्थित है। सूर्य को 0.96 षड़बल प्राप्त हैं तथा सर्वाधिक निर्बल ग्रह भी है। नवांश कुण्डली में भी सूर्य केतु से संयुक्त है तथा बुध के नक्षत्र में स्थित है। पंचम भावगत केतु पुत्र से सम्बन्धित सुख नहीं प्रदान करता। प्रायः पुत्रियाँ ही होती हैं। यहाँ केतु पंचम भावगत है। चलित चक्र में इस जन्मांग में पंचम भाव, पंचमस्थ केतु तथा पंचमेश बृहस्पति पर मंगल और शनि का अशुभ प्रभाव है। विशेष रूप से पंचम भाव पर शनि और मंगल की दृष्टि अति अशुभ है। यहाँ मंगल नीच राशिगत भी है तथा बृहस्पति अल्पसुत राशिगत है। एक संतान का वियोग स्पष्ट रूप से दृष्टिगत हो रहा है।

जातक की प्रथम पुत्री स्वस्थ, सुशिक्षित और प्रतिभावान है तथा सुखी वैवाहिक जीवन व्यतीत कर रही है। पंचमेश बृहस्पति कन्या राशिगत है जो अल्पसुत राशि है इसलिए एक पुत्री का ही पूर्ण सुख प्राप्त है।

उच्चे वा यदि वा नीचे पञ्चमः शिखिखेचरः।
हाहाकारं च कुरूते पुत्रशोकेन पीडितः।।

(मानसागरी/श्लोक 4)

यदि किसी जातक के जन्मकालिक केतु उच्च या नीच होकर पंचमभाव में स्थित हो, तो उसको कभी पुत्र नहीं हो सकता है, जीवन भर पुत्र न होने के शोक से पीड़ित रहेगा।

उदाहरण सं.-6.24 **जन्मांग सं.-243**

जन्म दिनांक : 18.01.1937 जन्म समय : 04:14:10 घंटे
जन्म स्थान : लखनऊ अक्षांश 26:50:00 रेखांश 80:54:00
चित्रपक्षीय अयनांश : 22:58:58 साम्पातिक काल : 11:55:28 घंटे

ग्रह	अंश	राशि	नक्षत्र	पद	षड्बल
लग्न	24:38:23	वृश्चिक	ज्येष्ठा	3	–
सूर्य	4:27:35	मकर	उ.षा.	3	1.39
चंद्र	9:52:21	मीन	उ.भा.	2	1.38
मंगल	13:26:37	तुला	स्वाति	3	1.29
बुध (व/अ)	27:33:43	धनु	उ.षा.	1	1.07
गुरु	17:39:18	धनु	पू.षा.	2	1
शुक्र	20:22:19	कुंभ	पू.भा.	1	1.33
शनि	25:45:24	कुंभ	पू.भा.	2	1.31
राहु (व)	0:47:53	धनु	मूल	1	–
केतु (व)	0:47:53	मिथुन	मृगशिरा	3	–

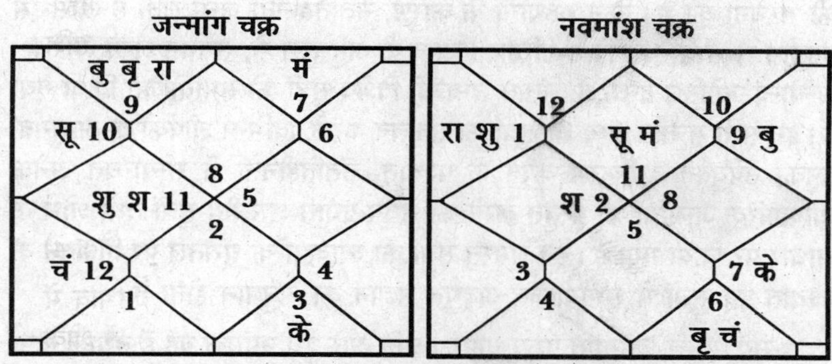

जन्म के समय शनि की भोग्य विंशोत्तरी महादशा - 9 व. 8 मा. 5 दि.

जातक का जन्म वृश्चिक लग्न तथा कुंभ नवांश में हुआ है। पंचम भाव में चन्द्रमा स्थित है तथा चन्द्रमा से अष्टम भाव में मंगल स्थित है। शनि और मंगल दोनों ही षष्ठ भाव पर दृष्टि निक्षेप कर रहे हैं। चलित चक्र पर विचार करने से स्पष्ट दृष्टिगत होता है कि मंगल लाभ भाव में चलित हो गया है तथा पंचम भाव और पंचमेश बृहस्पति पर दृष्टि निक्षेप कर रहा है। साथ ही नवमेश चन्द्रमा भी चलित होकर षष्ठ भाव में आ गया है तथा वह भी मंगल और शनि द्वारा दृष्ट है इसलिए जातक के पुत्र की मृत्यु 08.09.1987 को हुई, जो 27 वर्ष का था। यह असहनीय वेदना अभी किंचित भी कम नहीं हुई थी कि एक ही वर्ष पश्चात् 04.07.1988 को पौत्र का भी निधन हो गया।

जातक की लग्न पापकर्तरी योगग्रस्त है तथा आत्मकारक ग्रह बुध अष्टमेश होकर षष्ठेश मंगल द्वारा दृष्ट है। पंचमेश बृहस्पति और नवमेश चन्द्रमा दोनों अल्पसुत राशि कन्या के नवांश में स्थित हैं तथा नवांश कुण्डली मे मंगल उन पर दृष्टि निक्षेप भी कर रहा है। नवांश चक्र में शनि और मंगल के मध्य विनिमय दृष्टि सम्बन्ध स्थापित हो रहा है। इसी कारण इस त्रासदी की असहनीय वेदना ने जातक को निष्क्रिय कर दिया।

संततिहीनता के अनेक कारणों का निवारण और चिकित्सा विज्ञान के आधार पर उनका समुचित समाधान हो जाने के पश्चात् भी, जब दम्पति संततिसुख से वंचित रह जाते हैं, तो उसका उत्तर प्रबुद्ध जीवविज्ञान और चिकित्सा विज्ञान शास्त्रियों के पास भी उपलब्ध नहीं होता है। यही प्रभु की सत्ता और पूर्वजन्म कृत कर्मों के मध्य निर्मित होने वाला क्लिष्ट समीकरण है। इस समीकरण को समझने और उसका समाधान ढूंढ़ने हेतु, हमारे त्रिकालज्ञ मुनियों और महर्षियों ने, ज्योतिषशास्त्र

की संरचना की है। किन ग्रहयोगों के कारण, संततिहीनता जन्म लेती है और उस ग्रहयोग से सम्बन्धित किस परिहार विज्ञान के अनुसरण से, सन्तान जन्म लेती है। अन्यान्य ज्योतिष ग्रन्थों में, संतति सम्बन्धी विशेष सूत्रों को समायोजित किया गया है। इन सभी सन्तान सम्बन्धी सूत्रों का संकलन करके, विभिन्न शीर्षकों के अन्तर्गत, उनका उपयुक्त वर्गीकरण करने के पश्चात्, संततिहीनता से सम्बन्धित अनेक व्यावहारिक जन्मांगों को प्रस्तुत करने का सघन प्रयास शास्त्रीय सूत्रों तथा शोध के आधार पर किया गया है। इन समस्त सूत्रों को व्यावहारिक धरातल पर निकषने के पश्चात् इन सूत्रों में समायोजित अद्‌भुत संज्ञान का अनुमान होता है।

सूर्य, मंगल, बृहस्पति पुरुष ग्रह हैं। शनि और बुध नपुंसक ग्रह हैं तथा चन्द्रमा और शुक्र स्त्री ग्रह हैं। पुरुष ग्रह, पुत्र प्रदान करे और स्त्री ग्रह कन्या के जन्म का कारण बने, यह आवश्यक नहीं है। विषम राशियां, पुरुष राशियां कहलाती हैं और सम राशियां, स्त्री राशि कहलाती हैं परन्तु पुरुष राशियों में स्थित ग्रह, पुत्र जन्म का कारण बने या स्त्री राशियों में ग्रह कन्यायें दें, यह समझना त्रुटिपूर्ण परिणाम प्रदान करता है। तृतीय भाव का स्वामी, यदि पंचमभावगत हो तो संतान जन्म में बाधा उत्पन्न करता है। इसी प्रकार से पंचमेश का तृतीयस्थ होना या त्रिक भावगत होकर पापाक्रान्त होना, सन्तान जन्म के सम्बन्ध में अनेक प्रकार से बाधक होता है। पंचमभाव के संदर्भ में शनि और मंगल का पंचमभाव पर संयुक्त प्रभाव, अत्यन्त अहितकर समझना चाहिए। मंगल पंचमभावस्थ हो और शनि से दृष्ट हो तथा पंचमभाव में बन्ध्या राशि हो तो संतान नहीं होती है। उल्लेखनीय है कि मिथुन, सिंह तथा कन्या वन्ध्या राशियां कहलाती हैं। मेष, धनु और मकर, अल्प वन्ध्या या अर्ध वन्ध्या राशियों से नामांकित की जाती हैं। कर्क, वृश्चिक और मीन राशियों का पंचमभाव में स्थित होना अति शुभ माना गया है जबकि शेष वृषभ, तुला तथा कुम्भ राशियां अल्पशुभ राशियां स्वीकारी गई हैं।

इसी प्रकार से वृषभ, सिंह, कन्या और वृश्चिक राशियों को अल्पसुत राशि की संज्ञा प्रदान की गई है। इस प्रकार से सिंह और कन्या राशियां वन्ध्या और अल्पसुत राशियाँ होने के कारण, सन्तान सुख के संदर्भ में, अति अशुभ और अवरोधात्मक प्रभाव देने वाली सिंह होती है।

पंचमभाव में चन्द्रमा और शनि की युति विशेषकर कन्या अथवा सिंह राशि में, सन्तान सुख से वंचित रखती है। पंचमभाव के संदर्भ में सूर्य और शनि का संयुक्त प्रभाव भी अशुभ परिणाम प्रदान करनेवाला होता है। संततिहीनता हेतु लग्न का निर्बल होना अथवा पापाक्रान्त होना अवरोध में वृद्धि करता है। यदि लग्न में

पापग्रह स्थित हों तथा पंचमभाव या भावाधिपति भी निर्बल हो तो, संतान जन्म नहीं होता है। लग्न तो किसी वृक्ष की जड़ के समान महत्त्वपूर्ण होता है। यदि लग्न निर्बल होगा तो वृक्ष भी निर्बल होगा। निर्बल वृक्ष में पुष्प और फल नहीं आते हैं। अतः फलदार वृक्ष हेतु, वृक्ष की जड़ का शक्तिशाली होना अनिवार्य है।

चतुर्थ भाव, पंचमभाव से द्वादशस्थ होता है। इसलिए चतुर्थभाव को भी पापप्रभाव से रिक्त होना चाहिए ताकि श्रेष्ठ संतान सुख प्राप्त हो।

नवमभाव का महत्त्व भी कम नहीं है। पंचमभाव से पंचम, नवम होता है और नवम से पंचम, लग्न होता है। अतः श्रेष्ठ और शीघ्र संतान सुख उन व्यक्तियों को ही उपलब्ध होता है, जिनके जन्मांग में पंचम, नवम तथा प्रथम भाव बली होने के साथ साथ शुभग्रहों के प्रभाव में होते हैं और इन भावों के, भावाधिपति भी पापरहित होने के साथ साथ बली, अनुकूल और शुभस्थान में होते हैं।

बृहस्पति संतानकारक होता है परन्तु बृहस्पति का पंचमभावगत होना ऋषि मनीषियों द्वारा शुभ नहीं स्वीकारा गया है। बृहस्पति का वन्ध्या एवं अल्पसुत राशियों में पंचमभाव में होना प्रायः संततिहीनता का कारण होता है। बृहस्पति और मंगल, परस्पर मित्र हैं परन्तु मकर राशि में, बृहस्पति नीचस्थ होता है और मंगल उच्चस्थ है। इसी तरह कर्क राशि में बृहस्पति, उच्चस्थ होता है और मंगल नीचस्थ होता है। अतः पंचम में मंगल या बृहस्पति का स्थित होकर बृहस्पति अथवा मंगल से दृष्ट होना संतान हेतु अशुभ परिणाम प्रदान करने वाला देखा जाता है। पंचम भाव पर मंगल और शनि का संयुक्त प्रभाव, सन्तान की क्षति करता है या फिर संतानहीनता से जातक को अभिशप्त करता है। तुला और वृष लग्न के लिए मंगल मारकेश होता है। यदि इन लग्नों के जन्मांग में मंगल पंचमभावगत हो, तो संतान की हानि अवश्य करता है। कर्क, धनु, मकर तथा मीन राशियों में पंचम भावगत बृहस्पति पुत्र जन्म हेतु बाधक होता है। परन्तु बृहस्पति के शुभ नवांश अथवा सप्तमांश में होने से पुत्रहीनता का दोष समाप्त हो जाता है। यदि पंचमभाव मंगल एवं शनि, शनि एवं सूर्य अथवा शनि एवं राहु द्वारा पापकर्तरियोगग्रस्त हो, तो संततिसुख से वंचित रहना पड़ता है। पंचमेश संतानकारक बृहस्पति और पंचमभाव यदि पापकर्तरियोगग्रस्त हों, अथवा पापाक्रान्त हों, तो भी संतान प्रतिबंधक योग समझना चाहिए। लग्न, बृहस्पति और चन्द्रमा से पंचमभाव यदि पापग्रहों से युक्त हो, पापदृष्ट हो अथवा पापकर्तरि योगग्रस्त हो, तो वंशवृद्धि नहीं होती। यदि समस्त पापग्रह चतुर्थ स्थान में स्थित हों तो भी जातक संतानहीन होता है। संतानकारक बृहस्पति तथा चन्द्रमा यदि लग्नगत हों एवं उन पर मंगल और शनि की पूर्ण दृष्टि हो, तो संततिहीनता का योग निर्मित

होता है। यदि पंचम, अष्टम एवं द्वादशस्थान में पापग्रह हों, तो जातक को संतान नहीं होती। पंचमाधिपति जिस राशि में स्थित हो, उससे षष्ठ, अष्टम अथवा द्वादश भाव में पापग्रह के होने से पुत्र संतति की हानि होती है। इस प्रकार से निर्मित ग्रहयोग में तो जातक की प्रायः मृत संतान होती है अथवा जातक संतानहीन होता है। इसीप्रकार पंचमस्थान से षष्ठ, अष्टम एवं द्वादश भावों में पापग्रह पुत्र के लिए अशुभ फलदायी होते हैं। यदि बृहस्पति से, लग्न से तथा चन्द्रमा से पंचम स्थान में पापग्रह स्थित हों और उस पर शुभग्रह की दृष्टि न हो तो जातक निःसंतान होता है। यदि पंचमेश और द्वितीयेश निर्बल हो और पंचमस्थान पर पापग्रह की दृष्टि हो, तो जातक अनेक विवाह के उपरान्त भी संतानहीन होता है। तृतीयेश के तृतीय में, लग्न में, पंचम में अथवा धनभाव में स्थित होने से एवं अन्य कोई शुभ योग न होने पर संतान जन्म में प्रबल बाधा होती है और प्रायः संतान की मृत्यु होती है।

सन्तानहीनस्तनुतः सुतेऽर्च्चिते तस्मात्सुतेऽसत्युत वीर्य्य वर्जितैः।
खेटैः समग्रैरथ खोदयेऽन्त्यपे वेज्ये त्रिकोणे सखले विदेहजः।।

(जातकभूषणम्/अध्याय-2/7)

लग्न से पंचमस्थान में बृहस्पति एवं तत्पंचम अर्थात् नवमस्थान में पापग्रह स्थित हों। सूर्यादि सभी ग्रह निर्बल हों। व्ययेश दशम या लग्न में स्थित हो। त्रिकोण में बृहस्पति पापग्रहों से युक्त हो। इन सभी योगों में व्यक्ति सन्तानरहित या पुत्ररहित होता है।

टिप्पणी : पंचमस्थ बृहस्पति संततिहीनता नहीं प्रदान करता है जब तक कि नीच राशिगत, अस्त अथवा पापाक्रान्त न हो। पंचमस्थ बृहस्पति यदि जलीय राशि कर्क, वृश्चिक अथवा मीन में हो, तो अनेक पुत्रियों का जन्म होता है। पंचमस्थ बृहस्पति का विस्तृत अध्ययन हमारी अन्य पुस्तक 'संतान सुख : सर्वांग चिन्तन' में विवेचित है। पंचमस्थ बृहस्पति यदि मकर राशिगत हो तथा नवमभाव भी पापाक्रान्त हो, तो संतान नहीं होती है। इसके अतिरिक्त सूर्य के निर्बल होने और दशम भाव में अथवा लग्न में द्वादशेश हो, तो संतान जन्म में अवरोध उत्पन्न होता है।

उदाहरण सं.-6.25 जन्मांग सं.-244

जन्म दिनांक : 18.07.1953 जन्म समय : 20:05:00 घंटे

जन्म स्थान : ग्वालियर अक्षांश 26:12:00 रेखांश 78:09:00

चित्रपक्षीय अयनांश : 23:12:44 साम्पातिक काल : 15:32:00 घंटे

ग्रह	अंश	राशि	नक्षत्र	पद	षड्बल
लग्न	18:31:45	मकर	श्रवण	3	—
सूर्य	2:26:27	कर्क	पुनर्वसु	4	1.56
चंद्र	25:52:37	कन्या	चित्रा	1	1.26
मंगल	29:31:03	मिथुन	पुनर्वसु	3	1.18
बुध (पू)	13:19:54	कर्क	पुष्य	3	1.07
गुरु (व/अ)	22:38:41	वृष	रोहिणी	4	0.92
शुक्र	18:37:54	वृष	रोहिणी	3	1.21
शनि	27:50:48	कन्या	चित्रा	2	1.48
राहु	10:06:22	मकर	श्रवण	1	—
केतु (अ)	10:06:22	कर्क	पुष्य	3	—

जन्मांग चक्र नवमांश चक्र

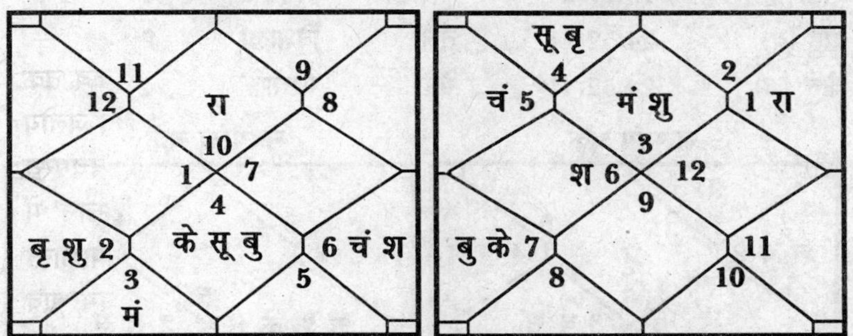

जन्म के समय मंगल की भोग्य विंशोत्तरी महादशा - 5 व. 7 मा. 29 दि.

उपर्युक्त जन्मांग में पंचमभाव में तृतीयेश बृहस्पति पंचमेश शुक्र से रोहिणी नक्षत्र में अल्पसुत राशि वृष में संयुक्त है तथा नवमभाव में शनि और चन्द्रमा चित्रा नक्षत्र में, कन्या राशि में संयुक्त हैं और मंगल व शनि के मध्य विनिमय दृष्टि

सम्बन्ध भी स्थापित हो रहा है। लग्नेश शनि अल्पुसत राशि कन्या में वर्गोत्तम है जबकि मंगल भी बन्ध्या राशि मिथुन के नवांश में स्थित होकर, नवांश चक्र में भी विनिमय दृष्टि संबंध स्थापित कर रहा है। जातक का विवाह 1980 में हुआ था। परंतु उपर्युक्त ग्रहस्थिति के कारण संततिहीनता का विष पीने के लिए वह विवश है।

उदाहरण सं.-6.26 — जन्मांग सं.-245

जन्म दिनांक : 09.07.1957 — जन्म समय : 12:24:00 घंटे

जन्म स्थान : लखनऊ — अक्षांश 26:50:00 रेखांश 80:54:00

चित्रपक्षीय अयनांश : 23:16:02 — साम्पातिक काल : 7:25:23 घंटे

ग्रह	अंश	राशि	नक्षत्र	पद	षड्बल
लग्न	25:45:22	कन्या	चित्रा	1	—
सूर्य	23:31:23	मिथुन	पुनर्वसु	2	1.87
चंद्र	22:37:16	वृश्चिक	ज्येष्ठा	2	1.09
मंगल	17:52:43	कर्क	अश्लेषा	1	1.46
बुध (अ)	29:30:25	मिथुन	पुनर्वसु	3	1.05
गुरु	2:12:06	कन्या	उ.फा.	2	1.29
शुक्र	16:17:01	कर्क	पुष्य	4	1.07
शनि(व)	15:17:24	वृश्चिक	अनुराधा	4	0.88
राहु (व)	24:52:41	तुला	विशाखा	2	—
केतु (व)	24:52:41	मेष	भरणी	4	—

जन्मांग चक्र

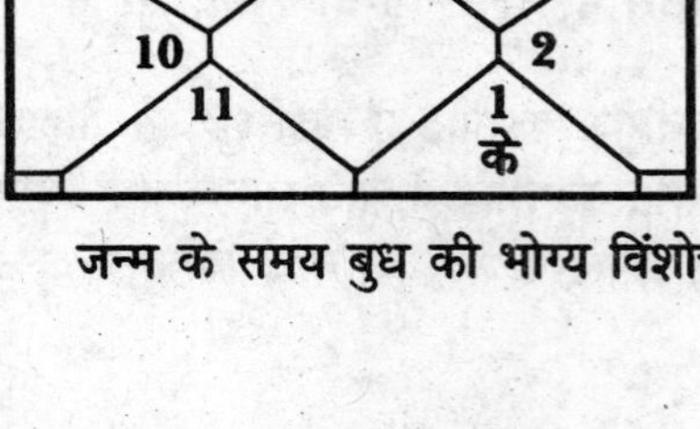

रा 7
शचं 8
बृ 6
5
4 शु मं
9
3 बु सू
12
10
11
2
1 के

नवमांश चक्र

6
7
4
3 बु
5
शु श के 8
2 रा सू
11
मं 9
10 चं बृ
1
12

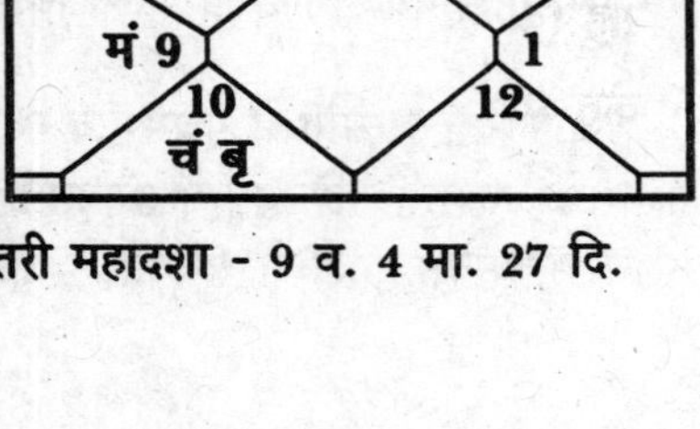

जन्म के समय बुध की भोग्य विंशोत्तरी महादशा - 9 व. 4 मा. 27 दि.

उपरोक्त जन्मांग में व्ययेश सूर्य दशमभाव में लग्नेश बुध से संयुक्त है। तथा पंचमभाव पर तृतीयेश और अष्टमेश मंगल व पंचमेश तथा षष्ठेश शनि की दृष्टि है। पंचमेश शनि लाभेश चन्द्रमा से संयुक्त है तथा चन्द्रमा ज्येष्ठा नक्षत्रगत है। संतानकारक बृहस्पति नीच नवांशस्थ है, जिसके परिणाम स्वरूप जातक संततिसुख से वंचित है। विवाह के शीघ्र पश्चात् ही जातक को स्मैक जैसे नशीले पदार्थों के निरन्तर सेवन का परिणाम भुगतना पड़ा। दाम्पत्य सुख प्राप्त करने से पूर्व ही, पत्नी की शारीरिक सुख से संदर्भित सभी आकांक्षाएं, आवश्यकतायें और अभिलाषाएं अभिशप्त हो उठीं। जातक ने पत्नी की मार्मिक वेदना को समझने का प्रयास नहीं किया और न ही उसने स्मैक आदि के सेवन का त्याग किया जिसके परिणाम स्वरूप जातक आज भी संततिसुख के लिए व्याकुल है।

उदाहरण सं.-6.27 **जन्मांग सं.-246**

जन्म दिनांक : 18.04.1962 जन्म समय : 18:50:00 घंटे

जन्म स्थान : दिल्ली अक्षांश 28:39:00 रेखांश 77:13:00

चित्रपक्षीय अयनांश : 23:19:35 साम्पातिक काल : 8:13:35 घंटे

ग्रह	अंश	राशि	नक्षत्र	पद	षड्बल
लग्न	5:54:43	तुला	चित्रा	4	—
सूर्य	4:41:58	मेष	अश्विनी	2	1.72
चंद्र	18:20:12	कन्या	हस्त	3	1.11
मंगल	5:46:46	मीन	उ.भा.	1	1.09
बुध (पू)	7:28:58	मेष	अश्विनी	3	0.97
गुरु	11:29:23	कुंभ	शतभिषा	2	1.05
शुक्र	24:38:08	मेष	भरणी	4	1.39
शनि	17:10:35	मकर	श्रवण	3	1.41
राहु (व)	21:57:54	कर्क	अश्लेषा	2	—
केतु (व)	21:57:54	मकर	श्रवण	4	—

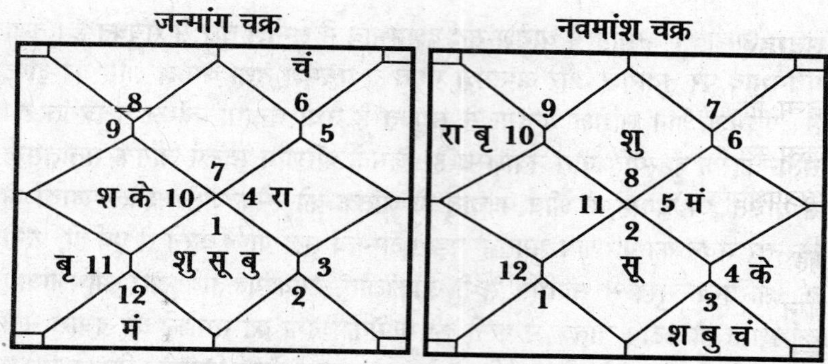

जन्म के समय चन्द्र की भोग्य विंशोत्तरी महादशा - 3 व. 8 मा. 29 दि.

जातक की आयु अब 47 वर्ष की हो चुकी है परन्तु संतान जन्म हेतु उनके सभी प्रयास विफल हो गये। करोड़पति होने के उपरान्त भी, जातक शिशु की चाहत में व्याकुल है। इस जन्मांग में तृतीयेश और षष्ठेश बृहस्पति पापकर्तरियोग ग्रस्त है। चतुर्थ भाव में शनि और षष्ठ भाव में मंगल स्थित है, तृतीयेश और षष्ठेश बृहस्पति, पंचमभावगत है। बृहस्पति नीच नवमांशगत है और राहु से युक्त है। बृहस्पति राहु के नक्षत्र शतभिषा में स्थित है। उल्लेखनीय है कि यदि तृतीयेश, पंचम भावगत हो तो संतान उत्पत्ति में बाधा उत्पन्न होती है।

धीशे स्मरेऽङ्गेऽशल ईर्म्मपेक्षितयुक्तेऽथवा सौर्य्यसृजौ शुभाभ्रयोः।
वास्ते महीजैनिसितैर्गतात्मजोगर्भे कुजेऽर्के प्रथमेऽथवा सुते।।

सौम्यैरदृष्टे समदेश्वरौ तपो धीनायकौ दुष्टगतौ गतौजसौ।
वेज्यात्सुतेशे त्रिकगे सुतोदयतीर्थाधिनाथैस्त्रिकगैर्विनन्दनः ।।1

(जातकभूषणम्/अध्याय-2/18-19)

यदि पंचमेश सप्तम या लग्न में स्थित होकर बलवान षष्ठेश से युक्त या दृष्ट हो। नवम या दशम में शनि एवं मंगल हों। सप्तमस्थान में मंगल, शनि, शुक्र हों। पंचम में मंगल एवं लग्न में सूर्य हो। पंचमस्थान पर शुभग्रह की दृष्टि न हो और पंचमेश, सप्तमेश एवं नवमेश त्रिक स्थानों में निर्बल हों । गुरु की अधिष्ठित राशि से पंचमेश एवं जन्म व चन्द्र से 1, 5, 9 भावों के स्वामी त्रिक स्थानों में स्थित हों। इन योगों में जातक पुत्ररहित अर्थात् सन्तानरहित होता है।

उदाहरण सं.-6.28 **जन्मांग सं.-247**

जन्म दिनांक : 14.08.1968 जन्म समय : 10:40:00 घंटे

जन्म स्थान : झांसी अक्षांश 00:00:00 रेखांश 00:00:00

चित्रपक्षीय अयनांश : 23:25:04 साम्पातिक काल : 7:55:01 घंटे

ग्रह	**अंश**	**राशि**	**नक्षत्र**	**पद**	**षड्बल**
लग्न	2:25:01	तुला	चित्रा	3	–
सूर्य	28:02:40	कर्क	अश्लेषा	4	1.9
चंद्र	7:21:52	मेष	अश्विनी	3	1.04
मंगल (अ)	12:04:05	कर्क	पुष्य	3	1.58
बुध (अ)	5:00:36	सिंह	मघा	2	1.11
गुरु	17:26:08	सिंह	पू.फा.	2	1.25
शुक्र	13:06:52	सिंह	मघा	4	0.96
शनि(व)	2:05:25	मेष	अश्विनी	1	1.1
राहु	17:15:04	मीन	रेवती	1	–
केतु	17:15:04	कन्या	हस्त	3	–

जन्मांग चक्र

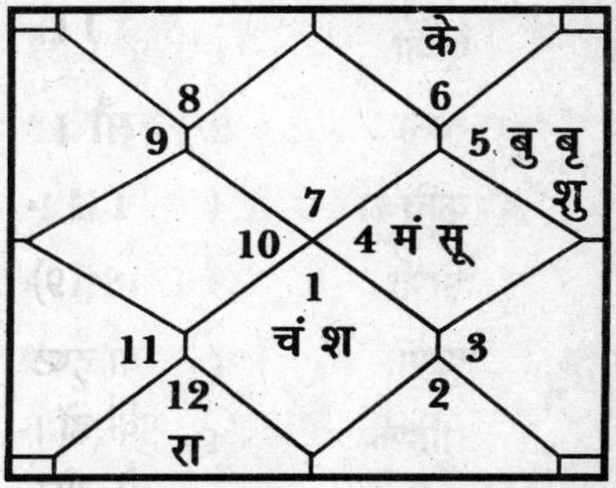

के
6
8
9
5 बु बृ शु
7
10
4 मं सू
1
चं श
11
3
12
रा
2

नवमांश चक्र

बृ
6
8
रा 9
मं
5
7
10
4 शु
1
श
11
3 चं के
12
सू
2
बु

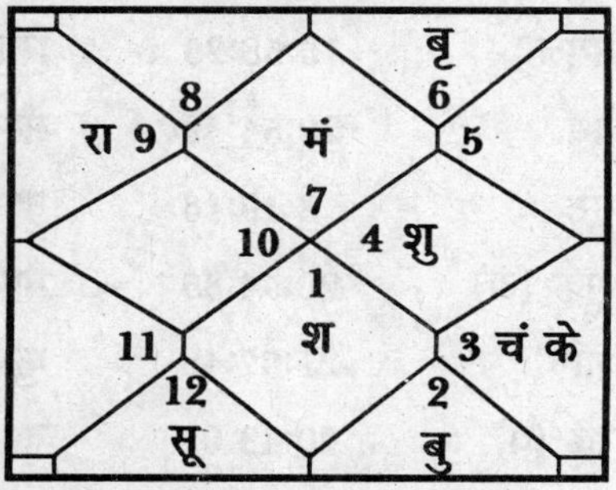

जन्म के समय केतु की भोग्य विंशोत्तरी महादशा - 3 व. 1 मा. 18 दि.

उपरोक्त जन्मांग में पंचमेश शनि वक्री होकर अपनी नीचराशि मेष में सप्तमभावगत है और षष्ठेश बृहस्पति द्वारा दृष्ट है। तृतीयेश व षष्ठेश बृहस्पति की

दृष्टि पंचमभाव तथा पंचमेश शनि दोनों पर ही पड़ रही है। पंचमभाव पर मारकेश मंगल तृतीयेश और षष्ठेश बृहस्पति, नवमेश और व्ययेश बुध तथा लग्नेश और अष्टमेश शुक्र की भी दृष्टि पड़ रही है। जातक एक प्रसिद्ध चिकित्सक है जिसका विवाह 07-02-1996 को हुआ। जातक की पत्नी एक प्रसिद्ध व सफल स्त्रीरोग विशेषज्ञ है। परन्तु जातक और उसकी पत्नी संततिहीनता के अभिशाप से ग्रसित हैं। उल्लेखनीय है कि शनि व चन्द्रमा सप्तमभाव में अश्विनी नक्षत्र में मेष राशि में संयुक्त हैं। नवांशचक्र में पंचमेश शनि और मारकेश मंगल, दोनों के मध्य विनिमय दृष्टि सम्बन्ध स्थापित हो रहा है। इन सभी अशुभ योगों के कारण संतानसुख नहीं प्राप्त हो सका है।

उदाहरण सं.-6.29 जन्मांग सं.-248

जन्म दिनांक : 30.04.1965 जन्म समय : 09:25:00 घंटे

जन्म स्थान : दिल्ली अक्षांश 28:39:00 रेखांश 77:13:00

चित्रपक्षीय अयनांश : 23:22:03 साम्पातिक काल : 23:35:26 घंटे

ग्रह	अंश	राशि	नक्षत्र	पद	षड्बल
लग्न	13:28:08	मिथुन	आर्द्रा	3	—
सूर्य	16:13:29	मेष	भरणी	1	1.82
चंद्र	29:08:41	मीन	रेवती	4	1.19
मंगल	15:58:23	सिंह	पू.फा.	1	1.07
बुध	20:54:39	मीन	रेवती	2	1.13
गुरु	8:19:16	वृष	कृत्तिका	4	1.1
शुक्र (अ)	20:54:35	मेष	भरणी	3	1.19
शनि	21:07:48	कुंभ	पू.भा.	1	1.42
राहु (व)	20:43:02	वृष	रोहिणी	4	—
केतु (व)	20:43:02	वृश्चिक	ज्येष्ठा	2	—

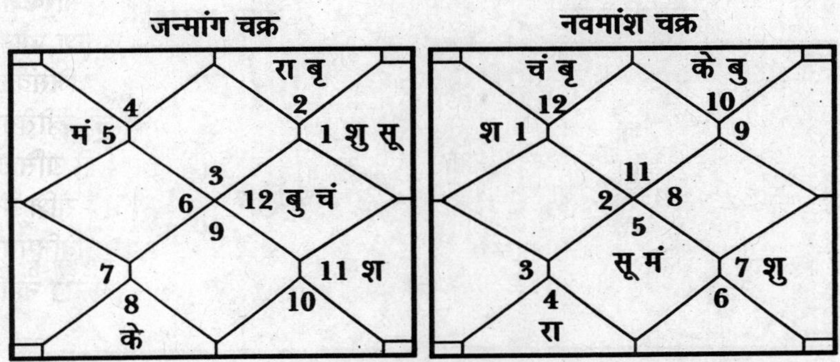

जन्म के समय बुध की भोग्य विंशोत्तरी महादशा - 1 व. 1 मा. 2 दि.

अग्रांकित जन्मांग में नवम भाव में अष्टमेश व नवमेश शनि स्थित है और षष्ठेश मंगल के साथ विनिमय दृष्टिसम्बन्ध स्थापित कर रहा है। अतः नवमभाव पर मंगल और शनि का प्रबल और अशुभ संयुक्त प्रभाव है। जातिका का विवाह 13-10-1990 को हुआ था। संतान की संभावना दृष्टिगत नहीं हो रही है।

उदाहरण सं.-6.30 जन्मांग सं.-249

जन्म दिनांक : 19.07.1952 जन्म समय : 11:23:00 घंटे
जन्म स्थान : हरदोई अक्षांश 27:23:00 रेखांश 80:06:00
चित्रपक्षीय अयनांश : 23:11:50 साम्पातिक काल : 7:01:17 घंटे

ग्रह	अंश	राशि	नक्षत्र	पद	षड्बल
लग्न	20:24:59	कन्या	हस्त	4	—
सूर्य	3:17:28	कर्क	पुनर्वसु	4	1.95
चंद्र	3:09:33	मिथुन	मृगशिरा	3	1.1
मंगल	16:38:15	तुला	स्वाति	3	1.12
बुध	29:38:10	कर्क	अश्लेषा	4	1.2
गुरु	23:35:30	मेष	भरणी	4	0.99
शुक्र (अ)	10:00:28	कर्क	पुष्य	3	1.01
शनि	16:12:55	कन्या	हस्त	2	1.48
राहु (व)	28:30:21	मकर	धनिष्ठा	2	—
केतु (व)	28:30:21	कर्क	अश्लेषा	4	—

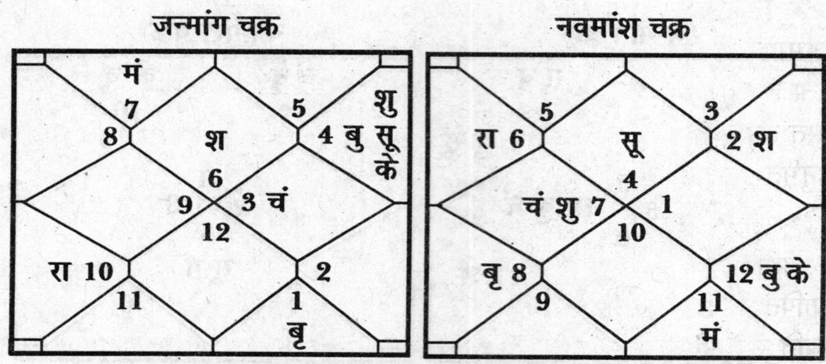

जन्म के समय मंगल की भोग्य विंशोत्तरी महादशा - 1 व. 10 मा. 2 दि.

इस जातिका के जीवन में अनेक संघर्ष की स्थितियां निर्मित हुईं। जातिका के विवाह के अनेक वर्ष पश्चात् भी कोई संतान नहीं हुई। जातिका के पति ने आत्महत्या कर ली। अनेक युवक उसके जीवन में आये और उसके साथ विवाह का आश्वासन देकर उसका शोषण किया, 57 वर्ष की आयु की महिला, अपने अतीत को याद करके बार-बार रोती है और सोचती है कि काश उसके भी कोई संतान होती।

इस जन्मांग में पंचमभाव में राहु मंगल द्वारा दृष्ट है। पंचमेश शनि, वन्ध्या राशि कन्या तथा अल्पसुत नवमांश वृषभ में स्थित है। पंचम भाव पर शुक्र बुध सूर्य क़ेतु और मंगल की दृष्टि है। शुक्र अस्त है। राहु केतु की धुरी पर स्थित है और पंचमभाव पर दृष्टिनिक्षेप कर रहा है। जातिका के गर्भाशय में विकार और विकृति के कारण संतानहीनता का विष पीना पड़ा।

पापे लग्ने लग्नपे पुत्रसंस्थे धीशे वीर्ये वेश्मनीन्दावपुत्रः।
ओजर्क्षेशे पुत्रगे सूर्यदृष्टे चन्द्रे पुत्रक्लेशभाक् स्यादसूनुः।।

(फलदीपिका/अध्याय-12/7)

यदि इन दोनों में से कोई योग हो तो जातक के पुत्र न हो या पुत्र के कारण क्लेश हो।

1. पापग्रह लग्न में हो, लग्नेश पंचम में हो, पंचमेश तृतीयस्थान में हो और चन्द्रमा चतुर्थ स्थान में हो तो इस योग में पुत्र प्राप्ति नहीं होती।
2. चन्द्रमा ओज राशि और ओज अंश में स्थित होकर पंचमस्थान में हो और सूर्य से दृष्टिनिक्षेप हो। यह योग होने से या तो पुत्र न हो या पुत्र के कारण क्लेश हो।

टिप्पणी : पंचमेश यदि तृतीय भावगत हो अथवा तृतीयेश पंचमस्थ हो तथा शुभग्रहों के प्रभाव से पंचमेश या पंचमभाव वंचित हो, तो संतान सुख प्राप्त नहीं होता है। इसके साथ यदि लग्न में पापग्रह हों और लग्नेश पंचमभाव में निर्बल हो, अस्त हो अथवा पापाक्रान्त हो तो भी संतान सुख से जातक वंचित ही रहता है। यह अनुभूत सत्य है।

यदि चन्द्रमा विषम राशिगत होकर पंचमभावस्थ हो और पूर्णमासी का जन्म हो अर्थात् सूर्य लाभभाव में स्थित होकर चन्द्रमा के साथ विनिमय दृष्टि संबंध स्थापित करे तो भी पुत्र प्राप्ति नहीं होती या पुत्र के कारण व्यथा और कलह की स्थिति उत्पन्न होती है।

उदाहरण सं.-6.31 **देखें जन्मांग सं.-16**

इस जन्मांग में जातिका का जन्म मेष लग्न में हुआ है। चन्द्रमा ओज राशि सिंह में दशमेश शनि से युक्त है तथा त्रयोदशी का जन्म है। यहां पर चन्द्रमा सूर्य से दृष्ट तो नहीं है परन्तु सूर्य की राशि सिंह में स्थित है तथा पंचमेश सूर्य द्वादश भावगत होकर अष्टमेश मंगल और मारकेश शुक्र से संयुक्त है। इसी कारण यह जातिका संतानहीन है। अनेक प्रयास करने पर भी संतान सुख प्राप्त करने हेतु, इन्हें सफलता प्राप्त नहीं हो सकी।

पापैर्वलिभिर्युक्ते पापर्क्षे पंचमे सदा राशौ।।
जातोऽपुत्रः पुरुषः सौम्यग्रहदर्शनातीते।।

(द्वादशभावसिंधु/अध्याय-सुतभाव/श्लोक 14)

जिस जातक के जन्मकाल में पापग्रह पंचमभाव में पापग्रहों की राशि में स्थित हों और शुभग्रह दृष्टिनिक्षेप न करते हों तो वह जातक संसार में पुत्रहीन होता है।

गुरुलग्नेशदारेश पुत्रस्थानाधिपेषु च।
सर्वेषु बलहीनेषु वक्तव्या त्वनपत्यता।।
रव्याररराहुशनयः सबलाः पुत्रभावगाः।
तदाऽनपत्यता ज्ञेया दुर्बलाः पुत्रकारकाः।।

(बृ. पा. हो. शा./अध्याय-17/श्लोक 7-8)

1. बृहस्पति, लग्नेश, सप्तमेश, पंचमेश ये सारे ही बलहीन हों तो संतति प्राप्त नहीं होती है।

2. सूर्य, मंगल, राहु, शनि यदि बलवान होकर पुत्रभाव अर्थात् पंचम में हों तो सन्तान हानि करते हैं। यदि ये ग्रह निर्बल होकर पंचमस्थ हों तो सन्तानदायक होते हैं।

उदाहरण सं.-6.32 जन्मांग सं.-250

जन्म दिनांक : 06.10.1977 जन्म समय : 20:40:00 घंटे

जन्म स्थान : देहरादून अक्षांश 30:19:00 रेखांश 78:03:00

चित्रपक्षीय अयनांश : 23:32:50 साम्पातिक काल : 21:22:51 घंटे

ग्रह	अंश	राशि	नक्षत्र	पद	षड्बल
लग्न	12:13:23	वृष	रोहिणी	1	—
सूर्य	19:42:03	कन्या	हस्त	3	1.1
चंद्र	3:29:01	कर्क	पुष्य	1	1.42
मंगल	26:51:56	मिथुन	पुनर्वसु	3	1.23
बुध (अ)	10:25:37	कन्या	हस्त	1	1.07
गुरु	12:04:30	मिथुन	आर्द्रा	2	1.62
शुक्र	23:34:23	सिंह	पू.फा.	4	1.19
शनि	3:19:43	सिंह	मघा	1	1.12
राहु (स)	21:47:59	कन्या	हस्त	4	—
केतु (स)	21:47:59	मीन	रेवती	2	—

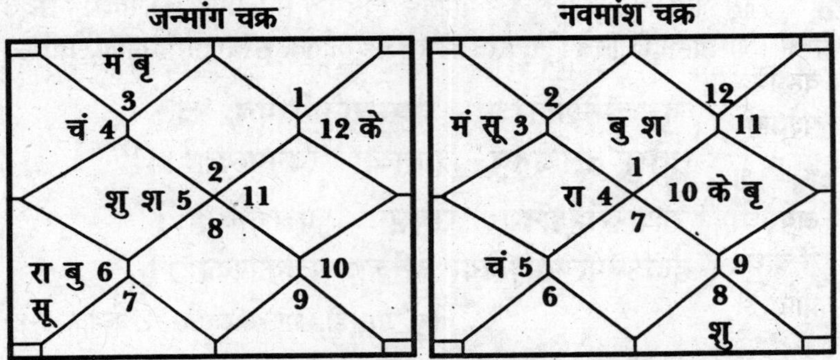

जन्म के समय शनि की भोग्य विंशोत्तरी महादशा - 18 व. 9 मा. 13 दि.

जातिका का विवाह 28-01-2003 को हुआ है। पंचमभाव में वन्ध्या और अल्पसुत राशि कन्या में पंचमेश बुध सूर्य से संयुक्त है। सूर्य और बुध दोनों ही चन्द्रमा के नक्षत्र हस्त में स्थित हैं तथा मंगल से दृष्ट है। अतः पंचमभाव में पंचमेश बुध सूर्य के कारण अस्त है और मंगल की दृष्टि के कारण पापाक्रान्त है। चंद्रमा भी शनि एवं मंगल के मध्य स्थित होने के कारण पापकर्तरियोग ग्रस्त है। संतानकारक बृहस्पति बन्ध्याराशि मिथुन में स्थित होकर नीच नवांश प्राप्त कर रहा है। नवमेश शनि भी बन्ध्या राशि सिंह में स्थित होकर नीच नवांशस्थ है। अतः जातिका अभी तक संतान हेतु प्रतीक्षारत है।

उदाहरण सं.-6.33 देखें जन्मांग सं.-22

इस जन्मांग में मंगल व शनि प्रबल होकर पंचमभावगत हैं। इसलिए अनेक वर्षों तक ये संतानहीन थे। इनका विवाह 19-04-1998 को हुआ था। विवाह के लगभग 8 वर्ष व्यतीत हो जाने के पश्चात् जातक और उसकी पत्नी, अपनी संतान सम्बन्धी समस्या के समाधान हेतु हमारे पास आये। बृहस्पति की पंचम भाव पर दृष्टि देखकर हमने उन्हें समझाया कि आपको संतानसुख अवश्य प्राप्त होगा। यदि आप मंगल और शनि के वैदिक मंत्रों की निर्दिष्ट संख्या के जप के साथ-साथ संतानगोपाल मंत्र और स्तोत्र का पुरश्चरण सम्पन्न करें। अनुष्ठान के एक वर्ष के पश्चात् इन्हें पुत्ररत्न की प्राप्ति हुई। इस जन्मांग में तृतीयेश शनि पंचमभाव में पंचमेश मंगल से युक्त है परन्तु साथ ही साथ लग्नेश बृहस्पति से दृष्ट भी है। इसलिए संतति सुख से संबंधी अवरोध उपाय साध्य है।

उदाहरण सं.-6.34 देखें जन्मांग सं.-224

उपरोक्त जन्मांग में पंचमभाव में मंगल व शनि निर्बल होकर स्थित है क्योंकि वह त्रिकभावों के अधिपति हैं। इनकी प्रथम संतान की हानि तो हुई परन्तु उसके पश्चात् दो पुत्रों का जन्म हुआ।

शनि मंगल के पंचमभाव में संयुक्त होने से संतति जन्म अथवा अध्ययन में अवरोध नहीं उत्पन्न होता। यदि मंगल व शनि अधिक प्रबल हों तो संतान जन्म में बाधा अवश्य उत्पन्न होती है जबकि इनके निर्बल होने पर संतान सुख अवश्य प्राप्त होता है।

नीचे वा रिपुभेऽथवा स्फुटयतित्रयंशाधिपश्चेत्पुनः।
तुल्यः स्याल्लवपञ्चके स्फुटयुतेस्तत्रापि चेत्संस्थितिः।

नूनं पञ्चकतुल्यसंख्यतनयस्तर्हि व्रजेत्पञ्चतां
गोसिंहालिवधूगते स्फुटयुतेरंशे तु नो सन्ततिः।।

(जातकादेशमार्ग/अध्याय-16/7)

1. सन्तानयोग जिस द्रेष्काण में स्थित हो, उस द्रेष्काण का स्वामी यदि नीच या शत्रु राशि में हो और जिन पांच अंश के विभाग में सन्तान-योग हो और उसमें उपर्युक्त ग्रह स्थित हो तो उतनी ही सन्तान मृत्यु को प्राप्त होती हैं। जातकादेशमार्ग के रचनाकार ने यह ग्रहस्थिति, कतिपय विशिष्ट स्थितियों के सम्बन्ध में कही है जिसे सामान्य रूप से हम समझ सकने में स्वयं को असमर्थ पाते हैं।

2. यदि सन्तान-योग वृष, सिंह, कन्या या वृश्चिक नवांश में हो तो सन्तान नहीं होती।

सहजभावपतिः सहजे यदा तनुगतो धनगो व्ययगोऽपि वा।
सुतगतः सुतहानिकरो नृणां बुधवरैरुदितो मिहिरादिभिः।।

(भावकुतूहलम्/अध्याय-6/4)

सहज (तृतीय) भाव का स्वामी यदि लग्न, द्वितीय, तृतीय, व्यय या पंचम भाव में स्थित हो तो वह जातक के सन्तानभाव की हानि करता है।

टिप्पणी- यदि तृतीयेश पंचमभावगत हो, तो संततिहीनता का कारण होता है। इसके अतिरिक्त यदि तृतीयेश लग्न, द्वितीय अथवा तृतीय भाव में स्थित हो, तो संतान जन्म में अवरोध उत्पन्न होता है।

उदाहरण सं.-6.35 **जन्मांग सं.-251**

जन्म दिनांक : 03.02.1969 जन्म समय : 09:30:00 घंटे
जन्म स्थान : दिल्ली अक्षांश 28:39:00 रेखांश 77:13:00
चित्रपक्षीय अयनांश : 23:25:31 साम्पातिक काल : 18:01:30 घंटे

ग्रह	अंश	राशि	नक्षत्र	पद	षड्बल
लग्न	7:06:40	मीन	उ.भा.	2	—
सूर्य	20:43:47	मकर	श्रवण	4	1.05
चंद्र	27:52:14	कर्क	अश्लेषा	4	1.31

मंगल	25:49:09	तुला	विशाखा	2	1.08
बुध (व/अ)	10:17:51	मकर	श्रवण	1	1.21
गुरु (व)	12:20:09	कन्या	हस्त	1	1.33
शुक्र	7:30:20	मीन	उ.भा.	2	1.58
शनि	26:57:59	मीन	रेवती	4	0.71
राहु (व)	7:43:56	मीन	उ.भा.	2	—
केतु (व)	7:43:56	कन्या	उ.फा.	4	—

जन्मांग चक्र

1
2 शु श रा 11
10 बु सू
12
3 9
6
चं 4 बृ के 8
5 7
मं

नवमांश चक्र

7
8 शु रा 5
4 सू
6
9 3
12
10 के चं श 2 मं
11 1
बृ बु

जन्म के समय बुध की भोग्य विंशोत्तरी महादशा - 2 व. 8 मा. 17 दि.

उपरोक्त जन्मांग में तृतीयेश शुक्र, लग्न में उच्च राशिगत है तथा द्वादशेश शनि तथा राहु से संयुक्त है व लग्नेश बृहस्पति से दृष्ट है। जातिका संतानहीन है। नवमेश मंगल भी अष्टमभावगत है। संतान के सम्बन्ध में बृहस्पति और शुक्र की युति अथवा परस्पर दृष्टि अशुभ फल प्रदान करती है। विशेष रूप से यदि वृश्चिक राशि में बृहस्पति और शुक्र संयुक्त हों।

उदाहरण सं.-6.36 देखें जन्मांग सं.-26

जातक का विवाह 17-04-1983 को सम्पन्न हुआ था। इस जन्मांग में मंगल तृतीयेश होकर लग्न में शुक्र से युक्त है। तृतीयेश मंगल के लग्न में स्थित होने के कारण जातक को संतान सुख से अनेक वर्षों तक वंचित रहना पड़ा।

उदाहरण सं.-6.37 **देखें जन्मांग सं.-64**

जातिका का विवाह 17-11-1972 को हुआ। पंचमभाव में तृतीयेश सूर्य नीचराशिगत है। षष्ठभाव पर मंगल व शनि की दृष्टि है। नवमेश शनि और पंचमेश शुक्र बन्ध्या राशि कन्या में संयुक्त हैं तथा दोनों मारकेश ग्रह चन्द्रमा व बृहस्पति से दृष्ट हैं। षष्ठेश मंगल और केतु एक दूसरे से तृतीयभाव में वन्ध्या राशि सिंह में संयुक्त हैं तथा षष्ठभाव पर शनि एवं मंगल दोनों दृष्टिनिक्षेप कर रहे हैं। इस तरह से लगभग सभी ग्रह पापाक्रान्त हैं तथा बृहस्पति व चन्द्रमा मारकेश हैं। मंगल, पंचमेश शुक्र, नवमेश शनि तथा लग्नेश बुध सभी ग्रह अल्पसुत और बन्ध्या राशियों में हैं। नवांशचक्र में भी मंगल व शनि के मध्य विनिमय दृष्टिसम्बन्ध स्थापित हो रहा है और ये दोनों ही ग्रह नवांश चक्र में पंचमेश शुक्र पर दृष्टिनिक्षेप कर रहे हैं। अतः पंचमेश शुक्र पापाक्रान्त है, नीचराशिगत है तथा अल्पसुत व वन्ध्या राशि कन्या में स्थित है। जातिका के गर्भाशय में विकार होने के कारण वह मातृत्व विहीन है।

कन्याराशिगते लग्ने बुधमन्दावलोकिते।
शनिक्षेत्रे गते शुक्रे वीर्यहीनो नरो भवेत्।।

(भावकुतूहलम्/अध्याय-6/7)

कन्या लग्न पर बुध और शनि की सम्मिलित दृष्टि हो और शुक्र शनि के राशिगत हो तो जातक निर्वीर्य होता है।

टिप्पणी - भावकौतुहलम् के अनुसार कन्या लग्न पर यदि लग्नेश बुध और शनि की दृष्टि पड़ रही हो और साथ ही साथ शुक्र, जो शुक्राणुओं का प्रतिनिधि करता है, शनि की राशि मकर या कुम्भ में स्थित हो तथा लग्न पर दृष्टिनिक्षेप कर रहा हो तो जातक के वीर्य में शुक्राणुओं की न्यूनता और निर्बलता होने के कारण सन्तान उत्पत्ति में असमर्थ होता है। इसी प्रकार से शुक्र यदि पापाक्रान्त हो तथा बुध के नक्षत्र नवांश अथवा राशि में स्थित हो तथा लग्न पर बुध और शनि की दृष्टि हो तो भी जातक शुक्राणुओं की निर्बलता एवं न्यूनता के कारण संतानोत्पत्ति में सक्षम नहीं होता है।

उदाहरण सं.-6.38 जन्मांग सं.-252

जन्म दिनांक	: 12.06.1969	जन्म समय	: 23:45:00 घंटे
जन्म स्थान	: शिमोगा	अक्षांश 13:56:00	रेखांश 75:31:00
चित्रपक्षीय अयनांश	: 23:25:49	साम्पातिक काल	: 16:40:38 घंटे

ग्रह	अंश	राशि	नक्षत्र	पद	षड्बल
लग्न	12:37:30	कुंभ	शतभिषा	2	–
सूर्य	28:08:45	वृष	मृगशिरा	2	1.38
चंद्र	3:45:14	वृष	कृत्तिका	3	1.54
मंगल(व)	12:32:58	वृश्चिक	अनुराधा	3	1.49
बुध	10:09:37	वृष	रोहिणी	1	1.2
गुरु	3:17:17	कन्या	उ.फा.	2	0.84
शुक्र	12:30:58	मेष	अश्विनी	4	1.53
शनि	11:40:03	मेष	अश्विनी	4	0.93
राहु (व)	2:56:38	मीन	पू.भा.	4	–
केतु (व)	2:56:38	कन्या	उ.फा.	2	–

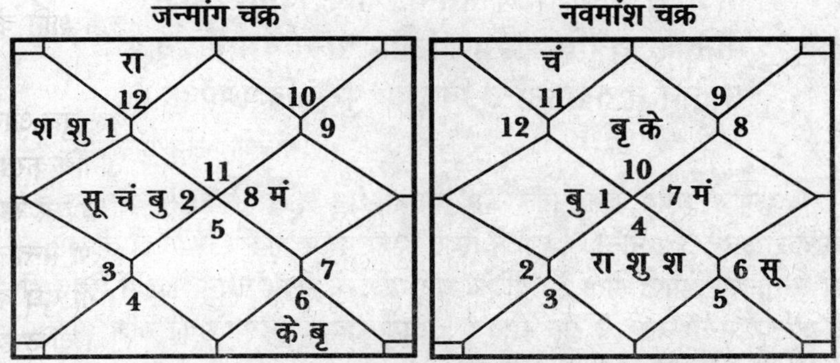

जन्म के समय सूर्य की भोग्य विंशोत्तरी महादशा - 2 व. 9 मा. 22 दि.

इस युवक का प्रेम विवाह 04-06-2004 को सम्पन्न हुआ परन्तु छः वर्ष व्यतीत हो जाने के पश्चात् भी संततिसुख से वंचित है। शुक्राणुओं के अभाव के कारण जातक की पत्नी, गर्भवती नहीं हो पायी। पंचमभाव पर शनि और मंगल की

अशुभ दृष्टि है, जो संतान जन्म में प्रबल अवरोध की स्थिति उत्पन्न कर रही है। पंचमेश बुध, वृष राशि में षष्ठेश और शत्रु चन्द्रमा तथा सूर्य से संयुक्त है तथा तृतीयेश और दशमेश मंगल से दृष्ट है। अतः पंचमेश बुध, सभी प्रकार से पापाक्रान्त है और इसी कारण शुक्राणुओं की न्यूनता और निर्बलता भी उत्पन्न हुई है। संतानकारक बृहस्पति भी पापाक्रान्त है। बृहस्पति, कन्याराशिगत होकर केतु से अष्टमभाव में युक्त है तथा नीच नवांशगत है। नवांशचक्र में बृहस्पति को शनि और मंगल, दोनों ही देख रहे हैं। संतानकारक बृहस्पति, सर्वाधिक निर्बल ग्रह है। नवमेश शुक्र तथा शनि दोनों ही अश्वनी नक्षत्र के चतुर्थ चरण में स्थित होकर, नवम भाव को देख रहे हैं और दोनों ही चन्द्रमा के नवांश कर्क में राहु से संयुक्त है। अतः पंचमभाव, पंचमेश संतानकारक बृहस्पति तथा नवमेश सभी पापाक्रान्त हैं। शुक्र और शनि एक दूसरे से मात्र 1 अंश के अन्तर पर स्थित है तथा पापकर्तरि योगग्रस्त भी है। इन्हीं कारणों से जातक में शुक्राणुओं की न्यूनता और निर्बलता है। परखनली शिशु के भी अनेक प्रयास किये गये परन्तु अभी तक सफलता नहीं प्राप्त हो सकी है।

6.1 पंचमभाव में धनुराशि होने पर

शुक्राङ्गारनिशाकरा द्वितनुगाः सन्तानसौख्यं नृणा-
मादौ सञ्जनयन्ति जन्मसमये चापं विना प्रायशः।
मीने वा धनुषि प्रमाणपटवः सन्तानभावे यदा
सन्तानं न तदामनन्ति विबुधाः पुंसां विशेषादिह।।

(भावकुतूहलम्/अध्याय-6/5)

जन्म के समय शुक्र, मंगल और चन्द्रमा, धनु के अतिरिक्त अन्य द्विस्वभाव (मिथुन, कन्या और मीन) राशियों में स्थित होकर पंचम भाव में स्थित हों तो जातक को सन्तानसुख प्राप्त होता है। यदि वे धनु राशि के होकर पंचम भाव में स्थित हों तो जातक सन्तानसुख से हीन होता है। पंचम भाव में बृहस्पति की राशि (9/12) हो तो भी दैवज्ञों ने अनपत्यता ही कही है।

टिप्पणी – यदि पंचमभाव में मिथुन, कन्या या मीनराशि हो अर्थात् जातक का जन्म कुम्भ लग्न, वृष लग्न अथवा वृश्चिक लग्न में हुआ हो और साथ ही साथ पंचमभाव में शुक्र, चन्द्रमा व मंगल स्थित हों तो संतति सुख प्राप्त होता है। परन्तु सिंह लग्न के जातक के जन्मांग में यदि शुक्र, मंगल व चन्द्रमा पंचमभाव में धनु

राशिगत हों तो संततिहीनता समझनी चाहिए। हमारे अनुभव के आधार पर सिंह लग्न के लिए धनुराशि में पंचमभाव प्रबल बृहस्पति की स्थिति मूलतः पुत्रों के जन्म का संकेत करती है।

उदाहरण सं.-6.39 **देखें जन्मांग सं.-112**

रूपवान जातक के पंचमभाव में धनुराशि में बृहस्पति स्थित है। जातक के प्रथम पुत्र का जन्म 04-05-2001 को हुआ। दूसरी संतान के रूप में एक पुत्री की प्रबल आकांक्षा और अभिलाषा थी जो पूरी न हो सकी। दूसरी संतान भी पुत्र है जिसका जन्म 15-08-2006 को हुआ था। अनेक अन्य जन्मांगों में भी पंचमभाव में धनुराशिगत बृहस्पति के कारण अधिकांश पुत्रों का ही जन्म दृष्टिगत होता है। यदि बृहस्पति निर्बल और पापाक्रान्त हो तथा स्त्री नवांशगत हो, तो पुत्रियों के जन्म की भी संभावना होती है।

नीचे गुरौ भृगौ वापि समे ज्ञे विषमे रवौ।
तदा पुत्रसुखं न स्यादित्युक्तं गणकोत्तमैः।।

(भावकुतूहलम्/अध्याय-6/8)

बृहस्पति अथवा शुक्र अपनी नीच राशि में, बुध सम राशि और सूर्य विषम राशि में स्थित हों, तो जातक सन्तानाभाव से पीड़ित रहता है।

अलौ गुरुकवी लग्ने भवेतां चन्द्रजार्कजौ।
न पश्यति सुतं गेहे कदाचिदपि मानवः।।

(भावकुतूहलम्/अध्याय-6/11)

जन्मांग में बृहस्पति और शुक्र वृश्चिक राशि में किसी भाव में तथा बुध और शनि लग्न में स्थित हों तो जातक अन्तकाल तक पुत्रसुख नहीं पाता है।

टिप्पणी - भावकुतूहलम् का यह सूत्र अनुभूत है कि बृहस्पति और शुक्र, यदि वृश्चिक राशि में संयुक्त रूप से संस्थित हों तो संतानहीनता का कारण बनते हैं। यदि लग्न में बुध और शनि संयुक्त हों तथा साथ ही साथ बृहस्पति व शुक्र वृश्चिक राशिगत होकर, जन्मांग में कहीं भी स्थित हों तो जातक जीवनपर्यन्त पुत्र अभाव से ग्रस्त रहता है।

उदाहरण सं.-6.40 **जन्मांग सं.-253**

जन्म दिनांक	: 13.11.1947	जन्म समय	: 22:54:00 घंटे
जन्म स्थान	: अल्मोड़ा	अक्षांश 29:36:00	रेखांश 79:40:00
चित्रपक्षीय अयनांश	: 23:07:28	साम्पातिक काल	: 2:10:36 घंटे

ग्रह	अंश	राशि	नक्षत्र	पद	षड्बल
लग्न	17:27:03	कर्क	अश्लेषा	1	—
सूर्य	27:21:52	तुला	विशाखा	3	1.2
चंद्र(अ)	7:50:29	वृश्चिक	अनुराधा	2	1.31
मंगल	29:40:08	कर्क	अश्लेषा	4	1.32
बुध (व)	12:30:38	तुला	स्वाति	2	1.14
गुरु	11:17:36	वृश्चिक	अनुराधा	3	0.87
शुक्र	15:44:00	वृश्चिक	अनुराधा	4	0.91
शनि	29:09:09	कर्क	अश्लेषा	4	1.04
राहु	0:20:42	वृष	कृत्तिका	2	—
केतु (पू)	0:20:42	वृश्चिक	विशाखा	4	—

जन्मांग चक्र

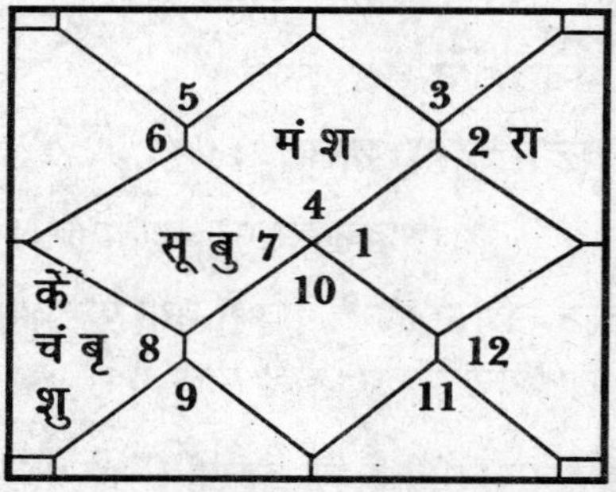

5 3
6 मं श 2 रा
4
सू बु 7 1
के 10
चं बृ 8 12
शु 9 11

नवमांश चक्र

बु रा शु
10 8
11 7 बृ
9
मं श 12 6 चं
3
1 सू 5
2 4
के

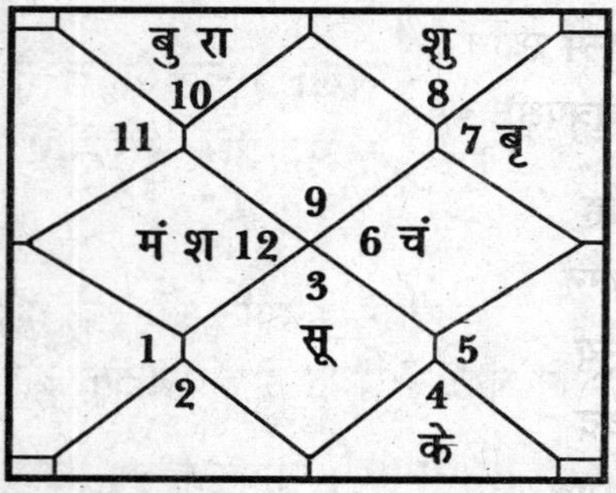

जन्म के समय शनि की भोग्य विंशोत्तरी महादशा - 12 व. 6 मा. 27 दि.

लग्न में पापग्रहों का होना और साथ ही साथ पंचमभाव का पापाक्रान्त होना, संततिहीनता को जन्म देता है। शुक्र और बृहस्पति, यदि वृश्चिक राशिगत होकर पंचमभावस्थ हो, तो भी संतान नहीं होती। इस जन्मांग में लग्न में मारकेश शनि और

योगकारक मंगल की युति है। पंचमभाव में बृहस्पति और शुक्र वृश्चिक राशि और मारकेश शनि के नक्षत्र अनुराधा में स्थित है। यहां पर चन्द्रमा भी अस्त होने के साथ साथ, भी अनुराधा नक्षत्रगत है, मंगल और चन्द्रमा के मध्य विनिमय परिवर्तन योग भी निर्मित हो रहा है। पंचमभाव अल्पसुत राशि वृश्चिक है तथा वहाँ तीनों ग्रह चन्द्रमा, बृहस्पति और शुक्र पापाक्रान्त हैं तथा राहु केतु की धुरी पर स्थित हैं। मंगल और शनि, दोनों ही कर्क राशि के 29 अंश पर कर्क लग्न पर मीन नवांश में संयुक्त हैं। यह अति अशुभ योग है और संतानहीनता के लिए सर्वाधिक उत्तरदायी है, शुक्र, चन्द्रमा और बृहस्पति पर पंचमभाव के संदर्भ में शनि का प्रभाव है, क्योंकि यह सभी ग्रह शनि के नक्षत्र में हैं। इसके अतिरिक्त पंचमेश मंगल, नीच राशिगत है तथा बुध के नक्षत्र अश्लेषा के अन्तिम अंशों में स्थित है और शनि के संयुक्त है इस योग, युवक में, शुक्राणु के अभाव के कारण संतान नहीं होती है।

इस जन्मांग में पंचमभाव में वृश्चिक राशि में शुक्र व बृहस्पति संयुक्त रूप से स्थित हैं तथा सप्तमेश व अष्टमेश शनि, पंचमेश मंगल के साथ लग्नगत है। जातक की संतान उत्पत्ति के जब सभी प्रयास विफल हो गये तो लगभग 50 वर्ष की अवस्था में एक पुत्री को गोद ले लिया।

उदाहरण सं.-6.41 जन्मांग सं.-254

जन्म दिनांक : 12.01.1960 जन्म समय : 12:38:00 घंटे
जन्म स्थान : आजमगढ़ अक्षांश 26:03:00 रेखांश 83:10:00
चित्रपक्षीय अयनांश : 23:17:55 साम्पातिक काल : 20:03:51 घंटे

ग्रह	अंश	राशि	नक्षत्र	पद	षड्बल
लग्न	17:40:53	मेष	भरणी	2	—
सूर्य	27:47:24	धनु	उ.षा.	1	1.43
चंद्र	9:03:27	मिथुन	आर्द्रा	1	0.85
मंगल	5:17:29	धनु	मूल	2	1.06
बुध (अ)	18:58:03	धनु	पू.षा.	2	0.82
गुरु	27:52:01	वृश्चिक	ज्येष्ठा	4	1.05
शुक्र	18:37:25	वृश्चिक	ज्येष्ठा	1	1.03
शनि(अ)	17:29:17	धनु	पू.षा.	2	1.25

राहु (व)	3:49:11	कन्या	उ.फा.	3	—
केतु (व)	3:49:11	मीन	उ.भा.	1	—

जन्मांग चक्र **नवमांश चक्र**

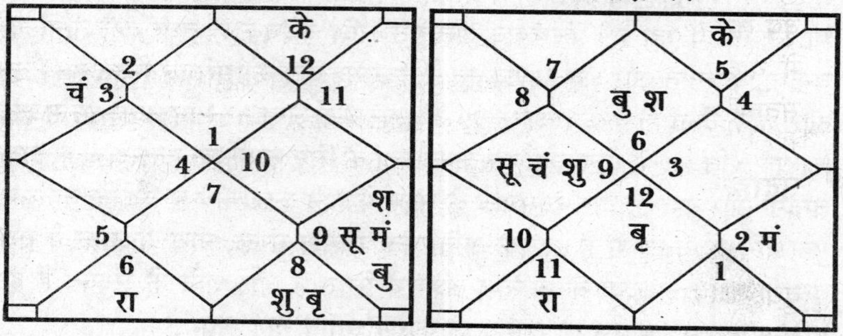

जन्म के समय राहु की भोग्य विंशोत्तरी महादशा - 14 व. 9 मा. 8 दि.

उपरोक्त जन्मांग में भी बृहस्पति और शुक्र दोनों वृश्चिक राशि में अष्टम भाव में स्थित हैं और दोनों ही ग्रह ज्येष्ठा नक्षत्रगत हैं। जातक का विवाह 06-06-1991 को हुआ तथा पत्नी के साथ सम्बन्ध विच्छेद 14-04-1998 को हुआ। बृहस्पति और शुक्र की वृश्चिक राशि में युति संतानहीनता देनेवाली होती है। उल्लेखनीय है कि यहाँ पर बृहस्पति नवमेश है और शुक्र मारकेश है। नवमभाव में शनि और मंगल संयुक्त रूप से बुध और सूर्य के साथ स्थित हैं। तथा चन्द्रमा से दृष्ट हैं। जातक संतानसुख से और पत्नी से 50 वर्ष की आयु में भी वंचित है। उल्लेखनीय है कि इस जन्मांग में अधियोग की संरचना हो रही है जिसके कारण जातक प्रथम श्रेणी अधिकारी है।

मन्देन्दुदृष्टो रिपुसंयुतोऽङ्गाधिपो रविश्शत्रुधने विपुत्रः।
मन्दोऽरिगेहे बुधसूर्यचन्द्रैर्दृष्टो विलग्ने खलवीक्षिते वा।।

(भावकुतूहलम्/अध्याय-6/12)

शत्रुग्रहों से युत लग्नेश पर यदि शनि और चन्द्रमा की संयुक्त दृष्टि हो और सूर्य षष्ठ या द्वितीय भाव में स्थित हो, तो जातक सन्तानहीन होता है।

शत्रुभावस्थ शनि पर यदि सूर्य, बुध और चन्द्रमा की दृष्टि हो और लग्न पर पाप ग्रहों की दृष्टि हो तब भी जातक सन्तानहीन होता है।

टिप्पणी - इस सूत्र के अनुसार यदि षष्ठभाव में शनि स्थित हो तथा बुध,

चन्द्रमा व सर्य से दृष्टिगत अथवा संयुक्त हो, तो जातक संतानहीन होता है। शनि के साथ सूर्य व चंद्रमा की युति सदा ही अशुभफल प्रदान करनेवाली होती है तथा बुध व चंद्रमा भी एक साथ हों, तो अशुभ फल ही प्रदान करते हैं। यदि धनु अथवा वृष लग्न हो, तो षष्ठभाव में शुक्र ग्रह की राशि वृष या तुला होती है। इस स्थिति में यदि शनि षष्ठभावगत हो तो शुक्राणुओं के अभाव या निर्बलता के कारण संतानहीनता का योग होता है।

उदाहरण सं.-6.42 **देखें जन्मांग सं.-15**

जातक का जन्म धनु लग्न में हुआ है। षष्ठभाव में शनि वृष राशिगत है तथा बुध, चंद्रमा व सूर्य से संयुक्त है। जातक की कोई संतान नहीं है। यहां पर संतानकारक बृहस्पति सप्तमभावगत है और शनि तथा मंगल के मध्य पापकर्तरि योगग्रस्त है। इस स्थिति में लग्न के प्रबल होने के उपरान्त भी जातक संतानहीन है। पंचमेश मंगल अष्टमभाव में नीचराशिगत है तथा द्वितीयेश व तृतीयेश शनि द्वारा दृष्ट भी है। अतः संततिहीनता का प्रबल योग है।

पंचमभाव में चन्द्रमा और शनि की युति शत्रुराशि सिंह में है तथा पंचमेश सूर्य, द्वादशभावगत है। पंचमेश सूर्य और लग्नेश मंगल तथा तृतीयेश व षष्ठेश बुध के साथ द्वादशभावगत है, जो संतानहीनता का प्रबल योग निर्मित कर रहा है। यहां पर लग्नेश मंगल और षष्ठेश बुध, दोनों ही अस्त हैं। जन्मकालीन चन्द्रमा से अष्टमभाव में मंगल, शुक्र, बुध और सूर्य संयुक्त रूप से संस्थित है। यह स्थिति भी संतानहीनता के लिए उत्तरदायी है। पंचमभाव में सिंह राशि है, जो वन्ध्या राशि होने के साथ साथ अल्पसुत राशि भी हैं पंचमस्थ शनि केतु के नक्षत्र मघा में और अल्पसुत नवांश वृषभ में स्थित है जो संतानहीनता के लिए उत्तरदायी है। प्रायः शनि और चन्द्रमा की पंचमभाव में युति के कारण पृथकतावादी तत्व प्रबल होते हैं। अतः जब भी पुरुष के शुक्राणु तथा युवती के डिम्ब एक दूसरे से मिलते हैं, इस योग के कारण, दोनों ही शीघ्र एक दूसरे से पृथक हो जाते हैं।

मन्दालयेऽर्के खलदृष्टियुक्ते लग्नेऽपि वा पापखगस्य वर्गे।
अपत्यहानिःकुलदेवकोपात्पुरातनैरङ्गभृतां निरुक्ताः।।

(भावकुतूहलम्/अध्याय-6/13)

शनि की राशि (मकर या कुम्भ राशि) में स्थित सूर्य यदि पापग्रह से दृष्ट हो तथा लग्न पाप ग्रह के वर्ग में हो तो जातक कुलदेवता के कोप से संतानहीन होता है।

उदाहरण सं.-6.43 **जन्मांग सं.-255**

जन्म दिनांक : 12.03.1973 जन्म समय : 11:12:00 घंटे
जन्म स्थान : कानपुर अक्षांश 26:27:00 रेखांश 80:19:00
चित्रपक्षीय अयनांश : 23:29:14 साम्पातिक काल : 22:22:11 घंटे

ग्रह	अंश	राशि	नक्षत्र	पद	षड्बल
लग्न	25:12:48	वृष	मृगशिरा	1	—
सूर्य	28:01:52	कुंभ	पू.भा.	3	1.87
चंद्र	2:31:40	मिथुन	मृगशिरा	3	1.16
मंगल	26:09:22	धनु	पू.षा.	4	1.13
बुध (व/अ)	1:08:00	मीन	पू.भा.	4	0.92
गुरु	9:56:27	मकर	उ.षा.	4	0.92
शुक्र (अ)	20:48:13	कुंभ	पू.भा.	1	1.28
शनि	20:48:27	वृष	रोहिणी	4	0.99
राहु	20:53:12	धनु	पू.षा.	3	—
केतु	20:53:12	मिथुन	पुनर्वसु	1	—

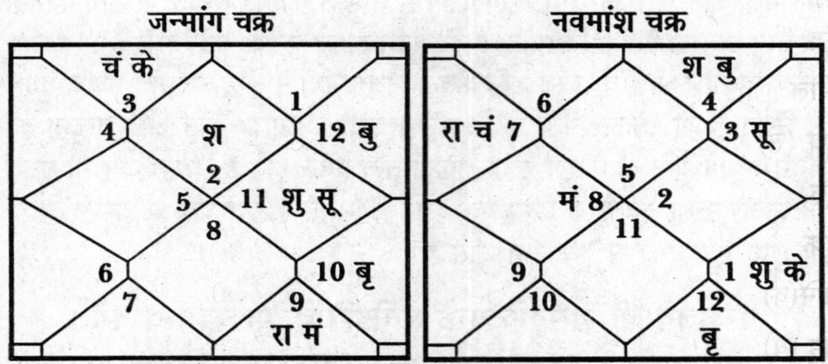

जन्म के समय मंगल की भोग्य विंशोत्तरी महादशा - 2 व. 2 मा. 2 दि.

अग्रांकित जन्मांग में सूर्य, शनि की राशि कुम्भ में स्थित है और शनि द्वारा दृष्ट है। लग्नेश शुक्र भी शत्रु सूर्य से संयुक्त है। जातक उपरोक्त सूत्र के अनुसार

कुलदेवता के कोप से संतानहीन है। यह तथ्य और भी अधिक प्रबल इसलिए भी हो रहा है कि नवम भाव में नीचराशिगत बृहस्पति जो संतानकारक भी है पापकर्तरि योगग्रस्त है। बृहस्पति के दोनों ओर मंगल-राहु तथा सूर्य संस्थित हैं। पंचमेश बुध नीचराशिगत है तथा मारकेश मंगल द्वारा अष्टमभाव से दृष्ट है। इसलिए जातक संतानहीन है। पंचमेश बुध वक्री होने के साथ-साथ अस्त भी है और नीचराशि में तथा शत्रु राशि कर्क में संस्थित है। पंचमभाव में वन्ध्या राशि कन्या स्थित है जिस पर उसके स्वामी बुध की दृष्टि है। परन्तु साथ ही साथ लग्न, नवमभाव और बृहस्पति निर्बल हैं इसलिए जातक के अब तक कोई संतान नहीं हुई। जबकि उसका विवाह 28-01-2003 को हुआ था।

उदाहरण सं.-6.44 — जन्मांग सं.-256

जन्म दिनांक : 25.08.1965 जन्म समय : 20:45:00 घंटे
जन्म स्थान : लखनऊ अक्षांश 26:50:00 रेखांश 80:54:00
चित्रपक्षीय अयनांश : 23:22:22 साम्पातिक काल : 18:53:18 घंटे

ग्रह	अंश	राशि	नक्षत्र	पद	षड्बल
लग्न	25:03:45	मीन	रेवती	3	–
सूर्य	8:49:08	सिंह	मघा	3	1.54
चंद्र	22:29:29	कर्क	अश्लेषा	2	1.62
मंगल	9:53:13	तुला	स्वाति	1	1.16
बुध (स)	24:14:21	कर्क	अश्लेषा	3	1.15
गुरु	3:22:11	मिथुन	मृगशिरा	4	1.21
शुक्र	13:53:54	कन्या	हस्त	2	1.04
शनि(व)	21:21:26	कुंभ	पू.भा.	1	1.09
राहु (व)	10:43:28	वृष	रोहिणी	3	–
केतु (व)	10:43:28	वृश्चिक	ज्येष्ठा	1	–

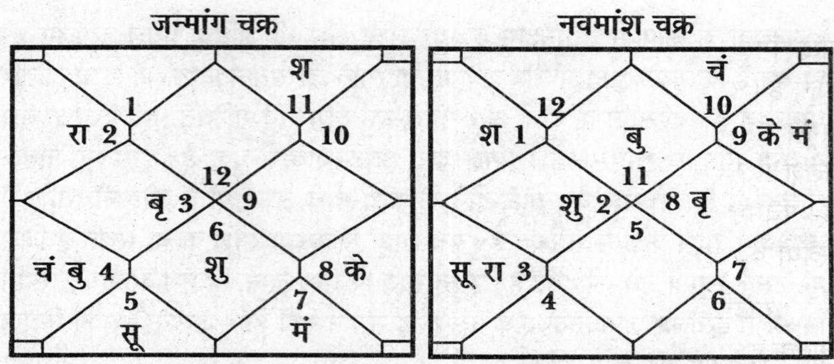

जन्म के समय बुध की भोग्य विंशोत्तरी महादशा - 9 व. 6 मा. 26 दि.

उपरोक्त उदाहरण में पंचमेश चंद्रमा 22 अंश 29 कला पर स्थित होने के कारण सातवें नवांश अर्थात् मकर नवांश में स्थित है। जातक का विवाह 19-11-1991 को हुआ था। जातक को अभी तक संतति सुख प्राप्त नहीं हो सका है। पंचमभाव में मारकेश बुध पंचमेश चन्द्रमा से संयुक्त है। बुध, चंद्रमा परस्पर शत्रु हैं और इनकी परस्पर युति भी नवम भाव में अति अशुभ है। उल्लेखनीय है कि चन्द्रमा और बुध लगभग समान अंशों में अश्लेषा नक्षत्र में स्थित है। नवमेश मंगल भी अष्टमभावगत है। संतान का कारक ग्रह बृहस्पति भी वन्ध्या राशि मिथुन तथा अल्पसुत नवांश वृश्चिक में और मारकेश मंगल के नक्षत्र मृगशिरा में स्थित है। इन ग्रहयोगों के कारण ही संततिहीनता की स्थिति उत्पन्न हुई। बृहस्पति की दृष्टि शनि एवं मंगल दोनों पर है परन्तु वह भी इसलिए निष्प्रभाव सिद्ध हुई क्योंकि पत्नी के जन्मांग में भी दोष है।

अपत्यभावे यदि मङ्गलः स्यादपत्यराशिं विनिहन्ति सद्यः।
अस्तांशगे पापयुते सुतेशे तदा न सन्तानसुखं वदन्ति।।

(भावकुतूहलम्/अध्याय-6/14)

जन्मांग के पंचमभाव में यदि मंगल स्थित हो, तो वह तत्काल पुत्रों को विनष्ट कर देता है।

यदि पंचम भाव का स्वामी सातवें नवमांश में स्थित होकर पापग्रहों से संयुक्त हो तो जातक सन्तानसुख से हीन होता है।

टिप्पणी- पंचमभावगत मंगल संतान हेतु अनिष्टकारी स्वीकारा गया है।

यदि मंगल पापाक्रान्त हो, तो संतान होने पर भी क्लेश और दुःख की स्थिति उत्पन्न होती है। तुला लग्न के लिए मंगल मारकेश होता है। अतः पंचमभाव में कुम्भराशिगत मंगल होने से प्रथम संतान की मृत्यु होती है तथा संतान सुख प्रायः संतति के कारण क्लेश में रूपान्तरित हो जाता है। अथवा संतानों के स्वास्थ्य की निरंतर क्षति होती है। पंचमभावस्थ मंगल, संतानसुख के लिए सर्वाधिक अशुभ स्थिति है। यह मंगल स्त्रियों के जन्मांग में और भी अधिक अशुभफल प्रदान करता है।

यदि पंचमेश सप्तम नवांशगत हो, तो संतानहीनता के कारण जीवन भी जातक दुःख पाता है। तात्पर्य यह है कि मेष राशिगत कोई ग्रह 20 अंश से 23 अंश 20 कला के अंतर्गत हो, तो तुला नवांशगत होगा और ऐसी स्थिति में संततिहीनता से ग्रसित होगा। यही समझना चाहिए कि यदि कोई भी ग्रह 20 अंश से 23 अंश 20 कला के अन्तर्गत होकर पंचमेश होता है तो संतान जन्म नहीं होता है।

गुरोः सुतागारपतिः सपापो बलेन हीनो मनुजो विपुत्रः।
अरावपापे निधने तदीशः सुतेन हीनो मनुजस्तदानीम्।।

(भावकुतूहलम्/अध्याय-6/15)

जन्मांग में यदि बृहस्पति से पंचमभाव के अधिपति पापग्रह से संयुक्त हों और निर्बल हों तो जातक सन्तानहीन होता है। षष्ठ भाव में शुभ ग्रह और षष्ठेश अष्टम भाव में स्थित हो तो जातक सन्तानहीन होता है।

उदाहरण सं.-6.45 जन्मांग सं.-257

जन्म दिनांक : 13.11.1976 जन्म समय : 20:30:00 घंटे

जन्म स्थान : देहरादून अक्षांश 30:19:00 रेखांश 78:03:00

चित्रपक्षीय अयनांश : 00:00:00 साम्पातिक काल : 23:43:36 घंटे

ग्रह	अंश	राशि	नक्षत्र	पद	षड्बल
लग्न	15:58:11	मिथुन	आर्द्रा	3	—
सूर्य	27:49:47	तुला	विशाखा	3	—
चंद्र	11:58:14	कर्क	पुष्य	3	—
मंगल(अ)	1:13:24	वृश्चिक	विशाखा	4	—
बुध (अ)	1:29:21	वृश्चिक	विशाखा	4	—

गुरु (व)	3:13:51	वृष	कृत्तिका	2	—
शुक्र	5:28:20	धनु	मूल	2	—
शनि	23:09:15	कर्क	अश्लेषा	2	—
राहु (व)	9:56:40	तुला	स्वाति	1	—
केतु (व)	9:56:40	मेष	अश्विनी	3	—

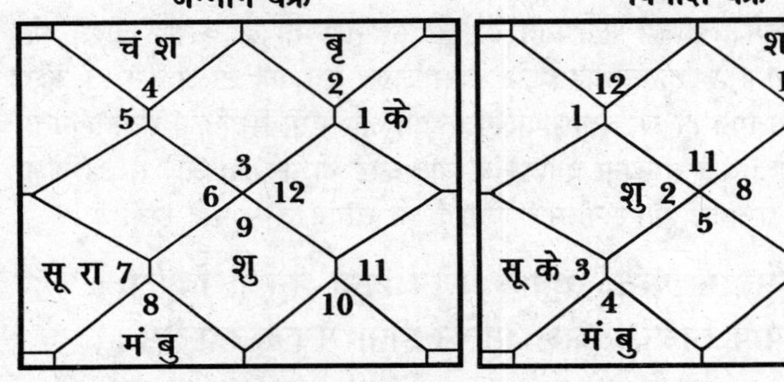

जन्म के समय शनि की भोग्य विंशोत्तरी महादशा - 6 व. 8 मा. 9 दि.

जातिका का विवाह 01-05-2002 को हुआ। देहरादून और दिल्ली के सभी प्रसिद्ध चिकित्सकों ने संतान सुख की किसी भी संभावना को अस्वीकार कर दिया। जातिका घोर निराशा के कारण अवसाद से ग्रस्त हो गई। विवाह के 5 वर्ष पश्चात् जातिका ने हमारी पुस्तक 'संतानसुख : सर्वांग चिन्तन' पढ़ी और उसे आशा की एक किरण दृष्टिगत हुई। उसने हमसे संतान प्राप्ति हेतु अपनी आकण्ठ अभिलाषा की अभिव्यक्ति की। उसके और उसके पति के जन्मांग का सम्यक् विश्लेषण करने के उपरान्त, हमने उसे जो परिहार करने हेतु परामर्श प्रदान किया, जातिका ने उसे सम्पूर्ण आस्था एवं निष्ठा के साथ करना प्रारम्भ किया। जातिका के पति ने भी सम्बन्धित मंत्रों का जप किया जिसके परिणाम स्वरूप कुछ ही महीनों पश्चात् जातिका गर्भवती हुई तथा 16-02-2008 को उनके कुलदीपक का जन्म हुआ।

जातिका का जन्म मिथुन लग्न में हुआ है तथा पंचमभाव में तृतीयेश सूर्य नीचराशिगत होकर राहु से संयुक्त है। पंचमेश शुक्र सप्तमभाव में धनु राशि में मूल नक्षत्र में संस्थित है। संतानकारक बृहस्पति द्वादशभाव में अल्पसुत राशि वृष में स्थित है तथा बृहस्पति से पंचमेश बुध मंगल से संयुक्त होकर पापाक्रान्त है तथा मंगल व बुध दोनों ही अस्त होने के साथ-साथ समान अंशों पर स्थित है और बृहस्पति

के साथ समसप्तक योग की स्थापना कर रहे हैं। उल्लेखनीय है कि बुध व मंगल दोनों ही अल्पसुत राशि वृश्चिक में, बृहस्पति के नक्षत्र विशाखा में स्थित हैं। और बृहस्पति द्वारा दृष्ट भी हैं। इसलिए संततिहीनता का यह योग उपायसाध्य है। जातिका और उसके पति के संबंधित परिहार के अनुकरण के उपरान्त, विवाह के 6 वर्ष पश्चात् जातिका मातृत्व से अलंकृत हुई।

उपरोक्त श्लोक के अनुसार अग्रांकित जन्मांग में पंचमेश सूर्य अष्टमभाव में षष्ठेश बुध और नवमेश बृहस्पति से युक्त है तथा पंचमेश सूर्य एवं संतानकारक बृहस्पति से पंचमेश बृहस्पति भी निर्बल और पापाक्रान्त है, तथा मंगल और शनि द्वारा पापकर्तरियोगग्रस्त है। षष्ठभाव में शुभ ग्रह शुक्र स्थित है तथा षष्ठेश बुध अष्टम भावगत है तथा इस श्लोक के सभी तथ्य इस जन्मांग में विद्यमान है जिसके कारण जातिका संतानहीन है।

उदाहरण सं.-6.46 **जन्मांग सं.-258**

जन्म दिनांक	: 19.11.1959	जन्म समय	: 16:22:00 घंटे
जन्म स्थान	: अल्मोड़ा	अक्षांश 26:39:00	रेखांश 77:13:00
चित्रपक्षीय अयनांश	: 23:17:46	साम्पातिक काल	: 19:51:45 घंटे

ग्रह	अंश	राशि	नक्षत्र	पद	षड्बल
लग्न	15:00:38	मेष	भरणी	1	—
सूर्य	3:03:36	वृश्चिक	विशाखा	4	1.21
चंद्र	17:04:20	मिथुन	आर्द्रा	4	0.92
मंगल(अ)	26:38:51	तुला	विशाखा	2	1.17
बुध (व/अ)	14:09:58	वृश्चिक	अनुराधा	4	0.9
गुरु	15:55:24	वृश्चिक	अनुराधा	4	1.07
शुक्र	16:38:13	कन्या	हस्त	2	1.21
शनि	11:22:42	धनु	मूल	4	1.41
राहु (व)	9:02:20	कन्या	उ.फा.	4	—
केतु (व)	9:02:20	मीन	उ.भा.	2	—

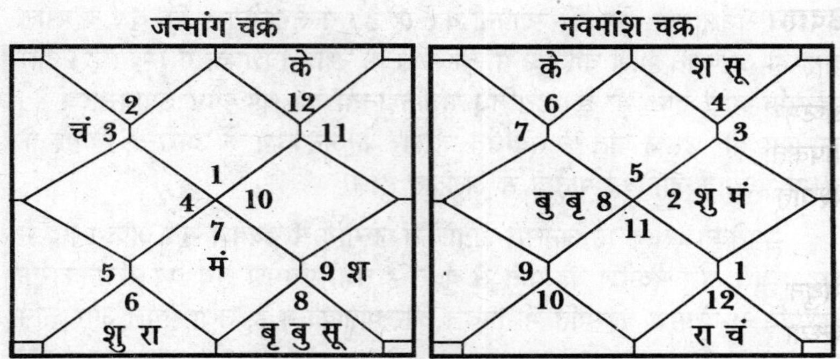

जन्म के समय राहु की भोग्य विंशोत्तरी महादशा - 3 व. 11 मा. 13 दि.

जातिका का जन्म मेष लग्न में हुआ है तथा मंगल लग्न पर दृष्टिनिक्षेप कर रहा है। पंचमेश सूर्य नवमेश तथा सन्तानकारक बृहस्पति अष्टम भाव में वृश्चिक राशि, में स्थित है यह दोनों ही ग्रह अल्पसुत राशि वृश्चिक में स्थित होकर, मंगल और शनि द्वारा पापकर्तरियोगग्रस्त हैं लग्नेश मंगल भी पापकर्तरियोगग्रस्त है। उल्लेखनीय है कि मारकेश शुक्र षष्ठभाव में नीच राशिगत होकर अल्पसुत राशि कन्या में राहु केतु की धुरी पर स्थित होने के कारण अति अशुभ है। शुक्र गर्भाशय तथा सम्बन्धित नलिकाओं को प्रदर्शित करता है। जातिका के गर्भाशय से जुड़ने वाली फिलिपिन ट्यूब के सड़ जाने के कारण, वह सन्तान उत्पत्ति हेतु असमर्थ है।

तथैव भानुः खलु पञ्चमस्थो जातं च जातं विनिहन्ति बालम्।
लग्नेश्वरः पापयुतः सुतेशो व्ययाष्टमे पुत्रसुखेन हीनः।।

(भावकुतूहलम्/अध्याय-6/16)

पंचम भाव में यदि सूर्य स्थित हो, तो वह उत्पन्न पुत्रों को विनष्ट कर देता है। यदि लग्नेश पापग्रहों से संयुक्त हो और पंचम भाव का स्वामी द्वादश या अष्टम भाव में स्थित हो तो जातक सन्तानसुख से हीन होता है।

उपरोक्त श्लोक के अनुसार, अग्रांकित जन्मांग में, सूर्य पंचमभावस्थ है तथा पंचमेश बृहस्पति अष्टम भावगत है, जो शनि और मंगल के मध्य स्थित होने के कारण, पापकर्तरियोग ग्रस्त है। जातक संतानहीन है।

उदाहरण सं.-6.47 **देखें जन्मांग सं.-66**

इस जन्मांग में पंचमभाव में लग्नेश सूर्य धनु राशिगत है और पंचमेश बृहस्पति अष्टमभाव में मीन राशिगत है जो मंगल और शनि के मध्य स्थित होने के कारण पापकर्तरियोगग्रस्त भी है जातक ने, मुख्य अभियन्ता के पद से सेवानिवृत्त होने के पश्चात् एक पुत्री को गोद लिया है।

लग्नेश सूर्य पंचमभाव में धनुराशि में मूल नक्षत्र में स्थित है तथा बन्ध्या राशि मिथुन के नवांश में है। पंचमेश बृहस्पति भी अष्टमभाव में, स्वराशि मीन में तथा बन्ध्या तथा अल्पसुत राशि कन्या के नवांश में है। नवमभाव में वक्री शनि मारकेश होकर चन्द्रमा से संयुक्त है तथा शनि नीच राशिगत होकर वर्गोत्तम है। संतानकारक और पंचमेश बृहस्पति, मंगल और शनि के मध्य स्थित होने के कारण पापकर्तरियोग ग्रस्त है। नवांश कुण्डली में भी जैसा की ऊपर उल्लेख किया गया है। बृहस्पति बन्ध्या तथा अल्पसुत नवांश में है। नवमभाव या पंचमभाव में शनि एवं चन्द्रमा की युति, भी संतानसुख हेतु अशुभ होती है, जैसा कि इस जन्मांग में विद्यमान है।

क्षीणे शशाङ्के तनुभावयुक्ते।
मूढान्विते मन्दगृहे सुरेज्ये।।

त्रिकोणगैः पापखगैश्च सर्वैः प्रागेव पुत्रस्य सुखस्य नाशः।
चन्द्रात्मजे पञ्चमराशियुक्ते लग्ने सुखे वा यदि पापयुक्ते।।

शुभेतरैः पञ्चमभावयुक्तैर्न दृश्यते पुत्रसुखं हि तेन।
जातो यदि स्यात् क्षितिसूनुलग्ने रन्ध्रे शनौ पञ्चमगे रवौ वा।।

पुत्रादिलाभं मुनयो वदन्ति कालान्तरे शोभनदृष्टियोगात्।
लग्ने शनौ देवगुरौ तु रन्ध्रे व्यये कुजे पुत्रजनिश्चिरेण।।

(सर्वार्थचिंतामणि/अध्याय-5/28-31)

यदि क्षीण चन्द्र लग्न में तथा बृहस्पति अस्त होकर शनि की राशियों (मकर-कुम्भ) में स्थित हो एवं सभी पापग्रह त्रिकोण (1-5-9) में स्थित हों तो पूर्व से ही (विवाहित जीवन प्रारम्भ होने से ही) पुत्रसुख का अभाव रहता है। बुध पंचम, लग्न या चतुर्थ में से किसी भाव में स्थित हो तथा पापग्रहों के साथ हो अथवा पंचमभाव में शुभग्रहों को छोड़कर केवल पापग्रह स्थित हों तो ऐसा जातक पुत्रसुख नहीं पाता। जिस जातक का जन्म मंगलयुक्त लग्न में हो, अष्टम में शनि तथा पंचम

में सूर्य हो तो ऐसे योग में कालान्तर (कुछ समय पश्चात्) में पुत्रादि का लाभ होता है-ऐसा मुनियों का कथन है; लेकिन वह भी शुभ दृष्टि होने पर ही सम्भव होता है। इसी प्रकार लग्न में शनि, अंष्टम में बृहस्पति तथा व्ययभाव में मंगल होने पर भी बहुत समय बाद सन्तान की प्राप्ति होती है।

उदाहरण सं.-6.48 जन्मांग सं.-259

जन्म दिनांक : 24.10.1970 जन्म समय : 05:30:00 घंटे

जन्म स्थान : कानपुर अक्षांश 26:27:00 रेखांश 80:19:00

चित्रपक्षीय अयनांश : 23:27:04 साम्पातिक काल : 7:29:11 घंटे

ग्रह	अंश	राशि	नक्षत्र	पद	षड्बल
लग्न	26:28:22	कन्या	चित्रा	1	—
सूर्य	6:42:39	तुला	स्वाति	1	1.1
चंद्र	27:14:16	कर्क	अश्लेषा	4	1.3
मंगल	8:47:53	कन्या	उ.फा.	4	1.47
बुध (पू)	4:26:01	तुला	चित्रा	4	1.02
गुरु	19:27:16	तुला	स्वाति	4	0.9
शुक्र (व)	1:32:35	वृश्चिक	विशाखा	4	1.14
शनि(व)	27:10:03	मेष	कृत्तिका	1	0.99
राहु	7:34:06	कुंभ	शतभिषा	1	—
केतु	7:34:06	सिंह	मघा	3	—

जन्मांग चक्र

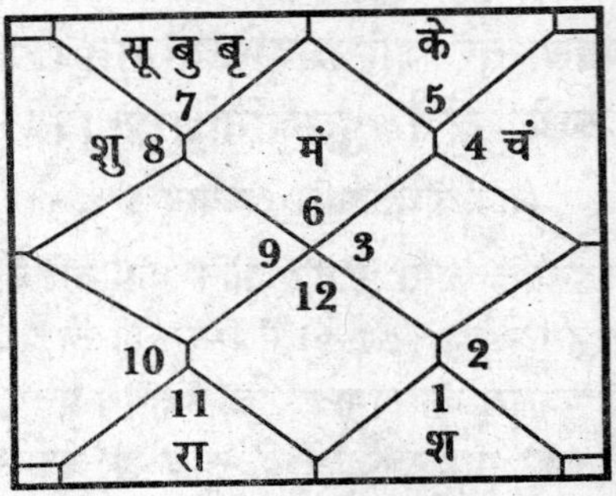

सू बु बृ 7 | के 5 | शु 8 | मं 6 | 4 चं | 9 | 3 | 12 | 10 | 2 | 11 रा | 1 श

नवमांश चक्र

शु 4 | 6 | 7 | 3 के | 5 | बु 8 | 2 | 11 | रा श 9 सू | 10 | 1 | 12 बृ मं चं

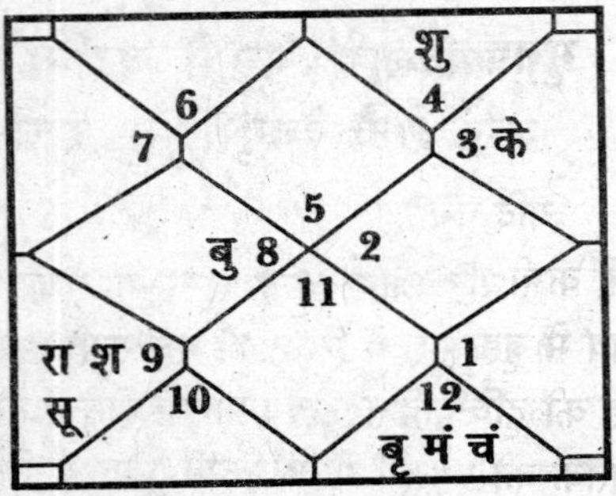

जन्म के समय बुध की भोग्य विंशोत्तरी महादशा - 3 व. 6 मा. 7 दि.

यह जन्मांग एक स्त्रीरोग विशेषज्ञ का है, जिनका प्रेम विवाह 07-02-1996 को हुआ। स्त्री रोग विज्ञान में एम.डी. करने के पश्चात्, जातिका और उसके पति ने, अपना नर्सिंग होम खोला है जिसमें हर समय भीड़ लगी रहती है। सैकड़ों सन्तानहीन दम्पतियों को जातिका की चिकित्सा से लाभ हुआ है। यह जातिका, विवाह के चौदह वर्ष पश्चात् भी संतानसुख की प्रतीक्षा में है। अनेक प्रकार की चिकित्सा तथा आई.वी.एफ. द्वारा प्रयास करने पर भी संतानसुख नहीं उपलब्ध हो पाया है।

इस जन्मांग में पंचमेश शनि, अष्टमभाव में नीच राशिगत होकर वक्री है तथा अष्टमेश मंगल द्वारा दृष्ट भी है। सूर्य, बुध और बृहस्पति द्वितीय भाव में संस्थित होकर पंचमेश शनि के साथ, विनिमय दृष्टिसम्बन्ध स्थापित कर रहे हैं। यह संतानबाधक ग्रहस्थिति है। नवमांश चक्र में भी राहु शनि और सूर्य पंचम भाव में धनुराशिगत है और पंचमेश बृहस्पति अष्टमभाव में मंगल से युक्त है। इसी कारण संततिसुख में प्रबल अवरोध उत्पन्न हो रहा है।

सहजे सहजाधीशो लग्ने वाथ धने भवेत्।
जायते न तदा बालो यदि जातो न जीवति।।

(मानसागरी/श्लोक 14)

जिसके सहज भाव (तृतीयस्थान) का मालिक तृतीय में, या द्वितीयस्थान में वर्त्तमान रहे तो उसको पुत्र नहीं होता है। कदाचित् अनुष्ठानादि से जन्म भी ले तो शीघ्र मृत्यु हो जाय ऐसा समझना चाहिए।

झषधनुर्धरपञ्चमभावगे प्रसवसौख्यफलं न च दृश्यते।
मृतप्रजः खलु पञ्चमगे गुरौ तदिह दृष्टिफलं शुभमश्नुते।।

(मानसागरी/श्लोक 15)

यदि पंचम भाव में किसी जातक को मीन या धनु राशि पड़ जाय तो उसकी स्त्री कभी गर्भवती नहीं होती, यदि गर्भ रहे भी तो नष्ट हो जाय। इसी तरह पंचम भाव में बृहस्पति के रहने से उसके सभी शिशुओं की मृत्यु हो जाती है किन्तु शुभ ग्रह की दृष्टि रहे तो एक या दो शिशु जीवित भी रहते हैं जिसके द्वारा कुछ सुख जातक को प्राप्त होगा।

उदाहरण सं.-6.49 जन्मांग सं.-260

जन्म दिनांक : 28.07.1968 जन्म समय : 08:40:00 घंटे

जन्म स्थान : हल्द्वानी अक्षांश 29:13:00 रेखांश 79:13:00

चित्रपक्षीय अयनांश : 23:25:02 साम्पातिक काल : 4:51:28 घंटे

ग्रह	अंश	राशि	नक्षत्र	पद	षड्बल
लग्न	21:34:54	सिंह	पू.फा.	3	—
सूर्य	11:40:51	कर्क	पुष्य	3	1.61
चंद्र	13:06:40	सिंह	मघा	4	1.3
मंगल(अ)	1:00:34	कर्क	पुनर्वसु	4	1.1
बुध (अ)	0:14:20	कर्क	पुनर्वसु	4	0.97
गुरु	13:56:32	सिंह	पू.फा.	1	1.45
शुक्र	22:04:48	कर्क	अश्लेषा	2	1.07
शनि	2:02:58	मेष	अश्विनी	1	0.87
राहु (व)	18:20:43	मीन	रेवती	1	—
केतु (व)	18:20:43	कन्या	हस्त	3	—

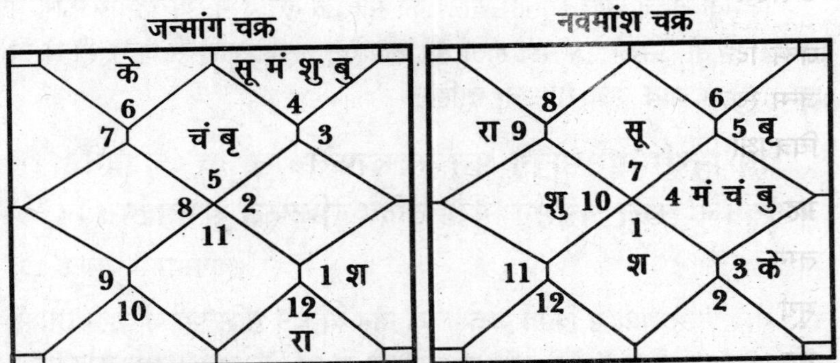

जन्म के समय केतु की भोग्य विंशोत्तरी महादशा - 0 व. 1 मा. 12 दि.

जातिका के जन्मांग में पंचमभाव में धनुराशि है जिसका स्वामी बृहस्पति लग्न में बन्ध्या तथा अल्पसुत राशि सिंह में स्थित होकर पापकर्तरियोगग्रस्त है। इसके अतिरिक्त नवमेश मंगल और षष्ठेश शनि दोनों नीच राशिगत है और उनके मध्य

विनिमय दृष्टि सम्बन्ध भी स्थापित हो रहा है। पंचमेश बृहस्पति से द्वादशभाव में मंगल, शूक्र, सूर्य और बुध स्थित है तथा षष्ठभाव पर मंगल और शनि की संयुक्त दृष्टि भी है जो संतानहीनता का कारण है। जातिका का विवाह 16-11-97 को हुआ था, परन्तु विवाह के 12 वर्ष पश्चात् भी कोई संतान नहीं हुई है।

उदाहरण सं.-6.50 देखें जन्मांग सं.-66

उपरोक्त उदाहरण में पंचमभाव में धनुराशिगत शनि स्थित है तथा द्वितीयेश चन्द्रमा पर शनि और मंगल दोनों दृष्टिनिक्षेप कर रहे हैं। लग्नेश सूर्य, नवमभाव में उच्चराशिगत होकर राहु केतु की धुरी पर स्थित है। पंचमेश बृहस्पति तृतीयभावगत होकर राहु से संयुक्त है। विवाह के कई वर्ष व्यतीत हो गये। जब संतान नहीं हुई तो संततिसुख प्राप्त करने की अभिलाषा से जातिका ने हमारे परामर्श अनुसार कतिपय अनुष्ठान तथा मंत्र जप किये जिनके फलस्वरूप जातिका एक पुत्र के मातृत्व से अलंकृत हुई। जातिका का विवाह 17-04-1983 को हुआ। अनुष्ठान करने के फलस्वरूप प्रथम पुत्री का जन्म 1987 में हुआ तथा दूसरी पुत्री का जन्म 1989 को हुआ। यहाँ उल्लेखनीय है कि धनुराशि में पंचमभावस्थ शनि पुत्रियाँ ही प्रदान करता है। इसका उल्लेख अनेक स्थलों पर किया जा चुका है।

उदाहरण सं.-6.51 जन्मांग सं.-261

जन्म दिनांक : 12.10.1976 जन्म समय : 04:19:00 घंटे
जन्म स्थान : करनाल अक्षांश 29:41:00 रेखांश 76:59:00
चित्रपक्षीय अयनांश : 23:22:06 साम्पातिक काल : 5:19:30 घंटे

ग्रह	अंश	राशि	नक्षत्र	पद	षड्बल
लग्न	27:37:25	सिंह	उ.फा.	1	—
सूर्य	28:12:17	कन्या	चित्रा	1	1.11
चंद्र	5:45:06	वृष	कृत्तिका	3	1.62
मंगल(अ)	8:33:59	तुला	स्वाति	1	1.1
बुध	8:15:52	कन्या	उ.फा.	4	1.06
गुरु (व)	6:51:19	वृष	कृत्तिका	4	1.17
शुक्र	25:45:37	तुला	विशाखा	2	1.17

शनि	21:23:16	कर्क	अश्लेषा	2	0.98
राहु (अ)	10:05:39	तुला	स्वाति	2	—
केतु	10:05:39	मेष	अश्विनी	4	—

जन्मांग चक्र

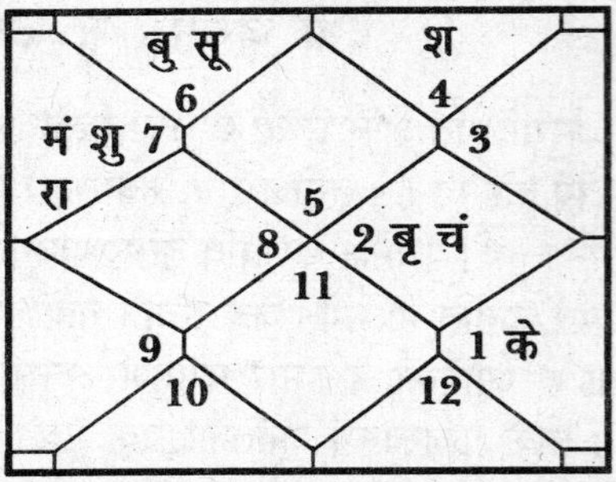

बु सू 6 | श 4 | 3
मं शु 7 रा | 5 | 2 बृ चं
8 | 11
9 | 10 | 12 | 1 के

नवमांश चक्र

श रा 10 | 8
चं 11 | मं 9 | 7
बु बृ 12 | 3 | 6
1 | 2 शु | 4 के | 5 सू

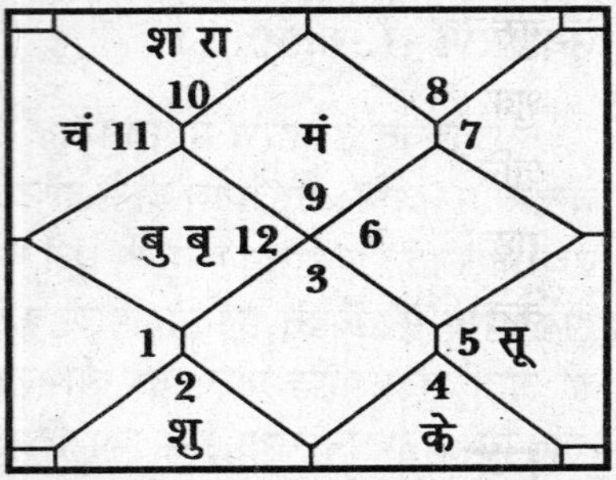

जन्म के समय सूर्य की भोग्य विंशोत्तरी महादशा - 1 व. 10 मा. 28 दि.

उपरोक्त जन्मांग में पंचमभाव में धनु राशि है जिसका स्वामी बृहस्पति दशमभाव में वक्री है और नवमेश तथा योगकारक मंगल द्वारा दृष्ट है। जातक का विवाह 29-11-2000 को हुआ पर विवाह के नौ वर्ष पश्चात् भी जातक संततिहीनता से अभिशप्त है।

धनस्थाने यदा क्रूरः क्रूरग्रहसमन्वितः।
न पश्यति निजक्षेत्रमल्पपुत्रस्तदा भवेत्॥

(मानसागरी/श्लोक 13)

यदि धनभाव में दो पापग्रह स्थित हों और वे अपने स्थान में दृष्टि न डालते हो तो ऐसे जातक को पुत्र बहुत कम (एक या दो) होंगे।

उदाहरण सं.-6.52 जन्मांग सं.-262

जन्म दिनांक	: 23.01.1969	जन्म समय	: 08:30:00 घंटे
जन्म स्थान	: लखनऊ	अक्षांश 26:50:00	रेखांश 80:54:00
चित्रपक्षीय अयनांश	: 23:25:29	साम्पातिक काल	: 16:32:42 घंटे

ग्रह	अंश	राशि	नक्षत्र	पद	षड्बल
लग्न	6:49:31	कुंभ	शतभिषा	1	—

सूर्य	9:30:56	मकर	उ.षा.	4	1.03
चंद्र	13:48:40	मीन	उ.भा.	4	1.16
मंगल	20:00:35	तुला	विशाखा	1	1.25
बुध (व)	21:55:59	मकर	श्रवण	4	1.11
गुरु (व)	12:37:17	कन्या	हस्त	1	1.04
शुक्र	26:26:43	कुंभ	पू.भा.	2	1.47
शनि	26:14:07	मीन	रेवती	3	0.88
राहु (व)	8:36:01	मीन	उ.भा.	2	—
केतु (व)	8:36:01	कन्या	उ.फा.	4	—

जन्मांग चक्र **नवमांश चक्र**

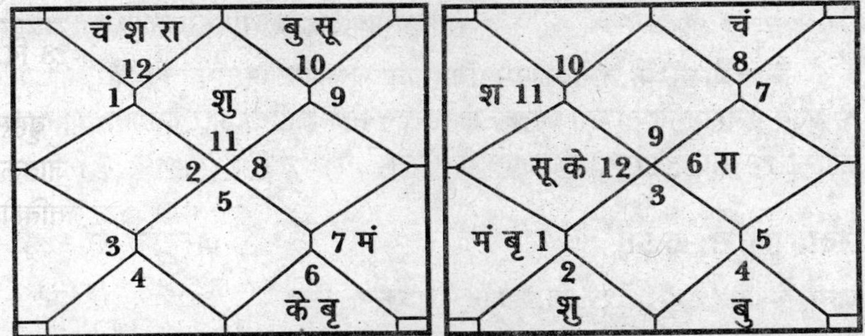

जन्म के समय शनि की भोग्य विंशोत्तरी महादशा - 4 व. 0 मा. 25 दि.

अग्रांकित जन्मांग में धनभाव में शनि और राहु स्थित हैं और अपने स्थान पर दृष्टिनिक्षेप नहीं कर रहे हैं। पंचमेश बुध वक्री होकर सप्तमेश सूर्य से, द्वादश भाव में संयुक्त है और तृतीयेश मंगल द्वारा दृष्ट है। लग्न और नवमेश शुक्र पापकर्तरियोगग्रस्त है इसलिए जातक संतानहीन है।

पुराशौ लग्नपतिः सुताधिपं वीक्षते वापि।
सन्ततिबाधां कुरुते केन्द्रे पापान्विते चन्द्रे ।।

(मानसागरी/श्लोक 10)

जिस जातक का जन्म लग्नेश पुरुष संज्ञक राशि (मेष, मिथुन, सिंह, तुला, धनु, कुम्भ) में रहे तथा पुत्रभावाधिपति को दृष्टिनिक्षेप करता हो एवं पाप ग्रह

के साथ चन्द्रमा केन्द्र (1,4,7,10) में वर्त्तमान हो तो उसको सन्तान प्राप्ति नहीं होती है।

कलत्रगेहे खलभे खलेक्षिते तदाऽनपत्याऽस्त इने किमूरगे।
मृतप्रजा मृत्युगृहे सिताच्चिर्वतौविनष्टगर्भेह मृतप्रजाऽथ वा।।

(ज्योतिषतत्त्वम्/अध्याय-15/श्लोक 32)

सप्तम में पापराशि हो और वह पाप से दृष्ट हो तो वह स्त्री अनपत्या (सन्तानहीन) होती है। सप्तम में सूर्य व राहु हो तो मृतप्रजा मृतापत्या होती है। अष्टम में शुक्र, बृहस्पति हो तो विनष्ट गर्भा वा मृतप्रजा होती है।

अस्तंगते पंचमेशे पापाक्रान्तेच दुर्बले।।
नापत्यं जायते दैवाज्जायते भ्रियते शिशुः।।

(द्वादशभावसिंधु/अध्याय-सुतभाव/श्लोक 25)

जिस जातक के जन्मकाल में पंचमभाव का स्वामी अस्तंगत हो और पापग्रहों के युक्त बलहीन हो तो उस जातक के सन्तान नहीं होती है और दैवयोग से संतान उत्पन्न हो जाए तो मृत्यु को प्राप्त होती है।

उदाहरण सं.-6.53 जन्मांग सं.-263

जन्म दिनांक : 22.09.1969 जन्म समय : 22:28:16 घंटे
जन्म स्थान : बस्ती अक्षांश 26:48:00 रेखांश 82:44:00
चित्रपक्षीय अयनांश : 23:26:05 साम्पातिक काल : 22:34:42 घंटे

ग्रह	अंश	राशि	नक्षत्र	पद	षड्बल
लग्न	28:27:37	वृष	मृगशिरा	2	—
सूर्य	6:04:09	कन्या	उ.फा.	3	0.96
चंद्र	24:17:06	मकर	धनिष्ठा	1	1.23
मंगल	7:26:58	धनु	मूल	3	1.18
बुध (व)	19:15:10	कन्या	हस्त	3	1.06
गुरु	19:16:17	कन्या	हस्त	3	1.14
शुक्र	6:02:06	सिंह	मघा	2	1.44
शनि(व)	14:36:57	मेष	भरणी	1	0.79

राहु	27:48:06	कुंभ	पू.भा.	3	—
केतु (अ)	27:48:06	सिंह	उ.फा.	1	—

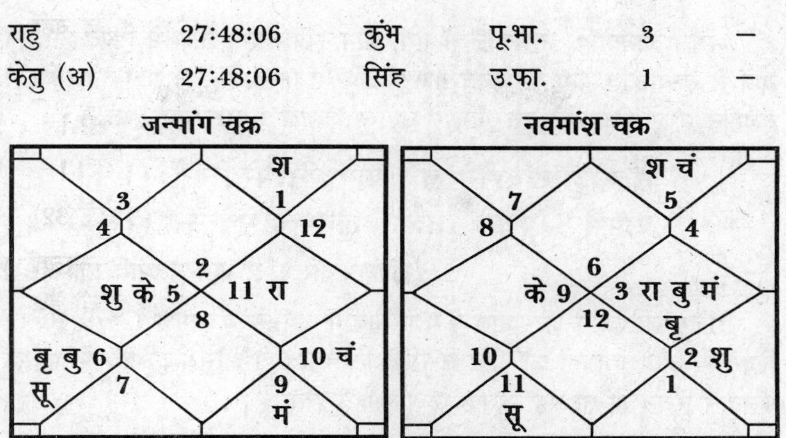

जन्म के समय मंगल की भोग्य विंशोत्तरी महादशा - 6 व. 6 मा. 0 दि.

अग्रांकित जन्मांग में पंचमेश बुध नवमेश बृहस्पति तथा सूर्य के साथ पंचमभावगत हैं। यहां पर पंचमेश बुध वक्री और अस्त है। जातिका 40 वर्ष की अवस्था में भी संतानहीन है।

उदाहरण सं.-6.54 **देखें जन्मांग सं.-104**

अग्रांकित जन्मांग में पंचमभाव में द्वादशेश और तृतीयेश बृहस्पति स्थित है तथा पंचमेश शुक्र सूर्य के साथ स्थित होने के कारण अस्त है और द्वादशस्थ शनि द्वारा दृष्ट है। जातिका ने संतानहीन जीवन व्यतीत किया और 19-11-1999 को उनका शरीर पंचतत्वों में विलीन हो गया।

नीचारिभांशोपगते जिते स्यात्काव्येकुजे जन्म मृतप्रजानाम्।।

(द्वादशभावसिंधु/अध्याय-सुतभाव)

जिस जातक के जन्मकाल में पंचमभाव में नीच नवांशगत अथवा शत्रु नवांशगत शुक्र और मंगल स्थित हों तो उस जातक की सन्तान पैदा होकर मर जाती है।

सूर्य्यार्किभौमेकताराश्रितेभे तद्वीक्षते तद्ग्रहभागयोगे।।
एषां गृहस्थे च कुलेऽल्पवीर्ये समुद्भवः कीर्तिमप्रजानाम्।।

(द्वादशभावसिंधु/अध्याय-सुतभाव/श्लोक 29)

जिस जातक के जन्मकाल में सूर्य, शनि, मंगल एक राशि में स्थित हों, उन ग्रहों से सम्बन्धित योग को उक्त ग्रह दृष्टिनिक्षेप करते हों, इन ग्रहों की राशि में बलहीन मंगल स्थित हो इस योग में उत्पन्न जातक सन्तानरहित होते हैं।

सौम्यदृष्टिविहीने च पापैर्वलिभिरान्वितैः।।
पापभे पंचमे तत्र ह्यनपत्योभवेन्नरः।।

(द्वादशभावसिंधु/अध्याय-सुतभाव/श्लोक 31)

जिस जातक के जन्मकाल में पंचमभाव में पापग्रहों की राशि 1/5/8/10/11 स्थित हो और शुभग्रहों की दृष्टि से रहित पंचमभाव हो और पंचमभाव में पापग्रह बलवान स्थित हों तो वह जातक सन्तानरहित होता है।

उदाहरण सं.-6.55 **जन्मांग सं.-264**

जन्म दिनांक : 03.08.1968 जन्म समय : 10:03:00 घंटे
जन्म स्थान : लखनऊ अक्षांश 26:50:00 रेखांश 80:54:00
चित्रपक्षीय अयनांश : 23:25:02 साम्पातिक काल : 6:43:53 घंटे

ग्रह	अंश	राशि	नक्षत्र	पद	षड्बल
लग्न	16:22:57	कन्या	हस्त	2	—
सूर्य	17:28:33	कर्क	अश्लेषा	1	1.72
चंद्र	6:11:45	वृश्चिक	अनुराधा	1	0.87
मंगल(अ)	4:56:49	कर्क	पुष्य	1	0.96
बुध (अ)	12:40:39	कर्क	पुष्य	3	0.86
गुरु	15:09:28	सिंह	पू.फा.	1	1.41
शुक्र	29:32:21	कर्क	अश्लेषा	4	1.24
शनि	2:07:18	मेष	अश्विनी	1	1.01
राहु (व)	18:15:04	मीन	रेवती	1	—
केतु (व)	18:15:04	कन्या	हस्त	3	—

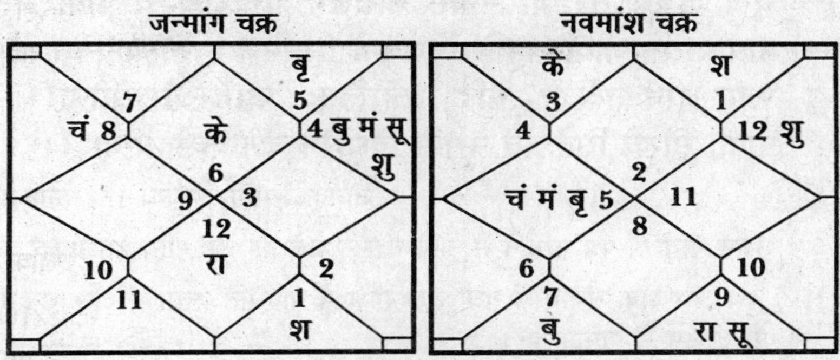

जन्म के समय शनि की भोग्य विंशोत्तरी महादशा - 14 व. 11 मा. 1 दि.

अग्रांकित जन्मांग में पंचमभाव में पापग्रह की राशि मकर स्थित है जिस पर मंगल व शनि ऐसे पापग्रहों की दृष्टि है। यद्यपि यहां बुध और शुक्र की भी दृष्टि पंचमभाव पर पड़ रही है। ज्ञातव्य है कि बुध मंगल से संयुक्त होने के कारण पापी हो गया है। तथा शुक्र मारकेश होकर यहाँ शत्रुराशिगत है। अतः पंचमभाव में पापग्रह की राशि और पापग्रहों की दृष्टि पड़ रही है।

इस जातिका का विवाह 19-11-1991 को हुआ। परन्तु संतानहीनता के असहनीय वेदना से ग्रसित है। संततिसुख प्राप्ति हेतु सभी प्रयास विफल हुए।

पंचमे नवमस्थाने चतुर्थे च यदा ग्रहाः।।
अग्रेजाता विनश्यन्ति पश्चाज्जीवन्ति वैसुताः।।

(द्वादशभावसिंधु/अध्याय-सुतभाव/श्लोक 38)

जिस जातक के जन्मकाल में पंचम-नवम चतुर्थभाव में सभी ग्रह स्थित हों तो उस प्राणी के पूर्व की पैदा हुई संतान नष्ट हो जाती है और बाद में पैदा हुई संतान जीवित रहती हैं।

विवाहितायामन्यायामेकपुत्रोभवेद्यदि ।।
विख्यातोभुवने त्यागी सदीर्घायुर्महीपतिः।।

(द्वादशभावसिंधु/अध्याय-सुतभाव/श्लोक 39)

जो पूर्वोक्त योग हो और प्राणी के पश्चाज्जात पुत्र हो तो वह एक पुत्र संसार में त्यागी करके प्रख्यात बड़ी उम्र वाला होता है।

द्यूने ज्ञाच्छौ सुरेड्यो मनसि सलिलभे चन्द्ररन्ध्रे च पापाः
पापावारीन्दुजीवौ वपुषि निधनगो भूमिजः सौम्यहीनः।
पापा लग्ने तदीशो यदि बलरहितः पञ्चमस्थोम्भसीन्दुः
पापाः सौख्ये सितेऽस्ते नभसि विधुरिमे वंशविच्छेदयोगाः।।

(जातकदेशमार्ग/अध्याय-15/श्लोक 8)

जिन योगों में पुत्र न होने से आगे वंश न चले वह चार योग इस प्रकार हैं-

1. बुध और शुक्र सप्तम में तथा जल राशि में बृहस्पति पंचम में और चन्द्रमा से अष्टम में पापग्रह हों।
2. चतुर्थ में पापग्रह हों, चन्द्रमा और बृहस्पति लग्न में हों और अष्टम में कोई सौम्य ग्रह न हो प्रत्युत मंगल हो।
3. लग्न में पापग्रह हों, लग्नेश बलहीन हो और पंचम में हो और चन्द्रमा चतुर्थ में हो।
4. पापग्रह चतुर्थ में हों, शुक्र सप्तम में हो तथा चन्द्रमा दशम में हो।

टिप्पणी : जातकदेशमार्ग, ज्योतिष विज्ञान का एक महत्त्वपूर्ण शास्त्र है। जिसके अनुसार पंचम भाव में जलीय राशि अर्थात् कर्क, वृश्चिक एवं मीन राशि में बृहस्पति के स्थित होने से संतानसुख बाधित होता है। यह अनुभूत है कि पंचमभाव में बृहस्पति की जलीय राशि की स्थिति मात्र कन्याओं को जन्म देनेवाली होती है। कन्याओं का जन्म तब और भी सुनिश्चित हो जाता है जब सप्तमभाव में बुध और शुक्र संयुक्त हों तथा चन्द्रमा से अष्टमभाव में पापग्रह स्थित हों। हमारे अनुभव के अनुसार पंचमभाव में जलीय राशिगत बृहस्पति के साथ मंगल का विनिमय दृष्टि संबंध प्रायः संततिहीनता का कारण होता है।

उदाहरण सं.-6.56 **जन्मांग सं.-265**

जन्म दिनांक : 13.02.1979 जन्म समय : 08:48:00 घंटे
जन्म स्थान : बस्ती अक्षांश 26:48:00 रेखांश 82:44:00
चित्रपक्षीय अयनांश : 23:33:53 साम्पातिक काल : 18:19:13 घंटे

ग्रह	अंश	राशि	नक्षत्र	पद	षड्बल
लग्न	13:07:55	मीन	उ.भा.	3	–
सूर्य	0:15:15	कुंभ	धनिष्ठा	3	1.18

चंद्र	11:21:56	सिंह	मघा	4	0.99
मंगल(अ)	24:49:39	मकर	धनिष्ठा	1	1.14
बुध (अ)	3:17:25	कुंभ	धनिष्ठा	3	1.04
गुरु (व)	7:59:12	कर्क	पुष्य	2	1.32
शुक्र	15:05:09	धनु	पू.षा.	1	1.15
शनि(व)	18:16:40	सिंह	पू.फा.	2	0.91
राहु (व)	23:54:19	सिंह	पू.फा.	4	—
केतु (व)	23:54:19	कुंभ	पू.भा.	2	—

जन्मांग चक्र

बु सू के
1
11
2
10 मं
12
3
9 शु
6
बृ 4
8
5
7
रा चं श

नवमांश चक्र

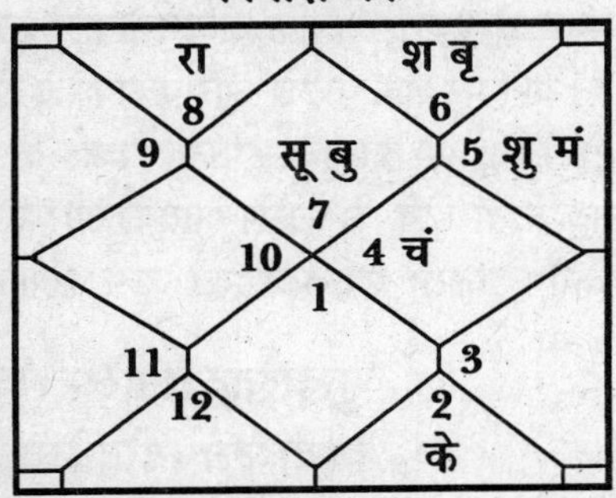

जन्म के समय केतु की भोग्य विंशोत्तरी महादशा - 1 व. 0 मा. 12 दि.

अग्रांकित जन्मांग में पंचमभाव में कर्क राशिगत बृहस्पति का लाभ भावस्थ मंगल के साथ विनिमय दृष्टि संबंध निर्मित हो रहा है। बृहस्पति एवं मंगल दोनों ही उच्चराशिगत हैं। जातक का विवाह 17-06-2005 को सम्पन्न हुआ। परन्तु संतानसुख से वंचित है।

उदाहरण सं.-6.57 देखें जन्मांग सं.-260

अग्रांकित जन्मांग में सिंह लग्न में चन्द्रमा और बृहस्पति संयुक्त हैं तथा अष्टमभाव में कोई सौम्य ग्रह नहीं है बल्कि पापग्रह राहुस्थित है। चतुर्थ भाव भी पाप प्रभाव में है क्योंकि चतुर्थेश मंगल द्वादश भाव में नीचराशिगत है और शुक्र, बुध तथा सूर्य से संयुक्त है। चतुर्थ भाव पर किसी भी शुभग्रह की दृष्टि नहीं है। जातिका का विवाह 16-11-1997 को हुआ था परन्तु कोई संतान नहीं हुई।

याम्यान्त्यधीस्थैर्दुरितैरुतास्तगेभेऽब्जे पदेऽघाहृदि किं मतौ रवौ।
अङ्गारकेऽङ्गे मृतिमन्दिरे मृदौ वंशस्य विच्छेदमुशन्ति सूरयः।।

(जातकभूषणम्/अध्याय-5/श्लोक 16)

यदि पंचम, अष्टम एवं द्वादश स्थानों में पापग्रह स्थित हों।यदि सप्तम में शुक्र, दशम में चन्द्र, चतुर्थस्थान में पापग्रह हों। पंचम में सूर्य, लग्न में मंगल और अष्टम में शनि हो। इन योगों में मनुष्य का वंश विच्छेद हो जाता है।

उदाहरण सं.-6.58 **देखें जन्मांग सं.-24**

अग्रांकित जन्मांग में पंचमभाव में मंगल स्वगृही है। राहु द्वादश भावगत है और मंगल से दृष्ट है जबकि अष्टमभाव में शुक्र कर्कराशिगत है तथा मंगल से दृष्ट भी है। यहां पर शुक्र षष्ठेश और एकादशेश होने के कारण अशुभ है। जातक का विवाह 21-11-2000 को हुआ। परन्तु विवाह के पांच वर्ष पश्चात् तक कोई संतान न हुई। तब चिंता होने के कारण जातक और उसकी पत्नी ने मंत्र जप और अनुष्ठानादि किये। फलतः एक पुत्री का जन्म 2006 में हुआ।

सुखास्तदशमस्थितैरशुभकाव्यशीतांशुभि-
र्व्ययाष्टतनयोदयेष्वशुभगेषु वंशक्षयः।
मदे कविविदौ मतौ गुरुरसद्भिरंबुस्थितैः
सुते शशिनि नैधनव्ययतनुस्थपापैरपि।।

(फलदीपिका/अध्याय-12/श्लोक 6)

इन चारों में से कोई भी योग हो तो जातक का वंश आगे नहीं चलता।

1. चतुर्थ में अशुभ ग्रह हों, सप्तम में शुक्र हो और दशम में चन्द्रमा हो।
2. प्रथम, पंचम, अष्टम और द्वादशस्थान में अशुभ ग्रह हों।
3. सप्तमस्थान में बुध और शुक्र हो, बृहस्पति पंचमस्थ हो और क्रूरग्रह चतुर्थस्थान में हो।
4. चन्द्रमा पंचमस्थ हो और प्रथम, अष्टम और द्वादशस्थान में पापग्रह हों।

उदाहरण सं.-6.59 — जन्मांग सं.-266

जन्म दिनांक : 04.09.1936 जन्म समय : 03:40:00 घंटे

जन्म स्थान : लखनऊ अक्षांश 26:50:00 रेखांश 80:54:00

चित्रपक्षीय अयनांश : 22:58:39 साम्पातिक काल : 2:25:01 घंटे

ग्रह	अंश	राशि	नक्षत्र	पद	षड्बल
लग्न	19:47:42	कर्क	अश्लेषा	1	—
सूर्य	18:12:57	सिंह	पू.फा.	2	1.33
चंद्र	21:37:02	मीन	रेवती	2	1.12
मंगल	22:43:50	कर्क	अश्लेषा	2	1.29
बुध	15:10:46	कन्या	हस्त	2	1.13
गुरु	22:26:23	वृश्चिक	ज्येष्ठा	2	1.16
शुक्र	6:24:45	कन्या	उ.फा.	3	0.97
शनि(व)	26:46:06	कुंभ	पू.भा.	3	1.23
राहु (व)	7:36:20	धनु	मूल	3	—
केतु (व)	7:36:20	मिथुन	आर्द्रा	1	—

जन्मांग चक्र

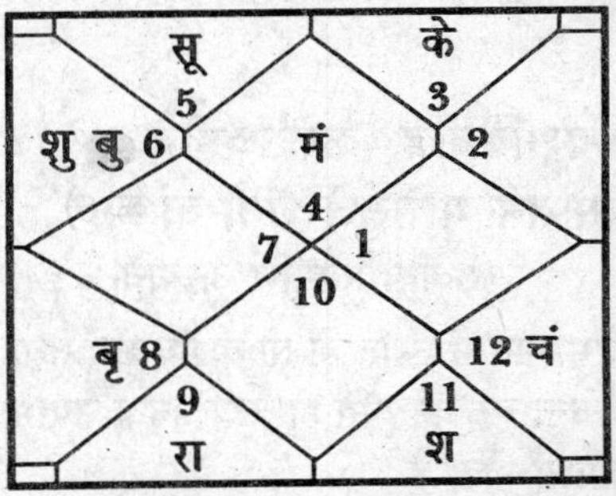

सू 5 के 3
शु बु 6 मं 4 2
7 1
10
बृ 8 12 चं
9 रा 11 श

नवमांश चक्र

चं मं बृ 10 8
शु 11 के 9 7
12 6 सू
3 श रा
1 5
2 बु 4

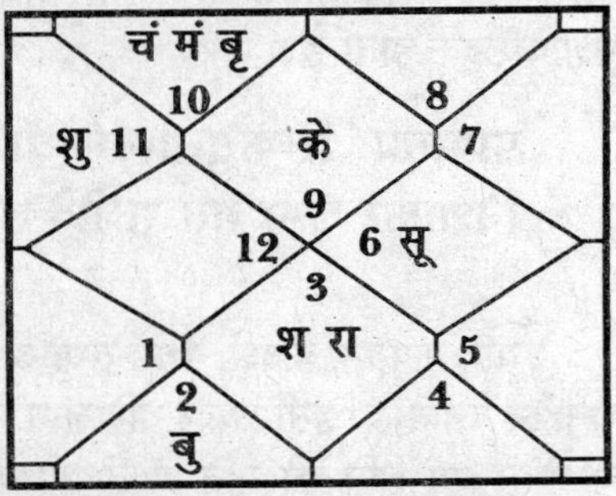

जन्म के समय बुध की भोग्य विंशोत्तरी महादशा - 10 व. 8 मा. 7 दि.

अग्रांकित जन्मांग में लग्न में मंगल नीच राशिगत है। अष्टम भाव में शनि स्थित है और मंगल द्वारा दृष्ट है। द्वादश भाव में केतु है। जबकि पंचमभाव में वृश्चिक राशि में ज्येष्ठा नक्षत्र में बृहस्पति स्थित है जो मारकेश शनि द्वारा दृष्ट भी है। अतः यहां पर बृहस्पति को अशुभ ही समझना चाहिए। जातक संतानहीन है।

उदाहरण सं.-6.60 **देखें जन्मांग सं.-75**

अग्रांकित जन्मांग में लग्न में षष्ठेश शनि, अष्टम में मारकेश शुक्र, द्वादश भाव में मंगल द्वारा दृष्ट केतु तथा पंचमभाव में क्षीण चन्द्रमा जो पापग्रह में आता है, एकादशेश होकर स्थित है। और इसी बीच शुभग्रह द्वारा पंचमभाव या पंचमेश शनि दृष्ट नहीं है। जातक निःसंतान है।

लग्नाद्दशमे चन्द्रे सप्तमस्थे भृगोः पुत्रे।।
पापैः पातालस्थैर्वंशच्छेत्ता भवेज्जातः।।

(द्वादशभावसिंधु/अध्याय-सुतभाव/17)

जिस जातक के जन्मकाल में जन्मलग्न में दशमभाव में चन्द्रमा स्थित हो और सप्तमभाव में शुक्र स्थित हो और चतुर्थभाव में पापग्रह स्थित हों तो वह जातक वंश का नाश करने वाला होता है।

वंशस्य विच्छेदकरः प्रजातश्चन्द्रास्फुजित् पापखगाः क्रमेण।
खंदारसौख्येषु युतास्तथैव लग्नेश्वरे चन्द्रसुतेन युक्ते।।

(सर्थार्थचिन्तामणि/अध्याय-5/23)

खं (दशम), दार (सप्तम), सौख्य (चतुर्थ) - इन स्थानों में क्रम से चन्द्रमा, आस्फुजित् (शुक्र) तथा पापग्रह हों एवं लग्नेश बुध के साथ हो तो यह योग वंशविच्छेदक होता है।

पापग्रहा रिष्फसुताष्टमस्था वंशविच्छेद करोऽर्थहीनः।
निशाकरे लग्न गते सजीवे तत्सप्तमे भूमिसुते शनौ वा।।

(सर्वार्थचिंतामणि/अध्याय-5/24)

यदि पापग्रह, द्वादश, पंचम तथा अष्टम भाव में स्थित हों तो वंशविच्छेद तथा धनहीन बनाते हैं। इसी प्रकार यदि लग्न में चन्द्र-गुरु की युति हो तथा उनके सप्तम में मंगल एवं शनि की युति हो तो भी वंशक्षय होता है।

पापग्रहा बन्धुगताश्च सर्वे वंशस्य विच्छेदकरोऽत्र जातः।
लग्नान्त्यपुत्राष्टमराशियुक्तैः पापग्रहैर्वंशविनाशहेतुः।।

(सर्वार्थचिंतामणि/अध्याय-5/25)

यदि सभी पापग्रह चतुर्थभाव में स्थित हों तो वंशविच्छेदकारक होते हैं। इसी प्रकार लग्न, द्वादश तथा पंचम के पापग्रह भी वंश-विनाश के हेतु होते हैं।

उदाहरण सं.-6.61 **जन्मांग सं.-267**

जन्म दिनांक	: 31.03.1978	जन्म समय	: 08:26:00 घंटे
जन्म स्थान	: नागपुर	अक्षांश 21:10:00	रेखांश 79:12:00
चित्रपक्षीय अयनांश	: 23:33:12	साम्पातिक काल	: 20:45:20 घंटे

ग्रह	अंश	राशि	नक्षत्र	पद	षड्बल
लग्न	27:26:41	मेष	कृत्तिका	1	—
सूर्य	16:29:05	मीन	उ.भा.	4	1.53
चंद्र	9:42:57	धनु	मूल	3	0.99
मंगल	3:06:06	कर्क	पुनर्वसु	4	1.24
बुध	2:25:40	मेष	अश्विनी	1	1.18
गुरु	4:54:17	मिथुन	मृगशिरा	4	1.3
शुक्र	3:02:05	मेष	अश्विनी	1	1.52
शनि(व)	0:39:47	सिंह	मघा	1	0.95
राहु (व)	12:14:07	कन्या	हस्त	1	—
केतु (व/अ)	12:14:07	मीन	उ.भा.	3	—

जन्मांग चक्र

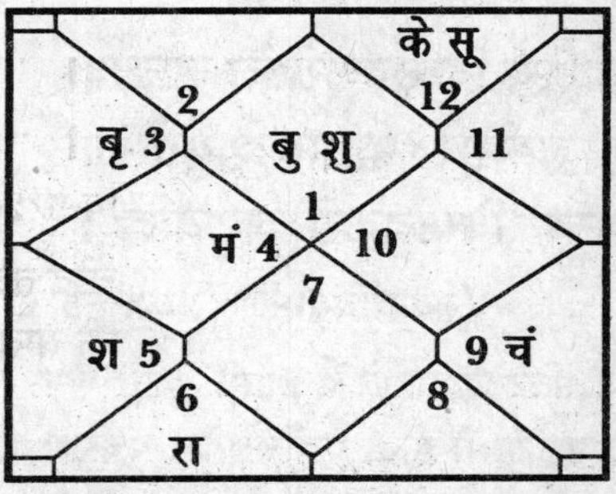

के सू 12
2
बृ 3
बु शु 1
11
मं 4
10
7
श 5
9 चं
6 रा
8

नवमांश चक्र

बृ सू 8
10
11
7 के
9
12
6
3 चं
रा बु शु 1
श 2
5
4 मं

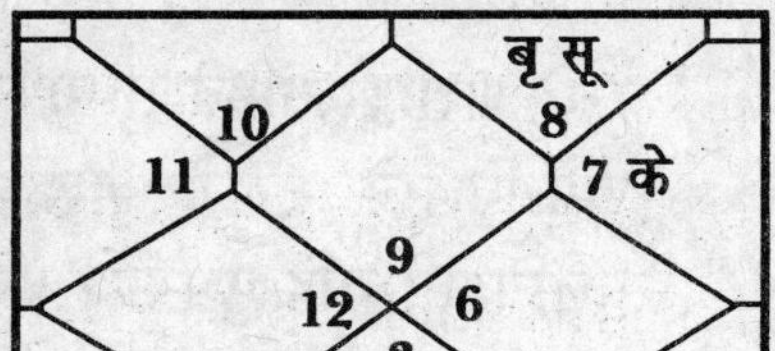

जन्म के समय केतु की भोग्य विंशोत्तरी महादशा - 1 व. 10 मा. 24 दि.

अग्रांकित जन्मांग में द्वादश भाव में केतु और सूर्य स्थित हैं जबकि पंचमभाव में सिंह राशिगत शनि भी अति अशुभ है। यहां पर शनि, सूर्य की राशि सिंहगत है और सूर्य पंचमेश होकर द्वादशभाव में केतु से संयुक्त है। इस जन्मांग में शुक्र

मारकेश होकर मेष लग्न में षष्ठेश बुध के साथ स्थित है अतः लग्न भी पापाक्रान्त है। अष्टमेश मंगल चतुर्थभाव में नीचराशिगत है सप्तमभाव पर शनि, मंगल बृहस्पति, बुध व शुक्र की दृष्टि है। जातक का वैवाहिक जीवन अनेक संदेहों एवं संशयों से अभिशप्त है। इसीलिए विवाह के अनेक वर्ष व्यतीत हो जाने के उपरान्त भी जातक संतानहीन है।

विशेष- इस श्लोक में चतुर्थभाव के पापग्रह वंशविनाश के हेतु कहे गए हैं। इसका कारण यह है कि चतुर्थ भाव पंचमभाव का द्वादश विनाशक=व्ययकारक होता है। अतः जब सभी पापग्रह पंचम में होते हैं तो वंशविनाश पंचम भाव का विनाश होता है। अष्टमभाव माता के भाव से पंचम होता है तथा पितृभाव नवम का व्ययस्थान होता है। जहां 1-5-9 भाव रचनात्मक त्रिकोण हैं, वहीं 12-4-8 ये तीनों मिलकर विनाशात्मक त्रिकोण बनाते हैं।

शुभेतरा रन्ध्रविलग्नरिष्फे वंशस्य विच्छेदकरः सुतेऽब्जे।
दारस्थिते सोमसुते सशुक्रे पापे सुखे देवगुरौ सुतस्थे।।

(सर्वार्थचिंतामणि/अध्याय-5/26)

अष्टम लग्न तथा द्वादशभाव में पापग्रह हो एवं चन्द्रमा पंचमभाव में हो तो वंशविच्छेद होता है। इसी प्रकार सप्तमभाव में बुध, शुक्र हो तथा सपाप गुरु पंचम में स्थित हो तो भी वही फल होता है।

रन्ध्रे शशाङ्कात्सहिते तु पापैर्वंशस्य विच्छेदकरोऽत्र जातः।
पापे विलग्ने सुखगे शशाङ्के लग्नेश्वरे पञ्चमराशियुक्ते।।
बलैर्विहीने यदि पुत्रनाथे वंशस्य विच्छेदकरोऽत्र जातः।

(सर्वार्थचिंतामणि/अध्याय-5/27)

चन्द्रमा से अष्टमभाव में पापग्रह वंशविच्छेदक होते हैं। इसी प्रकार लग्न में पापग्रह, चतुर्थ में चन्द्रमा, लग्नेश का पंचमराशि में होना एवं बलहीन पंचमेश भी वंशविच्छेद का योग उत्पन्न करता है।

विशेष- चन्द्रमा भी लग्न होता है, अतः चन्द्रकुण्डली से भी सन्तति का विचार करना चाहिए।

उदाहरण सं.-6.62 **जन्मांग सं.-268**

जन्म दिनांक	: 02.05.1967	जन्म समय	: 20:59:00 घंटे
जन्म स्थान	: लखनऊ	अक्षांश 26:50:00	रेखांश 80:54:00
चित्रपक्षीय अयनांश	: 23:23:51	साम्पातिक काल	: 11:32:02 घंटे

ग्रह	अंश	राशि	नक्षत्र	पद	षड्बल
लग्न	19:06:16	वृश्चिक	ज्येष्ठा	1	—
सूर्य	18:08:08	मेष	भरणी	2	1.53
चंद्र	1:52:42	कुंभ	धनिष्ठा	3	1.45
मंगल(व)	25:17:41	कन्या	चित्रा	1	1.42
बुध (अ)	7:55:32	मेष	अश्विनी	3	0.73
गुरु	3:41:34	कर्क	पुष्य	1	0.99
शुक्र	27:54:11	वृष	मृगशिरा	2	1.3
शनि	13:50:12	मीन	उ.भा.	4	0.86
राहु (अ)	13:26:18	मेष	भरणी	1	—
केतु	13:26:18	तुला	स्वाति	3	—

जन्मांग चक्र

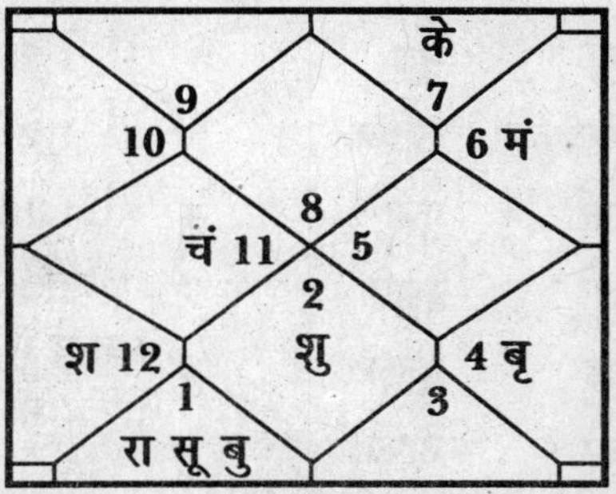

के
9 7
10 6 मं
8
चं 11 5
2
श 12 शु 4 बृ
1 3
रा सू बु

नवमांश चक्र

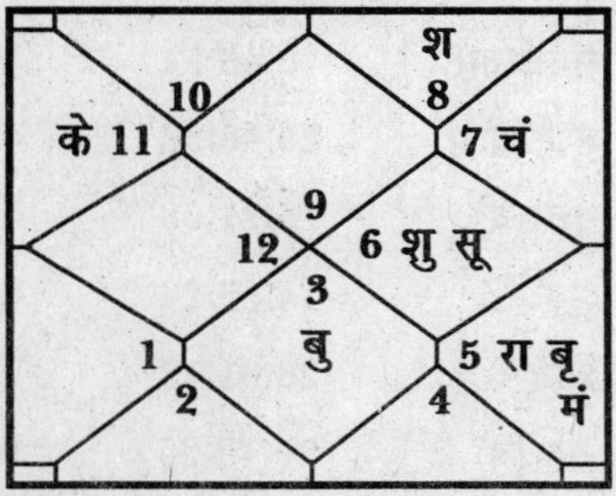

श
10 8
के 11 7 चं
9
12 6 शु सू
3
1 बु 5 रा बृ
2 4 मं

जन्म के समय मंगल की भोग्य विंशोत्तरी महादशा - 2 व. 6 मा. 5 दि.

अग्रांकित जन्मांग में भाग्येश चन्द्रमा चतुर्थ भावगत है तथा चन्द्रमा से अष्टमभाव में पापग्रह मंगल वक्री होकर शत्रुराशि कन्या में स्थित है तथा तृतीयेश

व चतुर्थेश शनि द्वारा दृष्ट है। शनि और मंगल दोनों ही द्वितीयभाव पर संयुक्त रूप से दृष्टिनिक्षेप कर रहे हैं जो वंशविच्छेद की स्थिति के द्योतक हैं। इस जन्मांग में राहु और सूर्य ऐसे पापग्रह षष्ठभावगत हैं साथ में उनसे अष्टमेश बुध भी संयुक्त है तथा उन पर षष्ठेश व लग्नेश मंगल दृष्टिनिक्षेप कर रहा है। जातक एक प्रतापी और असाधारण रूपवान युवक है जिसका विवाह 26-03-1999 को हुआ। परन्तु अभी तक संतान सुख की प्रतीक्षा है। पंचमेश बृहस्पति उच्चराशिगत होकर लग्न, पंचमभाव तथा पंचमस्थ शनि पर दृष्टिनिक्षेप कर रहा है। इसलिए संतान जन्म हेतु उपयुक्त परिहार का अनुसरण करने से संतान सुख का मार्ग प्रशस्त होगा।

उदाहरण सं.-6.63 जन्मांग सं.-269

जन्म दिनांक : 05.12.1978 जन्म समय : 10:48:00 घंटे
जन्म स्थान : दिल्ली अक्षांश 28:39:00 रेखांश 77:13:00
चित्रपक्षीय अयनांश : 23:33:42 साम्पातिक काल : 15:21:30 घंटे

ग्रह	अंश	राशि	नक्षत्र	पद	षड्बल
लग्न	13:56:03	मकर	श्रवण	2	—
सूर्य	19:09:05	वृश्चिक	ज्येष्ठा	1	1.38
चंद्र	25:34:11	मकर	धनिष्ठा	1	1.22
मंगल(अ)	0:46:54	धनु	मूल	1	1.26
बुध (व/पू)	20:46:38	वृश्चिक	ज्येष्ठा	2	1.21
गुरु (व)	15:21:08	कर्क	पुष्य	4	1.18
शुक्र	14:38:24	तुला	स्वाति	3	1.21
शनि	20:01:19	सिंह	पू.फा.	3	1.01
राहु (व)	29:19:20	सिंह	उ.फा.	1	—
केतु (व)	29:19:20	कुंभ	पू.भा.	3	—

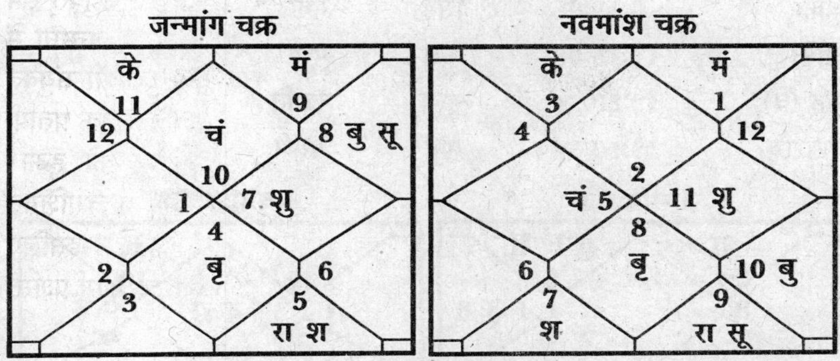

जन्म के समय मंगल की भोग्य विंशोत्तरी महादशा - 5 व. 9 मा. 27 दि.

उदाहरण जन्मांग में मकर राशिगत चन्द्रमा लग्नगत है तथा अष्टमभाव में राहु और शनि ऐसे पापग्रह स्थित हैं। मंगल लग्न से द्वादशस्थ है और संतानकारक बृहस्पति पर दृष्टिनिक्षेप कर रहा है। शनि के साथ षष्ठेश बुध व अष्टमेश सूर्य भी पंचमभाव पर दृष्टिनिक्षेप कर रहे हैं। जिसके फलस्वरूप जातक का प्रेम विवाह 18-10-2001 को होने के 8 वर्ष पश्चात् तक संतान सुख नहीं प्राप्त हो सका है। इसी कारण जातक ने मई 2008 को अपनी पत्नी का अनौपचारिक ढंग से परित्याग कर दिया है।

उदाहरण सं.-6.64   जन्मांग सं.-270

जन्म दिनांक	: 08.08.1976	जन्म समय	: 09:17:20 घंटे
जन्म स्थान	: जींद	अक्षांश 29:19:00	रेखांश 76:22:00
चित्रपक्षीय अयनांश	: 23:32:00	साम्पातिक काल	: 5:59:55 घंटे

ग्रह	अंश	राशि	नक्षत्र	पद	षड्बल
लग्न	6:27:00	कन्या	उ.फा.	3	—
सूर्य	21:11:24	कर्क	अश्लेषा	2	1.59
चंद्र	29:39:18	धनु	उ.षा.	1	1.38
मंगल	26:16:29	सिंह	पू.फा.	4	0.96
बुध	13:39:09	सिंह	पू.फा.	1	1.22
गुरु	4:50:21	वृष	कृत्तिका	3	1.21

शुक्र	6:13:08	सिंह	मघा	2	1.19
शनि(अ)	14:15:08	कर्क	पुष्य	4	0.69
राहु (व)	13:50:34	तुला	स्वाति	3	—
केतु (व)	13:50:34	मेष	भरणी	1	—

जन्मांग चक्र

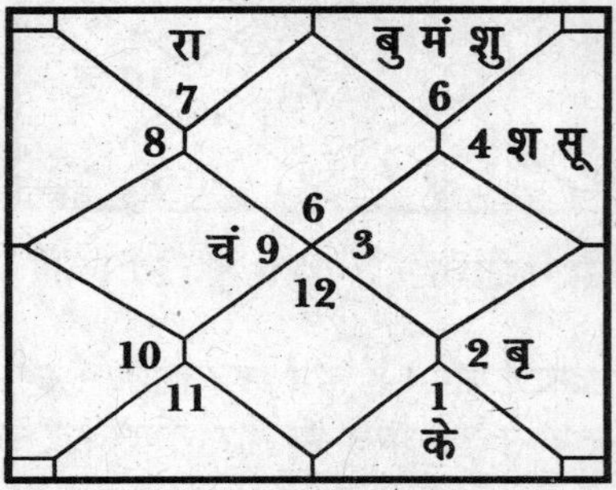

रा 7 | बु मं शु 6 | 8 | 4 श सू | 6 | चं 9 | 3 | 12 | 10 | 11 | 2 बृ | 1 के

नवमांश चक्र

12 | सू 10 | 1 | बृ रा 11 | 9 चं | शु 2 | 8 श मं | 5 बु के | 3 | 4 | 7 | 6

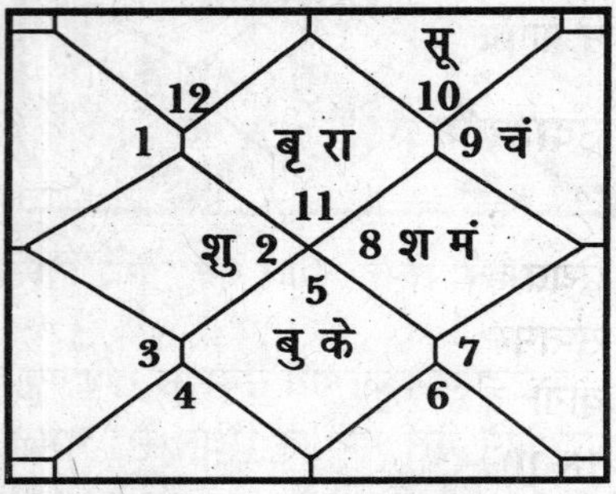

जन्म के समय सूर्य की भोग्य विंशोत्तरी महादशा - 4 व. 7 मा. 26 दि.

जन्मांग में चन्द्रमा से अष्टमभाव में सूर्य व शनि ऐसे पापग्रह स्थित हैं जहाँ से वे पंचमभाव पर भी दृष्टिनिक्षेप कर रहे हैं। पंचमभाव पर सूर्य व शनि की दृष्टि के अतिरिक्त बृहस्पति की भी दृष्टि पड़ रही है। परन्तु संततिहीनता के संताप से आक्रान्त है यह युवती। इसका विवाह 29-10-2000 को हुआ था। लग्नाधिपति बुध अष्टमेश और तृतीयेश मंगल तथा द्वितीयेश व नवमेश शुक्र से द्वादशभाव में बन्ध्या और अल्पसुत राशि सिंह में स्थित है जो संतान सुख हेतु अशुभ योग है। लग्न पापकर्तरियोगग्रस्त है। इसलिए संतानप्राप्ति के सभी प्रयास विफल रहे। नवांश चक्र में पंचमेश शनि अष्टमेश मंगल दोनों ही अल्पसुत नवांश वृश्चिक में स्थित हैं तथा नवमेश शुक्र के साथ विनिमय दृष्टि सम्बन्ध स्थापित कर रहे हैं जो गर्भाशय से सम्बन्धित विकार की पुष्टि कर रहे हैं।

लग्ने सुरेज्यशशिनौ सप्तमसंस्थे कुजे ससौम्ये च।।
पापैः पातालस्थैर्वंशच्छेत्ता भवति जातः।।

(द्वादशभावसिंधु/अध्याय-सुतभाव/54)

जिस जातक के जन्मकाल में जन्मलग्न में बृहस्पति, चन्द्रमा स्थित हों और सप्तमभाव में मंगल, बुध सहित स्थित हों और पापग्रह चतुर्थभाव में स्थित हों तो वह जातक वंश का नाश करने वाला होता है।

लग्नसुतरन्ध्ररिष्फेषु शुभाः कुर्वन्ति वंशविच्छेदम्।।
लग्नाद्व्ययनिधनस्थैः पापैरसुतोऽसुतश्चन्द्रे।।

(द्वादशभावसिंधु/अध्याय-सुतभाव/55)

जन्मलग्न पंचम और अष्टम व्यय भावों में शुभ-ग्रह स्थित हों तो भी वह जातक वंश का नाश करता है एकोयोगः। और जिसके जन्मलग्न में, व्ययभाव में, अष्टम में पापग्रह अथवा चन्द्रमा स्थित हो तो भी वह पुत्रहीन होता है।

उदाहरण सं.-6.65 **देखें जन्मांग सं.-269**

इस लग्न में चन्द्रमा, अष्टम भाव में राहु और शनि तथा द्वादश भाव में मंगल स्थित है। पंचमभाव पर शनि, बुध और सूर्य की दृष्टि है तथा मंगल द्वादश भाव में सप्तमस्थ बृहस्पति पर दृष्टिनिक्षेप कर रहा है। अतः उपरोक्त श्लोक में उल्लिखित योगों की संरचना इस जन्मांग में परिलक्षित हो रही है। जातक का विवाह 18-10-2001 को हुआ था परन्तु अब तक संततिसुख से वंचित है। दाम्पत्य सुख भी बाधित है।

बुधभार्गवयोरस्ते सुखगे पापे गुरौ सुतस्थेपि।।
यवनेश्वरेण गदितोवंशच्छेत्ता भवेज्जातः।।

(द्वादशभावसिंधु/अध्याय-सुतभाव/56)

जिसके बुध, शुक्र सप्तमभाव में स्थित हों और चतुर्थभाव में पापग्रह और बृहस्पति पंचमभाव में स्थित हो तो वह प्राणी वंश का नाश करने वाला होता है, ऐसा यवनाचार्य ने कहा है।

लग्नेश्वरे सुतस्थे लग्ने पापग्रहे सुखे शशिनि।।
सुतभेशे बलहीने जातोवंशक्षयं नरोयाति।।

(द्वादशभावसिंधु/अध्याय-सुतभाव/57)

जन्मलग्न का स्वामी पंचमस्थान में स्थित हो और जन्मलग्न में पापग्रह स्थित हों और चतुर्थभाव में चन्द्रमा स्थित हो और पंचमेश बलहीन हो तो वह जातक वंश का क्षय करने वाला होता है।

लग्नाद् दशमगे चन्द्रे भार्गवे सप्तम स्थिते।
अशुभेषु सुखस्थेषु वंशच्छेदोऽस्यजायते।।

(जातक सारदीप-2/अध्याय-28/7)

दशम में चन्द्रमा, सप्तम में शुक्र, चतुर्थ में कई पापग्रह हों तो वंशविच्छेद योग होता है अर्थात् ऐसे व्यक्ति का वंश आगे नहीं बढ़ता है।

उदाहरण सं.-6.66 देखें जन्मांग सं.-20

अग्रांकित जन्मांग में दशम में चन्द्रमा, चतुर्थ में पापग्रह केतु, सप्तम में शुक्र संस्थित हैं। लग्नेश मंगल पंचमभाव में मीन राशिगत है जबकि पंचमेश बृहस्पति शनि से संयुक्त होकर द्वितीय भावस्थ है। अष्टमभावस्थ बुध पर मंगल शनि और बृहस्पति दृष्टिनिक्षेप कर रहे हैं। सामान्यतः यह वंशविच्छेद का योग है। जातक का विवाह 01-07-1989 को हुआ था जातक एक पुरोहित एवं कर्मकाण्डी आचार्य है। सात वर्ष तक जब कोई संतान नहीं हुई तो हमारे निर्देश पर उन्होंने संतानसुख प्राप्ति हेतु अनेक अनुष्ठान, ग्रहशांति, मंत्रजप, अभिलाषाष्टक स्तोत्र तथा संतानगोपाल मंत्र का पूर्ण पुरश्चरण, सम्यक् निष्ठा, आस्था श्रद्धा और विश्वास के साथ सम्पन्न किया। तदोपरान्त त्राटक प्रयोग के पश्चात् पंडित जी की पत्नी गर्भवती हुई। 30-10-1996 को प्रथम पुत्री का तथा 26-11-1999 को दूसरी पुत्री का जन्म हुआ। पुत्र की कामनाबोध थी। इसलिए श्रावण शुक्ल एकादशी का पुत्रप्रदाता व्रत पति-पत्नी दोनों ने किया, जिसके फलस्वरूप 25-09-2001 को पुत्ररत्न की प्राप्ति हुई।

उदाहरण सं.-6.67 जन्मांग सं.-271

जन्म दिनांक : 29.07.1974 जन्म समय : 16:45:00 घंटे
जन्म स्थान : दिल्ली अक्षांश 28:39:00 रेखांश 77:13:00
चित्रपक्षीय अयनांश : 29:30:10 साम्पातिक काल : 6:51:59 घंटे

ग्रह	अंश	राशि	नक्षत्र	पद	षड्बल
लग्न	17:56:12	कन्या	हस्त	3	—
सूर्य	15:15:39	मेष	भरणी	1	2.02
चंद्र	17:13:26	कर्क	अश्लेषा	1	0.99
मंगल	11:56:40	मिथुन	आर्द्रा	2	1.39
बुध (अ)	9:14:23	मेष	अश्विनी	3	0.87
गुरु	17:30:54	कुंभ	शतभिषा	4	0.97
शुक्र	0:34:21	मीन	पू.भा.	4	1.34

शनि	7:26:44	मिथुन	आर्द्रा	1	1.32
राहु (व)	26:42:53	वृश्चिक	ज्येष्ठा	4	—
केतु (व)	26:42:53	वृष	मृगशिरा	2	—

जन्मांग चक्र

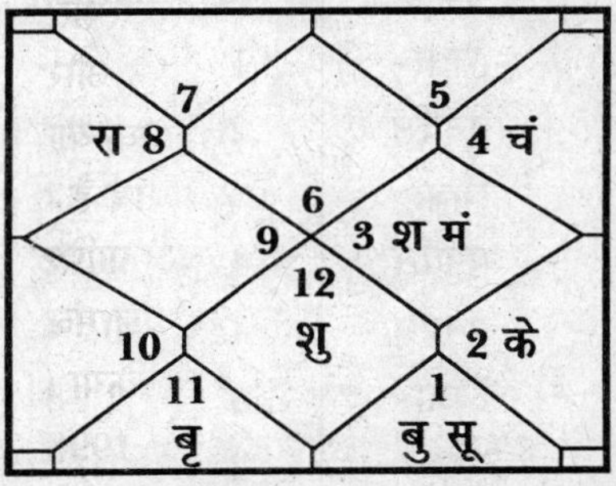

7
5
रा 8
4 चं
6
9
3 श मं
12
10
शु
2 के
11
1
बृ
बु सू

नवमांश चक्र

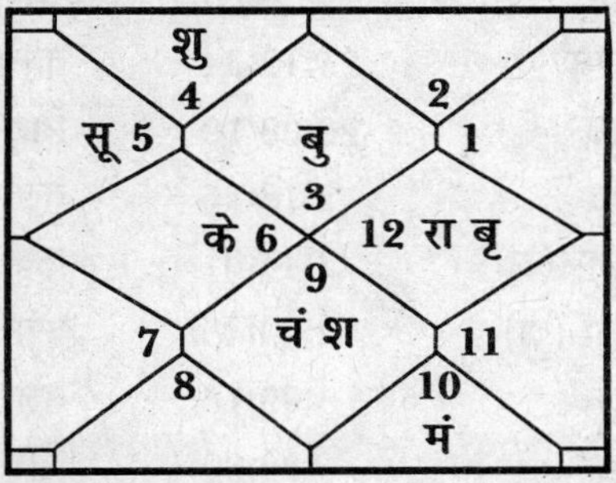

शु
4
2
सू 5
बु
1
3
के 6
12 रा बृ
9
7
चं श
11
8
10
मं

जन्म के समय बुध की भोग्य विंशोत्तरी महादशा - 16 व. 3 मा. 14 दि.

जातिका, भारतीय क्रिकेट बोर्ड के एक महत्वपूर्ण सदस्य की पुत्री है। इसका प्रेमविवाह 18-10-2001 को सम्पन्न हुआ। विवाह के छह वर्ष व्यतीत हो जाने के पश्चात् भी, संततिसुख से वंचित रही। परिवार वालों ने जातिका की आलोचना करना प्रारम्भ कर दिया। संततिविहीन होने की पीड़ा के साथ परिवार और पति से पृथक् होने की वेदना भी सहन करने हेतु, जातिका विवश हो गई। प्रेमविवाह के सभी स्वप्न एक-एक करके धूल धूसरित हो गये। इस जन्मांग में संततिहीनता के कारण पार्थक्य की स्थिति ने जन्म लिया है।

पंचमेश शनि, दशमभावगत होकर, अष्टमेश मंगल से संयुक्त है तथा पंचमभाव मंगल और चन्द्रमा द्वारा दृष्ट है। चतुर्थेश और सप्तमेश बृहस्पति, षष्ठ भावगत है, जो वैवाहिक सुख हेतु अशुभ है। पंचमेश शनि वन्ध्याराशि मिथुनगत है और अष्टमेश तथा तृतीयेश मंगल से संयुक्त है। नवम भाव भी पापकर्तरियोग ग्रस्त है और साथ ही नवमभाव में केतु स्थित है। इस जन्मांग में यही अशुभयोग संतान जन्म में बाधक है।

उदाहरण सं.-6.68 **जन्मांगं सं.-272**

जन्म दिनांक : 12.07.1970 जन्म समय : 12:37:00 घंटे

जन्म स्थान : Bahrain अक्षांश 26:13:00 रेखांश 50:38:00

चित्रपक्षीय अयनांश : 23:26:50 साम्पातिक काल : 7:18:51 घंटे

ग्रह	अंश	राशि	नक्षत्र	पद	षड्बल
लग्न	24:12:34	कन्या	चित्रा	1	—
सूर्य	26:08:19	मिथुन	पुनर्वसु	2	2.08
चंद्र	2:18:26	तुला	चित्रा	3	0.82
मंगल(अ)	2:44:01	कर्क	पुनर्वसु	4	1.32
बुध (अ)	2:29:45	कर्क	पुनर्वसु	4	0.94
गुरु	3:09:18	तुला	चित्रा	3	1.18
शुक्र	6:22:39	सिंह	मघा	2	1.11
शनि	26:42:28	मेष	कृत्तिका	1	0.88
राहु (व)	10:18:08	कुंभ	शतभिषा	2	—
केतु (व)	10:18:08	सिंह	मघा	4	—

जन्मांग चक्र

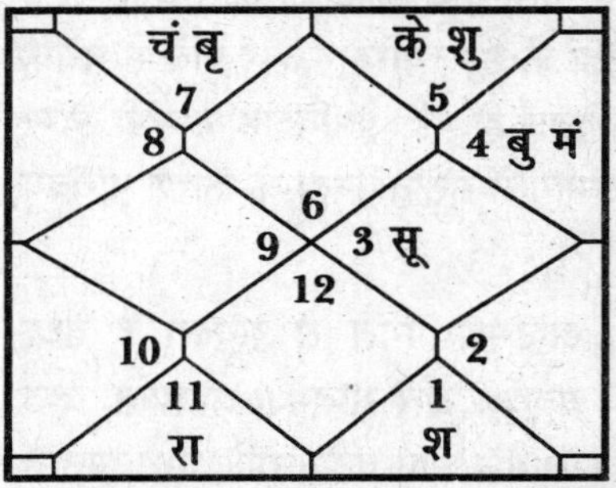

चं बृ 7; के शु 5; 4 बु मं; 8; 6; 9; 3 सू; 12; 10; 2; 11 रा; 1 श

नवमांश चक्र

6; बु मं के 4; बृ चं 7; 3; 5; 8; 2 शु सू; 11; श 9; 1; 10 रा; 12

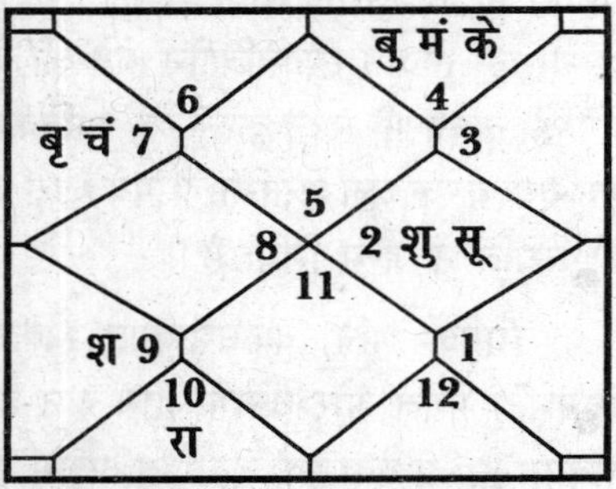

जन्म के समय मंगल की भोग्य विंशोत्तरी महादशा - 2 व. 3 मा. 14 दि.

इस युवती का प्रेम विवाह 04-06-2004 को सम्पन्न हुआ परन्तु छः वर्ष के पश्चात् भी, जातिका गर्भवती नहीं हो पायी। अब तक किये गये सभी प्रकार के प्रयास, फलहीन सिद्ध हुये। इस युवती का जन्म कन्या लग्न में हुआ है। पंचमेश शनि, अष्टमभाव में नीचराशिगत है तथा केन्द्राधिपति बृहस्पति द्वारा दृष्ट है। दूसरे

शब्दों में सन्तानकारक बृहस्पति, शत्रुराशि तुला में स्थित होकर, पापग्रह मंगल और शनि द्वारा दृष्ट है। बृहस्पति तुला राशि में, वर्गोत्तम होकर अष्टमेश और तृतीयेश मंगल के नक्षत्र चित्रा में स्थित है, जिसके कारण बृहस्पति, सन्तान के कारक होने के उपरान्त भी, अत्यधिक पापाक्रान्त है। सन्तान सम्बन्धी पंचम भाव पर शनि मंगल और बुध, दृष्टिपात कर रहे हैं। इसलिए जातिका संततिहीनता से ग्रस्त है।

ध्यातव्य –

- पंचमभाव में मंगल संस्थित हो और शनि से दृष्ट हो, तो संतानसुख के लिए अशुभ ग्रहयोग होता है। यदि पंचमस्थ मंगल के साथ शनि विनिमय दृष्टि संबंध स्थापित करे अथवा पंचमस्थ शनि के साथ, मंगल विनिमय दृष्टिसम्बन्ध स्थापित करे तो संतानोत्पत्ति में तीव्र अवरोध एवं समस्याएं उत्पन्न होती हैं। शिशु की मृत्यु अथवा गर्भपात की स्थिति भी उत्पन्न होती है। उल्लेखनीय है कि पंचमभाव में मंगल और शनि की युति उतनी अधिक अशुभ नहीं होती जितनी कि पंचमभावस्थ मंगल या शनि का पापाक्रान्त होना।

  जन्मांग सं.-22 एवं जन्मांग सं.-224 में पंचमभाव में मंगल और शनि की युति होने के उपरान्त भी संतानहीनता की स्थिति नहीं उत्पन्न हुई।

- पंचमभाव में सूर्य, शनि अथवा चन्द्र और शनि की युति, अल्पसुत राशि 2, 5, 6, 8 में हो तो संतानहीनता का योग निर्मित होता है। यदि पंचमेश द्वादश भावगत हो अथवा द्वादशभाव या लग्न में कई पापग्रह हों तो संतानहीनता का प्रबल योग निर्मित होता है। जन्मांग संख्या-16 में यह योग स्पष्ट रूप से देखा जा सकता है।

- लग्न में पापग्रह हों तथा पंचमभाव में अल्पसुत राशि में शुभग्रह हों परन्तु पापाक्रान्त हों तो संतान नहीं होती है। (जन्मांग संख्या-253)

- यदि बृहस्पति और शुक्र वृश्चिक राशि में पंचम, नवम या लग्न में हों तो भी संतानहीनता का कारण बनते हैं।

- तृतीयेश, पंचमस्थ हो तथा पंचमेश अष्टमभावगत हो और नवम भाव भी पापाक्रान्त हो तो संतानहीनता होती है।

- शनि और चंद्रमा की युति यदि एक ही नक्षत्र में हो और एक ही राशि में हो तथा पंचम या नवमभाव से सम्बद्ध हो अथवा उनमें स्थित हों या इन भावों पर दृष्टि निक्षेप कर रहें हों, तो जातक के संतानहीन होने की संभावना होती

है। यह स्थिति, तब और भी अशुभ होती है जब शनि या चन्द्रमा, मंगल अथवा बुध की राशि में स्थित हो।

- लग्न पर शनि व मंगल ऐसे पापग्रहों की दृष्टि हो तथा पंचमेश अस्त हो शत्रुग्रही हो अथवा शत्रु से युक्त हो, तो संतान सुख प्राप्त नहीं होता है।

उदाहरण सं.-6.69 जन्मांग सं.-273

जन्म दिनांक : 08.10.1934 जन्म समय : 17:30:00 घंटे
जन्म स्थान : आगरा अक्षांश 27:09:00 रेखांश 78:00:00
चित्रपक्षीय अयनांश : 22:56:58 साम्पातिक काल : 18:17:42 घंटे

ग्रह	अंश	राशि	नक्षत्र	पद	षड्बल
लग्न	13:14:59	मीन	उ.भा.	3	—
सूर्य	21:33:59	कन्या	हस्त	4	1.44
चंद्र (पू)	20:02:38	कन्या	हस्त	4	1.55
मंगल	1:14:34	सिंह	मघा	1	1.37
बुध	16:30:54	तुला	स्वाति	3	0.93
गुरु	6:28:12	तुला	चित्रा	4	0.92
शुक्र	11:00:14	कन्या	हस्त	1	0 96
शनि(व)	28:49:41	मकर	धनिष्ठा	2	1.46
राहु (व)	14:58:18	मकर	श्रवण	2	—
केतु (व)	14:58:18	कर्क	पुष्य	4	—

जन्मांग चक्र नवमांश चक्र

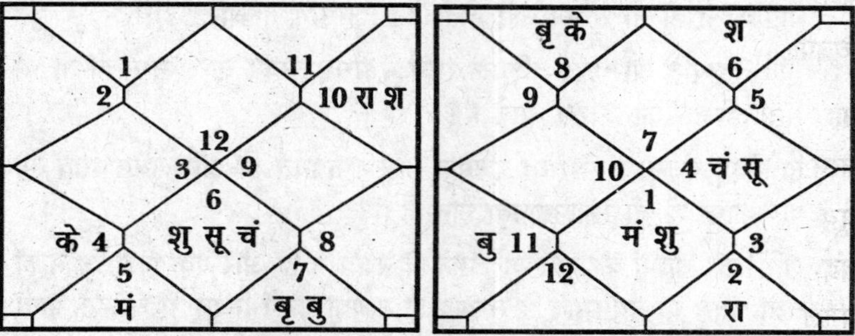

जन्म के समय चन्द्र की भोग्य विंशोत्तरी महादशा - 2 व. 5 मा. 18 दि.

इस लग्न पर मंगल और शनि की दृष्टि है। पंचमेश चंद्रमा और सूर्य कन्या राशि में, हस्त नक्षत्र के चतुर्थ पद में, लगभग समान अंशों में शत्रुराशि कन्या में अष्टमेश शुक्र जो चन्द्रमा के साथ शत्रुवत है, से संयुक्त है। नवमेश मंगल षष्ठ भावगत है। पंचमभाव में केतु स्थित है और शनि द्वारा दृष्ट है। बृहस्पति भी शनि द्वारा दृष्ट है। जातिका संतानहीन ही नहीं है बल्कि संतानहीनता के कारण पति द्वारा परित्यक्त भी है। इस जन्मांग में सप्तमभाव में नीचराशिगत सप्तमेश शुक्र षष्ठेश सूर्य से युक्त है और पंचमेश चन्द्रमा के साथ होने के कारण पापाक्रान्त है। ज्ञातव्य है कि चन्द्रमा और सूर्य का प्रबल शत्रु शुक्र है। यहॉ पर सप्तमभाव और अष्टमभाव के स्वामियों के मध्य अशुभ विनिमय परिवर्तन हो रहा है। जातिका के विवाह के कुछ वर्ष पश्चात् ही जब उसके पति को ज्ञात हुआ कि वह वन्ध्या है उसके पति ने दूसरा विवाह कर लिया। ज्ञातव्य है कि इस जन्मांग में पंचमेश चंद्रमा, शुक्र और सूर्य वन्ध्या और अल्पसुत राशि कन्या में स्थित हैं। नवमेश मंगल केतु के नक्षत्र में अल्पसुत और वन्ध्या राशि सिंह में स्थित हैं। मंगल व शुक्र का मेष नवांश में स्थित होना भी वैवाहिक जीवन के लिए अशुभ है।

- शनि अथवा मंगल में कोई भी ग्रह पंचमभाव का स्वामी हो तथा शनि के साथ विनिमय दृष्टि सम्बन्ध स्थापित कर रहा हो, तो संततिहीनता या संतानोत्पत्ति में प्रबल अवरोध उत्पन्न होता है। संतानहीनता की संभावना, तब अधिक प्रबल हो उठती है जब पंचमेश मंगल अथवा शनि, षष्ठ, अष्टम अथवा द्वादशभाव में स्थित हो।

उदाहरण सं.-6.70 **जन्मांग सं.-274**

जन्म दिनांक	: 17.05.1963	जन्म समय	: 21:45:00 घंटे
जन्म स्थान	: बस्ती	अक्षांश 26:48:00	रेखांश 82:44:00
चित्रपक्षीय अयनांश	: 23:20:26	साम्पातिक काल	: 13:24:31 घंटे

ग्रह	अंश	राशि	नक्षत्र	पद	षड्बल
लग्न	14:34:38	धनु	पू.षा.	1	—
सूर्य	2:41:53	वृष	कृत्तिका	2	1.2
चंद्र	16:48:01	कुंभ	शतभिषा	4	1.55
मंगल	28:46:14	कर्क	अश्लेषा	4	1.08
बुध (व/पू)	3:24:12	वृष	कृत्तिका	3	0.94

गुरु	16:24:03	मीन	उ.भा.	4	1.21
शुक्र	4:59:32	मेष	अश्विनी	2	1.4
शनि	29:32:28	मकर	धनिष्ठा	2	1.04
राहु (व)	28:50:36	मिथुन	पुनर्वसु	3	—
केतु (व)	28:50:36	धनु	उ.षा.	1	—

जन्मांग चक्र

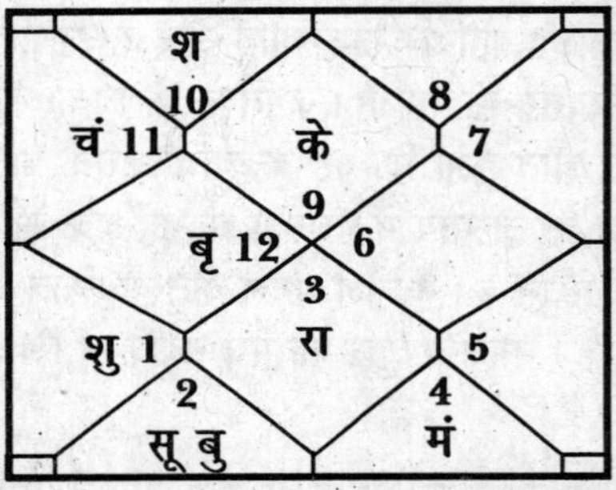

श 10, चं 11, के 9, 8, 7, बृ 12, 6, 3 रा, शु 1, 5, 2 सू बु, 4 मं

नवमांश चक्र

श 6, 7, 4, 3 रा, 5, बृ 8, 2 शु, 11 बु, के 9, 1, 10 सू, 12 मं चं

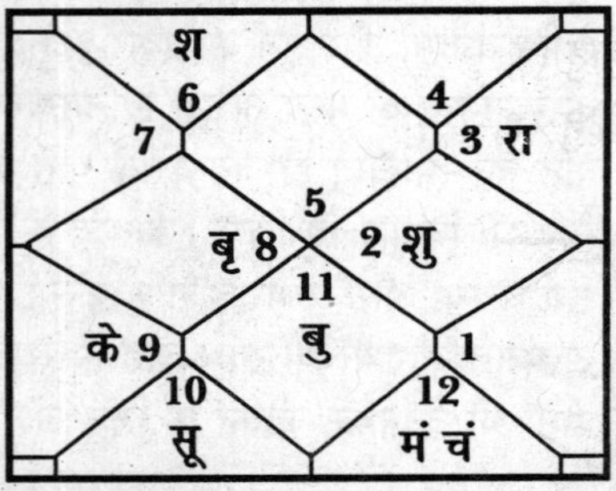

जन्म के समय राहु की भोग्य विंशोत्तरी महादशा - 4 व. 3 मा. 25 दि.

इसमें पंचमेश मंगल अष्टम भावगत होकर द्वितीय भावस्थ शनि द्वारा दृष्ट है तथा षष्ठेश और एकादशेश शुक्र पंचमभावगत है। नवमेश सूर्य भी षष्ठ भाव में शत्रुराशि वृष में स्थित है। जातक के कोई संतान नहीं है।

- यदि लग्न में पापग्रह हो, और लग्नेश त्रिकभाव में स्थित हो, पापग्रहों द्वारा दृष्ट अथवा युत हो तथा पंचमभाव पर नपुंसक ग्रह शनि और बुध का संयुक्त प्रभाव हो, तो जातक संतानहीन होता है।

उदाहरण सं.-6.71 जन्मांग सं.-275

जन्म दिनांक : 06.10.1954 जन्म समय : 12:52:00 घंटे

जन्म स्थान : मेरठ अक्षांश 29:00:00 रेखांश 77:42:00

चित्रपक्षीय अयनांश : 23:13:46 साम्पातिक काल : 13:30:28 घंटे

ग्रह	अंश	राशि	नक्षत्र	पद	षड्बल
लग्न	14:55:38	धनु	पू.षा.	1	—
सूर्य	19:16:43	कन्या	हस्त	3	1.71

चंद्र	1:44:17	मकर	उ.षा.	2	1.12
मंगल	27:18:56	धनु	उ.षा.	1	1.12
बुध	14:39:49	तुला	स्वाति	3	1.2
गुरु	4:00:49	कर्क	पुष्य	1	1.29
शुक्र	0:31:06	वृश्चिक	विशाखा	4	1.37
शनि	15:21:41	तुला	स्वाति	3	1.33
राहु (व)	16:46:50	धनु	पू.षा.	2	—
केतु (व)	16:46:50	मिथुन	आर्द्रा	4	—

जन्मांग चक्र

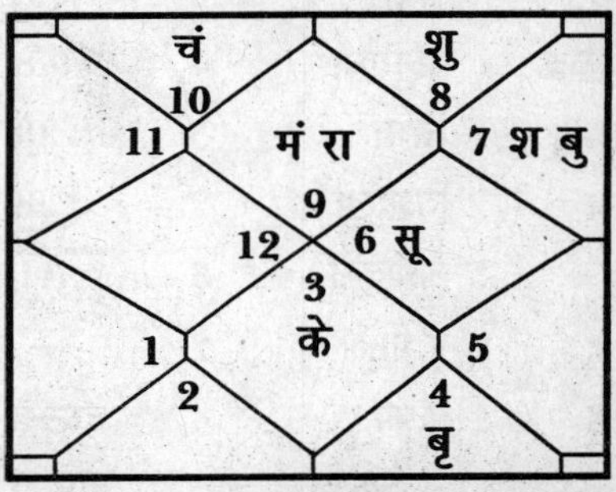

चं 10
शु 8
11
मं रा
7 श बु
9
12
6 सू
3
के
1
5
2
4
बृ

नवमांश चक्र

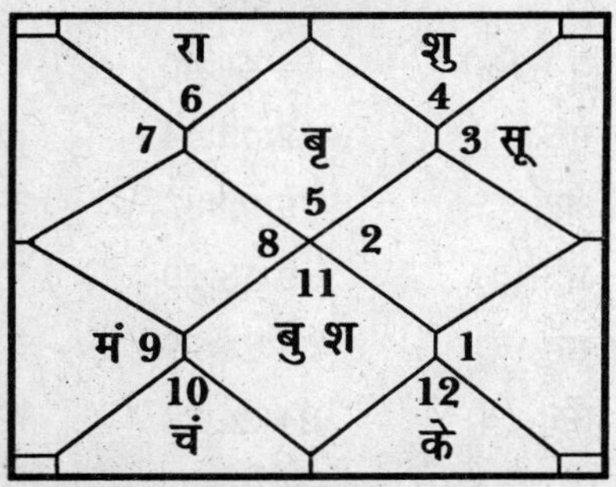

रा 6
शु 4
7
बृ
3 सू
5
8
2
11
मं 9
बु श
1
10 चं
12 के

जन्म के समय सूर्य की भोग्य विंशोत्तरी महादशा - 3 व. 8 मा. 18 दि.

इसमें मंगल व राहु लग्नगत हैं जबकि मंगल पंचमेश होकर राहु केतु की धुरी पर स्थित है और शनि से दृष्ट भी है। इसके अतिरिक्त पंचम भाव पर शनि एवं बुध संयुक्त रूप से दृष्टिनिक्षेप कर रहे हैं। लग्नेश बृहस्पति अष्टमभावगत होकर मंगल व शनि द्वारा दृष्ट है। इसलिए संतानहीनता का प्रबलयोग इस जन्मांग में विद्यमान है। जातिका का प्रेम विवाह 1985 में हुआ था। जातिका विद्युत परिषद के अध्यक्ष की असाधारण विदुषी पुत्री और प्रसिद्ध चिकित्सिका है परन्तु संततिहीनता से अभिशप्त है।

पंचमेश सूर्य त्रिकभाव में अल्पसुत राशि में बुध से संयुक्त हो तथा बृहस्पति और शुक्र की युति हो एवं चन्द्रमा से दृष्ट हो, और पापग्रह द्वारा दृष्ट हो अथवा लग्न पर शनि और मंगल का संयुक्त प्रभाव हो, तो संततिहीनता की स्थिति उत्पन्न होती है। लग्नेश मंगल और शनि के मध्य विनिमय परिवर्तन हो तथा लग्न पर शनि और मंगल की संयुक्त दृष्टि हो तथा पंचमेश निर्बल अथवा पापाक्रान्त हो तो भी संतानहीनता की संरचना होती है।

उदाहरण सं.-6.72 **जन्मांग सं.-276**

जन्म दिनांक : 25.11.1969 जन्म समय : 16:05:00 घंटे
जन्म स्थान : बम्बई अक्षांश 18:58:00 रेखांश 72:50:00
चित्रपक्षीय अयनांश : 23:26:14 साम्पातिक काल : 19:43:07 घंटे

ग्रह	अंश	राशि	नक्षत्र	पद	षड्बल
लग्न	8:48:26	मेष	अश्विनी	3	—
सूर्य	9:33:18	वृश्चिक	अनुराधा	2	0.91
चंद्र	26:04:05	वृष	मृगशिरा	1	1.26
मंगल	21:36:18	मकर	श्रवण	4	1.31
बुध (अ)	14:41:40	वृश्चिक	अनुराधा	4	0.8
गुरु	2:43:44	तुला	चित्रा	3	1.08
शुक्र	25:02:33	तुला	विशाखा	2	1.39
शनि(व)	9:58:29	मेष	अश्विनी	3	1.1
राहु (व)	24:24:29	कुंभ	पू.भा.	2	—
केतु (व)	24:24:29	सिंह	पू.फा.	4	—

जन्मांग चक्र **नवमांश चक्र**

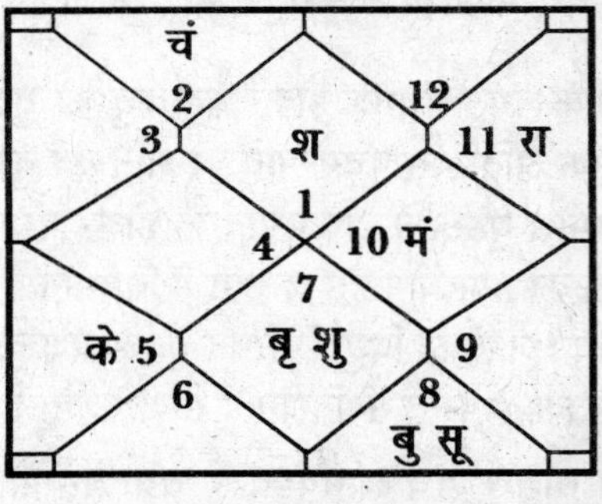

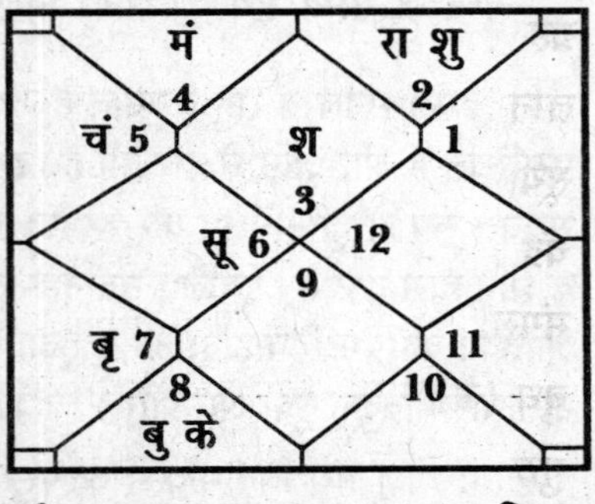

जन्म के समय मंगल की भोग्य विंशोत्तरी महादशा - 5 व. 6 मा. 23 दि.

इसमें पंचमभाव में केतु स्थित है और मंगल से दृष्ट है। पंचमेश सूर्य अष्टमभाव में अल्पसुत राशि वृश्चिक में तथा वन्ध्या नवांश कन्या में स्थित है। मंगल लग्नेश होकर दशमभाव में उच्चराशिगत है तथा लग्नस्थ नीचराशिगत वक्री शनि के

साथ विनिमय दृष्टिसम्बन्ध स्थापित कर रहा है। नवमेश बृहस्पति और मारकेश शुक्र एक दूसरे से सप्तमभाव में संयुक्त हैं और शनि से दृष्ट हैं। मंगल नीच नवांश में तथा बुध और बृहस्पति वर्गोत्तम नवांश में स्थित हैं। बुध अस्त है और शनि के नक्षत्र अनुराधा में संस्थित है। पंचमेश सूर्य भी अनुराधा नक्षत्र में है और बृहस्पति, मंगल एवं शुक्र भी शनि द्वारा दृष्ट है। अतः वक्री शनि ने वन्ध्या नवांशगत होकर संततिसुख से जातिका को वंचित रखा है। इस जातिका का विवाह 15-01-2004 को हुआ। परन्तु विवाह के पश्चात् जब यह ज्ञात हुआ कि जातिका कभी मातृत्व से अलंकृत नहीं हो सकती है तो उसके पति ने इसके साथ सम्बन्ध विच्छेद कर लिया और इस सम्बन्ध विच्छेद हेतु समृद्धिशाली पति को साठ लाख रुपये इसलिए देने पड़े कि वह, उसके साथ सम्बन्ध विच्छेद करने में किसी प्रकार का अवरोध न उत्पन्न करे। नवमेश अथवा नवमभाव तथा संतानकारक बृहस्पति यदि शनि व सूर्य के मध्य स्थित हो, तो संतान नहीं होती है।

उदाहरण सं.-6.73 — जन्मांग सं.-277

जन्म दिनांक : 21.11.1922 — जन्म समय : 13:52:00 घंटे

जन्म स्थान : आगरा — अक्षांश 29:36:00 रेखांश 79:40:00

चित्रपक्षीय अयनांश : 22:46:46 — साम्पातिक काल : 17:38:53 घंटे

ग्रह	अंश	राशि	नक्षत्र	पद	षड्बल
लग्न	29:35:50	कुंभ	पू.भा.	3	—
सूर्य	5:28:11	वृश्चिक	अनुराधा	1	1.49
चंद्र	6:32:56	धनु	मूल	2	1.04
मंगल	22:30:50	मकर	श्रवण	4	1.48
बुध (अ)	26:44:19	तुला	विशाखा	3	0.98
गुरु	12:42:49	तुला	स्वाति	2	1.04
शुक्र (व/अ)	11:44:09	वृश्चिक	अनुराधा	3	1.21
शनि	23:25:23	कन्या	चित्रा	1	1.47
राहु (व)	4:58:38	कन्या	उ.फा.	3	—
केतु (व)	4:58:38	मीन	उ.भा.	1	—

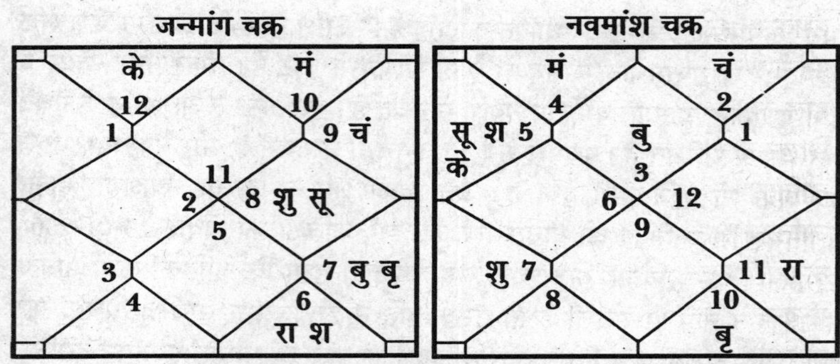

जन्म के समय केतु की भोग्य विंशोत्तरी महादशा - 3 व. 6 मा. 22 दि.

इसमें लग्नेश शनि राहु केतु की धुरी पर अष्टम भाव में बन्ध्या राशि कन्या में स्थित है। नवमभाव में बृहस्पति तथा पंचमेश बुध संयुक्त रूप से स्थित हैं और दोनों ही पापकर्तरि योगग्रस्त हैं। बृहस्पति नीच नवांशस्थ है तथा राहु के नक्षत्र स्वाति में स्थित है जब कि बुध अस्त होकर बृहस्पति के नक्षत्र विशाखा में है और स्वनवांश मिथुन में स्थित है। यद्यपि यह बन्ध्या नवांश है। सूर्य और शनि दोनों ही बन्ध्या नवांश सिंह में स्थित हैं। नवमेश शुक्र वक्री होकर अस्त है तथा सूर्य के साथ अल्पसुत राशि वृश्चिक में स्थित है। जातक एक करोड़पति और अत्यन्त प्रतिष्ठित वकील था परन्तु संतति सुख से जीवनपर्यन्त वंचित रहा। नवमभाव में बुध व बृहस्पति की युति के कारण जातक ने एक पुत्र को गोद लिया।

पंचमभाव में मंगल की स्थिति सर्वाधिक अवांछित है। स्त्रियों के जन्मांग में पंचम भावस्थ मंगल, दाम्पत्य सुख के लिए भी हानिकर है। कर्क और सिंह लग्न के अतिरिक्त अन्य किसी भी लग्न में जन्मीं जातिका के जन्मांग में पंचमभावस्थ मंगल को मंगली दोष से आक्रान्त समझना चाहिए। पंचमभावस्थ मंगल यदि बन्ध्या (3, 5, 6) अथवा अल्पसुत राशि (2, 5, 6, 8) में हो, तो संतान सुख नहीं प्राप्त होता है अथवा बार-बार गर्भपात होता है अथवा संतति जीवित नहीं रहती है। कन्या राशिगत पंचमस्थ मंगल सर्वाधिक अशुभ जानना चाहिए।

उदाहरण सं.-6.74 देखें जन्मांग सं.-85

इस जन्मांग में जातिका का जन्म वृष लग्न में हुआ है। इस जातिका के रूप और लावण्य की सभी ओर चर्चा होती थी। रक्तिम वर्ण, लम्बा कद, गोल काली बड़ी-बड़ी आंखें, सुडौल और आकर्षक अंग-प्रत्यंग वाली इस जातिका को देखकर

उसके आई आई टी के टॉपर इंजीनियर पति से उसके मित्र, सहयोगी और सम्बन्धी इतनी ईर्ष्या करने लगे कि उसे (पति को) स्मैक, ड्रग, मदिरा आदि के सेवन की लत डाल दी। परिणाम वही हुआ जो तथा कथित मित्र चाहते थे। अपने व्यवसाय के शिखर की ओर तीव्रता से बढ़ते हुए, उसके पति का तभी पतन हो गया और वह जातिका के साथ किसी प्रकार के सम्बन्ध स्थापित करने हेतु असमर्थ हो गया। जातिका निःसंतान रह गयी। जातिका के अपने पति को सही मार्ग पर प्रशस्त करने के प्रबल प्रयास भी विफल हो गये। अंततः उसने अपने आपको पूरी तरह से अंधकार में बन्द कर लिया। अब उसका जीवन अकेले कमरे तक सीमित है, जिसमें प्रकाश के सभी द्वारों को उसने स्वतः ही बन्द कर दिया है। अब कोई आंसू उसकी आंखों में नहीं उमड़ता है। उसे कोई रुला नहीं सकता तो कोई हंसा भी नहीं सकता। वह किसी से कोई बात नहीं करती है। ऐसा प्रतीत होता है कि जातिका न तो किसी की पत्नी है, न किसी की पुत्री या न ही किसी की पुत्रवधू है। वह तो मात्र एक जीवित शव है। इस नारी का संताप इतना मार्मिक है, जिसे सुनकर किसी का भी हृदय विचलित हुए बिना नहीं रह सकता।

इस जन्मांग में मारकेश मंगल पंचमभाव में वन्ध्या राशि कन्या में स्थित है तथा नवमभाव में वक्री शनि और वक्री बृहस्पति संयुक्त हैं। उल्लेखनीय है कि मंगल एवं शनि दोनों स्वनवांशगत हैं और नवांश चक्र में पंचमभाव और लग्नेश शुक्र पर दृष्टिनिक्षेप कर रहे हैं। पंचमेश बुध सूर्य से युक्त होकर अस्त है तथा मंगल चंद्रमा से अष्टम भावगत भी है। इससे भी अधिक महत्त्वपूर्ण तथ्य यह है कि जातिका के जन्मांग में ग्रहण योग है। सूर्य राहु और चन्द्रमा केतु एक सीध में हैं। जातिका चन्द्रग्रहण पड़ने के कुछ ही समय पश्चात् जातिका का जन्म हुआ। उल्लेखनीय है कि सूर्य या चन्द्रग्रहण के शीघ्र पूर्व या शीघ्र पश्चात् जो संतानें होती हैं, उनका जीवन प्रायः उत्साहवर्धक नहीं सिद्ध होता है। निराशा उन्हें घेर लेती है। उनके प्रयास बार-बार असफल होते हैं।

उदाहरण सं.-6.75 — जन्मांग सं.-278

जन्म दिनांक : 09.07.1978 — जन्म समय : 22:28:00 घंटे

जन्म स्थान : दिल्ली — अक्षांश 28:39:00 रेखांश 77:13:00

चित्रपक्षीय अयनांश : 23:33:25 — साम्पातिक काल : 17:15:58 घंटे

ग्रह	अंश	राशि	नक्षत्र	पद	षड्बल
लग्न	20:49:43	कुंभ	पू.भा.	1	—

सूर्य	23:33:43	मिथुन	पुनर्वसु	2	1.59
चंद्र	10:32:45	सिंह	मघा	4	1.55
मंगल	20:58:06	सिंह	पू.फा.	3	1.41
बुध	17:11;15	कर्क	अश्लेषा	1	1.07
गुरु (पू)	24:05:57	मिथुन	पुनर्वसु	2	1.05
शुक्र	3:42:48	सिंह	मघा	2	1.09
शनि	4:33:21	सिंह	मघा	2	1.23
राहु (व)	5:53:13	कन्या	उ.फा.	3	–
केतु (व)	5:53:13	मीन	उ.भा.	1	–

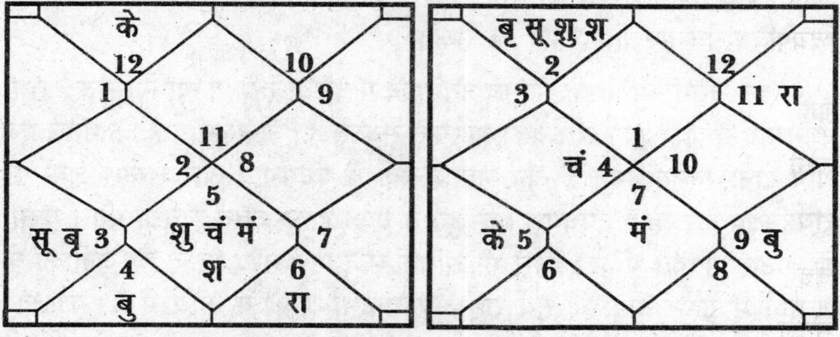

जन्म के समय केतु की भोग्य विंशोत्तरी महादशा - 1 व. 5 मा. 17 दि.

यह रूपवती युवती आई.आई.एम., अहमदाबाद से एम.बी.ए. करने के पश्चात् बहुराष्ट्रीय संस्था में अति उच्च वेतन पर कार्यरत है। विवाह के 9 वर्ष से अधिक का समय व्यतीत हो चुका है परन्तु जातिका एक बार भी गर्भवती नहीं हुई।

जातिका का जन्म कुंभ लग्न में हुआ है तथा पंचम भाव में सूर्य और बृहस्पति स्थित हैं जबकि पंचमेश बुध षष्ठ भाव में शत्रु राशि कर्क में स्थित है। यहाँ पर बुध पापकर्तरी योगग्रस्त भी है। संतानकारक बृहस्पति पंचम भाव में मिथुन राशि में पूर्ण अस्त होने के साथ-साथ स्वनक्षत्र पुनर्वसु में स्थित है तथा शत्रु नवांश वृषभ में स्थित है। लग्नेश शनि सप्तम भाव में चन्द्रमा, मंगल और शुक्र से संयुक्त है। शनि और

मंगल की युति के साथ शुक्र का शत्रु राशिगत होना और शुक्र व शनि का लगभग समान अंशों में मघा नक्षत्रगत होना तथा शुक्र से संयुक्त होना प्रदर्शित कर रहा है कि गर्भाशय अथवा फेलोपियन ट्यूब में किसी प्रकार का विकार होने के कारण संतति सुख से वंचित रहना पड़ रहा है। यहाँ पर बृहस्पति बुध की राशि मिथुन में पंचम भावगत है तथा अस्त है और पंचमेश बुध षष्ठ भावगत होकर पापाक्रांत है। अतः जातिका के संतान के गोद लेने की प्रबल संभावना है। इस जातिका के स्वयं की संतान होना संशयात्मक है। इस जन्मांग में सभी ग्रह केतु और राहु के मध्य स्थित हैं तथा यह भी अशुभ है।

उदाहरण सं.-6.76 जन्मांग सं.-279

जन्म दिनांक : 21.01.1976 जन्म समय : 16:05:00 घंटे
जन्म स्थान : कानपुर अक्षांश 26:27:00 रेखांश 80:19:00
चित्रपक्षीय अयनांश : 23:31:35 साम्पातिक काल : 23:55:59 घंटे

ग्रह	अंश	राशि	नक्षत्र	पद	षड्बल
लग्न	16:46:56	मिथुन	आर्द्रा	4	–
सूर्य	6:59:18	मकर	उ.षा.	4	1.04
चंद्र	3:42:11	कन्या	उ.फा.	3	1.12
मंगल	21:12:25	वृष	रोहिणी	4	1.09
बुध (व/अ)	11:02:51	मकर	श्रवण	1	1.06
गुरु	24:06:09	मीन	रेवती	3	1.35
शुक्र	0:35:40	धनु	मूल	1	1.09
शनि(व)	5:54:32	कर्क	पुष्य	1	1.22
राहु (व)	25:11:38	तुला	विशाखा	2	–
केतु (व)	25:11:38	मेष	भरणी	4	–

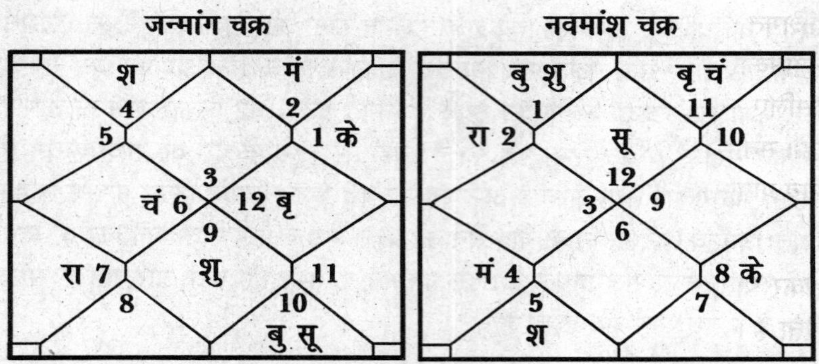

जन्म के समय सूर्य की भोग्य विंशोत्तरी महादशा - 2 व. 10 मा. 0 दि.

इस विदुषी जातिका का विवाह 21.11.1999 को हुआ था परन्तु विवाह के 10 वर्ष व्यतीत हो जाने के पश्चात् भी संततिहीनता से अभिशप्त थी। अनेक प्रयास करने के उपरान्त भी जातिका गर्भवती न हो सकी। इसके अन्य कारणों में से एक कारण यह भी है कि जातिका के द्वादश भाव में मंगल और द्वितीय भाव में शनि होने के कारण लग्न पापकर्तरी योगग्रस्त है। जातिका के पति के जन्मांग में मंगली दोष अनुपस्थित है। जब भी मंगली और अमंगली पति-पत्नी होते हैं तो संततिहीनता से सम्बन्धित कष्ट की संभावना भी उत्पन्न होती है। यदि अन्य संकेत भी इस प्रकार के हों, तो कदाचित मंगली और अमंगली वर-वधू का विवाह नहीं किया जाना चाहिए तथा यदि विवाह होने के पश्चात् यह ज्ञात हो, तो संतानहीनता हेतु मंगल ग्रह से सम्बन्धित जो व्रत उपचार हमने 'पुत्रेष्टि विधान' में दिये हैं, उनका अनुसरण करना चाहिए।

इस जातिका के जन्मांग में दशम भाव में स्वराशिगत बृहस्पति हंस महापुरुष राजयोग की संरचना कर रहा है तथा चन्द्रमा से समसप्तक होने के कारण गज़केसरी योग भी निर्मित हो रहा है। जातिका एक बहुराष्ट्रीय संस्था में उच्च पद पर कार्य रत है परन्तु संततिहीनता बार-बार उसे व्याकुल और व्यथित करती है। इस जन्मांग में पंचमेश शुक्र सप्तम भाव में धनु राशिगत है और षष्ठेश तथा एकादशेश मंगल द्वारा दृष्ट है। पंचम भाव में राहु की स्थिति भी संतानहीनता में अवरोध उत्पन्न कर रही है। नवमेश शनि वक्री होकर कर्क राशिगत है तथा सूर्य के साथ समसप्तक योग निर्मित कर रहा है। पंचमेश शुक्र मंगल का नवांश प्राप्त कर रहा है जबकि नवमेश शनि सूर्य के नवांश में स्थित है और नवांश चक्र में भी मंगल पंचम भाव में नीच

राशिगत है तथा संतानकारक बृहस्पति पर दृष्टि निक्षेप कर रहा है। वस्तुतः संतानकारक बृहस्पति शनि के नवांश में स्थित होकर शनि और मंगल द्वारा दृष्ट है इसलिए संतान के गर्भस्थ होने हेतु जातिका और उसके पति के सभी प्रयास विफल रहे। संतानकारक बृहस्पति और पंचमेश शुक्र से भी देखने पर पंचम भाव और नवम भाव पापाक्रांत हैं।

त्रिक भावाधिपति यदि तृतीयेश होकर पंचमस्थ हो तथा पंचमेश त्रिक भावस्थ होकर पापाक्रांत हो, पापदृष्ट हो अथवा पापयुक्त हो, तो संतति सुख प्राप्त नहीं होता है।

उदाहरण सं.-6.77 जन्मांग सं.-280

जन्म दिनांक : 27.08.1969 जन्म समय : 19:25:00 घंटे
जन्म स्थान : सीतामढ़ी अक्षांश 26:36:00 रेखांश 85:30:00
चित्रपक्षीय अयनांश : 23:26:02 साम्पातिक काल : 17:59:30 घंटे

ग्रह	अंश	राशि	नक्षत्र	पद	षड्बल
लग्न	6:23:26	मीन	उ.भा.	1	–
सूर्य	10:40:20	सिंह	मघा	4	1.32
चंद्र	12:35:05	कुंभ	शतभिषा	2	1.36
मंगल	22:41:20	वृश्चिक	ज्येष्ठा	2	1.14
बुध	6:55:19	कन्या	उ.फा.	4	1.24
गुरु	13:53:00	कन्या	हस्त	2	0.98
शुक्र	4:45:08	कर्क	पुष्य	1	1.3
शनि(व)	15:28:45	मेष	भरणी	1	0.84
राहु (व)	27:43:54	कुंभ	पू.भा.	3	–
केतु (व)	27:43:54	सिंह	उ.फा.	1	–

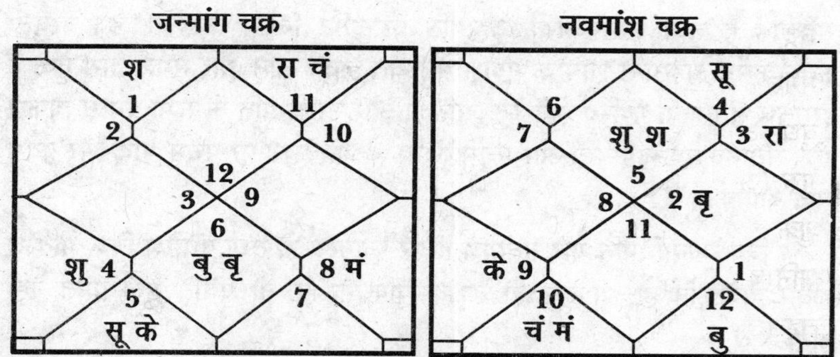

जन्म के समय राहु की भोग्य विंशोत्तरी महादशा - 10 व. 0 मा. 3 दि.

जातक का विवाह 21.11.1999 को हुआ, परन्तु विवाह के 10 वर्ष व्यतीत हो जाने के पश्चात् भी जातक को संततिसुख नहीं प्राप्त हो सका।

इस जन्मांग में तृतीयेश और अष्टमेश शुक्र शत्रु राशि कर्क में पंचम भाव में स्थित है जबकि पंचमेश चन्द्रमा द्वादश भाव में राहु और केतु की धुरी पर स्थित है। नवम भाव में नवमेश मंगल स्थित है तथा पंचमेश चन्द्रमा पर दृष्टि निक्षेप कर रहा है। पंचमेश चन्द्रमा शतभिषा नक्षत्रगत है तथा संतानकारक और लग्नेश बृहस्पति तथा बुध से संयुक्त होकर बन्ध्या राशि तथा अल्पसुत राशि कन्या में स्थित है। पंचमस्थ शुक्र तथा शनि भी बन्ध्या तथा अल्पसुत राशि सिंह के नवांश में है।

महत्त्वपूर्ण तथ्य यह है कि इस जातक की पत्नी के जन्मांग में मंगली दोष विद्यमान है जबकि यह जातक लग्न अथवा चन्द्रमा से मंगली नहीं है इसलिए संततिसुख से वंचित है।

उदाहरण सं.-6.78 जन्मांग सं.-281

जन्म दिनांक : 18.01.1973 जन्म समय : 04:00:00 घंटे
जन्म स्थान : जबलपुर अक्षांश 23:10:00 रेखांश 79:57:00
चित्रपक्षीय अयनांश : 23:29:07 साम्पातिक काल : 11:38:34 घंटे

ग्रह	अंश	राशि	नक्षत्र	पद	षड्बल
लग्न	22:06:04	वृश्चिक	ज्येष्ठा	2	—
सूर्य	4:12:40	मकर	उ.षा.	3	0.71

चंद्र	21:09:53	मिथुन	पुनर्वसु	1	1.15
मंगल	18:59:46	वृश्चिक	ज्येष्ठा	1	1.46
बुध (अ)	27:12:15	धनु	उ.षा.	1	1.27
गुरु (अ)	28:17:11	धनु	उ.षा.	1	1.06
शुक्र	14:11:15	धनु	पू.षा.	1	0.87
शनि(व)	20:48:11	वृष	रोहिणी	4	1.12
राहु (अ)	23:20:45	धनु	पू.षा.	4	—
केतु	23:20:45	मिथुन	पुनर्वसु	2	—

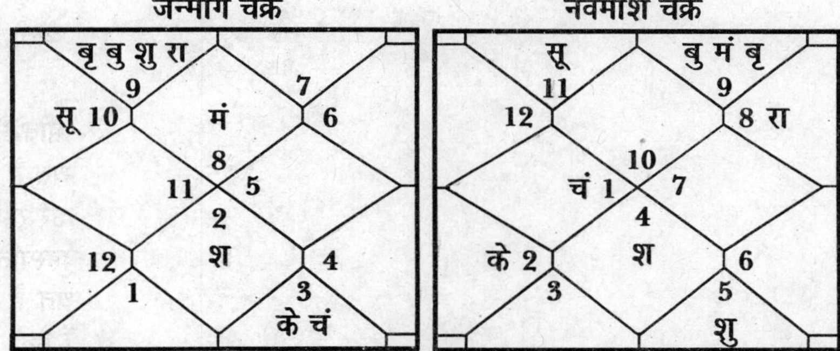

जन्म के समय गुरु की भोग्य विंशोत्तरी महादशा - 14 व. 7 मा. 6 दि.

इस युवक का विवाह 16.06.2003 को हुआ था परन्तु विवाह के छः वर्ष पश्चात् भी अभी तक संतति सुख से वंचित है।

जातक का जन्म वृश्चिक लग्न में हुआ है तथा लग्न में मंगल और सप्तम भाव में शनि स्थित है। मंगल और शनि के मध्य विनिमय दृष्टि सम्बन्ध स्थापित हो रहा है। द्वितीय भाव में सप्तमेश शुक्र, पंचमेश और द्वितीयेश बृहस्पति, अष्टमेश और एकादशेश बुध राहु से संयुक्त है। यहाँ पर बृहस्पति और बुध दोनों ही अस्त हैं। पंचमेश और संतानकारक बृहस्पति पापाक्रांत है। इसके अतिरिक्त नवमेश चन्द्रमा भी राहु और केतु की धुरी पर अष्टम भाव में वन्ध्या राशि मिथुन में स्थित है तथा यह दोनों ही ग्रह मंगल द्वारा दृष्ट हैं। नवमेश चन्द्रमा मंगल का नवांश प्राप्त कर रहा है जबकि पंचमेश बृहस्पति वर्गोत्तम नवांश धनुगत होकर मंगल और बुध से संयुक्त है। यहाँ पर मंगल लग्न में ज्येष्ठा नक्षत्र मे स्थित है तथा षष्ठेश

होकर लग्नगत होने तथा शनि से दृष्ट होने के कारण शुभ फल नहीं प्रदान कर रहा है।

कुटुम्ब स्थान में चार ग्रह बृहस्पति, शुक्र, बुध और राहु पापकर्तरी योगग्रस्त भी हैं तथा बृहस्पति से पंचमेश मंगल शनि के साथ विनिमय दृष्टि सम्बन्ध स्थापित कर रहा है। अतः संततिहीनता की स्थिति निर्मित हो रही है। यहाँ पर नवमेश चन्द्रमा बुध की राशि मिथुन में तथा बृहस्पति के नक्षत्र पुनर्वसु में स्थित है तथा पंचमेश बृहस्पति वर्गोत्तम नवांश में बुध से संयुक्त है। अतः दत्तक पुत्र का योग निर्मित हो रहा है।

●

अध्याय–7

संततिहीनता का विकल्प दत्तक-संतान

दत्तक सन्तान प्राप्त करने का सुख, सम्बन्धित माता-पिता की समस्त व्याकुलता, आकुलता तथा चिन्ता, व्यथा का अन्त कर देता है। दत्तक संतान का लालन-पालन ही उनके जीवन शैली को रूपान्तरित कर देता है। सन्तान गोद लेने से पूर्व जो समय काटे नहीं कटता था, वह समय दत्तक शिशु की किलकारियों से उन्हें रोमांचित, आह्लादित और आनन्दित करता रहता है। अधिकांश दत्तक संतानों के जन्मादि का सही ज्ञान नहीं हो पाता, विशेषकर जो किसी शिशु आश्रम या अनाथालय से लिये गये हों। कुछ शिशु जिन्हें गोद लिया जाता है, वह सगे सम्बन्धियों सहयोगियों अथवा सहेलियां आदि के होते हैं। पारस्परिक सम्बन्धों और अन्तरंग आत्मीयता के कारण, उनके मातापिता अपने शिशु को गोद देने हेतु अपनी सहमति और अनुमति प्रदान कर देते हैं। अपने शरीर के अंग को किसी को काटकर दे देने से कम कष्ट नहीं होता है, जब कोई मां नौ महीने तक अपनी कोख में पनपने वाले शिशु को किसी आत्मीयजन को गोद देती है। अपने शिशु को दत्तक पुत्र के रूप में प्रदान कर देने वाले पिता भी स्वयं को, उस शिशु से कदाचित कभी भी पूरी तरह से पृथक् नहीं कर पाते हैं। उनका स्नेह, किसी सम्बन्धी या सहयोगी के परिवार का वंशज बनता है। फिर कुछ पीढ़ियों के उपरान्त किसी को स्मरण भी नहीं रहता कि उनके दादा या परदादा किसी अन्य के पश्चात्, उनके वंश परम्परा के मार्ग में आमूल चूल परिवर्तन आया था। दत्तक सन्तान चाहे पुत्र हो अथवा पुत्री, परन्तु अधिकतर किसी अन्य कुल से सम्बन्धित होता है तथा उसके विवाह के पश्चात्, जन्म लेने वाली संतान को संस्कार तो उस परिवार के प्राप्त हो जाते हैं परन्तु जिस कुल में वह संतान जन्मी होती है, उस कुल के गुण और प्रवृत्ति से कदापि पृथक् नहीं हो सकती है। इस प्रकार से दत्तक शिशु और उसकी परम्परागत संतानों में दोनों परिवारों के गुण, धर्म, आचरण, चिन्तन, योग्यता, विद्वता, प्रतिभा तथा कौशल का संचार होता है। प्रायः दत्तक पुत्र की संतानों से प्रारम्भ होने वाली पीढ़ी अपेक्षाकृत, कही अधिक व्यावहारिक और सांस्कारिक होती है।

संततिहीनता, एक दुर्भाग्यपूर्ण स्थिति है जिसकी वेदना से अभिशप्त जातक या जातिका के पूर्व जन्म के कतिपय पापकृत्य अथवा अभिशाप ही इस दारुण व्यथा के लिए उत्तरदायी होते हैं। संततिहीनता का अंतिम विकल्प है दत्तक संतान अर्थात् दूसरे की संतान को गोद लेना। जिस शिशु को गोद लिया जाना है उसके जन्मांग में दत्तक पुत्र बनने का योग विद्यमान होता है। जो व्यक्ति दूसरे के पुत्र को गोद लेता है उसके जन्मांग में दत्तक पुत्र लेने के योग की संरचना होती है और जो व्यक्ति अपनी संतान किसी अन्य को गोद देता है उसके जन्मांग में भी दूसरे को अपनी संतान गोद देने का योग निर्मित होता है। गोद ली हुई संतान कभी-कभी तो वरदान सिद्ध होती है और कभी-कभी अभिशाप। प्रायः यह निर्भर करता है जातक के जन्मांग में निर्मित होने वाले ग्रहयोगों पर। जिस संतान को गोद लिया जाना है उसके जन्मांग में किस तरह के ग्रह हैं यह भी महत्वपूर्ण है। यथासम्भव दत्तक पुत्र या पुत्री के जन्मांग का अध्ययन करने के बाद ही उसे गोद लेने का निर्णय लेना चाहिए। प्रायः अनाथालय या बाल आश्रम से गोद ली जाने वाली संतानों का जन्म विवरण नहीं उपलब्ध होता, ऐसी स्थिति में दत्तक पुत्र के लिए चयनित बालक के जन्मांग का निर्माण ही संभव नहीं होता। कई बार तो अपराधियों के द्वारा किये गये बलात्कार के परिणाम स्वरूप उत्पन्न होने वाली संतानें, अनाथालय में पलने के लिए विवश होती हैं। उन शिशुओं की रक्तवाहिनियों में बहता हुआ लहू अपराधी प्रवृत्ति से अभिशप्त भी हो सकता है। एक गोद लिए बालक ने सात वर्ष की अवस्था में ही सोते समय अपने पिता के पेट में तेज छूरी भोंक दी। किसी का गोद लिया हुआ पुत्र चौर्य कर्म में प्रवीण था, तो किसी को दूसरों पर अत्याचार करने में आनन्द आता था। कई दत्तक पुत्र ऐसे भी हैं जिन्होंने अपने माता-पिता को इतना सुख और हर्ष प्रदान किया जितना कि उनके वास्तविक बालक भी न दे पाये। इस अध्याय में हम दत्तक पुत्र से सम्बन्धित विभिन्न ग्रहयोगों का शास्त्रानुसार उल्लेख करेंगे। ध्यान रहे कि दत्तक पुत्र से सम्बन्धित अपूर्ण ज्ञान, मिथ्या परिणाम प्रदान करता है इसलिए दत्तक पुत्र से सम्बन्धित समस्त सूत्रों के अध्ययन, अनुभव और अनुसंधान के उपरान्त ही किसी निष्कर्ष पर पहुंचना उपयुक्त होता है।

शिशु के जन्म के साथ ही साथ, ग्रह स्थितियां उसके दत्तक पुत्र बनने का भी निर्णय कर देती हैं। अनेक शिशुओं को जीवनपर्यन्त ज्ञात ही नहीं हो पाता कि उन्हें गोद लिया गया है और यही उपयुक्त भी है। शिशु को अपने जन्म देनेवाले जनक और जननी से असीमित आत्मीयता और लगाव होता है। अबोध अल्पावस्था में ही शिशु को गोद लेना उपयुक्त होता है और इस महत्वपूर्ण सत्य को सदा गुप्त रखने का ही प्रयास किया जाना चाहिए।

दत्तक संतान से सम्बन्धित विभिन्न ग्रहयोगों तथा संदर्भित शास्त्र संगत सूत्रों की विस्तृत व्याख्या हमने इस अध्याय में की है। परन्तु पाठकों से बारम्बार आग्रह है कि इस अध्याय में सन्निहित सूत्रों का उपयोग करते समय अन्य ग्रहों के प्रभाव पर भी ध्यान देना अनिवार्य है अन्यथा त्रुटिपूर्ण निर्णय पर ही पहुचेंगे। यदि पंचमेश प्रबल हो परन्तु बुध और शनि द्वारा पंचमभाव पापाक्रान्त हो, तो जातक दत्तक संतान प्रदान करेगा या प्राप्त करेगा? इसका तुलनात्मक अध्ययन अत्यन्त सतर्कतापूर्वक करना चाहिए। अनेक ऐसे ग्रहयोग हैं जो कतिपय जन्मांगों पर पूर्णतः सटीक उतरते हैं। परन्तु कुछ ग्रहयोग ऐसे भी हैं जिनका कुछ अंश किसी जन्मांग में विद्यमान होता है और कुछ अंश अनुपस्थित होता है। ऐसी स्थिति में दत्तक पुत्र से सम्बन्धित विभिन्न स्थितियों का विश्लेषण करने में स्वयं का अध्ययन और अनुभव एवं विश्लेषण करने का वैज्ञानिक आधार ही सफलता प्रदान करता है। इस तथ्य को सदा स्मरण रखना चाहिए।

बुध और शनि की स्थिति के साथ साथ पंचमेश, नवमेश और बृहस्पति की स्थिति, नक्षत्र व नवांश का अध्ययन करने के उपरान्त ही, दत्तक संतति से सम्बन्धित विषय पर, निर्णायक बिन्दु पर पहुंचना चाहिए।

पंचमभाव, पंचमेश तथा सन्तानकारक बृहस्पति पर शनि, मंगल अथवा बुध का प्रबल प्रभाव दत्तक पुत्र से सम्बन्धित ग्रहयोग निर्मित करता है। पंचमभाव में इन ग्रहों की उपस्थिति अथवा पंचमेश का इनके नक्षत्रों अथवा नवांश में संस्थित होना, दत्तक पुत्र का योग निर्मित करता है। **पंचमेश बुध हो और सूर्य से युक्त होकर शनि अथवा मंगल द्वारा दृष्ट हो तो दत्तक सन्तान का योंग निर्मित होता है।**

पंचमेश यदि शनि के नवांश में हो तथा शनि पंचमस्थ हो तथा चन्द्रमा से दृष्ट हो तो भी दत्तक पुत्र होता है। इस ग्रहयोग में कदाचित विधवा स्त्री से संततिप्राप्ति का योग निर्मित होता है।

पंचमस्थान का स्वामी यदि शनि या बुध राशि अथवा नवांश में हो एवं पंचमस्थान में शनि, चन्द्रमा एवं बुध स्थित हो तो दत्तक पुत्र होता है।

यदि लग्नेश और पंचमेश 6, 8 अथवा 12वें भाव में स्थित हो और उन पर शुभग्रहों की दृष्टि हो तो जातक को पुत्र और दत्तक पुत्र दोनों ही प्राप्त होते हैं।

पंचमेश यदि शनि के नवांश में स्थित हो तथा बृहस्पति और शुक्र स्वगृही हो तो दत्तक पुत्र लेने के उपरान्त स्वयं की सन्तान होती है।

यदि पंचम अथवा सप्तम भाव में शनि और मंगल हो और उन पर किसी शुभग्रह की दृष्टि न हो तो जातक स्वयं दत्तक पुत्र होकर किसी के द्वारा गोद लिया जाता है।

ध्यान रहे मंगल और शनि एक साथ स्थित होकर पंचमभाव, पंचमेश या बृहस्पति को प्रभावित करते हों तो दत्तक पुत्र होता है।

यदि पंचमभाव, शनि अथवा बुध द्वारा शासित हो अर्थात् पंचमभाव में 3, 6, 10 अथवा 11 राशि हो तो और वहाँ शनि की दृष्टि भी हो तो अथवा शनि या बुध पंचमभावगत हो तो दत्तक पुत्र का योग निर्मित होता है।

निर्बल पंचमेश, यदि लग्नेश अथवा सप्तमेश से सम्बद्ध हो तो दत्तक पुत्र योग की संरचना होती है।

यदि पंचमेश, नवमस्थ हो तथा चन्द्रमा पापाक्रान्त हो तथा लग्नेश और पंचमेश परस्पर त्रिकोणगत हो तो दत्तक पुत्र योग निर्मित होता है।

7.1 दत्तक पुत्र के योग

पुत्रभावे बुधक्षेत्रे मन्दक्षेत्रेऽथवा पुनः।
मन्दे मान्दियुते दृष्टे तदादत्तादयः सुताः।।

पंचमे षडग्रहैर्युक्ते तदीशे व्ययराशिगे।
लग्नेशेनदू बलाढ्यौ चेत् तदा दत्तसुतोद्भवः।।

(बृहत्पाराशरहोराशास्त्र/अध्याय-17/9-10)

यदि पंचम भाव में मिथुन, कन्या, मकर, कुम्भ राशि में शनि व मान्दि (गुलिक) की दृष्टि या योग हो तो जातक को दत्तक या कृत्रिम, स्वीकृत, पुत्र होता है, अपनी पत्नी से उत्पन्न पुत्र नहीं होता है।

यदि पंचमभाव में छह ग्रह हों तथा पंचमेश व्यय भाव में स्थित हो, लग्नेश व चन्द्र बली हो तो जातक का गोद लिया पुत्र होता है।

पुत्रस्थानगतः कश्चित्परिपूर्णबलान्वितः।
अदृष्टः पुत्रनाथेन तदा दत्तादयः सुताः।।

(जातकपारिजात/अध्याय-13/38)

पुत्र स्थान में पूर्वोक्त सकल बलशाली कोई ग्रह हो और पंचमेश अस्त हो तो गोद का पुत्र होता है।

पापक्षेत्रगते चन्द्रे पुत्रेशे धर्मराशिगे।
दत्तपुत्रस्य सम्प्राप्तिर्लग्नेशस्तु त्रिकोणगः।।

(जातकपारिजात/अध्याय-13/39)

चन्द्रमा पापग्रह की राशि में हो, पंचमभाव का स्वामी नवम में हो और लग्नेश त्रिकोण में हो तो दत्तक पुत्र होता है।

युग्मोदये पुत्रनाथश्चतुर्थस्थानगोऽपि वा।
मन्दांशकसमारूढो दत्तपुत्रो भविष्यति।।

(जातकपारिजात/अध्याय-13/40)

पंचमेश समराशि में हो (वृष, कर्क, कन्या, वृश्चिक, मकर, मीन) और चतुर्थस्थान में हो तथा शनि के नवांश में हो तो दत्तक पुत्र होता है।

युग्मांशे भानुजांशे वा पुत्रेशोऽर्केन्दुजान्वितः।
दत्तपुत्रस्य सम्प्राप्तिस्तस्मिन्योगे भविष्यति।।

(जातकपारिजात/अध्याय-13/41)

वृष, कर्क, कन्या, वृश्चिक, मकर, मीन यह समराशि हैं। समराशि के नवांश में या कुम्भ के नवांश में सूर्य, चन्द्रमा के साथ पुत्रेश हो अर्थात् पंचम भाव का स्वामी हो तो इस योग में दत्तक पुत्र होता है।

मन्दांशे पुत्रराशीशः स्वराशौ गुरुभार्गवौ।
पूर्वं दत्तसुतप्राप्तिः पुनर्नार्याः पुनः सुतः।।

(जातकपारिजात/अध्याय-13/42)

पंचमभाव का स्वामी मकर या कुम्भ नवांश में हो, अपनी-अपनी राशि में बृहस्पति और शुक्र हो तो पहले दत्तक पुत्र हो और कुछ दिन के बाद जातक को अपनी स्त्री से पुत्र प्राप्ति हो।

मन्दांशकस्थिताः खेटाः शुक्लपक्षबलाधिकाः।
गुरुर्यदि सुखस्थाने दत्तपुत्रेण सन्ततिः।।

(जातकपारिजात/अध्याय-13/43)

मकर या कुम्भ नवांश में यदि शुक्ल पक्ष में अधिक बलशाली ग्रह हो, बृहस्पति पंचमभाव में हो तो दत्तक पुत्र होता है।

दुःस्थौ विलग्नसुतपौ समुपैति पुत्रं
दत्तात्मजं च शुभखेचरवीक्षितौ चेत्।
तद्भावराशि युतकारकवर्गमूलाद्
गृह्णाति दत्ततनयं परतस्त्वखेटात्।।

(जातकपारिजात/अध्याय-13/13)

लग्नेश और पंचमेश षष्ठ, अष्टम या द्वादश हो उनका एक साथ स्थित होना आवश्यक नहीं और शुभग्रह से दृष्ट हो तो जातक पुत्र गोद लेता है।

पंचमभाव में जो ग्रह हो यदि कोई ग्रह हो उसको बृहस्पति के षष्ट्वर्ग देखिए। जिस स्थान में षट्वर्ग में से जो वर्ग राहु युक्त न हो, उस वर्ग से जिस जाति का बोध होता हो उस जाति से बालक गोद लेता है।

यहां पर पंचमभावगत और बृहस्पति दो ग्रह बताये गए हैं, इनमें जो बलवान हो वह लेना चाहिए।

आषष्ट्यब्दमपुत्रको यदि तदा तज्जन्मपत्रादिभि-
श्चेदल्पायुरिति स्वजन्मखचरैर्ज्ञाते तदिच्छाब्दके।
आयुष्मन्तमपीह कीर्तितनयप्रज्ञादिवृद्ध्यन्वितं
ज्ञात्वा सर्वविधैः सुतं शुभदिने प्राह्णे च सौम्यायने।।

(उत्तराकालामृत/अध्याय-8/10)

यदि किसी व्यक्ति की आयु साठ वर्ष हो और उसके कोई पुत्र न हो अथवा जन्मांग के ग्रहों से यदि ज्ञात हो कि उसकी अल्पायु है तो दत्तक पुत्र को गोद लेने की इच्छा वाला वह किसी आयुष्मान, यशस्वी, तीव्र बुद्धिमान, वृद्धि युक्त को सब प्रकार से निश्चित कर उत्तरायण में किसी शुभ वार को मध्याह्न से पहले इस कार्य को कर ले।

नाडीकूटमुखार्णवादिविहितं तं स्वीयगोत्रोद्भवं
स्वीकुर्यादनिलादितीज्यविधिमित्रार्कान्त्यभेष्वादिभे।

दैत्यारित्रयभोत्तरासु च खलैर्लग्ने सुते वर्जिते
ताराचन्द्रबलान्विते शुभखगैर्युक्तेक्षिते चोदये।।

(उत्तराकालामृत/अध्याय-8/11)

व्यक्ति तथा दत्तक पुत्र के कूट (योनी नाड़ी आदि) परस्पर मिलने चाहिए, लड़का अपने ही गोत्र का हो। उस समय चन्द्र स्वामी, पुनर्वसु, पुष्य, रोहिणी, अनुराधा, हस्त, रेवती, अश्विनी, श्रवण, धनिष्ठा, शतभिषा अथवा उत्तरा भाद्रपद नक्षत्रों में से किसी नक्षत्र में हो, लग्न तथा पंचम भाव में कोई पाप ग्रह न हो, उस दिन चन्द्र की राशि तथा नक्षत्र जन्म राशि तथा जन्म नक्षत्र के अनुकूल हो और लग्न शुभ ग्रहों से युक्त अथवा दृष्ट होना चाहिए।

चन्द्रदृष्टियुतो मान्दिर्भानुपुत्रसमन्वितः।
तद्वीक्षणयुतो वाऽपि दत्तपुत्रो भवेन्नरः।।

(जातकपारिजात/अध्याय-17/52)

यदि मान्दि गुलिक चन्द्रमा से दृष्ट हो और शनि से दृष्ट या युत हो तो दत्तक पुत्र (जिसे व्यवहार में गोद लिया हुआ पुत्र कहते हैं) होता है।

पुत्रस्थाने बुधक्षेत्रे मन्दक्षेत्रेऽथवा यदि।
मान्दिमन्दयुते दृष्टे तदा दत्तादयः सुता।।

(जातकपारिजात/अध्याय-17/29)

यदि पंचमस्थान में मिथुन, कन्या, मकर या कुम्भ हो और उसमें गुलिक हो या शनि की दृष्टि हो या शनि स्थित हो तो गोद का बालक होता है। मूल में लिखा है कि दत्तक आदि पुत्र होते हैं, औरस पुत्र नहीं होता।

पराशर के मत से मकर का शनि या कुम्भ का शनि पंचमस्थान में हो तो तीन पुत्र होते हैं। (मकर में शनि होने से) पांच पुत्र होते हैं, कुम्भ में शनि होने से तीन पुत्र होते हैं।

पुत्रस्थाने कुजे मन्दे बुधक्षेत्रे विलग्नपे।
बुधदृष्टे युते वापि तदा दत्ताः सुतादयः।।

पुत्रस्थाने बुधक्षेत्रे मन्दक्षेत्रेऽथवा भवेत्।
मन्दमान्दियुते दृष्टे तदा दत्ताः सुतादयः।।

पुत्रस्थाने बुधक्षेत्रे बुधसंस्थेक्षितेऽपि वा।
लग्नाधिपे शनौ वापि दत्तपुत्रा भवन्ति हि।।

दारेशे लाभभावस्थे पुत्रेशे शुभसंयुते।
पुत्रे मन्दे बुधे वापि दत्तपुत्रा भवन्ति हि।।

पुत्रेशे मन्दसंयुक्ते कुजे सौम्यनिरीक्षिते।
लग्नाधिपे बुधांशे वा तदा दत्ताः सुतादयः।।

पुत्रेशे भाग्यभावस्थे भाग्येशे कर्मराशिगे।
पुत्रे मन्देन दृष्टे तु तदा दत्ताः सुतादयः।।

(बृहत्पाराशरहोराशास्त्र/अध्याय-86/121-126)

इन योगों में दत्तक पुत्र (गोद लिया हुआ, कृत्रिम पुत्र) होता है-

1. पंचम में मंगल और शनि हों, 3.6 लग्न हो, लग्न को बुध दृष्टिनिक्षेप करे या योग करे।
2. पंचम में 3.6 राशि हो या 10.11 राशि हो, पंचमभाव शनि व गुलिक से युतदृष्ट हो।
3. पंचम में 3.6 राशि हो, बुध पंचम भाव पर योग या दृष्टि रखे। अथवा 10.11 लग्न में बुध पंचमभाव पर योग दृष्टि करे।
4. सप्तमेश एकादश में, पंचमेश शुभयुक्त एवं पंचम में बुध या शनि हो।
5. पंचमेश शनि युक्त हो, मंगल पर शुभग्रह की दृष्टि हो, लग्नेश बुध के नवांश में हो।
6. पंचमेश नवम में, नवमेश दशम में हो व पंचम पर शनि की दृष्टि हो।

उदाहरण सं.-7.1

देखें जन्मांग सं.-277

यह जन्मांग लखनऊ के रेन्ट कन्ट्रोल के एक अति यशस्वी प्रतिभावान और योग्य वकील का है। विवाह के कई वर्ष पश्चात् भी, सन्तति सुख से वंचित रहने के कारण जातक ने एक पुत्र को गोद लिया जो उनकी साली का पुत्र था। इस जन्मांग में अग्रांकित ग्रहस्थितियां, संततिहीनता एवं दत्तकपुत्र के लिए उत्तरदायी हैं।

पंचमेश बुध नवमभाव में सन्तानकारक बृहस्पति से संयुक्त है और बुध अस्त

होने के साथ-साथ बृहस्पति के नक्षत्र विशाखा में स्थित है। इसके अतिरिक्त पंचमभाव पर शनि, बृहस्पति और चन्द्रमा की दृष्टि है। इस जन्मांग में बुध आत्माकारक ग्रह है परन्तु पर्याप्त निर्बल है व स्वनवांशगत है। संतानकारक बृहस्पति भी नीच नवांशगत है और राहु के नक्षत्र स्वाती में स्थित है जबकि चन्द्रमा मूल नक्षत्र में स्थित होकर पंचमभाव पर दृष्टिनिक्षेप कर रहा है। ज्योतिष का सामान्य नियम है कि यदि पंचमभाव बुध या शनि द्वारा शासित हो तथा शनि या बुध दोनों ही पंचमभाव पर दृष्टिनिक्षेप करते हों तो दत्तक पुत्र होता है। इस जन्मांग में भी पंचमेश बुध और सन्तानकारक बृहस्पति, पापकर्तरियोग ग्रस्त है तथा निर्बल है तथा पंचमभाव पर शनि और मंगल दोनों की दृष्टि है, इसलिए जातक ने संतानहीनता के विकल्प के रूप में पुत्र गोद लिया।

इन योगों में दत्तक पुत्र होता है अर्थात् अपना पुत्र न होकर गोद लिया हुआ पुत्र होता है।

लग्नाधिपे भृगौ स्वोच्चे पुत्रे मन्दसमन्विते।
कारके बलसंयुक्ते दत्तपुत्रात्सुती भवेत्।।

पुत्रस्थानाधिपे चन्द्रे लग्ने पुत्रे शनैश्चरे।
परिपूर्णबले जीवे दत्तपुत्रात्सुती भवेत्।।

पुत्राधिपे रवौ लग्ने पुत्रस्थौ शनि सोमजौ।
पुत्राधिपे बलयुते दत्तपुत्रात्सुती भवेत्।।

लग्नाधिपे बुधे पुत्रे कुजदृष्टिसमन्विते।
कारके लाभराशिस्थे दत्तपुत्रात्सुती भवेत्।।

लग्नाधिपे गुरौ पुत्रे शनिदृष्टिसमन्विते।
पुत्रेशे भौमराशिस्थे दत्तपुत्रा भवन्ति हि।।

(बृहत्पाराशरहोराशास्त्र/अध्याय-86/127-131)

1. 2.7 लग्न में जन्म हो, शुक्र उच्चगत हो, पंचम में शनि हो, बृहस्पति बलवान हो।
2. पंचमेश चन्द्रमा हो, 1.5 में शनि हो, बृहस्पति बली हो।
3. पंचमेश सूर्य लग्न में हो, शनि बुध पंचम में हों, पंचमेश बली हो।

4. लग्नेश होकर बुध पंचम में हो व मंगल से दृष्ट हो, बृहस्पति एकादश भाव में हो।
5. लग्नेश बृहस्पति होकर पंचम में शनि दृष्ट हो, पंचमेश 1.8 राशि में हो।

इन सभी योगों में भी दत्तक पुत्र होता है।

उदाहरण सं.-7.2 **जन्मांग सं.-282**

जन्म दिनांक : 02.09.1969 जन्म समय : 20:45:00 घंटे
जन्म स्थान : इन्दौर अक्षांश 22:42:00 रेखांश 75:54:00
चित्रपक्षीय अयनांश : 23:26:02 साम्पातिक काल : 19:04:58 घंटे

ग्रह	अंश	राशि	नक्षत्र	पद	षड्बल
लग्न	27:56:50	मीन	रेवती	4	–
सूर्य	16:31:37	सिंह	पू.फा.	1	1.43
चंद्र	4:25:10	वृष	कृत्तिका	3	1.42
मंगल	25:49:08	वृश्चिक	ज्येष्ठा	3	1.74
बुध	13:34:36	कन्या	हस्त	2	1.07
गुरु	15:05:23	कन्या	हस्त	2	0.99
शुक्र	11:53:03	कर्क	पुष्य	3	1.08
शनि(व)	15:22:47	मेष	भरणी	1	0.91
राहु	27:47:44	कुंभ	पू.भा.	3	–
केतु (अ)	27:47:44	सिंह	उ.फा.	1	–

जन्मांग चक्र

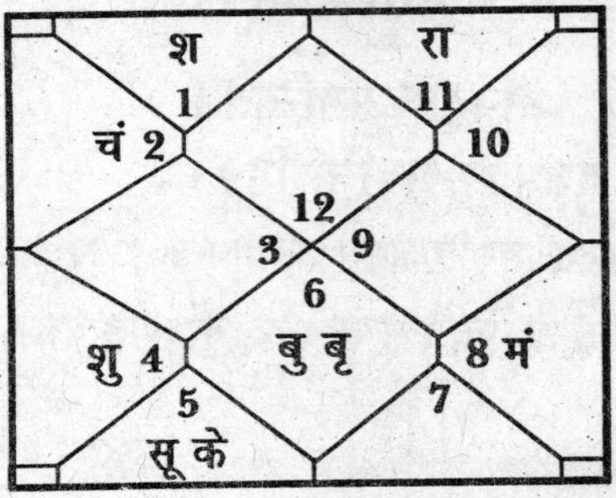

नवमांश चक्र

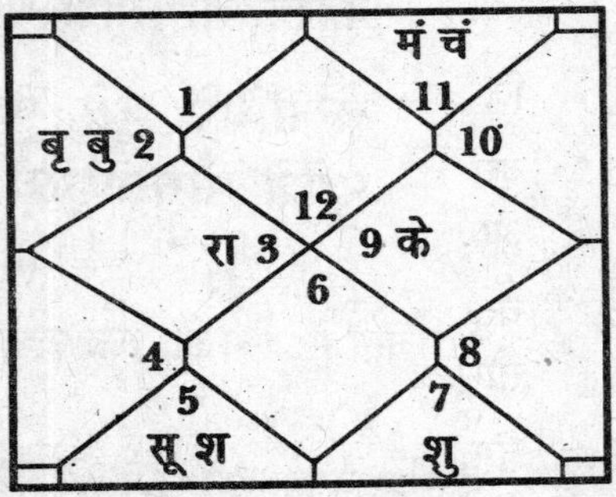

जन्म के समय सूर्य की भोग्य विंशोत्तरी महादशा - 2 व. 6 मा. 4 दि.

एक स्तरीय वैज्ञानिक, जो सी.डी.आर.आई. में उच्चपद पर प्रतिष्ठित है, का प्रेम विवाह 25-12-1997 को हुआ। विवाह के दस वर्ष पश्चात् भी संततिसुख से वंचित रहने के उपरान्त जातक ने 30-11-2005 को एक पुत्री को गोद ले लिया। जातक का जन्म मीन लग्न में हुआ है। पंचमेश चन्द्रमा उच्चराशिगत होकर तृतीयभाव में स्थित है और मंगल से दृष्ट है। चन्द्रमा और मंगल दोनों ही शनि का नवांश प्राप्त कर रहे हैं और नवांश कुण्डली में शनि व सूर्य, सूर्य के नवांश सिंह में स्थित है, जबकि चन्द्रमा और मंगल कुम्भ नवांशगत हैं। अतः पंचमेश चन्द्रमा शनि, मंगल और सूर्य द्वारा प्रभावित है। उल्लेखनीय है कि यदि पंचमेश ग्रह नवांशचक्र में शनि और मंगल से युत अथवा दृष्ट हो तो जातक के दत्तक संतान होती है।

इस जन्मांग में बृहस्पति या बुध भी संयुक्त रूप से सप्तमभाव में कन्या राशिगत हैं और दोनों ही पंचमेश चन्द्रमा द्वारा शासित हस्त नक्षत्र के द्वितीय पद में स्थित है। दोनों ही ग्रह बृहस्पति और बुध समान अंशों में अर्थात् 13 अंश पर कन्या राशि में स्थित है। और अष्टमेश शुक्र का नवांश प्राप्त कर रहे हैं। शनि और मंगल दोनों ही मंगल की राशि मेष और वृश्चिक में स्थित है। इन्हीं कारणों से इस वैज्ञानिक को संतानहीनता के कारण विवाह के नौ वर्ष पश्चात् एक पुत्री को गोद लेने के लिए विवश होना पड़ा।

द्यूने ज्ञाच्छौ सुरेड्यो मनसि सलिलभे चन्द्ररन्ध्रे च पापाः
पापावारीन्दुजीवौ वपुषि निधनगो भूमिजः सौम्यहीनः।
पापा लग्ने तदीशो यदि बलरहितः पञ्चमस्थोम्भसीन्दुः
पापाः सौख्ये सितेऽस्ते नभसि विधुरिमे वंशविच्छेदयोगाः।।

(जातकदेशमार्ग/अध्याय 15/8)

जिन योगों में पुत्र न होने से आगे वंश न चले वे चार योग इस प्रकार हैंः

1. बुध और शुक्र सप्तम में तथा जल राशि में बृहस्पति पंचम में और चन्द्रमा से अष्टम में पापग्रह।
2. चतुर्थ में पापग्रह हों, चन्द्रमा और बृहस्पति लग्न में हों और अष्टम में कोई सौम्य ग्रह न हो प्रत्युत मंगल हो।
3. लग्न में पापग्रह हों, लग्नेश बलहीन हो और पंचम में हो और चन्द्रमा चतुर्थ में हो।
4. पापग्रह चतुर्थ में हों, शुक्र सप्तम में हो तथा चन्द्रमा दशम में हो।

मन्दार्क्षांशौ सुते चन्द्रमन्दान्यतर युते दत्तपुत्रः।।
तुर्ये मन्दारौ दत्तपुत्रः।।
वंशविच्छेदयोगे दत्तपुत्रः।।

(जातकाभरण, पंचमसुतभाव विचार/209-211)

पंचम भाव में शनि की राशि 10-11 और शनि की राशि का ही नवांश ग या हो और उसमें चन्द्र अथवा शनि युत हो तो दत्तकपुत्र लेना पड़ेगा। वंशविच्छेद के जितने योग कहे हैं उनमें से कोई भी योग हो तो दत्तकपुत्र लेना पड़ेगा।

प्राणहीनः प्रबन्धेशः पत्नीपौरगृहेशयोः।
सम्बन्धेन विमुक्तश्चेज्जाऽयते दत्तपुत्रवान्।।128।।

सप्तमेश और लग्नेश के साथ निर्बल पंचमेश का सम्बन्ध न हो तो उक्त योग में उत्पन्न जातक दत्तकपुत्र वाला होता है।

धर्मे तदीशे वा मन्दयुक्ते दृष्टेऽपि वा चरे।
जातो दत्तो भवेन्नूनं व्ययेशे बलशालिनि।।

(फलदीपिका/अध्याय-16/26)

यदि नवमस्थान चर राशि का हो या नवमेश चर राशि में होकर वह शनि से युक्त व दृष्ट हो और द्वादशस्थान का स्वामी बलवान हो तो ऐसा बालक दूसरी गोद में यानी दत्तक लेना है।

क्लीबग्रहेक्षितयुते सुतभे तदीशे
क्लीबग्रहे सगुलिके सबले च जीवे।
दत्तादयोऽस्य तनया विबलेषु तेषु
स्वाम्याद्यनीक्षितयुतेष्वनपत्यता स्यात्।।

(जातकदेशमार्ग/अध्याय-15/2)

दत्तकपुत्र अर्थात् जो पुत्र गोद लिया जाये। निम्नलिखित ग्रह परिस्थिति होने से जातक गोद का बेटा लेता हैः

1. यदि पंचमभाव में नपुंसकग्रह हो या नपुंसकग्रह पंचमभाव को दृष्टिनिक्षेप करता हो और पंचमेश नपुंसकग्रह हो और गुलिक (मान्दि) के साथ हो और बृहस्पति बलवान हो।

2. ऊपर जो ग्रह बताये गए हैं-अर्थात् पंचमेश, पंचमभाव में स्थित या पंचम को दृष्टिनिक्षेप करने वाले ग्रह तथा बृहस्पति- यह दोनों सब निर्बल हों-पंचमभाव को पंचमेश या शुभग्रह दृष्टिनिक्षेप न करे तो जातक के पुत्र नहीं होता है। ऊपर जो दत्तकपुत्र का योग बताया गया है उससे कृत्रिम (बिना गोद लिए किसी को बेटा बना लेना) पुत्र आदि भी समझना।

युक्त्वा भानुसुतेन्दुजात्मजपतीन् बाणैर्निहत्य स्फुटं
यत्तस्याद्यदि सूर्यराशिषु निशाभांशेष्वसद्योगदृकं।
नृणां दत्ततनूजलक्षणमिदं चान्द्रे तु राशौ तथा
ऽसत्खेटेक्षणयोगभाग्यदि भवेद्दत्तस्य नो लक्षणम्।।

(जातकदेशमार्ग/अध्याय-16/9)

इसमें, किसी ग्रह स्थिति से जातक दत्तकपुत्र गोद का बेटा लेगा यह बताया गया है। बुधस्पष्ट, शनिस्पष्ट और पंचमेशस्पष्ट को जोड़िये। यदि योगफल 12 राशियों से अधिक आये 12 राशियाँ कम कर दे। यह शेष राशि जिस राशि में पड़ती है, उसे क। जिस नवांश में पड़ती है उसे ख। यदि क दिवाराशि में स्थित हो और ख रात्रिराशि में स्थित हो और क को पापग्रह दृष्टिनिक्षेप करता हो या क में पापग्रह स्थित हो तो जातक दत्तकपुत्र ग्रहण करता है। यदि क राशि चन्द्रमा की राशि हो और पापग्रह से युत, वीक्षित हो तो दत्तकपुत्र भी लेना संभव नहीं होता।

स्फुटेऽस्मिन् खलु दोषाणां नवकं संभवेद्यदि।
सन्ततिर्न भवेन्नूनं दत्तस्वीकरणादपि।।

(जातकदेशमार्ग/अध्याय-16/10)

ऊपर जो स्फुट (श्लोक 9 में) निकालना बताया गया है वह यदि नौ दोषों में किसी से युक्त हो तो जातक दत्तकपुत्र नहीं ले सकेगा। नौ दोष कौन-कौन से होते हैं, यह ऊपर श्लोक 2 की व्याख्या में प्रस्तुत कर चुके हैं।

मन्दस्य राशिः सुतभावसंस्थो
मन्देन युक्तो शशिनेक्षितश्च।
दत्तात्मजाप्तिः शशिवद् बुधेऽपि
क्रीतः सुतस्तस्य नरस्य वाच्यः।।

(जातकभरणम्/अध्याय-22/12)

पंचमभाव में शनि की राशि (मकर या कुम्भ) हो तथा उसमें शनि का योग और चन्द्रमा की दृष्टि हो तो उसको दत्तक पुत्र होता है। यदि चन्द्रमा के समान बुध हो यानि पूर्वोक्त योग में बुध की दृष्टि हो तो उस जातक को क्रीत (द्रव्य देकर खरीदा हुआ) पुत्र होता है।

किं वा सभेश्वरयमेऽथसम्पूर्णवीर्य्यः
कश्चित्सुते यदि न केनचिदात्मजेशे।
संवीक्षितेऽथ सचिवेऽम्भसि
शुक्लपक्षवीर्य्याधिकैर्गगनगैर्यमभागगैर्वा।।

मन्दारयोर्भुवनवेश्मनि
दत्तपुत्रलब्धिर्भवेद्यमलवेमतिपेऽच्छुगुर्वोः।
स्वर्क्षेपुरा भवति दत्तकुमारलब्धिः
पश्चात्स्त्रियाः पुनरिहाङ्गभवस्य लाभः।।

(ज्योस्त., सुतभावचिंतन/अध्याय-27/126-127)

अर्थ :-

1. पंचम में शनि वा मंगल हो और लग्नेश बुध की राशि में हो एवं बुध से युक्त वा दृष्ट हो।
2. पंचम में शनि की राशि वा बुध की राशि हो और वह शनि तथा गुलिक से युक्त वा दृष्ट हो।
3. पंचम में बुध की राशि हो और वह बुध से युक्त वा दृष्ट हो एवं लग्न का स्वामी शनि हो।
4. पंचमेश यदि शनि से युक्त हो, मंगल को बुध दृष्टिनिक्षेप करता हो और बुध के नवांश में लग्नेश हो।
5. लाभ में सप्तमेश हो, पंचमेश यदि शुभग्रह से युक्त हो और पंचम में बुध वा शनि हो।
6. नवम में पंचमेश और दशम वा पंचम में भाग्येश हो और वह गुलिक से दृष्ट हो।
7. पुत्रकारक (बृहस्पति) बलवान हो, स्वोच्च में लग्नेश शुक्र हो और पंचम में शनि हो।

8. लग्न में पंचमेश चन्द्रमा हो, पंचम में शनि हो और बृहस्पति पूर्णबली हो।
9. लग्न में पंचमेश सूर्य हो, पंचम में बुध शनि हो और पंचमेश बली हो।
10. पंचम में लग्नेश बुध हो और वह मंगल से दृष्ट एवं एकादश में पुत्रकारक ग्रह हो।
11. पंचम में लग्नेश बृहस्पति हो और शनि से दृष्ट हो एवं मंगल की राशि में पंचमेश हो।
12. नवम में पंचमेश हो, पापराशि में चन्द्रमा हो और नवम वा पंचम में लग्नेश हो।
13. लग्न द्विस्वभाव राशि हो और सुख में शनि नवांशगत पंचमेश हो।
14. शनि के नवांश में वा समराशि के नवांश में पंचमेश हो और वह सूर्य बुध से युक्त हो।
15. पंचम में लग्नेश और लग्न में पंचमेश हो।
16. त्रिक में लग्नेश तथा पंचमेश हो और शुभग्रहों से दृष्ट हो।
17. पंचम में शनि की राशि तथा नवांश हो और वह चन्द्रमा से दृष्ट वा युक्त हो अथवा "शनि" चन्द्राक्रान्त राशि के स्वामी से युक्त हो।
18. पंचम में कोई भी ग्रह हो और वह पूर्ण बली हो एवं पंचमेश को कोई दृष्टिनिक्षेप न करता हो।
19. सुख में बृहस्पति हो, शनि के नवांश में शुभग्रह हो वा शुक्लपक्ष का जन्म हो और शनि के नवांश में बलवान ग्रह हो।
20. सुख में मंगल तथा सूर्य हो।

तो उक्त योगों में उत्पन्न पुरुष दत्तपुत्रवाला होता है। शनि के नवांश में पंचमेश हो और स्वराशि में शुक्र तथा बृहस्पति हों तो उक्त योग में-उत्पन्न पुरुष प्रथम दत्तपुत्र करे और स्त्री से पुनः औरस पुत्र का जन्म होता है।

तद्भावराशियुतकारकवर्गमूलाद्।
गृहणातिदत्ततनयंपरतस्तुखेटात्।।

(द्वादशभावसिंधु/अध्याय-सुतभाव/103)

पंचमभाव में जो राशि स्थित हो और पंचमेश जो ग्रह हो और पंचमभाव में जो ग्रह स्थित हो इनमें जो अधिक बलवान हो उस ग्रह की जो जाति हो अथवा वह ग्रह

जिस प्रकार का सम्बन्धी हो उसी जाति के और उसी प्रकार के सम्बन्धी प्राणी को दत्तकपुत्र का लाभ होता है।

पुत्रस्थे तनुपे तनौ सुतपतौ गृहणाति दत्तात्मजम्।।

(द्वादशभावसिंधु/अध्याय-सुतभाव/102)

जिस जातक के जन्मकाल में पुत्रभाव में जन्मलग्न का स्वामी स्थित हो और तनुभाव में पंचमभाव का स्वामी स्थित हो तो उस प्राणी को दत्तात्मज पुत्र का लाभ होता है।

दुःस्थौ विलग्नसुतपौ समुपैतिपुत्रं।
दत्तात्मजं च शुभखेचरवीक्षितो चेत्।।

(द्वादशभावसिंधु/अध्याय-सुतभाव)

जिस जातक के जन्मकाल में जन्मलग्न और पंचमभाव के स्वामी षष्ठ, अष्टम, द्वादश भाव में स्थित हों और शुभग्रह दृष्टिनिक्षेप करते हों तो उस प्राणी को दत्तपुत्र की प्राप्ति होती है।

पुत्रास्थाने धनक्षेत्रे मन्दक्षेत्रोऽथवा यदि।।
मान्दिमन्द युते दृष्टे तदा दत्ताद यः सुताः।।

(द्वादशभावसिंधु/अध्याय-सुतभाव/126)

जिस जातक के जन्मकाल में पंचमभाव में मिथुन, कन्या, मकर, कुम्भ राशि स्थित हों और गुलिक ग्रह और शनि से युक्त अथवा दृष्ट हो तो उस प्राणी को दत्तादिक पुत्रों का लाभ होता है।

चन्द्रे पंचमभवने दत्ताप्तिर्हीनवीर्यके सौम्ये।।

(द्वादशभावसिंधु/अध्याय-सुतभाव)

जिस जातक के पंचमभाव में चन्द्रमा स्थित हो और शुभग्रह हीनवीर्य हो तो उस प्राणी को दत्तकपुत्र का लाभ होता है।

मन्दं सुतर्क्षमिन्दुर्निरीक्षिते यदि शनैश्चरेण युतम्।।
दत्तकपुत्रोत्पत्तिः

(द्वादशभावसिंधु/अध्याय-सुतभाव)

जिस जातक के जन्मकाल में पंचमभाव में मकर अथवा कुंभ राशि स्थित हो और शनि के सहित चन्द्रमा पंचमभाव को दृष्टिनिक्षेप करता हो तो उस जातक को दत्तकपुत्र का लाभ होता है।

सुतस्थाने शनिक्षेत्रो बुधराशौऽथवा भवेत्।।
मंदमांद्यगुसंयोगे तदा दत्तादयः सुताः।।

(द्वादशभावसिंधु/अध्याय-सुतभाव/183)

जिस जातक के जन्मकाल में पंचमभाव में मकर, कुम्भ अथवा कन्या, मिथुन राशि स्थित हों और शनि गुलिक, राहु इनके युक्त हों तो जातक के दत्तकपुत्र होता है।

सुतस्थाने शनिर्भौमो बुधराशौ विलग्नपे।।
बुधयुक्तदृशोवापि तदा दत्तादयः सुताः।।

(द्वादशभावसिंधु/अध्याय-सुतभाव/184)

जिसके पंचमभाव में शनि, मंगल स्थित हों और लग्नेश बुध की राशि में स्थित हो और बुध से युक्त अथवा दृष्ट हो तो भी दत्तपुत्रवान कहना चाहिए।

सौम्यक्षेत्रे सुतस्थाने बुधदृष्टोथवा युतः।।
लग्नाधिपेन संयुक्ते तदादत्तादयः सुताः।।

(द्वादशभावसिंधु/अध्याय-सुतभाव/185)

जिसके पंचमभाव में कन्या, मिथुन राशि हो और बुध के दृष्ट अथवा युक्त हों और लग्नेश के सहित हों तो उसके भी दत्तकपुत्र होता है।

सुतेशे शनिसंयुक्ते बुधभौमविलोकिते।।
लग्नाधिपे बुधांशस्थे तदा दत्तादयः सुताः।।

(द्वादशभावसिंधु/अध्याय-सुतभाव/186)

जिसके पंचमेश शनि के सहित हो और बुध, मंगल के दृष्ट हो और लग्ननाथ बुध के नवांशा में स्थित हों तो उस जातक के दत्तपुत्र होता है।

पुत्रेशे लाभभावस्थे जायेशेन युतो यदि।।
सौम्ये सुते शनैर्वापि तदा दत्तादयः सुताः।।

(द्वादशभावसिंधु/अध्याय-सुतभाव/187)

जिसके पंचमेश लाभस्थान में स्थित हो और सप्तमेश के सहित हो और बुध पंचमभाव में अथवा शनि स्थित हो तो उस जातक के दत्तकपुत्र होता है।

धर्मेशे नपभावस्थे पुत्रेशे धर्मगे यदा।।
पुत्रभावे शनिदृष्टे तदा दत्तादयः सुताः।।

(द्वादशभावसिंधु/अध्याय-सुतभाव/188)

जिसके नवमभाव का स्वामी दशमभाव में स्थित हो और पंचमेश नवमभाव में स्थित हो और पुत्रभाव शनि के दृष्ट हो तो उस जातक के दत्तपुत्र होता है।

देहाधिपे भृगुयुते स्वोच्चे मन्दयुते सुते।।
कारके बलसंयुक्ते तदा दत्तादयः सुताः।।

(द्वादशभावसिंधु/अध्याय-सुतभाव/189)

जिस जातक के जन्मकाल में जन्मलग्न का स्वामी शुक्रं के सहित उच्चराशिगत पंचमभाव में स्थित हो और शनि के सहित हो, पंचमभाव का कारक बल सहित हो तो उस जातक के दत्तपुत्र होता है।

सुताधिपे रवौ लग्ने पुत्रस्थौ बुधसूर्यजौ।।
पुत्रेशे बलसंयुक्ते तदा दत्तादयः सुताः।।

(द्वादशभावसिंधु/अध्याय-सुतभाव/190)

पंचमभाव का स्वामी और सूर्य लग्न में स्थित हों और पंचमभाव में बुध, शनि स्थित हों, पंचमेश बलसहित हो तो वह दत्तपुत्रवान होता है।

देहाधिपे बुधे लग्ने कुजदृष्टियुतो भवेत्।।
कारके लाभराशिस्थे दत्तपुत्रस्य सन्ततिः।।

(द्वादशभावसिंधु/अध्याय-सुतभाव/191)

जिसके जन्मलग्न का स्वामी और बुध लग्न में स्थित हों और मंगल की दृष्टि सहित हों पंचमभाव का कारक लाभराशि में स्थित हो तो वह जातक दत्तपुत्रवान होता है।

देहाधिपौ गुरौ पुत्रे मन्ददृष्टिसमन्विते।।
पुत्रेशे कुजराशिस्थे दत्तपुत्रसुखावहम्।।

(द्वादशभावसिंधु/अध्याय-सुतभाव/192)

जिसके जन्मलग्न का स्वाामी और बृहस्पति पंचमभाव में स्थित हो और शनि की दृष्टि के सहित हो और पंचमेश मंगल की राशि में स्थित हो तो वह जातक दत्तपुत्रवान् होता है।

उदाहरण सं.-7.3 जन्मांग सं.-283

जन्म दिनांक : 21.02.1933 जन्म समय : 07:30:00 घंटे
जन्म स्थान : एटा अक्षांश 27:33:00 रेखांश 78:39:00
चित्रपक्षीय अयनांश : 22:55:31 साम्पातिक काल : 17:16:46 घंटे

ग्रह	अंश	राशि	नक्षत्र	पद	षड्बल
लग्न	21:56:42	कुंभ	पू.भा.	1	—
सूर्य	9:04:43	कुंभ	शतभिषा	1	1.4
चंद्र	25:06:31	धनु	पू.षा.	4	1.16
मंगल(व)	21:16:34	सिंह	पू.फा.	3	1.6
बुध (अ)	19:47:10	कुंभ	शतभिषा	4	1.38
गुरु (व)	27:28:05	सिंह	उ.फा.	1	1.01
शुक्र	24:06:37	मकर	धनिष्ठा	1	0.92
शनि	17:06:35	मकर	श्रवण	3	1.07
राहु (व/अ)	14:47:23	कुंभ	शतभिषा	3	—
केतु (व)	14:47:23	सिंह	पू.फा.	1	—

जन्मांग चक्र

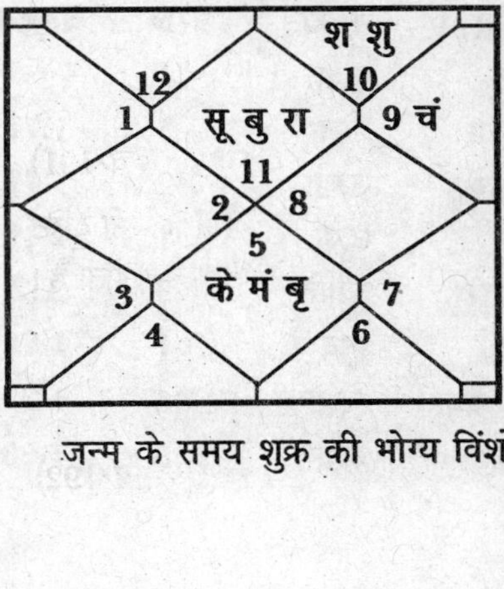

11 सू बु रा; 12; 10 श शु; 1; 9 चं; 2; 8; 5 के मं बृ; 3; 7; 4; 6

नवमांश चक्र

1; 12 बु; 2; 3 श; 11 रा; 4; 10; 7 मं; 5 शु के; 9 सू बृ; 6; 8 चं

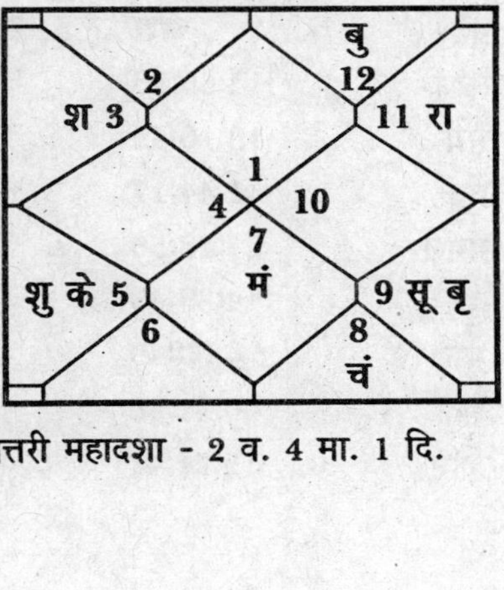

जन्म के समय शुक्र की भोग्य विंशोत्तरी महादशा - 2 व. 4 मा. 1 दि.

जातक उत्तर प्रदेश राज्य विद्युत परिषद में अनेक वर्षों तक मुख्य अभियन्ता के पद पर कार्यरत था और बाद में सचिव के पद पर प्रतिष्ठित हुआ। जातक अत्यन्त हँसमुख, प्रबुद्ध प्रशासक होने के साथ-साथ चार पुत्रियों का पिता भी था। एक पुत्र की चाह थी। जातक ने अपनी साली के पुत्र को अपना पुत्र स्वीकार कर लिया और उसका नाम 'राजा' रखा। प्रौढ़ावस्था में ही जातक हृदयरोग से ग्रसित हो गया और असमय ही एक विवाह समारोह में भोजन करते समय, सहसा हृदयाघात के कारण, जातक के जीवन की गति सदा के लिए अवरुद्ध हो गई। दत्तक पुत्र, राजा ने जातक की समस्त सम्पत्ति और संचित धन पर बलपूर्वक अधिकार कर लिया तथा अपनी माता और बहनों पर इतना अत्याचार किया कि वह सभी घर छोड़कर चले गये। जातक की पत्नी जो एक साम्राज्ञी और राजरानी की तरह जीवन व्यतीत कर रही थी, वह दर-दर भटकने के लिए विवश हो गई।

इस जातक का जन्म कुम्भ लग्न और मेष नवांश में हुआ था। पंचमेश बुध, लग्न में शनि की राशि कुम्भ में सूर्य और राहु से संयुक्त है तथा मंगल और बृहस्पति द्वारा दृष्ट है। बुध अपने नीच नवांश में स्थित है और लग्नेश शनि भी बुध के नवांश में स्थान प्राप्त कर रहा है। पंचमाधिपति बुध और सन्तानकारक बृहस्पति दोनों ही राहु, केतु, मंगल द्वारा पापाक्रान्त है। इसलिए दत्तक पुत्र का योग तो अवश्य है परन्तु उसके अपराधी प्रवृत्ति के होने की भी स्थिति स्पष्ट परिलक्षित हो रही है।

उदाहरण सं.-7.4 जन्मांग सं.-284

जन्म दिनांक : 06.10.1954 जन्म समय : 12:52:00 घंटे
जन्म स्थान : मेरठ अक्षांश 29:00:00 रेखांश 77:42:00
चित्रपक्षीय अयनांश : 23:13:46 साम्पातिक काल : 13:30:28 घंटे

ग्रह	अंश	राशि	नक्षत्र	पद	षड्बल
लग्न	14:55:38	धनु	पू.षा.	1	—
सूर्य	19:16:43	कन्या	हस्त	3	1.71
चंद्र	1:44:17	मकर	उ.षा.	2	1.12
मंगल	27:18:56	धनु	उ.षा.	1	1.12
बुध	14:39:49	तुला	स्वाति	3	1.2
गुरु	4:00:49	कर्क	पुष्य	1	1.29
शुक्र	0:31:06	वृश्चिक	विशाखा	4	1.37
शनि	15:21:41	तुला	स्वाति	3	1.33

राहु (व)	16:46:50	धनु	पू.षा.	2	—
केतु (व)	16:46:50	मिथुन	आर्द्रा	4	—

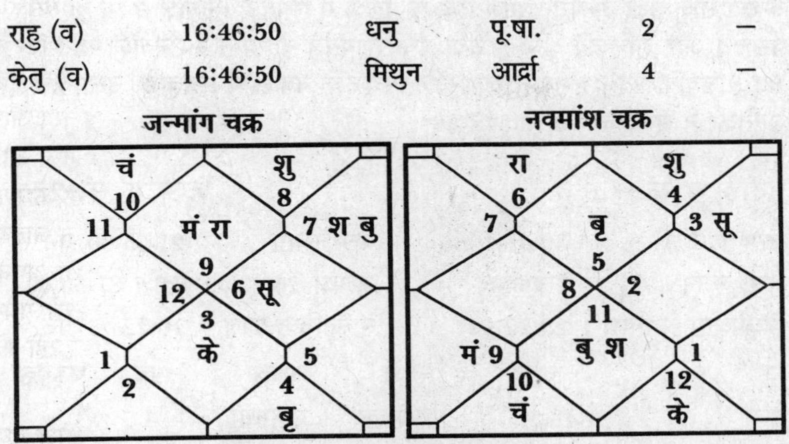

जन्म के समय सूर्य की भोग्य विंशोत्तरी महादशा - 3 व. 8 मा. 18 दि.

यह जन्मांग एक असाधारण रूपवती, ललाम सौन्दर्य तथा रक्ताभ वर्ण से अभिषिक्त चिकित्सिका का है जो बालरोग विशेषज्ञ है। जातिका के पिता उत्तर प्रदेश राज्य विद्युत परिषद में चेयरमैन थे। हमारे बहुत मना करने के उपरान्त भी जातिका ने एक अपने सहयोगी चिकित्सक के साथ 1985 में विवाह कर लिया। विवाह के शीघ्र पश्चात् ही पति-पत्नी में मनमुटाव की स्थिति उत्पन्न होने लगी, परन्तु दोनों एक साथ ही रह रहे थे। विवाह के 15 वर्ष व्यतीत हो गये, परन्त कोई संतान नहीं प्राप्त हुई। अंततः उन्होंने एक बालिका को 15-08-2001 को गोद लिया।

पंचमेश मंगल लग्न में राहु और केतु की धुरी पर स्थित है तथा शनि की पंचम भाव तथा पंचमेश दोनों पर दृष्टि है जिसके कारण जातिका संतानविहीन है। 07-05-2001 से 06-01-2004 के मध्य जातिका पर बृहस्पति की महादशा में शुक्र की अंतर्दशा चल रही थी तथा दोनों ग्रह क्रमशः अष्टम और द्वादश भावगत हैं। बृहस्पति से शुक्र पंचमस्थ है तथा शुक्र से बृहस्पति नवमस्थ। अतः इसी समयांतर में जातिका ने एक पुत्र को गोद लिया। उल्लेखनीय है कि पंचम भाव पर अथवा पंचमेश पर शनि और बुध का प्रभाव हो, तो जातक अथवा जातिका संतानविहीन होने के कारण किसी संतान को गोद लेने के लिए विवश होते हैं।

इस जन्मांग में भी पंचम भाव पर शनि और बुध की दृष्टि है तथा पंचमेश मंगल को शनि पूर्ण दृष्टि से देख रहा है। बुध और शनि एकदूसरे के अति समीप हैं। संतानकारक बृहस्पति पर मंगल और शनि दोनों की दृष्टि है तथा बृहस्पति

वन्ध्या राशि तथा अल्पसुत राशि सिंह के नवांश में स्थित है। नवांश में भी बृहस्पति पर बुध और शनि की दृष्टि है तथा पंचमेश मंगल बृहस्पति का नवांश प्राप्त कर रहा है जबकि नवमेश सूर्य बन्ध्या राशि मिथुन के नवांश में स्थित है। इसी कारण जातिका ने एक पुत्र को गोद लिया।

उदाहरण सं.-7.5 जन्मांग सं.-285

जन्म दिनांक	: 30.03.1966	जन्म समय	: 21:55:00 घंटे
जन्म स्थान	: इलाहाबाद	अक्षांश 25:27:00	रेखांश 81:50:00
चित्रपक्षीय अयनांश	: 23:22:52	साम्पातिक काल	: 10:22:46 घंटे

ग्रह	अंश	राशि	नक्षत्र	पद	षड्बल
लग्न	4:43:55	वृश्चिक	अनुराधा	1	—
सूर्य	16:08:00	मीन	उ.भा.	4	1.33
चंद्र	26:42:22	मिथुन	पुनर्वसु	3	1.25
मंगल(अ)	22:53:31	मीन	रेवती	2	1.18
बुध (व)	0:18:28	मीन	पू.भा.	4	1.05
गुरु	0:47:56	मिथुन	मृगशिरा	3	1.11
शुक्र	29:56:24	मकर	धनिष्ठा	2	1.3
शनि	28:54:23	कुंभ	पू.भा.	3	1.46
राहु (व)	3:07:30	वृष	कृत्तिका	2	—
केतु (व)	3:07:30	वृश्चिक	विशाखा	4	—

जन्मांग चक्र

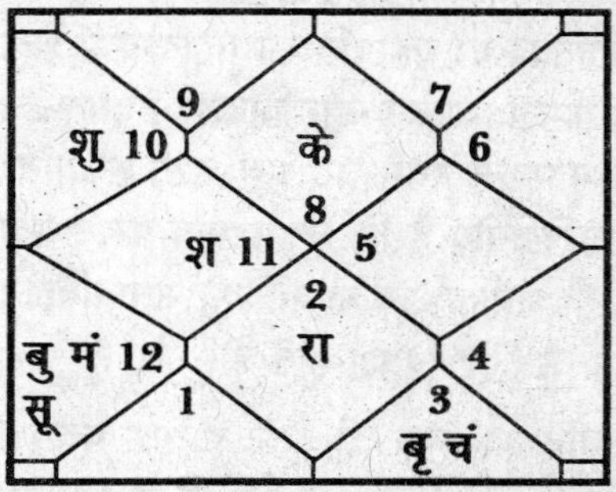

9 7
शु 10 के 6
8
श 11 5
2
बु मं 12 रा 4
सू 1 3
बृ चं

नवमांश चक्र

शु के बु
6 4
बृ 7 3 श चं
5
सू 8 2
11
9 1
10 12
मं रा

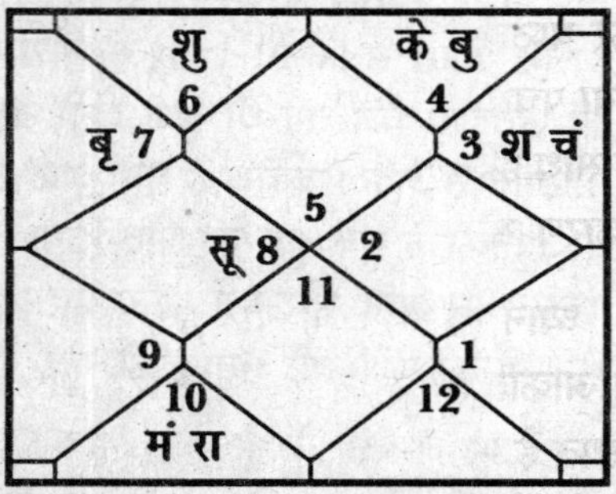

जन्म के समय गुरु की भोग्य विंशोत्तरी महादशा - 7 व. 11 मा. 13 दि.

यह जन्मांग दन्तरोग विशेषज्ञ का है जो रूपवान, बुद्धिमान और प्रतिभावान होने के कारण प्रारम्भ से ही कन्याओं में अत्यन्त लोकप्रिय रहा है परन्तु इसका विवाह एक ऐसी कन्या से हुआ, जिसके रूप रंग और वर्ण का इसके साथ कोई मेल ही न था। गहरे श्याम वर्ण की एक दुबली पतली कन्या, जिसने अल्प शिक्षा ही ग्रहण की थी तथा जिसकी बुद्धि के स्तर की तुलना जातक से नहीं की जा सकती थी, के साथ जातक का विवाह 04.12.1994 को कुछ विशेष कारणों से सम्पन्न हुआ, परन्तु हर्ष का विषय है कि जातक को अपनी पत्नी पर अभिमान है तथा वह हर स्थान पर अपनी पत्नी को अपने साथ ही लेकर जाता है तथा उसकी पत्नी को कोई कुछ कह दे, तो उस पर सहसा ही बरस पड़ता है।

विवाह के दो वर्ष पश्चात् उसकी पत्नी गर्भवती हुई, परन्तु सात महीने में ही एक पुत्री का जन्म हुआ। लखनऊ के शीर्षस्थ चिकित्सक के प्रयास के उपरान्त भी उस बच्ची को बचाया नहीं जा सका। इसके पश्चात् इस दन्तरोग विशेषज्ञ की पत्नी पुनः कभी गर्भवती नहीं हुई। अंततः 29.12.2002 को जातक ने एक पुत्री को गोद लिया। जातक का जन्म वृश्चिक लग्न में हुआ है। पंचम भाव में नीच राशिगत बुध तथा लग्नेश और षष्ठेश मंगल तथा दशमेश सूर्य स्थित हैं। उल्लेखनीय है कि यहाँ पर बुध अष्टमेश है तथा मंगल षष्ठेश। पंचमेश बृहस्पति अष्टम भावगत है तथा साथ में नवमेश चन्द्रमा भी बृहस्पति से युक्त है। इस तरह से संतानहीन होने के उपरान्त शिशु को गोद लेने का स्पष्ट योग निर्मित हो रहा है।

पुनः देखें कि अष्टमेश बुध तथा पंचमेश बृहस्पति के मध्य विनिमय परिवर्तन योग की संरचना हो रही है। पंचमेश बृहस्पति और नवमेश चन्द्रमा वन्धया राशि मिथुन में अष्टम भाव में स्थित हैं तथा पंचम भाव में अष्टमेश बुध नीच राशिगत होकर षष्ठेश मंगल से युक्त है तथा किसी भी शुभ ग्रह द्वारा पंचम भाव, पंचमेश अथवा पंचमस्थ ग्रह दृष्ट नही हैं। इसलिए संतानहीनता का योग निर्मित हो रहा है और साथ ही साथ बुध तथा मंगल की युति के कारण अष्टमेश तथा षष्ठेश की युति के कारण संतान के गोद लेने का योग भी निर्मित हो रहा है।

ध्यान रहे कि पंचम भाव यदि बुध तथा शनि के अतिरिक्त किसी भी पापग्रह द्वारा आक्रांत है तो जातक संतान गोद लेता है। यदि सम्बन्धित ग्रह पुरुष राशियों में स्थित है तो पुत्र गोद लेता है तथा यदि सम्बन्धित ग्रह स्त्री राशियों में स्थित हैं तो पुत्री को गोद लेता है।

उदाहरण सं.-7.6 **जन्मांग सं.-286**

जन्म दिनांक : 25.07.1970 जन्म समय : 21:58:00 घंटे

जन्म स्थान : चण्डीगढ़ अक्षांश 30:43:00 रेखांश 76:47:00

चित्रपक्षीय अयनांश : 23:26:53 साम्पातिक काल : 17:46:50 घंटे

ग्रह	अंश	राशि	नक्षत्र	पद	षड्बल
लग्न	1:46:44	मीन	पू.भा.	4	—
सूर्य	8:51:11	कर्क	पुष्य	2	1.26
चंद्र	11:41:48	मेष	अश्विनी	4	1.45
मंगल (D)	11:18:51	कर्क	पुष्य	3	1.3
बुध	27:38:29	कर्क	अश्लेषा	4	0.84
गुरु	4:07:50	तुला	चित्रा	4	0.95
शुक्र	21:27:29	सिंह	पू.फा.	3	0.94
शनि	27:43:54	मेष	कृत्तिका	1	0.97
राहु	9:43:56	कुंभ	शतभिषा	1	—
केतु	9:43:56	सिंह	मघा	3	—

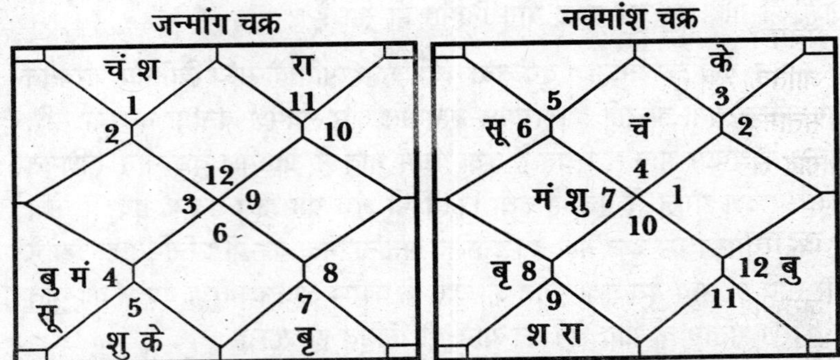

जन्म के समय केतु की भोग्य विंशोत्तरी महादशा - 0 व. 10 मा. 9 दि.

यह जातिका सी.डी.आर.आई. में वैज्ञानिक के पद पर कार्यरत है। जातिका का प्रेम विवाह 23.12.1997 को हुआ था परन्तु उसे विवाह का कोई भी सुख न प्राप्त हो सका। विवाह होते ही उसके पति के आचरण में आश्चर्यजनक परिवर्तन

हुआ और वह उसके साथ दुर्व्यवहार करने लगा। वस्तुतः पति भी वैज्ञानिक ही है परन्तु पत्नी की लोकप्रियता, सफलता और प्रतिभा के कारण उससे इतनी ईर्ष्या करने लगा कि उसके साथ विवाह के पश्चात् भी कोई दैहिक सम्बन्ध स्थापित नहीं किया। जातिका के कथनानुसार वह अभी तक कौमार्यावस्था में ही है। चरित्र को प्रधानता देने वाली इस युवती के पीछे अनेक युवक आकर्षित होते रहते हैं परन्तु कोई भी युवक सफल नहीं हो पाया। पति के क्रूर व्यवहार के कारण जातिका अपने पति से अलग रहने के लिए विवश हो गई है। जातिका का पति लखनऊ में वैज्ञानिक है परन्तु जातिका ने अपना स्थानान्तरण चण्डीगढ़ करवा लिया है, ताकि पति के आतंक और प्रताड़ना से उसकी रक्षा हो सके।

अपनी बढ़ती हुई आयु को देखकर जातिका ने एक पुत्री को 13.10.2006 को वैधानिक तौर से गोद लिया है तथा उसका पूरा अधिकार मात्र इस वैज्ञानिक को ही प्राप्त है। गोद ली गई बालिका पर, जिसका जन्म 30.11.2005 को हुआ है, वैधानिक रूप से उसके पति का कोई भी अधिकार नहीं है।

जातिका का जन्म मीन लग्न में हुआ है और पंचम भाव में कर्क राशि में बुध, मंगल और सूर्य स्थित हैं तथा पंचमेश चन्द्रमा मेष राशि में नीच राशिगत शनि से संयुक्त है तथा संतानकारक बृहस्पति के साथ विनिमय दृष्टि सम्बन्ध स्थापित कर रहा है। लग्नेश बृहस्पति को शनि और मंगल दोनों ही ग्रह देख रहे है। जातिका का जन्म भी अश्विनी नक्षत्र के अंतिम चरण में हुआ है। अतः मूल का जन्म है। पंचम भाव तथा पंचमेश पर यदि बुध और शनि का प्रभाव हो, तो जातक अथवा जातिका को संतान को गोद लेना पड़ता है। बुध नीच नवांशगत है जबकि संतानकारक बृहस्पति मंगल का नवांश प्राप्त कर रहा है। इस तरह से बालिका को गोद लेने की स्थिति स्पष्ट रूप से जातिका के जन्मांग में दृष्टिगत हो रही है।

उदाहरण सं.-7.7 जन्मांग सं.-287

जन्म दिनांक	: 17.05.1969	जन्म समय	: 04:55:00 घंटे
जन्म स्थान	: जबलपुर	अक्षांश 23:10:00	रेखांश 79:57:00
चित्रपक्षीय अयनांश	: 23:25:44	साम्पातिक काल	: 20:22:46 घंटे

ग्रह	अंश	राशि	नक्षत्र	पद	षड्बल
लग्न	21:59:39	मेष	भरणी	3	–
सूर्य	2:27:39	वृष	कृत्तिका	2	1.42

चंद्र (अ)	9:27:50	वृष	कृत्तिका	4	1.58
मंगल(व)	20:57:51	वृश्चिक	ज्येष्ठा	2	1.21
बुध	18:33:35	वृष	रोहिणी	3	1.22
गुरु (व)	2:44:10	कन्या	उ.फा.	2	0.78
शुक्र	22:07:43	मीन	रेवती	2	1.21
शनि	8:40:45	मेष	अश्विनी	3	1.07
राहु (व)	5:16:58	मीन	उ.भा.	1	—
केतु (व)	5:16:58	कन्या	उ.फा.	3	—

जन्मांग चक्र

सू चं बु 2 रा शु 12
3 श 11
1
4 10
7
5 9
6 8
बृ के मं

नवमांश चक्र

8 6
9 5 रा
7
शु सू मं 10 4
बृ 1
के 11 3 बु श
12 2
चं

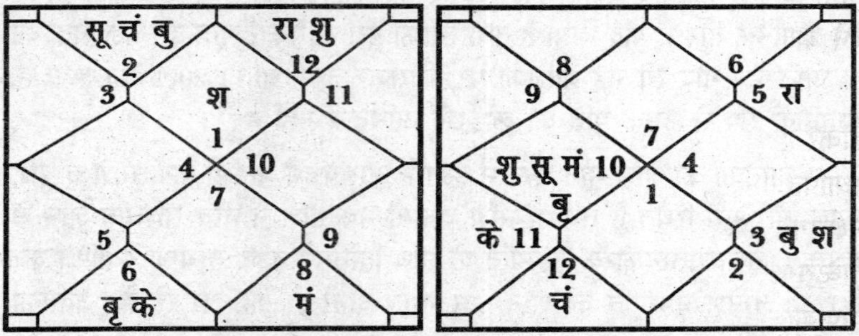

जन्म के समय सूर्य की भोग्य विंशोत्तरी महादशा - 0 व. 2 मा. 27 दि.

नारी और पुरुष के सम्बन्ध कई अवसरों पर, जीवन में इतना व्यतिक्रम उत्पन्न कर देते हैं जिसकी कल्पना ही प्रकम्पित कर देती है। जातक का विवाह एक रूपवती युवती के साथ 04-12-1994 को सम्पन्न हुआ परन्तु विवाहोपरान्त अनेक वर्षों तक कोई संतान न होने के कारण, एक कन्या को गोद लिया। इसी समयान्तर में जातक और उसकी भाभी, जो आयु में उससे लगभग आठ वर्ष बड़ी थी, के मध्य प्रगाढ़ प्रेम सम्बन्धों का निर्माण हुआ। जातक ने अपनी पत्नी से परस्पर सम्बन्ध विच्छेद करने हेतु अनुरोध किया जिसके प्रत्युत्तर में तीस-पैंतीस लाख रुपये भी देने को कहा। जातक की पत्नी को यह अटपटा लगा और वह आगबबूला हो उठी। ससुराल वालों के प्रयास से, जातक और उसकी भाभी को कुछ दिनों तक कारागार में रहने का दण्ड मिला। यहां पर भी जातक और उसकी पत्नी के मध्य की कटुता कम न हो सकी क्योंकि जातक कृतसंकल्प था, अपनी भाभी के साथ विवाह करने के लिए। अनेक

प्रकार से जातक और उसकी भाभी को प्रताड़ित और पीड़ित किया गया। भाभी के पति और पुत्र ने भी इस सम्बन्ध का घोर विरोध करने के साथ-साथ, उन दोनों पर न्यायिक कार्यवाही की। मार-पीट की भी, अनेक दुर्घटनायें घटीं परन्तु दोनों परस्पर विवाह करने हेतु अपने मन में दृढ़ संकल्प कर चुके थे। दो वर्ष का समय व्यतीत हो गया, पर पीड़ा और प्रताड़ना में अल्पता नहीं आयी। सम्प्रति जातक अपनी भाभी के साथ कष्टप्रद वैवाहिक जीवन चेन्नई में व्यतीत करने के लिए विवश है। जातक के विवाह की इस कथा का इसलिए उल्लेख किया गया है ताकि हमारे पाठकों को अनैतिक सम्बन्धों के कारण, उत्पन्न होने वाली अनगिनत समस्याओं का संज्ञान प्राप्त हो सके और साथ ही साथ ज्योतिष प्रेमियों के इस प्रकार के सम्बन्धों को जन्म देने वाले ग्रह योगों का उदाहरण भी उपलब्ध हो सके।

इस जन्मांग में सप्तमेश और द्वितीयेश शुक्र उच्चराशिगत और आत्माकारक होकर द्वादशभाव में राहु से युक्त है और द्वादशेश बृहस्पति से परस्पर दृष्टिसम्बन्ध स्थापित कर रहा है। लग्नेश मंगल, अष्टमभाव में अष्टमेश होकर वक्री है और ज्येष्ठा नक्षत्रगत है तथा परिवार स्थानगत सूर्य, चन्द्रमा और बुध के साथ, विनिमय दृष्टिसम्बन्ध स्थापित कर रहा है। अतः परिवार स्थान तथा पत्नी स्थान दोनों ही पापाक्रान्त हैं। नवांशचक्र में ग्रहस्थितियाँ और भी अधिक पापाक्रान्त है। लग्न में नीचराशिगत शनि के कारण, इस प्रकार की अनैतिक अनापेक्षित अनाधिकृत और अवांछित स्थितियाँ निर्मित हुईं।

जातक के प्रथम विवाह के अनेक वर्ष पश्चात् भी जब कोई सन्तान न हुई, तो एक पुत्री को 06-09-2005 को गोद लिया। यहाँ पर पंचमेश सूर्य, तृतीयेश और षष्ठेश बुध तथा चन्द्रमा से संयुक्त है और यह तीनों ग्रह, लग्नेश और अष्टमेश मंगल के साथ, विनिमय दृष्टि सम्बन्ध स्थापित कर रहे हैं।

उल्लेखनीय है कि पंचमेश सूर्य चलित होकर लग्न में नीचराशिगत शनि से युक्त है तथा नवमेश और संततिकारक बृहस्पति षष्ठभाव में बुध की राशि कन्या में स्थित है। अष्टमस्थ मंगल तथा द्वितीयस्थ बुध के मध्य परस्पर दृष्टि सम्बन्ध बुध पर बुध की राशि में स्थित बृहस्पति की दृष्टि, चलित चक्र में पंचमेश सूर्य से शनि की युति आदि ग्रहयोगों के कारण जातक ने एक पुत्री को गोद लिया। शनि और बुध, दोनों ही बुध का नवांश प्राप्त कर रहे हैं, यह भी दत्तक सन्तान का योग है।

उदाहरण सं.-7.8 **जन्मांग सं.-288**

जन्म दिनांक	: 25.12.1962	जन्म समय	: 15:32:00 घंटे
जन्म स्थान	: लखनऊ	अक्षांश 26:50:00	रेखांश 80:54:00
चित्रपक्षीय अयनांश	: 23:20:08	साम्पातिक काल	: 21:39:22 घंटे

ग्रह	अंश	राशि	नक्षत्र	पद	षड्बल
लग्न	14:51:44	वृष	रोहिणी	2	—
सूर्य	9:47:46	धनु	मूल	3	1.58
चंद्र	21:32:24	वृश्चिक	ज्येष्ठा	2	1.51
मंगल	1:27:29	सिंह	मघा	1	1.35
बुध	26:05:12	धनु	पू.षा.	4	1
गुरु	14:32:43	कुंभ	शतभिषा	3	1.05
शुक्र	27:06:31	तुला	विशाखा	3	1.07
शनि	15:53:44	मकर	श्रवण	2	1.43
राहु (व)	6:28:27	कर्क	पुष्य	1	—
केतु (व)	6:28:27	मकर	उ.षा.	3	—

जन्मांग चक्र नवमांश चक्र

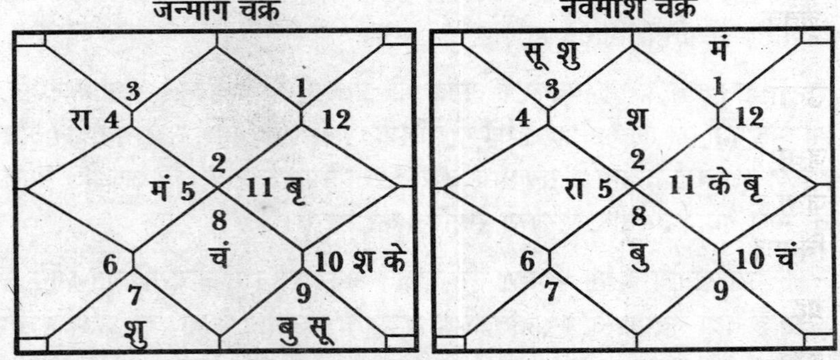

जन्म के समय बुध की भोग्य विंशोत्तरी महादशा - 10 व. 9 मा. 13 दि.

जातक अनेक वर्षों तक संततिहीनता के कारण क्षुब्ध और व्यथित रहा अन्ततः जातक ने एक पुत्री को गोद ले लिया। जातक का जन्म वृष लग्न में हुआ है। पंचमेश बुध अष्टम भाव में सूर्य से संयुक्त है तथा लग्नेश शुक्र पर नवमेश शनि की दृष्टि

है। शनि, चन्द्रमा के नक्षत्र श्रवण में स्थित होकर शुक्र का नवांश प्राप्त कर रहा है। शनि और शुक्र दोनों ही स्वराशिगत हैं। जातक का जन्म ज्येष्ठा नक्षत्र में हुआ है और चन्द्रमा पर मंगल की दृष्टि है। पंचमभाव तो निर्बल है ही साथ ही सन्तानकारक बृहस्पति को भी मारकेश मंगल देख रहा है। पंचमेश बुध मंगल का नवांश प्राप्त कर रहा है और नवांश कुण्डली में पंचमेश बुध और नवमेश शनि के मध्य विनिमय दृष्टिसम्बन्ध स्थापित हो रहा है और साथ ही साथ मारकेश मंगल भी स्वनवांशगत होकर पंचमेश बुध पर दृष्टिनिक्षेप कर रहा है जो अनेक प्रयास करने के पश्चात् भी संततिविहीन रहने के कारण दत्तक पुत्र के योग की संरचना कर रहा है।

उदाहरण सं.-7.9 देखें जन्मांग सं.-216

जातक एक बहुत बड़ा व्यवसायी है और उसकी कई मिलें हैं। जातक का विवाह अल्पावस्था में ही हुआ था, परन्तु कोई सन्तान नहीं हो पाई। अंततः जातक ने एक पुत्र गोद ले लिया।

इस जन्मांग में पंचमेश सूर्य षष्ठ भाव में बुध के साथ कन्या राशि में संयुक्त है तथा नवमस्थ शनि द्वारा दृष्ट है। दत्तक पुत्र का स्पष्ट योग निर्मित हो रहा है। नवमेश तथा संतानकारक बृहस्पति बुध की राशि मिथुन में स्थित होकर शनि द्वारा दृष्ट है। नवांश कुण्डली में शनि और मंगल दोनों ही कर्क नवांशगत हैं। जबकि पंचमेश सूर्य यहां भी बुध का नवांश प्राप्त कर रहा है। इन्हीं ग्रहयोगों के कारण जातक के जन्मांग में दत्तक पुत्र का योग है।

उदाहरण सं.-7.10 जन्मांग सं.-289

जन्म दिनांक	: 16.06.1943	जन्म समय	: 07:01:00 घंटे
जन्म स्थान	: दिल्ली	अक्षांश 28:39:00	रेखांश 77:13:00
चित्रपक्षीय अयनांश	: 23:03:50	साम्पातिक काल	: 23:13:31 घंटे

ग्रह	अंश	राशि	नक्षत्र	पद	षड्बल
लग्न	8:50:36	मिथुन	आर्द्रा	1	—
सूर्य	0:56:40	मिथुन	मृगशिरा	3	1.72
चंद्र	0:54:25	वृश्चिक	विशाखा	4	1.18
मंगल	21:20:53	मीन	रेवती	2	1.41
बुध	8:22:42	वृष	कृत्तिका	4	1.35

गुरु	3:49:54	कर्क	पुष्य	1	1.28
शुक्र	15:52:12	कर्क	पुष्य	4	1.12
शनि(अ)	24:01:23	वृष	मृगशिरा	1	0.8
राहु (व)	24:12:46	कर्क	अश्लेषा	3	—
केतु (व)	24:12:46	मकर	धनिष्ठा	1	—

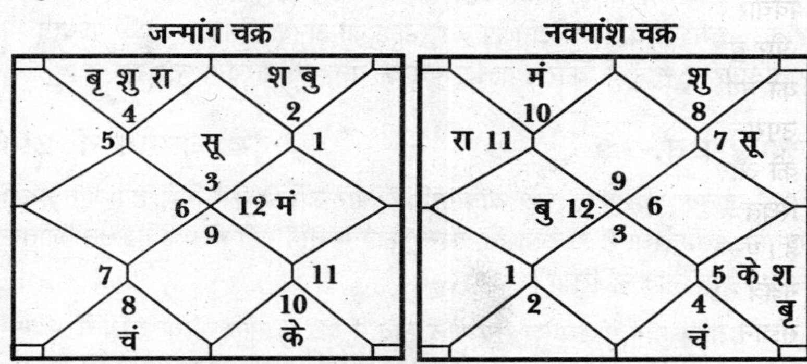

जन्म के समय गुरु की भोग्य विंशोत्तरी महादशा - 2 व. 10 मा. 28 दि.

जातिका एक मुख्य अभियन्ता की धर्मपत्नी है। विवाह के 25 वर्ष पश्चात् जातिका ने अपनी भांजी की पुत्री को गोद ले लिया। इस जन्मांग में पंचमेश शुक्र द्वितीयभाव में कर्क राशि में स्थित है और शनि द्वारा दृष्ट है। पंचमभाव पर षष्ठेश मंगल की तथा सन्तानकारक बृहस्पति पर अष्टमेश शनि की दृष्टि है। नवमेश शनि तथा सन्तानकारक बृहस्पति दोनों ही अल्पसुत एवं वन्ध्याराशि सिंह के नवांश में स्थित है और मंगल द्वारा दृष्ट है। इसी कारण संतानहीनता से अभिशप्त हुई। 46 वर्ष की अवस्था में इस जातिका ने एक पुत्री को गोद लिया।

उदाहरण सं.-7.11 देखें जन्मांग सं.-66

उत्तर प्रदेश के महत्वपूर्ण सरकारी विभाग में मुख्य अभियन्ता के पद से अवकाश प्राप्त जातक ने लगभग पचास वर्ष की अवस्था में, एक बालिका को गोद लिया, जो उनके साढू की पौत्री थी। जातक का जन्म सिंह लग्न में हुआ है तथा पंचमेश बृहस्पति, अष्टमभाव में स्वराशि मीन में संस्थित है। पंचमेश बृहस्पति शनि के नक्षत्र उत्तराभाद्रपद में तथा बुध के नवांश कन्या में स्थित होने के कारण, सन्तान के गोद लिये जाने का योग निर्मित हो रहा है। पंचमेश बृहस्पति शनि और मंगल

के मध्य स्थित होने के कारण पापकर्तरि योग ग्रस्त भी है। नवमेश मंगल तथा षष्ठेश सप्तमेश शनि के मध्य, विनिमय परिवर्तन योग की भी संरचना हो रही है। इस जन्मांग में सभी ग्रह राहु और केतु की धुरी के एक ओर स्थित होने के कारण कालसर्पयोग की स्थापना कर रहे हैं तथा इसमें नवमभाव में केतु चन्द्रमा और वर्गोत्तम शनि स्थित है। नवमभाव, पंचम से पंचमस्थ होता है। अतः संतानपक्ष पर विचार करने हेतु महत्वपूर्ण भाव है और वह इस जन्मांग में पापाक्रान्त है। यहाँ मंगल और बुध के मध्य विनिमय नवांश परिवर्तन भी हो रहा है तथा पंचमस्थ सूर्य, बुध का नवांश प्राप्त कर रहा है। यह सभी ग्रह स्थितियाँ दीर्घकालीन संततिहीनता के उपरान्त संतान के गोद लिये जाने का योग निर्मित कर रही हैं। पंचमस्थ सूर्य, पुत्री की और संकेत करता है और पंचमेश बृहस्पति के मीन राशि और कन्या नवांश में स्थित होने के कारण भी कन्या संतान को गोद लिये जाने का योग निर्मित हो रहा है। पंचमेश और पंचमस्थ ग्रहों के अतिरिक्त संतानकारक बृहस्पति की राशि नवांश नक्षत्र तथा भावस्थिति के आधार पर दत्तक संतान बालक होगा या बालिका, इसका संज्ञान प्राप्त होता है।

उदाहरण सं.-7.12 जन्मांग सं.-290

जन्म दिनांक : 31.12.1989 जन्म समय : 10:55:00 घंटे

जन्म स्थान : रायपुर अक्षांश 21:16:00 रेखांश 81:42:00

चित्रपक्षीय अयनांश : 23:43:13 साम्पातिक काल : 17:30:17 घंटे

ग्रह	अंश	राशि	नक्षत्र	पद	षड्बल
लग्न	26:33:36	कुंभ	पू.भा.	2	—
सूर्य	15:47:36	धनु	पू.षा.	1	1.77
चंद्र	22:31:26	मकर	श्रवण	4	1.26
मंगल	15:22:56	वृश्चिक	अनुराधा	4	1.23
बुध (व)	2:10:07	मकर	उ.षा.	2	0.95
गुरु (व)	11:36:02	मिथुन	आर्द्रा	2	1.05
शुक्र (व)	12:38:00	मकर	श्रवण	1	1.03
शनि(अ)	21:47:11	धनु	पू.षा.	3	1.33
राहु	23:14:43	मकर	श्रवण	4	—
केतु	23:14:43	कर्क	अश्लेषा	2	—

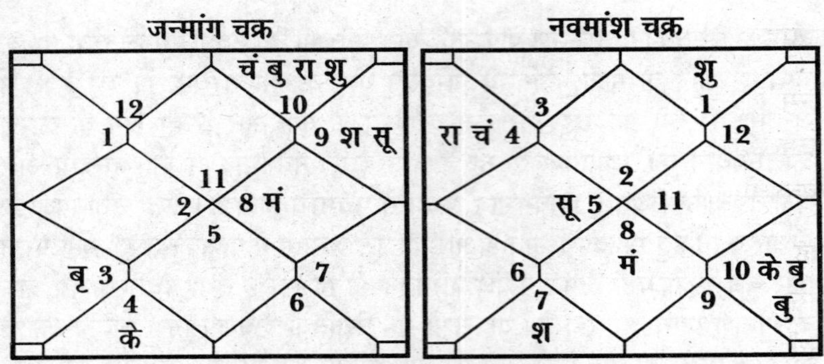

जन्म के समय चंद्र की भोग्य विंशोत्तरी महादशा - 0 व. 7 मा. 8 दि.

जातिका के जन्म के एक सप्ताह के भीतर ही उसे अपनी माता से पृथक कर दिया गया क्योंकि यह निर्णय पहले ही हो चुका था कि गर्भस्थ शिशु पुत्र होगा अथवा पुत्री, उसकी माता उसे पूर्व निश्चित व्यक्ति की गोद में डाल देगी।

आइये देखें कि इस जन्मांग में कौन से ग्रहयोग हैं जिनके कारण जातिका जन्म होने के साथ ही साथ, अपने मातापिता से पृथक् कर दी गई। पिता का नवम भाव होता है और माता का चतुर्थभाव। इस जन्मांग में चतुर्थ और नवमभाव का स्वामी शुक्र है जो पार्थक्य से सम्बन्धित द्वादशभावगत है। यहाँ पर शुक्र षष्ठेश, चन्द्रमा, राहु और अष्टमेश और पंचमेश बुध से द्वादशभाव में युक्त हैं, जो स्वयं में ही पृथकता का योग निर्मित कर रहा है। उल्लेखनीय है कि राहु, सूर्य और शनि तथा द्वादशभाव पार्थक्य से सम्बन्धित तत्व से सम्बन्धित है। यहाँ लग्न पर मंगल और शनि दोनों की दृष्टि है। माता और पिता से सम्बन्धित चतुर्थ एवं नवमभाव के स्वामी शुक्र पृथकतावादी राहु और शुक्र से संयुक्त है। पंचमभाव में बृहस्पति मिथुन राशिगत है तथा राहु के नक्षत्र आर्द्रा में स्थित है। यहां पर बृहस्पति भी शनि और सूर्य से दृष्ट है। जो पृथक् होने का योग निर्मित कर रहा है। उल्लेखनीय है कि पंचमेश बुध सन्तानकारक बृहस्पति तथा नवमेश शुक्र तीनों ही वक्री हैं। और लग्नेश शनि अस्त होकर सूर्य से सयुक्त होकर शुक्र के नक्षत्र पूर्वाषाढ़ में स्थित है। वस्तुतः सूर्य और शनि दोनों ही शुक्र के नक्षत्र में स्थित है और शुक्र द्वादशभावगत है। उल्लेखनीय है कि शुक्र मंगल का नवांश प्राप्त कर रहा है तथा उच्च नवांशस्थ शनि से दृष्ट है। इन्हीं ग्रहयोगों के कारण जातिका जन्म लेते ही गोद ले ली गई और अपने जन्म देने वाले जनक और जननी से पृथक् कर दी गई।

उदाहरण सं.-7.13 **जन्मांग सं.-291**

जन्म दिनांक : 12.10.1946 जन्म समय : 17:22:00 घंटे

जन्म स्थान : लखनऊ अक्षांश 26:50:00 रेखांश 80:54:00

चित्रपक्षीय अयनांश : 23:06:31 साम्पातिक काल : 18:37:25 घंटे

ग्रह	अंश	राशि	नक्षत्र	पद	षड्बल
लग्न	19:53:44	मीन	रेवती	1	—
सूर्य	25:26:25	कन्या	चित्रा	1	1.27
चंद्र	17:32:18	मेष	भरणी	2	1.01
मंगल	19:03:36	तुला	स्वाति	4	0.94
बुध	13:42:33	तुला	स्वाति	3	0.91
गुरु	10:28:08	तुला	स्वाति	2	1.03
शुक्र	5:05:20	वृश्चिक	अनुराधा	1	1.18
शनि	14:23:38	कर्क	पुष्य	4	1.33
राहु (व)	19:50:49	वृष	रोहिणी	3	—
केतु (व)	19:50:49	वृश्चिक	ज्येष्ठा	1	—

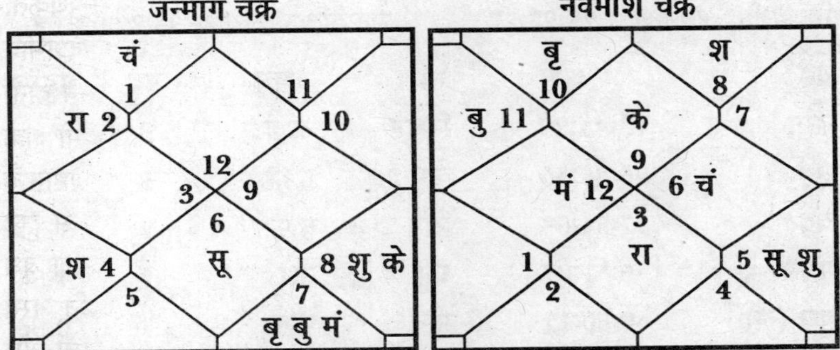

जन्म के समय शुक्र की भोग्य विंशोत्तरी महादशा - 13 व. 8 मा. 9 दि.

जातक का जन्म मीन लग्न में हुआ है तथा द्वादशभाव का स्वामी शनि पंचमभाव में चन्द्रमा की राशि में स्थित होकर नवमेश मंगल का नवांश प्राप्त कर रहा है इसलिए जन्म के पश्चात् पिता से पृथक् होने का योग है। पंचमेश चन्द्रमा

पर नवमेश मंगल, चतुर्थेश और सप्तमेश बुध, लग्नेश तथा दशमेश बृहस्पति की दृष्टि है। इस प्रकार से इस जन्मांग में अधियोग की संरचना हो रही है। क्योंकि चन्द्रमा से षष्ठ, सप्तम, तथा अष्टमभाव में बुध, बृहस्पति और शुक्र स्थित हैं। अष्टमेश शुक्र नवमभाव में और नवमेश मंगल अष्टमभाव में बुध से संयुक्त होकर स्थित है। उल्लेखनीय है कि यहां पर शुक्र, शनि के नक्षत्र अनुराधा में और सूर्य के नवांश सिंह में स्थित है। नवांश कुण्डली में नवमस्थ शुक्र तथा पिता का कारकग्रह सूर्य दोनों पर ही शनि और बुध की दृष्टि है। इस कारण जातक के गोद लिये जाने का योग निर्मित हो रहा है। इस जन्मांग में पिता का कारक ग्रह सूर्य बुध की राशि कन्या में स्थित है और द्वादशेश शनि से दृष्ट है और शनि स्वनक्षत्रगत होकर मंगल के नवांश में स्थित है और सूर्य तथा चन्द्रमा दोनों को पूर्णदृष्टि से देख रहा है। जातक को उसके जन्म के शीघ्र पश्चात् ही गोद ले लिया गया था। जातक का विवाह एक बंगाली कन्या से दीर्घकालीन प्रेम प्रसंगों के बाद सम्पन्न हुआ और वह एक पुत्र और पुत्री का पिता बना। जातक के पिता की मृत्यु के पश्चात् कई करोड़ की सम्पत्ति और करोड़ों का संचित धन जातक को सहज ही उपलब्ध हो गया।

उदाहरण सं.-7.14 **जन्मांग सं.-292**

जन्म दिनांक : 11.03.1971 जन्म समय : 12:45:00 घंटे
जन्म स्थान : दिल्ली अक्षांश 28:39:00 रेखांश 77:13:00
चित्रपक्षीय अयनांश : 23:27:27 साम्पातिक काल : 23:37:03 घंटे

ग्रह	अंश	राशि	नक्षत्र	पद	षड्बल
लग्न	13:44:29	मिथुन	आर्द्रा	3	—
सूर्य	26:36:35	कुंभ	पू.भा.	2	1.57
चंद्र	17:54:03	सिंह	पू.फा.	2	1.11
मंगल	5:51:37	धनु	मूल	2	1.04
बुध (अ)	0:50:12	मीन	पू.भा.	4	0.86
गुरु	12:46:04	वृश्चिक	अनुराधा	3	1.33
शुक्र	14:56:29	मकर	श्रवण	2	1.46
शनि	24:42:29	मेष	भरणी	4	0.89
राहु (व)	0:02:39	कुंभ	धनिष्ठा	3	—
केतु (व)	0:02:39	सिंह	मघा	1	—

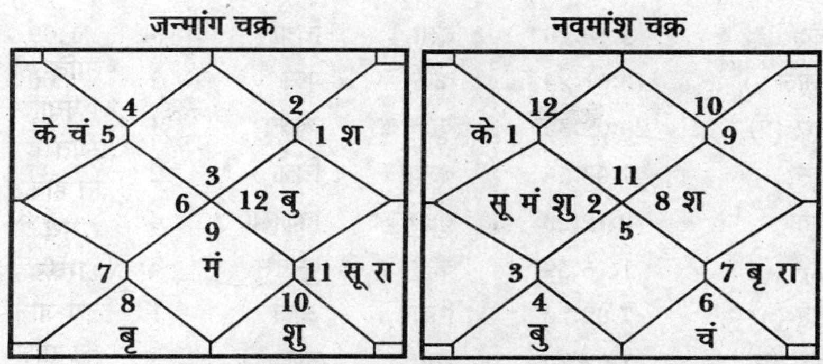

जन्म के समय शुक्र की भोग्य विंशोत्तरी महादशा - 6 व. 0 मा. 6 दि.

इस रूपवती, बड़ी-बड़ी गोल आंखों वाली, चंचल, नटखट बालिका को बाल्यकाल में ही गोद ले लिया गया था। जातिका का जन्म मिथुन लग्न में हुआ है तथा लग्न पर षष्ठेश मंगल और अष्टमेश शनि की दृष्टि है। नवमभाव में सूर्य और राहु दोनों स्थित हैं तथा पंचमेश शुक्र पर अष्टमेश शनि की दृष्टि है। इसके अतिरिक्त पंचमेश शुक्र, मंगल और राहु के मध्य स्थित होने के कारण पापकर्तरियोगग्रस्त है। जातिका का जन्म पूर्णिमा को सूर्यग्रहण के समय हुआ है। लग्नेश बुध नीचराशिगत और चन्द्रमा का नवमांश प्राप्त कर रहा है। नवमांश कुण्डली में पिता के भाव का स्वामी शनि, मंगल का नवांश प्राप्त कर रहा है तथा पिता के कारक ग्रह सूर्य से नवांश चक्र में विनिमय दृष्टिसम्बन्ध स्थापित कर रहा है। पंचमेश शुक्र षष्ठेश मंगल और अष्टमेश शनि एक दूसरे पर दृष्टिनिक्षेप कर रहे हैं, जिस कारण यह जातिका जन्म लेने के अविलम्ब उपरान्त धनाढ्य और समृद्ध पति-पत्नी द्वारा गोद ले ली गई।

उदाहरण सं.-7.15 जन्मांग सं.-293

जन्म दिनांक : 01.12.1945 जन्म समय : 02:56:00 घंटे

जन्म स्थान : सीतापुर अक्षांश 25:11:00 रेखांश 80:52:00

चित्रपक्षीय अयनांश : 23:05:47 साम्पातिक काल : 7:27:00 घंटे

ग्रह	अंश	राशि	नक्षत्र	पद	षड्बल
लग्न	26:31:47	कन्या	चित्रा	1	–
सूर्य	15:14:00	वृश्चिक	अनुराधा	4	1.12

चंद्र	3:18:16	तुला	चित्रा	3	1.09
मंगल	10:01:24	कर्क	पुष्य	3	1.66
बुध (व)	29:02:35	वृश्चिक	ज्येष्ठा	4	0.91
गुरु	27:03:58	कन्या	चित्रा	2	0.97
शुक्र	0:12:23	वृश्चिक	विशाखा	4	0.98
शनि (व)	1:15:39	कर्क	पुनर्वसु	4	1.02
राहु (व)	7:02:20	मिथुन	आर्द्रा	1	—
केतु (व)	7:02:20	धनु	मूल	3	—

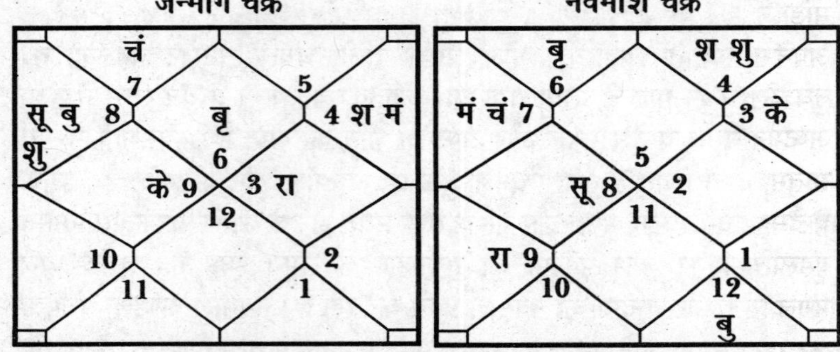

जन्म के समय मंगल की भोग्य विंशोत्तरी महादशा - 1 व. 9 मा. 5 दि.

यह जातक खत्री परिवार से सम्बन्धित, एक होनहार युवक था। इसका चयन आई.आई.टी. में हो गया परन्तु पारिवारिक विषमताओं के कारण आई.आई.टी. की फीस न दे सका। इसलिए जातक को सिविल इन्जीनियरिंग में स्थानीय कालेज से डिप्लोमा करने हेतु विवश होना पड़ा। जातक का विवाह 18-02-1971 को सम्पन्न हुआ परन्तु अनेक प्रकार के प्रयास करने के उपरान्त भी जब कोई सन्तान नहीं हुई तो दिसम्बर 1986 में, अपनी साली के पुत्र को गोद ले लिया तथा सम्बन्धित न्यायिक औपचारिकता भी पूर्ण कर लीं।

जातक का जन्म कन्या लग्न में हुआ है। अष्टमेश मंगल और षष्ठेश शनि, एकादश भाव में स्थित होकर, संतान सम्बन्धी पंचम भाव पर दृष्टिनिक्षेप कर रहे हैं जो सन्तानहीनता के कारण दत्तक पुत्र का योग निर्मित करते हैं। सप्तमेश तथा सन्तानकारक बृहस्पति कन्या लग्न में स्थित है जो अल्पसुत और वन्ध्या राशि है।

बृहस्पति की दृष्टि पंचम, सप्तम व नवमभाव पर है। लग्नेश बुध तथा नवमेश शुक्र तथा सन्तानकारक बृहस्पति, नवमभाव पर संयुक्त रूप से दृष्टिनिक्षेप कर रहे हैं जो दत्तक पुत्र लिये जाने का प्रबल ग्रहयोग की स्थापना कर रहे हैं। अतः सन्तान गोद लिये जाने का योग विद्यमान है। सन्तानकारक बृहस्पति का कन्याराशिगत होकर वर्गोत्तम नवांश प्राप्त करना तथा अष्टमेश मंगल के नक्षत्र चित्रा में होना, संतानहीनता के कारण दत्तक पुत्र लेने के योग की सम्पुष्टि कर रहा है।

उदाहरण सं.-7.16 देखें जन्मांग सं.-217

भारतवर्ष के भूतपूर्व प्रधानमंत्री का जन्म कर्क लग्न में हुआ था। उन्हें राजा मांडा ने गोद लिया था। नवम भावगत राहु पर पंचमेश मंगल की दृष्टि ने ही उन्हें, अपने जन्मदाता पिता से पृथक कर दिया। पिता का कारक ग्रह सूर्य, द्वादशभाव में, बुध से संयुक्त होकर, बुध शासित राशि मिथुन में स्थित है तथा सप्तमेश और अष्टमेश शनि द्वारा दृष्ट है। सूर्य स्वयं भी राहु के नक्षत्र आद्रा में स्थित है। शनि सप्तमभाव में चलित हो गया है और नवमभाव नवमस्थ राहु, चतुर्थभाव तथा चतुर्थस्थ चन्द्रमा पर दृष्टिनिक्षेप कर रहा है। उल्लेखनीय है कि यहां पर शनि की दृष्टि नवमेश बृहस्पति पर भी पढ़ रही है जो पिता से पृथक् होने का स्पष्ट संकेत कर रहा है। मंगल भी चलित होकर तृतीय भाव में आ गया है और नवमस्थ राहु पर दृष्टिनिक्षेप कर रहा है, जो जन्मदाता पिता से पृथक् करने में सहायता प्रदान कर रहा है। ज्ञातव्य है कि सप्तमेश व अष्टमेश शनि, द्वितीयेश सूर्य तथा राहु तीनों ग्रह संयुक्त रूप से धनु नवांशगत है अर्थात् पिता से सन्दर्भित नवमभाव के स्वामी बृहस्पति के नवांश में शनि, सूर्य और राहु तीनों पृथक्ताकारक ग्रह विद्यमान हैं जिसके कारण, श्री विश्वनाथ प्रताप सिंह गोद लिये गये।

उदाहरण सं.-7.17 जन्मांग सं.-294

जन्म दिनांक : 01.07.1955 जन्म समय : 00:28:00 घंटे
जन्म स्थान : आगरा अक्षांश 27:09:00 रेखांश 78:00:00
चित्रपक्षीय अयनांश : 23:14:24 साम्पातिक काल : 18:42:15 घंटे

ग्रह	अंश	राशि	नक्षत्र	पद	षड्बल
लग्न	21:28:43	मीन	रेवती	2	—
सूर्य	14:57:48	मिथुन	आर्द्रा	3	1.41

चंद्र	26:36:22	तुला	विशाखा	2	1.35
मंगल(अ)	29:57:18	मिथुन	पुनर्वसु	3	1.13
बुध	27:13:55	वृष	मृगशिरा	2	0.98
गुरु	10:21:53	कर्क	पुष्य	3	1.31
शुक्र	27:57:12	वृष	मृगशिरा	2	1.43
शनि(व)	21:32:10	तुला	विशाखा	1	1.3
राहु	3:10:57	धनु	मूल	1	—
केतु (अ)	3:10:57	मिथुन	मृगशिरा	3	—

जन्मांग चक्र

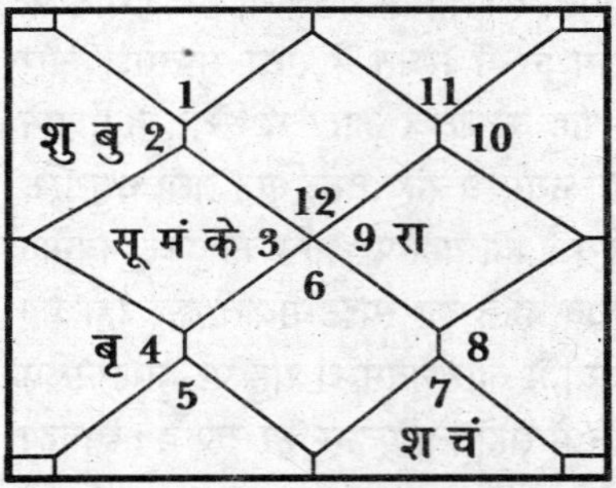

1
11
शु बु 2
10
12
सू मं के 3
9 रा
6
बृ 4
8
5
7
श चं

नवमांश चक्र

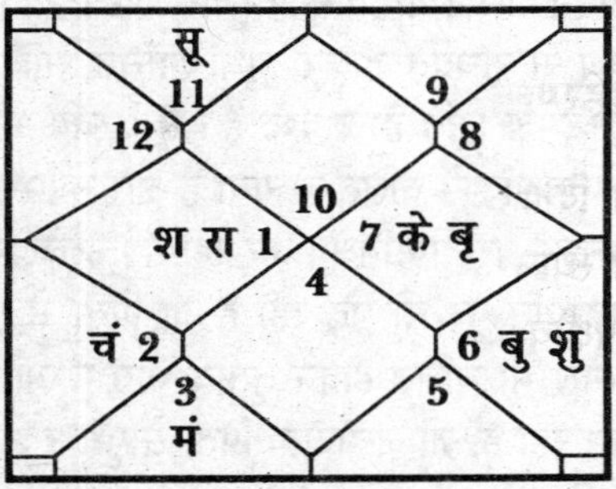

सू
11
9
12
8
10
श रा 1
7 के बृ
4
चं 2
6 बु शु
3
मं
5

जन्म के समय गुरु की भोग्य विंशोत्तरी महादशा - 8 व. 0 मा. 26 दि.

यह इलेक्ट्रानिक्स गुड्स की एजेंसी से सम्बन्धित एक महत्वपूर्ण और बड़े व्यवसायी का जन्मांग है। उसने बताया कि उसके माता-पिता ने, इसे गोद लिया था। ऐसा स्वीकारा जाता है कि यदि लग्नेश बृहस्पति पंचमभावगत हो, तो जातक अपने जन्म देने वाले पिता के पास ही रहता है, परन्तु इस जातक के जन्मांग में उच्चराशिगत बृहस्पति पंचमभाव में संस्थित है और लग्नेश होकर, लग्न पर दृष्टिनिक्षेप भी कर रहा है। फिर यह जातक, दत्तक पुत्र कैसे बना? यहां उच्चराशिगत बृहस्पति शनि के नक्षत्र पुष्य में स्थित है और पंचमेश चंद्रमा अष्टमभाव में शनि से संयुक्त है तथा शनि पंचमस्थ बृहस्पति पर दृष्टिनिक्षेप कर रहा है। सूर्य शनि व राहु में पृथक्तावादी तत्व विद्यमान होते हैं। नवमेश मंगल सूर्य और केतु से चतुर्थभाव में संयुक्त है तथा राहु से दृष्ट है। अतः नवमेश मंगल पर सूर्य और

राहु दोनों का प्रभाव है। उल्लेखनीय है कि नवमभाव पिता को प्रदर्शित करता है जिसका स्वामी पृथक्तावादी ग्रहों के प्रभाव में है इसलिए जातक को अपने पिता से पृथक् होना पड़ा। दत्तक पुत्र बनने, दिये जाने या लेने से सम्बन्धित सभी जन्मांगों में शनि और बुध महत्वपूर्ण भूमिका का निर्वाह करते हैं। यहाँ भी बुध और शुक्र एवं बृहस्पति नवमभाव पर दृष्टिनिक्षेप कर रहे हैं। नवमेश मंगल बुध की राशि मिथुन में बृहस्पति के नक्षत्र पुनर्वसु में स्थित है तथा बुध का नवांश प्राप्त कर रहा है। द्वादशेश शनि की पंचमभाव तथा दशमेश बृहस्पति पर दृष्टि है। नवमभाव जो जन्म देनेवाले पिता से सम्बद्ध है, वह शनि और राहु के मध्य स्थित होने के कारण पापकर्तरियोग ग्रस्त है। इसीलिए जातक को अपने पिता से शैशवावस्था में ही पृथक् होना पड़ा और उसे संभ्रांत पति-पत्नी ने गोद ले लिया।

उदाहरण सं.-7.18 जन्मांग सं.-295

जन्म दिनांक : 23.10.1955 जन्म समय : 20:34:00 घंटे
जन्म स्थान : मैनपुरी अक्षांश 27:14:00 रेखांश 79:01:00
चित्रपक्षीय अयनांश : 23:14:39 साम्पातिक काल : 22:25:05 घंटे

ग्रह	अंश	राशि	नक्षत्र	पद	षड्बल
लग्न	26:34:20	वृष	मृगशिरा	1	–
सूर्य	6:11:19	तुला	चित्रा	4	1.37
चंद्र	2:30:18	मकर	उ.षा.	2	1.29
मंगल	13:15:53	कन्या	हस्त	1	1.05
बुध	19:58:46	कन्या	हस्त	3	1.09
गुरु	3:43:47	सिंह	मघा	2	1.26
शुक्र	19:58:32	तुला	स्वाति	4	0.97
शनि	27:42:05	तुला	विशाखा	3	1.32
राहु (S)	25:18:02	वृश्चिक	ज्येष्ठा	3	–
केतु (S)	25:18:02	वृष	मृगशिरा	1	–

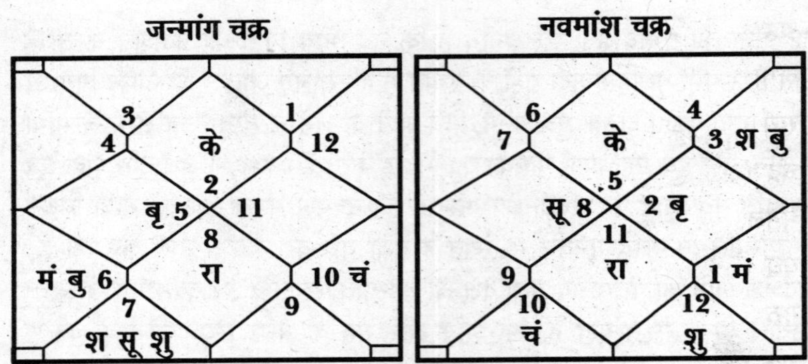

जन्म के समय सूर्य की भोग्य विंशोत्तरी महादशा - 3 व. 4 मा. 14 दि.

उत्तर प्रदेश के एक विशाल, बहुप्रशंसित, बहुचर्चित चिकित्सालय में स्त्रीरोग की विभागाध्यक्ष चिकित्सिका का प्रेम विवाह 17-05-1981 को सम्पन्न हुआ। विवाह के उपरान्त जातिका के 20-02-1984 तथा 12-10-1987 को दो पुत्रियों का जन्म हुआ। 12-08-1989 को एक भीषण कार दुर्घटना में जातिका एवं उसके पति दोनों ही गंभीर रूप से हताहत हुए। कई महीनों की लगातार चिकित्सा, शल्यक्रिया एवं प्लास्टिक सर्जरी के बाद वे दोनों ठीक हुए। फिर अचानक एक दिन सहसा हृदयगति रुक जाने से पति का असमय ही स्वर्गवास हो गया। जातिका को बचपन में ही गोद लिया गया था और उसके पिता ने यह सच तब उद्‌घाटित किया जब वे मृतशय्या पर थे।

इस जन्मांग में पंचमभाव में कन्याराशि में मंगल व बुध स्थित हैं। नवमेश शनि और लग्नेश शुक्र चतुर्थेश नीचराशिस्थ सूर्य से षष्ठभाव में संयुक्त है तथा षष्ठभाव व षष्ठभावस्थ ग्रह पापकर्तरियोगग्रस्त हैं। तृतीयेश चंद्रमा नवमभाव में मकरराशि में स्थित है और वर्गोत्तम नवांश प्राप्त कर रहा है। पंचमेश बुध व नवमेश शनि बुध का नवांश प्राप्त कर रहे हैं जो शिशु के गोद लिये जाने का प्रबल ग्रहयोग है।

उदाहरण सं.-7.19 जन्मांग सं.-296

जन्म दिनांक	: 02.12.1986	जन्म समय	: 05:00:00 घंटे
जन्म स्थान	: लखनऊ	अक्षांश 26:50:00	रेखांश 80:54:00
चित्रपक्षीय अयनांश	: 23:40:20	साम्पातिक काल	: 9:35:42 घंटे

ग्रह	अंश	राशि	नक्षत्र	पद	षड्बल
लग्न	23:47:37	तुला	विशाखा	2	—
सूर्य	15:48:25	वृश्चिक	अनुराधा	4	1.26
चंद्र (अ)	19:48:13	वृश्चिक	ज्येष्ठा	1	1.43
मंगल	10:18:29	कुंभ	शतभिषा	2	1.42
बुध	25:50:48	तुला	विशाखा	2	1.09
गुरु	20:13:52	कुंभ	पू.भा.	1	0.78
शुक्र	11:53:54	तुला	स्वाति	2	1.1
शनि(D)	18:12:50	वृश्चिक	ज्येष्ठा	1	1.49
राहु (व)	26:04:32	मीन	रेवती	3	—
केतु (व)	26:04:32	कन्या	चित्रा	1	—

जन्म के समय बुध की भोग्य विंशोत्तरी महादशा - 13 व. 0 मा. 0 दि.

यह जातक अपने पिता का दूसरा पुत्र है, जिसे उसका जन्म होते ही उसके मौसा अर्थात् उसके पिता के साढ़ू ने गोद ले लिया था। गोद लेने वाले माता-पिता का सुनसान घर सुहावना संसार बन गया। नन्हें बालक की किलकारियों ने घर में प्राण फूंक दिये।

इस बालक का जन्म तुला लग्न में हुआ था। द्वितीयेश और सप्तमेश मंगल पंचमभाव में तृतीयेश व षष्ठेश बृहस्पति से युक्त है। बृहस्पति मंगल की युति पंचमभाव में जातक के दत्तक पुत्र होने का संकेत दे रही है। लग्नेश शुक्र नवमेश

बुध से लग्न में संयुक्त है तथा शनि और केतु के मध्य स्थित होने के कारण पापकर्तरियोगग्रस्त है। उल्लेखनीय है कि द्वितीय भाव में सूर्य, चन्द्रमा और शनि मंगल की राशि वृश्चिक में स्थित है और ये तीनों ग्रह तथा मंगल अष्टमभाव पर दृष्टिनिक्षेप कर रहे हैं उल्लेखनीय है कि अष्टमभाव, नवमभाव से द्वादश होता है और जन्म देने वाले पिता के लिए अशुभ होता है। जातक को जन्म देने वाले पिता की असमय ही मृत्यु हो गयी। दशमेश चंद्रमा ज्येष्ठा नक्षत्र में है, नवमेश बुध शुक्र की राशि तुला में शुक्र के साथ बृहस्पति के नक्षत्र विशाखा और अष्टमेश शुक्र के नवांश वृष में स्थित है, इसीलिए जातक दत्तक पुत्र बना। पंचम भाव में मंगल और बृहस्पति शनि की राशि में स्थित है तथा नवमेश बुध एवं लग्नेश शुक्र से नवम-पंचम का योग निर्मित कर रहे हैं। इसलिए भी जातक का अपने जन्मदाता से पृथक् होकर अपने मौसा के घर पुत्र के रूप में पालन-पोषण हुआ।

उदाहरण सं.-7.20 जन्मांग सं.-297

जन्म दिनांक : 27.11.1949 जन्म समय : 21:57:00 घंटे

जन्म स्थान : हरदोई अक्षांश 27:23:00 रेखांश 80:06:00

चित्रपक्षीय अयनांश : 23:09:21 साम्पातिक काल : 2:12:25 घंटे

ग्रह	अंश	राशि	नक्षत्र	पद	षड्बल
लग्न	17:00:53	कर्क	अश्लेषा	1	–
सूर्य	11:57:10	वृश्चिक	अनुराधा	3	1.05
चंद्र	14:56:45	कुंभ	शतभिषा	3	1
मंगल	23:52:00	सिंह	पू.फा.	4	1.22
बुध (अ)	15:11:05	वृश्चिक	अनुराधा	4	0.85
गुरु	6:15:32	मकर	उ.षा.	3	0.88
शुक्र	28:57:12	धनु	उ.षा.	1	1.38
शनि	25:19:53	सिंह	पू.फा.	4	1.12
राहु (व)	22:12:27	मीन	रेवती	2	–
केतु (व)	22:12:27	कन्या	हस्त	4	–

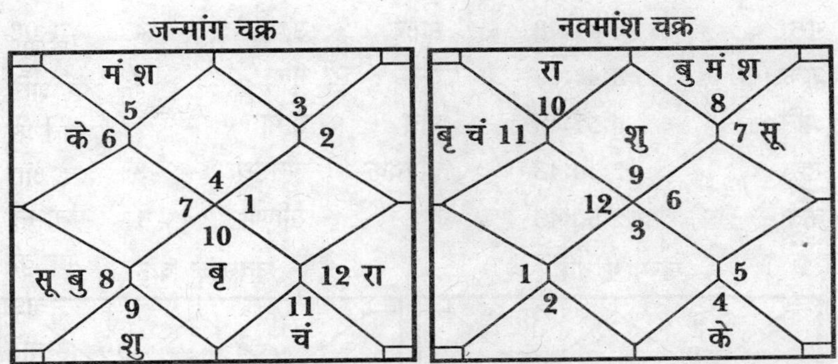

जन्म के समय राहु की भोग्य विंशोत्तरी महादशा - 6 व. 9 मा. 26 दि.

जातिका का जन्म कर्क लग्न में हुआ था। पंचमभाव में सूर्य और द्वादशेश व तृतीयेश बुध स्थित है जिसे पंचमाधिपति मंगल देख रहा है। पंचमेश मंगल तथा अष्टमेश शनि, एक दूसरे से संयुक्त होकर द्वितीयभावस्थ है। शनि और मंगल एक दूसरे से अत्यन्त समीप हैं और दोनों ही पूर्वफाल्गुनी नक्षत्र के चतुर्थपद में स्थित है। लग्नेश चन्द्रमा, अष्टमभावस्थ है तथा राहु के नक्षत्र शतभिषा में स्थित है। जातिका के कैंसर जैसी भयावह व्याधि से ग्रसित होने के कारण 14-02-2008 को स्वर्गवास हो गया। जातिका ने एक पुत्र को गोद लिया था परन्तु दत्तक पुत्र के युवा होने पर जातिका को अनेक प्रकार के तनाव से ग्रसित होना पड़ा।

उदाहरण सं.-7.21 जन्मांग सं.-298

जन्म दिनांक : 28.12.1937 जन्म समय : 06:30:00 घंटे

जन्म स्थान : बम्बई अक्षांश 18:58:00 रेखांश 72:50:00

चित्रपक्षीय अयनांश : 22:59:43 साम्पातिक काल : 12:15:40 घंटे

ग्रह	अंश	राशि	नक्षत्र	पद	षड्बल
लग्न	2:45:24	धनु	मूल	1	—
सूर्य	12:53:25	धनु	मूल	4	1.28
चंद्र	21:37:02	तुला	विशाखा	1	1.22
मंगल	11:46:27	कुंभ	शतभिषा	2	1.42
बुध (व/अ)	17:45:47	धनु	पू.षा.	2	1.24

गुरु	8:44:48	मकर	उ.षा.	4	1.08
शुक्र (अ)	3:46:09	धनु	मूल	2	1
शनि	5:57:49	मीन	उ.भा.	1	1.2
राहु	12:50:43	वृश्चिक	अनुराधा	3	—
केतु	12:50:43	वृष	रोहिणी	1	—

जन्मांग चक्र

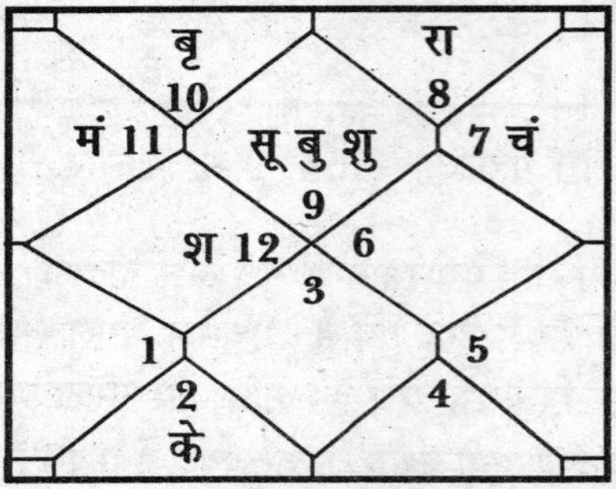

बृ 10
रा 8
मं 11
सू बु शु 9
7 चं
श 12
6
3
1
5
2 के
4

नवमांश चक्र

शु 2
बृ 12
3
चं के 1
11
सू 4
10 मं
7 रा
श 5
9
6 बु
8

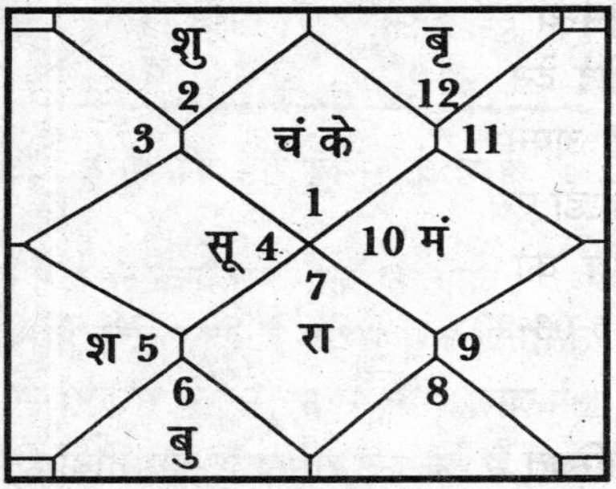

जन्म के समय गुरु की भोग्य विंशोत्तरी महादशा - 14 व. 0 मा. 21 दि.

भारत के अत्यन्त प्रसिद्ध और प्रतिष्ठित उद्योगपति श्री रतन टाटा एक गोद ली हुई सन्तान हैं, जिन्होंने समस्त टाटा ग्रुप आफ इन्डस्ट्रीज का कार्यभार बड़ी कुशलता और कौशल के साथ संभाला तथा प्रगति और उन्नति के पथ पर प्रशस्त किया।

श्री रतन टाटा का जन्म धनु लग्न में हुआ था। नवम भाव तथा नवमेश सूर्य पर शनि की दृष्टि है जो जन्मदाता पिता से पृथक् होना, प्रदर्शित करती है। दशमभाव पर लग्नेश बृहस्पति, पंचमेश मंगल तथा द्वितीयेश व तृतीयेश शनि की दृष्टि तो है ही, साथ ही साथ नवमेश सूर्य, दशमेश बुध और एकादशेश शुक्र, लग्न में संयुक्त रूप से स्थित होकर महत्वपूर्ण केन्द्र त्रिकोण राजयोग की संरचना कर रहे हैं। इस जन्मांग में सभी ग्रह एकादश भाव से चतुर्थ भाव तक क्रम से माला की तरह स्थित हैं जो ग्रहमालिका योग के साथ साथ एकावली योग, वसुमति योग, गजकेशरी योग, आदि का निर्माण तो हो ही रहा है। इसके साथ-साथ शनि और बृहस्पति के मध्य विनिमय परिवर्तन योग भी है जो क्रमशः धनेश और लग्नेश है। नवम भाव का स्वामी सूर्य, लग्न में षष्ठेश तथा एकादशेश शुक्र तथा सप्तमेश और दशमेश बुध से संयुक्त है तथा शनि द्वारा दृष्ट है। इसी ग्रहयोग के कारण श्री रतनटाटा को बाल्यकाल में ही गोद ले लिया गया और उन्होंने टाटा ग्रुप आफ इन्डस्ट्रीज का दायित्व बड़ी

कुशलता और योग्यता से संभालने के अतिरिक्त उत्तरोत्तर उसका विस्तार और प्रसार भी किया।

उदाहरण सं.-7.22 देखें जन्मांग सं.-133

सत्ताईस वर्ष की अवस्था में जातक का विवाह, जिस युवती के साथ हुआ, उसकी बड़ी बहन निःसन्तान थी। प्रथम पुत्र के जन्म के पश्चात् जब दूसरी संतान गर्भस्थ हुई तो पत्नी की बड़ी बहन के आग्रह पर, जातक ने उस संतान को उन्हें गोद देने का निर्णय कर लिया। 02-12-1986 को दूसरा पुत्र हुआ, जिसे जातक ने अपने साढू को दत्तक पुत्र के रूप में हस्तगत कर दिया। सम्प्रति यह पुत्र वी.डी.एस. करके हाउसजॉब कर रहा है। गोद लेने वाले माता-पिता का आश्रय इस पुत्र को तो प्राप्त हो गया परन्तु जातक के प्रथम पुत्र ने अपने पिता को 15-03-2006 को सहसा हृदयगति अवरुद्ध हो जाने के कारण खो दिया।

जातक का जन्म मिथुन लग्न में हुआ है। संतानभाव में उच्च राशिगत शनि संस्थित है जो मंगल द्वारा दृष्ट भी है। मंगल की दृष्टि अष्टमभाव, द्वितीयेश चन्द्रमा नवमभाव तथा पंचमभाव व पंचमस्थ शनि पर पड़ रही है। शनि और मंगल के मध्य विनिमय दृष्टि सम्बन्ध स्थापित हो रहा है जिसमें द्वितीय व पंचमभाव प्रभावित हो रहे हैं। संतान का विचार पंचम भाव और बृहस्पति से किया जाता है। यहाँ पंचमेश शुक्र तथा संतानकारक बृहस्पति, मंगल और बुध से युक्त व शनि से दृष्ट है। अतः संतान के पृथक् होने का योग या संतान को गोद दिये जाने की स्थिति निर्मित हो रही है। दूसरी संतान का विचार सप्तमभाव से किया जाता है। जिसमें राहु स्थित है और शनि द्वारा दृष्ट है। सप्तमेश बृहस्पति भी शनि द्वारा दृष्ट है और मंगल व बुध से संयुक्त है। उल्लेखनीय है कि बृहस्पति पूर्ण अस्त है तथा मंगल व बुध एवं पंचमेश शुक्र तीनों ग्रह अस्त हैं। इसलिए जातक को अपने दूसरे पुत्र को गोद देना पड़ा। नवमभाव पर भी विचार करना चाहिए, जिसका स्वामी शनि पंचमभाव में अपनी उच्चराशि तुला में बृहस्पति के नक्षत्र विशाखा में स्थित है परन्तु नीचनवांशस्थ है। उल्लेखनीय है कि पंचमेश शुक्र अस्त होने के साथ-साथ शनि के नक्षत्र पुष्य में स्थित होकर अल्पसुत तथा बन्ध्या राशि कन्या के नवांश में स्थित है। दत्तक संतान से सम्बन्धित तीन स्थितियां संभव हैं - प्रथम, जिस शिशु को गोद दिया जाता है, द्वितीय, जो गोद लेता है तथा तृतीय जो अपने पुत्र को गोद देता है। हमारे अनुभव, अनुसंधान के अनुसार इन सभी स्थितियों में अन्य ग्रहों की भूमिका के साथ-साथ बुध और शनि का उल्लेखनीय योगदान होता है। इस जन्मांग में भी शनि पंचमेश

होकर उच्चराशिस्थ है, आत्मकारक ग्रह है और सर्वाधिक बली है। जबकि बुध लग्नेश है, अस्त है, शनि के नक्षत्र पुष्य में तथा शनि के नवांश मकर में स्थित है तथा लग्नेश बुध मंगल बृहस्पति व शुक्र से युत होने के साथ-साथ शनि व चंद्रमा से दृष्ट भी है। अतः अपने दूसरे पुत्र को दत्तक पुत्र के रूप में दिये जाने का प्रबलयोग निर्मित हो रहा है।

उदाहरण सं.-7.23 जन्मांग सं.-299

जन्म दिनांक : 11.11.1969 जन्म समय : 16:25:00 घंटे
जन्म स्थान : इलाहाबाद अक्षांश 25:27:00 रेखांश 81:50:00
चित्रपक्षीय अयनांश : 23:26:11 साम्पातिक काल : 19:43:58 घंटे

ग्रह	अंश	राशि	नक्षत्र	पद	षड्बल
लग्न	11:09:47	मेष	अश्विनी	4	–
सूर्य	25:26:48	तुला	विशाखा	2	1.17
चंद्र	15:49:03	वृश्चिक	अनुराधा	4	1.32
मंगल	11:22:21	मकर	श्रवण	1	1.53
बुध (पू)	22:32:52	तुला	विशाखा	1	1.17
गुरु	29:55:38	कन्या	चित्रा	2	0.72
शुक्र	7:30:51	तुला	स्वाति	1	0.93
शनि(व)	10:58:04	मेष	अश्विनी	4	1.1
राहु (व)	25:44:00	कुंभ	पू.भा.	2	–
केतु (व)	25:44:00	सिंह	पू.फा.	4	–

जन्मांग चक्र

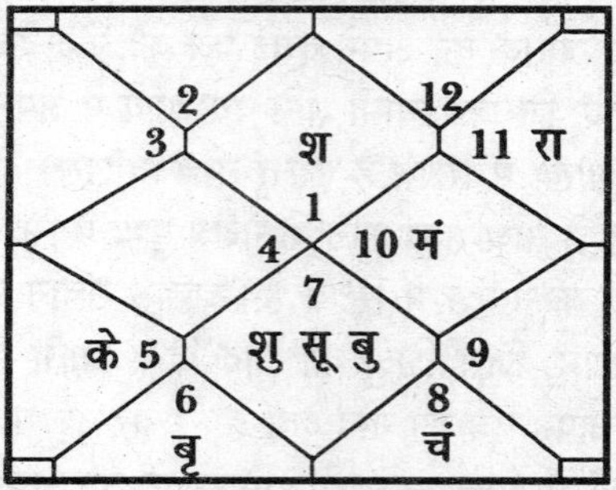

2
3
श
12
11 रा
1
4
10 मं
7
के 5
शु सू बु
9
6
बृ
8
चं

नवमांश चक्र

5
बृ 6
श
3
2 रा सू
4
7
1 बु मं
10
चं के 8
12
9
शु
11

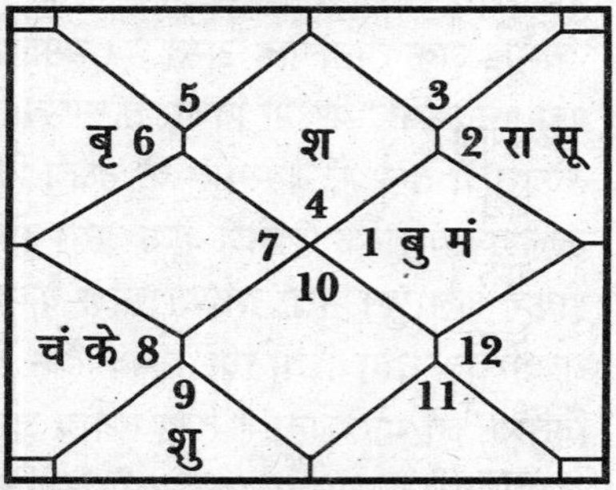

जन्म के समय शनि की भोग्य विंशोत्तरी महादशा - 1 व. 2 मा. 15 दि.

डायरेक्टर जनरल ऑफ पुलिस की इस विदुषी पुत्री का विवाह 08.05.1992 को सम्पन्न हुआ। विवाह के 11-12 वर्ष व्यतीत हो जाने के उपरान्त भी जब कोई संतान नहीं हुई, तो जातिका ने एक पुत्री को गोद ले लिया।

जातिका का जन्म मेष लग्न में हुआ है तथा पंचमेश सूर्य सप्तम भाव में नीच राशिगत है और बुध व शुक्र से संयुक्त है। पंचमेश सूर्य को नीचराशिगत वक्री शनि लग्न में स्थित होकर देख रहा है अर्थात् पंचमेश सूर्य तथा शनि दोनों नीच राशिगत होकर एकदूसरे के साथ विनिमय दृष्टि सम्बन्ध स्थापित कर रहे हैं तथा नवमेश बृहस्पति संतानकारक होकर षष्ठ भाव में शत्रु राशि कन्या में स्थित है तथा मंगल के नक्षत्र चित्रा में स्थान प्राप्त कर रहा है। पंचमेश सूर्य बुध से युक्त है तथा विशाखा नक्षत्र में सप्तम भाव में स्थित है। पंचम भाव में केतु स्थित है तथा मंगल द्वारा पंचम भाव दृष्ट भी है। इसके अतिरिक्त मंगल और शनि के मध्य विनिमय दृष्टि सम्बन्ध स्थापित हो रहा है। जहाँ पर शनि भी वक्री होकर केतु के नक्षत्र अश्विनी में स्थित है, जबकि मंगल शनि की राशि मकर में स्थित है। इन्हीं कारणों से जातिका के संतान नहीं हुई और एक कन्या को गोद लेने हेतु विवश हुई।

उदाहरण सं.-7.24 जन्मांग सं.-300

जन्म दिनांक : 28.12.1965 जन्म समय : 23:12:00 घंटे

जन्म स्थान : दिल्ली अक्षांश 28:39:00 रेखांश 77:13:00

चित्रपक्षीय अयनांश : 23:22:40 साम्पातिक काल : 5:18:48 घंटे

ग्रह	अंश	राशि	नक्षत्र	पद	षड्बल
लग्न	27:33:07	सिंह	उ.फा.	1	—
सूर्य	13:25:02	धनु	पू.षा.	1	1.21
चंद्र	17:41:09	कुंभ	शतभिषा	4	1.36
मंगल	10:56:22	मकर	श्रवण	1	1.24
बुध	22:43:35	वृश्चिक	ज्येष्ठा	2	1.06
गुरु (व)	1:28:30	मिथुन	मृगशिरा	3	1.03
शुक्र	19:13:02	मकर	श्रवण	3	1.32
शनि	18:48:20	कुंभ	शतभिषा	4	1.62
राहु (व)	10:45:17	वृष	रोहिणी	1	—
केतु (व)	10:45:17	वृश्चिक	अनुराधा	3	—

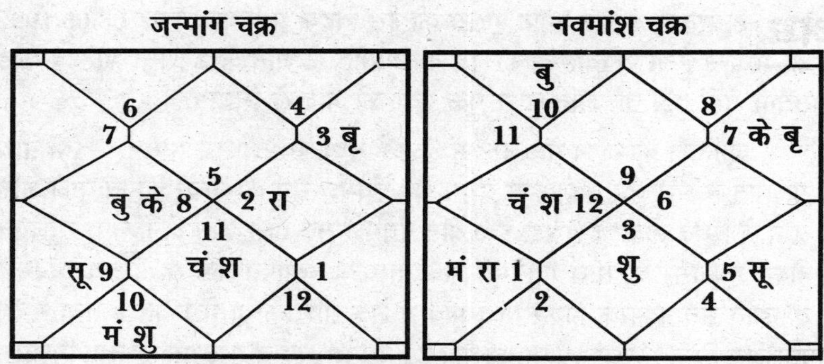

जन्म के समय राहु की भोग्य विंशोत्तरी महादशा - 3 व. 1 मा. 14 दि.

जातक का विवाह 08.05.1992 को हुआ। विवाह के पश्चात् 11 वर्ष तक कोई संतान न हुई। 12वें वर्ष में एक पुत्री को गोद लिया।

जातक का जन्म सिंह लग्न में हुआ है तथा लग्नेश सूर्य पंचम भाव में धनु राशिगत है परन्तु वक्री है और मंगल के नक्षत्र में स्थित है। जहाँ पर पंचमस्थ सूर्य पर पंचमेश बृहस्पति की दृष्टि पड़ रही है परन्तु पंचमेश बृहस्पति बुध की राशि मिथुन में स्थित है तथा वक्री होकर मृगशिरा नक्षत्रगत है। पंचमेश बुध और मंगल के प्रभाव से दत्तक संतान का योग निर्मित होता है। यहाँ पर पंचमेश बृहस्पति शुक्र का नवांश प्राप्त कर रहा है तथा नवमेश मंगल शनि की राशि मकर में षष्ठ भावगत है तथा शुक्र से युक्त है। शुक्र और मंगल दोनों षष्ठ भावगत हैं। इस योग के कारण जातक के शुक्राणुओं के निर्बल होने के कारण संततिहीनता के अभिशाप से ग्रस्त होना पड़ा तथा एक पुत्री को गोद लेकर ही संतोष करना पड़ा।

●

अध्याय–8

ऋतुकाल एवं गर्भकाल

ईश्वरीय सत्ता का सर्वाधिक सशक्त साक्ष्य नारी है जिसमें प्रजनन की अद्भुत क्षमता विद्यमान है। नारी के इसी गुण के कारण, ईश्वर ने प्रकृति को गति प्रदान करने के उद्देश्य से, उसे इस धरती पर सर्वश्रेष्ठ बनाकर, विश्व के विस्तार का आधार प्रदान किया है। नारी में गर्भधारण करने की योग्यता है इसीलिए नारी वरीयता क्रम में पुरुष से आगे है। नारी के अभाव में विश्व की कल्पना ही संभव नहीं है।

विज्ञान की आधुनिक प्रगति ने मानव को ब्रह्माण्ड की यात्रा करा दी। चन्द्रमा और मंगल ग्रह पर आवासीय योजनाओं के प्रारूप के निर्माण में व्यस्त वैज्ञानिक, क्या पुष्प की एक पंखुड़ी का भी निर्माण कर सकने में सक्षम हैं? पल भर में विश्व का विनाश कर देने में समर्थ मानव, क्या किसी जीव का उत्पादन कर सकता है? मानव चाहे कितना भी अविष्कार क्यों न कर ले, परन्तु प्राकृतिक मिट्टी का निर्माण तक करना उसके अधिकार में नहीं है। इसलिए ईश्वर की सत्ता और क्षमता सर्वथा अतुलनीय और अनिर्वचनीय है। ईश्वर ने नारी का निर्माण करके इस धरती को इतना सुन्दर और रमणीय बनाया है कि नारी के अभाव में, इस धरती की जीवन शक्ति के आधार का ही अन्त हो जाता है। अतः विश्व की आत्मा नारी के अस्तित्व में ही सन्निहित है। इसीलिए कहा भी गया है ''यत्र नार्यस्तु पूज्यन्ते, रमन्ते तत्र देवताः।'' हमें कदापि यह विस्मृत नहीं करना चाहिए कि नारी रमण की वस्तु न होकर समस्त सृष्टि के सृजन का स्रोत है। नारी का सच्चा सम्मान ही पुरुष की शक्ति का आकर्षण है।

इतिहास साक्षी है, जिसने भी नारी के साथ अन्याय किया अथवा उसे अपमानित किया, वहीं विनाश का ताण्डव हुआ, वहां राज्य और साम्राज्य नष्ट हो गये। सीता का अपमान करने वाले, लंकापति रावण की हत्या हुई। द्रौपदी के साथ अन्याय का प्रारम्भ ही कौरवकुल के विनाश का शंखनाद था। कंस ने अपनी प्रिय बहन देवकी को भयानक यातना प्रदान की। उसे कारागार में रहने हेतु विवश किया और उसके सात पुत्रों की हत्या की, जिसके परिणाम स्वरूप कंस और उसके समस्त

कुल का विनाश हुआ। आधुनिक समय में भी, अनेक ऐसे प्रमाण प्राप्त हो जायेंगे, जिसमें नारी को कुचलने वाले, दुर्दमनीय दारुण दुःख के संत्रास का ग्रास बने। नारी को आदर प्रदान करने वाले पुरुष, सदा ही सुख, आनन्द और हर्ष का आभास करते हैं। विवाद और युद्ध में विजय प्राप्त करते हैं। समृद्धि, सम्पन्नता और सम्पत्ति के साथ-साथ समस्त स्थलों पर सम्मान और संतोष प्राप्त करते हैं। अतः नारी को प्रेरणा और प्रोत्साहन के रूप में स्वीकार करना चाहिए, क्योंकि इस मृत्युलोक में शक्ति प्राप्त करने का प्रत्यक्ष आधार नारी के अतिरिक्त, अन्य कुछ भी नहीं है। नारी को सम्मान और सहयोग प्रदान करने से ईश्वर की प्रसन्नता प्राप्त होने में संशय की कोई संभावना शेष नहीं रह जाती।

हमें सदा स्मरण रखना चाहिए कि नारी इस सृष्टि के सृजन परम्परा की प्रगति और प्रसार हेतु जीवनपर्यन्त अनेक दैहिक और मानसिक कष्ट सहन करने हेतु विवश होती है। अभी उसका बचपन संभल भी नहीं पाता, कि उसे प्रत्येक मास ऋतुकाल की पीड़ा सहन करनी पड़ती है। सहसा, उन्हें ज्ञात होता है कि वह तो यौवन के द्वार की चन्दन सी महकती चौखट पर पांव रख चुकी हैं जिससे पीछे जाना, अब कदापि संभव नहीं है। ऋतुकाल का यह क्रम, नारी के यौवन का प्रमाण और मातृत्व की क्षमता का अलंकार है। नारी के गर्भधारण करने की क्षमता ही, सन्तान जन्म का रहस्य है इसीलिए नारी को जननी होने का गौरव प्राप्त है। नारी ईश्वर की श्रेष्ठतम और सुन्दरतम संरचना है। नारी का सच्चा सम्मान, ईश्वर की प्रसन्नता प्राप्त करने का सन्निहित रहस्य है। इस तथ्य के सत्य को किसी प्रमाण की आवश्यकता नहीं है बल्कि यह हमें उपलब्ध प्रत्यक्ष और सशक्त प्रसादामृत है जो ईश्वर ने भूलोक वासियों के कल्याणार्थ प्रदान किया है।

13 वर्ष की आयु से लेकर 16 वर्ष की आयु के मध्य प्रायः सभी कन्याएं ऋतुकाल की श्रृंखला के अन्तर्गत प्रवेश कर जाती हैं। प्रायः निरोग और स्वस्थ कन्या को ठीक 28वें दिन पुनः ऋतुकाल प्रारम्भ होता है। कुल 27 नक्षत्र होते हैं और 28वें दिन चन्द्रमा उसी राशि और नक्षत्र में प्रवेश करता है जिससे कन्या को उससे पूर्व मास में ऋतुकाल प्रारम्भ हुआ था।

चन्द्रमा और मंगल ऋतुकाल का आरम्भ करने में महत्वपूर्ण योगदान प्रदान करते हैं। जब चन्द्रमा गोचर के भ्रमण के समय जन्मकालीन मंगल द्वारा दृष्टि निक्षेपित होता है तो ऋतुकाल की प्रक्रिया का आरम्भ होता है। इस विषय में अनेक वैज्ञानिक एवं ज्योतिषीय तथ्य सत्य सिद्ध हुए हैं जो ज्योतिष शास्त्र के विज्ञान होने

का प्रमाण हैं। जब चन्द्रमा उपचय स्थान में भ्रमण कर रहा हो और मंगल द्वारा दृष्ट हो, तो नारी गर्भस्थ नहीं होती।

गोचर का चन्द्रमा जब शुक्र या बृहस्पति से दृष्ट हो, तो नारी के हृदय में सम्पूर्ण मिलन की अभिलाषा बलवती होती है। चन्द्रमा जब उपचय स्थान में भ्रमण करे और कोई भी पुरुष ग्रह उस पर दृष्टिपात करे, तो नारी के मन में सामीप्य की इच्छा का अभ्युदय होता है।

चन्द्रमा जल का प्रतिनिधित्व करता है तो मंगल अग्नि और पित्त का कारक है। स्त्रियों में रक्तहीन होने पर पित्त से रज परिवर्तन होता है। इस प्रकार जो रज उत्पन्न हो, वह गर्भ का कारण होता है। ऋतुकाल के सन्दर्भ में शास्त्रों में अनेक सूक्ष्मातिसूक्ष्म तथ्य अभिव्यक्त किये गये हैं, जिन्हें यहाँ उद्धृत किया जा रहा है। सर्वप्रथम कन्या के प्रथम रजोदर्शन की व्याकुलता तथा नारी तन की सार्थकता की शास्त्रानुमोदित व्याख्या प्रस्तुत करना, विषय की अनिवार्यता है।

नारी सृष्टि चक्र के सातत्य का सूत्र सुरक्षित रखती है। ज्योतिर्विदों ने कुछ विशिष्ट सन्दर्भों में उसे अतिरिक्त महत्व प्रदान किया है। स्त्री का मातृत्व उसके गर्व और गौरव का विषय है। विश्व की रचनात्मक संभावनाएँ उसके गर्भ में आकार प्राप्त करती हैं।

ज्योतिष में गर्भ विषयक तथ्यों का विश्लेषण पंचम भाव से किया जाता है। स्त्री-जन्मांग में पंचम भाव पापाक्रान्त हो अथवा पापग्रह युक्त हो तो गर्भ से सम्बन्धित विकार प्रकाशित होते हैं। किन्तु गर्भ का आधारभूत सत्य है— रजोदर्शन। आचार्यों के अनुसार—

अनुपचयराशिसंस्थे कुमुदाकरबान्धवे रुधिरदृष्टे।
प्रतिमासं युवतीनां भवतीह रजो ब्रुवन्त्येके।।

(सारावली 8/2)

स्त्री की जन्म राशि से चन्द्रमा जब अनुपचय राशि 1,2,4,5,7,8,9,12 स्थानों में हो और गोचर संस्थित मंगल की चन्द्रमा पर पूर्ण दृष्टि हो, तब प्रतिमास स्त्री को ऋतुकाल की वेदना सहन करनी होती है।

कुजेन्दुहेतु प्रतिमासमार्तवं गते नु पीडक्षमिंनुष्णदीधितौ।
अतोऽन्यथास्थे शुभपुंग्रहेक्षिते नरेण संयोगमुपैति कामिनी।।

(वृहद्जातक 4/1)

अर्थात स्त्री को मासिक रज उत्पन्न होने के लिए मंगल और चन्द्रमा (रुधिर तथा पित्त) कारण होते हैं। लग्न से स्त्री के अपचय स्थान (1,2,4,5,7,8,12) में जब चन्द्रमा जाता है तब प्रतिमास स्त्री को रज उत्पन्न होता है, परन्तु यदि चन्द्रमा उपचय स्थान (3,6,10,11) में जाता हो तथा उस पर शुभ पुरुष ग्रह की दृष्टि हो तो तब वह स्त्री, पुरुष से समागम करती है।

इन्दुर्जलं कुंजोऽग्निर्जलमसृगथवाग्निरेव पित्तं स्यात्।
एवं रक्ते हीने पित्तेन रजः प्रवर्तते स्त्रीषु।।

(सारावली 8/3)

स्त्री को प्रतिमास 3 दिनों तक होनेवाले रक्तस्राव को रजोदर्शन कहते हैं। इसका कारण चन्द्र और मंगल है। चन्द्रमा जलमय और मंगल अग्निमय है। जल रुधिर और अग्नि पित्त उत्पन्न करते हैं। रुधिर में पित्त के आंदोलन से मासिक धर्म होता है।

मासि मासि रजः स्त्रीणां रसजं स्त्रवति त्र्यहम्।
वत्सराद्द्वादशादूर्ध्व याति पंचाशतः क्षयम्।।

(वाग्भट्ट)

अर्थात् प्रतिमास स्त्रियों के रस से रज बनता है और वही रज 3 दिन तक हर माह प्रवाहित होता है। यह रजःस्राव, लगभग बारह वर्ष की आयु से प्रारम्भ होकर लगभग पचास वर्ष की आयु तक प्रतिमाह होते रहने पर स्त्री को सक्रियता और संतान उत्पत्ति की गुणवत्ता प्रदान करता है।

व्यक्तित्व में नारीत्व के प्रथम प्राकट्य का प्रतीक रजोदर्शन अत्यंत महत्वपूर्ण है। अतः प्रथम रजोदर्शन के संदर्भगत तथ्य (समय, तिथि, वार, लग्न, नक्षत्र आदि) सावधानीपूर्वक स्मरण रखने चाहिए। जन्मांग की भाँति इस रजोदर्शन की पत्रिका उसी पद्धति से निर्मित करनी चाहिए। दुःख का विषय है कि अनेकानेक व्यक्तिगत और सामाजिक कारणों से रजोदर्शन लग्नपत्रिका एक उपेक्षित विषय है। यद्यपि ऋषि-मनीषियों ने इस सन्दर्भ में पर्याप्त चमत्कारी सामग्री प्रदान की है। संकोचवश कन्याएँ इस घटना का उल्लेख अपने अभिभावकों से नहीं करतीं। यदि अभिभावकों के ज्ञान में यह तथ्य आता भी है तो वे उसका उपयोग नहीं करते। प्रायः इस विषय में व्यक्तियों को सम्यक् ज्ञान भी नहीं है।

किसी भी युवती के जीवन में अग्रांकित तीन घटनाओं एवं उनसे सम्बन्धित

तथ्यों का प्रचुर महत्व है–

1. जन्म (समय, तिथि, स्थान)
2. प्रथम रजोदर्शन (समय, तिथि, स्थान)
3. प्रथम शारीरिक सम्पर्क (समय, तिथि, स्थान)

इन तीनों तथ्यों के आधार पर निर्मित लग्नचक्र कन्या के विषय में सम्पूर्ण सत्य प्रकट कर देते हैं। प्रथम रजोदर्शन से वैवाहिक जीवन, भोग विलास, संतति, दाम्पत्य आदि के विषय में ज्ञान होता है। प्रथम दैहिक सम्पर्क से विषय, वासना, उत्थान, पतन, पुरुषों की भूमिका आदि विषयों पर प्रकाश पड़ता है।

यहाँ प्रस्तुत सिद्धान्त ऋषियों द्वारा निर्दिष्ट है, क्योंकि एतत्संबंधित लग्नचक्रों की उपलब्धि कितनी दुस्साध्य है, इसका अनुमान अनुभवी कर सकते हैं।

1. गण्डान्त में हुए रजोदर्शन के फलस्वरूप शीघ्र वैधव्य प्राप्त होता है। वह स्त्री कुलनाशिनी एवं संतति संपत्ति सुख से वंचित होती है।
2. सूर्यग्रहण एवं चन्द्रग्रहण में हुआ रजोदर्शन क्रमशः पिता और माता को नष्ट करता है।

चन्द्रमा 3.6.10.11 के अतिरिक्त संस्थित हो तथा लग्न मंगल प्रभावगत हो तो उस समय प्रथम रजोदर्शन संभावित होता है। प्रथम रजोदर्शन विभिन्न तिथियों में पृथक-पृथक् परिणाम प्रदान करता है।

	तिथि	**तिथि विषघटी**
1.	सन्तति क्षति	16 - 19
2.	सुखाभाव	6 - 9
3.	समृद्धि-ऐश्वर्य	8 - 11
4.	पापबुद्धि, क्रूर और दुष्ट	15 - 18
5.	संतति सुख एवं सुखोपभोग	8 - 11
6.	विकृत मानसिकता-कटुभाषी	6 - 9
7.	धन-आभूषण एवं अन्य सुख	5 - 8
8.	साहसी-पराक्रमी	9 - 12
9.	दुखी-चिन्तित	8 - 11
10.	सुखी व परिवार में मुख्य	11 - 14

11.	पवित्र स्वच्छ	4 - 7
12.	मिथ्याप्रपंची	14 - 17
13.	सुखी	9 - 12
14.	दुष्कर्मी	8 - 11
	पूर्णिमा– पुष्ट व सुन्दर देह युक्त	9 - 12
	अमावस्या– सुखरहित	9 - 12

विषघटी के विषय में भावमंजरी प्रणवाख्या में विस्तारपूर्वक बतलाया गया है। यह 3 प्रकार की होती है, वार विषघटी, तिथि विषघटी एवं नक्षत्र विषघटी।

8.1 शुभाशुभ काल

कन्यायाः प्रथमार्तवे शुभकराण्याद्यन्तमूलोत्तरा,
ब्राह्मीज्येन्दुदिनेशपंचकहरित्रीण्येव नान्यानि तु।
वाराश्चेन्दुजजीवशुक्रशशिनां तेषां च वर्गाः शुभाः,
केन्द्रोपान्त्यधनत्रिकोणसहिताश्चान्येऽरिलाभत्रिगा।।

(पूर्वकालामृत 1/7)

अश्विनी, रेवती, उत्तराफाल्गुनी, उत्तराषाढ़, उत्तराभाद्रपद, मूल, रोहिणी, पुष्य, मृगशिरा, हस्त, चित्रा, स्वाति, विशाखा, अनुराधा, श्रवण, धनिष्ठा, शतभिषा नक्षत्र प्रथम रजोदर्शन में शुभ हैं। शेष 10 अशुभ माने गये हैं।

सोमवार, बुध, गुरु, शुक्रवार शुभ होते हैं। यदि रजोदर्शन के समय शुभ ग्रहों के अधिक वर्ग हों या कर्क, मिथुन, कन्या, धनु, मीन, वृष या तुला लग्न हो तो भी रजोदर्शन शुभ होता है।

लग्न के केन्द्र, त्रिकोण एवं धनभाव में शुभ ग्रह हों या 3, 6, 11 भाव में पाप ग्रह होने पर भी प्रथम रजोदर्शन शुभ होता है।

प्रथम रजोदर्शन के अशुभ फलों के विषय में शास्त्रों में पर्याप्त मात्रा में लिखा गया है।

सन्ध्योपप्लवपर्वपातपरिया रिक्ताष्टमी द्वादशी,
षष्ठी विष्टिविषावमादिदिवसा दुष्टर्क्षसंस्थो रविः।

रन्ध्रेन्दुः निधनोडुभर्तुरशुभा योगा निशा वैधृतिः,
पापाक्रान्तसमस्तपापवसतिः कन्यार्तवे दोषकृत्।।

(पूर्वकालामृत 1/9)

अर्थात सन्ध्या के समय (सूर्योदय व सूर्यास्त से 2 घड़ी अर्थात 48 मिनट आगे पीछे), सूर्यग्रहण या चन्द्रग्रहण, प्राकृतिक उत्पात (उल्कापात, धूम्रकेतु) के समय, पर्व तिथियाँ (अमावस्या, पूर्णिमा) परिध योग में रिक्ता तिथि (चतुर्थी, नवमी, चतुर्दशी) में, षष्ठी, अष्टमी, द्वादशी में, भद्रा, क्षयतिथि में रजोदर्शन अशुभ होता है।

यदि मघा, आर्द्रा, पुनर्वसु, ज्येष्ठा, कृत्तिका, भरणी, पूर्वाभाद्रपद, पूर्वाषाढ़ पूर्वाफाल्गुनी एवं अश्लेषा नक्षत्र में सूर्य का संचार हो, अष्टम चन्द्रमा में, अपने या पति के जन्म नक्षत्र से निधन नक्षत्र में, वैधृति योग में, जन्मराशि या जन्म लग्न की राशि पर पापग्रहों का गोचर या सप्तम राशि में पापग्रह होने पर भी रजोदर्शन अशुभ होता है। कश्यप के मतानुसार निद्रावस्था, व्यतिपात योग में भी रजोदर्शन अशुभ है। मात्र नारद ने शुक्ल प्रतिपदा तथा परिध योग पूर्वार्ध अशुभ बतलाया है।

8.2 वार–प्रभाव

रविवार	विभिन्न व्याधि ग्रस्त	21 - 24
सोमवार	सत्याचरणी	3 - 6
मंगलवार	दुखी	13 - 16
बुद्धवार	सुखद दाम्पत्य भोगी	11 - 14
बृहस्पतिवार	सत्यनिष्ठ विनम्र	8 - 11
शुक्रवार	आज्ञाकारी व प्रेमिल	6 - 9
शनिवार	दुष्ट	26 - 29

शुभ नक्षत्र — हस्त, चित्रा, स्वाती, विशाखा, अनुराधा, उत्तराषाढ़ा, उत्तराभाद्रपद, श्रवण, मूल, रेवती, धनिष्ठा, शतभिषा, अश्विनी, पुष्य, रोहिणी और मृगशिरा।

शुभ मास— वैशाख, श्रावण, भाद्रपद, आश्विन, माघ, फाल्गुन।

8.3 अशुभ नक्षत्र

	नक्षत्र	विषघटी		नक्षत्र	विषघटी
1.	अश्विनी	50-54	15.	स्वाति	15-18
2.	भरणी	25-28	16.	विशाखा	15-18
3.	कृत्तिका	31-34	17.	अनुराधा	11-14
4.	रोहिणी	41-44	18.	ज्येष्ठा	15-18
5.	मृगशिरा	15-18	19,	मूल	57-60
6.	आर्द्रा	22-25	20.	पूर्वाषाढ़	25-28
7.	पुनर्वसु	31-36	21.	उत्तराषाढ़	21-24
8.	पुष्य	21-24	22.	श्रवण	11-14
9.	अश्लेषा	33-34	23.	धनिष्ठा	11-14
10.	मघा	31-34	24.	शतभिषा	19-22
11.	पूर्वाफाल्गुनी	21-24	25.	पूर्वाभाद्रपद	17-20
12.	उत्तराफाल्गुनी	19-22	26.	उत्तराभाद्रपद	15-18
13.	हस्त	22-25	27.	रेवती	31-34
14.	चित्रा	21-24			

पूर्वफाल्गुनी, पूर्वाषाढ़, पूर्वभाद्रपद, भरणी, अश्लेषा।

प्रथम रजोदर्शन अशुभ नक्षत्रों में होने पर कन्या पानसेवन, तैलीय स्नान, पुष्पश्रृंगार तथा पीतरक्त वर्ण प्रसाधन-सामग्री का उपयोग न करे, तो उत्तम है।

इसके अशुभ प्रभावों को नष्ट करने हेतु शास्त्र उल्लिखित उपचार अवश्य करने चाहिए। इससे सम्पूर्ण जीवन प्रभावित होता है, यथा आर्द्रा या मघा में हुआ रजोदर्शन दुःख प्रदान करता है तथा पुनर्वसु या ज्येष्ठा में घटित रजोदर्शन कन्या को व्यभिचार की ओर उन्मुख करता है।

8.4 वस्त्र–विचार

श्यामं मृत्युकरं दृष्टं शुभकरं चित्रं च दारिद्र्यकृत्,
रक्तं व्याधिकरं सितं सुतकरं वस्त्रां रजोदूषितम्।

स्त्रीणां बिन्दुसभत्वमाभयकरं कन्याप्रदं चार्तवे,
बिन्दूनां विषमत्वमेव सुतकृत् भाग्यप्रदं सर्वदा।।

(पूर्व कालामृत 1/11)

प्रथम रजोदर्शन के समय कन्या ने काला या गहरा नीला कपड़ा पहना हो, तो दाम्पत्य जीवन कष्टमय (वैधव्य या स्वयं की मृत्यु) होता है। मजबूत वस्त्र से शुभफल होता है। कई रंग का वस्त्र पहना हो, तो दरिद्रता होती है। लाल वस्त्र रोगकारक होता है। सफेद वस्त्र पुत्रकारक है। यदि वस्त्र पर रज की बूँदें सम संख्या में हों तो रोगप्रद व कन्याएँ प्रदान करने वाला समझा जाता है। वस्त्र पर विषमसंख्यक बूँदें ही भाग्यवर्द्धक, पुत्रप्रद होती है।

प्रथम पंक्ति में चित्र का अर्थ कई रंगों का मिश्रण है जो स्त्रियों के वस्त्रों में सामान्य बात है। वशिष्ठ के अनुसार प्रथम रजोदर्शन के समय रंग विशेष का भी प्रभाव पड़ता है। सफेद वस्त्र से सौभाग्य, रेशमी वस्त्रों से रानी, लाल वस्त्र से रोग, नीले या काले वस्त्र से पति की अल्पायु होती है। मजबूत वस्त्रों से पतिव्रता, नये वस्त्र से सुखी, फटे-पुराने वस्त्र से दुर्भाग्य वाली होती है। किसी भी रंग के वस्त्र मैले-कुचैले हों, तो स्त्री दरिद्र होगी।

8.5 विभिन्न विचार

1. रजोदर्शन के समय मंगल, शनि षष्ठभावस्थ हों तो संतान को कष्ट होता है।
2. इस समय षष्ठभावस्थ सूर्य, बुध, शुक्र, गुरु या चन्द्र संतति को सुखद होते हैं।
3. पंचमभावस्थ बुध न्यूनसंतति प्रदान करता है। पंचमभावस्थ शुक्र कन्या बहुल योग निर्मित करता है।
4. ज्योतिष रत्नमाला के अनुसारः

   (अ) रजस्वला होने के प्रथम दिन कन्या चांडाली, दूसरे दिन ब्रह्महत्यारी, तीसरे दिन धोबिन और चौथे दिन शूद्र सदृश होती है।

   (ब) इस ग्रंथ के अनुसार विभिन्न नक्षत्रों में हुए प्रथम रजोदर्शन से अग्रांकित 7 योग बनते हैं, जिनका विवरण इस प्रकार हैः

   (क) **पतिहित योग** - इस योग का स्वामी बृहस्पति है। नक्षत्र कृत्तिका 3. रोहिणी 4, मृगशिरा 5 इसका परिणाम शुभ होता है।

   (ख) **कान्तायोग** - स्वामी चन्द्रमा, नक्षत्र आर्द्रा 6, पुनर्वसु 7, पुष्य 8,

अश्लेषा 9, मघा 10, पूर्वाफाल्गुनी 11, उत्तराफाल्गुनी 12, परिणामतः शुभ प्रभाव प्रकट होते हैं, जातिका पतिपरायणा होती है।

(ग) **वेश्यायोग**– स्वामी सूर्य, नक्षत्र हस्त 13, चित्रा 14, स्वाती 15, विशाखा 16 परिणाम अशुभ होता है।

(घ) **पतिहीन योग**– स्वामी शनि, नक्षत्र अनुराधा 17, ज्येष्ठा 18, मूल 19, पूर्वाषाढ़ 20, परिणाम वैधव्य होता है।

(ङ) **सुभोग योग**– स्वामी शुक्र, नक्षत्र उत्तराषाढ़ 21, श्रवण 22, धनिष्ठा 23, परिणाम शुभ और सुखद होता है।

(च) **दुर्भोग योग**– स्वामी मंगल, नक्षत्र शतभिषा 24, पूर्वाभाद्रपद 25, उत्तराभाद्रपद 26, परिणाम अशुभ होता है।

(छ) **दुःशील योग**– स्वामी राहु-केतु, नक्षत्र रेवती 27, अश्विनी 1, भरणी 2, परिणाम अशुभ होता है।

8.6 प्रकृति वर्गीकरण

प्रथम रजोदर्शन के आधार पर जातिकाओं को अग्रांकित 4 वर्गों में विभक्त किया गया है–

1. पद्मिनी– रजोदर्शन प्रातःकाल हो।
2. चित्रिणी– मध्याह्न में रजोदर्शन हो।
3. शंखिनी– सायंकाल रजोदर्शन हो।
4. हस्तिनी– रजोदर्शन रात्रि में हो।

प्रथम दो प्रकार शुभ और शेष अशुभ होते हैं।

8.7 रक्त–प्रभाव

प्रथम ऋतुदर्शन के समय यदि रक्त के धब्बे समान हों तो पुत्रियों की उत्पत्ति ही अधिक होती है। यदि मात्र एक बूँद रक्त हो तो धन, दो हों तो अपार आनन्द एवं तीन हों तो व्याधि की प्राप्ति होती है।

श्री यवनाचार्य का अभिमत है कि प्रथम रजोदर्शन का समय फल प्राप्त करने हेतु जन्म नक्षत्र की संख्या में प्रथम रजोदर्शन के समय के नक्षत्र की संख्या जोड़ देनी अपेक्षित है। यदि योगफल 27 से अधिक है तो 27 घटाकर जो संख्या प्राप्त

हो, उस नक्षत्र के सम्बन्धित योग का ही विश्लेषण समीचीन है। उदाहरणार्थ जन्म नक्षत्र मृगशिरा है जिसकी सं. 5 होती है, ऋतुकाल का नक्षत्र उत्तराभाद्रपद है जिसकी संख्या 26 होती है। इनका योग 31 है। इसमें 27 घटाने पर 4 संख्या प्राप्त होती है। यह रोहिणी नक्षत्र है जो 'पतिहितयोग' से सम्बद्ध है। इसके शुभ परिणाम जातिका को प्राप्त होंगे।

स्वीडिश के वैज्ञानिक सेवण्टी अर्रेनियस ने इस सन्दर्भ में महत्वपूर्ण शोधकार्य किया है। उनके अनुसार स्त्री गर्भाशय में 27.3 दिन की आवृत्तियों में डिम्ब निर्माण होता है। यह वह अवधि है, जिसमें चंद्र पृथ्वी की एक परिक्रमा सम्पन्न करता है। यदि नारी के जन्मांग में चन्द्र मंगल शुभसंस्थित हों और क्रूर प्रभाव रहित हों, तो ऋतुकाल में कोई अप्रिय अवरोध नहीं होता। चन्द्र मंगल दूषित हों तो ऋतुकाल अथवा रजोधर्म में अनियमितता अथवा व्यतिक्रम होता है। पापाक्रान्त चन्द्र से समय क्रम में अवरोध अथवा अनियमित रक्तस्राव होता है। मंगल पापप्रभावग्रस्त हो तो रुधिर की मात्रा और रक्तस्राव की अवधि अनियमित होती हैं। इस सन्दर्भ में कुछ विशिष्ट सूत्र प्रस्तुत हैं—

1. प्रथम रजोदर्शन समय निर्मित लग्नचक्र के अनुसार यदि बृहस्पति, शुक्र, चन्द्र व बुध केन्द्रस्थ अथवा त्रिकोणस्थ हों या द्वितीय भावस्थ हों तो कन्या को समस्त सुख उपलब्ध होते हैं।

   (इन दिनों को पूर्णिमा से पूर्णिमा तक न गिनकर स्त्री के मासिक स्राव के दिन से गिनना चाहिए। अर्रेनियस ने सांख्यिकीय आँकड़ों के आधार पर, जिनमें 25,000 उदाहरणों का निरीक्षण किया गया था, यह सिद्ध किया कि मनुष्यों की जन्म संख्या तथा रविमार्ग में चन्द्रमा के परिभ्रमण में साहचर्य है।

   वस्तुतः उन्होंने दिखा दिया कि अधिकांश स्त्रियों को मासिक धर्म चन्द्रमास की एक निश्चित तिथि को होता है। यदि व्यक्तिगत रूप में देखा जाये, तो मासिक धर्म प्रायः उस समय होता है, जब चन्द्रमा जन्म-पत्री में दिए हुए एक स्थिर बिन्दु विशेष पर पहुँच जाता है।)

2. यदि उपचय स्थानों में पापग्रह सूर्य, मंगल, शनि, राहु, केतु हों तो शुभ प्रभाव प्राप्त होता है। जातिका समृद्ध और यशस्वी होती है।

3. अष्टमभावस्थ चन्द्र परिघाती होता है।

4. चतुर्थ अथवा अष्टम भावस्थ मंगल, शीघ्र वैधव्य प्रदान करता है।

5. अष्टमभावस्थ बृहस्पति एवं सप्तमभावस्थ शनि वैधव्य का कारण होता है।

6. सप्तमभावस्थ सूर्य वैधव्य का कारण होता है।
7. सप्तमभावस्थ चन्द्र से जातिका धनी और संततिवान होती है। मंगल भी सप्तमभावस्थ हो तो जातिका चरित्रहीन होती है।
8. सप्तमभावस्थ बुध से जातिका वंध्या होती है।
9. सप्तमभावस्थ बृहस्पति से जातिका धनहीन होती है।
10. सप्तमभावस्थ शुक्र विदेश यात्रा निर्धारित करता है।
11. सप्तमभावस्थ शनि व्याधिग्रस्त करता है।
12. सप्तमभावस्थ राहु चरित्रहीन बनाता है।
13. सप्तमभावस्थ केतु से जातिका निकटस्थ व्यक्तियों द्वारा अपमानित होती है।
14. राहु केतु के 3,6,11 में होने पर जातिका दयालु और आस्तिक होती है। शेष भावों में दोनों ग्रह विपरीत फल प्रदान करते हैं।

जातिका का जन्म किस यमार्ध में हुआ, यह ज्ञात होना अत्यावश्यक है। इसी प्रकार विभिन्न यमार्थ में उसका रजोदर्शन भिन्न-भिन्न परिणाम निश्चित करता है। सूर्य के यमार्ध में हुआ प्रथम रजोदर्शन आजन्म दुख व्याधि, बुध में सुख, बृहस्पति में समृद्धि सम्मान, शुक्र में आर्थिक लाभ, शनि में प्रवंचना, अपयश के परिणाम प्राप्त होते हैं। यदि 'कालखाना' में यह घटना हो तो जातिका की मृत्यु संभावित होती है।

यदि अशुभ नक्षत्र अथवा तिथि में कन्या का प्रथम रजोदर्शन हो, तो शास्त्रोपचार हेतु सम्यक् पूजा, दान, मंत्र जपादि आवश्यक है। सम्बन्धित ग्रह हेतु जप दान हवन आवश्यक है। प्रथम रजोदर्शन से कन्या का जैसे नवीन जन्म होता है। इस अवसर पर निर्मित चक्र से तन, मन, दाम्पत्य, सन्तति, सुख, व्याधि, संपत्ति आदि विषयों पर महत्त्वपूर्ण सूत्र उद्‌घाटित होते हैं।

तथापि यह स्मरणीय है कि रजोदर्शन लग्नचक्र की अपेक्षा जन्म लग्न चक्र का महत्त्व सर्वोपरि है। यदि जन्मांग चक्र में वैवाहिक सुख का पूर्ण प्रदर्शन है और रजोदर्शन लग्न में इसके विपरीत तिथियाँ हैं जो अंतर्विरोध है। किन्तु इस दशा में जातिका का दाम्पत्य सामान्यतः सुखी सम्पन्न रहेगा। यदा-कदा उसमें तनाव कष्ट के झोंके आते रहेंगे, अर्थात् दोनों के संतुलन से ही परिणाम घोषित करना अपेक्षित है। जन्मांगों में वैधव्य योग है तो यह सुनिश्चित हो जाता है। चारित्रिक उत्थान-पतन हेतु दोनों चक्रों का समवेत विश्लेषण आवश्यक है। इन चक्रों के आधार पर यदि किसी व्यक्ति की जीवन क्षति प्रकट होती हो, तो उसके जन्मांग से भी इस तथ्य की पुष्टि करनी चाहिए।

अशुभ रजोदर्शन की शांति हेतु उत्तरकालामृत में रुद्र पूजा, यम पूजा का प्रावधान है। नारद ने ज्योतिर्निबन्ध में निम्न शान्तिप्रयोग आवश्यक माना है-

निन्द्यर्क्षतिथिवारेषु यत्र पुष्पं प्रदृश्यते।
तत्र शान्तिं प्रकुर्वीत घृतदूर्वातिलाक्षतैः।।
प्रत्येकमष्टशतं मन्त्रौर्गायत्र्या जुहुयात्ततः।
स्वर्णगोभूतिलान् दद्यात्सर्वदोषापनुत्तये।।

अर्थात घी, दूब, तिल, अक्षत से 108 आहुतियाँ गायत्री मन्त्र से दें तथा स्वर्ण, गौ, तिल व भूमि (मूर्ति) का दान करें, तब सब दोष शान्त हो जाते हैं।

ऋतुकालीन लग्नचक्र जन्मांग चक्र का सहायक होने के कारण पर्याप्त महत्वपूर्ण है। इन दोनों के साथ नवमांश चक्र को भी ध्यान में रखें तो प्राप्त परिणाम प्रायः सत्य को संस्पर्श करते प्रतिभासित होंगे।

आधुनिक जीवन के क्षेत्र में एक बात जो अति महत्व की है, वह गर्भाधान तथा मासिक धर्म पर चन्द्रमा का प्रभाव। यदि हिन्दू ज्योतिष की विचारधारा का परीक्षण संशोधित रूप से किया जाए तो उन्हें देखकर हमारे हिन्दू ज्योतिष शास्त्रज्ञों के अंतर्ज्ञान तथा विवेक पर बड़ा आश्चर्य होता है, कि उन्होंने हजारों वर्ष पूर्व से ही अपनी दूरदृष्टि द्वारा मानव के प्रजनन धर्म तथा चन्द्रमा की अलौकिक और प्राकृतिक घटनाओं से सम्बन्ध स्थापित किया था।

हमारे प्राचीन ऋषि-मुनियों ने इस विषय पर बहुत ही मार्मिक, गंभीर तथा गहन अनुभव लेकर हमारे प्राचीन शास्त्रों में निर्देशन किया है। यह उनकी दिव्य दृष्टि ही थी जो उन्होंने इस विषय पर पर्याप्त प्रकाश डाला है, जिसका प्रयोग कर मानव अधिकाधिक लाभ उठा सकता है। इसके लिए गंभीर प्रयत्न अत्यावश्यक है।

कुजेन्दुहेतु प्रतिमासमार्तवं गते तु पीडर्क्षमनुष्णदीधितौ।
अतोऽन्यथास्थे शुभपुंग्रहेक्षिते नरेण संयोगमुपैति कामिनी।।

(वृहज्जातक/अध्याय-4/श्लोक-1, जातक पारिजात/अध्याय-3/श्लोक-11)

स्त्री को मासिक रज उत्पन्न होने के लिए मंगल और चन्द्रमा (रुधिर और पित्त) कारण होते हैं। लग्न से स्त्री के उपचय स्थान में जिस समय चन्द्रमा जाता है तब प्रतिमास स्त्री को रज उत्पन्न होता है परन्तु यदि चन्द्रमा अन्य स्थिति में यानी उपचय स्थान में से जाता हो और जब उस पर पुरुष शुभग्रह की दृष्टि हो तो तब वह स्त्री पुरुष से समागम करती है।

अनुपचयशशिसंस्थे कुमुदाकरवान्धवे रुधिरदृष्टे।
प्रतिमासं युवतीनां भवतीह रजो ब्रुवन्त्येके।।

इन्दुर्जलं कुजोग्निर्जलमसृगथवाग्निरेव पित्तं स्यात्।
एवं रक्ते हीने पित्तेन रजः प्रवर्तते स्त्रीषु।।

एवं यद्भवति रजो गर्भस्य निमित्तमेव कथितं तत्।
उपचयसंस्थे विपुलं प्रतिमासं दर्शनं तस्य।।

उपचयभवने शशभृद्दृष्टो गुरुणा सुहृद्भिरथवासौ।
पुंसा करोति योगं विशेषतः शुभसंदृष्टः।।

(सारावली/अध्याय-5/श्लोक 2-5)

स्त्री की अनुपचय राशि में जिस समय चन्द्रमा जाता है और उस पर मंगल की दृष्टि पड़ती है तो प्रतिमास स्त्री को रज उत्पन्न होता है, ऐसा बहुतों का मत है क्योंकि चन्द्रमा जल और मंगल अग्निमय ग्रह है। तथा जल से शोणित और अग्नि से पित्त उत्पन्न होता है। जब पित्त के द्वारा शोणित क्षुब्ध होता है तो स्त्री को रजोधर्म होता है। इस प्रकार जो प्रतिमास स्त्री को रज (पुष्प) हुआ करता है वही गर्भ का कारण होता है। यदि चन्द्रमा उपचय स्थान में रहता है तो वह रज विफल गर्भधारण क्षम नहीं होता है। परञ्च यदि चन्द्रमा उपचय राशि में हो और गुरु व अपने मित्र से विशेषकर शुक्र से दृष्ट हो तो स्त्री को पुरुष का संयोग प्राप्त होता है।

पयः शशाङ्को दहनो महीजः कं शोणितं पावक एव पित्तम्।
एवं विहीने रुधिरेऽबलासु प्रवर्तते पित्तत आर्तवाख्यम्।।

एवं भवत्यार्त्तवसञ्ज्ञकं यत्तदेव गर्भस्य निमित्तमुक्तम्।
वृद्धिङ्गतेऽब्जे प्रतिमासमार्य्यैस्तस्येक्षणं चेद्विफलं प्रदिष्टम्।।

चन्द्रे स्त्रियोऽनुपचये कुजवीक्ष्यमाणे
जातं रजो भवति गर्भफलप्रदं तत्।
चन्द्रेऽन्यथा विफलमिष्टसितेज्यदृष्टे
पुंसा विधावुपचये महिलानृयोगः।।

(ज्योतिषतत्त्वम्/अध्याय-19/श्लोक 1-3)

'चन्द्रमा' जल और 'मंगल' अग्नि है। एवं 'जल' रक्त और 'अग्नि' पित्त जानना चाहिए। रक्तहीन होने पर पित्त से स्त्रियों में रज परिवर्तन होता है। इस प्रकार जो रज उत्पन्न हो वह गर्भ का कारण होता है। यदि रजोदर्शन काल में स्त्रियों की जन्मराशि से उपचय (3-6-10-11) स्थान में चन्द्रमा हो तो प्रतिमास में रजोदर्शन निष्फल कहा है। अर्थात् वह रज गर्भ धारण करने में असमर्थ होता है। रजोदर्शन में स्त्री की जन्मराशि से अनुपचय (1/2/4/5/7/8/9/12) स्थान में चन्द्रमा हो और वह मंगल से दृष्ट हो तो वह रज गर्भ फलप्रद होता है। यदि उक्त प्रकार से विपरीत हो तो रजोदर्शन निष्फल होता है एवं रजोदर्शन काल में पुरुष की जन्मराशि से उपचय (3/6/10/11) स्थान में चन्द्रमा हो और वह मित्र ग्रह शुक्र तथा गुरु से दृष्ट हो तो नित्य स्त्री-पुरुष का संयोग होता है।

ऋतूदयात्षोडश शर्व्वरीणां सीमन्तिनीनामृतुकाल आसाम्।
आधानयोग्या न चतस्र आद्याः पराः शुभा नन्दनदाः समाः स्युः।।

(ज्योतिषतत्त्वम्/अध्याय-19/श्लोक 4)

रजोदर्शन के समय से 16 रात्रि पर्यन्त ऋतुकाल होता है। उनमें से प्रथम चार रात्रि आधान कार्य के योग्य नहीं होती हैं। चार रात्रि के बाद जो सम रात्रि हैं। उन में गर्भाधान हो तो पुत्र उत्पन्न होता है।

8.8 मिलन की रात्रियों से सन्तति का ज्ञान

विभावरीषोडशभामिनीनां ऋतूद्गमाद्या ऋतुकालमाहुः।
नाद्याश्चतस्त्रोऽत्र निषेकयोग्याः पराश्च युग्माः शुभदाः प्रशस्ताः।।

(जातक पारिजात/अध्याय-3/श्लोक 17)

स्त्री के रजस्वला होने के उपरान्त सोलह रात्रि तक ऋतुकाल होता है, उनमें से प्रथम चार रात्रि मिलन के लिए अयोग्य हैं। शेष समरात्रियों को मिलन करने से पुत्र प्राप्ति की सम्भावना होती है।

पुत्रोऽल्पायुर्दारिका वंशकर्ता वन्ध्या पुत्रः सुन्दरीशो विरूपा।
श्रीमान् पापा धर्मशीलस्तथा स्त्री सर्वज्ञः स्यात् तुर्यरात्रेः क्रमेण।।

(जातक पारिजात/अध्याय-3/श्लोक 18)

रज प्राप्त हुए के दिन से चार रात्रि के बाद शेष तेरह रात्रि में मिलन के कारण जो गर्भ रहेगा वह किस प्रकार की संतान होगी-

1. चौथी रात्रि को गर्भधारण हो तो पुत्र अल्पायु होगा।
2. पांचवीं रात्रि को गर्भधारण हो तो कन्या प्राप्त होगी।
3. छठी रात्रि को गर्भधारण हो तो पुत्र वंशकर्ता होगा।
4. सातवीं रात्रि को गर्भधारण हो तो वन्ध्या कन्या प्राप्त होगी।
5. आठवीं रात्रि को गर्भधारण हो तो पुत्र प्राप्त होगा।
6. नवीं रात्रि को गर्भधारण हो तो सुन्दर कन्या की प्राप्ति होगी।
7. दसवीं रात्रि को गर्भधारण हो तो श्रेष्ठ पुत्र प्राप्त होगा।
8. ग्यारहवीं रात्रि को गर्भधारण हो तो कुरूप कन्या प्राप्त होगी।
9. बारहवीं रात्रि को गर्भधारण हो तो श्रीमान तुल्य पुत्र प्राप्त होगा।
10. तेरहवीं रात्रि को गर्भधारण हो तो पापी कन्या की प्राप्ति होगी।
11. चौदहवीं रात्रि को गर्भधारण हो तो धर्माचरण करने वाला पुत्र प्राप्त होगा।
12. पंद्रहवीं रात्रि को गर्भधारण हो तो लक्ष्मी तुल्य कन्या की प्राप्ति होगी।
13. सोलहवीं रात्रि को गर्भधारण हो तो सर्वज्ञ और सर्वगुण सम्पन्न पुत्र प्राप्त होगा।

8.9 शीघ्र गर्भाधान का बोध

समन्वितौ मूर्तिमतीश्वरौ मिथः
प्रोद्वीक्षितौ क्षेत्र-गतौ मिथोप्यथ।
विभावरीशे विषमर्क्ष-भाग-गे
स्व-वर्ग-गैश् चन्द्र-कुजामरार्चितैः।।

विलोकिते पुं-खचरैस्तनावथा-
पत्यालयेशे प्रथमेथ वात्मजे।
सोमांग-पौ स-त्वरितं तदा भवेद्
गर्भो विलम्बेन तु नक्त-योगतः।।

(प्रसवचिन्तामणि/अध्याय-2)

1. यदि गर्भाधान के समय लग्नेश और पंचमेश एक साथ हों, अथवा दोनों एक दूसरे पर दृष्टिनिक्षेप करते हों, अथवा दोनों एक दूसरे की राशि में हों अर्थात्

दोनों के मध्य विनिमय परिवर्तन योग निर्मित हो रहा हो, तो उसी लग्न में संतति गर्भस्थ हो जाती है। (यदि संतान प्राप्त करने की शीघ्रता हो, तो इस तरह के लग्न के समय पारस्परिक सम्बन्ध की स्थापना होनी चाहिए।)

2. विषमराशि या विषमनवांश में चन्द्र हो, चन्द्र, मंगल और बृहस्पति अपने वर्ग में हों और लग्न पुरुषग्रहों से दृष्ट हो, या
3. लग्न में पंचमेश हो, या
4. पंचम में चन्द्र और लग्नेश हों। इसके विपरीत, गर्भाधान के समय कोई बाधक-योग हो तो स्त्री विलम्ब से गर्भवती होती है।

8.10 प्रथम मिलन अर्थात् निषेक

स्त्रीपुंसोः प्रथमो निषेक उदितः सम्भोग आद्यार्तवे
गर्भाधानमिति ब्रुवन्ति विबुधास्तन्मासि मास्येव हि।
हस्तस्वात्यनुराधमूलवरुणश्रीशप्रजेशोत्तरास्वन्त्ये
चैव निषेक उत्तम इति प्राग्वच्च शुद्धादिकम्।।

(उ0 कालामृत/अध्याय-8/श्लोक 2)

स्त्री जब विवाह के बाद प्रथम अवसर पर ऋतुमती हो तो उसके अनन्तर होने वाला स्त्री-पुरुष का मिलन 'निषेक' कहलाता है। उसके बाद होने वाले मासिक धर्मों के अनन्तर का मिलन 'गर्भाधान' कहलाता है। चन्द्र जब हस्त, स्वाति, अनुराधा, मूल, शतभिषा, श्रवण, रोहिणी, उत्तराफाल्गुनी, उत्तराषाढ़ा, उत्तराभाद्रपद अथवा रेवती नक्षत्र में हो और लग्न पूर्ववत् शुद्ध हो तो उस समय किया हुआ निषेक बहुत शुभ होता है।

स्त्रीणामुपचयस्येन्दौ शुभपुंग्रहवीक्षिते।
शुभोदये युग्मरात्रौ निषिञ्चेत्पुत्रधारणम्।।

(होरासार/3)

स्त्री के जन्मांग में जब चन्द्रमा उपचय स्थान में भ्रमण कर रहा हो और साथ ही कोई पुरुष ग्रह गोचर के चन्द्रमा पर दृष्टिनिक्षेप कर रहा हो और उसके साथ ही साथ उस समय ऋतुकाल से प्रारम्भ होने वाली सम संख्या की रात्रि हो, तो पुत्र गर्भस्थ होता है।

यस्मिन्मासे वासरे गर्भदाब्दे स्वीयांशस्थैः सोमसूर्यारशुक्रैः।
पुंस्त्रीभाभ्यां वृद्धिभावोपयातैर्मासे तस्मिन्नह्नि भार्या सगर्भा।।

(ज्योतिषतत्त्वम्/अध्याय-19/श्लोक 21)

गर्भदायक वर्ष के जिस मास के जिस दिन में चन्द्र, सूर्य, मंगल तथा शुक्र ये चारों अपने-अपने नवांश में आये और पुरुष तथा स्त्री की जन्मराशि से उपचयस्थान में आये उस मास के उस दिन में जातक की स्त्री गर्भवती होती है।

उपचयगृहयातौ पुञ्जनुर्भात्सवीर्यौ
दिनकरदनुजार्च्यौ स्वीयभांशोपगौ वा।
तुहिनकरकुजौ स्त्रीभात्तथाऽऽधानलग्नादुत
पुरपथिधीस्थे सौजसीज्ये सगर्भा।।

(ज्योतिषतत्त्वम्/अध्याय-19/श्लोक 22)

बलवान सूर्य तथा शुक्र ये दोनों अपनी राशि में वा अपने नवांश में स्थित हों और पुरुष की जन्मराशि से वे दोनों उपचयस्थान में हों तो -

1. बलवान चन्द्र तथा मंगल ये दोनों अपनी राशि में व अपने नवांश में स्थित हों और स्त्री की जन्मराशि से तथा आधान लग्न से उपचय स्थान में हों। अथवा
2. आधान लग्न से बलवान बृहस्पति लग्न, नवम व पंचम में हो तो स्त्री गर्भवती होती है।

निषेकलग्नात्स्मरपोऽथ वा सितः कोणे बुधोऽङ्के दिविजीव इन्दुयुक्।
किं पुंवधूसम्भवलग्नतो भवकोणास्तपाश्चारवशाद्भवोपगाः।।

ग्लौदृष्टयुक्ताः किमु दारदैवपौ वास्ताङ्गनाथौ द्युनदैवदेहगौ।
साच्छौशशाङ्केक्षितसंयुतौवधूर्मासेऽह्नितस्मिन्नुत गर्भमाप्नुयात्।।

(ज्योतिषतत्त्वम्/अध्याय-19/श्लोक 23-24)

आधान लग्न से सप्तमस्थान का स्वामी तथा शुक्र त्रिकोण में हो, नवम तथा दशम में बुध एवं बृहस्पति यदि चन्द्रमा से युक्त हों तो-

1. पुरुष तथा स्त्री के जन्मलग्न से एकादश, पंचम, नवम और सप्तम इन चारों स्थानों के स्वामी जब गोचर से लाभभावगत राशि में आये और चन्द्रमा से दृष्ट हो। अथवा

2. पुरुष तथा स्त्री के जन्मलग्न से सप्तम तथा नवमभाव के स्वामी अथवा सप्तमेश और लग्नेश यदि सप्तम, नवम तथा लग्न में स्थित होकर शुक्र से युक्त हों और जिस मास तथा जिस दिन में चन्द्रमा से दृष्ट तथा युक्त हों तो उस मास में तथा उस दिन में स्त्री गर्भवती होती है।

यदि पुरुषविहङ्गा मातुलोपान्त्ययाता
बलवति मतिनाथेऽन्यैः खगैरोजभस्थैः।
किमुदयभवनेशो मंत्रगो वा मदस्थो
वपुषि मतिमदेशौ कामिनी गर्भमेति।।

(ज्योतिषतत्त्वम्/अध्याय-19/श्लोक 25)

गर्भाधान समय में पुरुष ग्रह (सूर्य, मंगल तथा बृहस्पति) षष्ठ तथा लाभभाव में हों, एवं पंचमेश बलवान हो और अन्य ग्रह विषमराशि में हों अथवा पंचम तथा सप्तम में लग्नेश हो एवं लग्न में पंचमेश तथा सप्तमेश हो तो स्त्री अवश्य गर्भवती होती है।

'ज्योतिषतत्त्वम्' आचार्य मुकुन्द दैवज्ञ द्वारा रचित एक महान शास्त्रीय ग्रंथ है। यही श्लोक उन्होंने प्रसव चिन्तामणि में भी उद्धृत किया है जो हम पूर्व पृष्ठों में प्रस्तुत कर चुके हैं।

समन्वितौ मूर्त्तिमतीश्वरौ मिथः प्रोद्वीक्षितौ क्षेत्रगतो मिथोऽप्यथो।
विभावरीशे विषमर्क्षभागगे स्ववर्गगैश्चन्द्रकुजामरार्च्वितैः।।

विलोकिते पुंखचरैस्तनावथाऽपत्यालयेशे प्रथमेऽथवाऽऽत्मजे।
सोमाङ्गपौ सत्वरितं तदा भवेद् गर्भो विलम्बेन तु नक्तयोगतः।।

(ज्योतिषतत्त्वम्/अध्याय-19/श्लोक 26-27)

आधान लग्न और पंचमेश ये दोनों एकराशि में हों वा दोनों परस्पर दृष्टिनिक्षेप करते हों वा परस्पर एक-दूसरे की राशि में हों अर्थात् 'लग्नेश' पंचमेश की राशि में और 'पंचमेश' लग्नेश की राशि में हो तो-

1. विषमराशि वा विषमनवांश में चन्द्रमा हो; चन्द्र, मंगल तथा बृहस्पति ये तीनों अपने वर्ग में हो एवं 'लग्न' पुरुष ग्रहों से दृष्ट हों।
2. लग्न में पंचमेश हो।
3. पंचम में चन्द्रमा और लग्नेश हों तो जातक की स्त्री शीघ्र गर्भवती होती

है। यदि आधान समय में कोई बाधक योग हो तो स्त्री विलम्ब से गर्भवती होती है।

संतान के गर्भस्थ होने के लिए पुरुष अथवा स्त्री के जन्मांग में किस प्रकार की ग्रह स्थिति का संयोग हो, इसके विषय में अनेक शास्त्रीय ग्रंथों में भिन्न-भिन्न ऋषियों ने अपने अनुभव और सिद्धि के आधार पर उपरोक्त सूत्र प्रतिपादित किये। आधुनिक परिवेश में इन योगों का महत्व तभी है जब किसी स्त्री के गर्भवती होने में विविध अवरोध उत्पन्न हो रहे हों और बार-बार प्रयास करने पर भी स्त्री गर्भस्थ न हो रही हो। ऐसी समस्या होने पर उपरोक्त ग्रह योगों के समय ही पति-पत्नी का सम्पर्क स्त्री के गर्भवती होने में सहायक सिद्ध होता है। इन योगों की व्याख्या उस समय की गई थी, जब संतान, पुत्र अथवा पुत्री की कामना से पति-पत्नी का संपर्क होता था। सुकरात ने इसीलिए कहा था कि पति-पत्नी का साहचर्य जीवन में एक या दो बार ही होना चाहिए। अनेक ऋषियों ने संतान जन्म के प्रयोजन हेतु ही सम्पर्क का परामर्श प्रदान किया है।

आज समस्त विश्व में प्रायः कोई भी इस तरह के परामर्श के अनुसरण के पक्ष में नहीं है। इसीलिए संतान के गर्भस्थ होने का समय, तारीख और लग्नादि का ज्ञान भी संशयात्मक ही होता है। हमारे कहने का तात्पर्य यह है कि उपरोक्त योगों की उपयोगिता, वर्तमान परिवेश में कदाचित् किंचित् भी नहीं है। यह ग्रन्थ संतान सम्बन्धी विषयों पर एक विस्तृत और सम्पूर्ण संरचना है इसलिए संतान के गर्भस्थ होने के समय से सम्बन्धी सूत्रों का उल्लेख करना भी अनिवार्य प्रतीत होता है।

गर्भाधान से सम्बन्धित कतिपय अन्य महत्त्वपूर्ण योग अग्रांकित हैं :

संतानाप्तेर् मुख्य-मार्गं प्रवक्ष्येदुश्चिक्यायांगास्त-धी-भाग्य-भानि।
संतानाख्यानीरितानि ग्रह-ज्ञैसूतेष्वप्यंगायात्मजानंग - भानि।।

मुख्यानि स्युर् जन्म-लग्नाज् जनीन्दोश्
चेद् दम्पत्योर् गोचरेणामरेज्यः।
आयात्यार्किश् चैषु गर्भस्य योगः
स्त्रीणां वाच्यः प्राक्तनाचार्य-वर्यैः।।

(प्रसवचिन्तामणि/अध्याय-2)

गर्भाधान की संभावना या असंभावना ग्रहों की स्थिति पर भी निर्भर है। तृतीय, एकादश, लग्न, सप्तम, पंचम और नवम, ये छह स्थान ऐसे हैं। जिनका सन्तान-प्राप्ति

अर्थात् गर्भाधान के संदर्भ में विशेष महत्त्व है। उनमें से भी लग्न, एकादश, सप्तम और पंचम का तो और भी अधिक महत्त्व है। स्त्री और पुरुष दोनों के जन्म-लग्न और जन्म-चन्द्रराशि से पूर्वोक्त स्थानों में यदि गोचर से बृहस्पति और शनि उपस्थित हो तो गर्भाधान का योग होता है।

आचार्य लग्नात्मज-प-स्फुटैक्य आदित्य-तष्टे परिशेष-राशौ।
तस्मात्-त्रिकोणार्क्ष-गतेमरेड्ये संतान-लब्धिं निगदन्ति धीराः।।

संतान-दो रवि-सुतो यदि जन्मनि लग्न-गः।
गो-चरेण यदायाति लाभागारे तदेरितः।।

(प्रसवचिन्तामणि/अध्याय-2)

बृहस्पति, लग्नेश और पंचमेश के राश्यादि-स्पष्ट का योग करके उसमें बारह का भाग देने पर जो शेष बचे उसमें, और, उस शेष बची संख्या से पंचम और नवम राशि में जिस समय गोचर से बृहस्पति आए उस समय गर्भाधान का योग होता है।

जन्मलग्न में लग्नस्थ शनि गोचर से जिस समय लाभभाव की राशि में आए, उस समय भी गर्भाधान का योग होता है।

गर्भाधानमतीव पुत्रशुभदं ब्रह्मेन्दुपूर्वत्रये
रौद्रत्रीणि करादिपञ्चकहरित्रीण्युत्तराख्यत्रये।
भद्रापूर्णजयासु शोभनगृहेऽप्यष्टम्यमापूर्णिमा
हित्वार्येन्दुजयोर्भृगोः शशिदिने स्याल्लग्नशुद्धौ तथा।।

(उ0 कालामृत/अध्याय-8/श्लोक 1)

यदि गर्भाधान रोहिणी, मृगशिरा, पूर्वाफाल्गुनी, पूर्वाषाढ़ा, पूर्वभाद्रपद, आर्द्रा, पुनर्वसु, पुष्य, हस्त, चित्रा, स्वाति, विशाखा, अनुराधा, श्रवण, धनिष्ठा, शतभिषा, उत्तराफाल्गुनी, उत्तराषाढ़ा, उत्तराभाद्रपद नक्षत्रों में, द्वितीया, सप्तमी, द्वादशी, पंचमी, दशमी, तृतीया, त्रयोदशी तिथियों में बृहस्पति, बुध, शुक्र अथवा सोमवार में, और शुभलग्न में, जो पाप प्रभाव से रहित हो, किया जाये तो अत्यन्त शुभ तथा पुत्रदायक सिद्ध होता है।

शीतज्योतिषि योषितोनुपचयस्थाने कुजेनेक्षिते
जातं गर्भफलप्रदं खलु रजः स्यादन्यथा निष्फलम्।

दृष्टेऽस्मिन् गुरुणा निजोपचयगे कुर्यान्निषेकं पुमान्
अत्याज्ये च समूलभे शुभगुणे पर्वादिकालोज्झिते।।

(जातक पारिजात/अध्याय-3/श्लोक 16)

स्त्री को मासिक रज प्राप्त हुआ हो, उस समय यदि चन्द्रमा स्त्री की राशि से अनुपचय स्थान में होकर उस पर मंगल की दृष्टि हो तो गर्भ रहेगा। अन्य योग में गर्भ नहीं रहेगा। पुरुष की जन्मराशि से चन्द्रमा यदि उपचय-स्थान में होकर उस पर बृहस्पति की दृष्टि हो तो भी स्त्री गर्भधारण करेगी। ऐसे समय पर पुरुष को स्त्री से मिलन करना चाहिए। ये सब योग लग्न को शुभयोग होते हुए हों तो और पर्वादि कोई भी कुयोग न हो तो संतान गर्भस्थ होगी।

स्त्रीणामृतुः षोडशकं निशानां तासां त्यजेत्सप्तकमत्र पूर्वम्।
समे नराणां विषमेऽङ्गनानां गर्भा भवेयुः पुरुषस्य योगात्।।

(शम्भुहोराप्रकाश/अध्याय-5/श्लोक 4)

स्त्रियाँ सोलह रात्रियों तक ऋतुमती रहती हैं, उनमें से प्रथम सात रात्रि छोड़कर मिलन करने से विषम दिनों में कन्या, सम दिनों में पुत्र गर्भस्थ होता है।

शनैश्चरक्ष्मासुतशुक्रसूर्यैर्निजांशगैश्चोपचयस्थितैश्च ।
त्रिकोणलग्नोपगते सुरेज्ये वीर्यान्विते गर्भसमुद्भवः स्यात्।।

(शम्भुहोराप्रकाश/अध्याय-5/श्लोक 5)

आधान लग्न से तथा प्रश्न लग्न से शनि, मंगल, शुक्र और सूर्य अपने अंशकों में तथा उपचय 3/6/10/11 में हो तथा त्रिकोण 5/9 तथा लग्न में बृहस्पति हो तो गर्भोत्पत्ति होती है।

वीर्यान्विते लग्नगते सुरेज्ये त्रिकोणसंस्थे यदिवाऽत्र योगः।
स्युर्निष्फलास्ते हतवीर्यकाणां वीणेवशब्दाः श्रववर्जितानाम्।।

(शम्भुहोराप्रकाश/अध्याय-5/श्लोक 6)

बलवान बृहस्पति लग्न में हो तथा त्रिकोण में हो तो भी गर्भ योग होता है। नपुंसकों के लिए गर्भकाल से सम्बन्धित ऐसा योग भी उसी तरह निष्फल होता है जिस प्रकार से वीणा का मधुर शब्द बधिर व्यक्ति के लिए निरर्थक होता है।

संतान के गर्भस्थ होने के विषय में सभी शास्त्रीय ग्रन्थों में ग्रन्थ रचनाकारों ने अपने अध्ययन, अनुभव और अनुसंधान के आधार पर भिन्न-भिन्न ग्रह स्थितयाँ,

गोचर के ग्रहों, नवमेश, पंचमेश, लग्नेश आदि के भ्रमण के आधार पर प्रमुख सूत्रों को श्लोकबद्ध किया है। गोचर के बृहस्पति का महत्त्व सबसे अधिक है क्योंकि बृहस्पति संतानकारक होता है अतः जब बृहस्पति, चंद्रमा या लग्न से पंचम और अथवा नवम भाव और अथवा लग्न को प्रभावित करे या इन भावों के स्वामियों की दृष्टि अथवा युति द्वारा प्रभावित करे तो संतान गर्भस्थ होती है।

इस विषय में प्रसवचिन्तामणिकार का कथन है -

गर्भाप्तिरार्किर् यदि गर्भ-संज्ञके
तिष्ठेत् तदा यात्यपि तत्र वाक्पतिः।
पुं-वामयोः संभव-लग्नतो भव-
कोणास्त-पाश् चार-वशाद् भवोपगाः।।

ग्लौ-दृष्टयुक्ताः किमु दार-दैव-पौ
वास्तांग - नाथौ द्युन-दैव-देह-गौ।
साच्छौ शशांकेक्षित-संयुतौ वधूर्
मासेह्नि तस्मिन् नुत गर्भमाप्नुयात्।।

यस्मिन् मासे वासरे गर्भ-दाब्दे
स्वीयांशस्थैः सोम - सूर्यार - शुक्रैः।
पुं-स्त्री-भाभ्यां वृद्धि-भावोपयातैर्-
मसे तस्मिन्नह्नि भार्या स - गर्भा।।

(प्रसवचिन्तामणि/अध्याय-2)

जिस वर्ष गोचर से बृहस्पति उस स्थान में आए जिसमें जन्म-कालीन शनि हो, उस वर्ष गर्भाधान होता है, किन्तु वह स्थान गर्भोत्पादक अर्थात् प्रथम, तृतीय, पंचम, सप्तम, नवम और एकादश में से कोई एक अवश्य होना चाहिए। स्त्री और पुरुष दोनों के जन्म-लग्न से पंचम, सप्तम, नवम और एकादश स्थानों के स्वामी गोचर से लाभभाव की राशि में जिस वर्ष आए और चन्द्र से भी दृष्ट हों उस वर्ष गर्भाधान का योग होता है। पुरुष और स्त्री के जन्म-लग्न से सप्तम और नवमभाव के स्वामी या सप्तमेश और लग्नेश सप्तम, नवम तथा लग्न में आकर शुक्र से युक्त हों, और ऐसी ही स्थिति में वे चन्द्र से दृष्ट और युक्त हों, उस समय जो मास और दिन होगा उसी मास और दिन गर्भाधान का योग होता है। सूर्य, चन्द्र, मंगल और

शुक्र अपने-अपने नवांश में जिस मास और जिस दिन आए और स्त्री और पुरुष की जन्मराशि से उपचयस्थान में भी आएं तो उसी मास और उसी दिन गर्भाधान का योग होता है।

प्रसवचिन्तामणि के एक अन्य श्लोक में यह उल्लेख किया गया है कि संतान किस वर्ष गर्भस्थ होगी। इस श्लोक का अवलोकन करें।

जन्मांगान्नवमे पुत्रे चारेणायाति नन्दनः।
पञ्चमे देवता-पूज्यस् तद्वर्षे गर्भ ईरितः।।

यद्भे सुरेज्यस् तत् ओज-हायने चेत् संभवे सत्यथ गोचरे गुरौ।
यद् भावतस् त्रयस्त-भव-त्रिकोण-भे गर्भस्य योगो गदितस् तदब्दके॥

यद्वत्सरे भौम-भयोर् मिथो दृक् गर्भस् तदब्दे कथितोंगनायाः।
यस्यां समायां सुत-भाव-नाथोनुजोपगो गर्भ-करः स तस्याम्।।

(प्रसवचिंतामणि/अध्याय-2)

गर्भाधान प्रथम रजोदर्शन के कुछ दिनों पश्चात् भी हो सकता है, किन्तु कभी-कभी कुछ वर्ष बाद भी होता है। इस संदर्भ में भी ग्रह-स्थिति का महत्त्व है। जिस वर्ष जन्म-लग्न की राशि से गोचर में नवम और पंचमराशि में शनि आये और पंचमराशि में बृहस्पति गोचर में आये उसी वर्ष में गर्भाधान होता है।

जन्म-काल में बृहस्पति का उदय जिस राशि में हो उसके आगे के विषम वर्षों में से किसी में गर्भाधान का योग होता है। या फिर, विवाह-काल के पश्चात् जिस वर्ष संबन्धी भावस्थ राशि से तृतीय, पंचम, सप्तम, नवम और एकादश राशि में गोचर से बृहस्पति आये उसी वर्ष गर्भाधान होता है, किसी अन्य वर्ष में नहीं।

जिस वर्ष में मंगल और शुक्र एक-दूसरे पर दृष्टिनिक्षेप करते हों उस वर्ष गर्भाधान का योग होता है। जिस वर्ष पंचमभाव का स्वामी तृतीयभाव की राशि में हो उस वर्ष गर्भयोग होता है।

'प्रसवचिन्तामणि' में गर्भाधान कब संभव होगा, इससे सम्बन्धित अनेक सूत्रों का उल्लेख किया गया है। इस संदर्भ में गर्भाधान काल का निर्णय करने के लिए कुछ विशेष ग्रह स्थितियाँ अग्रांकित श्लोक में व्याख्यायित की गयी हैं -

उपचय-गृह-यातौ पुं-जनुर् भात् स-वीर्यौ
दिनकर-दनुजार्च्यौ स्वीय-भांशोपगौ वा।

तुहिन-कर-कुजौ स्त्री-भात् तथाधान-लग्नाद्
उत पुर-पथि धी-स्थे सौजसीज्ये स-गर्भा।।

यदि पुरुष-विहंगा मातुलोपान्त्य-याता
बलवति मति-नाथेन्यैः खगैरोज-भ-स्थैः।
किमुदय-भवनेशो मन्त्रगो वा मद-स्थो
वपुषि मति-मदेशौ कामिनी गर्भमेति।।

चेत् प्राक् कुजादोज-भ-गौ दिनेश-
वागीश्वरावोज - लवेषु संस्थौ।
किं वा बलैः स्थान-मुखैः समेतौ
गर्भं समेतीज्य-भ-पौ पुर-स्थौ।।

(प्रसव चिन्तामणि/अध्याय-2)

पुष्पवती या रजस्वला हो चुकने पर अर्थात् रजोदर्शन के पश्चात्, ऋतुचक्र के अनुसार, जब गर्भाधान का उपक्रम चल रहा हो तब स्त्री की और पुरुष की कभी अलग-अलग और कभी साथ-साथ, जिन राशि, नक्षत्र आदि का उदय हो उन राशियों, नक्षत्रों आदि की विभिन्न स्थितियों के अनुसार गर्भाधान कभी होता है, कभी नहीं होता है, कभी विलम्ब से होता है और कभी कष्टसाध्य होता है।

1. मिलन के समय बलवान सूर्य और शुक्र अपनी राशि में और अपने नवांश में स्थित हों, और साथ ही पुरुष की राशि से उपचय-स्थान में अर्थात् तीसरे, छठे, दसवें और ग्यारहवें में से किसी एक स्थान में हों तो गर्भाधान होगा।
2. मिलन के समय बलवान चन्द्रमा और मंगल अपनी राशि में और अपने नवांश में स्थित हों, और साथ ही स्त्री की जन्मराशि और गर्भाधान की लग्न से उपचय-स्थान में हों।
3. बलवान बृहस्पति गर्भाधान की लग्न से पंचम या नवमस्थान में हो तो गर्भाधान होता है।
4. मिलन के समय पुरुषग्रह अर्थात् सूर्य मंगल और बृहस्पति षष्ठ तथा लाभ में हों या पंचमेश बलवान हो और अन्य ग्रह विषमराशि में हों तो गर्भाधान होता है।
5. पंचम और सप्तम में लग्नेश हो और लग्न में पंचमेश और सप्तमेश हों, तो

गर्भाधान होता है। यदि सूर्य और बृहस्पति अपने नवांश में स्थित हों और संभोग की लग्न से विषमस्थान अर्थात् प्रथम, तृतीय, पंचम, सप्तम, नवम और एकादश में से किसी एक स्थान में हो तो गर्भाधान होता है।

6. मिलन के समय बलवान चन्द्रमा और बृहस्पति लग्न में हों तो गर्भाधान होता है।

आचार्य कल्याणवर्मा' ने सारावली में संतान के गर्भस्थ होने से सन्दर्भित कतिपय महत्त्वपूर्ण सूत्र अग्रांकित श्लोक में व्याख्यायित किये हैं -

उपचयगौ रविशुक्रौ बलिनौ पुंसः समांशसंप्राप्तौ।
युवर्तेवा कुजचन्द्रौ यदा तदा गर्भसंभवो भवति।।

(सारावली/अध्याय-8/श्लोक 11)

यदि सूर्य, शुक्र समराश्यंश में बली होकर पुरुष के उपचयराशि में हो अथवा मंगल, चन्द्रमा बली होकर स्त्री के उपचयराशि में हो तो गर्भ संभव कहना चाहिए।

शुक्रार्कभौमराशिभिः स्वांशोपचयस्थितैः सुरेज्ये वा।
धर्मोदयात्मजस्थे बलवति गर्भस्य संभवो भवति।।

(सारावली/अध्याय-8/श्लोक 12)

यदि शुक्र, सूर्य, मंगल, चन्द्रमा अपने नवांश में होकर उपचयस्थान में हों अथवा बृहस्पति (1/5 /9) भाव में होकर बली हों तो भी गर्भ संभव होता है।

आचार्य मंत्रेश्वर ने 'फलदीपिका' में संतान के गर्भस्थ होने के समय सम्बन्धित सूत्र का उल्लेख करते हुए कहा है -

बलयुक्तौ स्वगृहांशेष्वर्कसितावपचयर्क्षगौ पुंसाम्।
स्त्रीणां वा कुजचन्द्रौ यदा तदा संभवति गर्भः।।

(फलदीपिका/श्लोक 12)

पुरुषों के जन्मांग में सूर्य और शुक्र और स्त्रियों के जन्मांग में मंगल और चन्द्रमा ये बलवान होकर जब अपनी राशि या वर्ग में से परिभ्रमण करते हैं तब गर्भधारणा होती है।

संतान किस दिन गर्भस्थ होगी? इसके लिए अग्रांकित सूत्रबद्ध श्लोक अत्यन्त महत्त्वपूर्ण और उल्लेखनीय हैं -

यस्मिन्मासे वासरे गर्भदाब्दे स्वीयांशस्थैः सोमसूर्यारशुक्रैः।
पुंस्त्रीभाभ्यां वृद्धिभावोपयातैर्मासे तस्मिनह्नि भार्या सगर्भा।।

उपचयगृहयातौ पुञ्जनुर्भत्सवीर्यौ
दिनकरदनुजाच्यौं स्वीयभांशोपगौ वा।
तुहिनकरकुजौ स्त्रीभात्तथाऽऽधानलग्ना-
दुत पुरपथिधीस्थे सौजसीज्ये सगर्भा।।

निषेकलग्नात्स्मरपोऽथ वा सितः कोणे बुधोऽङ्के दिवि जीवेन्दुयुक्तः।
किं पुंवधूसम्भवलग्नतो भवकोणास्तपाश्चारवशाद्भवोपगाः।।

ग्लौदृष्टयुक्ताः किमु दारदेवपौ वास्ताऽङ्गनाथौ धनुदेवदेहगौ।
साच्छौशशाङ्केक्षितसंयुतौ वधूर्मासेऽह्नितस्मिन्नुत गर्भमाप्नुयात्।।

यदि पुरुषविहङ्गा मातुलोपान्त्ययाता
बलवति मतिनाथेऽन्यैः खगैरोजभस्थैः।
किमुदयभवनेशो मंत्रगो वा मदस्थो
वपुषि मतिमदेशौ कामिनी गर्भमेति।।

(ज्योतिषतत्त्वम्/अध्याय 19/श्लोक 21-25)

गर्भदायक वर्ष के जिस मास के जिस दिन में चन्द्रमा, सूर्य, मंगल, तथा शुक्र ये चारों अपने-अपने नवांश में आये और पुरुष और स्त्री की जन्मराशि से उपचय स्थान में आये उस मास के उस दिन में जातक की स्त्री गर्भवती होती है। बलवान सूर्य तथा शुक्र ये दोनों अपनी राशि में या अपने नवांश में स्थित हों और पुरुष की जन्मराशि से वे दोनों उपचयराशि में हों तो (1) अथवा बलवान चन्द्रमा तथा मंगल ये दोनों अपनी राशि में तथा अपने नवांश में स्थित हों और स्त्री की जन्मराशि से तथा आधान लग्न से उपचयस्थान में हों तो (2) अथवा आधान लग्न से बलवान बृहस्पति लग्न, नवम वा पंचम में हो तो उक्तयोगों में स्त्रीगर्भवती होती है। आधान लग्न से सप्तमस्थान का स्वामी तथा शुक्र त्रिकोण में हो नवम तथा दशम में बुध एवं बृहस्पति यदि चन्द्रमा से युक्त हो तो (1) अथवा पुरुष तथा स्त्री के जन्मलग्न से एकादश पंचम, नवम और सप्तम इन चारों स्थानों के स्वामी जब गोचर से लाभभावगत राशि में आये और चन्द्रमा से दृष्ट हो (2) अथवा पुरुष तथा स्त्री के जन्म लग्न से सप्तम तथा नवमभाव के स्वामी अथवा सप्तमेश और लग्नेश यदि,

सप्तम, नवम तथा लग्न में स्थित होकर शुक्र से युक्त हो और जिस मास या जिस दिन में चन्द्रमा से दृष्ट तथा युक्त हों- उस मास में या उस दिन में स्त्री गर्भवती होती है। गर्भाधान समय में पुरुष ग्रह (सूर्य, मंगल तथा बृहस्पति) षष्ठ तथा लाभ में हो, एवं पंचमेश बलवान हो और अन्य ग्रह विषमराशि में हों तो (1) पंचम या सप्तम में लग्नेश हो एवं लग्न में पंचमेश तथा सप्तमेश हो तो स्त्री गर्भवती होती है।

समन्वितौ लग्नमतीश्वरौ मिथः प्रोद्वीक्षितौ क्षेत्रगतौ मिथेऽनयोः।
विभावरीशे विषमर्क्षभागगे स्ववर्गगैश्चन्द्रकुजामरार्चितैः।।
विलोकिते पुंखचरैस्तनावथापत्यालयेशे प्रथमेऽथ वामजे।
सोमाङ्गपौ सत्वरितं तदा भवेद्गर्भो विलम्बेन तु नक्तयोगतः।।

(सारावली/अध्याय-8/श्लोक 26-27)

आधान लग्नेश और पंचमेश ये दोनों एकराशि में हों तथा दोनों परस्पर दृष्टिनिक्षेप करते हों तथा परस्पर एक-दूसरे की राशि में हों अर्थात् लग्नेश पंचमेश की राशि में और पंचमेश लग्नेश की राशि में हो तो (1) विषमराशि तथा विषम नवमांश में चन्द्रमा हो; चन्द्र, मंगल तथा बृहस्पति ये तीनों अपने वर्ग में हों एवं लग्न पुरुषग्रहों से दृष्ट हो तो (2) अथवा लग्न में पंचमेश हो तो (3) अथवा पंचम में लग्नेश और चन्द्रमा हो तो जातक की स्त्री शीघ्र गर्भवती होती है। यदि आधान समय में कोई बाधक योग हो तो स्त्री विलम्ब से गर्भवती होती है।

यह श्लोक आचार्य मुकुन्द दैवज्ञ ने ज्योतिषतत्त्वम् एवं प्रसवचिंतामणि में भी प्रस्तुत किया है जिससे इस श्लोक की महत्ता स्वतः सिद्ध हो जाती है।

'प्रसवचिंतामणि' में सामान्यज्ञान और संतान के गर्भस्थ होने के विषय में एक तथ्य का उल्लेख किया गया है जिससे प्रायः सभी महिलायें परिचित हैं। यह श्लोक अग्रांकित है -

एते प्राक् कथिता योगा पुरुषाणां विबीजिनाम्।
वृद्धानां बालकानां च न विचार्याः कदाचन।।

(प्रसवचिन्तामणि/अध्याय-2)

गर्भाधान के सम्बन्ध में अभी तक जो नियम बताये गये हैं उनका एक अपवाद भी है। रजोदर्शन के पश्चात्, ऋतु-चक्र के अनुसार, पूर्वोक्त योगों या नियमों के अनुरूप भी कोई स्त्री यदि नपुंसक से या अतिवृद्ध से या बालक से मिलन करे तो वह कभी भी गर्भवती नहीं होगी।

8.11 गर्भाधान के लिए अनुपयुक्तकाल

शास्त्रों में गर्भाधान किन विशेष ग्रह स्थितियों में संभव है, इसका विस्तृत उल्लेख किया गया है। पाठकों का ध्यान इस विषय पर केन्द्रित करते हुए अनेक महत्त्वपूर्ण सूत्र इस अध्याय में उद्धृत किये गये हैं। कुछ लोग, जो इन सूत्रों से अपरिचित हैं और बार-बार प्रयास करने पर भी संतान सुख से वंचित हैं, उन्हें विचार करना चाहिए कि कहीं ऐसा तो नहीं है कि पत्नी के अनुपयुक्तकाल में साथ सम्यक् मिलन अर्थात् जिस समय में संतान के गर्भस्थ होने की संभावना नहीं होती है, वह सम्पूर्ण मिलन करते हैं, कई बार ऐसा दृष्टिगत होता है कि पति-पत्नी में कोई विकार नहीं है परन्तु पत्नी गर्भस्थ होने के सुख से वंचित है। ऐसे दम्पतियों को अग्रांकित सूत्रों से सम्बन्धित ग्रहयोगों पर विचार करने के पश्चात् ही एक-दूसरे का सामीप्य प्राप्त करना चाहिए। अग्रांकित ग्रहयोगों में प्रयास करने पर भी स्त्री के गर्भवती होने की संभावना शून्य होती है।

आधान-तन्वास् तनये गतोर्जेक्रूरे स-पापे सु-तपेस्त-निम्ने।
किं क्षीण-चन्द्रे चरमास्पदस्थेसौरौ सभौमे सलिले न गर्भः।।

नीचाश्रितैस् त्रयादि-ख-गै रुतारुणेस्रे
वा तनौ क्षीण-विधावकेथ वा।
सेने सिते वासृजि काम उद्‌गमे
नार्ये सिते वा न हि गर्भ-संभवः।।

गर्भाधान के लग्न से पंचमस्थान में निर्बल पापग्रह हो और पंचमेश पापयुक्त होकर अस्तगत नीचराशि में हो तो गर्भाधान का योग नहीं होता। इसी प्रकार, गर्भाधान-काल में व्यय या दशम में क्षीण चन्द्र हो और चतुर्थ में शनि हो और वह भी मंगल से युक्त हो तो गर्भाधान संभव नहीं होता।

गर्भाधान का योग न होने की तीन स्थितियाँ हैः मिलन के समय तीन प्रभृति ग्रहों का नीचराशि में होना; संयोग-लग्न में सूर्य और मंगल का तथा व्यय में क्षीण चन्द्र का उदित होना; सूर्य से युक्त होकर मंगल और शनि का सप्तम और लग्न में होना और उसमें बृहस्पति और शुक्र का न होना।

जनौ जलेरौ यम-भौम-संगमः
किं सार्क्यरीशे रुजि राजनि स्मरे।

बिभर्ति गर्भं मतुजस्य नांगना
मन्दे मदेर्के प्रथमे किमस्तभे।।

सार्के यमे यज्वपतिं पदोपगं
पश्येन् न पूज्योथ पपी-पपीजनी।
दृश्यार्धगौ ग्लावि गदे मदे खले
वेलाज-सौर्योर् जलभस्थयोस् तदा।।

(प्रसवचिन्तामणि/अध्याय-2)

कुछ स्त्रियां बन्ध्या तो नहीं होतीं, उपर्युक्त वर्णित किसी वर्ग में भी नहीं आतीं। वे सब प्रकार से गर्भाधान के योग्य होती हैं, फिर भी वे गर्भवती नहीं हो पातीं क्योंकि उनके जन्म-कालीन ग्रहों की स्थितियाँ गर्भाधान में बाधक होती हैं।

उल्लेखनीय है कि गर्भाधान के योग्य होने के उपरान्त भी पुरुषों अथवा महिलाओं के जन्मांग में संतान प्रतिबन्धक योग विद्यमान होने पर संतति सुख नहीं प्राप्त होता है, महिलायें गर्भवती नहीं हो पाती हैं? संतान प्रतिबंधक योग के विषय में हम अन्यत्र विचार करेंगे और अन्यान्य उदाहरणों द्वारा प्रतिबंधक योग का विस्तृत अध्ययन भी करेंगे। यहां इतना जान लेना पर्याप्त है कि अल्पसुत राशियां, बन्ध्या राशियां, अल्पबन्ध्या राशियां, शीघ्र संतति प्रदान करने वाली सकारात्मक राशियां एवं अर्धसकारात्मक राशियां कौन-कौन सी हैं, संतान पक्ष पर विचार करते समय इन राशियों पर भी विचार कर लेना उपयुक्त है।

1. अल्पसुत राशियां - 2, 5, 6, 8
2. वन्ध्या राशियां - 3, 5, 6
3. अल्प वन्ध्या राशियां - 1, 9, 10
4. अर्धसकारात्मक राशियां - 2, 7, 11
5. पूर्ण सकारात्मक राशियां - 4, 8, 12

पंचमभावगत राशियों के साथ-साथ पंचमेश द्वारा अधिष्ठित राशियों पर भी विचार करना आपेक्षित है। पंचमेश की नवांश राशि क्या है? इस पर भी विचार कर लेना चाहिए। इसके अतिरिक्त पंचमभाव यदि पापाक्रान्त है पापग्रहों से युक्त है, पापकर्तरियोग ग्रस्त है अथवा त्रिकभावों के स्वामी पंचमभाव में स्थित हैं या पंचमेश त्रिकभावों में अर्थात् 6, 8, 12 भावों में भावों के स्वामियों के साथ संस्थित है अथवा पंचमेश के साथ षष्ठेश, अष्टमेश अथवा द्वादशेश के साथ विनिमय परिवर्तन योग

निर्मित हो रहा है और यह विनिमय परिवर्तन योग मंगल, शनि, राहु अथवा केतु ऐसे पापग्रहों से दृष्ट अथवा युक्त हो, तो संतानोत्पत्ति में बाधा लगती है। पंचमभाव में मंगल, तथा एकादशभाव में शनि हो; द्वितीयभाव में मंगल और तृतीय भाव में शनि हो अथवा एकादश भाव में मंगल तथा अष्टमभाव में शनि हो अथवा पंचमभाव में शनि तथा दशमभाव में मंगल हो तो संतानजन्म में बाधा उत्पन्न होती है। बृहस्पति के निर्बल होने पर भी संतान जन्म में अवरोध निर्मित होता है। संतान प्रतिबन्धक योगों की व्याख्या विस्तार में अन्यत्र करने की चेष्टा की जायेगी। जो सूत्र शास्त्रानुमोदित हैं वे किस प्रकार से सकारात्मक अथवा नकारात्मक फल प्रदान करते हैं, यह जन्मांगों के गंभीर अध्ययन और अनुभव से ज्ञात होता है।

8.12 गर्भधारण करने की अक्षमता

विधाता की सर्वश्रेष्ठ कृति मानव है। नारी और पुरुष में भी श्रेष्ठतर कृति नारी को ही स्वीकारा गया है। नारी का श्रेष्ठतम गुण है गर्भ धारण करके संतति जन्म प्रदान करना। यह सामान्य और सरल प्रक्रिया है परन्तु कतिपय दुर्भाग्य से आक्रान्त दम्पति के लिए संतान का गर्भस्थ होना, आकाश को धरातल पर लाने के सम्तुल्य कठोर साधना से कम नहीं है। यह सत्य अब से नहीं बल्कि अनादिकाल से शाश्वत है। अयोध्या नरेश दशरथ ने संतान जन्म हेतु 'पुत्रेष्टि यज्ञ' और अनुष्ठान सम्पन्न किया था। सम्राट अकबर भी निःसंतान था और अंततः अश्रुपूरित हृदय से अगाध आस्था, निष्ठा के साथ आराधना का अनुकरण करने के उपरान्त ही अकबर के यहाँ पुत्र के रूप में सलीम का जन्म हुआ। ऐसे सहस्त्रों उदाहरण हैं जब पूजा, प्रार्थना, आराधना, साधना ने ही संतति सुख की संवेदनशील स्थिति से पति-पत्नी को अभिसिंचित करके पिता और माता बनने के गौरव से अलंकृत किया है।

सम्प्रति संततिहीनता के कारण अनेक दम्पतियों का करुण क्रंदन कदाचित् विशाद और अवसाद को जन्म देता है जिसे प्रसाद रूप में परिणत, रूपांतरित करने के सुगम सूत्र का संज्ञान कतिपय गंभीर ज्योतिर्विद, मंत्र मर्मज्ञ, अनुष्ठान साधक उपलब्ध करा सकने में समर्थ और सक्षम हैं। हमनें 'पुत्रेष्टि अनुष्ठान' में अनेक ऐसी साधनाओं, प्रार्थनाओं, स्तोत्रों, सूक्तों, अनुष्ठानों और मंत्रों के अतिरिक्त कतिपय सांकेतिक साधनाओं का भी उल्लेख किया है जिसके अनुकरण, अनुपालन से सहस्रों निःसंतान दम्पति का अवसाद, प्रसादरूप में परिवर्तित हो उठा।

यहाँ पर हम ज्योतिष शास्त्रों से उद्धृत् उन ग्रहयोगों का उल्लेख करना अपेक्षित समझते हैं, जिनके जन्मांग में विद्यमान होने से नारी संतान गर्भस्थ करने की क्षमता

से वंचित होती है। ऐसी नारी जिसके जन्मांग में पंचम, नवम भाव, उनके अधिपति तथा संतान कारक बृहस्पति पापाक्रान्त हों अथवा वन्ध्या राशिगत हों अथवा अल्पसुत राशि में संस्थित हों, नपुंसक ग्रह से पंचमभाव प्रभावित होने के साथ-साथ त्रिक भावों के अधिपति से संयुक्त अथवा दृष्ट हो, तो संततिहीनता के दुर्दमनीय दारुण वेदनाकारक अभिशाप से सम्पूर्ण जीवन का हर्षोल्लास अभिशप्त हो उठता है। ऐसे ही कतिपय ग्रहयोगों का उल्लेख इस अध्याय में किया जा रहा है।

अनेक शास्त्रानुमोदित सूत्रों का उल्लेख करना अपेक्षित है। जिन ग्रहयोगों के जन्मांग में विद्यमान होने से संतान धारण करने की क्षमता से युवती वंचित रहती हैं, उनमें से प्रमुख ग्रहयोग अग्रांकित हैं :

कोणः कामेऽर्केऽङ्गगेऽथार्ककालौ
कामे खस्थेऽब्जे न जीवेन दृष्टे।
किं सार्कार्किद्वेष्यपोऽरौ ज्ञदृष्टाऽब्जे-
ऽस्तेऽथास्रार्की सुखेऽरौ च वन्ध्या।।

(ज्योतिषतत्त्वम्/अध्याय-19/श्लोक 40)

सप्तम में शनि और लग्न में सूर्य हो तो (1) सप्तम में सूर्य तथा शनि हों और दशमगत चन्द्रमा यदि बृहस्पति से दृष्ट न हो तो (2) षष्ठ में षष्ठेश हो और वह सूर्य तथा शनि से युक्त हो एवं सप्तमगत चन्द्रमा यदि बुध से दृष्ट हो तो (3) चतुर्थ वा षष्ठ में मंगल तथा शनि हों तो उक्त योगों में उत्पन्न पुरुष की स्त्री वन्ध्या (बांझ) होती है।

जायोदयान्त्येषु खलेषु शीतगौक्षीणेऽघराशौ तनयेऽथ भार्गवे।
गण्डान्तभेऽस्ते तनये न सद्युतेऽथास्तांगगौ कोणकवी वशाऽबला॥

(ज्योतिषतत्त्वम्/अध्याय-19)

सप्तम, लग्न तथा व्यय में पापग्रह हों चन्द्रमा क्षीण हो और पंचम में पापराशि हो तो (1) सप्तमस्थान में गण्डान्त 12, 1/4, 5/8, 9 राशि हो और उसमें शुक्र हो एवं पंचमस्थान में शुभग्रह न हो तो (2) सप्तम में शनि और लग्न में शुक्र हो तो उक्त योगों में उत्पन्न जातक की स्त्री वन्ध्या होती है।

लग्नस्थे सप्तसप्तौ दिनमणितनये कामगेऽथार्कमन्दौ द्यूने,
चन्द्रे नभस्थे न च यदि गुरुणाऽऽलोकिते नो प्रसूते।

द्वेष्येशे मित्रमन्दौ द्विषि सितकिरणेऽस्ते बुधेनेक्षिते नो,
सूते द्वेष्ये जलर्क्षे यदि कुजरविजौ गर्भिणी स्यान्न नारी।।

(जातकालंकार/अध्याय-....../श्लोक 25)

यदि लग्न में सूर्य हो और सप्तम में शनि हो तो ऐसी स्थिति में गर्भ धारण भी नहीं होता है। यदि सूर्य व शनि सप्तम में एकत्र हों और दशमस्थान में चन्द्रमा गुरु की दृष्टि से रहित हो तो ऐसे जातक की स्त्री की कभी सन्तान नहीं होती है।

पुष्पोज्झिता कर्कश-भाव-युक्तास्थूलांगिनी रोग-युता कृशा च।
बाला च बन्ध्या स्थविरा स्त्रियोष्टौसंतान-कामाय विवर्जनीयाः।।

(प्रसवचिंतामणि/अध्याय-2)

कुछ स्त्रियाँ ऐसी होती हैं जो बन्ध्या हों या न हों किंतु वे गर्भवती नहीं हो पातीं। इन्हें आठ वर्गों में विभक्त किया गया है :

1. इतनी अल्पवयस्का कि अभी वह रजस्वला ही नहीं होती;
2. इतनी वृद्धा कि उसका रजस्वला होना ही बन्द हो गया हो;
3. जो कभी रजस्वला या पुष्पवती होती ही नहीं हो वह;
4. बहुत ही दुबली-पतली;
5. बहुत ही मोटी-चौड़ी;
6. गर्भाधान में बाधक किसी रोग से ग्रस्त;
7. अत्यन्त कर्कश या कठोर स्वभाव वाली;
8. बन्ध्या या बांझ।

बन्ध्या या बाँझ होने का आधार तो पूर्वजन्म के श्राप, दुष्कृत्य अथवा अक्षम्य अपराध ही होता है, जिसके परिहार के बिना संतति सुख में निरन्तर अवरोध तथा समस्या की उत्पत्ति होती है।

संतान-भावोपगतैर् वसुंधरातनूज - शीतांशु - भगैरकस्थयोः।
स्वर्भाणु-कव्योरथ धी-घन-द्युननारान्त्यगैः पाप-खगैर् वशाबलाः।।

कोणः कामेर्केंगगेथार्क-कालौकामे खस्थेब्जे न जीवेन दृष्टे।
किं साकार्कि-द्वेष्यपोरौज्ञ-दृष्टोब्जेस्तेस्थास्त्रार्की सुखेरौ च बन्ध्या।।

जायोदयान्त्येषु खलेषु शीतगौक्षीणेद्यराशौ तनयेथ भार्गवे।
गण्डान्तभेस्ते तनये न सद्युतेथास्तांगगौ कोण-कवी वशाबला।।

मृत्यौ बली मृति-पतिर् जनने न गर्भ
योग्यर्तुमेति महिला जनितस्य तस्य।
पापास्त्रयो धियि खलैस् त्रिभिरीक्षिता वा
वैरीक्षिता यदि वधू-पुरुषौ हि बन्ध्यौ।

(प्रसवचिंतामणि/अध्याय-2)

जो सामान्य स्त्री गर्भवती नहीं हो पाती वह वन्ध्या कहलाती है। उसके वन्ध्या होने का कारण उसके अपने जन्मकालीन ग्रहों की स्थिति ही होती है। अनेक ऐसी ग्रह स्थितियां अग्रलिखित हैं :

1. पंचम में मंगल, चन्द्र और सूर्य तथा व्यय में राहु और शुक्र का होना;
2. पंचम, लग्न, सप्तम, चतुर्थ और व्यय में पापग्रहों का होना;
3. सप्तम में शनि और लग्न में सूर्य का होना;
4. सप्तम में सूर्य और शनि का होना और दशमगत चन्द्र का बृहस्पति से दृष्ट न होना;
5. षष्ठगत षष्ठेश का सूर्य तथा शनि से युक्त होना और सप्तमगत चन्द्र का बुध से दृष्ट होना;
6. चतुर्थ या षष्ठ में मंगल और शनि का होना;
7. सप्तम, लग्न और व्यय में पापग्रहों का होना, चन्द्र का क्षीण होना और पंचम में पापराशि का होना;
8. सप्तमस्थान में गण्डान्त (12, 1/4, 5/8, 9) राशि का होना और उसमें शुक्र का होना और पंचमस्थान में शुभग्रह का न होना;
9. सप्तम में शनि और लग्न में शुक्र का होना।

यह भी सम्भव है कि किसी सामान्य स्त्री की अपनी ग्रह-स्थिति उसके गर्भवती होने में बाधक न हो किन्तु उसके पति की जन्मकालीन ग्रहस्थिति बाधक हो ऐसी स्थितियां अग्रलिखित हैं:-

1. पुरुष के जन्मकाल में अष्टमस्थान के स्वामी का बलवान होकर अष्टम में होना;

2. पंचमस्थान में विद्यमान तीन पापग्रहों का तीन अन्य पापग्रहों से या शत्रुग्रहों से दृष्ट होना, इस स्थिति में स्त्री के साथ पुरुष भी वन्ध्य होता है।

उदाहरण सं.-8.1 देखें जन्मांग सं.-289

पंचमेश - पंचमेश शुक्र द्वितीयभाव में उच्चस्थ बृहस्पति से संयुक्त होकर शत्रुक्षेत्री और शत्रुयुक्त होकर स्थित है तथा शनि द्वारा दृष्ट है।

पंचमभाव - पंचमभाव पर मंगल के अतिरिक्त किसी भी शुभग्रह की दृष्टि नहीं है। द्वितीय भाव का स्वामी चन्द्रमा षष्ठ भाव में अपनी नीच राशि में तथा शनि द्वारा दृष्ट है। लग्न प्रबल पापकर्तरियोगग्रस्त है। पंचम से पंचम अर्थात् नवम भाव का स्वामी शनि द्वादशस्थ है और नवम भाव पर दृष्टिक्षेप भी कर रहा है। चन्द्र-लग्न से पंचम भाव में मीनराशिगत होकर मंगल स्थित है तथा सप्तमेश बृहस्पति पंचमेश शुक्र और राहु से युक्त होकर द्वितीयस्थ है। चन्द्रमा स्वयं केमद्रुम योग की स्थापना कर रहा है अतः अत्यंत बलहीन है। ऐसी स्थिति में संतान की अपेक्षा नहीं की जानी चाहिए।

नवांश चक्र - नवांश चक्र से स्थिति और भी स्पष्ट हो जाती है। पंचमभाव में शनि, सिंह राशिगत केतु और बृहस्पति से युक्त होकर स्थित है और मंगल द्वारा दृष्ट है। पंचमेश शुक्र नवांश चक्र में अष्टम भावगत है तथा किसी भी शुभग्रह से दृष्ट नहीं है।

क्षेत्र स्फुट :

	राशि	अंश	कला
चन्द्रमा	7	1	20
मंगल	11	21	22
बृहस्पति	3	3	50
योगफल	9	26	32

इसके अनुसार क्षेत्र स्फुट मकर राशि में तथा सिंह नवांश में पड़ता है। ठीक इन्हीं अंशों पर केतु स्थित है जो क्षेत्र स्फुट को बलहीन करता है। विषम नवांश में होने से भी यही ज्ञात होता है। इसके अतिरिक्त शनि की राशि में क्षेत्र स्फुट पड़ना वैसे भी दोषपूर्ण है।

निष्कर्ष - जातिका के जन्मांग में क्षेत्रदोष है अर्थात् गर्भधारण करने की क्षमता नहीं है। अन्य सन्तान प्रतिबन्धक योग भी वर्तमान हैं अतः उपाय करने से भी जातिका को सन्तान होने की आशा नहीं है।

आधानतन्वास्तनये गतोऽर्के क्रूरे सपापे सुतपेऽस्तनिम्ने।
किं क्षीणचन्द्रे चरमास्पदस्थे सौरौ सभौमे सलिले न गर्भः।।

(ज्योतिषतत्त्वम्/अध्याय-19/श्लोक 34)

आधान लग्न से पंचमस्थान में निर्बल पापग्रह हो और पंचमेश पापयुक्त होकर अस्तगत वा नीचराशि में हो तो गर्भस्थिति नहीं होती है। आधान काल में व्यय वा दशम में क्षीण चन्द्रमा हो एवं चतुर्थ में शनि हो और वह मंगल से युक्त हो तो गर्भस्थिति नहीं होती है।

उदाहरण सं.-8.2 **जन्मांग सं.-301**

जन्म दिनांक : 23.04.1973 जन्म समय : 07:15:00 घंटे
जन्म स्थान : अजमेर अक्षांश 26:29:00 रेखांश 74:40:00
चित्रपक्षीय अयनांश : 23:29:18 साम्पातिक काल : 20:47:31 घंटे

ग्रह	अंश	राशि	नक्षत्र	पद	षड्बल
लग्न	0:31:10	वृष	कृत्तिका	2	—
सूर्य	9:17:00	मेष	अश्विनी	3	1.62
चंद्र	9:54:24	धनु	मूल	3	1.16
मंगल	25:49:20	मकर	धनिष्ठा	1	1.21
बुध	14:53:38	मीन	उ.भा.	4	1.06
गुरु	16:27:31	मकर	श्रवण	2	0.87
शुक्र (अ)	12:43:30	मेष	अश्विनी	4	1.12
शनि	24:07:43	वृष	मृगशिरा	1	1.28
राहु (व)	16:33:25	धनु	पू.षा.	1	—
केतु (व)	16:33:25	मिथुन	आर्द्रा	3	—

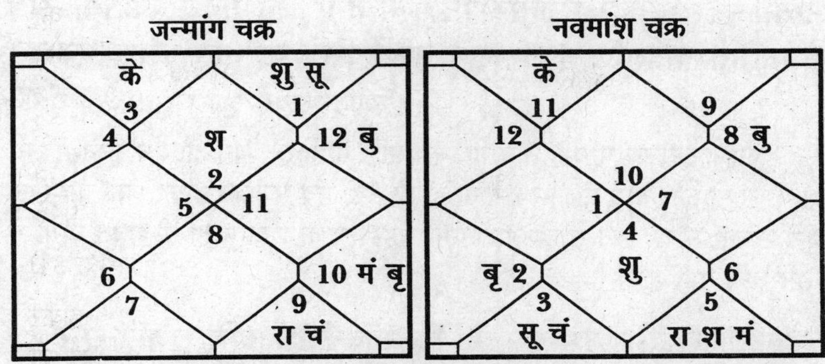

जन्म के समय केतु की भोग्य विंशोत्तरी महादशा - 1 व. 9 मा. 17 दि.

जातिका एक चिकित्सिका है। विवाह को दस वर्ष से अधिक का समय व्यतीत हो चुका है परन्तु अभी तक संतति सुख से वंचित है। एक बार संतान गर्भस्थ हुई परन्तु चार मास व्यतीत नहीं हुए थे कि गर्भ क्षति हो गयी। जातिका का विवाह एक ऐसे युवक से हुआ है जो अपने पिता का एकमात्र पुत्र है। रूप रंग यौवन के साथ साथ पद की गरिमा आर्थिक प्रगति एवं समृद्धि में अतुलनीय है। इस जातिका का जीवन साथी अमेरिका के सर्वाधिक यशस्वी बैंक में प्रबन्ध निदेशक के पद पर कार्यरत है। यह जातिका संतति सुख की प्रतिक्षा में अपार संताप एवं संत्रास से ग्रस्त है। जातिका का जन्म वृष लग्न में हुआ है। पंचमेश बुध लाभ-भाव में स्थित है तथा संतानभाव को पूर्ण दृष्टि से देख रहा है। पंचमभाव पर संतानकारक बृहस्पति की दृष्टि है। इसलिए संतान सुख इस जातिका को प्राप्त होना चाहिए था जो अभी तकं उपलब्ध नहीं हो पाया है।

महिलाओं के जन्मांग में पंचमभाव के अतिरिक्त नवमभाव भी संतति सुख से सम्बन्धित होता है यदि नवमभाव पापाक्रान्त हो तो, संतान सुख में बाधा उत्पन्न होती है।

यहां अष्टमेश तथा एकादशेश बृहस्पति नवमभाव में नीचराशिगत है तथा द्वादशेश तथा सप्तमेश मंगल से युत है। बृहस्पति मंगल की युति नवमभाव में संतान सुख में बाधक है। उल्लेखनीय है कि नवमेश शनि अल्पसुत राशि वृषभ में स्थित है तथा अल्पसुत नवमांश सिंहगत है। संतानकारक बृहस्पति अल्पसुत नवमांश वृषभ में स्थित है। पंचमेश बुध अल्पसुत नवमांश वृश्चिक में स्थान प्राप्त कर रहा है। बन्ध्या एवं अल्पसुत राशि सिंह के नवमांश में राहु शनि व मंगल ऐसे पापग्रह संयुक्त हैं। इसलिए जातिका के सभी सन्तान सुख प्राप्ति करने के सभी प्रयास निरंतर विफल हो रहे हैं।

नीचाश्रितैस्त्रयादिखगैरुतारुणेऽस्रे वा तनौ क्षीणविधावकेऽथ वा।
सेनेऽसिते वाऽसृजि काम उद्गमे नार्य्ये सिते वा नहि गर्भसम्भवः।।

(ज्योतिषतत्त्वम्/अध्याय-19/श्लोक 35)

आधान समय में यदि तीन ग्रह नीचराशि में हों तो (क) आधान लग्न में सूर्य वा मंगल हो और व्यय में क्षीण चन्द्रमा हो तो (ख) सूर्य से युक्त होकर शनि वा मंगल यदि सप्तम में वा लग्न में हो और उसमें बृहस्पति वा शुक्र न हो तो उक्त योगों में गर्भस्थिति नहीं होती है।

जनौ जलेऽरौ यमभौमसङ्गमः किं सार्क्यरीशे रुचि राजनि स्मरे।
विभर्त्ति गर्भं मनुजस्य नाङ्गना मन्दे मदेऽर्के प्रथमे किमस्तभे।।

सार्के यमे यज्वपतिं पदोपगं पश्येन्न पूज्योऽथ पपीपपीजनी।
दृश्यार्द्धगावुग्रखगे मदे गदे जैवातृके वा जलराशिसंस्थयोः।।

इलाजसौर्य्योर्ललना न गर्भिणीगौरांश्विनारैर्मतिगैरकस्थयोः।
स्वर्भाणुकव्योरथ धीघनद्युननारान्त्यगैः पापखगैर्वशाऽबला।।

(ज्योतिषतत्त्वम्/अध्याय-19/श्लोक 36-38)

शनि युक्त षष्ठेश हो और सप्तम में चन्द्रमा हो तो उस जातक की स्त्री गर्भधारण नहीं करती है। सप्तम में शनि और लग्न में सूर्य हो तो (1) सप्तम में सूर्य युक्त शनि हो और दशमगत चन्द्रमा को बृहस्पति दृष्टिनिक्षेप न करता हो तो (2) दृश्यार्द्ध में सूर्य तथा शनि हों, सप्तम में पापग्रह हो और षष्ठ में चन्द्रमा हो तो (3) शनि और मंगल ये दोनों जल राशि में हों तो जातक की स्त्री गर्भवती नहीं होती है। पंचम में चन्द्रमा, सूर्य तथा मंगल हों एवं व्यय में राहु और शुक्र हों तो (1) पंचम, लग्न, सप्तम, चतुर्थ तथा व्यय में पापग्रह हों तो जातक की स्त्री वन्ध्या होती है।

मृत्यौ बली मृतिपतिर्जनने न गर्भ-
योग्यर्त्तुमेति महिला जनितस्य तस्य।
पापास्त्रयो धियि खलैस्त्रिभिरीक्षिता वा
वैरीक्षिता यदि वधूपुरुषौ हि वन्ध्यौ।।

(ज्योतिषतत्त्वम्/अध्याय-19/श्लोक 39)

जिस जातक के जन्म समय में अष्टमस्थान का स्वामी बलवान होकर अष्टम

में हो तो उसकी स्त्री गर्भ योग्य नहीं होती है। यदि पंचमस्थान में तीन पापग्रह हो और तीन पापग्रहों से दृष्ट हों अथवा शत्रु ग्रह से दृष्ट हों तो स्त्री और पुरुष दोनों वन्ध्य (बांझ) होते हैं।

उदाहरण सं.-8.3 देखें जन्मांग सं.-271

आधुनिक परिवेश में पली बढ़ी हुई युवती का प्रेम विवाह 18.10.2001 को हुआ, परन्तु विवाह के अनेक वर्ष व्यतीत हो जाने के उपरान्त भी आज तक वह संततिविहीन है जिसके परिणामस्वरूप उसके पति ने उसका त्याग कर दिया है। यह एक ऐसी त्रासदी है जिसे कोई युवक अथवा युवती विवाह से पूर्व नहीं जानता है कि संतान जन्म होगा अथवा नहीं होगा। न ही विवाह से पूर्व उसकी कोई परीक्षा की जाती है। पति और पत्नी दोनों की स्वीकारोक्ति के उपरान्त ही विवाह सम्पन्न किया जाता है परन्तु संतान न होने की स्थिति में सारा दोष प्रायः पत्नी को ही दिया जाता है तथा कुछ ऐसे अमानवीय पुरुष होते हैं जो संतानविहीन पत्नी का त्याग करने में किंचित भी संकोच नहीं करते, भले ही उनमें स्वयं कमी हो।

इस जन्मांग में पंचमेश शनि दशम भाव में मंगल से युक्त है तथा पंचम भाव पर अष्टमेश मंगल की दृष्टि है। मंगल और शनि दोनों ही वन्ध्या राशि मिथुन में स्थित हैं। लग्नेश बुध अष्टम भाव में सूर्य से युक्त होकर मंगल की राशि मेष में स्थित है तथा बन्ध्या नवांश प्राप्त कर रहा है। अष्टमेश और द्वितीयेश मंगल के साथ पंचमेश शनि की निकट की युति ही उत्तरदायी है। शनि और मंगल एकदूसरे के निकट होकर वन्ध्या राशिगत हैं। उल्लेखनीय है कि जातिका का वैवाहिक जीवन सप्तम भाव में उच्च राशिगत शुक्र होने के उपरान्त भी अत्यन्त कष्टप्रद तथा विसंगतिपूर्ण है। वस्तुतः सप्तमेश बृहस्पति षष्ठ भावगत है तथा षष्ठेश शनि की सप्तम भाव तथा शुक्र पर दृष्टि है इसलिए दाम्पत्य जीवन में विघटनकारी स्थितियां उत्पन्न हुई हैं। पंचम भाव तथा पंचमेश पर अष्टमेश मंगल का प्रभाव होने के कारण जातिका संतान सुख से भी वंचित है।

उदाहरण सं.-8.4 देखें जन्मांग सं.-104

जातिका का विवाह 24-11-1949 को हुआ था। कई वर्षों के उपरान्त भी कोई सन्तान नहीं हुई। जातिका स्वयं एक कुशल आर्टिस्ट है और उसने पर्याप्त धनार्जन किया है। इस धन और सम्पत्ति का उपयोग उसके बाद कौन करेगा, यह विचार प्रायः जातिका को बहुत मानसिक आघात पहुंचाता है।

पंचमभाव में बृहस्पति वृष राशिगत होकर स्थित है। बृहस्पति तृतीयेश होने के कारण पंचम भाव में सन्तानोत्पत्ति के लिए हानिकार है। मकर लग्न के लिए पंचमभाव में बृहस्पति को अशुभ मानना चाहिए। लग्न सूर्य और शनि के मध्य है व पापकर्तरियोग से ग्रस्त है। अतः जातिका का जीवन अनेक दुःखों से परिपूर्ण रहा है। पंचमेश शुक्र द्वितीय भाव में स्थित है और शत्रु सूर्य से संयुत होकर शनि की क्रूर दृष्टि से प्रभावित होने के कारण कुटुम्बक्षय का द्योतक है। द्वितीयेश शनि स्वयं द्वादशभावगत होकर इस बात की पुष्टि कर रहा है।

नवांश पर ध्यान देने से ज्ञात होता है कि मंगल पंचम में है और बृहस्पति वर्गोत्तम में होने के उपरान्त भी शनि द्वारा दृष्ट है। यदि पंचमभाव में वक्री बृहस्पति हो या उसकी दृष्टि हो तो पंचमभाव को बलहीन नहीं मानना चाहिए।

उदाहरण सं.-8.5 देखें जन्मांग सं.-64

जातिका का विवाह 17-11-1972 को हुआ था। इतने वर्षों में एक बार भी गर्भवती नहीं हुई। वैवाहिक जीवन भी बहुत कलहपूर्ण है। तृतीयभाव का स्वामी सूर्य पंचम में स्थित है और नीचराशिगत है। पंचमेश शुक्र शनि और केतु से संयुक्त तथा अपने शत्रु बृहस्पति तथा चन्द्रमा से दृष्ट है। चतुर्थ भाव पापग्रहों से युक्त है तथा पंचमेश शुक्र सूर्य और मंगल से आच्छादित होने के कारण पापकर्तरियोगग्रस्त है।

उल्लेखनीय है कि चतुर्थभाव में पापग्रह स्थित हों और दशम भाव में चन्द्रमा हो तो वंशक्षय होता है। नवांश में भी पंचमेश शुक्र, शनि तथा मंगल दोनों से दृष्ट है तथा कारक की स्थिति भी कुछ योग नहीं कर रही है। इस कारण जातिका सन्तान के लिए क्षुब्ध है।

उदाहरण सं.-8.6 देखें जन्मांग सं.-273

जातिका एक अत्यन्त दुःखी स्त्री है, सन्तान न होने के कारण उसके पति ने दूसरा विवाह कर लिया। कष्टकारी स्थिति के लिए तो शुक्र, चन्द्रमा और सूर्य का संयुक्त रूप से सप्तम भाव में स्थित होना है जो अष्टमेश, पंचमेश और षष्ठेश हैं। सप्तमेश स्वयं अष्टमस्थ है। अतः जातिका का वैवाहिक जीवन अत्यन्त दुःखपूर्ण होने के सारे योग उपस्थित हैं।

पंचमभाव व पंचमेश - पंचमभाव में केतु स्थित है तथा शनि द्वारा दृष्ट है। पंचमेश चन्द्रमा षष्ठेश सूर्य तथा अष्टमेश शुक्र से युक्त होने के कारण अस्त तो हो

ही गया है साथ ही अशुभ भावाधिपतियों से संयुक्त होने के कारण और भी पापाक्रान्त है। अतः पंचमेश और पंचमभाव दोनों ही पूर्णतः बलहीन हैं।

सन्तानकारक बृहस्पति - बृहस्पति शत्रुराशि तुला में स्थित होकर अष्टमस्थ है और शनि द्वारा दृष्ट है। अतः बृहस्पति भी पापी ग्रहों के प्रभाव में अशुभ स्थिति में होने के कारण कुछ करने में असमर्थ है।

नवमभाव - स्त्रियों के जन्मांग में सन्तान विषयक विचार करते समय नवमभाव पर भी विचार करना चाहिए क्योंकि यह पंचम से पंचमस्थ है। इसी तरह बृहस्पति की स्थिति को लग्न मानकर भी विचार करना चाहिए। यहां नवमेश मंगल षष्ठस्थ है। बृहस्पति से पंचमभाव मंगल से दृष्ट है। इन्हीं कारणों से जातिका सन्तानसुख के लिए लालायित रही है। नवांश में पंचमेश बृहस्पति के नवांश में है परन्तु शनि और बृहस्पति दोनों से दृष्ट है। जातिका को विवाह के तुरन्त बाद ही एक पुत्री की मां बनने का सौभाग्य मिला था, परन्तु उसकी तुरन्त ही मृत्यु हो गयी। फिर वह कभी मां नहीं बन पायी और उसके पति ने दूसरा विवाह कर लिया।

उदाहरण सं.-8.7 जन्मांग सं.-302

जन्म दिनांक : 19.01.1978 जन्म समय : 16:00:00 घंटे
जन्म स्थान : लखनऊ अक्षांश 26:50:00 रेखांश 80:54:00
चित्रपक्षीय अयनांश : 23:33:05 साम्पातिक काल : 23:47:27 घंटे

ग्रह	अंश	राशि	नक्षत्र	पद	षड्बल
लग्न	15:03:04	मिथुन	आर्द्रा	3	—
सूर्य	5:26:54	मकर	उ.षा.	3	1.29
चंद्र	12:04:30	वृष	रोहिणी	1	1.07
मंगल(R)	9:05:37	कर्क	पुष्य	2	1.16
बुध	13:14:30	धनु	मूल	4	0.97
गुरु (R)	4:09:00	मिथुन	मृगशिरा	4	1.59
शुक्र (D)	4:46:19	मकर	उ.षा.	3	0.99
शनि(R)	5:40:02	सिंह	मघा	2	1.11
राहु (R)	15:19:12	कन्या	हस्त	2	—
केतु (R)	15:19:12	मीन	उ.भा.	4	—

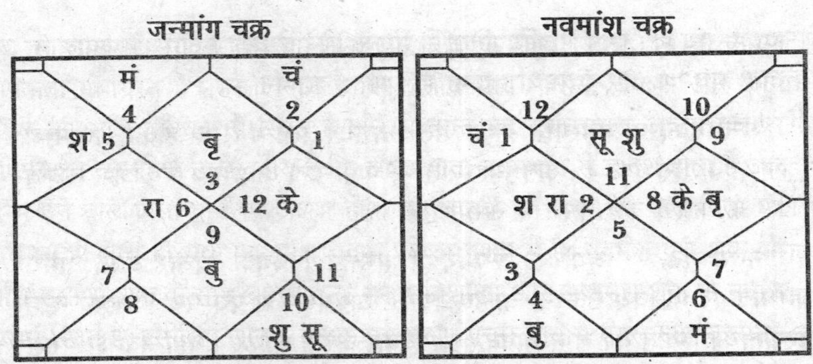

जन्म के समय चंद्रमा की भोग्य विंशोत्तरी महादशा - 8 व. 5 मा. 9 दि.

इस सर्वांग सुन्दरी के मन में विवाह के प्रति एक भारी भय की भांति व्याप्त थी। अधिशासी अभियन्ता की इस पुत्री ने विवाह के शताधिक प्रस्तावों को इसलिए अस्वीकार कर दिया क्योंकि वह विवाह के पश्चात् की अनेक व्यथाओं की कथा सुन चुकी थी। वह इस अप्रत्याशित भय से मुक्त होने का प्रयास करती परन्तु पुनः पुनः यह भय उसे व्याकुल कर देता कि वह स्वयं को किसी पुरुष के हाथों का खिलौना कैसे बनने दे सकती है? यह आधुनिक भारतीय बालिका जो अमेरिका में पढ़ रही थी, सहसा एक भारतीय मूल के युवक के सम्पर्क में आ गयी। समस्त भय स्वयं ही लुप्त हो गये और प्रेमपाश ने दोनों को एक-दूसरे के मोहपाश में जकड़ लिया। अन्ततः 17-10-2005 को अमेरिका में ही इन दोनों ने विवाह कर लिया और दोनों भारत लौट आये। भारतीय समाज के समक्ष इन दोनों का पुनः परम्परागत संस्कारों से अभिसिंचित पाणिग्रहण समारोह 17-12-2005 को सम्पन्न हुआ। लगभग चार वर्ष बीत गये हैं परन्तु अभी तक मातृत्व के प्रसाद से वंचित इस जातिका की चिंता उत्तरोत्तर बढ़ती जा रही है।

जातिका का जन्म मिथुन लग्न में हुआ है जिसमें सप्तमेश बृहस्पति संस्थित है और लग्नेश बुध सप्तमभाव में धनु राशिगत है। बृहस्पति और बुध के मध्य विनिमय परिवर्तनयोग की संरचना हो रही है। पंचमेश शुक्र अष्टमस्थ होकर शत्रु ग्रह सूर्य से संयुक्त है और द्वितीयस्थ मंगल से दृष्ट है। इसके अतिरिक्त पंचमभाव पर वक्री मंगल, वक्री शनि और वक्री बृहस्पति दृष्टिनिक्षेप कर रहे हैं जो संतान उत्पत्ति में बाधक हैं।

उल्लेखनीय है कि संतानकारक बृहस्पति और नवमेश शनि वन्ध्या राशि

मिथुन और सिंह में संस्थित हैं। नवमांश चक्र में भी पंचमेश शुक्र अपने शत्रु चंद्रमा के नवमांश में स्थित है और साथ ही शनि व बृहस्पति द्वारा दृष्ट भी है। इन्हीं कारणों से जातिका विवाह के चार वर्ष पश्चात् भी संतान सुख से वंचित है।

उदाहरण सं.-8.8 जन्मांग सं.-303

जन्म दिनांक	: 18.03.1981	जन्म समय	: 01:07:00 घंटे
जन्म स्थान	: लखनऊ	अक्षांश 26:50:00	रेखांश 80:54:00
चित्रपक्षीय अयनांश	: 23:35:26	साम्पातिक काल	: 12:41:45 घंटे

ग्रह	अंश	राशि	नक्षत्र	पद	षड्बल
लग्न	4:22:17	धनु	मूल	2	–
सूर्य	3:32:01	मीन	उ.भा.	1	1.22
चंद्र	1:17:49	सिंह	मघा	1	1.1
मंगल(अ)	6:57:30	मीन	उ.भा.	2	1.26
बुध	6:00:17	कुंभ	धनिष्ठा	4	0.9
गुरु (व)	12:58:34	कन्या	हस्त	1	1.21
शुक्र (अ)	28:18:56	कुंभ	पू.भा.	3	1.27
शनि(व)	13:34:21	कन्या	हस्त	2	1.35
राहु (व)	16:25:22	कर्क	पुष्य	4	–
केतु (व)	16:25:22	मकर	श्रवण	2	–

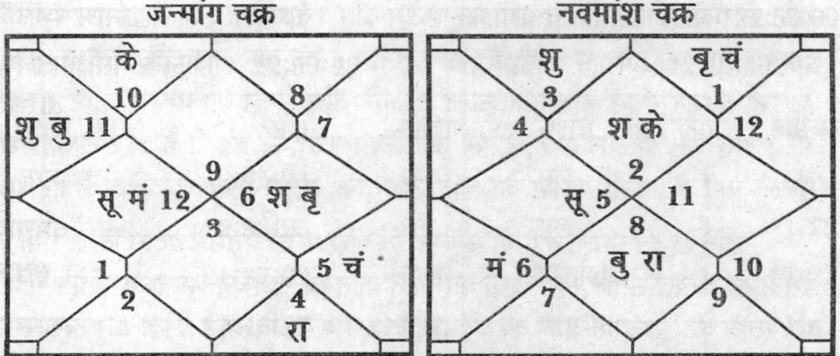

जन्म के समय केतु की भोग्य विंशोत्तरी महादशा - 6 व. 3 मा. 25 दि.

लखनऊ नगर के एक प्रसिद्ध और समृद्ध व्यवसायी की इस रूपवती पुत्री का पाणिग्रहण संस्कार 24-11-1999 को सम्पन्न हुआ। विवाह विश्वास के धरातल पर विरचित प्रेम समर्पण त्याग और नैतिकता का मधुर एवं भव्य भुवन होता है। जातिका ने जिसे अपनी मांग की रत्नमण्डित मणि समझा, उसी जीवनसाथी ने जातिका का चीर हरण कर लिया, उस पर हर दिन आघात पर आघात करके उसके मन और तन को लहूलुहान कर दिया। वेदना और प्रताड़ना के जब सारे बांध टूट गये तो विवाह का बन्धन भी त्याग और पार्थक्य के अभिशाप से 4-2-2003 को ग्रसित हो उठा। जब पत्नी ने साथ छोड़ दिया, तब उसके पति को अपनी पत्नी का वास्तविक मूल्य ज्ञात हुआ। उसी पल जातिका का जीवन साहचर्य विलाप की अश्रुधारा में बह गया। धीरे-धीरे आंसुओं ने मदिरापान का आकार ग्रहण कर लिया। आज छः साल व्यतीत होने के उपरान्त मदिरा में ऐसा डूबा हुआ है कि कोई कन्या उससे विवाह हेतु अपनी सहमति प्रदान नहीं करती। जातिका रूप और यौवन का अद्‌भुत संगम है। पार्थक्य के होते ही अनेक प्रस्ताव आये, अंततः जातिका ने 2-12-2005 को दूसरा विवाह एक सुन्दर, सक्रिय और ऊर्जावान युवक के साथ कर लिया। विवाह के चार वर्ष पश्चात् भी जातिका अपने शिशु का मुख देखने के लिए व्याकुल है। सन्तान के न होने पर जैसे चांद को ग्रहण लग जाता है, वही दशा जातिका की हो गई है, क्या करे वह? उसके वश में तो केवल प्रयास करना मात्र है। आईये, देखें, इस जन्मांग की वह कौन सी ग्रह दशाएं हैं और उनका दमन कैसे हो।

जातिका का जन्म 'धनु' लग्न में हुआ है, पंचमेश मंगल सूर्य से संयुक्त होकर चतुर्थ भावस्थ है तथा लग्नेश और चतुर्थेश बृहस्पति तथा शनि द्वारा दृष्ट है। बृहस्पति बन्ध्या राशि और अल्पसुत राशि कन्या में स्थित है जो संतान प्राप्ति के लिए अशुभ है। पंचमभाव से पंचमस्थ अर्थात् नवमभाव में अष्टमेश चन्द्रमा, अल्पसुत राशि सिंह में संस्थित हैं। चन्द्रमा पर षष्ठेश और एकादशेश शुक्र तथा सप्तमेश और दशमेश बुध की दृष्टि पड़ रही है। उल्लेखनीय है कि बुध और शुक्र चन्द्रमा के शत्रु हैं, इसी कारण नवम भाव पापाक्रान्त है, शनि और मंगल का परस्पर दृष्टि सम्बन्ध भी संतति सुख में बाधक है, इसके अतिरिक्त जातिका मंगली है और उसका पति मंगली नहीं है। इसी कारण जातिका अब तक संतान सुख से वंचित है।

जातिका को मंगली दोष के संतुलन हेतु परिहार का परामर्श प्रदान किया गया है। इसके अतिरिक्त संतति सुख प्राप्त करने हेतु कतिपय मंत्रों का जप तथा संतान गोपाल मंत्र स्तोत्र का पुरश्चरण करने का परामर्श दिया गया है। विश्वास है कि अनुष्ठान सम्पन्न करने के उपरांत इस युवती के घर-आंगन में शिशु की किलकारियां गूंजने लगेंगी।

उदाहरण सं.-8.9 जन्मांग सं.-304

जन्म दिनांक : 19.11.1959 जन्म समय : 16:22:00 घंटे

जन्म स्थान : लखनऊ अक्षांश 26:50:00 रेखांश 80:54:00

चित्रपक्षीय अयनांश : 23:17:46 साम्पातिक काल : 20:06:29 घंटे

ग्रह	अंश	राशि	नक्षत्र	पद	षड्बल
लग्न	18:49:13	मेष	भरणी	2	—
सूर्य	3:03:36	वृश्चिक	विशाखा	4	1.2
चंद्र	17:04:20	मिथुन	आर्द्रा	4	0.92
मंगल(अ)	26:38:51	तुला	विशाखा	2	1.17
बुध (व/अ)	14:09:58	वृश्चिक	अनुराधा	4	0.89
गुरु	15:55:24	वृश्चिक	अनुराधा	4	1.06
शुक्र	16:38:13	कन्या	हस्त	2	1.21
शनि	11:22:42	धनु	मूल	4	1.42
राहु (व)	9:02:20	कन्या	उ.फा.	4	—
केतु (व)	9:02:20	मीन	उ.भा.	2	—

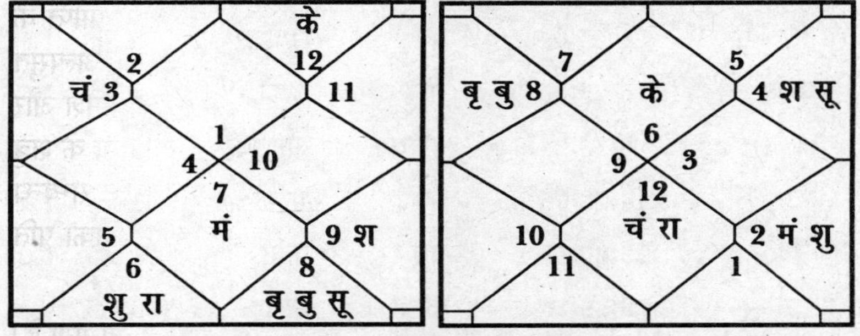

जन्म के समय राहु की भोग्य विंशोत्तरी महादशा - 3 व. 11 मा. 13 दि.

यह एक अभियन्ता की पत्नी का जन्मांग है जो पर्वतीय क्षेत्र की रहने वाली है। इस जन्मांग में संतानहीनता स्पष्टतः दृष्ट है। पंचमभाव का स्वामी सूर्य, बुध

व बृहस्पति के साथ अष्टम भाव वृश्चिक में स्थित है। यह योग पापग्रह मंगल और शनि के बीच स्थापित है। शनि चन्द्रमा एक-दूसरे को देखते हैं। सप्तमेश शुक्र, राहु के साथ छठें भाव में है और शनि से दृष्ट है। अतः शुक्र, चन्द्र और बुध पीड़ित हैं। चन्द्रमा तथा मंगल दोनों विषम राशियों में हैं जो पूर्णतया संतानहीनता का योग है।

ज्योतिष की दृष्टि से संतानकारक बृहस्पति आठवें भाव में पापकर्तरियोग बना रहा है। पंचमेश शुक्र भी आठवें भाव में पीड़ित अवस्था में है। इस जातिका का विवाह 23-11-1978 को हुआ था और सभी चिकित्सीय सुविधाओं के बाद भी इन्हें अभी तक संतान-प्राप्ति नहीं हुई।

उदाहरण सं.-8.10 जन्मांग सं.-305

जन्म दिनांक : 27.03.1959 जन्म समय : 13:01:00 घंटे
जन्म स्थान : हरिद्वार अक्षांश 29:58:00 रेखांश 78:09:00
चित्रपक्षीय अयनांश : 23:17:19 साम्पातिक काल : 0:59:33 घंटे

ग्रह	अंश	राशि	नक्षत्र	पद	षड्बल
लग्न	2:24:40	कर्क	पुनर्वसु	4	—
सूर्य	12:35:57	मीन	उ.भा.	3	1.87
चंद्र	17:01:15	तुला	स्वाति	4	1.16
मंगल	28:56:04	वृष	मृगशिरा	2	1.11
बुध (व/अ)	16:25:05	मीन	उ.भा.	4	0.76
गुरु (व)	8:35:31	वृश्चिक	अनुराधा	2	1.01
शुक्र	14:28:06	मेष	भरणी	1	1.44
शनि	13:26:11	धनु	पू.षा.	1	1.09
राहु	19:39:23	कन्या	हस्त	3	—
केतु (अ)	19:39:23	मीन	रेवती	1	—

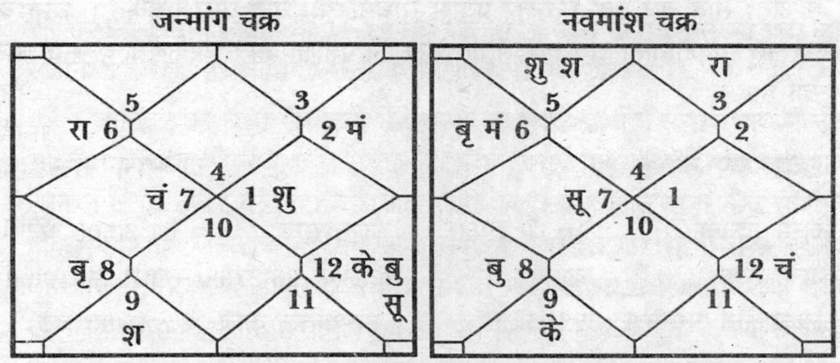

जन्म के समय राहु की भोग्य विंशोत्तरी महादशा - 4 व. 0 मा. 8 दि.

यहां बृहस्पति वक्री होकर पंचमभाव में स्थित है और योगकारक मंगल एकादश भाव से बृहस्पति के साथ परस्पर दृष्टि सम्बन्ध बना रहा है। जातिका एक अत्यन्त सुन्दर महिला है। जिसका विवाह 7-1-1981 को हुआ था परन्तु कई वर्ष बीत जाने के बाद भी वह सन्तानहीनता के श्राप से ग्रसित है।

जब तक अन्य स्थितियों का निरीक्षण न कर लिया जाये, निःसन्तान कह देना उचित नहीं है। बृहस्पति से संयुक्त ग्रहों और उन पर दृष्टि और पंचमेश की स्थिति भी सतर्कतापूर्वक विचारनी चाहिए।

उदाहरण सं.-8.11 देखें जन्मांग सं.-78

स्त्रीरोग विशेषज्ञ इस जातिका का विवाह 15-2-2002 को सम्पन्न हुआ परन्तु विवाह के सात वर्ष व्यतीत हो जाने के उपरान्त भी जातिका अभी तक संतानसुख से वंचित है। पंचमेश शुक्र उच्च राशिगत होकर दशम भावगत है, जो संतान की दृष्टि से अति शुभ है परन्तु द्वितीयेश चन्द्रमा पंचम भावगत है और सूर्य तथा बुध द्वारा दृष्ट है। चन्द्रमा और बुध परस्पर शत्रु हैं और यही संततिहीनता का कारण भी है। लग्न में मंगल और शनि संस्थित हैं तथा नवमस्थ बृहस्पति द्वारा दृष्ट हैं। जबकि लग्नेश बुध अस्त है। लग्न में षष्ठेश और अष्टमेश की युति अत्यन्त अवांछित है और ये दोनों ग्रह बन्ध्या राशि मिथुन में स्थित है। पंचमेश शुक्र, जो उच्च राशिगत होकर केन्द्रगत है, वह नीच नवमांश प्राप्त कर रहा है अतः शुक्र भी वन्ध्या नवमांश में संस्थित हैं। इसलिए जातिका को संतति सुख नहीं प्राप्त हो सका। यहाँ पर चन्द्रमा भी षष्ठेश मंगल के नवमांश वृश्चिक तथा नक्षत्र चित्रा में स्थित है, जो बाधक

है अतः सात वर्ष तक निरन्तर प्रयास साधना-आराधना और चिकित्सा करने के पश्चात् भी जातिका अब तक संतति सुख की प्रतीक्षा अति व्याकुलता के साथ कर रही है।

उदाहरण सं.-8.12 जन्मांग सं.-306

जन्म दिनांक	: 10.10.1960	जन्म समय	: 01:30:00 घंटे
जन्म स्थान	: कानपुर	अक्षांश 26:27:00	रेखांश 80:19:00
चित्रपक्षीय अयनांश	: 23:18:26	साम्पातिक काल	: 2:35:00 घंटे

ग्रह	अंश	राशि	नक्षत्र	पद	षड्बल
लग्न	21:24:32	कर्क	अश्लेषा	2	—
सूर्य	23:12:32	कन्या	हस्त	4	0.98
चंद्र	21:26:41	वृष	रोहिणी	4	1.26
मंगल	15:27:19	मिथुन	आर्द्रा	3	1.22
बुध	17:12:39	तुला	स्वाति	4	1.11
गुरु	4:09:35	धनु	मूल	2	1.15
शुक्र	22:09:26	तुला	विशाखा	1	1.22
शनि	18:58:47	धनु	पू.षा.	2	1.17
राहु (व)	21:48:35	सिंह	पू.फा.	3	—
केतु (व)	21:48:35	कुंभ	पू.भा.	1	—

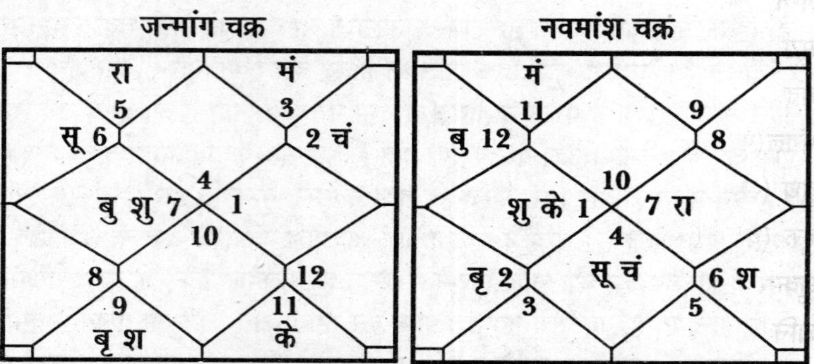

जन्म के समय चन्द्र की भोग्य विंशोत्तरी महादशा - 1 व. 4 मा. 30 दि.

यह एक सुन्दर, प्रतिष्ठित, उच्चशिक्षित व धनी जातिका का जन्मांग है जो संतानसुख से वंचित है। चिकित्सकों की राय है कि इनके डिम्ब प्रजनन योग्य नहीं हैं और गर्भाशय नलिकाएँ भी अवरुद्ध हैं। केतु का अष्टम में कुम्भ राशि में शनि द्वारा दृष्ट होना अत्यन्त अशुभ है। पंचमभाव का स्वामी मंगल शत्रुराशि मिथुन में स्थित होकर शनि द्वारा दृष्ट है। बृहस्पति का छठे भाव में इस योग के साथ संबंध अण्डबिम्ब की निर्बलता का कारण है। पंचमेश मंगल, अष्टमेश शनि तथा सन्तानकारक बृहस्पति की एक-दूसरे पर दृष्टि संतान जन्म की सम्भावनाओं को क्षीण करती है। यहाँ यह उल्लेखनीय प्रासंगिक है कि संतानहीनता, उत्तेजनहीनता, नपुंसकता की कारक स्थितियों के निर्धारण में इन योगों का अक्षरशः प्रयोग नहीं करना चाहिए। अन्तिम निष्कर्ष से पूर्व सतर्कतापूर्वक जन्मांग का निरीक्षण करके सभी प्रकार के योगों का ज्ञान कर लेना आवश्यक है।

षष्ठेश और सूर्य शनि षष्ठ भाव में हों और बुध से दृष्ट होकर चन्द्रमा सप्तम में हो तो भी उक्त फल होता है।

यदि षष्ठ व चतुर्थस्थान में मंगल व शनि हों तो भी गर्भ धारण नहीं होता है।

उदाहरण सं.-8.13 जन्मांग सं.-307

जन्म दिनांक : 07.12.1929 जन्म समय : 10:03:00 घंटे

जन्म स्थान : मुरादाबाद अक्षांश 28:50:00 रेखांश 78:45:00

चित्रपक्षीय अयनांश : 22:52:31 साम्पातिक काल : 14:49:52 घंटे

ग्रह	अंश	राशि	नक्षत्र	पद	षड्बल
लग्न	5:36:55	मकर	उ.षा.	3	—
सूर्य	21:43:36	वृश्चिक	ज्येष्ठा	2	1.44
चंद्र	27:11:20	मकर	धनिष्ठा	2	1.34
मंगल(पू)	20:37:14	वृश्चिक	ज्येष्ठा	2	1.14
बुध (अ)	27:02:56	वृश्चिक	ज्येष्ठा	4	1.05
गुरु (व)	18:00:28	वृष	रोहिणी	3	1.16
शुक्र	8:59:34	वृश्चिक	अनुराधा	2	0.82
शनि	7:55:20	धनु	मूल	3	1.26
राहु (व)	18:46:01	मेष	भरणी	2	—
केतु (व)	18:46:01	तुला	स्वाति	4	—

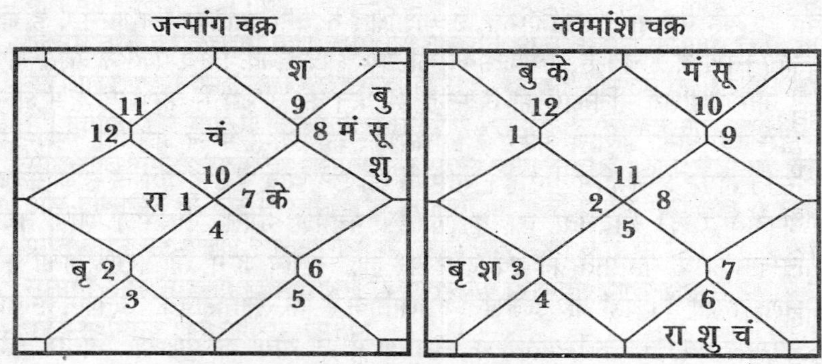

जन्म के समय मंगल की भोग्य विंशोत्तरी महादशा - 4 व. 11 मा. 21 दि.

इस जन्मांग की जातिका का विवाह 18-06-1955 को हुआ। इनके एक के बाद एक करके तीन पुत्रों का जन्म हुआ परन्तु एक-एक करके बाल्यकाल में ही मृत्यु हो गई। जातिका तीन संतानों को जन्म देने के उपरान्त भी संतानविहीन है। यह ग्रहों की ही विडम्बना है। जातिका का जन्म मकर लग्न में हुआ है। पंचम भाव में द्वादशेश और तृतीयेश बृहस्पति अल्पसुत राशि वृषभ में स्थित हैं तथा वक्री है और बन्ध्या राशि मिथुन का नवांश प्राप्त कर रहा है। पंचमभाव पर बृहस्पति मंगल शुक्र सूर्य और बुध की दृष्टि है। इस प्रकार से पंचमभाव और पंचमेश शुक्र दोनों ही पापाक्रान्त हैं। पंचमेश और लग्नेश दोनों पापकर्तरियोग ग्रस्त हैं। इसी कारण से जातिका को अनेक पुत्रों की माता बनने का सौभाग्य तो प्राप्त हुआ परन्तु सभी संतानों की असमय मृत्यु हो जाने के कारण जीवनपर्यन्त संतानहीनता से अभिषप्त हुई। 15-08-2003 को कैंसर जैसी क्रूर व्याधि से पीड़ित होने के कारण जातिका की मृत्यु हो गई।

उदाहरण सं.-8.14 जन्मांग सं.-308

जन्म दिनांक	: 23.10.1972	जन्म समय	: 23:05:00 घंटे
जन्म स्थान	: गोरखपुर	अक्षांश 26:45:00	रेखांश 83:23:00
चित्रपक्षीय अयनांश	: 23:28:52	साम्पातिक काल	: 1:17:26 घंटे

ग्रह	अंश	राशि	नक्षत्र	पद	षड्बल
लग्न	4:39:40	कर्क	पुष्य	1	—
सूर्य	6:55:42	तुला	स्वाति	1	1.08

चंद्र	23:35:18	मेष	भरणी	4	1.32
मंगल(अ)	21:16:52	कन्या	हस्त	4	0.92
बुध	27:20:21	तुला	विशाखा	3	1.24
गुरु	10:05:54	धनु	मूल	4	0.95
शुक्र	27:57:30	सिंह	उ.फा.	1	1.26
शनि(व)	26:42:47	वृष	मृगशिरा	2	0.82
राहु (व)	26:46:19	धनु	उ.षा.	1	—
केतु (व)	26:46:19	मिथुन	पुनर्वसु	3	—

जन्मांग चक्र

शु 5 | के 3
मं 6 | 2 श
4
सू बु 7 | 1 चं
10
8 | 12
9 | 11
बृ रा

नवमांश चक्र

श 6 | बृ मं 4
7 | 3 के बु
5
चं 8 | 2
11
रा शु 9 | 1
सू 10 | 12

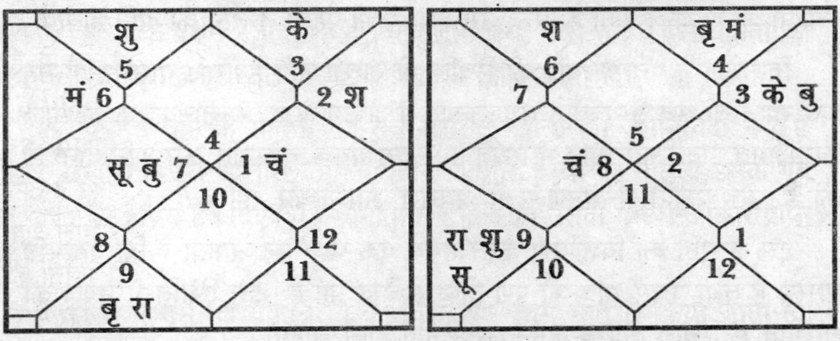

जन्म के समय शुक्र की भोग्य विंशोत्तरी महादशा - 4 व. 7 मा. 12 दि.

जातिका के पंचमभाव का स्वामी मंगल तृतीय भावगत है तथा अल्पसुत राशि कन्या में संस्थित है। शनि से दृष्ट पंचमभाव, राहु और सूर्य के मध्य स्थित होने के कारण पापकर्तरीयोग ग्रस्त है। संतानकारक एवं नवमेश बृहस्पति राहु केतु की धुरी पर संस्थित है। पंचमेश मंगल नीच नवांशस्थ है जबकि शुक्र व चन्द्रमा अल्पसुत नवांश में संस्थित है। सप्तमेश शनि की पंचमभाव पर दृष्टि से यह स्पष्ट होता है कि जातिका के पति में शुक्राणु दोष के कारण दम्पति संतानसुख से वंचित हैं। जातिका का विवाह 8-3-2000 को हुआ था। 9 वर्ष तक संतान जन्म हेतु प्रयास विफल रहे तो Intra Vetro Fertilisation (IVF) कराने की योजना बनी और जब ये प्रयास भी असफल रहा तो ज्योतिषविज्ञान का आश्रय प्राप्त करने की चेष्टा की।

उदाहरण सं.-8.15 देखें जन्मांग सं.-85

जातिका एक अत्यन्त रूपवती स्त्री है, जिसका विवाह 1983 में हुआ था परन्तु अभी तक एक बार भी गर्भवती नहीं हुई। सन्तान जन्म की चिन्ता ने उसे बहुत एकाकी बना दिया है। एक खिलखिलाती, हंसती रहनेवाली नटखट युवती ने स्वयं को हताशा के अंधेरों में बन्द कर लिया है। अनेक उपाय करने पर भी सम्प्रति सन्तानसुख से वंचित है।

जातिका का जन्म वृष लग्न में हुआ है। पंचमभाव में द्वादश और सप्तमभाव का स्वामी मंगल शत्रुराशि कन्या में स्थित है। पंचमभाव में मंगल यदि कन्याराशिगत होकर स्थित हो तो बहुत ही अनिष्टकारी होता है तथा गर्भाशय सम्बन्धी कोई विकार सन्तानजन्म में बाधक होता है। यदि अन्य ग्रहस्थितियाँ अनुकूल हों तो केवल कन्याओं का ही जन्म होता है परन्तु उस दशा में भी पहली सन्तान की हानि होती है।

द्वितीयेश व पंचमेश बुध की स्थिति भी अच्छी नहीं है। बुध चतुर्थ स्थानगत होकर राहु तथा सूर्य से युक्त है तथा नवांश में अष्टमस्थ है। सन्तानकारक बृहस्पति नीचराशिगत होकर नवमभाव में स्थित है। नवमभाव में बृहस्पति और शनि दोनों ही वक्री हैं। यह स्थिति सन्तानजन्म में अवरोध उत्पन्न कर रही है।

इस जन्मांग का विश्लेषण करते समय एक प्रश्न उठ सकता है कि बृहस्पति नवमस्थ है तथा पंचम भाव को पूर्ण दृष्टि से देख रहा है। इस स्थिति में मंगल की पंचमभाव में स्थिति अधिक हानिकारक नहीं होनी चाहिए।

विशेष : यहां पर यह उल्लेख कर देना उचित होगा कि मंगल पर बृहस्पति की दृष्टि से मंगल का दोष दूर नहीं होता। प्रायः ऐसी प्रबल मान्यता है कि मंगल पर बृहस्पति की दृष्टि हो तो मंगल का दोष दूर हो जाता है। परन्तु हमनें सारावली के आधार पर तथा बृहज्जातक के उद्धरण के साथ अपने अनेकों लेखों से सैकड़ों उदाहरणों द्वारा यह सिद्ध किया है कि मंगल पर बृहस्पति की दृष्टि को शुभमानकर, यह मान लेना कि मंगल का दोष समाप्त हो गया - यह तथ्य भ्रान्तिकारक है तथा त्रुटिपूर्ण परिणामों को जन्म देता है। अतः हमने शोध के अनुसार मंगल पर बृहस्पति की दृष्टि, मंगल दोष को कदापि निरस्त नहीं कर पाती। यह सत्य इस जन्मांग में भी स्वतः सिद्ध है।

उल्लेखनीय है कि जातिका असाधारण रूप और यौवन की समराज्ञी हुआ करती थी। उसे क्या ज्ञात था कि जिस युवक से उसका विवाह होने जा रहा है वह स्मैक के निरन्तर सेवन के कारण संतानोत्पत्ति हेतु असमर्थ हो चुका है।

8.13 काकवन्ध्यायोग

अस्तं यातः सुताधीशः पापान्तरगतेथवा।
त्रिकस्थोः नीचराशिस्थः काकवन्ध्यत्वमाप्नुयात्।।

(द्वादशभावसिंधु/अध्याय-सुतभाव/श्लोक 177)

जिस जातक के जन्मकाल में पंचमभाव का स्वामी अस्तगत हो अथवा पापग्रहों के बीच स्थित हो और 6/8/12 स्थानों में स्थित हो तो वह जातक काकवन्ध्यत्व को प्राप्त होता है।

सुताधीशोरिपुस्थाने लग्नेशे कुजराशिगे।।
पूर्वजातं शिशुं हन्यात् काकवन्ध्यत्वमाप्नुयात्।।

(द्वादशभावसिंधु/अध्याय-सुतभाव/श्लोक 178)

पंचमेश षष्ठ भाव में स्थित हो और लग्नेश मंगल की राशि में स्थित हो तो उस जातक के पहले उत्पन्न हुए पुत्रों का नाश होता है और काकवन्ध्त्व को प्राप्त होता है।

सुतेशो नीचराशिस्थो रिपुरन्ध्रव्ययस्थिताः।।
सुते केतुबुधौ संस्थौ काकबन्ध्यत्वमाप्नुयात्।।

(द्वादशभावसिंधु/अध्याय-सुतभाव/श्लोक 179)

पंचमेश नीच राशिगत होकर 6/8/12 स्थित हो और पंचमभाव में केतु, बुध स्थित हों तो वह जातक काकवन्ध्यत्व को प्राप्त होता है।

सुतेशोनीचगश्चास्तः सुतभावं न दृश्यति।।
सुते सौरिबुधौ संस्थौ काकवन्ध्यत्वमाप्नुयात्।।

(द्वादशभावसिंधु/अध्याय-सुतभाव/श्लोक 180)

पंचमेश नीच राशिगत अस्तगत हो और पंचमभाव को दृष्टिनिक्षेप न करता हो और पंचमभाव में बुध, शनि स्थित हों तो वह जातक काकवन्ध्यत्व को प्राप्त होता है।

स्वर्क्षस्थितौ रन्ध्रगतौ यमार्कौ प्रष्टुः स्त्रियं संदिशतश्च वंध्याम्।
छिद्रस्थितौ चन्द्रबुधौ सदोषां वा काकवन्ध्यां वदतोऽङ्गनांवै।।

(शम्भुहोराप्रकाश/अध्याय-4/श्लोक 9)

प्रश्नलग्न से अष्टमस्थान में अपने राशि के शनि सूर्य में से कोई हो तो प्रष्टा की स्त्री को बांझ कहना अर्थात् गर्भ नहीं है। चन्द्र, बुध, अष्टमस्थ हों तो उसकी स्त्री पर किसी प्रकार का रोग या भूत, देवता आदि का दोष है। जिससे गर्भ नहीं होता अथवा काकवन्ध्या (जिसका एक गर्भ होकर फिर न होना) कहना चाहिए।

नीचे त्रिके तनय-पे स-खलेथ निम्ने
धीशे पतंगज-युतेथ जनौ युवत्याः।
सौम्याब्ज-चारि-सहिते निलयालयस्थे
लोकंपृणे हरिण-दृग् यदि काक-बन्ध्या।।

(प्रसवचिंतामणि/अध्याय-2)

जो गर्भवती तो होती हो किंतु जीवन में एक ही बार, वह स्त्री काकबन्ध्या कहलाती है। कोई स्त्री काक-बन्ध्या इन तीन में से किसी एक कारण से होगी : (1) गर्भाधान के लिए समागम करने वाले पुरुष के जन्म-काल में पापयुक्त पंचमेश का नीचराशि में रहते हुए त्रिकस्थान में रहना; (2) उक्त पुरुष के नीच-राशिस्थ पंचमेश का शनि से युक्त होना; (3) स्वयं स्त्री के जन्म-काल में उसके जन्म-लग्न से अष्टमस्थान में रहते हुए चन्द्र का शुभग्रह से युक्त होना।

षष्ठस्थाने सुताधीशे लग्नेशे कुजसंयुते।
म्रियते प्रथमापत्यं काकवन्ध्या च गेहिनी।।
सुताधीशो हि नीचस्थो षडादिभावसंस्थितः।
काकवन्ध्या भवेन्नारी सुते केतुबुधौ यदि।।
सुतेशे नीचगो यत्र सुतस्थानं न पश्यति।
तत्र सौरिबुधौ स्यातां काकवन्ध्यात्वमाप्नुयात्।।

(बृहत्पाराशरहोराशास्त्र/अध्याय-17/श्लोक 4-6)

यदि पंचमेश षष्ठस्थान में हो, लग्नेश किसी भी भाव में मंगल से युक्त हो तो जातक की पहली संतान जीवित नहीं रहती है तथा बाद में जातक पुरुष हो तो उसकी पत्नी तथा स्त्री हो तो स्वयं, आगे गर्भ धारण नहीं करती। जिसे एक बार ही जीवन में गर्भधारण हो वह काकवन्ध्या तथा कभी गर्भ न हो तो वन्ध्या होती है।

यदि पंचमेश नीचस्थान में गया हो और 6/8/12 भाव में स्थित हो और पंचम में केतु बुध हो तो काकवन्ध्या योग होता है।

पंचमेश नीचराशि में हो और पंचम को दृष्टिनिक्षेप न करे एवं पंचमभाव में बुध शनि हो तो काकवन्ध्या योग होता है।

कालेऽर्ककोणौ किमु राजकाणौ कोणारभाङ्गोपगतौ मतिस्थे।
असद्विहङ्गे युवतिर्वशा ज्ञे कालोपगे काकवशा प्रजाता।।

(ज्योतिषतत्त्वम्/अध्याय-15/श्लोक 30)

अष्टम में सूर्य तथा शनि हों अथवा लग्नगत शनि मंगल की राशि में शुक्र तथा चन्द्रमा हों और पंचम में पापग्रह हो तो वह स्त्री वन्ध्या (बांझ) होती है। अष्टम में बुध हो तो काकवन्ध्या होती है।

नीचे त्रिके तनयपे सखलेऽथ निम्ने
धीशे पतङ्गजयुतेऽथ जनौ युवत्याः।
सौम्याभ्रचारिसहिते निलयालयस्थे
लोकम्पृणे हरिणदृग् यदि काकबन्ध्या।।

(ज्योतिषतत्त्वम्/अध्याय-19/श्लोक 42)

जिसके जन्म समय में पापयुक्त पंचमेश नीचराशि में स्थित होकर त्रिकस्थान में हो तो नीचराशिगत पंचमेश यदि शनि से युक्त हो तो उस पुरुष की स्त्री काकवन्ध्या होती है। यदि स्त्री के जन्मसमय में स्त्री के जन्मलग्न से अष्टमस्थान में चन्द्रमा हो और वह शुभग्रह से युक्त हो तो काकवन्ध्या होती है।

उदाहरण सं.-8.16 **जन्मांग सं.-309**

जन्म दिनांक : 09.09.1937 जन्म समय : 01:08:00 घंटे
जन्म स्थान : जयपुर अक्षांश 26:53:00 रेखांश 75:50:00
चित्रपक्षीय अयनांश : 22:59:28 साम्पातिक काल : 23:51:06 घंटे

ग्रह	अंश	राशि	नक्षत्र	पद	षड्बल
लग्न	16:26:43	मिथुन	आर्द्रा	3	—
सूर्य	22:43:21	सिंह	पू.फा.	3	1.27
चंद्र	8:21:04	तुला	स्वाति	1	1.24
मंगल	23:18:46	वृश्चिक	ज्येष्ठा	2	1.33
बुध (व/अ)	3:34:57	कन्या	उ.फा.	3	1.3

गुरु (व)	24:31:58	धनु	पू.षा.	4	0.86
शुक्र	17:24:30	कर्क	अश्लेषा	1	1.1
शनि (व)	9:57:30	मीन	उ.भा.	2	1.19
राहु (व)	15:47:05	वृश्चिक	ज्येष्ठा	1	—
केतु (व)	16:47:05	वृष	रोहिणी	3	—

जन्मांग चक्र

भाव	राशि	ग्रह
1	6	बु
2	5	सू
3	4	शु
4	3	
5	2	के
6	1	
7	12	श
8	11	
9	10	
10	9	बृ
11	8	मं रा
12	7	चं

नवमांश चक्र

भाव	राशि	ग्रह
1	11	बु
2	10	मं
3	9	चं शु रा
4	8	बृ
5	7	सू
6	6	श
7	5	
8	4	
9	3	के
10	2	
11	1	
12	12	

जन्म के समय राहु की भोग्य विंशोत्तरी महादशा - 15 व. 8 मा. 21 दि.

इस जातिका का विवाह 13-02-1960 को सम्पन्न हुआ। उनका विवाह एक विशाल आयोजन से कम महत्वपूर्ण नहीं था क्योंकि वह जितने उच्चस्तर पर सम्पन्न किया गया, उतने ही उच्चस्तर के बाराती भी कई देशों से विवाह में सम्मिलित हुए। विवाह के चार वर्ष पश्चात् 1-5-1964 को एक पुत्री का जन्म हुआ। परन्तु इसके बाद कोई दूसरी संतान नहीं है। प्रयास करने पर भी दूसरी संतान न हो, तो ऐसी स्त्री को काकवन्ध्या कहते हैं।

उपरोक्त ग्रह योगों के विद्यमान होने से जातक या जातिका काक वन्ध्या दोष से ग्रसित होता है।

यदि पंचमेश अस्त हो, शत्रुग्रही हो, पापाक्रान्त हो या षष्ठ, अष्टम या द्वादश भावगत हो, तो जातक या जातिका काक वन्ध्या होते हैं।

इस जातिका के जन्मांग में सप्तमेश शुक्र शत्रुराशि कर्क में स्थित है और कर्क राशि का स्वामी अर्थात् द्विती येश पंचमभाव में शुक्र की राशि तुला में स्थित है अतः पंचमेश शुक्र और चन्द्रमा के मध्य विनिमय परिवर्तनयोग का निर्माण हो रहा है जिसमें दोनों ही ग्रह अर्थात् शुक्र और चंद्रमा शत्रुराशिगत हैं। इसके अतिरिक्त पंचमेश शुक्र अस्त भी है। इसलिए एक ही संतान का योग है।

उदाहरण सं.-8.17 **जन्मांग सं.-310**

जन्म दिनांक	: 09.10.1962	जन्म समय	: 05:30:00 घंटे
जन्म स्थान	: गोरखपुर	अक्षांश 26:45:00	रेखांश 83:23:00
चित्रपक्षीय अयनांश	: 23:19:58	साम्पातिक काल	: 6:42:04 घंटे

ग्रह	अंश	राशि	नक्षत्र	पद	षड्बल
लग्न	16:04:06	कन्या	हस्त	2	—
सूर्य	21:53:14	कन्या	हस्त	4	1.13
चंद्र	19:06:08	मकर	श्रवण	3	1.2
मंगल	5:03:40	कर्क	पुष्य	1	1.47
बुध (व/अ)	16:57:56	कन्या	हस्त	3	1.25
गुरु (व)	10:10:55	कुंभ	शतभिषा	2	1.04
शुक्र	0:44:55	वृश्चिक	विशाखा	4	1.02
शनि(व)	11:25:43	मकर	श्रवण	1	1.17
राहु (व)	13:03:48	कर्क	पुष्य	3	—
केतु (व)	13:03:48	मकर	श्रवण	1	—

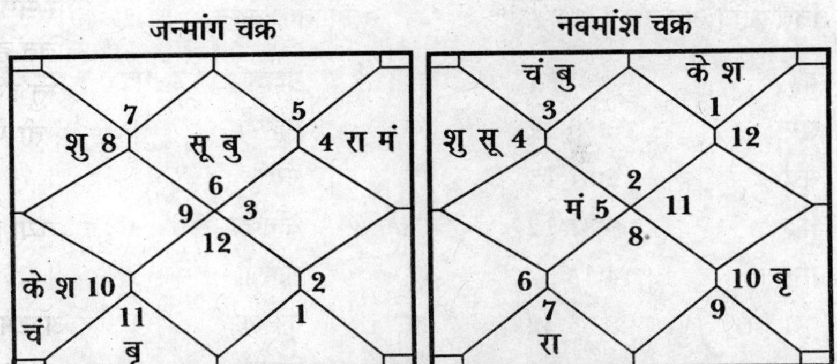

जन्म के समय चंद्रमा की भोग्य विंशोत्तरी महादशा - 3 व. 2 मा. 2 दि.

जातिका का विवाह 18-04-1987 को सम्पन्न हुआ तथा 17-7-1988 को एक पुत्री का जन्म हुआ। इस जन्मांग में पंचमभाव में पंचमेश शनि लाभेश चंद्रमा के साथ स्थित है तथा पंचमस्थ चंद्रमा और शनि एकादशस्थ मंगल द्वारा विनिमय

दृष्टि सम्बन्ध स्थापित कर रहे हैं। मंगल नीचराशिगत है और शनि स्वराशिगत है। परन्तु मंगल और शनि का यह दृष्टिसम्बन्ध संतान उत्पत्ति के लिए बाधक है। शनि के स्वराशिस्थ होने के कारण एक पुत्री का जन्म हुआ। संतानकारक बृहस्पति भी अष्टमेश और तृतीयेश मंगल द्वारा दृष्ट है। मंगल और शनि दोनों ही द्वितीयभाव पर दृष्टिनिक्षेप कर रहे हैं।

जातिका के विवाह के पश्चात् त्रासदी की श्रृंखला का अंत होने को ही नहीं आया। जातिका के दो देवर थे, जिनमें से उसके विवाह के पश्चात् एक देवर पागल हो गया और अब भी वह पागलखाने में ही जीवन यापन करने को विवश है। दूसरा देवर सहसा स्टेशन से लुप्त हो गया। ऐसा समझा जाता है कि उसके साथ कोई अनहोनी हुई। एक देवर ने जातिका के ससुर की हत्या कर दी। जातिका के पति ने नौकरी छोड़ दी और पिछले दस वर्षों से प्रयास करने पर पुनः उसे कोई नौकरी नहीं मिल पाई। आर्थिक स्थिति तो लचर हो ही गई है परन्तु स्वयं जातिका शिक्षिका की नौकरी करके अपने पति और पुत्री का भरण पोषण कर रही है।

उदाहरण सं.-8.18 जन्मांग सं.-311

जन्म दिनांक : 30.04.1970 जन्म समय : 07:00:00 घंटे
जन्म स्थान : इलाहाबाद अक्षांश 25:27:00 रेखांश 81:50:00
चित्रपक्षीय अयनांश : 23:26:38 साम्पातिक काल : 21:27:40 घंटे

ग्रह	अंश	राशि	नक्षत्र	पद	षड्बल
लग्न	10:59:22	वृष	रोहिणी	1	–
सूर्य	15:51:13	मेष	भरणी	1	1.71
चंद्र	3:31:12	कुंभ	धनिष्ठा	4	1.09
मंगल	14:15:57	वृष	रोहिणी	2	1.26
बुध (व)	28:55:42	मेष	कृत्तिका	1	1.14
गुरु (व)	6:35:01	तुला	चित्रा	4	1.1
शुक्र	9:14:47	वृष	कृत्तिका	4	1.42
शनि(D)	18:18:29	मेष	भरणी	2	0.6
राहु	16:42:05	कुंभ	शतभिषा	4	–
केतु	16:42:05	सिंह	पू.फा.	2	–

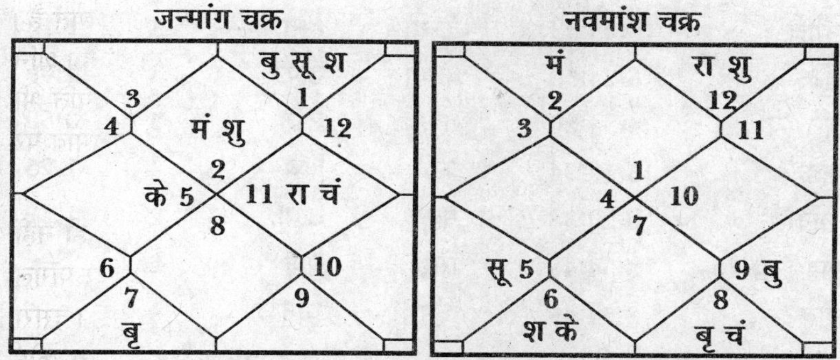

जन्म के समय मंगल की भोग्य विंशोत्तरी महादशा - 1 व. 7 मा. 25 दि.

महाकवि पद्मश्री गोपालदास नीरज की पुत्रवधु का जन्म वृषभ लग्न में हुआ है। उनका विवाह 18-02-1993 को आगरा में अत्यन्त धूमधाम से सम्पन्न हुआ। विवाह समारोह का ऐसा ऐश्वर्य शायद ही कभी किसी ने देखा हो। सारा आगरा शहर इन्द्रधनुषी रंगों के प्रकाश से जगमगा उठा था। विवाह के कुछ ही समय पश्चात् 02-10-1994 को पुत्रवधू ने एक अद्‌भुत प्रतिभावान बालक को जन्म दिया और उसी समय पति और पत्नी दोनों ने निर्णय किया कि वे दूसरी संतान के जन्म हेतु कदापि प्रयास नहीं करेंगे। पंचमेश बुध, द्वादशभावगत है और सूर्य से संयुक्त होने के कारण अस्त है। यहाँ पर बुध नीच राशिगत शनि से संयुक्त है। इसके अतिरिक्त संतान भाव का स्वामी बुध तथा संतानकारक बृहस्पति वक्री है और एक दूसरे के साथ, विनिमय दृष्टिसम्बन्ध स्थापित कर रहे हैं। इसी ग्रहयोग के कारण जातिका ने मात्र एक सन्तान की माता बनने का ही निर्णय किया।

उदाहरण सं.-8.19 जन्मांग सं.-312

जन्म दिनांक : 05.09.1961 जन्म समय : 00:02:00 घंटे

जन्म स्थान : लखनऊ अक्षांश 26:50:00 रेखांश 80:54:00

चित्रपक्षीय अयनांश : 23:19:09 साम्पातिक काल : 22:50:09 घंटे

ग्रह	अंश	राशि	नक्षत्र	पद	षड्बल
लग्न	2:14:31	मिथुन	मृगशिरा	3	—
सूर्य	18:38:57	सिंह	पू.फा.	2	1.34
चंद्र	20:33:47	मिथुन	पुनर्वसु	1	1.39

मंगल	18:43:23	कन्या	हस्त	3	1.16
बुध	6:24:59	कन्या	उ.फा.	3	1.09
गुरु (व)	4:34:20	मकर	उ.षा.	3	0.69
शुक्र	13:59:34	कर्क	पुष्य	4	1.25
शनि(व)	0:20:38	मकर	उ.षा.	2	1.42
राहु (अ)	3:54:49	सिंह	मघा	2	—
केतु	3:54:49	कुंभ	धनिष्ठा	4	—

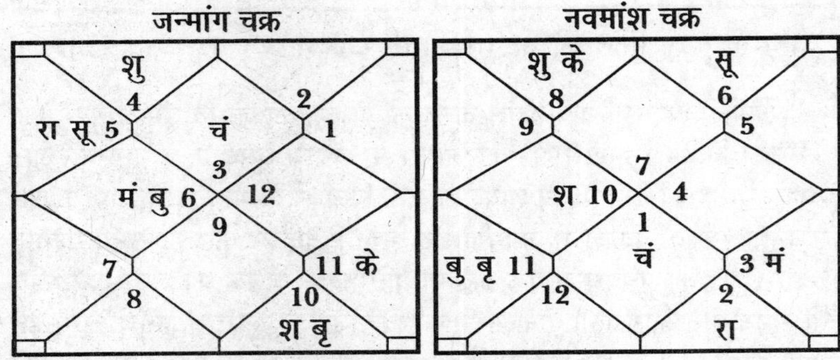

जन्म के समय गुरु की भोग्य विंशोत्तरी महादशा - 15 व. 3 मा. 27 दि.

यह जन्मांग भारतीय प्रशासनिक सेवा की उच्च अधिकारी का है। यह जातिका अपनी बौद्धिक प्रखरता, प्रबुद्धता, तथा ज्ञान की क्षमता के साथ-साथ रक्ताभ, रूप और शारीरिक सुडौलता, आकर्षित दैहिक अनुपात एवं गौर वर्ण के लिए प्रशंसित है। जातिका का विवाह 16-6-1986 को एक उच्च अधिकारी के साथ सम्पन्न हुआ तथा 23-11-1988 को एक प्रतिभावान पुत्री का जन्म हुआ। जातिका ने प्रसवपीड़ा सहन तो की परन्तु साथ ही यह निर्णय लिया कि अब कदाचित, कदापि दूसरी संतान को जन्म नहीं देगी। काश ऐसा ही यदि पूर्व में भारतीय नारियों ने सोचा होता तो हमारे देश की जनसंख्या एक अरब के ऊपर कदापि न पहुंचती।

इस जन्मांग में पंचमेश शुक्र कर्कराशि में द्वितीयभावगत है तथा पंचमेश शुक्र तथा पंचमभाव पर अष्टमेश शनि की दृष्टि है, इसके अतिरिक्त संतानकारक बृहस्पति और नवमेश शनि अष्टम भावगत होकर वक्री है। पंचमेश शुक्र शत्रु राशिगत होने के साथ-साथ सूर्य और चन्द्रमा के मध्य स्थित होने से पापकर्तरियोग ग्रस्त है। षष्ठेश मंगल तथा लग्नेश बुध चलित होकर पंचमभाव में आ गये हैं और

शनि द्वारा दृष्ट हैं। द्वितीयभाव के पापकर्तरियोग ग्रस्त हो जाने के कारण जातिका का दाम्पत्य जीवन विघटनकारी था तथा जिसके परिणाम स्वरूप 3-1-2006 को सहसा हृदयगति रुक जाने के कारण पति की मृत्यु हो गयी। यहां पंचमेश शुक्र अल्पसुत नवांश वृश्चिक में स्थित है। इसलिए जातिका को एक ही संतान का सुख प्राप्त हुआ। जिस जातक या जातिका को एक ही सन्तान हो उसे काकवन्ध्या कहते हैं।

8.14 जातक–जातिका के नपुंसक होने के योग

अन्योन्यं यदि पश्यतः शशिरवी यद्यार्किसौम्यावपि
वक्रो वा समगं दिनेशमसमे चन्द्रोदयौ चेत् स्थितौ।
युग्मौजर्क्षगतावपीन्दुशशिजौ भूम्यात्मजेनेक्षितौ
पुंभागे सितलग्नशीतकिरणाः षट् क्लीबयोगास्त्विमे।।23।।

1. सूर्य के सप्तम स्थान में चन्द्रमा हो और इस प्रकार वे एक-दूसरे को दृष्टिनिक्षेप करते हों।
2. बुध और शनि एक-दूसरे के सामने हों और इस प्रकार वे एक-दूसरे को दृष्टिनिक्षेप करते हों।
3. समराशि के सूर्य के सप्तम स्थान में मंगल हो या समराशि के सूर्य को मंगल दृष्टिनिक्षेप करता हो (मंगल चाहे किसी भी राशि में हो) या समराशि के सूर्य को मंगल सप्तम, चतुर्थ या अष्टम दृष्टिनिक्षेप करता हो।
4. लग्न विषमराशि में होकर चन्द्रमा विषमराशि में हो और उस चन्द्रमा पर मंगल की दृष्टि हो।
5. चन्द्रमा समराशि में हो और बुध विषमराशि में होकर उन दोनों पर मंगल की दृष्टि हो।
6. शुक्र, चन्द्रमा और लग्न विषमराशि के नवमांश में हो।

अन्योन्यं रविशशिनौ विषमौ विषमर्क्षगौ निरीक्षेते।
इन्दुजरविपुत्रौ वा तथैव नपुंसकं कुरुतः।।
वक्रो विषमे सूर्यः समगश्चैवं परस्परालोकात्।
विषमर्क्षे लग्नेन्दुं समराशिगः कुजोऽवलोकयति।।

बुधचन्द्रौ कुजदृष्टौ विषमर्क्षसमर्क्षगौ तथैवोक्तौ।
ओजनवांशकसंस्था लग्नेन्दुसितास्तथैवोक्ताः।।

टीकाकार के अनुसार इसका अर्थ इस प्रकार होगा। निम्नलिखित छह योगों पर नपुंसक योग बनता है।

1. चन्द्रमा और सूर्य क्रमशः सम और विषम राशि में होकर परस्पर एक-दूसरे को दृष्टिनिक्षेप करते हों।
2. शनि समराशि में हो और बुध विषमराशि में होकर परस्पर एक-दूसरे को दृष्टिनिक्षेप करते हों।
3. मंगल विषमराशि में होकर समराशि के सूर्य को दृष्टिनिक्षेप करता हो और सूर्य भी मंगल को दृष्टिनिक्षेप करता हो।
4. मंगल समराशि में होकर विषमराशियों के चन्द्रमा और लग्न को दृष्टिनिक्षेप करता हो।
5. चन्द्रमा समराशि में और बुध विषमराशि में होकर उन्हें मंगल दृष्टिनिक्षेप करता हो।
6. शुक्र, लग्न और चन्द्रमा पुरुष नवमांश में हो।

क्लीबस्य चेद्भृगोरंशः क्लीबग्रहयुतेक्षितः।
यदि वापुत्रलाभः स्यात्तृतीये तु करग्रहे।।

(जातकदेशमार्ग/अध्याय-16/श्लोक 4)

यदि शुक्र जिस नवांश में है उसका स्वामी नपुंसकग्रह हो, उस नवांश में नपुंसक ग्रह हो और उस नवांश को नपुंसकग्रह दृष्टिनिक्षेप करता हो तो जातक को तृतीय पत्नी से पुत्र प्राप्त होता है। इस योग को नवांश जन्मांग में देखना चाहिए। बुध और शनि नपुंसक ग्रह हैं।

अर्के कर्कगते हरौ भृगुसुते मन्दे तुलायामजे
चन्द्रे यस्य नरस्य जन्मसमये वीर्यच्युतोऽसौ भवेत्।
लग्ने चन्द्रयुते गुरौ रविसुते पुत्रेऽपि वीर्यच्युतो
जीवेङ्गे सरवौ मृतावपि कुजे क्लीबर्क्षगे कण्टके।।

(भावकुतूहलम्/अध्याय-6/श्लोक 6)

जन्मांग में यदि सूर्य कर्क राशि में, सिंह राशि में शुक्र, तुला में शनि और मेष राशि में चन्द्रमा स्थित हो तो जातक नपुंसक होता है।

चन्द्रमा के साथ बृहस्पति लग्न में और पंचमभाव में शनि स्थित हो, अथवा सूर्य के साथ बृहस्पति लग्नस्थ हो, अष्टमभाव में मंगल स्थित हो और नपुंसक ग्रह की राशि केन्द्रस्थ हो तो जातक पौरुष से हीन सन्तानोत्पत्ति में असमर्थ होता है।

उदाहरण सं.-8.20 **जन्मांग सं.-313**

जन्म दिनांक : 14.07.1966 जन्म समय : 11:45:00 घंटे
जन्म स्थान : लखनऊ अक्षांश 26:50:00 रेखांश 80:54:00
चित्रपक्षीय अयनांश : 23:23:09 साम्पातिक काल : 7:05:17 घंटे

ग्रह	अंश	राशि	नक्षत्र	पद	षड्बल
लग्न	21:10:37	कन्या	हस्त	4	–
सूर्य	27:58:34	मिथुन	पुनर्वसु	3	1.95
चंद्र	6:49:09	वृष	कृत्तिका	4	1.13
मंगल	8:43:27	मिथुन	आर्द्रा	1	1.19
बुध	18:01:20	कर्क	अश्लेषा	1	1.12
गुरु (व)	21:39:49	मिथुन	पुनर्वसु	1	1.34
शुक्र	27:41:31	वृष	मृगशिरा	2	1.29
शनि(व)	6:17:45	मीन	उ.भा.	1	1.5
राहु (व)	0:26:47	वृष	कृत्तिका	2	–
केतु (व)	0:26:47	वृश्चिक	विशाखा	4	–

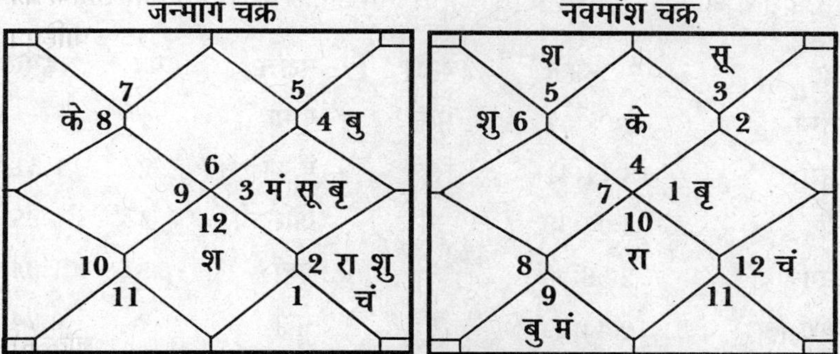

जन्म के समय सूर्य की भोग्य विंशोत्तरी महादशा - 1 व. 5 मा. 5 दि.

जातक का विवाह 13.10.1992 को एक आर्मी के कैप्टन के साथ हुआ, परन्तु जातक की पत्नी संतान सुख से वंचित होने के कारण अत्यधिक चिंतित और व्यथित हो उठी। बाद में ज्ञात हुआ कि उसकी पत्नी तो विवाह के 9 वर्ष पश्चात् भी कुँवारी थी क्योंकि उसका पति नपुंसक था। बहुत प्रयास करने पर भी जातक नपुंसकता के अभिशाप से मुक्त नहीं हो पाया।

इस जन्मांग में शुक्र, चन्द्रमा और राहु के साथ नवम भाव में स्थित है। शुक्र अष्टमेश मंगल द्वारा शासित मृगशिरा नक्षत्र में स्थित है तथा अपने शत्रु चन्द्रमा से युक्त है। इसके अतिरिक्त पंचमेश शनि और अष्टमेश मंगल दोनों ही वन्ध्या राशि मिथुन में एकदूसरे से संयुक्त हैं। बुध और शनि नपुंसक ग्रह माने जाते हैं। बुध और मंगल की पंचम भाव पर दृष्टि और शनि की शुक्र, चन्द्रमा और राहु पर दृष्टि के कारण ही जातक नपुसंकता की पीड़ा सहन करने के लिए विवश हुआ।

यहाँ उल्लेखनीय है कि जातक की पत्नी जब हर प्रकार से निराश हो गई तथा संतान प्राप्ति की कामना से अत्यधिक व्याकुल हो उठी और तब उसकी समस्त सहनशक्ति, आदर्शवादिता और पतिव्रत धर्मपरायणता उत्तरोत्तर लुप्त होने लगी, जिसके परिणामस्वरूप जातक की पत्नी ने एक जारज शिशु को 17.10.2002 को जन्म दिया। अब जातिका प्रसन्न है तथा जारज शिशु की सच्चाई से जातक भी भलीभाँति परिचित है।

उदाहरण सं.-8.21 जन्मांग सं.-314

जन्म दिनांक : 04.09.1966 जन्म समय : 19:30:00 घंटे
जन्म स्थान : अहमदाबाद अक्षांश 23:03:00 रेखांश 72:40:00
चित्रपक्षीय अयनांश : 23:23:16 साम्पातिक काल : 17:43:38 घंटे

ग्रह	अंश	राशि	नक्षत्र	पद	षड्बल
लग्न	1:08:57	मीन	पू.भा.	4	–
सूर्य	18:11:41	सिंह	पू.फा.	2	1.51
चंद्र	8:06:38	मेष	अश्विनी	3	1.25
मंगल	12:56:36	कर्क	पुष्य	3	1.34
बुध (अ)	12:44:29	सिंह	मघा	4	0.74
गुरु	2:42:27	कर्क	पुनर्वसु	4	1.25

शुक्र	1:10:47	सिंह	मघा	1	0.88
शनि(व)	4:01:20	मीन	उ.भा.	1	0.91
राहु (व)	24:59:54	मेष	भरणी	4	—
केतु (व)	24:59:54	तुला	विशाखा	2	—

जन्मांग चक्र

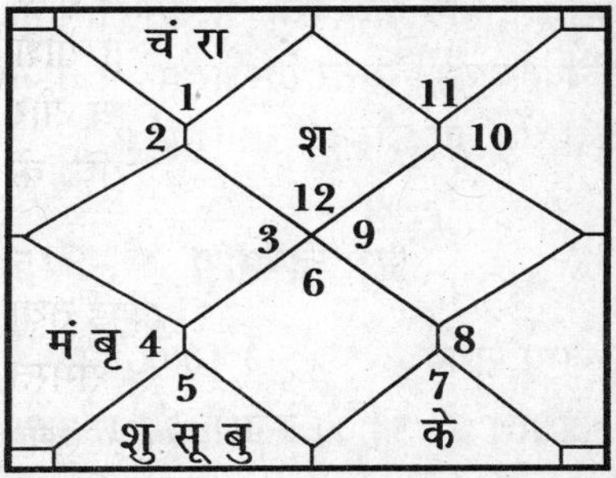

चं रा
1 11
2 श 10
12
3 9
6
मं बृ 4 8
5 7
शु सू बु के

नवमांश चक्र

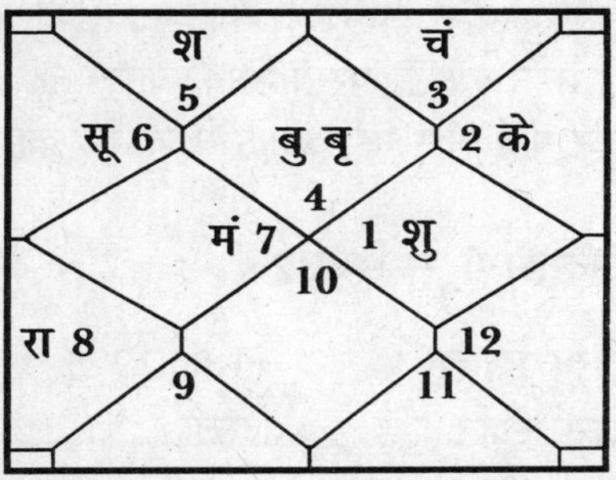

श चं
5 3
सू 6 बु बृ 2 के
4
मं 7 1 शु
10
रा 8 12
9 11

जन्म के समय केतु की भोग्य विंशोत्तरी महादशा - 2 व. 8 मा. 27 दि.

जातक का विवाह 05.03.1994 को सम्पन्न हुआ। जातक देखने में सामान्यतः सुन्दर है परन्तु अपनी नपुंसकता के दोष को छिपाने के लिए अपनी विदुषी तथा प्रतिभावान पत्नी को बार-बार प्रताड़ित और दण्डित करता रहता था। पत्नी के चरित्र पर भी आरोप लगाता। लज्जा स्त्री का आभूषण होती है, इसीलिए उसकी पत्नी अत्यन्त व्यथित और दुखी होने के उपरान्त भी किसी से कुछ न कहती। जातक को बार-बार चिकित्सक के पास ले जाती, ताकि उसकी नपुंसकता दूर हो सके, परन्तु ऐसा होने में सफलता नहीं प्राप्त हो पाई। जातक का अपनी पत्नी के साथ दुर्व्यवहार दिन-प्रतिदिन बढ़ता चला गया। एक दिन जातक ने अपनी पत्नी को मार-मार कर लहूलुहान कर दिया। उसे अनेक प्रकार से दण्डित किया। उसकी पत्नी का बस इतना ही दोष था कि उसने जातक से अपने तन में धधकती हुई कामवासना की ज्वाला को व्यक्त कर दिया था, जो जातक से सहन नहीं हुई। जातक की अक्षमता के कारण उसे अत्यधिक क्रोध आया और वह राक्षसों की भाँति अपनी पत्नी को सारी रात मारता-पीटता रहा। अंततः उसकी पत्नी ने दुखी होकर अपने पिता को सत्य तथ्य से अवगत कराया कि उसका पति नपुंसक है और उसके साथ दुर्व्यवहार करता है।

इस जातक का जन्म मीन लग्न में हुआ है तथा षष्ठ भाव में सिंह राशि में शुक्र, बुध और सूर्य स्थित हैं। यहाँ बुध अस्त है तथा शुक्र और बुध केतु के नक्षत्र मघा में स्थित हैं। उल्लेखनीय है कि शुक्र अष्टमेश है तथा अष्टम भाव में केतु स्थित है। केतु पर चन्द्रमा और मंगल की दृष्टि है तथा यहाँ पर शुक्र, बुध और सूर्य वन्ध्या राशि तथा अल्पसुत राशि सिंह में स्थित हैं। पंचमेश चन्द्रमा भी केतु के नक्षत्र अश्विनी में स्थान प्राप्त कर रहा है तथा वन्ध्या नवांशगत है। इन्हीं कारणों से जातक नपुंसकत्व से अभिशप्त है। जातक की नपुंसकता होने की व्यथा तो उसकी पत्नी ने सहन कर ली, परन्तु उसकी क्रूरता तथा दुर्व्यवहार का निरन्तर विस्तार वह न सहन कर पाई और मई, 2008 में जातक को सदा के लिए छोड़कर चली गई।

उदाहरण सं.-8.22 **जन्मांग सं.-315**

जन्म दिनांक : 11.06.1973 जन्म समय : 11:10:00 घंटे

जन्म स्थान : दिल्ली अक्षांश 28:39:00 रेखांश 77:13:00

चित्रपक्षीय अयनांश : 23:29:26 साम्पातिक काल : 4:06:33 घंटे

ग्रह	अंश	राशि	नक्षत्र	पद	षड्बल
लग्न	11:38:13	सिंह	मघा	4	—
सूर्य	26:40:14	वृष	मृगशिरा	2	1.92
चंद्र	5:53:16	तुला	चित्रा	4	0.96
मंगल	0:05:48	मीन	पू.भा.	4	1.07
बुध	18:22:16	मिथुन	आर्द्रा	4	1.03
गुरु (व)	18:26:07	मकर	श्रवण	3	0.89
शुक्र	13:09:14	मिथुन	आर्द्रा	2	1.34
शनि(अ)	0:05:10	मिथुन	मृगशिरा	3	0.68
राहु (व)	14:14:21	धनु	पू.षा.	1	—
केतु (व)	14:14:21	मिथुन	आर्द्रा	3	—

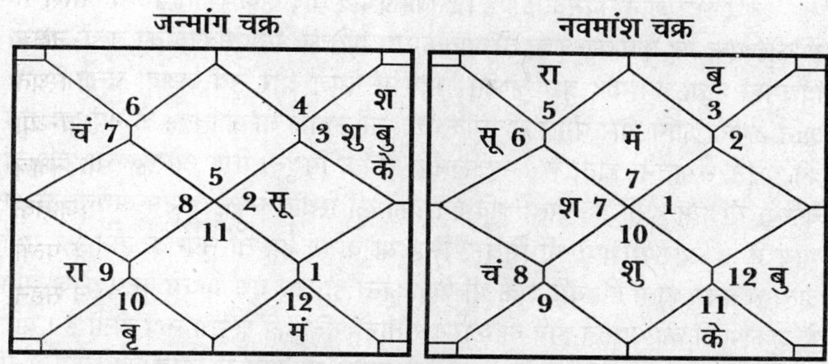

जन्म के समय मंगल की भोग्य विंशोत्तरी महादशा - 0 व. 4 मा. 27 दि.

जातक वस्त्र का व्यवसायी है और अपार धन, सम्पत्ति, सम्पदा जातक ने स्वबाहुबल द्वारा अर्जित की। अभिमान ने उसे मदिरा की बोतलों में डुबो दिया। धीरे-धीरे मदिरा जातक की निर्बलता बनती चली गयी और अब मदिरा के अभाव में जीवन की कल्पना ही असंभव प्रतीत होती है। जातक के अभिभावकों ने इसका समाधान विवाह को समझा और एक अनिंद्य सुन्दरी कन्या से जातक का विवाह 12-6-2005 को सम्पन्न कर दिया। दोनों ओर पृथक् प्रकार की मदिरा थी एक ओर असीम सौन्दर्य से सम्बन्धित तो दूसरी ओर फलों के रस से तैयार की हुई मदिरा। पत्नी के सौन्दर्य की मदिरा पराजित हो गई। जातक संतानहीनता के अभिशाप से ग्रस्त हो उठा। पर अब मदिरा को सेवन त्याग पाना जातक के वश में नहीं है।

इस जन्मांग में पंचमभावगत राहु और पंचमेश बृहस्पति का षष्ठ भाव में मकर राशि में वक्री होकर स्थित होना तथा नवमेश मंगल का अष्टम भावगत होकर षष्ठेश शनि के साथ विनिमय दृष्टि सम्बन्ध स्थापित करना संतान जन्म के लिए प्रबल बाधाकारक है। उल्लेखनीय है कि एकादश भाव में मिथुन राशि में शनि, शुक्र, बुध और केतु स्थित होकर पंचमभाव पर दृष्टिनिक्षेप कर रहे हैं और यह वन्ध्या राशि है। इसलिए जातक के शुक्राणु गर्भाधान की प्रक्रिया में बार-बार पराजित हो जाते हैं। कितने ही प्रयास किये गये परन्तु असफलता ही हाथ लगी। 2008 में Intra Vetro Fertilisation (IVF) द्वारा शिशु जन्म की साधना भी असफल रही।

इस जन्मांग में पंचम भाव पंचमेश, नवमभाव नवमेश तथा संतानकारक बृहस्पति सभी पापाक्रान्त हैं और त्रिक भावों से सम्बद्ध हैं। लग्नेश सूर्य और पंचमेश बृहस्पति दोनों बन्ध्या नवांशों में स्थित हैं जबकि नवमेश मंगल नीचराशिगत है। इन्हीं ग्रह योगों ने जातक को संतति सुख से वंचित रखा।

बुध और शनि नपुंसक ग्रह हैं। इनका प्रभाव यदि अष्टमभाव पर हो और इनमें से कोई एक ग्रह पापाक्रान्त हो तो जातक या जातिका में नपुंसकत्व का तत्त्व अवश्य विद्यमान होता है। यदि बुध अष्टम भाव में मंगल और सूर्य अथवा चन्द्रमा और शनि अथवा शनि और मंगल से संयुक्त हो, तो जातक या जातिका के नपुंसक होने की प्रबल संभावना होती है। उल्लेखनीय है कि मिथुन, सिंह और कन्या राशियां बन्ध्या राशियां होती हैं। अतः यदि इन ग्रहों की स्थिति षष्ठ, अष्टम अथवा द्वादश भाव में हों और राशियां भी मिथुन, सिंह या कन्या हो, तो नपुंसक होने का योग अत्यन्त प्रबल होता है। यदि शुक्र भी पापाक्रान्त हो और बुध भी तो पुरुष के जन्मांग में शुक्राणुओं का अभाव होने के कारण संतानोत्पत्ति की क्षमता नहीं होती है। यदि युवतियों के जन्मांग में यही योग हो, तो उनके गर्भाशय में डिम्ब की उत्पत्ति में विविध व्यवधान उत्पन्न होते हैं।

उदाहरण सं.-8.23 **जन्मांग सं.-316**

जन्म दिनांक : 22.06.1985 जन्म समय : 16:45:00 घंटे

जन्म स्थान : लखनऊ अक्षांश 26:50:00 रेखांश 80:54:00

चित्रपक्षीय अयनांश : 23:39:02 साम्पातिक काल : 10:40:56 घंटे

ग्रह	अंश	राशि	नक्षत्र	पद	षड्बल
लग्न	7:49:29	वृश्चिक	अनुराधा	2	—
सूर्य	7:19:23	मिथुन	आर्द्रा	1	1.76
चंद्र	24:56:06	कर्क	अश्लेषा	3	1.1
मंगल(अ)	14:59:39	मिथुन	आर्द्रा	3	1.1
बुध	23:51:16	मिथुन	पुनर्वसु	2	1.01
गुरु (व)	22:49:33	मकर	श्रवण	4	0.7
शुक्र	21:52:43	मेष	भरणी	3	1.46
शनि(व)	26:40:57	तुला	विशाखा	3	1.42
राहु (व)	23:38:48	मेष	भरणी	4	—
केतु (व)	23:38:48	तुला	विशाखा	2	—

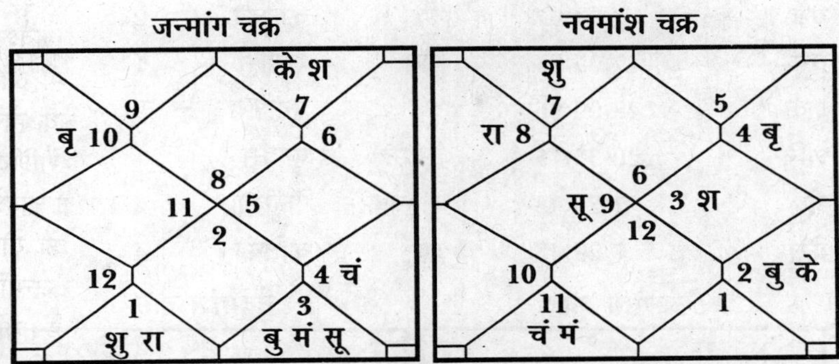

जन्म के समय बुध की भोग्य विंशोत्तरी महादशा - 6 व. 5 मा. 15 दि.

यह सुन्दर युवक एक धनाढ्य परिवार से सम्बद्ध है, परन्तु मानसिक रूप से पूर्णतः स्वस्थ नहीं है। इसके माता-पिता चिंतित हैं। इस जन्मांग में अष्टमभाव में बुध के साथ सूर्य और मंगल वन्ध्या राशि मिथुन में स्थित हैं, जो जातक को शारीरिक रूप से भी पूर्ण पुरुष बनाने में अवरोध उत्पन्न कर रहे हैं। द्वादशभाव में केतु और शनि भी तुला राशि में स्थित हैं और षष्ठ भावगत शुक्र और राहु पर दृष्टिनिक्षेप कर रहे हैं। अतः शुक्राणु से सम्बन्धित दोष परिलक्षित हो रहा है। उल्लेखनीय है कि चन्द्रमा पर भी शनि की दृष्टि है जो बुध के नक्षत्र अश्लेषा में स्थित है और शनि का नवांश प्राप्त कर रहा है जिसके कारण जातक मानसिक रूप से भी किंचित् मदबुद्धि है। यदि चंद्रमा और बुध दोनों ही ग्रह पापाक्रान्त हों, तो मानसिक रोगी उत्पन्न होने की स्थिति उत्पन्न होती है।

उदाहरण सं.-8.24 जन्मांग सं.-317

जन्म दिनांक : 02.05.1975 जन्म समय : 18:20:00 घंटे

जन्म स्थान : नासिक अक्षांश 20:00:00 रेखांश 73:52:00

चित्रपक्षीय अयनांश : 23:30:59 साम्पातिक काल : 8:24:43 घंटे

ग्रह	अंश	राशि	नक्षत्र	पद	षड्बल
लग्न	10:10:37	तुला	स्वाति	2	—
सूर्य	17:59:02	मेष	भरणी	2	1.91
चंद्र	10:09:32	मकर	श्रवण	1	1.19
मंगल	22:15:38	कुंभ	पू.भा.	1	1.4

बुध	2:54:07	वृष	कृत्तिका	2	0.8
गुरु	17:05:23	मीन	रेवती	1	1.13
शुक्र	28:09:36	वृष	मृगशिरा	2	1.53
शनि	20:33:15	मिथुन	पुनर्वसु	1	1.27
राहु	7:29:43	वृश्चिक	अनुराधा	2	—
केतु	7:29:43	वृष	कृत्तिका	4	—

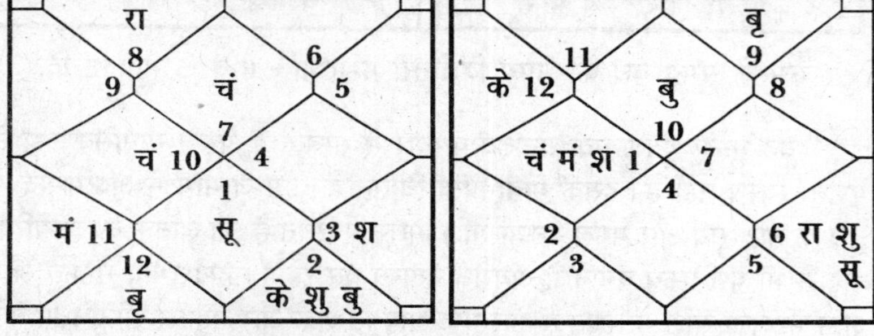

जन्म के समय चन्द्र की भोग्य विंशोत्तरी महादशा - 9 व. 10 मा. 17 दि.

जातिका अभी 16 साल की भी न हुई थी कि उसके चारों ओर मनचले युवकों ने मंडराना प्रारम्भ कर दिया था। अपने रसिक्त और रक्ताभ यौवन के लिए जातिका बार-बार चर्चित प्रशंसित होती। पांच फुट सात इंच लम्बे कद की गौर वर्ण, विशालाक्षा, सुडौल और सुन्दर अंग-प्रत्यंग से अभिषिक्त इस जातिका को दूसरों की सहायता करने में, उन्हें सहयोग प्रदान करने में यहां तक कि अपना हित त्याग करके दूसरों पर उपकार करने में अन्तरंग आनन्द का आभास होता। यह जातिका सुन्दर तो बहुत थी परन्तु चतुर न थी। कई टी.वी. फिल्मों में अभिनय भी किया परन्तु जब हर निर्देशक और निर्माता उस पर आसक्त हो जाता तो जातिका को वह फिल्म छोड़नी पड़ती। मित्रों और शत्रुओं से अपरिचित यह जातिका, सहसा एक प्रेमप्रसंग में पड़कर 08-12-2001 को विवाह कर बैठी। परन्तु मातृत्व से अब तक वंचित है।

इस जन्मांग में अष्टम भाव में बुध केतु और शुक्र संस्थित हैं और उन पर मंगल की दृष्टि है। पंचमेश शनि वन्ध्या राशि मिथुन में स्थित है जबकि मारकेश मंगल पंचमभावगत है अतः पंचमभाव तथा पंचम से पंचमस्थ नवमभाव दोनों में क्रमशः मंगल व शनि संस्थित हैं और साथ ही साथ संतानकारक बृहस्पति पर शनि की दृष्टि

है तथा लग्नेश शुक्र व नवमेश बुध राहु-केतु की धुरी पर स्थित होकर मंगल द्वारा दृष्ट है। इस कारण जातिका में डिम्ब की उत्पत्ति में विविध व्यवधान उत्पन्न होने का योग है और यही कारण है जो उसके गर्भधारण करने में अवरोध उत्पन्न कर रहा है।

8.15 नपुंसक संतति का जन्मकाल संज्ञान

भास्वद्विधू ओज-समर्क्षगो मिथः
प्रपश्यतो वा ज्ञ-शनी तथा क्रमात्।
ओजर्क्षगोसृक् सम-राशिगं रविं
पश्येदुतौजर्क्ष-गतौ तनू-विधू।।

दृष्टौ महीजेन समर्क्षगेण किम्
ओजर्क्ष-युग्मर्क्ष-गतौ ज्ञ-शीतगू।
कुजेक्षितौ वा विषयांशगास् तनू-
सितेन्दवो वा विदि भाग्य-भार्गवौ।।

किं भाग्य-भौ व्योम्नि मृतौ सतां दृशां
मुक्तावथार्कौ स-क-भे भयाकयोः।
सद्वीक्षणोनेथ स-पंक-कान्तपे
नीचे क्षयोरौ विकल-ग्रहान्वितम्।।

द्यूनं ततोस्ते विबलः खलः शुभो
बालाधिपो नष्टमितः परांशके।
किमून-वीर्योस्त-पतिः स्व-नीचगो
नीच - प्रदृष्टोस्तमितोस्तपोरिगः।।

किं नष्ट-नारी-गृहपोत्यये भये
विनष्ट - खेटर्क्ष - गतो नपुंसकः।
शनैश्चरेच्छाच् चरमेभिधान-भे
यद् वा विवस्वत्-सुत-भार्गवौ वधे।।

दृष्टौ न सौम्यैरथ नीचगे व्यये
रात्रौ शनौ षण्ड उतेह तादृशः।
अंशे शिखावान् द्विज-राज-सूनुना
शनैश्चरेणापि विलोक्यते तथा।।

(प्रसवचिन्तामणि/अध्याय-5)

गर्भस्थ भ्रूण कभी-कभी नपुंसक भी होता है। ऐसा जिन प्रसवकालीन ग्रह-स्थितियों में होता है वे अग्रलिखित हैं:

1. विषमराशि में सूर्य और समराशि में चन्द्रमा हों और वे दोनों एक-दूसरे पर दृष्टिनिक्षेप करते हों।
2. विषमराशि में बुध और समराशि में शनि हों और वे दोनों एक-दूसरे पर दृष्टिनिक्षेप करते हों।
3. समराशि में स्थित सूर्य पर विषमराशि में स्थित मंगल दृष्टिनिक्षेप करता हो।
4. विषमराशि में स्थित लग्न और चन्द्र पर समराशि में स्थित मंगल दृष्टिनिक्षेप करता हो।
5. विषमराशि में बुध और समराशि में स्थित चंद्र पर मंगल दृष्टिनिक्षेप करता हो।
6. विषमराशि के नवांश में लग्न, शुक्र तथा चन्द्र हों।
7. दशम में शनि तथा शुक्र हों।
8. दशम और अष्टम में शुक्र और शनि हों और उन्हें कोई शुभ ग्रह दृष्टिनिक्षेप न करता हो।
9. षष्ठ या व्यय में जलराशिस्थ शनि हो और वह भी किसी शुभग्रह द्वारा दृष्ट न हो।
10. अष्टम और षष्ठ में नीचराशिस्थ पापयुक्त सप्तमेश हो और सप्तमभाव विकल ग्रह से युक्त हो।
11. सप्तम में निर्बल पापग्रह और निर्बल शुभग्रह हों।
12. शत्रु नवांश और अन्यांश में नष्ट-गत सप्तमेश हो।
13. नीचराशि में अस्तगत निर्बल लग्नेश हो और वह नीचराशिगत ग्रह से दृष्ट हो, षष्ठ में सप्तमेश हो।
15. अष्टम और षष्ठ में विनष्ट ग्रह की राशि में स्थित विनष्ट सप्तमेश हो।

इसी प्रकार, कुछ भ्रूण प्रसवकाल से या तो नपुंसक होते हैं या नपुंसक के समान आकार वाले होते हैं, यदि उनकी प्रसवकालीन ग्रह स्थिति अग्रलिखित होः-

1. शुक्र से व्यय और षष्ठ में शनि हो।
2. अष्टम में शनि और शुक्र हों और उन्हें कोई शुभग्रह दृष्टिनिक्षेप न करता है।
3. व्यय और षष्ठ में नीचराशिस्थ शनि हो।
4. कारकांश लग्न में केतु हो और वह बुध और शनि से दृष्ट हो।

निषेककाले चन्द्रार्कावन्योन्यं यदि पश्यतः।
तथैव चन्द्रमन्दौ वा क्लीबजन्मप्रदौ तदा।।

(जातक पारिजात/अध्याय-3/श्लोक 31)

संभोग के समय चन्द्रमा और सूर्य एक दूसरे को दृष्टिनिक्षेप करते हों अथवा शनि और चन्द्रमा एक-दूसरे को दृष्टिनिक्षेप करते हों तो नपुंसक गर्भ होता है।

षष्ठेशो देहसंबन्धी बुधः षष्ठगतो यदि।
बुधक्षेत्रे च जननं यस्य स स्त्रीनपुंसकः।।
बुधस्थानेन शनिना पुंनपुंसकता भवेत्।

(जातक पारिजात/अध्याय-3/श्लोक 33)

बुध की राशि का लग्न होकर उस राशि में षष्ठस्थान का स्वामी हो और बुध षष्ठस्थान में हो तो कन्या नपुंसक जन्म लेती है। और बुध जिस राशि में हो और उसी राशि का शनि हो तो पुत्र नपुंसक जन्म लेता है

लग्ने बुधक्षेत्रगतेरिनाथे लग्नेश्वरे सोमसुतर्क्षसंस्थे।
जातस्तुसस्त्रीकनपुंसकःस्याच्छन्यारयोगात्पुरुषस्तु न स्त्री।।

(सर्वार्थ चिंतामणि/अध्याय-3/श्लोक 54)

षष्ठेश लग्न में बुध की राशि का हो और लग्नेश बुध की राशि का हो तो स्त्री सहित पुरुष नपुंसक होता है। उक्त योग में शनि, मंगल भी सम्मिलित हों तो पुरुष ही नपुंसक होगा।

अन्योन्यं रविचन्द्रौ विषमर्क्षगतो निरीक्षेते।
इन्दुजरविपुत्रौ वा दृष्टौ बलिनौ नपुंसकं कुरुतः।।

पश्यति वक्रः समभे सूर्यचन्द्रोदयौ च विषमर्क्षे।
यद्येवं गर्भस्यः क्लीबो मुनिभिः समादिष्टः।।

ओजसम राशिसंस्थौ ज्ञेन्द्र षण्ढं कुजेक्षितौ कुरुतः।
नरभे विषमनवांशे होरेन्दुबुघाः सितार्किदृष्टा वा।।

(सारावली/अध्याय-8/श्लोक 18-20)

बली सूर्य और चन्द्रमा विषम राशिस्थ होकर परस्पर दृष्ट हों, बुध, शनि बली विषम राशिस्थ होकर परस्पर दृष्ट हों तो दोनों योग में नपुंसक होते हैं। अथवा विषम राशिगत मंगल यदि समराशिगत सूर्य को दृष्टिनिक्षेप करता हो, यदि वा विषम राशिगत चन्द्र और लग्न को दृष्टिनिक्षेप करता हो तो गर्भस्थ नपुंसक होता है। विषमराशि में बुध, समराशि में चन्द्रमा हो, दोनों को मंगल दृष्टिनिक्षेप करता हो तो नपुंसक होता है अथवा विषम राशि नवांश में लग्न, चन्द्र और बुध हों, उन पर शुक्र और शनि की दृष्टि हो तो भी नपुंसक होता है।

अन्योन्यदृष्टी शशिवासरेशौ युग्मौ च गाविंदुजभानुपुत्रौ।
ओजर्क्षगो भानुसुतो दिनेशं पश्यत्यसौ युग्मगतस्तथैव।।

ओजे तु लग्ने कुमुदात्मबंधुस्तत्र स्थितो युग्मगभौमदृष्टः।
युग्मौजगाविन्दुसुतौ कुजेन दृष्टौ विलग्नश्च निशाकरश्च।।

षट्क्लीबयोगाः पुरुषांशयुक्ताः प्रोक्ता महद्भिर्बहुशास्त्रविद्भिः।
लग्नेश्वरश्चंद्रसुतेन युक्तः षंढोभवेत्सौम्यखगेन युक्तः।।

(सर्वार्थ चिंतामणि/अध्याय-2/श्लोक 55-57)

1. सूर्य, चन्द्रमा की परस्पर दृष्टि हो; 2. बुध, शनि द्विस्वभाव राशि में हो; 3. विषमराशि में स्थित शनि सूर्य को दृष्टिनिक्षेप करें अथवा युग्मराशि में हो; 4. विषम लग्न में चन्द्रमा हो, उसके साथ मंगल हो अथवा युग्मराशिगत मंगल उसे दृष्टिनिक्षेप करे; 5. सम विषम राशियों में चन्द्रमा, बुध हों उन्हें मंगल दृष्टिनिक्षेप करे; 6. लग्नेश बुध से युक्त हो पुरुषांशक में शुक्र, लग्न, चन्द्रमा हो; तो ये छह नपुंसक योग बहुशास्त्रवेत्ता विद्वान कहते हैं।

अन्योन्यमभिवीक्षेते चन्द्रादित्यौ दिवा यदि।
बुधमन्दौ तथा रात्रौ षण्ढयोगद्वयं भवेत्।।

(होराशास्त्र/अध्याय-4/श्लोक 13)

1. यदि दिन के समय सूर्य और चन्द्रमा एक-दूसरे को परस्पर दृष्टिनिक्षेप करें। या
2. यदि रात्रि के समय बुध और शनि एक-दूसरे को परस्पर दृष्टिनिक्षेप करें तो इन योगों पर नपुंसक शिशु का जन्म होगा।

ओजेऽब्जलग्ने क्षितिजेन दृष्टे समौजगौ वा द्विजराजसोम्यौ।
ओजांशके भार्गवलग्नसूर्या वीर्यान्विताः क्लीबजनुःकराःस्यु।।

(शम्भुहोराप्रकाश/अध्याय-4/श्लोक 26)

विषमराशि लग्न और चन्द्रमा, मंगल से दृष्ट हो अथवा चन्द्रमा समराशि में बुध विषमराशि में हो, दोनों परस्पर दृष्टिनिक्षेप करें अथवा शुक्र, सूर्य लग्न बलवान हो तथा विषम नवांशकों में हो तो ये योग गर्भ से नपुंसक शिशु उत्पन्न करनेवाले होते हैं।

समोजभस्थावपि लग्नसूर्यौ परस्परं चेत्परिपश्यतो वा।
कुजोष्णगू वा शनिसोमजौ वा तद्वच्च तौ क्लीबकरौ निरुक्तौ।।

(शम्भुहोराप्रकाश/अध्याय-4/श्लोक 27)

लग्न समराशि सूर्य विषमराशि में हों परस्पर दृष्टिनिक्षेप करते हों। अथवा ऐसे ही मंगल सूर्य अथवा चन्द्रमा बुध हो तो भी नपुंसक शिशु उत्पन्न करने वाले होते हैं।

क्लीबोऽर्केन्दू मिथो दृष्टावोजस्त्रीभस्थितौ यदि।
ज्ञार्की चेत्थंनृभस्थारः स्त्रीभस्थार्कं तु पश्यति।।

(त्रिफला/अध्याय-1/श्लोक 16)

इसमें तीन योग बताये गए हैं:-

1. यदि चन्द्रमा समराशि में हो और सूर्य विषमराशि और एक-दूसरें को दृष्टिनिक्षेप करते हों तो क्लीव का जन्म होता है। एक-दूसरे को जब चन्द्र और सूर्य दृष्टिनिक्षेप करे तो दोनों सम या दोनों विषमराशि में होंगे।
2. यदि शनि समराशि में हो, बुध विषमराशि में और एक-दूसरे को दृष्टिनिक्षेप करते हों तो क्लीब होता है।
3. यदि मंगल विषमराशि में हो और सूर्य समराशि में हो और परस्पर पूर्ण दृष्टि हो तो क्लीब होता है।

8.16 गर्भपात के कारण

शीत-द्युतेः किमूदयात् कीलाल-भाव-संस्थितैः।
आग्नेयकैर् नभश्चरैर् गर्भस्तदा विपद्यते।।

निषेक-कालेंग-गयोः कु-जार्क्योस्
तद्-भे भ-पे वा तदवेक्षिते वा।
उत्पात-पापाहत-खे-चरस्य
मासे बुधैर् गर्भ-निपात उक्तः।।

प्रज्ञा-स्थाने पाप-युक्तेक्षिते वा
सार्कि-ज्ञेब्जे भार्गवेहौ क्रमेण।
प्रान्त्ये पौरे पोष्य-भे पञ्चमे वा
मध्ये भौमे मन्त्र-भे मन्द-गेहौ।।

पोष्ये पुत्रे प्राप्ति-भेथो मृगांके
मूर्तौ मन्दे मन्मथे मन्त्र-नाथे।
सारेथारौ ग्लौ-कुजार्काच्छ-योगे
गर्भे मन्दे गर्भ-पातौ निरुक्तः।।

कर्कालि-मीनांक-लवे मति-स्थले
मन्देनयोर् मूर्ति-गयोः सिते स्मरे।
उग्रे ख-गेनंग-गते तथा भवेद्-
धेलौ मतौ हेलि-जनो फलोपगे।।

दैवेग-जेस्रे बहु-गर्भ-पाता ध्याये
कुजे त्रयस्त - खगे शनेर्वा।
ध्यस्तेद्य आरे युधि तद्वदुग्र-दृष्टे
सुते नो शुभ - नाथ - दृष्टे।।

मासस्य यस्याधिपतिः स्व-नीचे
रिक्तोस्त-गो वाथ तदीय-मासे।

समेति गर्भः क्षमतां तदानीं किं
वा निरुक्तः प्रसवः सुधीभिः।।

(प्रसवचिन्तामणि/अध्याय-3)

अविकसित अवस्था में या प्रसव से पूर्व ही भ्रूण का नष्ट हो जाना अर्थात् गर्भपात हो जाना जिन ग्रह-स्थितियों में संभव है वे अग्रलिखित हैंः

निषेक अर्थात् गर्भाधान-कालीन चन्द्र से या गर्भाधान-कालीन लग्न से चतुर्थ में पापग्रह हों तो निर्बल पापग्रह के मास में गर्भपात होगा।

गर्भाधान-काल के लग्न में स्थित मंगल (1/8) और शनि (10/11) की राशि में चन्द्र हो तो उत्पात से या पाप से आक्रान्त ग्रह के मास में गर्भपात होगा। इसी प्रकार उक्त लग्न में स्थित मंगल उसी लग्न में स्थित शनि से दृष्ट हो तब भी उत्पाताक्रान्त या पापाक्रान्त ग्रह के मास में गर्भपात होगा।

अग्रलिखित योगों में भी गर्भपात होगा :

1. पंचमस्थान का पापग्रह से युक्त और दृष्ट होना;
2. व्यय में शनि के साथ बुध की स्थिति, लग्न में चन्द्र की स्थिति, द्वितीय में शुक्र की स्थिति और पंचम में राहु की स्थिति;
3. दशम में मंगल, पंचम में शनि, तथा द्वितीय, पंचम और लाभ में राहु का होना;
4. लग्न में चन्द्र, सप्तम में शनि और पंचमेश का शनि से युक्त होना;
5. षष्ठस्थान में चन्द्र, मंगल, सूर्य और शुक्र का योग तथा पंचम में शनि की स्थिति।

पंचमस्थान में कर्क, वृश्चिक और मीन राशियों का नवांश हो, लग्न में शनि तथा सूर्य हों, और सप्तम में शुक्र तथा पापग्रह हों तो गर्भपात होगा। पंचम में सूर्य, लाभ में शनि और द्वितीय में चन्द्र और मंगल हों तो चौथे या पांचवें मास में गर्भपात होगा।

पंचम और लाभ में मंगल हो और वह शनि से तृतीय, दशम और सप्तम में हो तो, पंचम और सप्तम में पापग्रह तथा अष्टम में मंगल हो तो, एवं पंचम पापग्रह से दृष्ट हो किन्तु बुध ग्रह और अपने स्वामी से दृष्ट न हो तो, गर्भपात होगा।

जिस मास का स्वामी अपनी नीचराशि में हो, निर्बल हो, अस्तंगत हो और युद्ध में पराजित हो उस मास में या तो गर्भपात होगा या प्रसव होगा।

पंचमाधीश्वरस्यांशे यावद्भिः पापखेचरैः।
वीक्ष्यते तन्मिता गर्भा व्यलीयन्ते शुभैः शुभम्।।

(द्वादशभावसिंधु/सुतभाव/श्लोक 6)

जिस जातक के जन्मकाल में पंचमभाव के स्वामी के नवांश को जितने पापग्रह दृष्टिनिक्षेप करते हों उतने ही गर्भ उस प्राणी के नवांश को प्राप्त होते हैं और जो शुभग्रह दृष्टिनिक्षेप करते हों तो गर्भों की पुष्टि कहनी चाहिए।

पंचमे पापसंयुक्ते पापर्क्षे गर्भघातकः।।

(द्वादशभावसिंधु/सुतभाव/श्लोक 82)

जिस जातक के जन्मकाल में पंचमभाव में पापराशियों में पापग्रह स्थित हों तो उस प्राणी को गर्भों का नाश कहना चाहिए।

पाप्यब्जयोः पोष्यगयोस्तु पञ्चमे मासे चतुर्थे किमु गर्भपातकः।
सूनौ कुजेनोरगसौरिसङ्गमे द्वौ गर्भपातौ भवतो द्रुतं मृतिः।।

एकस्य बालस्य ततः स्त्रिया जनो मृतप्रजा मृत्युगयोः सितेज्ययोः।
स्यात्काकबन्ध्याऽब्जविदोर्मृतिस्थयोर्गर्भस्रवा तत्र कुजार्य्यभार्गवैः।।

बन्ध्याऽऽर्किभान्वोर्निधनस्थयोस्तथा स्यद्गर्भपातारमणी मृतौ कुजे।
सत्खेटसम्बन्धवशादुदीरिता योगा इमे स्युर्विफला जनुर्भृताम्।।

(ज्योतिषतत्त्वम्/अध्याय-19/श्लोक 49-51)

लाभभाव में शनि एवं द्वितीय में चन्द्र तथा मंगल हों तो पंचम तथा चतुर्थ महीने में 'गर्भपात' होता है। यदि पंचम में शनि, सूर्य, राहु और मंगल का योग हो तो दो गर्भपात और एक उत्पन्न हुए शिशु की शीघ्र मृत्यु होती है। यदि स्त्री के जन्म समय में लग्न से अष्टमस्थान में शुक्र तथा बृहस्पति हों तो 'मृतप्रजावाली' होती है एवं अष्टम में चन्द्र तथा बुध हों तो 'काकवन्ध्या' होती है। यदि स्त्री के जन्म लग्न से अष्टम में मंगल, बृहस्पति तथा शुक्र हों तो 'वन्ध्या' होती है। अथवा अष्टम में शनि तथा सूर्य हों तो भी 'बन्ध्या' होती है। एवं अष्टम में मंगल हो तो 'गर्भपातवाली स्त्री' होती है। यदि पूर्वोक्त योगों में शुभग्रहों का सम्बन्ध हो तो वे निष्फल होते हैं अर्थात् उनका उक्त दुष्टफल नहीं होता है।

अङ्गारकेऽनङ्गभ ऐनिलोकिते गर्भस्रवा स्थाद्रमणी रणोपगौ।
आचार्य्यकाव्यौ सकुजौ तथा भवेद्यमेऽस्तगे रोगयुतप्रजावती।।

(ज्योतिषतत्त्वम्/अध्याय-15/श्लोक 31)

सप्तमगत मंगल यदि शनि से दृष्ट हो तो वह स्त्री गर्भस्रवा होती है। अष्टम में बृहस्पति तथा शुक्र हों और वे मंगल से हों तो भी गर्भस्रवा होती है। सप्तम में शनि हो तो रोगयुक्त सन्तानवाली होती है।

लिप्तीकृत्य तनूजभावमपभं षष्ट्यंशखेटेक्षणै-
र्हत्वारोप्यनतैर्विभज्य ननखैर्दायादसंख्याप्यते।
तद्वत्पापनिरीक्षणैरथ पृथग्घत्वा शताभ्यां हरे-
दत्रावाप्तसमानसंख्यतनयाः क्षीयन्त इत्याप्तवाक्।।

(जातकदेशमार्ग/अध्याय-16/श्लोक 14)

1. यह जानिए कि पंचम भावस्पष्ट क्या है? राशियों को छोड़ दीजिए। अंशों और कलाओं की कला बना लीजिए। जो कला आये उन्हें 'क' माने।

2. यह जानिए कि पंचमभाव मध्य पर किन-किन ग्रहों की कितनी दृष्टि है। सब ग्रहों का पंचमभाव मध्य पर दृग्बल निकाल लीजिये। दृग्बल समझने के लिए फलदीपिका का अध्याय 4 देखे। इस दृग्बल के विरूप बना लीजिए। इन्हें 'ख' माने। 'क' और 'ख' को गुणा कीजिए। गुणनफल को 60 से विभाजित कीजिए और भजनफल को 200 से विभाजित कीजिए। अब जो भजनफल आये उतनी सन्तान होगी।

3. यह जानिए कि पंचम भावमध्य पर किन-किन पापग्रहों की कितनी दृष्टि है। इन पापग्रहों का पंचमभाव पर दृग्बल निकाल लीजिए। इसके विरूप बनाइये। एक रूप में 60 विरूप होते हैं। विरूप को षष्ट्यंश भी कहते हैं। इन विरूपों को 'ग' माने। 'क' और 'ग' को गुणा कीजिए। गुणनफल को 60 से विभाजित करे और भजनफल को 200 से विभाजित करे। अब जो भजनफल आये, उतनी सन्तान नष्ट होंगी।

यमारौ लग्नगौ स्त्रीणां गर्भस्रावस्तथा विधौ।
तद्भे दृष्टे तद्युते वा गर्भपातः प्रजायते।।

(शम्भुहोराप्रकाश/अध्याय-4/श्लोक 23)

शनि मंगल लग्न में हो तो स्त्रियों का गर्भस्राव होता है। यदि चन्द्रमा भी उस भाव में हो और उसे दृष्टिनिक्षेप करे तो गर्भपात होता है।

नवांशकाः पञ्चमभावसंस्था यावन्मितैः पापखगैः प्रदृष्टाः।
नश्यन्ति गर्भाः खलु तत्प्रमाणाश्चेद्वीक्षितं नो शुभखेचरेन्द्रैः।।

(जातकाभरणम्/अध्याय-पंचमभाव/श्लोक 16)

पंचमभावगत नवमांश पर जितने पापग्रह की दृष्टि हो उतने गर्भ नष्ट होते हैं, किन्तु यदि उस पर शुभग्रह की दृष्टि नहीं हो।

भूनन्दनो नन्दनभावयातो जातं च जातं तनयं निहन्ति।
दृष्टे यदा चित्रशिखण्डिजेन भृगोः सुतेन प्रथमोपपन्नम्।।

(जातकाभरणम्/अध्याय-पंचमभाव/श्लोक 17)

पंचमभाव में केवल मंगल का योग हो तो सन्तान हो-होकर जीवित नहीं रहती है। यदि बृहस्पति या शुक्र की दृष्टि हो तो केवल एक सन्तान नष्ट होती है और अन्य सन्तति जीवित रहती है।

यदुन्मितोग्रैस् तनये विलोकिते
किं तत्पति-स्थर्क्ष-पतो किमात्मनः।
पत्युर् नवांशस्य गृहे तदुत्थिताः
स्युर्गर्भ-पाता मदने मृतौ भवे।।

पाप्यब्जयोः पोष्य-गयोस् तु पञ्चमे
मासे चतुर्थे किमु गर्भ-पातकः।
सूनौ कुजेनोरग-सौरि-संगमे
द्वौ गर्भ-पातौ भवतो द्रुतं मृतिः।।

एकस्य बालस्य ततः स्त्रिया जनौ
मृत-प्रजा मृत्यु-गयोः सिनेज्ययोः।
स्यात् काक-बन्ध्याब्ज-विदोर् मृति-स्थयोर्-
गर्भ-स्रवा तत्र कुजार्य-भार्गवैः।।

बन्ध्यार्कि-भान्वोर् निधन-स्थयोस् तथा
स्याद् गर्भपाता रमणी मृतौ कुजे।
सत्खेट-संबन्ध-वशादुदीरिता
योगा इमे स्युर् विफला जनुर् भृताम्।।

(प्रसवचिन्तामणि/अध्याय-3)

पंचमभाव, पंचमेश की राशि का स्वामी और पंचमेश के नवांश की राशि, ये तीनों जितने पापग्रहों से दृष्ट हों उतनी ही बार गर्भपात होंगे।

सप्तम, अष्टम, एकादश, नवम और पंचम में मंगल हो तो अनेक बार गर्भपात होंगे।

यदि पंचम में शनि, सूर्य, राहु और मंगल का योग हो तो दो बार गर्भपात होता है और एक बार प्रसव तो होगा किन्तु शिशु की शीघ्र ही मृत्यु होगी। स्त्री के जन्मकाल में लग्न से अष्टम स्थान में शुक्र तथा बृहस्पति हों तो उसकी सन्तान जीवित नहीं रहेगी। जिस स्त्री के जन्मकाल में अष्टम में चन्द्र और बुध हों तो वह काक-बन्ध्या होगी, अर्थात् वह केवल एक सन्तान को जन्म दे सकेगी।

जिस स्त्री के जन्म-कालीन लग्न से अष्टम में मंगल, बृहस्पति तथा शुक्र हों वह बन्ध्या होगी अर्थात् वह एक भी सन्तान को जन्म नहीं दे सकेगी। उसके उक्त लग्न से अष्टम स्थान में शनि और सूर्य हों तो भी वह बन्ध्या होगी किन्तु उसके उक्त स्थान में मंगल हो तो वह गर्भवती हो सकेगी लेकिन उसके गर्भपात होंगे। यदि पूर्वोक्त योगों का संबन्ध शुभग्रहों से भी हो तो गर्भपात आदि की ये अशुभ घटनाएँ नहीं होंगी।

दैवेऽङ्गजेऽस्त्रे बहुगर्भपाता ध्याये कुजे त्रयस्तखगे शनेर्वा।
ध्यस्तेऽघ आरे युधि तद्वदुग्रदृष्टे सुते नो शुभनाथदृष्टे।।

(ज्योतिषतत्त्वम्/अध्याय-19/श्लोक 53)

पंचम तथा लाभभाव में मंगल हो और वह शनि से तृतीय दशम तथा सप्तम में हो तो-

1. पंचम तथा सप्तम में पापग्रह और अष्टम में मंगल हो तो।
2. पंचमस्थान पापदृष्ट हो और वह शुभग्रह तथा अपने स्वामी से दृष्ट न हो तो गर्भपात होता है।

उदाहरण सं.-8.25 **जन्मांग सं.-318**

जन्म दिनांक : 12.10.1974 जन्म समय : 22:10:05 घंटे

जन्म स्थान : लखनऊ अक्षांश 26:50:00 रेखांश 80:54:00

चित्रपक्षीय अयनांश : 23:30:32 साम्पातिक काल : 23:27:09 घंटे

ग्रह	अंश	राशि	नक्षत्र	पद	षड्बल
लग्न	10:32:59	मिथुन	आर्द्रा	2	—
सूर्य	25:27:44	कन्या	चित्रा	1	1.26
चंद्र	17:16:54	सिंह	पू.फा.	2	1.22
मंगल(D)	26:03:53	कन्या	चित्रा	1	1.42
बुध	17:02:36	तुला	स्वाति	4	0.92
गुरु (व)	15:16:28	कुंभ	शतभिषा	3	0.76
शुक्र (अ)	19:05:27	कन्या	हस्त	3	1.07
शनि	25:04:03	मिथुन	पुनर्वसु	2	1.35
राहु (व)	18:13:36	वृश्चिक	ज्येष्ठा	1	—
केतु (व)	18:13:36	वृष	रोहिणी	3	—

जन्मांग चक्र

शु 4
2
रा सू 5
चं
1
3
मं बु 6
12
9
7
11 के
8
10
श बृ

नवमांश चक्र

बृ 11
रा 9
मं 12
8
10
1
7
4
रा
सू चं 2
6
मं
3
5
शु के
बु सू

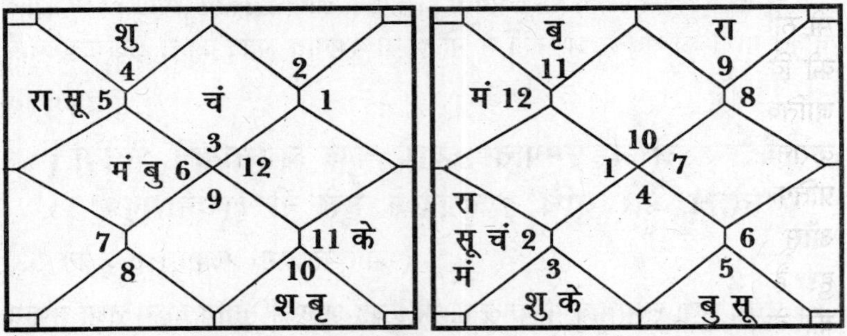

जन्म के समय शुक्र की भोग्य विंशोत्तरी महादशा - 14 व. 0 मा. 28 दि.

यह जन्मांग एक रूपवती युवती का है जिसका अंतर्जातीय विवाह 06-02-2004 को सम्पन्न हुआ। विवाह के पश्चात जातिका कई बार गर्भवती हुई, परन्तु बार-बार

गर्भपात से अभिशप्त हुई। उल्लेखनीय है कि इस जन्मांग में शनि, चन्द्रमा, सूर्य, मंगल तथा शुक्र बन्ध्या राशियों में स्थित हैं। पंचम भाव में लग्नेश बुध स्थित है परन्तु मंगल और राहु के मध्य स्थित होने के कारण पापकर्तरी योगग्रस्त है। मंगल चलित होकर पंचम भाव में आ गया है। नवम भाव में वक्री बृहस्पति राहु के नक्षत्र शतभिषा में स्थित है तथा पंचम भाव और पंचमस्थ बुध को पूर्ण दृष्टि से देख रहा है।

उल्लेखनीय है कि चलित चक्र में बुध, मंगल, सूर्य, शुक्र चारों ग्रह पंचम भावगत हैं जिसके कारण बार-बार गर्भपात होता रहता है। विवाह के अनेक वर्ष पश्चात भी बार-बार गर्भवती होने के पश्चात् भी जातिका अभी तक मातृत्व के सुख से वंचित है। बृहस्पति नवम भावगत है, वह भी चलित होकर दशम भाव में आ गया है तथा वक्री है इसलिए पंचम भाव पर बृहस्पति की दृष्टि होने के उपरान्त भी जातिका उसके शुभ प्रभाव को नहीं प्राप्त कर पा रही है। उल्लेखनीय है कि तीन बार जातिका को 5-5 माह का गर्भ था तथा कई बार गर्भपात भी हुआ। 5 माह के गर्भ में संतान के मृत हो जाने के कारण जातिका को असहनीय मानसिक और शारीरिक कष्ट सहन करने के लिए विवश होना पड़ा।

जिस समय इस युवती के जन्मांग का हम 07.06.2009 को विश्लेषण कर रहे थे, उसी दिन लगभग 11:00 बजे जातिका का प्लेसेन्टा अत्यधिक नीचे आ जाने के कारण रक्तस्राव प्रारम्भ हो गया। जातिका पूरी तरह बेड-रेस्ट कर रही थी, फिर भी रुधिर स्राव के कारण अत्यधिक व्यथित हो उठी। जातिका और उसके पति समय की किंचित हानि किए बिना चिकित्सालय पहुँचे। स्त्री रोग विशेषज्ञ चिकित्सिका जातिका की दशा देखकर अत्यधिक चिंतित हो उठीं और इन्जेक्शन देकर प्रसव कराना आवश्यक हो गया। जातिका का गर्भस्थ शिशु पुत्र था परन्तु प्रसव का प्रतिफल एक अधूरा मृत बालक ही था। जातिका के ऊपर कहर टूट पड़ा। उसके आँसू ही नहीं थम रहे हैं। चौथी बार पाँच महीने से अधिक के गर्भ की हानि हुई है। यह सुन्दर सी जातिका अपार और असहनीय दुर्दमनीय दारुण दुःखों की वेदना से आक्रान्त हो उठी है। ईश्वर की सत्ता से ऊपर ग्रहों की सत्ता को स्वीकारने के लिए विवश हो गई है यह जातिका, जिसने अपने जीवन में कई दुःख देखे हैं।

जातिका के बचपन में सहसा उसकी माँ चल बसी। यौवनावस्था आने पर जातिका का एक बड़ा भाई पागलपन का ग्रास बना। कुछ ही समय पश्चात् उस भाई ने जातिका के पिता की ईंट से मार-मार कर हत्या कर दी। वह उन्हें तब तक मारता

गया, जब तक उनके प्राण नहीं निकल गए। पागलपन के कारण उसे यह भी ज्ञात न था कि वह जिसे मारता जा रहा है, वे ही उसके जनक हैं। उसके पश्चात् कुछ ही दिनों में एक अतीव पीड़ादायक समाचार सुना कि जातिका का बड़ा भाई स्टेशन से सहसा लुप्त हो गया, जिसका पता दस वर्ष से और अधिक का समय व्यतीत हो जाने के पश्चात् भी नहीं चल पाया। अर्थाभाव के कारण इस रूपवती जातिका का विवाह भी नहीं हो पा रहा था। तभी यह जातिका हमारे पास आई। हमने मंत्र जप आदि का परिहार बताया, जिसके फलस्वरूप जातिका का विवाह, जैसाकि ऊपर अंकित है, 06.02.2004 को सम्पन्न हो गया, परन्तु बार-बार हर बार गर्भपात ने जातिका की मुस्कराहट छीन ली थी। हँसी लुप्त हो गई थी और उसके नेत्रों से कभी न रुकने वाली अश्रुधारा बह निकली।

उदाहरण सं.-8.26 जन्मांग सं.-319

जन्म दिनांक : 11.05.1971 जन्म समय : 15:13:32 घंटे

जन्म स्थान : लखनऊ अक्षांश 26:50:00 रेखांश 80:54:00

चित्रपक्षीय अयनांश : 23:27:34 साम्पातिक काल : 6:21:14 घंटे

ग्रह	अंश	राशि	नक्षत्र	पद	षड्बल
लग्न	11:17:03	कन्या	हस्त	1	—
सूर्य	26:35:57	मेष	भरणी	4	1.53
चंद्र	7:22:18	वृश्चिक	अनुराधा	2	1.08
मंगल	10:21:20	मकर	श्रवण	1	1.2
बुध	2:07:41	मेष	अश्विनी	1	0.8
गुरु (व)	9:37:49	वृश्चिक	अनुराधा	2	0.97
शुक्र	27:55:37	मीन	रेवती	4	1.67
शनि(अ)	1:41:13	वृष	कृत्तिका	2	0.97
राहु (व)	25:26:37	मकर	धनिष्ठा	1	—
केतु (व)	25:26:37	कर्क	अश्लेषा	3	—

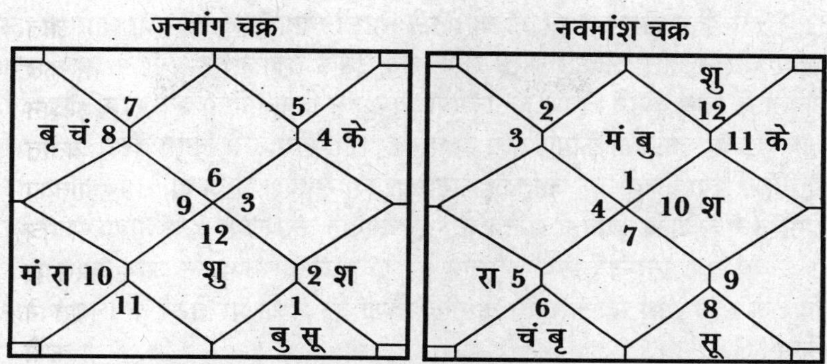

जन्म के समय शनि की भोग्य विंशोत्तरी महादशा - 13 व. 2 मा. 28 दि.

रूप और यौवन का संगम कई बार नौकरी करने वाली युवतियों के लिए अभिशाप बन जाता है। यह रूपवती बालिका अभी 20 वर्ष की भी नहीं थी कि उसके पिता का सहसा निधन हो गया। इसकी दो बड़ी बहनें थीं जिनका विवाह हो चुका था। परिवार में यह बालिका तथा उसके साथ साथ उसकी माँ के अतिरिक्त और कोई नहीं था। यह अत्यन्त संकोची प्रवृति की एक भोली-भाली बालिका थी, जो यौवन में पदार्पण कर चुकी थी। इसके रूप और यौवन ने अनेक युवकों को उसकी ओर आकर्षित किया, परन्तु जातिका उनसे बचकर भागती रही। परिवार की आर्थिक स्थिति लचर होती जा रही थी। अतः जातिका एक अंतर्राष्ट्रीय संस्था में कार्य करने के लिए विवश हो गई। जातिका एक वैश्य परिवार से सम्बन्धित थी तथा वह एक मुस्लिम युवक के अधीन कार्यालय में नियुक्त हुई। उसके अधिकारी ने इस जातिका को तरह-तरह के प्रलोभनों द्वारा अपने वश में कर लिया तथा उसके साथ अवैध सम्बन्ध स्थापित कर लिए। अधिकारी ने उसे विवाह हेतु विश्वास दिलाया। कई वर्ष व्यतीत हो गये। इस जातिका के प्रेम के स्तर की प्रशंसा की जानी चाहिए कि वह अपने प्रेमी अधिकारी की इच्छा के अनुरूप किसी प्रकार की सुरक्षा का उपयोग न करने के कारण बार-बार गर्भवती हो जाती और गर्भपात कराने के लिए विवश होती। यहाँ तक कि गर्भपात कराने में उसे अपनी किसी सहेली के साथ जाना पड़ता। उसका प्रेमी अपयश के भय से उसके साथ कभी न जाता। जातिका का शरीर जर्जर होता जा रहा था परन्तु उसे पूर्ण विश्वास था कि उसका प्रेमी ही उसका पति बनेगा, इसलिए जातिका उसकी इच्छा का विरोध नहीं कर पाती थी। जब भी कभी जातिका अपने प्रेमी से सुरक्षा व्यवस्था के लिए अनुरोध करती तो उसका तथाकथित प्रेमी क्रोधित हो उठता, जिसका परिणाम होता पुनः गर्भपात की स्थिति।

उस दिन दारुण दुःखों की व्यथा की समस्त सीमाएं टूट गईं तथा जातिका का हृदय चीखने और चीत्कार करने लगा, जब उसके तथाकथित प्रेमी ने एक अन्य युवती के साथ अपने विवाह का निमंत्रण पत्र उसे दिया। विवाह के मात्र तीन दिन शेष थे। यह जातिका कार्यालय में ही बेसुध हो गई तथा उसे किसी तरह उसके घर पहुँचाया गया। जब तक जातिका मानसिक रूप से होश में आती, तब तक उसके प्रेमी ने एक अन्य रूपवती युवती के साथ विवाह कर लिया। उस युवक के साथ 5-6 वर्ष तक निरन्तर सम्पूर्ण मिलन का प्रतिफल था अपमान और अपयश के विष के साथ-साथ विश्वासघात के तीखे बाणों की शैय्या पर लेटने के लिए विवश होना।

कई वर्ष व्यतीत हो गए। जातिका के एक दूसरे अधिकारी ने उसे अपने सच्चे प्रेम का विश्वास दिलाया। उसने भी लगभग वही किया, जो पहले प्रेमी ने किया था। जातिका को रोता-बिलखता छोड़कर उस समय वह गायब हो गया, जब उसे ज्ञात हुआ कि जातिका माँ बनने वाली है। पुनः जातिका को गर्भपात कराने के लिए विवश होना पड़ा और उसका विश्वास टूट गया। कल्पना शून्य हो गई। प्रेम का स्थान घृणा ने ले लिया और जातिका की आँखों में आँसू सूख गये। इसके पश्चात् किसी तरह से जातिका ने अपने परिवार वालों को अपना विवाह कहीं भी करने हेतु आग्रह किया।

19.11.2003 को जातिका का विवाह एक नवयुवक के साथ धूमधाम से सम्पन्न हुआ। जातिका के परिवार वालों ने अपनी क्षमता से बढ़कर कहीं अधिक व्यय किया, परन्तु असहनीय दुःख की श्रृंखला का अभी अन्त न हुआ था। जातिका का पति नपुंसक था - - - पूरी तरह नपुंसक, जिसका आभास जातिका के पूर्व अनुभव ने उसे पहली रात में ही करा दिया। दस दिन तक वह भगवान से प्रार्थना करती रही कि उसका आभास मिथ्या सिद्ध हो। उसका पति नपुंसक न हो, परन्तु दसवें दिन उसके पति ने स्वयं ही उसे बता दिया कि वह तो प्रारम्भ से ही नपुंसक है। जातिका के ऊपर पहाड़ गिर पड़ा। उसकी इच्छा हुई कि अभी इसी समय इसी पल पृथ्वी फट जाए और उसमें वह सदा के लिए समा जाए। अपनी बूढ़ी माता के पास कौन सा मुँह लेकर वह लौटेगी। यह सोचकर वह और भी अधिक व्यथित हो गई। आँसुओं की बाढ़ आ गई। उसने विष पीकर आत्महत्या का प्रयास किया, परन्तु जीवन की अवधि शेष थी इसलिए उसे बचा लिया गया। आज भी जातिका अविवाहित है परन्तु न जाने कितनी बार उसे गर्भपात हेतु विवश होना पड़ा। उसके गर्भ तथा पतिव्रत धर्म को कुचलकर मसलने वाले व्यक्तियों ने उसकी भावनाओं पर ऐसा भीषण कुठाराघात किया कि वह पत्थर सी हो गई है।

इस जातिका के जन्मांग में पंचम भाव में मंगल तथा राहु स्थित हैं, जहाँ पर मंगल तृतीयेश है और संतानकारक बृहस्पति वृश्चिक राशि में चन्द्रमा से संयुक्त होकर अनुराधा नक्षत्र में है तथा शनि द्वारा दृष्ट है। मंगल की दृष्टि अष्टमस्थ बुध और सूर्य पर पड़ रही है। उल्लेखनीय है कि अष्टमेश और तृतीयेश मंगल पंचम भाव में राहु के साथ स्थित है तथा लग्नेश बुध, जो अष्टम भावगत है, उसे मंगल पूर्ण दृष्टि से देख रहा है। सप्तमेश बृहस्पति वक्री होकर शनि के नक्षत्र में स्थित है तथा शुक्र उच्च राशिगत होकर बुध के नक्षत्र रेवती में है और चलित होकर अष्टम भाव में चला गया है। इसी कारण जातिका को बार-बार प्रेम में निराशा हुई। विवाह में असफलता मिली और अवांछित गर्भपात कराने के लिए विवश होना पड़ा। उसके मन-मस्तिष्क पर अनेक कुठाराघात हुए।

उदाहरण सं.-8.27 **देखें जन्मांग सं.-278**

जातिका आई.आई.एम., अहमदाबाद से एम.बी.ए. करने के पश्चात् एक अंतर्राष्ट्रीय संस्था में उच्च पद पर कार्यरत है। जातिका का विवाह सन् 2000 में सम्पन्न हुआ, परन्तु विवाह के अनेक वर्ष व्यतीत हो जाने के उपरान्त भी जातिका संतान सुख के लिए प्रयासरत है।

इस जन्मांग में सभी ग्रह राहु और केतु के मध्य स्थित हैं अतः कालसर्प योग निर्मित हो रहा है। पंचम भाव में पंचमेश सूर्य और धनेश तथा लाभेश बृहस्पति स्थित है तथा पंचमेश बुध शत्रु राशि कर्क में षष्ठ भाव में स्थित है तथा पापकर्तरी योगग्रस्त है। नवमेश शुक्र मंगल से युक्त होकर षष्ठेश चन्द्रमा तथा द्वादशेश एवं लग्नेश शनि से संयुक्त है। शनि और मंगल की सिंह राशि में युति है परन्तु शनि चलित होकर षष्ठ भाव में आ गया है।

उल्लेखनीय है कि सूर्य और बृहस्पति के अतिरिक्त चन्द्रमा, शुक्र, मंगल और शनि बन्ध्या राशियों में स्थित हैं। आठ ग्रह पंचम भाव से लेकर अष्टम भाव तक स्थित हैं तथा बुध को छोड़कर सभी ग्रह बन्ध्या राशियों में तथा अल्पसुत राशियों में स्थित हैं जिसके कारण जातिका बार-बार गर्भवती हुई, परंतु संतान सुख से वंचित है।

8.17 प्रसवकाल संज्ञान

आधुनिक युग में जब विज्ञान चांद-तारों पर भवन निर्माण की योजना को साकार करने हेतु प्रयत्नशील है, जब चिकित्साशास्त्र क्लोन का निर्माण करने में भी सफल हो चुका है और जब अन्तरिक्ष तक की दूरी मिनटों में तय की जा सकती

है तब भी संतान के गर्भ के समय का संज्ञान होने के उपरान्त भी प्रसव का मास, दिन, वार तथा तिथि का ज्ञान कर पाने का कोई वैज्ञानिक गणना का सूत्र हमें उपलब्ध नहीं है। महर्षि भृगु कितने दूरदर्शी और विद्वान थे इस सत्य से ही समझा जा सकता है कि उन्होंने सहस्रों वर्ष पूर्व गर्भकाल के आधार पर प्रसव काल का मास, दिन, वार, तिथि एवं नक्षत्र आदि की गणना का सुगम सूत्र हमें सुलभ करा दिया। जो अग्रांकित है। यहां तक कि प्रसव किस नक्षत्र में और किस लग्न में होगा, इसकी भी घोषणा संतान के गर्भस्थ होने के साथ ही साथ की जा सकती है। यहां तक कि भावी संतान के जन्मांग का निर्माण भी गर्भकाल के आधार पर सम्भव है। आधुनिक वैज्ञानिकों के लिए यह किसी चमत्कार से कम नहीं है।

भावी संतान पूर्व पुण्य का फल है या किसी अवांच्छित कृत्य का प्रतिरूप है। यह संज्ञान भी अत्यन्त सुगमता के साथ उपलब्ध हो पाता है। गर्भकाल के समय जो लग्न प्रशस्त हो रही थी, उससे पंचम या नवम लग्न में यदि संतति का जन्म हो, तो पुण्य फल का प्रतिफल समझना चाहिए।

गर्भाधान की तिथि से प्रसव की तिथि का ज्ञान

तिथेर् मासाद् भतोंगाच् च जन्म-कालस्य वारतः।
तजुज्ञः समादिशेद् गर्भ-संभवं भृगुणोदितम्।।
तिथौ त्रीणि चतुर्मासे नक्षत्रे दश एव च।
लग्ने पञ्च त्रयो वारे गर्भ-संभवमादिशेत।।

(प्रसवचिन्तामणि/अध्याय-3)

गर्भाधान की तिथि, मास, नक्षत्र, लग्न और वार के आधार पर प्रसव की तिथि आदि ज्ञात करने का एक सूत्र आचार्य भृगु ने प्रतिपादित किया है : गर्भाधान की तिथि से तृतीय तिथि, गर्भाधान के मास से चतुर्थ मास, गर्भाधान के नक्षत्र से दशम नक्षत्र, गर्भाधान के लग्न से पंचमलग्न और गर्भाधान के वार से तृतीय वार प्रसव का होगा।

आधानलग्नादथवा त्रिकोणेरवौ यदा जन्म वदेन्नराणाम्।।

(फलदीपिका/अध्याय-12/श्लोक 31)

शिशु का जन्म किस समय होगा?

1. जिस राशि में गर्भाधान हुआ है उस राशि से तृतीय में जब गोचर वश सूर्य आये।

2. गर्भाधान जिस लग्न से हुआ है उससे पंचम या नवमराशि में जब गोचरवश सूर्य आये।

आधानलग्नात्सुतभेशजन्मभाग्येऽपि वा पुण्यवशाच्च वाच्यम्।
आधानलग्ने शुभदृष्टियोगेदीर्घायुरैश्वर्ययुतो नरः स्यात्।।

(फलदीपिका/अध्याय-12/श्लोक 32)

जिस लग्न में गर्भाधान हुआ है उस लग्न से नवम या पंचम लग्न में यदि जन्म हो तो यह जानना चाहिए कि यह पुण्य कर्म का फल है।

यदि आधान लग्न में शुभ-ग्रह स्थित हों या आधान लग्न को शुभ-ग्रह दृष्टिनिक्षेप करते हों तो जो शिशु उत्पन्न होता है वह दीर्घायु और ऐश्वर्यशाली होता है। जिस लग्न में गर्भ रहता है उसे आधान लग्न कहते हैं।

तत्कालेन्दुद्वादशांशे मेषात्तावति भेऽपि वा।
तस्मात्तावति भे वापि जन्मचन्द्रं वदेद्बुधः।।

(फलदीपिका/अध्याय-12/श्लोक 33)

यह ज्ञात कीजिए कि जब गर्भाधान हुआ है उस समय चन्द्रमा किस राशि और किस द्वादशांश में था। मेष से उतने ही द्वादशांश गिनने पर जो राशि आये वह बालक की जन्मराशि होगी। अथवा मेष से गिनने के स्थान पर चन्द्र की राशि से गिनिये और इस गिनती से जो राशि आये वह बालक की जन्मराशि होगी।

तत्कालमिन्दुसहिते द्विरसांशको यस्तत्तुल्यराशिसहिते पुरतः शशाङ्के।
यावानुदेति दिनरात्रिसमानभागस्तावद्गते दिननिशोः प्रवदन्ति जन्म।।

(फलदीपिका/अध्याय-12/श्लोक 43)

आधान लग्न का स्पष्ट चन्द्रमा द्वादशांश जन्मांग के जिस राशि में हो उस राशि के दसवें महीने में जब चन्द्रमा होता है तब प्रसूति होती है।

गर्भाधानं चरे राशौ नवमे मासि सूयते।
स्थिरभे दशमे मासि द्व्यङ्गे चैकादशे च सः।।

(शुक्रजातके)

यदि गर्भ चर लग्न में हो तो शिशु का जन्म नवम मास में होता है। यदि स्थिर लग्न में संतान गर्भस्थ हो, तो दसवें महीने में प्रसव प्रशस्त होता है परन्तु

द्विस्वभाव लग्न में गर्भ होने की स्थिति में संतति जन्म ग्यारहवें महीने में सम्भव हो पाता है।

यदा निषेकोह्नि भवेत् तदा दिनत्र्यंशे
क्रमाद् भू-नग-विश्व-भेर्क-भात्।
तमी त्रि-भागे स-नृपाष्टि-घस्र-भे
गर्भ-प्रसूतिः क्षितिजाश्रितेत्र भे।।

(प्रसवचिन्तामणि/अध्याय-3)

पूर्वाह्न, मध्याह्न और अपराह्न में से जिसमें गर्भाधान हुआ हो उसी के सूर्य के नक्षत्र में, 1/7/13 क्षितिजाश्रित नक्षत्र में प्रसव होगा; इसी प्रकार रात्रि के प्रथम, मध्य और अन्तिम भाग में से जिसमें गर्भाधान हुआ हो उसी के सूर्य के नक्षत्र में 16/16/15 जोड़ने पर जो योगफल आए उसमें अर्थात् 17/23/27 क्षितिजाश्रित नक्षत्र में प्रसव होगा। रात्रि के प्रथम भाग, मध्य भाग और अन्तिम भाग में से जिसमें गर्भाधान हुआ हो उसी के सूर्य नक्षत्र से 17/21/28 वें नक्षत्र में प्रसव होगा, यह अन्य विद्वजनों का मत है।

निषेक-लग्नाद् दशमं जनुर् गृहं
वाधान-कालांग-कलेशतोस्त-भम्।
आधान-काले भ-विभुर्भगांशके
यस्मिन् स्थितस् तन्मित-भे सवं वदेत्।।

गर्भ-सूति-विधानं ज्ञैस् तत्कालोदय-वर्गतः।
चिन्त्यमाधानात् खं जन्म-राशिं वाञ्छन्ति केचन।।

निषेकांग-निशापत्योः सप्तमं बादरायणः।
गर्भः पञ्चम-भं ब्रूते आधान-प्रश्नयोः शशी।।

यत्र स्थितस् तु तद्राशि-द्व्यंगांशः शास्त्र-मार्गतः।
ज्ञातव्यः पण्डितैर् यत्र भागे स्थितो निशाकरः।।

सत्-संख्यक-भतो ह्यग्रे यो राशिस् तद्गते विधौ।
सूयते दशमे मासे ज्ञात्वेति यत्नतो बुधैः।।

(प्रसवचिन्तामणि/अध्याय-3)

भ्रूण के गर्भाधान-कालीन लग्न से जो राशि दशमस्थान में हो उसी राशि में उसका प्रसव होगा। या उसके गर्भाधान-कालीन चन्द्र और लग्न के मध्य में जो बलवान हो उससे सप्तमस्थान में स्थित राशि में उस भ्रूण का प्रसव होगा। या फिर, उसका गर्भाधान-कालीन चन्द्र जिस राशि के द्वादशांश में हो उसी राशि के चन्द्र में दशम या नवम मास में उस भ्रूण का प्रसव होगा।

भ्रूण का प्रसव किस राशि में होगा, इस प्रश्न के उत्तर में विभिन्न आचार्यों के विभिन्न मत हैं। इन मतों का सारांश यह है कि इस तरह का प्रश्न जिस समय किया जा रहा हो उस समय के लग्न के द्वादशांश या नवांश वर्ग से बताया जाना चाहिए कि भ्रूण का प्रसव किस राशि में होगा। विभिन्न आचार्यों के मत सविस्तार अग्रलिखित हैं। कुछ आचार्यों की मान्यता है कि गर्भाधान-कालीन लग्न से दशमस्थान में जो राशि हो उसमे प्रसव होता है।

गर्भाधान-कालीन लग्न और गर्भाधान-कालीन चन्द्र में से जो अधिक बलवान हो उससे सप्तमस्थान में जो राशि हो उसमें प्रसव होता है, यह आचार्य बादरायण की मान्यता है।

आचार्य गर्ग की मान्यता है कि गर्भाधान-कालीन लग्न और चन्द्र में से जो अधिक बलवान हो उससे पंचमस्थान में जो राशि हो उसमें प्रसव होता है।

जिस राशि के द्वादशांश में चन्द्र स्थित हो उस राशि की समान संख्या से आगे जो राशि हो उसमें गोचर से चन्द्र के आने पर दसवें मास में प्रसव होता है।

तत्कालं ग्लौसंयुतोयोऽर्कभागस्तत्तुल्यर्क्षेणान्वितोऽग्रे शशाङ्कः।
अह्नस्तम्यास्तुल्यभागो ह्युदेति यावांस्तावत्सम्भवो द्युक्षपेते।।

(ज्योतिषतत्त्वम्/अध्याय-19/श्लोक 86)

आधान समय की अथवा प्रश्न समय की द्वादशांश जन्मांग में जिस राशि में चन्द्रमा हो उस राशि के चन्द्रमा में नवम मास में अथवा दशम मास में बालक का जन्म होता है। आधानकालीन वा प्रश्नकालीन स्पष्ट चन्द्र में जितनी संख्या का वर्त्तमान द्वादशांश हो उतनी ही संख्या द्वादशांश जन्मांग में स्थित चन्द्रमा की राशि से आगे गिनकर जो राशि आये उस राशि के चन्द्रमा में नवम मास में वा दशम मास में प्रसव होता है। एवं आधान समय में वा प्रश्न समय में लग्न के जितने भुक्त अंशादि हों उतनें ही घट्यादि दिन के वा रात्रि के व्यतीत होने पर बालक का जन्म होता है। अर्थात् आधान-कालीन लग्न वा प्रश्न कालीन यदि दिन में बली हो तो दिनगत होने पर बालक का जन्म होता है। एवं उक्त समय का लग्न रात्रि में

बली हो तो रात्रिगत होने पर बालक का जन्म होता है।

यतमे द्वादशांशेब्जः सूतिस्ततमे संख्यभे विधौ।
यतमा द्युरात्रि लग्नांशास्तत्काले द्यूनिशोर्भवेत्।।

(त्रिफला/अध्याय-1/श्लोक 29)

इसमें दो योग बताये हैं:

1. निषेक-काल या प्रश्न-काल में जिस द्वादशांश में चन्द्रमा हो, उस संख्या की राशि में जब गोचर वश चन्द्रमा आये, तब जन्म होगा। अन्य अर्थ करते हैं कि चन्द्रमा जितनी संख्या के द्वादशांश में हो, उस राशि (चन्द्र स्थित राशि) से उतनी संख्या (द्वादशांश-तुल्य संख्या राशि) में चन्द्रमा के आने पर जन्म होता है।

2. निषेक या प्रश्नलग्न दिवा-लग्न है या रात्रिलग्न है, यह विचार करे। मेष, कन्या, तुला, वृश्चिक, कुंभ, मीन दिवा राशियां हैं। प्रश्न या निषेक लग्न के जितने अंश बीत चुके हों-यदि दिवा लग्न हो तो दिन में सूर्योदय के उतने समय के बाद - रात्रि लग्न हो तो सूर्यास्त के उतने समय के बाद जन्म होगा। लग्न के 30 अंश होते हैं। दिनमान या रात्रिमान 30 से कम या अधिक हो तो त्रैराशिक से समय निकाल लेना चाहिए।

यो मूर्ति-नेम्योः स-बलोत्र तस्य
समन्वितो हेलि-लवेन राशिः।
यावांस् ततश् चार-वशेन तावत्
तद्राशि-याते प्रसवो विधौ वा।।

तत्काल-शीतांशु-लवाद् वधू-भे
व्यवस्थिते शीतकरे प्रसूतिः।
यद् वा विलग्नस्य नभोग-भाग-
पतेर् गृहस्थे शशिनि प्रसूतिः।।

तमस्विनी-कोक-हित - कलाधिनाथ - भागतः।
भुक्ताच् च तावति गते दिवा रात्रौ जनिं वदेत्।।

(प्रसवचिन्तामणि/अध्याय-6)

कुछ सिद्धान्त प्रसव-काल जानने के ऐसे हैं जो गर्भाधान-कालीन और प्रश्न-कालीन, दोनों में से किसी के भी लग्न पर समान रूप से आधारित होते हैं। जैसे-

1. गर्भाधान-कालीन या फिर प्रश्न-कालीन लग्न और चन्द्र में से जो अधिक बलवान हो वह जिस द्वादशांशक में स्थित हो उसमें जितनी संख्या का द्वादशांश वर्तमान हो उस द्वादशांशक से उतनी संख्या तक आगे जो राशि हो उसमें चन्द्र के आने पर दसवें मास में प्रसव होता है।
2. गर्भाधान-कालीन या प्रश्न-कालीन चन्द्र के नवांश से सप्तमस्थान में जो राशि हो उसमें चन्द्र के आने पर प्रसव होता है।
3. गर्भाधान-कालीन या प्रश्न-कालीन लग्न में जिस राशि का नवांश हो उसके स्वामी की राशि में चन्द्र के आने पर प्रसव होता है।
4. रात्रि या दिन में चन्द्र के जितने भुक्तांशक हों उतने भुक्तांश व्यतीत हो जाने पर दिन या रात्रि में प्रसव होता है।

तत्कालं ग्लौसंयुतो योऽर्कभागस्तत्तुल्यर्क्षेणान्वितोऽग्रे शशाङ्कः।
अह्नस्तस्यास्तुल्यभागो ह्युदेति यावांस्तावत्सम्भवो द्युक्षपेते।।

(ज्योस्त./अध्याय 19/श्लोक 86)

आधान समय की अथवा प्रश्न समय की द्वादशांश चक्र में जिस राशि में चन्द्रमा हो उस राशि के चन्द्रमा में नवममास में अथवा दशममास में बालक का जन्म होता है। आधान-कालीन तथा प्रश्नकालीन स्पष्ट चन्द्र में जितनी संख्या का वर्तमान द्वादशांश हो उतनी संख्या द्वादशांश चक्र में स्थित चन्द्रमा की राशि से आगे गिनकर जो राशि आये उस राशि के चन्द्रमा में नवम मास में या दसम मास में प्रसव होता है। एवं आधान समय में अथवा प्रश्न समय में लग्न के जितने भुक्त अंशादि हों उतने ही घट्यादि दिन के वा रात्रि के व्यतीत होने पर बालक का जन्म होता है। अर्थात् आधानकालीन वा प्रश्नकालीन लग्न यदि दिन में बली हो तो दिनगत होने पर बालक का जन्म होता है एवं उक्त समय का लग्नरात्रि में बली हो तो रात्रिगत होने पर बालक का जन्म होता है।

निषेककाले चरराशिगेऽर्के गर्भप्रसूतिर्दशमे च मासे।
एकादशेध स्थिरराशिसंस्थेस्याद्द्वादशे मास्युभयाश्रितेच॥ 44॥

गर्भाधाने चरे राशौ दशमासैः प्रसूयते।
स्थिरेणैकादशे भासे उभये द्वादशे सवः।।45।।

गर्भप्रसवविधानं तात्कालिकलग्नवर्गतश्चिन्त्यम्।
आधानाज्जन्मर्क्षं दशमं वाञ्छन्ति केचिदार्याः।।46।।

आधानोदयशशिनोः सप्तमभं बादरायणो ब्रूते।
तस्मान्नैकान्तोऽयं सर्वेषां संमतं वक्ष्ये।।47।।

यस्मिन् द्वादशभागे गर्भाधाने स्थितो निशानाथः।
तत्तुल्यर्क्षो प्रसवं गर्भस्य समादिशेत्प्राज्ञः।।48।।

तात्कालिकदिवसनिशासंज्ञः समुदेति राशिभागो यः।
यावानुदयस्तावान् वाच्यो दिवसस्य रात्रेर्वा।50।।

आधान लग्न में चरराशि में सूर्य हो तो 10 मास में, स्थिरराशि में हो तो 11वें मास में और द्विस्वभाव में हो तो 12वें मास में प्रसव होता है। मतान्तर कहते हैं कि चरराशि का चन्द्रमा हो तो 10वें, स्थिरराशि का हो तो 11वें, द्विस्वभाव राशि का हो तो 12वें मास में प्रसव होता है। गर्भ के प्रसव का ज्ञान तात्कालिक (आधान) लग्न और उसके षड्वर्ग से करना चाहिए। आधान राशि से 10वीं जन्मराशि होती है, ऐसा अनेक से आचार्यों का मत है। आधान लग्न से सप्तम जन्मलग्न और आधान चन्द्रराशि से सप्तम जन्मराशि होती है ऐसा बादरायण का मत है, अतः इसमें एक वाक्यता नहीं होने के कारण सर्वसम्मत को कहता हूं। गर्भाधान-काल में जिस राशि के द्वादशांश में चन्द्रमा हो उससे उतनी संख्यक राशि में चन्द्रमा के प्रवेश करने पर संभव (10 आदि) मास में प्रसव कहना चाहिए। गर्भाधान कालिक दिनसंज्ञ या रात्रिसंज्ञ लग्नराशि के जितने अंश उदित हुए हों उतना ही दिन या रात्रि का भाग, प्रसवकाल में व्यतीत होता है।

तत्कालं ग्लौ-संयुतो योर्क-भागस्
तत्तुल्यर्क्षेणान्वितोग्रे शशांकः।
अह्नस् तम्यास् तुल्य-भागे ह्युदेति
यावांस् तावान् संभवो द्युक्षपेते।।

(प्रसवचिन्तामणि/अध्याय-6)

अनुयोगेथ वाधाने यस्मिन् मन्द-लवे विधुः।
द्वादशांकवत् तस्मात् प्रसवं निर्दिशेद् बुधः।।

(प्रसवचिन्तामणि/अध्याय-6)

गर्भाधान-कालीन और प्रश्न-कालीन, दोनों में से किसी के भी लग्न पर समान रूप से आधारित कुछ अन्य सूत्र भी हैं जिन्हें मतान्तर कहा जा सकता हैः

1. गर्भाधान-काल या प्रश्न-काल की द्वादशांश चक्र में जिस राशि में चन्द्र हो उस राशि के चन्द्र में नौवें या दसवें मास में प्रसव होता है।
2. गर्भाधान-काल या प्रश्न-काल के स्पष्ट चन्द्र में जिस संख्या का वर्तमान द्वादशांश हो उसी संख्या के द्वादशांश के जन्मांग में स्थित चन्द्र की राशि से आगे गिनकर जो राशि आये उस राशि के चन्द्र में नौवें या दसवें मास में प्रसव होता है।
3. गर्भाधान-काल में या प्रश्न-काल में लग्न के जितने भुक्त अंशादि हों उतने ही घटी-आदि, दिन के या रात्रि के, व्यतीत होने पर प्रसव होगा, अर्थात् उक्त लग्न की राशि यदि दिन में बलवान हो तो दिन व्यतीत होने पर और रात्रि में बलवान हो तो रात्रि व्यतीत होने पर प्रसव होता है।
4. गर्भाधान-काल या प्रश्न-काल में जिस नवांश में चन्द्र हो उससे द्वादशांश के समान प्रसव होता है।

आधानं जनि-कालतो दशमिते मासे पुरा स्यादुत।
मासेंक-प्रमिते जनुस् तंनुसमो ह्याधान-चन्द्रस् तथा।।

उत्पत्तीन्दु-समं निषेक-हरिजं
होरा-विदा कीर्तितमु,
आधानोदय-यामिनी-पति-
समस् तदवन् मतो जन्मनः।।

(प्रसवचिन्तामणि/अध्याय-6)

गर्भाधान-काल का ज्ञान हो तो प्रसव-काल का ज्ञान किया जा सकता है, इसी प्रकार, इसके विपरीत, प्रसव-काल का ज्ञान हो तो गर्भाधान-काल का ज्ञान भी किया जा सकता है।

उदाहरण के लिए-

1. प्रसव-काल से पूर्व के दशम या नवम मास में गर्भाधान हुआ होगा।
2. जन्म-कालीन लग्न के राशि-आदि के समान गर्भाधान-कालीन राशि-आदि स्पष्ट चन्द्र होगा।
3. प्रसव-कालीन राशि-आदि चन्द्र के समान गर्भाधान-कालीन लग्न होगा।
4. प्रसव-कालीन चन्द्र और लग्न के समान गर्भाधान-कालीन चन्द्र और लग्न होगा। इन नियमों की उपर्युक्त नियमों से तुलना की जा सकती है।

निषेक-काले खर-दीप्ति-भागे
यस्मिन् नभो-मण्डल-दीपकश् च।
व्यवस्थितस् तत्सम-भे प्रसूतिं
वदन्ति गर्भस्य बुधाग्र-गण्याः।।

(प्रसवचिन्तामणि/अध्याय-6)

सामान्य भ्रूण के प्रसव के दिन और क्षण का ज्ञान : गर्भाधान के समय चन्द्र जिस द्वादशांश में स्थित हो उसमें जितनी संख्या का द्वादशांश विद्यमान हो उस द्वादशांशक से उतनी संख्या तक आगे जो राशि हो उसमें चन्द्र के आने पर दशम मास में प्रसव होगा।

आधानपौरे यदि पश्यतीन्दौ चरस्थिरद्वन्द्वभगे क्रमेण।
स्त्रीणां सवोऽद्रीभयमैः कराङ्कयुग्मैर्धरादन्तियमैरहोभिः।।

(ज्योतिषतत्त्वम्/अध्याय-19/श्लोक 88)

आधान में चरराशिगत चन्द्रमा यदि आधान लग्न को दृष्टिनिक्षेप करता हो तो 287 दिन में गर्भवती स्त्रियों का प्रसव होता है। स्थिर राशिगत चन्द्रमा आधान लग्न को दृष्टिनिक्षेप करता हो तो 292 दिन में गर्भवती स्त्रियों का प्रसव होता है। एवं द्विस्वभाव राशिगत चन्द्रमा आधान लग्न को दृष्टिनिक्षेप करता हो तो 281 दिन में गर्भवती स्त्रियों का प्रसव होता है।

काये किमर्के चरभे निषेके मासे प्रसूतिर्दशमेऽङ्गनायाः।
मासीशतुल्येस्थिरभेतुतस्मिन्द्विमूर्त्तिराशौ रवितुल्यमासे।।

(ज्योतिषतत्त्वम्/अध्याय-19/श्लोक 89)

आधान समय में लग्न अथवा सूर्य चरराशि में हो तो दशम मास में स्त्री का

प्रसव होता है। लग्न तथा सूर्य स्थिरराशि में हो तो एकादश मास में प्रसव होता है। एवं लग्न तथा सूर्य यदि द्विस्वभाव राशि में हो तो द्वादश मास में स्त्री का प्रसव होता है।

यदा निषेकोऽह्निभवेत्तदा दिनत्र्यंशे क्रमाद्भूनगविश्वभेऽर्कभात्।
तमीत्रिभागे सनृपाष्टिघस्रभे गर्भप्रसूतिः क्षितिजाश्रितेऽत्रभे।।

(ज्योतिषतत्त्वम्/अध्याय-19/श्लोक 90)

यदि पूर्वाह्न, मध्याह्न, और अपराह्न में गर्भाधान हो तो क्रम से आधानकालीन सूर्य के नक्षत्र से 1/7/13 क्षितिजाश्रित नक्षत्र में गर्भवती स्त्री का प्रसव होता है। एवं रात्रि के पूर्व भाग, मध्यभाग और परभाग में गर्भाधान हो तो क्रम से आधान दिन के नक्षत्र में 16/16/15 को युक्त करे अर्थात् 17/23/27 क्षितिजाश्रित नक्षत्र में गर्भवती स्त्री का प्रसव होता है। परन्तु मतान्तर में सूर्य के नक्षत्र से 17/21/28वें नक्षत्र में रात्रि के त्रिभाग के क्रम से प्रसव होता है।

नीहार-दीप्त्यात्मज-गेह-नायकौ
व्यवस्थितौ तौ तु मदैक-मन्दिरे।
सीमन्तिनी गर्भवती प्रसूयते
तदैव नूनं यदि चान्यथा नहि।।

(प्रसवचिन्तामणि/अध्याय-6)

किन्तु, कुछ अन्य आचार्यों के मत से प्रसव के दिन, समय आदि की भविष्यवाणी प्रश्न-काल की ग्रह-स्थिति के आधार पर भी की जाती है; उदाहरण के लिए, प्रश्न-कालीन लग्न से पंचमस्थान में विद्यमान राशि का स्वामी यथासंभव नवम या दशम मास में जिस राशि में स्थित हो उस राशि के चन्द्रोदय में प्रसव होगा, अन्यथा नहीं।

तत्कालशीतांशुनवांशकाच्च जामित्रगे शीतकरे प्रसूतिः।
लग्नस्य नन्दांशपतेस्तु यद्वा क्षेत्रं प्रयाते हिमगौ प्रसूतिः।।

(शम्भूहोराशास्त्र/अध्याय-5/श्लोक 3)

गर्भ जन्मांग का विधान कहते हैं कि, आधान तथा प्रश्नलग्न में चन्द्रमा जिस नवांशक में है उससे सप्तमराशिगत चन्द्रमा में जन्म होगा। नवांशक जितना भुक्त हुआ है उससे अनुपात त्रैराशिक आदि से प्रसूतिकालिक चन्द्रमा के अंश तथा नक्षत्र

भुक्त निकलता है। उसी से इष्टकाल भी मिल जाता है अथवा लग्न के नवांशपति के राशिगत चन्द्रमा में जन्म होता है।

यस्मिन्द्विषटांशगते विधौ तद्राशिस्थितेऽब्जे पुरतः प्रसूतिः।
रसातलेशे बलसंयुते च गर्भस्तदानीं सुखसंयुतः स्यात्॥

(शम्भूहोराशास्त्र/अध्याय-5/श्लोक 4)

तीसरा प्रकार है कि, आधान तथा प्रश्न में चन्द्रमा जिस द्वादशांशक में है उस राशि के चन्द्रमा में आगे जन्म कहना चाहिए। इसमें भी आचार्यांतर का मत है कि, चन्द्रमा जितने द्वादशांश पर है मेषादि गणना से उतने ही संख्यक राशि के चन्द्रमा में जन्म होगा। अथवा जिस राशि पर चन्द्रमा है। उसी से गिनकर जितने द्वादशांश पर चन्द्रमा है उतनी ही राशि के चन्द्रमा में जन्म होगा। नक्षत्रभुक्त निकालने का अनुपात है, कि एक चन्द्रराशि की 1800 लिप्ता होती हैं, चन्द्रमा ने कितनी कला द्वादशांशक की भोगी हैं कितनी बाकी हैं, इनका त्रैराशिक करने से नक्षत्रभुक्त मिलता है उससे इष्टकाल तक ग्रहजन्मांग बन जाता है। यहां चार प्रकार से कहा गया है, जहां दो-तीन प्रकार से एक-वाक्यता हो उसे ठीक समझना चाहिए। नक्षत्रभुक्त निकालने का उदाहरण है कि, प्रश्नसमय में सूर्य स्पष्ट 11/28/24/25 ग० 58/45/ चन्द्रस्पष्ट 1/9/11/26, ल० 4/5/59/14, चन्द्रस्पष्ट में द्वादशांश चतुर्थ है वृष से गिनकर चतुर्थ सिंह के चन्द्रमा में नवम तथा दशममास में जन्म होगा। नक्षत्र भुक्त के लिए चन्द्रस्पष्ट में गत द्वादशांश 3 के 7/30 अंशादि भुक्ते हुए यह चन्द्रस्पष्ट में घटाया शेष 1/41/26 अंश की कला 101/26 एकराशि की कला 1800 से गुणा 182580 एक द्वादशांशक की कला 150 से भाग लिया लब्धि 1217/12 यह नक्षत्रप्रमाण पिंड है। इसमें एक नक्षत्रप्रमाण 800 घटाया शेष 417/12 इसमें चरण-प्रमाण 200 घटाया 217/12 पुनः चरणप्रमाण घटाया शेष 17/12 प्रथम एक नक्षत्रप्रमाण घटे में सिंह के चन्द्रमा में मघानक्षत्र घटा तब 2 चरणप्रमाण घटने से पूर्वाफाल्गुनी के 2 चरण घटे अब कोई नहीं घटता शेष अंक 17/12 में पूर्वाफाल्गुनी के तीसरे चरण का भुक्त निकालना है शेष को चरणप्रमाण घटी 15 से गुना 200 से भाग लिया लाभ 1/2 घट्यादि तीसरे चरण की भुक्त हुई यह भुक्त पंचांग में किस समय मिलता है यह जन्मसमय होगा। प्रश्नलग्न में चतुर्थभावेश बलवान हो तो सुख से प्रसव होगा।

यश्चोदयेंद्वोः सबलस्तु तस्य द्विषटभागैः सहितोऽत्र राशिः।
तावद्धि तद्राशिगते मृगांके भवेत्प्रसूतिः पुरतश्च केचित्॥

(शम्भूहोराशास्त्र/अध्याय-5/श्लोक 5)

लग्न और चन्द्रमा में से जो विशेष बलवान हो उस तत्काल द्वादशांश में जो राशि है उस राशि के चन्द्रमा में जन्म होगा।

यावानुदेति द्युनिशोर्नवांशस्तावद्गते
घस्रनिशोर्जनुः स्यात्।
द्युरात्रिसंज्ञाः कथितास्तु पूर्वे
तद्राशितः कालविनिश्चयः स्यात्।
आधानके चरगृहे दशमे प्रसूतिस्त्वे-
कादशे स्थिरगृहेऽप्युभयेऽर्कमासे।।

(शम्भूहोराशास्त्र/अध्याय-5/श्लोक 6)

तत्काल लग्न में वर्तमान नवांशक दिवाबली हो तो दिन में, रात्रिबली हो तो रात्रि में जन्म कहना चाहिए। दिन-रात्रि संज्ञायें पहले कही हैं, उनके अनुसार काल का निश्चय होता है। उदाहरण-लग्न में नवांशक वृष रात्रिबली है तो जन्मरात्रि में होगा। इष्टकाल के लिए ल०स्प० 4/5/59/14 में भुक्त नवांश 3/20 अंशादि घटाया 2/39/14 इसकी कला 159/14 लग्ननवांशक रात्रिबली होने से रात्रिमान 29/6 से गुणा 4633 चरणकलाप्रमाण 200 से भाग लिया 23/10 यह रात्रि का इष्टकाल होगा। जहां दिवाबली अंश होने से दिन का जन्म ज्ञात हो वहां दिनमान से गणना करनी चाहिए। जो ऊपर नवम तथा दशम मास में जन्म होना लिखा है वह प्रश्नसमय में गर्भ कितने मास का है इसके जानने के लिए कितनी ही युक्तियां हैं उनमें से यह एक है कि **'लग्नाद्वाङ्गाद्वली शुक्रो यावद्रेहेऽथ तन्मिता'** लग्न से तथा लग्न से जिस स्थान में शुक्र हो उससे जैसे गर्भ का मिलान मिलता हो उतने महीने का गर्भ जानना चाहिए। इससे 9/10 मास गिन लेना चाहिए। आधानकाल में लग्न चरराशि हो तो दशम मास में, स्थिरराशि हो तो एकादश में, द्विस्वभाव हो तो द्वादश में प्रसव होगा। आधान लग्न ज्ञात न होने में प्रश्नलग्न प्रश्ननवांशक में जो बलवान हो उससे कहना चाहिए। प्रसूति नवम, दशममास में होती है अधिक समय योगांतर से कहना चाहिए।

प्रश्नोदयात्पञ्चमभावनायकतारापती एकगृहाश्रितौ यदि।
तदा सगर्भा प्रमदा प्रसूयते विपर्ययान्नेति वदन्ति कोविदाः।।

(ज्योतिषतत्त्वम्/अध्याय-19/श्लोक 82)

प्रश्नकालीन लग्न से पंचमस्थान में जो राशि हो उसका स्वामी और प्रश्नकालीन

चन्द्रमा यदि ये दोनों एकराशि में हों तो गर्भवती स्त्री का प्रसव होता है। यदि उक्त प्रकार से विपरीत हो तो स्त्री का प्रसव नहीं होता है। इस प्रकार विद्वजन कहते हैं।

आधान-देहाद् यदि चार-गत्या
तृतीय-राशिं समुपैति सूर्यः
जनुस् तदा वा तरणौ त्रि-कोणे।
निषेक-कालोद्गमतो जनिः स्यात्।।

(प्रसवचिन्तामणि/अध्याय-6)

इस सन्दर्भ में कुछ आचार्यों का मत उपर्युक्त मत से भिन्न हैः गर्भाधान-काल के लग्न से जो तृतीयराशि हो उसमें गोचर गति से जब सूर्य आये तब प्रसव होगा। गर्भाधान-काल के लग्न से जो पंचम या नवम राशि हो उसमें जब गोचर से सूर्य आये तब प्रसव होगा।

8.18 कष्टकारक प्रसव का ज्ञान

लग्नचंद्रान्यतरतो बंध्वस्तगेषु क्रूरेषु मातुः कष्टम्।।

(जातकतत्व/श्लोक 30)

लग्न तथा चन्द्रमा से चौथे अथवा सातवें स्थान में क्रूरग्रह हो तो प्रसव में माता को विशेष कष्ट होता है।

याम्यान्त्यगावथखगौ धनतोऽथ चन्द्रात्क्रूरे
हितास्तमयगे निगदेज्जनन्याः।
क्लेशं शुभैः सुखखगैः प्रसवः सुखेन
युक्तः खलैर्मतिवधूविधिगैर्व्यथातः।।

(ज्योस्त, प्रकरण 21/श्लोक 8)

जन्मसमय में अष्टम तथा व्यय में पापग्रह हो अथवा चन्द्रमा से चतुर्थ तथा सप्तम में पापग्रह हों तो माता को कष्ट होता है। चतुर्थ दशम में शुभग्रह हो तो सुख से प्रसव होता है एवं पंचम, सप्तम तथा नवम में पापग्रह हो तो कष्ट से प्रसव होता है।

मस्तकोदयभैर्जन्म शिरसा जायते शिशोः।
पद्भ्यां पृष्ठोदयैर्जन्म पाणिभ्यामुभयोदये।।10।।

कुम्भीरभे युवतिभे गवि याम्यमूर्द्धा
प्रत्यक् शिराः कलशतौलिनृयुग्मभेषु।
पुष्पंधयानिमिषकर्किषु सौम्यमूर्द्धा
प्राचीशिरा हरिहयक्रियभेषु जातः।।11।।

यदि शीर्षोदय राशि के लग्न में बालक का जन्म हो तो शिर से जन्म होता है। पृष्ठोदय राशि के लग्न में जन्म हो तो पैरों से जन्म होता है एवं उभोदय (मीन) राशि के लग्न में जन्म हो तो हाथों से जन्म होता है। मकर, कन्या तथा वृष लग्न में दक्षिण दिशा में बालक का शिर गिरता है। कुंभ, तुला तथा मिथुन लग्न में पश्चिम दिशा में बालक का सिर गिरता है। वृश्चिक, मीन तथा कर्क लग्न में उत्तर दिशा में बालक का शिर गिरता है एवं सिंह, धनु तथा मेष लग्न में पूर्व दिशा में बालक का सिर गिरता है।

विलग्नगेऽर्कजे विधौ व्यये च नीचगे रवौ।
विलोमजन्म भूमिजे सभार्गवे त्वनालकः।।

(शम्भुहोराशास्त्र/अध्याय-5/श्लोक 17)

लग्न में शनि द्वादश चन्द्रमा और सूर्य नीचराशि तथा अंशक में हो तो प्रसव उलटा होता है। मंगल, शुक्र से संयुक्त हो तो नालवेष्टित न हो।

विलग्नभांशाधिपतो विलग्ने
विलोमसंस्थे सति विग्रहं स्यात्।
क्लेशान्वितं व्यस्तगतं च जन्म शुभैः
प्रदृष्टे च ततः सुखं हि।।

(शम्भुहोराशास्त्र/अध्याय-5/श्लोक 18)

लग्नेश लग्ननवांशेश लग्न में वक्रगति हो तो कलह होती है। कोई वक्र कोई मार्ग अर्थात् लग्नकर्तरी में हो तो प्रसव क्लेशसहित होता है। यदि शुभग्रह की दृष्टि भी हो तो प्रसव सुखपूर्वक होता है।

शुभग्रहैः स्वबंधुगैः सुखेन संयुतः सवः।
सुतांकसप्तमस्थितैरसद्ग्रहैस्तु कष्टतः।।31।।

शुभग्रह द्वितीय और चतुर्थ भावों में हो तो प्रसव सुखपूर्वक होता है। पंचम, नवम, सप्तम भावों में पापग्रह हो तो कष्टपूर्वक प्रसव होता है।

गर्भस्थ शिशु किस मास में किस ग्रह द्वारा नियंत्रित होगा?

सितारेज्यार्क चन्द्रार्की ज्ञांगनाथेन्द्विना क्रमात्।
मासेशाः यो बली वृद्ध्यै स्वमासेच्युतयेऽन्यथा।।

(त्रिफला/अध्याय-1/श्लोक 7)

निषेककाल से लेकर जन्मकाल तक के दस मासों में प्रतिमास का स्वामी ग्रह इस प्रकार है।

1. शुक्र	2. मंगल	3. बृहस्पति	4. सूर्य	5. चन्द्रमा
6. शनि	7. बुध	8. लग्नेश	9. चन्द्रमा	10. सूर्य

जिस मास का स्वामी बलवान हो उस मास में गर्भ स्थिति पुष्ट रहती है। जिस मास का स्वामी निर्बल हो, उसमें गर्भच्युति की संभावना होती है।

कललं प्रथमे मासि द्वितीयेऽण्डं तृतीयके।
शाखा चतुर्थके त्वस्थि पञ्चमे त्वक् तनूरुहम्।।28।।

षष्ठेऽथ सप्तमे चेतस्विताज्ञेयाऽष्टमे क्षुधा।
तृष्णा नवम उद्वेगो दशमे पूर्णविग्रहः।।29।।

आद्या निषेकसमयात्कथयन्ति मासा-
धीशानिमान् क्रमश आस्फुजिदारजीवाः।
हेलीन्दुमन्दविबुधोदयपेन्दुपूरा-
मासाधिनाथ सदृशं सदसत्फलं स्यात्।।30।।

प्रथममास में कलल (शुक्र शोणित संमिश्रीभूत), द्वितीय मास में अण्ड (काठिन्य) तृतीयमास में शाखा (हस्ताद्यवयव जन्म), चतुर्थमास में (हड्डी) अस्थि, पंचममास में त्वचा (चर्म), षष्ठ मास में तनूरुह (रोमजन्म), सप्तम मास में चेतस्विता (चेतनता वा स्वभाव), अष्टम मास में क्षुधा (भूख) तथा (प्यास), नवम मास में उद्वेग (व्याकुल चित्त) एवं दशम मास में पूर्ण विग्रह (पूर्ण शरीर वा प्रसव) होता है। शुक्र, मंगल, बृहस्पति, सूर्य, चन्द्र, शनि, बुध, आधान लग्नेश, चन्द्र और सूर्य ये क्रम से निषेक कालापरम्भ से प्रथमादि दस मास के स्वामी हैं। मासेश के समान गर्भ का शुभाशुभ फल होता है अर्थात् आधान समय में जिस मास का स्वामी मन्द राशि या

विवर्ण हो उसमें पीड़ित एवं जिस मास का स्वामी पूर्ण रश्मि सम्पन्न हो, उस मास में गर्भ की पुष्टि होती है।

आद्या निषेक-समयात् कथयन्ति मासा-
धीशानिमान् क्रमश आस्फुजि-दारजीवाः।
हेलीन्दु-मन्द-विबुधोदयपेन्दु-सूरा,
मासाधि-नाथ-सदृशं सदसत्-फलं स्यात्।।

(प्रसवचिन्तामणि/अध्याय-3)

समास-लक्षणो गर्भ आप्नुयात् सर्वदा सुखम्।
न्यून-पुष्ट-गुणो भ्रूण आभीलं प्राप्नुयात् सदा।।

(प्रसवचिन्तामणि/अध्याय-3)

प्रत्येक मास का एक-एक स्वामी होता है। इन स्वामियों में राहु और केतु छोड़कर शेष सातों ग्रह सम्मिलित हैं, उनमें भी चन्द्र और सूर्य दो-दो मासों के स्वामी हैं। एक मास का स्वामी आधान-लग्नेश भी है। मास-क्रम से उनकी गणना अग्रलिखित हैः

1. शुक्र, 2. मंगल, 3. बृहस्पति, 4. सूर्य, 5. चन्द्र, 6. शनि, 7. बुध, 8. आधान-लग्नेश, 9. चन्द्र, और 10. सूर्य। भ्रूण का शुभ या अशुभ फल उसके मासेश पर निर्भर है।

प्रत्येक मास का उपर्युक्त स्वरूप भ्रूण के जितने अनुकूल होगा उतना ही वह सुखी होगा, और जितने प्रतिकूल होगा उतना ही वह दुःखी होगा।

कललघनांकुरास्थिचर्माङ्गजचेतनताः
सितकुजजीवसूर्यचन्द्रार्किबुधाः परतः।
उदयपचन्द्रसूर्यनाथाः क्रमशो गदिता
भवन्ति शुभाशुभं च मासाधिपतेः सदृशम्।।

(वृहज्जातक/अध्याय-4/श्लोक-16; जातकपारिजात/अध्याय-4/श्लोक-17)

गर्भधारण के समय से प्रसव समय तक 10 माह में गर्भ की क्रमशः प्रतिमास वृद्धि होती रहती है। प्रथम महीने में शुक्र शोणित मिश्रण (कलल) यानी वीर्य पतला होता है इसका स्वामी शुक्र होता है। दूसरे महीने में वही गाढ़ा होकर उसी स्थिति में वह वीर्य कठिन (घन) होता है और पिण्ड के रूप में बनता है; इसका स्वामी मंगल

होता है। तीसरे महीने में अंकुर यानी अवयव बनते हैं और इसका स्वामी बृहस्पति होता है। चौथे महीने में अस्थि बनती है और इसका स्वामी सूर्य होता है। पांचवें महीने में त्वचा बनती है और इसका स्वामी चन्द्रमा होता है। छठे महीने में रोम उगते हैं और इसका स्वामी शनि होता है। सातवें महीन में चेतना (चैतन्य) प्राप्त होता है और इसका स्वामी बुध होता है। शेष तीन महीने अष्टम मास में प्यास और भूख लगती है और गर्भनाल के द्वारा माता से ग्रहण करता है। नवें महीने में उद्वेग प्राप्त होता है और गर्भ हलचल करता है। शेष तीन महीनों के स्वामी क्रमशः इस प्रकार हैं। आठवें महीने का स्वामी और दसवें महीने में पूर्ण होकर बाहर आने के लिए योग्य होता हैं। शेष तीन महीनों के स्वामी क्रमशः इस प्रकार हैं। आठवें महीने का स्वामी आधान लग्न का जो स्वामी होगा, वहीं इस मास का स्वामी होता है। नवें महीने का स्वामी चन्द्रमा और दसवें महीने का स्वामी सूर्य होता है। मास के स्वामियों के शुभाशुभत्व के अनुसार गर्भ को शुभाशुभत्व प्राप्त होता है। यदि मास स्वामी बलवान हो और शुभस्थिति में हो तो गर्भसुखी, सुरक्षित रहता है। यदि मास का स्वामी निर्बल और अपनी नीचराशि में हो, या ग्रहयुद्ध में पराजित हो तो गर्भ को कष्ट होता है और उसक वजह से गर्भस्राव होता है।

मासेष्वाधानादिषु गर्भस्य यथा क्रमेण जायन्ते।
सप्तसु कलिलाण्डकशाखास्थित्वग्रोमचेतनताः।।

मासेऽष्टमे च तृष्णा क्षुधा च नवमे लयोद्वेगः।
दशमे त्वथ संपूर्णः पक्वमिव फलं पतति गर्भः।।

शुक्रारजीवरविशशिसौरिबुधविलग्नपोडुपादित्याः।
मासपतयः स्युरेतैर्गर्भस्य शुभाऽशुभं चिन्त्यम्।।

(सारावली/अध्याय-8/श्लोक 29-31)

गर्भाधान से 7 मास में क्रम से 1. कलल (शुक्र शोणित मिश्रण), 2. पिण्ड, 3. शाखा (अवयव), 4. अस्थि, 5. त्वचा, 6. रोम, 7. चैतन्य होते हैं। अष्टम मास में प्यास, भूख, 9वें में उद्वेग और 10 वें मास में पूर्ण होकर पके फल के समान बाहर निकल आता है। इन दस मासों के स्वामी क्रम से 1. शुक्र, 2. मंगल, 3. बृहस्पति, 4. सूर्य, 5. चन्द्रमा, 6. शनि, 7. बुध, 8. लग्नेश, 9. चन्द्र, 10. सूर्य होते हैं। इन मास के शुभाशुभत्व से गर्भ का शुभाशुभत्व समझना चाहिए।

8.19 शिशु के गर्भस्थ होने की पुष्टि

शशाङ्कलग्नोपगतैः शुभग्रहैस्त्रिकोणजायार्थसुखास्पदस्थितैः।
तृतीयलाभर्क्षगतैश्च पापकैः सुखी तु गर्भो गुरुणा निरीक्षितः।।

(वृहज्जातक/अध्याय-4/श्लोक 10)

यदि शुभग्रह लग्न में हों या चन्द्रमा से युक्त हों और उन पर बृहस्पति की दृष्टि हो और पापग्रह तृतीय या एकादशस्थान में हों तो सुरक्षित प्रसव होगा। यदि शुभग्रह लग्न या चन्द्रमा से 5/9/7/2/4 और 10 इन स्थानों में से किसी भी एक स्थान में हों और उन पर बृहस्पति दृष्टिनिक्षेप करे तो भी सुरक्षित प्रसव होगा।

शीतांशूदयगैः शुभैः सुतशुभास्ताम्बुस्वखस्थैः खलैः-
धैर्योपान्त्यगतैश्च धामनिधिना दृष्टश्च गर्भः सुखी।
चेद्गर्भः परिवर्द्धते शशधरे वाङ्गे पतङ्गेक्षिते-
सोच्चैः शीतगुसूनुधिष्ण्यधिषणैरालोक्यमाने तथा।।

(ज्योस्त. / श्लोक 32)

आधानकालीन चन्द्रमा तथा लग्न यदि सूर्य से दृष्ट हो और चन्द्र तथा लग्न शुभग्रहों से दृष्ट हो एवं चन्द्र तथा लग्न से पंचम, नवम, सप्तम, चतुर्थ, द्वितीय और दशम में शुभग्रह हो और तृतीय तथा लाभ में पापग्रह हो तो गर्भ सुखी होता है। चन्द्रमा का लग्न यदि सूर्य से दृष्ट होकर और बलवान बुध, शुक्र तथा बृहस्पति से भी दृष्ट हो तो भी गर्भ की वृद्धि होती है।

होरेन्दुयुतः सौम्यास्त्रिकोणजायार्थखाम्बुसंस्थैर्वा।
पापैस्त्रिलाभयातैः सुखी च गर्भो निरीक्षिते रविणा।।

(सारावली/अध्याय-8/श्लोक 34)

लग्न में चन्द्रमा हो उससे 9/5/7/2/10/4 में शुभग्रह हो अथवा 3/11 में पापग्रह हो तथा सूर्य से दृष्ट हो तो गर्भ सुखी रहता है।

बलयुक्तौ स्वगृहांशेष्वर्कसितावुपचयर्क्षगौ पुंसाम्।
स्त्रीणां वा कुजचन्द्रौ यदा तदा संभवति गर्भः।।

(फलदीपिका/अध्याय-12/श्लोक 12)

यदि जातक के जन्मांग में सूर्य और शुक्र अपने गृह और अपने अंश में

बलवान होकर उपचय स्थानों में जा रहे हों और स्त्री के जन्मांग में मंगल और चन्द्रमा अपने गृह और अंश में बलवान होकर उपचय स्थान में जा रहे हों तो गर्भ रहता है।

लग्नेन्दुगैः शुभैः पुष्टो द्वाभां केन्द्रार्थकोणगै।
त्रयायस्थैश्च परैर्गर्भो वांगे वाब्जे रवीक्षिते।।

(त्रिफला/अध्याय-1/श्लोक 7)

अब गर्भपुष्टि अर्थात् गर्भस्थ शिशु पुष्ट और सबल होगा इसका योग इस प्रकार है। यदि लग्न में या चन्द्रमा के साथ शुभग्रह हो अथवा लग्न से या चन्द्रमा से केन्द्र और त्रिकोण में और द्वितीयस्थान में शुभग्रह हों और पापग्रह तृतीय तथा एकादशस्थान में हों या लग्न या चन्द्रमा को सूर्य दृष्टिनिक्षेप करता हो तो गर्भस्थ शिशु पुष्ट होता है।

शुक्रार्करिन्दुभिः स्वांशेऽथाभ्यां चवक्रमाद् भवेत्।
पुंस्त्री भोपचयस्थाभ्यां गर्भो वेज्येग कोणगे।।

(त्रिफला/अध्याय-1/श्लोक 5)

1. यदि शुक्र और सूर्य जातक के जन्मांग में उपचय में अथवा मंगल और चन्द्र स्त्री के जन्मांग में उपचय में हों (निषेक के समय) तो गर्भ रहता है। यदि सूर्य और शुक्र उपचय में रहते हुए या मंगल और चन्द्रमा उपचय में रहते हुए पुरुष राशि में हों तो गर्भ-स्थित शिशु पुत्र होता है और यदि स्त्री राशि में हो तो कन्या होती है।
2. चाहे उपचय में न भी हों, यदि सूर्य, शुक्र, चन्द्र और मंगल अपने-अपने नवांश में हों तो गर्भ रहता है।
3. यदि बृहस्पति लग्न, पंचम, या नवम में हो (निषेक समय के लग्न से) तो भी गर्भ रहता है।

8.20 गर्भाधान ग्रहस्थिति द्वारा पुत्र या पुत्री का ज्ञान

आदिकाल से आधुनिक काल तक माता-पिता के हृदय में इस जिज्ञासा का होना स्वाभाविक ही रहा है कि गर्भस्थ शिशु पुत्र है अथवा पुत्री। आज भी यह प्रश्न अत्यन्त सामान्य है कि हमारे होनेवाली संतान अथवा हमारी पहली व दूसरी संतान पुत्र होगा या पुत्री। वस्तुतः यह प्रश्न जितना सरल है इसका उत्तर इतना सरल नहीं। आचार्यों ने पुत्र अथवा पुत्री के संज्ञान से सम्बन्धित अनेक सिद्धांत प्रतिपादित किये

हैं परन्तु उनमें कई सिद्धान्तों में उलझाव है तो कई में भ्रांति और कुछ अन्य सिद्धांत में परस्पर विरोध है। ऐसे भ्रांतिपूर्ण सिद्धातों का उल्लेख यहां नहीं किया जा रहा है अग्रांकित सूत्रों के आधार पर पुत्र अथवा पुत्री के जन्म का संज्ञान प्राप्त किया जा सकना संभव है। यहां पर जन्मलग्न तथा प्रश्न लग्न दोनों के ही आधार पर निर्मित होनेवाले उन सिद्धांतों का उल्लेख किया जा रहा है जिनके सतर्क प्रतिपादन से गर्भस्थ शिशु के लिंग का सही ज्ञान संभव है।

वाग्मीनौ विषमे गृहे बल-युतौ स्यातां कुमार-प्रदौ,
होरार्यात्रिज-हेलयोर् बल-युता ओजर्क्ष - भागोपगाः।
पुंसां जन्म समे गृहे सम-लवे कुर्वन्ति ते स्त्री-जनिम्,
आधाने स-बलाः कलेट्-कवि-कुजा युग्मे युवत्या जनिः।।

पुं-वर्गे पुर-गे दृष्टे पुं-ग्रहैः स-बलैः पुमान्।
स-ज्ञे समे हरिण-दृग्-वीक्षिते प्रमदा तदा।।

पुं-भे तमो वा मृदु-गोथ चान्द्रिर् बली भवेभ्रेथ पतंग-पूज्यौ।
बलान्वितौ पुं-भवनाश्रितौ स्यात् सुतोन्यथा चेज् जननं सुतायाः॥

(प्रसवचिन्तामणि/अध्याय....)

गर्भाधान-कालीन ग्रहस्थिति के आधार पर भ्रूण के पुल्लिंग होने की भविष्यवाणी के भी कुछ नियम हैं : बलवान बृहस्पति और सूर्य विषमराशि में हों; बलवान लग्न, बृहस्पति, चन्द्र और सूर्य विषमराशि और विषमनवांश में स्थित हों। भ्रूण के स्त्रीलिंग होने की भविष्यवाणी भी गर्भाधान-कालीन ग्रहस्थिति के आधार पर की जा सकती है : बलवान लग्न बृहस्पति, चन्द्र, और सूर्य समराशि और समनवांश में हों; गर्भाधान-कालीन चन्द्र, शुक्र और मंगल बलवान होकर समराशि में स्थित हों।

गर्भाधान-कालीन लग्न में पुरुष ग्रहों का वर्ग हो और बलवान पुरुष ग्रहों से दृष्ट हो तो भ्रूण पुंलिंग होगा, किन्तु, गर्भाधान-कालीन लग्न में समराशि हो और वह स्त्रीग्रहों से दृष्ट हो तो भ्रूण स्त्रीलिंग होगा। यदि पुरुष या विषमराशि में राहु और शनि हों, या बलवान बुध एकादश और दशम में हो, या फिर बलवान सूर्य और बृहस्पति पुरुषराशि में हों गर्भाधान-कालीन लग्न में, तो भ्रूण पुल्लिंग होगा, अन्यथा स्त्रीलिंग होगा।

पुंराश्यंशेऽधीश्वरे पुंग्रहेन्द्रैर्युक्ते दृष्टे पुंग्रहे पुंप्रसूतिः।
स्त्रीराश्यंशेस्त्रीग्रहैर्युक्तदृष्टेस्त्रीणांजन्म स्यात्सुतर्क्षे सुतेशे।।

(फलदीपिका/अध्याय-12/श्लोक 11)

किसी व्यक्ति के कन्या विशेष होंगी या पुत्र विशेष इसका सिद्धांत इस श्लोक में बताया गया है। यदि पंचमभाव पुरुषराशि, पुरुष अंश में स्थित हो और पंचम में पुरुषग्रह स्थित हों या पंचम को पुरुषग्रह दृष्टिनिक्षेप करते हों और पंचमेश भी पुरुषराशि, पुरुष अंश में स्थित हो तथा पुरुषग्रहों द्वारा दृष्टिनिक्षेप करता हो या पुरुषग्रहों के साथ हो तो पुत्र होंगे। किन्तु यदि पंचमभाव में स्त्रीराशि, स्त्रीनवांश हो, पंचम में स्त्रीग्रह स्थित हों या स्त्रीग्रह पंचम को दृष्टिनिक्षेप करते हो और पंचमेश स्त्रीराशि, स्त्रीनवांश में स्थित हो, स्त्रीग्रहों से युक्त या दृष्ट हो तो कन्याएं होंगी। प्रायः सभी कथन किसी जन्मांग में पूर्ण रूप से घटित नहीं होते इसलिए मिला-जुला प्रभाव होता है।

एकः पुत्रो रवौ वाच्यश्चन्द्रे चैव सुताद्वयम्।
भौमे पुत्रास्त्रयो वाच्या बुधे पुत्रीचतुष्टयम्।।

(मानसागरी/श्लोक 7)

यदि पंचमस्थान में सूर्य स्थित हो तो एक पुत्र, चन्द्रमा (क्षीण) हो तो दो कन्याएं, मंगल स्थित हो तो तीन पुत्र एवं बुध स्थित हो तो चार कन्याओं की प्राप्ति होती है।

पाथोनोदयगे रवौ रविसुते मीनस्थिते दारहा।
पुत्रस्थानगतश्च पुत्रमरणं पुत्रोऽवनेर्यच्छति।।

(मानसागरी/श्लोक 11)

यदि लग्न में या जन्मकालिक चन्द्रमा से पांचवा-स्थान (पुत्रभाव) शुभग्रह से या अपने स्वामी से सहित हो या उनसे दृष्ट हो तो पुत्र अवश्य प्राप्त होगा, एवं लग्न या चन्द्रमा से सप्तमस्थान (जाया भाव) शुभग्रह से या जायाधीश से सहित अथवा दृष्ट हो तो स्त्री होगी यह कहना चाहिए। यदि उक्त लक्षण न रहे तो पंचमभाव के विचार से पुत्रहीन एवं सप्तमभाव से स्त्रीहीन (अविवाहित) रहना समझना चाहिए। यदि सूर्य जन्मराशिगत होते हुए लग्न में स्थित हो अर्थात् जन्मलग्न कन्या हो और उसी में सूर्य रहे तथा शनैश्वर मीनराशि में स्थित हो तो अपनी स्त्री को नाश करने

वाला जातक होगा और इसी स्थिति में यदि मंगल पंचमभावगत हो अर्थात् मकरराशि में उपस्थित हो तो उसके पुत्र की मृत्यु कहना चाहिए।

लग्ने द्वितीये यदि वा तृतीये विलग्ननाथे प्रथमः सुतः स्यात्।
तुर्यस्थितेऽस्मिंश्च सुतो द्वितीयः पुत्री सुतो वेति पुरःप्रकल्प्यम्।।

(मानसागरी)

यदि जन्मलग्नेश किसी जातक के लग्न ही में या द्वितीय में या तृतीय में रहे तो पहली सन्तति पुत्र, तथा दूसरी संतति कन्या होती है। यदि चतुर्थ में स्थित हो तो पहले कन्या, बाद में पुत्र, इसी तरह आगे भी एकान्तरक्रम से पहली सन्तान कन्या या पुत्र प्राप्त होता है।

आधान-काले कथितं फलं यत्
प्रश्नेपि तत् सर्वमिहादिशेद् वित्।
गर्भानुयोगे वनिता-जनानाम्
ओजर्क्ष-संस्थे पुरुष-ग्रहेन्द्रे।।

संयुक्त-दृष्टे नर-खेचरेण
सीमन्तिनी-गर्भ-गतः पुमान् स्यात्
कलेवरे स्पर्शनतो नृ-राशेश्
चेन् निश्चयः स्यात् पुरुषस् तदानीम्।।

सुतं प्रकुर्यादपहाय लग्नं पतंग-
पुत्रो विषमर्क्ष-यातः।
ओजांशकस्थोपि सुत-प्रदः स्याच्
चेद् युग्म-राशौ सम-नन्द-भागे।।

(प्रसवचिन्तामणि/अध्याय-5)

गर्भस्थ भ्रूण का लिंग क्या है, इस प्रश्न का उत्तर गर्भाधान-कालीन ग्रह-स्थितियों के आधार पर तो दिया ही जा सकता है, उन ग्रह-स्थितियों के आधार पर भी दिया जा सकता है जो उक्त प्रश्न किये जाने के समय हों। यह भी उल्लेखनीय है कि उक्त प्रश्न के उत्तर में जो ग्रह-स्थितियां गर्भाधान-काल के संदर्भ में लागू होती हैं वे ही ग्रह-स्थितियां प्रश्नकाल के संदर्भ में भी लागू हो सकती हैं। यह दूसरी बात

है कि प्रश्नकाल के संदर्भ में कुछ अतिरिक्त ग्रह-स्थितियां भी हैं, जिनके आधार पर भ्रूण के लिंग की भविष्यवाणी की जा सकती है। उदाहरण के लिए, प्रश्नकाल में पुरुष ग्रह विषमराशि में हो और वह पुरुष ग्रह से युक्त तथा दृष्ट हो तो भ्रूण पुंलिंग होगा, या फिर प्रश्नकर्ता पुरुषराशि के अंग का स्पर्श करे तो भी भ्रूण पुंलिंग होगा।

इसी प्रकार, लग्न के अतिरिक्त शेष सभी स्थानों अर्थात् तृतीय, पंचम, सप्तम, नवम और एकादश में से किसी एक में शनि हो तो भ्रूण पुंलिंग होगा, यद्यपि कुछ आचार्यों के मत से, उक्त प्रकार का शनि विषम नवांश में हो तो भी भ्रूण पुंलिंग होगा।

काव्य-ज्ञौ स्व-गण-स्थितौ वसुमती-पुत्रेक्षितौ वात्रिजो,
वेज्यो युग्म-गृहाश्रितो दिति-सुता चार्येण दृष्टोथ वा।
पंगौ पिंगल-भाग-गेत्र तनया-जन्माथ तुंगोपगो,
वामा-व्योम-चरश् चतुष्टय-गतो वाच्यांगनाया जनिः।।

युग्म-राश्युदये काव्य-संयुक्ते शर्वरी-पतौ।
यमानुजे युग्म-भ-गे स-वागूवाग्मी वध-जनिः।।

(प्रसवचिन्तामणि/अध्याय-5)

भ्रूण के स्त्रीलिंग होने की भविष्यवाणी की जानी चाहिए यदि गर्भाधान-कालीन लग्न में अग्रलिखित ग्रह-स्थितियां हों : शुक्र और बुध का अपने गृहादि वर्ग में स्थित होकर मंगल से दृष्ट होना; चन्द्र या बृहस्पति का समराशि में स्थित होकर शुक्र से दृष्ट होना; शनि का सूर्य के नवांश में होना; उच्चराशि में स्थित स्त्री ग्रह का केन्द्र में होना। एक और भी स्थिति हैः जिसमें उसके स्त्रीलिंग होने की भविष्यवाणी की जा सकती है : समराशि के लग्न में शुक्र-युक्त चन्द्र का होना और समराशि में बृहस्पति-युक्त शनि का होना स्त्रीलिंग भ्रूण सिद्ध करता है।

सुतानुयोगे मति-मूर्ति-नाथौ
पुं-राशि-यातो तनय-प्रदौ स्तः।
तौ दारिकादौ वनिता-भ-गौ चेद्
होरेश्वरः पुं-भ-गतो नृ-खेटः।।

संस्थस् तदानीं तनया-प्रदः स
पौरे पपीः पुंभवनोपयातः।

स-प्राक्-कुजेशः सुत-कृत् तदानीं
यद्यन्यथा स्यात् तनुजोच्यते तैः।।

प्रष्टोच्चरेत् पूरुष-संज्ञकाक्षरं पुं-
स्पर्शने दक्षिण-भागके तनोः।
स्यात् स्पर्शनेनेह नरोन्यथांगना तथा
वधूटी-खग-युक्त-वीक्षणात्।।

जीवेनौ विषमेत्र पुञ्ज-निकरौ युग्मर्क्ष-पाता यदि,
पृच्छायां कवि-चन्द्र-भूमि-तनयाः कुर्युस् तथा दारिकाम्।
गर्भं वा शशिनं कविः किमु कुजो वा शोभनः पश्यति,
गुर्विण्यामिह जायते तनु-जनी राकेश-दैत्यार्चितौ।।

पश्यन्तौ तनयालयं यदि च तौ पुत्र-प्रदौ कीर्तितौ,
चेत् तौ पञ्चम-भाव-गौ हि तनया-लाभ-प्रदौ कीर्तितौ।
लाभस्थावपि तौ मतौ सुत-करौ निम्नास्त-यातौ न चेत्,
सेन्दुर् लग्न-पतिः सुते तनु-पतिः पुत्रालये नन्दनः।।

तुंगस्थोभ्युदितोथ वा रवि-जनिः सौम्यास्फुजिद्-वीक्षिते,
यद्वा चन्द्रमसेक्षितः किमु युतः पुत्र-प्रदः कीर्तितः।
पुत्रेंगे भव-भे यदा शुभ-खगाः खे वाक्पतिर् वीर्यवान्,
सौम्यः सूनु-गतश् च संतति-करः प्रोक्तस् तदा प्राक्तनैः॥

(प्रसवचिन्तामणि/अध्याय-5)

भ्रूण के लिंग के विषय में प्रश्न किये जाते समय यदि पंचमेश और लग्नेश पुरुष राशि में हुए तो भ्रूण पुल्लिंग होगा, यदि वे पंचमेश और लग्नेश स्त्रीराशि में हुए तो वह स्त्रीलिंग होगा। वर्तमानकाल होरा का स्वामी पुरुष ग्रह हो और वह पुरुष ग्रह की राशि में स्थित हो तो भ्रूण पुंल्लिंग होगा, और यदि समराशि में स्थित शनि समराशि के नवांश में हो तो वह स्त्रीलिंग होगा। और, यदि, सूर्य लग्नेश के साथ पुरुष ग्रह की राशि में स्थित होकर लग्न में हो तो भ्रूण पुल्लिंग होगा, किन्तु स्थिति यदि इसके विपरीत रही तो वह स्त्रीलिंग होगा। भ्रूण के लिंग के विषय में प्रश्न करता हुआ प्रश्नकर्ता यदि पुरुषाक्षरों का प्रयोग करे या पुरुष को स्पर्श करे या शरीर के

दाहिने भाग का स्पर्श करे तो भ्रूण पुल्लिंग होगा, अन्यथा स्त्रीलिंग। प्रश्न-कालीन लग्न स्त्री ग्रह से युक्त हो तो भी वह स्त्रीलिंग होगा। प्रश्न किये जाने के समय बृहस्पति और सूर्य विषमराशि में हों तो भ्रूण पुल्लिंग होगा, और शुक्र, चन्द्र और मंगल समराशि में हों तो स्त्रीलिंग। प्रश्नलग्न से पंचमस्थान को, या फिर प्रश्नकालीन चन्द्र को शुक्र, मंगल और शुभग्रह दृष्टिनिक्षेप करें तो भ्रूण पुल्लिंग होगा; प्रश्नकाल से पंचमस्थान को चन्द्र और शुक्र दृष्टिनिक्षेप करें तो भी वह पुल्लिंग होगा, किन्तु वे दोनों, चन्द्र और शुक्र प्रश्नकाल से पंचमस्थान में हों तो वह स्त्रीलिंग होगा। दूसरी ओर, वे ही चन्द्र और शुक्र नीचराशि में और अस्तगत न होकर लाभभाव में स्थित हों तो भ्रूण पुल्लिंग होगा, और चन्द्र से युक्त लग्नेश पंचमभाव में हो और पंचमेश लग्न में हो तब भी वह पुल्लिंग होगा, और प्रश्नकालीन शनि अपनी उच्चराशि में हो या उदयी हो और बुध और शुक्र से दृष्ट हो तथा चन्द्र से दृष्ट और युक्त हो तब भी वह पुल्लिंग ही होगा। संभोग से सफल गर्भाधान अवश्य हुआ होगा यदि उसके लिंग के विषय में प्रश्न किये जाते समय पंचम, लग्न और एकादश स्थान में शुभग्रह हों तथा दशम में बृहस्पति और पंचम में बुध हो।

ओजर्क्षकांशोपगतौ रवीज्यौ सूतौ च पुंजन्मकरौ निषेके।
समर्क्षकांशोपगताः सितेन्दुधरात्मजाः स्त्रीजननप्रदाः स्युः।।

(शम्भुहोराशास्त्र/अध्याय-4/श्लोक 24)

सूर्य, बृहस्पति आधानकाल में विषमराशि विषमांशकों में हो तो पुत्र जन्म होगा, शुक्र, चन्द्रमा, मंगल समराशि समांशकों में हो तो कन्या का जन्म होगा।

पूर्वाह्नेग्र-गते रवेः शशधरे पुत्रः पराह्ने रवेः,
पृष्ठस्थे सितगौ सुता स्वलवगाः पुं-खेचरा वीक्षिताः।
ग्लावा भेन च ना वधू-दिविचरश् चेत् स्त्री सुरूपा बहुभा-
ग्याढ्या विषमर्क्षगाश्च सकलाः खेटास् तदा पुत्रदाः।।

युग्मर्क्षगास् ते तनया नृ-खेटयुक्तेक्षिते धी-भवने तनूजः।
युग्मर्क्ष-संस्थैः पुर-पेरु-पूज्यैर्गर्भोपयातस् तनयोंगनायाः।।

(प्रसवचिन्तामणि/अध्याय-5)

पूर्वाह्न में अर्थात सुबह या तो गर्भाधान हुआ हो या प्रश्न किया जा रहा हो और चन्द्र सूर्य से आगे हो तो भ्रूण पुल्लिंग होगा। अपराह्न में अर्थात् शाम को या तो गर्भाधान हुआ हो या प्रश्न किया जा रहा हो और चन्द्र सूर्य से पीछे हो तो भ्रूण

स्त्रीलिंग होगा। पुरुष ग्रह अपने-अपने नवांश में हों और चन्द्र और शुक्र द्वारा दृष्ट हों तो भ्रूण पुल्लिंग होगा।

स्त्रीग्रह अपने-अपने नवांश में हों और चन्द्र तथा शुक्र द्वारा दृष्ट हों तो भ्रूण स्त्रीलिंग होगा और वह जिस कन्या के रूप में विकसित होगा वह परमसुन्दरी और ऐश्वर्यशालिनी होगी। समस्त सूर्य आदि ग्रह यदि विषम राशि में हों तो भ्रूण पुल्लिंग होगा।

यदि समस्त ग्रह समराशि में हों तो भ्रूण स्त्रीलिंग होगा। जिस समय प्रश्न किया जा रहा हो उस समय के लग्न से पंचमस्थान पुरुष ग्रहों से युक्त और दृष्ट हो, या फिर, प्रश्न किये जाते समय लग्न और बृहस्पति समराशि में हों तो भी भ्रूण पुल्लिंग होगा।

ओजभे च विषमांशकोपगैर्लग्नचन्द्रगुरुभास्करैर्नरः।
स्यात्तथापि समभे समांशगैः स्त्री निषेकसमयप्रसूतिषु।।

(शम्भुहोराप्रकाश/अध्याय-5/श्लोक 32)

विषमराशि विषमांशक में लग्न, चन्द्र, बृहस्पति, सूर्य हो तो पुत्र होगा। स्त्रीराशि स्त्रीनवांशकों में उक्त ग्रह आधान प्रश्नकाल में हो तो कन्या का जन्म होता है।

लग्नं विनौजर्क्षगतो यदि स्यात्सौरोऽपि पुंजन्मकरः सवीर्यः।
बलान्वितो व्योमचरो नराख्यश्चतुष्टये वा नरजन्म कृत्स्यात्।।

(शम्भुहोराप्रकाश/अध्याय-5/श्लोक 33)

लग्न विना विषमराशि में शनि भी पुरुष का जन्म करता है, यदि बलवान हो। पुरुषग्रह बलवान होकर केन्द्र में हो तो पुत्र का जन्म होता हैं। ये योग आधान वा प्रश्न में विचारणीय हैं।

प्रश्ने वारो भं तिथिस्-तन्मितिर् या
नाम्नो वर्णा गर्भवत्या युवत्याः।
सा तैर् युक्ता सप्त-भक्तावशेष-
ओजे पुत्रः स्त्री समे खे प्रजा नो।।

(प्रसवचिन्तामणि/अध्याय-5)

जिस समय भ्रूण के लिंग के विषय में प्रश्न किया जा रहा हो उस समय जो

वार, नक्षत्र और तिथि हों उनकी संख्या जोड़कर उसमें गर्भवती स्त्री के नाम के अक्षरों की संख्या भी जोड़ने पर जो योगफल आये उसमें सात का भाग देने पर यदि शेष एक, तीन या पांच बचे तो भ्रूण पुल्लिंग, दो, चार या छह बचे तो स्त्रीलिंग, और शून्य बचे तो प्रसव ही नहीं होगा।

अनुयोगोदयेर्थेस्तेनुजे कोणे नृ-खेचराः।
तनयोन्य-खगैस् तत्र गर्भस्था महिला तदा।।

(प्रसवचिन्तामणि/अध्याय-5)

जिस समय प्रश्न किया जा रहा हो उस समय के लग्न में और उस लग्न से द्वितीय, सप्तम और त्रिकोण में यदि पुरुष ग्रह हों तो गर्भस्थ भ्रूण पुल्लिंग होगा, और यदि अन्य ग्रह हों तो वह स्त्रीलिंग होगा।

प्रश्ने वारो भं तिथिस्तन्मितिर्या
नाम्नो वर्णा गर्भवत्या च युक्त्याः।
सा तैर्युक्ता सप्तभक्ताऽवशेष ओजे
पुत्रः स्त्री समे खे प्रजा नो।।

(प्रसवचिन्तामणि/अध्याय-5/श्लोक 76)

प्रश्न समय में जो वार, नक्षत्र तथा तिथि हों उनकी जो संख्या हो उनमें गर्भवती के नाम के वर्णों को युक्त करके 7 से भाग दें। यदि शेष संख्या विषम (1/3/5) हो तो पुत्र और सम (2/4/6) हो तो कन्या एवं शून्य शेष में संतान नहीं होती है।

गर्भिणी के नाम के वर्णों में 40 युक्त करें। तदनन्तर वर्तमान तिथि की संख्या को युक्त करें। पुनः पांच को युक्त करके 9 से भाग करे। यदि शेष संख्या सम हो तो कन्या और विषम हो तो गर्भ में पुत्र पैदा होता है।

स्त्री और पुरुष के नामाक्षर और मात्राओं की संख्याओं के पिण्ड को 3 से गुणा कर 8 से भाग करें। यदि शेष संख्या सम हो तो स्त्री के आद्य गर्भ में कन्या और शेष विषम संख्या हो तो पुत्र होता है।

प्रश्नाक्षरों की पंक्ति को 20 से गुणा कर जो गुणनफल हो उसमें 30 से युक्त करके 7 से भाग दें। यदि दो तथा छह शेष बचे तो कन्या, सात तथा चार शेष बचे तो नपुंसक और तीन तथा पांच शेष बचे तो पुत्र होता है।

लग्नं मुक्त्वा विषमे शनैश्चरः पुरुषजन्मदो भवति।
योगे विहगस्य बलं संवीक्ष्य वदेन्नरं स्त्रियं वाऽपि।।

(सारावली/अध्याय-8/श्लोक 17)

लग्न को छोड़कर अन्य विषमस्थान में शनि हो तो पुत्र जन्मकारक होता है। इस प्रकार आधानकाल में ग्रह का बल देखकर पुत्र या कन्या का जन्म होता है।

8.21 नामाक्षर द्वारा पुत्र अथवा पुत्री का ज्ञान

किं गुर्विण्या नाम-वर्णैरुपेता
आकाशाम्भोध्युन्मिताश् चेषु-युक्ताः।
तिथ्या युक्ताः खेचरैः संविभक्ते
शेषे युग्मे कन्यकौजे पुमान् स्यात्।।

नारी-पुंसोर् वर्ण-मात्रांक-पिण्डं
ग्रामैर् हन्याद् हस्तिभिः संविभज्य।
युग्मे शेषे स्यात् कुमारी तथौजे
शेषे पुत्रस् त्वाद्य-गर्भेबलायाः।।

(प्रसवचिन्तामणि/अध्याय-5)

इस प्रकार की एक विधि और भी है। जिस तिथि को उक्त प्रश्न किया जा रहा हो उसकी संख्या में गर्भवती स्त्री के नामाक्षरों की संख्या और पैंतालीस जोड़ने पर जो योगफल आये उसमे नौ का भाग देने पर यदि एक, तीन, पांच या सात शेष बचे तो गर्भस्थ संतान पुत्र होगा, और यदि दो, चार, छह या आठ शेष बचे तो पुत्री होगी।

एक विधि और भी इसी प्रकार की है, यद्यपि वह केवल सर्वप्रथम गर्भाधान के संदर्भ में लागू होगी। गर्भवती स्त्री के नाम और जिससे गर्भाधान हुआ हो उस पुरुष के नाम के स्वरों और व्यंजनों की संख्या में तीन का गुणा करके जो गुणनफल आये उसमें आठ का भाग देने पर एक, तीन, पांच या सात बचे तो पुत्र और दो, चार या छह बचे तो पुत्री होगी।

8.22 प्रश्नाक्षरों की संख्या द्वारा पुत्र या पुत्री का ज्ञान

नखाहता खाग्नि-युता च पंक्तिः
प्रश्नाक्षराणां तुरगैर् विभक्ता।
शेषे द्वि-षट्के तनयाद्रि-वेदे
षण्डः कु-रामाक्ष-मिते सुतः स्यात्।।

(प्रसवचिन्तामणि/अध्याय-5)

गर्भस्थ संतान का लिंग जानने के लिए किये गए प्रश्न में जितने अक्षर हों उतनी संख्या में बीस का गुणा करने पर आये गुणनफल में तीस जोड़ने पर जो योगफल आये उसमें सात का भाग देने पर चार या शून्य बचे तो नपुंसकलिंग, दो या छह शेष बचे तो पुत्री और एक, तीन या पाँच शेष बचें तो पुत्र होगा।

8.23 भ्रूण की गर्भ में स्थिति से उसके लिंग का ज्ञान

युवत्या दक्षिणे पार्श्वे नन्दनः स्याददक्षिणे।
पार्श्वे स्त्री-तुन्द-मध्यस्थः षण्डो युग्मावुभोपगौ।।

(प्रसवचिन्तामणि/अध्याय-5)

गर्भ में भ्रूण कभी दायें, कभी बायें और कभी बीच में होता है। यदि वह गर्भ के दायें भाग में हो तो पुल्लिंग, बायें भाग में हो तो स्त्रीलिंग और बीच में हो तो नपुंसकलिंग होता है।

8.24 गोचर ग्रह स्थिति एवं पुत्र संतति

याते सुरेज्येथ सुतेशगं गृहम्
आयाति वा नन्दन-भं विलग्न-पः।
पुत्राप्ति-रंगाप्त-सुलेश-संगमो
भवेद् यदा गोचरतो घनेनुजे।।

कोणाप्ति-कामेथ गुरौ सुतांग-
पति-स्फुटैको भ-लवात्म-भाग्ये।
किं स्वर्क्ष-तुंगे तनुपः सदैव
धीशेन योगं यदि चार-गत्या।।

वदन्ति पुत्राप्तिमथो जनुर् भ-
नाथस्य च प्रत्यरि-भाधिपस्य।
स्पष्टैक्य इन्द्रेज्य इते त्रि-कोणे
किं गोचरेणामर-नाथ-पूज्ये।।

धीशस्य तत्कारकस्य दर्शिनः सहितस्य च।
स्फुटैक्ये तद्भ-लवगे सुताप्तिं कथयेद् बुधः।।

(प्रसवचिन्तामणि/अध्याय-5)

अनेक ग्रह-स्थितियां ऐसी हैं जिनमें पुत्र संतति ही गर्भस्थ होगी -

1. पंचमेश की अधिष्ठित राशि में या पंचमस्थान में स्थित राशि में जब गोचर से लग्नेश आये।
2. जन्मलग्न की राशि और उससे लग्न, तृतीय, पंचम, नवम, लाभ और सप्तमस्थान में जो राशि हो उसमें जब गोचर से आये लग्नेश, सप्तमेश और पंचमेश का संयोग हो।
3. पंचमेश और लग्नेश के राश्यादि स्पष्टों के योग से प्राप्त राशि और अंशों में और उनसे पंचम और नवम राशि में जब गोचर से बृहस्पति आये।
4. गोचर से लग्नेश स्वराशि में और स्वोच्चराशि में आये और तभी पंचमेश के साथ योग करें।
5. जन्म-कालीन नक्षत्र के स्वामी अर्थात् जन्म-नक्षत्र में जिस ग्रह की दशा हो उसका जो राश्यादि स्पष्ट हो वह और प्रत्यदि तारा के स्वामी का, अर्थात् जन्मनक्षत्र से जो पंचमनक्षत्र हो उसमें जिसकी दशा आये उसका, जो राश्यादि स्पष्ट हो वह जोड़ने से प्राप्त हुई राशि से पंचम और नवम में जब गोचर से बृहस्पति आये।
6. पंचमेश, पंचमकारक, पंचमदर्शी और पंचमस्थ ग्रहों के राश्यादि स्पष्ट के योग से प्राप्त राशि में जब गोचर से बृहस्पति आये।

●

अध्याय–9

बालारिष्ट योग

शिशु के जन्म की अनुभूति जितना हर्षित और उल्लसित करती है, उसकी मृत्यु व्यक्ति को उससे कहीं अधिक असहनीय दुःख प्रदान करती है। कई अवसरों पर तो बालक की मृत्यु के पश्चात्, उसके माता-पिता अपनी सुध-बुध भी खो बैठते हैं। शिशु की मृत्यु की कल्पना मात्र भी दुर्दमनीय दारुण दुखों की अवर्णनीय असहनीय असीम वेदना के घोर अन्धकार में रूपान्तरित हो उठती है। व्यक्ति का समस्त उल्लास और उत्साह हिमाच्छादित वर्फ की शीतल परतों के मध्य जमकर रह जाता है। उस समय शिशु के मातापिता का विश्वास अधिकतर ईश्वर की सत्ता के समक्ष भी प्रश्नचिह्न लगा देता है। विचलित और उदास मन इतनी व्याकुलता के कारण निरन्तर प्रवाहित होने वाली अश्रुधारा में प्रवाहित होकर, चेतना विहीन हो जाता है। वह कौन से ग्रहयोग हैं जिनके जन्मांग में विद्यमान होने के कारण शिशु, अल्पकाल में ही चल बसता है, या फिर किसी व्याधि से ग्रस्त होने के कारण उसकी हृदयगति अवरुद्ध हो जाती है। आकाश से झांकते हुए सूर्य और चन्द्रमा तथा अन्यान्य तारेगण पृथ्वी पर आयेदिन मृत्यु को प्राप्त करते हुए बालकों को देखकर भले ही रुदन न करें परन्तु जन्मांगों में सूर्य और चन्द्रमा की स्थिति के अतिरिक्त अनेक सम्बन्धित ग्रहों की स्थिति, भयाक्रान्त करने वाली होती है। इन ग्रह स्थितियों को देखकर, समझकर हमें ईश्वर की सत्ता का प्रमाण प्राप्त होता है। जो इस आस्था की पुष्टि करता है कि हम ईश्वरीय सत्ता की कठपुतली मात्र हैं। हमारी प्रत्येक श्वास का आधिपत्य तो जगदीश्वर के हाथ में है। उसी जगदीश्वर ने हमारी सांसों को समझने और उसकी अवधि के अनुमान हेतु ज्योतिष विज्ञान की संरचना की। इसके साथ ही कतिपय ऋषि-महर्षि को सिद्धि और दिव्यदृष्टि प्रदान की जो ग्रहों की अनुकूलता और प्रतिकूलता का सटीक अनुमान करके जनकल्याण के उद्देश्य से ज्योतिष शास्त्र की संरचना करें। ब्रह्माजी और माता सरस्वती की प्रेरणा से महर्षि पराशर ने वृहद् पाराशर होराशास्त्र, आचार्य वाराहमिहीर ने वृहद्जातकम्, दैवज्ञ वैद्यनाथ ने जातक पारिजात, श्रीमत्कल्याण वर्मा ने सारावली, श्रीमन्मिश्रबलभद्र ने होरा रत्नम्, श्री वैंकटेश शर्मा ने सर्वार्थ चिन्तामणि, आचार्य मीनराज ने वृद्धयवनजातकम्, श्री जीवनाथ ने भावकुतूहलम्, कवि कालिदास ने उत्तराकालामृत, पूर्वकालामृत, आचार्य मुकुन्द दैवज्ञ ने जातक भूषणम्, श्री ढुण्ढिराज दैवज्ञ ने जातक भरणम्,

श्रीमहादेव पाठक ने जातक तत्त्वम्, श्री गणेश कवि ने जातकालंकार, सत्याचार्य ने सत्य जातकम्, श्रीनृसिंह दैवज्ञ ने जातक सारदीप, पं. महीधर शर्मा ने शम्भु होरा प्रकाश, श्री मुकुन्द दैवज्ञ ने ज्योतिष तत्त्वम्, श्री रामानुजाचार्य ने भावार्थ रत्नाकर, खानखाना ने खेट कौतुकम्, श्री मंत्रेश्वर ने फलदीपिका, महाराजा रणवीर सिंह ने श्री रणवीर ज्योतिर्महानिबंध, पं. मुकुंद वल्लभ दैवज्ञ ने फलित मार्तण्ड, गोपेश कुमार ओझा ने त्रिफला (ज्योतिष), श्री भास्कराचार्य ने भावदीपिका, पडुमनाई चोमात्रि ने जातक देशमार्ग तथा अन्यान्य ऋषियों ने विभिन्न ज्योतिषशास्त्रों का निर्माण किया। आधुनिक ज्योतिष विज्ञान के अध्येताओं ने उपरोक्त महर्षियों द्वारा रचित सूत्रों के अध्ययन के उपरान्त उनका व्यावहारिक अनुसरण विभिन्न जन्मांगों के परिपेक्ष्य में किया और कतिपय किलष्ट सूत्रों को अपने अध्ययन, अनुभव और अनुसंधान के आधार पर सहज और सरल रूप प्रदान किया। ऐसी ही एक अनथक चेष्टा है 'पुत्रेष्टि विधान', जिसमें संतान संबन्धी समस्त सूत्रों को संकलित करके विभिन्न अध्यायों में विभाजित, व्याख्यायित और व्यवस्थित करने के उपरान्त व्यावहारिक जन्मांगों के अध्ययन और विश्लेषण करके जिज्ञासु पाठकों के समक्ष प्रस्तुत किया गया है।

बालारिष्ट के अभाव में संतति सम्बन्धी संज्ञान की सम्पूर्णता सदा संदिग्ध ही रहती है। इसीलिए इस अध्याय के समस्त ज्योतिष शास्त्रों से शिशु के अरिष्ट उसकी जीवन अवधि किसी व्याधि के कारण उसकी मृत्यु या बालक के जन्म के पश्चात् अन्यान्य अवांछित स्थितियों से सम्बन्धित सूत्रों और श्लोकों को इस अध्याय में विभिन्न शीर्षकों के अन्तर्गत विवेचित और उल्लिखित किया गया है। इससे पूर्व बालारिष्ट सूत्रों का इतना सघन अध्ययन हमारे संज्ञान में कदाचित अन्यत्र उपलब्ध नहीं है। हमारे प्रबुद्ध पाठकगण, बालारिष्ट से सम्बन्धित इन सूत्रों के अध्ययन और अनुभव से अवश्य लाभान्वित होंगे। इसमें संशय नहीं। सर्वप्रथम हम एक दिन से एक वर्ष तक की आयु के भीतर ही बालारिष्ट सन्दर्भित योगों की व्याख्या कर रहे हैं। यहाँ पर हमने कुछ ऐसे जन्मांग भी प्रस्तुत किये है जिन शिशुओं की जीवन अवधि एक वर्ष से अधिक होने के पश्चात् उनकी मृत्यु हुई उनके जन्मांगों के उदाहरण इस अध्याय में समायोजित किये गये हैं। इसका उद्देश्य यह है कि पाठकगण बालारिष्ट सम्बन्धित सिद्धान्त सूत्रों का यथावत उपयोग न करके सम्बन्धित ग्रह योगों के शुभ और अशुभ ग्रहों के प्रभाव पर भी विचार करें। उनकी दृष्टि, युति, नक्षत्र, ग्रहबल तथा महादशा अन्तर्दशा और गोचर ग्रहों पर विचार करने के बाद ही अन्तिम निर्णय पर पहुंचना चाहिए।

9.1 अरिष्टों के तीन प्रकार

त्रिविधमिह शास्त्रकारा नियतमनियतं च योगजं प्राहुः।
योगसमुत्थं तावद्वक्ष्ये पश्चात्तु परिशेषौ।।

(सारावली/अध्याय-10/श्लोक 3)

1 नियत, 2 अनियत, 3 योगज - ये तीन प्रकार के अरिष्ट शास्त्रकारों ने उल्लिखित किये हैं। इन तीनों अरिष्टों में प्रथम प्रकार का अरिष्ट योगज कहलाता है। शेष नियत और अनियत अरिष्ट का उल्लेख अन्यत्र किया जायेगा।

9.2 अनुक्तकाल योगों में मृत्यु समय

योगे बलिनः स्थानं स्वं वा लग्नं गतेऽपि वा चन्द्रे।
बलवति पापैर्दृष्टे वर्षान्ते मृत्युकालः स्यात्।।

(सारावली/अध्याय-10/श्लोक 99)

जिन योगों में मृत्यु के समय का उल्लेख नहीं है उनमें योग का निर्माण करने वाले ग्रहों में से जो ग्रह बली हो उसकी राशि में जब चन्द्रमा का संचार हो तो अरिष्ट होता है अथवा जब चन्द्रमा पुनः अपनी राशि में अथवा लग्न में विचरण करे और पापग्रहों से दृष्ट हो तो बालक की मृत्यु होती है।

9.3 शिशु के महाकष्ट तथा शीघ्र मृत्यु के योग

भौमभेऽर्कारमन्द इन्दुदृष्टेऽष्टमे
चेज्ये बालकस्यमहाकष्टम्।।

(जातकतत्त्वम्/अध्याय-2/श्लोक 46)

यदि सूर्य, मंगल या शनि मंगल की राशि 1,8 में संयुक्त हों तथा उन पर चन्द्रमा दृष्टिनिक्षेप करता हो और बृहस्पति अष्टमस्थान में हो तो शिशु को महाकष्ट होता है।

व्ययारी पापयुतौ बालमृतिः।।
लग्नेशे सार्के नीचगे रन्ध्रेशे बालस्य सद्योमृतिः।।
राहौ केन्द्रे पापमात्रयुतदृष्टे च।।

नगेऽर्केऽङ्गे मन्देऽष्टमे भौमेऽपि।।
षष्ठाष्टमे चन्द्रे पापदृष्टे चापि।।
मन्दारभे खेऽर्के पापदृष्टे तु।।

(जातकतत्त्वम्/अध्याय-2/श्लोक 47-52)

जन्म-समय में षष्ठ व द्वादशस्थान पापग्रहों से आक्रान्त हों तो शिशु की मृत्यु हो जाती है। लग्नेश सूर्य के साथ हो तथा अष्टमेश नीचगत हो तो शीघ्र मृत्यु हो जाती है। केन्द्रगत राहु के साथ केवल पापग्रहों की युति या दृष्टि हो। सूर्य स्थिर राशि में हो, शनि लग्न में व मंगल अष्टम में हो। षष्ठ या अष्टमस्थान में चन्द्रमा पापी ग्रहों से दृष्ट हो। शनि या मंगल की राशि में (10,11,1,8) दशमस्थान में सूर्य पापदृष्ट हो तो इन सब योगों में शिशु की शीघ्र मृत्यु हो जाती है।

चरभांशे चन्द्रे शुभैरदृष्टे कोणे पापा बालस्य सद्योमृतिः।।
मन्दार्केन्द्वारा व्ययाङ्काङ्गाष्टमगाः स बलगुर्वदृष्टाश्च।।
कोणान्त्यास्ताङ्गेषु पापयुतश्चन्द्रो बलिशुभायुतदृष्टोऽपि।।
चन्द्रेऽङ्गेऽस्ते पापास्तु।।
मन्दाद्रन्धे बलिनः पापा बालस्य सद्योमृतिः।।

(जातक तत्त्वम्/अध्याय-2/श्लोक 53-57)

चन्द्रमा चरराशि के नवांश में शुभग्रहों से दृष्ट न हो तथा त्रिकोण (1, 5, 9) स्थानों में पापग्रह हों तो शिशु की शीघ्र मृत्यु होती है। शनि, सूर्य, चन्द्रमा तथा मंगल क्रमशः (12, 9, 1, 8) स्थानों में हों तथा बलवान बृहस्पति इन पर दृष्टिनिक्षेप न करे। त्रिकोण, द्वादश, सप्तम व लग्न स्थानों में पापयुत चन्द्रमा हो तथा बली शुभग्रह से उसकी युति या दृष्टिगत न हो। चन्द्रमा लग्न में तथा पापग्रह सप्तम में हों। शनि से अष्टमस्थान में बली पापग्रह हों। इन सब योगों में शिशु की शीघ्र मृत्यु हो जाती है।

क्षीणेन्दावङ्गे केन्द्राष्टमगाः पापाः।।
कर्काल्यङ्गे खलाः पूर्वार्द्धेसौम्याः परार्द्धे वा लग्नास्ताष्टान्त्ये
सपापेन्दौ शुभदृष्टे शुभायुतेषुकेन्द्रेषु च मृतिः।।
त्रिके सौम्या केन्द्रेकोणे पापा लग्नेऽर्केऽपि।।
चन्द्रपापयुतेषु सर्वकेन्द्रेषु च।।

लग्नास्तगौ पापौ चन्द्रो मिश्रदृष्टोऽपि।।
क्षीणेन्दावन्त्ये पापेषु लग्नाष्टगेषु केन्द्रान्तरगेषु शुभेषु तु।।

(जातकतत्त्वम्/अध्याय-2/श्लोक 58-63)

क्षीण चन्द्रमा लग्न में हो तथा सभी पापग्रह केन्द्र व अष्टम में हों। कर्क व वृश्चिक लग्न में पूर्वार्ध में अशुभ व उत्तरार्ध में शुभ अथवा लग्न, सप्तम, अष्टम व द्वादशस्थानों में पापयुक्त चन्द्रमा शुभग्रहों की दृष्टि से रहित हो तथा केन्द्र स्थानों में कोई भी शुभग्रह न हो।

अग्रांकित जन्मांग में पापयुक्त चंद्रमा शनि से संयुक्त होकर लग्नगत है। केन्द्र में कोई भी ग्रह नहीं है। अष्टम भाव में राहु स्थित है और षष्ठ भाव पर पापी मंगल की दृष्टि है यह बालारिष्ट योग है। बालक का एक वर्ष के भीतर निधन हो गया।

उदाहरण सं.-9.1 **जन्मांग सं.-320**

जन्म दिनांक	: 26.12.1995	जन्म समय	: 10:40:00 घंटे
जन्म स्थान	: इलाहाबाद	अक्षांश 25:27:00	रेखांश 81:50:00
चित्रपक्षीय अयनांश	: 23:48:10	साम्पातिक काल	: 16:54:16 घंटे

ग्रह	अंश	राशि	नक्षत्र	पद	षड्बल
लग्न	13:55:34	कुंभ	शतभिषा	3	–
सूर्य	10:08:25	धनु	मूल	4	1.46
चंद्र	7:36:56	कुंभ	शतभिषा	1	1.05
मंगल(अ)	25:51:55	धनु	पू.षा.	4	1.2
बुध	27:41:19	धनु	उ.षा.	1	1.15
गुरु (अ)	4:21:37	धनु	मूल	2	0.99
शुक्र	11:41:22	मकर	श्रवण	1	1.17
शनि	25:13:39	कुंभ	पू.भा.	2	1.14
राहु (व)	29:40:19	कन्या	चित्रा	2	–
केतु (व)	29:40:19	मीन	रेवती	4	–

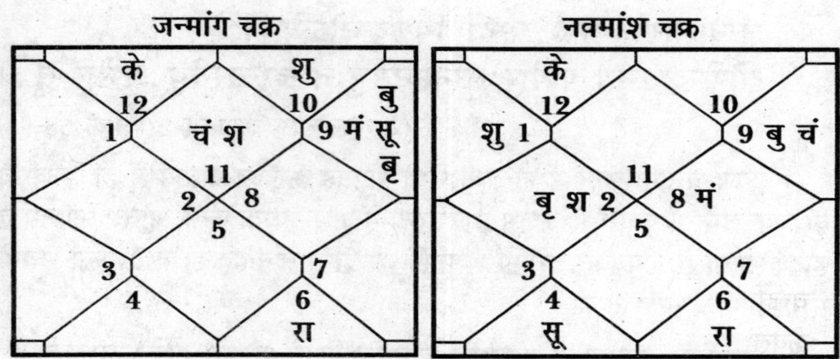

जन्म के समय राहु की भोग्य विंशोत्तरी महादशा - 16 व. 8 मा. 19 दि.

उपरोक्त श्लोक में जिस बालारिष्ट योग का उल्लेख किया गया है, इस जन्मांग में स्पष्ट रूप से परिलक्षित हो रहा है। बालक का जन्म कुम्भ लग्न में हुआ है जो वर्गोत्तम नवांश प्राप्त कर रहा है। यहां पर लग्नेश शनि जो द्वादशेश भी है षष्ठेश चंद्रमा से संयुक्त है। चंद्रमा राहु के नक्षत्र शतभिषा में स्थित है जबकि शनि मारकेश बृहस्पति के नक्षत्र पूर्वाभाद्रपद में संस्थित है। चंद्रमा के नक्षत्र का स्वामी राहु अष्टम भावस्थ है तथा द्वितीय, पंचम और षष्ठ भाव पर पापी मंगल दृष्टिनिक्षेप कर रहा है। उल्लेखनीय है कि जन्म के समय राहु की महादशा में राहु की अंतर्दशा चल रही थी और राहु की अंतर्दशा में ही शिशु की मृत्यु हो गयी। उल्लेखनीय है कि राहु नवांश लग्न से भी अष्टम भावस्थ है। इस प्रकार से यदि चंद्रमा और शनि की युति हो तो 6,8,12 भाव में पापाक्रान्त हो तथा केन्द्र में कोई ग्रह न हो तो शिशु के जन्म के पश्चात् उसकी शीघ्र मृत्यु हो जाती है। इस जन्मांग में चतुर्थेश और नवमेश शुक्र, शनि और मंगल के मध्य पापकर्तरीयोग ग्रस्त है, जिसके कारण शिशु की मृत्यु के पश्चात् उसके माता-पिता का स्वास्थ्य निरन्तर क्षीण होता गया और वह अर्द्धविक्षिप्त से हो गये।

6, 8, 12 स्थानों में शुभ व केन्द्र व त्रिकोण में अशुभग्रह हों तथा सूर्य लग्न में स्थित हो। चन्द्रमा पापग्रहों से युक्त हो तथा सभी केन्द्रस्थान पापग्रहों से युक्त हों। लग्न व सप्तम में पापग्रह हों तथा चन्द्रमा पर शुभाशुभ ग्रहों की दृष्टि हो। क्षीण चन्द्रमा द्वादशस्थान में हो तथा सभी पापग्रह 1, 8 स्थानों में हों और शुभग्रहों से केन्द्रस्थान रहित हों। इन सब योगों में शिशु की शीघ्र मृत्यु हो जाती है।

पापान्तरे चन्द्रे रन्ध्राम्बुसप्तमगेऽपि।।
सन्ध्यायां भान्त्यगाः पापा इन्दुहोरायाम्।।

रन्ध्रास्तगौ पापौ पापमात्रदृष्टौ।।
लग्नान्त्याष्टांक क्रमाच्चन्द्रारार्क मन्दाश्च।।
षष्ट्यां जातस्य भौमार्कावङ्गे मृतिः।।
षष्ठाष्टमगे चन्द्रे पापवर्गस्थे तुर्ये राहौ च।।

(जातकतत्त्वम्/अध्याय-2/श्लोक 64-69)

चन्द्रमा पापकर्त्तरी योगग्रस्त होकर 4, 8, 7 स्थानों में हो। सन्ध्या समय में चन्द्रमा की होरा में राशि के 30 वें अंश में पापग्रह हों। 7, 8 स्थानों में पापग्रहों पर केवल पापग्रहों की दृष्टि हो। 1, 12, 8, 9 क्रम से चन्द्र, मंगल, सूर्य व शनि हों। षष्ठी तिथि में जन्म हो और मंगल सूर्य लग्न में हो। चन्द्रमा पापवर्गगत होकर 6, 8 स्थानों में हो और राहु चतुर्थ भावगत हो। इन सब योगों में शिशु की शीघ्र मृत्यु हो जाती है।

स्मराङ्गयोः क्रूरखगा वसद्युतः
शशी न दृष्टश्च शुभैस्तदा क्षयः।
शुभो न केन्द्रे व्ययगे विधौ कृशे
खलैश्च तन्वष्टमगैर्द्रुतं मृतिः।।

(फलितमार्तण्ड/अध्याय-5/श्लोक 4)

सप्तम तथा लग्न दोनों स्थानों में क्रूर ग्रह स्थित हों, और जिस किसी स्थान में पापग्रह युक्त चंद्रमा अथवा दशमभाव में यदि चन्द्रमा स्थित हो, और उसपर शुभग्रह दृष्टिनिक्षेप न करते हों तो शिशु की मृत्यु होती है। अथवा चारों केन्द्रों में शुभग्रह न हों और क्षीण चन्द्रमा द्वादशस्थान में स्थित हो, लग्न तथा अष्टम में पापग्रह स्थित हों तो शीघ्र ही शिशु की मृत्यु होती है।

चक्रस्य पूर्वापरभागगेषु क्रूरेषु सौम्येषु च कीटलग्ने।
क्षिप्रं विनाशं समुपैति जातः पापैर्विलग्नास्तमयाभितश्च।।

(फलितमार्तण्ड/अध्याय-5/श्लोक 5)

चक्र अर्थात् लग्नादि द्वादशभावों के पूर्वार्द्ध (दशमभाव के भोग्यांश से चतुर्थ भाव के भुक्तांश पर्यन्त) में क्रूरग्रह हों और चक्र के परार्द्ध (चतुर्थ भाव के भोग्यांश से दशम-भाव-भुक्तांश पर्यन्त) शुभग्रह हों और वृश्चिक या कर्क लग्न हो तो शिशु की शीघ्र ही मृत्यु हो जाती है। अथवा लग्न से द्वितीय, द्वादश और सप्तम से द्वितीय, द्वादश क्रूरग्रह हों तो भी शिशु की शीघ्र मृत्यु हो जाती है।

गण्डान्त-तारा-सहिते मृगाङ्के पापेक्षिते पाप-समन्विते वा।
बालो लयं याति स मृत्यु-भागे चन्द्रे तथा पाप-निरीक्षिते वा।।

(फलितमार्तण्ड/अध्याय-5/श्लोक 6)

गण्डान्त नक्षत्र में चन्द्रमा हो, वह पापग्रह से युक्त वा दृष्ट हो वा चन्द्रमा मृत्यु-भाग (आगे के श्लोक में कथित) में पाप-दृष्ट हो तो शिशु की मृत्यु होती है।

क्षीणे शशिनि विलग्ने कण्टकनिधनाश्रितस्तथा पापैः।
सौम्यादृष्टे मृत्युः सद्यः सत्यस्य निर्देशः।।

(सारावली/अध्याय-10/श्लोक 38)

यदि क्षीण चन्द्रमा लग्न में हो, एवं पाप ग्रह, 1/4/7/8/10 भाव में शुभग्रह से दृष्ट न हों तो शीघ्र मृत्यु होती है- ऐसा सत्याचार्य जी का कथन है।

द्यूनगतेऽर्के लग्ने यमे कुजे वा विपर्यये वाऽपि।
अन्यतर युते वेन्दावशुभैर्दृष्टेऽचिरान्मृत्युः।।

होरानिधनास्तगतैः पापैः क्षीणे व्ययस्थिते चन्द्रे।
जातस्य भवेन्मरणं सद्यः केन्द्रेषु चेन्न शुभाः।।

(सारावली/अध्याय-10/श्लोक 39-40)

यदि जन्मसमय में सप्तमभाव में सूर्य हो व लग्न में शनि वा मंगल हो तो शीघ्र मृत्यु होती है। अथवा अष्टमभाव में शनि वा मंगल हो और लग्न में सूर्य हो तो शीघ्र मृत्यु, यद्वा यदि चन्द्रमा, मंगल वा शनि से युत एवं पापग्रह से दृष्ट हो तो शीघ्र निधन होता है। यदि लग्न, अष्टम, सप्तमभाव में पापग्रह हों तथा क्षीण चन्द्रमा व्यय एवं द्वादश भाव में हो और केन्द्र में शुभग्रह न हों तो शीघ्र मृत्यु होती है।

लग्नान्त्यनवमनैधनसं युक्ताश्चन्द्रसूर्यसौराराः।
जातस्य वधकृतः स्युः सद्यो गुरुणा न चेद्दृष्टाः।।

लग्ने चन्द्रेऽर्के वा पापा बलिनस्त्रिकोणनिधनेषु।
सौम्यैरदृष्टयुक्ताः सद्यो मरणाय कीर्तिता यवनैः।।

(सारावली/अध्याय-10/श्लोक 41-42)

यदि जन्म के समय लग्न, द्वादश, नवम, अष्टम भाव में चन्द्रमा, सूर्य, शनि,

मंगल से युत व बृहस्पति से अदृष्ट हो तो जातक का शीघ्र निधन होता है। यदि लग्न में चन्द्रमा वा सूर्य हो और बलवान पापग्रह पंचम, नवम, अष्टमभाव में, शुभग्रहों की दृष्टि व युति से हीन हो तो शीघ्र मृत्यु होती है-ऐसा यवनाचार्य का मत है।

क्षीणं यदा शशाङ्कं पश्येद्राहुः समागतं पापैः।
मारयति तदा दिवसैर्निर्व्याजं कतिपयैरेव।।

(सारावली/अध्याय-10/श्लोक 110)

यदि क्षीण चन्द्रमा पापग्रहों से युत हो और राहु से दृष्ट हो तो बिना कारण अल्प समय में जातक का निधन होता है।

अग्रांकित जन्मांग में क्षीण चंद्रमा अष्टम भाव में राहु से युक्त है और शनि से दृष्ट है। अतः यह जातिका बाल्यकाल में तीव्र ज्वर के कारण इतनी गम्भीर रूप से व्याधि ग्रस्त थी कि सभी चिकित्सक हतोत्साहित हो गये थे परन्तु बृहस्पति की चंद्रमा पर दृष्टि के कारण निराशा का घोर अंधकार दूर हुआ और एक सन्त की औषधि द्वारा जातिका रोग मुक्त हुई।

उदाहरण सं.-9.2 जन्मांग सं.-321

जन्म दिनांक : 18.06.1978 जन्म समय : 01:00:00 घंटे
जन्म स्थान : बलिया अक्षांश 21:38:00 रेखांश 87:20:00
चित्रपक्षीय अयनांश : 23:33:22 साम्पातिक काल : 19:02:07 घंटे

ग्रह	अंश	राशि	नक्षत्र	पद	षड्बल
लग्न	26:40:50	मीन	रेवती	4	—
सूर्य	2:40:46	मिथुन	मृगशिरा	3	1.51
चंद्र	20:25:25	तुला	विशाखा	1	1.29
मंगल	8:28:53	सिंह	मघा	3	1.15
बुध (अ)	6:46:31	मिथुन	आर्द्रा	1	1.01
गुरु	19:12:05	मिथुन	आर्द्रा	4	1.16
शुक्र	8:16:03	कर्क	पुष्य	2	1.51
शनि	2:27:57	सिंह	मघा	1	1.14
राहु (व)	8:34:07	कन्या	उ.फा.	4	—
केतु (व)	8:34:07	मीन	उ.भा.	2	—

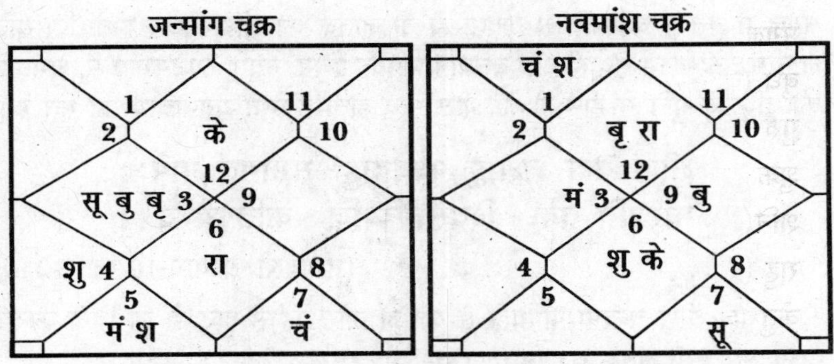

जन्म के समय गुरु की भोग्य विंशोत्तरी महादशा - 15 व. 5 मा. 27 दि.

जातिका का जन्म मीन लग्न में हुआ है और लग्न वर्गोत्तम है। पंचमेश चंद्रमा अष्टम भाव में तुला राशि में विशाखा नक्षत्रगत है। षष्ठ भाव में मंगल और शनि स्थित हैं और शनि चंद्रमा पर दृष्टिनिक्षेप कर रहा है, जबकि चलित चक्र के अनुसार शनि और मंगल पंचम भाव में चलित हो गये हैं। जहां से मारकेश मंगल अष्टमस्थ चंद्रमा पर दृष्टि डाल रहा है। लग्न में केतु और सप्तम भाव में राहु स्थित है। लग्न के वर्गोत्तम होने और लग्नेश बृहस्पति के अष्टमस्थ चंद्रमा पर दृष्टिनिक्षेप करने के कारण जातिका की रक्षा हुई। चार वर्ष की अवस्था में जातिका अग्नि से पूरी तरह झुलस गई और उस समय माता-पिता और चिकित्सकों को बालिका के बचने की आशा नहीं थी। उल्लेखनीय है कि जन्म के समय बृहस्पति की महादशा का भोग्यकाल 15 वर्ष 8 माह 27 दिन था, बृहस्पति पर्याप्त बली होने के साथ-साथ लग्नेश भी है और अष्टम भाव तथा बृहस्पति पर दृष्टिनिक्षेप कर रहा है।

उदाहरण सं.-9.3 जन्मांग सं.-322

जन्म दिनांक : 10.09.2009 जन्म समय : 07:05:00 घंटे

जन्म स्थान : बाराबंकी अक्षांश 26:56:00 रेखांश 81:11:00

चित्रपक्षीय अयनांश : 23:59:47 साम्पातिक काल : 6:16:38 घंटे

ग्रह	अंश	राशि	नक्षत्र	पद	षड्बल
लग्न	9:42:50	कन्या	उ.फा.	4	—
सूर्य	23:29:42	सिंह	पू.फा.	4	1.37
चंद्र	27:42:18	मेष	कृत्तिका	1	1.07

मंगल	15:32:55	मिथुन	आर्द्रा	3	1.51
बुध (व)	11:47:41	कन्या	हस्त	1	1.41
गुरु (व)	24:54:35	मकर	धनिष्ठा	1	1.01
शुक्र	23:15:26	कर्क	अश्लेषा	2	1.41
शनि(अ)	0:02:12	कन्या	उ.फा.	2	0.93
राहु (व)	5:01:22	मकर	उ.षा.	3	—
केतु (व)	5:01:22	कर्क	पुष्य	1	—

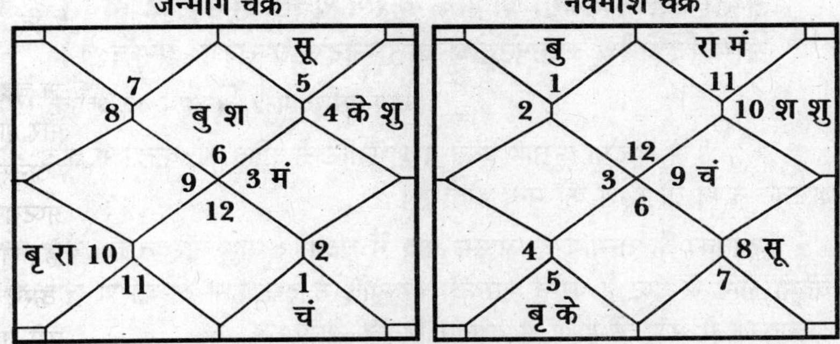

जन्म के समय सूर्य की भोग्य विंशोत्तरी महादशा - 5 व. 6 मा. 11 दि.

तीन पुत्रियों के पश्चात् इस बालक का जन्म 10.09.2009 को हुआ। माता-पिता की प्रसन्नता व प्रफुल्लता की कोई सीमा न थी। परन्तु यह सुख 8 महीने के भीतर ही संत्रास तथा दुर्दमनीय दारुण दुख की सेज बन गया। इस शिशु की ताई छत पर खड़ी बालक को गोद में लिए हुए थी। 04.06.2010 की वह काल संध्या जब छत का छज्जा, जहां वह उस बालक के साथ खड़ी थीं, सहसा टूट गया और ताई बालक को गोद में लिए हुए नीचे गिर गयी। बालक गोद में था इसलिए बच गया परन्तु विधाता ने तो उस बालक की मृत्यु के लिए ही वह क्षण निर्धारित किया था। ताई का पैर टूट गया परन्तु बालक को गोद में अच्छी तरह संभाले थी और खुश थी कि बालक सुरक्षित है। तब तक टूटे हुए छज्जे का एक बड़ा हिस्सा बालक के सिर पर गिरा और उसी पल उसकी मृत्यु हो गयी। ईश्वर ने इस बालक के पुण्य और पाप को पूर्णतः संतुलित करके उसे अपने पास बुलाने हेतु वही पल निर्धारित किया था।

उल्लेखनीय है कि अष्टम भाव में चंद्रमा मेष राशिगत है तथा अष्टमेश मंगल

दशम भावगत होकर षष्ठेश शनि से दृष्ट है। मंगल और शनि के मध्य विनिमय दृष्टि सम्बन्ध स्थापित हो रहा है। मंगल की दृष्टि तथा शनि की युति लग्नेश बुध को पापाक्रान्त कर रही है। जन्म के समय जातक पर सूर्य की महादशा चल रही थी तथा राहु की अन्तर्दशा के समय बालक की मृत्यु हुई। सूर्य और राहु षडाष्टक हैं तथा राहु सूर्य के नक्षत्र में स्थित है तथा रोगांश युक्त है। उल्लेखनीय है कि अष्टम भावगत चंद्रमा यदि मेष राशिगत हो तथा मंगल लग्न, चतुर्थ दशम अथवा सप्तम भावगत हो अथवा शनि राहु अथवा केतु से संयुक्त हो तथा बृहस्पति की दृष्टि से वंचित हो तो बालारिष्ट योग की संरचना होती है।

सप्ताष्टलग्नव्ययगो शशांके क्रूरेण युक्ते शुभदृष्टि हीने।
सौम्यैर्विहीनेषु चकण्टकेषु कृतान्तदंष्ट्रयन्तरगः प्रसूतः।।

(जातकसारदीप-2/अध्याय-47/श्लोक 12)

1/7/8 में चन्द्रमा क्रूरग्रह युक्त व शुभदृष्टि से रहित हो, केन्द्रों में कोई भी शुभग्रह न हो तो शिशु की मृत्यु होती है।

जातिका के जन्मांग के अष्टम भाव में चंद्रमा व राहु संस्थित हैं। यहां पर चंद्रमा शनि से दृष्ट है परन्तु मारकेश बृहस्पति से दृष्ट होने के कारण जातिका बाल्यकाल में मृत्यु के हाथों से बचकर निकल आयी।

उदाहरण सं.-9.4 जन्मांग सं.-323

जन्म दिनांक : 25.05.1982 जन्म समय : 18:30:00 घंटे
जन्म स्थान : ग्वालियर अक्षांश 26:12:00 रेखांश 78:09:00
चित्रपक्षीय अयनांश : 23:36:22 साम्पातिक काल : 10:23:45 घंटे

ग्रह	अंश	राशि	नक्षत्र	पद	षड्बल
लग्न	4:25:43	वृश्चिक	अनुराधा	1	—
सूर्य	10:23:03	वृष	रोहिणी	1	1.5
चंद्र	13:27:25	मिथुन	आर्द्रा	3	1.12
मंगल	7:54:34	कन्या	उ.फा.	4	1.35
बुध (व/अ)	20:50:16	वृष	रोहिणी	4	0.92
गुरु (व)	8:26:09	तुला	स्वाति	1	1.34

शुक्र	0:14:12	मेष	अश्विनी	1	0.89
शनि(व)	22:21:31	कन्या	हस्त	4	1.26
राहु (व)	20:08:11	मिथुन	पुनर्वसु	1	—
केतु (व)	20:08:11	धनु	पू.षा.	3	—

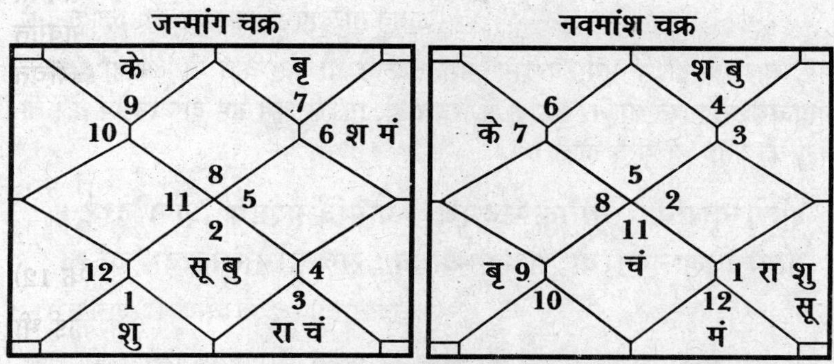

जन्म के समय राहु की भोग्य विंशोत्तरी महादशा - 8 व. 9 मा. 30 दि.

जातिका का जन्म वृश्चिक लग्न में हुआ है। नवमेश चंद्रमा अष्टम भाव में राहु से संयुक्त है और शनि से दृष्ट है। चंद्रमा राहु के नक्षत्र आर्द्रा में स्थित है। लग्नेश मंगल चतुर्थेश शनि से लाभ भाव में संयुक्त है। इस प्रकार से शनि, मंगल, राहु और केतु सभी ग्रह चंद्रमा से केन्द्रगत हैं जो बालारिष्ट योग की संरचना कर रहे हैं। द्वितीयेश और पंचमेश बृहस्पति द्वादशभाव में स्थित होकर अष्टम भाव और चंद्रमा पर दृष्टिनिक्षेप कर रहा है, जिसके कारण बालारिष्ट योग भंग हो रहा है। यह बालिका जन्म लेते ही इन्फलेटर पर रखी गई और यह स्थिति बार-बार उत्पन्न हुई। बाल्यकाल में जातिका का स्वास्थ्य निरन्तर चिन्ताग्रस्त रहा। जन्म के समय राहु की भोग्यदशा 8 वर्ष 10 माह थी। 8 वर्ष तक जातिका जीवन और मृत्यु से संघर्ष करती रही और अन्त में एक सन्त के प्रयास से व्याधिमुक्त हुई।

पूर्वापरार्धे यदिपापसौम्याश्चक्रस्य चेन्नश्यति कीटलग्ने।
ससान्ध्यवेला यदि चन्द्रहोरा पापश्चराश्यन्तगता यदि स्युः।।

(जातकसारदीप-2/अध्याय-47/श्लोक 13)

चक्र पूर्वार्ध (दशम स्पष्ट से चतुर्थ स्पष्ट तक) में पापग्रह हों तथा पश्चिमार्ध में शुभग्रह हों, तथा कर्क या वृश्चिक लग्न हों, सन्ध्या में चन्द्रमा की होरा में जन्म

हो, सभी पापग्रह राशि के अन्तिम भागों, अन्तिम नवांश में हों तो यह वज्रमुष्टि योग है। इसमें जातक की अविलम्ब मृत्यु होती है।

केन्द्रेषु सर्वेषु च चन्द्रपापैर्युक्तेषु जातो यमलोकमेति।
द्यूनाष्टलग्नाम्भसि पापमध्ये चन्द्रे मृतिर्दुर्बलसौम्यदृष्टे।।

(जातकसारदीप-2/अध्याय-47/श्लोक 14)

चारों केन्द्रों में सूर्य, चन्द्रमा, मंगल, शनि या राहु केतु हों अथवा चन्द्रमा पापकर्तरी योगग्रस्त हो, 1/4/7/8 में स्थित हो, निर्बल शुभ ग्रह दृष्टिनिक्षेप करें तो शिशु की शीघ्र ही मृत्यु होती है।

क्षीणेन्दुलग्ने मृतिकण्टकस्थैः पापैर्विनाशाय शुभरैदृष्टे।
पापौ विलग्नस्मरयोः पृथकस्थावेकः सचन्द्रोमृतिरुग्रदृष्ट्या।।

(जातकसारदीप-2/अध्याय-47/श्लोक 15)

क्षीण चन्द्रमा लग्न में हो और केन्द्र व अष्टम में पापग्रह स्थिति हो, तथा चन्द्रमा किसी शुभग्रह से दृष्ट न हो। 1/7 में दो पापग्रह हों, चन्द्रमा भी पापयुक्त व पापदृष्ट हो। इन दोनों योगों में शिशु की मृत्यु होती है।

रिःफेकृशेन्दौ मृतिलग्नसंस्थाः पापा विनाशाय शुभैरकेन्द्रेः।
लग्नाष्ट धर्मान्त्ययुताः शशांकं भौमार्कमन्दा गुरुणा न दृष्टाः॥

(जातकसारदीप-2/अध्याय-47/श्लोक 16)

द्वादश में क्षीण चन्द्रमा हो, 1/8 में पापग्रह हों और शुभग्रह केन्द्र स्थानगत न हो। यह एक योग है। लग्न में चन्द्रमा, अष्टम में मंगल, नवम में सूर्य, द्वादश में शनि हो और इनमें से किसी पर भी बृहस्पति की दृष्टि न हो तो यह दूसरा मृत्युकारक योग है।

पापास्त्रिकोणाष्टमगा असौम्याश्चन्द्रे तनौ भास्वति वा क्षयाय।
पापेऽष्टमे केन्द्रगतो न जीवो नाशाय लग्ने तपने शनौवा।।

(जातकसारदीप-2/अध्याय-47/श्लोक 17)

5/8/9 में पापग्रह बलवान हों, पापदृष्ट, नीचराशिगत हों, लग्न में चन्द्र या सूर्य हो तो शिशु की मृत्यु होती है। अष्टम में पापग्रह, बृहस्पति केन्द्रगत न हो, लग्न में सूर्य या शनि हो तो भी मृत्युकारक योग होता है।

केन्द्रत्रिकोणेष्वशुभैः शुभैश्चषष्ठाष्टरिःफेमृतिरर्कलग्ने।
द्रेक्काण जामित्रगतोऽतिपापो लग्ने शशांकश्च निहन्तिसद्यः।।

(जातकसारदीप-2/अध्याय-47/श्लोक 18)

केन्द्र व त्रिकोण में पापग्रह, 6/8/12 में शुभग्रह हो व लग्न में सूर्य हो। लग्न या सप्तम के द्रेष्काण में पापी ग्रह हो और लग्न में चन्द्रमा हो तो शीघ्र मृत्यु के ये दो योग हैं।

लग्नारिरन्ध्रव्ययगे शशाङ्के पापेन दृष्टे शुभदृष्टिहीने।
केन्द्रेषु सौम्यग्रहवर्जितेषु प्राणैर्वियोगं व्रजति प्रजातः।।

(जातकपारिजात/अध्याय-4/श्लोक 28)

चन्द्रमा लग्न में, षष्ठ, अष्टम या द्वादश हो, उस पर पापग्रह की दृष्टि हो तथा शुभग्रह की दृष्टि न हो तथा केन्द्र में शुभग्रह न हों तो शिशु की शीघ्र मृत्यु होती है।

सौर मंदस्थे यदि वा विलग्ने जलोदयेऽब्जे यदि कीटगे वा।
सौम्येषु केन्द्रोपगतेषु सद्यो जातस्य नाशं यवनोपदिष्टम्।।

(जातकपारिजात/अध्याय-4/श्लोक 29)

यदि शनि लग्न या सप्तम में अथवा जलीय राशिगत हो या वृश्चिक राशिगत चन्द्रमा लग्न में हो और शुभग्रह केन्द्र में हो तो शिशु की मृत्यु हो जाती है यह यवनों का कथन है।

भौमक्षेत्रगते जीवे नीचराशिगतेऽथवा।
सन्ध्यात्रये च सञ्जातो मासान्मृत्युमुपैति सः।।

(जातकपारिजात/अध्याय-4/श्लोक 30)

यदि बृहस्पति मेष, वृश्चिक या मकर में हो और संध्यात्रय में जन्म हो तो एक मास में शिशु की मृत्यु हो जाती है। संध्यात्रय का अर्थ है प्रातःकाल सूर्योदय से 3 घड़ी पूर्व, मध्याह्न की 3 घड़ी 1-1/2 घड़ी मध्याह्न के पूर्व से मध्याह्न के 1-1/2 घड़ी बाद सायंकाल सूर्यास्त के तीन घड़ी।

रन्ध्रे धरासूनुदिनेशसौरा जातस्तु मृत्युं समुपैति मासात्।
केतुस्तु यस्मिन्नुदितोऽत्र जातो मासद्वयेनैव यमं प्रयाति।।

(जातकपारिजात/अध्याय-4/श्लोक 31)

सूर्य, मंगल तथा शनि संयुक्त होकर लग्न से अष्टम में हों तो एक मास में मृत्यु हो जाती है। जिस नक्षत्र में धूमकेतु का उदय हो उस नक्षत्र में उत्पन्न शिशु दो माह ही जीवित रहता है।

पापावुदयास्तगतौ क्रूरेण युतश्च शशी।
दृष्टश्च शुभैर्न यदा मृत्युश्च भवेदचिरात्।।

(जातकपारिजात/अध्याय-4/श्लोक 32)

यदि एक पापग्रह लग्न में हो, एक सप्तम में हो, चन्द्रमा क्रूर ग्रह के साथ हो और शुभग्रह से दृष्ट न हो तो शिशु की शीघ्र मृत्यु होती है।

क्षीणे हिमगौ व्ययगे पापैरुदयाष्टमगैः।
केन्द्रेषु शुभाश्च न चेत् क्षिप्रं निधनं प्रवदेत्।।

(जातकपारिजात/अध्याय-4/श्लोक 33)

यदि क्षीण चन्द्रमा लग्न से द्वादश में हो, पापग्रह लग्न तथा अष्टमस्थ हो, केन्द्र में शुभग्रह न हो तो शिशु की शीघ्र मृत्यु होती है।

सूर्येन्दुयुक्तो रविसम्भवो वा
यत्रस्थितस्तत्र शिशुं निहन्ति।।

(जातकसारदीप-2/अध्याय-47/श्लोक 9)

सूर्य चन्द्रमा व शनि कहीं भी साथ स्थित हों तो शिशु को शीघ्र मृत्यु देते हैं।

अग्रांकित जन्मांग में सूर्य चंद्रमा और मंगल षष्ठ भावगत हैं, तथा द्वितीयेश व लग्नेश शनि जो नवमस्थ है, उसके साथ षष्ठस्थ मंगल का विनिमय दृष्टि सम्बन्ध स्थापित हो रहा है। अतः षष्ठ भाव पर सूर्य चंद्रमा मंगल और शनि का संयुक्त प्रभाव है। जातिका के जन्म के पश्चात् तीव्र ज्वर के कारण शीघ्र मृत्यु हो गई। यह बालारिष्ट योग का सशक्त उदाहरण है।

उदाहरण सं.-9.5 **जन्मांग सं.-324**

जन्म दिनांक : 10.07.1953 जन्म समय : 19:30:00 घंटे
जन्म स्थान : कानपुर अक्षांश 26:27:00 रेखांश 80:19:00
चित्रपक्षीय अयनांश : 23:12:43 साम्पातिक काल : 14:34:02 घंटे

ग्रह	अंश	राशि	नक्षत्र	पद	षड्बल
लग्न	2:17:33	मकर	उ.षा.	2	—
सूर्य	24:47:05	मिथुन	पुनर्वसु	2	1.41
चंद्र (अ)	18:39:40	मिथुन	आर्द्रा	4	1.41
मंगल(पू)	24:16:31	मिथुन	पुनर्वसु	2	1.27
बुध	15:06:40	कर्क	पुष्य	4	0.98
गुरु	20:58:17	वृष	रोहिणी	4	0.92
शुक्र	10:04:32	वृष	रोहिणी	1	1.59
शनि	27:34:26	कन्या	चित्रा	2	1.19
राहु (व)	10:02:07	मकर	श्रवण	1	—
केतु (व)	10:02:07	कर्क	पुष्य	3	—

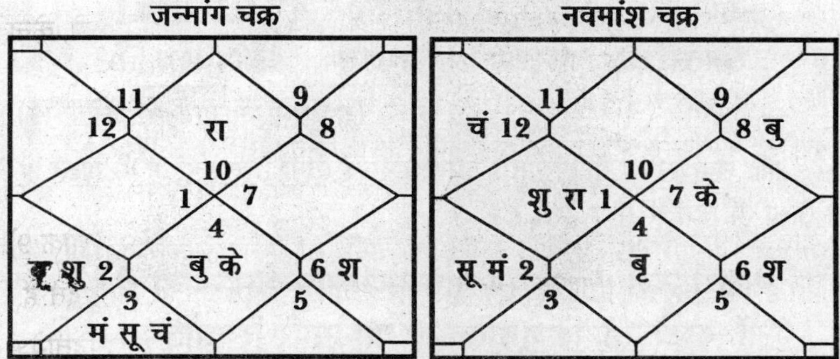

जन्म के समय राहु की भोग्य विंशोत्तरी महादशा - 1 व. 9 मा. 20 दि.

इस बालिका का जन्म मकर लग्न में हुआ है। लग्न में राहु और सप्तम भाव में केतु स्थित है। सप्तमेश चंद्रमा और अष्टमेश सूर्य चतुर्थेश मंगल के साथ षष्ठ भावगत है और शनि से दृष्ट है। यहां पर किसी भी शुभग्रह की दृष्टि नहीं है। चंद्रमा मारकेश होकर राहु के नक्षत्र में स्थित है और मंगल भी पूर्ण अस्त है, तथा मंगल और सूर्य दोनों ही मारकेश बृहस्पति के नक्षत्र पुनर्वसु में स्थित हैं। नवांश कुंडली में भी मारकेश शनि और मारकेश चंद्रमा विनिमय दृष्टि सम्बन्ध स्थापित कर रहे हैं, अतः प्रबल बालारिष्ट योग की संरचना हो रही है। इसीलिए जातिका जन्म से ही व्याधिग्रस्त थी और तीसरे महीने में उसकी मृत्यु हो गई।

गगनस्थो दिवसकरः पापैर्बहुभिर्निरीक्षितः सद्यः।
मारयति भौमधामनि शनिभे च न संशयो भवति।।

(सारावली/अध्याय-10/श्लोक 13)

यदि मंगल की राशि (1, 8) या शनि की राशि (10, 11) में दशमभावगत सूर्य हो, बली पापग्रहों से दृष्ट हो तो शीघ्र मृत्यु होती है इसमें संदेह नहीं है।

पापास्त्रिकोणकेन्द्रे सौम्याः षष्ठाष्टमव्ययगताश्च।
सूर्योदये प्रसूतः सद्यः प्राणांस्त्यजति जन्तुः।।

(सारावली/अध्याय-10/श्लोक 16)

यदि सूर्योदय के समय जन्म हो और पापग्रह 5, 9, 1, 4, 7, 10 भाव में हों तथा शुभग्रह 6, 8, 12 भाव में हों तो जातक की शीघ्र मृत्यु होती है।

अंशाधिपजन्मपती लग्नपतिश्चास्तमुपगता यस्य।
संवत्सरैस्तु मरणं निर्व्याजं कतिपयैरेव।।

(सारावली/अध्याय-10/श्लोक 17)

यदि नवांशपति, राशि स्वामी, लग्नस्वामी ये तीनों जिस जातक के अस्त हों तो अल्प ही वर्षों में मृत्यु होती हैं।

सक्रूरोऽब्जो व्यय-मृति-मदाङ्गेष्वकेन्द्रस्थसौम्यै-
र्नो दृष्टोऽसौ शिशुमृतिकरोऽथाष्टमारि-स्थितोऽब्जः।
दुष्टः क्रूरैरहनि जननं यस्य कृष्णे च पक्षे
शुक्ले सद्भिर्निशिजनिरवत्यत्र तं नान्यथोऽयम्।।

(फलितमार्तण्ड/अध्याय-5/श्लोक 12)

द्वादश, अष्टम, सप्तम, लग्न इन स्थानों में पापयुक्त चन्द्रमा केन्द्र-वर्जित-स्थान-स्थित शुभग्रहों से अदृष्ट हो तो शिशु की मृत्यु होती है। क्रूरग्रहों से दृष्ट षष्ठ, अष्टम, चन्द्रमा, कृष्णपक्ष में दिन का जन्म हो और शुभग्रहों से दृष्ट षष्ठ, अष्टम, चन्द्रमा, शुक्लपक्ष में रात्रि का जन्म हो तो शिशु की रक्षा करता है, इससे विपरीत हो तो मृत्यु देता है।

राश्यन्तगे सद्भिरवीक्ष्यमाणे चन्द्रे त्रिकोणोपगतैश्च पापैः।
प्राणैः प्रयात्याशु शिशुर्वियोगमस्ते च पापैस्तुहिनांशु-लग्ने।।

(फलितमार्तण्ड/अध्याय-5/श्लोक 15)

यदि चन्द्रमा राशि के अन्तिम नवांश में स्थित हो और उसे शुभग्रह दृष्टिनिक्षेप न करे और पंचम, नवमस्थान में पापग्रह स्थित हों तो शिशु की शीघ्र ही मृत्यु हो जाती है। अथवा सप्तमस्थान में पापग्रह स्थित हों और चन्द्रमा लग्न में स्थित हो तो भी शिशु की शीघ्र ही मृत्यु हो जाती है।

असित-रवि-शशाङ्क-भूमिजैर्व्यय-नवमोदयनैधनाश्रितैः।
भवति मरणमाशु देहिनां यदि बलिना गुरुणा न वीक्षितः।।

(फलितमार्तण्ड/अध्याय-5/श्लोक 17)

शनि, सूर्य, चन्द्र वा मंगल यह ग्रह क्रम से द्वादश, नवम, लग्न, अष्टम इन स्थानों में स्थित हों तो शिशु की शीघ्र ही मृत्यु होती है, यदि वह बली बृहस्पति से दृष्ट न हो।

संकेत : यदि वह ग्रह बलवान बृहस्पति से दृष्ट हो तो शिशु कष्ट तो पाता है, परन्तु दान-धर्मादि उपाय से बच जाता है।

एकत्र मन्दावनिनन्दनार्का रन्ध्र-स्थिता वा रिपु-राशि-याताः।
सौम्यैरयुक्ता अविलोकितास्ते जातस्य सद्यो मरणप्रदाः स्युः।।

(फलितमार्तण्ड/अध्याय-5/श्लोक 21)

एकत्र होकर शनि, मंगल, सूर्य अष्टम व षष्ठ स्थान में स्थित हों तो शिशु की शीघ्र मृत्यु होती है।

अष्टमभाव में शनि और मंगल कन्या राशि में स्थित हैं और मारकेश सूर्य से दृष्ट हैं। जातिका की शीघ्र ही मृत्यु हो गई।

उदाहरण सं.-9.6 **जन्मांग सं.-325**

जन्म दिनांक : 27.03.1982 जन्म समय : 05:20:00 घंटे
जन्म स्थान : लखनऊ अक्षांश 26:50:00 रेखांश 80:54:00
चित्रपक्षीय अयनांश : 23:36:14 साम्पातिक काल : 17:29:59 घंटे

ग्रह	अंश	राशि	नक्षत्र	पद	षड्बल
लग्न	25:56:56	कुंभ	पू.भा.	2	—
सूर्य	12:23:00	मीन	उ.भा.	3	1.48
चंद्र	2:54:27	मेष	अश्विनी	1	1.16
मंगल(व)	18:27:43	कन्या	हस्त	3	1.39
बुध	27:35:20	कुंभ	पू.भा.	3	0.96
गुरु (व)	15:17:31	तुला	स्वाति	3	0.96
शुक्र	26:05:05	मकर	धनिष्ठा	1	1.04
शनि(व)	26:18:38	कन्या	चित्रा	1	1.21
राहु (व)	25:27:22	मिथुन	पुनर्वसु	2	—
केतु (व)	25:27:22	धनु	पू.षा.	4	—

जन्मांग चक्र

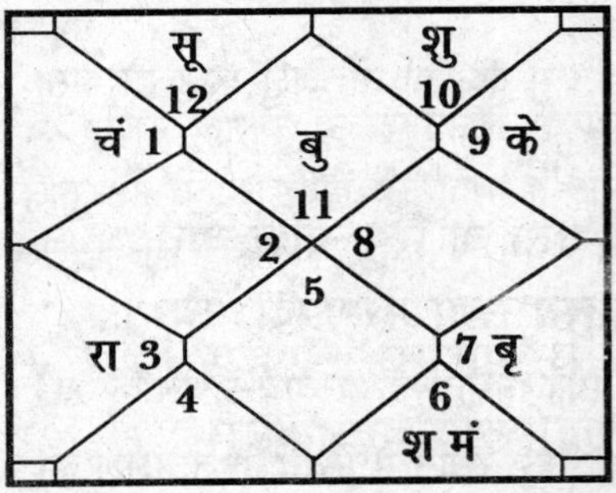

नवमांश चक्र

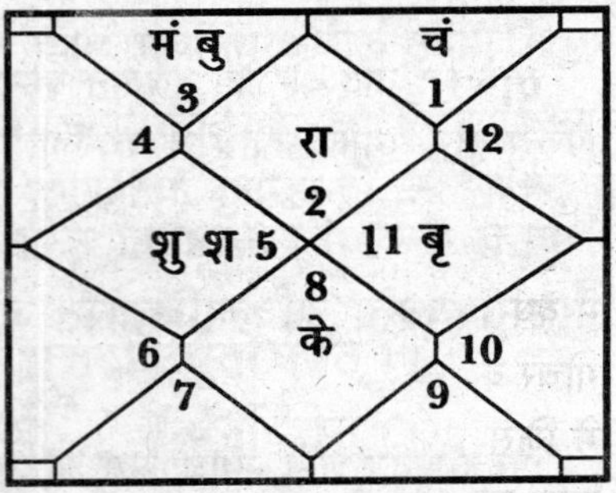

जन्म के समय केतु की भोग्य विंशोत्तरी महादशा - 5 व. 5 मा. 20 दि.

अष्टम भाव में शनि और मंगल कन्या राशिगत हैं, दोनों ही मारकेश हैं और मारकेश सूर्य द्वारा विनिमय दृष्टि सम्बन्ध स्थापित कर रहे हैं। सूर्य द्वितीय भावगत होकर शनि के नक्षत्र उत्तराभाद्रपद में स्थित है, और नीच नवांश प्राप्त कर रहा है। जातिका का जन्म मेष राशि और मूल के नक्षत्र अश्विनी के प्रथम चरण में हुआ है। चंद्रमा वर्गोत्तम नवांशगत है तथा चंद्रमा से शनि और मंगल षष्ठ भाव में संयुक्त है। जातिका के जन्म के पश्चात् एक वर्ष के भीतर ही उसका निधन हो गया।

धरासुते चन्द्र-नवांशकस्थे लग्नांशके वा न च जीवदृष्टे।
सुधाकरे नन्दनराशियाते समेति याम्यं पदमाशु बालः।।

(फलितमार्तण्ड/अध्याय-5/श्लोक 23)

मंगल चन्द्रमा के नवांश में हो वा लग्न के नवांश में हो, उस पर बृहस्पति की दृष्टि न हो और चन्द्रमा भी पंचम में स्थित हो तो वह शिशु शीघ्र ही मृत्यु को प्राप्त होता है।

अन्तिमांशगताः खेटाः अत्यल्पायुः-प्रदा मताः।
स्वमित्र-गृह-तुंगस्थो बह्वायुः खेचरो भवेत्।।

(फलितमार्तण्ड/अध्याय-5/श्लोक 29)

यदि सब ग्रह अन्तिमांश में स्थित हों तो बहुत कम आयु प्रदान करते हैं। यदि वही ग्रह अपने मित्र के घर का हो वा स्वराशि, स्वोच्च का हो तो लम्बी आयु प्रदान करता है।

योगे स्थानं गतवति बलिनश्चन्द्रे स्वं वा तनुगृहमथवा।
पापै दृष्टे बलवति मरणं वर्षस्यान्तः किल मुनि-गदितम्।।

(फलितमार्तण्ड/अध्याय-5/श्लोक 30)

जिन अरिष्ट योगों में शिशु के मृत्यु-काल का वर्णन नहीं किया है, उन योगों में वर्ष के भीतर अरिष्टयोग कारक ग्रहों में से जो बलवान हो, उसकी राशि पर जब गोचर का चन्द्रमा भ्रमण करे उस समय अरिष्ट या मृत्यु होती है। अथवा जन्म-काल में जिस राशि में चन्द्रमा स्थित हो, जब पुनः उस राशि में चन्द्रमा भ्रमण करे, तब मृत्यु कारक योग निर्मित होता है। अथवा लग्नराशि में जब चन्द्रमा भ्रमण करे तब मृत्यु कारक होता है। अथवा वर्ष के भीतर जब जिस योगोक्त स्थान में गोचर का चन्द्रमा बली होता हो और पापग्रहों से दृष्टिगत हो तब उस शिशु की मृत्यु होती है।

वाकीटाङ्गेखलैः सौम्यैश्चक्रपूर्वान्यभागगैः।
धर्माष्टाङ्गान्त्यगैरकरिन्दुमन्दैः क्रमादरम्।।

(त्रिफला/अध्याय-3/श्लोक 2)

इस श्लोक में दो योग बताये गए हैंः-

1. यदि वृश्चिक या कर्क लग्न हो, सभी क्रूर ग्रह चक्र के पूर्वभाग में हों और दूसरे भाग में सब शुभ ग्रह हों तो शिशु की शीघ्र मृत्यु होती है। यदि वृश्चिक के 15 अंश उदित हों तो धनु, मकर, कुंभ के 15 अंश तक, तथा सिंह के 15 अंश से प्रारम्भ कर कन्या, तुला, वृश्चिक, यह 180 अंश पूर्वभाग हुआ। बाकी का- कुंभ के 15 अंश से प्रारम्भ कर मीन, मेष, वृष, मिथुन, कर्क, सिंह के 15 अंश तक दूसरा भाग। इसीप्रकार कर्क लग्न के मान लीजिए 3 अंश उदित हों। अर्थात् लग्न स्पष्ट कर्क का तीसरा अंश हो) तो मेष के 3 अंश से तुला के 3 अंश तक 180 अंश पूर्वभाग और तुला के 3 अंश से मेष के 3 अंश तक पश्चिम भाग समझना चाहिए।

2. यदि लग्न में चन्द्रमा, अष्टम में मंगल, नवम में सूर्य और द्वादश में शनि हो तो जातक की शीघ्र मृत्यु होती है। यद्यपि वेडा जातककार ने यह नहीं लिखा है किन्तु अन्य ग्रंथों के मत से यदि बली बृहस्पति योगकर्ता ग्रहों को दृष्टिनिक्षेप करे तो प्राणरक्षा हो जाती है। बली बृहस्पति यदि पंचम भाव में स्थित हो तो लग्नगत चन्द्रमा को नवम पूर्ण दृष्टि से देखेगा; नवमभाव में स्थित सूर्य को भी पंचम पूर्ण दृष्टि से देखेगा। अष्टमस्थ मंगल तथा व्ययस्थ शनि पर चतुर्थ तथा अष्टम दृष्टि होने से तीन चरण दृष्टि बृहस्पति की होगी। यदि बलहीन बृहस्पति की दृष्टि हो तो शीघ्र मृत्यु नहीं होगी किन्तु कम आयु में मृत्यु होगी। बली बृहस्पति दृष्टिनिक्षेप करे तो आयु अधिक होगी।

अंगेवास्ते खलांतर्वांत्यारिगैः स्वाष्टगैःखलैः।
सोऽग्रे पापान्तरे वेन्दौ कीणाष्टास्तान्त्यकाङ्के।।

(त्रिफला/अध्याय-3/श्लोक 3)

इसमें तीन योग बताये हैं-

1. यदि लग्न या सप्तमभाव पापकर्तरीयोग ग्रस्त हो।

2. यदि पापग्रह लग्न से द्वितीय, षष्ठ, अष्टम तथा द्वादश में हों तो शीघ्र ही मृत्यु होती है। त्रिफला के अध्याय छह के श्लोक 13 में बताया गया है कि लग्न से द्वितीय, षष्ठ, अष्टम, द्वादश में पापग्रह हों तो जातक अन्धा होता है और इस श्लोक में बताया है कि जातक की शीघ्र मृत्यु हो। ऐसी स्थिति में दोनों योगों में विरोध होता है। यदि लग्न या योगकर्ता ग्रहों पर शुभग्रहों की दृष्टि हो तो जीवन-रक्षा हो जाती है किन्तु अन्धत्व हो जाता है।

3. यदि पापयुक्त चन्द्रमा, या पापकर्तरीयोग ग्रस्त चन्द्रमा लग्न से त्रिकोण

(नवम, पंचम) अष्टम, सप्तम, व्यय या लग्न में हो तो शीघ्र मृत्यु होती है। वेडा जातककार ने यह लिखा है किन्तु यदि अन्य ग्रन्थकारों के अनुसार यदि बली बुध, बृहस्पति, शुक्र चन्द्रमा को दृष्टिनिक्षेप करें तो प्राणरक्षा हो जाती है।

अंगे क्वब्जे खलैर्वास्ते दृष्टे वास्तेऽङ्गपे खलैः।
व्ययेऽब्जे वाष्टांगगैः पापैर्सौम्ये निष्कण्टकैर्द्रुतम्।।

(त्रिफला/अध्याय-3/श्लोक 6)

इसमें तीन योग बताए गए हैं-

1. यदि क्षीण चन्द्रमा लग्न में स्थित हो और पापग्रह मंगल, शनि सप्तम में स्थित हों,
2. यदि लग्नेश सप्तम स्थान में हो और उसे पापग्रह दृष्टिनिक्षेप करें।
3. यदि चन्द्रमा व्यय में हो, लग्न तथा अष्टम में पापग्रह हो और इन तीनों योगों में शुभग्रह केन्द्रों में न हों तो शिशु की शीघ्र मृत्यु होती है।

व्ययाष्टसप्तोदयगेशशांके पापैः समेते शुभदृष्टिहीने।
केन्द्रेषु सौम्यग्रह वर्जितेषु प्राणैर्वियोगं व्रजति प्रजातः।।

(त्रिफला/अध्याय-3)

अर्थात्, यदि व्यय, अष्टम, सप्तम या लग्न में पापग्रहों के साथ चन्द्रमा हो और ऐसे चन्द्रमा पर शुभग्रहों की दृष्टि न हो तथा शुभग्रह केन्द्रगत न हो तो जो शिशु जन्म लेता है उसके प्राणों का शीघ्र वियोग हो जाता है। गार्गी का वचन है-

क्षीणे च चन्द्रे व्ययगे पापैरष्टमलग्नगैः।
केन्द्रबाह्यस्थितैः सौम्यैर्जातस्य निधनं वदेत्।।

अर्थात्, यदि क्षीण चन्द्र व्ययस्थान में हो, पापग्रह अष्टम और लग्न में हों, शुभ ग्रह केन्द्र में न हों, तो जातक का शीघ्र निधन होता है।

वेज्यादृष्टे सितज्ञेक्ष्ये व्यसुर्मिश्रेक्षिते न च।
सेन्दुग्रेंऽस्ताम्बुगे बायाः वांगेऽब्जे स्ताष्टगाधमैः।।

(त्रिफला/अध्याय-2/श्लोक 23)

इसमें चार योग बताये गए हैं-

1. यदि उपर्युक्त योग में बृहस्पति चन्द्रमा पर दृष्टिनिक्षेप न करे और बुध तथा शुक्र दृष्टिनिक्षेप करें तो शिशु कुछ काल जीवित रहने पर मृत्यु को प्राप्त होता है।
2. यदि उपर्युक्त योगों में शुभ और पाप दोनों ग्रह दृष्टिनिक्षेप करें अर्थात् बृहस्पति भी दृष्टिनिक्षेप करे तो प्राण-हानि नहीं होती।
3. यदि चन्द्रमा पापग्रह के साथ चतुर्थ या सप्तम में हो तो जातक की माता को पीड़ा होती है।
4. यदि चन्द्रमा लग्न में हो और पापग्रह सप्तम तथा अष्टम में हो तो शिशु की शीघ्र मृत्यु होती है।

उदाहरण सं.-9.7 जन्मांग सं.-326

जन्म दिनांक : 26.06.1983 जन्म समय : 19:37:00 घंटे
जन्म स्थान : फर्रुखाबाद अक्षांश 27:23:00 रेखांश 79:35:00
चित्रपक्षीय अयनांश : 23:37:17 साम्पातिक काल : 13:41:53 घंटे

ग्रह	अंश	राशि	नक्षत्र	पद	षड्बल
लग्न	18:10:17	धनु	पू.षा.	2	—
सूर्य	10:47:12	मिथुन	आर्द्रा	2	1.86
चंद्र	24:26:35	धनु	पू.षा.	4	1.41
मंगल(अ)	4:33:10	मिथुन	मृगशिरा	4	1.19
बुध	25:57:31	वृष	मृगशिरा	1	0.92
गुरु (व)	9:01:09	वृश्चिक	अनुराधा	2	1.14
शुक्र	25:43:47	कर्क	अश्लेषा	3	1.23
शनि(व)	4:07:17	तुला	चित्रा	4	1.08
राहु (व/अ)	1:28:15	मिथुन	मृगशिरा	3	—
केतु (व)	1:28:15	धनु	मूल	1	—

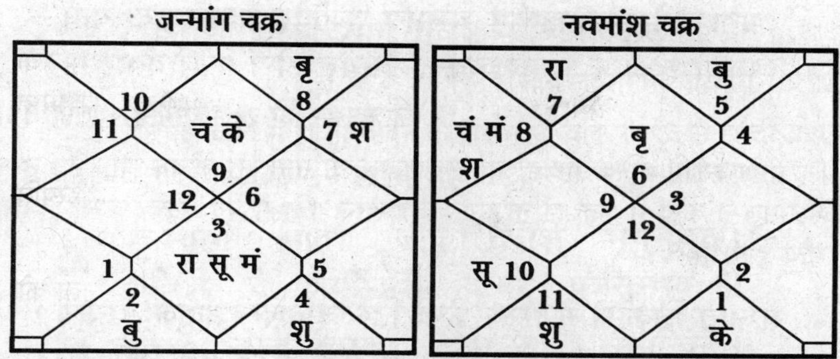

जन्म के समय शुक्र की भोग्य विंशोत्तरी महादशा - 3 व. 4 मा. 0 दि.

अग्रांकित जन्मांग में चंद्रमा लग्नगत है और शनि से दृष्ट भी है। केतु लग्न में चंद्रमा से संयुक्त है और राहु सप्तमभाव में द्वादशेश मंगल और नवमेश सूर्य से संयुक्त है। इस तरह राहु और केतु केन्द्रगत हैं और चंद्रमा शनि, मंगल और सूर्य ऐसे पापी ग्रहों से दृष्ट है। यहां पर चंद्रमा लग्न पर कोई भी शुभग्रह अर्थात् बृहस्पति, बुध, शुक्र कोई भी दृष्टिनिक्षेप नहीं कर रहा है। इस शिशु की मृत्यु जन्म के पश्चात् शीघ्र हो गयी।

पापौ विलग्नमदगौ यदि तत्र चन्द्रे
क्रूरान्विते निधनमाशु शुभैरदृष्टे।
हीने व्यये तुहिनगावुदयाष्टमस्थैः
पापैस्तथैव यदि केन्द्रगता न सौम्याः।।

(जातकादेशमार्ग/अध्याय-3/श्लोक 3)

इसमें शिशु की शीघ्र मृत्यु होने के दो योग बताये गए हैं।

1. यदि लग्न और सप्तम में पापग्रह हों और चन्द्रमा क्रूरग्रह के साथ हो और शुभग्रह से दृष्टिगत न हो।
2. केन्द्र में शुभग्रह न हों, व्ययस्थान में क्षीण चन्द्र हो तथा लग्न और अष्टम में पापग्रह हो। मूल में 'पापैः' यह बहुवचन आया है।

इस कारण लग्न और अष्टम दोनों स्थान में कम से कम तीन पापग्रह होने चाहिए।

ग्रहा समेयुर्बहवाऽष्टमे चेन्मासं तुजीवेद् दिनसप्तकं वा।
भौमो विलग्ने भृगुजश्चकेन्द्रे म्रियेत होरां पुनरागतारे।।

(जातकसारदीप-2/अध्याय-47/श्लोक 19)

अष्टम में अनेक ग्रह हों तो सप्ताह भर या मास भर जीवन होता है। लग्न में मंगल व केन्द्र में शुक्र हो तो मंगल जब लग्न राशि में पुनः गोचर करता है तब मृत्यु होती है।

लग्नात् त्रिकोणे गुरुरस्य केन्द्रे तिष्ठन्विलग्नेशकुजः क्षयाय।
गुरौ त्रिकोणे तनुपेतनुस्थे तदेककेन्द्रे कुसुते क्षयाय।।

(जातकसारदीप-2/अध्याय-47/श्लोक 20)

5/9 में बृहस्पति हो, बृहस्पति से केन्द्र में शुक्र हो और मेष वृश्चिक लग्न हो तो यह एक योग है। अथवा बृहस्पति 5/9 में, लग्नेश लग्न में हो और बृहस्पति से केन्द्र में मंगल हो तो इन दोनों योगों से शीघ्र मृत्यु होती है।

चन्द्रांशे सप्तमे भौमे सौम्यदृष्टिविवर्जिते।
सप्त सप्ततितारायामुपैति मरणं शिशुः।।

(जातकपारिजात/अध्याय-4/श्लोक 23)

यदि कर्क नवांश का मंगल लग्न से सप्तमस्थान में हो और उस पर शुभग्रह की दृष्टि न हो जन्म नक्षत्र से 77वें नक्षत्र तक (27-27 नक्षत्रों का दो बार परिभ्रमण कर चन्द्रमा जब जन्मनक्षत्र से 23वें नक्षत्र पर आये तब तक) आयु प्राप्त करे और शिशु मृत्यु को प्राप्त होता है। स्थूल गणना से 2 माह 17 दिन की आयु होती है।

मन्दावनिजमार्तण्डैः पुत्रस्थानसमन्वितैः।
सप्तसप्ततिनक्षत्रे जातस्य मरणं वदेत।।

(जातकपारिजात/अध्याय-4/श्लोक 24)

यदि सूर्य, मंगल तथा शनि लग्न से पंचमस्थान में हों तो वही फल घटित होता है जो ऊपर कहा गया है।

केतोरुदयं पूर्व पश्चादुल्कादिपवननिर्घाताः।
रौद्रे सार्पमुहूर्ते प्राणैः सन्त्यज्यते जन्तुः।।

(सारावली/अध्याय-10/श्लोक 109)

यदि जन्म के समय से प्रथम केतु का उदय हो, पीछे उल्कादि पात व वायु का निर्घात आंधी हो एवं रौद्र व सार्प मुहूर्त में जन्म हो तो मृत्यु होती है।

गण्डान्ततारासहिते मृगाङ्के पापेक्षिते पापसमन्विते वा।
बालो लयं याति समृत्युभागे चन्द्रे तथा पापनिरीक्षिते वा।।

(जातकपारिजात/अध्याय-4/श्लोक 5)

(1) यदि चन्द्रमा गण्डान्त नक्षत्र में हो, पापयुत या पापदृष्ट हो (2) अथवा चन्द्रमा मृत्यु भाग में हो और पापदृष्ट हो तो शिशु मृत्यु को प्राप्त होता है।

अग्रांकित जन्मांग देखें।

उदाहरण सं.-9.8 **जन्मांग सं.-327**

जन्म दिनांक : 19.11.1961 जन्म समय : 12:40:00 घंटे
जन्म स्थान : पटियाला अक्षांश 30:19:00 रेखांश 76:24:00
चित्रपक्षीय अयनांश : 23:19:18 साम्पातिक काल : 16:47:21 घंटे

ग्रह	अंश	राशि	नक्षत्र	पद	षड्बल
लग्न	10:40:33	कुंभ	शतभिषा	2	–
सूर्य	13:30:27	वृश्चिक	अनुराधा	4	1.76
चंद्र	3:06:22	सिंह	मघा	1	1.08
मंगल(अ)	17:48:46	वृश्चिक	ज्येष्ठा	1	1.13
बुध (अ)	4:04:51	वृश्चिक	अनुराधा	1	1.17
गुरु	10:31:11	मकर	श्रवण	1	0.91
शुक्र	29:19:21	तुला	विशाखा	3	1.14
शनि	2:57:12	मकर	उ.षा.	2	1.05
राहु (S)	27:42:20	कर्क	अश्लेषा	4	–
केतु (S)	27:42:20	मकर	धनिष्ठा	2	–

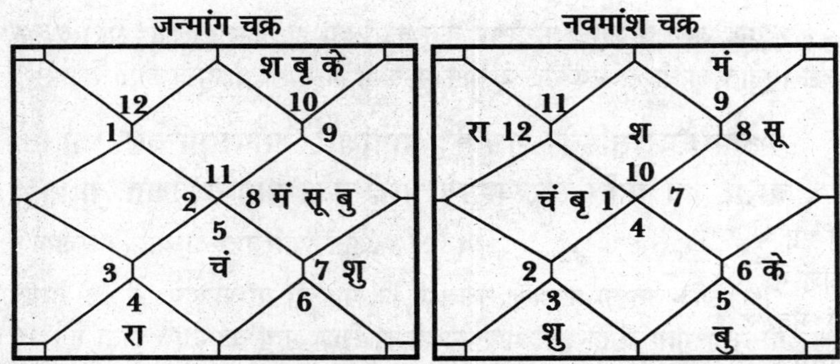

जन्म के समय केतु की भोग्य विंशोत्तरी महादशा - 5 व. 4 मा. 13 दि.

शिशु का जन्म कुम्भ लग्न में हुआ है। इस जन्मांग में चंद्रमा मघा नक्षत्र के गण्डान्त में स्थित है तथा चलित चक्र में राहु से संयुक्त है। चंद्रमा सिंह राशि में सप्तम भावगत है परन्तु किसी भी पापग्रह से दृष्ट नहीं है। लग्नेश शनि द्वादश भाव में द्वितीयेश बृहस्पति से संयुक्त है और यह सभी ग्रह षष्ठ भाव पर दृष्टिनिक्षेप कर रहे हैं। यहां पर चंद्रमा गण्डान्त नक्षत्र में होने के उपरान्त भी पूरी तरह पापाक्रान्त नहीं है। इसलिए यह जन्म के पश्चात् अत्यधिक व्याधिग्रस्त तो रही और कई बार चिकित्सालय में रहकर चिकित्सा करनी पड़ी, परन्तु चंद्रमा पर अशुभ ग्रहों का प्रभाव न होने के कारण बालारिष्ट योग की स्थापना होने पर भी जातिका के जीवन की रक्षा हुई।

विलग्नदृक्काण नवांशनाथा विघनन्त्यरिस्था स्थितराशिसंख्यैः।
लग्नाधिपोऽब्दैश्च दृकाणनाथो मासर्नवांशाधिपतिदिनैश्च॥

(जातकसारदीप-2/अध्याय-47/श्लोक 23)

लग्नेश लग्नगत हो, द्रेष्काणपति व नवांशपति यदि शत्रुक्षेत्री हों तो वे जिस राशि में स्थित हों तो लग्नेश राशितुल्य वर्षों में, द्रेष्काणेश राशितुल्य मासों में व नवांशेश राशितुल्य दिनों में मृत्युकारक होता है।

कुम्भे दिशति शशाङ्को भागे मृत्युं तथैकविंशाख्ये।
सिंहे च पञ्चमेंशे वृषे च नवमे तथैवोक्तः॥

अलिनि त्रिविंशयुक्ते मेषे च तथाष्टमे दिशति मृत्युम्।
कर्कटके द्वाविंशे तुलिनि चतुर्थे मृगे विंशे॥

कन्या प्रथमेंशे धनुर्धरेऽष्टादशे झषे दशमे।
मिथुने च द्वाविंशे शशी प्रसूतस्य मरणकरः।।

(सारावली/अध्याय-10/श्लोक 111-113)

यदि जन्मकालीन चन्द्रमा कुम्भराशि के 21वें अंश में हो, या सिंह के 5वें अंश में हो, या वृष के नवें अंश में हो तो मृत्युदायक होता है। वृश्चिक राशि के 23वें अंश में, मेष के अष्टम अंश में, कर्क राशि के 22वें अंश में, तुला के चतुर्थ अंश में, मकर राशि के 20वें अंश में चन्द्रमा हो तो मृत्युकारक होता है। कन्याराशि के प्रथमांश में, धनु के 18वें अंश में, मीन के दसवें अंश में, मिथुन राशि के 22वें अंश में चन्द्रमा हो तो मृत्युकारक होता है।

सुतमदन नवान्त्य लग्नरन्ध्रेष्व शुभयुतो शीतरश्मिः।
भृगुसुतशशि पुत्र देवपूज्यैर्यदि बलिभिर्न युतो विलोकितोवा।।

(जातकसारदीप-2/अध्याय-47/श्लोक 22)

1/5/7/8/9/12 में पापयुक्त चन्द्रमा को बुध बृहस्पति शुक्र में से कोई भी बलवान ग्रह दृष्टिनिक्षेप न करे, न साथ हो तो मृत्युकारक होता है।

9.4 कथित अंशों में मृत्यु समय ज्ञान

ये भुक्ताः शशिनोंशा जन्मनि वर्षैर्गतैस्तु तावद्भिः।
मरणं हि जन्मभाजामप्यन्तकबद्धरक्षाणाम्।।

(सारावली/अध्याय-10/श्लोक 114)

जन्मकालीन समय में चन्द्रमा जिस राशि में जितने अंशों में मृत्युकारक कहा गया है उतने ही वर्षों में यमराज से रक्षित होने पर भी जातक का निधन होता है।

विशेषः इस अध्याय में जिन अरिष्टों का वर्णन किया गया है उन अरिष्टों में सभी का निधन नहीं होता, किन्तु अरिष्ट भंग योग होने पर इन योगों में भी जातक का जीवन होता है। प्रत्येक राशि में जिन-जिन अंशों में चन्द्रकृत अरिष्ट कहा है वहां अनुपात द्वारा समय का ज्ञान करके ही अरिष्ट कहना चाहिए। क्योंकि चन्द्रमा अंश कलादि से युत होता है। यथा- मेष के अष्टम अंश में चन्द्रमा अरिष्ट कारक होता है। जन्मांग में यदि 0/7/10/2 चन्द्रमा है तो मेष के अष्टम अंश में होने से अष्टम वर्ष में अरिष्ट कारक हुआ। अष्टम वर्ष में कब मृत्यु होगी यह अनुपात द्वारा जानकर फलादेश कहना चाहिए।

राशीनां मृत्युभागेषु सन्धिष्वपि तथा जनिः।
हीनं धनं खरः क्रूरो मन्त्ररत्न वनं गिरौ।।

दिव्या नारी वरा नित्यं मृत्युभागा अजादिषु।
मृत्युभागस्थचन्द्रस्य स्थितिः केन्द्रेषु वाऽष्टमे।।

केन्द्रायुर्मृत्युभागस्थविधोश्चासत्समन्वयः ।
चन्द्रो रम्यो लयो मित्रे भूरि कार्यं चिरं भयम्।।

गोपो मात्रो मनो रम्यं मृत्युभागा विधोरजात्।
गृहदृष्टस्य चन्द्रस्य स्थितिरष्टमषष्ठयोः।।

शुभानां वक्रिभिः पापैर्दृष्टानां चात्र संस्थितिः।
केन्द्रत्रिकोणरन्ध्रेषु तथैवाशुभसंस्थितिः।।
आयुरल्पत्वदा दोषा इति केचित्प्रकीर्तिताः।

(जातकादेशमार्ग/अध्याय-3/श्लोक 11-15)

इसमें यह बताया गया है कि राशियों के कौन-कौन से अंश मृत्यु भाग हैं। यदि इन अंशों में जन्म हो या गणान्त (मीन का अंत, मेष का प्रारंभ, कर्क का अंत, सिंह का प्रारंभ, वृश्चिक का अंत, धनु का प्रारंभ) में जन्म हो तो बालारिष्ट होता है। सारावली (अध्याय 4, श्लोक 23) में कहा हैः-

जातो न जीवति नरो मातुरपथ्यो भवेन्स्वकुलहन्ता।
यदि जीवति गण्डान्ते बहुगजतुरगो भवेद् भूपः।।

अर्थात् गण्डान्त में उत्पन्न शिशु प्रायः जीवित नहीं रहता, यदि जीवित रहे तो अपनी माता के लिए अच्छा नहीं होता (माता अधिक समय तक जीवित न रहे, या माता से अलग रहे या माता में श्रद्धा और भक्ति न रहे) अपने कुल का नाश करता है। किन्तु ऐसा शिशु जीवित रहने पर राजा के समान घोड़े हाथियों से युक्त वैभवशाली होता है।

अब प्रस्तुत ग्रन्थकार ने किसी राशि में कौन-सा अंश मृत्यु भाग होता है, जिसके पूर्व क्षितिज में उदित (लग्न-स्पष्ट) होने से मृत्यु होती है यह बताया हैः-

मेष 8, वृष 9, मिथुन 22, कर्क 22, सिंह 25, कन्या 2, तुला 4, वृश्चिक 23, धनु 18, मकर 20, कुम्भ 20, मीन 24।

मृत्युभाग स्थित चन्द्रमा यदि केन्द्र या अष्टम में हो तो वह भी बालारिष्ट कारक होता है। परन्तु ऊपर जो लग्न के लिए-विविध राशियों के उदित होने से मृत्यु भाग बताये गए हैं, उन्हें चन्द्रमा (विविध-राशिगत) पर उपयोग नहीं करना चाहिए। चन्द्रमा किस राशि में किस अंश पर मृत्यु भाग में होता है, यह नीचे बताया गया है-

मेष 26, वृष 12, मिथुन 13, कर्क 25, सिंह 24, कन्या 11, तुला 26, वृश्चिक 14, धनु 13, मकर 25, कुम्भ 5, मीन 12।

अब अन्य बालारिष्ट योग बताते हैं -

1. चन्द्रमा यदि षष्ठ या अष्टम में हो और पापदृष्ट हो।
2. शुभग्रह लग्न से षष्ठ या अष्टम में हों और वक्री पापग्रहों से दृष्ट हों।
3. पापग्रह केन्द्र त्रिकोण और अष्टम में हों।

राश्यन्त्यगे शशिनि सद्भिरनीक्ष्यमाणे
पापैस्त्रिकोणगृहगैरखिलैश्च मृत्युः।
लग्ने विधौ स्मरगतैरशुभैश्च तद्व-
च्चन्द्रे तथारिमृतिगे मृतिरुग्रदृष्टे।।

(जातकादेशमार्ग/अध्याय-3/श्लोक 4)

इसमें बालारिष्ट के तीन योग बताए गए हैं:-

1. यदि चन्द्रमा राशि के अन्त में हो और शुभग्रह उसको दृष्टिनिक्षेप न करते हों तथा सब पापग्रह लग्न से त्रिकोण या त्रिकोणों में हों।
2. लग्न में चन्द्रमा हो और सब पापग्रह सप्तम में हों।
3. चन्द्रमा षष्ठ या अष्टम में हो और पापग्रहों से दृष्ट हो।

होराचार्यव्ययमृतिगताः सूर्यचन्द्रार्कजाराः
मृत्युं दद्युर्यदि बलवता नैव जीवेन दृष्टाः।
सोग्रश्चन्द्रस्तनुसुतनवधूनरन्ध्रान्त्यसंस्थो
नाशाय स्याद्बलयुतशुभैर्नेक्षितः संयुतो वा।।

(जातकादेशमार्ग/अध्याय-3/श्लोक 5)

इसमें बालारिष्ट के दो योग बताये गए हैं:-

1. यदि लग्न, नवम, व्यय और अष्टम में सूर्य, चन्द्र, शनि और मंगल हों और

बलवान बृहस्पति से दृष्ट न हों। यहां यह अभिप्रेत नहीं है कि लग्न, नवम आदि में सूर्य, चन्द्र आदि क्रम से हों क्योंकि बृहज्जातक अध्याय 6 श्लोक 11 में लिखा है कि यदि व्यय, नवम लग्न तथा अष्टम में शनि, सूर्य चन्द्र और मंगल हो। दोनों श्लोकों के अनुमान से अष्टम में मंगल हो किन्तु अन्य ग्रहों में क्रमभिन्नता है, इसलिए यह निष्कर्ष निकलता है कि लग्न, नवम, व्यय तथा अष्टम में जिन ग्रहों का होना बताया गया वह यथाक्रम नहीं है। चारों ग्रह कोई सा कहीं चारों स्थानों में हो। रुद्रभट्ट अपने विवरण में लिखते हैं कि कहीं भी स्थित बलवान बृहस्पति इन चारों स्थानों को पूर्ण दृष्टि से नहीं देख सकता- इसलिए यदि पंचम में बृहस्पति हो तो नवमस्थ, तथा लग्नस्थ ग्रहों को पूर्ण दृष्टि से देखेगा तथा अष्टमस्थ और व्ययस्थ ग्रहों को आधी दृष्टि से देखेगा- इस प्रकार बृहस्पति की शुभदृष्टि का प्रभाव हो जाएगा और बालारिष्ट का योग लागू नहीं होगा।

2. यदि चन्द्रमा पापग्रह के साथ लग्न, पंचम, सप्तम, अष्टम, नवम या द्वादश में स्थित हो और बलवान शुभग्रहों से दृष्टिनिक्षेप न होता हो।

लग्ने क्षीणे शशिनि निधनं रन्ध्रकेन्द्रेषु पापैः
पापान्तस्थे निधनहिबुकद्यूनयुक्ते च चन्द्रे।
एवं लग्ने भवति मदनच्छिद्रसंस्थैश्च पापै-
र्मात्रा सार्द्धं यदि न च शुभैर्वीक्षितः शक्तिमद्भिः।।

(जातकादेशमार्ग/अध्याय-3/श्लोक 6)

अनुवाद : इसमें बालारिष्ट के तीन योग बताये गये हैं-

1. यदि क्षीण चंद्रमा लग्न में और लग्न से अष्टम या केन्द्रों में पापग्रह हों।
2. यदि दो पापग्रहों के बीच में चंद्रमा, सप्तम या अष्टम में हो।
3. यदि चंद्रमा दो पापग्रहों के बीच में लग्न में हो और सप्तम तथा अष्टम में पापग्रह हों तो नवजात शिशु तथा उसकी माता दोनों नष्ट हो जाते हैं।

उपर्युक्त तीनों योगों में यदि चंद्रमा को बलवान शुभग्रह देखते हों तो बालारिष्ट योग घटित नहीं होता।

नीचंगते लग्नपतौ विलग्नान्नाशं गते वा रविजे तथाऽस्ते।
जातो मृतप्रायकलेवरः सन् कृच्छ्रेण वैवस्वत-लोकमेति।।

(फलितमार्तण्ड/अध्याय-5/श्लोक 24)

लग्नेश नीचराशि में गया हो या लग्न से अष्टमस्थान में हो और शनि भी उसी तरह नीचराशिगत हो वा सप्तमस्थान में हो तो शिशु का अनेक रोगार्दित मृतक के समान शरीर बड़े कष्ट से मृत्यु को प्राप्त होता है।

क्षीणशरीरश्चन्द्रो लग्नस्थः क्रूरवीक्षितः कुरुते।
स्वर्गगमनं हि पुंसां कुलीरगोऽजान्यान्परित्यज्य।।

(सारावली/अध्याय-10/श्लोक 20)

यदि जन्मकाल में क्षीण चन्द्रमा कर्क, वृष, मेष राशि को छोड़कर पापग्रह से दृष्ट लग्न में हो तो जातक का स्वर्गगमन होता है।

9.5 एक, चार, आठ वर्ष में अरिष्ट ज्ञान

वर्षान्मारयति शशी षष्ठाष्टमराशिसंस्थितो लग्नात्।
सद्यः क्रूरैर्दृष्टः सौम्यैरब्दाष्टकाच्चैवं।।

अशुभशुभैः सन्दृष्टे वर्षचतुष्केण निर्दिशेदन्तम्।
अनुपातः कर्तव्यः प्रोक्तादू नैर्ग्रहैर्दृष्टे।।

(सारावली/अध्याय-10/श्लोक 21-22)

यदि चन्द्रमा षष्ठभाव या अष्टमभाव में पापग्रह से दृष्ट हो तो एक वर्ष के अन्तराल में मृत्यु होती है, यदि शुभग्रह से दृष्ट चन्द्रमा अष्टम भावगत हो तो आठ वर्ष की आयु होती है।

यह तथ्य पूर्णतः सत्य नहीं प्रतीत होता। क्षीण चंद्रमा षष्ठ या अष्टम भावगत होने से बाल्यकाल में स्वास्थ्य की गंभीर चिंता पुनः पुनः उत्पन्न होती है परन्तु मृत्यु का होना हमे व्यावहारिक जन्मांगों को देखते हुए मिथ्या प्रतीत होता है। इसलिए मात्र चंद्रमा की षष्ठ या अष्टम भाव की स्थिति देखकर अरिष्ट को मृत्यु तृल्य नहीं समझना चाहिए।

यदि शुभ पाप दोनों से दृष्ट हो तो चतुर्थ वर्ष में मृत्यु होती है। ग्रहों की अल्पाधिक दृष्टिवश अनुपात द्वारा मृत्युकाल का निश्चय करना चाहिए।

यः प्राग्विलग्ने द्रेष्काणस्तत्समानो यदा ग्रहः।
भवेत्त्रिकोणगा पापास्तत्समानफलो भवेत्।।

सौरे व्याधिमवाप्नोति मरणं धरणीसुते।
सूर्ये स्याद्व्याधिवैकल्यं मरणं नात्र संशयः।।

(सारावली/अध्याय-10/श्लोक 89-90)

जन्म के समय लग्न में जो द्रेष्काण वर्तमान हो अर्थात् जिस राशि का द्रेष्काण हो यदि वह राशि त्रिकोण (5/9) में पापग्रह से युक्त हो तो अग्रिम श्लोक में कथित ग्रह अपने समान फल देता है। यथा- यदि शनि हो तो व्याधि, मंगल हो तो मृत्यु, सूर्य हो तो रोग से शरीर में कष्ट होकर मृत्यु होती है इसमें सन्देह नहीं है।

अथ होरागतो भौमः केन्द्रस्थश्च भृगो सुतः।
स वै मरणमाप्नोति होरायां पुनरागते।।

(सारावली/अध्याय-10/श्लोक 91)

यदि जन्म लग्न में मंगल हो और शुक्र केन्द्र में हो तो पुनः जब मंगल लग्नगत राशि में आता है तब शिशु की मृत्यु होती है।

निधनास्तव्ययलग्नत्रिकोणगाः क्षीणचन्द्रसंयुक्ताः।
पापा बलिनः शुभदैरदृश्यमाना गतायुषः प्रायः।।

(सारावली/अध्याय-10/श्लोक 98)

यदि 8/7/12/1/9/5 इन भावों में क्षीण चन्द्रमा बली पापग्रह से युत हो तथा शुभग्रहों से अदृष्ट हो तो जातक को आयुगत कहना चाहिए अर्थात् जीवन नहीं होता है।

शनैश्चरश्च होरायां निधने च महीसुतः।
न च देवगुरुः केन्द्रे मृतगर्भः प्रसूयते।।

(सारावली/अध्याय-10/श्लोक 88)

यदि लग्न में शनि हो व अष्टम में मंगल हो और बृहस्पति केन्द्र (1/4/7/10) से अन्य भावों में हो तो मृतक का जन्म होता है।

जन्माधिपतिः सूर्यः स्वपुत्रसहितोष्टमे भवति राशौ।
वर्षै राशिप्रमितैर्मरणाय सितेन सन्दृष्टः।।

व्ययाष्टषष्ठोदयगे शशाङ्के पापेन युक्ते शुभदृष्टिहीने।
केन्द्रेषु सौम्यग्रहवर्जितेषु प्राणैर्वियोगं व्रजति प्रजातः।।

(सारावली/अध्याय-10/श्लोक 29-30)

यदि जन्म राशीश सूर्य, शनि से युत होकर अष्टमभाव में शुक्र से दृष्ट हो तो राशि तुल्य वर्ष में मृत्युकारक होता है। यदि 12, 8, 6, 1 भाव में चन्द्रमा पापग्रह से युत व शुभग्रह से अदृष्ट एवं केन्द्र (1,4,7,10) में शुभग्रह न हो तो जातक का निधन होता है।

चक्रस्य पूर्वभागे पापाः सौम्यास्तथेतरे चैव।
वृश्चिकलग्ने जाता गतायुषो वज्रमुष्टियोगेऽस्मिन्।।

क्षीणे शशिनि विलग्ने पापैः केन्द्रेषु मृत्युसंस्थैर्वा।
भवति विपत्तिरवश्यं यवनाधिपतेर्मतं चैतत्।।

(सारावली/अध्याय-10/श्लोक 31-32)

यदि भचक्र के पूर्वभाग में पापग्रह व पश्चिम भाग में शुभग्रह हों और वृश्चिक लग्न में जन्म हो तो वज्रमुष्टि योग में जातक का निधन होता है। यदि लग्न में क्षीण चन्द्रमा हो और समस्त पापग्रह केन्द्र में वा अष्टम भाव में हों तो मृत्यु अवश्य होती है, यह यवनराजा का मत है।

राश्यन्तगतैः पापैः सन्ध्यायां तुहिनरश्मिहोरायाम्।
मृत्युः प्रत्येकस्थैः केन्द्रेषु शशाङ्कपापैश्च।।

द्यूनचतुरस्रसंस्थे पापद्वयमध्यगे शशिनि जातः।
विलयं प्रयाति नियतं देवैरपि रक्षितो बालः।।

(सारावली/अध्याय-10/श्लोक 33-34)

यदि सन्ध्याकाल में जन्म हो व पापग्रह राशि के अन्तभाग में हों और लग्न में चन्द्रमा की होरा हो, एवं चारों केन्द्र में चन्द्रमा व पापग्रह हों तो मृत्यु होती है। यदि चन्द्रमा दो पापग्रह के मध्य में स्थित होकर 7/4/8 भाव में हो तो देवता से रक्षित होने पर भी जातक की निश्चय ही मृत्यु होती है।

पापद्वयमध्यगते होरासप्ताष्टमस्थिते चन्द्रे।
सौम्यैरबलैर्दृष्टे जातो म्रियते ध्रुवं ह्यत्र।।

द्यूनाष्टमगैः पापैः क्रूरग्रहवीक्षितैः सह जनन्या।
म्रियते शुभसंदृष्टैः सत्यस्य मताद्वदेद्व्याधिम्।।

(सारावली/अध्याय-10/श्लोक 35-36)

यदि दो पापग्रह के मध्य में चन्द्रमा, लग्न वा सप्तम, वा अष्टमभाव में निर्बल शुभग्रह से दृष्ट हो तो निश्चय जातक का निधन होता है। यदि सप्तम अष्टमभाव में पापग्रह से दृष्ट पापग्रह हों तो माता के साथ जातक की मृत्यु होती है। यदि उक्त योग पर शुभग्रह की दृष्टि हो तो सत्याचार्य के मत से व्याधि मात्र होती है।

सुत-मदन-नवान्त्य-लग्नरन्ध्रेष्वशुभयुतो मरणाय शीतरश्मिः।
भृगु-सुत-शशिपुत्र-देव-पूज्यैर्यदि बलिभिर्न युतोऽवलोकितो वा।।

(फलितमार्तण्ड/अध्याय-5/श्लोक 18)

अशुभ-ग्रह-युक्त चन्द्रमा पंचम, सप्तम, नवम, द्वादश, लग्न में व अष्टम में स्थित हों और वह बलवान शुक्र, बुध या बृहस्पति, इनमें से किसी भी ग्रह से युक्त व दृष्ट न हो तो शिशु की मृत्यु होती है।

संकेत : उपरोक्त योग में नीच वा शत्रु राशि का वा क्षीण चन्द्र हो तो अवश्य ही शिशु की मृत्यु होगी। यदि केन्द्र में बली ग्रह तथा शुभग्रह स्थित हों तो बालक कुछ समय कष्ट पाकर, पिता का धन व्यय कराकर अन्त में मृत्यु को प्राप्त होता है।

रवौ कुजेर्क्षे शनि-गेहगेऽपि वा
बहूग्र - दृष्टो गुरुरन्तकृत्खगः।
शनिस्तनोरष्टमगस्तु कष्टद-
स्त्रिकोणगो नीच इनोऽपि तादृशः।।

(फलितमार्तण्ड/अध्याय-5/श्लोक 19)

मंगल, शनि की राशि में सूर्य हो और दशमस्थ बृहस्पति को क्रूर दृष्टि से पापग्रह दृष्टिनिक्षेप करते हों तो शिशु की मृत्यु होती है। लग्न से अष्टमस्थान में शनि हो तो शिशु को कष्टदाता होता है। इसी प्रकार त्रिकोण में नीच का सूर्य भी कष्टप्रद होता है।

सुतमदननवान्त्यरन्ध्रलग्नेष्वशुभयुतो मरणाय शीतरश्मिः।
भृगुसुतशशिपुत्रदेवपूज्यैर्यदि बलिभिर्न विलोकितो युतो वा।।

(लग्नरत्नाकर/अध्याय-..../श्लोक 73)

यदि क्षीण चन्द्रमा पापग्रह से युक्त होकर पंचम, सप्तम, नवम, द्वादश, अष्टम अथवा लग्न में स्थित हो और बलवान शुक्र, बुध या बृहस्पति से न देखा जाता हो या उनसे युक्त न हो तो ऐसे योग में उत्पन्न शिशु की मृत्यु होती है।

चन्द्रोष्टमे भूमिसुतश्च सप्तमे धर्मे तमो जन्मनि सूर्यनन्दनः।
अर्कः सुते देवगुरुस्तृतीयगः षष्ठे भृगुर्ज्ञोम्बुगतश्च मृत्युदः॥

(लग्नरत्नाकर/अध्याय-..../श्लोक 75)

जन्मलग्न से अष्टमस्थान में चन्द्रमा, सप्तमस्थान में मंगल, नवम में राहु, जन्मलग्न में शनि, पंचमस्थान में सूर्य, तृतीयस्थान में बृहस्पति, षष्ठस्थान में शुक्र और चतुर्थस्थान में बुध स्थित हो तो मृत्युदायक होता है।

जन्मलग्ने यदा राहुः षष्ठे भवति चन्द्रमाः।
जातो मृत्युमवाप्नोति कुदृष्ट्या त्वपमृत्युना।।

(लग्नरत्नाकर/अध्याय-/...श्लोक 76)

जिस शिशु के जन्मसमय में लग्न में राहु और षष्ठस्थान में चन्द्रमा स्थित हो तो शिशु की मृत्यु होती है। यदि उस पर पापग्रह (सूर्य, मंगल, शनि) की दृष्टि हो तो अपमृत्यु (जल में डूबने, आग में जलने, साँप से काटने, हिंसक जीवों द्वारा मारे जाने, विष भक्षण करने या इसी प्रकार के और किसी कारण) से उसका विनाश होता है।

शनिक्षेत्रे यदा भानु भानुक्षेत्रे शनिः स्तदा।
वर्षे च द्वादशे मृत्युर्देवेन रक्षितो यदि।।

(लग्नरत्नाकर/अध्याय-..../श्लोक 77)

यदि शनि की राशि (मकर या कुम्भ) में सूर्य स्थित हो, सूर्य की राशि (सिंह) में शनि स्थित हो तो देवताओं से रक्षित शिशु भी बारहवें वर्ष में मृत्यु को प्राप्त होता है।

पातालस्थो यदा राहुश्चन्द्रः षष्ठाष्टमेऽपि च।
पापदृष्टो विशेषेण सद्यः प्राणहरः शिशोः।।

(लग्नरत्नाकर/अध्याय-..../श्लोक 78)

यदि जन्मलग्न से चतुर्थभाव में राहु और षष्ठ अथवा अष्टमस्थान में चन्द्रमा स्थित हो एवं पापग्रह से विशेषरूप (पूर्णदृष्टि) से देखा जाता हो तो शिशु का प्राण शीघ्र हरण करने वाला होता है।

षष्ठाष्टमे तथा मूर्तौ जन्मकाले यदा बुधः।
चतुर्थवर्षे मृत्युश्च यदि रक्षति शङ्करः।।

(लग्नरत्नाकर/अध्याय-..../श्लोक 79)

यदि जन्मसमय में षष्ठ, अष्टम और लग्न में बुध स्थित हो तो साक्षात् शंकर के रक्षक होने पर भी वह शिशु चतुर्थ वर्ष में मृत्यु को प्राप्त होता है।

भौमक्षेत्रे यदा जीवः षष्ठाष्टासु च चन्द्रमाः।
वर्षेष्टमेऽपि मृत्युर्वै ईश्वरो रक्षको यदि।।

(लग्नरत्नाकर/अध्याय-.../श्लोक 80)

यदि मंगल की राशि में बृहस्पति स्थित हो और षष्ठ या अष्टमस्थान में चन्द्रमा व्यवस्थित हो तो ईश्वर से रक्षित होने पर भी अष्टम वर्ष में शिशु की मृत्यु अवश्य हो जाती है।

जन्मलग्ने यदा भौमश्चाष्टमे च बृहस्पतिः।
वर्षे च द्वादशे मृत्युर्यदि रक्षति शङ्करः।।

(लग्नरत्नाकर/अध्याय-.../श्लोक 81)

जन्म लग्न से यदि मंगल और बृहस्पति अष्टम भावगत हों तो भगवान शंकर भी यदि रक्षा करें तो भी बारहवें वर्ष में शिशु की मृत्यु होती है।

आद्वादशाब्दान्नराणामायुर्ज्ञातुं न शक्यते।
जप-होम-चिकित्साद्यै र्बाल-रक्षां तु कारयेत्।।

पित्रोर्दोषै र्मृताः केचित् केचिद् बालग्रहैरपि।
अपरेऽरिष्टयोगाच्च त्रिविधाः बालमृत्यवः।।

(फलितमार्तण्ड/अध्याय-5/श्लोक 1-2)

पुरुषजाति के जन्म से बारह वर्ष की आयु के अन्दर निश्चय नहीं हो सकता कि कितनी आयु भोग्य है। अतः जप, होम, चिकित्सा से, आदि शब्द से बालग्रहों की शान्ति-कर्म-विधि से शिशुओं की रक्षा करे। कोई शिशु माता-पिता के पूर्वार्जित कर्म-दोष से, कोई पूतनादि बालग्रहों के कोप से और कोई अन्य ग्रहारिष्ट योग से मरते हैं, इस तरह तीन प्रकार से शिशुओं की मृत्यु होती है।

सन्ध्याद्वये जनिगतोऽत्र यदेन्दु-होरा-
राश्यन्तगैः खल-खगैर्निधनं शिशोः स्यात्।।
केन्द्रैः सपाप - विधुभिः सकलैस्तथैव
कामाङ्गयोरपि मृतिः खल-कर्तरी चेत्।।

(फलितमार्तण्ड/अध्याय-5/श्लोक 3)

प्रातः व सायंकाल की दोनों सन्ध्याओं में, सूर्योदयास्त से तीन पहर पहले सन्ध्या-काल माना जाता है। चन्द्रमा की होरा हो, और राशियों के अन्तिमांशों में सब पापग्रह हों तो ऐसे समय में उत्पन्न शिशु की मृत्यु होती है, वा चारों केन्द्रों में चन्द्रमा के साथ पापग्रह हों तो भी शिशु की मृत्यु होती है। अथवा लग्न तथा सप्तमस्थान में पापग्रहों का कर्तरी-योग हो तो भी शिशु की मृत्यु होती है।

अतस्तृतीये नक्षत्रे समस्ते व्यस्तगेऽपि वा।
रवौ रात्रिं परां जीवेच्चन्द्रे दशममाश्रिते।।

(सारावली/अध्याय-10/श्लोक 75)

यदि चन्द्रमा दशम स्थान में हो और चन्द्रमा से तृतीय नक्षत्र में सूर्य पापग्रहों से युत हो अथवा अकेला ही हो तो जातक का जीवन एक दिन का होता है।

उदाहरण सं.-9.9 **जन्मांग सं.-328**

जन्म दिनांक : 08.11.2007 जन्म समय : 13:00:00 घंटे
जन्म स्थान : लखनऊ अक्षांश 26:50:00 रेखांश 80:54:00
चित्रपक्षीय अयनांश : 23:58:05 साम्पातिक काल : 16:02:03 घंटे

ग्रह	अंश	राशि	नक्षत्र	पद	षड्बल
लग्न	26:32:43	मकर	धनिष्ठा	1	—
सूर्य	21:32:11	तुला	विशाखा	1	1.42
चंद्र	3:38:26	तुला	चित्रा	4	1.06
मंगल	18:08:37	मिथुन	आर्द्रा	4	1
बुध	2:42:12	तुला	चित्रा	3	1.11
गुरु	27:06:30	वृश्चिक	ज्येष्ठा	4	0.99
शुक्र	5:25:32	कन्या	उ.फा.	3	1.05

शनि	13:04:23	सिंह	मघा	4	1.46
राहु (व)	10:23:03	कुंभ	शतभिषा	2	—
केतु (व)	10:23:03	सिंह	मघा	4	—

जन्मांग चक्र

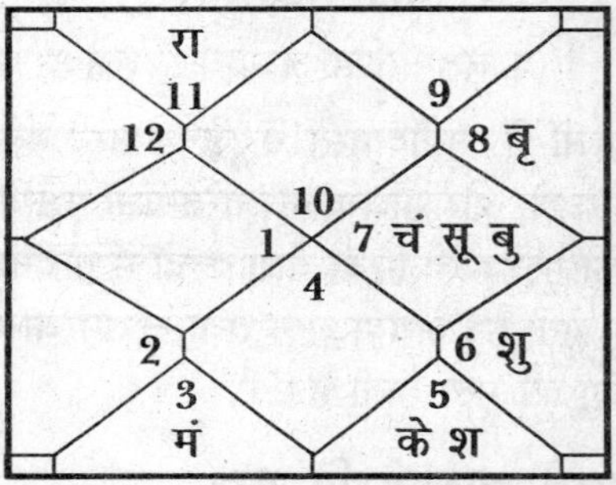

रा 11, 12, 9, 8 बृ, 10, 1, 7 चं सू बु, 4, 2, 6 शु, 3 मं, 5 के श

नवमांश चक्र

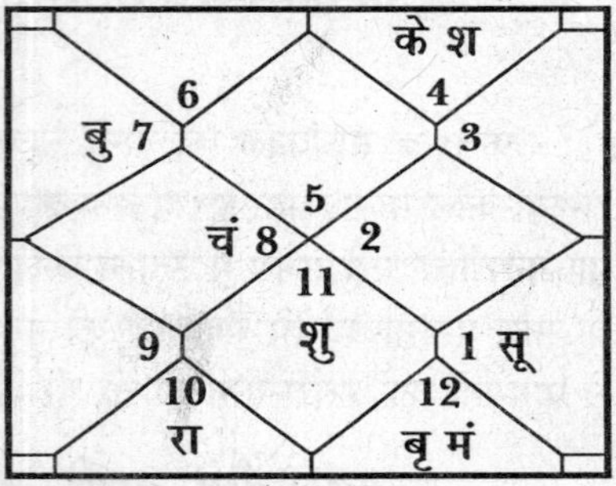

के श 4, 6, बु 7, 3, 5, चं 8, 2, 11 शु, 9, 1 सू, 10 रा, 12 बृ मं

जन्म के समय मंगल की भोग्य विंशोत्तरी महादशा - 1 व. 7 मा. 1 दि.

इस बालिका का जन्म 08-11-2007 को हुआ और एक सप्ताह पश्चात् 15-11-2007 को इसकी मृत्यु हो गयी।

इस बालिका का जन्म मकर लग्न में हुआ है और सप्तमेश चन्द्रमा दशमभाव में शत्रु राशि तुला में चित्रा नक्षत्र में स्थित है, जबकि सूर्य चित्रा से तीसरे नक्षत्र अर्थात् विशाखा में स्थित है और विशाखा नक्षत्र से अपनी नीच राशि तुला में स्थित है वस्तुतः इस जन्मांग में सप्तमेश और अष्टमेश चन्द्रमा और सूर्य दशमभाव में संयुक्त हैं और षष्ठेश बुध से युक्त है। यह बालारिष्ट योग है। चन्द्रमा सूर्य मंगल की दशमभाव में युति और अष्टमभाव से शनि की दृष्टि के कारण प्रबल बालारिष्ट योग का निर्माण हो रहा है। इसके अतिरिक्त लग्नेश शनि अष्टमभाव में सूर्य की राशि सिंह में स्थित है तथा केतु से युक्त होकर केतु के नक्षत्र मघा में स्थित है। षष्ठ और अष्टम भाव में क्रमशः मंगल और शनि स्थित है तथा लग्नेश शनि राहु केतु की धुरी पर स्थित है अतः बालारिष्ट योग का निर्माण हो रहा है। इसलिए बालिका के जन्म के समय मंगल की महादशा का योगकाल 1 साल 7 महीने 1 दिन था। मंगल की लग्न पर दृष्टि चंद्रमा का मंगल के नक्षत्र में स्थित होना और मंगल का राहु के नक्षत्र आर्द्रा में स्थान प्राप्त करना तथा मंगल का बृहस्पति के नवांश में स्थित होना तथा बृहस्पति का मंगल की राशि में स्थित होकर स्वनवांशगत होना, अनेक ऐसे ग्रहयोग हैं जिनके कारण इस बालिका के जन्मांग में प्रबल बालारिष्ट योग की स्थापना हुई और बालिका जन्म के पश्चात् एक सप्ताह जीवित रही।

ज्ञातव्य है कि इस जन्मांग में चंद्रमा दशमभाव में चित्रा नक्षत्रगत है और उससे तीसरा नक्षत्र विशाखा है जिसमें सूर्य स्थित है। यह बालारिष्ट योग उपरोक्त श्लोक में व्याख्यायित है।

चन्द्रादित्यौ तृतीयस्थौ मीनक्षेत्रं स यस्य तु।
व्याधिं तत्र विजानीयात् त्रिरात्रं तस्य जीवितम्।।

(सारावली/अध्याय-10/श्लोक 74)

जिस जातक के जन्मांग में मीन राशि के सूर्य व चन्द्रमा तृतीयभाव में हों तो जन्म से ही व्याधि रोग प्राप्त करके तीन दिन में उसकी मृत्यु हो जाती है।

सहितौ चन्द्रजामित्रे यस्याङ्गारकभास्करौ।
जातस्य तस्य हि तदा भवेत्सप्ताहजीवितम्।।

(सारावली/अध्याय-10/श्लोक 76)

जिस जातक के चन्द्रमा से सप्तमभाव में मंगल, सूर्य दोनों हों तो उस जातक का जीवन सात दिन का होता है।

चतुरस्रस्थिताः पापा वामदक्षिणगा यदा।
तदा यो व्याधिमाप्नोति दशरात्रं स जीवति।।

त्रिकोणे दक्षिणे सूर्यश्चन्द्रो वामे यदा भवेत्।
यस्तदा लभते व्याधिं द्वादशाहं स जीवति।।

(सारावली/अध्याय-10/श्लोक 77-78)

यदि जन्म के समय चतुर्थ, अष्टमभाव में पापग्रह हों और वे पापग्रह 12/2 में हो जायें उस समय में यदि जातक रोग प्राप्त करता है तो केवल दस दिन जीवित रहता है। यदि रोगारम्भ के समय पंचम सूर्य और नवम चन्द्रमा हो तो 12 दिन का जीवन होता है।

ग्रहाः समेयुर्बहवो निधने यस्य जन्मनि।
मासं वा सप्तरात्रं वा तस्यायुः समुदाहृतम्।।

(सारावली/अध्याय-10/श्लोक 87)

जिस जातक के जन्मकाल के समय अष्टमभाव में अधिक ग्रह हों तो उसकी आयु एक मास या सात दिन की होती है।

उदाहरण सं.-9.10 **जन्मांग सं.-329**

जन्म दिनांक : 28.02.1960 जन्म समय : 18:00:00 घंटे

जन्म स्थान : बेवर अक्षांश 26:02:00 रेखांश 74:02:00

चित्रपक्षीय अयनांश : 23:18:01 साम्पातिक काल : 3:55:30 घंटे

ग्रह	अंश	राशि	नक्षत्र	पद	षड्बल
लग्न	8:52:56	सिंह	मघा	3	–
सूर्य	15:38:07	कुंभ	शतभिषा	3	1.69
चंद्र	7:43:48	मीन	उ.भा.	2	1.34
मंगल	10:46:32	मकर	श्रवण	1	1.03
बुध	2:12:45	मीन	पू.भा.	4	0.9
गुरु	6:25:02	धनु	मूल	2	0.92
शुक्र	16:19:01	मकर	श्रवण	2	1.12
शनि	22:25:55	धनु	पू.षा.	3	1.57
राहु	1:14:50	कन्या	उ.फा.	2	–
केतु	1:14:50	मीन	पू.भा.	4	–

जन्मांग चक्र

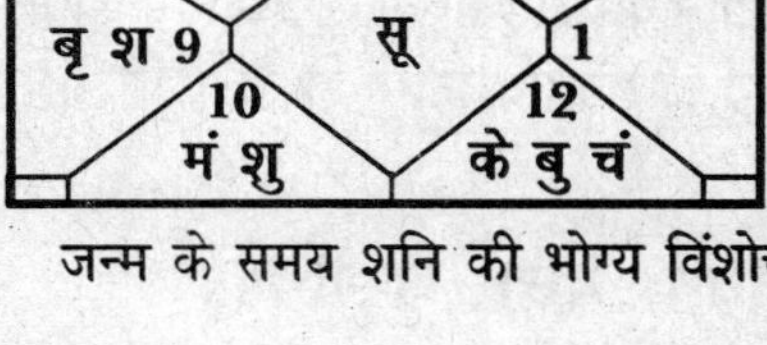

रा 6 7 4 3 5 8 2 11 सू बृ श 9 1 10 मं शु 12 के बु चं

नवमांश चक्र

बु के 4 5 शु बृ 2 1 मं 3 चं 6 12 9 श 7 11 सू 8 10 रा

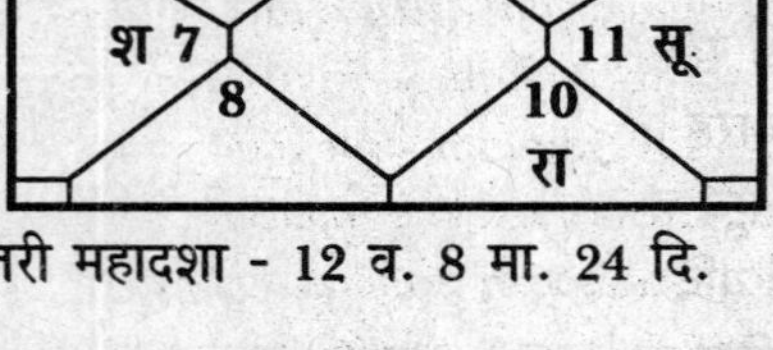

जन्म के समय शनि की भोग्य विंशोत्तरी महादशा - 12 व. 8 मा. 24 दि.

इस बालक का जन्म 28-02-1960 को हुआ और मृत्यु 02-04-1962 को लगभग 25 माह की आयु में हो गई।

इस जन्मांग में प्रबल बालारिष्ट योग विद्यमान है। मंगल और शुक्र षष्ठ भावगत हैं तथा अष्टम भाव में चंद्रमा केतु और बुध स्थित है। बृहस्पति और शनि

पंचम भावगत है अर्थात् पंचमेश और अष्टमेश पंचमभाव में संयुक्त है। इस बालक को सहसा उदर विकार हुआ चिकित्सक ने लिवर से सम्बन्धित व्याधि की घोषणा की। जातक के पेट की शल्यक्रिया की गई और उसके पश्चात् बालक को गम्भीर पीलिया रोग हुआ और वह कभी स्वस्थ नहीं हो पाया। सभी प्रकार की सम्भव चिकित्सा की गई परन्तु इस बालक के प्राण की रक्षा नहीं की जा सकी। षष्ठ और अष्टम भाव में पांच ग्रह स्थित है जबकि षष्ठेश और अष्टमेश शनि और बृहस्पति पंचमभाव में संयुक्त हैं। यह प्रबल बालारिष्ट योग है। जब आठ ग्रह पंचमभाव से लेकर अष्टम भाव तक स्थित हों तथा चन्द्रमा अष्टम भाव में राहु केतु की धुरी पर स्थित है।

त्रिकोणस्थो यदा चन्द्रश्चतुरस्रेऽथ भास्करः।
तदा दुर्व्याधिना युक्तस्त्रिरात्रं नातिवर्तने।।

तदा होराचतुर्थस्थश्चन्द्रः षष्ठस्थितो रविः।
अष्टादशाहं च नरस्तदा व्याधिसमन्वितः।।

रविर्यदा चन्द्रमसस्त्रिकोणस्थानमाश्रितः।
विंशतिं दिवसान् जीवेत्तदा व्याधिभयार्दितः।।

होराष्टमस्थितः सूर्यः सौरभौमनिरीक्षितः।
यः पुमान् प्राप्नुयार्द्व्याधिं न स जीवेद्विपद्यते।।

(सारावली/अध्याय-10/श्लोक 79-82)

यदि रोगारम्भ समय में 9 वा 5 भाव में चन्द्रमा हो तथा चतुर्थ वा अष्टम में सूर्य हो तो इस योग में दुष्ट रोग से युक्त होकर तीन दिन से अधिक जातक जीवित नहीं रहता है। यदि लग्न से चतुर्थभाव में चन्द्रमा हो तथा षष्ठभाव में सूर्य हो तो अठारह दिन रोग से युक्त होकर मृत्यु होती है। यदि चन्द्रमा से नवम वा पंचमभाव में सूर्य हो तो इस स्थिति में रोग आरम्भ होने पर बीस दिन जातक जीवित रहता है। यदि रोगकालीन लग्न से अष्टमभाव में सूर्य, शनि और मंगल से दृष्ट हो तो उस व्यक्ति का जीवन न होकर मृत्यु होती है।

पापेक्षितो हन्तितु षोडशाहात् लग्ने शनिः पापयुतस्तु मासात्।
पापैरयुक्तो न निरीक्षितश्च वर्षाच्छनिर्हन्ति तनुंगतो वा।।

(जातकसारदीप-2/अध्याय-47/श्लोक 21)

लग्न में शनि पापदृष्ट हो तो सोलह दिन में, पाप युक्त दृष्ट न हो तो उन्नीस वर्ष में निधन होता है।

केतूदयोल्काशनिपातवातैर्नश्येन्मुहूर्ते फणिरुद्रसंज्ञे।
मीनर्क्षजः सेन्दुरविस्तृतीये व्याध्युद्गमो जीवति स त्रिरात्रम्।।

(जातकसारदीप-2/अध्याय-47/श्लोक 24)

जन्मसमय में धूमकेतु का उदय, उल्कापात, वज्रपात, तीव्र हवा आंधी चले और सूर्यास्त सूर्योदय से 2 घड़ी तक रुद्र मुहूर्त व अगला सार्प मुहूर्त इनमें जन्म हों, मीन लग्न में तृतीयभाव में चन्द्रमा साथ हो तो तीन दिनों के भीतर रोग से मृत्यु होती है।

उदाहरण सं.-9.11 **जन्मांग सं.-330**

जन्म दिनांक	: 17.11.1994	जन्म समय	: 21:30:00 घंटे
जन्म स्थान	: बरेली	अक्षांश 28:20:00	रेखांश 79:24:00
चित्रपक्षीय अयनांश	: 23:47:17	साम्पातिक काल	: 1:03:31 घंटे

ग्रह	अंश	राशि	नक्षत्र	पद	षड्बल
लग्न	2:02:14	कर्क	पुनर्वसु	4	—
सूर्य	1:17:13	वृश्चिक	विशाखा	4	0.75
चंद्र	24:33:08	मेष	भरणी	4	1.49
मंगल	28:03:52	कर्क	अश्लेषा	4	1.17
बुध	16:35:59	तुला	स्वाति	3	1.04
गुरु (D)	1:24:45	वृश्चिक	विशाखा	4	1.04
शुक्र(R)	9:26:51	तुला	स्वाति	1	1.26
शनि	11:57:05	कुंभ	शतभिषा	2	1.32
राहु (S)	21:08:25	तुला	विशाखा	1	—
केतु (S)	21:08:25	मेष	भरणी	3	—

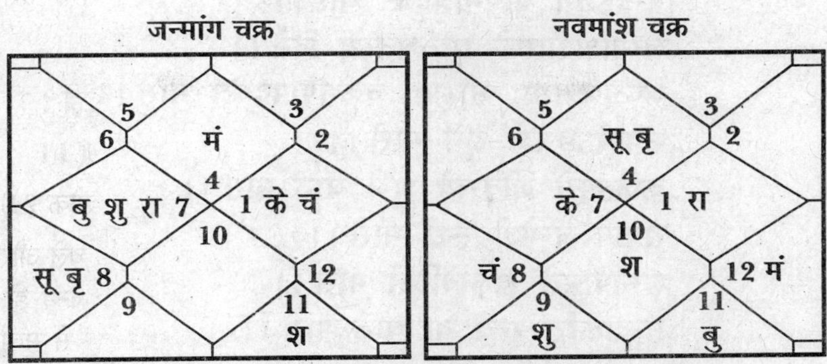

जन्म के समय शुक्र की भोग्य विंशोत्तरी महादशा - 3 व. 2 मा. 1 दि.

इस बालक का जन्म 17-11-1994 को हुआ और 2 दिन पश्चात् 19-11-1994 को उसकी मृत्यु हो गई।

बालक का जन्म कर्क लग्न में हुआ था और लग्न में ही नीच राशिगत मंगल अष्टमेश शनि को देख रहा है। दशमभाव में चंद्रमा शुक्र के नक्षत्र भरणी और मंगल की राशि मेष में राहु केतु की धुरी पर स्थित है और मारकेश शनि द्वारा द्रष्ट है। चंद्रमा और केतु दोनों ही भरणी नक्षत्र में समान अंशों पर हैं। इस जन्मांग में चंद्रमा और मंगल के मध्य विनिमय परिवर्तन होने के कारण ही इस बालक की मृत्यु जन्म के 2 दिन पश्चात् हो गई। यह बालारिष्ट योग का प्रबल उदाहरण है।

उल्लेखनीय है कि चंद्रमा और मंगल क्रमशः कर्क और मेष 28 और 24 अंश पर स्थित हैं। अष्टम भाव पर शनि और मंगल का संयुक्त प्रभाव है जिसके कारण बालारिष्ट योग की अशुभता में वृद्धि हुई।

सव्येत्रिकोणे तपनः शशांको वामेतदा द्वादशरात्रजीवी।
चन्द्रे त्रिकोणे चतुरस्रगोऽर्के दुर्व्याधिनाजीवतिसत्रिरात्रम्॥

(जातकसारदीप-2/अध्याय-47/श्लोक 25)

पंचम में सूर्य, नवम में चन्द्र हो तो 12 दिन का जीवन होता है। चन्द्रमा 5, 9 में व सूर्य केन्द्र में हो तो उग्र रोग से तीन दिन में मृत्यु होती है।

चन्द्रादस्ते भौमार्कौ दशाहे शिशुमरणम्।।
मन्दभगे जीवेऽष्टमे पापैर्दृष्टे एकादशाहे।।

मन्देऽङ्गे पापमात्रदृष्टे षोडशाहे।।
लग्नांशेशेषष्ठे षष्ठभतुल्य दिने।।
षष्ठाष्टमगाः सौम्याः वक्रगपापदृष्टा मासे।।
सपापेऽङ्गेशे द्यूने मासे।।
कुजेऽङ्गे जीवेन्त्ये शुभे षष्ठ मासे।।
सपाप जन्मेशे रन्ध्रे मासे।।
लग्नपेऽस्ते खलविजिते मासे।।
मन्दार्कारा रन्ध्रे वा षष्ठे मासे।।
ग्रहणेऽङ्गेशेऽबले सपापे पक्षत्रयं मासत्रयं वा।।

(जातकतत्त्वम्/अध्याय-2/श्लोक 70-80)

चन्द्रमा से सप्तम में मंगल व शनि हों तो दस दिनों में शिशु की मृत्यु होती है। बृहस्पति यदि अष्टम में 10, 11 राशियों में पापदृष्ट हो तो ग्यारह दिनों में, लग्न में शनि केवल पापग्रहों से दृष्ट हो तो सोलह दिनों में, लग्न नवांशेश षष्ठगत हो तो षष्ठस्थ राशि संख्या के दिनों में, 6, 8, 12 स्थानों में समस्त शुभग्रह वक्री व पापी ग्रहों से दृष्ट हों तो एक मास में शिशु की मृत्यु होती है।

पापयुक्त लग्नेश सप्तम में हो अथवा लग्न में मंगल, द्वादश में बृहस्पति तथा षष्ठ में कोई शुभग्रह हो। लग्नेश पापयुक्त होकर अष्टम में हो। लग्नेश दुष्ट ग्रहों से पराजित होकर सप्तम में हो। शनि, सूर्य व मंगल 6, 8 स्थानों में एकत्र हों तो शिशु एक माह ही जीवित रहता है। ग्रहण के समय जन्म हो व लग्नेश निर्बल तथा पापयुक्त हो तो डेढ़ माह या तीन माह की आयु होती है।

यहाँ ग्रह योगों में अनेक प्रकार के बालारिष्ट योगों की चर्चा की गयी है। ज्ञातव्य है कि जन्मांग में यदि यह ग्रह योग विद्यमान हो तो अन्य ग्रहों की स्थिति पर विचार किये बिना मृत्यु हेतु कथन नहीं करना चाहिए। यह योग बाल्यकाल में अरिष्टकारी सिद्ध होते हैं परन्तु लग्नोदय के समय यदि मारकेश ग्रहों के अशुभ प्रभाव से जब तक शिशु आक्रान्त नहीं होगा तब तक उसके स्वास्थ्य की गम्भीर चिंता समझनी चाहिए।

भान्तगेऽब्जे शुभादृष्टे पापैः कोणगतैर्लघु।
स्वभांग बलिभं प्राप्ते पापेक्ष्येऽब्जे समान्तरे।।

(त्रिफला/अध्याय-3/श्लोक 7)

इसमें दो योग बताए हैं-

1. यदि चन्द्रमा राशि के अन्तिम अंशों में हो, शुभग्रह चन्द्रमा को दृष्टिनिक्षेप न करता हो।

2. अशुभग्रह (पाप-ग्रह) त्रिकोण में हो तो शिशु की शीघ्र (एक वर्ष) ही मृत्यु होती है।

इस बालक का जन्म कन्या लग्न में हुआ था तथा चंद्रमा मेष राशि के अन्तिम अंशों में अष्टमेश मंगल द्वारा दृष्ट है तथा पापग्रह शनि नवमस्थ है और अष्टमेश और तृतीयेश मंगल द्वारा दृष्ट है। इस बालक की मृत्यु तीव्र ज्वर के कारण 23-09-1973 को हुई।

उदाहरण सं.-9.12 **जन्मांग सं.-331**

जन्म दिनांक	: 18.12.1972	जन्म समय	: 00:25:00 घंटे
जन्म स्थान	: देहरादून	अक्षांश 30:19:00	रेखांश 78:03:00
चित्रपक्षीय अयनांश	: 23:29:01	साम्पातिक काल	: 5:53:10 घंटे

ग्रह	अंश	राशि	नक्षत्र	पद	षड्बल
लग्न	5:01:50	कन्या	उ.फा.	3	–
सूर्य	2:28:24	धनु	मूल	1	1.24
चंद्र	25:32:29	मेष	भरणी	4	1.35
मंगल	27:47:27	तुला	विशाखा	3	1.04
बुध	11:39:52	वृश्चिक	अनुराधा	3	1.06
गुरु	21:03:46	धनु	पू.षा.	3	0.95
शुक्र	5:17:20	वृश्चिक	अनुराधा	1	1.01
शनि(व)	22:54:05	वृष	रोहिणी	4	1.03
राहु (व)	23:27:40	धनु	पू.षा.	4	–
केतु (व)	23:27:40	मिथुन	पुनर्वसु	2	–

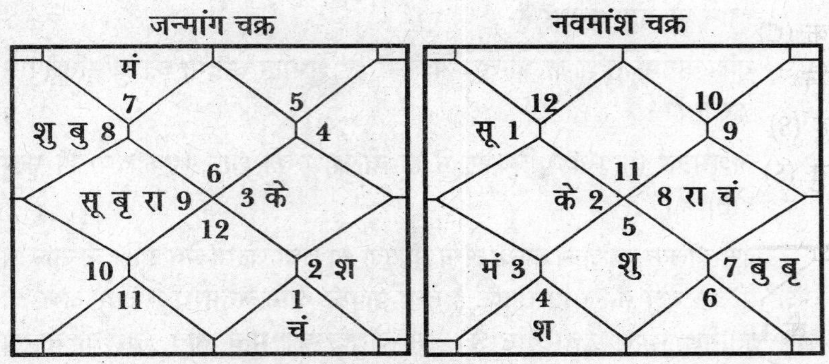

जन्म के समय शुक्र की भोग्य विंशोत्तरी महादशा - 1 व. 8 मा. 7 दि.

उपरोक्त श्लोक में वर्णित ग्रह योग की पुष्टि इस जन्मांग में हो रही है। अष्टम भाव में चंद्रमा अपने अन्तिम अंशों में 25 अंश 32 कला पर स्थित है और अष्टमेश और तृतीयेश मंगल द्वारा दृष्ट है। नवम त्रिकोण में षष्ठेश शनि पर मारकेश मंगल के अतिरिक्त मारकेश शुक्र की भी दृष्टि है। शिशु का जन्म मारकेश शुक्र की दशा में हुआ था। जिसका भोग्यकाल 1 वर्ष 8 माह 7 दिन शेष था। इस शिशु की मृत्यु तीव्र ज्वर होने के कारण 23-09-1973 को हो गई और सभी चिकित्सा पद्धति विफल हो गई।

उदाहरण सं.-9.13 जन्मांग सं.-332

जन्म दिनांक : 17.07.1944 जन्म समय : 16:58:00 घंटे
जन्म स्थान : बिजनौर अक्षांश 29:22:00 रेखांश 78:09:00
चित्रपक्षीय अयनांश : 23:04:42 साम्पातिक काल : 11:21:06 घंटे

ग्रह	अंश	राशि	नक्षत्र	पद	षड्बल
लग्न	15:53:43	वृश्चिक	अनुराधा	4	–
सूर्य	1:36:40	कर्क	पुनर्वसु	4	1.68
चंद्र	28:56:26	वृष	मृगशिरा	2	1.6
मंगल	10:10:33	सिंह	मघा	4	1.44
बुध	18:23:29	कर्क	अश्लेषा	1	0.92
गुरु	5:11:29	सिंह	मघा	2	1.19

शुक्र (C)	7:12:46	कर्क	पुष्य	2	0.94
शनि	10:24:01	मिथुन	आर्द्रा	2	1.35
राहु (S)	4:35:09	कर्क	पुष्य	1	—
केतु (S)	4:35:09	मकर	उ.षा.	3	—

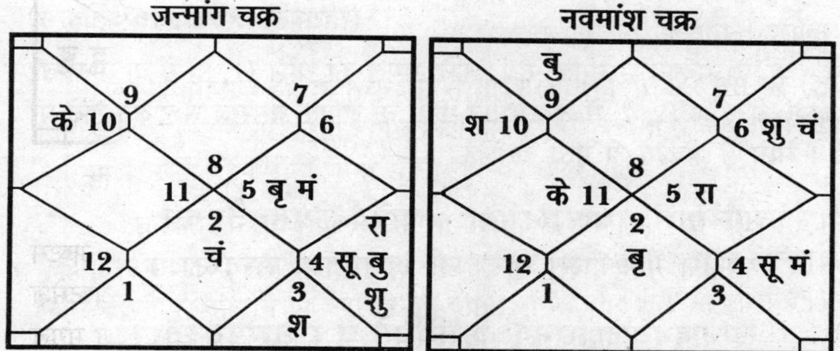

जन्म के समय मंगल की भोग्य विंशोत्तरी महादशा - 4 व. 0 मा. 20 दि.

इस जन्मांग में नवमेश चंद्रमा वृषराशि के 29 अंशों पर स्थित है और मंगल के नक्षत्र मृगशिरा में स्थान प्राप्त कर रहा है। लग्नेश मंगल और चतुर्थेश शनि के मध्य महत्वपूर्ण ग्रह सूर्य, शुक्र, बुध और राहु स्थित हैं। चतुर्थेश शनि अष्टम भावगत है और लग्नेश मंगल पर दृष्टिनिक्षेप कर रहा है। चन्द्रमा वृषराशि के अन्तिम अंशों में स्थित है तथा अष्टमेश बुध का नवमांश प्राप्त कर रहा है, अतः उपरांकित बालारिष्ट योग की संरचना हो रही है। एक वर्ष की आयु के लगभग जब बालक पर मंगल की महादशा चल रही थी उसी समय खेलते हुए एक कार के नीचे दब गया और दर्दनाक और दहला देनेवाली दुर्घटना से सिर से पैर तक लहूलुहान हो गया, पैर पर कार का पहिया चढ़ जाने के कारण पैर की उंगली का काटा जाना शल्य चिकित्सक की विवशता थी। सिर फट जाने से सिर पर गहरा घाव लगा, छह महीने तक चिकित्सालय में रहकर बालक की चिकित्सा हुई। तत्पश्चात् बालक को जीवन दान मिला।

लग्न पर चंद्रमा और मंगल की दृष्टि, चंद्रमा का राशि के अन्तिम अंशों में स्थित होना तथा मंगल पर अष्टमस्थ शनि की दृष्टि पढ़ना प्रबल बालारिष्ट योग की संरचना कर रहा है। उल्लेखनीय है कि नवमांश चक्र में लग्नेश मंगल नीचराशिगत होकर चतुर्थेश शनि के साथ विनिमय दृष्टिसम्बन्ध स्थापित कर रहा है और दोनों

ही ग्रह संयुक्त रूप से द्वादश भाव पर दृष्टिनिक्षेप कर रहे हैं, इसलिए बालारिष्ट योग की प्रबलता में वृद्धि हुई है। लग्नेश मंगल के साथ द्वितीयेश और पंचमेश बृहस्पति की युति के कारण बालक के प्राणों की रक्षा हुई और जीवनदान मिला।

भौमदिवाकरसौराशिछद्रे जातस्य भौमगृहे।
म्रियतेऽवश्यं स नरो यमकृतरक्षोपि मासेन।।

(सारावली/अध्याय-10/श्लोक 7)

यदि जन्मकाल में मंगल, सूर्य, शनि, मंगल की राशि (1, 8) में वा पाठान्तर से शुक्र की राशि (2, 7) में अष्टमभाव में हों तो जातक यमराज से रक्षित होने पर भी 1 मास में अवश्य ही मृत्यु होती है।

सौम्याः षष्ठाष्टमगाः पापैर्वक्रोपसङ्गतैर्दृष्टाः।
मासेन मृत्युदास्ते यदि न शुभैस्तत्र सन्दृष्टाः।।

लग्नाद्द्वादशधनगैः क्रूरैर्म्रियते च रन्ध्ररिपुयुक्तैः।
शुभसम्पर्कमयातैर्मासे षष्ठेऽष्टमे वाऽपि।।

(सारावली/अध्याय-10/श्लोक 23-24)

यदि शुभग्रह षष्ठ, अष्टमभाव में वक्रगति वाले पापग्रह से दृष्ट तथा शुभग्रह से अदृष्ट हो तो एक मास में निधन होता है। यदि लग्न से 12, 2, 8, 6 भाव में पापग्रह, शुभग्रह से अदृष्ट व पृथक् हो तो 6 या 8 वें मास में निधन होता है।

लग्नाधिपजन्मपती षष्ठाष्टमरिःफगौ प्रसवकाले।
अस्तमितौ मरणकरौ राशिप्रमितैर्वदेद्वर्षैः।।

होराधिपतिर्द्यूने पापजितो मरणमेव विदधाति।
मासेन जन्मनाथस्तद्वच्चन्द्रो न यदि शुभदृष्टः।।

(सारावली/अध्याय-10/श्लोक 25-26)

यदि जन्मकाल में लग्नस्वामी व राशि का स्वामी 6, 8, 12 भाव में अस्त होकर स्थित हों तो राशितुल्य वर्ष में मृत्यु होती है। यदि लग्न स्वामी पापग्रह से पराजित होकर सप्तमभाव में शुभग्रह से अदृष्ट हो तो एक मास में मृत्यु होती है। इसी प्रकार यदि राशि स्वामी वा चन्द्रमा सप्तमभाव में पापग्रह से पराजित होकर शुभग्रह से अदृष्ट हो तो भी एक मास में मृत्युकारक होता है।

संध्यायां चन्द्रहोरायां पापै भान्त्यांश गैर्मृतिः।
एतैः पृथक् चतुष्केन्द्र स्थितैः साब्जैस्तु मासतः।।

(त्रिफला/अध्याय-3/श्लोक 1)

इसमें दो योग बताये हैं:-

1. यदि संध्याकाल में जन्म हो और जन्म के समय चन्द्रमा की होरा हो और पापग्रह राशियों के अन्तिम अंशों में हो तो ऐसे शिशु की शीघ्र मृत्यु होती है। जब अर्ध सूर्य अस्त हो, तो जाय और तारे दिखाई न दें, उस बीच के काल को संध्या कहते हैं। यह सायं-संध्या कहलाती है। प्रातः-संध्या तब होती है जब तारे लुप्त हों और सूर्य जब तक आधा उदय हो। 'होरा' शब्द के तीन अर्थ हैं:- (1) लग्न, (2) कालहोरा एक-एक घंटे की एक-एक ग्रह की, (3) राशि का आधा भाग। यहां होरा शब्द से तृतीय अर्थ अभिप्रेत है। अर्थात् मेष, मिथुन, सिंह, तुला, धनु तथा कुंभ का उत्तरार्द्ध और वृष, कर्क, कन्या, वृश्चिक, मकर या मीन का पूर्वार्द्ध।

2. यदि चन्द्रमा पापग्रह-सहित हो और सूर्य, मंगल, शनि तीनों केन्द्र में हों। अन्य विद्वानों के मत से चार-चन्द्र, सूर्य, शनि और मंगल-चारों एक-एक केन्द्र में हों तो बालक की सद्यः मृत्यु होती है।

उपर्युक्त दोनों योगों में से कोई सा एक हो तो एक मास में मृत्यु हो जाती है।

इस जन्मांग में चंद्र, मंगल, शनि केन्द्रगत हैं। मंगल और शनि एक दूसरे को पूर्णदृष्टि से देख रहे हैं तथा अष्टमेश सूर्य तथा षष्ठेश बुध द्वादश भावगत हैं तथा चंद्रमा 0 अंश पर है। अतः बालारिष्ट योग की संरचना हो रही है।

उदाहरण सं.-9.14 **जन्मांग सं.-333**

जन्म दिनांक : 01.02.2006 जन्म समय : 09:30:00 घंटे

जन्म स्थान : देहरादून अक्षांश 30:19:00 रेखांश 78:03:00

चित्रपक्षीय अयनांश : 23:56:24 साम्पातिक काल : 15:54:53 घंटे

ग्रह	अंश	राशि	नक्षत्र	पद	षड्बल
लग्न	22:47:21	मकर	श्रवण	4	—
सूर्य	16:38:58	धनु	पू.षा.	1	1.52

चंद्र	0:54:45	मकर	उ.षा.	2	1.2
मंगल	17:10:33	मेष	भरणी	2	1.3
बुध	1:57:47	धनु	मूल	1	1.22
गुरु	19:23:17	तुला	स्वाति	4	0.98
शुक्र (व)	6:17:08	मकर	उ.षा.	3	1.03
शनि(व)	15:58:16	कर्क	पुष्य	4	1.26
राहु (व)	14:45:06	मीन	उ.भा.	4	—
केतु (व)	14:45:06	कन्या	हस्त	2	—

जन्मांग चक्र **नवमांश चक्र**

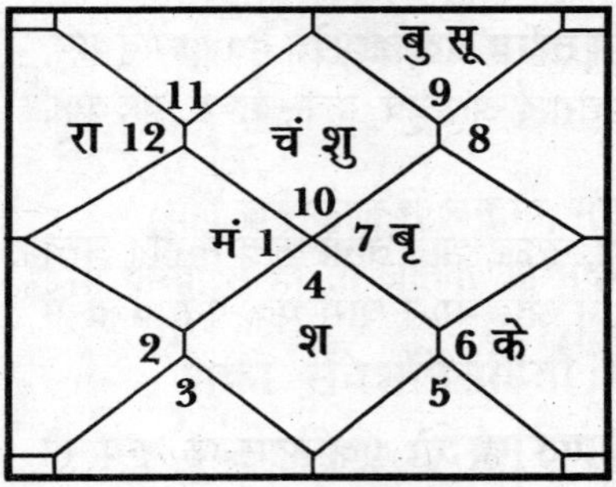

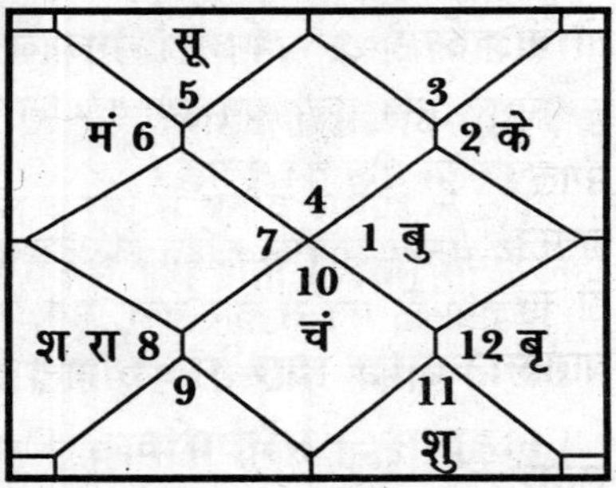

जन्म के समय सूर्य की भोग्य विंशोत्तरी महादशा - 4 व. 1 मा. 2 दि.

इस बालक का जन्म 1-1-2006 को हुआ और 4 वर्ष की आयु में तीव्र ज्वर के कारण मृत्यु हो गई।

इस बालक का जन्म मकर लग्न में हुआ तथा लग्नेश शनि कर्क राशि में सप्तम भावगत है और चंद्रमा से द्रष्ट है। अर्थात् लग्नेश शनि तथा सप्तमेश चंद्रमा जो सप्तम और लग्नगत हैं, के मध्य परस्पर दृष्टि सम्बन्ध स्थापित हो रहा है। शनि और मंगल के मध्य भी विनिमय दृष्टिसम्बन्ध स्थापित हो रहा है। अर्थात् लग्न एवम् चंद्रमा से मंगल चतुर्थ और शनि सप्तम भावगत है। इस बालक का जन्म सूर्य के नक्षत्र कृत्तिका में हुआ था। जन्म के समय सूर्य की भोग्य दशा 4 वर्ष 1 महीने 2 दिन थी, जैसे ही सूर्य की महादशा समाप्त हुई और चंद्रमा की महादशा 4-12-2010 को प्रारम्भ हुई, उसके पश्चात् एक महीने के भीतर ही इस बालक का निधन हो गया। बालारिष्ट योग का यह उदाहरण अत्यन्त दर्दनाक और पीड़ादायक है।

शशिन्यरि-विनाशगे निधनमाशु पापेक्षिते
शुभैरथ समाष्टकं दलमतश्च मिश्रैः स्थितिः।
असद्भिरवलोकिते बलिभिरत्र मासं शुभे
कलत्र-सहिते च पाप-विजिते विलग्नाधिपे।।

(फलितमार्तण्ड/अध्याय-5/श्लोक 13)

चन्द्रमा षष्ठ या अष्टम हो, उसे पापग्रह दृष्टिनिक्षेप करते हों तो शिशु की शीघ्र मृत्यु होती है। यदि शुभग्रह दृष्टिनिक्षेप करते हों तो आठ वर्ष में मृत्यु हो। यदि उन्हीं स्थानों में चन्द्रमा, पाप, शुभ दोनों से दृष्ट हो तो उसका आधा अर्थात् चार वर्ष की आयु में मृत्यु होती है। यदि षष्ठ, अष्टम शुभग्रह स्थित हों और वह बली पापग्रह से दृष्ट हो तो एक मास मात्र, तथा पापग्रह से पराजित लग्नेश सप्तमस्थान में हो तो भी एक मास की आयु कहना चाहिए।

इस बालिका के अष्टम भाव में कर्क राशिगत चंद्रमा शनि से संयुक्त है और मंगल से दृष्ट है, और किसी भी शुभ ग्रह से दृष्ट नहीं है। अतः इस बालिका के जन्म के कुछ ही समय पश्चात् स्थायी विकार की जटिलता और ज्वर के कारण मृत्यु हो गई। षष्ठ या अष्टम भाव में चंद्रमा यदि पापग्रह के प्रभाव में हो तो प्रबल बालारिष्ट योग की संरचना होती है।

उदाहरण सं.-9.15 जन्मांग सं.-334

जन्म दिनांक : 25.01.2005 जन्म समय : 12:08:00 घंटे
जन्म स्थान : लखनऊ अक्षांश 26:50:00 रेखांश 80:54:00
चित्रपक्षीय अयनांश : 23:55:33 साम्पातिक काल : 20:20:17 घंटे

ग्रह	अंश	राशि	नक्षत्र	पद	षड्बल
लग्न	22:20:43	मेष	भरणी	3	—
सूर्य	11:27:57	मकर	श्रवण	1	1.46
चंद्र	9:40:25	कर्क	पुष्य	2	1.35
मंगल	27:17:04	वृश्चिक	ज्येष्ठा	4	1.18
बुध (अ)	28:15:06	धनु	उ.षा.	1	1.05
गुरु	24:50:24	कन्या	चित्रा	1	1.03
शुक्र	25:34:41	धनु	पू.षा.	4	1.17

शनि(व)	29:01:55	मिथुन	पुनर्वसु	3	1.03
राहु (व)	2:39:00	मेष	अश्विनी	1	—
केतु (व)	2:39:00	तुला	चित्रा	3	—

जन्मांग चक्र

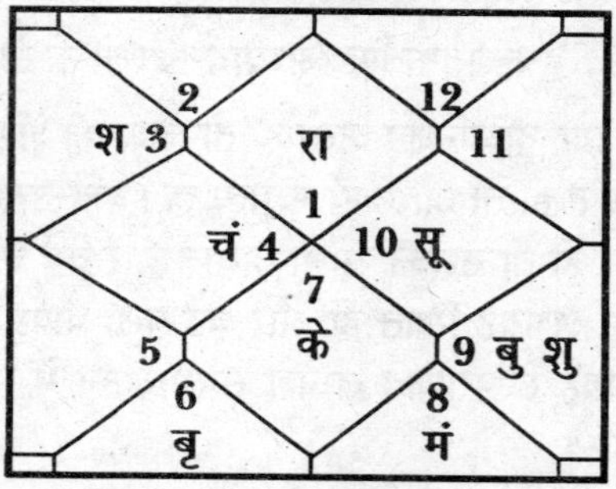

नवमांश चक्र

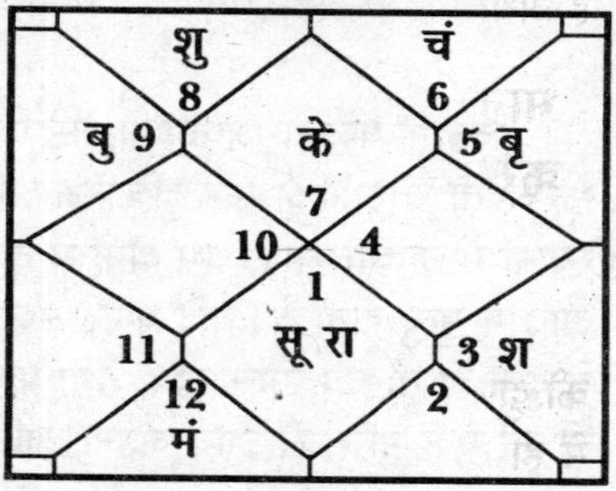

जन्म के समय शनि की भोग्य विंशोत्तरी महादशा - 9 व. 11 मा. 17 दि.

इस बालिका का जन्म मेष लग्न में हुआ है और राहु लग्न में मेष राशि और अश्वनि नक्षत्र में स्थित है। लग्नेश मंगल अष्टम भाव में ज्येष्ठा नक्षत्रगत है जो मूल का नक्षत्र होने के साथ-साथ बुध का आधिपत्य भी प्राप्त कर रहा है। बुध तृतीयेश और षष्ठेश है। अतः मंगल का अष्टम भाव में ज्येष्ठा नक्षत्र के चतुर्थ चरण में स्थित होना अत्यन्त अशुभ है। उल्लेखनीय है कि बालिका का जन्म पुष्य नक्षत्र में हुआ है, इसलिए जन्म के समय शनि की महादशा चल रही थी, और शनि पर मंगल की दृष्टि है। तथा शनि और मंगल एक दूसरे से षडाष्टक भी हैं। चतुर्थ भावगत चंद्रमा और अष्टम भावगत मंगल बालारिष्ट योग की संरचना कर रहे हैं। इस बालिका के जन्म के कुछ ही समय पश्चात् बालिका की जल में डूब जाने के कारण मृत्यु हो गई। यहाँ उल्लेखनीय है कि चंद्रमा और मंगल दोनों ही जलीय राशि कर्क और वृश्चिक में स्थित हैं और अष्टमस्थ मंगल जलीय राशि मीन का नवांश भी प्राप्त कर रहा है और नवांश चक्र में चंद्रमा और मंगल परस्पर दृष्टि सम्बन्ध स्थापित कर रहे हैं, और क्रमशः द्वादश और षष्ठ भावगत हैं।

क्रूरास्त्रयः क्रूरग्रहेऽष्टमस्था निघ्नन्ति मासान् ध्रुवमेव जातम्।
यस्मिन् गृहेऽभ्युदितस्तु केतु स्तस्मिन् प्रसूतौ म्रियते द्विमासात्।।

(जातकसारदीप-2/अध्याय-47/श्लोक 27)

अष्टमस्थान में क्रूर राशि में तीन क्रूर ग्रह हों तो एक मास में ही शिशु की मृत्यु होती है।

जिस राशि में धूमकेतु का उदय हो, उसी में जन्म हो तो दो मास में मृत्यु होती है अर्थात् धूमकेतु की उदय लग्न राशि व जन्म लग्न समान हों।

भानुर्नभस्थः कुजमन्दराशौ निहन्तिसद्यो बहुपापदृष्टः।
क्रूरेरक्षितः क्षीणशशी तनुस्थो हन्त्येव मुक्त्वा क्रियगोकुलीरान्।।

(जातकसारदीप-2/अध्याय-47/श्लोक 28)

दशम में मेष अथवा वृश्चिक राशि का सूर्य हो और उस पर बहुत से पापग्रहों की दृष्टि हो, क्षीण चन्द्रमा पापदृष्ट होकर 1/2/4 राशि की अतिरिक्त राशि में लग्न में हो तो इन दोनों योगों में प्रबल अरिष्ट होता है।

उदाहरण सं.-9.16 **जन्मांग सं.-335**

जन्म दिनांक : 21.04.1953 जन्म समय : 12:40:00 घंटे
जन्म स्थान : दिल्ली अक्षांश 28:39:00 रेखांश 77:13:00
चित्रपक्षीय अयनांश : 23:12:29 साम्पातिक काल : 2:15:06 घंटे

ग्रह	अंश	राशि	नक्षत्र	पद	षड्बल
लग्न	17:59:00	कर्क	अश्लेषा	1	—
सूर्य	7:40:30	मेष	अश्विनी	3	2
चंद्र	10:40:19	कर्क	पुष्य	3	1.02
मंगल	29:47:52	मेष	कृत्तिका	1	1.62
बुध	10:58:46	मीन	उ.भा.	3	0.84
गुरु	2:34:52	वृष	कृत्तिका	2	1.27
शुक्र (व)	25:14:06	मीन	रेवती	3	1.07
शनि(व)	0:13:08	तुला	चित्रा	3	1.31
राहु (स)	15:23:34	मकर	श्रवण	2	—
केतु (स)	15:23:34	कर्क	पुष्य	4	—

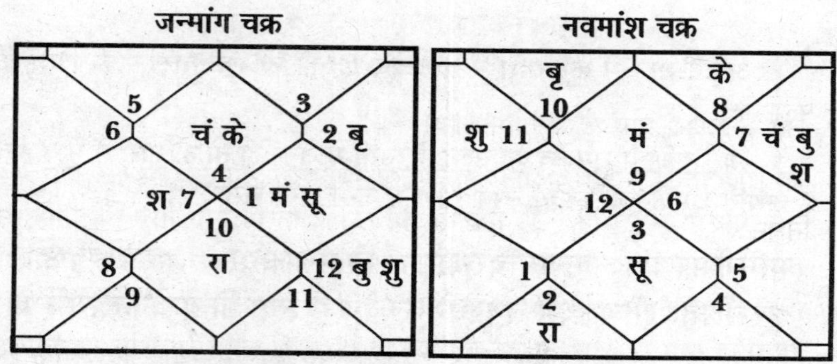

जन्म के समय शनि की भोग्य विंशोत्तरी महादशा - 8 व. 6 मा. 15 दि.

इस बालक का जन्म कर्क लग्न में हुआ है तथा चन्द्रमा की राशि में लग्नगत है और केतु से संयुक्त होकर मंगल और शनि से दृष्ट है। चन्द्रमा पुष्य नक्षत्रगत है, जिसका स्वामी शनि कर्क लग्न के लिए मारकेश है। उपरोक्त सूत्र के अनुसार दशमभाव में सूर्य और मंगल स्थित हैं ओर शनि से दृष्ट हैं। उल्लेखनीय है कि शनि और सूर्य दोनों ही मारकेश है और लग्न तथा चंद्रमा पर दृष्टिनिक्षेप कर रहे हैं, जिसके कारण इस बालक के जन्म के दो मास के भीतर ही इसका असमय निधन हो गया। बालक की माता के हाथों से चलती ट्रेन पर चढ़ते समय बालक हाथ से छूट गया और ट्रेन के नीचे पटरी पर जा गिरा। बालक के माता-पिता के हृदय को तीव्र गहरा आघात लगा और उसी आघात में बालक की माता की भी मृत्यु हो गयी।

षष्ठाष्टगा वक्रितपापदृष्टा हन्युः शुभा मासि शुभरैदृष्टाः।
होरापतिः पापजितः स्मरस्थो मासेनतं मारयति प्रसूतम्।।

(जातकसारदीप-2/अध्याय-47/श्लोक 29)

6.8 भावों में वक्री पापग्रहों से दृष्ट शुभग्रह हों तो एक मास में मृत्यु होती है। अथवा पापग्रह से पराजित लग्नेश सप्तम में हो तो भी मास भर की आयु होती है।

केतुर्यस्मिन्नृक्षेऽभ्युदितस्तस्मिन्प्रसूयते यो हि।
मासद्वयेन मरणं विनिर्दिशेत्तस्य जातस्य।।

(सारावली/अध्याय-10/श्लोक 12)

जिस नक्षत्र में केतु का उदय हुआ हो, यदि उसी नक्षत्र में किसी का जन्म हो तो जातक की दो मास में मृत्यु होती है।

होरेश्वरस्तु मत्यौ पापैः सकलैश्च दृश्यते बलिभिः।
मासि चतुर्थे मरणं जातस्य करोति मुनिवाक्यम्।।

(सारावली/अध्याय-10/श्लोक 28)

यदि लग्न स्वामी अष्टमभाव में समस्त पापग्रहों से दृष्ट हो तो चतुर्थ मास में निधन करता है ऐसा मुनियों का कथन है।

आपोक्लिमे स्थिताः सर्वे ग्रहाः बलविवर्जिताः।
षण्मासं वा द्विमासं वा तस्यायुः समुदाहृतम्।।

(फलितमार्तण्ड/अध्याय-5/श्लोक 25)

सूर्यादि निर्बल सबग्रह यदि आपोक्लिम (3-6-12) में स्थित हों तो उस शिशु की छह मास या दो मास की आयु होती है।

होरास्वामी पाप-दृष्टोऽष्टमस्थो जन्मेशाढ्यश्चेन्मृतिर्वेदमासैः।
एवं कामे पापयुग् जन्मपाढ्यो होरेशश्चेत् क्रूर-दृष्टोऽष्टमासैः।।

(फलितमार्तण्ड/अध्याय-5/श्लोक 26)

लग्नेश पापग्रहों से दृष्ट अष्टमस्थान में हो और वह जन्मराशि के स्वामी से युक्त हो तो चार मास में शिशु की मृत्यु होती है। इसी प्रकार पापग्रह जन्म-राशिपति से युक्त और क्रूरग्रहों से दृष्ट होकर लग्नेश यदि सप्तमस्थान में हो तो आठ मास में शिशु की मृत्यु होती है।

रन्ध्रेऽङ्गेशे पापयुतदृष्टे तुर्यमासायुः।।
सर्वे आपोक्लिमगा विबलाः षण्मासायुः।।
पापर्क्षे सुते इन्द्वर्कारा: षण्मासायुः।।
धनान्त्यगा वा व्ययारिगा वा रन्ध्रारिगा वाष्टमाङ्कगा।।
पापाः षष्ठेऽष्टमे वा मासि मृतिः।।
लग्नद्रेष्काणेशे षष्ठे भतुल्ये मासि मृतिः।।
षष्ठाष्टमगयोः पापदृष्टयोः पापयोर्वर्षान्तरे मृतिः।।
चन्द्रज्ञौकेन्द्रे मूढमन्दारदृष्टौ वर्षान्तरे मृतिः।।
लग्नपाच्चन्द्रेऽशेऽष्टमे पापमात्रदृष्टे वर्षद्वयायुः।।

(जातकतत्त्वम्/अध्याय-2/श्लोक 81-88)

लग्नेश अष्टमस्थान में पापग्रहों से युक्त या दृष्ट हो तो चार मास की आयु होती है। सभी ग्रह निर्बल हों तथा आपोक्लिम में हों तो छह मास की आयु होती है। यदि पापग्रह 2, 12 या 6, 12 या 8, 6 या 8, 9 स्थानों में हो तो शिशु की छह या आठ मास में मृत्यु होती है।

अग्रांकित जन्मांग में दो पापग्रह सूर्य व बुध अष्टम भावगत हैं तथा शुक्र के नवमभावगत हैं। लग्नेश मंगल शनि से युक्त हैं तथा नवमेश चंद्रमा और सप्तमेश शुक्र के मध्य विनिमय परिवर्तन योग का निर्माण हो रहा है। लग्न पर मंगल की दृष्टि है। इस बालक की मृत्यु जन्म के कुछ ही समय पश्चात हो गई।

उल्लेखनीय है कि बृहस्पति स्वगृही होकर द्वितीय भावस्थ है और अष्टम भाव बुध तथा लग्नेश मंगल पर दृष्टिनिक्षेप भी कर रहा है। परन्तु जातक के प्राणों की रक्षा न हो सकी।

उदाहरण सं.-9.17 जन्मांग सं.-336

जन्म दिनांक : 12.07.2008 जन्म समय : 16:35:00 घंटे
जन्म स्थान : लखनऊ अक्षांश 26:50:00 रेखांश 80:54:00
चित्रपक्षीय अयनांश : 23:58:45 साम्पातिक काल : 11:51:27 घंटे

ग्रह	अंश	राशि	नक्षत्र	पद	षड्बल
लग्न	22:45:55	वृश्चिक	ज्येष्ठा	2	–
सूर्य	26:29:15	मिथुन	पुनर्वसु	2	1.45
चंद्र	21:45:41	तुला	विशाखा	1	0.89
मंगल	12:29:05	सिंह	मघा	4	1.21
बुध	8:35:47	मिथुन	आर्द्रा	1	0.96
गुरु (व)	23:05:19	धनु	पू.षा.	3	1.03
शुक्र (अ)	5:37:53	कर्क	पुष्य	1	1.4
शनि	11:37:41	सिंह	मघा	4	1.42
राहु (व)	24:55:05	मकर	धनिष्ठा	1	–
केतु (व)	24:55:05	कर्क	अश्लेषा	3	–

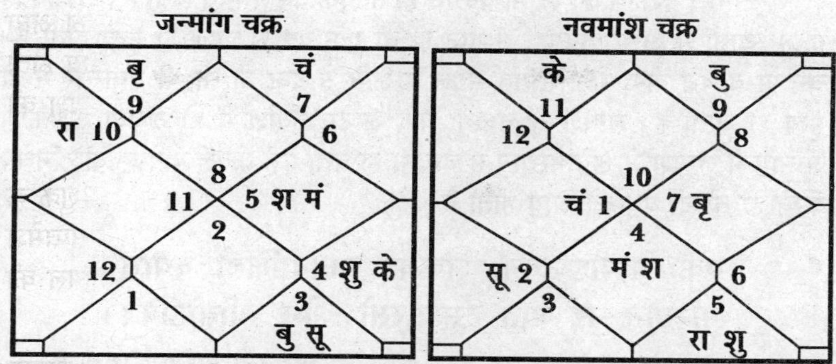

जन्म के समय गुरु की भोग्य विंशोत्तरी महादशा - 13 व. 10 मा. 19 दि.

इस बालक का जन्म 12-07-2008 को वृश्चिक लग्न में हुआ। लग्नेश मंगल दशमभाव में शनि से संयुक्त है तथा भाग्येश चंद्रमा द्वादश भाव में तुला राशि में स्थित है। लग्न पर लग्नेश मंगल की दृष्टि है और चंद्रमा पर तृतीयेश और चतुर्थेश शनि की दृष्टि है। शनि और मंगल बराबर अंशों में संयुक्त हैं शनि और मंगल की इस प्रकार की युति अत्यन्त अशुभ फल प्रदान करनेवाली होती है। उल्लेखनीय है कि मंगल 12 अंश 29 कला पर केतु के नक्षत्र मघा के चतुर्थ पद में स्थित है जबकि शनि भी सिंह राशि के 11 अंश 37 कला पर मघा नक्षत्र के चतुर्थ पद में स्थित है। उल्लेखनीय है कि शनि और मंगल की राशि, अंश व नक्षत्र समान हो तो जिन भावों पर उनका अधिपत्य है उनमें सम्बन्धित अरिष्ट अवश्य होता है। चन्द्र कुण्डली में मंगल षष्ठ भाव पर और शनि अष्टम भाव पर दृष्टिनिक्षेप करता है। शनि और मंगल दोनों ही कर्क राशि का नवांश प्राप्त कर रहे हैं और जबकि चन्द्रमा मंगल के नवांश में है अर्थात् चंद्रमा और मंगल के मध्य विनिमय नवांश परिवर्तन हो रहा है। इसलिए मंगल चंद्र और शनि इस योग में प्रबल बालारिष्ट योग का निर्माण कर रहे हैं। 12-7-2008 को चंद्रमा विशाखा नक्षत्र तथा तुला राशि में था, तीन दिन पश्चात् जैसे ही चंद्रमा ज्येष्ठा नक्षत्र में आया बालक की सांस सहसा रुक गई और पुनः उसकी सांस लौटकर नहीं आई।

ज्ञातव्य है कि बुध अष्टम भाव में स्वराशि मिथुन राहु के नक्षत्र आर्द्रा में स्थित है और बुध बृहस्पति का नवांश प्राप्त कर रहा है। बृहस्पति और बुध दोनों ही मारकेश हैं। बालक का जन्म भी बृहस्पति की महादशा में और बृहस्पति की अन्तर्दशा में हुआ और बृहस्पति की अन्तर्दशा में जन्म के तीन दिन पश्चात् ही उसका निधन हो गया।

लग्नस्थ द्रेष्काण का स्वामी षष्ठस्थ हो तो एक वर्ष में मृत्यु होती है। दो पापग्रह 6, 8 स्थानों में अन्य पापग्रहों से दृष्ट हों तो एक वर्ष से पहले ही मृत्यु होती है। चन्द्रमा व बुध केन्द्र में अस्तंगत मंगल व शनि से दृष्ट हों तो भी वर्षान्तर में ही मृत्यु हो जाती है। लग्नेश से चन्द्रमा यदि अष्टम नवांश में हो अथवा कारकांश जन्मांग में लग्नेश से अष्टमस्थान में चन्द्रमा हो तथा उसे केवल पापग्रह दृष्टिनिक्षेप करते हों तो दो वर्ष की आयु होती है।

एकः पापीऽष्टमगः शुक्रगृहे पापवीक्षितौ वर्षात्।
मारयति नरं जातं सुधारसो येन पीतोऽपि।।

(सारावली/अध्याय-10/श्लोक 8)

यदि जन्म समय में शुक्र की राशि (2, 7) में अष्टम भाव स्थित एक भी पापग्रह, पापग्रह से दृष्ट हो तो जातक को एक वर्ष में मार देता है चाहे उसने अमृत का पान किया हो तब भी मर जाता है।

उदाहरण सं.-9.18 **जन्मांग सं.-337**

जन्म दिनांक : 06.09.1950 जन्म समय : 19:38:00 घंटे
जन्म स्थान : लखनऊ अक्षांश 26:50:00 रेखांश 80:54:00
चित्रपक्षीय अयनांश : 23:10:06 साम्पातिक काल : 18:31:59 घंटे

ग्रह	अंश	राशि	नक्षत्र	पद	षड्बल
लग्न	17:57:36	मीन	रेवती	1	—
सूर्य	20:14:10	सिंह	पू.फा.	3	1.46
चंद्र	12:32:45	मिथुन	आर्द्रा	2	1.39
मंगल	23:48:22	तुला	विशाखा	2	1.18
बुध (व)	8:64:43	कन्या	उ.फा.	4	1.2
गुरु (व)	7:51:08	कुंभ	शतभिषा	1	0.99
शुक्र	2:32:26	सिंह	मघा	1	1.05
शनि(अ)	28:19:30	सिंह	उ.फा.	1	1.07
राहु (व)	5:20:29	मीन	उ.भा.	1	—
केतु (व)	5:20:29	कन्या	उ.फा.	3	—

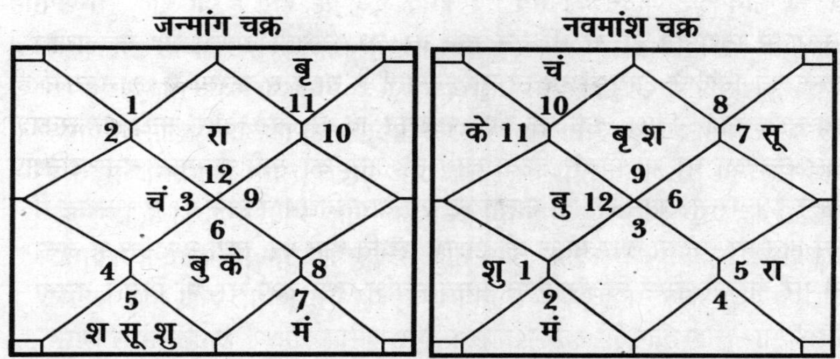

जन्म के समय राहु की भोग्य विंशोत्तरी महादशा - 10 व. 0 मा. 23 दि.

इस बालक का जन्म मीन लग्न में हुआ और अष्टम भाव में शुक्र की राशि तुला में मंगल स्थित है। जो मारकेश भी है, अष्टमस्थ मंगल को द्वादशेश शनि जो षष्ठ भावगत है, मंगल को पूर्णदृष्टि से देख रहा है। अतः षष्ठ भाव में शनि सूर्य शुक्र स्थित हैं जबकि अष्टम भाव में मंगल है और लग्नेश बृहस्पति वक्री होकर द्वादश भावगत है तथा शनि और मंगल दोनों पर दृष्टिनिक्षेप कर रहा है। वक्री बृहस्पति की दृष्टि षष्ठ और अष्टम भाव पर मंगल और शनि पर अशुभ है। इसलिए इस बालक की मृत्यु जन्म के एक वर्ष की आयु प्राप्त करने के पूर्व ही हो गई।

9.6 मध्य बालारिष्ट योग – एक वर्ष से बारह वर्ष की आयु

इससे पूर्व अध्याय में हमनें गम्भीर बालारिष्ट योगों की व्याख्या की है। यह सभी बालारिष्ट सम्बन्धी ग्रहयोग विभिन्न ज्योतिष ग्रन्थों में व्याख्यायित हैं। अब हम यहां पर कुछ ऐसे ग्रह योगों का उल्लेख कर रहे हैं जिनके जन्मांग में विद्यमान होने से एक वर्ष की आयु से लेकर बारह वर्ष तक की आयु के अन्तर्गत शिशु के अरिष्ट होने की सम्भावना होती है। ज्ञातव्य है कि अरिष्टकारी ग्रह योगों पर यदि शुभ ग्रहों का प्रभाव हो तो अरिष्ट प्रभाव में अल्पता प्रारुपित होती है, और शिशु व्याधिग्रस्त तो होता है परन्तु प्राणों की रक्षा हो जाती है। यहां पर हम पाठकों का ध्यान इस तथ्य की ओर आकर्षित करना चाहते हैं कि बालारिष्ट योग में जितने वर्ष की आयु का उल्लेख किया गया है, उस आयु को यथावत् स्वीकार न करके यह समझना उपयुक्त होता है कि बालारिष्ट योग की संरचना हो रही है, इसलिए शिशु को बारह

वर्ष की आयु तक जीवन का भय है। अनेक ऐसे ग्रह योग हैं जो यदि पूरी तरह जन्मांग में विद्यमान हों तो भी उन ग्रहों पर शुभ अथवा अशुभ ग्रह का प्रभाव जातक की निर्दिष्ट आयु में या तो वृद्धि करता है या ह्रास करता है। जन्मांग के साथ-साथ यदि नवांश चक्र का भी अध्ययन किया जाये और साथ ही साथ दशा-अन्तर्दशा पर भी विचार किया जाये तो आयु का सही अनुमान लगाया जा सकता है। परन्तु ध्यान रहे कि बालारिष्ट ग्रह योग विद्यमान होने पर मूल नक्षत्र में जन्म होने पर, चंद्रमा और मंगल की अशुभ स्थिति होने पर, तथा गण्डान्त में जन्म होने पर ही बालारिष्ट विचार करते समय नवांश तथा दशा पर भी विचार करना चाहिए।

वक्री शनिर्भौमगृहं प्रपन्नश्चन्द्रऽष्टषष्ठेऽथ चतुष्टये वा।
कुजेन सम्प्राप्तबलेन दृष्टो वर्षद्वयं जीवयति प्रजातम्।।

(सारावली/अध्याय-10/श्लोक 5)

यदि जन्मसमय में वक्री शनि मंगल की राशि (1, 8) में हो, एवं चन्द्रमा 6,8,1, 4,7,10 में बली मंगल से दृष्ट हो तो जातक की आयु दो वर्ष होती है।

अग्रांकित जन्मांग में मंगल लग्नगत है और शनि से दृष्ट है। अष्टम भाव में तृतीयेश चंद्रमा, अष्टमेश बृहस्पति से युक्त है तथा मंगल और शनि दोनों ही पापग्रहों से दृष्ट है जिसके कारण बालारिष्ट योग की संरचना हो रही है।

उदाहरण सं.-9.19 **जन्मांग सं.-338**

जन्म दिनांक : 04.06.1996 जन्म समय : 05:00:00 घंटे

जन्म स्थान : बम्बई अक्षांश 18:58:00 रेखांश 72:50:00

चित्रपक्षीय अयनांश : 23:48:28 साम्पातिक काल : 21:12:06 घंटे

ग्रह	अंश	राशि	नक्षत्र	पद	षड्बल
लग्न	3:30:44	वृष	कृत्तिका	3	—
सूर्य	19:49:40	वृष	रोहिणी	3	1.44
चंद्र	19:16:08	धनु	पू.षा.	2	1.16
मंगल	29:58:37	मेष	कृत्तिका	1	1.37
बुध	27:45:27	मेष	कृत्तिका	1	0.97

गुरु (व)	22:26:57	धनु	पू.षा.	3	0.86
शुक्र (व)	0:15:06	मिथुन	मृगशिरा	3	1.48
शनि	11:56:52	मीन	उ.भा.	3	1.21
राहु (व)	21:32:29	कन्या	हस्त	4	–
केतु (व)	21:32:29	मीन	रेवती	2	–

जन्मांग चक्र नवमांश चक्र

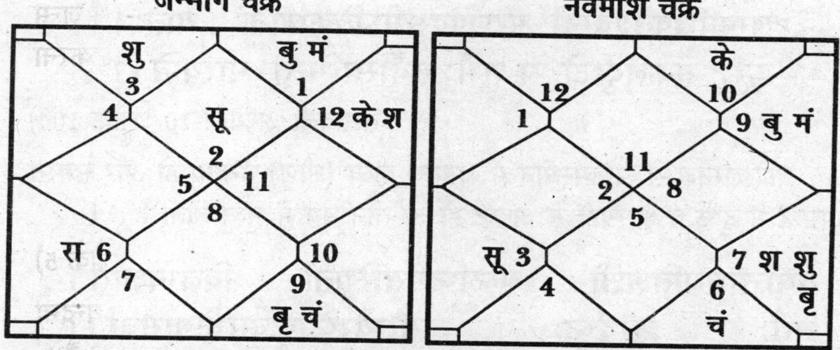

जन्म के समय शुक्र की भोग्य विंशोत्तरी महादशा - 11 व. 1 मा. 4 दि.

इस बालिका का जन्म वृषभ लग्न में हुआ है परन्तु सप्तमेश और द्वादशेश मंगल, लग्नगत होने के कारण, अत्यन्त अशुभ है भाग्येश चंद्रमा, अष्टम भाव में अष्टमेश बृहस्पति से संयुक्त है जो मारकेश मंगल से दृष्ट भी है। अष्टम भावगत और अष्टमस्थ अष्टमेश बृहस्पति पर मारकेश मंगल की दृष्टि के कारण प्रबल बालारिष्ट योग की संरचना हो रही है। इस बालिका के हृदय में छिद्र होने के कारण, इसका विकास नहीं हो पा रहा था। अतः मात्र पांच वर्ष की अवस्था में, इस नन्हीं सी बच्ची की हार्ट सर्जरी जून 2001 में हुई। हार्ट सर्जरी से पूर्व इस बालिका के सभी दांत निकाल दिये गये। सर्जनी के कुछ मास पश्चात्, पुनः सभी दांत निकालना आवश्यक हो गया। चंद्रमा की महादशा 18.12.2011 से 18.12.2021 तक चलेगी जो बालिका के स्वस्थ जीवन के लिए अति अशुभ है।

बृहस्पतिर्भौमगृहेऽष्टमस्थः सूर्येन्दुभौमार्कजदृष्टमूर्तिः।
अब्दैस्त्रिभिर्भार्गवदृष्टिहीनो लोकान्तरं प्रापयति प्रसूतम्।।

(सारावली/अध्याय-10/श्लोक 4)

जन्मकाल के समय यदि मंगल की राशि (1, 8) में अष्टमभाव में बृहस्पति

हो और सूर्य चन्द्रमा, मंगल व शनि से दृष्ट हो एवं शुक्र की दृष्टि से बृहस्पति रहित हो तो जातक की तीसरे वर्ष में मृत्यु होती है।

यह योग उपरोक्त जन्मांग में विद्यमान है जिसमें बृहस्पति अष्टम भाव में चंद्रमा से युक्त है तथा मंगल और शनि से दृष्ट है अतः उपरोक्त बालारिष्ट योग की स्थापना हो रही है।

लग्नाधिपतेश्चन्द्रो मरणपदस्थोऽतिकृष्णतां यातः।
क्रूरैः सकलैर्दृष्टो न शुभैः सर्वैस्त्रिभिस्तु मारयति।।

(सारावली/अध्याय-10/श्लोक 104)

यदि लग्नेश से अष्टमस्थान में अत्यन्त कृष्य (क्षीण) चन्द्रमा हो और समस्त पापग्रहों से दृष्ट व शुभग्रहों से अदृष्ट हो तो तीन वर्ष में मृत्यु होती है।

वर्षान्मारयतिशशी षष्ठाष्टमसंस्थितो विलग्नर्क्षात्।
सद्यः क्रूरैर्दृष्टः सौम्यैरष्टाब्दकरैष्टमासैर्वा।।

वक्री कुजर्क्षे शनिरारदृष्टः षष्ठाष्टकेन्द्रे मृतिकृदाद्विवर्षात्।
गुरुः कुजर्क्षेऽसृमगस्त्रिवर्षाद शुक्रदृष्टः शशि पापदृष्टः।।

(जातकसारदीप-2/अध्याय-47/श्लोक 30-31)

लग्न से 6.8 में स्थित चन्द्रमा क्रूर ग्रहों से दृष्ट हो व शुभदृष्ट न हो तो एक वर्ष या आठ मास में मृत्युप्रद है। मेष, वृश्चिक राशि में वक्री शनि, मंगल से दृष्ट होकर 6.8 या केन्द्र में हों तो 2 वर्ष में मृत्युदायक होता है। मंगल की राशि में बृहस्पति पर शुक्र के अतिरिक्त क्षीण चन्द्रमा की दृष्टि हो तो तीन वर्षों में मृत्यु देता है।

भौमार्किदृष्ट सहितोऽपि केन्द्रे नष्टः शशी हन्ति चतुर्भिरब्दैः।
लग्नेश्वरादष्टमगः कृशेन्दुर्दृष्टास्त्रिवर्षादशुभैर्विसौम्येः।।

(जातकसारदीप-2/अध्याय-47/श्लोक 32)

लग्नेश से अष्टम में क्षीण चन्द्रमा पापदृष्ट हो और शुभ दृष्टि न हो तो तीन वर्षों में मृत्यु निश्चित है। मंगल व शनि से दृष्ट या युक्त अति क्षीण चन्द्रमा केन्द्र में हो तो 49 वर्षों में मृत्यु होती है।

केन्द्राष्टषष्ठे वक्रगे ग्रहे कुजभे सबलारदृष्टे वर्षत्रयायुः।।

सोत्थेपापांशगौ पापदृष्टौ पुष्पवन्तौ वर्षत्रयायुः।।
भौमभेऽष्टमे जीवे मन्देन्द्वर्कदृष्टे भृग्वदृष्टे वर्षत्रयायुः।।

(जातकतत्त्वम्/अध्याय-2/श्लोक 89-91)

कोई ग्रह वक्री होकर केन्द्र, षष्ठ या अष्टम में मंगल की राशि में हो तथा उसे बलवान मंगल दृष्टिनिक्षेप करता हो। सूर्य व चन्द्रमा पापनवांशगत व पापदृष्ट होकर तृतीयस्थान में हों। मंगल की राशि में अष्टमस्थान में बृहस्पति स्थित हो तथा शनि, सूर्य व चन्द्रमा से दृष्ट हो तथा शुक्र से अदृष्ट हो। इन तीनों योगों में जातक की आयु तीन वर्ष होती है।

अग्रांकित उदाहरण में बृहस्पति अष्टम स्थान में, नीचराशि मकर में तथा मंगल के नवांश में स्थित है तथा अष्टमेश शनि द्वारा दृष्ट है। अतः यह जातक ब्लड कैंसर के कारण 3 वर्ष में तो नहीं, परन्तु 11 वर्ष की आयु में इस संसार को अपनी अन्तिम स्मृति प्रदान करके सदा के लिए मुक्त हो गया। यहां पर बृहस्पति शुक्र से अदृष्ट है और चंद्रमा से शनि अष्टम है और मंगल की राशि में स्थित है। चंद्रमा भी मंगल की राशि और अश्विनी नक्षत्र के प्रथम पद में स्थित है। इस बालक का जन्म गण्डमूल में हुआ था। यदि ढाई अंश के लगभग मूल का नक्षत्र व्यतीत होने पर जन्म हो तो उसे गण्डमूल से रेखांकित करते हैं। यहां पर मारकेश चंद्रमा राहु से मेष राशि में युक्त है और दोनों ही ग्रह मारकेश मंगल और बृहस्पति के नवांश में स्थित हैं।

उदाहरण सं.-9.20 **जन्मांग सं.-339**

जन्म दिनांक : 24.02.1985 जन्म समय : 14:10:00 घंटे
जन्म स्थान : दिल्ली अक्षांश 28:39:00 रेखांश 77:13:00
चित्रपक्षीय अयनांश : 23:38:45 साम्पातिक काल : 0:05:33 घंटे

ग्रह	अंश	राशि	नक्षत्र	पद	षड्बल
लग्न	19:49:51	मिथुन	आर्द्रा	4	—
सूर्य	12:02:36	कुंभ	शतभिषा	2	1.93
चंद्र	2:31:00	मेष	अश्विनी	1	1.02
मंगल	22:31:11	मीन	रेवती	2	1.51
बुध (अ)	16:19:37	कुंभ	शतभिषा	3	0.9
गुरु	10:18:59	मकर	श्रवण	1	0.77

शुक्र	23:16:34	मीन	रेवती	2	1.28
शनि	4:22:27	वृश्चिक	अनुराधा	1	1.04
राहु (व)	27:37:26	मेष	कृत्तिका	1	—
केतु (व)	27:37:26	तुला	विशाखा	3	—

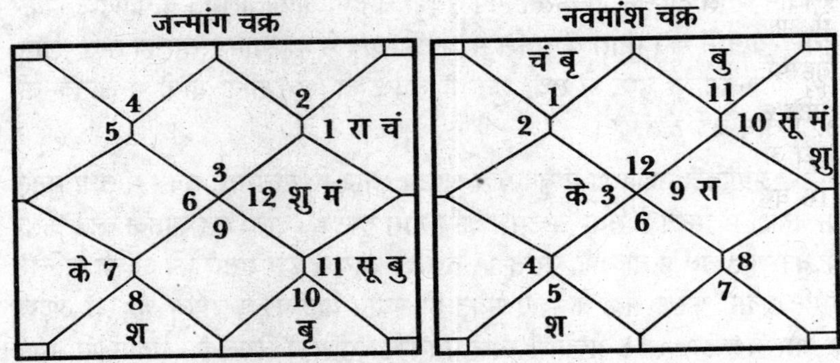

जन्म के समय केतु की भोग्य विंशोत्तरी महादशा - 5 व. 8 मा. 4 दि.

यह विलक्षण बालक यदि जीवित रहता तो देश के प्रबल स्तम्भ के रूप में प्रतिष्ठित, प्रशंसित और चर्चित होता। देखने में असाधारण रूपवान यह बालक जब सात वर्ष का था तो विज्ञान की परीक्षा में 100 में से 99 नम्बर मिले। इसने अपने कक्षाध्यापक से एक नम्बर काटे जाने का कारण पूछा परन्तु अध्यापक ने कारण बताना अस्वीकार कर दिया। निराश होकर ये बालक प्रिंसिपल के पास गया और उनसे अपनी कॉपी दिखाने का अनुरोध किया। 'यदि मुझे यह ज्ञात नहीं होगा कि मेरा एक अंक किस त्रुटि के कारण काटा गया है तो मैं उस त्रुटि को कैसे दूर करूंगा?' जब इस बालक की कॉपी प्रिंसिपल ने देखी तो कहीं भी एक नम्बर भी कटने की गुंजाईश नहीं थी। प्रिंसिपल ने कक्षाध्यापक को बुलाकर उलाहना दिया और कहा कि आपने एक नम्बर भी क्यों काटा। तत्पश्चात् इस बालक को 100 में से 100 नम्बर प्रदान किये गये। प्रत्येक पेपर में उसे 100 में से 100 नम्बर ही मिलते थे, खेलकूद में भी यह बालक सदा प्रथम आता था। कुछ ही समय में इस बालक का यशगान पूरे स्कूल कालेज में हो गया। कहते हैं ऐसे विलक्षण बालकों की जितनी आवश्यकता इस पृथ्वी पर होती है, उतनी ही आवश्यकता स्वर्ग में भी होती है। यह बालक 8-9 वर्ष का ही था कि बार-बार तीव्र ज्वर आने के कारण जब इसे चिकित्सक को दिखाया गया तो ज्ञात हुआ कि इसे ब्लड कैंसर है। माता-पिता के होश उड़ गये।

इस बालक के पिता दिल्ली विश्वविद्यालय के भूगर्भशास्त्र के विभागाध्यक्ष हैं। उन्हें समझ में ही नहीं आया कि वह अब क्या करें? अच्छी से अच्छी चिकित्सा जो भारत से अमेरिका तक सम्भव थी, वह गम्भीरता के साथ की गई परन्तु 10 वर्ष की आयु होने के पश्चात् इस बालक ने इस असार संसार का त्याग कर दिया।

इस बालक का जन्म मिथुन लग्न में हुआ था तथा मारकेश चंद्रमा मेष राशि में अश्वनी नक्षत्र के प्रथम चरण में स्थित होने के कारण गण्डमूल में है। सप्तमेश बृहस्पति अष्टम भाव में नीच राशिगत है। जबकि अष्टमेश शनि षष्ठभाव में वृश्चिक राशि और अनुराधा नक्षत्रगत है। सूय्र चंद्रमा और शुक्र मृत्युयांश युक्त है तथा लग्नेश बुध अस्त है। बालक की मृत्यु शुक्र की महादशा में चंद्रमा की अन्तर्दशा में लगभग 10 वर्ष की अवस्था में ब्लड कैंसर से आक्रांत होने के कारण हो गई।

जन्मतः प्राग् विलोक्य तृतीये दिने
चन्द्रमाश्चेच्छुभैर्युक्त-दृष्टो भवेत्।
जन्मतस्तर्हि वर्षे तृतीये शुभं
वाच्यमेवं खलैर्बालकस्याशुभम्।।

(फलितमार्तण्ड/अध्याय-5/श्लोक 31

जन्म-दिन से पूर्व तीसरे दिन चन्द्रमा पर विचार करना चाहिए। यदि वह चन्द्रमा शुभग्रहों से युक्त वा दृष्ट तथा बलवान हो तो जन्म से तीसरे वर्ष के लिए शिशु को शुभारोग्य फल कहना चाहिए। यदि पापग्रहों से युक्त वा दृष्ट हो तथा निर्बल हो तो तीसरे वर्ष के लिए शिशु को अशुभ (रोग, कष्टादि) फल कहना चाहिए। इसी प्रकार विचार-पूर्वक तीसरे मास में भी फल कहना चाहिए।

षष्ठाष्टमे कर्किणि जन्मलग्नात्
सौम्ये सुधारश्मि-निरीक्ष्यमाणे।
अब्दैश्चतुर्भिः सतुपैति नाशं
जातो नरः सर्वबलान्वितोऽपि।।

(फलितमार्तण्ड/अध्याय-5/श्लोक 27)

कर्क का बुध जन्म-लग्न से षष्ठ व अष्टम भाव में हो, उस पर चन्द्रमा दृष्टिनिक्षेप करता हो तो शिशु सर्व-बल-सम्पन्न (हृष्ट-पुष्ट) होने पर भी चतुर्थ वर्ष में मृत्यु को प्राप्त होता है।

कर्कटधामनि सौम्यः षष्ठाष्टमसंस्थितो विलग्नर्क्षात्।
चन्द्रेण दृष्टमूर्तिर्वर्षचतुष्केण मारयति।।
तीव्रफलराजयोगा यवनाद्यैर्ये विनिर्मितास्तेषु।
जायन्ते खलु कुलजा रिष्टं तेषु प्रसूतानाम्।।

(सारावली/अध्याय-10/श्लोक 10-11)

यदि लग्न से 6, 8, 12 भाव में कर्क राशिस्थ बुध, चन्द्रमा से दृष्ट हो तो चार वर्ष में मृत्यु होती है। यवनादि आचार्यों ने जिन उत्कृष्ट फलवाले राजयोगों का वर्णन किया है उन योगों में कुलीनों की उत्पत्ति होती है किन्तु उन्हें अरिष्ट का भी भय रहता है।

केन्द्रे रविमुषिततनुः क्षितिसुतमन्दावलोकितोऽथ युतः।
वर्षचतुष्के चन्द्रो मारयति किमत्र गणितेन।।

(सारावली/अध्याय-10/श्लोक 103)

यदि क्षीण चन्द्रमा केन्द्र में सूर्य से युत हो तथा मंगल व शनि से दृष्ट या युत हो तो 4 वर्ष में जातक की मृत्यु होती है। यहां (इस योग में) गणित करने की आवश्यकता नहीं होती है।

अग्रांकित जन्मांग में नवमेश चंद्रमा केन्द्र में चतुर्थभाव में शनि की राशि कुंभ में लग्नेश मंगल से युक्त है और मारकेश बृहस्पति से दृष्ट है। शनि और मंगल दोनों ही चंद्रमा और लग्नेश मंगल को प्रभावित कर रहे हैं और मारकेश बृहस्पति भी लग्नेश मंगल चतुर्थेश शनि और नवमेश चंद्रमा के अशुभ प्रभाव में है। सप्तमभाव पर शनि और मंगल की दृष्टि है। अतः बालारिष्ट योग की संरचना हो रही है।

शास्त्रों में उद्धृत ग्रहयोगों में अनुमानित आयु और बालारिष्ट योग के कारण मृत्यु का संकेत प्राप्त होता है। जो कुछ विशिष्ट ग्रह स्थितियों के लिए उल्लिखित है। यह सभी ग्रहयोग यथावत् कठिनाई से ही प्राप्त होते हैं परन्तु इन्हें दिशा निर्देश और संकेत के रूप में ग्रहण करना चाहिए और इनके आधार पर बालारिष्ट योग की संरचना के विषय में उनके मातापिता को अवगत कराना चाहिए। यदि ग्रहयोग यथावत् न प्राप्त हो, परन्तु अधिकांश रूप से जन्मांग में विद्यमान हो, तो गोचर के ग्रहों के अतिरिक्त महादशा और अन्तर्दशा के आधार पर बालारिष्ट का अनुमान लगाना चाहिए।

उदाहरण सं.-9.21 जन्मांग सं.-340

जन्म दिनांक : 25.07.1956 जन्म समय : 16:00:00 घंटे

जन्म स्थान : बरेली अक्षांश 28:20:00 रेखांश 79:24:00

चित्रपक्षीय अयनांश : 23:15:18 साम्पातिक काल : 12:00:01 घंटे

ग्रह	अंश	राशि	नक्षत्र	पद	षड्बल
लग्न	24:38:25	वृश्चिक	ज्येष्ठा	3	—
सूर्य	9:10:40	कर्क	पुष्य	2	1.24
चंद्र	7:04:12	कुंभ	शतभिषा	1	1.13
मंगल	28:38:27	कुंभ	पू.भा.	3	1.02
बुध (अ)	15:26:45	कर्क	पुष्य	4	0.76
गुरु	10:07:28	सिंह	मघा	4	1.57
शुक्र	1:36:40	मिथुन	मृगशिरा	3	1.38
शनि(व)	2:56:03	वृश्चिक	विशाखा	4	1.3
राहु (व)	13:16:53	वृश्चिक	अनुराधा	3	—
केतु (व)	13:16:53	वृष	रोहिणी	1	—

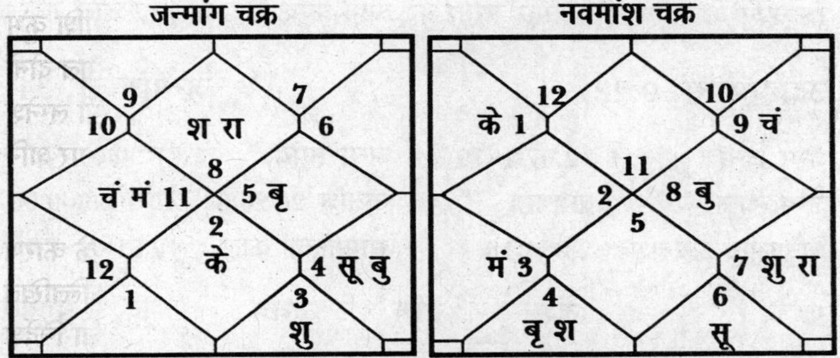

जन्म के समय राहु की भोग्य विंशोत्तरी महादशा - 17 व. 5 मा. 14 दि.

इस बालक का जन्म 25-07-1956 को वृश्चिक लग्न में हुआ। लग्न में शनि और राहु तथा चतुर्थ भाव में चंद्रमा और मंगल स्थिर राशिगत हैं, जिनमें से मंगल के अतिरिक्त सभी ग्रह पूर्वभाव में चलित हो गये हैं, चंद्र, मंगल का चतुर्थ भावगत

होना और शनि और मंगल का सप्तमभाव पर संयुक्त दृष्टिनिक्षेप करना अत्यन्त अशुभ है। यह बालक अपने पिता का प्रथम पुत्र था जिसे सहसा लिवर सम्बन्धी कष्ट हुआ। उस समय उपलब्ध अच्छी से अच्छी चिकित्सा की गई परन्तु बालक के प्राणों की रक्षा न की जा सकी, और 17-6-1959 को लगभग 3 वर्ष की अवस्था में इस बालक की मृत्यु हो गई। जिसके कारण समस्त परिवार दारुण दुःख से चीख उठा। चन्द्रमा मंगल का चतुर्थभाव में स्थित होना बालारिष्ट योग की संरचना करता है। शनि, मंगल और चंद्रमा की चतुर्थ भाव के अतिरिक्त त्रिक भावों पर दृष्टि हो तो भी बालारिष्ट योग की संरचना होती है।

षष्ठाष्टमे कर्किणि जन्मलग्नात् सौम्ये सुधारश्मिनिरीक्ष्यमाणे।।
अब्दैश्चतुर्भिः समुपैति नाशं जातो नरः सर्वबलान्वितोऽपि।।

(जातकपारिजात/अध्याय-4/श्लोक 42)

यदि लग्न से षष्ठ, अष्टम भाव में कर्क राशि का बुध हो और बुध को चन्द्रमा दृष्टिनिक्षेप करे तो शिशु सर्व बलान्वित (अन्य सबल ग्रह) होने पर भी चार वर्ष की आयु में मृत्यु हो जाती है।

अग्रांकित जन्मांग में अष्टम भाव में कर्क राशि में बृहस्पति और बुध जैसे शुभग्रह स्थित हैं तथा चंद्रमा तृतीय भावगत है। अतः बालारिष्ट योग की संरचना हो रही है। यह जातक 4 वर्ष की आयु में यकृत से सम्बन्धित व्याधि और पीलिया रोग होने के कारण इस असार संसार को त्याग करके सदा के लिए चला गया।

उदाहरण सं.-9.22 **जन्मांग सं.-341**

जन्म दिनांक : 12.07.1979 जन्म समय : 17:30:00 घंटे
जन्म स्थान : वाराणसी अक्षांश 25:20:00 रेखांश 83:00:00
चित्रपक्षीय अयनांश : 23:34:10 साम्पातिक काल : 12:51:09 घंटे

ग्रह	अंश	राशि	नक्षत्र	पद	षड्बल
लग्न	7:17:53	धनु	मूल	3	—
सूर्य	25:58:49	मिथुन	पुनर्वसु	2	1.47
चंद्र	3:06:02	कुंभ	धनिष्ठा	3	1.17
मंगल	18:00:11	वृष	रोहिणी	3	1.07
बुध	19:43:08	कर्क	अश्लेषा	1	1.07

गुरु	19:34:18	कर्क	अश्लेषा	1	1.44
शुक्र	13:55:06	मिथुन	आर्द्रा	3	1.32
शनि	16:46:30	सिंह	पू.फा.	2	1.22
राहु (व)	15:48:42	सिंह	पू.फा.	1	—
केतु (व)	15:48:42	कुंभ	शतभिषा	3	—

जन्मांग चक्र

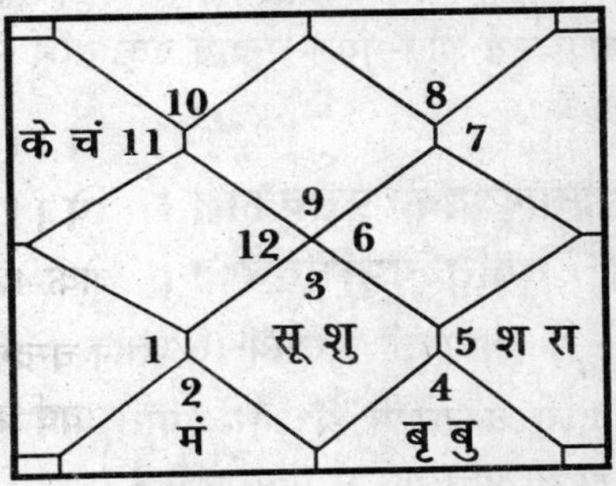

10
8
के चं 11
7
9
12
6
3
1
सू शु
5 श रा
2
मं
4
बृ बु

नवमांश चक्र

सू
2
4
रा 5
मं
1
3
श 6
12
9
चं 7
बु बृ
11 शु के
8
10

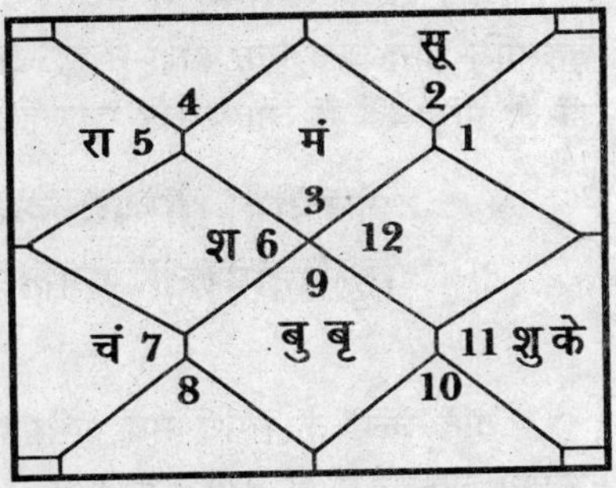

जन्म के समय मंगल की भोग्य विंशोत्तरी महादशा - 1 व. 10 मा. 14 दि.

इस बालक का जन्म धनु लग्न और कुम्भ राशि में हुआ है। मारकेश बुध अष्टम भाव में लग्नेश बृहस्पति के साथ कर्क राशि में संस्थित है और यहाँ बुध और बृहस्पति दोनों ही शुभग्रह शत्रु राशि कर्क में 19 अंश पर अश्लेषा नक्षत्रगत हैं और दोनों ही बृहस्पति का नवांश प्राप्त कर रहे हैं। यह दोनों ग्रह लग्न से अष्टम और चंद्रमा से षष्ठ है। नवम भाव में मारकेश शनि राहु केतु से संयुक्त है और लगभग समान अंशों पर स्थित हैं। साथ ही साथ शनि और मंगल जो क्रमशः नवम और षष्ठ भावगत है, परस्पर दृष्टिनिक्षेप कर रहे हैं। अतः नवम भाव और अष्टम भाव दोनों ही पापाक्रान्त हैं। इस बालक को चार वर्ष की आयु में गम्भीर पीलिया रोग हुआ और इसे समस्त प्रयासों के उपरान्त भी नहीं बचाया जा सका।

सौम्ये कुलीरेऽष्टरिपुव्ययस्थे वर्षैश्चतुर्भिर्मृतिरिन्दुदृष्टे।
अदृश्यदृश्यांगगसौम्यपापै र्लग्ने च राहुर्यदि पंचवर्षैः।।

(जातकसारदीप-2/अध्याय-47/श्लोक 33)

6.8 भावों में कर्क राशिगत शुभग्रह पर चन्द्रमा की दृष्टि हो तो चार वर्षों

में मृत्यु होती है। शुभग्रह अदृश्य चक्र में व पापग्रह दृश्य चक्र में हों और लग्न में राहु हो तो पाँच वर्षों में मृत्यु होती है।

रविचन्द्रभौमगुरुभिः कुजगुरुसौरेन्दुभिस्तथैकस्थैः।
रविशनिभौमशशाङ्कैर्मरणं खलु पञ्चभिर्वर्षैः।।

(सारावली/अध्याय-10/श्लोक 100)

यदि जन्म के समय में सूर्य-चन्द्र-मंगल-बृहस्पति एकराशि में हों व मंगल-बृहस्पति-शनि-चन्द्र एक राशि में हों, अथवा सूर्य-शनि-मंगल-चन्द्रमा एक राशि में हों तो पांच वर्ष में जातक की मृत्यु होती है।

दर्शनभागे सौम्याः क्रूराश्चादृश्यके प्रसवकाले।
राहुर्लग्नोपगतो यमक्षयं नयति पञ्चभिर्वर्षैः।।

(सारावली/अध्याय-10/श्लोक 106)

यदि जन्म के समय सब शुभग्रह दृश्य चक्रार्ध में हों और समस्त पापग्रह अदृश्य चक्रार्ध में हों तथा राहु लग्न में हो तो पांच वर्ष में मृत्यु होती है।

विशशिभवने शुक्रो द्वादशरिपुरध्रगं शुभैः सर्वैः।
दृष्टः करोति षड्भिर्वर्षैर्मरणं किमत्र चित्रं हि।।

(सारावली/अध्याय-10/श्लोक 9)

यदि जन्म के समय में शुक्र, सिंह या कर्क राशि में स्थित होकर द्वादश, षष्ठ या अष्टमभाव में शुभग्रहों से दृष्ट हो तो छठे वर्ष में मृत्यु होती है।

यदा सुधारश्मिनवांशकस्थे निरीक्षिते शीतकरेण मन्दे।।
लग्नाधिपे चन्द्रदृशा समेते जातस्य षड्वर्षमितं तदाऽऽयुः।।

(जातकपारिजात/अध्याय-4/श्लोक 44)

यदि शनि कर्क नवांश में हो और चन्द्रमा से दृष्ट हो या लग्नेश पर भी चन्द्रमा की दृष्टि हो तो आयु छह वर्ष की होती है।

अर्केन्दुराशौभृगुजः षडब्दाद् दृष्टः षडन्त्याष्टगतश्चसौम्यैः।
लग्ने दृगाणा निगडाहिपक्षि पाशान्विता स्वामिभिरप्यदृष्टाः।।

(जातकसारदीप-2/अध्याय-47/श्लोक 34)

4.5 राशि में शुक्र 6.8.12 भावों में शुभदृष्ट हो तो छह वर्षों में तथा लग्न में निगड, सर्प, पक्षी, पाश द्रेष्काण हो और इनके स्वामी ग्रहों की इन पर दृष्टि न हो तो भी छह वर्षों में मृत्यु होती है।

अग्रांकित जन्मांग में कन्या का जन्म कन्या लग्न में हुआ है और शुक्र द्वादश भाव में सिंह राशिगत है तथा बृहस्पति और शनि से दृष्ट है। जातिका का यकृत सम्बन्धी व्याधि के कारण 6 वर्ष की आयु में सहसा निधन हो गया। उल्लेखनीय है चंद्र मंगल के चतुर्थ भावगत होने से भी बालारिष्ट योग की संरचना हो रही है जैसा कि इस जन्मांग में हो रहा है। मंगल तृतीयेश और अष्टमेश होकर चतुर्थ भाव में स्थित है। यह भी बालारिष्ट योग की संरचना कर रहा है।

उदाहरण सं.-9.23 जन्मांग सं.-342

जन्म दिनांक : 12.07.1986 जन्म समय : 11:10:00 घंटे

जन्म स्थान : पटना अक्षांश 25:37:00 रेखांश 85:12:00

चित्रपक्षीय अयनांश : 23:40:00 साम्पातिक काल : 6:40:07 घंटे

ग्रह	अंश	राशि	नक्षत्र	पद	षड्बल
लग्न	15:22:37	कन्या	हस्त	2	–
सूर्य	25:55:42	मिथुन	पुनर्वसु	2	1.84
चंद्र	23:48:29	सिंह	पू.फा.	4	1.19
मंगल(व)	23:25:39	धनु	पू.षा.	4	1.03
बुध (व)	12:31:56	कर्क	पुष्य	3	0.98
गुरु (स)	29:11:24	कुंभ	पू.भा.	3	0.87
शुक्र	6:57:39	सिंह	मघा	3	1.05
शनि(व)	9:55:35	वृश्चिक	अनुराधा	2	1.27
राहु (व)	1:10:27	मेष	अश्विनी	1	–
केतु (व)	2:10:27	तुला	चित्रा	3	–

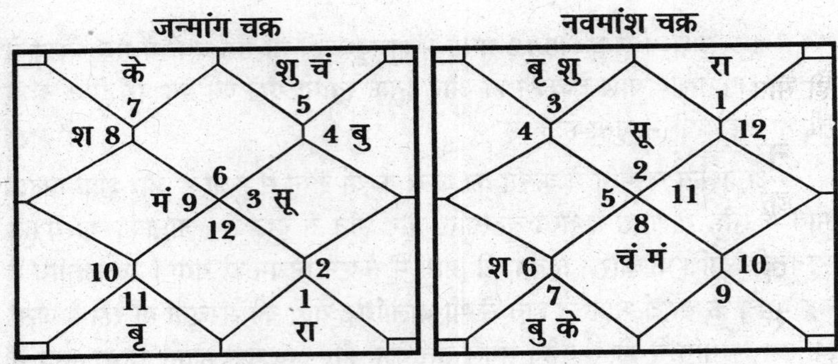

जन्म के समय शुक्र की भोग्य विंशोत्तरी महादशा - 4 व. 3 मा. 13 दि.

इस बालक का जन्म कन्या लग्न में हुआ है। अष्टमेश मंगल चतुर्थ भावगत है और द्वादशेश सूर्य को लग्नेश बुध को और सप्तम भाव को पूर्णदृष्टि से देख रहा है। चंद्रमा सिंह राशिगत होकर मारकेश और द्वितीयेश शुक्र से द्वादश भाव में संयुक्त है। शुक्र, चंद्रमा की द्वादश भाव की युति धनेश और लाभेश की युति है। यहां पर सप्तमेश बृहस्पति की दृष्टि भी है। द्वितीयभाव में केतु और अष्टम भाव में राहु स्थित है। मंगल, बुध, बृहस्पति और शनि सभी वक्री हैं। अतः प्रबल बालारिष्ट योग की संरचना हो रही है। बालिका जब छह वर्ष की हुई तो सहसा उदर विकार के कारण चिकित्सालय में चिकित्सा के लिए रखा गया। बाद में यकृत सम्बन्धी कोई गम्भीर व्याधि का पता चला परन्तु बालिका के प्राणों की रक्षा नहीं की जा सकी।

लग्ने रविमन्दकुजैः शुक्रगृहे सप्तमे शशी क्षीणः।
दृष्टो न देवगुरुणा सप्तभिरब्दैर्विनाशयति।।

(सारावली/अध्याय-10/श्लोक 102)

यदि लग्न में सूर्य-शनि-मंगल हो तथा सप्तमभाव में शुक्र की राशि (2/7) में ीण चन्द्रमा गुरु से अदृष्ट हो तो सात वर्ष में जातक की मृत्यु होती है।

विशेष : यह योग मेष लग्न या वृश्चिक लग्न में बनता है।

घटसिंहवृश्चिकोदयकृतस्थितिर्जीवितं हरति राहुः।
पापैर्निरीक्ष्यमाणः सप्तमितैर्निश्चितं वर्षैः।।

(सारावली/अध्याय-10/श्लोक 108)

यदि कुम्भ व सिंह व वृश्चिक लग्न में राहु पापग्रहों से दृष्ट हो तो निश्चित ही सात वर्ष में जीवन हरण (मृत्यु) करता है।

नरर्क्षलग्नेऽर्ककुजार्किदृष्टश्चन्द्रः पुनः क्षेत्रगतोनिहन्ति।
क्रूरैर्युतं राहुरवेक्षते चेत् क्षीणेन्दुमल्पैर्दिवसैस्तु नश्येत्।।

जामित्रगौ भौमरवी शशांकात् रोगोदयः सप्तदिनं च जीवेत्।
रवौस्थिते चन्द्रमसस्त्रिकोणे व्याधिंगतो विशंतिवासरान्तात्।।

(जातकसारदीप-2/अध्याय-47/श्लोक 7-8)

मनुष्य संज्ञक राशि (3/6/7/9/11) लग्न में सूर्य, मंगल व शनि से दृष्ट चन्द्रमा हो या सूर्य, मंगल व शनि की राशियों में चन्द्रमा हो। अथवा क्रूरयुक्त क्षीण चन्द्रमा पर राहु दृष्टिनिक्षेप करे तो शीघ्र ही शिशु की मृत्यु होती है।

चन्द्रमा से सप्तम में सूर्य मंगल हो तो सप्ताह भर में रोगोत्पत्ति और चन्द्रमा से 5/9 में सूर्य स्थित हो तो बीस दिनों में रोग होता है।

केतूदयक्षोर्पगते शशांके मासद्वयं जीवतिसम्प्रसूतः।
एकर्क्षगैश्चन्द्र कुजार्कजीवैस्तथैव जीवक्षितिजेन्दुमन्दैः।।

शनीन्दुभूपुत्र दिनेश्वरैर्वा म्रियेत बालः शरवत्सरान्ते।
मेषादिराशिक्रमशोऽष्टनन्दाद्वाविंशतिश्चाकृतिभूतचन्द्राः ।।

वेदास्त्रयो विंश धृतिर्नखाश्च मूर्छा दिशो मृत्युकराः स्वभागाः।
तद्भागसंस्थः प्रतिराशिचन्द्र स्तत्संख्य वर्षैर्मरणायसुनोः।।

(जातकसारदीप-2/अध्याय-47/श्लोक 9-11)

धूमकेतु के उदय नक्षत्र में जन्मकालीन चन्द्रमा हो तो दो मास जीवन होता है। चन्द्रमा, मंगल, सूर्य, बृहस्पति या बृहस्पति मंगल, शनि चन्द्र एक ही राशि में हों तो पांच वर्षों में मृत्यु होती है।

शनि, चन्द्र व मंगल एक राशि में हों तो पॉच वर्ष का जीवन होता है। मेष-8, वृष-9, मिथुन-22, कर्क-22, सिंह-5, कन्या-1, तुला-4, वृश्चिक-23, धनु-18, मकर-20, कुम्भ-21, मीन-10 ये अंश चन्द्रमा के मृत्युभाग हैं। मृत्युभागगत चन्द्रमा इन अंशतुल्य वर्षों में मृत्युदायक होता है।

कुजार्कयुक्तः स्वसुतर्क्षसंस्थः सौम्यौरदृष्टश्च शशी नवाब्दात्।
चन्द्रान्मृतिस्थे विधुराशिपेऽर्के सार्कौमृती राशिमितैस्तु वर्षैः।।

बलिग्रहस्थान गते शशांके जन्मागते वा तनुमागते वा।
समग्रवीर्ये बहुपाप दृष्टे वर्षान्तरे मृत्यु रनुक्त काले।।

(जातकसारदीप-2/अध्याय-47/श्लोक 12-13)

सूर्य व मंगल से युक्त चन्द्रमा पंचम में हो और शुभदृष्टिगत न हो तो आयु नौ वर्ष की होती है। चन्द्रमा से अष्टम में चन्द्रराशि का स्वामी हो, साथ में शनि भी हो तो बारह वर्ष आयु होती है। अरिष्टकारक ग्रहों में सर्वबली ग्रह की अधिष्ठित राशि में जब चन्द्रमा गोचर करे या जन्मराशि जन्मलग्न में जब लौटकर आए तो मृत्यु होती है। यह विधि वहां अपनाएं, जिन योगों में मृत्युकाल का स्पष्ट निर्देश नहीं किया गया है।

लग्नाच्छशकांद् बहवस्तृतीये पापा यदि स्युः सहजप्रणाशः।
लग्नाच्छशाकाकाच्च चतुर्थ संस्थैर्गर्भो विनश्येन् नियमेन पापैः।।

(जातकसारदीप-2/अध्याय-47/श्लोक 14)

लग्न या चन्द्र से तृतीय में अनेक पापग्रह हों तो भाई को विशेष कष्ट होता है। लग्न व चन्द्र से चतुर्थगत कई पापग्रह हों तो गर्भपात या शिशु की मृत्यु होती है।

लग्नचन्द्रौ निरीक्षन्तः क्रूराः शुभविवर्जिताः।
लग्नादष्टमगं चन्द्रं लग्नं चन्द्रादक्षाष्टमम्।
क्रूरग्रहानिरीक्षन्ते जातस्य मृतिसूचकाः।।

(जातकसारदीप-2/अध्याय-47/श्लोक 15)

लग्न व चन्द्रमा में शुभ सम्बन्ध में न हों और अनेक पापग्रह उन्हें दृष्टिनिक्षेप करें अथवा लग्न से अष्टम में चन्द्रमा या चन्द्रमा से अष्टम में लग्न हो तथा इन्हें पापग्रह दृष्टिनिक्षेप करते हों तो शिशु की मृत्यु होती है।

जन्मोदयेशौ मृतिषट् व्ययस्थौ।
मूढौ वधो राशिसमैस्तु वर्षैः।।

(जातकसारदीप-2/अध्याय-47/श्लोक 16)

जन्मलग्नेश व जन्मराशि का स्वामी 6/8/12 में अस्त हों तो अपनी अधिष्ठित राशि के बराबर वर्षों में मृत्युदायक होते हैं।

चन्द्रं विलग्नं च गुरुर्न पश्येच्चेद् वार्क युक्तं शशिनं च जीवः।
परेण जातं प्रवदन्ति सन्तश्चन्द्रे सपापे दिननाथयुक्ते।।

(जातकसारदीप-2/अध्याय-47/श्लोक 17)

चन्द्रमा व लग्न पर बृहस्पति दृष्टिनिक्षेप न करता हो या सूर्य से संयुक्त चन्द्रमा को बृहस्पति दृष्टिनिक्षेप न करे या सूर्ययुक्त चन्द्रमा पापयुक्त हो तो परपुरुष से शिशु उत्पन्न होता है।

होरेश जन्मेश नवांशनाथाः सूर्योपगाः कैश्चन मृत्युरब्दे।
लग्नाद् विधोर्वा नवबुद्धिराशि याते यमे क्रूर युतेऽपितद्वत्।।

(जातकसारदीप-2/अध्याय-47/श्लोक 18)

लग्नेश, जन्मराशीश व इनके नवांशेश अस्त हों या सूर्य के अति निकट हों तो कुछ लोगों के मत से शीघ्र ही वर्ष भर में मृत्यु होती है। अथवा लग्न या चन्द्रमा से 5/9 में क्रूरग्रह युक्त शनि हो तो भी वर्षभर में मृत्यु होती है।

नेष्टेब्जे दुःखमिश्रेक्ष्येऽष्टारौ दृग् दिग् युगाब्दतुः।
नाऽदृष्टे वानसत्पक्षे निशिकृष्णेऽह्नि जन्म चेत्।।

(त्रिफला/अध्याय-3/श्लोक 4)

इसमें चार योग बताए गए हैं-

1. यदि राहुग्रस्त (ग्रहण के समय का) चन्द्रमा लग्न में हो और अष्टम में मंगल हो तो शिशु तथा माता दोनों की मृत्यु होती है।
   - क) यदि चन्द्रमा केवल पापदृष्ट हो तो दो वर्ष में मृत्यु होती है।
   - ख) यदि चन्द्रमा शुभदृष्ट हो तो दस वर्ष में मृत्यु होती है।
   - ग) यदि शुभ और पाप दोनों प्रकार के ग्रहों की दृष्टि हो तो चार वर्ष में मृत्यु होती है।
2. यदि चन्द्रमा षष्ठ या अष्टम में हो और पापदृष्ट हो, तो बालारिष्ट होता है। यदि शुभग्रहों से वीक्षित हो तो आठ वर्ष की आयु होती है, यदि शुभ और

पापग्रह दोनों से वीक्षित हो तो चार वर्ष की आयु होती है। किन्तु अन्य ग्रंथकारों के मत से, यदि चन्द्रमा शुभराशि में हो, या शुभग्रह के साथ हो तो प्राण-रक्षा हो जाती है।

3. यदि शुक्ल-पक्ष की रात्रि में जन्म हो या कृष्णपक्ष में दिन में जन्म हो तो षष्ठ या अष्टमस्थान में स्थित चन्द्रमा भी मृत्युदायक नहीं होता।

अग्रांकित जन्मांग में चंद्रमा बृहस्पति से चतुर्थ भाव में युक्त है तथा अष्टमेश है। अष्टमेश के चतुर्थ भावगत होने से बालारिष्ट नहीं होता परन्तु पापग्रहों की दृष्टि चन्द्रमा पर हो अथवा त्रिक भावों के अधिपति चंद्रमा पर दृष्टिनिक्षेप करते हों तो बालारिष्ट योग निर्मित होता है। यहां पर अष्टमेश चंद्रमा पर द्वादशेश मंगल और द्वितीयेश शनि की दृष्टि है जिसके कारण बालारिष्ट योग की संरचना हो रही है। इस जातक की मृत्यु लगभग 10 वर्ष में यकृत विकार से हुई।

उदाहरण सं.-9.24 जन्मांग सं.-343

जन्म दिनांक : 24.12.1963 जन्म समय : 08:00:00 घंटे

जन्म स्थान : बेवर अक्षांश 26:02:00 रेखांश 74:02:00

चित्रपक्षीय अयनांश : 23:20:56 साम्पातिक काल : 13:33:46 घंटे

ग्रह	अंश	राशि	नक्षत्र	पद	षड्बल
लग्न	17:11:14	धनु	पू.षा.	2	—
सूर्य	8:11:53	धनु	मूल	3	1.41
चंद्र	11:41:03	मीन	उ.भा.	3	1.26
मंगल(अ)	20:58:30	धनु	पू.षा.	3	1.55
बुध	26:55:39	धनु	उ.षा.	1	1.37
गुरु	16:47:18	मीन	रेवती	1	1.38
शुक्र	7:02:35	मकर	उ.षा.	4	1.04
शनि	26:17:59	मकर	धनिष्ठा	1	1.07
राहु (व)	17:54:40	मिथुन	आर्द्रा	4	—
केतु (व/अ)	17:54:40	धनु	पू.षा.	2	—

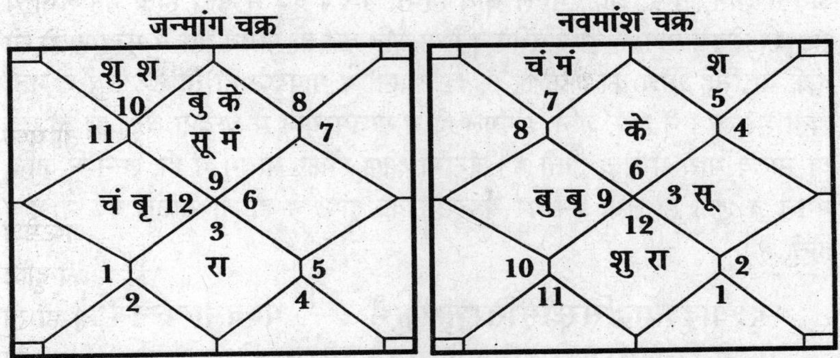

जन्म के समय शनि की भोग्य विंशोत्तरी महादशा - 7 व. 1 मा. 6 दि.

इस बालक के माता-पिता की व्यथा की कथा का उल्लेख अनेक स्थलों पर किया है। जातक के पहला पुत्र अरविन्द 25-07-1956 को जन्मा और 17-06-1959 को उसकी मृत्यु हो गयी, दूसरा पुत्र राजू 28-02-1960 को जन्मा और 02-04-1962 को उसकी मृत्यु हो गयी, तीसरा पुत्र 24-12-1963 को जन्मा और 21-08-1974 को उसकी मृत्यु हो गई।

इस जन्मांग में धनु लग्न में सूर्य मंगल बुध और केतु स्थित है। चन्द्रमा और बृहस्पति चतुर्थ भावगत है तथा चंद्रमा पर शनि और मंगल दोनों की दृष्टि है और चंद्रमा अष्टमेश तथा बृहस्पति लग्नेश है। वह शनि और मंगल की दृष्टि होने के कारण दोनों ही ग्रह पापाक्रान्त हैं, बुध मारकेश है, बुध की महादशा में 10 वर्ष 8 माह की आयु में इस बालक की मृत्यु हो गई।

षष्ठाष्टमे कर्कगे ज्ञे चन्द्रेदृष्टे तुर्येब्दे मृतिः।।
सेन्द्वर्केज्यौ वा सेन्द्वर्कार्क्यारा वा समन्देद्वच्छाराः पंचमादे मृतिः॥
लग्नेराहौ पापमात्रदृष्टयुते पंचमाब्दे मृतिः॥
सूर्येन्दुभे त्रिके शुक्रेपापदृष्टे षष्ठेऽब्दे मृतिः॥
लग्नेऽर्कमन्दाराः क्षीणेन्दावस्ते षष्ठे सप्तमे वाब्दे मृतिः॥
क्षीणेन्दावस्ते लग्ने मन्दाराच्छा गुर्वदृष्टाः सप्तमेऽब्दे मृतिः॥

(जातकतत्त्वम्/अध्याय-2/श्लोक 92-97)

बुध षष्ठ व अष्टम में कर्क राशिगत हो तथा उसे चन्द्रमा दृष्टिनिक्षेप करे तो चतुर्थ वर्ष में मृत्यु होती है। सूर्य, चन्द्र, बृहस्पति अथवा सूर्य, चन्द्र, शनि, मंगल

अथवा शनि, चन्द्र, शुक्र, मंगल साथ हों तो पाँचवें वर्ष में मृत्यु होती है। लग्न में राहु को केवल पापग्रह दृष्टिनिक्षेप करें या युति करें तो पाँचवें वर्ष में मृत्यु होती है। कर्क या सिंह राशि का शुक्र 6, 8, 12 स्थानों में पापदृष्ट हो तो छठे वर्ष में मृत्यु होती है। लग्न में सूर्य, शनि व मंगल हों व सप्तमस्थान में चन्द्रमा क्षीण हो तो छठे या सातवें मास में मृत्यु होती है। चन्द्रमा क्षीण होकर सप्तम में हो, लग्न में शनि, मंगल व शुक्र हों तथा इन पर बृहस्पति की दृष्टि न हो तो सातवें वर्ष में मृत्यु होती है।

दृश्यादृश्यार्द्धसंस्थैर्मृतिरशुभशुभैः पञ्चमात्पन्नगेऽङ्गे
शुक्रे रिःफारिरन्ध्रे रविशशिभवने सौम्यदृष्टेऽब्दषट्कात्।
लग्ने राहौ वृषान्यस्थिरभवनगते सप्तमात्पापदृष्टे
भौमे लग्नेऽथवेन्दौ दिनकृति मदने मृत्युराटाब्दतः प्राक्।।

(जातकादेशमार्ग/अध्याय-3/श्लोक 10)

इसमें बालारिष्ट के चार योग बताये हैं-

1. यदि राहु लग्न में हो और पापग्रह आकाश के दिखाई देने वाले आधे भाग में हों तथा शुभग्रह आकाश के दिखाई न देने वाले आधे भाग में हों जब किसी भी समय लग्न स्पष्ट से प्रारंभ कर द्वितीय, तृतीय, चतुर्थ, पंचम, षष्ठ और सप्तमभाव मध्य तक अदृश्यार्द्ध अर्थात् दिखाई न देने वाला भाग होता है तथा सप्तम भाव के मध्य से प्रारंभ कर अष्टम, नवम, दशम, एकादश, द्वादश तथा लग्न मध्य तक दृश्यार्द्ध या आकाश का दिखाई देने वाला भाग होता है तो उपर्युक्त योग में शिशु की मृत्यु पांच वर्ष की अवस्था तक हो जाती है।

2. यदि कर्क या सिंह राशि में शुक्र षष्ठ, अष्टम, या द्वादशभाव में हो और पापग्रह उस पर दृष्टिनिक्षेप करते हों तो छठे वर्ष के अन्दर मृत्यु हो जाती है। मूल श्लोक में लिखा है कि सौम्येदृष्टे अर्थात् शुक्र को सौम्य ग्रह दृष्टिनिक्षेप करता हो। किन्तु हमारे विचार से शुभ दृष्ट शुक्र का यह प्रभाव नहीं होना चाहिए। इसके अतिरिक्त संकेतनिधि में अध्याय 3 श्लोक 12 में इस योग को इस प्रकार लिखा है कि कर्क या सिंह स्थित शुक्र को, षष्ठ, अष्टम, या द्वादशभाव में स्थित शुभग्रह दृष्टिनिक्षेप करें और शुक्र को पापग्रह भी दृष्टिनिक्षेप करें तो छठे वर्ष के भीतर मृत्यु हो जाती है।

3. यदि लग्न में, सिंह, वृश्चिक या कुम्भ का राहु हो और पापग्रह से वीक्षित हो तो सात वर्ष की वय के भीतर मृत्यु हो जाती है।

4. यदि लग्न में चन्द्रमा या मंगल हो और सप्तम में सूर्य हो तो आठ वर्ष के अन्दर मृत्यु हो जाती है।

तनौ दृकाणा यदि पाश-पक्षिणां
खलान्विताः सप्तमवत्सरे मृतिः।
खलास्त्रिकोणे न शुभेक्षिताः शुभाः
षडष्टगाश्चेद् गजवत्सरे क्षयः।।

(फलितमार्तण्ड/अध्याय-5/श्लोक 28)

यदि लग्न में पाश वा पक्षिसंज्ञक द्रेष्काण पापग्रहों से युक्त हो तो शिशु की सप्तम वर्ष में मृत्यु होती है। यदि त्रिकोण में स्थित पापग्रहों को पापग्रह ही दृष्टिनिक्षेप करते हों और शुभग्रह षष्ठ, अष्टम स्थित हों तो शिशु की अष्टम वर्ष में मृत्यु होती है।

षष्ठाष्टमगाः सौम्याः कोणे पापाः अष्टमेऽब्दे मृतिः।।
क्षीणेन्दावस्ते शुक्रभे लग्ने मंदारार्का गुर्वदृष्टाः सप्तमेऽब्दे मृतिः।।
त्रिके चन्द्रार्कार्कियोगे नवमाब्दे मृतिः।।
ज्ञभगा इन्द्वर्कारा गुर्वदृष्टा नवमाब्दे मृतिः।।
द्यूने चन्द्रेऽष्टमेशेऽङ्गे मन्द दृष्टे नवमाब्दे मृतिः।।

(जातकतत्त्वम्/अध्याय-2/श्लोक 98-102)

सौम्य ग्रह 6, 8, 12 स्थानों में और पापग्रह त्रिकोण में हो तो आठवें वर्ष में मृत्यु होती है। क्षीण चन्द्रमा सप्तमस्थान में शुक्र की राशि (2, 7) में हो तथा लग्न में सूर्य, मंगल व शनि हों तथा उन पर बृहस्पति की दृष्टि न हो तो सातवें वर्ष में मृत्यु होती है।

6, 8, 12 स्थानों में चन्द्रमा, सूर्य व शनि का योग हो अथवा मिथुन कन्या राशि में चन्द्र, सूर्य, मंगल बृहस्पति से अदृष्ट होकर स्थित हों तो नवें वर्ष में मृत्यु होती है। अथवा सप्तमस्थान में चन्द्रमा हो व अष्टमेश लग्न में शनि से दृष्ट हो तो भी नवें वर्ष में मृत्यु होती है।

सुरेज्य दृष्टो रविमन्दयुक्तः
शुक्रो नवाब्देषु शिशुं निहन्ति।

(जातकसारदीप-2/अध्याय-47)

सूर्य शनि से युक्त शुक्र पर बृहस्पति की दृष्टि हो तो नौ वर्ष में शिशु की मृत्यु होती है।

भास्करहिमकरसहितः शनैश्चरो मृत्युदः प्रसवकाले।
वर्षैर्नवभिर्यातैरित्याह ब्रह्मशौण्डाख्यः।।

(सारावली/अध्याय-10/श्लोक 6)

यदि जन्म समय में सूर्य चन्द्रमा के साथ शनि हो तो नवम वर्ष के अनन्तर जातक की मृत्यु होती है। यह कथन ब्रह्मशौण्ड का है।

चन्द्रः कुजरवियुक्तः स्वसुतस्थाने न चापि शुभदृष्टः।
मरणं शिशोः प्रयच्छति वर्षे नवमे न सन्देहः।।

(सारावली/अध्याय-10/श्लोक 27)

यदि जन्मकाल में चन्द्रमा, मंगल व सूर्य से युत व शुभग्रह से अदृष्ट मिथुन या कन्या में हो तो जातक की नवम वर्ष में मृत्यु होती है इसमें सन्देह नहीं है।

शुक्रो रविशनिसहितो मार यति नरं सदा प्रसवकाले।
दृष्टोऽपि देवगुरुणा नवभिर्वर्षैर्न सन्देहः।।

(सारावली/अध्याय-10/श्लोक 43)

यदि जन्मकाल में शुक्र, सूर्य शनि से युत हो तथा बृहस्पति से दृष्ट भी हो तो जातक की नवम वर्ष में मृत्यु होती है, इसमें सन्देह नहीं है।

लग्नाधिपतिः पापः शशिनोंशे रिःफगो यदि च चन्द्रात्।
क्रूरेर्विलोक्यमानो मारयति शिशुं नवभिरब्दैः।।

(सारावली/अध्याय-10/श्लोक 105)

यदि पापग्रह लग्नेश होकर चन्द्रमा के नवमांश में चन्द्र राशि से द्वादशस्थान में हो व पापग्रहों से दृष्ट हो तो जातक का नौ वर्ष में निधन होता है।

दिवाकरेन्दुभूपुत्राः पुत्रस्थानसमन्विताः।।
जातो यमपुरं याति नवमाब्दे न संशयः।।

(जातकपारिजात/अध्याय-4/श्लोक 47)

यदि सूर्य, चन्द्र, मंगल लग्न से पंचमस्थान में हों तो जातक की नवें वर्ष में मृत्यु होती है।

पापो विलग्नाधिपतिः शशांकादन्त्यस्थितः क्रूरनिरीक्षितश्चेत् ।।
चन्द्रांशकस्थे यदि वा तदीशो जातः शिशुर्याति लयं नवाब्दैः ।।

(जातकपारिजात/अध्याय-4/श्लोक 48)

लग्नेश पापग्रह हो, तथा चन्द्रमा से द्वादशस्थान में हो और उस पर (लग्नेश को) क्रूरग्रह दृष्टिनिक्षेप करता हो। लग्नेश पापग्रह हो, चन्द्रमा के नवांश में हो और क्रूरग्रह दृष्ट हो। इन दोनों योगों में नौ वर्ष की आयु होती है।

अग्रांकित जन्मांग में लग्नेश मंगल पापग्रह है तथा चंद्रमा से संयुक्त है। शुक्र चंद्रमा से द्वादशस्थ है तथा पापकर्तरी योग ग्रस्त है। शनि जैसा पापग्रह लग्नेश मंगल और चंद्रमा पर दृष्टिनिक्षेप कर रहा है। चंद्रमा, मंगल और शुक्र भी अस्त हैं। इसके बाद बालारिष्ट योग की संरचना हो रही है।

उदाहरण सं.-9.25 — जन्मांग सं.-344

जन्म दिनांक : 22.09.2006 — जन्म समय : 10:30:00 घंटे
जन्म स्थान : लखनऊ — अक्षांश 26:50:00 रेखांश 80:54:00
चित्रपक्षीय अयनांश : 23:57:04 — साम्पातिक काल : 10:27:17 घंटे

ग्रह	अंश	राशि	नक्षत्र	पद	षड्बल
लग्न	4:35:43	वृश्चिक	अनुराधा	1	—
सूर्य	5:06:26	कन्या	उ.फा.	3	1.51
चंद्र(अ)	2:03:06	कन्या	उ.फा.	2	1.07
मंगल(अ)	15:09:24	कन्या	हस्त	2	0.96
बुध	21:18:32	कन्या	हस्त	4	1.16
गुरु	22:54:55	तुला	विशाखा	1	1.16
शुक्र (अ)	25:49:22	सिंह	पू.फा.	4	1.23
शनि	26:29:03	कर्क	अश्लेषा	3	0.98
राहु	1:32:18	मीन	पू.भा.	4	—
केतु (अ)	1:32:18	कन्या	उ.फा.	2	—

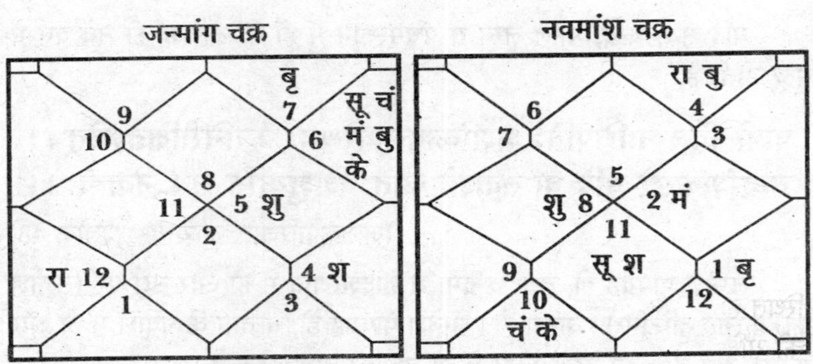

जन्म के समय सूर्य की भोग्य विंशोत्तरी महादशा - 3 व. 6 मा. 28 दि.

इस बालक का जन्म 22-9-2006 को हुआ और जन्म के पश्चात् शीघ्र ही उसका निधन हो गया। यह बालक एक प्रसिद्ध शिशु विशेषज्ञ का पुत्र था परन्तु अपनी समस्त प्रतिभा और योग्यता के अतिरिक्त अन्य अन्यान्य चिकित्सकों के सहयोग के उपरान्त भी चिकित्सक इस बालक के जीवन की रक्षा नहीं कर पाये। जन्म के तीन दिन पश्चात् ही बालक की मृत्यु हो गई। उल्लेखनीय है कि लग्नेश मंगल अष्टमेश बुध, नवमेश चंद्रमा, दशमेश सूर्य तथा केतु लाभभाव में संयुक्त हैं जिनमें से चंद्रमा और मंगल अस्त हैं। यह सभी ग्रह शुभ कर्तरी योग ग्रस्त हैं परन्तु शनि से दृष्ट हैं। वृश्चिक लग्न के लिए वृहस्पति और शनि दोनों ही मारकेश होते हैं और यह सभी ग्रह बृहस्पति और शुक्र के मध्य स्थित हैं। दोनों मारकेश ग्रहों के मध्य स्थित है। चंद्रमा और केतु लगभग बराबर अंशों में स्थित हैं और शनि द्वारा दृष्ट हैं जबकि मंगल स्वयं चंद्रमा के नक्षत्र हस्त में स्थित है। इसलिए बालारिष्ट योग का निर्माण हो रहा है। शनि मंगल और बृहस्पति तीनों ही ग्रह षष्ठभाव पर दृष्टिनिक्षेप कर रहे हैं। इसलिए बालक के जन्म होने के साथ ही साथ उसका स्वास्थ्य बिगड़ता गया। इस बालक का जन्म सूर्य के नक्षत्र कृत्तिका में हुआ। यहां पर सूर्यग्रहण योग का निर्माण कर रहा है अर्थात् बालक के जन्म के दिन सूर्यग्रहण था। ग्रहण के समय जन्म होना अत्यन्त अनिष्टकारी माना जाता है। सूर्य और चंद्रमा दोनों ही कन्या राशि के उत्तराफाल्गुनी नक्षत्र में एकदूसरे से 3 अंशों के अन्तर पर स्थित हैं और साथ ही साथ मंगल और शनि के अशुभ प्रभाव के कारण पापाक्रान्त हैं। इस योग के कारण 24-9-2006 को सायंकाल 3:23 मिनट पर उसकी मृत्यु हो गई। अतः सूर्यग्रहण या चंद्रग्रहण के समय बालक का जन्म हो तो उसकी मृत्यु लगभग सुनिश्चित होती है।

त्रिकेऽस्तगौ जन्म-तनु-प्रभू यदा
तदा शिशो राशिमिताब्दतश्च्युतिः।
बुधर्क्षगोऽब्जोऽर्क-कुजान्वितः शुभै-
रवीक्षितोऽब्दे नवमे क्षयङ्करः।।

(फलितमार्तण्ड/अध्याय-5/श्लोक 10)

यदि जन्म-राशीश वा जन्म-लग्नेश षष्ठ, अष्टम, द्वादशभाव में अस्त होकर स्थित हो तो उस शिशु की आयु राशि-संख्या के समान वर्षों की होती है। यदि बुध की राशि को चन्द्रमा सूर्य मंगल से युक्त होकर और शुभग्रहों से अदृष्ट होकर स्थित हो तो शिशु की आयु नौ वर्ष की होती है।

सौम्यैः प्रदृष्टो रविणा चयुक्तो।
बुधो हिनस्त्येव हि रुद्रवर्षैः।।

(जातकसारदीप-2/अध्याय-47/श्लोक 5)

सूर्य बुध साथ हों और उन्हें तीन शुभग्रह दृष्टिनिक्षेप करें तो ग्यारह वर्ष में जातक की मृत्यु होती है।

रविणा युक्तः शशिजोऽसोम्यैर्दृष्टो विनाशयति नूनम्।
एकादशभिर्वर्षैर्देवाङ्केऽपि स्थितं जातम्।।

(सारावली/अध्याय-10/श्लोक 101)

यदि सूर्य से युत बुध (पाठान्तर से सूर्य-चन्द्र से युत बुध) पापग्रहों से दृष्ट हो तो देवता से रक्षित भी जातक की ग्यारहवें वर्ष में मृत्यु होती है।

रविणा युक्तः शशिजः सौम्यैर्दृष्टो विनाशयति।।
एकादशभिर्वर्षैर्जातं नृपतुल्यभोगसम्पन्नम्।।

(जातकपारिजात/अध्याय-4/श्लोक 50)

यदि सूर्य और बुध एक साथ हो और शुभग्रहों से दृष्ट हो तो नृपति के समान भोग सम्पन्न जातक की ग्यारहवें वर्ष में मृत्यु होती है।

षष्ठाष्टमेऽब्जे सुखगे च राहौ
दुःस्थे मृतिः शान्त्य इहेश्वरोऽर्च्यः।

वर्षेण केन्द्रे सखलेऽथ यद्य-
न्योन्यर्क्षगौ स्तोऽस्र-गुरू शिवाब्दैः।।

(फलितमार्तण्ड/अध्याय-5/श्लोक 11)

षष्ठ, अष्टम चन्द्रमा और चतुर्थस्थान में राहु दोनों दुःस्थान में हों तो शिशु की मृत्यु होती है। ऐसा योग हो तो शान्ति हेतु भगवान् श्री शिव का पूजन करे और जो चन्द्रमा तथा राहु उक्त स्थानों में दुःस्थान-रहित हों और केन्द्रों में पापग्रह स्थित हों तो शिशु की आयु एक वर्ष होती है। यदि मंगल की राशि पर बृहस्पति तथा बृहस्पति की राशि पर मंगल स्थित हो तो ग्यारहवें वर्ष में शिशु की मृत्यु होती है।

राहुः सप्तमभवने शशिसूनुनिरीक्षितो न शुभदृष्टः।
दशभिर्द्वाभ्यां सहितैरब्दैर्जातं विनाशयति।।

(सारावली/अध्याय-10/श्लोक 107)

यदि राहु सप्तमभाव में सूर्य व चन्द्रमा से दृष्ट हो एवं शुभग्रह से अदृष्ट हो तो 12 वर्ष में जातक का निधन होता है।

चन्द्रलग्नाधिपः सूर्यः स्वपुत्रेण समन्वितः।।
लग्नादष्टमराशिंस्थो द्वादशाब्दे सितेक्षितः।।

(जातकपारिजात/अध्याय-4/श्लोक 51)

चन्द्रमा यदि सिंह राशि में हो और सूर्य तथा शनि अष्टम में शुक्र से दृष्ट हों (शुक्र की अधिक से अधिक एक चरण दृष्टि हो सकती है) क्योंकि शुक्र सूर्य से अधिक से अधिक 47 अंश दूर हो सकता है तो बारह वर्ष की आयु होती है।

अल्यंशकस्थिते मन्दे सूर्येणैव निरीक्षिते।।
पितृद्वेषसमायुक्तो द्वादशाब्दं च जीवति।।

(जातकपारिजात/अध्याय-4/श्लोक 52)

शनि वृश्चिक नवांश में हो, सूर्य से दृष्ट हो तो पितृद्वेष हो अर्थात् पुत्र में पिता का शत्रुभाव हो) और बच्चे की आयु बारह वर्ष होती है।

9.7 किशोरावस्था में बालारिष्ट योग – नौ से सोलह वर्ष की आयु

शास्त्रों में कतिपय ऐसे अरिष्ट योगों की व्याख्या की गई है, जिनके जन्मांग में विद्यमान होने से शिशु की मृत्यु का किशोरावस्था में नौ से सोलह वर्ष की अवस्था में अरिष्ट होने का भय होता है। यहां पर पाठकों का ध्यान इस तथ्य की ओर आकर्षित करना चाहते हैं कि इन ग्रहयोगों को संकेत और आधार के रूप में ही स्वीकारा जाना चाहिए। अनेक जन्मांगों में यह ग्रहयोग विद्यमान होते हैं, परन्तु किसी प्रकार का अरिष्ट नहीं होता है और इसका कारण भी जन्मांग में सन्निहित होता है। यदि लग्नेश लग्नगत हो, वर्गोत्तम लग्न हो और किसी प्रकार से भी चंद्रमा और मंगल जन्मांग में शुभ व्यवस्थित और बली हों तो बालारिष्ट होने पर भी शिशु की मृत्यु नहीं होती है। बालारिष्ट की आयु निर्धारित करने में दशा गोचर आदि पर भी अवश्य विचार करना चाहिए। हमारा परामर्श है कि बालारिष्ट योग के अध्ययन के साथ-साथ हमारी पुस्तक आयु आकलन में व्याख्यायित आयु निर्णय का भी सम्यक् अध्ययन और अभ्याय करना चाहिए। और तभी आयु की अवधि का निर्णय करना सम्भव होता है।

उल्लेखनीय है कि लग्नेश और अष्टमेश के मध्य विनिमय परिवर्तन योग या उनमे से एक स्थिति होने पर भी प्रायः कम आयु समझने की भूल हो जाती है। जबकि यह दीर्घायु योग है। इसीप्रकार से चंद्रमा के अष्टम भावगत या त्रिक भाव में गण्डान्त मूल में होने से शिशु की शीघ्र मृत्यु का आभास होता है। बालारिष्ट का प्रमुख ग्रह चंद्रमा और मंगल हैं, और यदि यह दोनों ग्रह पापाक्रान्त है तो प्रबल बालारिष्ट योग की संरचना होती है। अग्रांकित ग्रहयोग विभिन्न शास्त्रों में विवेचित और व्याख्यायित हैं जिनके जन्मांग में विद्यमान होने से होने से शिशु की किशोरावस्था में ही मृत्यु की सम्भावना होती है। ज्ञातव्य है कि अरिष्टकारी ग्रहों पर शुभग्रहों की युति, दृष्टि के अतिरिक्त परिवर्तन योग पर विचार करना चाहिए। ग्रह की शुभता और अशुभता भी ग्रहों की आधिपत्य पर भी निर्भर करती है। वृष और तुला लग्न के लिए शनि योगकारक होने के कारण शुभफल प्रदान करता है। इसीप्रकार से कर्क और सिंह लग्न के लिए मंगल योगकारक होता है और अशुभ भावगत होने पर भी अरिष्टकारी फल नहीं प्रदान करता। इसी प्रकार से जन्मांग में विद्यमान नवों ग्रहों और बारह भावों, सत्ताइस नक्षत्रों और एक सौ आठ नवांशों का सम्यक् और गम्भीर अध्ययन करने के पश्चात् ही बालारिष्ट योग और बालारिष्ट आयु से संदर्भित भविष्य कथन करना चाहिए।

लग्नाधिपोऽर्कः सशनिर्मृतिस्थः शुक्रेक्षितोराशिमिताब्दमृत्युः।
चन्द्राशंके लग्नपतिस्तु पाप श्चन्द्राद्व्यये क्रूरदृशा नवाब्दात्।।

पापेक्षिते केन्द्रगते भुजंगे मृतिर्दशाब्दायुत षोडशाब्दात्।
राहुः स्मरस्थो रवि चन्द्रदृष्टः शुभरैदृष्टोऽन्तकृदर्कवर्षात्।।

(जातकसारदीप-2/अध्याय-47/श्लोक 38-39)

सिंह लग्न में सूर्य व शनि अष्टम में हो और शुक्र की वहाँ दृष्टि हो तो बारह वर्ष की आयु होती है। पापी लग्नेश कर्क नवांश में हो, चन्द्रमा से द्वादशस्थान में पापदृष्ट हो तो नौ वर्षों में मृत्यु होती है। पापदृष्ट राहु केन्द्र में हो तो 10 या 16 वर्ष में मृत्यु होती है। सप्तम में राहु पर सूर्य चन्द्र की दृष्टि हो तो बारह वर्ष में मृत्यु होती है।

टिप्पणी : केन्द्रगत राहु पर पापग्रहों की दृष्टि मात्र से, आयु का कम होना न तो तर्कसंगत है और न अनुभूत है।

राहुश्चतुष्टयस्थो मरणाय निरीक्षितो भवति पापैः।
वर्षैर्वदन्ति दशभिः षोडशभिः केचिदाचार्याः।।

(सारावली/अध्याय-10/श्लोक 15)

यदि जन्मकाल में राहु 1, 4, 7, 10 भाव में पापग्रह से दृष्ट हो तो किसी के मत से 10 वर्ष में किसी के मत से 16 वें वर्ष में मृत्यु होती है।

टिप्पणी : सारदीप और सारावली में इसी तथ्य को उजागर किया गया है कि केन्द्रगत राहु के पापदृष्ट होने से 9 या 10 वर्ष में मृत्यु होती है, ऐसा कथन सत्य सिद्ध नहीं होता।

अग्रांकित जन्मांग में राहु सप्तम भाव में स्थित है तथा पापी शनि से दृष्ट है। अष्टम भाव में मंगल संस्थित है जो सप्तम भाव में चलित होकर राहु से युक्त है। इस प्रकार से राहु मंगल से युक्त और शनि से दृष्ट है। उपरोक्त श्लोक के अनुसार जातक की मृत्यु 9 या 40 वर्ष में हो जानी चाहिए थी जबकि वह आज 48 वर्ष की आयु में पूर्णतः स्वस्थ्य है, अतः यह सूत्र सत्य सिद्ध नहीं होता।

उदाहरण सं.-9.26 **जन्मांग सं.-345**

जन्म दिनांक : 13.12.1962 जन्म समय : 10:10:00 घंटे
जन्म स्थान : लखनऊ अक्षांश 26:50:00 रेखांश 80:54:00
चित्रपक्षीय अयनांश : 23:20:06 साम्पातिक काल : 15:29:10 घंटे

ग्रह	अंश	राशि	नक्षत्र	पद	षड्बल
लग्न	17:17:05	मकर	श्रवण	3	—
सूर्य	27:21:10	वृश्चिक	ज्येष्ठा	4	1.17
चंद्र	20:39:42	मिथुन	पुनर्वसु	1	1.16
मंगल	0:24:44	सिंह	मघा	1	1.35
बुध (अ)	7:10:25	धनु	मूल	3	1.27
गुरु	12:42:13	कुंभ	शतभिषा	2	1.28
शुक्र	20:40:40	तुला	विशाखा	1	1.51
शनि	14:41:06	मकर	श्रवण	2	1.17
राहु (व)	6:48:50	कर्क	पुष्य	2	—
केतु (व)	6:48:50	मकर	उ.षा.	4	—

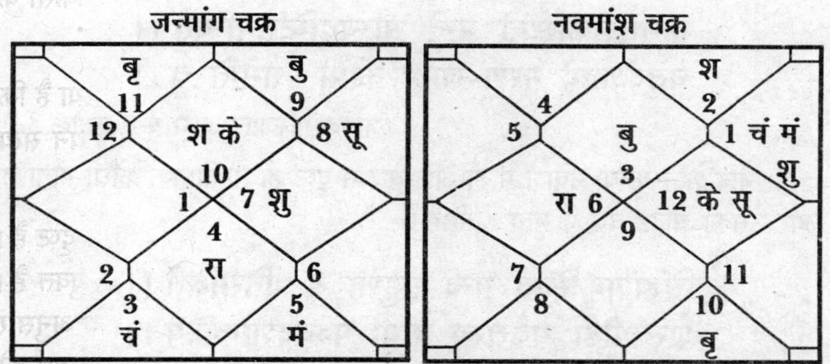

जन्म के समय गुरु की भोग्य विंशोत्तरी महादशा - 15 व. 2 मा. 14 दि.

जातक का जन्म मकर लग्न में हुआ है। लग्न में शनि और केतु स्थित हैं, जबकि राहु सप्तम भाव में चंद्रमा की राशि कर्क में स्थित है और चंद्रमा भी षष्ठ

भाव में मिथुन राशिगत है। अष्टम भावगत मंगल चलित होकर सप्तम भाव में आ गया है और राहु से संयुक्त है। अतः सप्तम भावगत राहु पर पापी शनि और मंगल का अशुभ प्रभाव है। फिर भी जातक 48 वर्ष की आयु में भी स्वस्थ जीवन व्यतीत कर रहा है। अतः इस बालारिष्ट योग की पुष्टि नहीं हो पा रही है।

अब क्रमशः 10, 13, 14, 15, 16, 17. 18 वर्ष तक की वय में मृत्यु योग कहते हैं:-

मृगांशकस्थिते मन्दे सौम्यदृष्टिसमन्विते।।
जन्मप्रभृतिशत्रुत्वं तस्यायुर्दशवत्सरम्।।

(जातकपारिजात/अध्याय-4/श्लोक 49)

यदि शनि मकर नवांश में हो और बुध से दृष्ट हो तो जन्म से ही शत्रुत्व होता है और उसकी आयु दस वर्ष होती है।

तुलांशकस्थिते मन्दे जीवदृष्टिसमन्विते।।
त्रयोदशाब्दे मरणं जातस्य पितृवैरिणः।।

(जातकपारिजात/अध्याय-4/श्लोक 53)

यदि शनि तुला नवांश में हो और बृहस्पति से दृष्ट हो तो शिशु पितृद्वेषी होता है और तेरहवें वर्ष में जातक की मृत्यु होती है।

कन्यांशकस्थिते मन्दे सौम्यदृष्टिसमन्विते।।
चतुर्दशाब्दे मरणं जातः कोपी समेति च।।

(जातकपारिजात/अध्याय-4/श्लोक 54)

यदि शनि कन्या नवांश में हो और बुध से दृष्ट हो तो जातक क्रोधी होता है और उसकी चौदह वर्ष में मृत्यु होती है।

सिंहांशकस्थिते मन्दे राहुणा च निरीक्षिते।।
शस्त्रपीडा भवेत्तस्य चायुः पञ्चदशाब्दकम्।।

(जातकपारिजात/अध्याय-4/श्लोक 55)

यदि शनि सिंह नवांश में हो और राहु से दृष्ट हो तो जातक को शस्त्र पीड़ा तलवार आदि की चोट या शल्यक्रिया से होता है या शल्यक्रिया होती है और पन्द्रह वर्ष की आयु होती है।

कर्कांशकस्थिते मन्दे जीवदृष्टिसमन्विते।।
सर्पपीडा भवेत्तस्य षोडशाब्दान्मृतिं वदेत्।।

(जातकपारिजात/अध्याय-4/श्लोक 56)

यदि शनि कर्क नवांश में हो और बृहस्पति से दृष्ट हो तो सर्प पीड़ा (सर्प से काटा जाना) होती है और सोलह वर्ष में मृत्यु होती है।

यमांशकस्थिते मन्दे लग्ननाथेन वीक्षिते।।
रणशूरो महाभोगी मृतः सप्तदशाब्दके।।

(जातकपारिजात/अध्याय-4/श्लोक 57)

यदि शनि मिथुन नवांश में हो और लग्नेश से दृष्ट हो तो जातक युद्ध में शूरवीर और महाभोगी होता है किन्तु सत्रहवें वर्ष में मृत्यु होती है।

परस्परक्षेत्रसमन्वितौ वा रन्ध्रेशलग्नाधिपती न सौम्यौ।।
रिःफारिभे वा गुरुणा वियुक्ते त्वष्टादशाब्दे निधनं प्रयाति।।

(जातकपारिजात/अध्याय-4/श्लोक 58)

58वें श्लोक में 2 योग कहे गए हैं। दोनों का फल 18वें वर्ष में मृत्यु है। यदि लग्नेश और अष्टमेश एक-दूसरे की राशि में हो अर्थात् लग्नेश अष्टम में और अष्टमेश लग्न में हो। अष्टमेश तथा लग्नेश लग्न से द्वादश और षष्ठ में हों और साथ में बारहवें या छठे स्थान में बृहस्पति न हो।

चन्द्रे चतुर्थे तपने च षष्ठे सव्याधिरष्टादशवत्सरान्तः।
होराष्टमस्थे कुजमन्ददृष्टे सूर्ये सरोगस्तु विपद्यते च।।

(जातकसारदीप-2/अध्याय-47/श्लोक 26)

चतुर्थ में चन्द्रमा, षष्ठ में सूर्य हो तो अट्ठारह वर्ष में रोगी रहकर मृत्यु होती है। अष्टम भावगत सूर्य पर मंगल शनि दृष्टिनिक्षेप करें तो भी रोग से शीघ्र ही मृत्यु होती है।

अग्रांकित जन्मांग में अष्टम भावगत सूर्य मंगल से युक्त और शनि से दृष्ट है तथा जातक की मृत्यु 11 वर्ष में दुर्घटना के कारण हो गई।

उदाहरण सं.-9.27 **जन्मांग सं.-346**

जन्म दिनांक : 21.08.1974 जन्म समय : 17:30:00 घंटे

जन्म स्थान : दिल्ली अक्षांश 28:39:00 रेखांश 77:13:00

चित्रपक्षीय अयनांश : 23:30:27 साम्पातिक काल : 15:06:33 घंटे

ग्रह	अंश	राशि	नक्षत्र	पद	षड्बल
लग्न	9:42:58	मकर	उ.षा.	4	—
सूर्य	4:32:42	सिंह	मघा	2	1.58
चंद्र	25:45:21	कन्या	चित्रा	1	1.17
मंगल	22:12:02	सिंह	पू.फा.	3	1.44
बुध (अ)	8:40:38	सिंह	मघा	3	1.03
गुरु (व)	21:20:49	कुंभ	पू.भा.	1	0.84
शुक्र	14:26:31	कर्क	पुष्य	4	1.25
शनि	21:10:56	मिथुन	पुनर्वसु	1	1.39
राहु (व)	22:52:13	वृश्चिक	ज्येष्ठा	2	—
केतु (व)	22:52:13	वृष	रोहिणी	4	—

जन्मांग चक्र

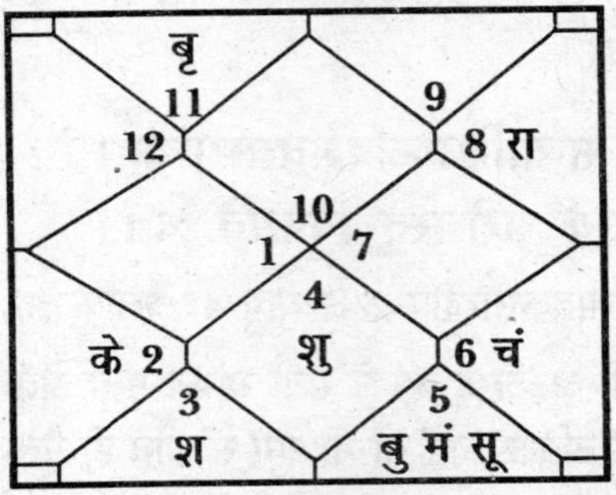

बृ
11
12
9
8 रा
10
1
7
4
के 2
शु
6 चं
3
श
5
बु मं सू

नवमांश चक्र

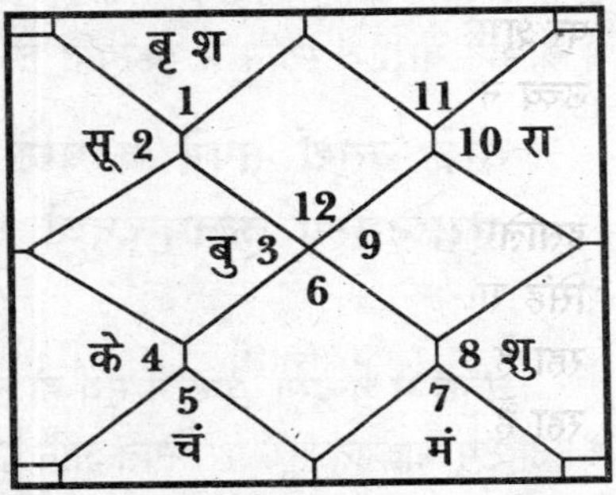

बृ श
1
सू 2
11
10 रा
12
बु 3
9
6
के 4
8 शु
5
चं
7
मं

जन्म के समय मंगल की भोग्य विंशोत्तरी महादशा - 5 व. 8 मा. 22 दि.

इस बालक का जन्म मकर लग्न में हुआ है। अष्टम भाव में मंगल, शुक्र और सूर्य स्थित है, और चंद्रमा नवम भावस्थ है। षष्ठभाव में लग्नेश शनि स्थित है जो

अष्टमस्थ मंगल सूर्य और शुक्र के साथ दृष्टि सम्बन्ध स्थापित कर रहा है। चंद्रमा भी मंगल के नक्षत्र चित्रा में स्थित है। चंद्रमा से द्वादश भाव में मंगल सूर्य और बुध स्थित हैं और द्वितीयेश शुक्र मंगल और शनि के मध्य स्थित है। चंद्रमा से मंगल षष्ठभाव सप्तमेश बृहस्पति सप्तम भाव और राहु को देख रहा है जबकि षष्ठेश शनि अष्टमेश मंगल को पूर्णदृष्टि से देख रहा है। अतः अष्टम भाव अष्टमेश मंगल और चंद्रमा बालारिष्ट योग की संरचना कर रहे हैं। इस बालक के जन्म के कुछ ही समय पश्चात् बालक की दुर्घटना में मृत्यु हो गई। अष्टम भाव पर लग्नेश शनि, मंगल और सूर्य का संयुक्त प्रभाव अत्यन्त अशुभ और कष्टकर है। उल्लेखनीय है कि लग्नेश शनि नीचराशिगत होकर नवांश लग्न से द्वितीयस्थ है और मंगल नवांश कुण्डली में अष्टमस्थ है। शनि और मंगल के मध्य नवांश चक्र में विनिमय परिवर्तन योग का निर्माण हो रहा है। इस बालक का जन्म भी मंगल की महादशा में हुआ। जन्म के समय भोगकाल 5 वर्ष 8 माह 22 दिन थी। अतः 5 वर्ष की आयु में ही बालक के दुर्घटनाग्रस्त हो जाने के कारण मृत्यु हो गई।

जीवांशकस्थिते मन्दे राहुणा च निरीक्षिते।
देहाधिपे शुभादृष्टे जातः सद्यो विनश्यति।।
तदीशस्तुङ्गभागश्चेदायुरेकोनविंशतिः ।।

(जातकपारिजात/अध्याय-4/श्लोक 59)

यदि शनि, धनु या मीन नवांश में हो, उस पर राहु की दृष्टि हो और लग्नेश पर शुभग्रह की दृष्टि न हो तो सद्यः विनाश को प्राप्त हो। किन्तु लग्नेश यदि अपने उच्च नवांश में हो तो उन्नीस वर्ष की आयु होती है।

अग्रांकित जन्मांग में शनि धनु नवांश में संस्थित है तथा राहु से दृष्ट है इसलिए बालारिष्ट योग की संरचना हो रही है। द्वितीयेश और सप्तमेश मंगल सिंह राशिगत है, जो दशमेश चंद्रमा के साथ विनिमय दृष्टि सम्बन्ध स्थापित कर रहा है, यह भी बालारिष्ट है। परन्तु लग्नगत है बृहस्पति बालारिष्ट योग भंग कर रहा है।

उदाहरण सं.-9.28 **जन्मांग सं.-347**

जन्म दिनांक	: 15.07.2006	जन्म समय	: 13:45:00 घंटे
जन्म स्थान	: अमृतसर	अक्षांश 31:35:00	रेखांश 74:56:00
चित्रपक्षीय अयनांश	: 23:56:54	साम्पातिक काल	: 8:46:55 घंटे

ग्रह	अंश	राशि	नक्षत्र	पद	षड्बल
लग्न	11:39:54	तुला	स्वाति	2	—
सूर्य	28:46:16	मिथुन	पुनर्वसु	3	1.77
चंद्र	26:11:45	कुंभ	पू.भा.	2	0.97
मंगल	1:26:01	सिंह	मघा	1	1.37
बुध (व/अ)	3:33:00	कर्क	पुष्य	1	1.06
गुरु	15:09:08	तुला	स्वाति	3	1.47
शुक्र	1:30:57	मिथुन	मृगशिरा	3	1.33
शनि	17:57:48	कर्क	अश्लेषा	1	1.15
राहु (व)	3:25:09	मीन	उ.भा.	1	—
केतु (व)	3:25:09	कन्या	उ.फा.	3	—

जन्मांग चक्र

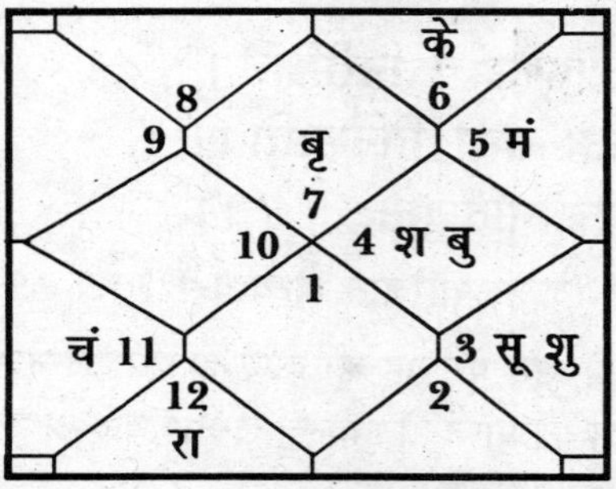

7 बृ, 6 के, 5 मं, 4 श बु, 3 सू शु, 2, 1, 12 रा, 11 चं, 10, 9, 8

नवमांश चक्र

10, 11 बृ के, 12, 1 मं, 2 चं, 3 सू, 4, 5 रा बु, 6, 7 शु, 8, 9 श

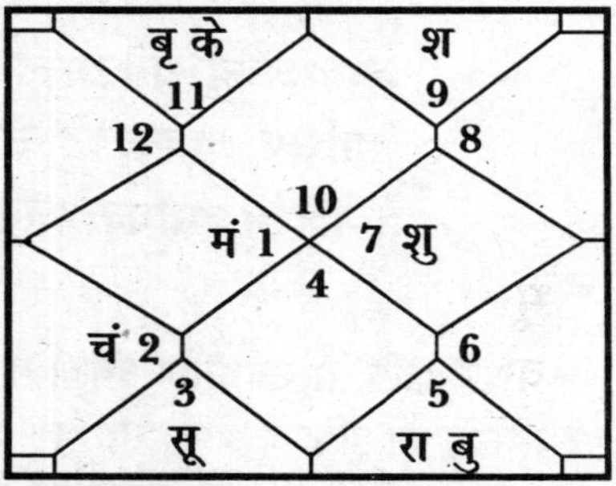

जन्म के समय गुरु की भोग्य विंशोत्तरी महादशा - 8 व. 6 मा. 23 दि.

इस बालिका का जन्म अमृतसर में 15-07-2006 को हुआ है। जन्म के पश्चात् यह कदाचित् पूरी तरह से स्वस्थ नहीं रही। इसे कफ जनित व्याधि के कारण तीव्र ज्वर हो जाता है और यह ज्वर इतना असाध्य प्रतीत होने लगता है कि इसके माता-पिता 24 घंटे इसके सिराहने बैठे ठंडे जल की पट्टियां इसके माथे पर रखते जाते हैं परन्तु ज्वर की भीषणता तथा माता-पिता की व्यग्रता कम नहीं हो पाती।

इस बालिका का जन्म तुला लग्न में हुआ है जिसमें षष्ठेश और तृतीयेश बृहस्पति राहु के नक्षत्र स्वाती में स्थित है। चंद्र और मंगल एकदूसरे पर दृष्टिनिक्षेप कर रहे हैं तथा शनि और चंद्रमा के मध्य विनिमय योग की संरचना हो रही है। शनि द्वादशभाव पर दृष्टिनिक्षेप कर रहा है तथा मारकेश मंगल केतु के नक्षत्र मघा में स्थित

है। चंद्रमा से मंगल सप्तमभाव में तथा शनि षष्ठभाव में स्थित है। इस बालिका का जन्म बृहस्पति की महादशा में हुआ है जो तुला लग्न के लिए एक प्रकार का मारकेश होता है इसलिए बालिका का स्वास्थ्य निरन्तर चिंता और व्यथा का कारण बन जाता है। इस जन्मांग में मंगल, चंद्रमा और शनि की स्थिति बालारिष्ट योग का निर्माण कर रही है। चंद्रमा और शनि के मध्य विनिमय परिवर्तन योग के अतिरिक्त योगकारक शनि की भाग्येश बुध से युति अति उत्तम राजयोग है। इसीप्रकार से लग्नेश शुक्र और लाभेश सूर्य की भाग्यभवन में युति अति उत्साहवर्धक है। धनेश मंगल लाभभावगत है और लाभेश सूर्य व लग्नेश शुक्र बृहस्पति द्वारा भाग्यभवन में दृष्ट हैं। इन राजयोगों के कारण जातिका का भविष्य अत्यन्त समृद्धिशाली और उज्ज्वल होगा और वह धनवान युवति के रूप में प्रशंसित और प्रतिष्ठित होगी।

9.8 शिशु के राशि तुल्य वर्षों में मृत्यु के योग

मातंगै (8) र्नवभिश्च (9) रामनयनै-
(23) र्नेत्राश्विभिः (22) सायकै (5)
रेके(1) नाम्बुधिभि (4) स्त्रिलोचनमितै-
(23) र्धृत्या च (18) विंशन्मितैः (20)।
भूनेत्रै 21 र्दशभि 10 र्लवैर्यदि भवेन्मेषादि-संस्थो विधुः।
वर्षैर्भागसमैः करोति निधनं कालोऽयमत्रोदितः ।।

(फलितमार्तण्ड/अध्याय-5/श्लोक 7)

यदि किसी शिशु के जन्म-समय में मेष के 8 अंश का, वृष के 9, मिथुन के 23, कर्क के 22, सिंह के 5, कन्या के 1, तुला के 4, वृश्चिक के 23, धनु के 18, मकर के 20, कुंभ के 21, मीन के 10 अंश का चन्द्रमा मेषादि क्रम से हो तो अंश की संख्या के तुल्य वर्ष में चन्द्रमा मृत्यु प्रदान करता है।

लग्नेश्वरः सूर्य-मयूख-लुप्तोऽष्टमेश्वरेण प्रविलोक्यमानः।
रिष्टंकरो राशिसमान-वर्षैः प्राज्ञैरुदाहारि नरस्य जन्म।।

(फलितमार्तण्ड/अध्याय-5/श्लोक 8)

जिस शिशु के जन्मकाल में अष्टमेश द्वारा दृष्ट लग्नेश अस्त हो और वह जहां स्थित हो, उस राशितुल्य वर्षों में अरिष्ट या मृत्यु प्रदान करता है, ऐसा विद्वजनों ने कहा है।

इस जन्मांग में लग्नेश बृहस्पति पूर्णतः अस्त है तथा अष्टमेश चंद्रमा लग्न पर दृष्टिनिक्षेप कर रहा है जबकि पूर्णतः अस्त बृहस्पति चंद्रमा को पूर्ण दृष्टि से देख रहा है, इसके अतिरिक्त अष्टम भाव के संदर्भ में मंगल शनि विनिमय दृष्टि सम्बन्ध स्थापित कर रहे हैं। अतः अष्टम भाव और अष्टमेश पापाक्रान्त हैं।

नवांश कुण्डली में मंगल की राशि वृश्चिक में चंद्रमा, सूर्य, शनि, बृहस्पति तथा मंगल संस्थित हैं। यहां बालारिष्ट योग की सशक्त संरचना हो रही है। यह कन्या जन्म लेने के कुछ ही दिन पश्चात् परलोक सिधार गई।

संकेत- यहां राशितुल्य वर्षों में मारने वाला ग्रह यदि क्रूर वा शत्रु-दृष्टि-युक्त होगा तो ग्रह शान्ति करने पर भी अवश्य मृत्यु होगी।

जन्मेशोऽथ विलग्नपो यदि भवेद् दुःस्थोऽबलो वत्सरै-
स्तद्राशि-प्रमितैश्च मारयति तन्मासैः दृगाणाधिपः।
अंशेशो दिवसैस्तथा यदि मृतिर्द्वित्र्यादि-योगान् बहून्
आलोच्य प्रवदेत् सुताष्टमगतैः पापैररिष्टं शिशोः।।

(फलितमार्तण्ड/अध्याय-5/श्लोक 9)

चन्द्र-राशीश अथवा लग्नेश यदि निर्बल होकर दुःस्थान (6-8-12) में स्थित हो तो उस राशि की संख्या के समान वर्षों में शिशु की मृत्यु होती है। यदि लग्न का वा चन्द्रमा का द्रेष्काणपति निर्बल होकर दुःस्थान में स्थित हो तो द्रेष्काण की राशि की संख्या के समान मासों में शिशु की मृत्यु होती है। यदि लग्न वा चन्द्रमा का नवांशेश दुःस्थान में निर्बल होकर जिस राशि में स्थित हो, नवांश-राशि संख्या के समान दिनों में मृत्यु देता है। पंचम तथा अष्टम भाव में जो पापग्रह स्थित हो, उसका भी विचार कर शिशु की अस्वस्थता व आयुसम्बन्धी फल कहना चाहिए।

उपरांकित जन्मांग में पंचमभाव में मंगल तथा अष्टम भाव में शनि संस्थित है तथा मंगल और शनि के मध्य विनिमय दृष्टि सम्बन्ध स्थापित हो रहा है। चंद्रमा सप्तम भावगत है। किसी भी जन्मांग में यदि सप्तम भाव और अष्टम भाव में चंद्रमा, मंगल और शनि स्थित हो तो प्रबल बालारिष्ट योग की संरचना होती है। इसीलिए इस बालिका का निधन जन्म के शीघ्र पश्चात् हो गया।

उदाहरण सं.-9.29 जन्मांग सं.-348

जन्म दिनांक : 22.10.2005 जन्म समय : 11:00:00 घंटे

जन्म स्थान : ऋषिकेश अक्षांश 30:07:00 रेखांश 78:16:00

चित्रपक्षीय अयनांश : 23:56:11 साम्पातिक काल : 12:46:04 घंटे

ग्रह	अंश	राशि	नक्षत्र	पद	षड्बल
लग्न	3:17:11	धनु	मूल	1	—
सूर्य	4:58:30	तुला	चित्रा	4	1.48
चंद्र	3:20:28	मिथुन	मृगशिरा	4	1.09
मंगल(व)	26:27:12	मेष	भरणी	4	1.14
बुध	25:40:22	तुला	विशाखा	2	0.98
गुरु (पू)	5:12:58	तुला	चित्रा	4	1.02
शुक्र	21:30:59	वृश्चिक	ज्येष्ठा	2	1.16
शनि	16:29:07	कर्क	पुष्य	4	1.04
राहु (व)	19:42:40	मीन	रेवती	1	—
केतु (व)	19:42:40	कन्या	हस्त	3	—

जन्मांग चक्र नवमांश चक्र

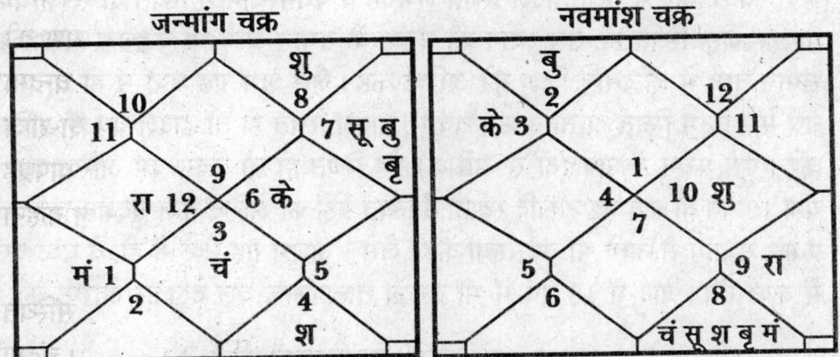

जन्म के समय मंगल की भोग्य विंशोत्तरी महादशा - 1 व. 8 मा. 28 दि.

इस बालिका का जन्म 22-10-2005 को हुआ जन्म के शीघ्र पश्चात् ही ज्ञात हुआ कि इस बालिका के हृदय में छेद है। जातिका के माता-पिता स्वयं एम.डी. डॉक्टर हैं। शिशु की चिन्ता स्वाभाविक है। दोनों अपने शिशु को लेकर एम्स दिल्ली

में चिकित्सा कराने गये और इस नन्हीं सी कली को तेज चाकुओं से चीरकर हृदय के छेद पर शल्यक्रिया हुई परन्तु उसके परिणामस्वरूप बालिका सदा के लिए शान्त हो गयी।

इस जन्मांग में चंद्रमा मंगल के नक्षत्र मृगशिरा में स्थित है और अष्टमेश होकर सप्तमभावगत है। वक्री मंगल स्वराशिगत होकर पंचम भाव में स्थित है और अष्टमस्थ शनि के साथ विनिमय दृष्टि सम्बन्ध स्थापित कर रहा है। यह प्रबल बालारिष्ट योग है। बालिका के जन्म के समय मंगल की महादशा का योगकाल 1 वर्ष 8 माह 28 दिन शेष था। मंगल और चंद्रमा एकदूसरे से तृतीय एकादश हैं और शनि मारकेश होकर अष्टमभावगत है और मंगल से दृष्ट है और शनि की मंगल पर दृष्टिनिक्षेप कर रहा है जो बालारिष्ट योग का निर्माण कर रहा है इसीकारण जन्म के शीघ्र पश्चात् ही इस शिशु को शल्यक्रिया की पीड़ा सहन करने के लिए विवश होना पड़ा और शल्यक्रिया के पश्चात् ही उसे सभी प्रकार की पीड़ा से सदा के लिए मुक्ति मिल गई।

षडष्ट-द्वादशे सौम्याः सुते पापा व्यवस्थिताः।
तद्गेह-संख्ये वृद्ध्यब्देऽरिष्टं ब्रूयाद्विचक्षणः।।

(फलितमार्तण्ड/अध्याय-5/श्लोक 20)

षष्ठ, अष्टम तथा द्वादश स्थित शुभग्रह व पंचमस्थान में स्थित दो से अधिक पापग्रह जहां स्थित हों, उस स्थान की संख्या के समान आगे भी वृद्ध्यब्द संख्या के समान वर्षों में बुद्धिमान् शिशु को अरिष्ट कहे। जैसे शुभ ग्रह षष्ठ में हों तो षष्ठ वर्ष में, अष्टम स्थित हो तो अष्टम वर्ष में, द्वादश स्थित हो तो द्वादश वर्ष में अरिष्ट कहे। ऐसे पंचम में पाप (दो से अधिक) ग्रह स्थित हो तो पंचम वर्ष अरिष्ट कहे। यहाँ 12 वर्ष के बाद षडष्टकादि स्थानों में स्थित ग्रहों का अरिष्ट फल सुदर्शन-चक्रोक्त प्रकार से क्रम से आगे भी वर्षसंख्या कहे। जैसे - अशुभ ग्रह षष्ठ में हो, वे षष्ठ वर्ष में कष्ट देंगे। बाद में 18 वर्ष में भी उनका तात्कालिक बल देखकर अरिष्ट कहे।

चन्द्राङ्गे शावस्ते वा त्रिके भतुल्याब्दैर्मृतिः।।
जन्मेशाद्रन्ध्रगौ शुक्राकौ वा लग्नेशे षष्ठे भतुल्याब्दैर्मृतिः।।
चन्द्राङ्गेशौ मन्दार्कयुतौ द्वादशाब्दे मृतिः।।
भौमे जीवभे जीवे भौमभे वा सूर्ये मन्दभे मन्दे
सूर्यभे द्वादशाब्दे मृतिः।।

क्रमान्मेषादिगो विधुरष्टमनवमत्रयोविंशद्वाविंशपञ्चम प्रथम चतुर्थत्रयो विंशाष्टादशविंशैकविंशदशमलवस्थो लवाङ्कमितेऽब्दे मृतिः।।

(जातकतत्त्वम्/अध्याय-2/श्लोक 103-107)

जब लग्नेश व चन्द्रमा अथवा चन्द्रराशीश सप्तम या त्रिक (6, 8, 12) स्थानों में हो; जन्म लग्नेश से अष्टमस्थान में शुक्र व सूर्य हों अथवा लग्नेश षष्ठ स्थान में हो; लग्नेश चन्द्रेश या चन्द्र, शनि सूर्य से युत हों; मंगल व बृहस्पति अथवा सूर्य व शनि परस्पर एक-दूसरे की राशि में स्थित होकर क्षेत्र सम्बन्ध करते हों तो इन सब योगों में बारहवें वर्ष में मृत्यु हो जाती है। मेषादि राशियों में स्थित चन्द्रमा के क्रमशः ये मृत्युभागांश हैं- 8, 9, 23, 22, 15, 1, 4, 23, 18, 20, 21, 10। यदि जन्म समय चन्द्रमा इन्हीं अंशों में स्थित हो तो अंश तुल्य वर्षों में मृत्यु हो जाती है।

चन्द्रलग्नाष्टमपती केन्द्रगतावष्टमे ग्रहः कश्चित्।
आद्वात्रिंशान्मरणं नान्यच्छुभसंयुते केन्द्रे।।

(जातकादेशमार्ग/अध्याय-4/श्लोक 10)

यदि चन्द्रमा से अष्टमेश और लग्न से अष्टम का स्वामी केन्द्र में हो और कोई ग्रह अष्टम में हो तो जातक अल्पायु होता है और बत्तीस वर्ष तक उसकी मृत्यु हो जाती है। किंतु यदि शुभग्रह केन्द्र में हों तो यह अल्पायु योग भंग हो जाता है अर्थात् अधिक आयु तक जीवित रहता है।

अष्टमाधिपतिः केन्द्रे लग्नेशे च तथैव च।
पापेक्षिते बलैर्हीने जीवत्यष्टचतुर्गुणम्।।

(जातकादेशमार्ग/अध्याय-4/श्लोक 11)

यदि जन्म लग्न से अष्टम का स्वामी और लग्न स्वामी दोनों केन्द्र में हों, बलहीन हों और पापग्रह से दृष्ट हों तो जातक की आयु बत्तीस वर्ष की होती है।

9.9 प्रबल बालारिष्ट योग पर भी शिशु के प्राणों की रक्षा

बालारिष्ट से सम्बन्धित ग्रहयोगों का उल्लेख पूर्व में किया जा चुका है, परन्तु बालारिष्ट ग्रह योग की यदि जन्मांग में संरचना हो रही हो तो भी यह देखना चाहिए

कि बालारिष्ट भंग हो रहा है या नहीं। यदि लग्न व लग्नेश बली हो तथा पापग्रहों के प्रभाव में न हो तो बालारिष्ट योग विद्यमान होने पर भी शिशु की मृत्यु नहीं होती। भले ही उसके स्वास्थ्य की समस्या अति गम्भीर हो।

इस संदर्भ में बालारिष्ट भंग योगों को तीन अग्रांकित भागों में विभाजित किया गया है। इन्हीं तीन ग्रहयोगों के कारण बालारिष्ट योग का निर्माण होता है और यह बालारिष्ट योग किस प्रकार से भंग होते हैं उसका उल्लेख यहां किया जा रहा है। पूर्व में हमने बालारिष्ट योग की संरचना के अनेक उदाहरण प्रस्तुत किये है, परन्तु जहां पर बालारिष्ट योग भंग हो रहा है उसका उल्लेख भी वहीं पर किया गया है, और यह प्रदर्शित करने की चेष्टा की गई है कि बालारिष्ट योग भंग हो जाने के कारण प्रबल बालारिष्ट योग रहते हुए भी शिशु के प्राणों की रक्षा हुई। अग्रांकित तीन प्रकार से बालारिष्ट योग भंग होता है।

1. लग्न की शुभ ग्रह-स्थिति द्वारा अरिष्ट-भंग का संज्ञान
2. चन्द्रमा द्वारा अरिष्ट-भंग काल का संज्ञान
3. अन्य शुभग्रहों की स्थिति द्वारा अरिष्ट-भंग का संज्ञान

सर्वप्रथम हम लग्न तथा लग्नेश की शुभ स्थिति द्वारा बालारिष्ट भंग योग का उल्लेख कर रहे हैं जो शास्त्रोक्त है और अग्रांकित है।

1. लग्न की शुभ ग्रह–स्थिति द्वारा अरिष्ट–भंग का संज्ञान

अत्यन्तसत्त्वे यदि लग्ननाथे
सौम्यान्विते तादृश-दृष्टियोगे।
केन्द्र-स्थिते पापदृशा विहीने
सद्भाग्ययुग् जीवति दीर्घमायुः।।

(फलितमार्तण्ड/अध्याय-6/श्लोक 1)

यदि लग्नपति अत्यन्त बली हो और वह शुभग्रहों से युक्त व दृष्ट हो, केन्द्र में स्थित हो और पापग्रह की दृष्टि से रहित हो तो पूर्वोक्त अरिष्ट योग होने पर भी वह शिशु श्रेष्ठ भाग्यशाली होकर दीर्घायु होता है।

संकेत : उपरोक्त में यदि बली लग्नेश त्रिकोण में हो तो भी शिशु दीर्घायु होगा।

लग्नाधिपोऽतिबलवानशुभैरदृष्टः
केन्द्रस्थितः शुभखगैरवलोक्यमानः।

मृत्युं विधूय विदधाति स दीर्घमायुः
सार्धं गुणैर्बहुभिरुर्जितराजलक्ष्म्या।।

(जातकपारिजात/अध्याय-4/श्लोक 83)

यदि लग्न का स्वामी अतिबलवान हो, अशुभ ग्रहों से दृष्ट न हो केन्द्र में स्थित हो, शुभग्रहों से दृष्ट हो तो मृत्यु का निवारण कर जातक को दीर्घायु करता है और जातक को सद्गुणी और विशिष्ट ऐश्वर्यवान बनाता है। जातकतत्त्वम् में लग्नस्थ शुभग्रहों के आधार पर बालारिष्ट भंग की अनेक स्थितियों का उल्लेख किया गया है।

कर्काजवृषेऽङ्गे राहौ सर्वारिष्टहरः।।
केन्द्रे तदग्रे च सर्वखेटास्तु।।
इन्द्वङ्गौ सर्वग्रहदृष्टौ सर्वारिष्टहरः।।
शुभांशे केन्द्रे कोणे शुक्र दृष्टे चन्द्रे सर्वारिष्टहरः।।
बलीशुभः केन्द्रगोलाभे सूर्यः सर्वारिष्टहरः।।
सबलेऽङ्गपे शुभमात्रदृष्टे सर्वारिष्टहरः।।
जीवे स्वभोच्चगे केन्द्रे सर्वारिष्टहरः।।
पापाः शुभवर्गगाः शुभमात्रदृष्टाः सर्वारिष्टहराः।।
जायारिगोराहुः शुभमात्रदृष्टयुतः सर्वारिष्टहरः।।
सर्वे बालिनो वा नृराशिगा वा मित्रभगा वा
शुभभगा वा शुभवर्गगाः सर्वारिष्टहरः।।

(जातकतत्त्वम्/अध्याय-2/श्लोक 117-126)

निम्नलिखित स्थितियों में सभी अरिष्टों का नाश होता है-

कर्क, मेष, वृष लग्न में राहु हो। सभी ग्रह केन्द्र व पणफर स्थानों में हों। चन्द्रमा व लग्न पर सभी ग्रहों की दृष्टि हो। शुभ नवांश में चन्द्रमा केन्द्र या त्रिकोण में शुक्र से दृष्ट हो। बलवान शुभग्रह केन्द्र में व सूर्य लाभस्थान में हो।

बलवान लग्नेश पर केवल शुभग्रहों की दृष्टि हो। षष्ठ या सप्तम में राहु शुभग्रहों से दृष्ट या युत हो। सभी ग्रह बलवान हों या पुरुषराशि में हों या मित्रराशि में हों या शुभराशि में हों या शुभवर्गों में हों।

लग्नेश बलवान हो, बृहस्पति बलवान हो, सौम्य ग्रह बलवान हो तथा चन्द्रमा शुभग्रहों से दृष्ट हो तो अरिष्ट भंग का योग होता है।

लग्नेशः शुभवीक्षितो बलयुतः केन्द्रत्रिकोणोपगो
जीवो वा प्रबलः स्फुटांशुनिचयो लग्नस्थितोऽरिष्टहा।
केन्दे रन्ध्रपवर्जिते बलयुते सौम्यग्रहेऽवस्थिते
लग्नेन्द्वोः शुभदृष्टयोरपि तथा न स्यादरिष्टं शिशोः।।

(जातकादेशमार्ग/अध्याय-4/श्लोक 1)

1. यदि लग्नेश बलवान हो, केन्द्र या त्रिकोण में स्थित हो और शुभग्रहों से दृष्टिगत हो।
2. यदि बृहस्पति बलवान हो, लग्न में हो, और अस्त न हो तो भी अरिष्ट भंग करता है।
3. यदि सौम्य ग्रह (किंतु यह अष्टमेश न हो) बलवान हो और केन्द्र में स्थित हो।
4. यदि लग्न और चन्द्रमा शुभग्रहों से दृष्ट हों। इस श्लोक में यह चार योग अरिष्ट-भंग के योगों का उल्लेख है।

लग्नेशो बलयुक्तश्चेत् त्रिकोणे वा चतुष्टये।
अरिष्टयोगजातोऽपि बालो जीवति निश्चयः।।

(जातकपारिजात/अध्याय-4/श्लोक 77)

यदि लग्नेश केन्द्र या त्रिकोण में हो और बलवान हो तो अरिष्ट योग में उत्पन्न शिशु भी निश्चित जीवित रहता है।

2. चन्द्रमा द्वारा अरिष्ट–भंग काल का संज्ञान

बालारिष्ट योग के निर्माण में सर्वाधिक विचारणीय चंद्रमा की स्थिति होती है। चंद्रमा का गण्डान्त मूल में होना, चतुर्थ, षष्ठ, अष्टम अथवा द्वादश भावगत चंद्रमा पर पापग्रहों की दृष्टि होना या चंद्रमा का निर्बल होकर पापग्रहयुक्त या पापदृष्ट होना बालारिष्ट योग की संरचना करता है। इसके विपरीत यदि चंद्रमा बली हो, उच्चराशिगत हो, शुभग्रहों से दृष्ट अथवा युक्त हो और किसी पापग्रह द्वारा पापाक्रान्त न हो तो बालारिष्ट योग भंग हो जाता है।

स्वोच्चे स्ववर्गे सुहृदां च वर्गे सौम्येक्षितोऽसद्भिरदृष्टयुक्तः।
दृश्योप्यदृश्यः सुहृदां रिपूणां पूर्णः शशी हन्ति समस्तरिष्टम्।।

(जातकादेशमार्ग/अध्याय-4/श्लोक 8)

यदि पूर्ण चन्द्रमा अपनी उच्चराशि में हो, अपने या अपने मित्रों के वर्ग में हो, सौम्यग्रहों से देखा जाता हो, पापग्रहों से या शत्रुओं से दृष्ट न हो तो समस्त अरिष्टों का नाश करता है।

चन्द्रः पूर्णतनुः शुभेष्टगणगः स्वोच्चस्वभे वा स्थितो
मित्रैः स्वाश्रितवर्गपैर्बलयुतैः सौम्यैश्च वा वीक्षितः।
सौम्यैः स्वान्त्यगतैः स्मरारिमृतिगैः केन्द्रत्रिकोणेऽथवा
संप्राप्तैर्विनिहन्त्यरिष्टमखिलं ध्वान्तं यथा भास्करः।।

(जातकादेशमार्ग/अध्याय-4/श्लोक 9)

यदि पूर्ण चन्द्र शुभग्रह या मित्रग्रहों के वर्ग में हो, अपनी उच्चराशि या स्वराशि में स्थित हो, और ऐसे शुभग्रहों या मित्रों से दृष्ट हो जो बलवान हों और अपने-अपने वर्गों में हों; या शुभग्रह चन्द्रमा से द्वितीय, द्वादश, षष्ठ, सप्तम या अष्टम में हो या लग्न से केन्द्र त्रिकोण में हो तो जैसे सूर्य अन्धकार का नाश कर देता है, वैसे समस्त अरिष्टों का नाश हो जाता है।

योग को निम्नलिखित प्रकार से समझना चाहिए :

(1) चन्द्रमा का पक्षबल में बलवान होना, (2) चन्द्रमा का शुभवर्गों में या मित्र वर्गों में होना, (3) चन्द्रमा का अपनी उच्चराशि या स्वराशि में होना, (4) शुभ या मित्रग्रह जो अपने अपने वर्गों में हों उनसे दृष्ट होना (5) शुभग्रहों का चन्द्रमा से द्वितीय या द्वादश में होना, (6) शुभग्रहों का चन्द्र से षष्ठ, सप्तम या अष्टम में होना, (7) शुभग्रहों का जन्मलग्न से केन्द्र या त्रिकोण में होना।

हन्ति सर्वग्रहारिष्टं चन्द्रकेन्द्रे बृहस्पतिः।
यथा गजसहस्राणि निहन्त्येकोऽपि केसरी।।

(जातकादेशमार्ग/अध्याय-4/श्लोक 13)

यदि चन्द्रमा से केन्द्र में बृहस्पति हो तो, (जैसे एक सिंह हजारों हाथियों को मार गिराता है) वह सर्व ग्रहों से उत्पन्न अरिष्टों का नाश कर देता है।

षट्सप्तरन्ध्रे शशिनश्च सौम्या निघ्नन्त्यरिष्टान्यशुभैरमिश्राः।
युक्तस्तु सौम्यैर्विनिहन्त्यरिष्टं चन्द्रः शुभत्र्यंशगतस्तथैव।।

(जातकादेशमार्ग/अध्याय-4/श्लोक 4)

1. यदि चन्द्रमा से षष्ठ, सप्तम, अष्टम में शुभग्रह हों और पापग्रहों से उनका सम्मिश्रण न हो अर्थात् पापग्रह षष्ठ, सप्तम, अष्टम न हों तो अरिष्ट भंग होता है।
2. यदि चन्द्रमा शुभग्रह के द्रेष्काण में हो और सौम्य ग्रहों से युक्त हो तो भी अरिष्टनाशक होता है।

चन्द्रः शुभद्वादशभागगो वा होरेशदृष्टः शुभराशिगो वा।
क्रूरर्क्षगो वा भवनेशदृष्टो नान्येक्षितो हन्ति समस्तरिष्टम्।।

(जातकादेशमार्ग/अध्याय-4/श्लोक 5)

1. यदि चन्द्रमा शुभग्रह की राशि में या शुभग्रह के द्वादशांश में हो और उस पर लग्नेश दृष्टिनिक्षेप करता हो।
2. चन्द्रमा पापग्रह की राशि में हो किन्तु जिस राशि में हो उसके स्वामी से दृष्ट हो और अन्य ग्रह से दृष्ट न हो।

ये दोनों योग बालारिष्टभंगकारक हैं।

जन्माधिपो मित्रशुभेक्षितो वा सर्वेक्षितो जन्मपतिस्तनौ वा।
होरेश्वरस्योपचये शशी वा रिष्टं पृथक् चन्द्रकृतं निहन्ति।।

(जातकादेशमार्ग/अध्याय-4/श्लोक 6)

1. जिस राशि में चन्द्रमा हो उस राशि के स्वामी को यदि मित्र या शुभग्रह दृष्टिनिक्षेप करता हो।
2. यदि चन्द्रमा लग्न में हो और उसे सभी ग्रह दृष्टिनिक्षेप करते हों।
3. यदि चन्द्रमा लग्नेश से उपचय स्थान में हो। चन्द्रमा के कारण यदि कोई बालारिष्ट हो तो उपर्युक्त योग उस अरिष्टयोग को भंग करते हैं।

सर्वैर्गगनभ्रमणैर्दृष्टश्चन्द्रो विनाशयति रिष्टम्।
आपूर्यमाणमूर्तिर्यथा नृपः सन्नयेद्द्वेषम्।।

चन्द्रः सम्पूर्णतनुः शुक्रेण निरीक्षितः सुहृद्भागे।
रिष्टहराणां श्रेष्ठो वातहराणां यथा बस्तिः।।

(सारावली/अध्याय-11/श्लोक 3-4)

यदि जन्म समय में चन्द्रमा पूर्ण बिम्ब अर्थात् सोलह कला परिपूर्ण हो और समस्त शुभ ग्रहों से दृष्ट हो तो अरिष्ट का नाश करता है, जैसे राजा न्याय के विरुद्ध चलने वालों का नाश करता है। यदि पूर्ण बिम्ब से युत चन्द्रमा, मित्र के नवमांश में स्थित हो व शुक्र से दृष्ट हो तो अरिष्ट दूर करने वालों में श्रेष्ठ होता है अर्थात् अरिष्ट का विनाश करता है जैसे वायु रोग हरण में बस्ति क्रिया श्रेष्ठ होती है।

आपूर्यमाणमूर्तिर्द्वादशभागे शुभस्य यदि चन्द्रः।
रिष्टं नयति विनाशं तक्राभ्यासो यथा गुदजम्।।

सौम्यक्षेत्रे चन्द्रो होरापतिना विलोकितो हन्ति।
रिष्टं न वीक्षितोऽन्यैः कुलाङ्गना कुलमिवान्यगता।।

(सारावली/अध्याय-11/श्लोक 9-10)

यदि जन्मांग में चन्द्रमा पूर्ण बिम्ब से युत होकर शुभग्रह के द्वादशांश में हो तो अरिष्ट का विनाशक होता है, जैसे तक्र (मट्ठा) के सेवन से गुद रोग (बवासीर) नष्ट होता है। यदि चन्द्रमा शुभग्रह की राशि में लग्नेश से दृष्ट हो और अन्य ग्रहों से अदृष्ट हो तो अरिष्ट का नाशक होता है, जैसे कुलांगना अन्य के संग से अपने कुल का नाश करती है।

पूर्णेन्दुः शुभभांशे वा सदवा शुभान्तरे।
भेशात्तूर्यचयस्थोऽयं वेन्दोः सौम्यास्तुषट्त्रये।।

(त्रिफला/अध्याय-3/श्लोक 9)

(1) पूर्ण चन्द्र शुभराशि में हो; (2) या पूर्ण चन्द्र शुभनवांश में हो; या (3) शुभ चन्द्रमा हो-बलवान शुभग्रहों से युक्त या दृष्ट हो; (4) या शुभग्रहों के मध्य में चन्द्र हो या (5) चन्द्र राशि के स्वामी से चतुर्थ चन्द्रमा हो (6) या चन्द्रमा से तृतीय और षष्ठ में शुभग्रह हों।

चन्द्राधिष्ठितराशीशे लग्नस्थे शुभवीक्षिते।
भृगुणा वीक्षिते चन्द्रे स्वोच्चेऽरिष्टं हरेत्तदा।।

(जातकपारिजात/अध्याय-4/श्लोक 82)

इस श्लोक में दो ग्रह योगों का उल्लेख है।

1. चन्द्रमा जिस राशि में हो, उसका स्वामी लग्न में हो और शुभग्रह दृष्ट हो,

2. चन्द्रमा अपनी उच्चराशि में हो और शुक्र से दृष्ट हो तो अरिष्ट हरण हो जाता है, अर्थात् बालारिष्ट नहीं होता।

स्वोच्चे स्ववर्गे सुहृदां च वर्गे सौम्येक्षितोऽसद्भिरयुक्तदृष्टः।
न चारिदृश्यः स्वगृहाश्रितो वा पूर्णः शशी हन्ति च सर्वरिष्टम्।।

सम्पूर्ण इन्दुर्गुरूशुक्रयुक्तो क्रूरैरदृष्टः स्वगृहे स्वतुंगे।
स्वपंचमस्थोऽपि सुखाय मातुः पितुश्चतद्वत् खलु भास्करोऽपि।।

(जातकसारदीप-2/अध्याय-50/श्लोक 17-18)

पूर्ण चन्द्रमा अपने उच्च, स्वक्षेत्र, मित्रवर्ग में हो और शुभग्रहों से दृष्ट हो, पापदृष्टि से रहित हो और शत्रुग्रह उस पर दृष्टिनिक्षेप न करे तो सब अरिष्टों को नष्ट करता है। सम्पूर्ण चन्द्रमा बृहस्पति व शुक्र से युक्त हो और क्रूरग्रह से दृष्ट न हो और चन्द्रमा स्वक्षेत्री या उच्चराशिगत हो। अथवा स्वक्षेत्री उच्चगत चन्द्रमा 2/5 भावों में शुभदृष्ट हो तो माता के लिए विशेष सुखदायक योग है। इसी तरह मेष सिंह राशि में सूर्य बृहस्पति से युक्त व पाप से अदृष्ट हो या स्वक्षेत्री उच्चगत होकर 2/5 भावों में हो तो पिता के लिए शुभ है।

शशिनोऽन्त्ये बुधसितयोराये क्रूरेषु वाक्पतौ गगने।
दुरितं चातुर्थिकमिव नश्यति मुनिकुसुमरसनस्यैः।।

लग्नेश्वरस्य चन्द्रः षट्त्रिदशायहिबुकेषु शुभदृष्टः।
क्षपयति समस्तरिष्टान्यनुयाते नृपतिरोध इव।।

एको जन्माधिपतिः परिपूर्णबलः शुभैर्दृष्टः।
हन्ति निशाकररिष्टं व्याघ्र इव मृगान् वने मत्तः।।

(सारावली/अध्याय-11/श्लोक 15-17)

यदि चन्द्रमा से द्वादश भाग में बुध या शुक्र हों और एकादशभाव में पापग्रह हों एवं दशमभाव में बृहस्पति हो तो अरिष्ट का नाश होता है, जैसे मुनि कुसुम (अगस्त्य पुष्प) के रस को सूंघने से कठिन चतुर्थ दिन में आने वाले रोग (ज्वर) का नाश होता है। यदि लग्न स्वामी से 6, 3, 10, 11, 4 में चन्द्रमा शुभग्रह से दृष्ट हो तो सब अरिष्टों का नाश होता है, जैसे राजा की सेना के पीछे चलने वाले मनुष्य को कोई कष्ट नहीं होता है। यदि एक ही राशि स्वामी बलवान, शुभग्रह से दृष्ट हो

तो चन्द्रकृत अरिष्ट का नाश करता है, जैसे जंगल में उन्मत्त बाघ हरिणों का नाश करता है।

जन्मधिपो मित्रशुभे क्षितो वा सर्वेक्षितो जन्मपतिस्तनौ वा।
होरेश्वरेस्योपचये शशीवा रिष्टं पृथक् चन्द्रकृतं निहन्ति।।

चन्द्राद् व्यये शुक्रबुधौ च लाभे पापा गुरु र्व्योम्नि च रिष्टनाशः।
कृष्णे दिवा चेन्निशि शुक्लपक्षे रक्षेच्छशीतं रिपुरन्ध्रगोऽपि।।

(जातकसारदीप-2/अध्याय-50/श्लोक 15-16)

जन्मराशीश यदि मित्र ग्रहों या शुभग्रहों से दृष्ट हो। या राशीश लग्न में सब ग्रहों से दृष्ट हो। या लग्नेश से 3/6/10/11 भावों में चन्द्र हो तो चन्द्रमा का अरिष्ट प्रभाव नष्ट हो जाता है।

चन्द्रमा से द्वादश में शुक्र बुध, लाभ में पापग्रह व दशम में बृहस्पति हो या कृष्ण पक्ष में दिन में, शुक्ल पक्ष में रात में जन्म हो और चन्द्रमा चाहे 6/8 भावों में भी हो तब भी अरिष्टहर्ता होता है।

स्वोच्चस्थः स्वगृहे ऽथवाऽपि सुहृदां वर्गे च सौम्यस्य वा
सम्पूर्णः शुभ-वीक्षितः शशधरो वर्गे स्वकीयेऽपि वा।
शत्रूणामवलोकनादि-रहितः पापैरयुक्तेक्षितो
रिष्टं हन्ति सुदुस्तरं दिनमणिः प्रालेयराशिं यथा।।

(फलितमार्तण्ड/अध्याय-6/श्लोक 4)

चन्द्रमा अपने उच्च वा अपने गृह का वा अपने मित्रों के नवांशादि-वर्ग में वा शुभग्रहों के द्रेष्काणादि-वर्ग में वा पूर्ण चन्द्रमा शुभ-दृष्ट हो, वा अपने वर्ग में हो, ऐसा होने पर अपने शत्रुओं की दृष्टि वा योग से रहित हो तो कठिन अरिष्टों को नाश कर देता है, जैसे सूर्य अपनी किरणों द्वारा अत्यंत गहरे कुहरों (धुंध) को नाश करता है।

संकेत : क्षीण चन्द्रमा भी यदि शुभ-राश्यंशगत हो और शुभग्रहों के मध्य में हो और बली बृहस्पति वा शुक्र से दृष्ट हो तो प्रबल-अरिष्टभंग-कर्ता समझना चाहिए।

चन्द्राधिष्ठित-राशीशे लग्नस्थे शुभ-वीक्षिते।
भृगुणा वीक्षिते चन्द्रे स्वोच्चेऽरिष्टं हरेत्तदा।।

(फलितमार्तण्ड/अध्याय-6/श्लोक 5)

चन्द्र-राशीश लग्न में स्थित हो, उसे शुभग्रह दृष्टिनिक्षेप करते हों और उच्चस्थ चन्द्रमा शुक्र से देखा जाता हो तो अरिष्ट को हरता है।

षट्सप्तरन्ध्रे शशिनस्तुसौम्याः पापैरमिश्राश्च निहन्त्यरिष्टम्।
युक्तस्तुसौम्यैर्विनिहन्त्यरिष्टं चन्द्रः शुभत्रयांशगतस्त थैव।।

चन्द्र शुभद्वादशभागगो वा होरेशदृष्टः शुभराशिगोवा।
क्रूरखगोवा भवनेशदृष्टो नान्येक्षितो हन्ति समस्तरिष्टम्।।

(जातकसारदीप-2/अध्याय-50/श्लोक 13-14)

चन्द्रमा से 6/7/8 भावों में पापरहित सारे शुभग्रह हों या शुभ द्रेष्काणगत चन्द्रमा या शुभग्रहों से युक्त चन्द्रमा हो। इन योगों में सब अरिष्ट दूर हो जाते हैं।

चन्द्रमा शुभग्रह के द्वादशांश में, लग्नेश से दृष्ट हो या शुभराशि में हो। क्रूर राशिगत चन्द्रमा राशीश से दृष्ट हो और कोई ग्रह (क्रूर) उसे न देखे तो सब अरिष्ट दूर हो जाते हैं।

क्रूरभवने शशाङ्को भवनेशनिरीक्षितस्तदनुवर्गे।
रक्षति शिशुं प्रजातं कृपण इव धनं प्रयत्नेन।।

जन्माधिपतिर्बलवान् सुहृद्भिरभिवीक्षितः शुभैर्भङ्गम्।
रिष्टस्य करोति सदा भीरुरिव प्राप्तसंग्रामः।।

(सारावली/अध्याय-11/श्लोक 11-12)

यदि चन्द्रमा पापग्रह की राशि में या पापग्रह के वर्ग में राशिस्वामी से दृष्ट हो तो जातक की रक्षा करता है, जैसे लोभी पुरुष अपने धन की प्रयत्न से रक्षा करता है। यदि राशिस्वामी बली हो और शुभ मित्रग्रह से दृष्ट हो तो अरिष्ट का नाश करता है, जैसे डरपोक मनुष्य संग्राम में उपस्थित होकर भी किसी को नहीं मारता है।

जन्माधिपतिर्लग्ने दृष्टः सर्वैर्विनाशयति रिष्टम्।
घृष्टोषणविदलाभ्यां प्रत्येककृताञ्जनं यथा शुक्लम्।।

(सारावली/अध्याय-11/श्लोक 13)

यदि जन्म का अधिपति अर्थात् राशि का स्वामी लग्न में समस्त ग्रहों से दृष्ट हो तो अरिष्ट का नाश करता है, जैसे कालीमिर्च और बांस के कोमल ऊपरी भाग को घिसकर प्रतिदिन आंख में लगाने से शुभ्रता (फुली) नष्ट होती है।

स्वोच्चस्थस्वगृहेऽथवापि सुहृदां वर्गेऽपि सौम्येऽथवा
संपूर्णः शुभवीक्षितः शशधरो वर्गे स्वकीयेऽथवा।
शत्रूणामवलोकने न पतितः पापैरयुक्तेक्षितो
रिष्टं हन्ति सुदुस्तरं दिनपतिः प्रालेयराशिं यथा।।

(सारावली/अध्याय-11/श्लोक 13)

यदि पूर्ण बिम्ब चन्द्रमा अपनी उच्चराशि में वा अपनी राशि (कर्क) में, व मित्रराशि के षड्वर्ग में अथवा शुभग्रह के वर्ग में वा अपने वर्ग में शुभग्रह से दृष्ट हो और स्वशत्रुग्रह व पापग्रह से अदृष्ट व अयुत हो तो अरिष्ट का विनाश करता है, जैसे सूर्य सुदुस्तर (पार करने में कठिन) प्रालेय राशि (पाला) को नष्ट करता है।

रात्रौषष्ठाष्टमगश्चन्द्रः शुक्ले सर्वारिष्टहरः।।
सौम्यभांशगाः सौम्याः सर्वारिष्टहराः।।
भेशे केन्द्रे वा सौम्ये सर्वारिष्टहरः।।
शीर्षोदयगाः सर्वे सर्वारिष्टहराः।।
षष्ठाष्टमगे कृष्णे चन्द्रेदिवा पापदृष्टे च।।
स्वोच्चसुहृद्भे चन्द्रे सर्वारिष्टहरः।।
कर्काजे इन्दौ केन्द्रे सद्दृष्टे सर्वारिष्टहरः।।
चन्द्रात् खे जीवो व्यये ज्ञाच्छौ लाभे खलाः सर्वारिष्टहराः॥
शुभभे पूर्णेन्दौ वा षष्ठाष्टमे शुभवर्गगे सर्वारिष्टहरः।।

(जातकतत्त्वम्/अध्याय-2/श्लोक 108-116)

रात्रि में षष्ठ या अष्टमगत चन्द्रमा शुक्ल पक्ष में सर्वारिष्टनाशक है। शुभग्रहों की राशि या नवांश में शुभग्रह अरिष्टनाशक होते हैं। लग्नेश या शुभग्रह केन्द्र में हों। सब ग्रह शीर्षोदय राशियों में हों। कृष्णपक्ष में पापदृष्ट चन्द्र 6, 8 स्थानों में हो तथा रात्रि में जन्म हो। स्वराशि, स्वोच्च या मित्रराशि में चन्द्रमा हो। कर्क या मेष में चन्द्रमा केन्द्रगत हो तथा उसे शुभग्रह दृष्टिनिक्षेप करते हों।

चन्द्रमा से दशम में बृहस्पति, द्वादशस्थान में बुध शुक्र व लाभस्थान में पापग्रह हों। शुभराशि में पूर्ण चन्द्रमा हो अथवा शुभ वर्गगत चन्द्रमा 6, 8 स्थानों में हो। इन सभी योगों में सभी अरिष्टों का नाश हो जाता है।

कृष्णपक्षे दिवा जन्म शुक्लपक्षे यदा निशि।
षष्ठाष्टमे भवेच्चन्द्रः सर्वारिष्टं निवारयेत्।।

(लग्नरत्नाकर/अध्याय-..../श्लोक 74)

यदि शिशु का जन्म कृष्णपक्ष में दिन में तथा शुक्लपक्ष में रात्रि में हो और षष्ठ या अष्टमस्थान में चन्द्रमा स्थित हो तो सभी अरिष्टों को दूर करता है।

अन्य श्लोक के अनुसार षष्ठ तथा अष्टमस्थान का चन्द्रमा अरिष्टकर होता है किन्तु यदि कृष्णपक्ष में दिन में, शुक्लपक्ष में रात्रि में जन्म हो तो चन्द्रमा अरिष्टकर नहीं होता।

सौम्यैर्ग्रहैर्दृष्टतनुर्हिमांशुरापूर्यमाणो विनिहन्त्यरिष्टम्।
स्वात्युच्चभागे सुहृदंशके वा रिष्टं शशी हन्ति च शुक्रदृष्टः।।

(जातकादेशमार्ग/अध्याय-4/श्लोक 3)

1. यदि शुक्ल पक्ष का चन्द्रमा सौम्य ग्रहों से देखा जाये तो अरिष्ट भंग करता है।
2. यदि चन्द्रमा परमोच्च, स्वगृही, या मित्र के नवांश में हो और शुभग्रह से देखा जाए तो अरिष्टनाशक योग है।

चन्द्राद्व्यये शुक्रबुधौ च लाभे पापा गुरुर्व्योम्नि च रिष्टनाशः।
कृष्णे दिवा चेन्निशि शुक्लपक्षे रक्षेच्छशी तं रिपुरन्ध्रगोऽपि।।

(जातकादेशमार्ग/अध्याय-4/श्लोक 7)

1. यदि बुध और शुक्र चन्द्रमा से द्वादश हों, बृहस्पति लग्न से दशम में हो और तीनों पापग्रह (सूर्य, मंगल, शनि) लग्न से एकादश हों।
2. यदि कृष्णपक्ष में दिन में जन्म हो, या शुक्लपक्ष में रात्रि में जन्म हो तो लग्न से षष्ठ या अष्टमस्थान स्थित चन्द्रमा भी नवजात शिशु की रक्षा करता है।

पक्षे सिते भवति जन्म यदि क्षपायां
कृष्णेऽथवाऽहनि शुभाशुभदृश्यमानः।
तं चन्द्रमा रिपुविनाशगतोऽपि यत्ना-
दापत्सु रक्षति पितेव शिशुं न हन्ति।।

(सारावली/अध्याय-11/श्लोक 18)

यदि शुक्लपक्ष हो और रात्रि में जन्म हो या कृष्णपक्ष में दिन में जन्म हो

तो 6/8 भाव में स्थित चन्द्रमा शुभाशुभ ग्रहों से दृष्ट होने पर भी यत्न से विपत्ति में रक्षा करता है, जैसे पिता अपने पुत्र को मारता नहीं है किन्तु रक्षा ही करता है।

लग्न लग्नेश, चंद्रमा तथा राशीश की शुभस्थिति बालारिष्ट भंग योग की स्थापना करती है, परन्तु कई ऐसे ग्रह योग हैं जो लग्न और चंद्रमा के अतिरिक्त हैं, उन बालारिष्ट भंग योगों का उल्लेख अग्रांकित है।

3. अन्य शुभग्रहों की स्थिति द्वारा अरिष्ट-भंग का संज्ञान

सौम्यग्रहैरतिबलैर्विबलैश्च पापै
र्लग्नं च सौम्यभवने शुभदृष्टियुक्तम्।
सर्वापदा विरहितो भवति प्रसूतः
पूजाकरः खलु यथा दुरितैर्ग्रहाणाम्।।

(सारावली/अध्याय-12/2)

यदि जन्मांग में समस्त शुभग्रह पूर्ण बलवान हों तथा सभी पापग्रह निर्बल हों और शुभग्रह की राशि में लग्न, शुभग्रह से दृष्ट हो तो जातक के समस्त अरिष्टों (आपत्तियों) का विनाश होता है, जैसे सब ग्रहों की पूजा करने वाला पापों से रहित होता है।

पापा यदि शुभवर्गे सौम्यैर्दृष्टाः शुभांशवर्गस्थैः।
निघ्नन्ति तथा रिष्टं पतिं विरक्ता यथा युवतिः।।

(सारावली/अध्याय-12/श्लोक 3)

यदि जन्मकाल में सब पापग्रह शुभग्रह के षड्वर्ग में, शुभग्रह के नवमांशों के वर्गों में स्थित शुभग्रहों से दृष्ट हों तो अरिष्ट का नाश करते हैं, जैसे विरक्ता स्त्री अपने पति को नष्ट करती है।

अरिष्टकर्तृस्थितभांशनाथः शुभः शुभर्क्षे शुभदृष्टयुक्तः।
निहन्त्यरिष्टं स्फुरदंशुजालश्चतुर्थनाथे यवनोपदिष्टम्।।

(जातकादेशमार्ग/अध्याय-4/श्लोक 12)

1. जन्मांग में यह देखिए कि अरिष्टकारक कौन-सा ग्रह है। यह ग्रह है मान लीजिए 'क'। तो यह देखिए कि 'क' किस ग्रह के नवांश में है; इस नवांश

स्वामी को कहिए 'ख'। यदि 'ख' शुभग्रह हो, शुभग्रह की राशि में हो, शुभग्रह से दृष्ट हो तो अरिष्टभंग हो जाता है।

2. यदि लग्न से चतुर्थस्थान का स्वामी अस्त न हो तो भी यवन मतानुसार अरिष्ट भंग होता है।

यातैस्त्रिभागमपरैः सरोजजन्मापि विस्मयं कुरुते।
भञ्जयति काष्ठमरिष्टं समतटदेशे यथा करभः।।

बहवो यदि शुभफलदाः खेटास्तत्रापि शोर्यते रिष्टम्।
सूर्यात् त्रिकोण इन्दौ यथैव यात्रा नरेन्द्रस्य।।

(सारावली/अध्याय-12/श्लोक 11-12)

यदि अरिष्टकारक ग्रह के बिना सब ग्रह अपने-अपने द्रेष्काण में हों तो ब्रह्माजी को आश्चर्य होता है अर्थात् ब्रह्मा द्वारा लिखा हुआ भी अरिष्ट नष्ट होता है, जैसे समतल भूमि (मैदान) में हाथी काठ (वृक्षादि) को नष्ट करता है। यदि जन्म समय में अधिक ग्रह शुभफल देने वाले हों तो भी अरिष्ट का नाश होता है, जैसे सूर्य से 5/9 भाव में चन्द्रमा के रहने पर राजा की यात्रा में विघ्न दूर होते हैं।

परिविष्टो गगनचरः क्रूरैश्च विलोकितो हरित पापम्।
स्नानं सन्निहितानां कृतं यथा भास्करग्रहणे।।

स्निग्धमृदुपवनभाजो जलदाश्च तथैव खेचराः शस्ताः।
स्वस्थाः क्षणाच्च रिष्टं शमयति रजो यथाम्बुधारौघः।।

(सारावली/अध्याय-12/श्लोक 7-8)

यदि अरिष्टकारक ग्रह किसी ग्रह से घिरा हुआ युत पापग्रह से दृष्ट हो तो अरिष्ट का नाश करता है, जैसे सूर्यग्रहण के समय कुरुक्षेत्र में स्नान करने से पाप का नाश होता है। यदि जन्मकाल में सुन्दर मन्द वायु तथा मेघ हों और ग्रहसमुदाय बली व निर्मल बिम्ब हो तो क्षणभर में अरिष्ट का शमन होता है, जैसे जलधारा धूल को दबा देती है।

उदये चागस्त्यमुनेः सप्तर्षीणां मरीचिपुत्राणाम्।
सर्वारिष्टं नश्यति तम इव सूर्योदये जगतः।।

अजवृषकर्किविलग्ने रक्षति राहुः समस्तपीडाभ्यः।
पृथ्वीपतिः प्रसन्नः कृतापराधं यथा पुरुषम्।।

(सारावली/अध्याय-12/श्लोक 9-10)

जिस जातक का जन्म अगस्त्य मुनि या मरीच्यादि सात ऋषिगण के उदय समय में होता है उसके (जातक के) समस्त अरिष्टों का नाश होता है, जैसे सूर्य के उदय से संसार का अन्धकार नष्ट होता है। यदि जन्मकाल में मेष वा वृष वा कर्क लग्न में राहु हो तो समस्त अरिष्टों से रक्षा करता है; जैसे राजा प्रसन्न होकर अपराध करने वाले की रक्षा करता है।

अगस्त्यसप्तर्षिवरोदयो वा योगास्त्रयोऽरिष्टहराः प्रदिष्टाः।
स्वस्थानगाः सर्वनभश्चरेन्द्रानिध्नन्त्यरिष्टं सकलं क्षणेन्।।

न कोऽपि मृत्यावुदये न पापाः केन्द्रे गुरुश्चाष्टशतायुरत्र।
केन्द्र त्रिकोणाधिगता न पापाः शुक्रे गुरौ केन्द्रगते शतायुः।।

(जातकसारदीप-2/अध्याय-50/श्लोक 3-4)

अगस्त्य या सप्तर्षियों के उदयकाल में जन्म हो। या सभी ग्रह स्वक्षेत्री हों तो सब अरिष्ट नष्ट हो जाते हैं। अष्टमस्थान ग्रहरहित हो, लग्न में पापग्रह न हो और केन्द्र में बृहस्पति हो तो 108 वर्ष की आयु होती है। केन्द्र त्रिकोण में कोई पापग्रह न हो, बृहस्पति व शुक्र केन्द्र में हों तो भी 100 वर्ष की आयु होती है।

सर्वातिशाय्यतिबलः स्फुरदंशुमाली
लग्ने स्थितः प्रशमयेत् सुरराजमन्त्री।
एको बहूनि दुरितानि सुदुस्तराणि
भक्त्या प्रयुक्त इव चक्रधरे प्रणामः।।

(सारावली/अध्याय-12/श्लोक 1)

यदि जन्मांग में देदीप्यमान किरणों से युत बली बृहस्पति अकेला भी लग्न में स्थित हो तो समस्त अरिष्टों का नाशक होता है, जैसे भक्तिपूर्वक किया हुआ श्रीविष्णु के पाठान्तर से श्री शिवजी के प्रति एक नमस्कार भी समग्र महापापों को नष्ट करता है।

केन्द्रेशतायुर्भृगुजो गुरुर्वा रिष्टं च चन्द्रग्रहज विनश्येत्।
एको बली जन्मपतिर्निहन्ति दृष्टः शुभैश्चन्द्रकृतं च रिष्टम्।।

सर्वेग्रहैर्दृष्टतनुर्हिमांशु रापूर्यमाणे विनिहन्त्यरिष्टम्।
स्वात्युच्चभागे सुहृदशंकेवा रिष्टं शशी हन्ति च शुक्रदृष्टः।।

(जातकसारदीप-2/अध्याय-50/श्लोक 11-12)

केन्द्र में बृहस्पति या शुक्र चन्द्रग्रहणादिकृत अरिष्ट का भी नाश करता है। जन्मराशीश यदि बलवान होकर शुभदृष्ट हो तो सभी अरिष्ट नष्ट हो जाते हैं।

लगभग पूर्ण या बढ़ता हुआ चन्द्रमा सब ग्रहों से दृष्टों हो या अपने परमोच्च या परमोच्च नवांश, स्वनवांश, मित्रनवांशगत चन्द्र पर शुक्र की दृष्टि हो तो सब अरिष्ट दूर हो जाते हैं।

कुलीरगौ पूर्ण शशांक जीवौ लग्ने चतुर्थेदशमे भवेताम्।
अंकस्थितौ शुक्र बुधौ च शेषा लाभत्रिषष्ठेष्वमितं तदास्युः।।

(जातकसारदीप-2/अध्याय-50/श्लोक 6)

कर्क राशि में बृहस्पति व चन्द्रमा 1/4/10 स्थानों में हों, नवम में शुक्र बुध व पापग्रह 3/6/11 में हों, सूर्य यथासम्भव हो तो अमितायु योग होता है।

गुरुशुक्रौ च केन्द्रस्थौ जीवेद्वर्षशतं नरः।
गृहानिष्टं हिनस्त्याशु चन्द्रानिष्टं तथैव च।।

(सारावली/अध्याय-12/श्लोक 13)

यदि जन्मांग में बृहस्पति-शुक्र केन्द्र में हों तो सौ वर्ष का जीवन होता है, तथा ग्रहजन्य व चन्द्रजन्य अनिष्ट शीघ्र नष्ट होता है।

चन्द्रः सम्पूर्णगात्रस्तु सौम्यक्षे त्रांशगोऽपि वा।
सर्वारिष्टनिहन्ता स्याद् विशेषाच्छ क्रुवीक्षितः।।

(जातकपारिजात/अध्याय-4/श्लोक 72)

चन्द्रमा सम्पूर्ण गात्र (पूरा प्रकाशमान बिम्ब) हो, शुभग्रह की राशि या शुभग्रह के नवांश में हो (यदि शुभग्रह की राशि तथा शुभग्रह के दोनों में हो तो और भी उत्तम), तो सभी अरिष्टों का नाश करता है, विशेषकर यदि शुक्र से दृष्ट हो।

जीवभार्गवसौम्यानामेकः केन्द्रगतो बली।
पापकृद्योगहीनश्चेत्सद्योऽरिष्टस्य भङ्गकृद्।।

(जातकपारिजात/अध्याय-4/श्लोक 73)

बृहस्पति, शुक्र और बुध-यदि इनमें एक भी बलवान होकर केन्द्र में हो, और पापग्रह से न युत हो, न दृष्ट हो तो सद्यः अरिष्ट भंग करता है। यहां शुभ ग्रह कृत अरिष्ट भंग कहा गया है।

केन्द्रोपगोऽतिबलवान स्फुरदंशुमाली
स्वर्लोकराजसचिवः शमयेदवश्यम्।
एको बहूनि दुरितानि सुदुस्तराणि
भक्त्या प्रयुक्त इव शूलधरे प्रणामः।।

(जातकपारिजात/अध्याय-4/श्लोक 76)

यदि उज्ज्वल कान्तियुक्त सूर्य से दूर अति बलवान बृहस्पति केन्द्र लग्न में या लग्न से चतुर्थ, सप्तम या दशम में हो तो वह अनेक अरिष्टों को भंग कर देता है, जैसे भक्तिपूर्वक भगवान शंकर को प्रणाम करने से अनेक सुदुस्तर पापों का नाश हो जाता है।

लग्ने भृगुः केन्द्रगतश्चजीवः छिद्रेन पापाः परमायुरत्र।
शुद्धे ऽष्टमे कर्कट लग्न संस्थौ शशांकजीवौ गुरु भार्गवौ वा॥

(जातकसारदीप-2/अध्याय-50/श्लोक 5)

लग्न में शुक्र व केन्द्र में बृहस्पति हो और अष्टम में कोई पापग्रह न हो। अष्टम में कोई भी ग्रह न हो, कर्क लग्न में लग्नगत चन्द्र बृहस्पति या बृहस्पति शुक्र हों तो इन योगों में परमायु (120 वर्ष) होती है। इन वर्षों के स्थान पर अच्छी दीर्घायु कहनी चाहिए, ऐसा अनुभव में आया है।

राहुस्त्रि-षष्ठ-लाभस्थः शुभ-ग्रह-निरीक्षितः।
वृष-कर्काजगो वाऽपि लग्नेऽरिष्ट-विनाशकृत्।।

(फलितमार्तण्ड/अध्याय-6/श्लोक 2)

राहु तृतीय, षष्ठ या एकादश में स्थित हो और उसे शुभग्रह दृष्टिनिक्षेप करते हों, अथवा वृष, कर्क, मेष राशि का राहु लग्न में हो तो अरिष्टों का नाश करता है।

त्रिषडेकादशे राहुस्त्रिषडेकादशे शनिः।
त्रिषडेकादशे भौमः सर्वारिष्टान्निवारयेत्।।

(फलितमार्तण्ड/अध्याय-6/श्लोक 3)

तृतीये, षष्ठ तथा एकादशस्थ राहु हो, ऐसे ही तृतीये, षष्ठ, एकादशस्थ शनि वा मंगल हो तो शिशु के सम्पूर्ण अरिष्टों को दूर करते हैं।

संकेतः शुभ-दृष्ट बली होकर स्थित हों तो अरिष्ट-नाशक हैं, निर्बल अशुभ-दृष्ट हों तो नहीं।

राहुस्त्रिषष्ठलाभे लग्नात् सौम्यैर्निरीक्षितः सद्यः।
नाशयति सर्वदुरितं मारुत इव तूलसंघातम्।।

(सारावली/अध्याय-12/श्लोक 4)

यदि जन्म के समय में लग्न से 3/6/11 भाव में राहु शुभग्रह दृष्ट हो तो सभी अरिष्टों को शीघ्र नष्ट करता है, जैसे वायु, रुई के ढेर को नष्ट करती है।

अजवृषकर्किविलग्ने रक्षति राहुर्निरन्तरं बालम्।
पृथिवीपतिः प्रसन्नः कृतापराधं यथा पुरुषम्।।

(जातकपारिजात/अध्याय-4/श्लोक 80)

यदि लग्न में मेष, वृष या कर्क का राहु हो तो निरन्तर शिशु की रक्षा करता है, जैसे यदि राजा प्रसन्न हो तो अपराधी को भी क्षमा कर जीवनदान देता है।

मेषे वृषे कुलीरे वा राहुर्लग्नमुध्पाश्रितः।
यदा सौम्येर्भवेद् दृष्टोऽरिष्टभंगः सदास्फुटः।।

(जातकसारदीप-2/अध्याय-50/श्लोक 7)

1/2/4 राशि लग्नों में शुभदृष्ट राहु सब अरिष्टों को नष्ट करता है।

सोपप्लवश्च शीतांशुः कुलीराजवृषस्थितः।
लग्नात् केन्द्रेऽथवा सौम्यैर्दृष्टोऽरिष्टहरो भवेत।।

आयेषष्ठे तृतीये वा तुलाझषघटाश्रितः।
यदि केतुर्भवेत्लग्नात्तदा रिष्टं न जायते।।

राहुस्त्रिषष्ठ लाभे लग्नात्सौम्यैर्निरीक्षितेः सद्यः।
नाशयति सर्वदुरित माचन्द्रग्रहजं विनश्येत्।।

(जातकसारदीप-2/अध्याय-50/श्लोक 8-10)

1/2/4 राशियों में स्थित चन्द्रमा राहुयुक्त हो और केन्द्रगत शुभ दृष्ट हो। 3/6/11 में तुला कुम्भ मीनगत केतु हो। 3/6/11 में राहु शुभदृष्ट हो तो इन सब योगों में अरिष्टभंग हो जाता है। तृतीय योग में ग्रहण जन्म दोष भी नष्ट होता है।

लग्नेस्फुटांशुः प्रबलः समस्तं
निहन्त्यरिष्टं सुरराजमन्त्री।
लग्नं शुभर्क्षं प्रबलैश्च सौम्ये
दृष्टं समृद्धै विबलैश्च पापैः।।

निधनन्त्यरिष्टं शुभवर्गसंस्था
पापाश्च तत्स्थैश्च शुभैश्च दृष्टाः।
सौम्येक्षितः षट्त्रिभवेषुराहुः
कर्कवृषच्छाग विलग्नगो वा।।

(जातकसारदीप-2/अध्याय-50/श्लोक 1-2)

लग्न में अधिक रश्मियों वाला, बलवान बृहस्पति सभी अरिष्टों को नष्ट करता है। लग्न में शुभग्रह की राशि को बलवान शुभग्रह दृष्टिनिक्षेप करें और पापग्रह निर्बल हों तो भी अरिष्टभंग योग है।

पापग्रह व शुभग्रह शुभग्रहों के वर्ग में हो और पापग्रह शुभदृष्ट हों। या 3/6/11 में राहु शुभदृष्ट हों या 1/2/4 लग्नों में लग्नगत राहु हो तो अरिष्टभंग हो जाते हैं।

यस्य जन्मनि तुङ्गस्थाः स्वक्षेत्रस्थानमाश्रिताः।
चिरायुषं शिशुं जातं कुर्वन्त्यत्र न संशयः।।

(जातकपारिजात/अध्याय-4/श्लोक 78)

जिसके जन्मांग में ग्रह स्वराशि या उच्चराशि में हों, वह शिशु निश्चय चिरायु

होता है, इसमें संदेह नहीं है। मूल में 'तुंगस्थाः' 'स्वक्षेत्रस्थानमाश्रिताः' का बहुवचन में प्रयोग है, इसलिए तीन या अधिक ऐसे ग्रह होने चाहिए।

परमोच्चे शिशिरतनुर्भृगुतनयनिरीक्षितो हरति रिष्टम्।
सम्यग्विरेकवमनं कफपित्तानां यथा दोषम्।।

चन्द्रः शुभवर्गस्थः क्षीणोऽपि शुभेक्षितो हरति रिष्टम्।
जलमिव महातिसारं जातीफलवल्कलक्वथितम्।।

(सारावली/अध्याय-11/श्लोक 5-6)

यदि चन्द्रमा जन्म के समय में अपने परमोच्च रा० 1। अं० 3 में स्थित हो और शुक्र से दृष्ट हो तो अरिष्ट का नाश करता है, जैसे कफ व पित्त के दोष को विरेक (जुलाव) व वमन (उल्टी) नाश करते हैं। यदि क्षीण भी चन्द्रमा शुभग्रहों के वर्ग में, शुभग्रह से दृष्ट हो तो अरिष्ट का नाश करता है जैसे जायफल के छिलके का क्वाथ (काढ़ा) महातिसार रोग का विनाश करता है।

सप्ताष्टमषष्ठस्थाः शशिनः सौम्या हरन्त्यरिष्टफलम्।
पापैरमिश्रचाराः कल्याणघृतं यथोन्मादम्।।

युक्तः शुभफलदायिभिरिन्दुः सौम्यैर्निहन्त्यरिष्टानि।
तेषामेव त्र्यंशे लवणविमिश्रं घृतं नयनरोगम्।।

(सारावली/अध्याय-11/श्लोक 7-8)

यदि चन्द्रमा से 7/8/6 भावों में पापग्रह से रहित शुभग्रह हों तो अरिष्ट का नाश करते हैं, जैसे उन्माद रोग का नाश कल्याण घृत करता है। यदि चन्द्रमा शुभफल देने वाले शुभग्रह से युत हो और शुभग्रह के द्रेष्काण में हो तो अरिष्ट का नाश करता है, जैसे लवण से युत घृत नेत्र रोग (ददं) का (पाठान्तर से नमक गर्म पानी में मिलाकर कान में भरने से कान के रोग या दर्द का) नाश करता है।

शुभवर्गैः खलाइष्टैर्दृष्टा इष्टांगवर्गगैः।
षट्त्रयाये हिः शुभेक्ष्यो वा सर्वशीर्षोदये ग्रहाः।।

(त्रिफला/अध्याय-3/श्लोक 10)

(1) शुभग्रह शुभवर्गों में बैठकर पापग्रहों को दृष्टिनिक्षेप करते हों तथा पापग्रह शुभग्रहों के वर्ग में हों; (2) शुभग्रह दृष्ट राहु, लग्न से तृतीय, षष्ठ या एकादश में

हो; (3) सभी ग्रह शीर्षोदय राशियों में हों। मिथुन, सिंह, कन्या, तुला, वृश्चिक, कुम्भ शीर्षोदय राशियां हैं।

तत्काले यदि विजयी शुभग्रहः शुभनिरीक्षितो वर्गे।
तर्जयति सर्वरिष्टं मारुत इव पादपान् प्रबलः।।

(सारावली/अध्याय-12/श्लोक 6)

यदि जन्मांग में कोई भी शुभग्रह युद्ध में विजयी हो एवं शुभग्रह से दृष्ट शुभवर्ग में हो तो अवश्य ही समस्त अरिष्ट का नाशक होता है, जैसे प्रबल वायु वृक्षों को नष्ट करती है।

निशाकरः शोभनवर्गयुक्तः शुभेक्षितः पूरितदीप्तिजालः।
जातस्य निःशेषमरिष्टमाशु निहन्ति यद्वद् गरलं गरुत्मान्।।

(जातकपारिजात/अध्याय-4/श्लोक 81)

जैसे गरुड़ (जहरीले सांपों का) विष नाश कर देता है, वैसे ही यदि चन्द्रमा शोभन (उच्च, स्व, शुभ) वर्गों में हो, शुभग्रह दृष्ट हो, पूर्ण हो (पक्ष बली) तो जातक के सभी अरिष्टों का नाश कर देता है।

स्वस्थानगाः सर्वनृभश्चरेन्द्रा निघ्नन्त्यरिष्टं स्वकृतं क्षणेन।
सौम्येक्षितः षट्त्रिभवेषु राहुः कुलीरमेषोक्षविलग्नगो वा।।

(जातकादेशमार्ग/अध्याय-4/श्लोक 2)

इसमें अरिष्ट भंग के तीन योग बताये हैं:

1. यदि सभी ग्रह अपनी-अपनी राशियों में स्थित हों तो वह शीघ्र ही अरिष्ट भंग कर देते हैं।
2. यदि राहु लग्न से तृतीय, षष्ठ या एकादश में हो और उस पर शुभग्रहों की दृष्टि हो।
3. यदि मेष, वृषभ या कर्क का राहु लग्न में हो।

शीर्षोदयेषु राशिषु सर्वैर्गगनाधिवासिभिः सूतौ।
प्रकृतिस्थैश्चारिष्टं विक्रयते घृतमिवाग्निष्ठम्।।

(सारावली/अध्याय-12/श्लोक 5)

यदि जन्मकाल के समय समस्त ग्रह शीर्षोदय (सिंह, कन्या, तुला, वृश्चिक, कुम्भ, मिथुन) राशि में मार्गी हों तो जातक के अरिष्ट का नाश होता है, जैसे अग्नि में छोड़ा हुआ घी नष्ट होता है।

रिष्टहाकेन्द्र सद्वीक्ष्यो बलीज्यो वाङ्गपोऽङ्गगः।
केन्द्रगो वा भपः सद्वा सत्र्यंशेऽर्यष्टगः शशी।।

(त्रिफला/अध्याय-3/श्लोक 8)

किन शुभ योगों से अरिष्ट योगों का खण्डन हो जाता है और नवजात शिशु की प्राण-रक्षा हो जाती है।

निम्नलिखित योग अरिष्टनाशक हैं-

(1) केन्द्र में शुभग्रह; (2) बली बृहस्पति; (3) लग्नेश लग्न में; (4) शुभ ग्रहों की लग्न पर दृष्टि; (5) लग्नेश का केन्द्र में होना; (6) चन्द्रमा षष्ठ या अष्टम में शुभ द्रेष्काण में हो; (7) लग्नेश शुभग्रह होना और बलवान होना।

दिवासितार्कौ निशिमन्दचन्द्रौ युग्मोजसंस्थौ जननी च तातम्।
संरक्षतो व्यत्ययतस्तथातौ पितृव्यमातृष्वसृरक्षकौ तौ।।

क्रूरेक्षितौ वा परिविष्टखेटः शीर्षोदयस्थाः सकलाग्रहा वा।
जयी शुभ सौम्यनिरीक्षितोवा योगस्तथा हन्त्यखिलं च रिष्टम्।।

(जातकसारदीप-2/अध्याय-50/श्लोक 19-20)

विषम राशिगत सूर्य दिन में पिता को व रात में चाचा को, विषम राशिगत शनि दिन में चाचा को व रात में पिता को सुरक्षित रखते हैं। सम राशियों में शुक्र दिन में माता को, रात में मौसी को और चन्द्रमा दिन में मौसी को और रात में माता को सुरक्षा देते हैं। परिवेष से युक्त ग्रह क्रूरदृष्ट हो, सभी ग्रह शीर्षोदय राशियों में हों या युद्ध में विजयी शुभग्रह शुभदृष्ट हो तो सकल अरिष्ट योग नष्ट हो जाते हैं।

जीव-भार्गव-सौम्यानामेकः केन्द्रगतो बली।
पापकृद्योगहीनश्चेत् सद्योऽरिष्टस्य भंगकृत्।।

(फलितमार्तण्ड/अध्याय-6/श्लोक 6)

बृहस्पति, शुक्र और बुध इनमें से कोई एक भी बली (स्ववर्गादिगत) होकर केन्द्र में हो, उसे पापग्रह का योग न पड़ता हो तो तुरन्त अरिष्ट का नाश करता है।

संकेत : बृहस्पति, शुक्र, बुध यह उत्तरोत्तर निर्बल माने जाते हैं अर्थात् बली बृहस्पति से बली शुक्र और बली शुक्र से बली बुध अरिष्ट भंग करने में निर्बल है।

पापा यदि शुभवर्गे सौम्यै र्दृष्टाः शुभांश-वर्गस्थैः।
सर्वैर्वा गगन-भ्रमणै र्दृष्टश्चन्द्रो नाशयति रिष्टम्।।

(फलितमार्तण्ड/अध्याय-6/श्लोक 7)

पापग्रह यदि शुभग्रहों के वर्ग में हो और शुभ वर्ग में स्थित शुभग्रहों से दृष्ट हो अथवा सम्पूर्ण ग्रहों से दृष्ट होकर चन्द्रमा स्थित हो तो सम्पूर्ण अरिष्टों को दूर करता है। यह दो योग हैं।

सौम्य-भवनोपयाताः सौम्यांशकाः सौम्य-दृकाणस्थाः।
गुरु-चन्द्र-काव्य-शशिजाः सर्वेऽरिष्टस्य हन्तारः।।

(फलितमार्तण्ड/अध्याय-6/श्लोक 8)

बृहस्पति, चन्द्र, भृगु, बुध इनमें से कोई भी ग्रह शुभ भवन में गए हुए तथा शुभग्रहों के नवांश व द्रेष्काण में स्थित हों तो सम्पूर्ण अरिष्टों को हरने वाले होते हैं।

स्वस्थानगाः सर्व-नभश्चरेन्द्राः शीर्षोदयस्थाः सकला ग्रहा वा।
जयी शुभः सौम्य-निरीक्षितो वा योगत्रयं हन्त्यखिलं च रिष्टम्।।

(फलितमार्तण्ड/अध्याय-6/श्लोक 9)

सभी ग्रह स्व-स्थानगत हों व सभी ग्रह शीर्षोदय राशियों में हों वा विजयी शुभग्रह शुभग्रह से देखा गया हो, इन तीन योगों में से कोई एक भी योग हो तो शिशु के सम्पूर्ण अरिष्टों को नाश करता है।

दिक्स्थानकालादि-पृथग्बलानि रिष्टेश तद्भङ्गकृतो विमृश्य।
यस्याधिकस्तद्बलमेव योज्यं समानतायामपि रिष्टमेव।।

(फलितमार्तण्ड/अध्याय-6/श्लोक 10)

अरिष्ट-कारक तथा अरिष्ट-भंग-कर्ता ग्रहों के दिक्, स्थान कालादि बलों को पृथक्-पृथक् स्थापन करके विचार करे। दोनों के बलों में से जिसका अधिक बल प्राप्त हो, उसका फल कहे। अर्थात् अरिष्ट-कर्ता ग्रह का अधिक बल हो तो जातक की मृत्यु कहे। तद्‌भंग कर्ता का अधिक बल हो तो अरिष्ट नाश कहे। दोनों का बल समान हो तो अरिष्ट ही कहे।

इस प्रकार से बालारिष्ट भंग योग पर विचार गम्भीरता के साथ करना चाहिए। यदि बालारिष्ट योग जन्मांग में भंग न हो रहा हो तभी अरिष्ट कथन करना शास्त्रोक्त है।

माता शत्रुः पिता वैरी येन बालो न पाठितः।
न शोभते सभामध्ये हंसमध्ये बको यथा।।

वे माता और पिता अपनी सन्तानों के अति शत्रु हैं, जिन्होंने उनको उत्तम शिक्षा नहीं दिलाई, क्योंकि वे विद्याहीन बालक विद्वानों की सभा में ऐसे ही तिरस्कृत और कुशोभित होते हैं, जैसे हंसों के मध्य में बगुले।

●

वाङ्गमय सूची

पुस्तक	लेखक/संपादक	प्रकाशक
अप्स एण्ड डाउंस इन कैरियर	के.एन. राव	एस. कुमार एण्ड एसोशिएट्स कॅरियर, लखनऊ
अस्पेक्ट्स इन वैदिक एस्ट्रोलोजी	गोपेश कुमार ओझा आशुतोष ओझा	मोतीलाल बनारसीदास, दिल्ली
आजीविका विचार (ज्योतिष के झरोखे से)	कृष्ण कुमार	अल्फा पब्लिकेशन्स, दिल्ली
आप और आपकी राशि	केवलानन्द जोशी	मोतीलाल बनारसीदास, दिल्ली
इन्ट्रोडक्शन ऑफ एस्ट्रोलोजी	डॉ. उदय कान्त मिश्र कर्नल ए.के.गौड़	अल्फा पब्लिकेशन्स, दिल्ली
उत्तर कालामृत	कवि कालिदास	रंजन पब्लिकेशन्स, दिल्ली
इसेन्शियल्स ऑफ एस्ट्रोलोजी	आर. सन्थानम्	सागर पब्लिकेशन्स, दिल्ली
एडवांस्ड टेक्निक्स ऑफ एस्ट्रोलोजिकल प्रिडिक्शन्स	के.एन. राव	भारतीय प्राच्य एवं सनातन विज्ञान संस्थान, दिल्ली
एस्ट्रोलोजिकल इनसाइट्स एण्ड एक्सपेरीमेन्ट्स	बी.एस. गुप्ता	दिव्यज्ञान केंद्र, कुरुक्षेत्र
एस्ट्रोलोजिकल गाइडेंस टू अकूपेशन्स	एस.पी. वालिया	डी.बी. तारापोरवाला संस एंड कं. प्रा. लि., मुम्बई
एस्ट्रोलॉजी एंड द हॉक्स ऑफ साइंटिफिक टैम्पर	गायत्री देवी वासुदेव	मोतीलाल बनारसीदास, दिल्ली
एस्ट्रोलोजी ऑफ प्रोफेशंस (प्रिंसिपल्स एंड प्रैक्टिसेज) (2 भागो में)	के.के. पाठक	अल्फा पब्लिकेशन्स, दिल्ली

एस्ट्रोलोजिकल बायोग्राफीज	बिपिन बिहारी	मोतीलाल बनारसीदास, दिल्ली
एस्ट्रोलोजी एंड यू	गोपेश कुमार ओझा आशुतोष ओझा	मोतीलाल बनारसीदास, दिल्ली
ए कैटेकिज्म ऑफ एस्ट्रोलोजी	डॉ. बी.वी. रामन्	रमन पब्लिकेशन्स, बंगलौर
खेटकौतुकम्	खानखाना	रंजन पब्लिकेशन्स, दिल्ली
ग्रह और भावबल	डॉ.बी.वी.रामन् अनुवाद- ओम प्रकाश पालीवाल	मोतीलाल बनारसीदास, दिल्ली
ग्रह विचार	एच.एन.केतवे	नागपुर प्रकाशन
गोचर फल दीपिका	डा. यू. एस. पुल्लीपनी	अल्फा पब्लिकेशन्स दिल्ली
चमत्कार चिन्तामणि	महर्षि भट्ट नारायण सं.-ब्रज बिहारी लाल शर्मा	मोतीलाल बनारसीदास, दिल्ली
जन्मांग फल विचार	कैलाशनाथ उपाध्याय	मोतीलाल बनारसीदास, दिल्ली
ज्योतितत्त्व प्रकाश	पं. लक्ष्मीकांत कन्याल	मोतीलाल बनारसीदास, दिल्ली
ज्योतिर्विद भरणम्	कालिदास	मोतीलाल बनारसीदास, दिल्ली
ज्योतिष और परिवार नियोजन	एस.जी. खोट	मोतीलाल बनारसीदास, दिल्ली
ज्योतिष के अनुभूत	पवन चंडोलिया	मोतीलाल बनारसीदास, दिल्ली
ज्योतिष सर्व संग्रह	पं. रामस्वरूप शर्मा	जवाहर बुक डिपो, मेरठ
ज्योतिष रत्नाकर	देवकी नन्दन सिंह	मोतीलाल बनारसीदास, दिल्ली
ज्योतिष रहस्य	गोविन्द शास्त्री	साधना पॉकेट बुक्स, दिल्ली
ज्योतिषार्णव नवनीतम्	आर. सन्थानम्	आर. सन्थानम् एसोशिएट्स, दिल्ली
ज्योतिष योग सहस्री	भोजराज द्विवेदी	मोतीलाल बनारसीदास, दिल्ली

ज्योतिष रहस्य	जगजीवन दास गुप्ता	मोतीलाल बनारसीदास, दिल्ली
योतिष शास्त्र में रोग विचार	सुखदेव चतुर्वेदी	मोतीलाल बनारसीदास, दिल्ली
ज्योतिष सर्वस्व	सुरेश चन्द्र मिश्र	रंजन पब्लिकेशन्स, दिल्ली
जातक द्वादश भावफल	कदलनगुडी	कदलनगुडी पब्लिकेशन्स, मद्रास मद्रास
जातक तत्त्वम्	पं. महादेव पाठक	रंजन पब्लिकेशन्स, दिल्ली
जातक देशमार्ग	पदुमनाई चोमाद्री	मोतीलाल बनारसीदास, दिल्ली
जातक निर्णय	बी.वी. रामन्	मोतीलाल बनारसीदास, दिल्ली
जातक पारिजात	श्री वैद्यनाथ सं.-डॉ.सुरेश चंद्र मिश्र	रंजन पब्लिकेशन्स, दिल्ली
जातक भरणम्	श्री ढुण्ढिराज	रंजन पब्लिकेशन्स, दिल्ली
जातक भूषणम्	आचार्य मुकुन्द दैवज्ञ	रंजन पब्लिकेशन्स, दिल्ली
जातक सत्याचार्य	डॉ. गौरीशंकर कपूर	रंजन पब्लिकेशन्स, दिल्ली
जातकालंकार	श्री गणेश कवि	रंजन पब्लिकेशन्स, दिल्ली
जीवन फल दर्पण	कैलाशनाथ उपाध्याय	मोतीलाल बनारसीदास, दिल्ली
ट्रांजिट ऑफ प्लेनेट्स	एल.आर. चौधरी	सागर पब्लिकेशन्स, दिल्ली
द टाइमिंग ऑफ इवेन्ट्स	बिपिन बिहारी	मोतीलाल बनारसीदास, दिल्ली
डिटरमाइनिंग प्रोफेशन एण्ड अप्स एण्ड डाउंस इन कॅरियर	सुमीत चुग	सागर पब्लिकेशन्स, दिल्ली
दशाफल दर्पण	डॉ. हरिशंकर पाठक	चौखम्बा सुरभारती प्रकाशन, वाराणसी
दशाफल विचार	जगजीवन दास गुप्ता	मोतीलाल बनारसीदास, दिल्ली
देव रहस्य	एच.एन. केतवे	नागपुर प्रकाशन

दैवज्ञ वल्लभ	वाराहमिहिर	रंजन पब्लिकेशन्स, दिल्ली
थ्री हन्ड्रेड इम्पार्टेन्ट काम्बीनेशन्स	डॉ. बी.वी.रामन्	मोतीलाल बनारसीदास, दिल्ली
नाइन प्लेनेट्स एंड ट्वेल्ब भावाज़-देयर इफेक्ट आन ह्यूमन लाइफ	एम.एन. केदार	भारतीय प्राच्य एवं सनातन विज्ञान संस्थान, दिल्ली
नोटेबल होरोस्कॉप्स	डॉ. बी.वी. रामन्	मोतीलाल बनारसीदास, दिल्ली
प्रसव चिन्तामणि	मुकुन्द दैवज्ञ	रंजन पब्लिकेशन्स, दिल्ली
प्रिडिक्टिव एस्ट्रोलोजी एण्ड फाइनेन्शियल प्रॉसपेरिटी	महा वीर यूली	ज्ञान सागर पब्लिकेशन्स, दिल्ली
पूर्व कालामृत	कालिदास	रंजन पब्लिकेशन्स, दिल्ली
प्रैक्टिकल वेदिक एस्ट्रोलोजी	जी.एस.अग्रवाल	सागर पब्लिकेशन्स, दिल्ली
प्रोफेशन फ्राम द पोजीशन आफ प्लेनेट्स	आर.जी. राव	सागर पब्लिकेशन्स, दिल्ली
प्रोफेशंस (इनक्लीनेशन, फ्रक्टीफिकेशन एण्ड कॅरियर प्रोफाइल)	कर्नल ए.के. गौड़	अल्फा पब्लिकेशन, दिल्ली
प्रोफेशन थ्रू एस्ट्रोलोजी	ओ.पी. वर्मा	रंजन पब्लिकेशन्स, दिल्ली
प्लेनेट्स एण्ड ट्रेवल एब्राड	एम.एस. मेहता	सागर पब्लिकेशन्स, दिल्ली
फलदीपिका	श्री मन्त्रेश्वर	रंजन पब्लिकेशन्स, दिल्ली
फलित प्रकाश	श्री बालमुकुंद पांडेयन	बाबू बैजनाथ बुकसेलर, काशी
फलित मार्तण्ड	पं. मुकुन्द बल्लभ मिश्र	मोतीलाल बनारसीदास, दिल्ली
फलित सूत्र	जगन्नाथ भसीन	रंजन पब्लिकेशन्स, दिल्ली
फलित विकास	पं. रामदयाल ओझा	रंजन पब्लिकेशन्स, दिल्ली

फण्डामेंटल्स ऑफ एस्ट्रोलोजी	एम.आर. भट्ट	मोतीलाल बनारसीदास, दिल्ली
फॉर्च्यून एण्ड फाइनेन्स	एस.एस. चटर्जी	अल्फा पब्लिकेशन्स, दिल्ली
बृहज्जातकम्	श्री वाराहमिहिर	रंजन पब्लिकेशन्स, दिल्ली
बृहज्ज्योतिष सार	पं. सूर्यकान्त सिद्धांती	तेज कुमार डिपो, लखनऊ
बृहत् पाराशर होराशास्त्र	महर्षि पाराशर	रंजन पब्लिकेशन्स, दिल्ली
बृहत् संहिता (अंग्रेजी)	अनुवाद- प्रो. एम. रामकृष्ण भट्ट	मोतीलाल बनारसीदास, दिल्ली
भद्रबाहु संहिता	डॉ. नेमिचन्द्र ज्योतिषाचार्य	भारतीय ज्ञानपीठ, दिल्ली
भारतीय कुण्डली विमर्श	डॉ. गिरिजा शंकर शास्त्री	ज्योतिष कर्मकाण्ड एवं अध्यात्म शोध संस्थान, इलाहाबाद
भारतीय ज्योतिष	डॉ. नेमिचन्द्र शास्त्री	भारतीय ज्ञानपीठ, दिल्ली
भाव कुतूहलम्	श्री जीवनाथ सं.- डॉ. हरिशंकर पाठक	चौखम्बा सुरभारती प्रकाशन, वाराणसी
भाव दीपिका	श्री भास्कराचार्य	रंजन पब्लिकेशन्स, दिल्ली
भाव निर्णय, दशा एवं गोचर द्वारा समय निर्धारण	महेन्द्र नाथ केदार	भारतीय प्राच्य एवं सनातन विज्ञान संस्थान, दिल्ली
भाव प्रकाश	श्री जीवनाथ ओझा	रंजन पब्लिकेशन्स, दिल्ली
भाव मंजरी	मुकुन्द दैवज्ञ	रंजन पब्लिकेशन्स, दिल्ली
भाव विचार	एच.एन. केतवे	नागपुर प्रकाशन
भावफल विचार	कृष्ण कुमार	अल्फा पब्लिकेशन्स, दिल्ली
भावार्थ रत्नाकर	श्री रामानुजाचार्य	यू.बी.एस. पब्लिशर्स एंड डिस्ट्रीब्यूटर्स लि.
भावेश विचार	एच.एन. केतवे	नागपुर प्रकाशन
भृगु सूत्रम्	सं.-डॉ.गौरीशंकर कपूर	रंजन पब्लिकेशन्स, दिल्ली

मार्स एण्ड एस्ट्रोलोजी	एल.आर. चौधरी	सागर पब्लिकेशन्स, दिल्ली
मुहूर्त कल्पद्रुम	श्री बिटठ्ल दीक्षित	रंजन पब्लिकेशन्स, दिल्ली
मुहूर्त गणपति	श्री रावल हरिशंकर	मोतीलाल बनारसीदास, दिल्ली
मुहूर्त चिंतामणि	श्री राम दैवज्ञ	चौखम्बा विद्या भवन, वाराणसी
मुहूर्त पारिजात	पं. सोहनलाल व्यास	चौखम्बा विद्या भवन, वाराणसी
योग पुष्पांजलि	सुनीता झा	अल्फा पब्लिकेशन्स, दिल्ली
योर प्रोफेशन : (अप्स एंड डाउन्स विद रेमेडियल मीजर्स)	डॉ. शंकर अडवाल	सागर पब्लिकेशन्स, दिल्ली
लग्न चन्द्र प्रकाश	चन्द्र दत्त पंत	मोतीलाल बनारसीदास, दिल्ली
लघु जातकम्	वाराह मिहिर	चौखम्बा सुरभारती प्रकाशन
लघु पाराशरी सिद्धान्त	एस.जी. खोट	मोतीलाल बनारसीदास, दिल्ली
वित्त एवं वृत्ति प्रबंध	शैलेन्द्र शर्मा	मुकुन्द प्रकाशन, जयपुर
विविध योग चन्द्र प्रकाश	एस.जी. खोट	मोतीलाल बनारसीदास, दिल्ली
वेदिक नाड़ी : एस्ट्रोलोजी एंड कॅरियर	वी. रघुरमन	स्टर्लिंग पब्लिकेशन्स प्रा. लि., दिल्ली
विवाह का समय	महेन्द्र नाथ केदार शंकर नाथ कपूर	भारतीय प्राच्य एवं सनातन विज्ञान संस्थान, दिल्ली
वीनस इन एस्ट्रोलोजी	के.सी. सक्सेना	सागर पब्लिकेशन्स, दिल्ली
वोकेशनल गाइडेंस थ्रू	एन.एन. साहा	फेट एण्ड डेस्टिनी पब्लिकेशन्स, जालंधर
वृद्ध यवनजातकम्	आचार्य नीरज	रंजन पब्लिकेशन्स, दिल्ली
संकेत निधि	राम दयालु	रंजन पब्लिकेशन्स, दिल्ली
सत्य जातकम्	सत्याचार्य	रंजन पब्लिकेशन्स, दिल्ली
सरल ज्योतिष ज्ञान	पं. उमाशंकर दुबे	जगन्नाथ पब्लिशिंग हाउस, कानपुर

सर्वार्थ चिंतामणि	श्री वेंकटेश शर्मा	चौखम्बा सुरभारती प्रकाशन, वाराणसी
सारावली	श्री कल्याण वर्मा	रंजन पब्लिकेशन्स, दिल्ली
सितारों के सितारे	शैलेन्द्र शर्मा	मुकुन्द प्रकाशन, जयपुर
सिस्टम अप्रौच फॉर इंटरप्रिटिंग होरोस्कॉप	प्रो.वी.के. चौधरी	सागर पब्लिकेशन्स, दिल्ली
सीक्रेट्स ऑफ विंशोत्तरी दशा	ओ.पी. वर्मा	रंजन पब्लिकेशन्स, दिल्ली
सीक्रेट्स ऑफ वर्ग	कृष्ण कुमार	अल्फा पब्लिकेशन्स, दिल्ली
सुगम ज्योतिष	देवी दत्त जोशी	मोतीलाल बनारसीदास, दिल्ली
सुगम ज्योतिष प्रवेशिका	गोपेश कुमार ओझा	मोतीलाल बनारसीदास, दिल्ली
द स्टार्स एण्ड योर प्रोफेशन	प्रेम कुमार शर्मा	रूपा एण्ड कं., दिल्ली
शेयरिंग विद पाराशर	दया शंकर	द टाइम्स ऑफ एस्ट्रोलोजी, निष्काम पीठ प्रकाशन
शम्भु होराप्रकाश	पं. महीधर शर्मा	खेमराज श्रीकृष्ण दास
शतपंचशिका	पृथु याशो	रंजन पब्लिकेशन्स, दिल्ली
षड्वर्ग फल प्रकाश	मुकुन्द बल्लभ मिश्र	मोतीलाल बनारसीदास, दिल्ली
षड्वर्ग फलम्	कृष्ण कुमार	अल्फा पब्लिकेशन्स, दिल्ली
स्केलिंग ह्यूमन लाइव्स	डॉ. निमई बनर्जी	माँ परमेश्वरी पब्लिकेशन्स, कटक
स्टार्स एण्ड ह्यूमन डेस्टिनी	बी.एस. गुप्ता	सागर पब्लिकेशन्स, दिल्ली
सेल्फ लर्निंग कोर्स इन एस्ट्रोलोजी	प्रो. वी.के. चौधरी	सागर पब्लिकेशन्स, दिल्ली
द सोलर रिटर्न ऑर वर्षफल	गोपेश कुमार ओझा आशुतोष ओझा	मोतीलाल बनारसीदास, दिल्ली

हाउ टू जज ए होरोस्कोप (2 भागों में)	डॉ. बी.वी.रामन्	मोतीलाल बनारसीदास, दिल्ली
हॉउ टू रीड ए होरोस्कॉप	पी.वी.आर. रायडू	मोतीलाल बनारसीदास, दिल्ली
हॉउ टू मैच होरोस्कॉप फॉर मैरीज	पी.वी.आर. रायडू	मोतीलाल बनारसीदास, दिल्ली
हाउ टू जज ए नेटिविटी	पीटर वेस्ट जोलोगन	सागर पब्लिकेशन्स, दिल्ली
हाउ टू अवर्ट प्रोफेशनल सेटबैक्स	वी.के. चौधरी के. राजेश चौधरी	सागर पब्लिकेशन्स, दिल्ली
हिन्दू प्रिडिक्टिव एस्ट्रोलोजी	डॉ. बी.वी. रामन्	आई.बी.एच. प्रकाशन, बंगलौर
होरा रत्नम्	श्री बलभद्र मिश्र	मोतीलाल बनारसीदास, दिल्ली
होरासार	पृथु याशो	रंजन पब्लिकेशन्स, दिल्ली
त्रिफला ज्योतिष	गोपेश कुमार ओझा	मोतीलाल बनारसीदास, दिल्ली